Hei

Jahresbericht über die Fortschritte der Chemie

für 1866

Heinrich Will

Jahresbericht über die Fortschritte der Chemie
für 1866

Unveränderter Nachdruck der Originalausgabe von 1868.

1. Auflage 2022 | ISBN: 978-3-37504-934-8

Verlag: Salzwasser Verlag GmbH, Zeilweg 44, 60439 Frankfurt, Deutschland
Vertretungsberechtigt: E. Roepke, Zeilweg 44, 60439 Frankfurt, Deutschland
Druck: Books on Demand GmbH, In de Tarpen 42, 22848 Norderstedt, Deutschland

Jahresbericht

über die Fortschritte

der

reinen, pharmaceutischen und technischen

Chemie,

Physik, Mineralogie und Geologie.

Bericht über die Fortschritte

der

Chemie und verwandter Theile anderer Wissenschaften.

Für 1866.

Giessen.
J. Ricker'sche Buchhandlung.
1868.

Jahresbericht

über die Fortschritte

der

Chemie

und verwandter Theile anderer Wissenschaften.

Unter Mitwirkung von

Th. Engelbach

herausgegeben von

Heinrich Will.

Für 1866.

Giessen.
J. Ricker'sche Buchhandlung.
1868.

Für den vorliegenden Jahresbericht über die Fortschritte der Chemie und verwandter Theile anderer Wissenschaften haben bearbeitet:

Prof. Engelbach, aufser der Zusammenstellung der Litteratur, den Bericht über allgemeine und unorganische Chemie, über einzelne Theile der organischen Chemie, über technische Chemie, Krystallographie und — in Folge des Wegzugs Prof. Bohn's von Giefsen — auch über physikalische Chemie;

Prof. Will, aufser der Redaction des Ganzen, den Bericht über organische Chemie, analytische Chemie, Mineralogie und chemische Geologie.

Inhaltsverzeichnifs.

Allgemeine und physikalische Chemie.

Krystallogenie	1
Künstliche Erzeugung krystallisirter Mineralien und unlöslicher Substanzen	1
Beziehungen zwischen Krystallform und Zusammensetzung; Isomorphismus	5
Krystallophysik	5
Capillarität	8
Allgemeine theoretisch-chemische Betrachtungen	9
Affinität	9
Werthigkeit der Elemente	15
Bestimmung des spec. Gew. fester Körper	16
Bestimmung des spec. Gew. von Flüssigkeiten	16
Beziehungen zwischen dem Atomgewicht und dem spec. Gew.	17
Wärmeabsorption	20
Specifische Wärme	21
Ausdehnung fester Körper durch Erwärmung	23
Ausdehnung von Flüssigkeiten durch Erwärmung	27
Schmelzen (Ueberschmelzung)	29
Sieden	30
Fractionirte Destillation	32
Spannkraft der Dämpfe aus gemischten Flüssigkeiten	32
Flüchtigkeit s. g. feuerbeständiger Körper in hohen Temperaturen	35
Bestimmung des spec. Gew. von Dämpfen	36
Abnorme Dampfdichten	39
Dialyse von Gasen	43
Absorption von Gasen durch feste Körper	53
Uebersättigte Lösungen von Gasen	55
Zersetzungen durch Wärme (Dissociation)	56

Wärmeentwickelung bei chemischen Vorgängen
Lösungen : Löslichkeit von Salzen
  Uebersättigte Lösungen
  Volumänderung bei der Bildung von Salzen
  Volumänderung beim Krystallisiren von Lösungen
Hydrodiffusion
Optisch-chemische Untersuchungen
  Spectralanalyse
  Calorescenz
  Fluorescenz
  Chemische Wirkungen des Lichts
Fortpflanzung der Electricität in Gasen
  Zersetzungen durch den galvanischen Strom
  Wärmevorgänge im Kreise der galvanischen Säule
  Hydroelectrische Ketten
  Thermoelectricität

Unorganische Chemie.

Allgemeines: Notation
  Nomenclatur
Sauerstoff
  Ozon, Antozon
Wasserstoff
  Wasser
  Wasserstoffsuperoxyd
Kohlenstoff
Bor: Borsäure
Phosphor
  Phosphorwasserstoff
  Phosphorsulfochlorid
  Phosphorige Säure
Schwefel
  Schwefelwasserstoff
  Kohlensesquisulfid
  Schwefelkohlenstoff
  Schweflige Säure
  Chlorthionyl
  Trithionsäure
  Schwefelsäure
    Schwefels. Salze
Selen: Selenige Säure
  Bromverbindungen des Selens

Jodverbindungen des Selens	135
Chlor	137
Jod	137
Verbindung von Chlorjod mit Chlorschwefel	138
Jodwasserstoff	138
Fluor: Fluorwasserstoff	139
Stickstoff: Stickoxydul	140
Verbindung von salpetriger Säure mit Schwefelsäure	141
Untersalpetersäure	141
Salpetersäure	142
Atmosphärische Luft (Ozongehalt)	144
Ammoniumamalgame	144
Ammoniaksalze	144
Pyrophosphodiaminsäure	145
Metalle: Allgemeines	150
Absorption von Gasen durch Oxydulsalze	150
Cäsium und Rubidium	150
Kalium: Jodkalium	152
Salpetrigs. Kali	153
Natrium: Schwefelnatrium	155
Kohlens. Natron-Kali	155
Salpeters. Natron	157
Unterschweflgs. Natron	157
Lithium: Lithiumsalze	157
Baryum: Baryumsuperoxyd	160
Calcium: Phosphorcalcium	161
Schwefelwasserstoff-Schwefelcalcium	161
Calciumoxysulfuret	163
Kohlens. Kalk	163
Schwefels. Kalk	164
Phosphors. Kalk	164
Magnesium	169
Magnesia	173
Einwirkung der Magnesia auf Kalksalze	175
Dolomitbildung	177
Phosphors. Magnesia-Kali u. -Magnesia-Natron	178
Yttrium, Erbium, Terbium: Gadoliniterden	179
Erbinerde	181
Yttererde	183
Didym: Absorptionsspectrum der Didymsalze	186
Aluminium: Aluminiumcalcium	188
Zirkonium: Zirkonerde	189
Vermeintliche Norerde	190
Silicium	191
Siliciumwasserstoff	191

Kieselsäure .
Kiesels. Salze (Schlacken) .
Kieselfluorkalium
Titan .
Titansäure .
Tantal : Verbindungen desselben
Niobium : Oxyde des Niobiums
Ilmenium .
Chrom : Chromoxyd
Chromsäure .
Chroms. Kali
Chroms. Chlorkalium .
Uran : Fluorverbindungen
Mangan : Absorptionsspectrum der Uebermangansäure
Arsen : Arsenchlorür .
Antimon : Antimonoxyd
Antimonwasserstoff
Arsen- und Antimonmetalle
Wismuth .
Wismuthsalze
Zink .
Phosphorzink
Natürliches Zinkoxyd-Ammoniak
Schwefels. Zinkoxyd .
Indium .
Cadmium : Cadmiumoxyd-Kali
Selens. Cadmiumoxyd-Kali .
Zinn
Krystallisirtes Zinnsulfür
Selenverbindungen des Zinns
Krystallisirtes Zinnjodid
Blei .
Bleiperchlorid
Jodblei
Bleioxyd
Basisch-salpeters. und essigs. Bleioxyd
Phosphors. Bleioxyd
Thallium
Ueberchlors. Thalliumoxydul
Thalliumtrioxyd
Eisen : Silicium im Roheisen
Kobalt und Nickel im Eisen
Eisenchlorür .
Eisenoxydhydrat .
Schwefels. Eisenoxydul

Inhaltsverzeichniß.

Arsens. Eisenoxyduloxyd 243
Kobalt u. Nickel 243
  Schwefels. Kobaltoxydul 244
  Salpetrigs. Kobalt- und Nickelsalze 245
  Schwefels. Kobaltipentaminoxyd 251
Kupfer 252
  Verhalten von Kupferlegirungen zu Säuren . . . 254
  Kupferoxyduloxyd-Verbindungen 257
  Kupfersuperoxyd 258
Quecksilber 259
  Magnesiumamalgam 260
  Blei-Wismuth-Zinn-Amalgam 260
  Schwefelquecksilber-Schwefelkalium 260
Silber Silberoxydul 261
  Jodsilber 262
Gold 263
  Goldoxydhydrat 264
  Goldpurpur 265
Platinmetalle : Allgemeines 266
  Platin 267
    Platinchlorür-Verbindungen 267
    Unterschwefligs. Platinoxydul-Natron 268
    Schwefligs. Alkalidoppelsalze des Platinoxyduls und -oxyds . 269
    Platinbasen 272
Palladium 275
  Palladaminchlorür 276
Osmium 276

Organische Chemie.

Allgemeines 278
  Oxydation organischer Verbindungen 278
  Einwirkung des Chlorids der Schwefelsäure auf organische
    Substanzen 283
  Einwirkung des Oxychlorürs der Schwefelsäure auf organische
    Substanzen 283
Cyanverbindungen 286
  Chlorcyan 286
  Doppelsalz von Ferrocyankalium und Salpeter . . . 287
  Lösliches Berlinerblau 288
  Nitroprussidnatrium 288
  Kobaltidcyankalium 290
  Platincyanür 290
  Palladiumcyanverbindungen 290
  Schwefelcyanverbindungen 293
  Chromidschwefelcyanverbindungen 296

Selencyan 299
Säuren und dahin Gehöriges 299
  Allgemeines 299
  Ameisensäure : ameisens. Cadmiumoxyd-Baryt . . . 299
    Ameisens. Aethyl 300
  Essigsäure 300
    Essigs. Natron 303
  Methyldiacetsäure 305
  Aceton 307
    Monochloraceton 308
    Condensationsproducte des Acetons 308
  Propionsäure 310
  Propion 311
  Buttersäure 312
  Isobuttersäure 312
  Crotonsäure 315
  Valeriansäure 318
    Valerians. Aethyl (Divalerylen- und Aethyl-Divaleriansäure) . 320
  Isocapronsäure 322
  Oenanthylsäure 323
  Hypogäsäure 323
  Gaïdinsäure 329
  Oelsäure 330
    Bromölsäure, Stearolsäure und Stearoxylsäure . . 330
  Erucasäure (Behenolsäure und Brassylsäure) . . . 333
  Benzensäure 340
  Benzoësäure 340
    Brombenzoësäure 341
    Nitrobenzoësäure 342
    Bromnitrobenzoësäure und Isomere 343
    Chlornitrobenzoësäure 349
    Azodracyl- und Amidodracylsäure 350
    Neue Säure aus Cyanamidobenzoësäure 351
    Oxybenzaminsäure 351
    Formobenzoylsäure 352
    Benzoylwasserstoff 353
    Benzoïn 354
  Toluylsäure 355
    Identität der Oxytolsäure und Toluylsäure . . . 356
    Paranitrotoluylsäure 357
  Xylylsäure 360
  Zimmtsäure 363
    Zimmtsäureamid und -nitril 364
  Homotoluylsäure (Cumoyl- oder Hydrozimmtsäure) . . 365
  Cuminsäure 371

Bromcuminsäure	371
Eugensäure (Nelkensäure)	372
Xanthogensäure	373
Glycolsäure	373
Bromglycolsäure	375
Acetyl- und Butyrylglycolsäure	375
Glycolamidsäure	376
Diäthylglycocoll	378
Thiodiglycolsäure	379
Triglycolamidsäure	379
Kreatin und Kreatinin	380
Harnsäure	382
Milchsäure	383
Salicylsäure	385
Nitrosalicylsäure	385
Methylsalicylsäure	386
Anissäure und Derivate	387
Paraoxybenzoësäure und Derivate	388
Oxalsäure	396
Oxaminsäure	396
Malonsäure	397
Bernsteinsäure	397
Bernsteinsäureanhydrid	398
Aepfelsäure	398
Asparaginsäure	399
Isomalasäure	400
Weinsäure	400
Traubensäure	402
Citronsäure	402
Hydrocitronsäure	402
Itaconsäure	404
Chinasäure	407
Brenzschleimsäure	408
Hydromekonsäure	408
Rufigallussäure	409
Mellithsäure	410
Camphersäure	410
Phtalsäure (phtals. Aethyl)	411
Hydrophtalsäure	411
Phtalsäurealdehyd	413
Organische Basen	414
Methylamin	414
Aethylamin	414
Triäthylamin	415
Teträthylammoniumjodür	415

Trimethyloxyäthylammoniumoxyd (Neurin)	416
Carbotriamin (Guanidin)	419
Triäthylphosphin	421
Thialdin	422
Thiosinnamin	423
Isoamylamin	425
Amyl- und Amylenharnstoff	426
Pikramin (Nitrosopikramin)	428
Anilin (Trichloranilin)	429
Jodanilin, Bromanilin	429
Diphenylamin und Verwandtes	431
Phenyl- und Toluylformamid	435
Rosanilin	437
Hydrocyan-Rosanilin	438
Verschiedene Diamine	439
Azobenzol	441
Diazobenzol und Verwandtes	442
Diazoamidobenzol	464
Azotoluid	465
Constitution der Azo- und Diazoverbindungen	466
Umwandlung von Diazo- in Azoverbindungen: Amidoazobenzol	467
Naphtylamin	468
Caffeïn	470
Chinin	471
Chinoïdin	472
Cinchonin	473
Strychnin	474
Methylstrychnin	474
Curarin	474
Atropin	475
Hyoscyamin	477
Rhoeadin	477
Piperidin-Verbindungen	479
Berberin	480
Corydalin	480
Fumarin	482
Acolyctin und Lycoctonin	483
Base aus der Runkelrübe	484
Alkohole und dahin Gehöriges	484
Prognose neuer Alkohole und Aldehyde	484
Synthese von Alkoholen	485
Einwirkung von Dreifach-Chlorphosphor auf Alkohole	486
Aetherbildung	488
Aether der Kieselsäure	488
Aether der Borsäure	492

Methylverbindungen 493
   Carbomethyldiäthyl 493
   Chlorpikrin 494
Aethyl und Aethylenverbindungen 496
   Aethylschweflige Säure 496
   Chloräthyl 498
   Chloräthyliden 499
   Jodäthyl 500
   Cyanäthyl 500
   Schwefelcyanäthyl 501
   Quecksilberäthyl 502
   Zinkäthyl 502
   Wolframs. Aethyl 505
   Diäthylenalkohol 506
   Acetylen 506
Propyl- und Propylenverbindungen 519
   Pseudopropyläthyläther 519
   Propylen 520
Allyl und Allylenverbindungen 520
   Allyläthyläther 520
   Chlorallyl 520
   Ameisens. Allyl 521
   Schwefelallyl 522
   Diallyl 522
   Allylen 523
   Glycerin 524
     Nitroglycerin 525
     Trichlorhydrin 525
   Diglycerinacetodichlorhydrin und Triglycerinacetotetrachlor-
     hydrin 525
   Propargyläther 526
Amyl und Amylenverbindungen 526
   Amylen 526
   Amylalkohol 527
   Schwefelamyl, -butyl und -amyläthyl 528
   Salpetrigs. Amyl 529
   Bromamylen 530
   Chloramylen 530
   Amylenjodhydrin 531
   Aethylhexyläther 532
Oenanthyliden und Capryliden 533
Benylen 535
Phenylverbindungen und Verwandtes 535
   Kohlenwasserstoffe der Cannelkohle und Bogheadkohle . 535
   Benzol 538

Aethyl- und Diäthylphenyl 550
Chlorbenzol 550
Trichlornitrobenzol 553
Jod- und Brombenzol 558
Producte der Einwirkung von chloriger Säure auf Benzol . 559
Sulfobenzolchlorür 568
Benzolschweflige Säure 568
Sulfobenzid 570
Phenol und Derivate 573
Phenylphosphorsäure 579
Phenyläther 580
Pikrinsäure (pikrins. Aethyl) 580
Styphninsäure 581
Chrysamminsäure 581
Rosolsäure 584
Tolyl- und Benzylverbindungen 586
Ditolyl und Dibenzyl 586
Chlorderivate des Toluols 588
Bromderivate des Toluols 598
Schwefelhaltige Derivate des Toluols 599
Toluolschweflige Säure 600
Sulfobenzol 603
Xylol und Derivate 605
Aloïsol 607
Cumol 607
Mesitylen und Derivate 607
Styrol 613
Anisalkohol 616
Anisol 617
Anethol 617
Naphtalin 618
Naphtocyaminsäure 619
Chrysogen 620
Flüchtige Oele; Campher; Harze 621
Oel von Crithmum maritimum 621
Campher 622
Aloïn 624
Turpethharz 625
Copal- und Karoba-Harz 626
Zersetzungsproducte der Harze durch schmelzendes Kali . . 626
Künstliche Harzbildung 631
Resorcin 633
Umbelliferon 635
Farbstoffe 636
Indig 636

Derivate des Isatins	637
Farbstoffe des Krapps	643
Morindin und Morindon	645
Carminsäure	646
Scoparin	649
Rhamnin und Rhamnegin	650
Grünhartin	651
Curcumin	652
Quercetin	654
Luteolin	654
Farbstoff der Sericographis Mohitli	655
Rother Farbstoff der Trauben	656
Flechtenstoffe	656
Carbonusninsäure	661
Holzfaser; Stärkmehl; Zucker; Glucoside u. s. w.	662
Cellulose, Stärkmehl und Dextrin	662
Zucker	665
Milchzucker	667
Gährung, Hefe	668
Neues Ferment	668
Fäulniss der Früchte	670
Fäulniss thierischer Materien	670
Mannit	672
Glycodrupose	672
Dialose	674
Coniferin	674
Salicin	676
Erythrocentaurin	677
Coriamyrtin	678
Santonin	680
Pflanzenchemie und Pflanzenanalysen	682
Gasumtausch bei Pflanzen	682
Pflanzenentwickelung und -Ernährung	686
Gerbstoffe	691
Pflanzenfette	696
Cholesterin und Protagon im Mais	698
Aschenbestandtheile der Pflanzen	698
Opium	704
Mais	704
Mohrrübe	704
Brassica oleracea	705
Sennesblätter	705
Castanea vesca	706

Juglans regia 707
Rhamnus frangula 707
Rhus Toxicodendron 707
Paullinia sorbilis Guarana) 708
Palicourea Marcgravii 709
Petalostigma quadriloculare 709
Nerium Oleander 709
Sarracenia purpurea 710
Gastrolobium bilobum 710
Lignum colubrinum 710
Proteïnstoffe und Verwandtes 710
   Eiweifskörper 710
   Leimstoffe 715
   Proteïnstoffe des Roggens 716
   Waisenkleber 719
   Glutaminsäure 719
   Leucin 721
   Guanin 721
   Harnsäure 721
     Alloxan 721
   Phosphors. Harnstoff 722
   Melanin 722
Thierchemie 723
   Stoffwechsel 723
   Ursprung der Muskelkraft 729
   Einwirkung des Phosphors u. s. w. auf den Organismus . . 735
   Blut 737
   Gehirn 747
   Milch 747
   Eier 748
   Harn 749
     Harnfarbstoffe 750
     Kynurensäure 751
   Galle (Taurocholsäure) 752
   Glycogen 752
   Fluorescirende Substanz im thierischen Organismus . . 753
   Hautdrüsensecret von Salamandra maculata (Samandarin) . 754
   Cantharidin 756
   Knochen 757
   Wollschweifs 758
   Muschelschalen 758
   Harnröhrensteine 759
   Darmsteine 759

Analytische Chemie.

Allgemeinere analytische Methoden	760
Gasanalyse	760
Gasvolumetrische Analyse	760
Volumetrische Analyse	761
Analyse von Trinkwasser	761
Analyse von Silicaten	764
Analyse von Ackererde	764
Anwendung des unterschwefligs. Natrons in der Analyse	765
Flammenreactionen	766
Reagenspapier	784
Erkennung und Bestimmung unorganischer Substanzen	784
Kohlensäure	784
Phosphor und Phosphorsäure	786
Schwefelwasserstoff	787
Schwefelsäure	788
Jod und Brom	788
Chlorige Säure und Chlorsäure	789
Fluor	791
Ammoniak	793
Kali und Natron	793
Kalk	796
Magnesia	796
Thonerde	797
Zirkonerde	797
Didymoxyd	798
Erbinerde	800
Mangan	800
Arsen	801
Wismuth	802
Zink	803
Blei	803
Eisen	803
Kobalt und Nickel	804
Uran	809
Kupfer	810
Silber	811
Erkennung und Bestimmung organischer Substanzen	811
Elementaranalyse	811
Essigsäure	818
Gerbsäure	819
Organische Basen	821
Morphin	824
Strychnin	824

Bittermandelöl 825
Zucker 826
Fette Oele 827
Seife 828
Wachs und Paraffin 828
Harze 829
Eiweiß 829
Apparate 830

Technische Chemie.

Allgemeines 833
Metalle und Legirungen 833
  Gold, Silber 833
  Quecksilber 834
  Kupfer 835
  Eisen, Stahl 836
  Uran 840
  Aluminium 840
  Galvanoplastik 841
  Antike Bronze 841
  Vergoldung 842
  Kupferlegirungen 842
  Zinn-Bleilegirung 843
  Metallüberzüge 843
  Zinkätzen 844
Metalloïde, Säuren, Alkalien, Salze . . 844
  Sauerstoff 844
  Schweflige Säure und Schwefelsäure . . 844
  Borsäure 845
  Jod 845
  Brom 846
  Kohlens. Alkalien 846
  Kalisalze 847
  Salze der Mutterlauge des Meerwassers . 847
  Soda 848
  Phosphors. Natron 854
  Borax 855
  Schwefelammonium 855
  Barytsalze 855
  Unterchlorigs. Magnesia 855
    Desinfectionsmittel 856
  Schwefels. Thonerde 856

Mangansuperoxyd	857
Uebermangans. Kali	858
Quecksilberchlorid	858
Schiefspulver und Verwandtes	858
Schiefsbaumwolle	860
Mörtel, Cement, Glas	863
Gyps	863
Cement	863
Glas	865
Glasversilberung	866
Agriculturchemie	867
Bodenkunde	867
Pflanzenentwickelung	872
Mistproduction	875
Dünger und Düngerwirkung	875
Aufschliefsen der Knochen	878
Nahrungsmittel	878
Waizen	878
Brod	879
Kartoffeln	879
Zucker	880
Malz	882
Bier	882
Wein	884
Weingeist	885
Pulque	885
Milch	887
Fleisch	890
Brennstoffe	891
Leuchtstoffe	891
Kohlenwasserstoffe zur Beleuchtung	891
Fette Oele	893
Verseifung	895
Anwendung der vegetabilischen und thierischen Faser	895
Unterscheidung der Pflanzenfaser von Wolle und Seide	895
Papier	896
Conservirung des Holzes	896
Bleichen	896
Gerberei	897
Leder	898
Färberei	899
Beizen und Verwandtes	899
Indigküpe	899
Schwarzfärben	900

Krapp	900
Jaune mandarine	900
Phenylbraun	900
Farbstoffe des Anilins und homologer Basen	901
Rothe Farbstoffe aus Toluidin und Xylidin	901
Anilinroth	902
Anilinviolett	903
Anilinblau	904
Anilinbraun	906
Anilingrau	906
Anwendung der Anilinfarbstoffe	906
Blauer Farbstoff aus Chloroxynaphtalinsäure	907
Mineralfarben	900
Bleiweifs	908
Casseler Grün	908
Zinnober	908
Schmelzfarben	908

Mineralogie.

Allgemeines	910
Verhalten der Mineralien in hoher Temperatur	910
Natur der Silicate	910
Metalloïde: Diamant, Graphit	911
Metalle: Gold, Platin, Blei	912
Arsenide: Domeykit	913
Sulfuride: Laurit, Silberkies, Grauers, Buntkupfererz, Kupferwismutherz, Castellit, Rahtit, Marcylit, Sandbergerit, Alloklas, Manganblende	918
Selenide und Telluride: Selenquecksilber, Schwefelselenzinkquecksilber, Selensilber und Selenblei, Tellurerz	919
Wasserfreie Oxyde: Zinnstein, Magneteisen, Smirgel, Spinell (Pleonast), Franklinit	920
Wasserhaltige Oxyde: Brauneisenstein, Manganit, Diaspor, Bauxit, Houghit, Hydrotalkit und Völknerit	922
Wasserfreie Silicate: Asbest, Hessenbergit, Zirkon, Gadolinit, Chiastolith, Beryll, Andalusit, Augit, Hornblende, Saussurit, Staurolith (Staurotid), Kupfferit, Lawrowit, Feldspath, Andesin, Hyalophan, Skapolith, Glimmer, Margarodit, Biotit, Granat, Thulit und Bustamit, Axinit, Orthit, Bol, Danalit	924
Wasserhaltige Silicate: Serpentin, Metaxit, Gymnit, Xonaltit, Asperolith, Nakrit, Klinochlor, Pennin, Lievrit, Pektolith (Osmelith), Apophyllit, Chloritähnliches Mineral, Emerylit	

(Margarit), Jefferisit, Corundophilit (Chloritid), Stilbit, Hypostilbit, Harringtonit, Glaukonit, Pseudonephrit, Cookeït, Moresnetit, Gieseckit, Thomsonit (Faröelith), Klipsteinit, Umbra . 931
Silicate mit Fluoriden: Topas 942
Titanate und Niobate: Titanhaltiger Eisensand (Kibdelophan?), Titanit, Tschewkinit, Columbit, Aeschynit, Euxenit . . 943
Wolframiate: Scheelbleierz, Hübnerit 946
Phosphate und Arseniate: Apatit, Sombrerit, Phosphorit und Staffelit, Richmondit, Amphitalit, Ytterspath (Wiserin), Kondroarsenit, Adamin, Chenevixit 946
Nitrate und Sulfate: Nitratin, Epsomit, Kainit, Kieserit, Moronolit, Woodwardit 950
Borate: Boronatrocalcit 953
Carbonate: Gay-Lussit, kohlens. Kalk, Arragonit, Dolomit, Magnesit, Messingblüthe 954
Chloride und Fluoride: Cotunnit, Chlorselenquecksilber, Flufsspath, Kryolith, Chiolith, Pachnolith, Hagemannit, Arksutit 956
Organoïde: Dopplerit, Grahamit 959
Pseudomorphosen 959

Chemische Geologie.

Gesteinsuntersuchungen 961
  Bildung der Gesteine 961
  Eruptivgesteine von Santorin 962
  Gesteine von den Maiinseln 965
  Laven des Vesuvs 966
  Laven von Neuseeland 967
  Vulkanische Gesteine von St. Paul 968
  Vulkanische Asche von Arran 968
  Trachyt, Basalt u. s. w. 968
  Pikrit und Teschenit 976
  Diabas 976
  Diorit, Labradordiorit, Melaphyr, Gneufs, Olivinfels . . 977
  Marmor 979
  Dolomit 981
  Thon 982
  Löfs 983
  Tegel 984
Wasseruntersuchungen 985
  Wasser der Ostsee, des rothen Meeres, des todten Meeres . 985
  Wasser des Mains 986

Mineralwasser : Deutsche : Inselbad bei Paderborn, Dribur
  Ems, Reichenhall, Heilbrunn, Quellen Vorarlbergs, Baden b
  Wien, Wasser des Wien-Raaber-Bahnhofs, Ober-Salzbrun
  Töplitz und Someraubad, Vöslau . . . . .
Ungarische : Stuben, Vichnje, Skleno . . . .
Englische : Harrogate, Londoner Trinkwasser . . .
Französische : Fumades, Vergèse, Nèris . . . .
Amerikanische : Barton, Salzquellen von Onondago, Boraxsee v
  Californien . . . .

Meteorite . . . .
Allgemeines . . . .
Nachrichten über Meteoritenfälle und Fundorte . .
Meteoreisen von Yanhuitlan, von Karthago; von Saint-Mesmin; v
  Dhurmsalla; von Dundrum; von Russel Guloh; von Dacca

Abkürzungen in den Citaten.

Eine eingeklammerte Zahl hinter einer Abkürzung bedeutet, daſs die citirte Bandzahl die einer 2., 3. ... Reihe [Folge, série, series] ist.

Ann. Ch. Pharm.	bedeutet :	Annalen der Chemie u. Pharmacie, herausgegeben von Wöhler, Liebig u. Kopp. — Leipzig u. Heidelberg.
Ann. ch. phys.	„	Annales de chimie et de physique, par Chevreul, Dumas, Pelouze, Boussingault, Regnault. — Paris.
Ann. min.	„	Annales des mines, rédigées par les ingénieurs des mines. — Paris.
Arch. Pharm.	„	Archiv der Pharmacie, herausgegeben von L. Bley u. H. Ludwig. — Hannover.
Berl. Acad. Ber.	„	Monatsberichte der Academie der Wissenschaften zu Berlin.
Bull. soc. chim.	„	Bulletin de la société chimique de Paris; comprenant le compte rendu des travaux de la société et l'analyse des mémoires de chimie pure et appliquée; par M. M. Ch. Barreswil, J. Bouis, Ch. Friedel, E. Kopp, Fr. Leblanc, A. Scheurer-Kestner et A. Wurtz.
Chem. Centr.	„	Chemisches Centralblatt, redigirt von R. Arendt. — Leipzig.
Chem. News	„	Chemical News, edited by W. Crookes. — London.
Chem. Soc. J.	„	The Journal of the Chemical Society of London. — London.
Compt. rend.	„	Comptes rendus hebdomadaires des séances de l'académie des sciences. — Paris.
Dingl. pol. J.	„	Polytechnisches Journal, herausgegeben von E. M. Dingler. — Augsburg.
Jenaische Zeitschr. f. Med.	u. Naturw. bedeutet :	Jenaische Zeitschrift für Medicin und Naturwissenschaft; herausgegeben von der medicinisch-naturwissenschaftlichen Gesellschaft zu Jena. — Leipzig.
Jahrb. geolog. Reichsanst.	bedeutet :	Jahrbuch der k. k. Reichsanstalt. — Wien.
Jahrb. Min.	bedeutet :	Neues Jahrbuch für Mineralogie, Geologie und Paläontologie; von G. Leonhard u. H. B. Geinitz. — Stuttgart.
Instit.	„	L'Institut; section des sciences mathématiques, physiques et naturelles. Dirigé par Arnoult.— Paris.
J. pharm.	„	Journal de pharmacie et de chimie, par Boullay, Bussy, Henry, F. Boudet, Cap, Boutron-Charlard, Fremy, Guibourt, Buignet, Gobley, L. Soubeiran et Poggiale. — Paris.
J. pr. Chem.	„	Journal für practische Chemie, herausgegeben von O. L. Erdmann u. G. Werther. — Leipzig.
Lond. R. Soc. Proc.	„	Proceedings of the Royal Society of London.

XXVI

Medicin.-chem. Unters. bedeutet : Medicinisch-chemische Untersuchung dem Laboratorium für angewandte Che Tübingen; von F. Hoppe-Seyler. — B

N. Arch. ph. nat. bedeutet : Archives des sciences physiques et nat nouvelle période. — Genève.

N. Jahrb. Pharm. „ Neues Jahrbuch für Pharmacie und ve Fächer; herausgegeben von F. Vorwe Speyer.

N. Petersb. Acad. Bull. „ Bulletin de l'académie des sciences de St. bourg.

N. Rep. Pharm. „ Neues Repertorium für Pharmacie; von Buchner. — München.

Pharm. J. Trans. „ Pharmaceutical Journal and Transactio London.

Phil. Mag. „ The London, Edinburgh and Dublin Philos Magazine and Journal of Science, condu D. Brewster, R. Kane and W. Fran London.

Photograph. Arch. „ Photographisches Archiv; herausgegebe P. Liesegang. — Berlin.

Pogg. Ann. „ Annalen der Physik und Chemie; heraus von J. C. Poggendorff. — Berlin.

Rep. Br. Assoc. „ Report of the ... Meeting of the British tion for the Advancement of Science. —

Russ. Zeitschr. Pharm. „ Pharmaceutische Zeitschrift für Rußland; gegeben von der pharmaceut. Gesellschaft Petersburg; redigirt von A. Casselman

Scheik. Onders. „ Scheikundige Verhandelingen en Onderzoe uitgegeven door G. J. Mulder. — Rotter

Schmidt's Jahrb. d. ges. Med. bedeutet : Schmidt's Jahrbücher der g ten Medicin, redigirt von Richter u. W — Leipzig.

Sill. Am. J. bedeutet : The American Journal of Science and Art ducted by B. Silliman and J. D. Dana. haven.

Vierteljahrsschr. pr. Pharm. bedeutet : Vierteljahrsschr. für practische Pha herausgegeben von Wittstein. — Münc

Wien. Acad. Ber. bedeutet : Sitzungsberichte der mathematisch-natu schaftlichen Klasse der Academie der Wissen zu Wien.

Wien. Anz. „ Anzeiger der kaiserlichen Academie der schaften; mathematisch - naturwissensch Klasse. — Wien.

Zeitschr. anal. Chem. „ Zeitschrift für analytische Chemie; heraus von R. Fresenius. — Wiesbaden.

Zeitsch. Chem. „ Zeitschrift für Chemie; unter Mitwirku F. Beilstein und R. Fittig herausgege H. Hübner. — Göttingen.

Zeitschr. f. d. ges. Naturw. bedeutet : Zeitschrift für die gesammten wissenschaften, redigirt von Giebel u. B — Berlin.

XXVII

Den in diesem Jahresberichte gebrauchten Formeln liegen folgende Zeichen und Gewichte zu Grund:

Element	Symbol=Gewicht	Element	Symbol=Gewicht	Element	Symbol=Gewicht
Aluminium	$Al=13{,}7$ / $Al=27{,}4$	Kohlenstoff	$C=6$ / $C=12$	Selen	$Se=39{,}7$ / $Se=79{,}4$
Antimon	$Sb=122$	Kupfer	$Cu=31{,}7$ / $Cu=63{,}4$	Silber	$Ag=108$
Arsen	$As=75$	Lanthan	$La=46{,}8$ / $La=93{,}6$	Silicium	$Si=14$ [6]) / $Si=21$ [7]) / $Si=28$ [8])
Baryum	$Ba=68{,}5$ / $Ba=137$	Lithium	$Li=7$	Stickstoff	$N=14$
Beryllium	$Be=4{,}7$ [1]) / $Be=7{,}0$ [2])	Magnesium	$Mg=12$ / $Mg=24$	Strontium	$Sr=43{,}8$ / $Sr=87{,}6$
Blei	$Pb=103{,}5$ / $Pb=207$	Mangan	$Mn=27{,}5$ / $Mn=55$	Tantal	$Ta=72{,}8$ [9]) / $Ta=182$ [10])
Bor	$B=11$	Molybdän	$Mo=48$ / $Mo=96$	Tellur	$Te=64$ / $Te=128$
Brom	$Br=80$	Natrium	$Na=23$	Terbium	Tb
Cadmium	$Cd=56$ / $Cd=112$	Nickel	$Ni=29{,}4$ / $Ni=58{,}8$	Thallium	$Tl=204$
Cäsium	$Cs=133$	Niobium	$Nb=47$ [4]) / $Nb=94$ [5])	Thorium	$Th=57{,}86$ [11]) / $Th=115{,}72$ [12])
Calcium	$Ca=20$ / $Ca=40$	Osmium	$Os=99{,}6$ / $Os=199{,}2$	Titan	$Ti=25$ / $Ti=50$
Cerium	$Ce=56$ / $Ce=92$	Palladium	$Pd=53{,}3$ / $Pd=106{,}6$	Uran	$U=60$
Chlor	$Cl=35{,}5$	Phosphor	$P=31$	Vanadium	$V=68{,}6$
Chrom	$Cr=26{,}1$ / $Cr=52{,}2$	Platin	$Pt=98{,}7$ / $Pt=197{,}4$	Wasserstoff	$H=1$
Didym	$Di=47{,}5$ / $Di=95$	Quecksilber	$Hg=100$ / $Hg=200$	Wismuth	$Bi=210$
Eisen	$Fe=28$ / $Fe=56$	Rhodium	$Rh=52{,}2$ / $Rh=104{,}4$	Wolfram	$W=92$ / $W=184$
Erbium	$Er=56{,}3$	Rubidium	$Rb=85{,}4$	Yttrium	$Y=30{,}8$ / $Y=61{,}6$
Fluor	$Fl=19$	Ruthenium	$Ru=52{,}2$	Zink	$Zn=32{,}6$ / $Zn=65{,}2$
Gold	$Au=197$	Sauerstoff	$O=8$ / $O=16$	Zinn	$Sn=59$ / $Sn=118$
Indium	$In=35{,}9$ [3])	Schwefel	$S=16$ / $S=32$	Zirkonium	$Zr=22{,}4$ [13]) / $Zr=33{,}6$ [14]) / $Zr=44{,}8$ [15]) / $Zr=89{,}6$ [16])
Jod	$J=127$				
Iridium	$Ir=99$ / $Ir=198$				
Kalium	$K=39{,}1$				
Kobalt	$Co=29{,}4$ / $Co=58{,}8$				

[1]) Wenn Beryllerde = BeO. — [2]) Wenn Beryllerde = Be_2O_3. — [3]) Wenn Indiumoxyd = InO. — [4]) Wenn Niobsäure = Nb_2O_3. — [5]) Wenn Niobsäure = Nb_2O_5. — [6]) Wenn Kieselsäure = SiO_3. — [7]) Wenn Kieselsäure = SiO_2. — [8]) Wenn Kieselsäure = SiO_2. — [9]) Wenn Tantalsäure = TaO_2. — [10]) Wenn Tantalsäure = Ta_2O_5. — [11]) Wenn Thorerde = ThO. — [12]) Wenn Thorerde = ThO_2. — [13]) Wenn Zirkonerde = ZrO. — [14]) Wenn Zirkonerde = Zr_2O_3. — [15]) Wenn Zirkonerde = ZrO_2. — [16]) Wenn Zirkonerde = ZrO_3.

Alle Temperaturangaben beziehen sich, wofern nicht ausdrücklich das Gegentheil ausgesprochen ist, auf die hunderttheilige Scale.

Allgemeine und physikalische Chemie.

M. A. Gaudin hat über die moleculare Structur der Krystalle des Ammoniakalauns (1) und des Teträthylammoniumplatinchlorids (2) berichtet und die Realität Seiner Theorie der Krystallogenie (3) besprochen. Krystallogenie.

J. M. Blake (4) hat Bemerkungen über die Messung der Krystallwinkel mitgetheilt.

E. Fremy (5) hat neuerdings darauf aufmerksam gemacht, dafs durch geeignetes sehr langsames und allmäliges Vermischen von Salzlösungen (vermittelst der Diffusion durch Membranen, Holz oder poröse Thongefäfse) die entstehenden unlöslichen Verbindungen im wohl krystallisirten Zustand erhalten werden können (6). Künstliche Erzeugung krystallisirter Mineralien und unlöslicher Substanzen.

Auch Becquerel d. ä. (7) hat weitere Mittheilung darüber gemacht, wie krystallisirte und amorphe unlösliche natürliche Verbindungen durch langsame chemische Wirkungen künstlich nachgebildet werden können (8). Ein

---

(1) Compt. rend. LXIII, 678; Instit. 1866, 338. — (2) Compt. rend. LXII, 423; Instit. 1866, 67. — (3) Jahresber. f. 1863, 1. — (4) Sill. Am. J. [2] XLI, 308. — (5) Compt. rend. LXIII, 714; Instit. 1866, 345; J. pharm [4] IV, 434; Zeitschr. Chem. 1866, 733; Chem. Centr. 1867, 140; Dingl. pol. J. CLXXXIV, 140. — (6) Vgl. Jahresber. f. 1853, 7. — (7) Compt. rend. LXIII, 5; J. pharm. [4] IV, 136; Zeitschr. Chem. 1866, 410; Chem. Centr. 1866, 970. — (8) Vgl. Becquerel's frühere Resultate: Jahresber. f. 1852, 6, 8; f. 1853, 5; und Kuhlmann's Angaben Jahresber. f. 1865, 2.

Künstliche Erzeugung krystallisirter Mineralien und unlöslicher Substanzen.

erstes allgemeines Verfahren besteht nach Ihm darin, M[e]talle auf befeuchtete unlösliche Salze electronegativer Metalle einwirken zu lassen, wobei der Erfolg meiste[ns] [aber nicht immer (1)] von demjenigen verschieden i[st,] welcher mit löslichen Salzen derselben Metalle erhalt[en] wird. Feuchtes Bleioxyd wird z. B. durch metallisch[es] Zink nicht verändert, Bleisuperoxyd nur zu einer nie[d]rigeren (nicht untersuchten) Oxydationsstufe reducirt. B[e]feuchtetes grünes zweifach-basisch kohlens. Kupfer ge[ht] in Berührung mit Zink, ohne Ausscheidung von meta[lli]schem Kupfer, unter blauer bis schwarzer Färbung [in] anderthalb-basisches und neutrales Salz über, welchen si[ch] kohlens. Zink in kleinen Drusen beimischt; bei Anwendu[ng] von Blei sind die Vorgänge analog, das kohlens. Blei wi[rd] aber in perlmutterglänzenden Krystallen erhalten. Wi[rd] natürliches oder künstliches neutrales chroms. Blei befeucht[et] auf eine Zinkplatte gebracht und durch Bedecken mit ein[er] Glasplatte vor dem Eintrocknen geschützt, so geht d[ie] Hälfte der Chromsäure in Lösung, während das rot[he] zweifach-basische Salz auf dem Zink zurückbleibt. Di[e]selbe Zersetzung findet statt, wenn das Bleisalz auf ein[e] Platinplatte, die den negativen Pol einer Batterie bild[et,] in Wasser getaucht wird. Schliefst man ein Blei-Plati[n]plattenpaar in eine Glasröhre ein, welche eine concentri[rte] Lösung von Chromchlorid und am Boden (wo das B[lei] aufliegt) eine Schicht Kaolin enthält, und überläfst m[an] die Röhre Jahre lang sich selbst, so bilden sich schliefsli[ch] nadelförmige orangerothe Krystalle von basisch-chrom[s.] Blei. Bezüglich der künstlichen Nachbildung krystallisirt[er] oder amorpher natürlicher Verbindungen ohne Interventi[on] von Metallen giebt Becquerel Folgendes an. Erhit[zt] man krystallisirtes basisch-salpeters. Kupfer (welches a[uf] Kreide abgesetzt wurde, s. u.) 12 Stunden lang in ein[er]

---

(1) Vgl. Jahresber. f. 1863, 117.

starkwandigen Glasröhre unter 4 bis 5 Atmosphären Druck mit einer Lösung von doppelt-kohlens. Natron, so krystallisirt bei mehrjähriger Aufbewahrung der Röhre schliefslich anderthalb-basisches kohlens. Kupfer in monoklinometrischen Prismen. Läfst man über Tafeln von Gyps eine gesättigte Lösung von schwefels. Kali rieseln, so bildet sich ein in Nadeln krystallisirtes schwefels. Doppelsalz (kein solches Doppelsalz wird erhalten, wenn man die Lösungen von schwefels. Natron, -Magnesia oder -Zink anwendet); ersetzt man das schwefels. Kali durch concentrirte Kalilauge, so entsteht nur schwefels. Kali und die Oberfläche des Gypses bedeckt sich mit Kalkhydrat. Mit einer Lösung von kiesels. Kali (von 6° bis 10° Baumé) bilden sich neben anderen Producten strahlenförmig gruppirte Nadeln eines dem Apophyllit ähnlichen Doppelsilicates von Kali und Kalk; diese sind vor dem Löthrohr schmelzbar, unlöslich in Wasser, aber sehr leicht zersetzbar durch Salzsäure. Mit einer Lösung von Thonerde-Kali werden in derselben Weise prismatische Krystalle eines Kalkaluminates erhalten. — Ein allgemeines (Diffusions-)Verfahren besteht ferner darin, poröse Substanzen mit der einen Lösung zu imprägniren und in die zweite Lösung einzutauchen. Imprägnirt man Kreidestücke mit einer concentrirten Lösung von salpeters. Blei oder Kupfer (wobei sich basische Salze dieser Metalle, salpeters. Kalk und die Kohlensäure erzeugen) und übergiefst diese Kreide in einem verschliefsbaren Glasgefäfse mit einer Lösung von kiesels. Kali von 10° Baumé, so bedecken sie sich bald mit stalactitischen Massen von kiesels. Kalk. Auch krystallisirtes basisch-chroms. Blei wird erhalten, wenn man Kreidestücke, die in der Siedehitze mit einer concentrirten Lösung von salpeters. Blei getränkt wurden, in die Lösung von chroms. Kali bringt.

Nach Sidot (1) lassen sich krystallisirte Schwefel-

[1]) Compt. rend. LXII, 999; Zeitschr. Chem. 1866, 328; J. pr. C, 310.

metalle durch die Einwirkung von Schwefel bei h
Temperatur auf freie oder an Kieselsäure gebundene O
erhalten. Amorphes Zinkoxyd geht in einer Atmos
von Schwefeldampf in eine verfilzte Masse von kry
sirtem *Schwefelzink* über, welche sich bei sehr h
Temperatur in einzelne hexagonale Krystalle von meh
Millimetern Länge verwandelt. Solche gröfsere Kry
von Amberfarbe und lebhaftem Glanz bilden sich
wenn amorphes gefälltes Schwefelzink oder natü
Blende bei möglichstem Luftabschlufs (in einem Porc
tiegel, der in einen irdenen eingesetzt ist) anhalter
hitzt wird, und zwar durch Sublimation, da Sido
Flüchtigkeit des Schwefelzinks beim Erhitzen in
Strom von reinem Stickgas und nach einer späterer
theilung (1) auch in einem Strom von schwefliger
oder Schwefelwasserstoff constatirte (die Verflücht
erfolgt langsam und nur bei den höchsten Temperat
Die in diesen letzteren Gasen (am Besten aus natü
Blende in einem Strom von reiner schwefliger Säur
bildeten Krystalle sind vollkommen farblos und durchs
und in der Dunkelheit während längerer Zeit phosp
cirend. Sie sind prismatisch ausgebildet und zeigen
Friedel's Bestimmung (2) die Combination der Fl
$\infty P . \infty P 2 . 2P . P . 0P$, mit den Neigungen ∞P :
$= 150^0$; $0P : 2P = 117^0 54', 6$; $2P : 2P = 12$
$0P : P = 136^0 39', 2$. Sie sind demnach mit dem Wurt
identisch und mit Greenockit isomorph. Nach $\infty P 2$ si
vollkommen, weniger gut auch nach der Basis sps
senkrecht zur Hauptaxe gemachte Schnitte ergaben s
polarisirten Licht als doppelbrechend und positiv. — Kry
sirtes *Schwefelcadmium* wird in derselben Weise wie S
felzink erhalten. Kubische *Schwefelbleikrystalle* von gr

---

(1) Compt. rend. LXIII, 188; J. pharm. [4] IV, 199; Z
Chem. 1866, 542. — (2) Compt. rend. LXII, 1001. — (3) Ja
f. 1861, 971.

Glas entstehen beim Erhitzen von Bleisilicaten im Schwefeldampf.

C. Rammelsberg (1) erhielt aus einer Lösung von 1 Molecül überchlors. Kali und 2 Molecülen übermangans. Kali drei, in ihrem Aussehen nicht wesentlich von dem übermangans. Kali verschiedene Krystallisationen, von welchen die erste gleiche Molecüle der beiden Salze, die zweite auf 1 Molecül des überchlors. 5 Molecüle des übermangans., die dritte auf 1 Molecül des überchlors. 12 Molecüle übermangans. Kali enthielt. Rammelsberg glaubt, dafs in diesen isomorphen Mischungen von einer eigentlichen Vertretung des Mangans (Mn) durch Chlor (Cl) wegen ihrer verschiedenen Werthigkeit nicht die Rede sein kann, und dafs überhaupt der Isomorphismus zweier Körper von der chemischen Aequivalenz der in ihnen enthaltenen elementaren Atome unabhängig ist, da die geometrische Formengleichheit nur die gleiche Lagerung der Molecüle voraussetze. Wiewohl demnach isomorphe Molecüle auch chemisch analog sein können, so ist nach der Ansicht von Rammelsberg diese Analogie doch nicht die Ursache der Isomorphie; eine isomorphe Mischung ist daher auch nur eine moleculare Aneinanderlagerung nach demselben Symmetriegesetz, welches die Molecüle der einzelnen isomorphen Körper beherrscht (2).

V. von Lang (3) hat das Wärmeleitungsvermögen einiger künstlichen einaxigen Krystalle (an parallel der Hauptaxe geschnittenen Platten und nach dem von Senarmont beschriebenen Verfahren) (4) untersucht. Als thermisch positiv $(\frac{r}{+})$ bezeichnet Er diejenigen, welche ein verlängertes Wärmeellipsoïd besitzen, als thermisch negativ $(\frac{r}{-})$ diejenigen mit abgeplattetem Ellipsoïd, entsprechend

---

(1) Pogg. Ann. CXXVIII, 169. — (2) Vgl. Jahresber. f. 1863, 4; f. 1865, 206. — (3) Wien. Acad. Ber. LIV (2. Abth.), 163; kurze Notiz in Wien. acad. Anzeiger 1866, 157. — (4) Jahresber. f. $18^{47}/_{48}$, 101.

Krystallo-physik. der gebräuchlichen Bezeichnungsweise der Krystalle, in wel chen die Wellenoberfläche des aufserordentlichen Strahl von derselben Art ist. In der Mehrzahl der von v. Lan; untersuchten Substanzen ergab sich für das Wärmelei tungsvermögen und das optische Verhalten dasselbe Zeiche und für die isomorphen Substanzen Uebereinstimmung de thermischen wie des optischen Characters; nur die unter schwefels. Salze des Kalks und des Bleioxyds (für welch das Axenverhältnifs der thermischen Ellipse nicht m Sicherheit festgestellt werden konnte) scheinen von diese Regel abzuweichen. Die folgende Tabelle enthält v. Lang Resultate, denen der optische Character beigefügt ist.

Substanz	Optischer Character	Thermischer Character	Verhältnifs der Axen des Wärmeellipsoïdes
Tetragonal krystallisirende Verbindungen:			
$NH_4Cl, CuCl + 2 HO$		+	1 : 0,92 bis 0,9
$MgCy, PtCy + 3 HO$			0,91 bis 0,93 : 1
$KO, 2 HO, PO_5$			0,83 : 1
$NH_4O, 2 HO, PO_5$			0,86 bis 0,90 : 1
$KO, 2 HO, AsO_5$			0,88 : 1
$NH_4O, 2 HO, AsO_5$			0,84 : 1
$NiO, SO_3 + 6 HO$			0,91 bis 0,96 : 1
$CaO, C_4H_2O_3 + CuO, C_4H_2O_3 + 8 HO$	+	+	1 : 0,87 bis 0,
Harnstoff		+	1 : 0,85 bis 0,
Hexagonal krystallisirende Verbindungen:			
$CdCl, KCl$	+	+	1 : 0,91 bis 0,
$CdCl, NH_4Cl$	+	+	—
$NiFl, SiFl_2 + 6 HO$ *)	+	+	1 : 0,90 bis 0,
$FeK_2Cy_3 + KO, NO_5 + NaO, NO_5$ **)			0,90 bis 0,97 : 1
$CaO, S_2O_5 + 4 HO$ ***)	+	—	—
$PbO, S_2O_5 + 4 HO$ ***)	+		—

*) Vgl. Jahresber. f. 1859, 108. — **) Die von Martins beschriebene Verb dung; vgl. diesen Bericht bei Cyanverbindungen. — ***) In der Abhandlung si diese beiden Salze wasserfrei angegeben.

Descloizeaux (1) hat in einer bis jetzt nur auszug weise vorliegenden dritten Abhandlung (2) über das optiscl

(1) Compt. rend. LXII, 987; Instit. 1866, 189; Pogg. Ann. CXXI 345. — (2) Vgl. Jahresber. f. 1861, 12, 992; f. 1862, 782; f. 1865,

Verhalten natürlicher und künstlicher Krystalle den Einfluſs der Wärme auf die Lage der optischen Axen und die Verwerthung des optischen Verhaltens zur Feststellung des Krystallsystems erörtert.

Krystallophysik.

Nach Berechnungen von A. Schrauf (1) sind die verschiedenen Brechungsexponenten, welche für Varietäten derselben Mineralien von verschiedenen Localitäten (Beryll; Topas; Apatit) gefunden wurden, nur eine Folge der verschiedenen Dichte dieser Varietäten; die Brechungsvermögen sind gleich. Dasselbe Resultat ergab sich für allotrope Modificationen (Calcit und Arragonit; Anatas und Rutil). Schrauf schlieſst hieraus, „daſs die Ursache dieser Allotropieen nicht in einer atomistischen Aenderung der Materie, sondern in dem Auftreten verschiedener Aequivalente derselben identen Materie zu suchen ist." — Derselbe hat ferner (2) die Analogieen zwischen dem Refractionsäquivalent (3) und dem specifischen Volum bei unzerlegten Stoffen und bei Verbindungen erörtert.

K. Haushofer (4) hat den Asterismus (5) und die Brewster'schen Lichtfiguren am Calcit und einigen anderen krystallisirten Substanzen einer eingehenden Untersuchung unterworfen und Seine Resultate in folgenden Sätzen resümirt. 1) Die durch Einwirkung von auflösenden Flüssigkeiten auf natürliche oder künstliche Krystallflächen entstehenden Vertiefungen entsprechen Krystallformen der Krystallreihe des geätzten Körpers; sie sind als Aggregate der Formen der ersten Individuen anzusehen. 2) Am Calcit zeigen dieselben fast ausschlieſslich rhomboëdrische und scalenoëdrische Formen erster Stellung. 3) Einfache und hemitropisch gebildete Calcite unterscheiden sich, wie

---

(1) Wien. Acad. Ber. LIV (2. Abth.), 386; kurze Notiz in Wien. acad. Anz. 1866, 179. — (2) Wien. Acad. Ber. LIV (2. Abth.), 844. — (3) Jahresber. f. 1865, 85. — (4) In Seiner Habilitationsschrift : Ueber den Asterismus und die Lichtfiguren am Calcit. Mit 6 Tafeln. München 1865. — (5) Vgl. Jahresber. f. 1863, 2.

Krystallophysik. durch das Verhalten im polarisirten Licht, so auch durch die mittelst Aetzung erzeugten Formen und den Asteriamus ihrer geätzten und ungeätzten Flächen. 4) Die Asterieen im durchfallenden Licht können beruhen a) auf Interferenzerscheinungen; b) auf Reflexionen an inneren Texturflächen und c) auf Brechung der Lichtstrahlen in Vertiefungen und Streifungen. 5) Solche Brechungen sind auch die vorwiegende Ursache der Brewster'schen Lichtfiguren.

Zech (1) hat eine Zusammenstellung des bezüglich der physikalischen Eigenschaften der Krystalle Bekannten gegeben.

Capillarität. Chevreul (2) hat einige Capillaritätserscheinungen beschrieben. Ein aus gepulvertem Bleiweifs mit Leinöl bereiteter und mit Wasser überschichteter Teig trocknete ein ohne Oel abzugeben, während aus einem wässerigen Bleiweifsteige durch aufgegossenes Leinöl ein erheblicher Theil des Wassers verdrängt wurde. Gepulverter Kaolin und grauer Thon von Gentilly zeigten unter denselben Bedingungen gerade das umgekehrte Verhalten; der wässerige Teig erhielt sich unter dem Oel unverändert, aus dem mit Oel bereiteten wurde durch aufgegossenes Wasser das Oel anscheinend vollständig abgeschieden, und zwar im entfärbten und zum Trocknen besonders geneigten Zustand. Chevreul betrachtet diese Erscheinungen als auf einer besonderen Art der capillaren Affinität zwischen festen und flüssigen Substanzen beruhend, die Er als capillare Wahlverwandtschaft (affinité capillaire éléctive) bezeichnet (3). Er bespricht die practischen Folgerungen, welche sich daraus (für die Anwendung fetter oder harziger Ueberzüge auf Mauerwerk) ergeben und knüpft hieran Betrachtungen über Oberflächenwirkungen, über Endosmose und über Petrification organischer Substanzen.

(1) Würtemb. Jahreshefte 1865, 226. — (2) Compt. rend. LXIII, 61. — (3) Vgl. auch Bemerkungen von Jullien Compt. rend. LXIII, 399, 456, und Chevreul's Erwiederung ebendaselbst 400, 457.

Untersuchungen von A. und P. Dupré (1) über Molecularkräfte und Moleculararbeit, insbesondere über die Anziehung der Körper in kleinsten Entfernungen und über die bei der Vereinigung der Elemente stattfindende Arbeit können wir für jetzt nur namhaft machen.

E. J. Maumené (2) behandelt in einer weiteren Mittheilung über die Wirkungsweise der Affinität (3) die Fälle, in welchen zwei Substanzen vor ihrer Einwirkung sich vollkommen mischen oder in einander lösen, so dafs an die Stelle der beiden einzelnen Dichten eine gemeinschaftliche tritt. Er formulirt für diese Fälle das Gesetz : dafs die chemische Anziehung zwischen gleichen Volumen und folglich zwischen gleichen Gewichten thätig ist, und führt zur Erläuterung als Beispiele an : die Einwirkung von 1 Molectil Blausäure (27 Th.) auf $1^1/_2$ Molectile Wasser (27 Th.) (4); die Bildung von Benzoylanilid aus Benzoylhydrür (106 Th.) und Anilin (93 Th.), und die Bildung des unterschwefligs. Goldoxydul-Natrons (5). Insbesondere aber lassen sich die auffallenden, von Millon bei der Bildung von Aetherschwefelsäure beobachteten Erscheinungen (6) Seiner Ansicht nach nur durch dieses Gesetz erklären (vgl. bei Alkoholen). Maumené findet jetzt, dafs Seine Affinitätstheorie die gegenwärtig allgemeiner angenommenen Betrachtungsweisen vervollständigt

Allgemeine theoretische Betrachtungen. Affinität.

---

(1) Compt. rend. LXII, 791; Phil. Mag. [4] XXXI, 548; die ausführlichere Abhandlung Ann. ch. phys. [4] VI, 274; VII, 286, 406; IX, 328. — (2) Compt. rend. LXII, 697. — (3) Vgl. Jahresber. f. 1864, 8. — (4) Sofern bei diesem Verhältnifs die gröfste Zusammenziehung und Wärmeabsorption stattfindet. Jahresber. f. 1864, 64, 69. — (5) L. Gmelin's Handbuch der Chemie 4. Aufl., III, 678. — (6) Traité de chimie organique par Ch. Gerhardt II, 292.

Affinität. und vereinfacht; Er glaubt, daſs dieselbe, nebst dem Ge[setz] der multiplen Proportionen und dem Gay-Lussac'sc[hen] Volumgesetz, ausreicht, um alle chemischen Vorgäng[e zu] erklären.

A. Vernon Harcourt und W. Esson (1) ha[ben] über den Zusammenhang zwischen den Bedingungen e[iner] chemischen Zersetzung (2) und dem Betrag dersel[ben] weitere Studien veröffentlicht, welche sich auf die U[m-] setzung zwischen Wasserstoffsuperoxyd und Jodwasser[stoff] (oder zwischen einer Mischung von Natrium- oder Bary[um-] superoxyd, Salzsäure und Jodkalium) beziehen. Sie [ver-] folgten den allmälig fortschreitenden Gang der React[ion,] indem Sie die Zeitintervalle bestimmten, welche für [den] Eintritt der gelben Färbung erforderlich sind, wenn [das] abgeschiedene Jod durch Zusatz einer kleinen Menge [von] unterschwefligs. Natron immer wieder gebunden wird [(die] Lösung des unterschwefligs. Natrons wurde tropfenw[eise] und immer in gleichem Maſse zugesetzt; der Gehalt e[ines] solchen Maſses und der Gehalt des angewendeten Su[per-] oxyds wurde genau bestimmt) und erhielten so die Da[ten,] um die Menge y des Superoxyds, welche in der Misch[ung] bei einem Zeitpunkt der Färbung t, und die Menge [y_1,] welche bei dem nächstfolgenden Punkt der Färbun[g t_1] noch vorhanden sind, zu berechnen, woraus sich für [das] Zeitintervall t_1-t die Menge des zersetzten Superoxy[ds] $= y-y_1$ ergiebt. Nach dem Gesammtergebniſs Ihrer V[er-] suche, über welche in der angeführten Notiz nur auszu[gs-] weise berichtet ist, bleibt der Betrag der Umsetzung der Me[nge] des noch unzersetzten Superoxyds beständig proportio[nal.]

A. Bettendorff (3) hat darauf aufmerksam gem[acht,] daſs die Beobachtungen von Graham (4) und Wüllner [(5)]

---

(1) Lond. R. Soc. Proc. XV, 262. — (2) Jahresber. f. 186[..,] auch Lond. R. Soc. Proc. XIV, 270. — (3) Zeitschr. Chem. 1866, Zeitschr. anal. Chem. VI, 98; N. Arch. ph. nat. XXVIII, 84. — (4) Ja[hres-] ber. f. 1861, 67. — (5) Jahresber. f. 1858, 42; vgl. auch Jahre[sber.] f. 1864, 71.

durch welche diese Forscher die Berthollet'sche Verwandtschaftslehre in Bezug auf Doppelzersetzungen zu bestätigen glaubten, eben so gut für die Bergman'sche Theorie sprechen, sofern sie nur das Stattfinden einer Umsetzung und das gleichmäfsige Verhalten zweier äquivalenter Salzmischungen (z. B. $2(NaO, SO_3)$ und $2 KCl$; $2(KO, SO_3)$ und $2 NaCl$) beweisen, keineswegs aber entscheiden, ob die Umsetzung nur theilweise (nach Berthollet's Lehre) oder vollständig (nach Bergman's Regel) erfolgt. v. Than's Versuche (1) erscheinen Bettendorff unsicher, weil bei denselben die Löslichkeit eines Salzes in Salzlösungen a priori derjenigen in reinem Wasser gleichgesetzt ist. Bettendorff hat nun Seinerseits, wie früher Gladstone, auf optischem Wege zuverlässigere Grundlagen zur Beantwortung dieser Frage zu erhalten gesucht (2) und vorläufig die folgende Beobachtung mitgetheilt. Eine Lösung von essigs. Eisenoxyd absorbirt, wenn man sie mittelst des Spectroscops untersucht, einen Theil des Spectrums (im Roth, Grün und besonders Violett), doch zeigt sie keine Streifen. Schaltet man aber zwischen diese Lösung und die Lichtquelle eine Röhre mit Untersalpetersäure ein, so werden in dem Spectrum derselben mit abnehmender Concentration der Eisenlösung Streifen in steigender Zahl wahrgenommen und es zeigt demnach dieses Spectrum, durch gleich lange Schichten verschieden concentrirter Lösungen von essigs. Eisenoxyd beobachtet, characteristische Verschiedenheiten. Eisenchlorid verändert in starker Verdünnung weder für sich noch in Verbindung mit essigs. Eisenoxyd das Absorptionsspectrum des letzteren und ebensowenig das der Untersalpetersäure; dasselbe gilt für essigs. Kali. Da nun eine Lösung von essigs. Eisenoxyd [in 26 CC. 0,0044 bis 0,0356 Grm. des neutralen

---

(1) Jahresber. f. 1865, 692. — (2) Vgl. über denselben Gegenstand noch Jahresber. f. 1852, 296; f. 1858, 808; f. 1860, 28; f. 1861, 67; f. 1862, 13; f. 1864, 93.

Salzes enthaltend (1)] nach Zusatz der äquivalenten Menge Chlorkalium das Untersalpetersäurespectrum genau so erscheinen läfst, wie eine gleichverdünnte Lösung von reinem essigs. Eisenoxyd, und da in gleicher Weise eine gemischte Lösung von Eisenchlorid und der äquivalenten Menge von essigs. Kali sich wie die gleich verdünnte Lösung der ganzen dem Eisenchlorid entsprechenden Menge von essigs. Eisenoxyd verhält, so mufs geschlossen werden, dafs Chlorkalium sich mit essigs. Eisenoxyd nicht umsetzt, und dafs bei der Umsetzung von essigs. Kali mit Eisenchlorid nur Chlorkalium und essigs. Eisenoxyd, nicht aber vier Salze entstehen. Der Berthollet'sche Satz ist demnach *für diesen Fall* nicht gültig.

A. Chiżyński (2) hat Beiträge zur Lehre von der chemischen Massenwirkung geliefert. Er untersuchte das Verhalten des Kalks und der Magnesia zu Phosphorsäure in der Weise, dafs Lösungen von Chlorcalcium und Chlormagnesium-Chlorammonium mit einer nur zur theilweisen Fällung ausreichenden Menge von Phosphorsäure und mit Ammoniak versetzt und das Verhältnifs der Basen im Niederschlag bestimmt wurde. Die Zusammensetzung dieses Niederschlags, welcher bei dem verschiedensten Verhältnifs der angewandten Salze stets Magnesia und Kalk enthielt, ergab sich nahezu unabhängig von der Menge des zur Verdünnung angewendeten Wassers und von der des Ammoniaks, wechselnd dagegen mit dem Verhältnifs zwischen

---

(1) Die Lösungen wurden in einem Glasrohre von 0,11 Met. Länge, 0,017 Met. innerem Durchmesser und 26 CC. Capacität vor den Spalt des Spectroscops gebracht. Dieselbe war durch, mit Canadabalsam aufgekittete, Spiegelplatten verschlossen und mit einem seitlich angesetzten Röhrchen zum Eingiefsen versehen, das eine Marke trug. Das Untersalpetersäuregas war in einer ähnlichen Röhre von 0,078 Met. Länge und 0,017 Met. Weite enthalten, und die Spiegelplatten auf diese mit Paraffin aufgekittet. Alle Beobachtungen geschahen bei 16° und 17°. — (2) Ann. Ch. Pharm. Suppl. IV, 226; im Auszug. Zeitschr. Chem. 1866, 197; Chem. Centr. 1866, 465; Phil. Mag. [4] XXXII, 363.

dem Kalk- und Magnesiasalz und dem Verhältniſs dieser beiden Salze zur Phosphorsäure. Die hierauf bezüglichen Versuchsergebnisse sind auszugsweise in der folgenden Tabelle zusammengestellt. Es enthielt 1 CC. der Chlorcalciumlösung 28,5 Milligrm. Kalk, 1 CC. der Chlormagnesiumlösung 21 Milligrm. Magnesia, 1 CC. der Phosphorsäurelösung 72,3 Milligrm. wasserfreie Phosphorsäure. Die absolute Menge der Phosphorsäure blieb in allen Versuchen dieselbe (5 CC.).

Versuchsflüssigkeit in CC.		Gehalt des Niederschlags an		Auf 1 Atom PO_5 enthält der Niederschlag Aequivalente		$\left(\frac{1}{x}\right)$	(z)
CaCl	MgCl	CaO	MgO	CaO	MgO		
10	10	0,2139	0,1376	1,50	1,85	—	
15	10	0,3182	0,1008	2,23	1,06	—	
20	10	0,3796	0,0758	2,66	0,74	—	
25	10	0,4073	0,0698	2,88	0,68	—	
50	10	0,4037	0,0515	2,83	0,50	—	
100	10	0,5159	0,0505	3,60	0,50	—	
15	10	0,3182	0,1008	2,23	1,00	—	
15	15	0,2727	0,1073	1,91	1,05	—	
15	20	0,2642	0,1244	1,85	1,22	—	
15	25	0,2449	0,1470	1,71	1,38	—	
15	50	0,1525	0,1542	1,07	1,51	—	
15	100	0,0289	0,2062	0,20	2,02	—	
10	10	0,2139	0,1376	1,50	1,85	$1/_{0,925}$	0,928
15	15	0,2727	0,1073	1,91	1,05	$1/_{0,733}$	0,733
15,6	15,6	0,3184	0,0860	2,25	0,85	$1/_{0,616}$	0,616
19,5	19,5	0,3420	0,0800	2,40	0,78	$1/_{0,573}$	0,573
25	25	0,3641	0,0978	2,55	0,96	$1/_{0,613}$	0,613
50	50	0,4045	0,1156	2,83	1,11	—	
100	100	0,4302	0,1106	3,02	1,08	—	

Aus diesen Daten ergeben sich folgende Schlüsse. Werden die beiden Chloride zu gleichen Aequivalenten angewandt, so geht der Kalk in gröſserem Aequivalentverhältniſs in den Niederschlag ein, und zwar mit zunehmender Menge der Chloride in steigendem Verhältniſs. Wächst bei gleichbleibender Menge des Chlormagnesiums die des Chlorcalciums, so nimmt der Kalkgehalt des Niederschlags zu, während sich der Magnesiagehalt verringert; das

Umgekehrte findet statt, wenn die Menge des Chlorcalciums constant bleibt und jene des Magnesiums wächst, und zwar erfolgen diese Aenderungen in der Zusammensetzung nicht sprungweise, sondern stetig und allmälig. Bei vorwaltendem und sehr überschüssigem Chlorcalcium nähert sich die Zusammensetzung des Niederschlages der Formel PO_5, $4 RO$, bei vorwaltendem Chlormagnesium der Formel PO_5, $2 RO$, nach Chiżyński's Vermuthung, weil in dem ersteren Falle wahrscheinlich eine Verbindung $Ca_4P_2O_9$, in dem zweiten vorwiegend NH_4MgPO_4 entsteht (vgl. bei phosphors. Kalk). Die Verwandtschaft des Kalks zur Phosphorsäure überwiegt hiernach die der Magnesia. Andererseits üben 2,5 bis 3 Molecüle Chlormagnesium ($MgCl_2$) gegenüber 1 Molecül Phosphorsäure dieselbe Wirkung wie 1,5 Molecüle Chlorcalcium ($CaCl_2$), da bei diesem Verhältnifs in der Lösung annähernd gleiche Aequivalente beider Basen mit Phosphorsäure zusammentreten. Die chemische Wirkung eines Körpers ist folglich allerdings von seiner Verwandtschaft *und* seiner Masse abhängig; sie steigt wenn das Product dieser beiden Gröfsen wächst, ohne jedoch demselben im Allgemeinen proportional zu sein. Ferner steigt, wenn die Mengen zweier Körper gegenüber einem dritten, zu welchem sie beide Verwandtschaft haben, in gleicher Weise zunehmen, die chemische Wirkung des Körpers mit der gröfseren Verwandtschaft schneller, und umgekehrt fällt auch die Wirkung des Körpers mit der schwächeren Verwandtschaft schneller, als nach den Massen zu erwarten wäre. Chlorcalcium zeigt gegenüber der Phosphorsäure stets eine gröfsere, Chlormagnesium stets eine kleinere Wirkung als Berthollet's Gesetz der Massenwirkung verlangt. Um die den Quantitäten proportionalen Wirkungen zu finden, ist daher die chemische Masse (oder die Zahl der Aequivalente) noch mit einem Verwandtschaftscoëfficienten zu multipliciren, welcher mit der Masse variirt und nach den vorstehenden Versuchen für Chlorcalcium gröfser als $1\left(\frac{1}{x}, \text{wenn } x < 1\right)$, für

Chlormagnesium kleiner als 1 ist (z). Dieses Ergebnifs verallgemeinernd, giebt Chižyński dem Berthollet'schen Gesetz der Massenwirkung die Fassung: „Die chemischen Wirkungen (W, W$_1$) sind proportional den Producten aus den chemischen Massen (M, M$_1$) in ihre Verwandtschaftscoëfficienten $\left(\frac{1}{x}, z\right)$, W : W$_1$ = M$\frac{1}{x}$: M$_1$z." Er berechnet die Verwandtschaftscoëfficienten für Chlorcalcium und Chlormagnesium unter Berücksichtigung des störenden Einflusses, welchen die Gegenwart des Salmiaks und des Ammoniaks in den Versuchen übt und den Er erörtert, und unter der Annahme, dafs bei möglichst kleinen gleichen chemischen Massen die Wirkungen denselben proportional und daher gleich sind. Er findet, dafs bei gleicher Zunahme der chemischen Massen der Coëfficient in dem einen Fall direct, in dem andern reziprok als Factor auftritt, wie diefs die in der letzten Columne der Tabelle angegebenen berechneten Werthe, welche mit den gefundenen nahezu übereinstimmen, zeigen. Gleiche Massen von Chlorcalcium und Chlormagnesium scheinen daher gleiche, aber in entgegengesetztem Sinne wirksame Verwandtschaftscoëfficienten zu besitzen. Chižyński hält es für wahrscheinlich, dafs dieselbe Regelmäfsigkeit für gleiche chemische Massen von ungleichen chemischen Wirkungen allgemeine Gültigkeit habe (1).

Auf Studien von C. M. Guldberg und P. Waage (2) über Affinität, insbesondere über den Einflufs der Masse und des Volums der einwirkenden Substanzen und der Zeitdauer auf Affinitätswirkungen können wir nur hinweisen.

J. A. R. Newlands (3) glaubt, dafs die Bivalenz des Kohlenstoffs im Kohlenoxyd auf der Aneinanderlagerung und theilweisen Sättigung zweier Kohlenstoffatome beruhe und dem Kohlenoxyd daher die Formel C_2O_2 beizulegen

(1) Vgl. auch Debus' Versuche, Jahresber. f. 1858, 308. ff. Chižiński betrachtet die Folgerungen, welche Debus aus seinen Resultaten zieht, zum gröfseren Theil als nicht zulässig. — (2) Videnskabernes Selskabs Forhandlinger for 1864. — (3) Chem. News XIII, 229.

sei (1). Die Consequenz dieser Annahme ist, daſs um die Uebereinstimmung in den Gas- oder Dampfvolumen zu wahren, auch die Molecüle des Wassers, Ammoniaks und der meisten Verbindungen verdoppelt werden müssen. Die Berechtigung einer solchen Multiplication suchte Newlands noch besonders zu begründen (2).

J. A. Wanklyn (3) hat den Einfluſs von der Lehre der Quantivalenz auf die chemische Theorie besprochen.

Bestimmung des spec. Gew. fester Körper.

F. Stolba (4) machte Mittheilung darüber, daſs die Bestimmung des spec. Gew. fester Substanzen mittelst ihrer gesättigten wässerigen Lösung in manchen Fällen Vortheile bietet, namentlich dann, wenn die Substanz in Wasser, Alkohol und Kohlenwasserstoffen löslich ist oder sich damit umsetzt (Chromsäure). Wesentlich ist bei diesem Verfahren, die (durch Schütteln der gepulverten Substanz mit Wasser in kurzer Zeit darstellbare) gesättigte Lösung während der Dauer des Versuchs genau auf der Temperatur zu erhalten, für welche sie gesättigt wurde und ihre Dichte, aus welcher die der festen Substanz durch Vergleichung der Gewichte gleicher Volume sich ergiebt, vor und nach dem Versuch zu bestimmen; die zu prüfenden Substanzen sind in Pulverform anzuwenden. Stolba hat mittelst derselben für viele Substanzen von bekanntem spec. Gew. genaue Resultate erhalten.

Bestimmung des spec. Gew. von Flüssigkeiten.

J. A. R. Newlands (5) glaubt das Verfahren zur Bestimmung des spec. Gew. flüssiger Substanzen besonders

---

(1) Eine andere Ansicht über die Constitution des Kohlenoxydes hat J. A. Wanklyn (Chem. Soc. J. [2] IV, 15) dargelegt. — (2) Chem. News XIV, 25, 49, 148. Vgl. auch Stevenson's Bemerkungen Chem. News XIV, 37, 131. — (3) Phil. Mag. [4] XXXI, 288. — (4) J. pr. Chem. XCVII, 508. — (5) Chem. News XIII. 50; Zeitschr. anal. Chem. V, 97; Dingl. pol. J. CLXXX, 168.

für kleine Flüssigkeitsmengen zu verbessern, indem Er eine beliebige Menge der Substanz in einem verstopften Fläschchen wägt, mit einer kleinen Pipette ein bestimmtes Volum der Flüssigkeit herausnimmt und wieder wägt und denselben Versuch auch mit Wasser ausführt, um die Gewichte der beiden gleichen Volume zu vergleichen. Der mit der Anwendung einer Pipette verbundene unvermeidliche Verlust gereicht diesem Verfahren, dem gebräuchlichen (1) gegenüber, keineswegs zur Empfehlung.

G. Th. Gerlach (2) hat im Anschlufs an Seine frühere Untersuchung (3) auch die Eintheilung des Models (des bei dem Schwimmen im Wasser unter dem Wasserspiegel befindlichen Theils) der Aräometer mit gleichgradiger Scala verglichen. Er betrachtet die Gay-Lussac'sche Eintheilung in 100 Grade als die zweckmäfsigste.

Von der Ansicht ausgehend, dafs die mehrwerthigen Elemente in ihren Verbindungen mit verschiedenen Werthigkeiten auftreten können, welche für dieselben eben so viele eigenthümliche und voraussichtlich mit abweichenden physikalischen Eigenschaften verbundene Zustände constituiren, hat H. L. Buff (4) die specifischen Volume einiger Verbindungen, die Kohlenstoff, Schwefel oder Phosphor und zwar nach Seiner Annahme zum Theil mit verschiedener Werthigkeit enthalten, mit Sorgfalt bestimmt, um zunächst in Bezug auf diese Elemente ein Kriterium für die Zulässigkeit Seiner Hypothese zu gewinnen. Die Resultate Seiner Bestimmungen, welche nach der von H. Kopp (5) beschriebenen Methode ausgeführt wurden, folgen hier im Auszug. Die specifischen Gewichte gelten für die unter $t°$ beigesetzten Temperaturen, alle specifischen Volume für den Siedepunkt.

---

(1) Lehrbuch der physikal. und theoretischen Chemie von Buff, Kopp und Zamminer, 2. Aufl., I, 278. — (2) Zeitschr. anal. Chem. V, 185. — (3) Jahresber. f. 1865, 10. — (4) Ann. Ch. Pharm. Suppl. IV, 129; im Auszug Zeitschr. Chem. 1866, 374. — (5) Ann. Ch. Pharm. XCIV, 257.

Beziehungen zwischen dem Atomgewicht und dem spec. Gewicht.

Siedep.	Sp. Gew.	t°	Sp. Vol.	Siedep.	Sp. Gew.	t°	Sp. Vol.
Wasser, H_2O. Mol.-Gew. = 18				*Amylen*[2]), C_5H_{10}. Mol.-Gew. = 70			
100°	0,95851 [1])	100°	18,77 [1])	30°-33° *	0,64178	17°	—
					0,62484	33°	112,118
Valerylen[3]), C_5H_8. Mol.-Gew. = 68					0,62335	„	112,296
41°	0,68526	17°	—	33°-35°,5 *	0,64769	17°	—
	0,65595	41°	103,66		0,62640	35°,5	111,749
	0,65844	„	103,27		0,62628	„	111,771
42°	0,69999	0°	—	33°-34°	0,66277	0°	—
	0,65082	42°	104,48		0,629254	33°,5	111,24
					0,62237	„	112,47
Diallyl[4]), $(C_3H_5)_2$. Mol.-Gew. = 82				*Propyljodür*[5]), C_3H_7J. Mol.-Gew. = 170			
58°-59°,5	0,6892	17°	—	98°	1,7165	17°	—
	0,64719	59°,5	126,701		1,71797	„	—
	0,64646	„	126,999		1,56128	98°	108,88
58°	0,68844	17°	—		1,56395	„	108,69
	0,64592	58°	126,950		1,56309	„	108,75
	0,64586	„	127,060		1,56145	„	108,87
Schwefelkohlenstoff[6]), CS_2. Mol.-Gew. = 76				*Schwefelsäure-Anhydrid*[7]), SO_3. Mol.-Gew. = 80			
46°	1,30534	0°	—	46°-47°	1,90915	25°	—
	1,29182	„	—		1,90814	„	—
	1,27894	10°	—		1,8105	47°	44,18
	1,27914	„	—		1,8101	„	44,19
	1,26652	17°	—	*Phosphoroxychlorid*[8]), $POCl_3$. Mol.-Gew. = 153,5			
	1,23777	46°	61,40	110°	1,69302	10°	—
	1,22638	„	61,97		1,69440	„	—
	1,21814	„	62,88		1,69106	14°	—
Phosphorchlorür, PCl_3. Mol.-Gew. = 137,5					1,68626	15°	—
76°	1,61253	0°	—		1,64945	51°	—
	1,61128	„	—		1,50778	110°	101,80
	1,59708	10°	—		1,512835	„	101,46
	1,46859	76°	98,62		1,51328	„	101,44
	1,47631	„	98,13		1,510439	„	101,62
	1,46881	„	98,61		1,501298	„	102,24

[1]) Im Mittel aus sechs Versuchen; für die Ausdehnung wurde gefunden 1,000000 Vol. bei 0° = 1,043105 Vol. bei 100° (vgl. Jahresber. f. 1865, 23). — [2]) Durch Digestion von reinem Amylalkohol mit dem gleichen Gewichte geschmolzenen Chlorzinks, Fractioniren des Destillates und Rectificiren über Natrium dargestellt; ein ganz constanter Siedepunkt wurde nicht erreicht; die beiden mit * bezeichneten Fractionen enthielten noch Spuren von Amylwasserstoff oder einer analogen Verbindung. — [3]) Nach Reboul's Verfahren (Jahresber. f. 1864, 505) erhalten; der bei 40° bis 44° siedende Antheil wurde wiederholt über Natrium rectificirt und durch Fractioniren in zwei Portionen von 41° und 42° Siedepunkt gesammelt. — [4]) Aus Jodallyl dargestellt, welches mit Glycerin und Jodphosphor bereitet war. — [5]) Aus Glycerin, Jod und Phosphor dargestellt. — [6]) Mit geschmolzenem Chlorcalcium entwässert und über Natrium rectificirt. — [7]) Aus rauchender Schwefelsäure destillirt. Es schmolz in geschlossenen Röhren bei 25°,5 und erstarrte bei 25°; nach vorhergegangenem Schmelzen lag der Siedepunkt bei 46° bis 47°. — [8]) Durch Einwirkung von Fünffach-Chlorphosphor auf Benzoësäure und auf krystallisirte Borsäure dargestellt.

Bei dem Vergleich dieser specifischen Volume mit demjenigen, welche sich bei der Berechnung nach dem Verfahren von Kopp ergeben, wenn die folgenden von diesem Forscher ermittelten Werthe für die specifischen Volume der Elemente zu Grunde gelegt werden, nämlich für:

C	H	Cl	Br	J	O	
11,0	5,5	22,8	27,8	37,5	innerhalb eines Radicals	12,2
					außerhalb „ „	7,8,

findet Buff, daß die Verbindungen, in welchen nach ihrem chemischen Verhalten zweiwerthiger Kohlenstoff angenommen werden kann, auch in ihrem specifischen Volum von dem berechneten abweichen, wie die folgende Zusammenstellung zeigt. Die mit *) bezeichneten Angaben sind Kopp's Untersuchungen entnommen.

Substanz	Formel	Spec. Vol. bei den Siedepunkten		Differenz	Atome von bivalentem Kohlenstoff
		beobachtet	berechnet		
Zweif.-gechlortes Elayl*)	$C_2H_2Cl_2$	79,9	78,6	+ 1,3	1
Chlorkohlenstoff*)	C_2Cl_4	115,4	113,2	+ 2,2	1
Zimmts. Aethyl*)	$C_{11}H_{12}O_2$	211,3	207,0	+ 4,3	1
Amylen	C_5H_{10}	111,24-112,47	110,0	+1,24-2,47	1
Diallyl	C_6H_{10}	126,7 -127,0	121,0	+5,7 -6,0	2
Valerylen	C_5H_8	103,27-104,88	99,0	+4,27-5,48	2

Daraus, daß die allerdings nicht erheblichen Abweichungen alle nach derselben Seite fallen, während die für das Wasser und für das Jodpropyl gefundenen Werthe sehr genau mit den berechneten übereinstimmen, schließt Buff, daß das specifische Volum des zweiwerthigen Kohlenstoffs in der That größer ist als das des vierwerthigen. Er berechnet sodann aus dem specifischen Volum des Schwefelkohlenstoffs (mit der Formel CS_2S) das des zweiwerthigen Schwefels innerhalb eines Radicals = 27,8 bis 28,8; das des vierwerthigen Schwefels (in der schwefligen Säure) = 22,6 und das des sechswerthigen (aus dem Schwefelsäurehydrid) = 12, beide ebenfalls für ihre Stellung innerhalb eines Radicals; ferner das specifische Volum des drei-

werthigen Phosphors = 25, das des fünfwerthigen = :
Er erblickt in diesen Zahlen eine Bestätigung der Ansic
daſs allgemein zwischen der Raumerfüllung und der chei
schen Affinität der Materie ein Zusammenhang besteht u
daſs daher die Verbindungen um so dichter sind, je gröſ
die Anzahl von Verwandtschaftseinheiten ist, mit welcl
die einzelnen Atome in denselben fungiren. Er geht :
letzt in Betrachtungen über die verschiedene Werthigl
einiger Elemente ein und entwickelt den Gedanken, d
in dem Bestreben der Elemente, aus einem abnormen ?
stand (niedere Werthigkeit) in den normalen (Maxim
der Werthigkeit) überzugehen, eine Kraft liege, welc
chemische Metamorphosen veranlasse.

Wärmeabsorption. Magnus (1) fand bei dem Vergleich des Wärn
ausstrahlungsvermögens verschiedener auf 220° bis 230°
hitzter Gase und Dämpfe das der trockenen und feucht
(aber durchsichtigen und nebelfreien) atmosphärischen L
sehr gering, gegenüber jenem der Kohlensäure, des Leuc
gases und der Luft, die mit den Dämpfen von Alkoh
Amylalkohol und flüchtigen Aethern gesättigt war. Es l
trug der an der Galvanometernadel der Thermosäule l
obachtete Ausschlag etwa 3 Scalentheile für trockene L
6 für Luft, die bei gewöhnlicher Temperatur mit Feucht
keit gesättigt war, bis zu 20 für solche, die durch Wasi
von 60° bis 80° geleitet war, dagegen 100 bis 120 Scale
theile für Kohlensäure und Leuchtgas. Nur wenn
Luft durch kochendes Wasser geleitet wurde, und dal
nebelartigen condensirten Wasserdampf enthielt, kam
Ausstrahlungsvermögen dem der Kohlensäure nahe. ƒ
die Gleichheit des Absorptions- und Emissionsvermöge
gestützt, schlieſst Magnus hieraus, daſs auch das Wärn
absorptionsvermögen des Wasserdampfes nur gering u

---

(1) Pogg. Ann. CXXVII, 600; Berl. acad. Ber. 1866, 78; Ann.
phys. [4] IX, 316; Instit. 1867, 22; Sill. Am. J. [2] XLII, 259.

unerheblich von dem der trockenen Luft verschieden sein könne, wofür Er den sichersten Beweis in der Bildung des Thaues sieht. Das grofse Absorptionsvermögen, welches Tyndall (1) beobachtete, gehört nach Ihm ebenso wie das von Frankland (2) constatirte Emissionsvermögen dem nebeligen Wasserdampf an. — H. Wild (3), welcher die Absorption der strahlenden Wärme durch trockene und feuchte Luft untersuchte, fand dagegen Tyndall's Angaben bestätigt. Er ist der Ansicht, dafs die Resultate der Ausstrahlungsversuche mit denen der Absorptionsversuche der stattgehabten sehr verschiedenen Temperaturen wegen nicht vergleichbar sind.

H. L. Buff (4) hält es nach Berechnungen, die Er ausgeführt hat, für wahrscheinlich, dafs diejenigen Elemente, welche mit verschiedener Quantivalenz in Verbindungen fungiren können, in diesen verschiedenen Zuständen (vgl. S. 19) auch verschiedene specifische Wärmen haben und dafs daher die Molecularwärme der Verbindungen nicht allein aus deren empirischer Formel berechnet werden kann (5). Während die Atomwärme des rhombischen Schwefels $= 5,4$ ist und derselbe Werth sich auch aus der specifischen Wärme der Schwefelmetalle berechnet, in welchen der Schwefel als zweiwerthiges Element enthalten ist, ergeben die Bestimmungen der specifischen Wärme der schwefels. Salze (in welchen der Schwefel als sechswerthig angenommen wird) die Atomwärme des Schwefels etwa $= 3,8$. Aehnliche Abweichungen finden sich bei Phosphor und besonders bei Stickstoff, dessen Atomwärme sich aus der specifischen Wärme der Ammoniaksalze und salpeters. Salze annähernd $= 4,3$, aus der der Cyanverbindungen dagegen $= 7,7$ ergiebt.

Specifische Wärme.

---

(1) Jahresber. f. 1864, 26. — (2) Pogg. Ann. CXXIII, 418. — (3) Pogg. Ann. CXXIX, 57. — (4) Ann. Ch. Pharm. Suppl. IV, 164; Zeitschr. Chem. 1866, 376. — (5) Vgl. Jahresber. f. 1868, 45.

Specifische Wärme.

V. Regnault (1) hat die specifische Wärme de[s] Graphits abermals bestimmt und zwar mit vorzüglic[h] schönen und reinen Proben des folgenden Ursprungs.

I. II. III. Natürlicher Graphit von Canada; IV. feinkörnige[r] natürlicher Graphit von Sibirien; V. künstlicher Graphit, von d[er] Zersetzung schwerer Steinkohlentheeröle in sehr hoher Temperat[ur] stammend. Sämmtliche Proben wurden vor der Bestimmung der spe[c.] Wärme zur Verjagung ihres Wassergehaltes zum starken Rothglühe[n] erhitzt. Ihre durch Cloës ermittelte Zusammensetzung ist in d[er] nachstehenden Tabelle beigesetzt.

	Zusammensetzung				Spec. Wärme
	C	H	N und Verlust	Asche	
I.	86,8	0,50	—	12,6	0,1986
II.	76,35	0,70	—	23,4	0,2019
III.	98,56	1,34	—	0,2	0,1911
IV..	89,51	0,60	—	10,4	0,2000
V.	96,97	0,76	1,87	0,4	0,1968

Der nicht unerhebliche, aus schwach eisenhaltige[m] Thon bestehende Aschengehalt ist ohne merklichen Ein[-] fluſs, da Regnault die specifische Wärme eines feue[r]festen Thones im gebrannten Zustand = 0,1940 fand. U[m] den Einfluſs zu beurtheilen, welchen der aus den Analyse[n] ersichtliche, bis jetzt nicht beobachtete Wasserstoffgeha[lt] des natürlichen und künstlichen Graphits üben kann, de[r] nach Regnault's Beobachtung auch durch wiederholte[s] Erhitzen im Porcellanofen nicht vollständig ausgetriebe[n] wird (2), setzte Regnault die Proben III. und V. i[n] einem raschen Chlorstrom einer 4- bis 5stündigen Rot[h]glühhitze aus (wobei der Wasserstoff in der Form vo[n] Salzsäure, Silicium, Aluminium und Eisen als Chlorid entwickelt werden) und wusch den Rückstand zuerst m[it]

---

(1) Ann. ch. phys. [4] VII,. 450; Ann. Ch. Pharm. CXLI, 118 Zeitschr. Chem. 1866, 333. — (2) In Kapseln, deren Taig aus 0,8 T[h.] Thon und 0,2 Th. Gaskohle gemischt war, wurde das eingestellte Po[r-]cellan bei zehn successiven Feuern schwarz und blasig; Eisenstäl[e] gingen beim Erhitzen in diesen Kapseln (ohne directe Berührung m[it] denselben) zuerst in Stahl und später in Roheisen über. Regnau[lt] leitet diese Wirkungen von der Bildung eines Kohlenwasserstoffs a[b,] eine andere Erklärung hat Elsner gegeben. Vgl. S. 85.

ungesäuertem, dann mit reinem Wasser aus. Die schliefs- *Specifische Wärme.*
lich geglühte Substanz ergab die folgenden Resultate:

	Zusammensetzung			Spec. Wärme
	C	H	Asche	
III b.	99,5	—	0,68	0,1977
V b.	99,1	0,39	0,79	0,2000

Diese Resultate stimmen mit jenen überein, welche Regnault früher (1) erhalten hatte, sie weichen demnach erheblich von den von Kopp (2) gefundenen Werthen ab, sowie von der specifischen Wärme des Diamantes, welche nach Regnault 0,1469 beträgt. — H. Kopp (welcher für den Kohlenstoff in dessen Verbindungen die specifische Wärme = 0,147 annimmt) betrachtet (3) die Frage, ob die specifische Wärme des Graphits eine andere ist als die des Diamantes, durch Regnault's neue Versuche nicht als entschieden und macht auf eine Fehlerquelle in denselben aufmerksam, sofern bei dem Eintragen des auf nahezu 100° erwärmten Graphits in das Wasser des Calorimeters wegen der Porosität des Graphits Wärme frei werden mufs, welche sich zu der wahren specifischen Wärme hinzuaddirt.

A. Matthiessen (4) hat für eine gröfsere Zahl von *Ausdehnung fester Körper durch Erwärmung.* Metallen und Metalllegirungen die Ausdehnung durch Erwärmung nach der von Ihm für das Quecksilber angewandten Methode (Wägen in Wasser bei verschiedenen Temperaturen) (5) bestimmt und aus Seinen Resultaten die nachstehenden Correctionsformeln für die cubische Ausdehnung zwischen 0° und 100° abgeleitet. Die Correctionsformeln für die lineare Ausdehnung werden aus diesen erhalten, indem man die Coëfficienten für die cubische Ausdehnung durch 3 dividirt.

---

(1) Berzelius' Jahresber. XXII, 15. — (2) Jahresber. f. 1864, 39. — (3) Ann. Ch. Pharm. CXLI, 121. — (4) Ausführlich: Pogg. Ann. CXXX, 50; im Auszug Lond. R. Soc. Proc. XV, 220; Phil. Mag. [4] XXXII, 472. — (5) Jahresber. f. 1865, 23.

Ausdehnung fester Körper durch Erwärmung.

Correctionsformel für die cubische Ausdehnung zwischen $0°$ und $100°$:

Metall	
Cadmium	$V_t = V_0 (1 + 10^{-4}\, 0{,}8078\, t + 10^{-6}\, 0{,}140\, t^2)$
Zink	$V_t = V_0 (1 + 10^{-4}\, 0{,}8222\, t + 10^{-6}\, 0{,}0706\, t^2)$
Blei	$V_t = V_0 (1 + 10^{-4}\, 0{,}8177\, t + 10^{-6}\, 0{,}0222\, t^2)$
Zinn	$V_t = V_0 (1 + 10^{-4}\, 0{,}6100\, t + 10^{-6}\, 0{,}0789\, t^2)$
Silber	$V_t = V_0 (1 + 10^{-4}\, 0{,}5426\, t + 10^{-6}\, 0{,}0405\, t^2)$
Kupfer	$V_t = V_0 (1 + 10^{-4}\, 0{,}4448\, t\,[1]) + 10^{-6}\, 0{,}0555\, t^2)$
Gold	$V_t = V_0 (1 + 10^{-4}\, 0{,}4075\, t + 10^{-6}\, 0{,}0336\, t^2)$
Wismuth	$V_t = V_0 (1 + 10^{-4}\, 0{,}3502\, t + 10^{-6}\, 0{,}0446\, t^2)$
Palladium	$V_t = V_0 (1 + 10^{-4}\, 0{,}3032\, t + 10^{-6}\, 0{,}0280\, t^2)$
Antimon	$V_t = V_0 (1 + 10^{-4}\, 0{,}2770\, t + 10^{-6}\, 0{,}0897\, t^2)$
Platin	$V_t = V_0 (1 + 10^{-4}\, 0{,}2534\, t + 10^{-6}\, 0{,}0104\, t^2)$

[1]) In Pogg. Ann.; in den anderen Quellen findet sich der Werth 0,4463 t.

Volumen der Metalle bei $100°$, das Volum bei $0° = 1$ gesetzt:

Cd	1,009478	Ag	1,005831	Pd	1,003311
Zn	1,008928	Cu	1,004998	Sb	1,003167
Pb	1,008399	Au	1,004411	Pt	1,002654
Sn	1,006889	Bi	1,003948		

Correctionsformel für die cubische Ausdehnung zwischen $0°$ und $100°$:

Legirung	
Sn_4Pb	$V_t = V_0 (1 + 10^{-4}\, 0{,}6200\, t + 10^{-6}\, 0{,}0988\, t^2)$
Pb_4Sn	$V_t = V_0 (1 + 10^{-4}\, 0{,}8087\, t + 10^{-6}\, 0{,}0332\, t^2)$
$CdPb$	$V_t = V_0 (1 + 10^{-4}\, 0{,}9005\, t + 10^{-6}\, 0{,}0133\, t^2)$
Sn_4Zn	$V_t = V_0 (1 + 10^{-4}\, 0{,}6377\, t + 10^{-6}\, 0{,}0807\, t^2)$
Sn_6Zn	$V_t = V_0 (1 + 10^{-4}\, 0{,}6236\, t + 10^{-6}\, 0{,}0822\, t^2)$
$Bi_{44}Sn$	$V_t = V_0 (1 + 10^{-4}\, 0{,}3793\, t + 10^{-6}\, 0{,}0271\, t^2)$
$BiSn_2$	$V_t = V_0 (1 + 10^{-4}\, 0{,}4997\, t + 10^{-6}\, 0{,}0101\, t^2)$
$Bi_{24}Pb$	$V_t = V_0 (1 + 10^{-4}\, 0{,}3868\, t + 10^{-6}\, 0{,}0218\, t^2)$
$BiPb_2$	$V_t = V_0 (1 + 10^{-4}\, 0{,}3462\, t + 10^{-6}\, 0{,}0159\, t^2)$
$Cu + Zn$ [1])	$V_t = V_0 (1 + 10^{-4}\, 0{,}5161\, t + 10^{-6}\, 0{,}0558\, t^2)$
$AuSn_2$	$V_t = V_0 (1 + 10^{-4}\, 0{,}3944\, t + 10^{-6}\, 0{,}0289\, t^2)$
Au_2Sn_7	$V_t = V_0 (1 + 10^{-4}\, 0{,}4165\, t + 10^{-6}\, 0{,}0263\, t^2)$
Ag_4Au	$V_t = V_0 (1 + 10^{-4}\, 0{,}5166\, t)$
$AgAu$	$V_t = V_0 (1 + 10^{-4}\, 0{,}4916\, t)$
$AgAu_4$	$V_t = V_0 (1 + 10^{-4}\, 0{,}3115\, t + 10^{-6}\, 0{,}1185\, t^2)$
$Ag + Pt$ [2])	$V_t = V_0 (1 + 10^{-4}\, 0{,}4246\, t + 10^{-6}\, 0{,}0322\, t^2)$
$Au + Cu$ [3])	$V_t = V_0 (1 + 10^{-4}\, 0{,}4015\, t + 10^{-6}\, 0{,}0642\, t^2)$
$Ag + Cu$ [4])	$V_t = V_0 (1 + 10^{-4}\, 0{,}4884\, t + 10^{-6}\, 0{,}0552\, t^2)$
$Ag + Cu$ [5])	$V_t = V_0 (1 + 10^{-4}\, 0{,}4413\, t + 10^{-6}\, 0{,}1300\, t^2)$

[1]) Mit 71 pC. Kupfer. — [2]) Mit 66,6 pC. Silber. — [3]) Mit 66,6 pC. Gold. — [4]) Mit 36,1 pC. Silber. — [5]) Mit 71,69 pC. Silber.

Allgemeine und physikalische Chemie. 25

Volum der Legirungen bei 100°, das Volum bei 0° = 1 gesetzt: Ausdehnung fester Körper durch Erwärmung.

Legirung	Enthaltend Volumprocente	Volum bei 100°	Legirung	Enthaltend Volumprocente	Volum bei 100°
Sn_2Pb	22,28 Pb	1,007188	$AuSn_2$	60,85 Sn	1,004233
Pb_2Sn	82,09 Pb	1,008419	Au_2Sn_7	73,14 Sn	1,004428
CdPb	58,49 Pb	1,009188	Ag_4Au	19,86 Au	1,005166
Sn_2Zn	87,46 Sn	1,007184	AgAu	49,79 Au	1,004916
Sn_3Zn	91,28 Sn	1,007058	$AgAu_4$	79,86 Au	1,004300
$Bi_{16}Sn$	0,85 Sn	1,004064	$Ag + Pt$ [2])	19,65 Pt	1,004568
$BiSn_2$	42,81 Sn	1,005098	$Au + Cu$ [3])	48,06 Au	1,004657
$Bi_{34}Pb$	1,76 Pb	1,004086	$Ag + Cu$ [4])	28,31 Ag	1,005436
$BiPb_2$	46,26 Pb	1,008621	$Ag + Cu$ [5])	73,13 Ag	1,005713
Cu + Zn [1])	88,85 Zn	1,005719			

[1]) Mit 71 pC. Kupfer. — [2]) Mit 66,6 pC. Silber. — [3]) Mit 66,6 pC. Gold. — [4]) Mit 71,1 pC. Silber. — [5]) Mit 71,5 pC. Silber.

Als allgemeines Ergebniſs Seiner Untersuchung hebt Matthiessen hervor, daſs die linearen und cubischen Coëfficienten der Ausdehnung durch Erwärmung zwischen 0° und 100° für Legirungen annähernd gleich sind dem Mittel der gleichnamigen Coëfficienten für die zusammensetzenden Metalle, bezogen auf die Volumina.

Fizeau (1) hat in einer ausführlicheren Abhandlung über die Ausdehnung fester Körper durch Erwärmung das von Ihm zur Bestimmung derselben angewandte Verfahren (2) und dessen theoretische Grundlagen eingehend erörtert und eine Reihe von Bestimmungen krystallisirter Substanzen veröffentlicht. Die folgende Zusammenstellung Seiner Resultate enthält unter I. den linearen Ausdehnungscoëfficienten bei 40° $\left(a\frac{lin}{\vartheta}=40\right)$ und zwar A in der Richtung der Hauptaxe, B in der Richtung senkrecht zur Hauptaxe; ferner die Constante $\frac{\Delta a}{\Delta \vartheta}$ (3); unter II. den cubischen Ausdehnungs-

---

(1) Compt. rend. LXII, 1101, 1133; Ann. ch. phys. [4] VIII, 335; Pogg. Ann. CXXVIII, 564; im Auszug Sill. Am. J. [2] XLIII, 255. — (2) Jahresber. f. 1865, 20. — (3) Für jede Substanz wurde der Coëfficient für die lineare Ausdehnung (a_ϑ) bei etwa 70°, 45° und zwischen 10° und 30° ermittelt und aus zwei Werthen a und a', welche den 20°

Ausdehnung fester Körper durch Erwärmung. coëfficienten bei 40° $\left(a_{\vartheta=40}^{cub}\right)$ und die entsprechende Constante $\frac{\Delta a}{\Delta \vartheta}$. Bei den amorphen und bei den regulär krystallisirten Substanzen beträgt der Coëfficient für die (nach allen Richtungen gleiche) lineare Ausdehnung ein Drittel des cubischen, bei den übrigen, dem quadratischen und hexagonalen System angehörigen Substanzen ist der Coëfficient für die cubische Ausdehnung $= A + 2B$.

		I.		II.	
		$a_{\vartheta=40}^{lin}$	$\frac{\Delta a}{\Delta \vartheta}$	$a_{\vartheta=40}^{cub}$	$\frac{\Delta a}{\Delta \vartheta}$
Spiegelglas von Saint-Gobain [1]		—	—	0,00002331	4,74 [2]
Diamant		—	—	0,00000354	4,32
Kupferoxydul [3]		—	—	0,00000279	6,30
Sibirischer Smaragd	A	— 0,00000106	1,14 [4]	0,00000168	3,80
	B	+ 0,00000137	1,33		
Quarz	A	0,00000781	1,77	0,00003619	6,53
	B	0,00001419	2,38		
Rutil	A	0,00000919	2,25	0,00002347	4,45
	B	0,00000714	1,10		
Cassiterit	A	0,00000892	1,19	0,00001084	2,71
	B	0,00000321	0,76		
Periklas [5]		—	—	0,00003129	8,01
Spartalit [6]	A	0,00000316	1,86	0,00001394	4,82
	B	0,00000539	1,23		
Corund	A	0,00000619	2,05	0,00001705	6,55
	B	0,00000543	2,25		
Eisenglanz von Elba [7]	A	0,00000829	1,19	0,00002501	6,43
	B	0,00000836	2,62		
Senarmontit [8]		—	—	0,00005889	1,71
Arsenige Säure [9]		—	—	0,00013378	20,37
Spinell von Ceylon		—	—	0,00001787	7,29
Pleonast von Warwick		—	—	0,00001805	5,84
Gahnit von Fahlun		—	—	0,00001766	5,19
Kreittonit vom Silberberg		—	—	0,00001750	5,31

[1] Dichte = 2,514; Brechungsindex für gelbes Licht = 1,528. — [2] 4,74 = 0,0000000474. — [3] Schön krystallisirt, von Chessy. — [4] 1,14 = 0,0000000114. — [5] Künstlich dargestellt. — [6] Natürliche rothgefärbte Krystalle. — [7] Krystallisirt, im Innern unvollkommen. — [8] Gut ausgebildetes Octaëder. — [9] Künstliche Octaëder.

bis 30° von einander entfernten Temperaturen ϑ und ϑ' entsprachen, die Constante $\frac{\Delta a}{\Delta \vartheta} = \frac{a - a'}{\vartheta - \vartheta'}$ berechnet. Zur Berechnung der linearen Ausdehnung für andere Temperaturen ist diese Constante dem Coëfficienten $a_{\vartheta=40}^{lin}$ so oft hinzuzufügen oder davon abzuziehen, als die Zahl der Grade jener Temperaturen über oder unter 40° beträgt. Der so erhaltene mittlere Coëfficient a wird mittelst der Formel $l_{t'} = l_t[1 + a(t' - t)]$ angewendet.

Der Punkt der nullgleichen Ausdehnung oder das Maximum der Dichte scheint hiernach für den Diamant bei $-42^0,3$, für Kupferoxydul bei $-4^0,3$ und für Beryll bei $-4^0,2$ zu liegen. Arsenige Säure zeigt von allen untersuchten Substanzen die stärkste Ausdehnung.

A. Moitessier (1) hat die Ausdehnung des geschmolzenen Schwefels in der Wärme bestimmt. Der Schwefel (dieser war aus unterschwefligs. Natron durch Salzsäure gefällt, bei 120^0 geschmolzen und aus Schwefelkohlenstoff krystallisirt, zum Theil auch blofs durch Destillation gereinigter Stangenschwefel) wurde in thermometerartigen und mit einer Theilung versehenen Röhren geschmolzen, die gefüllte Röhre hierauf zwei Stunden lang in einem Oelbad auf 115^0 erwärmt, um den in Folge des stärkeren Erhitzens vielleicht gebildeten unlöslichen Schwefel wieder in krystallisirbaren zurück zu verwandeln, und nun in einem eigenthümlichen Luftbade bis 315^0 und im Dampfe des siedenden Schwefels auf 440^0 erhitzt. Bei jeder Unterbrechung eines Versuches wurde das vorläufige Erwärmen auf 115^0 aus dem angegebenen Grunde wiederholt. Uebrigens müssen wir bezüglich der angewandten Apparate und des eingehaltenen Verfahrens, sowie bezüglich der Einzelresultate und der Berechnungsweise der Correction auf die Abhandlung selbst verweisen. Die gefundenen Werthe ergaben den Ausdehnungscoëfficienten δ (für 1^0) innerhalb der Temperaturintervalle:

Ausdehnung von Flüssigkeiten durch Erwärmung.

	δ			δ
von 110^0 bis 120^0 =	0,000551	225^0 bis 250^0 =	0,000338
120 140 =	0,000490	250 275 =	0,000356
140 160 =	0,000380	275 300 =	0,000374
160 180 =	0,000210	300 350 =	0,000401
180 200 =	0,000262	350 400 =	0,000437
200 225 =	0,000320	400 440 =	0,000469

Ueber den Schmelzpunkt ist Nichts angegeben. Die Beobachtungen begannen bei $112^0,4$; die Gesammtaus-

(1) Mémoires de l'Académie des sciences et lettres de Montpellier. Section des sciences, VI, 1er fascicule, 1864, p. 107.

Ausdehnung von Flüssigkeiten durch Erwärmung. dehnung zwischen 110° und 112°,4 ist durch Interpolation = 0,00136 berechnet, wobei die Gleichförmigkeit der Curve vorausgesetzt ist (1).

Der Ausdehnungscoëfficient verringert sich demnach vom Schmelzpunkte bis gegen 170°, wo er ein Minimum erreicht und dann in normaler Weise wieder zunimmt. Die Mengen des unlöslichen Schwefels, welche bei dem Erhitzen gebildet (und in einer rasch abgekühlten Portion bestimmt) wurden, betrugen (in Procenten der ganzen Menge des Schwefels) bei:

148°	148°,6	159°,9	167°,4	179°,4	218°,5	249°,9	284°,9	440°
0	2,54	7,08	14,77	22,60	27,09	26,31	29,31	30,27 (2)

Die Curve, welche den bei den verschiedenen Temperaturen gebildeten Mengen von unlöslichem Schwefel entspricht, steigt bis gegen 190° rasch an und verläuft von da bis 440° fast horizontal (wenn die Temperaturen auf der Abscissenaxe aufgetragen werden). Moitessier schliefst hieraus, dafs die beobachtete Ausdehnung die eines Gemenges nach veränderlichen Verhältnissen von löslichem und unlöslichem Schwefel ist und dafs der Einflufs der geringeren Ausdehnung des unlöslichen Schwefels sich mit dessen zunehmender Menge besonders bis gegen 200° bemerkbar macht, oberhalb dieser Temperatur aber wieder verschwindet, entweder weil das Verhältnifs der beiden Modificationen des Schwefels alsdann constant bleibt, oder weil, wie diefs Berthelot annimmt (3), vielleicht die ganze

---

(1) Vgl. über den Schmelzpunkt des erhitzt gewesenen Schwefels Jahresber. f. 1853, 305; über die Ausdehnung des Schwefels beim Schmelzen und im flüssigen Zustand Jahresber. f. 1855, 42. — (2) Moitessier macht darauf aufmerksam, dafs wegen der unvermeidlichen Rückbildung von löslichem Schwefel bei der Abkühlung diese Bestimmungen nicht ganz genau sein können, und dafs es deshalb auch nicht entschieden ist, ob nicht die Bildung des unlöslichen Schwefels schon früher beginnt und höhere Beträge erreicht. — (3) Jahresber. f. 1857, 114.

Menge des Schwefels in unlöslichen übergeht. In letzterem Falle würde der Ausdehnungscoëfficient für diese höheren Temperaturen überhaupt der des unlöslichen Schwefels sein. Dafs mit der Bildung dieser Modification die Ausdehnung abnimmt, hat Moitessier durch folgenden Versuch bewiesen. Wird auf 140° erhitzter Schwefel plötzlich in ein Bad von 171° gebracht, so zeigt das von Minute zu Minute beobachtete Volum zuerst (bevor sich unlöslicher Schwefel gebildet hat) eine Zunnahme, die aber nach kurzer Zeit wieder nahezu vollständig verschwindet. Es betrug z. B. das Volum nach 1' 47,5, nach 4' 49, nach 7' und nach 15' 47,8 Th. Nach 4 Minuten hatte der Schwefel die Temperatur des Bades schon angenommen, aber die Menge der unlöslichen Modification betrug erst die Hälfte von der, welche nach 8 Minuten vorhanden war. Eine Wärmeentwickelung wurde bei diesem Uebergang des löslichen in unlöslichen Schwefel nicht beobaehtet.

Nach D. Gernez (1) zeigen sogenannte überschmolzene (unterhalb ihres normalen Erstarrungspunktes noch flüssige) Substanzen in ihrem Verhalten einige Analogieen mit übersättigten Salzlösungen. Unter Wasser geschmolzener Phosphor erstarrt oberhalb 32° weder bei dem heftigsten Schütteln in einer geschlossenen Röhre, noch in einer offenen bei der Berührung mit irgend einem auf dieselbe Temperatur erhitzten festen Körper, den rothen Phosphor nicht ausgenommen, sogleich aber, wenn er entweder mit gewöhnlichem Phosphor (mit einem Glasstabe, an welchem Phosphor gerieben wurde) in Berührung kommt, oder wenn feste Körper im Innern der geschmolzenen Masse gegen einander oder an der Wandung der Glasröhre gerieben werden. Glaspartikeln, die mit dem Phosphor erwärmt werden, hindern z. B. das Flüssigbleiben desselben bei der

---

(1) Compt. rend. LXIII, 217; Instit. 1866, 242; J. pharm. [4] IV, 200; J. pr. Chem. XCIX, 59; Zeitschr. Chem. 1866, 543.

Schmelzen. (Ueberschmelzung). Abkühlung nicht, sie veranlassen aber beim Schütteln der Röhre das Festwerden augenblicklich und zwar schon bei 43°; die Temperatur steigt dabei wieder auf 44°. Geschmolzener Schwefel läfst sich durch Eintauchen in siedendes Wasser im flüssigen Zustand erhalten und erstarrt bei dieser Temperatur ebenfalls nur durch Berührung mit festem Schwefel oder durch Reiben des Gefäfses mit einem festen Körper. Aehnliche Erscheinungen zeigen innerhalb engerer Temperaturgrenzen auch Naphtalin, wasserfreie Schwefelsäure, Essigsäurehydrat (zwischen 3° und 16°), Anisöl (zwischen 1° und 14°) und besonders Phenylalkohol (zwischen 16° und 35°). In überschmolzenen Substanzen erregte Schwingungen sind ohne Einflufs auf das Erstarren. Uebersättigte Salzlösungen krystallisiren dagegen selbst dann nicht, wenn man in denselben Glasthränen explodiren läfst.

Sieden. F. Plefs (1) hat den Vorgang und die Bedingungen des Siedens einer gründlichen Erörterung unterworfen, welcher wir die folgenden wichtigsten Ergebnisse entnehmen. Die Hindernisse, welche die Wärme bei der Verwandlung einer Flüssigkeit in Dampf zu überwinden hat, lassen sich durch die Siedegleichung $W = c + a + d + o + h + z$ ausdrücken, in welcher W die Wärme, und die zur Rechten stehenden Glieder die Hindernisse und zwar c die Cohäsion der Flüssigkeit, a den Einflufs gelöster Substanzen, welche die Cohäsion vermehren oder verringern, d den Luft- und Dampfdruck, o die Oberflächenwirkung, h den Höhendruck der Flüssigkeit auf sich selbst und z die Vermehrung der Cohäsion durch d, o und h bezeichnen. Sobald die einer verdampfbaren Flüssigkeit zugeführte Wärme local den Werth von W überschreitet, tritt das Sieden mit Nothwendigkeit ein, indem die Mole-

---

(1) Wien. Acad. Ber. LIV (2. Abth.), 75; im Auszug Wien. acad. Anzeig. 1866, 152; Instit. 1866, 385.

cüle der Flüssigkeit in die kleineren Dampfmolecüle gespalten werden. Plefs bespricht die verschiedenen Hindernisse im Einzelnen; Er erörtert die Aenderung der Cohäsion, welche bei dem Vermischen zweier Flüssigkeiten oder allgemeiner auch bei der Mischung zweier Substanzen stattfindet, die sich nicht in jedem Verhältnifs lösen, aber immer zwei Verhältnisse zeigen, in welchen sie eine gesättigte Lösung bilden. Er formulirt das Lösungsgesetz, welches die Bildung und den Bestand dieser molecularen Verbindungen regulirt, in den Gleichungen:

I. $Mx = M'y$ .... II. $Mx + M'x' = (y + x_2)(M + M')$
III. $M'x' = My$ .... IV. $Mx + M'x' = (y + x_3)(M + M')$
V. $M'e = My$ .... VI. $Mx + M'e = (y + x_3)(M + M')$

in welchen M und M' die Mengen der Körper, welche die Lösung bilden, x und x' ihre Cohäsionskräfte, y ihre Anziehung, e die Expansion für gasförmige Körper und x_2, x_3 die neue Cohäsion der zwei Lösungsverhältnisse bezeichnet. — Die *Siedehitze*, d. h. die Temperatur einer siedenden Flüssigkeit, ist von allen Gliedern der Siedegleichung abhängig und hat einen oberen und unteren Grenzwerth. Der obere ist mit dem Werthe von W (für die ganze Masse der Flüssigkeit) erreicht; der untere liegt einige Zehntelgrade über dem *Siedepunkt*, d. h. derjenigen Temperatur der Dämpfe, bei welcher diese dem Luft- und Dampfdruck d das Gleichgewicht halten. Die Siedehitze nähert sich dem unteren Grenzwerth, wenn die Hindernisse o und h durch Gasblasen oder Wellenbewegung geschwächt, wenn z durch elastische Stöfse (z. B. Anklingen mit einem Glasstabe) aufgehoben und überhaupt wenn die Flüssigkeit in Circulation erhalten wird. Sie nähert sich dagegen dem oberen, wenn die Flüssigkeit in vollkommener Ruhe bleibt, wenn in derselben mehrfache Schichtenbildung und Oberflächenwirkung vorhanden ist und die Intensität der Wärmequelle den oberen Grenzwerth nicht übersteigt. Ist nach einem solchen Siedeverzug ein genügendes Wärmequantum angesammelt, um den oberen Grenzwerth zu erreichen, so tritt plötzlich massenhafte Dampfbildung und daher Detonation oder Explosion ein (1). Die Wirkungen der Explosionen, für welche Plefs lehrreiche Beispiele aus der chemischen Praxis anführt, sind nach Ihm nicht durch das Volum des Dampfes allein erklärlich, sondern z. Th. von der gespannten Elasticität der Wände, von der Schwingung der entweichenden Dämpfe (Explosionsschwingung) und der Bildung eines leeren Raumes abhängig. Die Mittel, das Sieden in Dampfkesseln zu erleichtern und die Siedeverzüge und Explosionen zu verhüten, sind nach Plefs: niedrige und breite Siedegefäfse oder seitliches (centrales) Anbringen der Wärmequelle, Unterbrechung der Oberfläche durch Stäbe oder Röhrenvorrichtungen, regelmäfsige Erschütterungen, Vermeidung der Abscheidung fester Stoffe und der dadurch veranlafsten Schichtenbildung, und Einleiten von Luft oder Wasserstoff. — Zur Trennung von Gemengen flüchtiger Substanzen empfiehlt Derselbe fractionirte Destillation unter verringertem Druck. Er deutet einen hierzu geeigneten Apparat (Fractionator) an, eine 3 bis 4 Fufs lange und in Distanzen von 3 und 1 Zoll zickzackförmig (den Faraday'schen ähnlich) gebogene Glasröhre mit angeblasener Kugel; am freien Ende ist die Röhre dünn ausgezogen, um sie nach dem Einfügen der Substanz mit Gasen füllen, auspumpen und zuschmelzen zu können. Bei dem Gebrauch wird der Apparat schief gestellt, die Kugel erwärmt und das oben geschlossene Ende abgekühlt; durch Aenderung der Temperaturunterschiede lassen sich Druck und Siedehitze beliebig variiren.

A. Wüllner (2) hat die Spannkraft der Dämpfe einiger Mischungen von Alkohol und Wasser und von Aether und Alkohol bestimmt. Seine Resultate sind in der folgenden Tafel zusammengestellt, in welcher nebst der

(1) Vgl. Jahresber. f. 1864, 71, 78; f. 1865, 81. — (2) Pogg. Ann. CXXIX, 353.

Dampfspannung der Mischung auch die der reinen Gemengtheile bei derselben Temperatur t⁰, und unter $\frac{\mu}{\pi}$ der Quotient aus der Dampfspannung des Gemisches und der Summe der Dampfspannungen der Gemengtheile gegeben ist. *Spannkraft der Dämpfe aus gemischten Flüssigkeiten.*

Mischungen von Wasser und Alkohol.

I. 1 Gewth. Wasser und 8 Gewth. Alkohol; II. 1 Gewth. Wasser, 4 Gewth. Alkohol; III. 1 Gewth. Wasser, 2 Gewth. Alkohol; IV. 1 Gewth. Wasser, 1 Gewth. Alkohol; V. 1 Gewth. Wasser, 0,5 Gewth. Alkohol.

	Dampfspannung von					
t°	Wasser	Alkohol	Mischung I		Mischung II	
	MM.	MM.	MM.	$\frac{\mu}{\pi}$	MM.	$\frac{\mu}{\pi}$
11°,8	10,32	29,75	28,00	0,699	26,25	0,656
20°,5	17,93	49,05	46,08	0,686	43,88	0,655
30°,4	32,27	84,10	79,25	0,681	76,15	0,654
40°,0	54,90	137,00	130,16	0,677	126,16	0,657
50°,5	94,31	225,00	216,78	0,677	210,09	0,658
60°,3	151,25	354,68	342,85	0,676	332,32	0,656
70°,0	234,12	548,10	526,25	0,677	511,09	0,657
80°,4	360,49	824,86	800,76	0,675	778,07	0,656
81°,7	380,63	873,81	849,07	0,677	825,06	0,657

t°	Mischung III		Mischung IV		Mischung V	
	MM.	$\frac{\mu}{\pi}$	MM.	$\frac{\mu}{\pi}$	MM.	$\frac{\mu}{\pi}$
11°,8	25,00	0,624	23,90	0,597	21,00	0,520
20°,5	41,76	0,622	39,26	0,587	35,41	0,528
30°,4	72,80	0,626	68,76	0,591	62,00	0,533
40°,0	120,60	0,628	116,75	0,599	103,25	0,530
50°,5	201,15	0,630	189,86	0,595	173,98	0,545
60°,3	318,85	0,630	300,75	0,594	277,88	0,547
70°,0	490,62	0,631	463,55	0,595	376,45	0,541
80°,4	745,36	0,629	705,67	0,595	642,81	0,542
81°,7	790,57	0,630	747,73	0,596	760,00	0,544

Spannkraft der Dämpfe aus gemischten Flüssigkeiten.

Mischungen von Alkohol und Aether.
I. 1 Gewth. Alkohol, 1 Gewth. Aether; II. 1 Gewth. Alkohol, 2 Gewth. Aether; III. 1 Gewth. Alkohol, 4 Gewth. Aether.

t^0	Aether	Alkohol	Dampfspannung von Mischung I		Mischung II		Mischung III	
	MM.	MM.	MM.	$\frac{\mu}{\pi}$	MM.	$\frac{\mu}{\pi}$	MM.	$\frac{\mu}{\pi}$
7°,2	264,7	24,37	183,0	0,633	215,0	0,745	231,6	0,800
10°,8	301,5	28,00	207,0	0,628	243,1	0,737	262,1	0,797
13°,6	340,0	32,60	235,8	0,632	275,5	0,733	296,5	0,796
16°,2	379,2	38,25	261,6	0,626	304,0	0,730	329,9	0,790
18°,6	418,8	44,33	283,8	0,620	331,9	0,725	358,1	0,783
21°,1	465,5	52,40	322,5	0,623	373,7	0,721	401,2	0,780
23°,2	503,2	57,20	353,8	0,630	405,6	0,723	435,3	0,783
25°,5	553,0	66,25	392,7	0,632	448,2	0,724	478,0	0,776
28°,0	604,1	74,90	—*)	—	492,1	0,725	527,1	0,776
31°,4	687,9	88,21	—	—	567,9	0,731	—	—
34°,6	767,4	104,20	—	—	—	—	675,3	0,774

*) Nicht bestimmt.

Nach dem Ergebnifs dieser Versuche und der Beobachtungen, welche Regnault (1) an Mischungen von Aether und Schwefelkohlenstoff gemacht hat, und welche Wüllner ebenfalls discutirt, hängt die Beziehung $\frac{\mu}{\pi}$ zwischen den Dampfspannungen einer Mischung zweier Flüssigkeiten und der Summe der Dampfspannungen der Bestandtheile wesentlich von dem Mengenverhältnifs dieser letzteren ab. Sind die Gewichtsmengen der Bestandtheile gleich, so bleibt das Verhältnifs $\frac{\mu}{\pi}$ bei allen Temperaturen constant, und zwar sowohl für Mischungen, bei deren Darstellung Wärme entwickelt wird, als für solche, welche Wärme binden. Weicht das Mengenverhältnifs der Bestandtheile erheblich von der Einheit ab, so zeigt sich der Werth $\frac{\mu}{\pi}$, und zwar besonders bei niedrigen Temperaturen, von der Temperatur abhängig, wiewohl sich noch nicht

(1) Jahresber. f. 1854, 65; f. 1863, 72.

entscheiden läfst, in welcher Weise die einzelnen Bestandtheile der Mischung von Einflufs sind.

H. Seward (1) hat Seine Erfahrungen über die Schwierigkeit, Mischungen analoger Substanzen von wenig verschiedenem Siedepunkt durch fractionirte Destillation zu zerlegen, mitgetheilt, und auf die Irrthümer hingewiesen, welche solche unvollkommene Scheidungen veranlassen können. Auch Aldenkort (2) hat Untersuchungen über die fractionirte Destillation veröffentlicht. Vgl. auch S. 32.

L. Elsner (3) hat ältere Beobachtungen über die Flüchtigkeit einiger gewöhnlich als feuerbeständig betrachteter Körper in der hohen Temperatur eines Porcellangutofenfeuers (welche Er zu 2500° bis 3000° annimmt) mitgetheilt. Porcellangeschirre färbten sich in Thonkapseln, welche mit einem Zusatz von Graphit bereitet und ausgeglüht waren, während der Dauer eines Porcellanbrandes in ihrer ganzen Masse braunschwarz und bedeckten sich mit einer spiegelnden hellgrauen Glasur, welches Verhalten Elsner als weiteren Beweis für die Flüchtigkeit des Kohlenstoffs betrachtet (vgl. eine andere Deutung dieser Erscheinung S. 22). Reines Silber, Gold und selbst Platinlüster, auf glasurte Porcellanscherben aufgestrichen und im Emailfeuer eingebrannt, verflüchtigten sich im Gutofenfeuer vollständig (Platinmohr schmolz in einem Porcellantiegel zu Kügelchen). Auch verschiedene Metalloxyde, insbesondere schwarzes Kobaltoxyd, kohlens. Nickeloxyd, Eisenoxyd, Kupferoxyd, Uranoxyd und Chromoxyd zeigten sich etwas flüchtig. Zeichnungen, die mit diesen Oxyden auf der inneren unteren Fläche eines verglühten Porcellanschälchens ausgeführt waren, reproducirten sich auf der äufseren unteren Fläche eines eingesetzten anderen Schälchens, das von dem unteren durch einen Porcellanring

---

(1) Chem. News XIV, 194. — (2) Aus polytechn. Centralbl. 1865, 1520 in Chem. Centr. 1866, 559. — (3) Aus Dessen chem.-techn. Mittheilungen 1857-58, 36 in J. pr. Chem. XCIX, 257.

und eine Schicht geglühten Kaolins einige Linien entfernt gehalten wurde, als zarte, meistens scharf begrenzte Anflüge, und zwar bei Kobaltoxydul mit hellblauer, bei Nickeloxyd mit hellbrauner, bei Eisenoxyd mit röthlichgelber, bei Kupferoxyd mit gelb-bräunlicher, bei Uranoxyd mit bräunlich-grauer und bei Chromoxyd mit grünlicher Farbe. Auf glasurtem Porcellan eingebranntes Iridiumschwarz verflüchtigte sich fast vollständig.

Bestimmung des spec. Gewichts von Dämpfen. A. Graf Grabowski (1) hat die Natanson'sche Abänderung (2) des Gay-Lussac'schen Verfahrens der Dampfdichtebestimmung in der Weise modificirt, dafs ein Volum des zu untersuchenden Dampfes direct mit einem gleichen Volum Luft von derselben Temperatur und unter demselben Druck verglichen wird. Der von Grabowski zu diesem Zweck angewandte Apparat, bezüglich dessen genauerer Beschreibung auf die Abhandlung verwiesen werden mufs, besteht im Wesentlichen aus einem Halter, an welchem zwei Mefsröhren befestigt sind und der auf einer besonders vorgerichteten Unterlage in einer Schale mit Quecksilber ruht; in dem gröfsern Theil seiner Länge ist er von einem aus Eisenblech bestehenden Luftbad und Ofen umgeben. Luftbad und Ofen ruhen auf einem Dreifufs, so dafs der untere Theil des Halters und der Röhren frei bleibt; an der einen Seite des Luftbades und Ofens ist eine durch eine Glastafel verschlossene Beobachtungsspalte. Die beiden Röhren tragen auf einer Seite eine Längstheilung nach Millimetern, auf der andern eine Volumtheilung nach Cubikcentimetern; die für die Luft bestimmte hat 50 Cm. Länge, bei etwa 1,8 Cm. innerem Durchmesser, die für den Dampf bestimmte bei gleichem

---

(1) Die ausführliche Beschreibung nebst Abbildung: Wien. Acad. Ber. LIII (2. Abth.), 84; Ann. Ch. Pharm. CXXXVIII, 174; Zeitschr. Chem. 1866, 301; J. pr. Chem. XCVII, 122; Zeitschr. anal. Chem. V, 338; im Auszug Wien. acad. Anzeiger 1866, 11; Instit. 1866, 215. — (2) Jahresber. f. 1856, 21.

Durchmesser 49 Cm. Länge, sie wird mittelst eines durchbohrten Korkes verschlossen, so daſs ihre Länge im Ganzen ebenfalls 50 Cm. beträgt. Das Erhitzen geschieht mittelst Gas, welches aus einem vertical verschiebbaren Kranz von Brennern ausströmt. — Bei der Ausführung eines Versuchs werden beide mit Quecksilber gefüllte Röhren (1) in die Schale umgestürzt, an dem Halter befestigt, das Luftbad nebst Ofen angebracht und bis zum Platzen des Kügelchens und zur vollständigen Verdampfung der Substanz erhitzt. Mittelst einer Caoutchoucpipette läſst man alsdann in die für die Luft bestimmte Röhre ein Volumen (am besten getrockneter) Luft eintreten, welches dem des Dampfes möglichst gleich ist, und beobachtet nun für verschiedene Temperaturen, die durch Reguliren der Gasflamme zu erhalten sind, die Volume und die über das Niveau in der Schale gehobenen Quecksilbersäulen h und h_1, indem man durch Drehen des Halters vor jeder Ablesung die Gleichförmigkeit der Temperatur in beiden Röhren sichert. Mittelst eines kurzen in das Luftbad gehängten Thermometers kann die Temperatur (die in verschiedenen Höhen der Röhren etwas verschieden ist) annähernd bestimmt werden, eine genaue Kenntniſs derselben ist nicht erforderlich. Wenn der ganze Apparat wieder auf die Temperatur der Umgebung abgekühlt ist, wird zuletzt das Volum der Luft nebst der Temperatur und dem Druck bestimmt, um in bekannter Weise ihr Gewicht zu berechnen. — Bezeichnet nun P das Gewicht des Volumens V der Luft bei dem Drucke H, P_1 das Gewicht des Dampfes, welcher bei dem Druck H_1 das Volum V_1 erfüllt, so ist das specifische Gewicht des letzteren $S = \frac{P_1 . V . H}{P . V_1 . H_1}$, bezo-

---

(1) Die Dampfdichteröhre läſst sich am leichtesten in der Weise luftfrei beschicken, daſs man sie bis auf etwa 1 Cm. mit Quecksilber füllt, das zugeschmolzene Kügelchen mit der Substanz einlegt und nun den durchbohrten Kork eindreht.

gen auf das der Luft $= 1$. Die Drucke H und H_1 werden durch Subtraction der aufgehobenen Quecksilbersäulen von dem Barometerstande B erhalten, es ist $H = B - h$; $H_1 = B - h_1$. Sind die Quecksilbersäulen h und h_1 gleich, so wird $H = H_1$ und bei genau gleichweiten Röhren auch $V = V_1$, es ergiebt sich dann $\left(\text{da } \frac{V.H}{V_1.H_1} = 1\right)$ die Dichte $S = \frac{P_1}{P}$. Da die Quecksilbersäulen in verschiedenen Höhen verschiedene Temperaturen haben, so setzt die vollkommene Genauigkeit der Bestimmungen die Gleichheit von h und h_1 voraus. Grabowski fand nach diesem Verfahren für die Dampfdichte des Xylylalkohols im Mittel aus 12 Beobachtungen 4,211 (berechnet 4,215); für Phenylalkohol im M. aus 9 Beob. 3,230 (ber. 3,248); für Benzol im M. aus 8 Beob. 2,675 (ber. 2,679); für Benzaldehyd im M. aus 10 Beob. 3,656 (ber. 3,662).

Um für die Dumas'sche Methode, welche bei allen durch Quecksilber zersetzbaren Substanzen die allein anwendbare ist, die Berechnungen zu vereinfachen, empfiehlt Grabowski, den mit trockener Luft gefüllten Ballon im Oelbad auf eine bestimmte Temperatur zu erhitzen, zuzuschmelzen und nach dem Erkalten zu wägen und in derselben Weise mit dem darauf mit Dampf gefüllten Ballon zu verfahren. Bezeichnet G_0 das Gewicht des luftleeren Ballons (aus der Capacität zu berechnen), G das Gewicht des mit Luft und G_1 das Gewicht des mit Dampf erfüllten Ballons, so folgt, wenn der Barometerstand sich während des Versuches nicht änderte und die Temperaturen genau gleich waren, das specifische Gewicht S der untersuchten Substanz $= \frac{G_1 - G_0}{G - G_0}$.

J. T. Brown (1) hat zur Abkürzung der Berechnung der Dampfdichten die Werthe von $\frac{0{,}0012932}{760\,(1 + 0{,}00367\,T)}$ und

---

(1) Chem. Soc. J. [2] IV, 72.

$\frac{0{,}00367}{1 + 0{,}00367\, t}$ für die Temperaturen von -20^0 bis 350^0, und die Werthe für die Ausdehnung des Glases von $+35^0$ bis 50^0 berechnet und in einer Tabelle zusammengestellt.

A. Wurtz (1) ist durch die Einwendungen, welche Deville gegen Seine Betrachtungsweise der Dampfdichte einiger Amylenverbindungen gemacht hatte (2), zu weiteren Versuchen veranlaſst worden. Er erörtert in der hierauf bezüglichen Mittheilung zunächst, daſs das salzs. Amylen (3) noch 100^0 über seinem Siedepunkt, das bromwasserstoffs. noch 75^0 über dem seinigen eine constante Dampfdichte hat und daſs daher für diese Intervalle der Ausdehnungscoefficient allerdings unveränderlich ist. Für das jodwasserstoffs. Amylen, dessen Dampfdichte die Bestimmungen von Wurtz bei $143^0 = 6{,}05$, bei $153^0{,}5 = 5{,}97$, bei $168^0 = 5{,}88$ ergaben, während die berechnete $6{,}85$ beträgt, scheint dagegen die Dissociationstemperatur nahe bei dem Siedepunkte (130^0) zu liegen (4), da nach der Analogie mit dem jodwasserstoffs. Butylen und -Propylen (5) für den unzersetzten Dampf ebenfalls die normale Condensation auf 4 Volume anzunehmen ist. — Mischt man über Quecksilber, das auf 40^0 erwärmt ist, Bromwasserstoff- oder Jodwasserstoffgas mit Amylen, so erfolgt unter Wärmeentwickelung sogleich Condensation, die je nach der Reinheit der Gase mehr oder weniger vollständig ist; langsamer findet dieselbe auch mit Chlorwasserstoff statt. Dieses

---

(1) Compt. rend. LXII, 1182; Instit. 1866, 187; Zeitschr. f. Chem. 1866, 367; Ann. Ch. Pharm. CXL, 171; J. pr. Chem. XCIX, 7; Chem. Centr. 1866, 587. — (2) Jahresber. f. 1865, 87. — (3) Die Dampfdichte desselben wurde bei 100^0 nach Gay-Lussac's Verfahren $= 3{,}66$; bei 198^0 nach Dumas' Verfahren $= 3{,}58$ gefunden; die berechnete beträgt $3{,}687$; der Siedepunkt liegt bei 90^0. — (4) Jahresber. f. 1864, 490. — (5) Für das jodwasserstoffs. Propylen, erhalten durch Erhitzen von Propylengas mit Jodwasserstoff (Siedep. 91^0) fand Wurtz die Dampfdichte bei $115^0 = 5{,}97$; bei $116^0 = 5{,}88$; bei $251^0 = 5{,}91$; die berechnete beträgt $5{,}88$.

Abnorme Dampfdichten. Verhalten beweist, dafs die Zersetzungsproducte der Dämp[fe] sich beim Erkalten wieder vereinigen müssen. Die Disso[ciation] des bromwasserstoffs. Amylens hat Wurtz no[ch] durch folgenden Versuch einleuchtend gemacht. Brom[-]wasserstoff und Amylen wurden beide einzeln erhitzt un[d] in einem Apparat, ähnlich dem von Deville ang[e-]wandten (1) und welcher dieselbe Temperatur hatte w[ie] die beiden Gase, zusammengeleitet. Die in Folge d[er] Verbindung eintretende Temperaturerhöhung betrug, we[nn] der Apparat auf 120° bis 130° (also 10° bis 20° über de[m] Siedepunkt des bromwasserstoffs. Amylens) erhitzt wa[r,] durchschnittlich 4° bis 5°, wenn der Apparat auf 215° b[is] 225° erhitzt wurde, dagegen durchschnittlich 0°,5. I[m] letzteren Falle fand demnach nur theilweise Verbindu[ng] statt. Wurtz hält es nach Allem diesen für zweifell[os,] dafs die angeführten Verbindungen eine normale (4 V[ol.]entsprechende) Dampfdichte haben und dafs die beobac[h-]teten abnormen Dichten nur scheinbare sind.

H. Sainte-Claire Deville (2) hat in der Beobac[h-]tung einer physikalischen Eigenschaft des Phosphorchlori[d]dampfes ein entscheidendes Argument für oder gegen d[ie] Annahme gesucht, dafs die abnorme Dichte desselben a[uf] seiner Zersetzung beruht. Er erhitzte zwei gleich lan[ge] Röhren von farblosem Glase, die an beiden Enden dur[ch] planparallele Platten bis auf eine kleine Oeffnung zu[m] Austritt des Gasüberschusses geschlossen waren und v[on] welchen die eine Phosphorchlorid, die andere eine Mischu[ng] gleicher Volume Chlor und Luft enthielt, gleichzeitig neb[en] einander in einem Oelbade und fand, dafs sich in d[er] Röhre mit dem Phosphorchloriddampf die grünlich-gel[be] Farbe des freien Chlors unzweideutig und zwar mit steige[nder]

---

(1) Jahresber. f. 1864, 80. — (2) Compt. rend. LXII, 1157; Inst[.] 1866, 169; N. Arch. ph. nat. XXVI, 243; Ann. Ch. Pharm. CX[L,] 166; J. pr. Chem. XCIX, 7; Zeitschr. Chem. 1866, 407; Chem. Cen[tr.] 1866, 586; Phil. Mag. [4] XXXII, 387.

er Temperatur in zunehmendem Grade entwickelte. Ist *Abnorme Dampfdichten.*
nun (was sich vermuthen läfst, aber nicht bewiesen ist)
der unzersetzte Dampf des Phosphorchlorids farblos, so
würde diese Färbung die Zersetzung in Chlorür (PCl_3) und
freies Chlor (Cl_2) feststellen. Uebrigens ist aus der Mittheilung nicht zu ersehen, ob eine vollständige Gleichheit
der Färbung in beiden Röhren erreicht wurde und ob
demnach die Zersetzung, wenn eine solche angenommen
wird, eine vollständige war. — Auffallender zeigt sich dieselbe
Erscheinung bei dem Quecksilberjodid (dessen Dampfdichte 4 Vol. entspricht). Wird dasselbe in einem Kolben
nach dem vollständigen Verdampfen noch weiter erhitzt,
so treten an der Peripherie des Gefäfses violette Joddämpfe auf, welche aufsteigen und in der kälteren Mitte
des Gefäfses wieder verschwinden. Da ein Gemenge von
gleichen Volumen Joddampf und Luft bei derselben Temperatur eine viel intensivere Färbung zeigt als der Dampf
des Quecksilberjodides, so ist das letztere unter diesen
Umständen nicht vollständig zersetzt (décomposé), sondern
nur theilweise (dissocié). Es ist daher auch nicht wahrscheinlich, dafs Chlorammonium schon wenige Grade über
seinem Siedepunkte vollständig zerfalle und dafs die 8 Vol.
entsprechende Dampfdichte desselben hierin ihren Grund
habe.

Cahours (1) kommt bei der Erörterung der Frage,
ob ein und derselbe flüchtige Körper bei verschiedenen
Temperaturen bestimmte verschiedene Gruppirungen annehmen könne, welche verschiedenen Dampfdichten entsprechen, zu dem Ergebnifs, dafs für die Ameisensäure,
deren Dampf bei 120°, und für die Essigsäure, deren
Dampf bei 150° eine Dichte hat, aus welcher sich eine

---

(1) Compt. rend. LXIII, 14; Instit. 1866, 235; J. pharm. [4] IV, 128;
Ann. Ch. Pharm. CXLI, 89; Zeitschr. Chem. 1866, 407; Chem. Centr.
1866, 941; Phil. Mag. [4] XXXII, 388.

Abnorme Dampfdichten.

Condensation auf 3 Vol. berechnet, eine solche Annahme nicht zulässig ist, sofern diese die Constanz der Dichte mindestens innerhalb eines 10° bis 15° betragenden Temperaturintervalls voraussetzt, die genannten abnormen Dampfdichten aber von 5° zu 5° veränderlich sind. Neue Bestimmungen der Dampfdichte der Essigsäure ergaben Cahours, dafs diese bei 350° noch 4 Vol. entspricht und erst gegen 440° sich unter Bildung von Kohlensäure und Sumpfgas verringert; die normale Dichte bleibt demnach in einem Zwischenraume von etwa 200° constant. — Für die Dampfdichte des Phosphorchlorids (PCl_5), welche Cahours in Folge der Mittheilung Deville's (S. 40) nochmals bestimmte, erhielt Derselbe bei 170° und 172° Werthe, die zwar gröfser als die früher (1) bei 182° bis 185° gefundenen, aber immer noch weit von denjenigen entfernt sind, welche eine Condensation auf 4 Vol. verlangt. Cahours beharrt daher bei der Ansicht, dafs diese Verbindung aus gleichen Volumen Phosphorchlorür (PCl_3) und Chlor (Cl_2) ohne Verdichtung besteht, und ihre Dampfdichte mithin im *unzersetzten* Zustand 8 Vol. entspricht. Er fafst, unter Anführung der bereits bekannten Argumente, Seine Ansichten in dem Satze zusammen, dafs die Molecüle flüssiger Verbindungen im Dampfzustand nur *eine*, entweder 4 oder 8 Vol. entsprechende Gruppirung haben, und dafs Verdichtungen auf 3 oder 6 Vol. nur scheinbare sind.

H. Sainte-Claire Deville (2) pflichtet, wiewohl Er es für wahrscheinlich hält, dafs das Phosphorchlorid sich in seinem eigenen Dampfe zersetzt, der Regel von Cahours bei und macht darauf aufmerksam, dafs die Constanz der Dichte (6,6), welche der Schwefeldampf bei 500° zeigt, ebenfalls nicht für ein genügendes Temperaturintervall festgestellt ist. Als Beispiel dafür, dafs eine Con-

---

(1) Jahresber. f. 18⁴⁷/₄₈, 868. — (2) In einem Zusatz zu der Mittheilung von Cahours; ferner Instit. 1866, 210.

densation auf 8 Vol. nicht a priori als auf einem Zerfallen beruhend betrachtet werden kann, führt Deville noch die Dampfdichte des Quecksilberjodid-Jodammoniums, HgJ, NH_4J, an, welche nach Seiner und Troost's Bestimmung im Quecksilberdampf (bei 350°) 6,49, im Schwefeldampf (bei 440°) 6,38 beträgt, während sie sich für eine Condensation auf 8 Vol. = 6,44 berechnet. Da das Quecksilberjodid 4 Vol., das Jodammonium 8 Vol. repräsentirt, so müfste bei dem vollständigen Zerfallen eine 12 Vol. entsprechende Dampfdichte erhalten werden. Denjenigen, welche eine gleichförmige Condensation aller Molecüle annehmen, liege es demnach ob, die Ungültigkeit des Cahours'schen Satzes als einer allgemeinen Regel zu beweisen.

Th. Graham (1) hat im Anschlufs an Seine Untersuchungen über die Wanderung der Gase durch gröbere und feinere Poren (2) auch ihr Verhalten zu colloïdalen Scheidewänden studirt. Er ging dabei von der Voraussetzung aus, dafs die Gase im flüssigen Zustand, in welchem sie in Lösungen anzunehmen sind, auch die Flüssigkeits-Diffusion und Dialyse zeigen müssen und dafs sie daher in diesem Zustande die Fähigkeit haben, weiche Colloïdalsubstanzen zu durchdringen, wie sie in der That im Respirationsprocefs von der (an und für sich für Gase undurchdringlichen) thierischen Membran aufgenommen werden. Auf ältere Beobachtungen von Mitchell (3) gestützt, wählte Graham zu diesen Versuchen dünne Caoutchoucmembranen und bestimmte ihre Durchdringbarkeit für Gase, sowohl wenn diese in den leeren Raum als

Gase. Dialyse derselben.

(1) Phil. Mag. [4] XXXII, 401, 503; Chem. Soc. J. [2] V, 235; N. Arch. ph. nat. XXVIII, 193; Pogg. Ann. CXXIX, 548; aus Phil. Trans. in Ann. Ch. Pharm. Suppl. V, 1; im Auszug Lond. R. Soc. Proc. XV, 223; Chem. News XIV, 88; Compt. rend. LXIII, 471; Instit. 1866, 315; N. Arch. ph. nat. XXVII, 267; J. pharm. [4] IV, 251; J. pr. Chem. XCIX, 126; Zeitschr. Chem. 1867, 189; Chem. Centr. 1866, 1017; 1867, 113, 130; Dingl. pol. J. CLXXXII, 307; kurze Notiz in Zeitschr. anal. Chem. VI, 108. — (2) Jahresber. f. 1863, 19. — (3) Pogg. Ann. XXVIII, 334, 852.

wenn sie in andere Gase übergehen, mittelst des Diffusiometers. Letzteres besteht aus einer 1 Meter langen Glasröhre von 22 MM. Durchmesser, die am unteren Ende offen, am oberen durch eine dünne Gypsplatte verschlossen ist, über welcher die Caoutchoucmembran mit Kupferdraht festgebunden und mit heifser Guttapercha an das Glas gekittet wird. Kehrt man die mit Quecksilber gefüllte Röhre in der Quecksilberwanne um, so entsteht im oberen Theil ein Vacuum, in welches die Bestandtheile der atmosphärischen Luft eindringen, indem sie das Quecksilber herabdrücken (die Gypsplatte erhöht, da sie für sich keine gasabsorbirende Kraft hat, den Widerstand des Caoutchoucs nicht merklich). Um andere Gase mit der Membran in Berührung zu bringen, wird eine mit Zu- und Ableitungsrohr versehene dichte vulkanisirte Caoutchoucröhre auf dem Diffusiometer befestigt, so dafs eine Kammer entsteht, in welche man die anzuwendenden Gase einleitet. Mittelst dieses Apparates wurde für die folgenden Gase ein sehr abweichendes Verhalten zur Caoutchoucmembran festgestellt, sofern diese von gleichen Volumen derselben in den unter t gegebenen Zeiten durchdrungen wird.

	CO_2	H	O	C_2H_4	Luft	CO	N
t	1	2,470	5,816	6,326	11,850	12,203	13,585.

Für gleiche Zeiten verhalten sich daher die durchgedrungenen Volume oder die Geschwindigkeiten V des Durchgangs wie folgt:

	CO_2	H	O	C_2H_4	Luft	CO	N
V	13,585	5,500	2,556	2,148	1,149	1,113	1

Beispielsweise ergaben sich für das Fallen der Quecksilbersäule im Diffusiometer bei 773^{mm} Barometerstand und 23° bis 23°,5 die folgenden Zeiten in Secunden, bei dem Durchgang von

Quecksilberhöhe im Diffusiometer	CO_2	H	O	N
748^{mm}	—	—	—	—
723	107″	277″	545″	1413″
698	143	316	727	1832
	250	593	1272	3245.

Es beweisen diese Zahlen, welche nicht die Beziehungen des Coëfficienten der Gasdiffusion zeigen, die wesentliche Verschiedenheit des dialytischen Durchgangs von der Diffusion, bei welcher der Stickstoff die Wandung schneller durchdringt als der schwerere Sauerstoff; sie beweisen daher auch, dafs dünne Caoutchoucmembranen die Porosität des Papiers, der Gyps- oder Graphitplatten und Thonröhren und selbst die der Guttapercha nicht besitzen und dafs sie folglich die moleculare Diffusionsbewegung der Gase vollständig hindern (1). Graham erklärt den Vorgang durch die Annahme, dafs die Gase von Caoutchouc (oder anderen Colloïdsubstanzen) angezogen werden (2), sich verflüssigen und indem sie die Colloïdsubstanz durchdringen, in das Vacuum oder die Atmosphäre, welche die andere Fläche begrenzt, gasförmig wieder abdunsten. Mit steigender Temperatur nimmt diese Durchdringbarkeit des Caoutchoucs zu. Es betrug z. B.

---

(1) Payen schliefst dagegen (Compt. rend. LXIII, 533; Instit. 1866, 318; J. pharm. [4] IV, 357; Zeitschr. anal. Chem. VI, 109; Chem. Centr. 1867, 93) aus einigen Versuchen wie aus mikroscopischen Beobachtungen, dafs das Caoutchouc zahlreiche kleine mit einander in Verbindung stehende Höhlungen enthält (deren Lumen in dem vulkanisirten verringert ist) und daher auch von Wasser durchdrungen wird. Ballons von 1 bis 2 MM. Wanddicke, die mit Wasser unter einem Druck gefüllt wurden, welcher ihren Durchmesser verdoppelte, verloren in 24 Stunden auf den Quadratmeter Oberfläche 23 Grm. an Gewicht; Ballons von vulkanisirtem Caoutchouc auf die gleiche Fläche nur 4 Grm.; Luft schien aber von allen diesen Ballons nicht durchgelassen zu werden. Gleichwohl nimmt Payen an, dafs diese Porosität bei den von Graham beschriebenen Phänomenen betheiligt ist. — Aehnliche Beobachtungen hat auch Le Roux (Compt. rend. LXIII, 917) gemacht. — (2) Ein 50 Grm. schweres Stück massigen Caoutchoucs, das mehrere Tage in reinem Sauerstoff gelegen hatte, gab hierauf im Vacuum 6,21 CC. Gas aus, worin 3,57 CC. Sauerstoff und 0,14 CC. Kohlensäure enthalten waren; der Rest bestand hauptsächlich aus Stickstoff. Das Volum des absorbirten Sauerstoffs betrug demnach 6,82 pC. von dem des Caoutchoucs, dieses = 52,3 CC. gesetzt. Es gelang nicht, die Absorbirkeit des Wasserstoffs in derselben Weise darzuthun.

die Menge der atmosphärischen Luft, welche in einer Minute durch 1 Quadratmeter Oberfläche von Seidenzeug, das auf der einen Seite mit Caoutchouc überzogen war, in den leeren Raum drang, bei 4^0 0,56 CC., bei 14^0 2,25 CC., bei 60^0 6,63 CC. (sämmtliche Volume auf 760^0 MM. und 20^0 reducirt). Uebrigens scheinen diese Werthe mit der Zeit, während welcher die Temperatur unterhalten wird, veränderlich zu sein; auch giebt Caoutchouc, das mit einem Gase gesättigt wurde und dann durch Erkältung erstarrte, dieses Gas bei nachherigem Erwärmen in der Luft nur sehr langsam wieder ab. Wird ein mit Wasserstoff oder mit Kohlensäure gefüllter sehr dünner Caoutchoucballon der Luft ausgesetzt, so sinkt er zusammen, weil der allmälig austretende gasige Inhalt durch ein kleineres Luftvolum ersetzt wird; und da der Sauerstoff den Caoutchouc leichter durchdringt als Stickstoff, so ist nach einer bestimmten Zeit die eingedrungene Luft sauerstoffreicher als die atmosphärische. Es hatte z. B. der Inhalt eines mit Wasserstoff gefüllten Ballons nach dreistündigem Verweilen in der Luft die Zusammensetzung O 8,98; N 12,60; H 78,42 Vol., einem Verhältnifs von 41,6 Vol. Sauerstoff zu 58,4 Vol. Stickstoff entsprechend; ferner enthielt ein mit Kohlensäure gefüllter Ballon nach vierstündigem Aussetzen an die Luft (nach der Absorption der rückständigen Kohlensäure) O 37,1; N 62,9 Vol. Aehnliche Werthe wurden auch bei der Dialyse in das Vacuum des Diffusiometers erhalten, welche übrigens wegen der kleineren Caoutchoucfläche eine viel langsamere ist (1). Bei längerem Verweilen solcher Ballons in Luft nimmt das Verhältnifs des

---

(1) Um den Inhalt des Diffusiometers sowie die bei dem Evacuiren eines Gefäfses erhaltenen Gase untersuchen zu können, benutzte Graham einen von Sprengel (Chem. Soc. J. [2] III, 9) beschriebenen, nach dem Princip des Wassertrommelgebläses construirten Vacuumapparat; das untere Ende der geraden Fallröhre war umgebogen und eine mit Quecksilber gefüllte Röhre darüber gestürzt.

eingedrungenen Sauerstoffs zum Stickstoff wieder ab und sinkt zuletzt auf das normale. — Graham bespricht dann eingehend den Gang der Gasdialyse bei Anwendung verschiedener Caoutchoucpräparate oder mit Caoutchouc überzogener Stoffe und je nach der Natur der Unterlage für die Scheidewand und der Art, das Vacuum oder die Verdünnung auf der einen Seite der Scheidewand zu unterhalten. Indem wir bezüglich dieser Einzelergebnisse auf die Abhandlung verweisen, heben wir nur hervor, dafs der dialytische Durchgang sich unter gleichbleibenden Umständen mit steigender Temperatur vermehrt und mit zunehmender Dicke der Membran verlangsamt. Durch einen Caoutchoucballon von 0,014 MM. Wandstärke (1) dialysirten durch 1 Quadratmeter Oberfläche in der Minute 16,9 CC. Luft, durch eine gleiche Oberfläche von 1 MM. Wandstärke 19,2 CC. in der Stunde, und durch ein elastisches Luftkissen (vulkanisirter Caoutchouc zwischen doppeltem Cattun) 44,95 CC. in der Stunde. Dünne Membranen, die im Handel vorkommen und nach Graham's Vermuthung aus Guttapercha und trocknendem Oel bereitet sind, erwiesen sich bei der Benutzung zur Gasdialyse porös und diffundirbar. Der durchschnittliche Sauerstoffgehalt einer durch einmalige mehrstündige Dialyse in das Vacuum oder in Kohlensäure erhaltenen Luft beträgt 41,6 pC.; eine zweite und dritte Dialyse könnte denselben, weil nur die Hälfte des rückständigen Sauerstoffs entfernt würde, nicht in demselben Verhältnifs erhöhen. Solche einmal dialysirte Luft, deren continuirliche Gewinnung in grofsem Mafsstabe ein noch zu lösendes Problem ist, entzündet (nach der Absorption der Kohlensäure) einen glimmenden Holzspan und könnte zu vielen Anwendungen geeignet sein. — Im zweiten Theile Seiner Abhandlung be-

---

(1) Solchen dünnwandigen Beuteln und Säcken wurde durch Einlegen von Filztuch oder Watte, oder durch Einfüllen von Sand oder Sägespänen gröfsere Festigkeit gegeben.

spricht Graham, anknüpfend an die von Deville mit Platin- und Eisenröhren erhaltenen Resultate (1), welche Er bei der Wiederholung des Versuchs bestätigt fand, das Verhalten metallischer Scheidewände zu Gasen in der Rothglühhitze. Er constatirte zunächst für das glühende Platin eine ungleich gröfsere Durchdringbarkeit als für Caoutchouc bei gewöhnlicher Temperatur. Während durch eine Oberfläche von 1 Quadratmeter Caoutchoucmembran von 0,014 MM. Dicke bei 20° in der Minute 127,2 CC. Wasserstoff drangen, betrug auf eine gleiche Fläche von Platinrohr von 1,1 MM. Wandstärke das bei heller Rothgluth durchgegangene Volum 489,2 CC. — Sauerstoff, Stickstoff, Chlor, Chlorwasserstoff, Kohlensäure, Kohlenoxyd, Sumpfgas und ölbildendes Gas, sowie Wasserdampf, Schwefelwasserstoff und Ammoniak werden von glühendem Platin nicht durchgelassen, die letzteren beiden wohl deshalb, weil sie bei dieser Temperatur zersetzt werden und nur der Wasserstoff dialysirt. Für Stickstoff scheint das Platin bei Gegenwart von Wasserstoff in geringem Grade durchdringbar zu werden, da bei der Wiederholung des Versuchs, welchen Deville mit einer Eisenröhre angestellt hatte, das in der Platinröhre rückständige Gas aus 0,34 CC. Wasserstoff und 3,22 CC. Stickstoff bestand. Dieses eigenthümliche Verhalten des Platins wird bis zu einem gewissen Grade erklärlich durch dessen Eigenschaft, Wasserstoff in der Rothglühhitze zu absorbiren und denselben bei niedriger Temperatur beliebig lange gebunden zu halten. Graham hat dieses Absorptionsvermögen des Platins und anderer Metalle in folgender Weise festgestellt. Eine innen und aufsen glasirte Porcellanröhre, welche das zu untersuchende Metall enthielt und einerseits mit einem Sprengel'schen Vacuumapparat verbunden, andererseits mit einer Gaszuleitungsröhre versehen war, wurde luftleer

(1) Jahresber. f. 1863, 23, 26; f. 1864, 89.

gemacht, alsdann unter reichlichem Einleiten von Wasserstoff (oder einem anderen Gase) allmälig zum Rothglühen erhitzt und nach längerem Glühen dem langsamen Erkalten überlassen. Nachdem hierauf durch einen Luftstrom das nicht absorbirte Gas entfernt war, wurde die Röhre evacuirt, zum Glühen erhitzt, und das ausgetriebene Gas gemessen und untersucht. *Platin*draht, aus geschmolzenem Platin erhalten, mit caustischer Lauge und Wasser gewaschen, gab bei dieser Behandlung eine Menge von Wasserstoff, welche in vier Versuchen (bei einstündigem Glühen im Vacuum) auf 1 Vol. Platin 0,17 Vol. betrug; Platinschwamm hatte unter gleichen Bedingungen 1,48 Vol., altes verarbeitetes (ursprünglich nicht geschmolzenes) Platin 3,83 bis 5,53 Vol. Wasserstoff absorbirt; Platinfolie nahm bei 230° 1,45 Vol. und zwischen 97° und 100° in drei Stunden 0,76 Vol. Wasserstoff auf. Ansehen und Glanz des Platins werden durch die Absorption des Wasserstoffs nicht geändert, nach dem Austreiben desselben erscheint aber das Metall weiſs und *mit Bläschen bedeckt*. — Palladium besitzt ein ungleich höheres Absorptionsvermögen für Wasserstoff. In der Form von Folie nimmt es, wenn frisch im Vacuum ausgeglüht, schon bei gewöhnlicher Temperatur sein 376 faches, bei 90° bis 97° sein 643 faches, bei 245° sein 526 faches Volum auf; durch Glühen von Palladiumcyanür erhaltenes schwammiges Metall absorbirte bei 200° sein 686 faches Volum; Folie aus geschmolzenem Metall dagegen nur das 68 fache, und eine Legirung von 5 Th. Palladium und 4 Th. Silber in dunkler Rothgluth ihr 20,5 faches Volum. Der absorbirte Wasserstoff tritt zum Theil schon bei gewöhnlicher Temperatur, rasch aber in der Glühhitze wieder aus. Er scheint in diesem absorbirten und verdichteten Zustande gesteigerte Verwandtschaften zu besitzen, da solches Palladium Eisenoxydsalze zu Oxydulsalzen, Kaliumferricyanür zu Ferrocyanür reducirt und in Berührung mit Chlor- und Jodwasser Chlorwasserstoff und Jodwasserstoff bildet. Hierin und in dem

Gase. Dialyse derselben.

weiteren Umstande, daſs Palladium auch für verschiedene Flüssigkeiten ein nicht unerhebliches Absorptionsvermögen zeigt (1), sieht Graham eine Stütze für die Annahme, daſs der Wasserstoff bei dieser Absorption in den flüssigen Zustand übergeht. — Mit dem Absorptionsvermögen des Palladiums für Wasserstoff steht dessen Durchdringbarkeit durch denselben im Zusammenhang (aber nicht im Verhältniſs). Palladiumfolie wird bei gewöhnlicher Temperatur nicht von Wasserstoff (wohl aber von Aetherdampf) durchdrungen. Eine geschmiedete Palladiumröhre von 1 MM. Wandstärke fing erst bei 240° an den Wasserstoff hindurchzulassen; bei 265° betrug die in einer Minute eingedrungene Menge für 1 Quadratmeter Oberfläche 327 CC., nahe bei Rothglühhitze 423 CC. Bestand die äuſsere Atmosphäre aus Leuchtgas, so drang (ebenfalls bei 270°) nur reiner Wasserstoff in die Palladiumröhre, während alle übrigen Bestandtheile des Gasgemenges zurückblieben. Graham hält eine analytische Verwerthung dieses Verhaltens für möglich. — Körner von *Osmium-Iridium* absorbiren keinen Wasserstoff; *Kupfer* in der Glühhitze, in der Form von Schwamm 0,6 Vol., in der Form von Draht 0,306 Vol. (Verarbeitetes Kupfer gab beim Glühen im Vacuum nebst dem Wasserstoff kleine Mengen von Kohlenoxyd aus, von 50 Grm. 0,6 CC.) — *Gold* (2) in der Form von Probirröllchen, welche frisch ausgeglüht waren, nahm 0,48 Vol. Wasserstoff, 0,29 Vol. Kohlenoxyd, 0,16 Vol.

(1) 1000 Th. Palladiumfolie absorbiren 1,18 Th. Wasser, 1,7 Th. Aether, 5,5 Th. Alkohol von 0,802 und 18,1 Th. Mandelöl. Aus Weingeist nimmt daher Palladium vorzugsweise den Alkohol auf. — (2) Schwammiges Gold nimmt bei gewöhnlicher Temperatur nicht unerhebliche Mengen von Gasen auf. Aus Metall, welches durch Oxalsäure abgeschieden war, erhielt Graham in der Rothglühhitze 0,704 Vol. Gas, aus Kohlensäure, Kohlenoxyd und wenig Sauerstoff bestehend; aus den bei Goldproben erhaltenen Probirröllchen 2,12 Vol., deren wesentlicher Bestandtheil Kohlenoxyd bildete, mit Kohlensäure, Wasserstoff und Stickstoff.

Kohlensäure auf, wenn es in diesen Gasen erhitzt wurde, in atmosphärischer Luft erhitzt 0,19 Vol. bis 0,24 Vol. eines Gasgemenges, in welchem Stickstoff den vorwiegenden Bestandtheil bildete. — Reines *Silber* in Drahtform (dieses entwickelte für sich erhitzt 0,29 Vol. fast reiner Kohlensäure) absorbirte in der Glühhitze 0,211 Vol. Wasserstoff, 0,745 Vol. Sauerstoff, in atmosphärischer Luft 0,545 Vol. Sauerstoff. Aus Silberoxyd durch Reduction erhaltenes gefrittetes Metall besafs ein gröfseres Absorptionsvermögen, es nahm 6,15 bis 7,47 Vol. Sauerstoff, 0,907 bis 0,938 Vol. Wasserstoff, 0,486 bis 0,545 Vol. Kohlensäure und 0,15 Vol. Kohlenoxyd auf, wenn es in diesen Gasen geglüht wurde. Reines dünnes Blattsilber absorbirte in der Luft geglüht 1,31 Vol. Sauerstoff, 0,20 Vol. Stickstoff und 0,04 Vol. Kohlensäure. Dieses sauerstoffhaltige Silber bewahrt die Farbe und den Glanz des reinen Metalls und hält den Sauerstoff bei allen Temperaturen unter der Rothglühhitze fest. — Dünner *Eisen*draht, mit Kalilauge und Wasser sorgfältig gereinigt, gab bei zweistündigem Erhitzen im Vacuum sein 7,94faches Volum, bei siebenstündigem Erhitzen sein 12,5faches Volum eines zum gröfseren Theil aus Kohlenoxyd bestehenden Gasgemenges aus. Solches vorläufig im Vacuum geglühte Eisen absorbirte in dunkler Rothglühhitze 0,46 Vol. Wasserstoff, 4,15 Vol. Kohlenoxyd. Mit Kohlenoxyd gesättigtes Eisen bleibt weich und zeigt sich unfähig, durch plötzliche Abkühlung aus dem glühenden Zustand gehärtet zu werden; es weicht auch in seinen übrigen Eigenschaften nicht von gewöhnlichem Eisen ab. — *Antimon* absorbirte weder oberhalb noch unterhalb seines Schmelzpunktes Wasserstoff. — Ohne die Schwierigkeit zu übersehen, welche mit der Annahme verbunden ist, dafs Gase sich bei so hohen Temperaturen noch verflüssigen, ist Graham gleichwohl geneigt, alle diese Erscheinungen in derselben Weise wie für die Caoutchoucmembran zu erklären, indem Er hervorhebt, dafs die Absorption der Gase durch Metalle (welche Er als Einschliefsung, Occlusion, bezeichnet) überhaupt wahrscheinlich nicht ein rein physikalisches Phänomen ist. Andererseits schliefst Er aus dem Verhalten des Palladiums zu Aetherdampf und aus dem der Gase zu festen Körpern im Allgemeinen auf eine dreifache Porosität, nämlich 1) Poren, durch welche Gase unter Druck oder durch capillare Transpiration dringen, wie im trockenen Holze und vielen Mineralien; 2) feinere Poren, durch welche Gase nur in Folge ihrer molecularen Bewegung diffundiren, wie im künstlichen Graphit; 3) feinste Poren, in welche Gase weder durch Druck, noch durch moleculare Bewegung, sondern nur durch Verflüssigung eindringen, in verarbeiteten Metallen und vielleicht theilweise im künstlichen Graphit (1).

Aronstein und Sirks (2) haben (vor der Veröffentlichung von Graham's Abhandlung) die Permeabilität des Caoutchoucs für Gase constatirt, indem Sie in den einen Tubulus einer mit Wasserstoff gefüllten Flasche ein Manometer, in den anderen einen Kork mit Glasröhre luftdicht einsetzten, welche mit einer durch einen Glasstöpsel verschlossenen Caoutchoucröhre verbunden war; das Gasvolum in der Flasche wurde durch Verminderung des Drucks constant erhalten und die Druckverminderung nebst der Temperatur bestimmt. Das ursprüngliche Volum des Gases $= 1$ gesetzt, ergab sich so dessen Verminderung 1) für eine gewöhnliche Caoutchoucröhre von 3360 Quadratmillim. Oberfläche und 1,2 MM. Wanddicke nach 3 Tagen $=$ 0,0405; 2) für eine braune entvulkanisirte Caoutchoucröhre von 3400 Quadratmillim. Oberfläche und 1,6 MM. Wandstärke nach 12 Tagen $= 0,049$; für eine Röhre aus nicht vulkanisirtem reinem Caoutchouc von ungefähr 5000 Quadratmillim. Oberfläche und 1,3 MM. Wandstärke nach 28 Tagen $= 0,168$. Unter der Voraussetzung, dafs der Gas-

---

(1) Vgl. auch Jahresber. f. 1864, 91. — (2) Zeitschr. Chem. 1866, 260; N. Arch. ph. nat. XXVI, 143; Phil. Mag. [4] XXXII, 320.

austausch durch Diffusion erfolgte (vgl. S. 45), berechnen Aronstein und Sirks für

1)	2)	3)	
5,5 VolumpC.	6,6 VolumpC.	22,7 VolumpC.	diffundirten Wasserstoff
1,5 „	1,7 „	5,9 „	eingeströmte Luft.

Zwischen Glas und Caoutchouc findet keine Diffusion statt; Caoutchouc selbst wird durch einen Ueberzug von in Theer gelöstem Asphalt ganz undurchdringlich.

E. Blumtritt (1) hat unter Reichardt's Leitung die Menge und Zusammensetzung der absorbirten Gase bestimmt, welche durch Erhitzen aus trockenen, der Luft ausgesetzt gewesenen Substanzen ausgetrieben werden können. Um diese Gase vollständig zu gewinnen, benutzte Blumtritt, nachdem Er sich davon überzeugt hatte, dafs sowohl frisch destillirtes als auch frisch ausgekochtes und kochend verschlossenes Wasser bei abermaligem Erhitzen wieder Gase ausgiebt und dafs andererseits Quecksilber beim Erhitzen keine Gase liefert, einen von Reichardt construirten Apparat, der aus einem zur Aufnahme der Substanz bestimmten Glasröhrchen besteht, welches mit einem doppelt durchbohrten Caoutchoucpfropf verschlossen ist. In die Durchbohrungen des Pfropfens sind eine Gasleitungs- und eine Kugelröhre eingesetzt; der in die Glasröhre ragende offene Theil der Kugelröhre ist durch einen von oben eingeschobenen, am unteren Ende mit Wachs überzogenen Eisendraht verschlossen. Die zu prüfende fein gepulverte Substanz wird in der Röhre gewogen, durch Aufklopfen verdichtet und mit einem der Oeffnung der Röhre entsprechenden Stückchen Eisendrahtnetz bedeckt, und der Caoutchoucpfropf eingedreht. Man befestigt nun die Röhre in passender Weise, bringt das Gasleitungsrohr unter Quecksilber, füllt auch die Kugelröhre mit Queck-

Absorption von Gasen durch feste Körper.

---

(1) Aus Zeitschrift für deutsche Landwirthe, 17. Jahrgang, 169 in J. pr. Chem. XCVIII, 418; Zeitschr. Chem. 1867, 53; Chem. Centr. 1866, 689, 705; Arch. Pharm. [2] CXXX, 1.

54 Allgemeine und physikalische Chemie.

Absorption von Gasen durch feste Körper.

silber und läfst dieses durch vorübergehendes Emporziehen des Drahtes in genügender Menge ausfliefsen, um den leeren Theil der Röhre und die ganze Gasleitungsröhre zu füllen und die Luft des Apparates auszutreiben. Die Röhre wird nun, nachdem das Gasleitungsrohr in das Eudiometer eingeführt worden ist, in einem Paraffinbad allmälig und so lange auf 140° erhitzt, bis das in der Substanz gewöhnlich enthaltene Wasser nicht mehr dampfförmig, sondern in Tropfen übergeht. — Von Blumtritt's Resultaten geben wir hier nur auszugsweise die Mittelzahlen mehrfacher Versuche, wie sie Reichardt (1) in einer besonderen Abhandlung zusammengestellt und mit Bemerkungen begleitet hat.

Substanz	Gase		100 Volume der Gase enthielten			
	aus 100 Grm. in CC.	aus 100 Vol. in Vol.	N	O	CO_2	CO
Kohle von Fichtenholz . . .	164,21	—*)	100	0	0	0
„ „ Populus pyramidalis	466,95	195,4	83,60	0	16,50	0
„ „ Fraxinus excelsior .	437,00	159,0	76,03	14,87	9,10	0
„ „ Alnus glutinosa . .	287,07	109,9	88,27	0	5,42	6,31
Thierkohle	84,43	91,3	54,19	0	45,81	0
Thierkohle, mit Salzsäure gereinigt	178,01	102,3	93,66	0	6,84	0
Torf	162,58	—	44,44	4,60	50,96	0
Feuchte Gartenerde	13,70	19,9	64,34	2,85	24,06	8,75
Lufttrockne Gartenerde . . .	38,28	53,6	64,70	2,04	33,26	0
Lufttrockenes Eisenoxydhydrat	375,54	308,6	26,29	3,85	69,86	0
Dasselbe schwach geglüht . .	39,88	55,5	64,85	11,59	23,56	0
Lufttrockne Thonerde . .	69,02	82,0	40,60	0	59,40	—
Bei 100° getrocknete Thonerde	10,88	13,6	83,09	16,91	0	—
Braunstein	10,59	26,9	59,86	10,00	30,14	—
Bleioxyd	7,38	24,4	90,17	9,83	0	—
Thon	32,89	—	64,72	20,83	14,45	—
Thon nach längerem Liegen an der Luft	25,58	39,05	70,17	4,71	25,12	—
Lufttrockner Saalschlamm . .	40,58	48,07	67,69	0	18,61	13,70
Gefällter kohlens. Kalk . . .	65,09	—	80,81	19,19	0	—
Kohlens. Baryt	16,77	30,8	86,56	13,44	0	—
„ Strontian	54,09	58,5	83,58	13,39	3,03	—
„ Magnesia . . .	729,21	124,9	63,92	6,72	29,36	—
Fein zerriebener Gyps . . .	17,26	—	80,95	19,05	0	—

*) — bezeichnet: Nicht bestimmt.

(1) Aus Zeitschrift für deutsche Landwirthe, 17. Jahrgang, 193 in J. pr. Chem. XCVIII, 458; Chem. Centr. 1866, 753, 769; Arch. Pharm. [2] CXXVIII, 21.

Die vorstehenden Zahlen ergeben, daſs die Menge der ab- *Absorption von Gasen durch feste Körper.* sorbirten Gase, welche durch Erhitzen ausgetrieben werden können, bei verschiedenen Substanzen eine sehr verschiedene und für dieselben Substanzen mit dem Gehalt an Feuchtigkeit veränderlich ist, wobei beachtenswerth erscheint, daſs die hier aufgeführten Werthe mit den von Saussure und Anderen durch Absorptionsversuche gefundenen nicht übereinstimmen. Nur selten zeigen die ausgetriebenen Gase das Mischungsverhältniſs der atmosphärischen Luft (Gyps), vielmehr tritt fast durchgängig der Stickstoff sehr überwiegend auf, während der Sauerstoff von den meisten Substanzen nur spurweise aufgenommen wird. Kohlensäure scheint dagegen ganz allgemein ein wesentlicher Bestandtheil der absorbirten Gase zu sein und wird besonders reichlich von Eisenoxyd, Thonerde und Thon aufgenommen. Ammoniak wurde nur in sehr geringen Mengen, Kohlenoxyd nur in organischem Detritus und in Kohle aufgefunden. Auch Salpetersäure konnte nur selten nachgewiesen werden und schien dann in der Form von Salzen zugegen zu sein (1).

Nach Versuchen von D. Gernez (2) wird die Gas- *Uebersättigte Lösungen von Gasen.* entwickelung, welche in übersättigten Lösungen von Gasen bei dem Eintauchen fester Körper sogleich eintritt, nicht durch die letzteren selbst, sondern durch die an ihrer Ober-

---

(1) Daſs gepulverter gerösteter Kaffee beim Uebergieſsen mit Wasser ein Volum von absorbirtem Gas entwickelt, welches seinem eigenen etwa gleichkommt und in verschlossenen Gefäſsen eine Explosion veranlassen kann, hat Babinet (Compt. rend. LXIII, 726; Instit. 1866, 345; Zeitschr. Chem. 1866, 735) beobachtet. — Vogel fand (Instit. 1865, 213) das Absorptionsvermögen einer porösen Torfkohle (erhalten durch Erhitzen von porösem Torf in einem Strom sauerstofffreier Gase) für Gase und Dämpfe fast eben so groſs als das der Blutkohle, das Entfärbungsvermögen aber geringer. — (2) Compt. rend. LXIII, 883; Instit. 1866, 370; J. pharm. [4] V, 111; Zeitschr. Chem. 1866, 716; Phil. Mag. [4] XXXIII, 479.

fläche condensirte Luftschicht veranlafst. Feste Körper, die der Luft oder (da die Natur des Gases ohne Einflufs ist) überhaupt einer Gasatmosphäre nicht ausgesetzt waren (frisch gebildete Krystalle z. B.), besitzen diese Eigenschaft nicht; solche, die sie besitzen, verlieren sie durch Erhitzen oder längeres Eintauchen in Wasser. Gernez glaubt, dafs die Zersetzung des Wasserstoffsuperoxyds durch feste Körper auf derselben Ursache beruht; erhitzter und in Wasser getauchter Platindraht wirkt auf dasselbe nicht ein.

Zersetzungen durch Wärme. Dissociation. L. Cailletet (1) hat durch einige Versuche das Stattfinden der Dissociationsphänomene bei den hohen Temperaturen der metallurgischen Processe nachgewiesen. Er untersuchte I. die Gase aus dem Heerd eines Hochofens (die Temperatur in demselben überstieg Platinschmelzhitze); II. die Gase aus einem grofsen Eisenschweifsofen, geschöpft über dem Roste (bei Porcellanschmelzhitze); III. die Gase aus demselben Ofen, 15 Meter vom Roste entfernt (bei Antimonschmelzhitze). Zur Ableitung dieser Gase diente ein modificirter Deville'scher Apparat (2), im Wesentlichen bestehend aus einer feinen kupfernen Röhre von 0,5 MM. Durchmesser, die in ein weiteres U-förmiges Kupferrohr eingelöthet und mit einem Aspirator verbunden war. Das U-förmige Rohr wurde mit der Biegung, aus welcher die feinere Röhre mündete, in der Wand des Ofens befestigt; ein durch dieses äufsere Rohr geleiteter continuirlicher Strom von kaltem Wasser erhielt die Temperatur des Apparates bei 10^0, die Gase wurden demnach plötzlich abgekühlt. Mittelst einer einfachen Metallröhre wurden endlich IV. dieselben Gase wie in III. abgeleitet. — Die unter a, b gegebenen Resultate sind mit verschiedenen Proben erhalten.

(1) Compt. rend. LXII, 891; Instit. 1866, 123. — (2) Jahresber. f. 1864, 128.

	I.*)		II.**)		III.		IV. Zersetzungen durch Wärme. Dissociation.
	a	b	a	b	a	b	
O	15,24	15,75	13,15	12,83	8,00	7,50	1,21
H	1,80	—	—	—	—	—	—
CO	2,10	1,80	3,31	2,10	2,40	4,02	1,42
CO$_2$	3,00	2,15	1,04	4,20	7,12	7,72	15,02
N	77,86	80,80	82,50	81,37	82,48	80,96	82,35

*) Das Gas war durch beigemengten Wasserdampf und Ruſs rauchig. — **) Bei diesem Versuch zeigte sich das Kupferrohr mit einer dichten Lage von Ruſs überzogen.

Es ergaben diese Zahlen, daſs mit sinkender Temperatur (III.) die Menge der Kohlensäure auf Kosten des Sauerstoffs, Kohlenoxyds und des Kohlenstoffs zunimmt und daſs bei der allmäligen Abkühlung der glühenden Gase (IV.) das Kohlenoxyd fast völlig verschwindet (der Zusammenhang der Kohlensäuremengen in III. und IV. erscheint nicht verständlich). Zugleich ist ersichtlich, daſs die Untersuchung der Gase, welche aus einem solchen Heerde in der gewöhnlichen Weise geschöpft wurden, keine ganz richtige Vorstellung von der Gruppirung der Elemente geben kann. — Die Oxydation des Eisens erfolgte übrigens bei dem enormen Hitzgrade in dem Schweiſsofen (II.) noch mit Leichtigkeit.

H. Sainte-Claire Deville (1) hat Seine auf Dissociation bezüglichen Untersuchungen in einer ausführlichen Abhandlung zusammengestellt. Schröder van der Kolk (2) nahm hiervon Veranlassung, die Deville'sche Dissociationstheorie, welche Ihm nicht genügend begründet erscheint, einer Kritik zu unterwerfen. Deville (3) hat auf dieselbe eine vorläufige Erwiederung gegeben.

(1) Leçons professees à la société chimique de Paris 1864-1865; Paris 1866; der den Zusammenhang zwischen Wärme und Affinität behandelnde Abschnitt, nebst Betrachtungen über die bei chemischen Vorgängen thätigen Kräfte auch N. Arch. ph. nat. XXV, 261; Phil. Mag. [4] XXXII, 365; Chem. Centr. 1866, 385. — (2) Pogg. Ann. CXXIX, 431; im Auszug Zeitschr. Chem. 1867, 185. — (3) Compt. rend. LXIV, 64.

Wärmewirkungen bei chemischen Vorgängen.

Babinet (1) hat die Wärmewirkungen bei chemischen Processen auf Grund der mechanischen Wärmetheorie zu erklären gesucht. Wir können auf seine Betrachtungen nur hinweisen.

Lösungen. Löslichkeit von Salzen.

C. v. Hauer (2) hat die Löslichkeitsverhältnisse einiger Mischungen isomorpher Salze untersucht. Er macht zunächst darauf aufmerksam, dafs bei der Berührung einer Salzlösung mit einem zweiten Salze sich eine wesentliche Verschiedenheit zeigt, je nachdem die beiden Salze isomorph sind oder nicht. Ein in Wasser lösliches Salz wird von der gesättigten Lösung eines anderen nicht isomorphen Salzes immer noch in einem gewissen Verhältnifs gelöst, während es von der gesättigten Lösung eines isomorphen Salzes nicht aufgenommen wird, wenn dieses leichter löslich ist (Fortwachsen eines Krystalls in der Lösung eines isomorphen Salzes), wohl aber und zwar in erheblichen Mengen, wenn das gelöste isomorphe Salz schwerer löslich ist. In manchen Fällen kann demnach die Gegenwart eines Salzes die Löslichkeit eines anderen isomorphen gänzlich aufheben. Am Auffallendsten zeigt sich diefs an dem Fortwachsen eines Krystalls von dem Salze a in der Lösung eines isomorphen und leichter löslichen Salzes b, wenn dieser Lösung ein drittes isomorphes Salz c zugesetzt wurde, das eine gröfsere Löslichkeit besitzt als a und b. Isomorphe Salze können sich folglich in der Lösung in einem gewissen Verhältnifs vertreten und dieses Verhältnifs suchte v. Hauer zu ermitteln. In dem Folgenden sind

---

(1) Compt. rend. LXIII, 581, 662, 908; Instit. 1866, 340, 395. —
(2) Wien. Acad. Ber. LIII (2. Abth.), 221; J. pr. Chem. XCVIII, 187; Zeitschr. Chem. 1866, 546; im Auszug Zeitschr. anal. Chem. V, 348.

überschüssigem Salz, die der Mischungen mit einem Ueberschuſs der verschiedenen Salze dargestellt.

A.

	t^o	BaO, NO_5	PbO, NO_5	SrO, NO_5	
1.	19°-20°	8,50-8,95	35,80	45,94	
	„	$(BaO, PbO)NO_5$	$(PbO, SrO)NO_5$	$(BaO, SrO)NO_5$	$(BaO, SrO, PbO)NO_5$
		38,95	45,98	45,96	45,90
2.	15°-16°	KCl	KBr	KJ *)	
		25,26-25,37	39,06	58,07	
	„	KCl, KBr	KCl, KJ	KBr, KJ	KCl, KBr, KJ
		57,55	57,80	57,96	57,88

*) 100 Th. der Lösungen von Chlor-, Brom- und Jodkalium enthalten annähernd äquivalente Mengen der Salze (0,32 bis 0,34 Aeq.), eben so die Lösungen des Chlor-, Brom- und Jodnatriums (0,41 bis 0,45 Aeq.).

	18°-19°	NaCl	NaBr	NaJ	
3.		26,47	46,05	62,98	
	„	NaCl, NaBr	NaCl, NaJ	NaBr, NaJ	NaCl, NaBr, NaJ
		45,59	62,33	63,15	63,20
4.	18°-20°	MgO, SO_3	NiO, SO_3	ZnO, SO_3	
		25,67-26,38	30,77	35,36	
	„	$(MgO, NiO)SO_3$	$(MgO, ZnO)SO_3$	$(NiO, ZnO)SO_3$	$(MgO, NiO, ZnO)SO_3$
		30,93	35,45	35,45	35,62

B.

	t^o	KO, SO_3	NH_4O, SO_3
	16°-17°	10,54	42,70
		$(KO, NH_4O)SO_3$	

Gefunden   Berechnet

Löslichkeit von Salzen.

Aus diesen Zahlen ergeben sich vorläufig zwei bestimmt verschiedene Fälle des gegenseitigen Verhaltens isomorpher Salze. Es enthalten die unter A aufgeführten gemischten Lösungen dieselben Gewichtsmengen von Salz wie die bei der gleichen Temperatur gesättigte Lösung des leichtlöslicheren; es findet demnach Vertretung des einen Salzes durch das andere nach absolutem Gewicht statt. Bei den unter B aufgeführten ist dagegen die Gewichtsmenge des in 100 Th. der Lösung enthaltenen Salzes gleich der Summe derjenigen Mengen der einzelnen Salze, welche für sich in 100 Th. Wasser löslich sind, während nur die für die gesättigte Lösung des einen der beiden Salze erforderliche Menge von Wasser vorhanden ist; es scheint sich das eine Salz in der gesättigten Lösung des anderen wie in reinem Wasser zu lösen, und zwar bei das schwefels. Ammoniak in der Lösung des schwefels. Kali's, bei 6) das salpeters. Kali in der Lösung des salpeters. Natrons; die nach dieser Annahme berechneten Werte sind unter „berechnet" beigesetzt. — Wenn zwei isomorphe Salze erheblich verschiedene Löslichkeit haben, so wird durch Zusatz des leichter löslichen a das schwerer lösliche b aus seiner gesättigten Lösung allmälig gefällt, und zwar so lange, bis dasjenige Maximum erreicht ist, welches der Löslichkeit von a entspricht. Diese Abscheidung kann bei grofsem Unterschied in der Löslichkeit eine weitgehende sein. Die gemischte Lösung von salpeters. Baryt und Bleioxyd enthielt z. B. nicht über 2,5 pC. Barytsalz, wenn der gesammte Salzgehalt sich dem der Lösung des salpeters. Bleioxyds näherte; war mehr Barytsalz gelöst, so betrug die Gesammtmenge des gelösten Salzes nicht über 28 bis 30 pC. Durch wiederholtes Erhitzen einer solchen Lösung mit einem Ueberschufs des leichter löslichen Salzes lässt sich das schwerer lösliche fast vollständig eliminiren, welches Verhalten besonders auffallend bei den folgenden Salzgruppen ausgesprochen ist, von denen jedes vorhergehende Glied durch das darauffolgende zum grofsen Theil

aus seiner gesättigten Lösung verdrängt wird : Thonerde- *Löslichkeit von Salzen.*
alaun, Chromalaun, Eisenalaun; — salpeters. Baryt,
-Bleioxyd, -Strontian; — Chlorkalium, Bromkalium, Jodkalium; — Chlornatrium, Bromnatrium, Jodnatrium; —
schwefels. Kali, chroms. Kali; — schwefels. Kali, schwefels.
Ammoniak; für die unter 4) aufgeführten isomorphen nahezu gleich löslichen schwefels. Salze wurde dagegen eine
solche Verdrängung nicht beobachtet. Isomorphe Salze
können daher nicht unter allen Umständen und in beliebigen Verhältnissen zusammen krystallisiren, da die nicht
gesättigte Lösung zweier Salze von verschiedener Löslichkeit bei dem Verdampfen zuerst das weniger lösliche absetzt, bis das oben angegebene Maximum erreicht ist.
Gröfsere aus solchen Lösungen erhaltene Krystalle müssen
demnach ungleichartig zusammengesetzt sein und einen
hauptsächlich aus dem schwerer löslichen Salze bestehenden
Kern einschliefsen.

M. E. Diacon (1) hat, wie früher Pfaff (2), die gleichzeitige Löslichkeit von schwefels. Natron, schwefels. Magnesia und schwefels. Kupfer untersucht. Er bestimmte in
einer Versuchsreihe den Einflufs, welchen wechselnde
Mengen des einen dieser Salze bei derselben Temperatur
auf die Löslichkeit der anderen üben, in einer zweiten den
Einflufs der Temperatur auf die Löslichkeit der gemengten
Salze. Bezüglich der Methoden, die Diacon bei dieser
Untersuchung befolgte und der Apparate, die Er anwandte,
auf die Abhandlung verweisend, heben wir hier nur Folgendes hervor. Die Darstellung der Lösungen geschah
mit gepulvertem krystallisirtem Salze in verkorkten Glasröhren, welche in das erforderliche Bad vollständig eingetaucht waren. Mittelst eines durch den Kork gehenden,
unten hin und her gebogenen Glasstabes wurde das ge-

---

(1) Mémoires de l'Académie des sciences et lettres de Montpellier,
section des sciences. Tome VI, 1er fascicule (Année 1864), p. 45. —
(2) Jahresber. f. 1856, 275.

pulverte Salz mit dem Wasser von 5 zu 5 Minuten
mischt, bis der Gehalt der Lösung sich nicht mehr änder
(hierzu waren 3 bis 6 Stunden erforderlich); der gesättig
und im Bade geklärten Lösung wurde der zur Unt
suchung erforderliche Antheil entnommen. Für die Te
peratur von 0° diente ein Bad von schmelzendem Eis, :
höhere fliefsendes Wasser, oder ein eigenthümlich c
struirtes Luftbad. Alle folgenden Resultate sind die Mit
aus einer gröfseren (nicht überall angegebenen) Zahl v
Versuchen.

A. *Löslichkeit der reinen wasserfreien Salze* (*Normale Löslichkeit*)

100 Th. Wasser lösen bei der Temperatur t^0:

t^0	NaO, SO_3	MgO, SO_3	CuO, SO_3
0°	4,53 Th.	26,37 Th.	14,99
17°,9	16,28	33,28	20,16
24°,1	25,92	35,98	22,37
33°	50,81		

B. *Löslichkeit der einzelnen Salze, bei Gegenwart wechselnder Men eines anderen.*

100 Gewth. Wasser lösen bei 0° gleichzeitig die auf dersell
Horizontallinie stehenden Mengen der unter I., II. und III. angegebe
Salze. Die Zahlen der drei ersten Linien unter I. wurden erhalten
das schwefels. Natron im Ueberschufs, das schwefels. Kupfer aber
in der beigesetzten Menge angewandt wurde; die Zahl der 4. Linie
beide Salze im Ueberschufs vorhanden waren, und die der drei letzten Lini
als das schwefels. Kupfer im Ueberschufs, das schwefels. Natron a
nur in der beigesetzten Menge angewandt wurde. Ebenso bei II. und

I.		II.		III.	
NaO, SO_3	CuO, SO_3	MgO, SO_3	CuO, SO_3	MgO, SO_3	NaO, SO
4,53	0	26,37	0	26,37	0
5,34	6,01	25,91	2,64	25,31	1,32
5,73	9,81	25,80	4,75	25,43	2,76
6,48	16,67	23,54	9,01	25,97	5,21
3,55	15,84	15,67	12,08	15,56	5,21
1,98	15,33	8,64	13,61	8,72	5,10
0	14,99	0	14,99	0	4,53

C. *Gleichzeitige Löslichkeit der drei Salze, bei 0°.*

100 Th. Wasser lösen gleichzeitig die auf derselben Horison
linie stehenden Mengen der drei Salze. Die Werthe unter 1) wur
bei 8 stündigem, die unter 2) bei 4 stündigem Contact der Salze

r erhalten; die anderen ergaben sich, als in dem mit zwei Salzen
gten Wasser das dritte bis zur Sättigung gelöst wurde, bei 3)
das Kupfersalz, bei 4) das Magnesiasalz, bei 5) das Natronsalz
zugesetzt und fünf Stunden lang mit der Flüssigkeit gemischt.

	NaO, SO$_3$	MgO, SO$_3$	CuO, SO$_3$
1	5,78	17,47	10,85
2	5,91	21,37	8,85
3	5,96	21,04	8,54
4	6,18	17,58	10,17
5	5,99	18,48	8,94

ie unter B für die Löslichkeit zweier Salze gege-
Resultate repräsentirt Diacon durch Curven, zu
Construction die Mengen des einen Salzes als Ab-
1, die des anderen als Ordinaten genommen sind,
ls der Durchschnittspunkt der beiden Einzelcurven
esättigten Lösung der beiden Salze entspricht, und
onjugirte Löslichkeit, d. h. diejenige Löslichkeit an-
welche jedem einzelnen Salze bei Gegenwart des
m, womit die Flüssigkeit gleichfalls gesättigt ist, zu-
t. Es ergeben diese Resultate den Schluſs, daſs die
hkeit eines Salzes nicht proportional der vorhandenen
eines zweiten Salzes geändert wird, und daſs daher
enntniſs der normalen und conjugirten Löslichkeit
Salzes nicht genügt, um *die* Menge desselben zu
nen, welche von Wasser gelöst wird, das eine bekannte
des anderen Salzes enthält. Die mit drei Salzen
men, weder unter sich noch mit Pfaff's Ergeb-
übereinstimmenden Resultate lassen nur erkennen,
ie Menge des schwefels. Natrons fast constant bleibt,
nd die beiden anderen Salze einander zu ersetzen
en; sie machen weitere Versuche nothwendig.

Gleichzeitige Löslichkeit je zweier Salze bei verschiedenen Temperaturen.

) Th. Wasser lösen bei der Temperatur t° die nachstehenden
der wasserfreien Salze auf, wenn gleichzeitig ein Ueberschuſs
von der anderen Salze (c = schwefels. Kupfer, m = schwefels.
ia, n = schwefels. Natron) mit dem Wasser in Berührung bleibt.
hlen für schwefels. Natron unter c geben demnach an, wieviel
sem Salz bei Gegenwart von schwefels. Kupfer, die unter m,

Löslichkeit von Salzen. wieviel bei Gegenwart von schwefels. Magnesia gelöst wird; sie geb(e) die conjugirte Löslichkeit des schwefels. Natrons für diese Fälle. I entsprechen sich $\frac{NaO,SO_3}{c}, \frac{CuO,SO_3}{n}; - \frac{NaO,SO_3}{m}, \frac{MgO,SO_3}{n}; - \frac{CuO,SO}{m}$ $\frac{MgO,SO_3}{c}$.

t^0	NaO,SO_3		MgO,SO_3		CuO,SO_3	
	c	m	n	c	n	m
0°	6,48	5,21	25,97	23,54	16,67	9,01
17°,9	19,14	16,70	30,41	29,58	21,41	10,54
24°,1	25,09	25,70	31,01	39,05	19,02	10,85
30°	33,69	29,73	28,92	—	6,81	—
33°	34,85	27,82	24,87	36,00	6,00	11,06
36°	34,37	26,29	26,59	—	5,91	—
40°	34,12	24,01	30,89	38,92	6,07	11,24

Construirt man die diesen Zahlen entsprechenden Cur(ven) und bezeichnet man die normale Löslichkeitscurve de(s) Kupfersalzes durch CC', die conjugirte bei Gegenwart vo(n) schwefels. Natron durch CnC'n, bei Gegenwart vo(n) schwefels. Magnesia durch CmC'm, und ebenso die Curve(n) für schwefels. Natron durch NN', NmN'm, NcN'c, fü(r) schwefels. Magnesia durch MM', MnM'n, McM'c, so lasse(n) sich einige der Beziehungen zwischen denselben wie folg(t) ausdrücken. Die conjugirten Curven McM'c, CmC'm un(d) MnM'n liegen unterhalb der normalen Curven MM' un(d) CC' und sind nahezu gerade Linien. Die conjugirte(n) Curven NmN'm, CnC'n und NcN'c zeigen dagegen wi(e) die normalen NN' einen Wendepunkt und schneiden NN(') und CC' ein- oder zweimal. Zwischen 0° und 20° zeig(t) sich die von Karsten gegebene allgemeine Regel, wo(r)nach die Löslichkeit entweder für beide Salze, oder fü(r) eins vermehrt, oder für beide verringert ist, bestätigt oberhalb 30° liegen die Curven CnC'n und NcN'c unte(r)halb der normalen Curven CC' und NN'; das Lösung(s)vermögen des Wassers ist demnach für ein Gemenge nich(t) nothwendig erhöht. Die Curven CnC'n und MnM'n kehre(n) von 0° bis 33° ihre Concavität der Axe der Temperatur(en) zu und zeigen, dafs die conjugirte Löslichkeit eines Salze(s) mit steigender Temperatur abnehmen kann. Eine bei 3(3°)

gesättigte Lösung von schwefels. Natron und -Magnesia, oder von schwefels. Natron und -Kupfer scheidet daher bei der Abkühlung auf 15° nur schwefels. Natron ab, da die Lösung für diese Temperatur mit dem Magnesia- oder Kupfersalz nicht gesättigt ist.

Im Anschluſs an diese Untersuchungen ist hier noch hinzuweisen auf die Ergebnisse, welche G. J. Mulder (1) bezüglich desselben Gegenstandes erhielt, und auf den allgemeineren Gesichtspunkt, welchen Er aus Seinen zahlreichen eigenen und aus den von Kopp und Karsten erhaltenen Resultaten ableitete. Mulder findet, daſs wenn zwei oder mehrere Salze vom Wasser bis zur Sättigung aufgenommen werden können, zwischen den gelösten Mengen der einzelnen Salze stets ein einfaches oder complicirteres (öfters nur annäherndes) Aequivalentverhältniſs besteht und für die Bildung wirklicher chemischer Verbindungen (Doppelsalze) in den Lösungen spricht. Die Zusammensetzung dieser Doppelsalze ist wechselnd mit der Temperatur und, wenn nicht beide Salze im Ueberschuſs angewendet werden, häufig auch von dem vorherrschenden Salze abhängig; da sie bei dem Verdampfen unter Auskrystallisiren des einen Bestandtheils zerfallen, können sie in der Regel nicht im festen Zustand erhalten werden. Mulder ordnet die verschiedenen Salzgemenge in Bezug auf ihr Verhalten zu Wasser in folgende drei Klassen. A. Salze, deren gleichzeitig gelöste Mengen nur von der Löslichkeit des gebildeten Doppelsalzes, nicht aber von der Löslichkeit der einzelnen Salze abhängen. In dieser Reihe wird aus der gesättigten Lösung eines Salzes a auf Zusatz eines Ueberschusses vom Salz b stets ein Theil des Salzes a abgeschieden. Werden beide Salze

---

(1) In der im Jahresber. f. 1864, 92 angeführten Schrift. Ein Auszug derselben findet sich in Archives Néerlandaises des sciences exactes et naturelles I, 82; eine hieraus entnommene kurze Inhaltsanzeige Zeitschr. Chem. 1866, 258, 479; J. pharm. [4] IV, 159.

Löslichkeit von Salzen. im Ueberschufs mit Wasser zusammengebracht, so löst sich eines derselben in kleinerer Menge als in reinem Wasser. Es werden daher gleiche Mengen der beiden Salze aufgenommen, mag die gesättigte Lösung von a mit dem Salze b, oder die gesättigte Lösung von b mit dem Salze a, oder reines Wasser gleichzeitig mit beiden Salzen gesättigt werden. B. Salze, deren gleichzeitige Löslichkeit von der eigenthümlichen Löslichkeit des einen oder der beiden gelösten Salze abhängig ist. Entweder löst sich nur das eine Salz wie in reinem Wasser und das andere tritt in einem bestimmten Aequivalentverhältnisse hinzu, oder beide Salze lösen sich wie in reinem Wasser. C. Salze, welche je nach Umständen der ersten oder der zweiten Gruppe angehören. — Wir lassen hier aus Mulder's umfangreichem Versuchsmaterial einige Beispiele folgen. Die Löslichkeitsangaben für die einzelnen Salze sind Mulder's eigenen Bestimmungen entnommen (die gesättigten Lösungen wurden durch mehrstündigen Contact der Salze mit Wasser bei der erforderlichen Temperatur erhalten). Unter r ist die Zusammensetzung für 100 Th. der gelösten Salze und das Aequivalentverhältnifs desselben gegeben.

A.
Chlornatrium und Chlorammonium.

100 Th. Wasser lösen bei 10° 35,8 Th., bei 18°,75 36 Th., in der Siedeh. 40,4 Th. NaCl

„ „ „ „ „ 10° 33,3 Th., b. 18°,75 36,7 Th., in der Siedeh. 87,3 Th. NH$_4$Cl

Lösung der beiden Salze,

a) bei 10° gesättigte Lösung; b) bei 18°,75; c) in der Siedehitze gesättigt (die Temperatur ist nicht angegeben).

	a	b	c		a		b		c	
NaCl	80,0	26,38	22,3	NaCl	60,6	8 Aeq.	54,5	1 Aeq.	22,1	1 Aeq.
NH$_4$Cl	19,5	22,06	78,5	NH$_4$Cl	39,4	2 Aeq.	45,5	1 Aeq.	77,9	4 Aeq.
HO	100,0	100,00	100,0							

Chlorkalium und Chlorcalcium.

190 Th. Wasser lösen bei 7° CaCl 56 Th.; — KCl 31 Th.

Bei 7° gesättigte Lösung der beiden Salze.

			r			
CaCl	63,5	92,8	18 Aeq.	berechn.	93,1
KCl	4,9	7,2	1 Aeq.	„	6,9
HO	100,0				

Allgemeine und physikalische Chemie. 67

Chlornatrium und Chlorcalcium.   Löslichkeit
100 Th. Wasser lösen bei 4° und bei 7° 35,7 Th. NaCl.   von Salzen.
„   „   „   „   „   „   4° 53 Th., bei 7° 56 Th. CaCl.
Lösung der beiden Salze,
a) bei 4° und b) bei 7° gesättigt.

	a	b		a	r	b	
NaCl	2,4	4,6	4	1 Aeq. ber. 3,8	10,4	1 Aeq. ber. 10,5
CaCl	57,6	89,5	96	27 Aeq. „ 96,2	89,6	9 Aeq. „ 89,6
HO	100,0	100,0					

Chlorkalium und Chlorstrontium. | *Jodkalium und schwefels. Natron.*
100 Th. Wasser lös. b. 14°,5 33,2 Th. KCl | 100 Th. Wasser lös. b. 14°,5 139,8 Th. KJ
„   „   „   „   „   50,7 Th. SrCl. | „   „   „   „   „   12,9 Th. NaO SO$_3$.
Bei 14°,5 gesättigte Lösung der beiden Salze | Bei 14°,5 gesättigte Lösung der beiden Salze.

			r				r
KCl	11,2	18,7	1 Aeq. ber. 19	KJ	86,3	97,6	18 Aeq. ber. 97,7
SrCl	48,6	81,3	4 Aeq. „ 81	NaO,SO$_3$	2,1	2,4	3 „ „ 2,3
HO	100,0			HO	100,0		

Schwefels. Kali und schwefels. Ammoniak (vgl. S. 59).
100 Th. Wasser lösen bei 10° 73 Th. NH$_4$O,SO$_3$; bei 11° 9,8 Th. KO,SO$_3$.
Lösung der beiden Salze.
Die bei 10° gesättigte Lösung des schwefels. Ammoniaks wurde
bei 11° mit schwefels. Kali gesättigt.

			r
NH$_4$O,SO$_3$	50,6	87,5	9 Aeq. ber. 87,2
KO,SO$_3$	7,2	12,5	1 Aeq. „ 12,8
HO	100,0		

B.

Doppelt-kohlens. Kali (a) und doppelt-kohlens. Natron (b).
100 Th. Wasser lösen bei 10° 24,4 Th. KO,C$_2$O$_4$,HO; 8,3 Th. NaO,C$_2$O$_4$,HO.
Lösung der beiden Salze.
I. Die gesättigte Lösung von b wurde mit a, II. die gesättigte
Lösung von a mit b gesättigt, alles bei 10°.

	I.		r		II.		r
NaO,C$_2$O$_4$,HO	8,3	30	1 Aeq. ber. 29,6		6,0	18,7	1 Aeq. ber. 17,4
KO,C$_2$O$_4$,HO	19,3	70	2 Aeq. „ 70,4		26,1	81,3	4 Aeq. „ 82,6
HO	100,0				100,0		

Schwefels. Kali (a) und schwefels. Magnesia (b).
100 Th. Wasser lösen bei 15° 10,3 Th. KO,SO$_3$; — 38,8 Th. MgO,SO$_3$.
Lösung der beiden Salze.
I. die gesättigte Lösung von b wurde mit a, II. die gesättigte
Lösung von a mit b gesättigt, alles bei 15°.

5 *

Löslichkeit von Salzen.

	I.				II.		
		r				r	
MgO, SO_3	14,1	59,0	2 Aeq. ber.	58,0	82,4	79,8	6 Aeq. ber. 80
KO, SO_3	9,8	41,0	1 Aeq. „	42,0	8,2	20,2	1 Aeq. „ 19
HO	100,0				100,0		

Salpeters. Kali und Chlornatrium.

100 Th. Wasser lösen in der Siedeh. 40,4 Th. NaCl; 327,4 Th. KO, NO₅

In der Siedehitze mit beiden Salzen gesättigte Lösung.

			r	
NaCl	87,9	11,0	1 Aeq. ber.	10,4
KO, NO_5	306,7	89,0	5 Aeq. „	89,6
HO	100,0			

C.

Chlorammonium (a) und schwefels. Natron (b).

100 Th. Wasser lösen bei 10° 9,0 Th., bei 11° 9,7 Th. NaO, SO_3. —
„ „ „ „ 10° 33,3 Th., bei 11° 33,7 Th. NH_4Cl.

Lösung der beiden Salze.

I. Eine bei 10° gesättigte Lösung von a wurde bei 11° mit b gesättigt; II. eine bei 10° gesättigte Lösung von b wurde bei 11° mit a gesättigt.

	I.				II.		
		r				r	
NaO, SO_3	24,7	46,1	2 Aeq. ber.	46,9	9,0	22,1	1 Aeq. ber.
NH_4Cl	28,9	53,9	8 Aeq. „	53,1	31,8	77,9	5 Aeq. „
HO	100,0				100,0		

Uebersättigte Lösungen.

Uebersättigte Salzlösungen können, wie Lecoq de Boisbaudran (1) bei zahlreichen Versuchen gefunden hat, nach drei Methoden erhalten werden, nämlich 1) durch Abkühlung einer heifs gesättigten Lösung; 2) durch freiwillige Verdunstung der kalt gesättigten Lösung und 3) durch Mischen der gelösten Bestandtheile des Salzes in verschlossenen Gefäfsen. Werden z. B. verdünnte Natronlauge und Schwefelsäure, oder Lösungen von schwefels. Kali und schwefels. Thonerde bei Luftabschlufs langsam zusammengegossen, so tritt die Krystallbildung nicht ein, während sie an der Luft sogleich erfolgt. Die

---

(1) Ausführlich Ann. ch. phys. [4] IX, 173; im Auszug Compt. rend. LXIII, 95; Instit. 1866, 243; J. pharm [4] IV, 192; J. pr. Chem. C, 307; Zeitschr. Chem. 1866, 507; Chem. Centr. 1866, 105.

Fähigkeit, übersättigte Lösungen zu bilden, kommt nach ihm ebensowohl den wasserfreien (1) als den wasserhaltigen Salzen zu, sie ist eine allgemeine Eigenschaft. Alle übersättigten Lösungen bestehen nur innerhalb bestimmter Temperaturgrenzen und erstarren bei genügender Temperaturerniedrigung, um so leichter, je concentrirter sie sind; oberhalb dieser Temperatur wird die Krystallisation nur durch unmittelbare Berührung mit Krystallen desselben *oder eines isomorphen* Salzes hervorgerufen. Die angeführte zweite Darstellungsweise zeigt, dafs der Contact mit der nicht übersättigten Lösung die Krystallisation der übersättigten nicht einleitet (2). Jeannel (3) besprach, dafs es zum Zweck des Umkrystallisirens und der Reinigung von Salzen vortheilhaft ist, übersättigte Lösungen anzuwenden.

J. Regnauld (4) hat die Aenderungen des Volums bestimmt, welche bei der Sättigung einiger Basen durch Säuren in wässeriger Lösung statthaben. Seine Resultate sind in der folgenden Tabelle zusammengestellt. Die angewandten Lösungen enthielten in gleichen Volumen äquivalente, bei den einzelnen Versuchen aber wechselnde Mengen von Basen und Säuren; nur die Lösungen von Ammoniak, Kali- und Natronhydrat enthielten in gleichen Volumen äquivalente Mengen dieser Basen, nur bei diesen sind daher die für die Volumänderungen gefundenen Zahlenwerthe direct vergleichbar. Es bezeichnet d das specifische Gewicht der Lösung der Base, d' jenes der Lösung der Säure, d'' das der Mischung beider Lösungen nach gleichen Volumen, δ das für die Mischung nach der Formel $\frac{d+d''}{2}$ berechnete specifische Gewicht. Unter $1 - \frac{\delta}{d''}$ ist die Contraction für die Einheit des Volums, unter $\frac{\delta}{d''} - 1$ die

Volumänderung bei der Bildung von Salzen.

---

(1) Dafs salpeters. Kali übersättigte Lösungen bildet, hatte Frankenheim beobachtet, Jahresber. f. 1854, 314. Vgl. Jahresber. f. 1865, 79. — (2) Vgl. Jahresber. f. 1865, 77. — (3) Compt. rend. LXIII, 606; Chem. Centr. 1867, 175; Zeitschr. anal. Chem. VI, 97; Dingl. pol. J. CLXXXII, 471. — (4) Compt. rend. LXIII, 1124; N. Arch. ph. nat. XXVIII, 69.

Allgemeine und physikalische Chemie.

Volumände-rung bei der Bildung von Salzen. Dilatation für dieselbe Einheit gegeben (1). Alle B mungen gelten für die Temperatur 15°.

Gebildete Salze	d'	d''	δ	$1 - \dfrac{\delta}{d''}$	$\dfrac{\delta}{d''}$
Ammoniak. d = 0,9789.					
Schwefels. Ammoniak	1,0928	1,0551	1,0858	0,0182	
Salpeters. „	1,0970	1,0466	1,0379	0,0084	
Chlorammonium	1,0485	1,0226	1,0137	0,0087	
Essigs. Ammoniak	1,0259	1,0241	1,0024	0,0212	
Weins. „	1,0917	1,0588	1,0858	0,0218	
Citrons. „	1,0846	1,0559	1,0817	0,0229	
Aethylamin. d = 0,9588.					
Salzs. Aethylamin	1,0656	1,0154	1,0119	0,0085	
Nicotin. d = 1,0282.					
Schwefels. Nicotin	1,0889	1,0775	1,0585	0,0177	
Kalihydrat. d = 1,1336.					
Schwefels. Kali	1,0928	1,0954	1,1182	—	0,
Salpeters. „	1,0970	1,0859	1,1158	—	0.
Chlorkalium	1,0485	1,0642	1,0910	—	0
Essigs. Kali	1,0259	1,0676	1,0797	—	0
Weins. „	1,0917	1,0997	1,1126	—	0
Citrons. „	1,0846	1,0965	1,1091	—	0
Natronhydrat. d = 1,1172.					
Schwefels. Natron	1,0928	1,0882	1,1050	—	0.
Salpeters. „	1,0970	1,0789	1,1071	—	0
Chlornatrium	1,0485	1,0575	1,0828	—	0
Essigs. Natron	1,0259	1,0595	1,0715	—	0
Weins. „	1,0917	1,0923	1,1048	—	0
Citrons. „	1,0846	1,0884	1,1009	—	0
Lithion. d = 1,0228.					
Schwefels. Lithion	1,0804	1,0447	1,0516	—	0
Salpeters. „	1,0810	1,0188	1,0269	—	0
Chlorlithium	1,0150	1,0103	1,0189	—	0
Baryt. d = 1,0254.					
Salpeters. Baryt	1,0114	1,0150	1,0184	—	0
Chlorbaryum	1,0059	1,0113	1,0156	—	0
Essigs. Baryt	1,0057	1,0145	1,0155	—	0
Kalk. d = 1,0016.					
Chlorcalcium	1,0002	1,0005	1,0009	—	0
Thalliumoxydul. d = 1,0382.					
Salpeters. Thalliumoxydul	1,0076	1,0177	1,0204	—	0
Teträthylammoniumoxyd. d = 1,0036.					
Schwefels. Salz	1,0174	1,0068	1,0105	—	1
Chlorür	1,0081	1,0012	1,0058	—	1

(1) Bezeichnet $V = \dfrac{1}{\delta}$ das berechnete Volum von 1 G Mischung, $V' = \dfrac{1}{d''}$ das wirkliche Volum, so folgt $\dfrac{V-V'}{V} = $: für die Contraction, $\dfrac{V'-V}{V} = \dfrac{\delta}{d''} - 1$ für die Dilatation.

P. Lindig (1) hat gefunden, dafs gesättigte und nicht **Volumänderung beim Krystallisiren von Lösungen.** gesättigte Lösungen von schwefels. Natron bei Temperaturerniedrigung ihr Volum nur so lange verringern, als keine Krystallbildung erfolgt, dagegen sogleich eine Volumzunahme zeigen, wenn die Krystallisation beginnt. Bei übersättigten Lösungen findet dieselbe Erscheinung in auffallenderem Grade statt. Wird eine solche vorsichtig bis auf 0° abgekühlt und dann plötzlich zum Krystallisiren gebracht, so dehnt sich der gebildete Krystallkuchen nicht nur sogleich bedeutend aus, sondern erfährt auch bei weiterer Abkühlung eine neue Volumzunahme. Lindig findet diese Thatsache auffallend. Er hat aber, wie H. Schiff (2) eingehend erörtert, übersehen, dafs die anfängliche Contraction an der unveränderten Salzlösung, die Ausdehnung dagegen an einer Mischung von ausgeschiedenem Salz und verdünnterer Lösung beobachtet wird, dafs diese Ausdehnung eine nothwendige Folge der Contraction ist, welche und wenn eine solche bei der Auflösung einer neuen Menge von Salz in einer Salzlösung stattfindet, und dafs daher auch bei weiterer Abkühlung abermals eine Vergröfserung des Volums statthaben mufs, wenn wiederum Abscheidung von Salz erfolgt, und wenn nicht die Verdünnung der Lösung durch freigewordenes Wasser entgegenwirkt.

F. Hoppe-Seyler (3) hat Beiträge zur Kenntnifs **Hydrodiffusion.** des Vorgangs bei der Flüssigkeitsdiffusion ohne Membranen geliefert. Da bei dieser Diffusionsweise die in Berührung stehenden Schichten sich stetig ändern und demnach nur die Untersuchung ihrer Zusammensetzung in verschiedenen Höhen über den Verlauf des Processes Aufschlufs geben

---

(1) Pogg. Ann. CXXVIII, 157; Chem. Centr. 1866, 784; N. Arch. Phys. nat. XXVII, 262; Phil. Mag. [4] XXXII, 235. — (2) Pogg. Ann. CXXIX, 392. Vgl. auch Pogg. Ann. CXXX, 144. — (3) Medicinisch-chemische Untersuchungen, erstes Heft. Berlin 1866, S. 1; die allgemeinen Resultate auch Bull. soc. chim. [2] VI, 194.

Hydro-diffusion. kann, und da andererseits eine Vermischung dieser Schichten bei dem Entnehmen von Proben nicht zu vermeiden ist, so wählte Hoppe-Seyler zu Seinen Versuchen in Wasser lösliche, mit Rotationsvermögen begabte Substanzen, um den Fortgang der Diffusion durch optische Beobachtung verfolgen zu können. Der von Ihm zu diesem Zweck angewandte Apparat, welcher, um den unerläfslichen Bedingungen absoluter Ruhe und constanter Temperatur zu genügen, in einem verschlossenen Keller aufgestellt war, besteht im Wesentlichen aus einem geschlossenen, aus Spiegelplatten zusammengefügten Kasten von 30 CM. Höhe und 100 Quadrat-CM. Querschnitt, dessen obere und untere Wandung durchbohrt und mit in die Durchbohrungen eingekitteten Glasröhren versehen sind, durch welche die Flüssigkeiten zu- und abfliefsen können. Dieser zur Messung der Höhe der Schichten mit einer Millimeterscala versehene und mittelst Stellschrauben senkrecht zu stellende Behälter befindet sich innerhalb eines Rahmens, der an Leitstangen vertical verschoben werden kann und die Bestandtheile des Polarisationsapparats, sowie die Lampe trägt. Der Glasbehälter wird zuerst mit Wasser gefüllt, senkrecht gestellt und die Lösung dann mittelst einer Hebervorrichtung durch die bis dahin verschlossene untere Röhre bis zu einer bestimmten Höhe eingelassen, während das entsprechende Volum Wasser aus der oberen Röhre ausfliefst. Bei gut gelungenem Einfüllen erscheint die Grenzfläche beider Flüssigkeiten als eine klare spiegelnde Ebene, welche die seitlichen Wandungen des Glaskastens in ziemlich scharfen Linien trifft. Die Gehaltsveränderung in den verschiedenen durch die Millimeterscala genau bestimmten Schichten kann alsdann mittelst des Polarisationsapparats bestimmt werden (die Lampe ist mit einem Thoncylinder zu umgeben, um die strahlende Wärme der Flamme möglichst von der Flüssigkeit abzuhalten). Hoppe-Seyler hat nach diesem Verfahren die Diffusion wässeriger Lösungen von Rohrzucker, Harnzucker, Gummi und Al-

kung finden bei der Diffusion nicht statt. Die
ligkeit der Diffusionsbewegung eines gelösten
ängt, wenn von der Cohäsion seiner Theilchen
Affinität abgesehen wird, fast allein von dem
d in der Zusammensetzung der zunächst an
grenzenden Flüssigkeitsschichten ab. Die Diffu-
elösten Körpers in die zunächst liegende reine
t erfolgt daher im Anfang schnell, später aber
amer, so daſs die völlige Ausgleichung zweier
Flüssigkeitsschichten von je 0,10 bis 0,15 Meter
innerhalb mehrerer Monate oder selbst Jahre
rird. Rohrzucker und Harnzucker diffundiren in
it nahezu gleicher, ziemlich groſser Geschwin-
), Serumalbumin und Gummi dagegen so lang-
in den ersten Tagen keine Veränderung der
den Schichten zu beobachten ist; die später ein-
Trübung macht die Verfolgung des Versuchs
. — Die gröſsere Geschwindigkeit bei der endos-
Diffusion leitet Hoppe-Seyler davon ab, daſs
die concentrirte Lösung sich über der verdünnten

ckhard (2) hat eine Zusammenstellung des über
diffusion durch thierische Membranen thatsächlich

Hydrodiffusion. Bekannten gegeben (1). Die allgemeinen Ergebnisse Seiner eigenen Untersuchungen formulirt Er in den folgenden Sätzen. Thierische Membranen, welche durch die Diffusionsflüssigkeit nicht angegriffen werden, liefern unter gleichen Umständen von der Zeit unabhängige gleichmäfsige Salz- und Wasserströme, also Aequivalente. Die Bestimmung der endosmotischen Aequivalente (diese setzen immer einen constanten Procefs, also gleichbleibende Beschaffenheit der Versuchslösung voraus) ist daher mittelst thierischer Membranen (Herzbeutel des Ochsen oder der Kuh) mit Schärfe ausführbar. Trockene Membranen liefern unter gleichen Bedingungen höhere Aequivalente als frische oder wieder aufgeweichte; Thonscheidewände sind als Ersatzmittel der Membranen unbrauchbar. Die Gröfse der Aequivalente ist unabhängig von der Temperatur, so lange diese die Membranen oder die Salzlösung nicht verändert, sie ist bei gleichbleibender Concentration der Lösung unabhängig von der (horizontalen oder senkrechten) Diffusionsrichtung. Dagegen ist sie abhängig von der Concentration der Salzlösung und steigt mit derselben. Auch die Diffusionsgeschwindigkeit ist unabhängig von der Diffusionsrichtung; sie nimmt dagegen mit der Temperatur zu und zwar (wenigstens zwischen $10°$ und $32°$) nach einer Gleichung von der Form $y = \alpha + \beta t + \gamma t^2$, in welcher y den Salz- oder Wasserstrom und t die Temperatur, die übrigen Gröfsen aber besonders zu bestimmende Coëfficienten bezeichnen. Das endosmotische Aequivalent und die Diffu-

---

(1) Dubrunfaut hat (Compt. rend. LXIII, 838; Instit. 1866, 394; Ann. ch. phys. [4] X, 145; J. pharm. [4] V, 102) daran erinnert, dafs ein dialytisches (endosmotisches) Verfahren von Ihm schon im Jahre 1854 zur Abscheidung der Salze aus Melasse angewandt und beschrieben wurde (Jahresber. f. 1855, 890); Er findet, dafs Graham's Dialyse (Jahresber. f. 1861, 71) nur einen besonderen Fall der Anwendung Seiner allgemeinen Methode bildet. Graham hat (Compt. rend. LXIII, 937; Instit. 1866, 402) auf diese Reclamation erwiedert und Dubrunfaut (Compt. rend. LXIII, 994; Instit. 1867, 8) replicirt.

sionsgeschwindigkeit sind abhängig von der Natur der Salzlösungen. Der Vergleich des Diffusionswerthes verschiedener Substanzen erfordert die Angabe des Verhältnisses ihrer Aequivalente und die der Geschwindigkeit eines der beiden Ströme, beobachtet bei gleichen Temperaturen, mit gleichen Salzlösungen und mit Lösungen von verschiedenen Concentrationen. Der Druck ist innerhalb ziemlich weiter Grenzen ohne Einfluſs auf die Gröſse des Salzstroms, sehr hohe Drucke vermindern aber die endosmotischen Strömungen.

Nach Versuchen von Brücke (1) hat das Tageslicht eine Beimischung von Roth, in ähnlicher Weise wie Lampen- und Gaslicht eine Beimischung von Gelb. Memorsky (2) hat diesen rothen Farbenton genauer bestimmt. Nach Demselben ist sowohl das Licht des brennenden Magnesiums als das des im Sauerstoff brennenden Phosphors violett; nur das electrische Kohlenlicht ist rein weiſs.

Optisch-chemische Untersuchungen.

Léon Foucault (3) hat gefunden, daſs dünne Silberspiegel einen Theil des Lichtes mit bläulicher Färbung durchlassen (welche Durchsichtigkeit dem Silber eigenthümlich und nicht von Poren abhängig ist) und daſs daher einseitig versilberte Plangläser oder Linsen in der Optik zur Schwächung des Lichtes Anwendung finden können.

A. Müller (4) hat weitere Mittheilungen über den Gebrauch des Complementärcolorimeters (5) und einige

---

(1) Wien. Acad. Ber. LI (2. Abth.), 461. — (2) Wien. Acad. Ber. LIII (2. Abth.), 845. — (3) Compt. rend. LXIII, 418; Instit. 1866, 281; Pogg. Ann. CXXIX, 649. Vgl. über denselben Gegenstand auch Bemerkungen von Le Verrier (Compt. rend. LXIII, 547) und Melsens (Compt. rend. LXIII, 552). — (4) J. pr. Chem. XCIX, 337. — (5) Jahresber. f. 1865, 14.

Optisch-chemische Untersuchungen. mittelst desselben erhaltene Resultate gemacht. Unter Anderem hat sich Ihm ergeben, dafs das Licht der Sonne zu verschiedenen Tageszeiten verschieden gefärbt ist und dafs daher die Frage, ob complementär gefärbte Lösungen sich nach dem Verhältnifs ihrer chemischen Aequivalente chromatisch neutralisiren, streng genommen nur aufserhalb der Erdatmosphäre, annähernd aber in dieser innerhalb der Wendekreise beantwortet werden kann.

J. Nicklès (1) hat einige Beobachtungen über den Einflufs der Beleuchtung durch Lampen- oder Gaslicht und durch die Flamme des kochsalzhaltigen Alkohols auf Farbenerscheinungen mitgetheilt. Im Natriumlicht und in geringerem Grade auch im Lampen- und Gaslicht scheinen alle Farben, mit theilweiser Ausnahme der blauen und besonders der violetten, mehr oder weniger gebleicht oder absorbirt (schwarz) (2); im Magnesiumlicht bleiben sie unverändert.

Betrachtungen, welche Ch. Montigny (3) über den innigen Zusammenhang zwischen dem Brechungsvermögen und der Verbrennungswärme der Gase veröffentlicht hat, können wir hier nur namhaft machen.

Spectralanalyse. J. Janssen (4) hat das Absorptionsspectrum des Wasserdampfes auf die Weise erhalten, dafs Er zwischen einer intensiven Gasflamme und dem Spalt des Spectralapparates eine 37 Meter lange luftleer gemachte und mit Wasserdampf von 7 Atmosphären Druck gefüllte Röhre, die gegen Abkühlung geschützt war, einschaltete. Er be-

---

(1) Ann. ch. phys. [4] VIII, 293; Compt. rend. LXII, 91; J. pharm. [4] IV, 270; Zeitschr. Chem. 1866, 190; Sill. Am. J. [2] XLIII, 91. — (2) Ganz ähnliche Beobachtungen hat vor fast 40 Jahren Talbot gemacht, Berzelius' Jahresber. X, 14. — (3) Instit. 1866, 92. Vgl. auch Kekulé's Bericht über diese Untersuchung Instit. 1867, 164. — (4) Compt. rend. LXIII, 289 und Berichtigung 411; Instit. 1866, 259; N. Arch. ph. nat. XXVII, 188; J. pharm. [4] IV, 211; Zeitschr. Chem. 1866, 639; Phil. Mag. [4] XXXII, 815; Chem. News XIV, 163.

chtete an demselben fünf Gruppen von Absorptions- fen im Roth und Gelb, welche mit solchen Fraun- ?r'schen Linien, die besonders bei niedrigem Sonnen- sichtbar sind, übereinzustimmen schienen. Trotz Absorptionsstreifen blieb übrigens das weniger brech- Ende des Spectrums sehr glänzend, während das barere kaum sichtbar war. Janssen hatte diesen ch in der Absicht unternommen, über den Ursprung ogen. tellurischen Linien des Sonnenspectrums zu eiden. Er schliefst, dafs in diesem der Streifen a, röfsere Theil von B·, ferner C und zwei zwischen C) gelegene durch den Wasserdampf der irdischen phäre veranlafst werden (1), während die Fraun- r'schen Linien des brechbareren Theils von der natmosphäre herrühren. J. P. Cooke d. j. (2), er für die tellurischen Linien des Sonnenspectrums be Ursache annimmt und sie daher als Wasserlinien *ous lines*) bezeichnet, fand in dem Zwischenraum hen den beiden Natriumlinien D_1 und D_2 aufser der ren Nickellinie α noch 7 Linien und einen nebeligen (3), als die Atmosphäre mit Wasserdampf gesättigt Mit abnehmender Feuchtigkeit verringerte sich ihre bei trockener Atmosphäre waren sie nicht sichtbar. Ångström (4) glaubt, dafs die Fraunhofer'schen pen A und B, sowie eine zwischen B und C liegende

---

Secchi hat (N. Arch. ph. nat. XXVIII, 49) die Priorität der me, dafs die tellurischen Streifen des Sonnenspectrums durch dampf veranlafst werden, für Sich reclamirt. Nach Seiner Ansicht ber. f. 1868, 108) war diefs aber sichtbarer nebeliger Wasser- — (2) Sill. Am. J. [2] XLI, 178; Phil. Mag. [4] XXXI, 837; Ann. CXXVIII, 298; N. Arch. ph. nat. XXVI, 187; J. pharm. 480; vgl. auch Bemerkungen von Janssen, N. Arch. ph. nat. , 185. — (3) Vgl. Jahresber. f. 1863, 110, 112. — (4) Compt. XIII, 647; Instit. 1866, 849; Phil. Mag. [4] XXXII, 76. Vgl. Janssen's Erwiederung Compt. rend. LXIII, 728; Phil. Mag. XIII, 78.

Spectral-analyse. in der Erdatmosphäre durch die absorbirende Wirkung zusammengesetzter Gase, vielleicht der Kohlensäure, nicht aber durch die des Wasserdampfes entstehen.

G. Hinrichs (1) veröffentlichte theoretische Untersuchungen, welche den Zusammenhang der Distanzen der Spectrallinien mit den Dimensionen der körperlichen Atome zum Gegenstand haben und die früheren Resultate (2) desselben Forschers bestätigen und erweitern. D. Brewster (3) hat Daten zur Geschichte der Spectralanalyse geliefert und an Seine Untersuchungen (4) auf diesem Gebiete erinnert.

L. Ditscheiner (5) machte auf die Theorie des Spectralapparates bezügliche Mittheilungen. Börsch (6) beschrieb einen solchen, der zugleich zum Gebrauch als Reflexionsgoniometer eingerichtet ist. J. G. Hofmann's schon länger bekanntes „*Spectroscope à vision directe*" (in welchem der zerlegte Strahl seine Richtung nicht ändert) wurde von A. Forster (7) beschrieben.

(1) Sill. Am. J. [2] XLII, 350. — (2) Jahresber. f. 1864, 108. — (3) Compt. rend. LXII, 17. — (4) Transactions of the Royal Society of Edinburgh IX, 433; XII, 519, 544; Pogg. Ann. XXXVIII, 61; Rep. Br. Assoc. 1842, 15. — (5) Pogg. Ann. CXXIX, 336. — (6) Pogg. Ann. CXXIX, 384, mit Abbildung. — (7) Zeitschr. anal. Chem. V, 329, mit Abbildung. — Von den über die Spectra der Gestirne veröffentlichten Untersuchungen sind hier die folgenden anzuführen. W. Huggins und W. A. Miller beobachteten (Lond. R. Soc. Proc. XV, 146; Phil. Mag. [4] XXXII, 310; Sill. Am. J. [2] XLII, 389; N. Arch. ph. nat. XXVI, 231) an einem südöstlich von E Coronae sichtbar gewordenen, mit einer Nebelhülle umgebenen und bald wieder verschwundenen Stern ein continuirliches Spectrum mit deutlichen Absorptionslinien, und ein darüber gelagertes mit glänzenden Linien, welche letzteren dem Wasserstoff anzugehören schienen. Die Lichtausstrahlung dieses Gestirns stammte demnach aus zwei verschiedenen Quellen. Huggins und Miller vermuthen, dafs durch eine Catastrophe grofse Mengen von wasserstoffhaltigem Gas entwickelt wurden, und dafs der mit einem andern Elemente verbrennende Wasserstoff den festen Kern zum intensiven Glühen erhitzte. W. Huggins (Lond. R. Soc. Proc. XV, 5; Phil. Mag. [4] XXXI, 283; Instit. 1866, 231) beob-

J. Tyndall (1) hat in einer ausführlichen Abhandlung Seine Beobachtungen über Calorescenz (2) zusammengestellt. H. Emsmann (3) und K. Akin (4) haben Ihren Antheil an der Entdeckung der hierher gehörigen Thatsachen gewahrt. *Calorescenz.*

Einer Abhandlung von V. Pierre (5) über Fluorescenzerscheinungen entnehmen wir die folgenden Resultate. Beobachtet man die Fluorescenzen nicht direct, sondern unterwirft man ein reines Linearspectrum derselben der prismatischen Analyse (6), so ergiebt sich zunächst, dafs für jede fluorescirende Substanz die Fluorescenz erst in einer bestimmten prismatischen Farbe auftritt und alle weniger brechbaren Strahlen dieselbe nicht hervorrufen. Sowohl die Grenze der Fluorescenz als das Maximum ihrer Intensität fällt bei Anwendung von Sonnenlicht für denselben Stoff (von kleinen Schwankungen abgesehen) *Fluorescenz.*

---

achtete ferner am Comet I, 1866 einen punktförmigen glänzenden Nucleus von monochromatischem Licht; der Schweif gab ein schwaches continuirliches Spectrum. Derselbe theilte (Phil. Mag. [4] XXXI, 475, 523) weitere Beobachtungen über die Spectren planetarischer Nebel mit. Secchi hat (Compt. rend. LXIII, 364, 621; Instit. 1866, 265, 347) ausführliche Mittheilungen über die Spectra der Fixsterne gemacht, und Huggins und Miller (Phil. Mag. [4] XXXI, 405, 515) eine Zusammenstellung ihrer Beobachtungen über Sternspectra gegeben. — (1) Phil. Mag. [4] XXXI, 886, 435; im Auszug N. Arch. pb. nat. XXVI, 219. — (2) Vgl. Jahresber. f. 1865, 80. — Tyndall führt noch an, dafs Miller schon im Jahre 1855 in Seinen Elements of Chemistry (S. 210) das Drummond'sche Kalklicht als auf der Umwandlung weniger brechbarer in brechbarere Strahlen beruhend betrachtet habe. — (3) Pogg. Ann. CXXX, 352. — (4) Pogg. Ann. CXXXI, 162. — (5) Wien. Acad. Ber. LIII (2. Abth.), 704; im Auszug Wien. acad. Anz. 1866, 113; Instit. 1866, 327. — (6) Pierre projicirt das durch ein System von Prismen und Linsen aus Bergkrystall erzeugte reine Spectrum, nachdem es durch eine Cylinderlinse, die mit der Cylinderaxe der längsten Dimension des Spectrums parallel disponirt ist, in ein Linearspectrum verwandelt worden, auf die freie horizontale Oberfläche der Flüssigkeit. Diese ist in einer niedrigen Wanne von Hyalithglas enthalten. Die brechende Kante des analysirenden Flintglasprismas ist der Längsrichtung dieses Spectrums parallel.

Fluorescenz. stets an dieselbe Stelle des Spectrums und ist somit für diesen Stoff charakteristisch. In der ganzen Ausdehnung der fluorescirenden Parthie des Spectrums sind in dem abgeleiteten Spectrum die herrschenden Farben stets dieselben; die Zusammensetzung der Fluorescenzfarbe ist daher von der Natur der erzeugenden Farbe unabhängig und für jeden fluorescirenden Stoff ebenfalls charakteristisch. In dem Licht künstlicher Lichtquellen oder in solchem, welches durch gefärbte Medien gegangen ist, können Beginn und Maximum der Fluorescenz auf andere Stellen des Spectrums fallen, als im Sonnenlicht. — Zusammengesetzte Fluorescenzen, wie sie z. B. Lackmustinctur und alkoholische Quassiatinctur liefern, geben bei der prismatischen Analyse des Linearspectrums mehrere abgeleitete Spectren. Gemenge verschiedener fluorescirender Stoffe geben dagegen entweder eine zusammengesetzte Fluorescenzerscheinung (die durch die prismatische Analyse in die einzelnen Fluorescenzen zerlegt werden kann), oder eine solche, die sich nicht als zusammengesetzt erkennen lässt. In diesem letzteren Falle (z. B. bei einer Mischung von Aesculin- und Fraxinlösung) ist demnach die Fluorescenzerscheinung nicht mehr charakteristisch. Bei Stoffen, welche in Lösung fluoresciren, ist das Lösungsmittel von Einfluss, entweder nur auf die Intensität oder auch auf die Art der Fluorescenz. Die wässerige Lösung des Aesculetinrothes zeigt z. B. eine andere Fluorescenz als die alkoholische. Es giebt Substanzen, deren Fluorescenz durch Zusatz von Säuren und solche, bei denen sie durch Zusatz von Alkalien verstärkt und zuweilen auch zugleich verändert wird. Lösungen von Aesculin, Aesculetin, Fraxin und ähnlichen Verbindungen fluoresciren intensiver auf Zusatz von Ammoniak oder Alkalien, schwächer und in anderer Weise dagegen auf Zusatz von Säuren; Sättigung mit Alkalien stellt in diesem Falle die ursprüngliche Fluorescenz wieder her. Die schwache Fluorescenz der neutralen Chininsalze geht auf Zusatz der meisten Säuren in die starke und ganz verschiedene der sauren Salze über; nur Chlorwasserstoff und Jodwasserstoff heben sie fast vollständig auf. — Aus der prismatischen Untersuchung einiger Phosphorescenzerscheinungen schliefst Pierre wie Becquerel, dafs Phosphorescenz und Fluorescenz sich nur durch ihre Dauer unterscheiden.

E. Becquerel (1) machte Mittheilung über die Phosphorescenz des künstlich krystallisirten Schwefelzinks (vgl. S. 4).

Ch. R. Wright (2) hat die von M'Dougall (3) gemachten Beobachtungen bezüglich der Empfindlichkeit des mit Chlor- oder Brommetallen bereiteten photographischen Papiers bestätigt. Er hat ferner gefunden, dafs eine photochemische Induction bei der Einwirkung des Sonnenlichtes auf chlorirtes, bromirtes und bromojodirtes Papier nicht bemerklich ist, und dafs für jedes dieser Papiere die Bedingungen zur Erzeugung einer bestimmten Reihe von Tinten (die erforderlichen Zeiten bei gleicher Lichtintensität oder die Lichtintensitäten bei gleicher Zeit) verschieden sind. Bei allen besteht aber zwischen den Lichtintensitäten und den Zeiten der Lichtwirkung das von Bunsen und Roscoe festgestellte Verhältnifs (4). Bezüglich der Einzelnresultate müssen wir auf die Abhandlung verweisen.

Chemische Wirkungen des Lichtes.

H. E. Roscoe und J. Baxendell (5) kamen bei photometrischen Bestimmungen, die Sie an verschiedenen Orten zur Feststellung der relativen chemischen Intensitäten des directen Sonnenlichtes und des zerstreuten Tageslichtes ausführten, zu dem Ergebnifs, dafs 1) der Einflufs der Atmosphäre auf die brechbarsten und chemisch wirksamen

---

(1) Compt. rend. LXIII, 142; Instit. 1866, 233; J. pharm. [4] IV, 135. — (2) Chem. Soc. J. [2] IV, 88; Zeitschr. Chem. 1866, 285. — (3) Jahresber. f. 1865, 96. — (4) Jahresber. f. 1863, 103. — (5) Pogg. Ann. CXXVIII, 291; Chem. Centr. 1866, 1008; N. Arch. ph. nat. XXVII, 254; ferner theilweise Chem. News XIV, 28, wo Roscoe die Opalescenz der Atmosphäre für das blaue Ende des Spectrums von suspendirten feinen Staubtheilchen fester oder flüssiger Substanzen ableitet.

Sonnenstrahlen nicht in einer Reflexion durch Dunstbläschen besteht (1); 2) das Verhältnifs der chemischen Intensität des directen Sonnenlichtes zu der des zerstreuten für eine bestimmte Sonnenhöhe an verschiedenen Orten kein constantes ist, sondern mit der Durchsichtigkeit und anderen Zuständen der Atmosphäre wechselt; und dafs 3) dieses Verhältnifs der chemischen Intensitäten nicht mit dem der sichtbaren Lichtintensitäten übereinstimmt, indem die Atmosphäre eine 17,4 mal gröfsere Einwirkung auf die chemischen als auf die sichtbaren Strahlen ausübt, wenn die Sonnenhöhe 25°16' beträgt und eine 26,4 mal gröfser bei der Sonnenhöhe von 12°3'.

Fortpflanzung der Electricität in Gasen. A. de la Rive (2) hat die Resultate Seiner Untersuchungen über die Fortpflanzung der Electricität durch verdünnte Gase und die Natur des dabei auftretenden geschichteten Lichtes (3) in ausführlicher Abhandlung veröffentlicht.

Nach A. Schimkow (4) beruht das electrische Glimmlicht und Büschellicht, wie es bei Entladungen in der atmosphärischen Luft auftritt, auf dem Leuchten des Stickgases und enthält bei niederer Temperatur vorzugsweise die stärker brechbaren Strahlen; es giebt daher das von Plücker beschriebene zweite Spectrum der ersten Ordnung des Stickstoffs (5). In reinem Sauerstoff findet es nicht statt. Bei der viel höheren Temperatur der Funkenentladung leuchten dagegen Sauerstoff und Stickstoff; letzterer giebt hierbei das Spectrum zweiter Ordnung.

(1) Die Richtigkeit dieser Folgerung bestreitet R. Clausius, Pog. Ann. CXXIX, 836; Phil. Mag. [4] XXXII, 41. — (2) Ann. ch. phys. VIII, 437; N. Arch. ph. nat. XXVI, 177; Phil. Mag. [4] XXXIII, 2. — (3) Jahresber. f. 1863, 114. — (4) Berl. acad. Ber. 1866, 27 Sill. Am. J. [2] XLIII, 394. — (5) Jahresber. f. 1864, 111.

itet man nach H. Buff(1) den electrischen Strom durch eine concentrirte Lösung von Fünffach-Schwefelnatrium, welche in einer Schenkelröhre enthalten und in dem andern Schenkel mit ausgekochtem Wasser überschichtet ist, durch Electroden von Platin in der Weise, dafs die negative Electrode unmittelbar in die Lösung selbst, die positive aber in das überschichtende Wasser taucht, so zeigt sich Anfang am negativen Pol weder eine Veränderung noch Gasentwickelung, später entfärbt sich die Flüssigkeit, zuletzt tritt Wasserstoff am Platindraht auf; am positiven Pol wird anfänglich Sauerstoff entwickelt und gleichzeitig an der Grenze von Wasser und Schwefelnatriumlösung Schwefel abgeschieden; später findet diese Abscheidung von Schwefel auch an der Electrode selbst statt und von Schwefelwasserstoffentwickelung begleitet. Setzt man dem Wasser, in welches der positive Pol eintaucht, Aetznatron zu, so scheidet sich an der Grenze der Schwefelnatriumlösung und des Wassers kein Schwefel ab und die rothgelbe Farbe des Mehrfach-Schwefelnatriums zieht sich allmälig bis in die Nähe des Pols, an welchem der Schwefel frei wird. Buff schliefst aus diesem Versuche, bezüglich der electrischen Zersetzung der alkalischen Ein- und Mehrfach-Schwefelmetalle, dafs das Alkali nach der einen, der ganze Schwefelgehalt aber nach der anderen Seite wandert und dafs daher, in Uebereinstimmung mit früheren Beobachtungen desselben Forschers bei der Electrolyse höherer Verbindungsstufen (2), die vierfache Schwefel des Fünffach-Schwefelnatriums dem Atom im Einfach-Schwefelnatrium electrisch äquivalent ist. — Da das Platin als negative Electrode in den alkalischen Schwefelmetalle eingetaucht, seine Oberbeschaffenheit nicht verändert, so lassen sich

Ch. Pharm. Suppl. IV, 257; im Auszug Zeitschr. Chem. — (2) Jahresber. f. 1859, 85.

Zersetzungen durch den galvanischen Strom.

diese nach Buff zur Bildung constanter Ketten in folgender Weise benutzen. Ein Glasgefäfs wird theilweise mit einer concentrirten wässerigen Lösung von Chlornatrium gefüllt und in diese eine unten mit Blase umbundene Glasröhre, die die Schwefelleberlösung enthält, wenige Linien eingetaucht; in die letztere wird ein durch einen Kork festgehaltener Platindraht oder -blech eingesenkt, in die Chlornatriumlösung ein Zinkstab gestellt, der an seinem oberen Theil mit Siegellack überzogen ist, um ihn gegen den Angriff der Schwefelkaliumlösung zu schützen, welche endosmotisch durch die Blase dringt und sich an der Oberfläche der schwereren Salzlösung ausbreitet. Der vom Zink durch die Flüssigkeit zum Platin gehende Strom dieser Kette bewahrt mehrere Tage hindurch dieselbe Stärke, die aber nur etwa ein Viertel von der eines Grove'schen Elementes beträgt. Die eingetauchten Oberflächen der beiden Metalle erhalten sich unverändert, auch findet Gasentwickelung nicht statt, aber an der Grenze der beiden Flüssigkeiten bilden sich Wolken von Schwefelzink, das sich am Boden des Glasgefäfses anhäuft. Das Platin läfst sich in dieser Kette ohne Aenderung der Stromrichtung durch Kupfer oder Zink ersetzen; beide Metalle überziehen sich in der Lösung der Schwefelleber mit einer Kruste von Schwefelmetall, wodurch ihr electronegatives Verhalten, gegenüber dem in Salzwasser getauchten Zink gesteigert wird. Die Combination, in welcher das Platin durch Zink ersetzt ist, bietet zugleich ein erstes Beispiel einer aus einem Metall und zwei Flüssigkeiten gebildeten Kette von Beständigkeit und längerer Dauer.

A. Brester (1) hat eine gröfsere Zahl unorganischer und organischer Substanzen der Zersetzung durch den galvanischen Strom unterworfen, mit folgenden wesentlichen

---

(1) Aus Archives néerlandaises des sciences exactes et naturelles 1866, I, 296 auszugsweise in N. Arch. ph. nat. XXVIII, 60; Zeitschr. Chem. 1866, 680.

Resultaten. Er constatirte zunächst, dafs der Wasserstoff, welcher bei der Electrolyse von verdünnter Schwefelsäure am negativen Pol auftritt, wenn dieser aus Platin oder Kohle besteht, ebenso wie der, welcher bei der Einwirkung von verdünnter Schwefelsäure auf Zink oder Eisen und bei der Zersetzung des Wasserdampfs durch glühendes Eisen erhalten wird, zwar die Lösung des salpeters., aber nicht die des schwefels. Silberoxyds reducirt. Der Wasserstoff, welchen die Electrolyse von verdünnter (frisch destillirter) Nordhäuser Schwefelsäure liefert, fällt zwar, wie Osann (1) gefunden hat, aus der Lösung des schwefels. Silberoxyds einen reichlichen schwarzen Niederschlag, allein dieser Niederschlag besteht aus Schwefelsilber. Sogenannter ozonisirter Wasserstoff scheint hiernach nur ein Gemenge von Wasserstoff und Schwefelwasserstoff zu sein. Der negative Platinpol veranlafst, wenn er unmittelbar nach dem Gebrauch in die Lösung des schwefels. Silberoxyds getaucht wird, zuweilen die Reduction, gewöhnlich aber nicht. — *Salpetersäure* wird durch die Electrolyse, so oft an dem negativen (aus Platin oder Kohle bestehenden) Pol kein Gas auftritt, in Ammoniak übergeführt. Wendet man als positiven Pol einen Platindraht, als negativen einen Silberdraht an und nähert man beide Drähte in der Flüssigkeit zuerst bis zur Berührung, so erhält das Platin an dem Berührungspunkte eine braune Färbung, die mit dem Beginn der Gasentwickelung (diese nimmt in der Regel an jenem Punkte ihren Anfang) verschwindet, bei wiederholtem Herausnehmen und Eintauchen des Drahtes in die Säure aber wieder erscheint. Dasselbe Phänomen wird auch bei der Electrolyse von concentrirter Schwefelsäure wahrgenommen, nicht aber bei verdünnter, ebenso nicht bei rother rauchender Salpetersäure, Phosphorsäure, Salzsäure, bei schwefels. und salpeters. Salzen und bei Kalihydrat. Leitet

---

(1) Jahresber. f. 1857, 81; f. 1858, 64; f. 1864, 124.

Zersetzungen durch den galvanischen Strom. man vermittelst zweier Platindrähte den Strom durch roth rauchende Salpetersäure, so wird anfänglich an keinem der beiden Pole Gas entwickelt; am positiven geht die Untersalpetersäure in Salpetersäure, am negativen in Ammoniak über. — Bei der Electrolyse von geschmolzenem Kali oder *Natronhydrat* genügen 6 Bunsen'sche Elemente, um an der Oberfläche des negativen Pols eine (von der Verbrennung des abgeschiedenen Alkalimetalls herrührende) Lichterscheinung zu bewirken. Der positive Pol löst sich wenn er aus Platin, Silber oder Kupfer besteht, in der schmelzenden Masse auf. Dient ein Platindraht als negativer, ein Silberdraht als positiver Pol, so bildet sich an den ersteren ein Ueberzug, der zum gröfsten Theil aus Silber besteht, aber auch Platin zu enthalten scheint. Bei der Electrolyse von geschmolzenem *schwefels. Natron* mit schen Platinelectroden wird an dem negativen Pol Natrium bei der von geschmolzenem *chlors. Kali* Kalium abgeschieden, welche sich mit dem Platin verbinden. Das aus dem chlors. Kali am positiven Pol entwickelte Gemenge von Chlor und Sauerstoff hat Ozongeruch und bildet mit Wasser Nebel. — Die niederen Glieder der Reihe der fetten Säuren leiten mit Ausnahme der Ameisensäure den Strom von 6 Bunsen'schen Elementen nur schwach, die höheren (im geschmolzenen Zustande) leiten denselben, ebenso wie dies für die Fette bekannt ist, nicht; dasselbe gilt auch für geschmolzene Benzoësäure. Wässerige Lösungen von Weinsäure und von Benzoësäure, sowie verdünnte Essigsäure geben am positiven Pol reinen Sauerstoff und am negativen das doppelte Volum Wasserstoff aus; bei den meisten anderen Säuren beträgt das am negativen Pol entwickelte Gasvolum mehr als das Doppelte (bei Zimmtsäure nahezu das 3 fache, bei Milchsäure das 7 fache) des am positiven Pol abgeschiedenen, welchem in diesem Falle mehr, oder weniger Kohlensäure beigemischt ist; bei der Oxalsäure bleibt das Verhältnifs normal, bei der Ameisensäure ist verringert. Da die Menge der durch Oxydation entstehe den Kohlensäure mit der Concentration der Lösung (die sich während der Electrolyse verringert) variiren muſs, so verweisen wir bezüglich der von Brester gemachten Bestimmungen auf die Abhandlung. In den Lösungen der Benzoësäure und Weinsäure bekleidet sich das Platin des negativen Pols mit einem schwarzen am Lichte verschwindenden Ueberzug, der Platinhydrür zu sein scheint. Das Verhalten der an unorganische Basen gebundenen organischen Säuren weicht erheblich von dem der reinen Säuren ab; aus Brester's hierauf bezüglichen Angaben, die nur wenig Neues enthalten, heben wir Folgendes hervor. Aus geschmolzenem *palmitins. Natron* und aus geschmolzener *Natronseife* wird am negativen Pol Natrium abgeschieden. Eine wässerige Lösung von *benzoës. Kali* giebt nicht ganz 1 Vol. Sauerstoff auf 2 Vol. Wasserstoff; nach 48 stündiger Electrolyse nimmt die Flüssigkeit in der Umgebung des positiven Pols eine blafsgelbe Färbung an. *Zimmts. Natron* liefert (neben Zimmtsäure, Natron, Sauerstoff und Wasserstoff) Kohlensäure und Benzoylwasserstoff; *milchs. Kali* reichliche Mengen von Kohlensäure und Aldehydharz; *äpfels. Kali* unter gelblicher Färbung der Lösung am positiven Pol Kohlensäure, ein mit leuchtender Flamme brennendes Gas und eine flüchtige Säure. — Eine *Rohrzuckerlösung* von 1,13 spec. Gew. leitet den Strom von 4 Bunsen'schen Elementen 39 mal schwächer als eine verdünnte Schwefelsäure von 1,24 spec. Gew.; das Verhältniſs des entwickelten Sauerstoffs und Wasserstoffs nähert sich mit wachsender Stromstärke dem normalen, Kohlensäure tritt erst nach einiger Dauer der Electrolyse auf. Bestehen die Electroden aus Platin, so erhält die Zuckerlösung durch den Strom von 6 Elementen saure Reaction und kräftig reducirende Eigenschaften. Eine solche electrolysirte Lösung wird durch neutrales essigs. Blei gefällt; im Wasserbad erhitzt giebt sie ein saures farbloses Destillat, das ebenfalls reducirend wirkt, aber weder Ameisensäure noch Essigsäure enthält, und durch neutrales essigs. Blei nicht

Zersetzungen durch den galvanischen Strom.

Zersetzungen durch den galvanischen Strom.

gefällt wird; bei längerem Electrolysiren wird die gebilde[te] Säure wieder zersetzt. Besteht der positive Pol aus Eisen draht, so umgiebt er sich ohne Gasentwickelung mit ein[er] grünlichen flockigen Substanz, dem Eisenoxydulsalz ein[er] organischen Säure; Kupferdraht als positiver Pol bedec[kt] sich mit einer grünlich-blauen, Zinkdraht mit einer weiß[en] Verbindung. — In wässerigen Lösungen von *Stärke*[,] *arabischem Gummi* und *Dextrin* überzieht sich der positi[ven] Pol, wenn er aus Eisen besteht, ebenfalls mit einem grü[n]lichen Eisenoxydulsalz. Bei Luftzutritt wird dieses un[ter] Abscheidung von Eisenoxyd zersetzt, worauf die Lösu[ng] gegen weins. Kupferoxyd-Kali das Verhalten der Gluco[se] zeigt. Bei Anwendung von Platinelectroden erfährt d[ie] Stärkmehllösung diese Veränderung nicht. — *Collodi*[um] leitet den Strom von 8 Elementen sehr schwach und n[ur] wenn die Pole fast bis zur Berührung genähert sind. A[m] negativen Pol findet dann geringe Gasentwickelung sta[tt] der positive bedeckt sich mit einer gallertigen farblo[sen] Substanz, die im getrockneten Zustand entzündet verpu[fft].

Wärmevorgänge im Kreise der galvanischen Säule.

P. A. Favre (1) hat die Wärmevorgänge bei Z[er]setzungen im Kreise der galvanischen Säule (2) zu un[ter]suchen begonnen und über einige Seiner Resultate in ei[ner] kurzen Mittheilung berichtet. Der Apparat, welchen [er] zu diesen Zersetzungen benutzte, bestand aus zwei Que[ck]silbercalorimetern, wovon das eine zur Messung der inne[ren] Arbeit einer aus fünf Elementen (Zink, Platin, verdü[nnte] Schwefelsäure) bestehenden Säule, die in dasselbe ein[ge]schlossen wurde, das zweite zur Messung der äußer[en] Arbeit bestimmt war. In dieses letztere wurden succes[sive] eingeführt 1) ein sechstes Element, identisch mit denen [des] ersten Calorimeters; 2) ein Voltameter, bestehend aus ein[em] eben solchen Element, in welchem die Zinkplatte dur[ch]

---

(1) Compt. rend. LXIII, 869; Instit. 1866, 273, 290; Chem. Ce[ntr.] 1866, 1018; im Auszug Zeitschr. Chem. 1866, 512. — (2) Vgl. d[ies.] Jahresber. f. 1865, 101 und die dort angeführte Litteratur.

Allgemeine und physikalische Chemie.

ein Platinblech von gleicher Oberfläche ersetzt war; 3) ein Voltameter mit zwei Kupferstreifen, ebenfalls von derselben Oberfläche, aber in eine Lösung von schwefels. Kupferoxyd tauchend. In der folgenden Zusammenstellung der Resultate bezeichnet A die Wärme, welche das erste Calorimeter aufnahm, in Wärmeeinheiten; B die Wärme, welche der Säule entzogen wurde, oder welche ihre äufsere Arbeit repräsentirt, ebenfalls in Wärmeeinheiten, beide für 1 Aeq. Zink (33), das in der Säule gelöst wird; δ die Tangente des Ablenkungswinkels der Boussole; C die Wärme, welche das Voltameter für 1 Aeq. der in seinem Innern zersetzten Verbindung von der Säule aufnahm, ebenfalls in Wärmeeinheiten. Die zu allen Versuchen benutzte verdünnte Schwefelsäure enthielt in 1000 CC. 89,21 Grm. wasserfreie Säure.

Wärmevorgänge im Kreise der galvanischen Säule;

	A	B	δ	C
1. Säule allein	19572	382	—	—
2. Säule mit eingeschalteter Boussole	18474	1480	3,4880	—
3. Säule, Boussole und 6 tes Element	18402	1552	3,6069	—
4. Säule, Boussole und Voltameter (Platin mit verd. Schwefelsäure) .	7975	11979	0,1095	59895
5. Säule, Boussole, Voltameter (Platin mit Salpetersäure) . .	8888	11066	0,0969	55330
6. Säule, Boussole, Voltameter (Platin mit schwefels. Kupfer) . .	8573	11381	0,7623	56905
7. Säule, Boussole, Voltameter (Platin mit salpeters. Kupfer) . .	8424	11530	0,8278	57650
8. Säule, Boussole, Voltameter (Kupfer mit schwefels. Kupfer) .	14091	5868	1,8611	29315
9. Säule, Boussole, Voltameter (Kupfer mit schwefels. Kupfer) *) .	10557	9897	0,5658	46985

Aufserhalb des Stromes entwickelte 1 Aeq. Schwefelsäure (49) von der angegebenen Verdünnung, und 1 Aeq. Zink (33) 19954 Wärmeeinheiten; ferner 1 Aeq. schwefels. Kupfer und 1 Aeq. Zink 27388 Wärmeeinheiten.

*) Der Abstand der Platten betrug in diesem Versuch 30 MM., in allen übrigen 3 MM.

Wenn in das zweite Calorimeter ein sechstes Element eingeschlossen wird, so beträgt die Wärmeentwickelung genau ein Fünftel von der in dem ersten Calorimeter (mit fünf Elementen), da sie ausschliefslich von diesem Element stammt. Enthält das zweite Calorimeter das Platin-Volta-

Wärmevorgänge im Kreise der galvanischen Säule.

meter, das keine Wärme erzeugt, so stammt die ga[nze] Wärmemenge von der Säule und die Wärme des er[sten] Calorimeters ist um eben so viel (d. h. um den fü[nften] Theil von C) verringert. Wird das Voltameter mit Kup[fer]platten angewandt, so stammt die im Innern des zwe[iten] Calorimeters entwickelte Wärme zum Theil von der Sä[ule], zum Theil von dem Voltameter, indem die Vorgä[nge], welche in dem Zink-Platin-Element und in dem Pl[atin-]Platin-Voltameter vereinzelt statt haben, hier gleichze[itig] erfolgen (Zersetzung von schwefels. Kupfer unter A[uf]nahme von Wärme aus der Säule und Bildung ei[ner] gleichen Menge schwefels. Kupferoxyds unter Erzeug[ung] von Wärme, die dem Strome zu gut kommt). Wäh[rend] demnach (in 3) das sechste Element im zweiten Calorim[eter] für 1 Aeq. zersetzter Schwefelsäure 19954 WE. entwic[kelt], verbraucht das Voltameter (in 4) für dieselbe Leist[ung] 59895 WE., die es dem Strome entzieht; nahezu diese[lben] Werthe ergeben sich auch für die Zersetzung des Kup[fer]salzes in (6) und (7). Nach Abzug von 7975 W[E.] (welche Favre als zur Ueberwindung des Widerstan[des] im Voltameter erforderlich betrachtet) bleiben dem[nach] 51920 WE. und diese drücken das Wärmequantum [aus], welches zur Zersetzung von 49 Grm. Schwefelsäurehy[drat] (in SO_4 und H, oder im entgegengesetzten Sinne für [die] Verbindung der Gruppen SO_4 und H) erforderlich ist. Die weiteren Folgerungen aus den erhaltenen Result[aten] resumirt Favre wie folgt. Die Säule liefert den V[er]bindungen, welche sie zersetzt, die zur Trennung i[hrer] Bestandtheile erforderliche Wärme und diese Wärmeme[nge] ist gröfser als jene, welche dieselben Elemente im [ge]wöhnlichen freien Zustande angewendet bei der Ver[bin]dung entwickeln, weil sie in der Form isolirter At[ome] einen Wärmeüberschufs enthalten, den sie bei dem Ue[ber]gang in den gewöhnlichen Zustand (von Moleculen) wi[eder] abgeben. Die Veränderungen, welche die elementa[ren] Körper vor der eigentlichen Verbindung oder nach

Zersetzung einer solchen erfahren, sind demnach durch Wärmephänomene charakterisirt, welche mit denjenigen, die die Zersetzung und Verbindung begleiten, in keinem Zusammenhang stehen. Die Stabilität einer Verbindung giebt daher auch kein Mafs für die Gröfse der Verwandtschaft ihrer Elemente; es werden Verbindungen, deren elementare Bestandtheile gleiche Wärmemengen zu ihrer Trennung erfordern, um so leichter zersetzbar sein, je mehr Wärme diese Bestandtheile bei dem Uebergang aus dem status nascendi (d. h. aus dem Zustande, in welchem sie in der Verbindung existiren und in welchem sie daraus austreten) in den gewöhnlichen entwickeln.

Hydroelectrische Ketten.

Gerardin (1) ersetzt zur ökonomischen Erzeugung grofser Electricitätsmengen von schwacher Spannung das Zink der Zinkkohlenkette durch einen Eisenstab, welcher mit Drehspänen von Gufs- oder Schmiedeeisen umgeben ist und in Wasser taucht, und die Salpetersäure durch eine mit Königswasser versetzte Lösung von Eisenchlorid (2), womit die poröse Zelle gefüllt wird, die den Kohlencylinder (aus gepulverter Gaskohle mit Paraffin bereitet) aufnimmt. Ueber die Concentration der erforderlichen Eisenchloridlösung ist Nichts angegeben. — Monthiers (3) hat kurze Mittheilung über drei hydroëlectrische Ketten mit einer Erregungsflüssigkeit gemacht. Die erste besteht aus einem Cylinder von Stab- oder Roheisen, welcher ein Kohlenprisma umgiebt und nebst diesem in verdünnte Schwefelsäure taucht. Bei der zweiten ist das Eisen durch einen Zinkcylinder und die verdünnte Schwefelsäure durch eine concentrirte Lösung von schwefels. Eisenoxydul ersetzt. In der dritten dient eine Lösung von kohlens.

---

(1) Compt. rend. LXII, 700; J. pharm. [4] III, 283; Dingl. pol. J. CLXXX, 201; Zeitschr. Chem. 1866, 250. — (2) Vgl. Jahresber. f. 1864, 247. — (3) Compt. rend. LXIII, 882; J. pharm. [4] IV, 174; Zeitschr. Chem. 1866, 608.

Ammoniak (oder gefaulter Harn) als Erregungsflüssigkeit für Zink und Kohle (das Zink löst sich unter Wasserstoffentwickelung, während sich ein weifser Niederschlag abscheidet). Bei gleichen Dimensionen sollen die zweite und dritte Combination nahezu von gleicher Stromstärke sein. — Da reines Silber von Königswasser nur oberflächlich in Chlorsilber verwandelt wird, welches das übrige Metall gegen den Angriff der Säure schützt, so schlägt Roullien(1) der diese Thatsache als neu betrachtet, vor, die Kohle der Bunsen'schen Kette durch Silber in Königswasser (2 Th. Salzsäure, 1 Th. Salpetersäure) zu ersetzen. Eine solche Kette (Silber, Königswasser — Zink, verdünnte Schwefelsäure) schien Ihm constanter zu sein als die Bunsen'sche.

Thermoelectricität.

Nach E. Becquerel (2) erhält das in seinen thermoelectrischen Eigenschaften so wechselnde geschmolzene künstliche Schwefelkupfer (3) durch mehrstündiges Erhitzen zur Dunkelrothgluth eine nahezu constante Wirksamkeit, wenigstens dann, wenn der Temperaturunterschied der beiden Löthstellen des Paars (Schwefelkupfer und Kupfer) mehr als 300° beträgt. — Derselbe hat ferner die electromotorischen Kräfte verschiedener Metalllegirungen untersucht, sowie den Antheil, welchen die einzelnen Bestandtheile derselben auf die Wirkung üben. Wiewohl sich nun das thermoëlectrische Verhalten der einzelnen Metalle gegen andere im Allgemeinen noch nicht auf bestimmte chemische oder physikalische Eigenschaften zurückführen läfst, hat sich doch ergeben, dafs diejenigen deren Sauerstoffverbindungen energische Säuren bilden die positivsten, Nickel, Kobalt und Wismuth dagegen die negativsten sind. Diejenigen Metalle, welche Wärme am

(1) Compt. rend. LXIII, 948; J. pharm. [4] V, 116; Zeitschr. Chem. 1867, 29. — (2) Die ausführliche Abhandlung Ann. ch. phys. [4] VI, 389; im Auszug Compt. rend. LXII, 966; Instit. 1866, 137; J. pharm. [4] III, 484; N. Arch. ph. nat. XXVI, 239; Chem. News XIV, 242. (3) Jahresber. f. 1865, 113.

Electricität gut leiten, zeigen nur schwache thermoëlectrische Eigenschaften. Legirungen aus Metallen, die in der thermoëlectrischen Reihe nahestehen (Tellur und Antimon; Wismuth und Blei; Kupfer und Silber), verhalten sich ähnlich wie diese, entfernter stehende Metalle (Antimon und Wismuth; Antimon und Cadmium; Antimon und Zink) geben dagegen Legirungen, deren thermoëlectrische Wirkung nach einer oder der anderen Seite gesteigert ist. Die thermoëlectrische Kraft des Wismuths wird z. B. schon durch Zusatz von $1/_{10}$ Antimon bedeutend erhöht. In der folgenden Zusammenstellung sind die electromotorischen Kräfte e einiger thermoëlectrischen Paare (für $0°$ und $100°$) angegeben, bezogen auf die eines Becquerel'schen Elementes (Zinkkupferkette) = 100. n bezeichnet die Zahl der thermoëlectrischen Paare, welche einem solchen Elemente äquivalent sind.

	+			−		e	n
1)	Tellur			Maillechort		4,121	24,2
2)	Schwefelkupfer			Maillechort		3,402	29,4
3)	Legirung	Antimon 806 Cadmium 696		Legirung	Wismuth 10 Antimon 1	2,761	36,2
4)	Legirung	Antimon 806 Cadmium 696 Wismuth 150		Legirung	Wismuth 10 Antimon 1	1,920	52,1
5)	Legirung	Antimon 806 Cadmium 696 Wismuth 150		Maillechort		1,426	70,0
6)	Legirung	Antimon 806 Cadmium 406 Wismuth 121		Maillechort		0,896	111,6
7)	Antimon			Wismuth		0,532	188,0
8)	Kupfer			Wismuth		0,391	256,0

A. Thenard.(1) machte Mittheilung über das verschiedene thermoëlectrische Verhalten von Roheisen und Schmiedeeisen, und über eine aus Stäben beider Eisensorten zusammengesetzte thermoëlectrische Kette.

(1) Compt. rend. LXII, 953; J. pharm. [4] III, 489.

Unorganische Chemie.

Allgemeines. Notation. Frankland (1) hat ein System der chemischen Notation beschrieben, welches Ihm geeignet erscheint, die Structur der Verbindungen anschaulich zu machen, ohne die Uebersichtlichkeit der Formeln zu beeinträchtigen. Die früher gebrauchten Symbole für zusammengesetzte Radicale sind in dieser Bezeichnungsweise, z. Th. mit erweiterter Bedeutung, wieder in Anwendung gebracht. Es ist Me = Methyl, Et = Aethyl, All = Allyl, Me'' = Methylen, Et'' = Aethylen, Me''' = Formyl (GH). Radicale, die in Verbindungen durch Vermittelung von Sauerstoff mit anderen Elementen verbunden sind, werden mit diesem Sauerstoff als neues Radical betrachtet: Hydroxyl, HΘ mit dem Symbol Ho; Hydrosulphyl, HS = Hs; Ammonoxyl, NH$_2$Θ = Amo; Kaliumoxyl, KΘ = Ko; Zinkoxyl, ZnΘ$_2$ = Zno; Methoxyl, GH$_3$Θ = Meo; Methylenoxyl, GH$_2$Θ$_2$ = Meo''; Formoxyl, GHΘ$_3$ = Meo'''. Da der Wechsel in der scheinbaren Quantivalenz der Elemente nur nach geraden Zahlen stattfindet, so nimmt Frankland wie andere Forscher an, dafs mehrere Verwandtschaftseinheiten desselben mehrwerthigen Atoms sich gegenseitig binden können und

_____

(1) Chem. Soc. J. [2] IV, 372.

unterscheidet folglich die absolute Quantivalenz in active und latente, von welchen Er, wo dies nothwendig erscheint, die active zur Rechten des Symbols, die latente zur Linken andeutet; die Summe beider repräsentirt die absolute Quantivalenz. Im Schwefelsäurehydrat $\overset{VI}{S}\Theta_2H\Theta_2$ ist z. B. die active Quantivalenz des Schwefels $= 6$ Verwandtschaftseinheiten, die latente daher $= 0$, in der schwefligen Säure $\overset{IV}{S}\Theta H\Theta_2$, die active $= 4$, die latente $= 2$, im Schwefelwasserstoff $\overset{IV}{S}H_2$ die active $= 2$, die latente $= 4$. — Das Element mit der höchsten Quantivalenz wird als gruppirendes zur Linken der Formel gestellt und durch fette Schrift (nicht durch die hier gebrauchten durchstrichenen Symbole) ausgezeichnet. Die Klammer wird angewandt, um den Zusammenhang mehrerer mehrwerthigen Atome zu bezeichnen; sind dieselben durch mehr als eine Verwandtschaftseinheit verbunden, so wird dies aufserhalb der Klammer angedeutet.

Beispiele:

Chlorsäure	Carbonsesquichlorid	Methyläther	Oxals. Baryt
$\{\begin{matrix}\Theta Cl\\ \Theta Ho\end{matrix}$	$\{\begin{matrix}\Theta Cl_2\\ \Theta Cl_2\end{matrix}$	$\{\begin{matrix}\Theta H_3\\ \Theta\\ \Theta H_3\end{matrix}$	$\begin{matrix}\Theta\Theta\Theta\\ Ba''\\ \Theta\Theta\Theta\end{matrix}$

Aethylen

$''\{\begin{matrix}\Theta H_2\\ \Theta H_2\end{matrix}$

Wasserfreies zweifachschwefels. Natron

$\{\begin{matrix}S\Theta_2Nao\\ \Theta\\ S\Theta_2Nao\end{matrix}$

Wo Sauerstoff als Bindeglied zweier Elemente oder Radicale fungirt, kann dies durch Verbindungsstriche bezeichnet werden.

Zweifach-essigs. Glycol

$\Theta H_2 - \Theta - \Theta Meo$
$\Theta H_2 - \Theta - \Theta Meo$.

In einer Linie stehende Formeln nennt **Frankland** monadelphische, in mehreren übereinanderstehenden entwickelte di-, tri- ... adelphische. Für unorganische Verbindungen sind monadelphische, für organische diadelphische im Allgemeinen die bequemsten; mehrsäurige Alkohole und deren Derivate erfordern eine Zahl von Linien, welche ihrer sogenannten Atomigkeit entspricht. Franklan erörtert dann, wie eine monadelphische Formel sich zu Verdeutlichung der Constitution in eine polyadelphische zerlegen läfst und zeigt an zahlreichen Beispielen die Anwendung dieser Notation auf unorganische und organische Verbindungen.

Von einer Abhandlung B. C. Brodie's (1) über chemische Symbole liegt bis jetzt nur eine kurze Inhaltsanzeige vor.

Nomenclatur.

Ein erneuter Versuch, die Zusammensetzung und die rationelle Constitution chemischer Verbindungen durch die Bildung des Namens auszudrücken, ist von S. D. Tillman (2) gemacht worden. Wir müssen, da die eventuelle Benutzung der von Ihm vorgeschlagenen Nomenclatur (welche in Bezug auf Euphonie der Gmelin'schen (3) etwa gleich steht, ohne wesentlich kürzer zu sein) ihre gründliche Kenntnifs voraussetzt, auf die angeführte Schrift verweisen, in welcher auch zahlreiche Beispiele für ihre Brauchbarkeit zur Construction aufgelöster Formeln gegeben sind.

Sauerstoff.

F. Stolba (4) empfiehlt zur Darstellung des Sauerstoffs nach Fleitmann's (5) Verfahren, den Chlorkalk in Form eines dickflüssigen Brei's anzuwenden und demselben eine kleine Menge von salpeters. Kupfer oder Chlorkupfer und einige erbsengrofse Stücke Paraffin zuzusetzen. Das Schäumen und Uebersteigen ist auf diese Weise vermieden.

---

(1) Lond. R. Soc. Proc. XV, 136. — (2) In Seiner Schrift: New chemical Nomenclature. Albany, 1866. — (3) L. Gmelin's Handbuch (4. Aufl.), IV, 131. Krystallisirter Kalialaun heifst nach Gmelin Patan-Talmin-Ojafin-Weso, nach Tillman Wolltalem-potemasoit. — (4) J. pr. Chem. XCVII, 309; Dingl. pol. J. CLXXX, 588; Zeitschr. Chem. 1866, 878; Chem. Centr. 1866, 750; Phil. Mag. [4] XXXII, 88 — (5) Jahresber. f. 1865, 118.

Nach einer Beobachtung von Cl. Winkler (1) scheidet sich beim Einleiten von Chlor in eine siedende Lösung von Kobaltoxyd in Kalilauge unter Entwickelung von Sauerstoff schwarzes Kobaltoxyd ab, welches sich alsbald wieder löst, abermals abgeschieden wird und wiederum in Lösung geht, welcher Vorgang sich je nach der Schnelligkeit des Chlorstroms schneller oder langsamer so lange wiederholt, als die Flüssigkeit noch freies Kali enthält. Winkler interpretirt die Umsetzung durch die Gleichung $3 KO + 3 Cl + Co_2O_3 = 3 KCl + 2 CoO_2 = 3 KCl + Co_2O_3 + 3 O$. Ersetzt man das Kali durch Kalkhydrat, so läfst sich dieses Verhalten für die Darstellung des Sauerstoffs nutzbar machen, indem man in einen zu zwei Dritttheilen mit dicker Kalkmilch gefüllten Kolben nach Zusatz einiger Tropfen von Kobaltchlorürlösung unter Erwärmen Chlorgas einleitet und das entbundene Gas, welchem sich zu Ende des Versuches wenig Chlor beimischt, durch eine Waschflasche mit Kalkmilch leitet. Die Umsetzung geht unter gelindem Schäumen der Mischung ruhig und gleichmäfsig von Statten; im Kolben bleibt schliefslich wie bei dem Fleitmann'schen Verfahren (2) (mit dem das hier beschriebene bis auf die Darstellung des Chlorkalks identisch ist) eine klare Lösung von Chlorcalcium und ein Niederschlag von Kobaltoxydhydrat zurück.

Zur Darstellung des Sauerstoffs aus Braunstein findet es Winkler vortheilhaft, ein Gemenge von 3 Th. geschmolzenem sauren schwefels. Natron und 1 Th. Braunstein in einer Glasretorte zu erhitzen. Die Mischung schmilzt bei gelindem Feuer und entwickelt in der Wärme continuirlich reines Sauerstoffgas; sie hinterläfst zuletzt das geschmolzene Doppelsalz von schwefels. Natron und schwefels. Manganoxydul, welches ohne Beschädigung des Glasgefäfses erstarrt.

(1) J. pr. Chem. XCVIII, 340; Dingl. pol. J. CLXXXII, 111; Zeitschr. Chem. 1866, 666; Chem. Centr. 1866, 843; Bull. soc. chim. [2] VII, 229. — (2) Jahresber. f. 1865, 118.

Ozon, Antozon.

A. Boillot (1) hat die längst bekannten Verbrennun[gs]erscheinungen des Sauerstoffs und Chlors in brennba[ren] Gasen als neu beschrieben.

Die bisherige Annahme, daſs bei der Electrolyse [des] Wassers nur unoxydirbare Metalle als Electroden anwe[nd]bar sind, wenn es sich um die Erzeugung von O[zon] handelt, beruht nach G. Planté (2) auf einem Irrth[um.] Läſst man denselben Strom durch zwei Voltameter geh[en,] von welchen das eine Platindrähte, das andere Bleidrä[hte] von gleichen Dimensionen enthält, so bemerkt man [in] beiden die Bildung von Ozon; leitet man den entwickel[ten] ozonhaltigen Sauerstoff in reine Jodkaliumlösung, so giebt sich aus der Menge des ausgeschiedenen Jods [das] Verhältniſs der Ozonmengen im Platin- und Bleivolta[meter] = 2 : 3. Planté vermuthet, daſs die dünne Oxydschi[cht,] welche sich auf der positiven Bleielectrode bildet (oh[ne] das Volum des entwickelten Sauerstoffs merklich zu v[er]ringern) diese sonst nicht erklärbare reichlichere Oz[on]bildung veranlaſst.

Die Ozontheorie nimmt bekanntlich (3) an, daſs [das] Molecül des gewöhnlichen Sauerstoffs aus zwei verschied[en]artigen Atomen bestehe, welche durch den electrisch[en] Funken oder durch stille Entladungen isolirt werden [und] in diesem isolirten Zustande (abgesehen von ihrer Ver[bin]dung mit neutralem Sauerstoff) Ozon und Antozon con[sti]tuiren. In dem gleichzeitigen Auftreten dieser be[iden] Modificationen, welche sich theilweise wieder zu gew[öhn]lichem Sauerstoff vereinigen sollen, sieht sie ferner [die] Ursache, warum die Ozonisation des reinen Sauer[stoffs] nicht über eine gewisse Grenze gelingt, wenn nicht [der] active Sauerstoff im Maſse seiner Bildung entfernt w[ird.] v. Babo und Claus (4) haben diese Ansicht, we[lche]

---

(1) Compt. rend. LXII, 1028; Instit. 1866, 172. — (2) Co[mpt.] rend. LXIII, 181; Phil. Mag. [4] XXXII, 319; Chem. Centr. 1[866,] 1071. — (3) Vgl. besonders Jahresber. f. 1868, 128. — (4) Ann. Pharm. CXL, 348.

schon durch v. Babo's frühere Untersuchungen (1) nicht gestützt wird, einer näheren experimentellen Prüfung unterworfen. Indem Sie von dem als charakteristisch betrachteten Unterschied ausgingen, dafs Antozon die Chromsäure in Ueberchromsäure überführt und dabei zerstört wird, während Ozon in wässeriger Lösung diese Wirkung nicht zeigt, untersuchten Sie, ob eine weiter gehende Ozonisation erreicht werden kann und ob überhaupt andere Condensationsverhältnisse stattfinden, wenn in die Ozonisationsröhre Chromsäure eingeschlossen und alles etwa gebildete Antozon dadurch entfernt wird. Ueber den Apparat, den Sie zu diesem Versuch benutzten und der dem früher beschriebenen (2) ähnlich war, werden Sie später berichten. Ihre Bestimmungen ergaben, dafs die Chromsäure ohne allen Einfluss auf die Ozonbildung ist und dafs daher, wenn wirklich das Antozon durch Chromsäure gebunden wird, bei der Einwirkung der Electricität auf Sauerstoff kein Antozon entsteht.

Weltzien (3) hat sich ebenfalls gegen die Annahme verschiedener gegensätzlicher Zustände des Sauerstoffs ausgesprochen und insbesondere die Widersprüche in den über Antozon vorliegenden Angaben und die Willkür in der Interpretation derselben hervorgehoben (4). Er betrachtet dieses als Ozon, d. h. als verdichteten nicht aber als polarisirten Sauerstoff. Bei der Einwirkung von vollkommen trockenem Chlorwasserstoff auf mit Sand gemengtes Baryumsuperoxyd erhielt Weltzien zuweilen neben Chlor und Sauerstoff auch Ozon (die im Kolben zurückbleibende Masse entwickelte noch Tagelang Ozon-

---

(1) Jahresber. f. 1863, 134. — (2) Jahresber. f. 1863, 137. — (3) In der S. 106 angeführten Abhandlung. — (4) Das aus Baryumsuperoxyd durch concentrirte Schwefelsäure entwickelte Gas, welches nach Schönbein antozonhaltig ist, bildet mit feuchter Luft durchaus keine Nebel. Diese sind aber nach Meifsner der wesentlichste Character des Antozons. Vgl. Jahresber. f. 1863, 127; ferner Jahresber. f. 1861, 96; f. 1862, 41.

geruch), zuweilen statt des Ozons unterchlorige S[...] (nach Seiner Vermuthung). Das Vorkommen des Oz[...] in der atmosphärischen Luft hält Weltzien aufser Gewittern für unwahrscheinlich und zur Nachweisung [...] selben nur die Bildung von Silbersuperoxyd für [...] scheidend (1).

Wasserstoff. W. Müller (2) ist bei Versuchen über den Gr[...] der bekannten Thatsache, dafs ein Gemenge von Wass[...] stoff und Wasserdampf je nach dem Vorwiegen des ei[...] der Gemengtheile Eisenoxyduloxyd in Eisen und Eisen Eisenoxyduloxyd überführt, und zwar bei einer und d[...] selben Temperatur, zu dem Resultat gekommen, d[...] Wasserdampf und Wasserstoff bei einem bestimmten V[...] hältnifs sich gegenseitig in ihren Wirkungen aufheb[...] Ein abgeschlossenes Volum Wasserstoff wird durch Eis[...] hammerschlag in dunkler Rothglühhitze nicht vollstän[...] in Wasser verwandelt, wenn der gebildete Wasserda[...] in der Röhre bleibt, nahezu vollständig dagegen, wenn durch Chlorcalcium im Mafse seiner Bildung entfernt w[...] Andere chemisch indifferente Gase verringern die [...] kung des Wasserstoffs auf Eisenhammerschlag in [...] ähnlicher Weise wie Wasserdampf. Müller schliefst [...] her, dafs in diesen wie in analogen anderen Fällen chemische Anziehung durch die mechanische aufgeh[...] werde. Auf die Reduction des Kupferoxyds (zu M[...] und des Eisenoxyds (zu Oxyduloxyd) durch Wasser ist übrigens die Anwesenheit von Wasserdampf, Ko[...] säure und Stickstoff ohne Einfluſs.

Wasser. Weidner (3) hat die Ausdehnung des Was[...] unterhalb 4° und zwar für die Intervalle von 4° bi[...] von 0° bis — 5°, und von — 5° bis — 9° und — 10° stimmt und für die intermediären Temperaturen d[...]

---

(1) Vgl. Jahresber. f. 1865, 122. — (2) Pogg. Ann. CXXIX, Chem. Centr. 1867, 45; im Auszug Zeitschr. Chem. 1867, 60 (3) Pogg. Ann. CXXIX, 300; im Auszug N. Arch. ph. nat. XXVII, Sill. Am. J. [2] XLIII, 393.

Interpolation berechnet. Bezüglich des angewandten Verfahrens auf die Abhandlung verweisend geben wir nachstehend das Mittel der Zahlen, welche in vier Versuchsreihen mit vier verschiedenen Dilatometern erhalten wurden und für welche das Volum des Wassers bei 4° als Einheit angenommen ist. Die von Despretz und Pierre gefundenen Werthe sind beigesetzt.

	Volum des Wassers		
nach	Weidner	Despretz	Pierre
+ 4°	1,0000000	1,0000000	1,0000000
3	1,00001895	1,0000083	1,0000055
2	1,0000403	1,0000331	1,0000267
1	1,00008075	1,0000780	1,0000631
0	1,000137	1,0001269	1,0001183
− 1	1,000210	1,0002188	1,0002145
− 2	1,000302	1,0003077	1,0003172
− 3	1,000415	1,0004222	1,0004300
− 4	1,000540	1,0005619	1,0005565
− 5	1,0007095	1,0006987	1,0007002
− 6	1,0008927	1,0009184	1,0008648
− 7	1,001104	1,0011354	1,0010538
− 8	1,0013459	1,0013754	1,0012709
− 9	1,001618	1,0016311	1,0015196
−10	1,0019045	—	1,0018084.

Schönbein (1) hat in einer Reihe von Publicationen, deren wesentlichen Inhalt wir hier zusammenfassen, weitere Beiträge zur Lehre von der Polarisation des Sauerstoffs, der Bildung des Ozons, Antozons und Wasserstoffsuperoxyds geliefert. Er constatirte zunächst für eine Reihe von organischen Substanzen, dafs die langsame Oxydation derselben auch bei Abwesenheit von Wasser die Bildung des Wasserstoffsuperoxyds zur Folge hat. Setzt man wasserfreien Aether, Methylalkohol, Aethyl- und Amylalkohol, sowie Aceton in einer lufthaltigen Flasche dem directen Sonnenlicht aus, so läfst sich in diesen Substanzen

---

(1) J. pr. Chem. XCVIII, 257, 280; im Auszug Zeitschr. Chem. 1866, 658; Bull. soc. chim. [2] VII, 238; theilweise J. pharm. [4] IV, 308.

Wasserstoff-superoxyd. nach der Intensität der Belichtung rascher oder langsamer (in einer oder mehreren Wochen) ein Gehalt an Wasserstoffsuperoxyd nachweisen, während sie zu gleicher Zeit eine saure Reaction annehmen. Die gleichzeitig entstehende Säure, deren Bildung proportional der des Wasserstoffsuperoxyds stattzufinden scheint, schützt das letztere vor der freiwilligen Zersetzung. Andere organische Substanzen setzen dagegen zur Bildung des Wasserstoffsuperoxyds die Gegenwart des Wassers voraus. Aus zahlreichen Versuchen über diesen Gegenstand schliefst Schönbein (1), dafs alle organischen Verbindungen hinsichtlich ihres Verhaltens zum trockenen Sauerstoff bei gewöhnlicher Temperatur unter dem Einflufs des directen Sonnenlichtes in zwei Hauptgruppen zerfallen, von welchen die erste diejenigen Substanzen umfafst, welche Wasserstoffsuperoxyd bilden, die andere aber die, welche unter denselben Umständen nicht Wasserstoffsuperoxyd, sondern organische Antozonide erzeugen. Die letztere Gruppe zerfällt selbst wieder in zwei Unterabtheilungen, je nachdem sie die Fähigkeit besitzen bei Gegenwart von Wasser neben organischen Antozoniden auch Wasserstoffsuperoxyd zu bilden oder nicht. Zu den Substanzen, welche bei Gegenwart von Wasser die Bildung des Wasserstoffsuperoxyds veranlassen, gehören die Camphene, besonders Terpentinöl, Wachholderöl, Copaiva-, Campher-, Citronenöl, Benzol, die Kohlenwasserstoffe des Steinöls und Petroleums, ferner sauerstoffhaltige ätherische Oele (Zimmt-, Pfeffermünz-, Kümmelöl) und einige fette Substanzen (Oelsäure, Lebertran, Crotonöl). Reines wasserfreies, durch Schütteln mit schwefels. Eisenoxydul von einem Antozongehalt befreites Terpentinöl giebt z. B., wenn es sich unter dem Einflufs des Lichtes oxydirt (verharzt), ein organisches Antozonid, welches gegen Guajactinctur und Blutlösung

(1) J. pr. Chem. XCIX, 11; Zeitschr. Chem. 1867, 93.

gegen Bleiessig und Jodkaliumstärkekleister das Verhalten des Wasserstoffsuperoxyds zeigt, von diesem aber dadurch abweicht, dafs es beim Schütteln mit Wasser nicht an dieses übertritt und schwefelsäurehaltige Chromsäure nicht blau färbt. Setzt man dagegen das Oel der Einwirkung der Luft und des Lichtes bei Gegenwart von Wasser aus, so lassen sich in letzterem nach kurzer Zeit merkliche Mengen von Wasserstoffsuperoxyd nachweisen. Wachholderöl zeigt dieselbe Erscheinung mit gröfserer Intensität; es absorbirt im Lichte bedeutende Mengen von Sauerstoff (1 Grm. Oel nahm in 24 Stunden 3 CC. Sauerstoff auf) und veranlafst in Berührung mit Wasser und atmosphärischer Luft die Bildung des Wasserstoffsuperoxyds sogar im Dunkeln. Stets ist aber das letztere von einer neu gebildeten organischen Säure (Ameisensäure nach Schönbein's Vermuthung) begleitet. — Zu den Substanzen, welche auch bei Gegenwart von Wasser die Bildung des Wasserstoffsuperoxyds nicht einleiten, gehören die fetten Oele im Allgemeinen, ferner Campher und Geigenharz. Alkoholische Lösungen dieser beiden letzteren geben die Reactionen des Antozons nicht unmittelbar, wohl aber nach kurzem Schütteln mit atmosphärischer Luft. Da nach Schönbein's Annahme die Entstehung der organischen Antozonide die Verbindung des gleichzeitig entstandenen Ozons mit einem Theil der organischen Substanz, also die Bildung eines Oxydationsproductes voraussetzt, so vermuthete Er, dafs die durch Oxydation entstandenen Harze (sofern sie nicht zum Schmelzen erhitzt wurden) noch mit Antozon beladen sein müssen und fand diese Vermuthung bei der Prüfung von verharztem Terpentinöl, Terpentinen, Tannenharz, Mastix, Sandarak und Dammarharz bestätigt. Auch Copal und Bernstein (1) geben, wenn man 1 Grm. derselben fein gepulvert mit 5 Grm. wasser-

(1) J. pr. Chem. XCIX, 19.

Wasserstoff-superoxyd. freiem Weingeist, der 1 pC. Guajac enthält, einige Minute schüttelt und einige Tropfen einer Blutlösung zusetzt, d für Antozon charakteristische blaue Färbung. Schön bein nimmt von diesen Beobachtungen Veranlassun; Seine Ansicht, dafs allen Oxydationen durch gewöhnliche Sauerstoff. eine Spaltung desselben vorausgeht, nochma ausführlich darzulegen und zu begründen. In der Bildun der metallischen Antozonide (Kalium-, Natrium-, Baryum superoxyd) in höherer Temperatur sieht Er den Bewe dafür, dafs auch unter dem Einflufs der Wärme der wasse freie neutrale Sauerstoff ebenso zerfällt, wiewohl nicl beide Componenten nachgewiesen werden können. Selb bei langsamen Oxydationen in niederer Temperatur tri das Ozon nur dann im freien Zustand auf, wenn die sic oxydirende Substanz (Phosphor, Aether, flüssige Kohle wasserstoffe) bei gewöhnlicher Temperatur verdampfbar is

Es schliefsen sich hier einige Beobachtungen a welche Schönbein (1) über die katalytische Wirksamke der Platinmetalle gemacht hat. Schon früher hatte Er g funden, dafs das Wasserstoffsuperoxyd in Berührung m Platin schnell zersetzt wird. Nach Seinen neueren A gaben zerlegen Platinmohr, schwammförmiges Ruthenium Rhodium und Iridium auch das Chlorwasser unter Bildu von Salzsäure und die Lösungen der unterchlorigs. Sal unter Bildung von Chlormetall, in beiden Fällen unt Entwickelung von gewöhnlichem Sauerstoff; auf Bro und Jodwasser wirken sie, wenn überhaupt, nur langs ein. Das Ruthenium besitzt diese, von der Mitwirku des Lichtes ganz unabhängige katalytische Wirksamk im stärksten, das Iridium im schwächsten Grade. Als eigentliche Ursache dieser Zersetzungen, welche Schö bein mit den durch Wärme und Licht veranlafsten v

---

(1) J. pr. Chem. XCVIII, 76; Ann. chim. phys. [4] VII, 108; pharm. [4] IV, 395.

gleicht, betrachtet Derselbe, unter der Annahme, dafs sowohl das Chlor als die unterchlorige Säure Ozonide sind, die Wirkung der Platinmetalle auf den ozonisirten Sauerstoff, welchen sie schon bei gewöhnlicher Temperatur in gewöhnlichen überführen.

Als empfindliches Mittel zur Nachweisung des Wasserstoffsuperoxyds empfiehlt Schönbein (1) aufser den schon bekannten (2) jetzt Bleiessig mit Jodkaliumstärkekleister, oder Guajactinctur mit einer Lösung von Blutkörperchen. Man setzt zu einem Gramm der zu prüfenden Flüssigkeit 1 oder 2 Tropfen Bleiessig, dann wenig Jodkaliumstärkekleister und säuert mit Essigsäure an. Oder man mischt 1 Grm. der Flüssigkeit mit 0,5 weingeistiger Guajactinctur und einigen Tropfen einer Blutkörperchenlösung (Lösung von getrocknetem Blut); vgl. S. 104. Die kleinsten Spuren von Wasserstoffsuperoxyd geben sich mittelst dieser beiden Reagentien zu erkennen. Weniger empfindlich ist die Probe mit Aether und einigen Tropfen schwefelsäurehaltiger Chromsäurelösung, mittelst welcher sich $1/40000$ Wasserstoffsuperoxyd (durch die blaue Färbung des Aethers) nachweisen läfst und etwa den gleichen Grad von Empfindlichkeit hat die Gasentwickelung (von gewöhnlichem Sauerstoff), welche auf Zusatz einiger Tropfen von unterchlorigs. Natron stattfindet.

Nach Beobachtungen von Schönbein (3) ist das Wasserstoffsuperoxyd in wässeriger Lösung in der Siedehitze weit beständiger, als man gewöhnlich anzunehmen pflegt. In dem Rückstande, welchen verdünnte (0,02 bis 0,4 pC. Wasserstoffsuperoxyd enthaltende) Lösungen hinterliefsen, als sie durch rasches Eindampfen in Porcellanschalen auf $1/10$ ihres ursprünglichen Volums reducirt waren,

---

(1) J. pr. Chem. XCVIII, 270. — (2) Jahresber. f. 1859, 63; f. 1863, 144; f. 1864, 127. — (3) J. pr. Chem. XCVIII, 65; N. Repert. Pharm. XVI, 6; im Auszug Zeitschr. Chem. 1866, 445; Zeitschr. anal. Chem. VI, 114; J. pharm. [4] IV, 806; Chem. News XV, 123.

Wasserstoff-superoxyd. wurden noch 47 bis 61 pC., und nach dem Verdampfen auf $1/_{20}$ noch immer 23 pC. der ursprünglichen Menge des Wasserstoffsuperoxyds aufgefunden, und der beobachtete Verlust beruhte nur theilweise auf Zersetzung, zum Theil aber auf Verdunstung, sofern sich bei Anwendung einer Retorte eine kleine Menge Wasserstoffsuperoxyd im Destillat nachweisen ließ. In Metall- (Platin-, Silber-) gefäßen ist dagegen die Zersetzung bei dem Erhitzen schnell eine vollständige. Streifen von Filtrirpapier, die mit einer verdünnten Lösung von Wasserstoffsuperoxyd imprägnirt wurden, zeigen getrocknet die Reactionen desselben noch deutlich, selbst nach längerer Aufbewahrung in geschlossenen Gefäßen. Hängt man in eine Flasche, auf deren Boden verdünnte Lösung von Wasserstoffsuperoxyd gegossen ist, Streifen von gut getrocknetem Papier, so geben dieselben ebenfalls nach kurzer Zeit die charakteristischen Reactionen des Antozonids; Jodkaliumkleisterpapier färbt sich in einer solchen Atmosphäre ziemlich schnell. Diese Beständigkeit des Wasserstoffsuperoxyds in höheren Temperaturen veranlaßt Schönbein zu der Vermuthung daß auch bei Oxydationen, die oberhalb 100° erfolgen die Spaltung des Sauerstoffs und bei Gegenwart von Wasser wenigstens eine vorübergehende Bildung von Wasserstoffsuperoxyd stattfinde. — Aehnliche Erfahrungen bezüglich der Beständigkeit des Wasserstoffsuperoxyds hat auch Weltzien (1) gemacht. Die Concentration in wässeriger Lösung gelang Ihm jedoch auch beim Verdampfen in Porcellanschalen nur wenn die Temperatur die Siedehitze nicht erreichte.

In der Absicht, für die Theorie der Reactionen des Wasserstoffsuperoxyds und des Ozons eine sichere experimentale Grundlage zu gewinnen, hat Weltzien (2) die

---

(1) In der unter (2) angeführten Abhandlung. — (2) Ann. Ch. Pharm. CXXXVIII, 129; Bull. soc. chim. [2] V, 261, 322; im Auszug Compt. rend. LXII, 640, 757; J. pharm. [4] IV, 254; Chem. News XIII, 15; XIV, 1, 15, 39, 50.

Verhalten der erstgenannten Verbindung zu einigen oxydirbaren Substanzen einer genaueren Prüfung unterworfen, mit folgendem Resultat. 1) *Metallisches Eisen*, in der Form von Claviersaitendraht, bedeckt sich in einer Lösung von Wasserstoffsuperoxyd bald mit Gasbläschen und geht nach der Gleichung $Fe_2 + 3H_2O_2 = H_6Fe_2O_6$ in das Normalhydrat (1) über. In gleicher Weise verhält sich *Aluminium*. 2) *Eisenoxydulsalze*. a) schwefels. Eisenoxydul giebt auf Zusatz von Wasserstoffsuperoxyd einen Niederschlag des basischen Oxydsalzes $Fe_4SO_9 + 8H_2O$, während ein saures gelöst bleibt, nach der Gleichung $6FeSO_4 + 3H_2O_2 + 5H_2O = Fe_4SO_9 + 8H_2O + Fe_2S_5O_{18}$. b) Setzt man der Lösung des schwefels. Eisenoxyduls Kalihydrat und alsdann Wasserstoffsuperoxyd im Ueberschufs zu, so geht das gefällte Oxydulhydrat schnell in Oxydhydrat über, das bei 100° getrocknet der Formel $H_4Fe_2O_5$ entspricht. c) Eine mit Schwefelcyankalium versetzte Lösung von schwefels. Eisenoxydul röthet sich auf Zusatz von Wasserstoffsuperoxyd, unter Fällung von Eisenoxyd. $6[Fe(CyS)_2] + 3H_2O_2 = 2Fe_2(CyS)_6 + H_6Fe_2O_6$. d) Eine Lösung von Eisenjodür giebt auf Zusatz von Wasserstoffsuperoxyd eine Fällung von Eisenoxydhydrat unter Ausscheidung des ganzen Jodgehaltes: $2FeJ_2 + 3H_2O_2 = H_6Fe_2O_6 + 2J_2$. — *Eisenoxydsalze* werden durch Wasserstoffsuperoxyd nicht verändert. 3) *Magnesium* bildet mit Wasserstoffsuperoxyd langsam eine alkalisch reagirende Flüssigkeit, welche, im Wasserbade verdampft, eine weifse in Wasser vollkommen lösliche Masse hinterläfst. In der Lösung nimmt Weltzien das Normalhydrat H_2MgO_2 an. 4) *Thallium* geht durch Wasserstoffsuperoxyd in Oxydul- und Oxydhydrat über, nach der Gleichung $2Tl_2 + 4H_2O_2 = 2HTlO + H_2Tl_2O_4 + 2H_2O$, die alkalische Reaction tritt sogleich auf. Anderer-

---

(1) *Normal-* oder *Orthohydrat* = Hydrat, in welchem die Zahl der Wasserstoffatome der Zahl der Verwandtschaftseinheiten des Metallatoms gleich ist. Vgl. Jahresber. f. 1859, 152; f. 1864, 212.

Wasserstoff- seits setzen sich Thalliumoxydhydrat und Wasserstoffsuper-
superoxyd. oxyd allerdings in der von Schönbein (1) angegebenen
Weise um, obwohl langsam. 5) *Salpeters. Silber* wird
durch Wasserstoffsuperoxyd nur in ammoniakalischer Lösung unter lebhafter Sauerstoffentwickelung reducirt und
das Silber (aus concentrirteren Lösungen) in der Form eines
weifsen körnigen Pulvers gefällt, wahrscheinlich nach den
Gleichungen: I. $2(H_3AgN,NO_3) + H_2O_2 = 2(H_4N,NO_3)$
$+ Ag_2O_2$; II. $Ag_2O_2 + 2H_2O_2 = Ag_2 + 2H_2O + 2O_2$.
6) *Jodkalium* wird, entgegen den Angaben von Meifsner (2), auch durch reinstes Wasserstoffsuperoxyd zersetzt, wie die alkalische Reaction beweist, welche die
Flüssigkeit annimmt. Die Zersetzung erfolgt in drei Phasen:
I. Bildung von Kaliumsuperoxyd und Jodwasserstoff, $2KJ$
$+ H_2O_2 = K_2O_2 + 2HJ$; II. Zersetzung des Kaliumsuper-
oxyds, unter Bildung von Kalihydrat und Entwickelung von
Sauerstoff, $K_2O_2 + H_2O = 2HKO + O$; III. Zersetzung
des Jodwasserstoffs durch Sauerstoff, $2HJ + O = H_2O$
$+ J_2$. In der angesäuerten Lösung des Jodkaliums tritt
die Jodausscheidung vollständiger ein, weil das Wasserstoffsuperoxyd auf freien Jodwasserstoff reagirt. Noch schneller
findet die Zersetzung in einer mit einem Eisenoxydulsalze
versetzten neutralen Lösung von Jodkalium statt (in Folge
der Bildung von Eisenjodür, s. oben) und dieses Verhalten
bietet bekanntlich eine zur Nachweisung der kleinsten
Mengen von Wasserstoffsuperoxyd geeignete Reaction,
deren Empfindlichkeit durch die Gegenwart freier Säuren
verringert wird, und zwar nicht deshalb, weil diese das
Wasserstoffsuperoxyd vor der Zersetzung schützen, sondern
weil sie vorzugsweise das Jodkalium zersetzen, Jodwasserstoff und Kaliumsalz bilden und daher die Entstehung des
Eisenjodürs hindern. 7) Reines *übermangans. Kali* zersetzt
sich mit Wasserstoffsuperoxyd bei Abwesenheit von Salz-

(1) Jahresber. f. 1864, 171. — (2) Jahresber. f. 1863, 144.

säure unter Abscheidung des Hydrats $H_2Mn_2O_4$ und Bildung von Kalihydrat nach der Gleichung $2KMnO_4 + 2H_2O_2 = 2HKO + H_2Mn_2O_4 + 3O_2$; bei Gegenwart von Salzsäure aber in der von Brodie (1) angegebenen Weise. Weltzien vermuthet, dafs in diesem letzteren Falle sich die Uebermangansäure zunächst mit der Salzsäure umsetzt und das Wasserstoffsuperoxyd durch das entbundene Chlor zerlegt wird. Der Sauerstoff würde dann aus dem Wasserstoffsuperoxyd stammen. 8) Neutrales *Ferrocyankalium* geht in Ferridcyankalium über, unter Bildung von Kalihydrat: $2K_4FeCy_6 + H_2O_2 = K_6Fe_2Cy_{12} + 2HKO$; bei Gegenwart von nicht überschüssiger Salzsäure entsteht ebenfalls Ferridcyankalium: $2K_4FeCy_6 + H_2Cl_2 + H_2O_2 = K_6Fe_2Cy_{12} + 2KCl + 2H_2O$; bei Ueberschufs von Salzsäure wird dagegen Ferrocyanwasserstoff abgeschieden und weiter zersetzt. Andererseits wird *Ferridcyankalium* durch Wasserstoffsuperoxyd zu Ferrocyankalium reducirt: $K_6Fe_2Cy_{12} + H_2O_2 = H_2K_2FeCy_6 + K_4FeCy_6 + O_2$, auf welchem Verhalten die Bläuung einer Mischung von Ferridcyankalium und Eisenchlorid durch Wasserstoffsuperoxyd beruht (da Eisenoxydsalze nicht reducirt werden). 9) Die Superoxyde des Kaliums, Natriums und Baryums zerfallen mit Wasser in Alkalihydrat und Wasserstoffsuperoxyd, welches aber durch das Alkali sogleich wieder zersetzt wird und daher in der Lösung höchstens in geringen Mengen nachgewiesen werden kann. Umgekehrt läfst sich annehmen, dafs die Alkalihydrate durch Wasserstoffsuperoxyd in Superoxydhydrate übergehen, welche unter Sauerstoffentwickelung wieder in Alkalihydrat, Sauerstoff und Wasser zerfallen, nach den Gleichungen: $2HKO + 2H_2O_2 = 2HKO_2 + 2H_2O$; $2HKO_2 = 2HKO + O_2$. Lösungen alkalischer Superoxyde, wie sie Brodie (2) (durch Digestion von Baryumsuperoxydhydrat mit kohlens. Natron und Abfiltriren des kohlens.

---

(1) Jahresber. f. 1861, 105; vgl. auch Jahresber. f. 1850, 246. —
(2) Pogg. Ann. CXX, 299.

Wasserstoff-superoxyd. Baryts) erhalten zu haben glaubte, sind daher nicht w[o] denkbar. Weltzien erhielt durch Einwirkung von fe[in] zertheiltem Baryumsuperoxyd auf schwefels. Alkalien an[f] schwefels. Baryt stets Alkalihydrate und neben diesen kle[i] rasch abnehmende Mengen von Wasserstoffsuperoxy[d]. Wendet man statt der schwefels. Alkalien die kohle[n] Salze an und zwar nur in geringem Ueberschufs, so erh[ält] das Wasserstoffsuperoxyd eine etwas gröfsere Beständi[g] keit. Die schnelle Zersetzung desselben in allen Reactione[n] bei welchen Alkalihydrate frei werden, beruht immer a[uf] der Einwirkung dieser freien Alkalien und nicht auf eine[m] katalytischen Procefs, und die gröfsere Beständigkeit, d[ie] es alsdann durch Zusatz von überschüssiger Säure erhä[lt] hat ihren Grund in der Verwandlung der Alkalien in Sal[ze] und nicht in einer Verbindung der Säure mit dem Wass[er] stoffsuperoxyd. Weltzien erörtert dann an einigen Be[i] spielen, dafs auch die übrigen Zersetzungen, welche g[e] wöhnlich katalytischen Wirkungen zugeschrieben werde[n] sich durch normale Umsetzungen erklären lassen. Er schlief[st] endlich aus dem Vergleich der Einwirkung des Chlor[s] und des Ozons auf das Wasserstoffsuperoxyd, welche de[n] Gleichungen $2Cl + H_2O_2 = 2HCl + O_2$; $\boxed{O + H_2} O_2 =$ $H_2O + O_2$ entsprechen, dafs auch im letzteren Falle all[er] entbundene Sauerstoff aus dem Wasserstoffsuperox[yd] stammt und dafs überhaupt in diesem der Wassersto[ff] weniger fest gebunden ist als im Wasser. Nach We[l] tzien's Ansicht bleiben die beiden Sauerstoffatome i[m] Wasserstoffsuperoxyd immer vereinigt, indem sie entwed[er] als Molecül ausgeschieden werden, z. B. $Ag_2 \boxed{O + H_2}$ [O] $= Ag_2 + H_2O + O_2$, oder in neue Verbindungen eingeh[en] z. B. $H_3AsO_2 \boxed{O + H_2} O_2 = H_3AsO_4 + H_2O$. Das Wa[s] serstoffsuperoxyd verhält sich demnach in diesen Fäll[en] obgleich sauerstoffreichere Molecüle entstehen, doch w[ie] eine reducirende Substanz; in vielen anderen addirt eine reducirende Substanz; in vielen anderen addirt sich direct zu einem elementaren oder heterogenen Mol[ecül]

cül, indem es Oxydhydrate, Säurehydrate oder Hyperoxydhydrate erzeugt: $Mg + H_2O_2 = H_2MgO_2$; $SO_2 + H_2O_2 = H_2SO_4$; $H_2BaO_2 + H_2O_2 = H_4BaO_4$.

Zur Reinigung des natürlichen Graphits erhitzt Cl. Winkler (1) denselben im feingepulverten Zustande mit dem gleichen bis doppelten Gewicht einer Mischung von gleichen Theilen Schwefel und kohlens. Natron zum schwachen Rothglühen, bis die blaue Schwefelflamme verschwunden ist, kocht die schwach gesinterte Masse mit Wasser aus und wäscht durch Decantiren. Dem Rückstand wird durch Behandlung mit verdünnter Salzsäure der Eisengehalt entzogen, der fein zertheilte Graphit mit Salmiaklösung ausgewaschen, zur Entfernung des Kieselsäuregehaltes noch mit Natronlauge ausgekocht und nach schlieſslichem Auswaschen im bedeckten Tiegel geglüht. So gereinigter Graphit ist vollkommen aschenfrei.

V. Merz (2) hat die Beobachtung gemacht, daſs die auf 270° erhitzte krystallisirte Borsäure noch 2,8 bis 3,1 pC.

---

(1) J. pr. Chem. XCVIII, 343; Zeitschr. Chem. 1866, 666; Chem. Centr. 1866, 846; Bull. soc. chim. [2] VII, 240. — Lionnet hat (Compt. rend. LXIII, 213; J. pr. Chem. XCIX, 62) angegeben, daſs Schwefelkohlenstoff langsam zersetzt werde, wenn man ein langes dünnes Platin- oder Goldblech, spiralförmig mit dünner Zinnfolie von gleich groſser Oberfläche umwunden in denselben eintaucht; der Schwefel verbinde sich mit dem Zinn, während der Kohlenstoff sich am Boden des Gefäſses in kleinen (nicht näher beschriebenen) Krystallen abscheide. Lionnet glaubt, daſs die Bildung des Diamantes in der Natur auf einem ähnlichen Wege stattgefunden habe. E. B. Chancourtois ist dagegen (J. pharm. [4] IV, 159; Chem. Centr. 1866, 1087) der Ansicht, daſs der Diamant durch langsame und unvollständige Oxydation dampfförmiger, aus Erdspalten ausströmender Kohlenwasserstoffe in ähnlicher Weise gebildet wurde, wie krystallisirter Schwefel aus Schwefelwasserstoff, wobei die Krystallisation durch die Vegetation eingeleitet worden sein könne. Er giebt Andeutungen, um auf diesem Wege die künstliche Bildung des Diamantes zu realisiren. D. Rossi erhebt (Compt. rend. LXIII, 408) bezüglich dieser Ansicht Prioritätsansprüche. — (2) J. pr. Chem. XCIX, 179; Zeitschr. Chem. 1867, 121; Chem. Centr. 1867, 70.

Borsäure. Wasser zurückhält. Aufser den bis jetzt bekannten Hydraten der Borsäure,

nämlich 1) dem krystallisirten, BO_3, $3HO$;
2) dem durch Trocknen des krystallisirten bei 100° (1) durch Zersetzung des Borsäureäthers (2) erhaltenen, BO_3

und 3) dem von Ebelmen und Bouquet (3) beschrieb $2BO_3, HO$, welches beim Erhitzen des krystallisirte 160° zurückbleibt,

deren Existenz Merz bestätigt, scheint demnach noch viertes, $8BO_3, HO$ (mit 3,11 pC. berechnetem Wass halt), zu bestehen.

Schwefels. Borsäure von der Zusammenset $5BO_3, 2SO_3 + 2HO$ erhielt Merz, indem Er eine Miscl gleicher Gewichtstheile Borsäure und concentrirter Schw säure durch Erwärmen zusammenschmolz und die l Flüssigkeit zur Entfernung überschüssiger Schwefels in flachen Platinschälchen anhaltend auf 250° bis 280 hitzte. Die Verbindung erstarrt in der Kälte zu e durchsichtigen Glase. Bei weiterem Erhitzen auf 350 400° wird sie in der Regel nicht zersetzt; ausnahmsv jedoch geht sie (wie Merz vermuthet durch Verwand in eine allotropische Modification) unter Verlust Schwefelsäure und Wasser in eine trockene weifse M über (dieselbe Umwandlung fand bei einzelnen Da lungen auch schon während des Verdampfens der f Schwefelsäure statt). An der Luft wird die schw Borsäure durch Aufnahme von Wasser weifs und und sichtig.

Phosphor. Nach Blondlot (4) kann farbloser Phosphor in verdünnten Atmosphäre von Stickstoff bei verhältnifsm niedriger Temperatur sublimirt werden. Man bring

---

(1) Jahresber. f. 1859, 661. — (2) Berzelius' Jahresber. 752. — (3) Berzelius' Jahresber. XXVII, 52. — (4) Compt. LXIII, 897; Instit. 1866, 278; Bull. soc. chim. [2] VI, 311; J. p [4] IV, 321; J. pr. Chem. C, 319; Zeitschr. Chem. 1866, 687; Mag. [4] XXXII, 383.

diesem Zweck etwa 2 Grm. Phosphor in federkieldicken trockenen Stückchen in einen kleinen Kolben, dessen Hals vorläufig vor der Lampe ausgezogen wurde, schmilzt diesen zu und überläfst denselben im Dunkeln bis zur völligen Absorption des Sauerstoffs sich selbst. Man erhitzt alsdann bis zum Schmelzen des Phosphors, den man durch Umschwenken auf dem Boden ausbreitet und taucht nun den unteren Theil des mit Papier überdeckten Kolbens in ein auf 40° erhitztes Wasserbad. Im oberen Theile und im Halse zeigen sich nach einigen Stunden glänzende Punkte, welche sich nach mehrtägiger Dauer des Erwärmens zu diamantglänzenden farblosen kubischen Krystallen vergröfsern; im Lichte färben sie sich schnell rubinroth, ohne ihre Durchsichtigkeit zu verlieren. — Blondlot vermuthet (1), dafs der Uebergang des metalloïdischen Phosphors in den Kreislauf des Organismus bei Vergiftungen auf dieser Flüchtigkeit bei niederen Temperaturen beruht.

W. Schmid (2) schliefst aus einer Reihe von Versuchen über die Natur der Phosphornebel, dafs dieselben ebenso wie das Leuchten des Phosphors durch die Oxydation des durchsichtigen Phosphordampfes entstehen, einmal gebildet aber als in Gasen suspendirte Phosphorsäure, gemengt mit phosphoriger Säure und freiem Phosphordampf, zu betrachten sind, wiewohl sie übrigens nach dem Mengenverhältnifs von Phosphor und Sauerstoff eine wechselnde Beschaffenheit zeigen. Sie können sich ohne Mitwirkung des Wassers aus trockenem Phosphor und freiem Sauerstoff bilden und enthalten in diesem Falle niemals Ozon oder Antozon; Wasserstoffsuperoxyd und salpetrigs. Ammoniak sind daher auch nur zufällige Bestandtheile derselben. Die sogen. Polarisation des Sauerstoffs wird durch Phosphor nur bei Gegenwart von Wasser veranlafst und

---

(1) J. pharm. [4] IV, 323. — (2) J. pr. Chem. XCVIII, 414; Zeitschr. Chem. 1866, 633; Chem. Centr. 1867, 191; Bull. soc. chim. [2] VII, 238.

Phosphor. die Nebelbildung und Polarisation sind daher von einander unabhängige Vorgänge; die letztere hat nach Schmid's Vermuthung ihren Grund in der Einwirkung eines niederen Phosphoroxyds auf das Wasser. Das Leuchten und die Nebelbildung breiten sich in abgesperrten Gasen um so mehr aus, je verdünnter der Sauerstoff ist. In reinem Sauerstoff bildet sich auch bei Gegenwart von Wasser wenigstens im Anfang kein Ozon und Antozon; der eigenthümliche Phosphorgeruch der Nebel rührt in diesem Falle wahrscheinlich von sich oxydirendem Phosphordampf her. Besonders reichlich entstehen die Nebel nebst Ozon und Antozon, wenn Phosphor mit feuchter, vollkommen ammoniakfreier Luft zusammengebracht wird; Ozon und Phosphorsäure entweichen mit den Nebeln; Wasserstoffsuperoxyd und Ammoniaksalz bleiben in dem Gefäfse zurück.

Phosphorwasserstoff, fester. F. Rüdorff (1) hat den bei der Einwirkung von Wasser auf Zweifach-Jodphosphor sich abscheidenden gelben Körper, welcher bisher als sogenannter amorpher Phosphor betrachtet wurde, in seinen Eigenschaften wie in seiner Zusammensetzung mit dem festen Phosphorwasserstoff (P_2H) identisch gefunden. Bei dem Eintragen des Jodphosphors in heifses Wasser wird diese Verbindung unter Entwickelung von nicht selbstentzündlichem Phosphorwasserstoffgas sogleich abgeschieden, in kaltem Wasser (worin der Jodphosphor sich klar auflöst) erst nach einiger Zeit. Die Bildung desselben entspricht nach Rüdorff's Vermuthung der Gleichung: $20PJ_2 + 48HO = 2P_2H + 2PH_3 + 3PO_5 + 11PO_3 + 40HJ$; die Ausbeute beträgt 1,9 bis 2,3 pC. vom Gewicht des Jodphosphors.

Phosphorsulfochlorid. Um die von Wöhler (2) beobachtete Bildungsweise des Phosphorsulfochlorids zur Darstellung dieser Verbin-

---

(1) Pogg. Ann. CXXVIII, 473; Zeitschr. Chem. 1866, 637; Chem. Centr. 1866, 1008; J. pharm. [4] IV, 317; Phil. Mag. [4] XXXIII, 61; Chem. News XV, 186. — (2) Jahresber. f. 1855, 801.

dung zu benutzen, empfiehlt Chevrier (1), in einem 7 bis 8 Liter fassenden Ballon 3 Aeq. Chlorschwefel (S_2Cl) zum beginnenden Sieden zu erhitzen, 1 Aeq. Phosphor in kleinen Antheilen und wegen der heftigen Reaction mit Vorsicht zuzusetzen (diefs mufs an einem luftigen Orte geschehen) und wenn sich nach öfterem Umschütteln der Phosphor gelöst hat, die erhaltene, fast ganz aus Phosphorsulfochlorid und gelöstem Schwefel bestehende gelbliche Flüssigkeit unter Beseitigung des unterhalb 125° übergehenden Antheils zu destilliren. Die Einwirkung erfolgt nach der Gleichung $P + 3S_2Cl = PS_2Cl_3 + 2S_2$; Phosphorsuperchlorür ($PCl_3$) tritt nur bei Anwendung von überschüssigem Phosphor als Zersetzungsproduct des Sulfochlorids auf. Die Darstellung gelingt nach dem angegebenen Verfahren leicht; in einem Tage können 800 Grm. des Sulfochlorids erhalten werden.

Rammelsberg (2) hat über die Constitution einiger phosphorigs. Salze berichtet. Bekanntlich hatte H. Rose (3) gefunden, dafs diejenigen phosphorigs. Salze, welche auf 1 Molecül der Säure zwei Aequivalente fixer Basis enthalten und die Er als normale betrachtete, entweder ein oder zwei Atome chemisch gebundenes Wasser einschliefsen, den Formeln $2RO,PHO_4$ und $2RO,PH_2O_5$ entsprechend. Zu den ersteren gehören nach Ihm das Mangan-, Blei- und Zinnsalz, zu den letzteren die phosphorigs. Salze des Baryts, Strontians, Kalks und Zinks; beide Klassen von Salzen sollen sich durch ihr Verhalten in der Hitze unterscheiden. Wurtz (4) leitete dagegen aus Seinen Versuchen für sämmtliche wasserfreien phosphorigs. Salze die Formel $2RO,PHO_4$ ab. Rammelsberg hat nun zur

(1) Compt. rend. LXIII, 1008; Instit. 1867, 12; J. pharm [4] V, 117; J. pr. Chem. C, 481; Zeitschr. Chem. 1867, 57. — (2) Berl. acad. Ber. 1866, 587; J. pr. Chem. C, 10; im Auszug Zeitschr. Chem. 1867, 170; Chem. Centr. 1867, 1; Instit. 1867, 102; Chem. Soc. J. [2] V, 858. — (3) Pogg. Ann. VIII, 205; IX, 23, 215. — (4) Ann. Ch. Pharm. LVIII, 49.

Phosphorige Säure. Entscheidung dieser Frage eine gröfsere Zahl phosphorig Salze nach dem von Rose beschriebenen Verfahren dar gestellt (Dreifach-Chlorphosphor wurde über Phospho destillirt, durch Wasser zersetzt und die, Salzsäure und phosphorige Säure enthaltende Mischung nach annähernde Neutralisation durch Ammoniak oder kohlens. Natron mi dem entsprechenden Erd- oder Metallsalze gefällt) und de Analyse unterworfen. Seine Resultate sind folgende. Phos phorigs. Baryt, Strontian und Kalk sind aus schwach saure Flüssigkeit gefällt von constanter Zusammensetzung, abe von lockerer feinkrystallinischer Beschaffenheit und halten in Folge davon selbst bei 100° noch hartnäckig hygro scopisches Wasser zurück. Gleichwohl ist das *Barytsalz* $H_4Ba_2P_2O_7$, im lufttrockenen Zustande (wie das Bleisalz als wasserfrei zu betrachten (das hygroscopische Wasse betrug 1,5 bis 1,9 pC.); das *Strontiansalz*, $H_4Sr_2P_2O_7 + 2H_2O$, und das *Kalksalz*, $H_4Ca_2P_2O_7 + 2H_2O$, enthalte zwei Molecüle Wasser, von welchen bei 100° nur ein The entweicht. Bei 250° getrocknet sind sie sämmtlich wasse frei. Für die folgenden Salze fand Rammelsberg di Formel $R''HPO_3$ bestätigt. *Phosphorigs. Cadmiumoxy* $2[CdHPO_3] + 3H_2O$, verliert über Schwefelsäure di Hälfte seines Krystallwassers. *Phosphorigs. Manganoxydul* $MnHPO_3 + H_2O$, giebt ebenfalls die Hälfte seines Krystall wassers über Schwefelsäure ab; *phosphorigs. Kobaltoxydul* $CoHPO_3 + 2H_2O$, und aus schwach sauren Lösungen ge fälltes weifses phosphorigs. Eisenoxyd, $Fe_2H_2P_2O_9 + 9H_2O$ — Als weniger sicher und der Bestätigung bedürfend führ Rammelsberg die folgenden Resultate an. *Phosphorigs Zinkoxyd*, $ZnHPO_3 + 2H_2O$ für das Product einer Dar stellung, $Zn_2H_4P_2O_7 + 3H_2O$ für das einer anderen. Al das erstere Salz in phosphoriger Säure gelöst und da auskrystallisirende saure Salz mit Wasser behandelt wurd blieb die krystallinische wasserfreie Verbindung $Zn_2H_4P_2O$ zurück. — Aehnliche Ergebnisse wurden auch für *phos phorigs. Nickel* gefunden. *Phosphorigs. Magnesia*, aus dnahezu mit kohlens. Natron neutralisirten salzsäurehaltigen phosphorigen Säure durch ein Magnesiasalz in der Wärme gefällt, entspricht der Formel $2[MgHPO_3] + 5H_2O$. Verdampft man die Lösung der phosphorigen Säure in einer Retorte und sättigt den Rückstand im verdünnten Zustand mit kohlens. Magnesia, so fällt beim Erwärmen ein Salz von der wahrscheinlichen Formel $MgH_8PO_4 + 5H_2O$ nieder. Aus der Lösung der phosphorigs. Magnesia fällt Ammoniak sogleich einen starken krystallinischen Niederschlag, $Mg_3(NH_4)_2H_4P_4O_{12} + 16H_2O$, von dem Aussehen der phosphorigs. Ammoniakmagnesia; er entspricht in seiner Zusammensetzung vier Molecülen des zuerst erwähnten Magnesiasalzes, in welchen 1 Atom Magnesium (Mg) durch 2 Atome Ammonium ersetzt ist. — Alle trockenen phosphorigs. Salze lassen sich auf drei bestimmte Hydrate der phosphorigen Säure : H_3PO_3; $H_8P_2O_7$; H_5PO_4 beziehen, deren Analogie mit den Phosphorsäuren die folgende Zusammenstellung zeigt :

$$\left.\begin{array}{l}H_2\\HPO\end{array}\right|O_2 \qquad 2\left.\begin{array}{l}H_5\\HPO\end{array}\right|O_5 \qquad \left.\begin{array}{l}H_4\\HPO\end{array}\right|O_3$$

$$\left.\begin{array}{l}H\\PO\end{array}\right|O_2 \qquad 2\left.\begin{array}{l}H_4\\PO\end{array}\right|O_5 \qquad \left.\begin{array}{l}H_3\\PO\end{array}\right|O_3$$

Metaphosphorsäure Pyrophosphorsäure Phosphorsäure.

Phosphorigs. Aethyl läfst sich von dem ersten dieser Hydrate ableiten, wenn man es als äthylphosphorigs. Aethyl $\left.\begin{array}{l}2C_2H_5\\(C_2H_5)PO\end{array}\right|O_2$ betrachtet.

Beim Glühen zersetzen sich die phosphorigs. Salze der alkalischen Erden in Pyrophosphat und Wasserstoff; kleine Mengen von Phosphormetall können gebildet werden und die Abscheidung von Phosphor bei der Einwirkung des Wasserstoffs veranlassen. Auch die phosphorigs. Salze der schweren Metalle, welche nach Rose ein Gemenge von Wasserstoff und Phosphorwasserstoff liefern und ein basisches phosphor. Salz hinterlassen, geben nach Rammelsberg nur im wasserhaltigen, nicht aber oder nur spurweise im wasserfreien Zustande Phosphorwasserstoff

Phosphorige Säure. aus, während der Rückstand aus Phosphormetall ṇ pyrophosphors. Salz besteht. Für die Zersetzung die Metallsalze giebt Rammelsberg die Gleichung $7 HR''P$ $= 3 R''P_2O_7 + R''P + 7 H$. Durch die reducirende W kung des entweichenden Wasserstoffs wird aus dem C miumsalz ein Theil des Metalls abgeschieden und ꞇ flüchtigt; aus dem Eisenoxydsalz wird pyrophosphᴏ Eisenoxydul gebildet. — Bei der Oxydation der pł phorigs. Salze des Baryts, Strontians und Kalks du Erhitzen mit Salpetersäure, Verdampfen und schliefslic Glühen hat Rammelsberg die auffallende Beobacht gemacht, dafs der Rückstand im Ganzen zwar die ː sammensetzung des pyrophosphors. Salzes hat, gleichw aber aus einem Gemenge von pyrophosphors. und mᴇ phosphors. Salz und freiem Oxyd (letzteres aus ᴄ salpeters. Salz stammend) besteht. Aus phosphorigs. Bᴀ wurde z. B. eine mit 5 Molecülen des pyrophosphors. Sa isomere Mischung von 1 Molecül Baryt ($BaΘ$), 1 Molᴇ metaphosphors. ($BaP_2Θ_6$) und 4 Molecülen pyrophosph Baryt ($Ba_2P_2Θ_7$) erhalten.

Phosphorsäure.

Schwefel. Ueber die Darstellung von Phosphorsäure vgl. S. ː

H. Müller (1) erhielt sowohl bei der Zersetzung Oxalsäure durch trockenes Schwefelwasserstoffgas in Wärme, als durch Einleiten von Schwefeldampf (in eı Atmosphäre von Kohlensäure entwickelt) in Waᴙ weichen amorphen und undurchsichtigen Schwefel gelber Farbe und dem specifischen Gewicht 1,87, welc Er auf Grund dieser Eigenschaften als neue Modificᴀ betrachtet. Das specifische Gewicht des braunen weic Schwefels fand Er = 1,91 bis 1,93.

Schwefelwasserstoff. H. Reinsch (2) findet zur Entwickelung des Schwᴇ wasserstoffs die Anwendung des Schwefelcalciums statt Schwefeleisens vortheilhaft.

(1) Pogg. Ann. CXXVII, 404; im Auszug Zeitschr. Chem. ɪ 267; Chem. Centr. 1866, 561; Bull. soc. chim. [2] VI, 446. — (ˀ Jahrb. Pharm. XXV, 27; Zeitschr. anal. Chem. V, 99.

O. Löw (1) hat weitere kurze Mittheilung über Kohlensesquisulfidverbindungen (2) gemacht. Bei der Einwirkung von Chlor, Brom und Jod auf Wasserstoffkohlensesquisulfid $H_2C_2S_3$ erhielt Er neben den entsprechenden Wasserstoffsäuren amorphe chlor-, brom- und jodhaltige Producte, welche nicht im reinem Zustand isolirt werden konnten. *Ammoniumkohlensesquisulfid* bildet sich, wenn die Wasserstoffverbindung in farblosem Schwefelammonium gelöst, die Lösung durch Salzsäure gefällt und der Niederschlag mit Ammoniak digerirt wird. Die rothe Flüssigkeit zersetzt sich sowohl bei dem Eindampfen als bei längerem Stehen. Zur Darstellung von *Baryumkohlensesquisulfid* erwärmt man die Wasserstoffverbindung mit Baryumsulfhydrat und leitet in das Filtrat Kohlensäure, bis kein Schwefelwasserstoff mehr entweicht. Die Lösung und das durch Verdampfen derselben erhaltene amorphe Salz zersetzen sich an der Luft. *Natriumkohlensesquisulfid* bildet sich (aufser in der früher angegebenen Weise) neben Schwefelnatrium, wenn Natrium mit Schwefelkohlenstoff im zugeschmolzenen Rohr auf 140° bis 150° erhitzt wird; am reinsten wird es aus der Barytverbindung erhalten. Es ist braunroth, hygroscopisch und wie die vorhergehenden leicht zersetzbar. Die Verbindungen der schweren Metalle lassen sich aus dem frisch bereiteten Baryumsalz, die des Kupfers (welche ein braunschwarzes Pulver bildet) auch durch mehrmonatliche Digestion von feinzertheiltem Kupfer mit Schwefelkohlenstoff und Wasser im Sonnenlicht darstellen (3). Analysen dieser Producte sind nicht angegeben. — Digerirt man die frisch gefällte Wasserstoffverbindung mit concentrirtestem Ammoniak und leitet man in das tiefroth gefärbte Filtrat Chlor mit der Vorsicht, nicht alles Ammoniak zu zersetzen, so erhält man das freie *Kohlensesquisulfid* C_2S_3,S. Durch Digestion mit schweflige-

(1) Zeitschr. Chem. 1866, 173; Chem. News XIII, 229. — (2) Jahresber. f. 1865, 140. — (3) Vgl. Jahresber. f. 1864, 277.

Natron von beigemischtem Schwefel befreit, mit heifse[r] Wasser und zuletzt mit Alkohol gewaschen und getrockn[et] stellt es ein amorphes braunes geruchloses und selbst Schwefelkohlenstoff nur wenig lösliches Pulver dar. Be[i] Erhitzen zerfällt es wenig über 210⁰ in seine Bestandthei[le] Von Ammoniak wird es kaum angegriffen, von Kalilau[ge] oder Barytwasser in der Siedehitze unter Bildung v[on] oxals. Salz und Schwefelmetall zersetzt, durch verdünn[te] Salpetersäure zu einer Säure oxydirt, deren Barytsalz leic[ht] die Blei- und Silbersalze aber schwierig löslich sind.

Schwefel-kohlenstoff. Nach Versuchen von Cloëz (1) wirkt Luft, die et[wa] $1/20$ ihres Volums an Schwefelkohlenstoffdampf enthä[lt] auf Vögel, Säugethiere und Reptilien tödtlich. Säugethie[re] (Ratten und Kaninchen) unterliegen in 4 bis 10 Minut[en] Vögel noch schneller, Reptilien dagegen erst nach v[iel] längerer Zeit.

W. Müller (2) hat die Einwirkung des Schwef[el-] wasserstoffs und Schwefelkohlenstoffs auf einige Metalls[alze] bei erhöhter Temperatur untersucht. *Chroms. Kali* v[er-] wandelt sich, in einem Strom von Schwefelkohlenstoffdam[pf] gelinde geglüht, unter Entwickelung von Kohlensäu[re] Schwefelwasserstoff und wahrscheinlich von schweflig[er] Säure (sofern sich in dem vorgeschlagenen Was[ser] Schwefelsäure nachweisen läfst) in eine schwarze gesinte[rte] Masse, welche durch Wasser in sich lösendes Dreifa[ch] Schwefelkalium und einen unlöslichen grauschwarzen Rü[ck-] stand zersetzt wird. Der letztere hatte nach nochmalig[em] Glühen im Wasserstoffstrom die Zusammensetzung [des] Schwefelchroms Cr_2S_3. Müller giebt für den Vorga[ng] die Gleichung $2(KO, CrO_3) + 5CS_2 = 2KS_2 + Cr_2S_3$ $4CO + CO_2 + SO_2$, indem Er annimmt, dafs Kohlenox[yd]

---

(1) Compt. rend. LXIII, 185; Instit. 1866, 235; J. pr. Ch[em.] C, 314; Dingl. pol. J. CLXXXII, 479. — (2) Pogg. Ann. CXX[IX,] 404; Chem. Centr. 1866, 561; im Auszug Zeitschr. Chem. 1866, [?] Bull. soc. chim. [2] VI, 446.

und schweflige Säure sich zu einer Verbindung C_2O_2, S_2O_4 vereinigen, welche mit Wasser zu Kohlensäure, Schwefelwasserstoff und Schwefelsäure zerfalle. Analoge Erscheinungen wie mit dem Kalisalz werden auch mit *chroms. Ammoniak* beobachtet. *Antimons. Kali* (durch Verpuffen von 1 Th. Antimon mit 4 Th. Salpeter und Auswaschen mit Wasser erhalten) gab im Schwefelkohlenstoffdampf erhitzt ein dunkelbraunes Product von krystallinischem Gefüge und braunem Strich, nur wenig löslich in kochendem Wasser (die erkaltete Abkochung schied ein rothes Pulver ab), leicht dagegen in kochender Salzsäure unter Entwickelung von Schwefelwasserstoff und in kochender Kalilauge. Müller betrachtet diesen Körper als die Verbindung KS, SbS_3, entstanden nach der Gleichung $2(KO, SbO_5) + 5CS_2 = 2(KS, SbS_3) + 3CO_2 + 2CO + 2SO_2$. *Antimons. Ammoniak* (aus der Lösung des antimons. Kali's durch Salmiak gefällt) geht bei der Einwirkung von Schwefelkohlenstoff in flüchtiges Mehrfach-Schwefelammonium und geschmolzenes Dreifach-Schwefelantimon über. *Mangans. Kali* (durch Zusammenschmelzen von Braunstein, salpeters. Kali und viel Kalihydrat erhalten) liefert im Schwefelkohlenstoffdampf erhitzt unter heftigem Erglühen ein Gemenge von Mehrfach-Schwefelkalium und Einfach-Schwefelmangan, nach der Gleichung $KO, MnO_3 + C_2S_4 = KS_3 + MnS + C_2O_4$; das hierbei gebildete Schwefelmangan ist durch Essigsäure zersetzbar. Enthielt das mangans. Kali keinen bedeutenden Ueberschufs an Kalihydrat, so findet die Einwirkung des Schwefelkohlenstoffs unter Explosion statt. Auch aus *mangans. Baryt* wurde nicht das erwartete Manganpersulfuret, sondern ein durch Wasser nicht vollständig zerlegbares Gemenge von Mehrfach-Schwefelbaryum und Einfach-Schwefelmangan erhalten. Wasserfreies *pyrophosphors. Natron* verwandelt sich im Schwefelkohlenstoffdampf unter Abscheidung von Schwefel in eine grau-weifse halbgeschmolzene, in Wasser lösliche Masse, deren wässerige Lösung die Reactionen des meta-

Schwefelkohlenstoff. phosphors. Natrons (Fällung des Eiweifses nach Zusatz von Essigsäure) und des Einfach-Schwefelnatriums zeigt zeigt und welche Müller demnach als eine nach der Gleichung $2NaO, PO_5 + CS_2 = (NaO, PO_5 + NaS) + CO + S$ entstandene Verbindung betrachtet. Nach einiger Zeit entwickelt die Substanz beim Lösen in Wasser Schwefelwasserstoff und giebt alsdann wieder die Reactionen des pyrophosphors. Natrons. *Metaphosphors. Natron* wird bei gleicher Behandlung nicht verändert; *metaphosphors. Kali* aber in höherer Temperatur, wahrscheinlich unter Bildung von Schwefelphosphor, zerlegt. — Leitet man Schwefelwasserstoffgas unter Erwärmen über *chroms. Kali*, so bildet sich, wie bei der Einwirkung von Schwefelkohlenstoff, Schwefelkalium und Schwefelchrom, welches letztere mit erheblichen Mengen von Chromoxyd gemengt bleibt. *Neutrales* und *saures oxals. Kali* werden durch Schwefelwasserstoff unter Abscheidung von schwefelhaltiger Kohle in Kaliumsulfhydrat verwandelt. Reine *Oxalsäure* zerfällt bei dem Erhitzen in Schwefelwasserstoff nach der Gleichung $C_2O_3 + HS = 2CO + HO + S$. Bezüglich des bei dieser Zersetzung abgeschiedenen Schwefels vgl. S. 118.

Schweflige Säure. Zur Darstellung der schwefligen Säure findet F. Stolba (1) es vortheilhaft, eine Mischung von 2,4 Th. gepulvertem entwässertem schwefels. Eisenoxydul und 1 Th. Schwefel in einer Retorte oder einem Kolben zu erhitzen. Geschieht das Erhitzen über einer Lampe, so ist die Schichte der Mischung nur einen Zoll hoch zu nehmen, bei Anwendung von Kohlenfeuer kann sie höher sein. Nach der Beendigung der der Gleichung $FeO, SO_3 + 2S = FeS + 2SO_2$ entsprechenden Reaction bleibt zur Entwickelung von Schwefelwasserstoff brauchbares (sehr pyrophorisches) Schwefeleisen zurück. Noch leichter

---

(1) J. pr. Chem. XCIX, 54; Bull. soc. chim. [2] VII, 240.

findet die Bildung der schwefligen Säure mit einer Mischung von 1 Th. entwässertem schwefels. Kupfer und 3 Th. Schwefel statt; wurde schliefslich nicht bis zum Glühen erhitzt, so besteht der Rückstand aus indigblauem Einfach-Schwefelkupfer. Uebrigens müssen in beiden Fällen weite Gasleitungsröhren angewendet werden, um die Verstopfung durch die Verdichtung des stets mitgerissenen Schwefeldampfes zu verhüten.

<small>Schweflige Säure.</small>

Die starke Abkühlung, welche bei dem Verdunsten der condensirten schwefligen Säure entsteht, kann nach Wöhler (1) als Vorlesungsversuch bequem an einer zu zwei Dritttheilen mit der flüssigen Säure gefüllten Röhre von 12 Zoll Länge und 0,5 Zoll Weite, die an ihrem oberen Ende zu einer langen Spitze ausgezogen und zugeschmolzen ist, sichtbar gemacht werden. Man befestigt über dem ausgezogenen Theil mittelst eines dicht schliefsenden Caoutchoucrohres eine rechtwinkelig gebogene Glasröhre, die in einen mit Wasser gefüllten Cylinder getaucht wird, und bricht, nachdem man dem Apparat eine nicht ganz horizontale Stellung gegeben hat, die Spitze im Caoutchoucrohr mit einer stumpfen Zange ab. Die (ziemlich langsam erfolgende) Verdunstung der flüssigen Säure erkältet allmälig den zurückgebliebenen Antheil so weit, dafs die atmosphärische Feuchtigkeit die Röhre mit einer Eisschichte überzieht. Noch besser eignet sich zu demselben Zweck als Behälter der schwefligen Säure eine Glaskugel, an welche zwei durch Hähne luftdicht verschliefsbare Röhrenstücke angelöthet sind; bezüglich dieses Apparates ist auf die von Wöhler gegebene Erläuterung und Zeichnung zu verweisen.

Das von Schiff (2) durch Einwirkung von schwefliger Säure auf Fünffach-Chlorphosphor erhaltene *Chlorthionyl*, <small>Chlorthionyl.</small>

---

(1) Ann. Ch. Pharm. CXXXVII, 371; Bull. soc. chim. [2] VI, 312; Chem. News XV, 178. — (2) Jahresber. f. 1857, 105.

$SOCl_2$, bildet sich, nach A. Wurtz (1), auch beim Einleiten von trockener unterchloriger Säure in auf -10^0 abgekühltes Schwefelchlorür SCl_2, welches suspendirten Schwefel enthält. Nach dem Verschwinden des Schwefels destillirt man das Chlorthionyl von dem (bei 139^0 siedenden) Schwefelchlorür ab. Es ist eine farblose, stechend riechende Flüssigkeit, von dem specifischen Gewicht 1,675 bei 0^0 und dem Siedepunkt 78^0. Es sinkt in Wasser unter und zersetzt sich alsdann rasch in Salzsäure und schweflige Säure: $SOCl_2 + H_2O = 2HCl + SO_2$. Bringt man den Schwefel unmittelbar mit flüssiger unterchloriger Säure in Berührung, so tritt Explosion ein.

Trithionsäure. C. Saintpierre (2) schliefst aus einigen Versuchen, dafs bei der Bildung der Trithionsäure nach der von Langlois beschriebenen Methode (3) der zugesetzte Schwefel und der Sauerstoff der Luft nicht interveniren, dafs vielmehr die schweflige Säure des sauren Kalisalzes sich unter Abscheidung von Schwefel in Schwefelsäure und Trithionsäure spaltet, nach der Gleichung $5(KO, HO, 2SO_2) = 5(KO, SO_3) + S_3O_5, HO + 2S + 4HO$. Eine verdünnte Lösung von saurem schwefligs. Kali (30 Grm. kohlens. Kali wurden in saures schwefligs. Salz verwandelt und zu 200 CC. verdünnt), die in geschlossenen Glasröhren zuerst im Wasserbade erhitzt wurde und später vier Jahre sich selbst überlassen blieb, hatte nach dieser Zeitdauer einen Niederschlag von Schwefel gebildet und enthielt Schwefelsäure und Trithionsäure, aber weder schweflige Säure noch eine andere Oxydationsstufe des Schwefels. —

---

(1) Compt. rend. LXII, 460; Instit. 1866, 84; Bull. soc. chim. [2] V, 243; Ann. Ch. Pharm. CXXXIX, 375; J. pr. Chem. XCIX, 255; Zeitschr. Chem. 1866, 195; Chem. Centr. 1866, 573, 846; Phil. Mag. [4] XXXII, 386; Sill. Am. J. [2] XLIII, 107. — (2) Compt. rend. LXII, 632; Bull. soc. chim. [2] V, 245; J. pharm. [4] III, 280; J. pr. Chem. XCVIII, 254; Zeitschr. Chem. 1866, 216; Chem. Centr. 1866, 291. — (3) L. Gmelin's Handbuch der Chemie, 4. Aufl., I, 607.

Langlois (1) erinnert dagegen, ohne die von Saint-pierre mit verdünnten Lösungen erhaltenen Resultate zu bestreiten, daran, dafs Seine Methode die Anwendung einer gesättigten und noch überschüssige Krystalle enthaltenden Lösung des sauren schwefligs. Kali's voraussetzt, und dafs bei dieser die Einwirkung des Schwefels nicht zweifelhaft ist, da die Flüssigkeit sich schnell gelblich färbt, welche Färbung erst mit der vollständigen Verwandlung des sauren schwefligs. Salzes in trithions. wieder verschwindet. Schwefelsäure wird dabei nicht in erheblicher Menge gebildet. Langlois hält die Annahme für die wahrscheinlichste, dafs der Schwefel zuerst die Bildung von unterschwefligs. Salz veranlafst und dieses nach der Gleichung $2(KO, S_2O_2) + 3SO_2 = 2(KO, S_3O_5) + S$ in trithions. Salz übergeht (2). Baumann's Angabe, dafs Trithionsäure bei der Digestion von unterschwefels. Salzen mit Schwefel entstehe, fand auch Langlois, wie früher Kefsler (3), nicht bestätigt.

R. Weber (4) hat die von Peligot (5) im Jahre 1844 aufgestellte, gegenwärtig allgemeiner angenommene Theorie des Schwefelsäurebildungsprocesses, nach welcher die schweflige Säure continuirlich und ausschliefslich durch die ursprünglich vorhandene oder regenerirte Salpetersäure in Schwefelsäure verwandelt wird, einer Prüfung unterworfen. Er ging dabei von dem Umstande aus, dafs eine sehr verdünnte, etwa 2 bis 3 pC. wasserfreie Säure enthaltende Salpetersäure, wie sie bei der gebräuchlichen Beschickung (100 Th. Schwefel, 220 Th. Wasser, 6-7 Th. Salpeter) sich in der Bleikammer bilden mufs, nach Peli-

---

(1) Compt. rend. LXII, 842; Zeitschr. Chem. 1866, 248; Chem. Centr. 1866, 1007. — (2) Vgl. Rathke's Erfahrungen Jahresber. f. 1864, 164. — (3) Jahresber. f. $18^{47}/_{48}$, 876. — (4) Pogg. Ann. CXXVII, 543; im Auszug Berl. acad. Ber. 1866, 57; J. pr. Chem. XCVII, 487; Zeitschr. Chem. 1866, 329; Chem. Centr. 1866, 362; Dingl. pol. J. CLXXXI, 297; Bull. soc. chim. [2] VII, 151; Instit. 1866, 415. — (5) Ann. ch. phys. [3] XII, 268.

Schwefel-säure. got's Angaben die schweflige Säure erst bei etwa 80° oxydirt und nach Seiner eigenen Beobachtung auf dieselbe bei 40° nur langsam und unerheblich einwirkt. Da nun erfahrungsgemäfs ein Kammerraum von 1000 Cubikfufs in der Stunde über 5 Pfunde Schwefelsäurehydrat erzeugt obgleich in dem gröfseren Theil derselben die Temperatur von 40° nicht überschritten wird, so kann der Procefs nicht den von Peligot supponirten Verlauf nehmen Weber's Versuche haben nun bezüglich des Verhaltens der einzelnen Verbindungen, welche in der Bleikammer auftreten können, Folgendes ergeben. 1) Leitet man (durch Erhitzen von salpeters. Blei erhaltenen) Untersalpetersäure dampf in gröfsere Mengen von Wasser, so wird derselbe nur zu Salpetersäure und salpetriger Säure zersetzt, welche letztere auch nach dem Erhitzen bis zum beginnenden Sieden unverändert bleibt, da die Flüssigkeit alsdann noch Jod aus Jodkalium abscheidet (eine mit vielem Wasser verdünnte rothe rauchende Salpetersäure zeigt dieses Verhalten sehr deutlich). Sobald daher in der Bleikammer Untersalpetersäure gebildet worden ist, mufs das vorhandene Wasser auch salpetrige Säure aufnehmen. Eine solche Lösung oxydirt schweflige Säure augenblicklich, während gleichzeitig vorhandene Salpetersäure nicht einwirkt; leitet man bei Luftabschlufs in reine mit 10 bis 12 Th. Wasser verdünnte Salpetersäure schweflige Säure ein, so wird die Flüssigkeit durch Chlorbaryum nicht getrübt, während auf Zusatz kleiner Mengen des salpetrige Säure enthaltenden Wassers sogleich eine reichliche Fällung von schwefels. Baryt erfolgt. 2) Die Dämpfe der Untersalpetersäure werden durch Schwefelsäure vom spec. Gew. 1,40 unter grünlicher oder bläulicher Färbung, durch Schwefelsäure vom spec. Gew. 1,45 bis 1,70 unter gelblicher Färbung aufgenommen; die grüngefärbte Säure ist als eine Lösung von salpetriger, die gelbgefärbte als eine Lösung von Untersalpetersäure zu betrachten; in Schwefelsäure, deren Dichte nicht erheblich unterhalb 1,50 liegt, lösen sich die

Bleikammerkrystalle ohne Gasentwickelung auf. Diese Lösungen werden durch Einwirkung von schwefliger Säure alle entfärbt, aber um so schwieriger, je höher das specifische Gewicht der Säure ist; die Lösung der Bleikammerkrystalle in englischer Schwefelsäure (spec. Gew. 1,8) wird durch schweflige Säure nicht zerlegt. 3) Bei Gegenwart einer Schwefelsäure von bestimmter Concentration wird auch verdünnte Salpetersäure zur directen Oxydation der schwefligen Säure befähigt. Eine Mischung von 10 Th. Schwefelsäure vom spec. Gew. 1,360 und 2 Th. Salpetersäure vom spec. Gew. 1,25 wirkt auf schweflige Säure nicht in der Kälte, wohl aber in der Wärme unter Entwickelung von Stickoxyd ein; ersetzt man in dieser Säuremischung die verdünnte Schwefelsäure durch eine concentrirtere, so findet die Oxydation schon in der Kälte statt, und zwar mit Schwefelsäure vom spec. Gew. 1,396 unter blauer Färbung, mit solcher vom spec. Gew. 1,530 unter grüner, bei dem spec. Gew. 1,630 unter gelber und bei dem spec. Gew. 1,740 unter prachtvoll violetter Färbung. Bei weiterer Einwirkung von schwefliger Säure wird die in diesen Mischungen enthaltene salpetrige Säure unter Entwickelung von Stickoxyd ebenfalls zerlegt, womit die Färbung wieder verschwindet. — Alle diese Reactionen beweisen, dafs die schweflige Säure ungleich leichter durch salpetrige als durch Salpetersäure oxydirt wird. Weber erklärt hiernach den Schwefelsäurebildungsprocefs, indem Er annimmt, dafs das in der Bleikammer gebildete Stickoxyd sich zum gröfseren Theil nur zu salpetriger, zum kleineren zu Untersalpetersäure oxydire (da der Sauerstoff nicht in genügendem Ueberschufs vorhanden sei), und dafs die wässerige Lösung der salpetrigen Säure (aus Stickoxyd oder durch Zersetzung der Untersalpetersäure entstanden) das hauptsächliche Agens für die Oxydation der schwefligen Säure bilde, die durch Zersetzung der Untersalpetersäure erzeugte verdünnte Salpetersäure aber erst in ihrer Mischung mit der gebildeten Schwefelsäure zur Oxydation

Schwefel-säure. befähigt werde. Die wesentliche Function des Wasser besteht nach dieser Ansicht nicht darin, dafs es Salpetersäure erzeugt, wie Peligot annahm, sondern vielmeh darin, die Reaction zwischen salpetriger und schweflige Säure einzuleiten, analog dem Vorgang bei der Einwirkun; der schwefligen Säure auf andere leicht reducirbare Ver bindungen. Weber führt für diese disponirende Wirkun; des Wassers mit Bezug auf schweflige Säure eine Reih von Beispielen an. Er erörtert dann, dafs schweflige Säur zur höheren Oxydation durch alle jene Körper angereg werde, welche zu Schwefelsäure grofse Verwandtschaf haben. In gelinder Hitze geschmolzenes salpeters. Kal und salpeters. Silber gehen beim Ueberleiten von schweflige Säure unter heftiger Reaction in schwefels. Salze über indem nach Weber's Ansicht die Basen die Rolle de Wassers im anderen Falle übernehmen.

Zur Nachweisung eines Salpetersäuregehaltes der eng lischen Schwefelsäure mittelst schwefels. Eisenoxydul em pfiehlt A. Vogel (1), eine gesättigte Lösung dieses Salze in rauchender Schwefelsäure (durch Schütteln der verwit terten Krystalle mit der Säure und Abgiefsen der geklärte: Flüssigkeit erhalten) anzuwenden, von welcher man der z prüfenden Schwefelsäure die Hälfte ihres Volums zusetz Bei Gegenwart von Salpetersäure färbt sich die ganz Mischung roth.

Schwefels. Salze. G. Th. Gerlach (2) hat die specifischen Gewicht der Lösungen einiger schwefels. Salze bestimmt. In de folgenden Zusammenstellung Seiner Resultate bezeichne S den Procentgehalt der Lösung an wasserhaltigem krystal lisirtem Salz, S' die Gewichtsth. von wasserfreiem Salz welche in 100 Gewichtsth. Wasser gelöst sind, und d da specifische Gewicht der Lösung bei 15°.

---

(1) Zeitschr. anal. Chem. V, 280. — (2) Dingl. pol. J. CLXXX 129; Zeitschr. Chem. 1866, 541; Arch. Pharm. [2] CXXVIII, 202.

Schwefels. Eisenoxydul, FeO, SO$_3$ + 7 HO			Schwefels. Kupferoxyd, CuO, SO$_3$ + 5 HO		
s	s'	d	s	s'	d
5	2,811	1,0267	5	3,300	1,0335
10	5,784	1,0587	10	6,827	1,0688
15	8,934	1,0823	15	10,603	1,1060
20	12,277	1,1124	20	14,655	1,1443
25	15,834	1,1430	25	19,015	1,1848
30	19,622	1,1738	Mutterlauge	—	1,185
35	23,672	1,2068			
40	27,995	1,2391			
Mutterlauge	—	1,24			

Schwefels. Manganoxydul, MnO, SO$_3$ + 4 HO			Schwefels. Zinkoxyd, ZnO, SO$_3$ + 7 HO		
s	s'	d	s	s'	d
5	3,506	1,0320	5	2,886	1,0288
10	7,265	1,0650	10	5,944	1,0593
15	11,309	1,1001	15	9,189	1,0905
20	15,668	1,1363	20	12,639	1,1236
25	20,384	1,1751	25	16,316	1,1574
30	24,920	1,2150	30	20,238	1,1933
35	31,072	1,2579	35	24,435	1,2315
40	37,462	1,3038	40	28,938	1,2709
45	43,842	1,3495	45	33,776	1,3100
50	51,208	1,3986	50	38,994	1,3532
55	59,371	1,4514	55	44,632	1,3986
Mutterlauge	—	1,45	60	50,748	1,4451
			Mutterlauge	—	1,44

Eine in der Siedehitze gesättigte, schwach angesäuerte Lösung von schwefels. Eisenoxydul, welche unter Bildung einer Salzhaut wasserfreies Salz fallen liefs, zeigte das specifische Gewicht 1,36; ihr Siedepunkt erreichte nicht 102°. Die in der Siedehitze gesättigte Lösung des schwefels. Manganoxyduls hat das spec. Gew. 1,40; sie bildet beim Kochen eine Salzhaut, die bei dem Erkalten wieder verschwindet, bei weiterem Eindampfen scheidet sich wasserfreies Salz aus; das Löslichkeitsmaximum liegt demnach unter dem Siedepunkte. Die siedend gesättigte Lösung des schwefels. Zinkoxydes hat das spec. Gew. 1,55 und den Siedepunkt 103°,5; die siedend gesättigte Lösung des schwefels. Kupferoxydes das spec. Gew. 1,55 und den Siedepunkt 103°.

Selen. Selenige Säure.
Nach H. Reinsch (1) wird blanker Kupferdraht beim Erhitzen mit verdünnter Salzsäure, welche selenige Säure enthält, schwarz beschlagen und die Flüssigkeit nach einiger Zeit durch ausgeschiedenes Selen geröthet. Die kleinsten Spuren seleniger Säure lassen sich auf diesem Wege eben so wie arsenige und schweflige Säure (2) nachweisen. Der Beschlag des Drahtes blättert sich beim Trocknen leicht ab; erhitzt man den beschlagenen Draht in einer Glasröhre, „so erhält man einen metallisch-glänzenden schwarzen Beschlag von Selenkupfer und das Kupfer erscheint nach dem Glühen dunkel bleigrau." Silberdraht zeigt gegen schweflige und selenige Säure dasselbe Verhalten wie Kupferdraht; in einer salzs. Lösung von arseniger Säure oder Antimonoxyd beschlägt er sich dagegen nur nach längerem Kochen mit einzelnen gräulichen Flecken. In einer verdünnten salzs. Lösung von phosphoriger Säure färbt sich Kupfer auch nach längerem Kochen nur schwach dunkeler, während Silber unverändert bleibt.

Bromverbindungen des Selens.
R. Schneider hat die Bromverbindungen des Selens, über welche bis jetzt nur die Angaben von Serullas (3) vorlagen, untersucht und die Existenz zweier derselben, des Bromürs, $SeBr$ (4), und des Bromides, $SeBr_4$ (5),

---

(1) N. Jahrb. Pharm. XXV, 202; Zeitschr. Chem. 1866, 380; Zeitschr. anal. Chem. V, 202; Bull. soc. chim. [2] VI, 374. — (2) Jahresber. f. 1861, 826. — Zur sicheren Unterscheidung der Beschläge, welche durch arsenige und schweflige Säure auf Kupferdraht entstehen, giebt Reinsch hier nochmals an, dafs der Arsenbeschlag sich beim Erhitzen in einer Glasröhre vollständig verflüchtigt und als krystallisirte arsenige Säure an den Wandungen verdichtet, worauf das Kupfer metallglänzend erscheint, während der durch schweflige Säure erzeugte Beschlag auch nach heftigem Glühen unverändert und fest haftend bleibt. — (3) L. Gmelin's Handbuch, 4. Aufl., I, 711. — (4) Pogg. Ann. CXXVIII, 327; Chem. Centr. 1866, 1003; im Auszug Zeitschr. Chem. 1866, 487; J. pharm. [4] IV, 319; Bull. soc. chim. [2] VII, 241. — (5) Pogg. Ann. CXXIX, 450; im Auszug Zeitschr. Chem. 1867, 24.

welche beide durch directe Vereinigung der Elemente entstehen, festgestellt. *Selenbromür*, $SeBr$, bildet sich unter heftiger Einwirkung, wenn man in einem verschliefsbaren Glasgefäfs 15,9 Th. Selen allmälig mit 16 Th. Brom versetzt und den Inhalt des Gefäfses einige Zeit sich selbst überläfst; zweckmäfsiger wird das grobgepulverte Selen mit der dreifachen Menge trockenen Schwefelkohlenstoffs übergossen und das Brom vorsichtig in kleinen Portionen zugesetzt, bis das Selen nahezu verschwunden ist; die dunkelbraune Lösung hinterläfst nach dem möglichst schnellen Verdunsten des Schwefelkohlenstoffs reines Selenbromür. Dasselbe kann ferner durch inniges Mischen von 5 Th. des unten beschriebenen Selenbromides mit 3 Th. gepulvertem Selen, die man in einem Glasgefäfs durcheinander schüttelt, erhalten werden. Es bildet bei gewöhnlicher Temperatur eine dunkelrothbraune, in dickeren Schichten schwarze undurchsichtige Flüssigkeit von dünner Oelconsistenz und dem spec. Gew. 3,604 bei 15° C. Es färbt die Haut dauernd rothbraun. Sein Geruch ist unangenehm, an den des Schwefelchlorides erinnernd; gleichwohl ist es nur schwer und unter theilweiser Zersetzung flüchtig. Bei langsam gesteigerter Temperatur der Destillation unterworfen entwickelt es zuerst Bromdampf, auf welchen später eine geringe Menge eines Destillates folgt, das im Retortenhalse zu einer dunkelbraunen krystallinischen, wesentlich aus Selenbromid bestehenden Masse erstarrt, worauf bei 225° bis 230° der gröfsere Theil des Selenbromürs unter Zurücklassung eines geringen Rückstandes von Selen destillirt. In einer kurzen zugeschmolzenen Glasröhre einige Zeit auf 80° erhitzt, giebt dagegen reines Selenbromür keine Spur eines Sublimates, welches nur bei Ueberschufs von Brom erhalten wird. In Schwefelkohlenstoff ist das Selenbromür in jedem Verhältnifs mit rothbrauner Farbe löslich, weniger leicht auch in Chloroform, Bromäthyl und Jodäthyl; die Lösung in Jodäthyl zersetzt sich bei längerer Aufbewahrung, schneller

Bromverbindungen des Selens. in der Wärme, in Selenjodür und Bromäthyl. In Wasser sinkt das Selenbromür zuerst in öligen Tropfen zu Boden und wird alsdann unter Abscheidung von Selen und Bildung von seleniger Säure nach der Gleichung $4\,SeBr + 2\,H_2O = 3\,Se + SeO_2 + 4\,HBr$ zerlegt. Dieselbe Zersetzung erfährt es theilweise auch bei der Aufbewahrung in feuchter Luft, wodurch es die Wandung des Gefäfses mit rothem Selen überzieht. Durch absoluten Alkohol wird es im reinen Zustande theilweise, vollständig aber, wenn es in Schwefelkohlenstoff gelöst war, in Selen und Selenbromid gespalten, $4\,SeBr = 3\,Se + SeBr_4$. Aehnlich scheint es sich auch gegen Benzol zu verhalten. Wird die Lösung in Schwefelkohlenstoff mit einer gröfseren Menge von 80 procent. Weingeist gemischt, so erfolgt die Zersetzung nach der für die Einwirkung des Wassers gegebenen Gleichung, da das anfänglich abgeschiedene Selenbromid durch den Wassergehalt des Weingeistes zerlegt wird. Durch wässeriges Kali oder Ammoniak wird es nur langsam angegriffen, durch eine Mischung von Kali oder Ammoniak und Schwefelammonium aber unter Bildung von Brommetall und Sulfoselenür zersetzt; Säuren fällen aus der so erhaltenen braunen Lösung Zweifach-Schwefelselen. Selen ist in Selenbromür in erheblicher Menge löslich (in einem Versuch betrug die gelöste Menge 22 pC.); aus solchem selenhaltigem Bromür wird bei der Behandlung mit Schwefelkohlenstoff das gelöste Selen wieder abgeschieden. Andererseits nimmt Selenbromür noch drei Atome Brom begierig und unter Erwärmung auf und erstarrt damit zu festem *Selenbromid*, $SeBr_4$. Direct wird dieses erhalten, indem man das gepulverte Selen in eine mit Glasstöpsel verschliefsbare Flasche bringt und unter Schütteln nach und nach so lange Brom zutropft, bis der lufterfüllte Raum der Flasche durch Bromdampf dauernd braungefärbt erscheint. (Um hierbei eine gleichförmige Einwirkung des Broms durch Mischen und Zerdrücken der erstarrenden Masse erreichen zu können, ohne die atmosphärische Feuchtigkeit zutreten zu lassen, ersetzt man den Glasstöpsel von Zeit zu Zeit durch einen durchbohrten Caoutchoucpfropf, in welchem ein langer, unten seitlich gebogener Glasstab befestigt ist.) Das überschüssige Brom wird zuletzt durch einen Strom von trockener Luft entfernt, wonach das rohe Selenbromid als trockenes rostbraunes Pulver zurückbleibt. Als hellbraunes krystallinisches Pulver erhält man dasselbe, wenn gepulvertes Selen allmälig in überschüssiges Brom (auf 10 bis 12 Th. Brom 1 Th. Selen) eingetragen, der entstandene Brei zwischen Filtrirpapier abgepreíst und bis zum Verschwinden der Bromdämpfe einer trockenen Atmosphäre ausgesetzt wird; eine bromreichere Verbindung tritt hierbei nicht auf. Setzt man einer concentrirten Lösung von Selenbromür in Schwefelkohlenstoff die erforderliche Menge von Brom zu, so scheidet sich sogleich ein undeutlich krystallinisches gelbes Pulver ab, welches ebenfalls die Zusammensetzung des Selenbromides hat, aber hartnäckig kleine Mengen von Schwefelkohlenstoff zurückhält, die erst bei längerem Verweilen der ausgepreíten Masse über Natronkalk allmälig unter rother bis brauner Färbung des Rückstandes entweichen. Aus allem diesem folgt, daís eine höhere Bromverbindung des Selens als das Bromid $SeBr_4$ im freien Zustande nicht existirt und daís diese Verbindung nach verschiedenen Methoden dargestellt in ihren äuíseren Eigenschaften erhebliche Abweichungen zeigt, welche Schneider zum Theil beigemengten Verunreinigungen, zum Theil aber verschiedenen Dichtigkeitszuständen zuschreibt. Läíst man rohes Selenbromid mit der doppelten Menge Schwefelkohlenstoff, in welchem etwas Brom gelöst ist, unter öfterem Umschütteln mehrere Tage in Berührung, so geht es in ein lebhaft orangerothes Krystallpulver über, das unter dem Mikroscop aus kleinen mit dunkelgelber Farbe durchscheinenden sechsseitigen (scheinbar rhombischen) Prismen bestehend erkannt wird. Diese Krystalle sind reines Selenbromid von folgenden Eigenschaften. Es ist bei gewöhnlicher Temperatur ziemlich,

Bromverbindungen des Selens. jedoch nicht ohne theilweise Zersetzung flüchtig und besitzt den unangenehmen Geruch des Chlorschwefels. In einer Retorte langsam auf 75° bis 80° erhitzt und längere Zeit bei dieser Temperatur unterhalten, giebt es zuerst Bromdampf aus, später ein Sublimat von schwarzen, in dünnen Schichten mit brauner Farbe durchscheinenden glänzenden sechsseitigen Blättern und auf diese aufgesetzt stumpfe säulenförmige dunkelorangerothe Krystalle; zuletzt legen sich im hinteren Theile des Retortenhalses wenige zarte federförmige Krystalle von licht orangerother bis dunkelgelber Farbe an, in der Retorte bleibt flüssiges Selenbromür zurück. Jene schwarzen Krystalle, welche die Hauptmasse des Productes bilden, bestehen wesentlich aus Selenbromid (95,9 pC.), gefärbt durch eine geringe Menge (4,1 pC.) von Bromür; die auf denselben angesetzten orangerothen Krystalle sind nahezu reines Selenbromid, die federförmig krystallisirte Substanz scheint eine durch die Feuchtigkeit der Luft veranlaßte Verbindung von Selenbromid und Bromwasserstoff zu sein. Das Selenbromid ist sehr hygroscopisch; mit wenig Wasser bildet es eine gelbe Lösung (Gegenwart von Selenbromür veranlaßt die Ausscheidung von Selen), mit größeren Mengen desselben eine farblose Flüssigkeit, indem es nach der Gleichung $SeBr_4 + 2H_2O = SeO_2 + 4HBr$ zersetzt wird. In Schwefelkohlenstoff, Chloroform und Bromäthyl ist es mit brauner Farbe unzersetzt aber nicht leicht löslich; durch Jodäthyl wird es unter Bildung von Selenjodid und Bromäthyl zerlegt (vgl. S. 136); auch von Weingeist wird es nur unter partieller Zersetzung gelöst. Die braungefärbte Lösung in Salzsäure zerfällt bei dem Verdampfen über Natronkalk unter Verflüchtigung von Brom und Selenbromid, und Zurücklassung von Selenbromür. Gleiche Moleküle Selenbromid und trockene selenige Säure schmelzen in der Wärme zu einer braunen Flüssigkeit zusammen, die bei der Abkühlung zu einer Masse von Nadeln erstarrt, welche nach Schneider's Vermuthung die Zusammensetzung $SeOBr_2$ haben.

— Ein Bromid von der Formel $SeBr_2$ konnte Schneider nicht erhalten; beim Vermischen beider Elemente in dem für diese Verbindung erforderlichen Verhältnifs vereinigen sich dieselben zu einer heterogenen theils flüssigen theils festen Masse, die ein Gemenge von Bromür und Bromid ($2SeBr + SeBr_4$) zu sein scheint.

Auch mit Jod verbindet sich das Selen nach R. Schneider (1) in zwei Verhältnissen, zu Selenjodür und Selenjodid. *Selenjodür*, SeJ, entsteht bei dem Zusammenreiben gleicher Atome Selen (79,5 Th.) und Jod (127 Th.) als zähflüssige bald erstarrende Masse. Es bildet sich ferner, wenn gleiche Molecüle Selenbromür (S. 131) und Jodäthyl gemischt werden, wo es sich aus der homogenen braunen Flüssigkeit nach längerer Zeit mit denselben Eigenschaften abscheidet; schneller wird dasselbe Resultat durch mehrstündiges Erhitzen der beiden Substanzen auf 100° in einer geschlossenen Glasröhre erhalten. Die überstehende braun gefärbte Flüssigkeit läfst sich wenig über 40° als (durch wenig Jod) lichtrosa gefärbtes Fluidum abdestilliren und zeigt nach der Behandlung mit metallischem Quecksilber die Eigenschaften des reinen Bromäthyls. Das Selenjodür ist körnig-krystallinisch, von stahlgrauer Farbe und halbmetallischem Glanz. Bei 68° bis 70° schmilzt es unter Entwickelung von wenig Joddampf zu einer homogenen dunkel schwarzbraunen Flüssigkeit, die bei dem Erkalten wieder krystallinisch erstarrt. Es ist leicht zersetzbar, verliert schon bei gewöhnlicher Temperatur Jod durch Verdunstung und wird durch längeres Erhitzen auf 100°, sowie durch alle Lösungsmittel des Jodes unter Zurücklassung von reinem Selen vollständig zersetzt. Wasser nimmt bei der Einwirkung auf die feingepulverte Verbindung selenige Säure und Jodwasserstoff auf, nach der Gleichung $4 SeJ + 2H_2O = 4HJ + SeO_2 + 3Se$, wobei es sich zugleich

---

(1) Pogg. Ann. CXXIX, 627; Zeitschr. Chem. 1867, 101.

Jodverbindungen des Selens. braun färbt, da die gebildete Jodwasserstoffsäure das rückständige Selenjodür theilweise zersetzt. Dieses Verhalten, sowie die Erscheinungen bei der Bildung und den niedrigen Schmelzpunkt betrachtet Schneider als Beweise dafür, dafs diese Substanz nicht eine Mischung, sondern eine wirkliche, wenn auch lose Verbindung ist. *Selenjodid*, SeJ_4, wird erhalten, wenn man einer concentrirten wässerigen Lösung von seleniger Säure unter Umschütteln allmälig Jodwasserstoff so lange zusetzt, als noch eine Fällung erfolgt. Der rothbraune Niederschlag ballt sich beim Schütteln mit der Flüssigkeit zu einer körnigen schwarzen Masse zusammen, welche abfiltrirt, mit wenig Wasser gewaschen, zwischen Fliefspapier scharf geprefst und über Schwefelsäure getrocknet wird. Es bildet sich ferner, wenn 4 Molecüle Jodäthyl (33 Th.) mit 1 Molecül Selenbromid (21 Th.) gemischt werden, wo die Einwirkung unter bis zum Sieden (bei etwa 40°) gehender Erwärmung stattfindet und aus der erkaltenden Flüssigkeit sich allmälig eine zähflüssige später erstarrende blaugraue Masse abscheidet. Bei der Destillation des Ganzen geht zuerst Bromäthyl über, später zeigen sich ölige Streifen einer hellbraunen Flüssigkeit von Kakodylgeruch, aber nur in unerheblicher Menge; der in der Retorte bleibende nach dem Erkalten krystallinische Rückstand hat annähernd die Zusammensetzung des Selenjodides. Im Wesentlichen scheint diese Umsetzung nach der Gleichung $SeBr_4 + 4\,C_2H_5J = SeJ_4 + 4\,C_2H_5Br$ zu erfolgen. Auch bei innigem Zusammenreiben von 1 Atom Selen mit 4 Atomen Jod vereinigen sich beide unter ähnlichen Erscheinungen wie bei der Darstellung des Jodürs, vielleicht zu einer blofsen Mischung von Jodür und freiem Jod. Das reine Selenjodid unterscheidet sich von dem Jodür durch seine etwas dunklere blaugraue Farbe und den höheren Schmelzpunkt (75° bis 80°); geschmolzen bildet es eine schwarzbraune, in dünnen Schichten mit brauner Farbe durchscheinende Flüssigkeit. Es giebt wie das Jodür seinen Jodgehalt sowohl bei anhaltendem Erhitzen, als an die Lösungsmittel des Jodes ab und verhält sich auch gegen Wasser dem Jodür ähnlich, wird aber von demselben viel langsamer angegriffen.

Nach H. Toussaint (1) setzen sich die Sauerstoffverbindungen des Chlors, die Ueberchlorsäure ausgenommen, mit salpetriger Säure in der Weise um, dafs die Chlorsäure zunächst in chlorige, die chlorige und unterchlorige Säure aber direct in Chlorwasserstoff verwandelt werden, nach den Gleichungen $ClHO_3 + NHO_2 = ClHO_2 + NHO_3$; $ClHO_2 + 2NHO_2 = HCl + 2NHO_3$; $ClHO + NHO_2 = HCl + NHO_3$. — Auch freies Chlor geht in wässeriger Lösung durch salpetrige Säure in Chlorwasserstoff über: $Cl_2 + H_2O + NHO_2 = 2HCl + NHO_3$. Ueberchlorsäure wird dagegen selbst in concentrirter Lösung und bei dem Erwärmen nicht verändert. Vgl. den Bericht über analytische Chemie.

G. Nadler's Untersuchungen (2) über den angeblichen Jodgehalt der atmosphärischen Luft und verschiedener Nahrungsmittel wurden nochmals in einer ausführlichen Abhandlung (3) veröffentlicht.

Th. Koller (4) hat einige Angaben über die Löslichkeit des Jodes in Gerbsäurelösungen (5) gemacht. Er fand dieselbe bei steigender Temperatur zunehmend, bei vermehrtem Zusatz von Wasser abnehmend, ferner durch kohlens. Natron erhöht und durch concentrirte Zuckerlösung vermindert. 1 Th. Jod erforderte, mit 450 Th. Wasser übergossen, bei 12° 3,3 Th. Gerbsäure zur Lösung; 1 Th. Jod mit 240 Th. Wasser in gelinder Wärme 0,015 Th. Gerbsäure. Eine Lösung von 120 Th. kohlens. Natron

(1) Ann. Ch. Pharm. CXXXVII, 114; J. pr. Chem. XCIX, 58; Zeitschr. Chem. 1866, 100; Zeitschr. anal. Chem. V, 210; Chem. Centr. 1866, 249; Bull. soc. chim. [2] VI, 81. — (2) Jahresber. f. 1862, 62. — (3) J. pr. Chem. XCIX, 183; im Auszug Zeitschr. Chem. 1867, 124. — (4) N. Jahrb. Pharm. XXV, 206; kurze Notiz Zeitschr. Chem. 1866, 380; Bull. soc. chim. [2] VII, 164. — (5) Vgl. Jahresber. f. 1851, 370; f. 1854, 780.

(krystallisirt?) in 1440 Th. Wasser nahm 1 Th. Jod auf Zusatz von 1 Th. Gerbsäure vollständig auf.

Verbindung von Chlorjod mit Chlorschwefel.
Nach R. Weber (1) wird Schwefelkohlenstoff durch Dreifach-Chlorjod schon bei gewöhnlicher Temperatur unter heftiger Einwirkung und unter Bildung einer braunrothen Flüssigkeit zersetzt, welche Chlorschwefel, Carbonsuperchlorid und eine krystallisirbare Verbindung enthält. Dieselben Producte entstehen, wenn eine Lösung von Jod in Schwefelkohlenstoff mit Chlorgas gesättigt wird. Bei dem Erkalten der Flüssigkeit scheidet sich die feste Verbindung in grofsen gut ausgebildeten prismatischen Krystallen von der Farbe des zweifach-chroms. Kali's aus, die ihrer aufserordentlichen Zerfliefslichkeit wegen nur durch Ueberleiten von trockenem Chlorgas in einer Glasröhre getrocknet und nur in zugeschmolzenen Glasröhren aufbewahrt werden können. Sie schmelzen in geschlossenen Gefäfsen bei gelindem Erwärmen unter Entwickelung von etwas Chlorjod zu einer Flüssigkeit, die nach dem Erkalten wieder krystallinisch erstarrt; durch Wasser und durch Schwefelkohlenstoff werden sie zersetzt. Ihre Zusammensetzung entspricht der Formel $JCl_3, 2SCl_4$. — Identisch mit dieser Verbindung ist nach Weber's Untersuchung die von Jaillard (2) durch Ueberleiten von Chlor über ein Gemenge von Jod und Schwefel erhaltene, für welche Derselbe die Formel JCl_3, SCl gefunden hatte.

Jodwasserstoff.
Mich. Pettenkofer (3) hat v. Liebig's (4) Methode zur Darstellung der Jodmetalle in der Weise modificirt, dafs Er zunächst die Jodwasserstoffsäure im reinen Zustande abscheidet. Er empfiehlt hierzu folgendes Ver-

---

(1) Berl. acad. Ber. 1866, 848; Pogg. Ann. CXXVIII, 459; Zeitschr. Chem. 1866, 626; Chem. Centr. 1866, 980. — (2) Jahresber. f. 1866, 95. — (3) Ann. Ch. Pharm. CXXXVIII, 57; Chem. Centr. 1866, 445; Dingl. pol. J. CLXXXI, 218; im Auszug Zeitschr. Chem. 1866, 287; Bull. soc. chim. [2] VI, 818; J. pharm. [4] III, 477; Sill. Am. J. [2] XLIII, 109. — (4) Jahresber. f. 1862, 69.

fahren. Man übergiefst eine halbe Unze gewöhnlichen *Jodwasserstoff.*
Phosphors mit zwölf Unzen Wasser von 60° bis 70°, setzt
eine Unze Jod unter Umrühren zu, decantirt die Flüssigkeit vom gebildeten Jodphosphor in eine Schale, welche
sieben Unzen Jod enthält, giefst die gebildete Lösung nach
einiger Zeit auf den Phosphor zurück, läfst sie mit demselben bis zur Entfärbung in Berührung und wiederholt
dieses abwechselnde Uebergiefsen so lange, bis alles Jod
gelöst und die Flüssigkeit fast vollständig entfärbt ist.
Die von der geringen Menge des gebildeten amorphen
Phosphors abfiltrirte, Jodwasserstoff, phosphorige und Phosphorsäure enthaltende Lösung wird nun aus einer Retorte
über freiem Feuer bis zur Syrupconsistenz destillirt. Das
Destillat, dessen specifisches Gewicht gewöhnlich 1,39 bis
1,40 beträgt, ist durch etwas Jod gelblich gefärbt, aber
frei von Phosphorsäure; es verändert sich beim Aufbewahren in verschlossenen Gefäfsen nicht und eignet sich
vollkommen zur bequemen Darstellung von Jodmetallen.
Den zähflüssigen Retorteninhalt spült man in eine Schale,
versetzt mit einigen Tropfen rother rauchender Salpetersäure, um den zurückgehaltenen Jodwasserstoff zu zerlegen,
sammelt das abgeschiedene Jod auf einem Filtrum, oxydirt
das Filtrat in bekannter Weise und verdampft zur Syrupconsistenz. Die so erhaltene Phosphorsäure ist frei von
Jod und erwies sich bei Pettenkofer's Versuchen auch
frei von Arsen- und Schwefelsäure, obschon der angewandte
Phosphor Spuren dieser beiden Metalloïde enthielt.

Zur Destillation der Flufssäure verbindet W. P. *Fluor. Fluorwasserstoff.*
Dexter (1) die an dem oberen Ende eines Bleiapparates (2) angesetzte aufsteigend gerichtete bleierne Ableitungsröhre mit einer in Form eines Viertelkreises gebogenen
Platinröhre, deren unteres Ende in den Boden eines um-

---

(1) Sill. Am. J. [2] XLII, 110; Zeitschr. Chem. 1866, 512. —
(2) Jahresber. f. 1856, 723.

gekehrten Platintiegels mit Gold eingelöthet ist. Als Vorlage dient ein Platingefäfs von etwas gröfserem Durchmesser als der Tiegel, der in das Wasser eingetaucht wird. Die in Berührung kommenden Flächen der Bleiretorte und des Deckels bestreicht Dexter mit Gypsbrei und überzieht die Fugen mit Roggenmehlteig.

F. Stolba (1) empfiehlt zur freiwilligen Verdunstung von Lösungen der Fluor- und Kieselfluormetalle Glasgefäfse, die innen mit einer Paraffinschichte überzogen sind.

Stickstoff. Stickoxydul. Nach R. Weber (2) reducirt schweflige Säure bei Gegenwart von vielem Wasser sowohl salpetrige, als Salpetersäure zu Stickoxydul. Wird eine mit Salzsäure oder verdünnter Schwefelsäure unter Abkühlung angesäuerte Lösung von salpetrigs. Kali mit viel wässeriger schwefliger Säure gemischt, die Mischung in einem mit Gasleitungsrohr versehenen Kolben zuerst gelinde, dann stärker erhitzt und das unter Schäumen entweichende Gas, sobald die atmosphärische Luft verdrängt ist, aufgefangen und mit einer Lösung von schwefels. Eisenoxydul, dann mit Wasser gewaschen, so zeigt es die Eigenschaften des reinen Stickoxyduls; die als Waschflüssigkeit benutzte Eisenlösung verändert ihre Farbe nicht, wenn die Flüssigkeit genügend verdünnt und überschüssige schweflige Säure vorhanden war. Ebenso verhält sich eine Mischung von 1 Vol. Salpetersäure vom specifischen Gewicht 1,25 mit mindestens 5 Vol. wässeriger schwefliger Säure. Concentrirtere Lösungen oder Mischungen von Salpetersäure und Schwefelsäure geben dagegen bei gleicher Behandlung nur oder doch vorwiegend Stickoxydgas oder salpetrige Säure (vgl. S. 127). Die von Pelouze (3) beobachtete Bildung des Stickoxyduls aus Stickoxyd und schwefliger Säure bei Gegenwart von Wasser hat Weber bestätigt; doch er-

---

(1) J. pr. Chem. XCIX, 53. — (2) Berl. acad. Ber. 1866, 588; J. pr. Chem. C, 87; Zeitschr. Chem. 1866, 726; Chem. Centr. 1867, 750; Instit. 1867, 95. — (3) L. Gmelin's Handbuch, 4. Aufl., I, 791.

...gt dieselbe sehr langsam. Weber glaubt, daſs in den ...chwefelsäurekammern die Bedingungen für die Bildung ...s Stickoxyduls zuweilen gegeben sind und daſs diese ...s Ursache von Betriebsstörungen und Verlusten sein ...n.

Während trockene schweflige Säure und Untersalpeter... bei gewöhnlicher Temperatur und unter gewöhnlichem ...uck nicht auf einander einwirken, hat Weber (1) bei dem ...rchleiten derselben durch eine sehr stark erhitzte Röhre ... Bildung gelber krystallinisch erstarrender Tropfen der ...verflüchtigen Verbindung $2SO_3 + NO_3$ beobachtet. ...selbe entsteht in gleicher Weise, wenn trockene schwef... Säure über stark erhitztes salpeters. Blei geleitet wird, ...ch die Einwirkung der abgeschiedenen Untersalpeter... auf überschüssige schweflige Säure, aber nur an den ... zum Glühen erhitzten Stellen der Röhre.

Verbindung von salpetriger mit Schwefelsäure.

Nach Nylander (2) ist die bei der Einwirkung von ...lpetersäure auf arsenige Säure entstehende niedere Oxy...tionsstufe des Stickstoffs nicht salpetrige Säure, sondern ...tersalpetersäure. Nylander erhielt dieselbe aus arse... Säure in Stücken und Salpetersäure vom specifischen ...wicht 1,38, indem Er das flüchtige Product unter Ver...dung von Korkstopfen zuerst durch geschmolzenes ...petrigs. Kali und dann durch eine auf — 16° abgekühlte ...hre leitete, als schön blaue, bei gewöhnlicher Tempe... grünblaue Flüssigkeit, die nach dem Entwässern ...ch wasserfreies schwefels. Kupferoxyd bei — 35° nur ...ige helle Krystallrinden absetzte, zum gröſseren Theil ...r flüssig und gefärbt blieb. Ihr Siedepunkt wurde bei ...°, ihre bei 100° bestimmte Dampfdichte (= 1,66) und ...re Zusammensetzung der Untersalpetersäure entsprechend ...funden, von der sie jedoch in ihren Eigenschaften (Siede...nkt und Verhalten bei niederer Temperatur) nicht uner-

Untersalpetersäure.

---

(1) In der S. 125 angeführten Abhandlung. — (2) Zeitschr. Chem. **1866**, 66.

Unter-salpetersäure. heblich abweicht. Von Kalilauge wird das Gas auch nach dem Erhitzen auf 100° vollständig absorbirt, mit Quecksilber bildet es unter Entwicklung eines farblosen, an der Luft sich röthenden Gases salpetrigs. Quecksilberoxydul. Nach A. Terreil (1) oxydirt das übermangans. Kali nicht nur salpetrige und Untersalpetersäure, sondern auch Stickoxyd zu Salpetersäure, und zwar in neutraler Lösung unter Abscheidung von Mangansuperoxyd. Stickoxydul wird dagegen nicht angegriffen. — Zur Nachweisung der Salpetersäure empfiehlt Terreil, da diese in saurer Lösung durch Reductionsmittel zuerst in salpetrige und nur sehr langsam in Ammoniak verwandelt wird, die zu prüfende Flüssigkeit mit Schwefelsäure anzusäuern, kurze Zeit mit Zink zu behandeln und nach dem Abgiefsen mit einer sehr verdünnten Lösung von übermangans. Kali zu prüfen; die Anwendung von reiner Schwefelsäure und von eisenfreiem Zink ist dabei vorausgesetzt. Chlorsäure giebt unter denselben Bedingungen keine Reaction mit Chamäleon.

Salpetersäure. J. Kolb (2) hat genaue Bestimmungen des specifischen Gewichtes der wässerigen Salpetersäure veröffentlicht. Der Gehalt der Mischungen, welche mit vollkommen reiner Salpetersäure bereitet waren, wurde durch Zusatz einer bekannten und überschüssigen Menge von reinem kohlens. Kalk und Bestimmung des ungelösten Antheil ermittelt, die Bestimmung des specifischen Gewichtes im Fläschchen von 50 CC. ausgeführt und alle Wägungen auf den leeren Raum reducirt. Die Resultate sind in der folgenden Tabelle enthalten, in welcher die direct gefun-

---

(1) Compt. rend. LXIII, 970; Instit. 1867, 2; Bull. soc. chim., VII, 7; Zeitschr. Chem. 1867, 81; Zeitschr. anal. Chem. VI, 115.
(2) Compt. rend. LXIII, 814; Ann. ch. phys. [4] X, 136; Ding pol. J. CLXXXII, 48; Zeitschr. anal. Chem. V, 449; im Auszug Zeitschr. Chem. 1866, 638; Chem. Centr. 1866, 1022.

Stickstoff.

Werthe mit * bezeichnet sind. Unter p ist der Probalt an dem Hydrat NO_5, HO gegeben.

Dichte bei 0°	Dichte bei 15°	Contraction	p	Dichte bei 0°	Dichte bei 15°	Contraction
1,559	1,530	0,0000	58,88	1,387	1,368	0,0861
1,559 *	1,530 *	0,0004	58,00	1,382	1,363	0,0864
1,558 *	1,530 *	0,0010	57,00	1,376	1,358	0,0868
1,557 *	1,529 *	0,0014	56,10 *	1,371 *	1,353 *	0,0870
1,551 *	1,523 *	0,0065	55,00	1,365	1,346	0,0874
1,548	1,520	0,0090	54,00	1,359	1,341	0,0875
1,544	1,516	0,0120	53,81 [1]	1,353	1,339	0,0875
1.542 *	1,514 *	0,0142	53,00	1,353	1,335	0,0875
1,537	1,509	0,0182	52,33 *	1,349 *	1,331 *	0,0875
1,533 *	1,506 *	0,0208	50,99 *	1,341 *	1,323 *	0,0872
1,529	1,503	0,0242	49,97	1,334	1,317	0,0867
1,526	1,499	0,0272	49,00	1,328	1,312	0,0862
1,522	1,495	0,0301	48,00	1,321	1,304	0,0856
1,521 *	1,494 *	0,0315	47,18 *	1,315 *	1,298 *	0,0850
1,514	1,488	0,0354	46,64	1,312	1,295	0,0848
1,513 *	1,486 *	0,0369	45,00	1,300	1,284	0,0835
1,507 *	1,482	0,0404	43,53 *	1,291 *	1,274 *	0,0820
1,503	1,478	0,0433	42,00	1,280	1,264	0,0808
1,499	1,474	0,0459	41,00	1,274	1,257	0,0796
1,495	1,470	0,0485	40,00	1,267	1,251	0,0786
1,492	1,467	0,0508	39,00	1,260	1,244	0,0755
1,488 *	1,463 *	0,0531	37,95 *	1,253 *	1,237 *	0,0762
1,484	1,460	0,0556	36,00	1,240	1,225	0,0740
1,481	1,456	0,0580	35,00	1,234	1,218	0,0729
1,476	1,451	0,0610	33,86 *	1,226 *	1,211 *	0,0718
1,469	1,445	0,0643	32,00	1,214	1,198	0,0692
1,465	1,442	0,0666	31,00	1,207	1,192	0,0678
1,462 *	1,438 *	0,0688	30,00	1,200	1,185	0,0664
1,457	1,435	0,0708	29,00	1,194	1,179	0,0650
1,455 *	1,432 *	0,0722	28,00 *	1,187 *	1,172 *	0,0635
1,450 *	1,429 *	0,0740	27,00	1,180	1,166	0,0616
1,444	1,423	0,0760	25,71 *	1,171 *	1,157 *	0,0598
1,441 *	1,419 *	0,0771	23,00	1,158	1,138	0,0520
1,435	1,414	0,0784	20,00	1,132	1,120	0,0483
1,430	1,410	0,0796	17,47 *	1,115	1,105 *	0,0422
1,425	1,405	0,0806	15,00	1,099	1,089	0,0336
1,420 *	1,400 *	0,0818	13,00	1,085	1,077	0,0316
1,415	1,395	0,0830	11,41 *	1,075	1,067 *	0,0296
1,413	1,393	0,0838	7,22 *	1,050	1,045 *	0,0206
1,404	1,386	0,0846	4,00	1,026	1,022	0,0112
1,400 *	1,381 *	0,0850	2,00	1,013	1,010	0,0055
1,393	1,374	0,0854	0,00	1,000	0,999	0,0000
1,391 *	1,372 *	0,0855				

[1] prechend der Formel $NO_5, HO + 6 HO$.

Atmosphäri-
sche Luft.
Ozongehalt
derselben.

A. Houzeau (1) hat in einer nur auszugsweis[e] liegenden Abhandlung weitere Beobachtungen übe[r] normalen Gehalt der Luft an activem Sauerstoff und Zunahme in Folge von starken Bewegungen in der sphäre mitgetheilt.

Ammonium-
amalgame.

F. S. Pfeil und H. Lippmann (2) haben ve[rsucht] die den zusammengesetzten Ammoniaken entsprecl[enden] Ammoniumamalgame darzustellen. Eine gesättigte L[ösung] von salzs. Trimethylamin zeigte gegen Natriuman[algam] ganz dasselbe Verhalten wie Chlorammonium, das ge[bildete] schwammige Amalgam zerfiel schnell unter Entwic[kelung] von Wasserstoff, worauf die Lösung Trimethylamin e[nthielt]. Gesättigte Lösungen von salzs. Anilin, -Coniin, -M[orphin] und -Chinin sowie von essigs. Rosanilin gaben mit N[atrium]amalgam nur eine reichliche Wasserstoffentwic[kelung]. Pfeil und Lippmann schliefsen hieraus wie W[eyrill (3), dafs die physikalische Beschaffenheit des Amm[onium]amalgams nur von eingeschlossenen Gasbläschen ab[hängig] ist und dafs die bei gewöhnlicher Temperatur feste[n und] flüssigen Ammoniake kein Amalgam bilden. Sie [führen] noch an, dafs Natriumamalgam auf festes Chloramm[onium] erst nach Zusatz eines Tropfens Wasser einwirkt.

Ammoniak-
salze.

W. Skey (4) hat krystallisirte oxals., weins., phosphors., arsens. und chroms. Ammoniakdoppelsalz[e einiger] Metalle, durch Zusatz der Säure zu der Lösu[ng der] Chlorverbindung oder des salpeters. Salzes des [Metalls,] Uebersättigen mit Ammoniak und Zufügen von A[lkohol] bis zur bleibenden Trübung, dargestellt, keines de[rselben] aber auf seine Zusammensetzung untersucht. W[ir be]schränken uns daher auf diese Hinweisung.

(1) Compt. rend. LXII, 426. — (2) Sill. Am. J. [2] XL[II,] Chem. News XIV, 122; Zeitschr. Chem. 1866, 542; J. pharm. 239. — (3) Jahresber. f. 1865, 277. — (4) Chem. News XIV, ;

J. H. Gladstone (1) hat weitere Beiträge zur Geschichte der Pyrophosphodiaminsäure geliefert. Aufser den früher beschriebenen Bildungsweisen (2) dieser Säure macht er zunächst noch folgende namhaft. 1) Man trägt Phosphorsäureanhydrid oder Phosphoroxychlorid langsam in sehr concentrirtes wässeriges Ammoniak (vom spec. Gew. 0,880) ein; die Phosphorsäure kann durch Verbrennen von Phosphor in einem Gefäfs, welches etwas Ammoniakflüssigkeit enthält, erzeugt werden, bei Anwendung derselben bildet sich aber gleichzeitig eine weifse, in Säuren und Alkalien lösliche Substanz, welche sich nur schwierig abscheiden läfst. 2) Man bringt Fünffach-Chlorphosphor in Stücken in concentrirte Ammoniakflüssigkeit, indem man die Heftigkeit der Einwirkung durch Abkühlung mäfsigt. Neben Pyrophosphodiaminsäure, welche nach der Gleichung $PCl_5 + 12 NH_3 + 5 H_2O = P_2N_2H_6O_5 + 10 NH_4Cl$ entsteht, bildet sich immer eine nicht unbedeutende Menge an Pyrophotriaminsäure (S. 147) und zwischen dieser und der Diaminsäure intermediäre Producte, nicht aber dreibasische Phosphorsäure; mit schwächerem Ammoniak werden nur phosphors. Ammoniak und Chlorammonium erhalten. 3) Man sättigt Phosphoroxychlorid bei 100° mit Ammoniakgas und behandelt das Product mit Wasser, wobei unlösliche Triaminsäure abscheidet und Diaminsäure nebst einer intermediären Verbindung in Lösung geht. Die Bildung der Diaminsäure erfolgt wahrscheinlich in zwei Phasen: I. $POCl_3 + 4NH_3 = PN_2H_4ClO + 2NH_4Cl$; II. $2 PN_2H_4ClO + 3 H_2O = P_2N_2H_6O_5 + 2 NH_4Cl$. 4) Man erhitzt eine mit Salzsäure versetzte wässerige Lösung von Pyrophosphotriaminsäure längere Zeit zum Sieden: $P_2N_3H_7O_4 + H_2O = P_2N_2H_6O_5 + NH_3$. 5) Man behandelt die zwischen der Triaminsäure und der Diaminsäure

---

(1) Chem. Soc. J. [2] IV, 290; Zeitschr. Chem. 1866, 420; Chem. Centr. 1866, 779. — (2) Jahresber. f. 1864, 149.

Pyrophosphodiaminsäure. intermediäre Verbindung mit einer reichlichen Menge ein[er] andern Säure. 6) Man löst die Triaminsäure oder ih[re] Salze in concentrirter warmer Schwefelsäure: $P_2N_3H_7O_4$-$H_2SO_4 + H_2O = P_2N_2H_6O_5 + NH_4,HSO_4$; bei [s] langem Erhitzen geht die Zersetzung weiter. 7) Auch d[ie] Substanz, welche durch Sättigen von Phosphoroxychlor[i] mit Ammoniak bei 300° und nachheriges Auswaschen d[es] Productes mit Wasser erhalten wird (1), bildet bei gleich[er] Behandlung Diaminsäure. 8) Man erhitzt die Triaminsä[ure] auf 250° und laugt die Masse mit Wasser aus. 9) Ge[r]hardt's Phosphamid (2) liefert bei dem Erhitzen m[it] Schwefelsäure ebenfalls Diaminsäure: $2 PN_2H_3O + H_2SO_4 - 3 H_2O = P_2N_2H_6O_5 + 2 NH_4,SO_4$. — Zur Nachweisu[ng] der Pyrophosphodiaminsäure bietet die leichte Verwandl[ung] ihres löslichen Eisenoxydsalzes in das unlösliche pyropho[s]phamins. Salz eine empfindliche Reaction. Man vers[etzt] die zu prüfende, mit Schwefelsäure stark angesäuerte L[ö]sung mit einigen Tropfen Eisenchlorid und erhitzt z[um] Sieden, wo sich die Flüssigkeit bei Gegenwart von Di[a]minsäure trübt und zuletzt einen Niederschlag von pyr[o]phosphamins. Eisenoxyd abscheidet. Von der Triaminsä[ure] (S. 147), welche dieselbe Reaction giebt, unterscheid[et] sich die Diaminsäure durch ihre leichte Löslichkeit [in] Wasser, von zwei intermediären noch nicht beschriebene[n] sauren Amiden durch ihre Löslichkeit in Alkohol. Es g[e]lang Gladstone nicht, pyrophosphodiamins. Salze d[ar]zustellen, welche nur 1 Aeq. Metall enthielten. D[as] Ammoniumsalz, welches nur mit Chlorammonium gemen[gt] erhalten wurde, hat die Formel $P_2N_2H_4(NH_4)_2O_5$, w[ie] Gladstone aus der Gewichtszunahme schliefst, die ei[ne] bestimmte Menge von Chlorphosphorstickstoff bei der Ze[r]setzung durch eine alkoholische Lösung von Ammoni[ak]

---

(1) Gladstone hat diese Substanz von Schiff's Triphospha[m] (Jahresber. f. 1857, 98) verschieden gefunden, aber nicht näher [be]schrieben. — (2) Jahresber. f. $18^{47}/_{48}$, 585.

und dem Verdampfen zur Trockne erfährt. Die neutrale Lösung dieses Gemenges giebt keine Fällung mit schwefels. Magnesia, Alaun, schwefels. Eisen- und Chromoxyd, weins. Antimonoxydkali und mit Quecksilberchlorid; sie erzeugt dagegen weiſse flockige, in Säuren lösliche Niederschläge mit Cadmium- und Manganchlorür, mit Kobaltchlorür einen violetten und mit Kupferchlorid und Nickelchlorür blaue Niederschläge, welche sämmtlich in Ammoniak und Säuren, mehr oder weniger auch in Chlorammonium löslich sind. Bleisalze werden weiſs und flockig, Zinnsalze körnig gefällt, beide Niederschläge sind in Salpetersäure, die Uranverbindung in Säuren und in kohlens. Ammoniak leicht löslich. *Pyrophosphotriaminsäure*, $P_2N_3H_7O_4$, wird nach Untersuchungen von Gladstone und Holmes, über welche Gladstone (1) berichtet, in folgender Weise erhalten. In ein Gefäſs, welches Phosphoroxychlorid enthält, leitet man Ammoniakgas ein, indem man die Einwirkung anfänglich durch Abkühlung mäſsigt, später aber, sobald zwei Aequivalente Ammoniak absorbirt sind und eine feste weiſse Masse entstanden ist, dieselbe durch Erwärmen und öfteres Aufrühren und Umwenden der Masse unterstützt. Wenn die Menge des absorbirten Ammoniaks im Ganzen vier Aequivalente beträgt, so wird das Product mit Wasser und zuletzt mit verdünntem Weingeist bis zum Verschwinden der Chlorreaction im Filtrat ausgewaschen, wonach die Pyrophosphotriaminsäure als weiſses amorphes geschmackloses (im befeuchteten Zustande gleichwohl saure Reaction zeigendes) Pulver zurückbleibt. Sie wird von Wasser nur spärlich gelöst, aber, besonders in höherer Temperatur, allmälig durch dasselbe unter Bildung von Pyrophosphodiaminsäure zersetzt. Von heiſser concentrirter Schwefelsäure wird sie, ebenfalls unter Bildung von Diaminsäure, schnell gelöst,

(1) Chem. Soc. J. [2] IV, 1; Chem. News XII, 282; J. pr. Chem. XCVII, 266; Zeitschr. Chem. 1866, 193; Chem. Centr. 1866, 842.

Pyrophosphotriaminsäure. durch verdünnte Salzsäure in der Siedehitze in Phosp[hor]säure und Ammoniak als Endproducte zerlegt. Sie setzt die kohlens. Salze der Alkalien unter Brausen, fällt auch aus den Lösungen. der Metallsalze die pyrop[hos]photriamins. Salze. Diese sind in ihrer Zusammensetz[ung] sofern 1 bis 4 Atome Wasserstoff durch Metall ers[etzt] sein können, sehr wechselnd, übrigens sämmtlich unlö[slich] oder schwerlöslich und durch heiße Salzsäure leicht [zer]setzbar. Die folgenden wurden von Gladstone [und] Holmes untersucht. *Das Kaliumsalz*, $P_2N_3H_6KO_4$, [wird] bei der Einwirkung der Säure auf eine Lösung von kohl[ens.] Kali als weißer unlöslicher Niederschlag erhalten; in [ana]loger Weise das *Ammoniumsalz*, $P_2N_3H_6(NH_4)O_4$. *S[ilber]salze*: a) *Einbasisches*, $P_2N_3H_5AgO_4$, scheidet sich [als] flockiger bald körnig werdender Niederschlag ab, w[enn] die in kaltem Wasser suspendirte Säure mit einer Lös[ung] von salpeters. Silber versetzt und dem Product ein kle[iner] Ueberschuß von Silber durch Digestion mit verdün[nter] Salpetersäure oder Ammoniak entzogen wird. In geri[nger] Menge und nicht völlig rein kann es auch aus der wä[ss]rigen Lösung der Säure durch salpeters. Silber ge[fällt] werden. b) *Dreibasisches*, $P_2N_3H_4Ag_3O_4$, entsteht aus [dem] vorhergehenden durch Digestion mit einer ammonia[kali]schen Lösung von salpeters. Silber, ferner wenn die [wäs]serige Lösung der Säure mit einer ammoniakalischen Sil[ber]lösung versetzt wird. Es ist ein schweres, körniges, [im] feuchten Zustande hellgelbes, trocken orangegelbes Pul[ver] und geht in Berührung mit verdünnter Salpetersäure [oder] Ammoniak sogleich wieder in das einbasische Salz ü[ber]; von Essigsäure wird es nur schwierig angegriffen. B[arium]umsalze. a) *Einbasisches*, $P_2N_3H_5BaO_4$, bildet sich, w[enn] die Säure in eine Lösung von Chlorbaryum eingetra[gen] und die freigewordene Salzsäure mit Ammoniak neutra[lisirt] wird; b) das *zweibasische*, $P_2N_3H_4Ba_2O_4$, bei Anwend[ung] einer überschüssigen ammoniakalischen Lösung von Cl[or]baryum. *Bleisalze*: a) *Einbasisches*, $P_2N_3H_5PbO_4$, [wird] erhalten wenn die Säure mit einer freie Salpetersäure enthaltenden Lösung von salpeters. Blei behandelt wird, b) das *zweibasische*, $P_2N_3H_5Pb_2O_4$, in gleicher Weise mit einer angesäuerten Lösung von essigs. Blei und c) das *dreibasische*, $P_2N_3H_4Pb_3O_4$, durch Erwärmen der Säure mit basisch-essigs. Blei. Das *einbasische Kupfersalz* scheint bei der Einwirkung der Säure auf eine angesäuerte Lösung von salpeters. Kupfer zu entstehen und ist ein hellblauer Niederschlag; das *zweibasische*, $P_2N_3H_5Cu_2O_4$, bildet sich wenn die Säure mit einer Lösung von essigs. Kupfer oder mit der Lösung eines Kupfersalzes in kohlens. Ammoniak behandelt wird; es ist ein in Ammoniak unlösliches grünes Pulver. *Eisenoxydulsalz*, $P_2N_3H_6FeO_4$, ist ein hellgelber Niederschlag; ein *Eisenoxydsalz* wurde nicht erhalten. *Zweibasisches Kobaltsalz*, $P_2N_3H_5Co_2O_4$, (aus einer ammoniakalischen Lösung von salpeters. Kobalt gefällt) ist ein violetter Niederschlag und wird durch verdünnte Schwefelsäure nur langsam, durch verdünnte Salzsäure nicht zersetzt. *Vierbasisches Quecksilberoxydsalz*, $P_2N_3H_3Hg_4O_4$, sowohl durch Kochen der Säure mit Quecksilberoxyd und Wasser, als durch Einwirkung derselben auf Lösungen von Quecksilberchlorid oder Ammonium-Quecksilberchlorid zu erhalten, bildet ein körniges schweres weifses Pulver, das sich im Lichte gelb färbt, in verdünnter Salz- oder Salpetersäure unlöslich ist und durch Jodkalium zersetzt wird. *Vierbasisches Platinsalz*, $P_2N_3H_3Pt_2''O_4$, wird aus concentrirten Lösungen von Platinchlorid durch die freie Säure als voluminöser Niederschlag gefällt; im frischen Zustande wird es durch Wasser zersetzt, nach dem Auswaschen mit Alkohol ist es beständig. Ein *Goldsalz* läfst sich nach demselben Verfahren nicht darstellen. Die unlöslichen Salze des *Thalliums*, *Zinks*, *Cadmiums*, *Mangans*, *Nickels*, *Magnesiums* und *Chroms* wurden nicht näher untersucht. — Die Bildung der Pyrophosphotriaminsäure interpretirt Gladstone durch die Gleichung $2[POCl_3 + 4NH_3] + 3H_2O = P_2N_3H_7O_4 + 6HCl + 5NH_3$, wobei die Zwischenproducte nicht berücksichtigt sind. Sie bildet in der Reihe der sauren Amide der Pyrophosphorsäure das dritte Glied

Pyrophosphor- säure	Pyrophosphamin- säure (1)	Pyrophospho- diaminsäure	Pyrophospho- triaminsäure
$\left.\begin{array}{l}P_2O_3\\H_4\end{array}\right\vert O_3$	$\left.\begin{array}{l}P_2O_3\\H_3\end{array}\right\vert O_2$ NH_2	$\left.\begin{array}{l}P_2O_3\\H_2\end{array}\right\vert O_2$ $2\,NH_2$	$\left.\begin{array}{l}P_2O_3\\H\end{array}\right\vert O_2$ $3\,NH_2$

Ihr auffallender mehrbasischer Charakter leitet Gladstone zu der Vermuthung, dafs ihre Elemente in der durch die Formel $P_2H_4\{O_4,(NH)_3\}$ angedeuteten Weise gruppirt sein könnten.

Metalle. Allgemeines. Absorption von Gasen durch Oxydulsalze.

Berthelot (2) hat einige Beobachtungen über das Verhalten einiger Oxydulsalze gegen verschiedene Gase mitgetheilt. 1) Durch ammoniakalisches Kupferchlorür werden unmittelbar absorbirt: Sauerstoff, Kohlenoxyd, Acetylen, Aethylen, Allylen, Propylen (schwach); es wirkt jedoch nicht sofort auf Stickoxydgas. 2) Eine Lösung von schwefels. Eisenoxydul in Salmiak und Ammoniak absorbirt, wie bekannt, Sauerstoff und Stickoxyd sehr rasch, es wirkt dagegen nicht auf Acetylen, Allylen, Aethylen, Propylen oder Kohlenoxyd. 3) In Salmiak und Ammoniak gelöstes schwefels. Chromoxydul absorbirt Sauerstoff, Stickoxyd, Acetylen und Allylen, aber es wirkt nicht auf Kohlenoxyd, Aethylen und Propylen.

Cäsium und Rubidium.

H. Laspeyres (3) hat das Vorkommen des Rubidiums und Cäsiums in allen von Ihm untersuchten sogenannten Melaphyren der Pfalz (welche Er als Gabbro oder Porphyrite erkannte) nachgewiesen und zwar ungefähr in dem Verhältnifs wie in jenem von Norheim (4). Sie sind in denselben nicht als Bestandtheile eines besonderen Gemengminerals oder auch eines Gang- oder Drusenminerals, sondern als Vertreter des Kaliums im kalihaltigen Labrador

---

(1) Jahresber. f. 1864, 151. — (2) Bull. soc. chim. [2] V, 192; Ann. Ch. Pharm. CXL, 142; Zeitschr. Chem. 1866, 253. — (3) Ann. Ch. Pharm. CXXXVIII, 126; Zeitschr. Chem. 1866, 318. — (4) Jahresber. f. 1865, 168.

und Diallag enthalten. Je saurer das Silicatgestein, desto geringer ist die Menge der neuen Alkalien; in den Silicatgesteinen der Pfalz mit freier Kieselsäure (z. B. dem quarzführenden rothen Porphyr bei Kreuznach) fehlen dieselben gänzlich. In der Asche von Rebholz, welches auf den genannten Melaphyren gewachsen war, konnte Rubidium (annähernd 0,03 pC. RbCl) aber keine Spur Cäsium nachgewiesen werden. Laspeyres schließt aus diesem Ergebniß, wie aus den bereits vorliegenden analogen Beobachtungen, daß nur die Rubidiumsalze von der Pflanze aufgenommen werden, die Cäsiumverbindungen dagegen in die Quellwasser und mineralischen Neubildungen übergehen.

Zur Gewinnung des Rubidiumgehaltes einer Salpetermutterlauge, welche bei der Anwendung von Stafsfurther Chlorkalium erhalten war, eine braunrothe Farbe und dickliche Consistenz hatte und aus der sich ungeachtet eines bedeutenden Kalium- und eines ziemlich erheblichen Rubidiumgehaltes doch zur Sommerzeit keine Alaune darstellen ließen, hat F. Stolba (1) das nachstehende Verfahren befolgt (2). Die alkalisch reagirende, im Wesentlichen

---

(1) J. pr. Chem. XCIX, 49; Bull. soc. chim. [2] VII, 248. — (2) Zur Winterszeit oder bei künstlicher Abkühlung gelang die Abscheidung des Rubidiums in der Form von Alaun in befriedigender Weise. — C. Nöllner (Zeitschr. Chem. 1866, 89) erhielt aus einer von der Verarbeitung von Chilisalpeter und Stafsfurther Chlorkalium stammenden Salpetermutterlauge doppelbrechende Krystalle, welche Chlor (19,28 pC.), Magnesium (7,88 pC.), Borsäure und Natron enthielten, in kaltem Wasser schwer (etwa 1/33), in warmem leichter löslich waren, beim Erhitzen der Lösung aber, noch bevor der Siedepunkt derselben erreicht war, unter Abscheidung von Magnesiahydrat zersetzt wurden und zwar bei raschem Erhitzen unter Explosion. Sie hinterließen beim Glühen 51,25 pC. unlöslichen Rückstand und zeigten außer den Linien der Borsäure und des Natriums noch eine violette Spectrallinie; ihre eigentliche Natur wurde aber nicht festgestellt. Die durch Kochen zersetzte Lösung gab bei dem Verdampfen mikroscopische Krystalle, welche octaëdrischer Borax zu sein schienen.

Cäsium und Rubidium. Chloride, Bromide, salpeters., salpetrigs. und kohlen Salze von Magnesium, Calcium, Natrium, Kalium und Rubidium enthaltende Lauge wurde im Freien mit Salzsäure angesäuert und nach dem Verschwinden des entstandenen Schaumes mit so viel Platinchlorid versetzt, dafs eine reichliche Fällung von Doppelchloriden eintrat, welche 12 Stunden mit der Flüssigkeit unter öfterem Umrühren in Berührung gelassen, dann auf einem Filtrum gesammelt, mit wenig Wasser gewaschen und in siedende Kieselfluorwasserstoffsäure von etwa 6 pC. Säuregehalt eingetragen wurde. Nach viertelstündigem Sieden wurde die Flüssigkeit abgegossen, und als Platinchloridlösung zur Fällung einer neuen Quantität Mutterlauge verwendet, der Rückstand aber nochmals einer gleichen Behandlung unterworfen um nur wenig Rubidiumplatinchlorid unzersetzt zurückzulassen (das Kaliumplatinchlorid wird durch Kieselfluorwasserstoff leichter zersetzt, als das schwerlösliche Rubidiumdoppelsalz; es ist nicht zweckmäfsig, dieses ganz vollständig zu zersetzen). Sämmtliche so erhaltenen Niederschläge wurden vereinigt, getrocknet, durch Erhitzen mit concentrirter Schwefelsäure zersetzt und dem schliefslich geglühten Rückstand durch Wasser die schwefels. Salze des Kaliums und Rubidiums entzogen, die sich nun in bekannter Weise durch Darstellung der Alaune scheiden liefsen. — Auch zur Abscheidung des Rubidiums aus dem Rubidiumalaun fand Stolba es zweckmäfsig, die Lösung des letzteren durch Kieselfluorwasserstoff unter Zusatz von Weingeist zu fällen und den Niederschlag durch Glühen mit Salmiak in Rubidiumchlorid zu verwandeln. Rubidiumreiche Alaungemenge liefern leicht übersättigte Lösungen bei freiwilliger Verdunstung aber sehr schöne wasserklare und flächenreiche Krystalle.

Kalium. Jodkalium. Jodkalium empfiehlt Mich. Pettenkofer (1) durch Sättigen der nach S. 139 erhaltenen Jodwasserstoffsäure

(1) In der S. 138 angeführten Mittheilung.

mit doppelt-kohlens. Kali darzustellen (auf 8 Unzen Jod sind annähernd 6 Unzen 2 Drachmen doppelt-kohlens. Kali erforderlich). Die durch Abdampfen erhaltenen ersten Krystallanschüsse sind vollkommen rein, nur die letzten können Spuren von kohlens. Kali enthalten. Sind sie zugleich gelblich gefärbt, was nur bei Verunreinigung der Lauge durch organische Substanzen stattfindet, so werden sie durch Erhitzen, Lösen und abermaliges Krystallisirenlassen gereinigt.

Nach C. Stahlschmidt (1) reducirt feinpulveriges Zink, wie es durch Behandlung von käuflichem Zinkpulver mit Salzsäure und Auswaschen erhalten wird, die salpeters. Salze mit ungleich gröfserer Leichtigkeit als das dichte Metall. In der Einwirkung derselben auf salpeters. Kali z. B. lassen sich drei Phasen unterscheiden. In der ersten wird das salpeters. Salz langsam zu salpetrigs. reducirt, in der zweiten unter Bildung von Aetzkali und Entwickelung von Stickstoff vollständig zersetzt; in der dritten geht der Stickstoff durch Freiwerden von Wasserstoff in Ammoniak über. Mehr oder weniger können diese verschiedenen Zersetzungsweisen gleichzeitig erfolgen; bei gewöhnlicher Temperatur findet nur die erste und zwar in geringem Grade statt, bei 60° vorwiegend die zweite, und bei 100° die dritte, und zwar ohne dafs eine erhebliche Menge von salpetrigs. Salz gebildet würde. Dagegen wird das salpeters. Salz auch bei gewöhnlicher Temperatur energisch, aber immer unter gleichzeitiger Bildung von Aetzkali und Entwickelung von Stickstoff zu salpetrigs. reducirt, wenn die Lösung Ammoniak oder caustisches Kali enthält. Auf diese Thatsachen gestützt, empfiehlt Stahlschmidt zur Darstellung des salpetrigs. Kali's und in analoger Weise zu der der salpetrigs. Salze überhaupt das folgende Ver-

(1) Pogg. Ann. CXXVIII, 466; Zeitschr. Chem. 1866, 636; Chem. Centr. 1866, 962; J. pharm. [4] IV, 315; Phil. Mag. [4] XXXIII, 62; Chem. News XV, 194.

Salpetrigs. Kali. fahren. Man versetzt eine bei 30° bis 40° gesättigte]sung von salpeters. Kali mit ungefähr 0,1 Vol. Ammon:trägt in die Flüssigkeit Zinkpulver in kleinen Anthe ein, indem man durch öfteres Umschütteln und durch .kühlung die Temperatur unterhalb 50° erhält (bei Zu gröfserer Mengen von Zink kann sich die Heftigkeit Reaction bis zur Explosion steigern), und fährt damit lange fort, bis der gröfste Theil des salpeters. Kali's ssetzt ist (bis eine zur Verjagung des Ammoniaks gekoc und von dem gefällten Zinkoxyd abfiltrirte Probe Flüssigkeit durch das 4- bis 5fache Volum Weingeist n mehr erheblich gefällt wird). Die geklärte Lösung v hierauf vom Zink abgegossen, bis zur Verflüchtigung Ammoniaks gekocht, filtrirt und zur Zersetzung salpetrigs. Metallsalze in der Siedehitze mit Kohlensä behandelt. Die zink- und cadmiumfreie Lösung neutrali man zuletzt mit Salpetersäure und scheidet durch V dampfen und Krystallisation das salpeters. Kali ab. A andere unorganische und organische Verbindungen wer durch Zinkpulver in alkalischer Lösung mit Leichtig: reducirt, jods. Salze z. B. zu Jodmetallen, Ferridcyankal zu Ferrocyankalium, Indigblau zu Indigweifs; chlorsa Salze erfahren dagegen selbst in der Siedehitze keine V änderung. — Als bequeme Methode zur Darstellung ei Lösung von salpetrigs. Kali empfiehlt O. L. Erdmann Salpeter mit dem mehrfachen Gewicht Eisenfeile o Bohrspäne in einem gufseisernen Tiegel bei mäfsiger Gl hitze zu schmelzen, bis die filtrirte Lösung einer her genommenen Probe mit Schwefelsäure eine starke F wickelung von salpetriger Säure giebt, die ausgegoss erkaltete Masse mit Wasser auszulaugen, die Lösung a Auskrystallisiren des unzersetzten Salpeters etwas zu c

* (1) J. pr. Chem. XCVII, 387; Chem. Centr. 1866, 624; J. ph [4] IV, 815; Chem. News XV, 194.

centriren, hierauf mit salpetriger Säure (aus Stärke und Salpetersäure entwickelt) zu übersättigen und gelinde zu verdampfen.

Nach Rammelsberg (1) krystallisirt Einfach-Schwefelnatrium, $Na_2S + 9H_2O$, im quadratischen System. An grofsen durchsichtigen schwachröthlich gefärbten Krystallen beobachtete Er die Combination $P \cdot \infty P$, und zuweilen als Abstumpfung der Ecken die schärfere Pyramide $2P\infty$, mit den (wegen der leichten Veränderlichkeit der Krystalle nicht ganz genau bestimmbaren) Neigungen $P:P$ in den Endkanten $= 110°$; $P:P$ in den Seitenkanten $= 108°15$; $P : \infty P = 144°15'$; $\infty P : 2P\infty = 129°30'$, entsprechend dem Axenverhältnifs $a:a:c = 1:1:0{,}983269$.

– H. Finger (2) beobachtete bei dem Einleiten von Schwefelwasserstoff in concentrirte Natronlauge (vom specifischen Gewicht 1,37) zuerst die Bildung nadelförmiger, farbloser, durchsichtiger und stark glänzender Krystalle, welche dem rhombischen System angehören (die Flächen $\infty P \cdot \infty \breve{P} \infty \cdot P \infty$ wurden in Combination beobachtet) und die Zusammensetzung $Na_2S + 3H_2O$ haben. Sie gehen in Berührung mit der Mutterlauge bald in die von Rammelsberg untersuchten Quadratoctaëder über und liefern diese auch bei dem Umkrystallisiren aus Weingeist. Die quadratischen Krystalle treten übrigens in der Lauge auch selbstständig auf; wenn ihre Krystallisation beendigt ist, so erscheinen nach längerer Zeit abermals Krystalle mit 3 Molecülen Wasser; diese erhalten sich unverändert.

V. Zepharovich (3) hat die bereits wiederholt untersuchte Krystallform des kohlens. Natronkali's, $KO, NaO, C_2O_4 + 12HO$ (4), nochmals bestimmt. An gut ausgebildeten Krystallen, welche Stolba dargestellt hatte,

---

(1) Pogg. Ann. CXXVIII, 172; Chem. Centr. 1866, 590. — (2) Pogg. Ann. CXXVIII, 635; Zeitschr. Chem. 1866, 668. — (3) Wien. Acad. Ber. LII (1. Abth.), 237; im Auszug Wien. acad. Anzeiger 1865, 133. — (4) Jahresber. f. 1857, 188; f. 1864, 182.

Kohlens. Natronkali. beobachtete Er die Combinationen I) $0P . -P . +P + P\infty . (^1/_2 P\infty)$; II) $0P . -P$, untergeordnet auch $-P\infty . \infty P\infty . (^1/_2 P\infty) . (\infty P\infty) . +P . +P\infty$ sehr selten P_4, von welchen II) bei grofsem Ueberschufs von kohlens. Kali krystallisirte (die von Marignac und Knop als ∞P betrachtete Fläche ist hier als der Hemipyramide $-P$ angehörend genommen). Für die Grundform ergaben Zepharovich's zahlreiche Winkelmessungen das Axenverhältnifs a (Klinodiagonale) : b c (Hauptaxe) = 0,9673 : 1 : 1,2226; der schiefe Axenwinkel beträgt $84^0 34' 18''$.

Fr. Stolba (1) beobachtete in gesättigten Lösungen von kohlens. Natronkali, aus welchen sich in der Sommerwärme keine Krystalle des Doppelsalzes mehr abschieden und welche in flachen Gefäfsen längere Zeit der Luft ausgesetzt blieben, die Bildung zarter seideglänzender, gewöhnlich zu wawellitartigen Formen gruppirter Krystallnadeln, zuweilen auch gröfsere bis 3 Centimeter lange und 2 Centimeter breite, oft verwachsene monoklinometrische Säulen, welche als wesentliche Bestandtheile Natron, Kali Kohlensäure und Wasser enthielten. Beim Erhitzen wurden die Krystalle unter Verlust von Kohlensäure und Wasser aber unter Beibehaltung der Form milchweifs, in der Glühhitze schmolzen sie. Die Zusammensetzung verschiedener Krystallisationen entsprach, von einem nicht unerheblichen Gehalt an Chlorkalium und schwefels. Natronkali abgesehen annähernd den Formeln I. $2[2{\mathrm{Na}\atop\mathrm{K}}\}O, 3CO_2] + 7HO$ und II. $2{\mathrm{Na}\atop\mathrm{K}}\}O, 3CO_2 + 3HO$; der Gehalt an Kali und Natron betrug in dem Salz

	I.		II.
NaO	34,14	33,37	35,07 pC.
KO	6,52	8,39	6,89 „

(1) J. pr. Chem. XCIX, 46; Zeitschr. Chem. 1867, 92; Bull. soc. chim. [2] VII, 241.

Zur Darstellung von reinem salpeters. Natron (und anderen salpeters. Salzen) empfiehlt F. M. Lyte (1), die siedend gesättigte Lösung des ein oder zweimal umkrystallisirten rohen Salzes mit 0,1 ihres Gewichtes roher Salpetersäure von 1,35 spec. Gewicht zu versetzen, bis zum Erkalten zu agitiren und das gefällte krystallinische Pulver auf dem Trichter zuerst mit verdünnter (10 procentiger) roher, dann mit gleich starker reiner Salpetersäure abzuwaschen. Von der anhängenden Säure wird das Salz schliefslich durch Erhitzen befreit. — (Die fremden salpeters. Salze können auf diesem Wege natürlich nicht abgeschieden werden, und die Entfernung der Chlormetalle wird ökonomischer nach Grote's Verfahren (2) erreicht.)   *Salpeters. Natron.*

A. Fröhde (3) hat für die Darstellung von Metallpräparaten in allen den Fällen, in welchen eine Schmelzung mit kohlens. Alkali und Schwefel vorzunehmen ist, statt dieser Mischung die Anwendung des unterschwefligs. Natrons empfohlen. — Beim Erhitzen von unterschwefligs. Natron mit Phosphor werden nach Demselben Schwefelverbindungen des Phosphors erhalten (4).   *Unterschweflig. Natron.*

Rammelsberg (5) hat die Resultate Seiner Untersuchungen von Lithionsalzen (6) jetzt ausführlicher mitgetheilt. — *Schwefels. Lithion*, $SO_2, Li_2, O_2 + H_2O$, krystallisirt in monoklinometrischen, durch Vorherrschen der Endfläche tafelförmig ausgebildeten Prismen, an welchen die Flächen $\infty P . (\infty P 2) . - P \infty . + P \infty . \infty P \infty . OP$, und die Neigungen $(\infty P 2) : (\infty P 2)$ an der Orthodiagonale $= 114°12'$; $OP : + P\infty = 140°40'$; $OP : - P\infty = 152°36'$; $OP : \infty P = 104°45'$; $\infty P \infty : - P \infty = 136°12'$, welche jedoch   *Lithium. Lithionsalze.*

(1) Chem. News XIII, 64. — (2) Pharmaceutisches Centralblatt f. 1839, 63. — (3) Arch. Pharm. [2] CXXVII, 317 ff.; Zeitschr. Chem. 1866, 543. — (4) Auch zur Darstellung organischer Schwefelverbindungen ist nach vorläufigen Angaben von Fröhde das unterschwefligs. Natron anwendbar. Derselbe erhielt durch Erhitzen dieses Salzes mit essigs. Blei : Thiacetsäure, mit ätherschwefels. Kalk : Zweifach-Schwefeläthyl, mit Essigäther (in geschlossenen Röhren): schwefligs. Aethyl. — (5) Pogg. Ann. CXXVIII, 311; im Auszug Zeitschr. Chem. 1866, 486. — (6) Vgl. Jahresber. f. 1865, 167.

Lithionsalze. wegen ungenügender Spiegelung der Flächen ∞P und ∞P∞ theilweise nur annähernde sind, beobachtet wurden. Axenverhältniſs a (Klinodiagonale) : b : c (Hauptaxe) = 0,8278 : 1 : 1,2021; spitzer Axenwinkel = 70°29′. Das wasserfreie Salz, welches Schabus (1) als hexagonal krystallisirend beschrieb, hat Rammelsberg nie beobachtet. Löst man gleiche Molecüle schwefels. Kali und schwefels. Lithion in Wasser, so schieſst beim Verdunsten zuerst schwefels. Kali in der gewöhnlichen rhombischen Form an, später aber wasserfreies *schwefels. Lithionkali*, SO_3, KLi, O_2, in hexagonalen Krystallen. Sie bilden Dihexaëder von der Combination P.∞P.0P, mit den Neigungen P : P in den Endkanten = 127°38′; P : P in den Seitenkanten = 125°; P : 0P = 117°30′; P : ∞P = 152°30′, entsprechend dem Axenverhältniſs a : c = 0,6006 : 1. Sie sind demnach identisch mit den von Schabus gemessenen Krystallen, stimmen dagegen mit dem schwefels. Natronkali nur in ihrer allgemeinen Symmetrie, nicht in Axen- und Winkelverhältnissen überein. Zuletzt bilden sich in der Mutterlauge sehr kleine Krystalle von der oben angegebenen Form des wasserhaltigen Lithionsalzes und der Zusammensetzung $(SO_3, K_2, O_2 + H_2O) + 4(SO_3, Li_2, O_2 + H_2O)$. Aus einer Lösung von gleichen Molecülen schwefels. Lithion und schwefels. Natron schieſsen zuerst theils durchsichtige, theils trübe hexagonale sehr flächenreiche Krystalle an von der Combination R.—2R. + 4R.³/₂P2.⁴/₃P2.∞P2.0P, mit dem Endkantenwinkel von R = 102°28; von —2R = 77°25′, und der Neigung von R : 0P = 133°50′; durch unsymmetrische Ausdehnung in der Richtung der Diagonalzone einer der Flächen des Hauptrhomboëders erhalten sie zuweilen das Ansehen monoklinometrischer Säulen. Die Zusammensetzung dieser Krystalle entsprach zum Theil der Formel S_2O_4, Na_2Li, $O_4 + 6H_2O$ (erster Anschuſs), zum Theil

---

(1) Jahresber. f. 1854, 323. Auch Rammelsberg's Neueste Forschungen in der krystallographischen Chemie. Leipzig 1857, S. 85.

der Formel S_2O_6, Na_4Li_2, $O_6 + 9H_2O$ (zweiter Anschuſs). Lithionsalze. Der letzte Anschuſs bestand aus Krystallen von der Form des wasserhaltigen schwefels. Lithions (s. S. 157), die jedoch das Natronsalz (nahezu 1 Molecül auf 4 Molecüle Lithionsalz) in isomorpher Mischung enthielten. Der vorletzte, aus sehr kleinen Krystallen bestehende Anschuſs schien ein Gemenge der Salze $R_2SO_4 + 3H_2O$ und $R_2SO_4 + H_2O$ zu sein. Eine Mischung von schwefels. Lithion und -Kali liefert demnach zuerst hexagonale Krystalle, welche die beiden wasserfreien Salze enthalten, später bei Ueberwiegen des Lithionsalzes monoklinometrische mit 1 Molecül Wasser und dem reinen Lithionsalz gleich. Eine Mischung von schwefels. Lithion und -Natron giebt zuerst rhomboëdrische Krystalle, in denen jedes der beiden Salze drei Molecüle Wasser enthält, und dann ebenfalls monoklinometrische, an Lithion reichere, worin die Salze 1 Molecül Wasser enthalten. Der Isomorphismus des schwefels. Lithions mit schwefels. Kali und Natron (und indirect auch der der beiden letzteren unter sich) ist hierdurch festgestellt. *Unterschwefels. Lithion*, S_2O_4, Li_2, $O_2 + 2H_2O$, durch Zersetzung des unterschwefels. Baryts mit schwefels. Lithion erhalten, krystallisirt aus dem verdampften Filtrat in ansehnlichen Prismen des rhombischen Systems von der Combination $P . \frac{1}{2}P . \infty P . \breve{P}\infty . 3\breve{P}\infty .$ $\infty \breve{P}\infty . 0P$, mit den Neigungen $\breve{P}\infty : 0P = 134°0'$; $P : \infty P = 153°38'$, dem Axenverhältniſs der Grundform $a : b : c$ (Hauptaxe) $= 0,5985 : 1 : 1,0355$ entsprechend; es ist daher mit dem Natronsalz (1) isomorph. Die Krystalle sind immer prismatisch nach der Horizontalzone entwickelt, sie werden an der Luft feucht und lösen sich leicht in Wasser. *Neutrales chroms. Lithion*, CrO_3, Li_2, $O_2 + H_2O$,

---

(1) **Rammelsberg's** Handbuch der krystallographischen Chemie, 71. Betrachtet man die von Heeren gewählte Hauptaxe als Makrodiagonale, so ergiebt sich für das unterschwefels. Natron das Axenverhältniſs $a : b : c = 0,6008 : 1 : 1,011$.

Lithionsalze. wird durch Sättigen von Chromsäure mit kohlens. Lith
und starkes Eindampfen in rothbraunen durchsichti[g]
zerfliefslichen Krystallen des rhombischen Systems erhalt
Beobachtet wurden die Flächen $\infty P \cdot \infty \breve{P}2 \cdot \infty \breve{P}3 \cdot \breve{P}c$
$\bar{P}\infty \cdot \infty \bar{P}\infty \cdot \infty \breve{P}\infty$, von welchen die drei zuletzt gena[nn]ten und $\infty \breve{P}3$ sehr untergeordnet auftreten. Es ist ∞ [P]
$\infty \breve{P} \infty = 123^{\circ}30'$; $\breve{P} \infty : \bar{P} \infty$ an der Hauptaxe $= 13($
und das Axenverhältnifs a : b : c (Hauptaxe) $= 0{,}661$
$1 : 0{,}4663$. Ueber Schwefelsäure werden die Kryst[a]
trüb und an der Oberfläche gelb, in Wasser sind sie lei[cht]
löslich. *Zweifach-chroms. Lithion*, $Cr_2\Theta_4$, Li_2, $\Theta_3 + 2H$[$_2\Theta$]
wird durch Zusatz von Chromsäure oder Salpetersä[ure]
zur Lösung des neutralen Salzes, und Verdampfen bis [zur]
Syrupconsistenz in zerfliefslichen braunschwarzen Krystal[len]
mit theilweise gekrümmten Flächen erhalten. *Chro[m]*
Lithion-Ammoniak, $Cr\Theta_2$, $LiNH_4$, $\Theta_2 + 2H_2\Theta$, krystalli[sirt]
aus der mit Ammoniak übersättigten Lösung des sau[ren]
Salzes in feinen rothbraunen nicht zerfliefslichen Nad[eln.]
Arsensäure giebt mit kohlens. Lithion gesättigt eine kl[are]
Lösung, die bei dem Verdampfen krystallinisch ersta[rrt]
und aus welcher Ammoniak pulveriges *normales arse[ns.]*
Lithion, $2(As\Theta, Li_3, \Theta_3) + H_2\Theta$, fällt. Eine Lösung die[ses]
Salzes in freier Arsensäure liefert durch Verdunsten dur[ch]
sichtige zerfliefsliche rhombische Prismen (von etwa 14[°])
von *saurem arsens. Lithion*, $2(As\Theta, LiH_2, \Theta_3) + 3H$[$_2\Theta$]
welche durch Wasser in freie Säure und das neutrale S[alz]
zerlegt werden. *Molybdäns. Lithion*, $5(MoLi_2, \Theta_4) + 2H$[$_2\Theta$]
wird durch Erhitzen von Molybdänsäure mit kohlens. A[m]
moniak und Wasser, und Verdunsten der Lösung in h[ell]
beständigen aber ziemlich leichtlöslichen kleinen warz[en]
förmig gruppirten Aggregaten erhalten.

Baryum. Baryum-superoxyd. A. Baudrimont (1) hat auf einige Unterschiede [im]
Verhalten des Baryumsuperoxydes und des Mangansup[er]

---

(1) Compt. rend. LXII, 829; Instit. 1866, 134; J. pharm. [4] [...]
347; Chem. News XIII, 193; J. pr. Chem. XCVIII, 283; Zeits[chr.]
Chem. 1866, 247; Chem. Centr. 1866, 848.

oxydes aufmerksam gemacht. Während Aetherschwefel- *Baryum-superoxyd.*
säure bei der Destillation mit Mangansuperoxyd Aldehyd
liefert, giebt sie mit Baryumsuperoxyd Aether und ölbildendes Gas nebst schwefliger Säure; der in Menge entbundene Sauerstoff scheint nicht oxydirend zu wirken.
Giefst man in eine mit Chlor gefüllte Flasche feinzerrie-
benes Baryumsuperoxyd und etwas Wasser, so wird bei
dem Umschütteln das Baryumsuperoxyd unter lebhafter
Einwirkung und Entwickelung von Sauerstoff zersetzt;
Ozon tritt hierbei nicht auf. Baudrimont giebt ferner
an, mit Hülfe von Mangansuperoxyd Wasserstoffsuperoxyd
erhalten zu haben, welches sowohl durch Baryumsuperoxyd
als durch das gewöhnliche Wasserstoffsuperoxyd zersetzt
werde. Genaueres hat Derselbe darüber nicht mitgetheilt.

Zur Darstellung des zu Vorlesungsversuchen bestimm- *Calcium. Phosphor-calcium.*
ten Phosphorcalciums empfiehlt Th. Gerding (1), in
glühenden pulverigen Kalk (aus Kalkhydrat) Phosphor in
kleinen Stücken nach und nach, unter jedesmaligem Umrühren sobald die Phosphorflamme verschwunden ist, ein-
zutragen und dieses abwechselnde Eintragen und Umrühren
so lange fortzusetzen, bis über der glühenden Masse eine
dauernde Phosphorflamme erscheint.

J. Pelouze (2) ist durch die in neuerer Zeit von *Schwefel-wasserstoff-Schwefel-calcium.*
mehreren Seiten gemachten Angaben über die Schwerlös-
lichkeit des Schwefelcalciums (3) mit Bezug auf die Zusammensetzung der s. g. Sodarückstände und auf die
Theorie der Sodafabrikation veranlafst worden, das Verhalten des Schwefelcalciums und Schwefelmagnesiums zu
Wasser zu untersuchen, wobei Er die Genauigkeit von

---

(1) N. Jahrb. pract. Pharm. XXVI, 159. — (2) Compt. rend. LXII,
100; Ann. ch. phys. [4] VII, 172; Instit. 1866, 17; Bull. soc. chim. [2]
V, 117; J. pharm. [4] III, 81; J. pr. Chem. XCVII, 482; Zeitschr.
Chem. 1866, 167; Chem. Centr. 1866, 145. — (3) Jahresber. f. 1863,
740, wo Zeile 1 statt Schwefelnatrium Schwefelcalcium zu lesen ist.

Schwefelwasserstoff-Schwefelcalcium.

H. Rose's Beobachtungen (1) bestätigt hat. Kocht m 20 bis 25 Grm. Schwefelcalcium in einem Kolben mit lang Halse mehrere Stunden mit 200 bis 300 CC. Wasser, geht unter anhaltender Entwickelung von Schwefelwass stoff eine nicht unerhebliche (1 bis mehrere pC. vom C wichte des Filtrats betragende) Menge von Schwefelwass stoff-Schwefelcalcium in Lösung, während ein Gemen von Kalkhydrat und unzersetztem Schwefelcalcium zurüc bleibt. Die Lösung wird bei dem Verdampfen zur Trock unter reichlicher Entwickelung von Schwefelwasserst zersetzt und hinterläfst einen Rückstand, der nach de Auswaschen mit wenig Wasser aus reinem Kalkhydı besteht. In der Kälte findet die Einwirkung, wiewe langsamer und mit geringerer Intensität, in gleicher We statt : 1 Liter Wasser enthielt nach mehrtägiger Digesti mit überschüssigem Schwefelcalcium 1 bis 1,5 Gr Schwefelwasserstoff-Schwefelcalcium. Letzteres wird seli durch den gröfsten Ueberschufs von Kalkhydrat nicht Einfach-Schwefelcalcium verwandelt. Leitet man Schw felwasserstoff in Kalkmilch, so wird sogleich Schwel wasserstoff-Schwefelcalcium gelöst, während reines Ka. hydrat zurückbleibt (dieses Verhalten bietet das be Mittel, eine reine Lösung der Verbindung zu erhalten Schwefelwasserstoff wirkt auf Kalkmilch nicht mehr e sobald die Lösung etwa 70 Grm. Schwefelwasserstc Schwefelcalcium im Liter enthält. Eine concentrirte Lösung bildet sich, wenn Schwefelwasserstoff in eine L sung von Zuckerkalk oder in, auf trockenem Wege d. gestelltes und in Wasser suspendirtes Schwefelcalcii eingeleitet wird. Kalkhydrat, welches zur Absorption v Schwefelwasserstoff gedient hat, giebt an Wasser ebe falls Schwefelwasserstoff-Schwefelcalcium ab, und selbst Wasser vertheilter kohlens. Kalk wird durch Schwefl

(1) L. Gmelin's Handbuch der Chemie, 4. Aufl., II, 194.

Wasserstoff langsam unter Bildung derselben Verbindung zersetzt. — Nach Pelouze beruht ferner die Annahme, dafs Kalk- und Magnesiasalze durch die Schwefelverbindungen der fixen Alkalimetalle nicht gefällt werden, auf einem Irrthum. Concentrirte Lösungen von Kalksalzen werden durch überschüssiges Einfach-Schwefelnatrium oder -kalium so vollständig gefällt, dafs das Filtrat sich mit Oxalsäure kaum trübt. Der Niederschlag (welcher bei Ueberschufs des Kalksalzes nicht entsteht) ist reines Kalkhydrat, gebildet nach der Gleichung $CaCl + 2NaS + 2HO = CaO, HO + NaCl + NaS, HS$. Schwefelwasserstoff-Schwefelkalium und -natrium wirken in der Kälte nicht und in der Siedehitze nur im Mafse ihrer Verwandlung in Einfach-Schwefelmetalle ein. Einfach- und Schwefelwasserstoff-Schwefelammonium bewirken die Zersetzung weder bei gewöhnlicher Temperatur, noch in der Wärme.

P. W. Hofmann (1) schliefst aus einigen auf die bestrittene Existenz des Calciumoxysulfuretes (2) bezüglichen Versuchen, dafs 1) ein nicht geglühtes Gemenge von 2 At. Schwefelcalcium und 1 At. Kalk beim Kochen mit Wasser kein Oxysulfuret bildet, dafs aber 2) dasselbe Gemenge durch Glühen in Oxysulfuret übergeht, und dafs 3) dieses Oxysulfuret die Zusammensetzung $2CaS, CaO$ hat, sofern ein gröfserer Zusatz von Kalk unverbunden beigemischt bleibt. In dem frisch ausgelaugten Sodarückstand ist nach Hofmann dieses Calciumoxysulfuret enthalten.

Nach R. Warington jun. (3) erfordert 1 Th. gefällter kohlens. Kalk bei 21° und 0,7483 Met. Druck 1015 Th. mit Kohlensäure gesättigtes Wasser zur Lösung (die Kohlensäure wurde während 24 Stunden in die Mi-

---

(1) Compt. rend. LXII, 291; Instit. 1866, 75; J. pr. Chem. XCVIII, 114; Zeitschr. Chem. 1866, 158. — (2) Jahresber. f. 1862, 663; f. 1863, 789; f. 1864, 767; f. 1865, 778 ff. — (3) In der S. 164 angeführten Abhandlung.

schung eingeleitet), und 949 Th. kohlens. Wasser
1 pC. Chlorammonium bei 13⁰ und 0,7473 Met. Druck.

Schwefels. Kalk.

Wie Hoppe-Seyler (1) gefunden hat, geht ge[…] verter Gyps beim Erhitzen mit Wasser in zugeschmolze[nen] Röhren zwischen 140⁰ und 160⁰ in eine krystallinische [zu]sammenhängende Masse des Salzes $2[CaO, SO_3] + HO$ über, welche bei Anwendung von Marienglas in se[ide]glänzenden Fasern erhalten wird und sich in der Flü[ssig]keit durch längeres Erhitzen nicht verändert, in der K[älte] aber wieder in Gyps verwandelt. Ersetzt man bei die[sem] Versuch das Wasser durch eine gesättigte Lösung [von] Steinsalz (Stücke von Steinsalz werden in die Röhre [mit] eingeschlossen), so gehen die Gypskrystalle bei 125⁰[—] 130⁰ in eine porcellanartige milchweifse, aus verfil[zten] Krystallen bestehende Masse von Anhydrit über, aus w[el]cher sich in der Kälte Gyps regenerirt. In höherer T[em]peratur entzieht demnach Chlornatriumlösung (langsa[mer] auch Chlorcalciumlösung) dem Gyps, bei gewöhnlic[her] aber Anhydrit der Chlornatriumlösung Wasser. Bei 1[..] entwässerter Gyps erhärtet daher auch mit einer Lös[ung] von Chlornatrium. Hoppe-Seyler sucht aus die[sem] Verhalten die Bildung der die Steinsalzlager begleiten[den] Anhydritmassen zu erklären.

Nach Lecoq de Boisbaudran (3) enthält die [bei] 12⁰,5 gesättigte Gypslösung in 1000 Th. 2,51 Th. des [ent]wässerten Salzes $(CaO, SO_3 + 2HO)$, 1 Th. desse[lben] erfordert hiernach bei derselben Temperatur 397,4 [Th.] Wasser (4).

Phosphors. Kalk.

R. Warington jun. (5) hat die Zusammensetz[ung]

---

(1) Pogg. Ann. CXXVII, 161; Zeitschr. Chem. 1866, 154.
(2) L. Gmelin's Handbuch der Chem., 4. Aufl., II, 198. — (3[)] der S. 68 angeführten Abhandlung. — (4) Vgl. auch Poggiale pharm. [4] V, 86; ferner Chem. Centr. 1844, 827. Bezüglich desse[lben] Gegenstandes auch Jahresber. f. 1854, 825. — (5) Chem. Soc. J. IV, 296; im Auszug Zeitschr. Chem. 1866, 577; Bull. soc. chim. VI, 82.

der Niederschläge untersucht, welche durch phosphors. **Phosphors. Kalk.** Alkalien in Chlorcalciumlösung unter verschiedenen Bedingungen erzeugt werden. Tropft man gewöhnliches phosphors. Natron in überschüssiges Chlorcalcium, so löst sich der Niederschlag anfänglich beim Umrühren wieder auf, wird aber später bleibend und bei längerem Stehen krystallinisch; geglüht hat er die Zusammensetzung des *Dicalciumphosphats*, $P_2O_2Ca_2, O_5$ (mit einem über 1 pC. betragenden Ueberschuſs an Kalk), die Mutterlauge reagirt sauer. Da bei der Umsetzung nach der Gleichung $2 CaCl_2 + 2(PONa_2H, O_3) = 4 NaCl + P_2O_2Ca_2H_2, O_6$ keine anderen Producte entstehen, so leitet Warington die saure Reaction von gelöstem Dicalciumphosphat ab, da dieses im feuchten Zustand Lackmus deutlich röthet. Wird Chlorcalcium zu überschüssigem phosphors. Natron gegossen, so hat der zuerst entstehende Niederschlag, so lange die Flüssigkeit alkalisch oder neutral reagirt, die Zusammensetzung des *Octocalciumtriphosphates*, im geglühten Zustande $8 CaO, 3 P_2O_5$ (ein 0,5 bis 1,6 pC. betragender Ueberschuſs an Kalk wurde gefunden); bei weiterem Zusatz von Chlorcalcium nimmt die Flüssigkeit saure Reaction an, da gleichzeitig mit dem Niederschlage Mononatriumphosphat entsteht, nach der Gleichung $8 CaCl_2 + 5(P_2O_2Na_4H_2, O_6) = 10 NaCl + P_6O_6Ca_8H_2, O_{18} + 2(P_2O_2Na_2H_4, O_6)$. In dieser abgegossenen sauren Lösung erzeugt Chlorcalcium einen deutlich krystallinischen, aus mikroscopischen rhombischen sechsseitigen Tafeln bestehenden Niederschlag von Dicalciumphosphat, das im Vacuum getrocknet die Zusammensetzung $P_2O_2Ca_2H_2, O_6 + 4H_2O$ hat und bei 100° $1/_8$ seines Wassergehaltes verliert. Mit Wasser gekocht ertheilt es diesem saure Reaction (1), im frisch gefällten und gewaschenen Zustande mit gewöhnlichem phosphors. Natron digerirt, wird es in Octocalcium-

---

(1) Vgl. Jahresber. f. 1849, 280.

Phosphors. Kalk. triphosphat verwandelt. Aus einer Lösung von Dicalcium phosphat in Salzsäure fällt überschüssiges Ammoniak Oct calciumtriphosphat und dieses wird durch wiederhol Lösung und Fällung nicht weiter verändert. Im Vacuu getrocknet entspricht seine Zusammensetzung der Form $P_6O_6Ca_8H_2, O_{18} + 4H_2O$, bei 100° getrocknet hält es n die Hälfte des Wassers zurück. Warington nimmt a dafs bei der Fällung saurer Lösungen von phosphors. K immer das Octocalciumtriphosphat und niemals das T calciumphosphat gefällt wird, nach der allgemeinen Gl chung: $4[P_2O_2Ca_2H_2, O_2] + 6NH_3 = P_6O_6Ca_8H_2$, $+ 6NH_4, P_2O_8$ (1). *Tricalciumphosphat* wird nach Warin ton erhalten 1) durch Fällen von Chlorcalcium mit T natriumphosphat; 2) indem eine mit 1 Aeq. Ammon versetzte Lösung von Dinatrium- oder Diammoniumph phat in Chlorcalcium gegossen wird; 3) indem man Lösung des phosphors. Natrons oder Ammoniaks mit ein bedeutenden Ueberschufs an Ammoniak versetzt und Ch calcium nicht bis zur vollständigen Fällung zufügt. Der Vacuum getrocknete Niederschlag hat die Formel P_2O_2C $O_6 + 2H_2O$; ungefähr die Hälfte des Wassergehaltes e weicht bei 100° (vgl. S. 168). Gegen Lackmus verhält s das frisch gefällte Salz neutral, mit Wasser gekocht erth es demselben saure Reaction, wofür sich in diesem F keine Erklärung geben läfst. Wird das Salz im feucht Zustande mit einer zur vollständigen Lösung ungenügend Menge von Essigsäure oder Salzsäure übergossen, so liefs die Lösung (bei Anwendung von Essigsäure gröfse Krystalle von Dicalciumphosphat und auch der ungelös Rückstand geht allmälig in solche Krystalle über. — D Resultate, welche Warington in Bezug auf die Löslic keit des s. g. dreibasisch-phosphors. Kalks in verschieden

(1) Vgl. auch hierüber und über Tricalciumphosphat L. Gmelin Handbuch der Chemie, 4. Aufl., II, 190 ff., und Ann. Ch. Phar LIII, 286.

Menstruis erhielt, sind in dem Folgenden zusammengestellt. Die angegebene Temperatur t^0 ist die bei dem Filtriren der Lösung beobachtete, die Menge des gelösten Tricalciumphosphates ist aus der Phosphorsäure berechnet. Sämmtliche Zahlenwerthe sind die Mittel mehrerer Versuche:

1 Theil Tricalciumphosphat erfordert zur Lösung bei t^0 Druck in MM.
89448 Th. ausgekochtes Wasser . . . . . 7^0 —
19628 „ „ „ mit 1 pC.
Chlorammonium . . . . 10^0 —
4324 Th. ausgekochtes Wasser mit 10 pC.
Chlorammonium . . . . 17^0 —
1788 Th. mit Kohlensäure gesättigtes Wasser 10^0 751
1851 „ „ „ „ „ ,
1 pC. Chlorammonium enthaltend . . 12^0 745,4
42313 Th. mit Kohlensäure gesättigtes Wasser,
bei Zusatz von kohlens. Kalk . . . 21^0 756,3
18551 Th. mit Kohlensäure gesättigtes Wasser,
1 pC. Chlorammonium enthaltend, bei
Zusatz von kohlens. Kalk . . . . . 16^0 746,1.

Die Lösung des Tricalciumphosphats in kohlens. Wasser reagirt schwach sauer, wird durch Ammoniak nur unbedeutend getrübt, durch phosphors. Natron aber unmittelbar gefällt; Chlorcalcium ist ohne Wirkung. Durch Erwärmen wird sie erst bei 80^0 zerlegt, wo die Abscheidung des Phosphors. Kalks plötzlich erfolgt. Bleibt die Lösung der freiwilligen Verdunstung überlassen, so bedeckt sie sich zuerst mit einer Krystallhaut von Dicalciumphosphat, später krystallisiren traubenförmige Aggregate, welche Hepta- oder Octocalciumtriphosphat zu sein scheinen, zuletzt Tricalciumphosphat in kugeligen Aggregaten; die alkalisch reagirende Mutterlauge hält neben Phosphorsäure überschüssigen Kalk gelöst. — Wie die obenstehenden Zahlen zeigen, wird das Lösungsvermögen des kohlensäurehaltigen Wassers für phosphors. Kalk durch die Gegenwart von kohlens. Kalk ($1/_{90}$ vom Gewicht des phosphors. Kalks reicht dazu hin) nahezu vollständig aufgehoben. Weitere Versuche Warington's ergaben, daſs Thonerde- und

Phosphors. Kalk. Eisenoxydhydrat der Lösung des phosphors. K⌷ kohlens. Wasser den gröfsten Theil der Phosph entziehen. Bei Anwendung von Eisenoxydhydr wiederholtem Durchleiten von Kohlensäure blieb 4,3 pC., bei Anwendung von Thonerdehydrat 3,2 ⌷ ursprünglichen Phosphorsäuregehaltes nebst der G⌷ menge des Kalks in der Lösung zurück. Wari folgert aus diesem Verhalten, dafs die Absorptionsfi des Bodens für Phosphorsäure auf deren chemisch dung durch Eisenoxyd beruht.

Wittstein (1) besprach die Darstellung des ⌷ mittel benutzten phosphors. Kalks, zu welchem Zw⌷ die Fällung von reinem Chlorcalcium durch ph⌷ Natron allein zulässig erscheint. Das so erhaltene ⌷ in mikroscopischen durchsichtigen Tafeln krystallisirt salz ergab auch Ihm (2) nach dem Trocknen im ⌷ die Zusammensetzung des *Brushits* (3) ($2CaO, H$ $+ 4HO$); das unter Zusatz von Ammoniak gefällte ⌷ die Zusammensetzung $3CaO, PO_5 + 5HO$ (4). Vg⌷

Nach J. Piccard (5) setzen sich drei Aequ⌷ Chlorcalcium mit einem Molecül Phosphorsäure Mol. basisch-phosphors. Kalk mit drei Mol. Salzsä⌷ 100° unter Freiwerden von Salzsäure zuerst zu calciumphosphat und Chlorcalcium, bei fortgesetz⌷ hitzen aber, wiewohl nur bei wiederholtem Eindam⌷ Wasser und schwierig ganz vollständig, zu Chlo⌷ und Dicalciumphosphat um, nach den Gleichungen 3 $3HO, PO_5 = 2HO, CaO, PO_5 + 2CaCl + HCl$; - $CaO, PO_5 + 2CaCl = HO, 2CaO, PO_5 + CaCl$ Mit der anderthalbfachen Menge der Phosphorsäure $6CaCl$) geht die Einwirkung langsam bis zur Z⌷

---

(1) Vierteljahrsschr. pr. Pharm. XV, 189; Arch. P CXXVII, 60. — (2) Vgl. Jahresber. f. $18^{47}/_{48}$, 840; f. 1849 (3) Jahresber. f. 1865, 908. — (4) Vgl. auch Jahresber. f. 185 (5) Aus Schweiz. polyt. Zeitschr. XI, 83 in Zeitschr. Chem. ⌷

alles Chlorcalciums, unter Bildung von Dicalciumphosphat: *Phosphors. Kalk.*
$6 CaCl + 3(3 HO, PO_5) = 3(2 CaO, HO, PO_5) + 6 HCl$. Mit der dreifachen Menge der Phosphorsäure bleibt aller Kalk als Monocalciumphosphat in Lösung: $CaCl + 3 HO, PO_5 = CaO, 2 HO, PO_5 + HCl$. Bei Temperaturen über 100° erfolgt die Zersetzung in derselben Weise. Glüht man eine Mischung von 3 Aeq. schwefels. Kalk und 1 Molecül Phosphorsäure (durch Eindampfen einer salzs. Lösung von Knochenerde mit überschüssiger Schwefelsäure zu erhalten), so entweichen zuerst nur zwei Aeq. Schwefelsäure, zuletzt aber bildet sich wieder Tricalciumphosphat, nach der Gleichung $3(CaO, SO_3) + 3 HO, PO_5 = 3 CaO, PO_5 + 3(HO, SO_3)$. Schwefels. Natron zeigt gegen Phosphorsäure ein ähnliches Verhalten. Läfst man bei gewöhnlicher Temperatur auf 1 Molecül Tricalciumphosphat 3 Moleküle Salzsäure einwirken, so erhält man, wenn die Lösung unter einer Glocke neben Kalihydrat verdunstet oder durch Alkohol gefällt wird, einen Niederschlag von Dicalciumphosphat, woraus Piccard folgert, dafs die Lösung freie Salzsäure enthält und die anfänglich abgeschiedene Phosphorsäure nach der Gleichung $3 CaCl + 3 HO, PO_5 = 2 CaO, HO, PO_5 + CaCl + 2 HCl$ wieder in Verbindung tritt. Wendet man nur 1 Molecül Salzsäure an, so geht anfänglich die Hälfte des Kalksalzes in saures Salz über, das sich später, besonders schnell beim Erwärmen mit dem ungelösten basischen Salz, zu Dicalciumphosphat umsetzt, entsprechend den Gleichungen $2(3 CaO, PO_5) + 2 HCl = CaO, 2 HO, PO_5 + 3 CaO, PO_5 + 2 CaCl$; — $3 CaO, PO_5 + CaO, 2 HO, PO_5 = 2(2 CaO, HO, PO_5)$. Das Endproduct schiefst bei niedriger Temperatur in Krystallen von mehreren Linien Länge an.

Nach J. A. Wanklyn und E. T. Chapman (1) zeigt *Magnesium.* Magnesium den Haloïden gegenüber nur schwache Ver-

---

(1) Chem. Soc. J. [2] IV, 141; J. pr. Chem. XCVIII, 287; Zeitschr. Chem. 1866, 349; Chem. Centr. 1866, 846. — Wanklyn und Chap-

Magnesium. wandtschaften; es verliert in Chlorgas seinen Glanz nicht sogleich, wird beim Eintauchen in flüssiges Brom nicht angegriffen und wirkt auch auf ätherische und alkoholische Jodlösungen in der Kälte kaum und in der Wärme nur langsam ein.

Nach Z. Roussin (1) fällt Magnesium nicht nur Platin, Gold, Zinn und die Metalle der Bleigruppe, sondern auch Eisen (aus Oxydul- und Oxydsalzen), Zink, Kobalt und Nickel aus den angesäuerten Lösungen ihrer Salze im metallischen Zustande und zwar unter Entwickelung von Wasserstoff. Die so gefällten Metalle nehmen nach dem Auswaschen und Trocknen durch Druck insgesammt lebhaften Metallglanz an; Eisen, Nickel und Kobalt zeigen auch stark magnetische Eigenschaften. Arsen und Antimon werden als Wasserstoffverbindungen entwickelt; Chromoxyd- und Manganoxydulsalze scheinen nur Oxydniederschläge zu liefern (2) und auch das Aluminium wird nicht metallisch abgeschieden. Roussin hält das Magnesium für besonders geeignet zur Isolirung giftiger Metalle bei toxicologischen Untersuchungen (vgl. den analytischen Theil dieses Berichtes) und glaubt, dafs dasselbe wegen seiner sehr grofsen electromotorischen Kraft dereinst auch als Ersatzmittel des Zinks in galvanischen Elementen dienen

man halte die Bestimmung des Wasserstoffs, welcher bei der Auflösung von Metallen in verdünnten Säuren entwickelt wird, zur Ermittelung der Aequivalentgewichte für zweckmäfsig. Im käuflichen Magnesium fanden Sie nach diesem Verfahren 100,19 bis 100,78 pC Metall. — (1) J. pharm. [4] III, 413; Bull. soc. chim. [2] VI, 98 Zeitschr. Chem. 1866, 576; Zeitschr. anal. Chem. VI, 100; Chem.New XIV, 27, 42. — (2) Mangan und Chrom werden nach Roussin as schwach angesäuerten Lösungen durch Natriumamalgam als Amalgam abgeschieden, welche bei der Destillation im Wasserstoffstrom das reine Metall in Form eines pulverigen Schwammes zurücklassen Manganamalgam ist krystallinisch, Chromamalgam flüchtig und beständiger. Bei Luftzutritt erhitzt zeigt das letztere in Folge der Verbrennung der von dem Quecksilberdampf mitgerissenen Chrompartikeln eigenthümliches Funkensprühen.

werde. — A. Commaille (1) hat die Einwirkung des Magnesiums auf neutrale Metallsalze genauer untersucht. Nach Seiner Annahme beruht die auch von Roussin (S. 170) beobachtete Thatsache, dafs bei der Fällung der Metalle durch Magnesium stets eine Entwickelung von Wasserstoff stattfindet, auf der grofsen electromotorischen Kraft des Magnesiums, in Folge welcher der erste dünne Niederschlag eines anderen Metalls mit demselben ein galvanisches, zur Zersetzung des Wassers ausreichendes Element bildet. Die Einzelergebnisse von Commaille's Untersuchung sind folgende. Schwefels. Eisenoxydul wird durch Magnesium nach der Gleichung $FeO, SO_3 + Mg + HO = FeO + MgO, SO_3 + H$ unter Abscheidung von Eisenoxydulhydrat zersetzt; aus angesäuerten Lösungen wird zuerst metallisches Eisen gefällt, das schnell wieder verschwindet. Auf schwefels. Nickeloxydul, -Kobaltoxydul und -Manganoxydul wirkt Magnesium nur langsam ein, indem es sich in den beiden ersten mit Oxydulhydrat, in der Kobaltlösung aber mit einer dunkeln Schichte überzieht, die das Hydrat des intermediären Oxydes Co_3O_4 zu sein scheint. Schwefels. Zinkoxyd giebt unter lebhafter Einwirkung einen Niederschlag von metallischem Zink, Zinkoxydhydrat und basisch-schwefels. Salz; Cadmiumchlorür unter ähnlichen Erscheinungen metallisches Cadmium und Cadmiumoxychlorid. Eine Chromchlorür enthaltende Lösung von Chromsesquichlorid giebt unter Entfärbung ein Gemenge der Hydrate $Cr_2O_3 + 5HO$ und $Cr_2O_3 + 7HO$; oxals. Uranoxyd einen goldgelben Niederschlag von Oxydhydrat, $Ur_2O_3 + HO$. Aus der filtrirten Lösung von geschmolzenem Zinnchlorür fällt Magnesium schwammiges Zinn und Zinnsäure, nach der Gleichung: $n\,SnCl + n\,Mg + 2HO = n\,MgCl + SnO_2 + Sn_{n-1} + 2H$; aus einer

---

(1) Compt. rend. LXIII, 556; Bull. soc. chim. [2] VI, 257; J. pharm. [4] V, 50; Zeitschr. Chem. 1866, 703; Zeitschr. anal. Chem. VI, 101.

Magnesium. neutralen Lösung von Chlorblei unter lebhafter Gasenwickelung metallisches Blei und Oxychlorid, aus der sauren Lösung der Wismuthsalze reines Wismuth. Schwefels. Kupferoxyd giebt metallisches Kupfer, gelbes Kupferoxydulhydrat und grünes basisches Salz $(3\,CuO, SO_3)$ nach der Gleichung $6(CuO, SO_3) + 5\,Mg + 3\,HO =$ $5\,(MgO, SO_3) + 3\,CuO, SO_3 + Cu_2O + Cu + 3\,H$ Kupferchlorid zuerst Chlorür und basisches Chlorid $(3\,CuO,$ $CuCl)$, ohne Ausscheidung von metallischem Kupfer $6\,CuCl + 4\,Mg + 3\,HO = 4\,MgCl + (CuCl, 3\,CuO) +$ $Cu_2Cl + 3\,H$; wird nach dieser ersten Einwirkung die Lösung filtrirt und abermals mit Magnesium behandelt, so scheidet sich Kupferoxydul, basisches Chlorid und Magnesiahydrat ab: $6\,CuCl + 6\,Mg + 5\,HO = 5\,MgCl + (CuCl,$ $3\,CuO) + Cu_2O + MgO + H$. Aus essigs. Kupferoxyd wird zuerst metallisches Kupfer und gelbes Oxydulhydrat später basisch-essigs. Salz gefällt. Quecksilberchlorid giebt unter lebhafter Reaction Quecksilberchlorür und rothbraunes Oxyd: $3\,HgCl + 2\,Mg + HO = 2\,MgCl + Hg_2Cl + HgO$ $+ H$. Platinchlorid und Goldchlorid liefern die reinen Metalle. — Auch W. N. Hartley [1] hat einige Beobachtungen über das Verhalten des Magnesiums zu Salzen mitgetheilt, insbesondere dafs dasselbe salpeters. Salze zu salpetrigs. reducirt.

W. Beetz [2] hat die auffallende, zuerst von Wöhler und Buff [3] an siliciumhaltigem Aluminiumdraht wahrgenommene und untersuchte Erscheinung, dafs bei der Elektrolyse von Lösungen am positiven Pol Wasserstoff auftreten kann, auch mit reinem Magnesiumdraht erhalten. Leitet man unter Anwendung von Electroden aus Magnesiumdraht einen Strom durch eine Lösung von schwefels. Magnesia, so beträgt der an der positiven Electrode ent-

---

(1) Chem. News XIV, 78. — (2) Pogg. Ann. CXXVII, 45; Zeitschr. Chem. 1866, 228; Phil. Mag. [4] XXXII, 269. — (3) Jahresber. 1857, 166.

lte Wasserstoff etwa $^1/_3$ und bei der Electrolyse von
natrium- oder Chlorammoniumlösung einen noch gröfse-
ruchtheil des am negativen Pol in Freiheit gesetzten.
Chlornatriumlösung, in geringerem Grade auch in
els. Magnesia, nicht aber in Lösungen von Chlor-
ium, bedeckt sich hierbei der positive Pol gleich-
mit einem schwarzen, sich in einzelnen Partikeln
den Ueberzug, welcher das electrische Verhalten
yde zeigt und sowohl das Wasser unter Wasser-
wickelung und Bildung eines weifsen Niederschlages
, als auch von verdünnten Säuren unter Wasser-
wickelung zu einem Magnesiumsalz gelöst wird;
t daher auch in der Flüssigkeit, aufser Berührung
m Strom, unter Entwickelung von Wasserstoff in
eifse flockige Substanz über. Bei der Electrolyse
lornatriumlösung ist die Menge der schwefels. Mag-
welche aus dem abgeschiedenen weifsen Sediment
1 wird, äquivalent dem am positiven Pol entwickelten
stoff. Beetz betrachtet hiernach jene schwarze
1z, deren Isolirung im Zustande der Reinheit übrigens
elang, als ein Magnesiumsuboxyd, das auf rein che-
n Wege entsteht, wiewohl seine Bildung durch den
eingeleitet wird. In Chlorammoniumlösung wird
Suboxyd in Magnesia verwandelt und hierauf gelöst,
1 schwefels. Magnesia wird diese unter Bildung eines
- schwefels. Salzes aufgenommen, in Chlornatrium-
dagegen abgeschieden. — Beetz ist der Ansicht,
ich bei Aluminium ein analoger Vorgang stattfindet
fs insbesondere der braune, auf dem positiven silicium-
n Aluminiumpol abgelagerte Anflug nicht aus Sili-
welches sich gegen Aluminium positiv verhält), son-
aus einem Aluminiumsuboxyd besteht.
ach G. J. Mulder (1) hinterläfst eine Lösung von zwei-

Scheik. Verh. en Onders. IV (1. deel), 8; Zeitschr. Chem. 1866,

Magnesia. fach-kohlens. Magnesia beim Eindampfen und Erhitzen des Rückstandes auf 120° nicht das basische Salz, sondern neutrale kohlens. Magnesia.

Es wurde bis jetzt nach Fourcroy's Angaben (1) allgemein angenommen, dafs aus Magnesiasalzen durch überschüssiges Ammoniak höchstens die Hälfte der Magnesia gefällt werde. Nach R. Přibram (2) beruht diese Angabe auf einem Irthum. Er erhielt bei Versuchen, die mit gleichen Mengen von Magnesia und unter ganz gleichen Bedingungen ausgeführt wurden, annähernd 58 pC. der Magnesia, wenn der Niederschlag gleich nach dem Entstehen, 61 pC. wenn derselbe nach drei Stunden abfiltrirt wurde, 65 pC. nach vier Stunden und 84 bis 92 pC. nach 15 Stunden. Es wird demnach unter allen Umständen durch überschüssiges Ammoniak mehr als die Hälfte, bei längerem Stehen des Niederschlags unter der Flüssigkeit aber der gröfste Theil der Magnesia gefällt, so dafs nach etwa 1 Tage kaum $1/10$ derselben in Lösung bleibt.

J. Pelouze (3) hat bestätigt, dafs in Wasser suspendirtes Magnesiahydrat von Schwefelwasserstoff zu Schwefelwasserstoff-Schwefelmagnesium gelöst wird, und dafs diese Lösung nach dem Einkochen schwefelfreies Magnesiahydrat zurückläfst; Er irrt jedoch in der Angabe, dafs Berzelius dieses Magnesiahydrat für Schwefelmagnesium gehalten habe (4). Ihm gelang die Darstellung des Schwefelmagnesiums auf nassem Wege nicht. Schwefelkalium und Schwefelnatrium zeigen gegen Magnesiasalze dasselbe Verhalten wie gegen Kalksalze (vgl. S. 163), sie fällen

---

(1) L. Gmelin's Handbuch der Chemie, 4. Aufl., II, 231. —
(2) Vierteljahrsschr. pr. Pharm. XV, 194; Zeitschr. Chem. 1866, 258
— (3) In der S. 161 angeführten Abhandlung. — (4) Vgl. Pogg. Ann. VI, 443
L. Gmelin's Handbuch der Chem., 4. Aufl., II, 281. Berselius erhielt bei dem Verdampfen der Lösung des Schwefelwasserstoff-Schwefelmagnesiums im leeren Raum eine schleimige, in Säuren unter Entwickelung von Schwefelwasserstoff lösliche Masse, die Er als Schwefelmagnesium beschrieb.

Magnesiahydrat unter Bildung von Schwefelwasserstoff-Schwefelmetall, nach der Gleichung: $MgCl + 2NaS + 2HO = NaCl + NaS, HS + MgO, HO$. Eine Lösung von 1 Th. Chlormagnesium in 6000 Th. Wasser wird durch Schwefelnatrium sogleich deutlich getrübt; im Ueberschufs des Magnesiasalzes ist der Niederschlag löslich.

Nach Versuchen von C. A. Göfsmann (1) setzen sich wasserhaltige basisch-kohlens. Magnesia und Gyps bei der Digestion mit Wasser unter öfterem Einleiten von Kohlensäure allmälig zu kohlens. Kalk und schwefels. Magnesia um (2). Eine Mischung von 10 Grm. frisch gefällter kohlens. Magnesia, 25 Grm. Gyps und 500 CC. Wasser gab nach vierwöchentlicher, durch tägliches Einleiten von Kohlensäure unterstützter Einwirkung ein schwach alkalisches Filtrat, welches bei der Verdunstung 22,6 eines in Nadeln krystallisirten Rückstandes hinterliefs, aus 96,8 pC. $MgOSO_3 + 7HO$; 2,5 pC. $4MgO, 3CO_2, HO$ und 1,4 pC. $CaOCO_2$ bestehend. Ueber die Hälfte des Gypses war demnach zersetzt worden (vgl. S. 176). Bei gleichzeitiger Anwesenheit von Chlornatrium bilden sich Chlormagnesium, schwefels. Natron und kohlens. Kalk (ob die Umsetzung leichter erfolgt ist nicht angegeben). Bei dem Kochen einer verdünnten wässerigen Lösung von Chlormagnesium mit kohlens. Kalk entstehen nur unerhebliche Mengen von Chlorcalcium, neben löslichem Magnesiumoxychlorür; Chlorcalcium wird dagegen in wässeriger Lösung in der Siedehitze durch kohlens. Magnesia leicht und vollständig zersetzt, unter Bildung von kohlens. Kalk und Chlormagnesium.

T. S. Hunt (3) hat über das Verhalten der Kalk- und Magnesiasalze folgende weitere Mittheilung gemacht (4). Frisch gefällter kohlens. Kalk und kohlens. Magnesia sind in

---

(1) Sill. Am. J. [2] XLII, 217, 368. — (2) Vgl. Jahresber. f. 1859, 135. — (3) Sill. Am. J. [2] XLII, 49; Zeitschr. Chem. 1866, 512. — (4) Vgl. Jahresber. f. 1859, 134.

Einwirkung der Magnesia auf Kalksalze. Lösungen von Chlorcalcium oder schwefels. Magnesia i[st] bedeutender Menge löslich. Ein Liter Wasser, das 3 bi[s] 4 Grm. schwefels. Magnesia enthält, kann 1,2 Grm. kohlen[s.] Kalk und zugleich 1 Grm. kohlens. Magnesia zu eine[r] alkalisch reagirenden Flüssigkeit aufnehmen, welche ihre[n] Kalkgehalt nur allmälig, nach längerer Zeit aber vollständ[ig] in durchsichtigen Krystallen des Hydrates $CaO, CO_2 +$ $5HO$ abscheidet, während die kohlens. Magnesia gelö[st] bleibt. Bei dem Vermischen mit einem gleichen Volu[m] Alkohol wird der kohlens. Kalk gefällt. Sättigt man d[ie] Lösung vor dem Zusatz des Alkohols mit Kohlensäure, [so] fällt dieser den Kalk wie in dem früher beschriebene[n] Versuch (1) als schwefels. Salz. Beim Kochen der frische[n,] Kalk und Magnesia enthaltenden Lösung entsteht ein reic[h]licher Niederschlag von kohlens. Magnesia mit wenig K[alk] und das Filtrat enthält nach dem Verdampfen im Wasse[r]bad ein lösliches Kalksalz. Die Löslichkeit der kohlen[s.] Magnesia in schwefels. Magnesia bei Gegenwart von Chl[or]natrium ist noch größer als die des kohlens. Kalks. 1 L[iter] Wasser mit 6 pC. gewässerter schwefels. Magnesia u[nd] wenig Chlornatrium, kann bis zu 5 Grm. kohlens. Magne[sia] aufnehmen. Die stark alkalisch reagirende Flüssigke[it] giebt beim Erhitzen einen reichlichen Niederschlag, d[er] sich aber nach dem Erkalten fast vollständig wieder lö[st.] — Bezüglich der vermeintlichen Zersetzbarkeit des Gyps[es] durch Dolomit fand Hunt, daſs krystallisirter Magnes[it] und gepulverter Dolomit für sich bei gewöhnlicher Te[m]peratur nicht, und bei Gegenwart von Kohlensäure n[ur] spurweise auf Gyps einwirken, gewässerte kohlens. Ma[g]nesia und Magnesiahydrocarbonat denselben dagegen unt[er] Abscheidung von kohlens. Kalk vollständig zersetzen, u[nd] daſs auch Magnesiahydrat bei Gegenwart von Kohlensä[ure] sich wie das Hydrocarbonat verhält. Da manche Dolomi[te]

(1) Vgl. Jahresber. f. 1859, 184.

bei gewöhnlicher Temperatur eine schwache Einwirkung auf Gypslösung zeigen, so nimmt Hunt in denselben einen entsprechenden geringen Gehalt an Magnesiahydrocarbonat an. — Hunt's fortgesetzte Versuche über Dolomitbildung ergaben Folgendes. Versetzt man eine eisenfreie Lösung gleicher Moleküle Chlorcalcium und Chlormagnesium mit schwach überschüssigem kohlens. Natron und erhitzt den gelatinösen Niederschlag auf 65° bis 80°, so geht derselbe in wenigen Stunden unter bedeutender Volumabnahme in eine harte durchsichtige Substanz über, die aus mikroscopischen kugeligen bis scheibenförmigen ausgefransten Körnern besteht. Diese Verbindung ist schwerlöslich in Essigsäure wie Dolomit, giebt aber beim Erhitzen Wasser aus und enthält die Elemente einer schwach basischen Verbindung von kohlens. Kalk mit kohlens. Magnesia und wenig (1,8 pC.) kohlens. Natron; ihre wahre Zusammensetzung wurde jedoch nicht ermittelt. Bleibt jener frisch gefällte Niederschlag bei gewöhnlicher Temperatur mit der Flüssigkeit in Berührung, so wird er nach mehreren Wochen dicht, krystallinisch und durchscheinend und zeigt sich nach dem Auswaschen aus durchsichtigen glasglänzenden Prismen bestehend, die zu kugeligen Aggregaten gruppirt sind, an der Luft trüb werden und beim Erhitzen unter Entwickelung von Wasserdampf decrepitiren; ihre Zusammensetzung entspricht annähernd der Formel $CaO, CO_2 + MgO, CO_2 + 5HO$. Aehnliche prismatische Krystalle, auf 10 Moleküle Kalk 7 Mol. Magnesia und 21 Mol. Wasser enthaltend, bildeten sich, als kohlens. Natron in zur vollständigen Fällung ungenügender Menge angewandt wurde; in der Mutterlauge blieb Chlormagnesium nebst Spuren von kohlens. Magnesia gelöst. Eine Mischung von krystallinischer gewässerter kohlens. Magnesia mit einer äquivalenten Menge von gefälltem kohlens. Kalk und wenig doppeltkohlens. Natron, die mit Wasser in einen Teig verwandelt war, gab bei mehrstündigem Erhitzen in verschlossenen Gefäßen auf 100° bis 180° nur Spuren eines dolomitähn-

Dolomit-bildung.

lichen Doppelsalzes. Reichlicher bildete sich dasselbe, der gemengte Niederschlag, wie er aus einer Lösung gleicher Aequivalente Chlorcalcium und Chlormagnesium durch schwach überschüssiges kohlens. Natron gefällt wird ausgepresst und feucht aber nicht ausgewaschen, allmälig auf 120° bis 130° erhitzt und einige Stunden bei dieser Temperatur unterhalten wurde. Hunt knüpft hieran noch Betrachtungen über die Bildungsweise der Dolomite in der Natur, bezüglich welcher auf die Abhandlung zu verweisen ist.

A. Moitessier (1) beobachtete bei der Aufbewahrung eines, doppelt-kohlens. Salze enthaltenden Mineralwassers (von Lamalou) in einer nicht hermetisch verschlossenen Flasche die Bildung farbloser durchsichtiger rhomboëdrischer Krystalle von 2 bis 3 MM. Seite, welche die Zusammensetzung des Normal-Dolomites hatten.

Phosphors. Magnesia-Kali und -Natron.

Schröcker und Violet (2) haben die dem phosphors. Magnesia-Ammoniak entsprechenden Kali- und Natrondoppelsalze dargestellt. *Phosphors. Magnesia-Kali* wird nach Ihnen erhalten, indem man 1 Molecül Phosphorsäure mit 1 Mol. kohlens. Kali (69 Th.) versetzt, die Kohlensäure durch Erwärmen austreibt, die wieder erkaltete Lösung mit der gleichen Menge Wasser verdünnt und die Lösung in einem verschliessbaren Kolben $^5/_6$ Mol. frisch ausgeglühter und ausgewaschener Magnesia (33 Th.), in Wasser aufgeschlämmt in kleinen Antheilen zusetzt, mit der Vorsicht, anfänglich vor jedem neuen Zusatz die Lösung des eingetragenen Antheils abzuwarten. Wenn keine Lösung mehr stattfindet, wird der Rest der Magnesia zugegeben und die Mischung unter öfterem Umschütteln einige Tage sich selbst überlassen. Das Salz krystallisirt in weberschiffförmigen flachen rhombischen Säulen, die

---

(1) Procés verbaux des séances de l'Académie des sciences lettres de Montpellier, Année 1863. Montpellier 1864, p. 18.
(2) Ann. Ch. Pharm. CXL, 229; Zeitschr. Chem. 1866, 741.

durch Pressen zwischen Fließpapier von der anhängenden Lauge zu befreien sind, da sie durch Waschen mit Wasser zersetzt werden. Ihre Zusammensetzung entspricht der Formel $PO_5 MgK, O_2 + 6H_2O$. Bei 110° verlieren sie ⅓ in der Glühhitze das letzte Molecül Wasser. Wendet man bei der Darstellung die zur Sättigung der Phosphorsäure eigentlich erforderliche Menge der Magnesia (40 Th.) an, so enthalten die Krystalle einen Ueberschuß derselben und die Mutterlauge zeigt alkalische Reaction. Zur Darstellung des dem Kalisalz sehr ähnlichen *phosphors. Magnesia-Natrons* versetzt man 1 Mol. gewöhnliches phosphors. Natron mit eben so viel Phosphorsäure als es schon enthält und hierauf in der angegebenen Weise mit 1 Mol. Magnesia (MgO). Es hat die Formel $PO_5 MgNa, O_2 + 8H_2O$, krystallisirt in mikroscopischen Prismen und verliert bei 110° 8 Mol. Wasser.

Bahr und Bunsen (1) haben die Gadoliniterden einer eingehenden Untersuchung unterworfen und sind durch dieselbe zu dem Ergebniß gekommen, daß nur die Ytterde und Erbinerde wohl charakterisirte Verbindungen sind, Terbinerde aber nicht existirt. Zur Darstellung des Gemenges der Erden schlugen Sie folgenden Weg ein. Gadolinit wurde mit Salzsäure zersetzt, nach der Abscheidung der Kieselsäure die mit Salzsäure angesäuerte, zum Sieden erhitzte Lösung mit Oxalsäure gefällt, der Niederschlag, welcher außer den Gadolinit-, Ceriterden und Kalk noch kleine Mengen von Mangan und Kieselsäure enthielt, durch Decantiren ausgewaschen, hierauf in salpeters. Salze verwandelt und die Lösung derselben zur Abscheidung

---

(1) Ann. Ch. Pharm. CXXXVII, 1; J. pr. Chem. XCIX, 274; im Auszug Zeitschr. Chem. 1866, 72; Chem. Centr. 1866, 118; Zeitschr. anal. Chem. V, 104; Ann. chim. phys. [4] IX, 484; Bull. soc. chim. [2] VI, 18; N. Arch. ph. nat. XXV, 118; Sill. Am. J. [2] XLI, 399; das auf das Spectrum der Erbinerde Bezügliche auch Zeitschr. anal. Chem. V, 383.

Gadolinit-erden. der Ceriterden mit schwefels. Kali gefällt (vgl. S. 184). Die in Lösung gebliebenen Doppelsalze der Gadoliniterden wurden wieder mit Oxalsäure gefällt, die Fällung in einen offenen Platintiegel geglüht, der Rückstand zur Entfernung von vorhandenem kohlens. Kali mit Wasser ausgelaugt, in Salpetersäure gelöst, abermals durch Oxalsäure aus der sauren Lösung gefällt und der geglühte Niederschlag wieder in salpeters. Salz übergeführt. Zeigte dieses in concentrirter Lösung und in dicker Schicht noch Andeutungen der Absorptionsbänder des Didymspectrums, so wurde die Behandlung mit schwefels. Kali bis zum völligen Verschwinden derselben wiederholt. Durch Fällen der salpetersauren Lösung mittelst Ammoniak wurden schliefslich die reinen Erden von Kalk und Magnesia getrennt, der Niederschlag in Salpetersäure aufgenommen, die Lösung wieder mit Oxalsäure gefällt und diese oxals. Salze dann in salpeters. übergeführt. Zur Isolirung der Yttererde und Erbinerde stützten sich Bahr und Bunsen auf das verschiedene Verhalten ihrer basisch-salpeters. Salze. Verdampft man die salpetersaure Lösung der beiden Erden zur Syrupconsistenz, so krystallisiren die neutralen Salze in zerfliefslichen, leicht löslichen Blättern; setzt man das Eindampfen so weit fort, bis Blasen von salpetriger Säure entweichen, so erstarrt der Rückstand beim Erkalten zu einer spröden glasigen, schmutzig röthlichen Masse, die in möglichst wenig kochendem Wasser gelöst, bei der Abkühlung eine Krystallisation von harten rosenrothen Nadeln liefert. Diese Krystalle bestehen vorwiegend aus wasserhaltigem zweifach-basisch salpeters. Erbinerde, während das basische leichter lösliche Ytterderdesalz zum gröfseren Theil in der Mutterlauge bleibt. Wird das Abdampfen noch weiter als angegeben fortgesetzt, so scheidet die erkaltete Masse auf Zusatz von Wasser einen aus unlöslichen basischen Salzen bestehenden Niederschlag ab. Das Verfahren war hiernach folgendes. Die Lösung der salpeters. Salze wurde in einer Platinschale bis zum deutlichen Erscheinen der ersten Gas

...lasen von salpetriger Säure eingedampft, die nach dem *Gadolinit-erden.* ...rkalten erstarrte Masse unter Erwärmung in so viel Wasser ...löst, dafs die kochende Flüssigkeit klar erschien, und ...e Lösung dann dem langsamen Erkalten überlassen; die ...bildeten Krystalle wurden durch Decantiren und durch ...ches Abspülen mit Wasser, das etwa 3 pC. Salpeter- ...re enthielt, von der Mutterlauge getrennt. Diese lieferte ...ch Verdampfen eine zweite und bei fortgesetzter gleicher ...handlung eine Reihe von Krystallisationen, von welchen ...ersten vorzugsweise Erbinerde, die letzten vorzugs- ...se Ytererde und zugleich die Spuren von Ceritoxyden, ...che in den Erden noch zurückgeblieben waren, ent- ...ten. Mit den vereinigten ersten Krystallisationen wurde ... dasselbe Verfahren so oft wiederholt, bis eine Probe ... Salzes (bei der Bestimmung der Menge des Oxydes, ...ches in der Weifsglühhitze zurückblieb und des neu- ...en schwefels. Salzes, welches daraus erhalten wurde) ...e Aenderung des Atomgewichtes mehr erkennen liefs ...i den Darstellungen von Bahr und Bunsen stieg das- ...e von 40,1 auf 64,3). Das Erbinerdesalz ist alsdann ...t. Die Mutterlaugen enthalten jetzt neben erheblichen ...gen von Erbinerde die ganze Menge der Ytererde ... Spuren der Ceritoxyde; sie werden zur Entfernung ... letzteren mit schwefels. Kali gesättigt, die in der Lö- ...g gebliebenen Erden wieder in salpeters. Salze verwandelt, ...edampft und nahe bis zum Glühen erhitzt, wobei sie ...h. vollständig, theilweise zu überbasischen Salzen zer- ...t werden, und zwar das Erbinerdesalz leichter als das ...rerdesalz. Der Rückstand wird mit Wasser fractionirt ...elaugt, und die Auszüge so oft einer gleichen Behand- ...g unterworfen, bis sie keine Spur des Erbinerdespec- ...ms mehr zeigen (s. u.). Durch Fällen mit Oxalsäure ... Glühen des Niederschlages erhält man daraus zuletzt ...reine Ytererde. Die Eigenschaften der so gewonnenen ...en Erden sind nun folgende. *Erbinerde*, ErO, bleibt *Erbinerde.* ... schwach rosenrothes Pulver zurück, wenn das salpeters.

Erbinerde. oder oxals. Salz anhaltend heftig bei Luftzutritt geglüht wird. Sie schmilzt nicht in der Weifsglühhitze und ist nicht flüchtig; als schwammige Masse erhitzt leuchtet sie mit intensiv grünem Lichte. In Wasserstoff geglüht verliert sie Nichts an Gewicht. Mit Wasser verbindet sie sich nicht direct; in Salzsäure, Salpetersäure und Schwefelsäure ist sie schwierig aber beim Erwärmen vollständig löslich. Ihre Salze, besonders die wasserhaltigen, sind hell rosenroth gefärbt, reagiren sauer und schmecken süfs adstringirend. *Schwefels. Erbinerde* krystallisirt bei 100° in gut ausgebildeten luftbeständigen hellrosenrothen Krystallen von der Formel $3(ErO, SO_3) + 8HO$. Sie verlieren ihr Krystallwasser in der Hitze und nehmen es in Berührung mit Wasser unter Erwärmung wieder auf. Das wasserhaltige Salz ist leicht, das wasserfreie dagegen schwierig löslich. *Zweifach-basisch salpeters. Erbinerde*, $2ErO, NO_5 + 3HO$, ist das oben angegebene Salz. Durch Abspülen mit salpetersäurehaltigem Wasser und mit Alkohol von der anhängenden Mutterlauge befreit, entspricht seine Zusammensetzung der Formel $2ErO, NO_5 + 3HO$. Es ist unzersetzt löslich in Wasser, welches viel salpeters. Erbinerde oder Yttererde enthält, zerfällt aber mit reinem Wasser in Salpetersäure und ein noch basischeres Salz. *Oxals. Erbinerde*, $ErO, C_2O_3 + HO$, wird aus kochenden sauren Erbinerdelösungen durch Oxalsäure als schweres sandiges hellrosenrothes Pulver gefällt, das sein Krystallwasser erst nahe bei der Zersetzungstemperatur abgiebt. — Aus der Zusammensetzung des wasserfreien schwefels. Salzes (welches 61,65 und 61,72 pC. ErO; 38,35 und 38,28 pC. SO_3 ergab) leiten Bahr und Bunsen für das Erbium (wenn $H = 1$) das vorläufige Atomgewicht $Er = 56,3$ ab. Der ausgezeichnetste Charakter der Erbinerde ist durch ihr eigenthümliches directes und durch das Absorptionsspectrum ihrer Verbindungen gegeben. Die feste Erde zeigt, besonders in der schwammigen Form, in welcher sie durch Glühen des salpeters. Salzes erhalten wird, in der niedleuchtenden Gasflamme geglüht, ein continuirliches Spectrum mit intensiven hellen Streifen, welche mit gröfster Intensität auftreten, wenn die Probe wiederholt in nicht zu concentrirte Phosphorsäurelösung getaucht und geglüht wird. Andererseits geben die Lösungen der Erbinerdesalze ein Absorptionsspectrum, in welchem die Lichtminima der dunkeln Streifen genau mit den lichtstärksten Stellen der hellen Streifen des Erbinspectrums coïncidiren. Vergleicht man die directen oder die Absorptionsspectra der Erbinerde- und der Didymsalze, indem man die Lichtstärke so regulirt, dafs die Helligkeitsmaxima der nicht scharf begrenzten hellen und die Lichtminima der verwaschenen dunkeln Streifen sicher erkennbar sind (welche Bedingung für den Vergleich wesentlich ist), so ergiebt sich, dafs sich keine der Linien des Erbinspectrums im Didymspectrum wieder findet.

Yttererde, YO, durch Glühen des oxals. Salzes erhalten, bildet ein zartes fast weifses Pulver. Zum Glühen erhitzt leuchtet sie mit rein weifsem Licht; sie giebt weder ein directes, noch in den Lösungen ihrer Salze ein Absorptionsspectrum. In dem Verhalten zu Wasser und Säuren, sowie in dem Geschmack ihrer Salze stimmt sie mit der Erbinerde überein; ihre Lösungen sind farblos. *Schwefels. Yttererde*, $3(YO, SO_3) + 8HO$, schiefst in farblosen gut ausgebildeten Krystallen an, welche beim Erwärmen und gegen Wasser das Verhalten des Erbinerdesalzes zeigen. *Basisch-salpetersaure Yttererde*, $2YO, NO_5 + 3HO$, wie das oben angeführte Erbinerdesalz zu erhalten, krystallisirt in farblosen zerfliefslichen Nadeln; *oxalsaure Yttererde*, $YO, C_2O_3 + HO$, bildet ein zartes weifses Pulver; für beide gilt das vor den correspondirenden Erbinerdesalzen Gesagte. Aus der Zusammensetzung des wasserfreien schwefels. Salzes (welches in zwei Bestimmungen 49,30 und 49,24 pC. YO; 50,69 und 50,76 pC. SO_3 ergab) leiten Bahr und Bunsen das Atomgewicht des Yttriums Y =

Yttererde. 30,85 ab. — Die nach Delafontaine's Verfahren (1) dargestellte Terbinerde ist nach Ihren Versuchen nur ein Gemenge von Ytererde, Erbinerde und Spuren von Ceroxyden; sie zeigt das Erbium- und das Didymspectrum welche verschwinden, sobald man diese Erden elimin[irt]. Es existirt demnach keine Terbinerde, welche ein Spectrum giebt. Auch wurden keine anderen Anhaltspunkte gefunden, um auf die Existenz einer dritten Gadoliniterde schliefsen zu lassen; die gelbe Farbe der rohen Gadoliniterden scheint durch ihren geringen Gehalt an Cer- u[nd] Didymoxyd veranlafst zu sein.

M. Delafontaine (2) hat die von Bahr und Bunsen als Erbinerde bezeichnete Substanz bei der Darstellung der Gadoliniterden ebenfalls in kleinen Mengen erhalten u[nd] bestätigt die auf dieselbe bezüglichen Angaben der genannten Forscher, wiewohl Er mit Ihren Folgerungen nicht einverstanden ist. Er glaubt dafs diese Erde Mosander's Terbinerde im reinen Zustande darstellt und hebt besonders hervor, dafs die wirkliche Erbinerde (deren schwefels. Kali doppelsalz in kalten Lösungen von schwefels. Kali schwer löslich ist) bei dem von Bahr und Bunsen eingehaltenen Verfahren mit den Ceritoxyden abgeschieden werden mufste und daher höchstens spurweise in dem Gemenge der Gadoliniterden enthalten sein konnte. Delafontaine macht s[einerseits] zur Vervollständigung und theilweisen Berichtigung Seiner früheren Mittheilungen (3) weitere Angaben. Er beschreibt die Ytererde und ihre Verbindungen in Wesentlichen mit den Eigenschaften, welche Bahr u[nd] Bunsen denselben beilegen. Aus ihren Lösungen wird sie nach Ihm durch kohlens. Baryt in der Kälte nicht, in der Siedehitze theilweise gefällt; durch oxals. Ammon[iak] wird sie in der Form eines Doppelsalzes abgeschieden

(1) Vgl. Jahresber. f. 1864, 196; f. 1865, 177. — (2) N. Arch ph. nat. XXV, 112; und in der S. 185 angeführten Litteratur. (3) Jahresber. f. 1863, 196; f. 1864, 177.

cheidung von den anderen Erden und Reindarstellung Yttererde.
nur durch Anwendung von kohlens. Baryt, fractio-
Fällung durch Ammoniak und unvollständige Zer-
g des salpeters. Salzes durch Erhitzen (wobei das
rdesalz am längsten widersteht). Auch das Atom-
t der Yttererde hat Delafontaine nochmals be-
Krystallisirte schwefels. Yttererde ergab im Mittel
ei Bestimmungen 23,18 pC. Wasser, und das ent-
e Salz, ebenfalls im Mittel aus drei Bestimmungen
C. Yttererde, woraus sich (für $H = 1$) das Atomge-
ür Yttrium $Y'' = 74{,}5$ ableitet. Zur Reindarstellung
n Ihm so bezeichneten) Erbinerde wendet Delafon-
(1) jetzt folgendes Verfahren an. Die Lösung der
üterden wird durch saures oxals. Kali fractionirt
der erste Niederschlag mit verdünnter Schwefel-
(1 : 50) digerirt, bis ein Drittheil oder die Hälfte
en gelöst ist, der krystallinische rosenfarbene Rück-
geglüht, in salpeters. Salz verwandelt und die Lö-
urch schwefels. Kali gefällt. Wird das so erhaltene
las Delafontaine früher als reines Erbinerde-
alz betrachtete) wiederholt mit einer kalt gesättigten
von schwefels. Kali gewaschen, so verliert es mit seiner
en Farbe auch die Eigenschaft, ein Absorptionsspec-
geben. In diesem Zustande scheint Delafontaine
jetzt für rein zu halten. Die daraus abgeschiedene
eigt im Wesentlichen die früher beschriebenen
haften, doch giebt sie kein Absorptionsspectrum.
frei ist sie gelb von der Farbe des Gummigutts,
serstoffstrom geglüht wird sie unter Bildung von
Wasser rein weifs, wenn sie die von Bahr und
n beschriebene Erde nicht mehr enthält; einmal
t, nimmt sie die gelbe Färbung an der Luft nicht
an. Mit concentrirter Schwefelsäure giebt sie nicht

N. Arch. ph. nat. XXV, 105; Bull. soc. chim. [2] V, 166;
Chem. 1866, 230; Zeitschr. anal. Chem. V, 108.

Yttererde. eine rothgelbe Lösung wie Ceroxyduloxyd. Für sich
der Löthrohrflamme erhitzt entfärbt sie sich und leuch
mit rein weißem Licht. Ihre Lösungen sind farblos o
schwach rosenfarben und werden durch kohlens. Baryt
der Kälte und in der Wärme, aber nie ganz vollstän
gefällt. Delafontaine konnte in dieser Erde, die du
ihre Farbe und die Schwerlöslichkeit ihres schwefe
Doppelsalzes characterisirt ist, keine Spur von Cer u
Didym nachweisen. Im nicht ganz reinen Zustande lä
sie sich nach Ihm schnell auf die Weise erhalten, daß m
die sehr concentrirte rohe salpeters. Lösung der Gadolir
und Ceriterden mit einer kochend gesättigten Lösung v
schwefels. Kali fällt, noch Krusten von festem schwefe
Kali zusetzt, nach dem Umrühren und vollständigen I
kalten die Lösung abgießt und den Niederschlag mit ei
kalten Lösung von schwefels. Kali digerirt, welche v
zugsweise das Erbinerdedoppelsalz auszieht. Ueber
von Ihm erhaltene Terbinerde, welche nach Seinen neu
Versuchen eine besondere, von Mosander's Terbiner
verschiedene Erde ist, stellt Delafontaine weitere M
theilungen in Aussicht. Er beharrt schließlich bei
Ansicht, daß mindestens drei verschiedene Gadoliniterd
existiren: 1) weiße Ytteberde; 2) rosenfarbene Terb
erde, von Mosander entdeckt, aber nur im unrein
von Bahr und Bunsen im reinen Zustand erhalten u
als Erbinerde beschrieben; 3) gelbe Erbinerde.

Didym. Bunsen (1) hat das Absorptionsspectrum des Didy
genauer untersucht. Er hebt in Seiner darauf bezüglich
Mittheilung hervor, daß, da die Absorptionsspectren
Didymverbindungen nach dem Grade ihrer Intensität s
verschieden erscheinen, indem die Breite der Streifen
der Dicke und dem Salzgehalt des absorbirenden Mediu
variirt, es für alle vergleichenden Beobachtungen erford

---

(1) Pogg. Ann. CXXVIII, 100; Phil. Mag. [4] XXXII, 177;
Auszug Zeitschr. Chem. 1866, 419; Zeitschr. anal. Chem. V, 109.

lich ist, dem Licht auf seinem Wege gleiche Mengen der absorbirenden Substanz darzubieten. Bezeichnet man mit l und l_1 die Dicke zweier durchstrahlten Schichten und mit d und d_1 den Gehalt an Didymoxyd in der Volumeinheit dieser festen oder flüssigen Schichten, so wird jener Bedingung genügt, wenn $ld = l_1 d_1$, d. h. wenn sich die Didymgehalte der absorbirenden Medien umgekehrt verhalten wie die Längen der angewandten Schichten. Unter Wahrung dieses Verhältnisses untersuchte Bunsen die Spectren des krystallisirten schwefels. Didymoxydes (1) und der Lösungen von Chlordidym, schwefels. und essigs. Didym, und zwar im gewöhnlichen und polarisirten Licht. Wir müssen, was das eingehaltene Verfahren und die Einzelresultate betrifft, die ohne Abbildungen nicht wohl deutlich wiederzugeben sind, auf die Abhandlung verweisen und führen nur die folgenden allgemeinen Ergebnisse an. Das mittelst des polarisirten Lichtes erhaltene Absorptionsspectrum des schwefels. Didyms zeigt, je nachdem der ordentliche oder aufserordentliche Strahl angewandt wird, in Bezug auf die Ausdehnung und zum Theil auch auf die Lage der Streifen kleine Verschiedenheiten, welche übrigens nur bei Anwendung eines kräftigen Spectralapparates (vier Flintglasprismen von 60° und drei solche von 45° brechendem Winkel) und bei 40 facher Vergröfserung deut-

---

(1) Die Krystalle des schwefels. Didyms hatten die normale Zusammensetzung (3 [DiO, SO₃] + 8 HO) und stimmten in ihrer Krystallform mit der von Marignac und Rammelsberg (Rammelsberg, die neuesten Forschungen in der krystallographischen Chemie 1857, S. 38) beschriebenen überein. Bunsen's Messungen ergaben das Axenverhältnifs a : b : c = Orthodiagonale : Klinodiagonale : Hauptaxe = 0,3283 : 0,6786 : 1 = 1 : 2,067 : 3,046, und den spitzen Axenwinkel = 61°45'. Der zu diesen Versuchen benutzte klare und durchsichtige Krystall, durch Vorherrschen von OP plattenförmig, wurde mit Canadabalsam zwischen Deckgläsern eingekittet. Die Polarisationsebene des ordentlichen und aufserordentlichen Strahls bildet, wenn der Strahl senkrecht zu OP durchgeht, mit der Klinodiagonale und mit der Orthodiagonale einen Winkel von 20°.

lich erkannt werden; das mit gewöhnlichem Licht erhaltes Spectrum scheint intermediär zu sein. Ferner zeigen di Spectra verschiedener Didymsalze mit einem solchen kräftigen Apparat Unterschiede in der Lage der Helligkeitsminima: bei Chlordidym (Atomgew. 83,4), schwefels. Didym (Atomgew. 95,9) und essigs. Didym (Atomgew. 106,9) sind die Streifen in der Ordnung der wachsenden Atomgewichte nach dem rothen Ende verschoben.

Aluminium. Aluminiumcalcium. *Aluminiumcalcium* erhielt Wöhler (1) durch Zusammenschmelzen von ungefähr gleichen Theilen Aluminium und Natrium mit einem grofsen Ueberschufs von Chlorcalcium in geflossenen bleigrauen Massen von starkem Glanz, leichter Spaltbarkeit und grofsblätterigem Bruch. Das spec. Gew. wurde = 2,57 und als Bestandtheile Aluminium 88 pC., Calcium 8,6 pC. und Eisen (aus dem Aluminium) 3 pC. gefunden. In Luft und Wasser ist dieses Product, das Wöhler als ein blofses Gemenge betrachtet, unveränderlich. *Aluminiummagnesium* stellte Derselbe durch Zusammenschmelzen der beiden Metalle unter einer Decke von Kochsalz dar. Bei Anwendung gleicher Aequivalente (12 Th. Magnesium, 27,5 Th. Aluminium) war das Product zinnweifs, sehr spröde und von splitterigem Bruch: in dünnen Splittern entzündet brannte es mit weifser Flamme. Bei Anwendung von 4 Aeq. Magnesium und 1 Aeq. Aluminium wurde eine etwas geschmeidige Masse erhalten, die in Wasser ohne Wasserstoffentwickelung zu dünnen Blättern zerfiel. Diese beiden Magnesiumlegirungen sind Gemenge und enthalten eine bestimmte Verbindung, die bei der Behandlung mit Chlorammoniumlösung als zinnweifses stark glänzendes Metallpulver abgeschieden wird, während Chlormagnesium in Lösung geht und bei der an Aluminium reicheren die Flüssigkeit durch ein Magnesiaaluminat getrübt erscheint. Durch Schlämmen

---

(1) Ann. Ch. Pharm. CXXXVIII, 253; Zeitschr. Chem. 1866, 461 N. Arch. ph. nat. XXVI, 341; Bull. soc. chim. [2] VI, 315.

reinigt, mit Salmiaklösung erhitzt und nach dem Aus- *Aluminium-*
waschen mit kalter Natronlauge bis zum Aufhören der *calcium.*
Wasserstoffentwickelung in Berührung gelassen, betrug
dieses Metallpulver nach dem Trocknen ein Drittheil bis
zur Hälfte der ursprünglichen Masse. Es zeigt keine
deutliche Krystallisation, verbrennt in der Flamme mit
glänzendem Funkensprühen und verglimmt beim Erhitzen
in einer fast luftleeren Röhre unter Entwickelung von
Wasserstoffgas, welche Erscheinung (von einem bestimmten
Oxydhydrat herrührend) auch nach abermaliger Behandlung
mit Natronlauge (welche noch viel Thonerde aufnahm) und
darauf mit Chlorammonium wieder eintrat. Es gelang
nicht, diese Verbindung im reinen Zustand zu erhalten.
Von kalter Natronlauge und Chlorammoniumlösung wird
es nicht angegriffen, mit heifser Natronlauge entwickelt
es heftig Wasserstoffgas. Aluminiumcalcium und Aluminiummagnesium zeigen gegen Salzsäure nicht, wie Wöhler
erwartet hatte, das verschiedene Verhalten des Silicium-
calciums und Siliciummagnesiums. Sie werden unter
Wasserstoffentwickelung und unter Bildung der Chlormetalle gelöst.

Zur Darstellung der Zirkonerde empfiehlt R. Her- *Zirko-*
mann (1) das folgende Verfahren. Man schmilzt 1 Th. *nium.*
fein gepulverten gebeutelten Zirkon mit 3 Th. wasserfreiem *Zirkonerde.*
Kohlens. Natron bei heftigem Feuer zusammen (2), kocht
die gepulverte Schmelze (und bei Anwendung eines Kohlen-
tiegels auch den gepulverten Tiegel) so oft mit Wasser
aus, als sich noch kiesels. Natron löst und erhitzt dann
das rückständige, durch Salzsäure nur wenig angreifbare

---

(1) J. pr. Chem. XCVII, 330; Zeitschr. Chem. 1866, 717. —
(²) In Ermangelung eiserner Tiegel wendet Hermann hierzu Kohlentiegel an, die durch starkes Glühen einer Mischung von Coakspulver
und Zucker in eisernen Formen zu erhalten sind. Sie werden in
hessische Tiegel eingesetzt und der Zwischenraum mit Kohlenpulver
ausgefüllt.

Zirkonerde. Zirkonerde-Natron (1) (und Kohle) mit einer Mi[s]
von gleichen Theilen concentrirter Schwefelsäure
Wasser, bis die überschüssige Schwefelsäure zu ve[r]
pfen anfängt. Das Ganze wird nun mit einer genüg[enden]
Menge von Wasser verdünnt, filtrirt, die klare Lösun[g]
schwefels. Zirkonerde mit überschüssiger Natronlaug[e]
fällt und das gefällte Hydrat noch feucht in Salzsäu[re]
löst. Dieser salzs. Lösung setzt man, nachdem sie s[o]
verdünnt worden ist, dafs sie nur 1 pC. Zirkonerd[e]
hält, auf 1 Th. Zirkonerde 4 Th. krystallisirtes unterschw[efligs.]
Natron zu (2), erhitzt zum Sieden, kocht bis zur [voll]
ständigen Fällung der Zirkonerde und löst den eisen[freien]
Niederschlag von unterschwefligs. Zirkonerde nach [sorg]
fältigem Auswaschen noch feucht in verdünnter Sal[zsäure]
auf. Man erhält so, wenn sich der ausgeschiedene Sc[hwefel]
durch anhaltendes Erwärmen zu Massen vereinigt hat[, eine]
klar filtrirende Lösung von reiner salzsaurer Zirko[nerde.]

Vermeintliche Norerde. L. Svanberg glaubte im Jahre 1845 (3) gef[unden]
zu haben, dafs die in den Zirkonen von Norwege[n und]
anderen Fundorten enthaltene Erde in Zirkonerde [und]
eine neue Erde, die Er als Norerde bezeichnete, [zerlegt]
werden könne. Diese Norerde sollte sich von der [ihr]
ähnlichen Zirkonerde durch ein niedrigeres Atomge[wicht,]
durch gröfsere Löslichkeit des Chlormetalls in Sal[zsäure]
und besonders dadurch unterscheiden, dafs ihre [salzs.]
Lösung nicht durch schwefels. Kali gefällt werde u[nd ihr]
oxals. Salz leichter in Oxalsäure löslich sei, als da[s der]
Zirkonerde. Eine in einigen Beziehungen ähnliche [Erde]
hatte Sjögren (4) im Katapleiit wahrgenommen. [Ma]-
lin's Versuche (5), insbesondere Seine Bestimmun[g des]
specifischen und des Atomgewichtes, ergaben für die [Erde]
aus Katapleiit wie für die der Zirkone von Espaill[y]

---

(1) Jahresber. f. 1853, 850. — (2) Jahresber. f. 1859, [6]
(3) Berzelius' Jahresber. XXV, 149. — (4) Jahresber. f. 18[5]
— (5) Jahresber. f. 1853, 849.

…ederikswärn keine Verschiedenheit. R. Hermann (1) …t diese Frage nun zu entscheiden gesucht. Er fand bei …ner Reihe von Versuchen das spec. Gew. der reinen …irkonerde aus Zirkon vom Ilmengebirge = 5,45, ein …iedrigeres spec. Gew. war immer durch Verunreinigungen …asische Salze oder Thonerde) veranlafst. Die durch …ctionirte Fällung ihrer salzs. Lösung mit oxals. Ammo…ak erhaltenen Erden ergaben Ihm sämmtlich schwefels. …lze von gleicher Zusammensetzung (annähernd dem …tomgewicht des Zirkoniums = 30,4 entsprechend), nur …enn die Zirkonerde durch Thonerde verunreinigt war, …urde ein niedrigeres Atomgewicht der Erde gefunden. …ermann schliefst daher, dafs Svanberg's Norerde …ht existirt.

Nach W. H. Miller (2) bestehen die Schuppen des *Silicium.* …genannten graphitischen Siliciums aus Octaëdern, an …elchen zwei parallele Flächen vorzugsweise ausgebildet …nd, während zwei andere parallele fehlen oder ihrer Klein…eit wegen der Beobachtung entgehen. Graphitisches …licium ist demnach in seiner Krystallform von dem …troëdrischen nicht verschieden.

Um kleine Mengen von Siliciumwasserstoffgas aufzu- *Silicium-* …meln und seine Eigenschaften durch Vorlesungsver- *wasserstoff.* …che zu demonstriren, zersetzt Wöhler (3) die gröblich …ulverte siliciummagnesiumhaltige Masse (4) in einer mit …asser vollständig gefüllten, 400 bis 500 CC. fassenden

---

(1) J. pr. Chem. XCVII, 321; Zeitschr. Chem. 1866, 443; Chem. …ntr. 1866, 735; Bull. soc. chim. [2] VI, 383. — (2) Phil. Mag. [4] XXI, 397; 1. Lond. R. Soc. Proc. XV, 11. — (3) Ann. Ch. Pharm. XXXVII, 369; Bull. soc. chim. [2] VI, 312; Chem. News XV, 178. (4) Jahresber. f. 1858, 142. Bei der Darstellung dieser Masse darf …ch beendigter Einwirkung des Natriums kein stärkeres Feuer gegeben …den, als bei der Darstellung des Magnesiums; zu hohe Temperatur …acht die Operation mifslingen. Die früher angegebene Menge von Fluorkieselnatrium (35 Th. auf 40 Th. Chlormagnesium) findet Wöhler jetzt etwas zu grofs.

Woulf'schen Flasche, in deren einen Tubulus eine mehreren grofsen Kugeln versehene Trichterröhre, in andere eine Hahnröhre eingesetzt ist; die Salzsäure w durch die unten umgebogene Trichterröhre eingegoss Bezüglich der genaueren Beschreibung des Apparates m auf die durch eine Zeichnung erläuterte Mittheilung v wiesen werden.

Kieselsäure. V. Merz (1) hat die Hydrate der Kieselsäure z Gegenstand einer Untersuchung gemacht. Gallertige Säu durch Zersetzung von Fluorsilicium mit Wasser erhalten (2 unter öfterem Pressen anhaltend gewaschen, getrockn zerrieben und abermals mit schwach ammoniakalischem u dann mit reinem Wasser ausgewaschen, enthielt nach sech wöchentlichem Austrocknen an der Luft bei 20° bis 2 13,1 bis 13,5 pC. Wasser, der Formel $2SiO_2, HO$ e sprechend; der Wassergehalt verringerte sich beim Lieg über Schwefelsäure, wurde aber an der Luft wieder a genommen. Nach dem Trocknen bei 60°, sowie na längerem Trocknen über Schwefelsäure blieb das Hydr $3SiO_2, HO$ (gef. 8,68 und 9,24 pC., berechn. 9,04 p(Wasser); bei 80° bis 100° das leicht veränderliche Hydr $4SiO_2, HO$ (gef. 6,17 bis 7,40 pC., berechn. 6,93 p(Wasser); nach dem Trocknen bei 250° bis 270° entspr der Wassergehalt (3,29 bis 3,59 pC.) der Formel $8SiO$ HO. Frisch bereitete Kieselsäure hält bei den angeführte Temperaturen weniger Wasser zurück (bei 70° nur etw 6 pC.; bei 90° 4,6 pC.; bei 100° 4,3 pC.; bei 130° 3,5 pC bei 160° 3 pC.), sie scheint mithin allmälig einer molec laren Umwandlung zu unterliegen. Es sind demnach jet die folgenden Hydrate der Kieselsäure bekannt:

---

(1) J. pr. Chem. XCIX, 177; Zeitschr. Chem. 1867, 122; Che Centr. 1867, 70; N. Arch. ph. nat. XXVIII, 360. — (2) Um die V unreinigung der Säure durch Quecksilber zu vermeiden, wurde d Fluorsiliciumgas mittelst eines mit dem Entwickelungsrohr verbunden abgesprengten Kolbenhalses direct in Wasser geleitet.

Silicium.

Kieselsäure.

SiO_2, HO (1) $4 SiO_2, HO$ (4)
$2 SiO_2, HO$ (2) $8 SiO_2, HO$.
$3 SiO_2, HO$ (3)

Das von Doveri (5) und Fremy (6) gefundene Hydrat $3 SiO_2, 2 HO$ hat Merz nicht beobachtet. Vgl. unten.

Wittstein hat (7) gefunden, dafs nicht nur die gallertige, sondern auch die trockene und die geglühte amorphe Kieselsäure von Ammoniak in erheblicher Menge gelöst werden. Versetzt man eine mit Salzsäure übersättigte klare Lösung von Wasserglas allmälig mit Ammoniak, so erfolgt eine starke flockige Trübung, die aber auf Zusatz von mehr Ammoniak in der Kälte oder bei gelindem Erwärmen wieder verschwindet. Selbst Quarzpulver wird nach Wittstein von Ammoniak angegriffen. — Nach Versuchen von Přibram (8), welcher diesen Gegenstand auf Wittstein's Veranlassung weiter verfolgte, lösen 100 Th. Ammoniakflüssigkeit (10 pC. Ammoniak enthaltend):

I. Krystallisirte Kieselsäure (9) . . . . 0,017 Th.
II. Amorphe Kieselsäure, geglüht . . . . 0,88 Th.
III. Amorphe Kieselsäure, als Hydrat*) . . . . . 0,21 Th.
IV. Amorphe Kieselsäure, in der Form von Gallerte 0,71 Th.

*) Aus der salzs. Lösung durch Verdunsten, Auswaschen und Trocknen erhalten mit einem der Formel $SiO_2, 2 HO$ (= $3 SiO_2, 4 HO$) entsprechenden Wassergehalt.

Die Lösungen, durch mehrtägigen Contact der Ammoniaklösung mit der Kieselsäure in verschlossenen Gefäfsen erhalten, klärten sich zum Theil nur langsam, die

(1) Vgl. Ebelmen, Ann. Ch. Pharm. LVII, 348; ferner Jahresber. f. 1861, 73. — (2) Vgl. auch Jahresber. f. 1861, 205. Langlois fand (Jahresber. f. 1858, 140) für das aus Chlorsilicium durch Einwirkung von feuchter Luft gebildete Hydrat die Formel $8 SiO_2, 2 HO = 9 SiO_2, 4 HO$; vgl. übrigens Jahresber. f. 1865, 196. — (3) Jahresber. f. $18^{47}/_{48}$, 400; f. 1852, 364; f. 1858, 850. — (4) Jahresber. f. 1852, 369. — (5) Jahresber. f. $18^{47}/_{48}$, 400. — (6) Jahresber. f. 1858, 850. — (7) Vierteljahrsschr. pr. Pharm. XV, 584. — (8) Vierteljahrsschr. pr. Pharm. XVI, 80; Zeitschr. anal. Chem. VI, 119. — (9) Gut krystallisirter Quarz, von anhängendem Kalkspath und Eisenoxyd durch Digestion mit Salzsäure und Salpetersäure, und Auswaschen mit Wasser gereinigt und geglüht.

Kieselsäure. mit gallertiger Säure bereitete war schwach opalisirend. Durch längeres Aussetzen an die Luft verloren sie, ohne sich zu trüben, ihre alkalische Reaction und enthielten dann auf 4 Aequiv. Kieselsäure 1 Aequiv. Ammoniak. Auch durch Kochen dieser neutralen Lösung und Eindampfen auf ein kleines Volum wird Nichts abgeschieden, wiewohl $^{19}/_{20}$ des Ammoniaks entweichen und auf 80 Aequiv. Kieselsäure nur 1 Aequiv. Ammoniak in Lösung bleibt. Nach vollständigem Verdampfen endlich hinterlassen sie einen amorphen, blätterigen, hornartig durchscheinenden Rückstand, welcher ebenfalls auf 80 Aequiv. Kieselsäure 1 Aequiv. Ammoniak enthält, in Wasser aber nur noch spurweise löslich ist. Uebrigens wurde das Verdampfen aller dieser Lösungen zur Bestimmung der gelösten Kieselsäure in Glas- oder Porcellangefäfsen ausgeführt.

Kiesels. Salze. (Schlacken.)
Ch. Mène (1) hat bei der Untersuchung einer Reihe von blaugefärbten Hochofenschlacken gefunden, dafs ihre Färbung nicht immer auf einem Titangehalt beruht, da Er in vielen, besonders den opaken, kein Titan nachweisen konnte. Weitere Untersuchungen ergaben in allen diesen Schlacken die gleichzeitige Anwesenheit von Eisenoxydul und Eisenoxyd. Hieraus, wie aus synthetischen Versuchen schliefst Mène, dafs sowohl die blauen als andere Färbungen der Schlacken zum Theil von einem Gehalt an diesen beiden Oxyden abzuleiten sind, und zwar soll das Verhältnifs

6 FeO, Fe_2O_3	Schwarz	2 FeO, 3 Fe_2O_3	Gelb
3 FeO, 2 Fe_2O_3	Blau	FeO, 3 Fe_2O_3	Rothgelb
FeO, Fe_2O_3	Grün	Fe_2O_3	Purpurroth

erzeugen. Der Gehalt an Oxydul und Oxyd betrug in 100 Grm. der blaugefärbten Schlacken im Maximum 17 Milligrm., der Gehalt an Titansäure in den glasigen 12 bis

(1) Compt. rend. LXIII, 608, 797; Dingl. pol. J. CLXXXII, 469; CLXXXIII, 141.

80 Milligrm. auf dieselbe Menge. — J. Fournet(1) hat an das Ergebnifs Seiner Untersuchungen erinnert, nach welchen die blaue Farbe der Schlacken in vielen Fällen nur von einer eigenthümlichen Molecularstructur herrührt (2).

K. Haushofer (3) hat einige der Niederschläge, welche durch Kali- oder Natronwasserglas aus Erd- und Metallsalzen gefällt werden, analysirt. Dieselben scheinen sämmtlich freie Kieselsäure beigemengt zu enthalten; beispielsweise wurde für den aus Kalialaun gefällten das Zusammensetzungsverhältnifs $KO, Al_2O_3, 7 SiO_3 + 42 HO$ gefunden (über die Temperatur des Trocknens ist Nichts angegeben).

Fr. Stolba (4) fand nach dem S. 16 angegebenen Verfahren das specifische Gewicht des Kieselfluorkaliums bei $17^{0},5 = 2,6649$ bis $2,6655$; des Kieselfluornatriums bei $17^{0},5 = 2,7547$; des Kieselfluorbaryums bei $21^{0} = 4,2741$, sämmtlich auf ein gleiches Volum Wasser von 15^{0} als Einheit bezogen.

Kieselfluorkalium.

V. Merz (5) hat Beiträge zur Kenntnifs des Titans und der Titansäure geliefert. Er versuchte (6) in folgender Weise aber mit negativem Resultat das metallische Titan aus seiner Lösung in geschmolzenem Zink krystallisirt zu erhalten. 2 Th. Natrium wurden mit 6 Th. Fluortitankalium und 3 Th. Kochsalz im Glaskolben unter Durchleiten von Wasserstoff bis zur Verflüssigung des Natriums erhitzt, der verstopfte Kolben bis zum Erkalten geschüttelt und nach Zusatz von 10 Th. Zinkpulver die innige Mischung unter einer Decke von Kochsalz zusammengeschmolzen. Nach dem Zerschlagen des erkalteten Tiegels zeigte sich das Zink zum Theil in der dunkeln Schlacke zerstreut, zum

Titan.

---

(1) Compt. rend. LXIII, 764; Instit. 1866, 353, 378. — (2) Vgl. auch Jahresber. f. 1854, 775. — (3) J. pr. Chem. XCIX, 241. — (4) J. pr. Chem. XCVII, 503. — (5) Aus Seiner Inauguraldissertation, Zürich 1864 in J. pr. Chem. XCIX, 157; im Auszug Zeitschr. Chem. 1867, 122; Chem. Centr. 1867, 65. — (6) J. pr. Chem. XCIX, 175.

Titan. Theil als Regulus abgeschieden, von zinnweifsem und blätteriger Structur; bei der Behandlung mit se[hr] dünnter Salzsäure (hierbei wird etwas Titan gelöst) s[c]sich zuerst prismatische und schuppige Kryställche[n] Legirung aus, schliefslich aber blieb das Titan als [ein schwar]zes Pulver zurück, das nach dem Ausglühen im V[asser]stoffstrom bis auf die dunklere Farbe mit dem nach [Wöh]ler's Angaben (1) dargestellten Titan übereinstimmt[, dessen Menge etwa die Hälfte der berechneten [war]. In trockenem Salzsäuregas erhitzt geht das Titan, [wie] dem Boron (2), in Chlorid (TiCl$_2$) über. Von verd[ünnter] Salpetersäure und Schwefelsäure wird es in der [Wärme] unter Wasserstoffentwickelung, wie von Salzsäure [zersetzt;] auch in der Kälte wird es von diesen Säuren und [nicht] von Essigsäure angegriffen. Concentrirte heifse Sc[hwefel]säure verwandelt das Titan unter Entwickelung von [schweflig]liger Säure, heifse Salpetersäure unter Entwickelu[ng von] Untersalpetersäure in Titansäure; wässerige (27 proc[entige]) Flufssäure löst es unter Schäumen fast augenblickli[ch auf].

Titansäure. Zur Darstellung der Titansäure aus Rutil mo[dificirte] Merz (3) das Verfahren Wöhler's (4) in der [Weise,] dafs die aus 1 Th. geschlämmtem Rutil und 3 T[h. Kohle] lens. Kali erhaltene Schmelze grob gepulvert, zur [Entfernung] gung des Kieselsäuregehalts mit Wasser erschöpf[t, die] rückständige saure titans. Kali bei gewöhnlicher T[empe]ratur durch längere Einwirkung von concentrirter Sa[lzsäure] gelöst und die Lösung mit Fluorkalium in der Sie[dehitze] zersetzt wurde, worauf das nach der Gleichung 3 [KFl +] TiCl$_2$ = KFl, TiFl$_2$ + 2 KCl gebildete Fluortita[nkali] bei dem Erkalten krystallisirte. Die Krystalle wur[den mit] wenig Wasser zerrührt, ausgepreſst, in heiſsem [Wasser] gelöst, die zur Abscheidung des Eisens mit Schw[efelam]monium versetzte Lösung filtrirt und ein etwaiger [Rest...]

(1) Jahresber. f. 1849, 268. — (2) Jahresber. f. 1857, 98. [— (3) J.] pr. Chem. XCIX, 158. — (4) Jahresber. f. 1849, 268.

schufs von Schwefelammonium im Filtrat durch Salz- *Titansäure.* säure zersetzt. 100 Th. Rutil ergaben so, wenn die bei dem Auspressen der rohen und reinen Krystallmassen erhaltenen Mutterlaugen ebenfalls verarbeitet wurden, 160 bis 170 Th. Fluortitankalium und hieraus 50 bis 60 Th. eisenfreie Titansäure. Eine reichlichere 70 bis 80 pC. vom Gewicht des angewandten Rutils betragende Ausbeute erhielt Merz durch Lösen des sauren titans. Kali's in verdünnter Salzsäure, Kochen der verdünnten Lösung, Erhitzen der gefällten, gewaschenen und geglühten eisenhaltigen Titansäure in einem Strom von Schwefelwasserstoff und schliefsliches Ausziehen mit heifser Salzsäure.

Ueber die Verbindungen der Titansäure hat Merz Folgendes mitgetheilt (1). *Hydrate der gewöhnlichen Titansäure.* Durch Ammoniak aus ihrer salzs. Lösung gefällt, ist die Titansäure stets ammoniakhaltig (in der lufttrockenen Säure wurden 1,75 pC., in der bei 100° getrockneten 1,80 pC. Ammoniumoxyd gefunden). Frisch dargestellte und 24 Stunden an der Luft gelegene Säure enthielt 35,4 bis 37,9 pC. Wasser, annähernd einem Hydrat von der Formel $aTiO_2, HO + 2HO$ (mit dem berechneten Wassergehalt 39,7 pC.) entsprechend. Nach wochenlangem Liegen an der Luft entspricht der Wassergehalt der Formel $aTiO_2, HO + HO$ (gefunden 31,0 bis 31,9 pC., berechnet 30,5 pC. Wasser); dasselbe Hydrat wird auch durch zwölfstündiges Trocknen der frisch gefällten Säure über Schwefelsäure und nachheriges Aussetzen an die Luft erhalten. Bei längerem Verweilen über Schwefelsäure bleibt zuerst das einfache Hydrat $aTiO_2, HO$ zurück, später verringert sich der Wassergehalt langsam. Im Luftbade bei 60° getrocknet bleibt das Hydrat $3(aTiO_2, HO) + aTiO_2 = 4aTiO_2, 3HO$; bei 100° das Hydrat $2aTiO_2, HO$. Bei der Berechnung dieser Formeln ist der oben angegebene

(1) J. pr. Chem. XCIX, 162.

Titansäure. Ammoniakgehalt in Abzug gebracht und durch sein Ä[qui]valent an Wasser ersetzt. — *Hydrate der Metati[tan]säure.* Durch Kochen aus einer verdünnten schwefe[ls.] Lösung der gewöhnlichen Titansäure abgeschieden u[nd] zuletzt mit Ammoniak abgewaschen, ist die Metatitansäu[re] ebenfalls ammoniakhaltig (in der lufttrocknen Säure wurde 0,80 pC., in der bei 170° und 300° getrockneten 0,46 p[C.] Ammoniumoxyd gefunden). Die frisch bereitete lufttrock[ne] Säure enthielt gegen 24 pC. Wasser, nach längerem Lieg[en] an der Luft nur noch 18,5 bis 19,2 pC., der Form[el] $b\,TiO_2 + HO$ entsprechend; denselben Wassergehalt zeig[t] auch die Säure, die nach 24 stündigem Liegen über Schw[efel]säure der Luft wieder ausgesetzt wurde. Nach 6- bis 1[0] wöchentlichem Trocknen über Schwefelsäure beträgt d[er] Wassergehalt noch 12,0 bis 10,6 pC., ebenso bleibt n[ach] dem Erhitzen auf 60° bis 70° eine Säure von 9,50 b[is] 10,9 pC. Wasser zurück, welche Zahlen nach Merz auf d[as] Hydrat $2\,bTiO_2, HO$ (berechn. 9,89 pC. Wasser) hinweis[en.] Die bei 100° getrocknete Säure ist $3\,bTiO_2, HO$; in höher[er] Temperatur wird der Wassergehalt langsam ausgetriebe[n;] er beträgt in der bei 300° getrockneten Säure noch 0,97 p[C.]

Verbindungen der Titansäure mit Säuren. Zur D[ar]stellung der *schwefels. Titansäure* löste Merz die mit A[m]moniak gefällte, schliefslich mit verdünnter Schwefels[äure] ausgewaschene und getrocknete Titansäure in überschü[ssi]ger concentrirter Schwefelsäure auf, verdampfte die (in d[er] Kälte gelatinirende) Lösung zur Trockne, setzte das [er]haltene weifse Pulver zur Entfernung der überschüssig[en] Schwefelsäure auf einer porösen Thonplatte einige Ta[ge] der Luft aus und trocknete den Rückstand bei 350° [bis] 400°, da bei niedrigerer Temperatur das Wasser nicht a[us]getrieben wurde. Die so erhaltene Verbindung hat, v[on] einem immer noch 0,5 bis 1 pC. betragenden Wassergeh[alt] abgesehen, die Formel TiO_2, SO_3. Sie wird durch anh[al]tendes Waschen mit Wasser langsam und nicht ganz v[ollständig]

ständig zersetzt (1); von Salzsäure wird sie in der Kälte Titansäure.
langsam, in der Wärme dagegen leicht gelöst. *Salpeters.
Titansäure*, $5 TiO_2, NO_5 + 6 HO = 5 (TiO_2, HO) + NO_5, HO$,
bleibt in glänzenden Blättchen zurück, wenn eine Lösung
von ammoniakfreiem Titansäurehydrat in Salpetersäure über
Aetzkalk verdunstet wird. Sie ist in kaltem Wasser zu
einer etwas trüben Flüssigkeit löslich, welche Lösung sich
beim Erhitzen unter Fällung von flockiger Titansäure
umsetzt. Bei 100° verliert die Verbindung einen Theil
ihres Salpetersäure- und Wassergehaltes.

Titansäure wird aus ihrer salzs. Lösung durch phosphors. Ammoniak fast vollständig als *phosphors. Titansäure*
in der Form eines gallertigen Niederschlages gefällt, welcher nach sorgfältigem Auswaschen (wobei er theilweise
umsetzt wird, da Phosphorsäure in das Waschwasser übergeht) bei 110° bis 120° zu einer kreidigen Masse austrocknet,
die neben Titansäure, Phosphorsäure und Wasser noch
Ammoniak (1,68 bis 1,81 pC. Ammoniumoxyd) enthält und
daraus die Formel $2 TiO_2, HO, PO_5$ ergiebt, wenn für
das Ammoniumoxyd die äquivalente Menge von Wasser
gerechnet wird. Beim Glühen sintert diese Substanz
unter vorübergehender Schwärzung zu stengeligen, im Gas-
gebläse schwierig schmelzbaren Aggregaten der Verbindung
TiO_2, PO_5. — *Titanoxychloride*. Titanchlorid verwandelt
sich über Wasser zuerst in gelbes bis weifsliches Pulver,
später in eine durchscheinende und allmälig zerfliefsende
Substanz, welche über Schwefelsäure zu einer paraffin-
ähnlichen Masse austrocknet. Nach mehrtägigem Aussetzen

---

(1) Die bis zum Verschwinden der sauren Reaction des Filtrates
gewaschenen und bei 100° getrockneten Rückstände ergaben in zwei
Versuchen die Zusammensetzung :

TiO_2	SO_3	HO
81,85	7,64	10,51 pC.
83,68	6,42	9,90 „

Vgl. auch L. Gmelin's Handbuch der Chem., 4. Aufl., II, 442.

über Aetzkalk entsprach die Zusammensetzung diese Verbindung der Formel 2 TiCl$_2$, 5 TiO$_2$ + 28 HO, nach mehreren Monaten der Formel 2 TiCl$_2$, 7 TiO$_2$ + 16 HO Merz hält jedoch die Formeln TiCl$_2$, 3 TiO$_2$ + 16 HO und TiCl$_2$, 3 TiO$_2$ + 8 HO für die richtigeren. Das erste dieser beiden Hydrate giebt mit Wasser eine klare, durch Verdünnung in der Kälte nicht fällbare Lösung, das zweite wird von kaltem Wasser nur auf Zusatz von Salpetersäure vollständig gelöst. Beim Erhitzen des Oxychlorids verringert sich dessen Chlorgehalt schnell; bei 100° getrocknet hinterlässt es einen Rückstand von dem Zusammensetzungsverhältniss TiCl$_2$, 11 TiO$_2$ + 12 HO.

Tantal. Verbindungen desselben. C. Marignac (1) hat im Verfolg Seiner im vorjährigen Bericht S. 197 angeführten Beobachtung über die Zusammensetzung des Fluortantalkaliums auch die übrigen Tantalverbindungen einer eingehenden Untersuchung unterworfen und die Analogie derselben mit Niobverbindungen in Bezug auf Zusammensetzung festgestellt. Seine Resultate, soweit sie die von Berzelius (2) und H. Rose (3) erhaltenen ergänzen und berichtigen, sind folgende. *Tantalsäure*, Ta$_2$O$_5$. Durch Schmelzen mit saurem schwefels. Kali dargestellt hatte sie das spec. Gew. 7,60 bis 7,64, durch Glühen von Fluortantalammonium mit Schwefelsäure erhalten das spec. Gew. 8,01. Sie scheint in mehreren Modificationen zu existiren, von welchen Marignac vorläufig zwei unterscheidet: einbasische Tantalsäure, welche unlösliche Salze von der allgemeinen Formel MO, Ta$_2$O$_5$ bildet (Tantalite und die unlöslichen Salze der Alkalien); vierbasische Tantalsäure, aus der

(1) N. Arch. ph. nat. XXVI, 89; Ann. ch. phys. [4] IX, 249; J. Ch. Pharm. Suppl. IV, 850; im Auszug Compt. rend. LXIII, 85; B. soc. chim. [2] VI, 118; Zeitschr. Chem. 1866, 424; Ann. Ch. Ph. CXL, 153; Phil. Mag. [4] XXXII, 882. Das auf das Atomgew. Bezügliche auch Zeitschr. anal. Chem. V, 478. — (2) L. Gmelin Handbuch der Chemie, 4. Aufl., II, 453 ff. — (3) Jahresber. f. 1 366; f. 1857, 176.

gung von drei Molecülen der einbasischen ent-
, deren in Wasser lösliche und gut krystallisirbare
ler allgemeinen Formel $4MO, 3Ta_2O_5$ entsprechen.
öslichen Alkalisalze des ersteren Typus (saure Salze)
n, wenn die basischen Salze bei Luftzutritt geglüht
lann ausgelaugt werden, oder wenn Tantalsäure mit
. Alkalien bei niederer Temperatur geglüht wird;
lichen Salze des zweiten Typus (neutrale Salze)
schmelzen der Tantalsäure mit den Alkalihydraten
rch heftiges Glühen mit sehr überschüssigem kohlens.
Ihre Lösungen zersetzen sich leicht, unter Aus-
ng von Salzen der ersten Reihe.
sliches tantals. Kali, $4K_2O, 3Ta_2O_5 + 16H_2O$, ist
1 H. Rose als neutrales $(KO, 2TaO_2)$ bezeichnete
). Es wird in gut ausgebildeten Krystallen erhalten,
an Tantalsäure im Silbertiegel mit dem doppelten
eifachen Gewicht natronfreien Kalihydrates schmilzt,
altete Schmelzproduct in Wasser löst (hierbei bleibt
ler nur ein unerheblicher Rückstand) und die ge-
lecantirte Lösung im Vacuum verdampft. Oder in-
an die Tantalsäure mit dem vier- bis fünffachen
t kohlens. Kali bei möglichst hoher Temperatur
lie geschmolzene Masse mit wenig warmem Wasser
ht und auf ein Filter bringt, das man über einen
mit Wasser unter eine Glocke setzt. Wenn das
. Kali abgeflossen ist, löst man den Rückstand in
· und verdunstet das Filtrat im Vacuum (zuletzt
isirt kohlens. Kali). Die Krystalle sind durchsichtige
indige monoklinometrische Prismen von der Com-
a $\infty P.(\infty P\infty).0P.(2P\infty).+P$, mit den Nei-
l $\infty P:\infty P = 109°0'$; $0P:\infty P = 94°20'$; $0P:+$
$14°45'$; $0P:(2P\infty) = 132°25'$, wiewohl die Winkel
twas veränderlich ergaben. Das Salz ist hiernach

Tantal. Verbindungen desselben. mit dem niobs. Kali (1) isomorph. In gelinder Wärme ist es in Wasser ohne Zersetzung löslich und krystallisirt im Vacuum aus dieser Lösung abermals, wiewohl weniger gut; in der Siedehitze oder auch beim Verdampfen unter Luftzutritt trübt sich die Lösung und scheidet unlösliches Salz ab. Das feste Salz zerfällt schon bei 100° in Kalihydrat und unlösliches Salz; setzt man es einer anhaltenden Glühhitze aus, so bleibt nach dem Auslaugen des frei gewordenen Alkali's das Salz K_2O, Ta_2O_5 zurück (Rose hatte dieses letztere Salz durch Glühen des neutralen mit kohlens. Ammoniak erhaltenen und als saures Salz bezeichnet). Die zahlreichen basischen und säurereicheren Verbindungen, welche Rose beschrieben hat, betrachtet Marignac als blofse Gemenge. *Tantal-Natron*, $4Na_2O, 3Ta_2O_5 + 25H_2O$, erhielt Marignac durch Schmelzen der Tantalsäure mit Natronhydrat, Aufweichen mit Wasser, Auswaschen des überschüssigen Natrons auf dem Filter, Lösen des Rückstandes in kochendem Wasser und Abkühlung in Lamellen, welche von einem beigemengten unlöslichen Salz durch Abschlämmen befreit werden konnten. Sie bilden Tafeln des hexagonalen Systems, an welchen die Neigungen $OP : P = 124°14'$; $P : $ in den Endkanten $= 131°4'$ beobachtet wurden (der angegebene Wassergehalt gilt für das lufttrockene Salz und ist vielleicht etwas zu hoch). Das von Rose beschriebene neutrale tantals. Natron ist nach Marignac dieselbe Verbindung, verunreinigt durch eine kleine Menge des unlöslichen Salzes Na_2O, Ta_2O_5. — Dem *braunen Tantaloxyd* giebt Marignac nach der Analyse von Berzelius die Formel TaO_2; dem durch Weifsglühen der Tantalsäure in Schwefelkohlenstoffdampf erhaltenen *Schwefeltantal* die Formel TaS_2. Bezüglich des *Tantalchlorides* macht Er darauf aufmerksam, dafs die der Formel $TaCl_5$ entsprechende Dampfdichte 12,42 beträgt und dafs daher der von H. Sainte-

---

(1) Jahresber. f. 1865, 202.

Claire Deville gefundene niedrigere Werth (10,9) (1) wohl auf einer Beimischung von Niobchlorid beruhte. — *Fluordoppelsalze.* Nicht geglühte Tantalsäure wird von Flufssäure leicht gelöst und giebt nach Zusatz von Basen lösliche krystallisirbare Fluortantalverbindungen. Krystallisirbare Tantaloxyfluoride lassen sich nicht erhalten, vielleicht sind aber nach Marignac's Vermuthung die unlöslichen Niederschläge, welche bei dem Lösen der Tantalfluoride in reinem Wasser häufig entstehen, als solche Oxyfluoride zu betrachten. *Kaliumtantalfluorid*, $2\,KFl$, $TaFl_5$, krystallisirt in nadelförmigen rhombischen Prismen der Combination $\infty P . \infty \breve{P} \infty . \breve{P} \infty$, mit den Neigungen $\infty P : \infty P = 112°30'$; $\infty P . \infty \breve{P} \infty = 123°50'$; $\infty \breve{P} \infty : \breve{P} \infty = 114°45'$; $\breve{P} \infty : \breve{P} \infty = 131°$; es ist mit Kaliumniobfluorid isomorph. Die Lösung in Wasser zersetzt sich besonders bei dem Erwärmen theilweise in gelöst bleibendes Fluorwasserstoff-Fluorkalium und einen pulverigen unlöslichen Niederschlag, in welchen bei öfterem Erhitzen alles Tantal übergeht. Dieser Niederschlag hat die Zusammensetzung $Ta_2O_5 + 2\,(2\,KFl, TaFl_5)$; er giebt an kochendes Wasser nichts ab, von Flufssäure wird er zu Kaliumtantalfluorid gelöst. *Natriumtantalfluorid.* Eine Lösung von tantals. Natron in Flufssäure liefert bei successiver Concentration zuerst körnige Absätze von Natriumtantalfluorid mit Ueberschufs an Fluornatrium, $3\,NaFl, TaFl_5$, zuletzt aber achtseitige Blättchen des normalen Salzes $2\,NaFl, TaFl_5 + H_2O$. Die Krystalle scheinen dem rhombischen System anzugehören und zeigen die Combination $0P . P . \breve{P} \infty . \infty \breve{P} \infty . \frac{1}{2} \breve{P} \infty$, mit den Neigungen $P : P$ im brachydiagonalen Hauptschnitt $= 110°0'$; $0P : \breve{P} \infty = 123°20'$; $0P : \frac{1}{2} \breve{P} \infty = 148°0'$. Die Basis ist vorwiegend entwickelt. Das Salz verliert sein

---

(1) In Deville's ursprünglicher Angabe (Compt. rend. LVI, 894; Jahresber. f. 1863, 17; f. 1865, 211) sind, wie Marignac jetzt mittheilt, die Zahlen für die Dampfdichten des Niob- und Tantalchlorides verwechselt.

Krystallwasser unterhalb 100° und wird durch Auflösen in Wasser theilweise unter Bildung jenes körnigen basischen Salzes zerlegt. *Ammoniumtantalfluorid*, $2NH_4Fl, TaFl$ krystallisirt in quadratischen Octaëdern, die durch Vor herrschen der Basis als Blättchen entwickelt sind (es i $OP:P = 119°$; $P:P$ in den Endkanten $= 103°30'$), wii bei 100° nicht zersetzt und ist in Wasser unverändert lö lich; bei längerem Erhitzen scheidet aber die Lösun einen pulverigen Niederschlag ab. *Zinktantalfluorid* wir erhalten, indem man Zinkoxyd in eine flufssaure Lösun von Tantalsäure einträgt, die Flüssigkeit über Schwefe säure verdampft und die gebildeten sehr zerfliefsliche Krystalle auf Fliefspapier über Schwefelsäure trockne Die Krystalle sind rhombische Tafeln, durch die einge trocknete Mutterlauge zu einer festen Masse verkittet un auch wegen ihrer Zerfliefslichkeit nicht mefsbar. Im luf trockenen Zustande haben sie annähernd die Zusammer setzung $ZnFl_2, TaFl_5 + 7H_2O$. Bei dem Wiederauflöse in Wasser scheidet sich ein tantalsäurehaltiger unlöslich Niederslchag ab. *Kupfertantalfluorid*, $GuFl, TaFl_5 + 4H_2O$ wird wie das Zinksalz dargestellt und durch Verdunste in krystallinischen Massen, durch starke Abkühlung de gesättigten Lösung aber in blauen durchsichtigen rhom bischen Prismen erhalten. Es ist zerfliefslich und i Wasser klar löslich, wird aber schon bei 100° unter En wickelung von Wasser und Fluorwasserstoff zersetzt. F gelang Marignac nicht, *Magnesiumtantalfluorid* darzu stellen. Setzt man einer sauren Lösung von Tantalfluor Magnesia zu, so wird diese fast vollständig als Fluorma nesium gefällt und aus dem Filtrat durch Verdunstung z erst eine amorphe unlösliche Verbindung von Fluortant und Tantalsäure, später körnige Krystalle von Fluortant erhalten. — Das Atomgewicht des Tantals hat Marigna durch die Analyse des Kalium- und Ammoniumtantalfluorid bestimmt. 100 Th. des Kaliumdoppelsalzes gaben i Mittel von vier Versuchen 56,59 Th. Tantalsäure u

44,29 Th. schwefels. Kali; 100 Th. des Ammoniumdoppelsalzes im Mittel von vier Versuchen 63,25 Th. Tantalsäure. Die ersten Zahlen geben für das Atomgewicht des Tantals, wenn die Tantalsäure als Ta_2O_5 betrachtet wird, $\overset{v}{Ta} = 182,3$ ($H = 1$); die letzteren $\overset{v}{Ta} = 182$. Marignac adoptirt die Zahl 182 und macht auf die aus der folgenden Zusammenstellung ersichtlichen Beziehungen zwischen den Atomgewichten des Niobs und Tantals, und denen des Molybdäns und Wolframs aufmerksam.

$Mo = 96$ $Wo = 184$
$Nb = 94$ $Ta = 182$.

M. Delafontaine (1) hat über zwei niedere Oxyde des Niobs, das Nioboxydul und Nioboxyd, berichtet. *Nioboxydul* (Niobyl), NbO, ist der von H. Rose (2) durch die Einwirkung von Natrium auf Niobfluorkalium erhaltene und als metallisches Niob beschriebene Körper. Er ist unveränderlich an der Luft bei gewöhnlicher Temperatur und wird von Wasser, caustischen Alkalien und concentrirten Säuren selbst in der Siedehitze nicht angegriffen, verbrennt aber in dunkler Rothglühhitze wie Zunder zu Niobsäure und verbindet sich mit Chlor in der Wärme zu weißem Nioboxychlorid ($NbOCl_3$). Der Sauerstoffgehalt dieses Oxyduls wurde nicht direct nachgewiesen, sondern aus der Bildung des Nioboxychlorides und aus der Menge des bei der Röstung aufgenommenen Sauerstoffs (welche für metallisches Niob 29,85 pC. seines Gewichtes, für Nioboxydul 22,64 pC. betragen muſs) erschlossen; Delafontaine beobachtete eine Gewichtszunahme von 17 und 19,30 pC. (eine fremde Substanz schied sich bei der Röstung in Körnern aus und konnte durch Schlämmen getrennt werden); Rose hatte eine Gewichtszunahme von 20,6 bis 22,2 pC. gefunden. Delafontaine vermuthet, daſs die

---

(1) N. Arch. ph. nat. XXVII, 167; Zeitschr. Chem. 1866, 717; J. pr. Chem. C, 117. — (2) Jahresber. f. 1858, 151.

Oxyde des Nioblums. von Deville und Troost durch die Einwirkung
Magnesium auf die Dämpfe des Nioboxychlorids erhalte
krystallinische Substanz (1), sowie die durch Erhitzen
niobs. Kali's auf Natrium dargestellte ebenfalls Nioboxy
ist, und dafs dessen Bildung nach den Gleichung
$NbOFl_3, 2 KFl + 3 Na = 3 NaFl + 2 KFl + Nb$
$2(NbOCl_3) + 3 Mg = 3 MgCl_2 + 2 NbO$ erfol
Metallisches Niob ist demnach bis jetzt nicht bekan
Nioboxyd, NbO_2, bleibt als dichtes schwarzes Pulver
bläulichem Stich zurück, wenn Niobsäure im Wasserstoffstr
einer mehrstündigen Weifsglühhitze ausgesetzt wird, wo
sie nahezu 6 pC. ihres Gewichtes verliert (Rose hatte
nur 1 pC. Gewichtsverlust beobachtet). Unveränderlich
der Luft bei gewöhnlicher Temperatur geht es in
Rothglühhitze unter Feuererscheinung in weifse Niobsä
über, indem es 6,22 bis 6,38 pC. Sauerstoff aufnim
(berechnete Menge 6,34 pC.). Es wird von Wasser, conc
trirten Säuren und caustischen Alkalien weder in der Kä
noch in der Siedehitze, und von Jod nicht unterhalb 2
angegriffen. Es ist daher auch nicht als niobs. Nioboxy
($NbO, Nb_2O_5 = 3 NbO_2$), sondern als Niobyloxyd NbO_2
zu betrachten. Tantalsäure wird in der Weifsglühhi
durch Wasserstoff nicht verändert; tantalhaltige Niobsä
erfährt daher einen geringeren Gewichtsverlust. Das
Rose erhaltene Schwefelniobium (3) vermuthet Delafc
taine ebenfalls sauerstoffhaltig und nach der For
$(NbO)_2S_3$ zusammengesetzt.

R. Hermann (4) beharrt in einer Kritik
Marignac's Untersuchung (5) der Niobverbindungen
der Ansicht, dafs die in den Columbiten enthaltenen Sau
stoffverbindungen des Niobs niobige Säure (Nb_2O_3)
das von Marignac beschriebene niobsaure Kali niobi

---

(1) Jahresber. f. 1865, 211. — (2) Jahresber. f. 1860, 147.
(3) Jahresber. f. 1858, 154. — (4) J. pr. Chem. XCIX, 21; N. A
ph. nat. XXVII, 373. — (5) Jahresber. f. 1865, 198.

Salz mit der Formel $4KO, Nb_2O_3 + 16HO$ ist, die Niobsäure aber die Formel NbO_3 hat ($Nb = 52,8$). Er betrachtet ferner Marignac's Nioboxychlorid $NbOCl_3$ als Niobchlorür Nb_2Cl_6 und das gelbe Niobchlorid $NbCl_5$ als Niobchlorid $NbCl_3$, wofür Ihm auch die Dampfdichtebestimmungen von Deville und Troost (1) sprechen (vgl. S. 203). Marignac's Kaliumnioboxyfluorid $2KFl, NbOFl_3 + H_2O$ ist nach Seiner Ansicht saures Kaliumniobfluorür $2KFl, Nb_2Fl_6 + 2HFl$.

R. Hermann machte ferner abermalige Mittheilungen über Ilmenium. Er stützt (2) die Existenz dieses Metalls durch weitere Argumente und beschreibt (3) die folgende Reaction als besonders characteristisch für ihmenige und Ilmensäure und zu ihrer Unterscheidung von Niobsäure (Hermann's niobiger Säure) geeignet. Man schmilzt die Säure mit Kalihydrat, löst die Schmelze in Wasser, fällt die Hydrate durch Salzsäure und Ammoniak, bringt sie auf ein Filter und rührt sie dann noch feucht mit Salzsäure von 1,15 spec. Gewicht zu einem dünnen Brei an. Erhitzt man dieses Gemenge in einem kleinen Glaskolben unter Zusatz eines Blättchens Zinnfolie bis zum Kochen, so färbt sich Niobsäure blau und giebt nach Wasserzusatz eine blaue Lösung; Ilmensäure und ilmenige Säure geben dagegen nur bei der ersten Einwirkung eine blaue, später eine braune Färbung und bei Wasserzusatz ein braunes Filtrat. Dieselbe Erscheinung zeigen auch die salzsauren Lösungen der Säuren auf Zusatz von Zink; nach längerer Einwirkung setzen sich bei der Ilmensäure Flocken von braunem Oxyd ab, die bei Luftzutritt sich in weiße ilmenige Säure verwandeln. — Hermann beschreibt ferner (4) vier verschiedene Kaliumilmenfluoride, einige Kali- und Natronsalze der Säuren des Ilmeniums und das Verhalten

---

(1) Jahresber. f. 1865, 210. — (2) J. pr. Chem. XCIX, 80. — (3) J. pr. Chem. XCIX, 287. — (4) J. pr. Chem. XCIX, 279, 290; Zeitschr. Chem. 1867, 124, 125.

Chrom.
Chromoxyd.

der β Sulfate dieser Säuren gegen Salzsäure. Wir beschränken uns auf diesen Hinweis (1).

Chromoxyd in bronceglänzenden Flittern bildet sic nach V. Kletzinsky (2) neben Chlorkalium und zweifach chroms. Kali bei dem Schmelzen von trockenem chrom Chlorkalium nach der Gleichung $4(CrO_3KCl) = Cr_2O_3 - Cr_2K_2O_7 + 2KCl + O_2 + Cl_2$. — Sehr leicht erhält man dasselbe Präparat nach R. Otto (3), indem man trockenes gepulvertes zweifach-chroms. Kali in ein schwer schmelzbaren Glasröhre unter Durchleiten ein langsamen Wasserstoffstromes so lange zum schwachen Glühen erhitzt, bis die nach der Gleichung $2Cr_2K_2O_7 - 6H = 2CrK_2O_4 + 3H_2O + Cr_2O_3$ erfolgende Reduction beendigt ist. Die Röhre wird nach dem Erkalten zerschlagen und der Inhalt mit Wasser ausgelaugt, welche das Oxyd in Flittern von dem Glanz der Goldkäferflügeldecken zurückläfst; durch Abschlämmen können die größten derselben isolirt werden. Freie Chromsäure liefert bei gleicher Behandlung ein amorphes Product. — Chromoxy in krystallinischen talkartig anzufühlenden Blättchen von der Härte des Graphits erhielt W. Müller (4) durch Ueberleiten von Salzsäuregas und Wasserdampf über zum Glühen erhitztes chroms. Kali.

Chromsäure.

Rammelsberg (5) überzeugte sich, dafs die nach dem bekannten Verfahren aus dem zweifach-chroms. K mittelst Schwefelsäure abgeschiedene krystallisirte Chromsäure kein Wasser enthält, wie diefs Pelouze un

---

(1) Hermann hat die Ilmensäure jetzt auch im grönländisch Columbit aufgefunden. Vgl. den Bericht über Mineralogie. — (2) Seiner Schrift: Mittheilungen aus dem Gebiete der reinen und ang wandten Chemie, Wien 1865. Ferner Zeitschr. Chem. 1866, 127. (3) Ann. Ch. Pharm. CXLII, 102; Zeitschr. Chem. 1866, 706. — V ferner über krystallisirtes Chromoxyd Jahresber. f. $18^{47}/_{48}$, 24; f. 18 311; f. 1851, 351; f. 1858, 161. — (4) In der S. 120 angeführt Abhandlung. — (5) Pogg. Ann. CXXVII, 492; Zeitschr. Chem. 18 817; Chem. Centr. 1866, 608; N. Arch. ph. nat. XXVI, 248.

remy (1) so wie Nacquet (2) irrthümlich annehmen. Die Säure ist, mit der Formel CrO_3, wasserfrei.

Zur Darstellung von einfach-chroms. Kali erhitzt Kletzinsky (3) eine Mischung von 125 Th. des einfach-chroms. Salzes und 100 Th. salpeters. Kali bis zum ruhigen Flufs, bei welchem Punkt die Oxyde des Stickstoffs vollständig zersetzt sind. — Nach Demselben (4) hinterläfst die Lösung des chroms. Chlorkaliums in concentrirter Salzsäure bei dem Verdampfen zur Trockne einen violetten Rückstand von Chlorkalium und Chromoxychlorid:

$$(CrO_3, KCl) + 18 HCl = Cr_4O_3Cl_6 + 4 KCl + Cl_{12} + H_2O.$$

Carrington Bolton (5) machte Mittheilung über einige Fluorverbindungen des Urans. Trägt man Uranoxyduloxyd in wässerige Flufssäure ein, so entsteht unter ruhiger Einwirkung eine gelbe Lösung, während sich ein schwieriger grüner Niederschlag abscheidet. Die Lösung, deren Verhalten mit demjenigen übereinstimmt, welches Berzelius für die Lösung des Oxydhydrates in Flufssäure angiebt, enthält das in Wasser und Weingeist leicht lösliche *Uranoxyfluorid*, $UOFl$, das nach dem Verdampfen als weifses amorphes Pulver, aus der alkoholischen Lösung als gelbe amorphe Masse zurückbleibt, aber nicht krystallisirt erhalten wird. Jener grüne Niederschlag, welcher sich bei der Einwirkung der Flufssäure auf Uranoxydul oder -oxydulhydrat entsteht, ist *Uranfluorür*, UFl_2. Es ist in Wasser unlöslich und wird von verdünnten Säuren nicht angegriffen, fliefst aber leicht mit dem Wasser durch die Filter. In dichterem Zustande wird es erhalten, indem man

---

(1) Traité de chim. générale (2ème édit.) II, 553. — (2) Principes de chimie, 553. — (3) In der S. 208 angeführten Schrift; ferner Zeitschr. Chem. 1866, 127. — (4) Ebendaselbst. — (5) Berl. acad. Ber. 1866, 399; J. pr. Chem. XCIX, 269; Zeitschr. Chem. 1866, 353; Chem. Centr. 1866, 977; Bull. soc. chim. [2] VI, 450; N. Arch. ph. nat. XXVI, 132.

210 Unorganische Chemie.

Uran. Fluorverbindungen. die gelbe Lösung des Uranoxyfluorürs unter zeitweiligem Zusatz von Flufssäure so lange mit Zinnchlorür kocht, als noch ein Niederschlag gebildet wird, nach der Gleichung $2\text{UOFl} + 2\text{HFl} + 2\text{HCl} + \text{SnCl}_2 = 2\text{UFl}_2 + \text{SnCl}_4 + 2\text{H}_2\text{O}$. In einem Strom von trockenem Wasserstoff erhitzt wird das Fluorür theilweise zersetzt unter Entwickelung von Fluorwasserstoff und Bildung einer kleinen Menge eines in Wasser und verdünnten Säuren unlöslichen rothbraunen Pulvers, welches *Uransubfluorür* zu sein scheint. *Oxyfluorurankalium*, $2\text{UOFl}, 3\text{KFl}$, wird durch überschüssiges Fluorkalium aus einer Lösung von salpeters. Uranoxyd als schwerer citrongelber krystallinischer Niederschlag gefällt, der in überschüssigem salpeters. Uranoxyd löslich ist; es bildet sich ferner durch Lösen von Uranoxydkali in Flufssäure oder durch Mischen von Fluorkalium mit Uranoxyfluorür. In kochendem Wasser ist es löslich und krystallisirt aus der heifs gesättigten Lösung in bestimmbaren, nach V. von Lang's Untersuchung monoklinometrischen Krystallen mit den Flächen $0P . \infty P . + P\infty$, meistens durch Vorherrschen von $0P$ tafelförmig ausgebildet. Es ist $0P : + P\infty = 103°$; $0P : \infty P = 97°46'$; $\infty P : \infty P = 106°10'$; $\infty P : + P\infty = 122°$. Verhältnifs von a (Klinodiagonale) : b : c (Hauptaxe) = 1,375 : 1 : 3,477; spitzer Axenwinkel = 80°20'. Bei der freiwilligen Verdunstung der Lösung bilden sich quadratische Krystalle aus, von der Combination $P\infty . \frac{1}{2}P\infty . \frac{1}{4}P\infty . 0P$, mit den Neigungen $0P : P\infty = 115°40'$; $P\infty : P\infty = 128°40'$; $P\infty : \frac{1}{4}P\infty = 143°10$ und dem Axenverhältnifs $a : a : c = 1 : 1 : 2,0815$. Die Krystalle sind aus zwei gleichförmig ausgebildeten Individuen nach der Fläche $\frac{1}{2}P\infty$ zusammengesetzte Durchkreuzungszwillinge und optisch negativ; sie scheinen wasserhaltig zu sein, wurden aber nicht genauer untersucht. In einer Probirröhre erhitzt schmilzt das Oxyfluorurankalium unzersetzt zu einer rothen Flüssigkeit, die wieder zu einer gelben Masse erstarrt. Nur bei anhaltendem Erhitzen entweicht ein Theil des Fluors; ist

r Luftzutritt dabei nicht ausgeschlossen, so bleibt schliefs-
h orangegelbes Uranoxydkali zurück. Im Wasserstoff-
rom erhitzt hinterläfst das Salz ein grünes Gemenge von
ranfluorür, Uranoxydul und Fluorkalium. Es ist in Al-
kol und Aether unlöslich, ziemlich löslich in kaltem
asser (100 Th. Wasser lösen bei 21° 12,5 Th. Salz),
icht in siedendem. Aus der schwach sauer reagirenden
ösung fällt Ammoniak gelbes Uranoxydammoniak, koh-
a. Natron und kohlens. Ammoniak verändern sie nicht;
hlorcalcium giebt eine weifse Fällung, Chlorbaryum und
nigs. Blei gelbe Niederschläge; Lösungen von Zink, Kupfer,
ecksilber, Silber und Platin sind ohne Wirkung; durch
meisensäure und Oxalsäure wird die Lösung im Lichte
ducirt (s. unten). *Oxyfluorurannatrium*, $2\text{UOFl} + \text{NaFl}$
$+ 2\text{H}_2\Theta$, wird durch Verdunsten einer Mischung von
peters. Uranoxyd und Fluornatrium im Exsiccator er-
lten und krystallisirt in monoklinometrischen Tafeln von
r Combination $\infty P \infty . \infty P . + \frac{1}{2}P\frac{1}{3}$ mit den Nei-
ngen $\infty P : \infty P \infty = 134°20'$; $\infty P : + P = 125°$;
- $P : + P = 128°40'$; $+ \frac{1}{2}P\frac{1}{3} : \infty P = 120°$. Axen-
rhältnifs a (Klinodiagonale) : b : c (Hauptaxe) = 2,0272:
: 0,5222; spitzer Axenwinkel = 85°9'. Die Krystalle
d Zusammensetzungszwillinge nach $\infty P \infty$ und nach
iner Fläche tafelförmig ausgebildet. Das Salz ist leicht
änderlich und zersetzt sich sowohl beim Erwärmen der
ösung als beim Umkrystallisiren, wo kleine Krystalle von
r Zusammensetzung $2\text{UOFl} + \text{NaFl} + 2\text{H}_2\Theta$ erhalten
rden. *Oxyfluoruranammonium* krystallisirt, wenn eine
ösung von Uranoxydammoniak in Flufssäure über Schwe-
säure verdunstet; es wurde nicht im reinen Zustand er-
lten. *Oxyfluoruranbaryum*, $4\text{UOFl}, 3\text{BaFl}_2 + 2\text{H}_2\Theta$
llt bei Zusatz von Chlorbaryum zu der Lösung des
atriumsalzes als citrongelber voluminöser bald krystallinisch
werdender Niederschlag, der in Wasser unlöslich, in ver-
nnten Säuren aber löslich ist. *Uranfluorürkalium*. Die
it Ameisensäure versetzte Lösung des Oxyfluorurankaliums

Uran. Fluorverbindungen. wird im directen Sonnenlichte allmälig vollständig zersetzt u entfärbt, indem sich das Uranfluorürkalium als grünes Pulv von der Zusammensetzung $2UFl_2, KFl$ abscheidet. Die Redu tion erfolgt nach der Gleichung $(2UOFl, 3KFl) + 3 CH_4$ $= (2UFl_2, KFl) + 2 CKHO_2 + 2 H_2O + CO_2$; sie g lingt auch (unter Bildung von Nebenproducten, insbeso dere unter Bildung von braunrothem Uranoxydulhydrat) m Oxalsäure; die Wirkung des Lichtes kann aber nicht dur die der Wärme (120°) in verschlossenen Gefäfsen erse werden. Auf einem Platinblech erhitzt hinterläfst d Uranfluorürkalium einen gelben Rückstand von Ur oxydkali, in einer Probirröhre ein Gemenge von Fluo kalium und schwarzem Uranoxydul, wodurch es sich v dem Oxyfluorurankalium unterscheidet. Oxyfluorurannatri liefert eine ähnliche, in Wasser aber etwas löslic Verbindung. Das correspondirende Oxychlorurankali $(UOCl, KCl + H_2O)$ wird durch Ameisensäure und Ox säure im directen Sonnenlicht nicht zerlegt, wiewohl d Chlorverbindungen des Urans im Allgemeinen wenig beständig sind als die entsprechenden Fluorverbindunge

Mangan. Absorptionsspectrum der Uebermangansäure. Nach J. Müller (1) coincidiren die dunkeln Streif im Absorptionsspectrum der Uebermangansäure nicht, w Simmler (2) angegeben hatte, mit den hellen Linien d Spectrums einer durch Manganchlorür grün gefärbten Ga flamme.

Arsen. Arsenchlorür. Läfst man, nach Chevrier (3), 1 Aeq. Arsen m 3 Aeq. Chlorschwefel SCl in der bei Phosphorsulfochlor (S. 115) angegebenen Weise einwirken, so wird neb einer reichlichen Krystallisation von Schwefel (z. Th. opaken Prismen, z. Th. in voluminösen durchsichtige Octaëdern) reines Arsenchlorür erhalten. Die Reacti entspricht der Gleichung $As + 3 SCl = AsCl_3 + 3 S$.

(1) Pogg. Ann. CXXVIII, 335, mit Abbildung; Zeitschr. Ch 1866, 573. — (2) Pogg. Ann. CXV, 481. — (3) In der S. 115 an führten Notiz.

A. Terreil (1) hat die dimorphen Zustände des Antimonoxydes in Bezug auf ihre physikalischen und chemischen Eigenschaften genauer untersucht. Prismatisches Oxyd entsteht nach Ihm immer bei der Verbrennung des Metalls und bei dem Rösten der Schwefelverbindung, das octaëdrische dagegen, wenn das prismatische bei Dunkelrothglühhitze in nicht oxydirenden Gasen sublimirt wird; durch rasche Sublimation werden die octaëdrischen Krystalle in prismatische zurückverwandelt. Beide Formen lassen sich gleichzeitig erhalten, indem man durch ein Porcellanrohr, welches ein Schiffchen mit metallischem Antimon enthält, langsam einen trockenen Luftstrom leitet und die Röhre zuerst nur an der Stelle erhitzt, wo sich das Metall befindet, nach einigen Stunden aber auch dort, wo sich das prismatische Oxyd verdichten konnte. Nach 6stündiger Dauer des Versuchs finden sich in der Nähe des Metalls nur Prismen, in einiger Entfernung Prismen mit aufgesetzten Octaëdern, und am Ende der Röhre reine Octaëder. In ihren Eigenschaften stimmen diese künstlichen Krystalle mit den natürlichen (2) vollständig überein. Das spec. Gewicht des künstlichen prismatischen Oxydes ist = 3,72, das des natürlichen = 3,70. Es wird von Reagentien leichter angegriffen und besonders durch Säuren und Alkalien leichter gelöst als das octaëdrische, durch Schwefelammonium wird es braunroth gefärbt und schliefslich gelöst. Das octaëdrische künstliche Oxyd hat das spec. Gew. 5,11 (das des Senarmontit's beträgt 5,20); es erhält sich im krystallisirten, nicht aber im gepulverten Zustand in Schwefelammonium unverändert. Das auf nassem Wege durch Krystallisation aus alkalischen Lösungen er-

(1) Compt. rend. LXII, 802; Ann. ch. phys. [4] VII, 350; Bull. soc. chim. [2] V, 84; J. pr. Chem. XCVIII, 154; Vierteljahrsschr. pr. Pharm. XVI, 254; im Auszug Instit. 1866, 75; J. pharm. [4] III, 203; Jahrb. Chem. 1866, 131; Chem. Centr. 1866, 268; Chem. News XIII, 141. — (2) Jahresber. f. 1851, 762; f. 1858, 789.

Antimon-oxyd.

haltene vermeintliche octaëdrische Antimonoxyd (1) besteht nach Terreil immer aus gewässertem Antimonoxyd-Natron. Derselbe hat ferner die beiden folgenden Antimonoxydverbindungen untersucht. *Einfach - Antimonoxyd - Natron*, $NaO, SbO_3 + 6HO$, krystallisirt in farblosen, scheinbar dem rhombischen System angehörigen Octaëdern von großem Glanz und dem spec. Gew. 2,864; die Krystalle werden beim Erhitzen unter Verlust ihres Wassergehaltes opak. Sie sind schwerlöslich in kochendem Wasser und scheiden sich bei dem Erkalten der Lösung fast vollständig wieder ab. Die gewöhnlich opalisirende Lösung reagirt neutral und wird durch Säuren, durch reine und erdige Alkalien nicht, durch Chlorbaryum nur auf Zusatz von Ammoniak gefällt. Bleioxyd-, Kupferoxyd-, Quecksilberoxydul- und Eisenoxydsalze geben in Salpetersäure lösliche Niederschläge, salpeters. Silber einen weifsen, in verdünnter Salpetersäure löslichen Niederschlag, der von Ammoniak erst gebräunt, dann entfärbt und gelöst wird. Schwefelwasserstoff färbt die wässerige Lösung gelb. *Dreifach-Antimonoxyd-Natron*, $NaO, 3SbO_3 + 2HO$, bildet sich weniger leicht und wird nur aus sehr concentrirten alkalischen Lösungen in gröfseren, ebenfalls dem rhombischen System angehörenden Krystallen vom spec. Gew. 5,05 erhalten. Sie sind in Wasser fast unlöslich, werden aber durch Schwefelammonium zuerst braunroth gefärbt und dann gelöst, wodurch sie sich von dem octaëdrischen Oxyd unterscheiden. *Antimonoxyd-Kali* konnte Terreil nicht krystallisirt erhalten. Die Krystalle, welche sich aus einer Lösung von Antimonoxyd in Kalilauge immer abscheiden, bestehen aus der Natronverbindung und stammen von dem Natrongehalt der Kalilauge; dieselben Krystalle bilden sich auch allmälig, wenn man der Lösung des Antimonoxydkali's Natronsalze zusetzt.

(1) Jahresber. f. $18^{47}/_{48}$, 422.

Antimonwasserstoff wird nach Dragendorff (1) im trockenen wie im feuchten Zustande durch Kalihydrat zersetzt, indem sich dieses mit einem wahrscheinlich aus Antimonkalium bestehenden metallglänzenden, an feuchter Luft und in Wasser schnell verschwindenden Ueberzug bedeckt; Arsenwasserstoff erfährt dagegen durch Kalihydrat keine Veränderung. Einem Gemenge der beiden Gase wird das Antimonwasserstoffgas schon bei dem Durchleiten durch eine 3 bis 4 Zoll lange Schicht erbsengrofser Stücke Kalihydrat vollständig entzogen. Trockenröhren mit Kalihydrat sind daher bei der Entwickelung von Antimonwasserstoff zu vermeiden, während sie die Nachweisung des Arsens in der Form der Wasserstoffverbindung bei Gegenwart von Antimon vereinfachen. Kalilauge vom spec. Gew. 1,25 wirkt auf den Antimonwasserstoff ebenfalls aber langsamer ein (2).

Rammelsberg (3) hat eine Classification der unter dem Namen Speisen bekannten Hüttenproducte gegeben. Er erörtert, dafs wenn auch die einfachen Zusammensetzungsverhältnisse dieser Substanzen häufig durch beigemengte Schwefelmetalle (Stein) oder regulinische Metalle, mit welchen sie sich bei ihrer Bildung ablagern, verdeckt sein können, doch ihre Eigenschaft, mit metallischem Blei nicht zusammenzuschmelzen und in Berührung mit demselben meistens nur wenig davon aufzunehmen, über ihre Eigenthümlichkeit keinen Zweifel läfst und dafs sie daher als Legirungen stark electropositiver mit stark electronegativen Metallen und zwar gleich den natürlich vorkommenden Arsen- und Antimonlegirungen als isomorphe Mischungen zu betrachten sind, welche in Folge der Heteromorphie

---

(1) Russ. Zeitschr. V, 159; Zeitschr. Chem. 1866, 759; Zeitschr. anal. Chem. V, 200. — (2) Vgl. über das Verhalten weingeistiger Kalilösung L. Gmelin's Handbuch der Chemie, 4. Aufl., II, 758. — (3) Pogg. Ann. CXXVIII, 441; im Auszug Zeitschr. Chem. 1866, 636; Chem. Centr. 1866, 987.

Arsen- und Antimonmetalle. der Metalle verschiedene Krystallform zeigen. Ramme[l]sberg unterscheidet nach der Zusammensetzung Ars[en]speisen, Antimonspeisen, Antimon-Wismuthspeisen, [u]nd Er für jede der nachfolgenden Formeln die verschiede[nen] Speisen anführt, aus deren Analysen sie abgeleitet sind (

A. Arsenspeisen. — Die häufigsten Mischungsverh[ält]nisse sind: R_5As_4; R_3As_2; R_2As (R_7As_4 bis R_9As_4); $R_3A[s]$ in welchen R = Ni, Co, Cu, Fe. — Eine aus Westph[alen] stammende grofsblätterige kupferrothe Nickelspeise v[om] spec. Gew. 7,762 ergab Rammelsberg die folge[nde] der Formel R_2As_2 entsprechende Zusammensetzung:

S	As	Ni	Cu	Fe	Summe
2,29	41,10	47,64	6,37	2,60	100.

B. Antimonspeisen $(Cu, Fe, Co)_5Sb_2$.

C. Antimon-Wismuthspeisen. — Als solche bezeich[net] Rammelsberg einige von dem Verschmelzen von F[ahl]erzen, von der Stephanshütte im Zipser Comitat in Ung[arn] stammende Speisen, welche Ihm die folgenden Resul[tate] ergaben.

I. Blätterig, z. Th. feinkörnig, von weifser Farbe und dem s[pec.] Gew. 7,552. II. Fast silberweifs, dem Antimon ähnlich, z. Th. blätt[rig], z. Th. in rhombischen Prismen krystallisirt ($\infty P . \breve{P}\infty$; es ist P = 119°4'; $\breve{P}\infty : \breve{P}\infty$ an der Hauptaxe = 82°30'), spec. Gew. 7,[.] III. Körnig und blättrig, vom spec. Gew. 7,0.

	As	Sb	Bi	Cu	Fe	Ni	Summe
I.	1,71	63,84	5,84	24,33	4,38	0,40	100
II.	0,28	75,27	6,44	18,49	1,00	0,61	102,09
III.	0,66	76,03	13,74	0,88	Spur	9,19	100.

Die Zusammensetzung von I. entspricht der For[mel] $(Cu, Fe)_4(Sb, Bi)_3$; II. ist $Cu(Sb, Bi)_2$; III. $Ni(Sb, Bi)_4$. Bezüglich der von Rammelsberg gegebenen kryst[allo]graphischen Zusammenstellungen und Eintheilung ist die Abhandlung zu verweisen.

---

(1) Vgl. L. Gmelin's Handbuch der Chemie, 4. Aufl., III, 363; ferner Handwörterbuch der Chemie, 1. Aufl., IV, 419; V, 5[4]

Erhitzt man, nach C. D. Braun (1), einige Grm. des Hydrats der Pyro- oder Metaphosphorsäure in einem Porcellantiegel mit einigen Stückchen Wismuth zum glühenden Schmelzen, so treten an der flüssigen Wismuthkugel Flämmchen auf und bisweilen wird das Metall als feuriger Regen umhergeschleudert. Das im Tiegel bleibende Wismuth umgiebt sich mit einer weifsen Rinde von phosphors. Wismuthoxyd. Das Wismuth zeigt demnach gegen schmelzende Phosphorsäure ein ähnliches Verhalten wie, nach Wöhler's (2) Beobachtung, das Zink.

Schwefels. Wismuthoxyd-Ammoniak, $2SO_3$, $BiNH_4$, O_4 $+ 4H_2O$, wird nach W. Lüddecke (3) erhalten, indem man einer Lösung von 109 Th. Wismuth in 100 Th. Salpetersäure eine concentrirte Lösung von saurem schwefels. Ammoniak (auf 1 Molecül des Wismuthsalzes 3 Molecüle saures schwefels. Salz) zusetzt und das sogleich krystallinisch niederfallende Salz durch Pressen zwischen Filtrirpapier von der Mutterlauge befreit. Es krystallisirt in sechsseitigen Tafeln, ist in Salzsäure und Salpetersäure leicht löslich, schwieriger in concentrirter Schwefelsäure und heifsen verdünnten Säuren. Von kalter Essigsäure und verdünnter Schwefelsäure wird es bei längerer Digestion in saures schwefels. Ammoniak und *zweifach-schwefels. Wismuthoxyd* (4), SO_3, BiH, $O_3 + H_2O$, zerlegt, welches letztere sich zum Theil löst und aus der Lösung durch Erhitzen in mikroskopischen Nadeln abgeschieden wird, zum Theil aber als ungelöster Rückstand bleibt. Das zweifach-schwefels. Salz sowohl als das Ammoniakdoppelsalz hinterlassen bei längerem Kochen mit Wasser das *einfach-schwefels.* Salz (SO_3, $Bi_2 O_4$). *Schwefels. Wismuthoxyd-Natron*, dessen Darstellung Heintz nicht gelungen war, wird in gleicher Weise wie

---

(1) Zeitschr. Chem. 1866, 282; Bull. soc. chim. [2] VI, 445. —
(2) Ann. Ch. Pharm. XXXIV, 286. — (3) Ann. Ch. Pharm. CXL, 277;
Zeitschr. Chem. 1867, 87. — (4) Bezüglich dieser Nomenclatur vergleiche
L. Gmelin's Handbuch der Chemie, 5. Aufl., II, 834.

Wismuth-salze. das Ammoniakdoppelsalz erhalten, wenn eine concentr
Lösung von salpeters. Wismuthoxyd mit saurem schwef
Natron versetzt oder wenn die salpeters. Wismuthlösu
in sehr überschüssiges saures schwefels. Natron (in Salpe
säure gelöst) eingegossen wird, wo es sogleich in
Form krystallinischer, aus mikroscopischen Nadeln besteh
der Aggregate niederfällt; in der Lösung bleiben
Spuren von Wismuth zurück. Seine Zusammensetzu
ergab sich, von einem geringen und variirenden Wass
gehalt abgesehen, der Formel $(SO_3)_9, Bi_4Na_6, O_{18}$ annähe
entsprechend, und weicht demnach sowohl von der
Ammoniakdoppelsalzes als des Kalidoppelsalzes (1) $(SO$
$BiK_3, O_6)$ ab. — Die von Ruge für die Zusammensetzu
des basisch-salpeters. Wismuthoxydes (wie es durch f
gesetztes Kochen des neutralen Salzes mit Wasser
Endproduct erhalten wird) gegebene Formel $(NO_3)_2$,
$O_7 + H_2O$ (2) hat Lüddecke bestätigt (3). — C. W
ber (4) hat Seine Erfahrungen über die Darstellung
officinellen basisch-salpeters. Wismuthoxydes mitgeth

Zink. Crace Calvert und R. Johnson (5) haben
Einwirkung von verschieden concentrirter Schwefelsäure
reines Zink untersucht. Bei 2 stündiger Berührung
50 CC. Säure mit 1 CC. des Metalls wurden von dies
die unter s gegebenen Mengen gelöst.

---

(1) L. Gmelin's Handbuch der Chemie, 5. Aufl., II, 842.
(2) Jahresber. f. 1862, 164. — (3) Die Bestimmung der Salpeters
in den salpeters. Salzen des Wismuthoxydes durch Kochen mit A
baryt, Neutralisiren mit Kohlensäure, Fällen des in dem Filtrat ent
tenen Baryts durch Schwefelsäure und Wägen des schwefels. Ba
fand Lüddecke wie Ruge (J. pr. Chem. XCVI, 115) und entge
den Angaben von Heintz (Pogg. Ann. LXIII, 84) genau, wenn
Kochen so lange fortgesetzt wird, bis das ausgeschiedene Wismutho
vollkommen gelb erscheint. — (4) Russ. Zeitschr. Pharm. V, 90.
(5) Chem. Soc. J. [2] IV, 485; im Auszug Zeitschr. Chem. 1866,

t^0	s	t^0	s	t^0	s
	Grm.		Grm.		Grm.
SO_3, HO gewöhnl.	0	SO_3, 3HO gewöhnl.	0,002	SO_3, 7HO gewöhnl.	0,018
,, ,, 130°	0,075	,, ,, 130°	5,916	,, ,, 100°	3,161
,, ,, 150°	0,232	SO_3, 5HO gewöhnl.	0,049	,, ,, 100°	3,800
SO_3, 2HO gewöhnl.	0,002	,, ,, 130°	0,456	SO_3, 8HO gewöhnl.	0,035
,, ,, 130°	0,142	SO_3, 6HO gewöhnl.	0,027	SO_3, 9HO ,,	0,005
,, ,, 150°	0,345	,, ,, 130°	0,337	SO_3, 10HO ,,	0,033

Zink mit metallischer Oberfläche wird von verdünnter Schwefelsäure (SO_3, 9 HO) kaum angegriffen (der Gewichtsverlust betrug für 1 CC. des mit Alkohol abgewaschenen Metalls bei zweistündiger Einwirkung von 50 CC. der Säure 0,03 Grm.), viel leichter aber, wenn es durch kurzes Erhitzen bei Luftzutritt sich mit einer dünnen Oxydschichte überzogen hat (bei gleicher Behandlung wurden 0,08 Grm. gelöst). Die Einwirkung der concentrirten Säure (SO_3, HO und SO_3, 2HO) erfolgt in der Wärme unter Entwickelung von schwefliger Säure, die der schwächeren (SO_3, 3HO bis SO_3, 6HO) unter vorwiegender Entwickelung von Schwefelwasserstoff mit wenig schwefliger Säure, bei noch gröfserem Wassergehalt der Säure unter Entwickelung von reinem Wasserstoff.

Käuflichen Zinkstaub von der Rostberger Hütte fand Aldendorf, wie Stahlschmidt (1) mittheilt, bestehend aus

Zn	Pb	Cd	ZnO	ZnO, CO_2	Unlöslichem	Summe
39,99	2,47	4,09	49,76	3,29	0,39	99,99.

In Folge der feinen Zertheilung des Zinks zersetzt dieser Staub das Wasser langsam bei gewöhnlicher Temperatur, in 24 Stunden etwa sein gleiches Volum Wasserstoff entwickelnd. Läfst man denselben mit verdünnter Salz- oder Schwefelsäure unter Umrühren bis zum Beginn der Wasserstoffentwickelung in Berührung, so wird der gröfsere Theil des Zinkoxydes und kohlens. Zinkoxydes gelöst, während die Metalle als feines graues Pulver zurück-

---

(1) In der S. 153 angeführten Abhandlung.

Phosphor-zink.

bleiben, das nach dem Abwaschen zur Anwendung als Reductionsmittel geeignet ist.

B. Renault (1) hat die bereits wiederholt beschriebenen Phosphorverbindungen des Zinks (2) zum Gegenstand einer neuen Untersuchung gemacht. Er erhielt dieselben durch Weifsglühen einer Mischung von 1 Aequiv. phosphors. Magnesia ($2MgO, HO, PO_5$), 2 Aequiv. Schwefelzink und 7 Aequiv. Kohle in einer beschlagenen Retorte, welche mit einer zum Rothglühen erhitzten irdenen Vorlage (zwei in einander gesteckten Tiegeln) verbunden wurde. Hauptproduct der Destillation war 1) dichtes Phosphorzink Zn_3P, von Bleifarbe und dem specifischen Gewicht 1,21 bei 14°. Es ist ziemlich luftbeständig, schmilzt schwieriger als Zink und verflüchtigt sich wenig über seinem Schmelzpunkt; mit Schwefelblei erhitzt geht es unter Abscheidung von Blei und Phosphor in Schwefelzink über; auch durch Digestion mit Schwefelkohlenstoff wird es in Schwefelzink verwandelt. Renault's weitere Angaben enthalten Nichts Neues. 2) Krystallisirt, in verfilzten Nadeln von schwachem Metallglanz wird dieselbe Verbindung erhalten, wenn man die Dämpfe in einen geräumigen und stärker erhitzten Recipienten einströmen läfst. Das krystallisirte Phosphorzink ist leichter veränderlich als das dichte, haucht an der Luft Phosphorwasserstoff aus und wird von Säuren mit Heftigkeit angegriffen. Bei einigen Darstellungen waren die Nadeln 3) mit Krystallen von gröfserem Glanz und gröfserer Beständigkeit vermischt, für welche die Analyse die Zusammensetzung Zn_2P ergab. Mit den vorhergehenden bildeten sich ferner in geräumigen Recipienten 4) orangefarbene bis zinnoberrothe oder metallglänzende verfilzte Nadeln, die an der Luft erhitzt mit Phosphorflamme brannten und phosphors. Zink zurückliefsen. Die rothe Verbindung erhielt Renault auch neben

---

(1) Ann. ch. phys. [4] IX, 162; im Auszug Zeitschr. Chem. 1864, 678. — (2) Jahresber. f. 1849, 246; f. 1856, 285; f. 1861, 116.

Nadeln von Metallglanz, beim Ueberleiten von Phosphordampf und nicht ganz trockenem Wasserstoff über rothglühendes Zink, oder von Phosphordampf über glühendes Zinkoxyd; Er betrachtet sie nach den analytischen Ergebnissen als ein Oxyphosphür, dessen Zusammensetzung bei verschiedenen Darstellungen den Formeln $ZnPO$ und $Zn_5P_5O_4$ entsprach; die erwähnten metallglänzenden Nadeln ergaben die Formel $Zn_7P_7O_4$ (1). Von Salzsäure und Schwefelsäure wird die rothe Verbindung nur in der Wärme, unter Bildung von phosphoriger Säure gelöst. 5) Ein Gemenge der krystallinischen Oxyphosphüre hinterliefs bei der Behandlung mit Salzsäure, unter Entwickelung von Phosphorwasserstoff, rothes Phosphorzink Zn_3P_2. 6) Bei dem Auflösen gröfserer Mengen der Verbindung Zn_3P in verdünnter Salzsäure, Schwefelsäure oder Salpetersäure bleibt Phosphorzink ZnP_3 zurück. Dieses ist ein gelbes amorphes sehr leicht entzündliches Pulver, das sowohl durch Berührung mit Salpetersäure, als mit chlors. Kali gemischt durch leichte Schläge mit der gröfsten Heftigkeit verpufft. — Ueber die Phosphorverbindungen des Cadmiums, von welchen Cd_3P und CdP_3 erhalten wurden, stellt Renault Mittheilungen in Aussicht.

Malaguti (2) beobachtete auf einem von der Decke einer gemauerten Abtrittsgrube stammenden, durch Schwefeleisen geschwärzten Ziegelstein weifse bis gelblich weifse anscheinend rhombische Kryställchen, welche Zinkoxyd, Ammoniak und Wasser enthielten. Die Zusammensetzung dieser Verbindung, deren künstliche Darstellung nicht gelang, drückt Malaguti durch die Formel $(2 ZnO, NH_3) + 6 HO$ aus. Richtig berechnet führen Seine Resultate aber, wie A. Müller (3) erinnert, zu der Formel $(3 ZnO, 2 NH_3) + 12 HO$.

(1) Nach Vigier (Jahresber. f. 1861, 116) bestehen die rothen Nadeln aus phosphors. Zinkoxyd, gefärbt durch rothen Phosphor. — (2) Compt. rend. LXII, 418; J. pr. Chem. XCVII, 511; Zeitschr. Chem. 1866, 190; Chem. Centr. 1866, 590. — (3) J. pr. Chem. XCIX, 256.

Schwefels. Zinkoxyd.

F. C. Bucholz (1) hat wie Karsten (2) gefunden, dafs bei der freiwilligen Verdunstung einer Lösung von schwefels. Natron und schwefels. Zink Krystalle des Doppelsalzes $ZnO, SO_3 + NaO, SO_3 + 4HO$ erhalten werden (3).

Indium.

F. Hoppe-Seyler (4) hat im Wolfram von Zinnwalde und in einem solchen von unbekanntem Ursprung kleine Mengen von Zink und Indium aufgefunden, welche nicht in der Form von Blende vorhanden sind. Das Indiumoxyd ist bei der Zerlegung durch Königswasser in dem sauren Auszug enthalten, bei der Anwendung von Scheibler's Verfahren (5) bleibt es vollständig bei dem in Wasser unlöslichen Theil der Schmelze zurück. Der Gehalt an demselben betrug in dem zuletzt genannten Erz 0,0228 pC. Zur qualitativen Nachweisung des Indiums genügt es, 1 Grm. des fein gepulverten Wolframs mit Königswasser auszukochen, die Lösung mit kohlens. Natron zu neutralisiren, nach Zusatz von essigs. Natron mit Schwefelwasserstoff zu fällen und den nochmals auf dieselbe Weise behandelten Niederschlag spectralanalytisch zu prüfen.

R. Böttger (6) hat in dem Ofenrauche der Zinkröstöfen auf der Juliushütte bei Goslar Indium in nicht unerheblicher (etwa 0,1 pC. betragender) Menge aufgefunden und nach dem folgenden Verfahren isolirt. 6 bis 8 Pfund

---

(1) Arch. pr. Pharm. [2] CXXVII, 66. — (2) L. Gmelin's Handbuch der Chemie, 4. Aufl., III, 42. — (3) Da die Löslichkeit dieses Salzes wenig von der des reinen Zinksalzes abweicht, so macht Bucholz darauf aufmerksam, dafs bei der Reinigung des schwefels. Zinks durch Einleiten von Chlor und Digestion mit kohlens. Zink der Lösung nicht unmittelbar kohlens. Natron zugesetzt werden darf, wenn sie krystallisirtes schwefels. Zink liefern soll. — (4) Ann. Ch. Pharm. CXL, 247; J. pr. Chem. C, 381; Zeitschr. Chem. 1867, 27; Zeitschr. anal. Chem. V, 401. — (5) Jahresber. f. 1861, 215. — (6) J. pr. Chem. XCVIII, 26; Dingl. pol. J. CLXXXII, 139; Vierteljahrsschr. pr. Pharm. XVI, 101; im Auszug Zeitschr. Chem. 1866, 445; Chem. Centr. 1866, 605; Phil. Mag. [4] XXXII, 381; Bull. soc. chim. [2] VI, 452.

dieses Flugstaubs, der neben Kohle und fremden, aus den Schornsteinen stammenden Substanzen schwefligs. Salze und Verbindungen von Kupfer, Eisen, Zink, Cadmium, Arsen, Thallium und Indium enthält, werden mit roher Salzsäure eine halbe Stunde lang gekocht, die Mischung durch Leinwand colirt und in die durch längeres Stehen geklärte Flüssigkeit mehrere Tafeln von dickem Zinkblech eingestellt. Nach etwa 6stündiger durch öfteres Umrühren unterstützter Einwirkung bei mittlerer Temperatur ist die Wasserstoffentwickelung beendet; sämmtliche durch Zink fällbaren Metalle sind dann als sammtschwarzes Pulver theils auf dem Boden der Schale, theils auf dem Zinkblech abgeschieden. Man sammelt diesen aus Kupfer, Arsen, Cadmium, Thallium, Indium (und wohl auch Blei) bestehenden Niederschlag auf einem doppelten Filter, befreit ihn durch sorgfältiges Auswaschen von der anhängenden eisenhaltigen Flüssigkeit, kocht ihn alsdann eine halbe Stunde mit einer concentrirten Lösung von käuflicher Oxalsäure, verdünnt die heifse Mischung mit vielem heifsem Wasser und filtrirt. Die Lösung, welche jetzt noch oxals. Cadmiumoxyd, -Thalliumoxydul und -Indiumoxyd enthält, wird mit Ammoniak übersättigt, der entstehende schleimige Niederschlag von Indiumoxydhydrat zur Entfernung eines Cadmium- und Thalliumgehaltes wiederholt mit Ammoniak ausgekocht und bis zum Verschwinden der Thalliumreaction ausgewaschen. Das so erhaltene Oxyd ist rein; ein etwaiger Eisengehalt desselben läfst sich nur nach der Methode von Winkler (1) beseitigen. — Weniger günstige Resultate erhielt Cl. Winkler (2) bei Anwendung dieses Verfahrens auf Freiberger Zink. Die Ausfällung des Indiums aus der schwefels. Lösung durch Zinkplatten war nach zweiwöchentlichem Contact in der Kälte noch nicht beendigt,

---

(1) Jahresber. f. 1865, 282. — (2) J. pr. Chem. XCVIII, 344; Zeitschr. Chem. 1866, 667; Chem. Centr. 1866, 893; Dingl. pol. J. CLXXXII, 142.

erfolgte aber schnell und vollständig in der Siedehitze. Dem sorgfältig ausgewaschenen Niederschlag, welcher noch fast die ganze Menge des vorhanden gewesenen Eisens enthielt, wurden durch zwei Auskochungen mit Oxalsäure nur $2/3$ bis $3/4$ des Indiums nebst fast dem ganzen Eisengehalt und Cadmium, Zink und Blei entzogen.

Cadmium. Cadmiumoxydkali. Von dem früher erwähnten Verhalten des Cadmiumoxydes zu schmelzendem Kalihydrat (1) ausgehend, hat St. Meunier (2) *Cadmiumoxyd-Kali* in folgender Weise dargestellt. Man sättigt geschmolzenes Kalihydrat mit Cadmiumoxyd, fügt der flüssigen Masse so lange kalte Kalilauge in kleinen Mengen zu, bis der jedesmal entstehende und sich wieder lösende Niederschlag bleibend zu werden anfängt und überläfst alsdann die Mischung dem Erkalten, wo sie sich mit Krystallen von Kalihydrat erfüllt, welche die Cadmiumverbindung einschliefsen. Von der überschüssigen Lauge und dem wenigen abgeschiedenen weifsen Pulver getrennt und zwischen Fliefspapier getrocknet, lassen sich diese Krystalle in trockener Luft aufbewahren. In Wasser lösen sie sich zum gröfsten Theil, indem sie Cadmiumoxyd-Kali in der Form krystallinischer Schuppen von Perlmutterglanz und der Farbe des Jodblei's hinterlassen. Die neue Verbindung, welche nach Meunier Kali, Wasser und Cadmiumoxyd enthält, aber nicht genauer untersucht wurde, ist in Wasser unlöslich; durch längeren Contact mit demselben wird sie unter Abscheidung von Cadmiumoxydhydrat zersetzt.

Selens. Cadmiumoxydkali. Durch Sättigen einer kalihaltigen Lösung von Selensäure mit kohlens. Cadmiumoxyd und Verdampfen erhielt C. v. Hauer (3) ein Doppelsalz von der Formel $KO, SeO_3 + CdO, SeO_3 + 2HO$ in wasserhellen luftbeständigen

---

(1) Jahresber. f. 1865, 163. — (2) Compt. rend. LXIII, 330; Instit. 1866, 282; J. pharm. [4] IV, 172; Zeitschr. Chem. 1866, 613. — (3) Wien. Acad. Ber. LIV (2. Abth.), 209; J. pr. Chem. XCIX, 471; Zeitschr. Chem. 1866, 573; Chem. Centr. 1867, 63; Instit. 1866, 400.

Krystallen, welche sich ohne Zersetzung umkrystallisiren lassen und bei höherer wie bei niedriger Temperatur mit demselben Wassergehalt anschießen. Sie gehören nach Krenner's Bestimmung dem triklinometrischen System an, sind mit den von Marignac (1) beschriebenen, in höherer Temperatur krystallisirenden schwefels. Alkalidoppelsalzen des Eisenoxyduls und Manganoxyduls isomorph und haben gewöhnlich durch Vorherrschen von $\infty \bar{P} \infty$ tafelförmige Ausbildung; meistens sind sie zu Zwillingen verwachsen. Bezüglich ihrer eingehenden krystallographischen Beschreibung verweisen wir auf die Abhandlung.

Crace Calvert und R. Johnson (2) erhielten bezüglich der Einwirkung der Schwefelsäure auf Zinn die folgenden Resultate. Bei zweistündiger Einwirkung von 50 CC. der Säure auf 1 CC. Metall wurden oxydirt:

durch SO_3, HO bei 150° 3,010 Grm. | durch SO_3, 4 HO bei 180° 0,215 Grm.
„ SO_3, 2 HO „ „ 0,640 „ | „ SO_3, 5 HO „ „ 0,140 „
„ SO_3, 3 HO „ „ 0,470 „

Die Einwirkung des Hydrates SO_3, HO erfolgt unter Entwickelung von schwefliger Säure und Abscheidung von freiem Schwefel; auch mit SO_3, 2 HO tritt nur schweflige Säure auf; mit SO_3, 3 HO wird gleichzeitig Schwefelwasserstoff und mit den beiden schwächeren Hydraten vorwiegend Schwefelwasserstoff nebst wenig schwefliger Säure entwickelt. Vgl. bei Kupfer.

Die Angabe von Proust (3), daß Schwefel auf geschmolzenes Zinnchlorür unter Bildung von Zinnsulfid und Zinnchlorid einwirkt, fand Schneider (4) nicht bestätigt; es bildet sich vielmehr, analog dem Vorgang bei der Einwirkung des Selens (S. 226), Zinnchlorid, welches sich verflüchtigt, und Einfach-Schwefelzinn, das sich im Ueber-

---

(1) Jahresber. f. 1856, 881, 897. — (2) In der S. 218 angeführten Abhandlung. — (3) L. Gmelin's Handbuch der Chemie, 4. Aufl., III, 80. — (4) In der S. 226 angeführten Abhandlung.

Selenverbindungen des Zinns.

schufs des Zinnchlorürs löst und bei dem Erkalten d[er] Masse in Krystallen abgeschieden wird.

Die Selenverbindungen des Zinns sind von R. Schne[ider] (1) einer neuen Untersuchung unterworfen worde[n] mit folgenden Resultaten. Einfach - *Selensinn* wird kr[y]stallisirt und in vollkommen reinem Zustand erhalten, we[nn] man fein gepulvertes Selen in geschmolzenes wasserfrei[es] Zinnchlorür einträgt und die Mischung so lange erhitzt, b[is] sie in dünnen Schichten klar und durchsichtig erschein[t;] nach der Gleichung $2SnCl_2 + Se = SnSe + SnCl_4$ bild[et] sich Zinnchlorid, welches sich verflüchtigt, und Einfac[h-] Selenzinn, welches sich im überschüssigen Zinnchlorür lö[st] und bei dem Erkalten krystallisirt; durch Auslaugen d[es] erstarrten Kuchens mit verdünnter Salzsäure werden d[ie] Krystalle isolirt. Es kann ferner erhalten werden, inde[m] man das nach Uelsmann's Angaben (2) durch Z[u]sammenschmelzen von 3 Th. Zinn mit 2 Th. Selen darg[e]stellte Product (dieses enthält gewöhnlich freies Zinn be[i]gemischt) fein gepulvert in geschmolzenes wasserfrei[es] Zinnchlorür einträgt, worin es sich in bedeutender Men[ge] löst und bei dem Erkalten wieder krystallinisch ausscheid[et.] Die Krystalle sind Prismen oder Blättchen, denen d[es] Einfach-Schwefelzinns ähnlich und wahrscheinlich mit de[m]selben isomorph; sie haben das spec. Gew. 5,24 (bei 15[°)] stahlgraue Farbe und lebhaften Metallglanz. Sie lass[en] sich bei Luftabschlufs oder im Wasserstoffstrom ohne Z[er]setzung erhitzen (beigemengtes Schwefelzinn giebt [im] letzteren Fall Schwefelwasserstoff), bei Luftzutritt erhi[tzt] gehen sie langsam in Zinnsäure über. Von Natronlau[ge] und Ammoniakflüssigkeit werden sie selbst in der Sie[de]hitze kaum angegriffen (durch dieses Verhalten unt[er]scheiden sie sich von dem auf nassem Wege dargestellt[en]

---

(1) Pogg. Ann. CXXVII, 624; Chem. Centr. 1866, 529; im A[us]sug J. pr. Chem. XCVIII, 236; Zeitschr. Chem. 1866, 840; Bull. [s]chim. [2] VI, 449. — (2) Jahresber. f. 1860, 91.

Einfach-Selenzinn), von Schwefel- und Selenalkalimetallen aber mit rother Farbe gelöst. Siedende Salzsäure zersetzt sie langsam unter Entwickelung von Selenwasserstoff, concentrirte siedende Salpetersäure färbt sie braunroth durch ausgeschiedenes Selen und führt sie zuletzt in selenige und Zinnsäure über; von Königswasser werden sie leicht gelöst. Eine innige Mischung von 2 Moleculen Einfach-Selenzinn (4 Th.) und 2 Moleculen Jod (5 Th.) verflüssigt sich bei mäfsigem Erwärmen und erstarrt zu einer rothbraunen Masse, welche von Schwefelkohlenstoff unter Hinterlassung von Zweifach-Selenzinn (nebst wenig Einfach-Selenzinn und Selen) zu einer gelblichen Flüssigkeit gelöst wird. Die Lösung liefert durch Verdunstung zuerst wenige dunkelrothe Selenkrystalle, später bis auf den letzten Tropfen chromrothe octaëdrische Krystalle von Zinnjodid. Die Zersetzung erfolgt nach der Gleichung $2\,SnSe + 4\,J = SnJ_4 + SnSe_2$. Wendet man die doppelte Menge von Jod an, so erfolgt die Einwirkung eben so leicht und ohne Freiwerden von Jod, nach der Gleichung $SnSe + 4\,J = SnJ_4 + Se$; bei der Behandlung mit Schwefelkohlenstoff bleibt der gröfste Theil des Selens zurück. Eine Lösung von Jod in Schwefelkohlenstoff wirkt auf Einfach-Selenzinn bei gewöhnlicher Temperatur in derselben Weise ein; überschüssiges Jod bleibt unverbunden neben Selen in der Lösung. Verbindungen des Selens mit Jod können demnach auf diesem Wege nicht erhalten werden. Brom verhält sich gegen Einfach-Selenzinn dem Jod analog; es wird von demselben in der Kälte unter Zischen und Erwärmung aufgenommen, ruhiger wenn es dem mit Schwefelkohlenstoff übergossenen Selenzinn unter Umschütteln zugesetzt wird. Die Producte sind nach dem Verhältnifs der Substanzen: Zinnbromid und Zweifach-Selenzinn, oder Zinnbromid und Selen, entsprechend den Gleichungen $2\,SnSe + 4\,Br = SnBr_4 + SnSe_2$; $SnSe + 4\,Br = SnBr_4 + Se$. Werden mehr als 2 Moleculle Brom auf 1 Molecul Selenzinn angewandt, so entstehen gleichzeitig Selenbromide

Selenverbindungen des Zinns. (vgl. S. 130). *Zweifach-Selenzinn* läfst sich auf trocke[nem] Wege wegen seiner leichten Zersetzbarkeit in der W[ärme] weder durch Erhitzen einer Mischung der Elemente, [noch] nach dem für die Darstellung des Musivgoldes übli[chen] Verfahren erhalten und die von Little (1) als sol[ches] beschriebene Verbindung kann daher nach Schneid[ers] Vermuthung nur Einfach-Selenzinn gewesen sein. U[nter] Benutzung des oben angegebenen Verhaltens von [Jod] zu Einfach-Selenzinn läfst sich dasselbe zweckmäfsi[g in] folgender Weise darstellen. Man zerreibt 5 Th. Jod [mit] 8 bis 10 Th. reinem krystallisirtem Zinnjodid (S. [ ) bis die Mischung homogen erscheint, mengt dieselbe d[urch] anhaltendes gelindes Reiben innig mit 4 Th. geschlämm[tem] Einfach-Selenzinn, setzt unter schnellem Umrühre[n so] viel Schwefelkohlenstoff hinzu, dafs eine breiartige M[asse] entsteht, und behandelt diese mit einer gröfseren M[enge] Schwefelkohlenstoft, um das Zinnjodid zu lösen. Nach [dem] Auswaschen mit Schwefelkohlenstoff bleibt das Zwei[fach-] Selenzinn als undeutlich krystallinisches, nach [dem] Trocknen dunkel rothbraunes Pulver vom spec. Gew. [ ] zurück. War das Jod mit dem Einfach-Selenzinn [nicht] sehr innig gemischt (was durch den Zusatz des Zinnjod[ids] erleichtert wird), so bleibt dem Product in Folge ungl[eich-] förmiger Einwirkung Einfach-Selenzinn und Selen be[i-] mengt. Das Zweifach-Selenzinn färbt sich beim Erhi[tzen] auf 100° vorübergehend dunkler. Von Wasser und dünnten Säuren wird es nicht, von concentrirter siede[nder] Salzsäure kaum angegriffen, gegen Salpetersäure [und] Königswasser zeigt es das Verhalten des Einfach-Selen[zinns.] Mit concentrirter Schwefelsäure bildet es in der W[ärme] eine olivengrüne Lösung, aus welcher beim Eingiefse[n] vieles Wasser Selen als rothes Pulver abgeschieden [wird,] während schwefels. Zinnoxyd gelöst bleibt. Von al[len]

(1) Jahresber. f. 1859, 94.

...hen Laugen und von Ammoniak wird es schon bei ge- *Selenverbindungen des Zinns.*
...öhnlicher Temperatur mit blutrother Farbe aufgenommen
...d aus dieser Lösung durch Säuren wieder pulverig ge-
...llt. Ein Molecül Zweifach-Selenzinn schmilzt mit zwei
...[olecü]len Jod bei mäfsigem Erwärmen zu einer dunkel-
...then Flüssigkeit, aus welcher bei fortgesetztem Erhitzen
...[Jo]d und später Zinnjodid sublimiren und die sich nach
...[de]m Erstarren durch Schwefelkohlenstoff in lösliches Zinn-
...[jo]did und zurückbleibendes Selen zerlegen läfst. Dieselbe,
...[de]r Gleichung $SnSe_2 + 4J = SnJ_4 + Se_2$ entsprechende
...[Rea]ction findet auch bei der Einwirkung einer Lösung von
...[Jo]d in Schwefelkohlenstoff auf Zweifach-Selenzinn statt.
...[Bro]m zeigt ein analoges Verhalten. Die Darstellung einer
...[Ver]bindung von ähnlicher Zusammensetzung wie jene,
...[wel]che beim Erhitzen von Jod mit Zweifach-Schwefelzinn
...[ent]steht (1), gelang Schneider nicht.

Krystallisirtes Zinnjodid wird nach R. Schneider (2) *Krystallisirtes Zinnjodid.*
...[am] bequemsten erhalten, indem man 1 Th. Zinnfeile in
...[ein]em verschliefsbaren Gefäfse mit 6 Th. Schwefelkohlen-
...[sto]ff übergiefst, unter guter Abkühlung allmälig 4 Th. Jod
...[in] kleinen Portionen einträgt und die über dem unange-
...[griff]enen Zinn stehende Lösung, sobald sie eine rein
...[gel]be Farbe zeigt, abgiefst und bei gewöhnlicher Tempe-
...[ratu]r der Verdampfung überläfst. 1 Th. Schwefelkohlenstoff
...[lös]t bei mittlerer Temperatur 1,45 Th. Zinnjodid.

Dafs bei der Röstung von Zinn- und Bleilegirungen *Blei.*
...[das] Zinn schneller oxydirt wird als das Blei, hat unter
...[F.] Bolley's Leitung Crinsoz (3) durch einige Versuche
...[fest]gestellt.

Stalman (4) hat Beiträge zur Kenntnifs der Ein-
...[wir]kung des Wassers auf metallisches Blei geliefert (5).

---

(1) Jahresber. f. 1860, 186. — (2) In der S. 228 angeführten Ab-
[hand]lung. — (3) Aus Schweizerische polytechn. Zeitschrift XI, 120 in
Dingl. pol. J. CLXXXII, 78. — (4) Dingl. pol. J. CLXXX, 866; Zeitschr.
Chem. 1866, 416; Chem. Centr. 1866, 831. — (5) Vgl. Jahresber. f.
1865, 333 und die dort angeführte Litteratur.

Blei. Von der Beobachtung ausgehend, dafs blanke Bleifoli destillirtem Wasser zuweilen angegriffen wurde, zu[weilen] nicht oder kaum merklich, vermuthete Er, dafs nic[ht die] absolute Reinheit des Wassers, sondern vielmehr ei[n] geringer Gehalt an flüchtigen Substanzen die wese[ntliche] Bedingung für die Wirksamkeit desselben sei, und [bestätigte] diese Vermuthung durch die folgenden Versuche be[stätigt.] Hartes Wasser von der Oker (1) bei Braunschweig [wurde] destillirt und das Destillat in 12 Portionen aufgesa[mmelt.] Die erste Portion erzeugte auf eingetauchtem blanke[n Blei] rasch den bekannten krystallinischen weifsen Abs[atz in] reichlicher Menge, die folgenden Portionen in gerin[gerer] und abnehmendem Grade, die letzte war nahezu oh[ne] Wirkung. 11 Proben dieses indifferenten destillirten [Was]sers wurden nun mit Ammoniakflüssigkeit in dem V[erhält]nifs versetzt, dafs die erste 0,1 pC., die letzte 0,00[... pC.] Ammoniumoxyd enthielt. Es ergaben die drei schw[ächsten] dieser Mischungen (0,0001; 0,0002; 0,0004 pC. entha[ltend] denselben reichlichen Absatz wie das active de[stillirte] Wasser und in eben so kurzer Zeit (10 bis 15 Min[uten,] die 8. und 7. (mit 0,00078 und 0,0015 pC.) einen g[erin]ren, erst nach 24 Stunden erscheinenden, die sechs st[ärksten] (mit 0,0031 bis 0,1 pC.) blieben dagegen ohne alle [Ein]wirkung. Solches active Wasser verliert seine Wi[rksam]keit wieder durch längeres (1½ stündiges) Kochen f[rei] oder durch kürzeres mit kohlens. Baryt. — Indiff[erentes] Wasser, das mit sehr kleinen Mengen von Salpet[ersäure] versetzt wurde, zeigte ein ähnliches Verhalten; es er[zeugte] bei einem Gehalt von 0,00078 bis 0,003 pC. Salpete[r]hydrat einen reichlichen, mit 0,012 pC. nur einen [...]

(1) Dieses (Eisenoxyd, Kalk, Bittererde und Schwefelsäure [en]tende) Wasser wird durch Sand filtrirt und mittelst einer Wa[sserkunst] in die städtische Leitung getrieben; es enthält auch nach lan[gem Ver]weilen in der Bleiröhre der Leitung keine Spur von Blei und [verhält] sich gegen das blanke Metall nahezu indifferent.

weisen Absatz, mit gröfserem Gehalt blieb es unwirksam. Actives Wasser ändert seine Eigenschaften nicht, wenn es mit Ammoniak und Salpetersäure in den angeführten geringen Mengen und in dem zur genauen Neutralisation erforderlichen Verhältnifs versetzt wird (ob indifferentes Wasser durch Zusatz so geringer Mengen von salpeters. Ammoniak activ wird, ist nicht angegeben). Die Wirksamkeit des activen Wassers setzt die Gegenwart der freien Kohlensäure und den Zutritt der Luft voraus; sie zeigt sich nicht bei Luftabschlufs (in einer vollständig mit Wasser erfüllten Flasche z. B.), auch tritt sie nicht ein bei Gegenwart von Luft, wenn die Kohlensäure durch ein Absorptionsmittel vollständig entfernt wird (in diesem Falle bilden sich nur wenige weifse, von dem krystallinischen Bleisalz sehr verschiedene Flocken); ferner scheint sie von der Berührung des Blei's mit dem Glasgefäfse abhängig zu sein: eine Bleiplatte, die in actives Wasser getaucht war, welches ein Becherglas zur Hälfte erfüllte, blieb eine Woche lang unangegriffen, als sie den Boden des Gefäfses nicht berührte. — In allem Wasser überzieht sich blanke Bleifolie zuerst mit einem dünnen grauen Ueberzug von Suboxyd, auf welchem (oder in dessen nächster Nähe an dem Glase) sich in activem Wasser ein dünner, fest haftender, nicht krystallinischer Hauch ansetzt, der seinerseits die Unterlage für das bald erscheinende lockere weifse schuppig krystallinische Sediment bildet, das sich auf der Oberfläche des Blei's in ungleichförmig vertheilten, $1/2$ bis 2 Centimeter dicken Schichten abscheidet. Obgleich stets von derselben äufseren Beschaffenheit (zuweilen ist es rein gelb gefärbt), ist dieses Product doch von schwankender Zusammensetzung und scheint ein blofses Gemenge verschiedener Verbindungen von Kohlensäure, Bleioxyd und Wasser zu sein. Bei der Analyse verschiedener Proben erhielt Stalman Resultate, welche den empirischen Formeln $8PbO, 2CO_2 + 8HO$; $8PbO, 4CO_2 + 6HO$; $8PbO, 11CO_2 + 6HO$ entsprachen. Das von diesen Niederschlägen abfiltrirte

Wasser war stets völlig bleifrei. — Dafs die Bildung der fraglichen Bleisalze durch einen sehr geringen Gehalt des Wassers an kohlens. Ammoniak veranlafst wird und dafs vollkommen reines, mit Schwefelsäure destillirtes Wasser auf reines (ganz zinnfreies) Blei nicht einwirkt, hat auch R. Böttger (1) gefunden.

Bleiperchlorid. J. Nicklès (2) hat bei der Wiederholung der auf die Existenz des Bleiperchlorides ($PbCl_4$) bezüglichen Versuche von Sobrero und Selmi (3) die Ergebnisse dieser Forscher bestätigt. Nach Ihm entsteht die genannte (im festen und reinen Zustand nicht isolirte) Bleiverbindung immer, wenn Chlorblei bei Gegenwart einer Lösung von alkalischem Chlormetall mit Chlor behandelt wird, und zwar um so reichlicher, je concentrirter diese Lösung ist; die Anwendung einer Chlorcalciumlösung, wie sie als Mutterlauge bei der Krystallisation dieses Salzes zurückbleibt, ist daher am zweckmäfsigsten. Man bringt dieselbe in eine Retorte, welche das Chlorblei bereits enthält, leitet Chlor bis zur vollkommenen Sättigung ein (die Retorte wird zu diesem Zweck umgekehrt) und giefst zuletzt die tiefgelbe, in verschlossenen Gefäfsen ziemlich haltbare Flüssigkeit ab. Sie enthält die beiden Chloride in dem Verhältnifs $PbCl_2 : 16\, CaCl$, welches Nicklès als auf eine bestimmte Verbindung hinweisend betrachtet. Mit concentrirteren Chlorcalciumlösungen bildet sich zwar eine gröfsere Menge des Perchlorides, die Flüssigkeit erstarrt aber bald in Folge der Ausscheidung von Chlorcalcium; mit Lösungen von Chlorkalium und Chlornatrium werden nur geringe Mengen erhalten. Die gelbe Lösung zeigt das Verhalten höherer Chlorverbindungen; sie giebt mit

---

(1) Jahresbericht des physikalischen Vereins zu Frankfurt a. M., für 1865-66, S. 58. — (2) Compt. rend. LXIII, 1118; Ann. chim. phys. [4] X, 823; Instit. 1866, 412; J. pharm. [4] V, 92; J. pr. Chem. C, 494; Zeitschr. Chem. 1867, 45; Sill. Am. J. [2] XLIII, 94. — (3) Jahresber. f. 1850, 322.

Manganchlorür einen braunen Niederschlag von Mangansuperoxyd, mit essigs. Bleioxyd einen weifsen Niederschlag, der beim Erwärmen in braunes Superoxyd übergeht, mit salpeters. Bleioxyd eine weifse Fällung, die sich in der Wärme nicht verändert. Wismuthsalze fällt sie nicht, Blattgold löst sie mit Leichtigkeit. Sie bleicht ferner organische Farbstoffe und bräunt die Kohlehydrate mehr oder weniger leicht. Mit vielem Wasser gemischt bildet sie allmälig einen braunen Niederschlag von Bleisuperoxyd nach der Gleichung $PbCl_2 + 2HO = PbO_2 + 2HCl$; durch Lösungen alkalischer kohlens. Salze wird sie in derselben Weise zersetzt und erzeugt daher in Wässern, die kohlens. Kalk enthalten, sogleich eine braune Färbung. Die Aetherverbindung des Bleiperchlorides entsteht, wenn eine Mischung von syrupdicker Phosphorsäure und wasserfreiem Aether mit der gelben Lösung geschüttelt wird, wo bei nicht zu geringer Menge des Wassers sich über der wässerigen Flüssigkeit zwei Schichten bilden, von welchen die untere dickliche und gelbgefärbte nach Nicklès die Aetherverbindung darstellt (sehr concentrirte wässerige Lösungen erstarren bei dieser Behandlung zum Brei). Sie mischt sich nicht mit dem darüber schwimmenden Aether, enthält aber stets noch Wasser, Phosphorsäure und Salzsäure und ist sehr leicht veränderlich; sie gab daher auch keine übereinstimmende analytische Resultate. In ihrem Verhalten ist sie den analogen Verbindungen des Thalliumperchlorides (1) ähnlich; mit einigen Alkaloïden (Morphin, Cinchonin, Brucin, nicht aber mit Chinin und Strychnin) erzeugt sie characteristische gelbe oder rothe Färbungen.

W. Schmid (2) kam bei Versuchen über die Einwirkung des Lichtes auf Jodblei zu dem Ergebnifs, dafs trockenes Jodblei vom Lichte nicht afficirt wird und auch das feucht gehaltene nur im directen Sonnenlicht und bei

(1) Jahresber. f. 1864, 252. — (2) Pogg. Ann. CXXVII, 493; Zeitschr. Chem. 1866, 817; Chem. Centr. 1866, 606; Bull. soc. chim. [2] VII, 153; N. Arch. ph. nat. XXVI, 247.

Luftzutritt eine Zerlegung erfährt, durch welche Jod ausgeschieden und kohlens. Bleioxyd und Bleisuperoxyd gebildet wird. Alle jodabsorbirenden Substanzen beschleunigen diese Veränderung (1), welche bei reinem feuchtem Jodblei so langsam erfolgt, dafs sie erst nach Monaten bemerkbar ist. Chlorblei verändert sich nicht im Licht.

Bleioxyd.

Payen (2) hat die Bedingungen näher ermittelt, unter welchen sich, nach dem von Ihm schon früher (3) angegebenen Verfahren, basisch-essigs. Bleioxyd, Bleioxydhydrat sowie wasserfreies Bleioxyd in krystallisirtem Zustand erhalten lassen. Zur Darstellung von dreibasischessigs. Bleioxyd, $3PbO, C_4H_3O_3, HO$, giefst man 100 Vol. einer bei $30°$ gesättigten wässerigen Auflösung von neutralem essigs. Bleioxyd in 100 Vol. siedendes (und durch halbstündiges Kochen von aller Kohlensäure befreites) destillirtes Wasser und setzt dann 100 Vol. einer Mischung von 80 Vol. Wasser (von $60°$) und 20 Vol. kohlensäurefreiem Ammoniak zu. In der sogleich verschlossenen Flasche bilden sich beim Erkalten zahlreiche, concentrisch vereinigte, nadelförmige Prismen, welche nach dem Abwaschen mit ausgekochtem Wasser die reine Verbindung darstellen. — Vermischt man 100 Vol. einer bei 15 bis $16°$ gesättigten wässerigen Lösung dieses basischen Salzes mit 50 Vol. ausgekochten und wieder erkalteten destillirten Wassers und dann mit einer Mischung von 20 Vol. Ammoniak und 30 Vol. Wasser, so bilden sich in der verschlossenen Flasche bei 20 bis $25°$ glänzende, das Licht stark brechende octaëdrische Krystalle von Bleioxydhydrat, $3PbO, HO$. — Versetzt man eine kurze Zeit im Sieden erhaltene und dann in siedendes Wasser gestellte Mischung von 100 Vol. der bei 15 bis $16°$ gesättigten Lösung des dreibasischen essigs. Bleioxyds und 50 Vol.

---

(1) Vgl. auch Jahresber. f. 1865, 280. — (2) Ann. ch. phys. [4] VIII, 302; Zeitschr. Chem. 1866, 575. — (3) L. Gmelin's Handbuch der Chemie, 4. Aufl., III, 104, 107.

Wasser mit einer Mischung von 30 Vol. Ammoniak und 20 Vol. (vorher auf 80° erwärmtem) Wasser, so bilden sich schon nach einer Minute gelbliche, rhomboïdale, strahlenförmig sich vereinigende Lamellen von wasserfreiem Bleioxyd. Beim weiteren Abkühlen bilden sich auch Krystalle des Hydrats.

J. Löwe (1) hat die basisch-salpeters. und essigs. Salze des Bleioxydes einer Revision unterworfen und bezüglich der ersteren Berzelius' Angaben (2) bestätigt. *Zweifach-basisch-salpeters.* Bleioxyd, $2 PbO, NO_5 + 4 HO$ (3), erhielt Löwe in der im vorjährigen Berichte S. 242 angegebenen Weise; das *dreifach-basische* durch Mischen der wässerigen Lösungen von dreifach-basisch-essigs. Bleioxyd ($3 PbO, C_4H_3O_3$) und salpeters. Kali (ein Ueberschufs des essigs. Salzes löst den Niederschlag wieder auf). Es ist in kaltem Wasser wenig aber leichter als das vorhergehende löslich, wird aus der wässerigen Lösung durch Weingeist krystallinisch gefällt und krystallisirt aus der heifs gesättigten Lösung in kleinen harten Säulen. Es wurde mit verschiedenen, den Formeln $3 PbO, NO_5 + HO$ und $2(3 PbO, NO_5) + HO$ entsprechendem Wassergehalt beobachtet. Das *sechsfach-basische* Salz, $6 PbO, NO_5 + HO$, wird aus der Lösung der beiden anderen Salze durch überschüssiges Ammoniak als ganz unlöslicher feiner weifser Niederschlag mit den von Berzelius angegebenen Eigenschaften gefällt. — Bei der Untersuchung der basisch-essigs. Salze, über welche wir den Bericht hier anschliefsen, ging Löwe von der Voraussetzung aus, dafs diese sich mit salpeters. Kali unter Bildung der correspondirenden basisch-salpeters. Salze umsetzen, welche durch ihre Schwerlöslichkeit und ihre Beständigkeit zu genauen Bestimmun-

---

(1) J. pr. Chem. XCVIII, 385; Zeitschr. Chem. 1866, 629. —
(2) L. Gmelin's Handbuch der Chemie, 4. Aufl., III, 146 ff. —
(3) Löwe bezeichnet dieses Salz als einfach-basisch, das Salz $3 PbO$, NO_5 als zweifach-basisch u. s. w.

gen besser geeignet sind; Er schloſs demnach auf das zweifach- oder dreifach-basisch-essigs. Salz, wenn die Fällung mit salpeters. Kali zweifach- oder dreifach-basisch-salpeters. Salz lieferte. Die wesentlichen Ergebnisse Seiner zahlreichen Versuche sind folgende. Es sind nur drei essigs. Salze des Bleioxydes mit Sicherheit anzunehmen, das neutrale, $PbO, C_4H_3O_3$; das zweifach-basische $2PbO, C_4H_3O_3$; und das dreifach-basische, $3PbO, C_4H_3O_3$ (wasserfrei gedacht); anderthalbfach- und sechsfach-basisches Salz scheinen nicht zu existiren. Das in Wasser und in 90 pC. Weingeist leicht lösliche *zweifach-basische* Salz entsteht bei der Behandlung von 1 Aeq. Bleioxyd mit der Lösung von mindestens 1 Aeq. oder von überschüssigem neutralem Salz. Es bildet sich ferner bei der Auflösung des dreifach-basischen Salzes in der Lösung des neutralen: $3 PbO, C_4H_3O_3 + PbO, C_4H_3O_3 = 2(2PbO, C_4H_3O_3)$, und bei der unvollständigen Zersetzung des neutralen Salzes durch Ammoniakflüssigkeit oder durch caustische Lauge. Ueberschüssiges Ammoniak fällt aus seiner wässerigen Lösung dreifach-basisches Salz nebst Bleioxydhydrat: $4(2PbO, C_4H_3O_3) + 2NH_3 + 3HO = 2(3PbO, C_4H_3O_3) + 2PbO, HO + 2C_4H_3(NH_4)O_4$. *Dreifach-basisches* Salz entsteht ferner, wenn eine Lösung des neutralen Salzes (1 Aeq.) mit mindestens 2 Aeq. reinem Oxyd (von roher Glätte sind gegen 3 Aeq. erforderlich) digerirt wird. Durch längere Digestion von 6 Th. neutralem essigs. Bleioxyd (1 Aeq.) mit 30 Th. Wasser und 7 Th. (2 Aeq.) feingeriebener guter Bleiglätte, bis der ungelöste Rückstand völlig weiſs erschien, erhielt L ö w e vorwiegend das zweifach-basische Salz in Lösung, während der schlammige Absatz aus dreifach-basischem Salz und kohlens. Bleioxyd bestand. Bei Anwendung von 6 Th. des neutralen Salzes und 14 Th. (4 Aeq.) Bleiglätte enthielt die Lösung das dreifach-basische und auch in dem krystallinischen, unter Zurücklassung einer beträchtlichen Menge von Bleiglätte und kohlens. Bleioxyd in siedendem Wasser löslichen Absatz konnte nur das dreifach-basische, nicht aber das sechsfach-basische Salz nachgewiesen werden. Dreifachbasisches Salz wird ferner durch vorsichtigen Zusatz von Kalihydrat zu der Lösung des neutralen Salzes und durch Vermischen der Lösung des neutralen Salzes mit überschüssiger Ammoniakflüssigkeit gefällt. In seideglänzenden Nadeln erhält man es, wenn man 100 CC. der kalt gesättigten Lösung des neutralen Salzes mit 100 CC. Wasser verdünnt, die Mischung in 40 bis 50 CC. Ammoniakflüssigkeit eingiefst und das Ganze vor Luftzutritt geschützt einige Zeit im Wasserbade erwärmt (vgl. S. 234); versetzt man die Lösung des neutralen Salzes nur mit $1/5$ ihres Volums an Ammoniakflüssigkeit, so entsteht zweifach-basisches Salz nebst einem Niederschlag von dreifach-basischem, mit weniger als $1/5$ Volum wird nur das zweifachbasische Salz erhalten. Das dreifach-basische Salz wird durch weitere Behandlung mit Ammmoniak weder in der Kälte noch in der Wärme in sechsfach-basisches Salz verwandelt, sondern theilweise unter Abscheidung von krystallisirtem Bleioxydhydrat oder gelbem Bleioxyd zersetzt; auch bei der Digestion mit Bleioxyd (das hierbei nicht angegriffen wird) geht es in keine basischere Verbindung über. In seiner wässerigen Lösung erzeugt reines Aetzkali eine Fällung von Bleioxydhydrat (bei 105^0 getrocknet $= 2\,PbO, HO$). Löwe schliefst aus allem Diesem, dafs das sechsfachbasische Salz wahrscheinlich nicht existirt und dafs Mitscherlich's Angabe (1), es werde bei dem Schütteln einer wässerigen Lösung des dreifach-basischen Salzes mit Bleioxyd alles Blei aus der Lösung als sechsfach-basisches Salz abgeschieden, auf einem Irrthum beruhe. Die Darstellung des anderthalbfach-basischen Salzes gelang Löwe ebensowenig. Wird entwässertes neutrales essigs. Bleioxyd bis zum Wiedererstarren der geschmolzenen Masse auf 280^0 erhitzt, so löst sich der Rückstand leicht in kaltem

(1) L. Gmelin's Handbuch der Chemie, 4. Aufl., IV, 642.

Wasser unter Hinterlassung von reinem und kohlens. oxyd; in der Lösung ist zweifach-basisches und je der Dauer des Erhitzens auch mehr oder weniger (Zusatz von starkem Weingeist fällbares) dreifach-basi Salz enthalten. — Zur Darstellung des officinellen Blei (wenn dieser das zweifach-basische Salz enthalten empfiehlt Löwe, in einer Lösung von 1 Th. krystallis neutralem Salz in 4 bis 5 Th. ausgekochten Wassers des durch Ammoniak gefällten, gut ausgepreſsten dre basischen Salzes in gelinder Wärme aufzulösen.

Phosphors. Bleioxyd.

J. H. Fischer (1) fand die Niederschläge, w durch fractionirte Fällung einer mit Essigsäure stark säuerten Lösung von phosphors. Natron durch übers siges essigs. Bleioxyd erhalten werden, im lufttrocl Zustande sämmtlich der Formel $3 PbO, PO_5 + 3 H($ $3 PbO, PO_5 + 4 HO$ entsprechend zusammengesetzt. schlieſst daher, daſs die Bestimmung des Phosphors gehalts der in Wasser unlöslichen phosphors. Salze Fällung der sauren essigs. Lösung in der angegel Weise und Berechnung des geglühten Niederschlage dreibasisches phosphors. Bleioxyd $(3 PbO, PO_5)$ mit Si heit geschehen kann.

Thallium.

Nach Nicklès (2) wird Thallium von Quecksilbe netzt und daher auch wie die anderen benetzbaren Metal von demselben durchdrungen. Thalliumamalgam giel Thallium an angesäuertes Wasser unter Wassersto wickelung ab.

Ueberchlors. Thalliumoxydul.

Ueberchlors. Thalliumoxydul, $ClTO_4$, wird nac E. Roscoe (4) durch Auflösen von Thallium in wä ger Ueberchlorsäure oder durch Doppelzersetzung zwi überchlors. Baryt und schwefels. Thalliumoxydul in wa

---

(1) Vierteljahrsschr. pr. Pharm. XV, 179; Zeitschr. Chem. 256; Zeitschr. anal. Chem. V, 207. — (2) J. pharm. [4] IV, 1 (3) Jahresber. f. 1853, 876. — (4) Chem. Soc. J. [2] IV, 504; News XIV, 217, 242; J. pr. Chem. CI, 56; Zeitschr. Chem. 186(N. Arch. ph. nat. XXVIII, 176.

freien rhombischen Krystallen von der Combination $\infty P . \bar{P} \infty . 0 P$ erhalten, welche mit dem überchlors. Kali und -Ammoniak (1) isomorph (es ist $\infty P : \infty P = 102^0 50'$; $\bar{P} \infty : \bar{P} \infty$ an der Hauptaxe $= 102^0 6'$, entsprechend dem Axenverhältnifs a : b : c (Hauptaxe) $= 0{,}7978 : 1 : 0{,}6449$) und meistens entweder in der Richtung der Hauptaxe oder nach der Macrodiagonale verlängert sind. Ihr specifisches Gewicht beträgt (bei $15^0{,}5$) 4,844. Sie sind durchsichtig, glänzend, nicht zerfliefslich und werden durch Erhitzen erst nahe bei dem Siedepunkt des Quecksilbers zersetzt, geschwärzt und zuletzt als Thalliumchlorür verflüchtigt. Das Salz ist bei 15^0 in der zehnfachen Menge, bei 100^0 in 0,6 seines Gewichts Wasser, in Alkohol aber nur wenig löslich.

Birnbaum (2) fand das durch Einwirkung von Wasserstoffsuperoxyd auf metallisches Thallium gebildete Thalliumtrioxyd nach dem Trocknen über Schwefelsäure der Formel TlO_3, HO entsprechend zusammengesetzt, bei 100^0 getrocknet aber wasserfrei, übereinstimmend mit Strecker's Angabe (3) und abweichend von jener Lamy's (4).

Thalliumtrioxyd.

E. G. Tosh (5) hat Phipson's Angabe, es sei das Silicium im Roheisen in zwei verschiedenen Formen enthalten (6), ungegründet gefunden. Auch die von Phipson angegebene Methode zur Trennung dieser beiden Verbindungsformen des Siliciums erwies sich, wie vorauszusehen war, als unbrauchbar, da die Menge der ungelösten Kieselsäure bei einem und demselben Eisen mit dem Ueberschufs der Säure und ihrer Concentration variirt.

Eisen. Silicium im Roheisen.

O. L. Erdmann (7) hat in mehreren Eisensorten des Handels Spuren von Kobalt und weniger sicher auch

Kobalt und Nickel im Eisen.

(1) Vgl. Rammelsberg, Handbuch der krystallographischen Chemie, 141. — (2) Ann. Ch. Pharm. CXXXVIII, 133. — (3) Jahresbericht f. 1865, 252. — (4) Jahresber. f. 1862, 188. — (5) Chem. News XIII, 145, 217; Dingl. pol. J. CLXXXI, 62, 67; Zeitschr. Chem. 1866, 251, 377; Zeitschr. anal. Chem. V, 480. — (6) Jahresber. f. 1865, 256, wo statt: Compt. rend. LXI, 803 zu lesen ist: Compt. rend. LXII, 803. — (7) J. pr. Chem. XCVII, 120; Chem. Centr. 1866, 511.

Kobalt und Nickel im Eisen. von Nickel aufgefunden. Bei der weiteren Verfolgung dieses Gegenstandes durch H. Weiske (1) hat sich ergeben, daſs die Nachweisung dieser beiden Metalle im Eisen immer gelingt, wenn nicht zu kleine Mengen desselben (mindestens 160 Grm.) geprüft werden. Bei der Behandlung mit verdünnter kalter Salzsäure geht vorzugsweise das Kobalt nebst Spuren von Nickel in Lösung, während fast alles Nickel mit wenig Kobalt im Rückstand bleibt. Die Mengen von Kobaltoxydul und Nickeloxydul, welche aus diesen (in verdünnter kalter Salzsäure unlöslichen) Rückständen abgeschieden wurden, betrugen bei vier Sorten von sächsischem Schmiedeeisen (I bis IV), bei Drahtstiften aus rheinischem Eisen (V) und bei englischem Klaviersaitendraht (VI) auf 50000 Grm. des Eisens berechnet:

	I	II	III	IV	V	VI
CoO	1,7	3,8	3,16	3,3	1,5	2,8 Grm.
NiO	10,6	6,5	4,5	5,1	3,8	1,2 ,

Eisenchlorür. Schön krystallinisches Eisenchlorür läſst sich, nach Wöhler (2), leicht durch Erhitzen von sublimirtem Eisenchlorid in einem Strom von getrocknetem Wasserstoffgas erhalten. Als Vorlesungsversuch erhitzt man einige zolllange blanke Eisendrähte in einem langen weiten Glasrohr zuerst in trockenem luftfreiem Chlor und dann, nach der Bildung des Chlorides, im Wasserstoffstrom.

Eisenoxydhydrat. Nach Versuchen von E. Davies (3), welche die früheren Beobachtungen von Péan de Saint-Gilles (4) vervollständigen, verliert gefälltes Eisenoxydhydrat durch anhaltendes Kochen mit Wasser oder auch durch lange dauerndes schwächeres Erhitzen mit demselben den gröſsten Theil seines Wassergehaltes. Hydrat, welches 112 Stunden

---

(1) J. pr. Chem. XCVIII, 479; Zeitschr. Chem. 1866, 640; Chem. Centr. 1867, 63. — (2) Ann. Ch. Pharm. Suppl. IV, 255; Zeitschr. Chem. 1866, 508. — (3) Chem. Soc. J. [2] IV, 69; J. pr. Chem. XCVIII, 250; Zeitschr. Chem. 1866, 254; Chem. Centr. 1866, 701; J. pharm. [4] IV, 400. — (4) Jahresber. f. 1855, 401.

mit Wasser gekocht war, enthielt bei 100° getrocknet noch 5,77 pC.; nach 100 stündigem Kochen mit der salmiakhaltigen Lösung, woraus es gefällt worden, noch 4,05 pC., und nach 100 stündigem Kochen mit der Flüssigkeit, aus welcher es durch überschüssiges Kalihydrat gefällt war, noch 6,55 pC. Auch nach 1000 bis 2000 stündigem Erhitzen mit Wasser auf 50° bis 60° betrug der Wassergehalt nur 4,09 bis 4,68 pC. (die Formel $2 Fe_2O_3$, HO verlangt 5,3 pC.). Das so veränderte Hydrat ist ziegelroth, vom specifischen Gewicht 4,545, nur sehr langsam in Salpetersäure, leichter in Salzsäure löslich; es läfst sich durch Digestion mit verdünnter Salpetersäure nicht in ein lösliches Hydrat und wasserfreies Oxyd zerlegen (das rückständige Oxyd enthielt noch 3,5 pC. Wasser) (1). Davies vermuthet, dafs der natürliche Eisenglanz in ähnlicher Weise durch die lange dauernde Einwirkung einer verhältnifsmäfsig niedrigen Temperatur auf das unter Wasser befindliche Hydrat entstanden sein könne. Thonerdehydrat wurde durch 100 stündiges Kochen mit Wasser nicht verändert (2).

F. Muck (3) hat die Veränderungen untersucht, welche neutrale Lösungen von schwefels. Eisenoxydul an der Luft erfahren. Er fand die ockerigen Niederschläge, die sich im Laufe von 46 Wochen aus einer der Luft ausgesetzten Lösung von 1 Th. schwefels. Eisenoxydul in 4 Th. Wasser ausgeschieden hatten und in vier Fractionen gesammelt, gewaschen und über Schwefelsäure getrocknet waren, nach dem folgenden Aequivalentverhältnifs zusammengesetzt:

---

(1) Wasserfreies Oxyd entsteht nach Senarmont bei längerem Erhitzen mit Wasser auf 160° bis 180°. Jahresber. f. 1850, 326. — (2) Nach Péan de St. Gilles wird hierbei das in Säuren und Kali unlösliche Hydrat $Al_2O_3 + 2HO$ erhalten; Jahresber. f. 1855, 401, 404. — (3) J. pr. Chem. XCIX, 108.

Schwefels. Eisenoxydul.

	I	II	III	IV
Fe_2O_3	2,4	2,85	1,7	0,9
SO_3	1	1	1	1
HO	7,7	7,8	7,1	8,3.

Dieselbe Zusammensetzung wie der Niederschlag II hatte auch ein fester rothbrauner Ueberzug, welcher sich gleichzeitig auf der Wandung des Glasgefäfses abgesetzt hatte. Die rückständige tief rothbraun gefärbte Lösung enthielt, neben unverändertem schwefels. Eisenoxydul, die Elemente der Salze $Fe_2O_3, 3SO_3 + 2(Fe_2O_3, 2SO_3)$; mit dem 30 fachen Gewicht Wasser verdünnt gab sie einen gelben Niederschlag (Fe_2O_3 2,3 Aeq.; SO_3 1 Aeq.; HO 8,8 Aeq. enthaltend) und eine klare bräunliche Lösung von neutralem schwefels. Eisenoxyd und Oxydul. Eine Lösung von 1 Th. schwefels. Eisenoxydul in etwa 8 Th. Wasser hatte nach etwa 2 Jahren bei Luftzutritt ein Gemenge eines braunrothen und eines ockerigen Niederschlages abgesetzt, welche beide in ihrer Zusammensetzung das unter II angeführte Aequivalentverhältnifs zeigten; in der tief braunroth gefärbten Lösung war schwefels. Eisenoxydul und die Combination $Fe_2O_3, 3SO_3 + 2(Fe_2O_3, 2SO_3)$ enthalten. Eine Lösung von 1 Th. schwefels. Eisenoxydul in $2^1/_2$ Th. Wasser ergab in 22 Tagen successiv die folgenden Producte (die rückständige Lösung ist mit derselben Ziffer bezeichnet, wie der daraus abgeschiedene Niederschlag):

	Niederschlag					Lösung				
	I	II	III	IV	V	I	II	III	IV	V
Fe_2O_3	3,25	3,00	2,50	1,70	2,62 Aeq.	1	1	1	1	1 Aeq.
SO_3	1	1	1	1	1 Aeq.	3	4,38	4,12	2,16	1,9 Aeq.

Es ergeben diese Zahlen, dafs die Lösungen in der ersten Zeit neutrales Oxydsalz, $Fe_2O_3, 3SO_3$, und dann sogar freie Schwefelsäure, zuletzt aber das Salz Fe_2O_3, $2SO_3$ enthalten, welches sich durch seine intensive braunrothe Farbe zu erkennen giebt; gleichzeitig werden auch die Niederschläge progressiv reicher an Säure, ohne jedoch

[...]s von Wittstein (1) angegebene Zusammensetzungs[ver]hältnifs $2Fe_2O_3$, $3SO_3$ zu erreichen. Das allgemeine [Er]gebnifs von Muck's Versuchen ist demnach, dafs die [Pr]oducte dieses Oxydationsprocesses je nach der sich stetig [än]dernden Beschaffenheit der Flüssigkeit verschieden sind [un]d dafs derselbe daher nicht durch einen einfachen Aus[dr]uck interpretirt werden kann. Die in der Natur vor[ko]mmenden basisch-schwefels. Salze des Eisenoxydes sind [eb]enfalls theils als solche Niederschläge, theils als die [ein]gedunsteten Mutterlaugen zu betrachten.

Zur Darstellung des als Heilmittel benutzten arsens. *Arsens. Eisenoxydul-oxyd.*
[Ei]senoxyduloxydes fällt Wittstein (2) eine Lösung von [1 Th.] krystallisirten schwefels. Eisenoxydul (in 60 Th. Wasser) [mit] 2 Th. trockenem arsens. Natron (in 40 Th. Wasser) [in] der Kälte und trocknet den nach der Gleichung $4(FeO, SO_3 + 7HO) + 2(2NaO, HO, AsO_5) = 3FeO, AsO_5 + (NaO, SO_3) + FeO, 2HO, AsO_5 + 28HO$ neben gelöst [blei]bendem saurem arsens. Salz entstehenden weifsen Nie[der]schlag nach dem Auswaschen auf Tellern an der Luft, [wo] er in harten tiefgrasgrünen Stücken zurückbleibt, die [ein] olivengrünes Pulver geben. Die Zusammensetzung [di]eses lufttrockenen Präparats entsprach der Formel $(3FeO, AsO_5 + 8HO) + 3Fe_2O_3, AsO_5 + 16HO)$. [Be]i $100°$ verliert es seinen Wassergehalt theilweise, in der [Glüh]hitze vollständig, ohne Säure abzugeben. — Die von [de]m Niederschlag getrennte Lösung bildet allmälig einen [gelb]lich-weifsen Niederschlag von arsens. Eisenoxyd, Fe_2O_3, [As]$O_5 + 8HO$, der nach dem Glühen die braune Ver[bin]dung $3Fe_2O_3, 2AsO_5$ hinterläfst.

E. v. Sommaruga (3) hat die Atomgewichte des Ko- *Kobalt, Nickel.*

---

(1) Jahresber. f. $18^{47}/_{48}$, 443. — (2) Vierteljahrsschr. pr. Pharm. V, 185; Zeitschr. Chem. 1866, 256; Arch. Pharm. [2] CXXVIII, 54; Bull. soc. chim. [2] VI, 318; J. pharm. [2] IV, 399. — (3) Vorläufige [Anz]eige Wien. acad. Anzeiger 1866, 142; J. pr. Chem. XCVIII, 381; [Wien. Ac]ad. Ber. LIV (2. Abth.), 50; J. pr. Chem. C, 106; Zeitschr. [C]hem. 1867, 153; Chem. Centr. 1866, 1009.

Kobalt, Nickel. balts und Nickels bestimmt. Das Atomgewicht des Kobaltes ermittelte Er aus dem Metallgehalt des reinen, mit salzsaurem und zuletzt mit reinem Wasser gewaschenen und bei 100° getrockneten Purpureokobaltchlorides (Co_2Cl_6, $5NH_3$). Es wurde in einer Kugelröhre vorsichtig bis zur vollständigen Zersetzung erhitzt und das zurückgebliebene Kobaltchlorür durch Wasserstoff reducirt (bei raschem Erhitzen werden leicht Theilchen des Salzes mit fortgerissen, besonders im Wasserstoffstrom, wenn das Purpureokobaltchlorid vorläufig nicht vollständig zersetzt war). Im Mittel von 7 Versuchen wurde die Zahl 29,965 gefunden (Minimum 29,916; Maximum 30,009); im Mittel der 5 am besten stimmenden 29,996, in runder Zahl demnach 30,0. — Das Atomgewicht des Nickels ermittelte Sommaruga durch Bestimmung des Schwefelsäuregehaltes in schwefels. Nickeloxydulkali (KO, NiO, S_2O_6 + 6HO). Dieses Salz war aus einer eisenoxyd- und kieselsäurehaltigen schwefels. Lösung von Nickeloxydul durch Zusatz eines für die ganze Menge des Nickelsalzes ungenügenden Verhältnisses von schwefels. Kali erhalten und durch Abwaschen und oft wiederholtes Umkrystallisiren bis auf eine nicht bestimmbare Spur von Kobalt gereinigt. Anhaltend bei 100° getrocknet ergab es im Mittel von 6 Versuchen das Atomgewicht des Nickels = 29,013 (Minimum 28,911, Maximum 29,079), in runder Zahl 29,0. — R. Schneider (1) hat die Versuche und Resultate von Sommaruga, welche Seine eigenen (2) bestätigen, sowie die sehr abweichenden von Russell (3) kritisch besprochen.

Schwefels. Kobaltoxydul. Nach A. Fröhde (4) scheidet sich bei allmäligem Eingiefsen einer concentrirten Lösung von schwefels. Kobaltoxydul in gewöhnliche Schwefelsäure bald ein pfirsichblüthrother pulveriger Niederschlag ab, welcher von der

(1) Pogg. Ann. CXXX, 303. — (2) Jahresber. f. 1857, 295; f. 1859, 212. — (3) Jahresber. f. 1863, 265, 269. — (4) Arch. Pharm. [2] CXXVII, 92; J. pr. Chem. XCIX, 63.

weinroth gefärbten Säure getrennt und auf einer porösen Thonplatte getrocknet die Zusammensetzung $CoO, SO_3 + 4HO$ hat (1).

O. L. Erdmann (2) hat im Verfolg Seiner im Jahresberichte für 1864, 717 angeführten Beobachtung die folgenden salpetrigs. Kobalt- und Nickelverbindungen dargestellt und untersucht. *Salpetrigs. Nickeloxydul-Kali-Kalk*, NiO, CaO, KO, $3NO_3$, ist der gelbe, in kalkhaltigen Nickellösungen auf Zusatz von überschüssigem salpetrigs. Kali entstehende Niederschlag (3). Er ist in kaltem Wasser auch bei Gegenwart von freier Essigsäure nur wenig, ziemlich reichlich mit grüner Farbe in siedendem löslich, wobei er jedoch immer theilweise unter Entwickelung von Stickoxyd und Ausscheidung eines grünen Niederschlags (von sehr basischem salpetrigs. Nickeloxydul) zersetzt wird; der durch rasche Fällung erzeugte (fein zertheilte) Niederschlag wird schon durch Waschen mit kaltem Wasser angegriffen. Aus der heifs bereiteten wässerigen Lösung scheidet sich das Salz beim Erkalten in mikroscopischen eckigen Körnern ab, bei der freiwilligen Verdunstung dagegen in schön ausgebildeten regulären Octaëdern. In Alkohol ist es unlöslich. In gleicher Weise wie die Kalkverbindung werden er-

---

(1) Vgl. über die correspondirenden Mangan- und Eisenoxydulsalze Jahresber. f. 1855, 850; f. 1856, 896. — (2) J. pr. Chem. XCVII, 385; Zeitschr. Chem. 1866, 599; Chem. Centr. 1866, 593; im Auszug Bull. soc. chim. [2] VI, 375; Sill. Am. J. [2] XLIII, 248; das auf das Fischer'sche Salz Bezügliche auch Zeitschr. anal. Chem. V, 396. — (3) Nach Erdmann sind Nickelsalze selten so rein, dafs sie mit salpetrigs. Kali diesen Niederschlag (welcher immer erst nach einiger Zeit erfolgt) nicht gäben; schon bei dem Filtriren einer reinen Lösung durch gewöhnliches Filtrirpapier nimmt sie aus diesem den zur Bildung des gelben Niederschlags erforderlichen Kalkgehalt auf. Vollkommen kalkfreies Nickeloxydul erhielt Erdmann nur, indem Er aus einer ammoniakalischen Lösung von Nickelchlorür den Kalk durch kohlens. Ammoniak fällte, die Flüssigkeit nach längerem Stehen filtrirte und das mit Wasser stark verdünnte Filtrat zum Sieden erhitzte, wo sich das reine Oxydulhydrat abscheidet.

halten : *Salpetrigs. Nickeloxydul-Kali-Baryt* (1), NiO, BaO, KO, 3 NO$_3$, als krystallinischer braungelber, in kaltem Wasser wenig löslicher Niederschlag, aus der heifs bereiteten wässerigen Lösung in mikroscopischen Cubooctaëdern krystallisirend; und *salpetrigs. Nickeloxydul-Kali-Strontian*, NiO, SrO, KO, 3 NO$_3$, als röthlichgelber krystallinischer Niederschlag von ähnlichen Eigenschaften wie das Baryttripelsalz. Diese drei Salze bilden mit dem salpetrigs. Nickeloxydulkali, NiO, 2 KO, 3 NO$_3$, und dem salpetrigs. Nickeloxydulbaryt, NiO, 2 BaO, 3 NO$_3$, bezüglich welcher Erdmann die Angaben von Lang (2) bestätigt, eine natürliche Gruppe. Salpetrigs. Nickeloxydulammoniak konnte Erdmann nicht erhalten. Vermischt man neutrale Lösungen von essigs. Nickeloxydul und salpetrigs. Ammoniak (3), so erhält man eine grüne, für sich leicht zersetzbare, auf Zusatz von vielem Alkohol aber beständige Flüssigkeit, aus welcher sich in der Kälte allmälig kleine glänzende kirschrothe, scheinbar monoklinometrische Krystalle abscheiden (die Mutterlauge liefert bei dem Verdampfen im Vacuum keine weiteren Krystalle; sie entwickelt hierbei Aldehydgeruch). Dieselben Krystalle werden auch aus einer ammoniakalischen Lösung der beiden Salze auf reichlichen Zusatz von absolutem Alkohol erhalten (ein Ueberschufs an Ammoniak scheint ihrer Bildung günstig zu sein); sie lassen sich durch Auflösen in Ammoniakflüssigkeit und Zusatz von starkem Alkohol umkrystalli-

---

(1) Vgl. Jahresber. f. 1862, 101. — (2) Jahresber. f. 1862, 101, wo statt der Formeln 2 KO, NO$_5$ + NiO, NO$_5$ und 2 BaO, NO$_5$ + NiO, NO$_5$ zu lesen ist: 2(KO, NO$_5$) + NiO, NO$_5$ und 2(BaO, NO$_5$) + NiO, NO$_5$. — Das krystallisirte salpetrigs. Nickeloxydul-Kali hat nach Erdmann die Formel NiO, 2 KO, 3 NO$_5$ + HO; es verliert seinen Wassergehalt bei 100°. — (3) Um eine concentrirte Lösung dieses Salzes zu erhalten, leitet Erdmann die aus Stärke und Salpetersäure entwickelten salpetrigen Dämpfe in eine mit befeuchteten Stücken von kohlens. Ammoniak gefüllte Liebig'sche Kühlröhre; die Lösung tröpft dann unten ab.

siren (diefs gelingt nicht immer gut). Zerrieben geben sie ein rosenrothes Pulver, das sich an feuchter Luft unter grüner Färbung und Entwickelung von Ammoniak verändert. In kaltem Wasser lösen sie sich leicht zu einer grünen, sich bald trübenden Flüssigkeit; in Alkohol sind sie ganz unlöslich. Auf 100° erhitzt färbt sich die Verbindung unter Aufblähen und Entwickelung von Ammoniak grün, in höherer Temperatur entzündet sie sich und verglimmt, Nickeloxydul hinterlassend. Ihre Zusammensetzung entspricht der Formel $NiO\ 2NH_3, NO_5$; Erdmann bezeichnet sie als *salpetrigs. Diamin-Nickeloxydul.*

Lösungen von Kobaltoxydulsalzen geben auf Zusatz von Chlorbaryum, Chlorstrontium und Chlorcalcium und von überschüssigem salpetrigs. Kali krystallinische schwarzgrüne, den oben angeführten nickelhaltigen Tripelsalzen correspondirende Verbindungen. Sie entstehen nur in concentrirten Lösungen und werden bei dem Auswaschen mit Wasser, theilweise schon bei dem Filtriren und Abpressen zwischen Filtrirpapier unter gelber Färbung zersetzt. Diese Veränderung beruht nicht auf Oxydation. Uebergiefst man die frisch bereiteten grünen Salze mit ausgekochtem Wasser, so färben sie sich gelb und das Wasser rosenroth; wird die rothe Lösung verdampft, so hinterläfst sie eine dunkelgrüne Masse, die gegen Wasser wieder dasselbe Verhalten zeigt. Die wegen dieser leichten Veränderlichkeit nur annähernd bestimmbare Zusammensetzung der (abgepreſsten und bei 140° getrockneten) Salze entspricht der Formel $CoO, RO, KO, 3NO_5$, in welcher RO Baryt, Strontian oder Kalk bezeichnet. — Versetzt man eine mit Essigsäure angesäuerte Lösung von Kobaltchlorür mit überschüssigem salpetrigs. Ammoniumoxyd, so wird unter Entweichen von Stickgas die dem s. g. salpetrigs. Kobaltoxydkali entsprechende Ammoniakverbindung als gelbes, aus mikroscopischen Würfelchen bestehendes Pulver gefällt, das mit einer Lösung von essigs. Kali und zuletzt mit Alkohol ausgewaschen werden kann. Die Verbindung

Salpetrigs. Verbindungen des Kobalts und Nickels. ist in kaltem Wasser mit gelber Farbe etwas löslich und giebt in dieser Lösung mit Kalihydrat und kohlens. Ammoniak keine Fällung; zum Sieden erhitzt färbt sich die Lösung hellröthlich und zeigt dann die Reactionen der Kobaltoxydulsalze. Concentrirte Schwefelsäure (nicht aber Essigsäure oder verdünnte Mineralsäuren) entwickelt aus der Lösung salpetrige Säure. Die erhaltenen analytischen Resultate lassen sich durch die Formel $2\,CoO, 3\,NO_5 + 3(NH_4O, NO_5) + 3\,HO$ oder durch die andere $Co_2O_3, 3\,NO_5 + 3(NH_4O, NO_5) + 3\,HO$ ausdrücken; Erdmann schließt aber aus dem Verhalten der Lösung, daß die Verbindung weder Kobaltoxydul noch Kobaltoxyd in der gewöhnlichen Form enthält; eine bestimmte Ansicht bezüglich ihrer Constitution spricht Er nicht aus. Bei der Fällung von Kobaltsalzen durch salpetrigs. Kali entstehen nach Erdmann, je nachdem die Kobaltlösung neutral oder sauer ist, verschiedene Producte, welche bisher als salpetrigs. Kobaltoxyd-Kali oder Fischer's Salz zusammengefaßt worden sind. I. Aus neutralen Lösungen von Kobaltchlorür wird durch überschüssiges salpetrigs. Kali nach und nach ein gelbes krystallinisches Pulver (zuweilen in gut ausgebildeten mikroscopischen Würfeln, die zu sternförmigen Figuren gruppirt sind) gefällt, und zwar sowohl bei Luftabschluß als in einer Atmosphäre von Kohlensäure, also ohne Absorption von Sauerstoff; die Flüssigkeit ist nach der sehr langsam erfolgenden Fällung noch dunkel gefärbt. Der Niederschlag ist unlöslich in kaltem Wasser, löslich in siedendem mit rother, weniger leicht auch in essigs. Kali mit violetter Farbe. Die wässerige Lösung hinterläßt bei dem Verdampfen wieder ein gelbes Pulver; sie zeigt die Reactionen des Kobaltoxyduls. Erdmann nimmt daher in dieser Verbindung kein Kobaltoxyd an; seine analytischen Resultate entsprechen nahezu der Formel $3(CoO, NO_5) + 3(KO, NO_5) + HO$. II. In einer mit Essigsäure angesäuerten Lösung von Kobaltchlorür erfolgt die Fällung durch salpetrigs. Kali schneller und mit hellerer Farbe; zugleich geht die saure Reaction allmälig in eine neutrale und zuletzt in eine schwach alkalische über, in welchem Stadium der sich abscheidende Niederschlag die Zusammensetzung des vorhergehenden hat. Enthält dagegen die Mischung einen grofsen Ueberschufs von Essigsäure, oder filtrirt man die neutral gewordene Lösung in Essigsäure, so wird die Flüssigkeit bei genügendem Ueberschufs von salpetrigs. Kali völlig farblos und kobaltfrei und der Niederschlag von dem vorhergehenden wesentlich verschieden. Er erscheint unter dem Mikroscop in der Form farrenkrautähnlicher, zu Sternen gruppirter Blättchen. Gegen Wasser verhält er sich wie das vorhergehende Salz, ist aber in essigs. Kali nicht löslich. Da das Salz nicht durch Umkrystallisiren gereinigt werden kann, so ergaben sich für seine Zusammensetzung keine ganz genauen Resultate, den Formeln $2\,CoO, 3\,NO_5 + 3(KO, NO_5) + 3\,HO$ oder $Co_2O_3, 3\,NO_5 + 3(KO, NO_5) + 3\,HO$ entsprechend. Erdmann betrachtet aber auch in dieser und der vorhergehenden Verbindung das Kobalt nicht als Oxydul oder Oxyd, sondern, wie in dem correspondirenden Ammoniaksalz, als in einer eigenthümlichen Verbindungsform enthalten.

Salpetrigs. Diamin-Kobaltoxyd mit salpetrigs. Kali, $Co_2O_3, 2\,NH_3, 3\,NO_5 + KO, NO_5$. Aus einer mit viel Salmiak und dann mit überschüssigem salpetrigs. Kali versetzten Lösung von Kobaltchlorür scheiden sich in gelinder Wärme zuerst glimmerartig glänzende, nur in siedendem Wasser lösliche gelbe Schüppchen ab, welche die Bestandtheile des Fischer'schen Salzes nebst kleinen Mengen von Ammoniak enthalten, in ihrer Zusammensetzung aber schwanken und nicht durch Umkrystallisiren gereinigt werden können; gleichzeitig nimmt die Flüssigkeit saure Reaction an und entwickelt salpetrige Säure. Später bilden sich glasglänzende braune, dem rhombischen System angehörende Prismen der Diaminverbindung, mit dem Axenverhältnifs $a:b:c$ (Hauptaxe) $= 0{,}5914 : 1 : 1{,}132$ und den Flächen $\infty P \cdot \check{P} \infty$. $P.0P$, von welchen die des Octaëders nur zur Hälfte

Salpetrigs. Verbindungen des Kobalts und Nickels.

vorhanden sind (es ist $P:P = 118°48'$; $\breve{P}\infty:\breve{P}\infty = 82°54'$). Die Krystalle lösen sich in Wasser mit dunkelgelber Farbe, geben in ihrer Lösung weder mit Kali noch mit kohlens. Ammoniak Niederschläge und entwickeln beim Erhitzen in einer offenen Platinschale Ammoniak, in einer engen Glasröhre aber in der Regel salpetrige Säure. Der Kaligehalt dieses Salzes kann durch andere Basen ersetzt werden. Salpeters. Silber erzeugt in seiner Lösung eine gelbe oder orangefarbene Fällung von *salpetrigs. Diamin-Kobaltoxyd mit salpetrigs. Silberoxyd*, $Co_2O_3\,\widehat{2NH_3},\,3NO_3 + AgO,\,NO_3$. Dieses Doppelsalz ist in heifsem Wasser löslich und krystallisirt daraus in Blättchen, Kreuzen oder in eigenthümlichen Formen, die mit Nägeln und Meifseln Aehnlichkeit haben. Wird eine neutrale Lösung von Kobaltchlorür mit neutralem salpetrigs. Ammoniak versetzt, so krystallisirt bei der langsamen Verdunstung der klar bleibenden Flüssigkeit *salpetrigs. Diamin-Kobaltoxyd mit salpetrigs. Ammoniumoxyd*, $Co_2O_3\,\widehat{2NH_3},\,3NO_3 + NH_4O,\,NO_3$ in braunen rhombischen Prismen, welche denen des Kalisalzes sehr ähnlich, aber reicher an Flächen sind. (Aus sauren Lösungen von Kobaltchlorür scheidet sich vor diesen Krystallen mehr oder weniger der dem Fischer'schen Salz entsprechenden Verbindung ab.) Beobachtet wurde die Combination $\infty P\,.\,P\,.\,2\breve{P}\infty\,.\,\breve{P}\infty\,.\,{}^1/_2\breve{P}\infty\,.\,0P$; die meisten dieser Flächen sind nur mangelhaft ausgebildet und das Octaëder tritt nur hemiëdrisch auf. Es ist $\infty P:\infty P = 118°35'$; $\breve{P}\infty:\breve{P}\infty$ an der Hauptaxe $= 82°40'$; Axenverhältnifs $a:b:c$ (Hauptaxe) $= 0,5938:1:1,137$. Die Lösung des Salzes giebt mit Kali in der Kälte Ammoniak aus, wird durch dasselbe aber nur in der Wärme gefällt. Eine mit einem Ueberschufs einer Mischung von salpetrigs. Kali und Ammoniak versetzte Lösung von Kobaltchlorür färbt sich an der Luft von der Oberfläche aus dunkler und setzt allmälig blätterige, hell bräunlichgelbe Krystalle von *salpetrigs. Triamin-Kobaltoxyd*, $Co_2O_3\,\widehat{3NH_3},\,3NO_3$, ab, welche durch Waschen mit kaltem Wasser von der dicklichen Mutterlange befreit werden können; sie sind in siedendem Wasser ziemlich leicht löslich, und krystallisiren aus der heifs gesättigten Lösung in tiefgelben Nadeln oder Blättchen. Die Lösung wird durch Kali und kohlens. Ammoniak in der Kälte nicht verändert, in der Siedehitze aber durch Kali unter Abscheidung von Kobaltoxyd und Entwickelung von Ammoniak zerlegt; auch durch längeres Erhitzen für sich zerfällt sie unter Abscheidung von Kobaltoxyd.

C. D. Braun (1) hat Beobachtungen über die Sulfate des Kobaltipentaminoxydes mitgetheilt. Er erhielt bei mehrwöchentlichem Aussetzen einer ammoniakalischen Lösung von schwefels. Kobaltoxydul an die Luft neben einem schwarzbraunen Niederschlag eine intensiv kirschroth gefärbte Flüssigkeit, aus welcher nicht durch concentrirte Schwefelsäure für sich, sondern erst nach Zusatz von Wasser und Weingeist ein zartes rosenrothes Krystallpulver gefällt wurde. Mit wenig Wasser und dann mit Weingeist abgewaschen ergab dieses Salz lufttrocken die Formel $2[Co(NH_3)_5] 3SO_2, O_6 + 5H_2O$. Es stimmt demnach in seiner Zusammensetzung mit dem von Gibbs und Genth (2) beschriebenen und mit demjenigen, welchem Fremy (3) die Formel $Co_2O_3, 5NH_3, 3SO_3 + 3HO$ beigelegt hatte, überein, weicht von demselben aber in seiner Löslichkeit ab. Bei 100° verliert es unter schwacher Verdunkelung seinen Wassergehalt; das wasserfreie und das wasserhaltige Salz lösen sich in Wasser leicht zu einer tief kirschrothen Flüssigkeit. Der schwarzbraune Niederschlag, welcher sich aus der erwähnten ammoniakalischen Flüssigkeit abgeschieden hatte, gab bei der Digestion mit

Schwefels. Kobaltipentaminoxyd.

---

(1) Ann. Ch. Pharm. CXXXVIII, 109; J. pr. Chem. XCVIII, 370; Zeitschr. Chem. 1866, 326; Chem. Centr. 1866, 837; Bull. soc. chim. [2] VI, 316. — (2) Jahresber. f. 1857, 230, 234. — (3) Jahresber. f. 1852, 411. Nach Braun's Discussion von Fremy's analytischen Resultaten ist dieses Salz mit dem von Gibbs und Genth beschriebenen identisch.

Ammoniak und längerem Aussetzen an die Luft eine braune, in Wasser theilweise lösliche Masse, aus deren Lösung durch Zusatz von concentrirter Schwefelsäure, Wasser und Weingeist ein röthlichbrauner Niederschlag gefällt wurde. Die Zusammensetzung dieses Niederschlages entsprach annähernd der Formel $2[Co(NH_3)_5]3SO_3, O_6 + 3H_2O$, wahrscheinlicher ist derselbe aber ein Gemenge oder eine Verbindung verschiedener Roseokobaltsulfate. Er löst sich in Wasser mit schmutzigrother Farbe und giebt bei der Verdunstung der Lösung wieder Krystalle des Salzes mit 5 Molec. Wasser, worauf durch Alkohol aus der Mutterlauge ein Salz von der Zusammensetzung $2[Co(NH_3)_5]3SO_3, O_6 + 4H_2O$ gefällt wird. Das von Fremy beschriebene saure schwefels. Roseokobalt konnte Braun nicht erhalten.

Kupfer. Nach Beobachtungen von Caron (1), welche die früheren Resultate von Matthiessen und Russell (2) bestätigen, löst Kupfer bei dem Schmelzen in reducirenden Gasen diese bis zu einem gewissen Grade auf und giebt sie während des Erstarrens unter den Erscheinungen des Spratzens wieder aus. Erhitzt man 150 bis 200 Grm. gutes metallisches Kupfer in einer Porcellanröhre in einem Strom von trockenem Wasserstoff etwas über seinen Schmelzpunkt (das Schiffchen, welches das Kupfer enthielt, sowie die Röhre bestanden bei Caron's Versuchen aus stark gebranntem und gut glasirtem Porcellan; durch eine tubulirte Glaskugel, welche den Apparat schlofs, konnten die Vorgänge im Innern beobachtet werden), so bläht sich das Metall bei Beginn des Schmelzens unter Blasenwerfen und Entwickelung von Wasserdampf (durch den Oxydulgehalt des Metalls veranlafst) auf, erscheint aber nach vollendetem Schmelzen vollkommen ruhig und mit spiegelglatter Oberfläche. Läfst man jetzt langsam erkal-

---

(1) Compt. rend. LXIII, 1139; Instit. 1866, 410; J. pr. Chem. C, 197; Zeitschr. Chem. 1867, 91; Dingl. pol. J. CLXXXIII, 364. — (2) Jahresber. f. 1862, 647.

ten, so geräth das Metall unmittelbar vor dem Erstarren in heftige Bewegung, während welcher es durch das entweichende Gas in Tröpfchen umhergeschleudert wird, und bleibt zuletzt als aufgeblähte Masse zurück, die in zahlreichen inneren Höhlungen noch Wasserstoff einschliefst und deren Dichte nur 7,2 beträgt. Dieselben Erscheinungen werden mit Kohlenoxydgas beobachtet (bei dem Schmelzen wird hier Kohlensäure entwickelt). Ersetzt man das Schiffchen von stark gebranntem und glasirtem Porcellan durch ein solches von Kalk oder Gaskohle, so findet keine Gasentwickelung statt und die Dichte des erkalteten blasenfreien Metalls ist etwas höher als die des gewöhnlichen geschmolzenen Kupfers; auch in einem Schiffchen von schwach gebranntem porösem Porcellan (1) bleibt das Metall compact aber mit etwas geringerer Dichte als im Kalkschiffchen zurück. Die Porosität der Unterlage kann nach Caron nicht die einzige Ursache dieses Verhaltens sein, da das in solchen porösen Schiffchen geschmolzene Silber bei dem Erstarren das gewöhnliche Spratzen zeigt. — Nicht alle Metalle nehmen im geschmolzenen Zustande in gleicher Weise Gase auf. Wasserstoff wird z. B. auch von schmelzendem Antimon absorbirt und bei dem Erkalten wieder ausgestofsen, nicht aber von schmelzendem Zinn oder Silber. Diese beiden Metalle erhalten dadurch eine etwas gröfsere Dichte (wohl durch Verlust der gebundenen kleinen Mengen Sauerstoff) und bilden bei dem Erkalten zuweilen ungewöhnlich grofse Krystalle.

Blondlot (2) besprach die Reduction des Kupfers durch Phosphor aus saurer und alkalischer Lösung, ohne dem darüber Bekannten (3) neue Thatsachen zuzufügen.

(1) Diese werden aus einer Mischung gleicher Volume Kaolin und Zuckerkohle bereitet und in der Muffel gebrannt. — (2) J. pharm. [4] III, 246; Zeitschr. Chem. 1866, 877. — (3) Vgl. L. Gmelin's Handbuch der Chem., 4. Aufl., III, 882; Jahresber. f. 1851, 864; f. 1852, 833; f. 1857, 107.

Kupfer. Er empfiehlt zur Nachweisung kleiner Mengen von Kupfer ein an einem Platindraht befestigtes Phosphorstückchen in die zu untersuchende, mit Schwefelsäure angesäuerte oder mit Ammoniak übersättigte Flüssigkeit zu bringen und nach längerem Eintauchen und vorläufigem Abwaschen mit Wasser den etwaigen Ueberzug durch Salpetersäure aufzulösen.

Nach C. Calvert und R. Johnson (1) wird Kupfer durch Einfach-Schwefelsäurehydrat, SO_3, HO, erst bei $130°$ angegriffen. 1 CC. des Metalls verlor bei zweistündiger Einwirkung von 50 CC. dieser Säure bei $130°$ 0,854 Grm., bei $150°$ 1,678 Grm. Die Hydrate SO_3, 2HO und SO_3, 3HO haben eine viel schwächere, SO_3, 4HO fast keine Wirkung.

Verhalten von Kupferlegirungen zu Säuren. Calvert und Johnson haben ferner die Einwirkung verschiedener Säuren auf Messing und Bronze mit folgendem Resultat untersucht. — Legirungen von *Kupfer* und *Zink*: *Salpetersäure* vom spec. Gewicht 1,14 löst aus der Legirung CuZn nahezu gleiche Aequivalente der beiden Metalle auf; Säure vom spec. Gewicht 1,08 annähernd 5 Aeq. Zink auf 1 Aeq. Kupfer. Salpetersäure vom spec. Gewicht 1,10 wirkt auf Messing von verschiedener Zusammensetzung in sehr ungleicher Weise, bei vorwiegendem Zink sehr leicht, bei vorwiegendem Kupfer sehr wenig ein; schon ein geringer Unterschied in der Zusammensetzung ist von erheblichem Einfluss. Es betrug der Verlust, welchen 1 CC. des Metalls oder der Legirung durch $1/4$ stündigen Contact mit 25 CC. Säure vom spec. Gewicht 1,10 bei $20°$ erfuhr, für

reines Kupfer 0,009 Grm.; reines Zink 1,760 Grm.

Zn_5Cu	Zn_4Cu	Zn_3Cu	Zn_2Cu	ZnCu	$ZnCu_2$	$ZnCu_5$
2,025	1,740	1,695	1,530	0,027	0,015	0,010 Grm.

Das Verhältniss der gelösten Metalle ist hier wie in dem Folgenden nicht angegeben.

(1) In der S. 218 angeführten Abhandlung; ferner Zeitschr. anal. Chem. VI, 102 im Auszug. Vgl. auch Bemerkungen von Matthiessen Chem. Soc. J. [2] IV, 502.

Concentrirte Salzsäure entzieht der Legirung ZnCu bei mehrtägiger Einwirkung alles Zink und hinterläfst fast chemisch reines Kupfer. Säure vom spec. Gewicht 1,05 wirkt auf die Legirung ZnCu und alle an Kupfer reicheren gar nicht ein, den Legirungen mit gröfserem Zinkgehalt entzieht sie Zink und zwar mit abnehmendem Kupfergehalt in steigender Menge. Es betrug der Gewichtsverlust eines CC. bei einstündiger Einwirkung von 50 CC. Säure für

   reines Kupfer 0,0 Grm.; reines Zink 0,200 Grm.

Zn_5Cu	Zn_4Cu	Zn_3Cu	Zn_2Cu	ZnCu bis $ZnCu_5$
0,155	0,155	0,065	0,050	0,00 Grm.

Schwefelsäurehydrat SO_3, HO greift bei 150° die Legirungen mit vorwaltendem Zink wenig an und löst aus denselben nur Zink, die Legirungen mit vorwaltendem Kupfer aber reichlich unter gleichzeitiger Oxydation des Zinks und Kupfers (aus der Legirung CuZn werden die beiden Metalle zu gleichen Aequivalenten gelöst). Es betrug der Gewichtsverlust eines CC. bei zweistündiger Einwirkung von 50 CC. Säure bei 150° für

   reines Kupfer 1,678 Grm.; reines Zink 0,232 Grm.

$CuZn_5$	$CuZn_4$	$CuZn_3$	$CuZn_2$	CuZn	Cu_2Zn	Cu_3Zn	Cu_4Zn	Cu_5Zn
0,096	0,074	0,180	0,083	1,297	1,292	1,747	1,328	0,605

Das Hydrat SO_3, 3HO wirkt bei 150° mehr oder weniger, im Allgemeinen aber schwach auf die meisten Kupferzinklegirungen ein; nur die Legirung CuZn wird davon nicht angegriffen. — Legirungen von *Kupfer* und *Zinn*: Die Wirkung der *Salpetersäure* vom spec. Gewicht 1,25 auf diese Legirungen ist schwächer als die auf reines Kupfer. Es betrug der Gewichtsverlust eines CC. bei ¼ stündiger Berührung mit 25 CC. Säure für

   reines Kupfer 1,920 Grm.; reines Zinn 0,505 Grm.

Sn_5Cu	Sn_4Cu	Sn_3Cu	Sn_2Cu	SnCu	$SnCu_2$	$SnCu_3$	$SnCu_4$	$SnCu_5$
1,120	0,725	0,590	0,240	0,110	0,125	0,560	0,910	0,485

Salzsäure vom spec. Gewicht 1,10 greift Bronzen mit geringem Kupfergehalt stärker an als reines Zinn; bei Bronzen mit hohem Kupfergehalt ist ihre Wirkung verringert. Der Verlust eines CC. betrug bei einstündiger Berührung mit 50 CC. der Säure für

Verhalten von Kupferlegirungen zu Säuren.

reines Kupfer 0,002 Grm.; reines Zinn 0,011 Grm.

Sn_5Cu	Sn_4Cu	Sn_3Cu	Sn_2Cu	$SnCu$	$SnCu_2$	$SnCu_3$	$SnCu_4$	$SnCu_5$
0,017	0,016	0,015	0,012	0,006	0,006	0,005	0,004	0,003

Auch die Einwirkung des Schwefelsäurehydrates SO_3, HO auf Bronzen ist gering, verglichen mit der auf die reinen Metalle. Es betrug der Verlust eines CC. durch zweistündige Einwirkung der Säure bei $150°$ für

reines Kupfer 1,678 Grm.; reines Zinn 3,010 Grm.

$CuSn_5$	$CuSn_4$	$CuSn_3$	$CuSn_2$	$CuSn$	Cu_2Sn	Cu_3Sn	Cu_4Sn	Cu_5Sn
0,656	0,546	0,634	0,525	0,632	0,797	0,820	0,450	0,372

Die Legirungen Cu_2Sn und Cu_3Sn sind nach Calvert und Johnson's Vermuthung als bestimmte chemische Verbindungen zu betrachten.

Kupferoxydoxydulverbindungen.

M. Siewert (1) hat die folgenden, auf die Existenz einer neuen Oxydationsstufe des Kupfers bezüglichen Beobachtungen mitgetheilt. Ueberläfst man eine Lösung von Kupferchlorür in unterschweflige. Natron 6 bis 8 Tage sich selbst, filtrirt von dem stets entstehenden Niederschlag von Schwefelkupfer (2) ab und versetzt mit überschüssigem Ammoniak, so bilden sich unter Entfärbung der Flüssigkeit rhombische violette glasglänzende Krystalle, von welchen auf weiteren Zusatz von Ammoniak zu der farblosen Mutterlauge eine neue Quantität erhalten wird. Fast unlöslich in kaltem Wasser werden sie durch heifses unter Entwickelung von Ammoniak und Abscheidung von braunen Flocken zersetzt, wobei sich die Wandung des Glasgefäfses mit einem spiegelnden Ueberzug bekleidet; das erkaltete Filtrat giebt auf Zusatz von Ammoniak abermals blaue Krystalle; Kalilauge fällt aus demselben Kupferoxydulhydrat. Die Zusammensetzung der blauen Krystalle entspricht der empirischen Formel $N_2H_7Cu_3S_3O_{12}$ (3). Sie

---

(1) Aus Zeitschr. f. d. ges. Naturw. XXVI, 479 auszugsweise in Zeitschr. Chem. 1866, 363 und hieraus in Bull. soc. chim. [2] VII, 242. — (2) Winkler fand diese Lösung beständiger, vgl. Jahresber. f. 1863, 275. — (3) Vgl. über ähnliche Doppelsalze Jahresber. f. 1856, 403; f. 1863, 276.

bilden mit heifsem verdünntem Ammoniak eine blaue Lösung, mit heifser verdünnter Salzsäure eine farblose, die sich allmälig bräunt und zuletzt unter Abscheidung von Schwefelkupfer schwärzt. Fein zerrieben mit Kalilauge bis zur völligen Zersetzung erwärmt giebt dieses Salz einen Niederschlag von Kupferoxyduloxydhydrat, für welches nach dem Auswaschen mit Wasser, zuletzt mit Alkohol und Aether, im lufttrockenen Zustand die Formel Cu_3O_2, $2HO$, im Vacuum getrocknet die Formel Cu_3O_2, HO gefunden wurde. Die Bildung desselben erfolgt nach der Gleichung :

$$Na_2N_2(H_6Cu_2), S_4O_3, S_4O_4 + 2 KHO_2 = Na_2K_2, S_4O_3, S_4O_4 + 2 NH_3 + Cu_3H_2O_4$$

blaues Salz $\qquad$ Unterschwefligs. Natronkali.

Frisch bereitet ist das neue Oxyd in Salzsäure löslich und wird aus dieser Lösung durch Kali wieder gefällt, nach dem Trocknen im Vacuum hat es seine Löslichkeit verloren; durch heifse Salzsäure wird es zersetzt. — Eine mit überschüssigem Ammoniak versetzte Lösung von Kupferchlorür in Chlornatrium bildete bei 12 stündigem Stehen einen hellblauen Niederschlag, welcher (von einem etwa 5 pC. betragenden Gehalt an Chlornatrium abgesehen) die Zusammensetzung $Cu_4O_3 + 5HO = Cu_2O, 2CuO + 5HO$ hatte; aus dem der Einwirkung der Luft ausgesetzten Filtrat schied sich nach mehreren Tagen ein neuer hellblauer Niederschlag von der Zusammensetzung $Cu_5Cl_3 + 10HO = Cu_4Cl, CuCl + 10HO$ ab. Löst man Kupferchlorür in der Siedehitze unter Zusatz von Chlornatrium in Kupferchlorid und verdunstet man die erkaltete, von dem ausgeschiedenen Kupferchlorür getrennte Lösung im Vacuum, so bleibt Braunschweiger-Grün ($CuCl, 2CuO + 4HO$ nach Siewert) (1) zurück. Vermischt man da-

---

(1) Vgl. L. Gmelin's Handbuch der Chemie, 4. Aufl., III, 411, 412; Jahresber. f. 1853, 376; für 1865, 275.

Kupferoxydulozydverbindungen. gegen die nicht verdampfte Lösung mit Alkohol und Aether, so wird eine braune ölige Flüssigkeit abgeschieden, welche bei einer Darstellung das Zusammensetzungsverhältnifs $3\,NaCl + Cu_2Cl, 2\,CuCl$ ergab. Tropft man die Mutterlauge (diese enthielt in einem Versuche die Bestandtheile im Verhältnifs $5\,NaCl + Cu_2Cl, 2\,CuCl$) in unterschwefligs. Natron, so entsteht ein farbloser amorpher, an der Luft unveränderlicher Niederschlag, für welchen die Formel $2(NaO, S_2O_2) + 3(Cu_2O, S_2O_2) + 8\,HO + 2\,NaCl$ gefunden wurde. Mischt man die concentrirten Lösungen von 6 Aeq. schwefels. Kupfer und 8 Aeq. unterschwefligs. Natron, so scheidet sich aus der farblos gewordenen Mischung allmälig ein gelbes Doppelsalz von der Formel $NaO, S_2O_2 + Cu_2O, S_2O_2 + Cu + 4\,HO$ (1) ab, indem die Flüssigkeit zugleich eine starksaure Reaction annimmt. Die Bildung dieses Doppelsalzes erfolgt nach der Gleichung $5(NaO, S_2O_2) + 3(CuO, SO_3) = (Cu_2O, S_2O_2 + NaO, S_2O_2 + CuS) + 3(NaO, SO_3) + NaO, S_4O_5 + SO_3$. Werden die Lösungen heifs vermischt, so erfolgt Zersetzung unter Bildung brauner Niederschläge.

Kupfersuperoxyd. Nach Weltzien (2) wird Kupfersuperoxyd durch Zusatz von Wasserstoffsuperoxyd zu einer Lösung von schwefels. Kupferoxydammoniak unter Freiwerden von Sauerstoff als olivengrünes, nach dem Trocknen braungrünes Hydrat von der Formel CuO_2, H_2O (über Schwefelsäure getrocknet) gefällt. Er interpretirt die Bildung desselben durch die Gleichung $8\,H_2O_2 + 2[CuH_6N_2, SO_4] = 2[(NH_4)_2, SO_4] + 2\,H_2CuO_3 + 4\,H_2O + 3\,O_2$, und vergleicht diese mit der für die Einwirkung des Wasserstoffsuperoxydes auf salpeters. Silberoxydammoniak gegebenen (S. 108). Durch verdünnte Salzsäure wird das Kupfersuperoxyd unter Bildung von Kupferchlorid, Wasserstoffsuperoxyd, Wasser

---

(1) Vgl. L. Gmelin's Handbuch der Chemie, 4. Aufl., III, 432; 433. — (2) Ann. Ch. Pharm. CXL, 207; Zeitschr. Chem. 1866, 605; Compt. rend. LXIII, 519; Bull. soc. chim. [2] VII, 153.

und einer kleinen Menge von freiem Sauerstoff, aber ohne Abscheidung von Chlor nach den Gleichungen $H_2CuO_2 + 2HCl = CuCl_2 + H_2O_2 + H_2O$; $2H_2CuO_2 + 4HCl = 2CuCl_2 + O_2 + 4H_2O$ zersetzt. Es weicht demnach sowohl von Wasserstoffsuperoxyd, welches in mäfsig concentrirter Lösung durch Salzsäure nicht verändert wird, als von den Superoxyden des Mangans, Blei's und Silbers ab, die mit Salzsäure nur Chlor entwickeln, während Baryumsuperoxyd je nach der Concentration der Salzsäure Chlor oder Sauerstoff geben kann. Findet die Zersetzung des Kupfersuperoxydes durch Salzsäure bei Gegenwart von metallischem Quecksilber statt, so entsteht Quecksilberchlorür. Wasserstoffsuperoxyd zeigt gegen Salzsäure und Quecksilber dasselbe Verhalten.

Schüttelt man, nach Werner Schmid (1), eine verdünnte Lösung von schwefels. Kupferoxyd in der Kälte mit überschüssigem feinzertheiltem (aus Manganoxydulsalz durch unterchlorigs. Natron gefälltem und sorgfältig gewaschenem) Mangansuperoxyd, so wird nach der Gleichung $CuO, SO_3 + MnO_2 = CuO_2 + MnO, SO_3$ alles Kupfer als Superoxyd abgeschieden. Mangansuperoxyd zeigt diese Wirkung sowohl im wasserfreien als im gewässerten Zustande; Bleisuperoxyd verhält sich ähnlich. Die von Thénard (2) angegebene Bildung des Kupfersuperoxydes durch die Einwirkung von sehr verdünntem Wasserstoffsuperoxyd auf Kupferoxydhydrat erfolgt nach Schmid's Beobachtung nur bei Gegenwart von Spuren schwefels. Eisenoxyduls.

Balfour Stewart (3) fand das specifische Gewicht des reinen Quecksilbers bei 4°, auf den luftleeren Raum reducirt und bezogen auf das des Wassers bei 4° als Ein-

(1) J. pr. Chem. XCVIII, 186; Zeitschr. Chem. 1866, 510; Chem. Centr. 1866, 927; Bull. soc. chim. [2] VII, 244; J. pharm. [4] IV, 310. — (2) L. Gmelin's Handbuch der Chemie, 4. Aufl., III, 886. — (3) Lond. R. Soc. Proc. XV, 10; Phil. Mag. [4] XXXI, 316; Zeitschr. Chem. 1866, 221; Instit. 1866, 333.

heit = 13,594, übereinstimmend mit den Resultaten
Regnault (1) (13,596) und von Kopp (2) (13,
E. Gripon (3) hat das Wärmeleitungsvermögen des fl
gen Quecksilbers bestimmt und = 35,4 gefunden, das
Silbers = 1000 gesetzt (4).

Magnesiumamalgam. Magnesiumamalgam bildet sich nach Wanklyn
Chapman (5) bei der Berührung von oxydfreiem l
nesium mit Quecksilber, langsam in der Kälte, schnell
unter heftiger Reaction wenn beide bis zum Siedep
des Quecksilbers erhitzt wurden. In dem Amalgam
die Verwandtschaften des Magnesiums gesteigert, was
genüber dem Verhalten des Natriumamalgams bemerl
werth erscheint. Amalgam mit 0,5 pC. Magnesium sch
an der Luft augenblicklich unter Verlust seines Gla
an, es zersetzt Wasser mit Heftigkeit und zwar schn
als Natriumamalgam von doppelt so grofsem Natr
gehalt.

Blei-Wismuth-Zinn-Amalgam. T. L. Phipson (6) beobachtete, als Er 207 Th.
118 Th. Zinn, 284 Th. Wismuth und 1617 Th. Qu
silber bei gewöhnlicher Temperatur mischte, eine Te
raturerniedrigung des Amalgams von + 17 bis − 10

Schwefelquecksilber-Schwefelkalium. R. Schneider (8) beobachtete in einer mel
Jahre in einem luftdicht verschlossenen Gefäfse unter
lauge aufbewahrten Krystallisation von Schwefelqu
silber-Schwefelkalium (KS, HgS + 5 HO) helloliveng
lebhaft perlmutterglänzende Krystallblättchen, welche
von den farblosen Krystallen theils durch Abschlän
mit der alkalischen Lauge, theils durch gelindes Erwär

---

(1) Pogg. Ann. LXXIV, 210. — (2) Jahresber. f. 18⁴⁷/₄₈, 44
(3) Compt. rend. LXIII, 51; Zeitschr. Chem. 1866, 477; Phil. Ma
XXXII, 547. — (4) Vgl. Jahresber. f. 1864, 169. — (5) In der £
angeführten Abhandlung. — (6) Bull. soc. chim. [2] V, 243; Zei
Chem. 1866, 383. — (7) Vgl. Jahresber. f. 1861, 313. — (8)
Ann. CXXVII, 488; J. pr. Chem. XCVIII, 288; Zeitschr. Chem.
288; Chem. Centr. 1866, 572; Bull. soc. chim. [2] VII, 154.

wobei jene leicht gelöst werden, trennen liefsen und durch Pressen zwischen Filtrirpapier gereinigt, getrocknet die Zusammensetzung KS, 2 HgS ergaben. Sie erschienen unter dem Mikroscop als dünne, mit gelber Farbe durchscheinende sechsseitige, wahrscheinlich rhombische Tafeln. Mit Wasser übergossen zerfielen sie sogleich in Schwefelkalium und schwarzes Schwefelquecksilber, das die Form und den Glanz der ursprünglichen Krystalle bewahrte; auch durch mäfsig concentrirte Salzsäure und Salpetersäure wurden sie unter Entwickelung von Schwefelwasserstoff und Fällung von Schwefelquecksilber zersetzt, durch Chlor unter Bildung von Quecksilberchlorid vollständig zerlegt; Aetzammoniak und Kalilauge wirkten nur beim Erhitzen und in derselben Weise wie Wasser ein. In einer Röhre erhitzt schmolzen sie zu einer schmutzig-braunen Flüssigkeit, die bei höherer Temperatur ein Sublimat von wenig Quecksilber und Quecksilbersulfid lieferte und einen scheinbar aus Mehrfach-Schwefelkalium bestehenden Rückstand hinterliefs. Es gelang nicht, diese Krystalle willkürlich zu erzeugen.

C. Weltzien (1) hat die Beobachtung gemacht, dafs bei der Einwirkung von metallischem Silber auf Wasserstoffsuperoxyd (und folglich auch wenn Silberoxyd durch überschüssiges Wasserstoffsuperoxyd zersetzt wird) Silberoxydul entsteht. Taucht man blankes Silberblech in eine vollkommen neutrale Lösung von Wasserstoffsuperoxyd, so bedeckt es sich zunächst mit Bläschen von Sauerstoff und überzieht sich dann mit einer grauweifsen Schichte, während ein Theil des Silbers durch Addition nach der Gleichung $2 Ag_2 + H_2O_2 = 2 HAg_2O$ in Oxydulhydrat übergeht und von der Flüssigkeit gelöst wird; eine geringe Menge eines graublauen Niederschlags scheidet sich in dem Gefäfse ab. Die Lösung des Silberoxydulhydrates nimmt an der Luft

---

(1) Compt. rend. LXIII, 1140; Ann. Ch. Pharm. CXLII, 105; J. pr. Chem. C, 504; Zeitschr. Chem. 1867, 64.

262   Unorganische Chemie.

Silber. die Farbe der Kobaltoxydulsalze an und trübt sich se[hr]
durch Ausscheidung von feinzertheiltem Silber. Sie [giebt]
mit Kalihydrat einen braunschwarzen Niederschlag [mit]
Salzsäure eine Fällung von Chlorsilber und Silber : $2H[AgO]$
$+ 2HCl = 2H_2O + 2AgCl + Ag_2$. Verdampft [man]
läfst sie einen Rückstand, der unter dem Microsco[p kry-]
stallinisch erscheint und bei der Behandlung mit W[asser]
Silberoxydhydrat an dasselbe abgiebt und metall[isches]
Silber in mikroscopischen durchsichtigen rothen Kry[stallen]
zurückläfst nach der Gleichung $2HAg_2O = 2HAgO + [Ag_2]$
die so erhaltene Lösung des Silberoxydhydrates [ist]
schwach alkalisch und giebt mit Salzsäure eine F[ällung]
von Chlorsilber. Ueber die oben erwähnten unlös[lichen]
Producte, welche die Bildung des Oxydulhydrates beg[leiten,]
wird Weltzien später berichten.

Jodsilber. Carey Lea (1) hat durch weitere Versuche (2[) fest-]
gestellt, dafs reines Jodsilber für sich im Lichte nicht [redu-]
cirt wird (soferne in einer belichteten Jodsilbers[chicht]
weder Silbersubjodür noch freies Silber nachgewiesen [wer-]
den kann) und dafs es nur bei Gegenwart von sal[peters.]
Silber oder organischen Substanzen (Gerbsäure, Coll[odium,]
Eiweifs) eine Zersetzung erfährt (eine schwache F[ärbung]
des reinen Jodsilbers kann zwar im Lichte eintrete[n, sie]
verschwindet aber bei der Behandlung mit verd[ünnter]
Salpetersäure, ohne dafs Silber gelöst wird). Obwoh[l dem-]
nach das reine Jodsilber im Lichte nicht *chemisch* ver[ändert]
wird, so ist es gleichwohl immer lichtempfindlich, [indem]
die vom Lichte getroffenen Stellen physikalisch [oder]
mechanisch in der Weise modificirt werden, dafs s[ie das]
im Entwickelungsbade abgeschiedene Silber oder [das,]
eine Lösung von Pyrogallussäure und salpeters. [Silber-]
silberoxydul zur Entwickelung dient) Quecksilber [etc.]

---

(1) Sill. Am. J. [2] XLII, 198; Photograph. Arch. VII, 10[?,]
135, 157, 165. — (2) Vgl. Jahresber. f. 1865, 282.

halten vermögen (1). Durch mechanischen Druck erfährt Jodsilber. das Jodsilber eine ähnliche Einwirkung: die Stellen, die dem stärksten Druck ausgesetzt waren, nehmen im Entwickelungsbade die gröfste Menge von gefälltem Silber auf. Sowohl der Eindruck, welcher durch das Licht, als jener, welcher durch Druck auf einer reinen Jodsilberschichte hervorgerufen wird, verschwindet wieder bei mehrstündiger Aufbewahrung derselben im Dunkeln, und die Schichte verhält sich dann bei erneuter Belichtung oder Druck wie eine vollkommen frische. Lea vergleicht den Vorgang bei der Belichtung des reinen Jodsilbers mit dem Eindruck, welchen ein Glasstab auf der Wandung eines Glasgefäfses hervorbringt, das damit gerieben wird; auch hier werden bei der Bildung eines Niederschlages durch dessen Ablagerung die Bahnen sichtbar, welche der Glasstab genommen hat. — Bei dem üblichen photographischen Verfahren, nach welchem die empfindliche Schichte aus Jodsilber, Bromsilber (für welches Lea die Reducirbarkeit im Lichte zugiebt), salpeters. Silber und organischer Substanz (Collodium oder Eiweifs) besteht, müssen übrigens gleichzeitig mit jenem physikalischen Bilde noch andere von Silbersubbromür und Silbersubjodür entstehen, welche mit demselben zusammenfallen.

Nach J. Nicklès (2) sind die leicht zersetzbaren Gold. höheren metallischen Chloride, Bromide und Jodide fähig, Gold aufzulösen. Die von Demselben beschriebenen Aetherverbindungen der Perbromide und Perchloride (3) werden durch Blattgold ziemlich leicht unter Abscheidung der in

(1) Vogel hatte dieses Verhalten erkannt und als photographische Empfindlichkeit bezeichnet Jahresber. f. 1868, 287. Vgl. auch Jahresber. f. 1865, 279 ff. — (2) Ann. ch. phys. [4] X, 318; Compt. rend. LXII, 755; LXIII, 21; Instit. 1866, 99, 209; J. pharm. [4] III, 340; IV, 187; J. pr. Chem. XCIX, 64; Zeitschr. Chem. 1866, 250; Chem. Centr. 1866, 446; Dingl. pol. J. CLXXXII, 125; Sill. Am. J. [2] XLIII, 95. — (3) Jahresber. f. 1864, 252; f. 1865, 224.

Gold. Aether unlöslichen Chlorüre und Bromüre reducirt, worau[f] die ätherische gelbe Lösung die characteristischen Reac[-] tionen des Goldchlorides giebt. Die den Sesquioxyde[n] des Mangans, Kobaltes und Nickels (?) entsprechende Chloride und Bromide lösen Gold auch bei Abwesenhe[it] von Aether auf; ebenso verhält sich die Lösung des Eisen[-] bromides bei $50°$ oder im Sonnenlicht und die des Ble[i] perchlorides (S. 232), während Eisenchlorid nicht veränder[t] wird. — Freies Jod wirkt in Wasser unter gewöhnliche[m] Druck nicht auf Gold ein. Erhitzt man aber in einer z[u] geschmolzenen Röhre Blattgold mit Jod und Wasser, s[o] wird es bei $50°$ allmälig gelöst; ebenso, wiewohl langsame[r,] wenn man das Wasser durch Aether ersetzt. Eine äthe[-] rische Jodlösung löst Blattgold schon unter gewöhnliche[m] Druck im intensiven Sonnenlichte auf. Auch im statu nascens verbindet sich Jod mit Gold. Eisenjodid (desse[n] Existenz Nicklès aus dem im vorjährigen Bericht S. 22 angeführten Verhalten einer Lösung von Eisenoxyd in Jo[d-] wasserstoff und Aether erschliefst), sowie die Jodide, welch[e] den höheren Oxyden des Mangans, Wismuths und ander[er] Metalle entsprechen, werden durch Gold unter Bildun[g] von Goldjodür zerlegt (es genügt, die Oxyde mit Jo[d-] wasserstoffsäure zu übergiefsen und Blattgold zuzusetzen[).] Bei Gegenwart von Aether wird selbst Jodwassersto[ff] durch Abscheidung von Jod zur Bildung von Goldjod[ür] befähigt; mit Aether übergossenes Blattgold löst sich be[im] Einleiten von Jodwasserstoff schnell. Bromwassersto[ff] zeigt dieses Verhalten nicht.

Goldoxyd-hydrat. Das durch Fällung von verdünntem Goldchlorid m[it] Magnesia und Behandeln des Niederschlags mit etw[as] Salpetersäure dargestellte, hell kastanienbraune Goldoxy[d-] hydrat verliert nach C. G. Wittstein (1) bei $100°$, inde[m]

---

(1) Vierteljahrsschr. pr. Pharm. XV, 21; Zeitschr. Chem. 186[4,] 59; Chem. Centr. 1866, 223.

es dabei schwarzbraun wird, eine der Formel $AuO_3 + 3HO$ entsprechende Menge Wasser.

J. C. Fischer (1) kam bei Versuchen über die so *Goldpurpur.* vielfach discutirte Zusammensetzung des Cassius'schen Goldpurpurs (2) zu folgenden Resultaten. Der lufttrockene Purpur enthält als wesentliche Bestandtheile nur metallisches Gold, Zinnoxyd und Wasser (3). Seine Bildung erfolgt in zwei Phasen nach den Gleichungen

I. $AuCl_3 + 3SnCl = Au + 3SnCl_2$.
II. $3SnCl_2 + 6HO = 3SnO_2 + 6HCl$.

In der ersten Phase wird das Gold in der purpurnen Modification (4) ausgeschieden und von dem in der zweiten Phase bei genügender Verdünnung gefällten Zinnoxyd mechanisch gebunden; das Product ist daher ein den Farblacken analoges Gemenge, welches nach den gegebenen Gleichungen auf 1 Aeq. Gold 3 Aeq. Zinnoxyd enthalten müfste und diese Zusammensetzung in der That besitzt, wenn beide Metalle in dem erforderlichen Verhältnifs (100 Th. Gold auf 90 Th. Zinn) angewendet werden. Ein Ueberschufs von Gold bleibt in der Lösung zurück, ein Ueberschufs von Zinnchlorür macht bei genügender Verdünnung der Lösungen (mit welcher die Menge des gefällten Zinnoxydes variirt) den Niederschlag reicher an Zinnoxyd; auch bei Zusatz von Zinnchlorid, das an und für sich auf die Erzeugung des Purpurs ohne allen Einflufs ist, wird der Gehalt an Zinnoxyd vermehrt. Es ergaben:

1) 1 Grm. Gold (in 500 CC. Lösung) und 0,90 Grm. Zinn (als Chlorür in 225 CC. Lösung) durch rasches Vermischen, 12 stündiges Stehen und schliefsliches Erhitzen zum Sieden 2,064 Grm. lufttr. Purpur von dem annähernden Zusammensetzungsverhältnifs $Au : 3SnO_2 + 8HO$. Das Filtrat enthielt Nichts Metallisches mehr gelöst.

2) 1 Grm. Gold (in 1000 CC. Lösung) und 0,73 Grm. Zinn (als Chlorür in 315 CC. Lösung) sogleich eine Fällung, welche 1,697 Grm. lufttr.

---

(1) Dingl. pol. J. CLXXXII, 31, 129. — (2) Vgl. L. Gmelin's Handbuch der Chemie, 4. Aufl., III, 688 ff. — (3) Vgl. Jahresber. f. 1863, 289. — (4) Ebendaselbst, 288.

Goldpurpur. Purpur von der Zusammensetzung $Au_2 : 7 SnO_2 + 16 HO$ liefert.
Das Filtrat enthielt 0,146 Grm. Gold.

3) 0,5 Grm. Gold (in 500 CC. Lösung), 0,30 Grm. Zinn (al Chlorür in 150 CC. Lösung) und 0,15 Grm. Zinn (als Chlorid in 15 CC. Lösung) nach zweitägigem Stehen 1,077 Grm. mit sichtbarem metallischem Gold gemischten Purpur von schmutzig kermesbrauner Farbe und der Zusammensetzung $Au : 6 SnO_2 + 12 HO$; das gelb Filtrat hielt Goldchlorid gelöst.

4) 0,7 Grm. Gold (in 700 CC. Lösung) und 0,9 Grm. Zinn (al Chlorür in 45 CC. Lösung) nach mehrstündigem Stehen 2,192 Grm. Purpur von der Zusammensetzung $Au : 5 SnO_2 + 10 HO$.

Den unter 3) angeführten Niederschlag ausgenommen zeigten alle diese Producte in Bezug auf Farbe und Verhalten keine erheblichen Unterschiede. Frisch gefällt erscheint der Purpur unter dem Mikroscop aus amorphen meist birnförmigen blafspurpurnen durchscheinenden 0,004 Millim. dicken Körnern bestehend; nach dem Glühen als ein Gemenge von runden durchscheinenden graugrünlich weifsen Kügelchen und schwarzvioletten unförmlichen Theilchen. Unter starkem Druck nimmt der frisch gefällte wie der geglühte Goldpurpur Metallglanz an. Im frisch gefällten Zustande ist er in Goldsolution löslich; von Ammoniakflüssigkeit wird er nicht verändert, aber so fein suspendirt, dafs die Flüssigkeit das Ansehen einer Lösung erhält. Salzsäure entzieht ihm den gröfsten Theil, aber nicht die ganze Menge des Zinnoxydes, Königswasser löst ihn leicht und vollständig auf. Geglühter Purpur giebt an Salzsäure Nichts und an Königswasser nur das Gold ab. Bezüglich des Details von Fischer's Versuchen verweisen wir auf die Abhandlung, in welcher auch eine Zusammenstellung aller bis jetzt über denselben Gegenstand ausgeführten Untersuchungen enthalten ist.

Platinmetalle. Allgemeines. A. Forster (1) hat eine Zusammenstellung der in den letzten Decennien bezüglich der Scheidung und des Verhaltens der Platinmetalle gewonnenen Resultate gegeben

(1) Zeitschr. anal. Chem. V, 117.

Bezüglich der katalytischen Einwirkung der Platinmetalle *Platin.*
auf Chlorwasser und unterchlorigs. Salze s. S. 104 (1).

G. C. Wittstein (2) hat in Abfällen von verarbeitetem Platin einen erheblichen, über 5 pC. betragenden Osmiumgehalt aufgefunden (theilweise wurde das Osmium aus der Lösung in Königswasser durch Salmiak und Alkohol mit dem Platinsalmiak als osmigs. Ammoniak, theilweise aus der Mutterlauge durch Zink metallisch gefällt). Das Vorkommen des Osmiums im verarbeiteten Platin als allgemein betrachtend, glaubt Wittstein, dafs von demselben auch die allmälige Gewichtsabnahme abhängt, welche Platintiegel nach oft wiederholtem Glühen erfahren.

Nach E. Sonstadt (3) lassen sich Platintiegel von dem Eisengehalt, den sie aus glühendem Eisenoxyd so leicht aufnehmen und der sich weder durch Erhitzen mit Salzsäure noch durch schmelzendes saures schwefels. Kali ausziehen läfst, sowie von anderen Verunreinigungen leicht auf die Weise befreien, dafs man Ammoniummagnesiumchlorid in denselben zusammenschmilzt und nach der Verjagung des Salmiaks noch eine Stunde lang zum heftigsten Glühen erhitzt. So gereinigte Tiegel sind von auffallender Weifse und Weichheit.

Nach A. Commaille (4) fällt salpeters. Silber aus *Platinchlorür.*
einer Lösung von Platinchlorid den ganzen Platingehalt *Verbindungen desselben.*
unter Bildung eines gelben nach der Formel AgCl +
2PtCl zusammengesetzten Niederschlages, der sich im Sonnenlicht nicht schwärzt, im diffusen Licht aber lang-

---

(1) Aufser der S. 104 angeführten Litteratur findet sich Schönbein's Untersuchung noch Chem. News XIII, 207; und im Auszug Zeitschr. Chem. 1866, 172; Ann. ch. phys. [4] VIII, 465. — (2) Vierteljahrschr. pr. Pharm. XV, 14; Zeitschr. anal. Chem. V, 98; Arch. Pharm. [2] CXXV, 242; Dingl. pol. J. CLXXIX, 299; Russ. Zeitschr. Pharm. IV, 475. — (3) Chem. News XIII, 145; Dingl. pol. J. CLXXX, 345; J. pharm. [4] IV, 152. — (4) Compt. rend. LXIII, 553; Bull. soc. chim. [2] VI, 262; J. pharm. [4] IV, 363; Zeitschr. anal. Chem. VI, 121; Chem. Centr. 1867, 125; Zeitschr. Chem. 1866, 668.

sam eine graue Färbung annimmt. Salpeters. Quecksilberoxydul erzeugt in Platinchlorid einen hellgelben, sich schnell bräunenden Niederschlag, für dessen Zusammensetzung als Ganzes Commaille das Aequivalentverhältniſs $PtCl + (2HgO, Hg_2Cl) + 5HO$ fand; bei fractionirter Fällung werden zuletzt Niederschläge erhalten, die ihre gelbe Farbe bewahren. Alle diese Niederschläge zersetzen sich, wenn sie mit der Flüssigkeit erhitzt werden, unter Abscheidung von Platin (auch bei heiſser Fällung wird Platin abgeschieden), in kochender Salpetersäure sind sie löslich. Für sich erhitzt liefern sie unter Zurücklassung von Platin ein stellenweise roth gefärbtes, Quecksilberchlorür, -chlorid und -oxyd nebst Wasser enthaltendes Sublimat. — Salpeters. Platinoxyd wird bei der Umsetzung von Platinchlorid mit salpeters. Silberoxyd und -Quecksilberoxydul nicht gebildet.

Unterschwefligs. Platinoxydul-Natron. Unterschwefligs. Platinoxydul Natron. $(S_2O)_4, PtNa_6, O_8 + 10H_2O$, wird nach P. Schottländer (1) erhalten, indem man zerriebene Krystalle von Ammoniumplatinchlorür (2) in eine concentrirte Lösung von unterschwefligs. Natron einträgt, nach der schnell erfolgten Lösung die gelbe Flüssigkeit mit ihrem doppelten oder dreifachen Volum absoluten Alkohols mischt und hierauf die durch den Alkohol abgeschiedene schwere ölige Schicht, die allmälig zu einer krystallinischen Masse erstarrt, von der farblosen Flüssigkeit trennt, in wenig Wasser löst und durch Alkohol wieder fällt, mit der Vorsicht, einen Theil

(1) Ann. Ch. Pharm. CXL, 200; J. pr. Chem. C, 881; Zeitschr. Chem. 1866, 789; Chem. Centr. 1867, 225. — (2) Zur Darstellung von Ammoniumplatinchlorür, $2NH_4Cl, PtCl_2$, empfiehlt Schottländer, wässerige schweflige Säure bei etwa 75° mit Platinsalmiak zu sättigen, die filtrirte rothgefärbte Flüssigkeit auf dem Wasserbade bis zur Krystallisation zu verdunsten und über Schwefelsäure krystallisiren zu lassen, wo das Salz in schönen rothen Prismen und Blättchen anschieſst. Enthält die Lösung noch überschüssige schweflige Säure, so ist sie gelb gefärbt und liefert nur wenig Ammoniumplatinchlorür, gemengt mit einem gelben (Platin, Ammonium, schweflige Säure und Chlor enthaltenden), nicht näher untersuchten Salz. Vgl. auch L. Gmelin's Handbuch der Chemie, 5. Aufl. III, 748.

des Salzes in Lösung zu lassen. Durch eine dritte Fällung aus der wässerigen Lösung und durch Auswaschen mit absolutem Alkohol wird das Salz annähernd rein erhalten. Ueber Schwefelsäure getrocknet bildet es eine feste gelbe, theilweise bräunliche Masse, die unter dem Mikroscop keine deutlichen Krystalle erkennen läfst. Es ist in Wasser leicht löslich. Die Lösung wird durch caustisches Natron selbst in der Siedehitze nicht verändert, durch Salzsäure in der Kälte nur langsam, beim Erhitzen aber rasch unter Entwickelung von schwefliger Säure und Fällung von Schwefelplatin zersetzt. Schwefelwasserstoff fällt das Platin weder aus der neutralen noch aus der angesäuerten kalten Lösung. — Dasselbe Doppelsalz scheint auch bei der Auflösung von Platinsalmiak in unterschwefligs. Natron zu entstehen, läfst sich aber wegen der leichten Zersetzbarkeit dieser Lösung nicht auf diesem Wege isoliren.

C. Birnbaum (1) hat einige schwefligs. Alkalidoppelsalze des Platinoxyduls und des Platinoxydes beschrieben. Leitet man in Wasser, in welchem Platinoxydhydrat suspendirt ist, schweflige Säure unter Vermeidung eines Ueberschusses, so entsteht eine tief dunkelrothbraune Lösung, in welcher keine Schwefelsäure nachzuweisen ist und die daher schwefligs. Platinoxyd enthält. Durch überschüssige schweflige Säure wird sie unter Bildung von schwefels. Platinoxydul entfärbt; dieselbe Zersetzung erfährt sie allmälig auch freiwillig und selbst bei Luftabschlufs. Ersetzt man zum Einleiten der schwefligen Säure das Wasser durch eine Lösung von schwefligs. Kali, so wird eine farblose Lösung erhalten, welche durch Verdunstung sternförmig gruppirte Nadeln von *schwefligs. Platinoxydulkali*, $3KSO_2, PtSO_2 + 2HO = 4SO, K_4Pt, O_8 + 2H_2O$ liefert. Das Salz ist in Wasser ziemlich leicht löslich und fällt aus

Schwefligs. Alkalidoppelsalze des Platinoxyduls und Platinoxydes.

---

(1) Ann. Ch. Pharm. CXXXIX, 164; J. pr. Chem. C, 128; Zeitschr. Chem. 1866, 285; Chem. Centr. 1866, 854; Bull. soc. chim. [2] VI, 451; Zeitschr. anal. Chem. V, 405. — Vgl. die Untersuchung von J. Lang im Jahresber. f. 1861, 316 f.

Schwefligs. Alkalidoppelsalze des Platinoxyduls und Platinoxydes. Lösungen von Natronsalzen die von Litton und Schnedermann beschriebene Verbindung (1), für welche Birnbaum den Wassergehalt nach dem Trocknen über Schwefelsäure der Formel $3\,NaSO_3$, $PtSO_2 + 7\,HO = 4\,SO$ Na_6Pt, $O_8 + 7\,H_2O$ entsprechend fand. *Schwefligs. Platin-oxydul-Ammoniumoxyd*, $3\,NH_4SO_3$, $PtSO_2 + 3\,HO = 4\,SO$ $(NH_4)_6Pt$, $O_8 + 3\,H_2O$, unter Anwendung einer Lösung von schwefligs. Ammoniak wie das Kalisalz zu erhalten und diesem in Bezug auf Krystallisation und Löslichkeit ähnlich, wird aus seiner wässerigen Lösung durch Alkohol gefällt und ist dann in kaltem Wasser schwer löslich. Aus seiner salzs. Lösung wird durch Zusatz von Ammoniak und Alkohol die von Liebig (2) beschriebene Verbindung mit dem der Formel NH_4SO_3, $PtSO_2 + HO = 2\,SO$ $(NH_4)_2Pt$, $O_4 + H_2O$ entsprechenden Wassergehalt gefällt. Chlorbaryum erzeugt in der wässerigen Lösung aller dieser Salze einen weifsen, in Salzsäure leicht löslichen Niederschlag, welcher die ganze Menge des Platins enthält. — Alkalidoppelsalze des schwefligs. Platinoxydes werden nach Birnbaum auf die Weise erhalten, dafs man schwefligs. Platinoxyd wie oben angegeben, aber mit der Vorsicht darstellt, das Zuleiten von schwefliger Säure zu unterbrechen, sobald das Oxyd rasch zu verschwinden anfängt (der noch ungelöste Theil des Oxydes löst sich dann allmälig nahezu vollständig), der filtrirten Flüssigkeit, die nur schwach nach schwefliger Säure riechen darf, die Lösung des schwefligs. Alkali's und schliefslich das entsprechende kohlens. Salz bis zur alkalischen Reaction zusetzt, worauf sich die Doppelsalze als rothbraune krystallinische Niederschläge abscheiden. *Schwefligs. Platin-oxyd-Kali*, $KSO_3 + PtSO_4 + HO = 2\,SO$, $K_2(PtO)$, $O + H_2O$, ist in Wasser etwas löslich und scheidet sich aus dieser Lösung bei langsamer Verdunstung pulverförmig

---

(1) L. Gmelin's Handbuch der Chemie, 4. Aufl., III, 750. —
(2) Ebendaselbst, 789.

ab; der größere Theil wird aber reducirt und krystallisirt zuletzt als Platinoxyduldoppelsalz. In Kalilauge ist das Salz mit brauner Farbe löslich; die Lösung kann ohne Veränderung zum Sieden erhitzt werden, mit Salzsäure neutralisirt wird sie aber unter Bildung von schwefels. Kali und Kaliumplatinchlorür zersetzt. *Schwefligs. Platinoxyd-Natron*, $2\,NaSO_3 + PtSO_4 + 2\,HO = 3\,SO$, $Na_4(Pt\overset{''}{O})$, $O + 2H_2O$, ist körnig-krystallinisch, von etwas hellerer Farbe als das Kaliumsalz. Eine dem Kalisalz bezüglich der Zusammensetzung entsprechende Natronverbindung wurde nicht erhalten. Das leicht lösliche Ammoniakdoppelsalz zersetzt sich bei dem Verdunsten der Lösung und hinterläßt die Platinoxydulverbindung. Alle diese Platinoxydsalze werden durch Salzsäure unter Bildung von Platinchlorid und Platinchlorür zersetzt. Ihre Lösung wird durch Schwefelwasserstoff reducirt, aber nur auf Zusatz von Säuren wird durch Schwefelwasserstoff oder Schwefelammonium das Platin gefällt. Mit Chlorbaryum geben sie einen gelben, in Säuren löslichen Niederschlag, der alles Platin enthält.

Auf die verschiedene Löslichkeit und das verschiedene Verhalten der schwefligs. Verbindungen des Iridiums (1) und des Platins gründet Birnbaum das folgende Verfahren zur Trennung dieser beiden Metalle. Man suspendirt die Mischung von Platinoxyd und Iridiumoxyd in einer Lösung von kohlens. oder schwefligs. Kali, sättigt die Flüssigkeit mit schwefliger Säure und kocht die Lösung (welche alles Platin als schwefligs. Platinoxydul und einen Theil des Iridiums als schwefligs. Iridiumsesquioxyd-Kali enthält) mit dem Niederschlag (dieser besteht aus schwefligs. Iridiumoxyd) unter Ersatz des verdampfenden Wassers bis zur Verjagung der freien schwefligen Säure. Alles Iridium wird abgeschieden. Der ausgewaschene und getrocknete

---

(1) Jahresber. f. 1865, 283.

Niederschlag hinterläfst nach dem Glühen und Auslaugen mit Wasser metallisches Iridium mit wenig Iridiumoxyd, welches Letztere durch Salpetersäure ausgezogen werden kann. Das von den Iridiumsalzen getrennte Filtrat giebt verdampft, geglüht und ausgewaschen reines metallisches Platin.

Platinbasen. E. A. Hadow (1) machte Mittheilung über die Darstellung und Unterscheidung der Salze einiger Platinbasen. *Salze.* Diplatosamin bereitet man nach Ihm am zweckmäfsigsten, indem man Platinchlorür (durch Erhitzen von Platinchlorid erhalten) mit mäfsig starkem Ammoniak in gelinder Wärme digerirt und die Lösung verdunstet, wo das Salz in Prismen von der Zusammensetzung $N_2H_6PtCl+HO$ (2) krystallisirt. Eine heifse Lösung dieses Salzes giebt mit heifser mäfsig concentrirter Salpetersäure unter Entwickelung rother Dämpfe einen krystallinischen Absatz des salpeters. Salzes der Gros'schen Base, welches sich wegen seiner Unlöslichkeit in der Säure nahezu vollständig abscheidet und aus Wasser umkrystallisirt in glänzenden flachen Prismen anschiefst. Wird die Lösung desselben mit überschüssigem salpeters. Silber (190 Th. auf 462 Th. des Gros'schen Salzes) und wenig Salpetersäure einige Stunden im Sieden unterhalten, so geht es in das salpeters. Salz der ersten Raewsky'schen Base über, für welches Hadow die von Gerhardt gegebene Formel $N_4H_{12}Pt_2ClO_3, 2NO_5 + HO$ bestätigt fand. Die Bildung erfolgt nach der Gleichung $2(N_2H_6PtClO, NO_5) + AgO, NO_5 + HO = N_4H_{12}Pt_2ClO_3, 2NO_5 + AgCl + HO, NO_5$. Chlorammonium fällt aus der Lösung dieses Salzes einen krystallinischen Niederschlag von der Formel $N_4H_{12}Pt_2Cl_3O$.

Die Salze des Platosamins und Diplatosamins theilen mit dem Platinchlorür die Eigenschaft, übermangans. Kali zu reduciren. Diplatosaminsalze sind characterisirt durch

---

(1) Chem. Soc. J. [2] IV, 345; J. pr. Chem. C, 80; Zeitschr. Chem. 1866, 560. — (2) Der Wassergehalt dieses Salzes war bis jetzt nur von Reiset beobachtet. Vgl. L. Gmelin's Handbuch der Chemie, 4. Aufl., III, 787.

ihr Verhalten zu Platinchlorür, mit welchem sie das Magnus'sche Salz bilden. Letzteres ist als Typus einer Klasse von Salzen zu betrachten, in welchen das Platinchlorür durch äquivalente Mengen anderer Chloride (HgCl, CdCl, PdCl, SnCl, CuCl) ersetzt ist (1). Von den Platosaminsalzen sind ferner die Diplatosaminsalze durch characteristische blaue oder grüne Färbungen oder Fällungen unterschieden, welche in ihren Lösungen durch salpetrige Säure erzeugt werden (s. unten). — Die Salze des Platinamins (Base von Gerhardt), Diplatinamins (Base von Gros) und Chloroplatinamins (Base von Raewsky) reduciren das übermangans. Kali nicht. Chlorammonium fällt aus den Lösungen der Diplatinaminsalze ein unlösliches chlorwasserstoffs. Salz; das salpeters. Salz dieser Reihe giebt mit schwefels. Natron einen krystallinischen, aus Nadeln bestehenden Niederschlag. Die Salze des Chloroplatinamins werden weder durch Chlorammonium noch durch schwefels. Natron gefällt; für das salpeters. Salz ist das Verhalten zu Platinchlorür characteristisch, wodurch in seiner mit Salpetersäure angesäuerten Lösung ein schön kupferfarbener, in seiner Zusammensetzung schwankender Niederschlag gefällt wird; die Salze der Gros'schen Base geben diese Reaction nicht. Die Salze des Diplatinamins werden durch schweflige Säure zu Diplatosaminsalzen reducirt, die des Platinamins zu Platosaminsalzen.

Hadow hat zwei der Verbindungen untersucht, welche sich bei dem Einleiten von salpetriger Säure in die Lösungen der Diplatosaminsalze bilden. Eine mit Salpetersäure stark angesäuerte Lösung von salpeters. Diplatosamin (erhalten aus dem salzs. Salz und salpeters. Silber) giebt

---

(1) Bei der Darstellung des Magnus'schen Salzes mittelst Platinchlorür, welches aus Chlorid durch überschüssige schweflige Säure bereitet war, erhielt Hadow einmal ein erst beim Erhitzen mit Salzsäure sich grünfärbendes Salz von der Zusammensetzung $(N_2H_6PtCl, PtCl) + (N_2H_6PtCl + PtO, SO_2)$.

274 Unorganische Chemie.

Platinbasen. einen schön smalteblauen, aus mikroscopischen Dodekaëdern bestehenden Niederschlag, die stark salzsaure Lösung des salzs. Salzes eine grüne, aus mikroscopischen federförmigen Sternchen bestehende Fällung. Die blaue Verbindung ist nach der Formel $2(N_2H_6PtO, NO_5) + NO_3, NO_5$; die grüne nach der Formel $2(N_2H_6PtCl) + (NO_3, HCl)$ zusammen gesetzt. Beide Salze können bei 100° ohne Zersetzung getrocknet werden. In Wasser sind sie unzersetzt mit ihrer eigenthümlichen Farbe löslich, und zwar das blaue etwas leichter als das grüne. Die Lösungen haben den Geruch der salpetrigen Säure und geben diese bei gelindem Erwärmen aus, die ursprünglichen Diplatosaminsalze mit freier Salpetersäure oder Salzsäure zurücklassend. Aus der nicht zersetzten Lösung wird durch die entsprechende Säure die grüne oder blaue Verbindung wieder gefällt.

Die oben angeführte kupferfarbige, aus der verdünnten stark angesäuerten Lösung des salpeters. Salzes der Raewsky'schen Base durch Zusatz von Platinchlorid erhaltene Verbindung bildet sich auch, und zwar leicht und in gröfserer Menge, wenn das Salz von Magnus mit einer überschüssigen, sehr verdünnten und stark sauren Lösung des Raewsky'schen Salzes mehrere Stunden digerirt wird, wo es sich unter bedeutender Volumzunahme in das kupferfarbige Salz umwandelt. Bei dem Kochen in Wasser zerfällt dieses in das Salz von Magnus, das salpeters. Salz der Gros'schen Base und in Platinchlorid, die beiden letzteren zu gleichen Aequivalenten. Versetzt man die Lösung, statt sie zum Sieden zu erhitzen, mit schwefels. Eisenoxydul, so wird die Menge des Magnus'schen Salzes erheblich vermehrt. Die Zusammensetzung der kupferfarbigen Verbindung ergab sich schwankend (56 bis 62 pC. Platin wurden gefunden), auf die allgemeine Formel $x(N_2H_6Pt_2Cl_2) + O, NO_5$ hinweisend. Hadow stellt die theoretische Formel $5(N_2H_6Pt_2Cl_2) + N_2H_6Pt_2Cl_2O_2$, $2NO_5$ auf, nach welcher $^5/_6$ des Platins als einwerthig

zweiwerthig (Pt'''') fungiren. Die Zersetzung
des Wasser entspricht dann der Gleichung

„ $2NO_3 \} = 2(N_2H_6PtO,NO_3) + 2PtCl_2 + 4N_2H_6Pt_2Cl_2$.

Palladium.

ler (1) schied aus dunkelbraunem, neben
nd Kupfer Platin, Palladium, etwas Iridium
ubstanzen enthaltendem Petersburger Platin-
s Palladium in folgender Weise ab. Der
urde mit Königswasser digerirt, das Filtrat
verdampft und zur Umwandlung des Palla-
in Chlorid nochmals mit etwas Königswasser
s der Lösung wurden nun Platin und Palla-
Chlorkalium als Doppelchloride ausgefällt,
ngeist gewaschene Niederschlag durch Glühen
ffstrom reducirt, die Metalle nach dem Aus-
Chlorkaliums in Königswasser gelöst und das
s möglichst neutraler Lösung durch Cyan-
gefällt. Bei größeren Mengen der Doppel-
ngt die Reduction im Wasserstoffstrom nur
 ist dann zweckmäßiger, den Niederschlag
n bei Luftabschluß in Chlorürsalz zu ver-
Lösung mit Zink auszufällen und dem abge-
fetall das Palladium durch Salpetersäure zu
Palladiumchlorid-Chlorkalium wird nur durch
Wasserstoffstrom vollständig reducirt; beim
ich an der Luft oder unter Zusatz von Oxal-
ur wenig Metall abgeschieden, während unter
inden das Platinsalz vollständig zersetzt wird.
letzteren Palladiumsalz beigemengt, so ent-
enge der in Wasser löslichen Doppelsalze von
und Palladiumchlorür mit Chlorkalium. Aus
Palladiumbarren erhält man reines Palladium
nen der vom Säureüberschuß befreiten Lösung

. Chem. 1866, 175; Zeitschr. anal. Chem. V, 408; Bull.
II, 323.

in Königswasser mit überschüssigem Ammoniak, bis der fleischrothe Niederschlag von Chlorpalladium-Ammonium wieder gelöst ist. Leitet man nun salzs. Gas ein, so schlägt sich alles Palladium als gelbes Chlorpalladamin nieder, während Eisen und Kupfer gelöst bleiben. Der gelbe Niederschlag hinterläfst beim Glühen (wobei starkes Stäuben stattfindet) reinen Palladiumschwamm. Aus der Mutterlauge fällt man den Rest des Palladiums am besten durch Zink.

Palladaminchlorür. Die farblose Lösung des gelben Palladaminchlorürs in Ammoniak, die das Palladdiaminchlorür enthält, verliert nach H. Baubigny (1) beim Verdunsten Ammoniak, indem sich beim Erkalten ein Gemenge von Amin- und Diaminsalz abscheidet. Benetzt man dagegen das Palladaminsalz zuvor mit Alkohol und behandelt es dann mit concentrirtem Ammoniak, so wird die Masse weifs, indem sie sich in Diaminsalz verwandelt. Dieses löst sich beim Erwärmen und die bei etwa 90° verdampfte Lösung scheidet zuerst gelbes Palladaminchlorür neben monoklinometrischen Prismen von Palladdiaminchlorür und zuletzt honiggelbe Krystalle von wasserhaltigem Palladaminchlorür, $NH_4PdCl + HO$, ab. Die Krystalle sind Combinationen eines Quadratoctaëders mit einem geraden vierseitigen Prisma. Sie verwittern an der Luft zu undurchsichtigen Pseudomorphosen von Palladaminchlorür, verlieren bei 140° auch Ammoniak und hinterlassen bei stärkerem Erhitzen Metall. In Alkohol ist das Salz unlöslich; die wässerige Lösung zersetzt sich bald, namentlich beim Erhitzen, unter Abscheidung von gewöhnlichem Palladaminchlorür. Natron fällt daraus Palladamin, ohne Entwickelung von Ammoniak, Säuren scheiden das gewöhnliche gelbe Chlorür ab.

Osmium. Wöhler (2) hat einige Beobachtungen mitgetheilt, welche dafür sprechen, dafs die durch Schmelzen von

---

(1) Ann. Ch. Pharm. Suppl. IV, 253; Zeitschr. Chem. 1866, 596. — (2) Ann. Ch. Pharm. CXL, 253; J. pr. Chem. C, 407; Zeitschr. Chem. 1866, 742; Chem. News XV, 86.

chem Osmium mit Kalihydrat entstehende schwarze
weder osmige Säure (OsO_3), noch wie gewöhnlich
nmen wird (1) Osmiumsäure (OsO_4), sondern ein
liäres Oxyd enthält, da sie in Wasser mit
gelber Farbe (ohne merkliche Gasentwickelung)
ist und durch Zusatz von Säuren in ein schwar-
yd und Osmiumsäure zerlegt wird. In einer
auf $1/4$ concentrirt (wobei nur wenig Osmiumsäure
e) und bei Luftabschlufs dem Erkalten überlassen
eine solche Lösung krystallisirtes violettes osmigs.
)ie von den Krystallen abgegossene gelbe Flüssig-
rde durch einen anhaltenden Strom von Kohlen-
lerst entfärbt, später aber violett unter Freiwerden
iiumsäure und Abscheidung eines graulich violetten
:hlags; letzterer gab mit Wasser unter Zurück-
von wenig schwarzem Oxyd eine violette Lösung,
cher Salpetersäure wieder schwarzes Oxyd fällte,
ldung von Osmiumsäure. Die Lösung der violetten
e zeigt gegen Kohlensäure dasselbe Verhalten. —
iblimirte Osmiumsäure im Ueberschufs in Kalilauge
ind die tiefrothgelbe Flüssigkeit über Kalihydrat
:et, so bilden sich warzenförmige undurchsichtige,
g Wasser mit rothgelber Farbe lösliche Krystall-
te (ohne eine Spur von violettem osmigs. Kali),
m concentrirter Lösung Salpetersäure zuerst weifse
säure und bald darauf schwarzes Oxyd fällt. Das
e Oxyd bildet mit concentrirter Salzsäure zuerst
rpurfarbene Lösung, die später gelbbraun, grün
m Erhitzen bräunlichgelb wird und durch schweflige
ine rein gelbe Farbe erhält, ohne selbst in der
ze eine Ausscheidung von Metall zu geben. Durch
ird das Osmium aus dieser Lösung in schwarzen
ı gefällt.

*gl. Jahresber. f. 1863, 300.

Organische Chemie.

Allgemeines. H. Debus (1) hat seine Ansichten über die Constitution der Kohlenstoffverbindungen im Allgemeinen und der vom Propylwasserstoff ableitbaren insbesondere eingehend dargelegt.

Oxydation organischer Verbindungen. E. Th. Chapman und W. Thorp (2) haben durch eine Reihe von Versuchen, welche sich an bereits vorliegende Erfahrungen (3) anschliefsen, dargethan, dafs die Producte, welche bei einer mäfsigen Oxydation organischer Verbindungen erhalten werden, wichtige Anhaltspunkte für die Beurtheilung der molecularen Structur dieser letzteren und daher für die Unterscheidung und Characterisirung von Isomerieen liefern. Sie ziehen aus ihren bis jetzt mit Verbindungen aus der Gruppe der Fettkörper erhaltenen Resultaten den Schlufs, dafs bei der innerhalb bestimmter Grenzen gehaltenen Oxydation zusammengesetzter organischer Molecüle einfachere und nur schwierig weiter oxy-

---

(1) Chem. Soc. J. [2] IV, 17, 256; Chem. Centr. 1868, 369, 721 im Auszug Ann. ch. phys. [4] VIII, 469; Bull. soc. chim. [2] VI, 211. — (2) Chem. Soc. J. [2] IV, 477; V, 30; Ann. ch. phys. [4] X, 499 theilweise Ann. Ch. Pharm. CXLII, 162; im Auszug J. pr. Chem. Cl 94. — (3) Vgl. auch Wanklyn Phil. Mag. [4] XXXII, 540; ferner diesen Bericht bei Propion, salpetriga. Amyl.

uppen abgespalten werden, welche als die in altenen Radicale zu betrachten sind. — Als Oxy- el wenden Chapman und Thorp Lösungen ch-chroms. Kali an, welche mit der zur Bildung n schwefels. Kali und schwefels. Chromoxyd er- n Menge von Schwefelsäure versetzt sind und 8 pC. zweifach-chroms. Kali enthalten. Die zu m Substanzen werden mit diesen Lösungen in lzenen Röhren erhitzt, der Inhalt der Röhren ndigung des Erhitzens verdünnt und destillirt dem Destillat enthaltene Säure entweder sogleich rytsalz verwandelt (zur Sättigung der höheren r Fettsäurereihe ist Barythydrat dem kohlens. zuziehen), oder (zur Scheidung etwa vorhandener ner Säuren) mit titrirter Kalilauge gesättigt und ge Säure nach successivem Zusatz der zur Sätti- e einem Dritttheil des Kali's erforderlichen Menge r Schwefelsäure fractionirt abdestillirt (1).

ezüglich der Brauchbarkeit dieser Methode keinen lassen, stellten Chapman und Thorp zu- :, dafs Essigsäure, Propionsäure (aus Cyanäthyl Valeriansäure und Capronsäure (sowohl die aus anamyl, als die aus dem Keton, welches bei der des ricinöls. Kali's erhalten wird, dargestellte) ständige Einwirkung der 3, 5 oder 8 procentigen emischung bei 100° nicht oder nur spurweise lung von wenig Kohlensäure) angegriffen wer- afs daher diese Säuren, wenn sie als Producte tion auftreten, sich in der Mischung unverän- en. Bei 130° erfahren sie dagegen mehr oder sicht eine weiter gehende Oxydation, welche sen Ueberschufs an concentrirter Schwefelsäure, genwart von freier Chromsäure sowie von wenig

Oxydation organischer Verbindungen. Mangansuperoxyd erleichtert wird, bei Anwendung Phosphorsäure statt der Schwefelsäure aber niemals st findet. Verdünnte Lösungen von Uebermangans scheinen sich der Chromsäuremischung ähnlich zu verhalt sofern sie selbst in der Siedehitze auf Essigsäure und P pionsäure nicht (und auf Ameisensäure bei Gegenwart v Schwefelsäure bei gewöhnlicher Temperatur nur langsa einwirken; concentrirte Lösungen zersetzen diese Säur aber mit Leichtigkeit. — Als nähere (*proximate*) Oxyd tionsproducte bezeichnen Chapman und Thorp diejenige welche bei genügender Menge der oxydirenden Mischu und erschöpfender Einwirkung sich ergeben, als interm diäre (*mediate*) diejenigen, welche bei unzureichend Menge des Oxydationsmittels oder bei ungenügender Dau der Einwirkung erhalten werden. Die Resultate, wele Sie nach dem angegebenen Verfahren für einige Verbi dungen erhielten, wenn die Oxydation eine normale u vollständige war (die Mischung der Substanz mit d Chromsäurelösung wurde gewöhnlich auf 80° bis 90°, r über 100° erhitzt), entsprechen den folgenden Gleichunge

Alkohole:
Aethylalkohol $C_2H_6O + O_2 = C_2H_4O_2 + H_2O$
Amylalkohol $C_5H_{12}O + O_2 = C_5H_{10}O_2 + H_2O$.

Zusammengesetzte Aether, durch Einwirkung des Jodürs auf das e sprechende Kalisalz erhalten.
Essigs. Aethyl $C_2H_3(C_2H_5)O_2 + O_2 = 2 C_2H_4O_2$ [1])
 „ Methyl $C_2H_3(CH_3)O_2 + O_2 = C_2H_4O_2 + CO_2 + H_2O$
 „ Amyl $C_2H_3(C_5H_{11})O_2 + O_2 = C_5H_{10}O_2 + C_2H_4O_2$ [2])
Valerians. Amyl $C_5H_9(C_5H_{11})O_2 + O_2 = 2 C_5H_{10}O_2$ [4])
Salpetrigs. Amyl $C_5H_{11}NO_2 + O_2 = C_5H_{10}O_2 + HNO_2$
Salpeters. Aethyl $C_2H_5NO_3 + O_2 = C_2H_4O_2 + HNO_3$
 „ Methyl $CH_3NO_3 + O_2 = CO_2 + HNO_3 + H_2O$

Jodüre:
Aethyljodür $2 C_2H_5J + O_5 = 2 C_2H_4O_2 + H_2O + J_2$
Amyljodür $2 C_5H_{11}J + O_5 = 2 C_5H_{10}O_2 + H_2O + J_2$
Isopropyljodür $2 CH_3(C_2H_5)J + O_{11} = 2 C_2H_4O_2 + 2 CO_2 + 3 H_2O +$

[1]) Dieselben Producte wurden auch mit Uebermangansäure bei gewöhnlicher T peratur und in der Wärme erhalten. — [2]) Ameisensäure wurde in geringer Me im Destillat nachgewiesen. — [3]) und [4]) Die Oxydation erfolgt nur langsam, genügendem Ueberschufs der verdünnten (5 procentigen) Chromsäuremischung ä vollständig; mit sehr concentrirter Chromsäurelösung geht die Oxydation weiter.

Ammoniakbasen:

Aethylamin	$C_2H_5.NH_2 + O_2$	$= C_2H_4O_2 + NH_3$
Propylamin	$C_3H_7.NH_2 + O_2$	$= C_3H_6O_2 + NH_3$
Amylamin	$C_5H_{11}.NH_2 + O_2$	$= C_5H_{10}O_2 + NH_3$ [1])
Aethylamylamin	$C_5H_{11}.C_2H_5.NH + O_4 = C_5H_{10}O_2 + C_2H_4O_2 + NH_3$	

Kohlenwasserstoffe C_nH_{2n}:

Aethylen	$C_2H_4 + O_6$	$= 2CO_2 + 2H_2O$ [2])
Amylen	$C_5H_{10} + O_7$	$= 2C_2H_4O_2 + CO_2 + H_2O$ [3])
β Hexylen	$C_6H_{12} + O_7$	$= C_3H_6O_2 + C_2H_4O_2 + CO_2 + H_2O$ [4]).

Oxydation organischer Verbindungen.

[1]) Die Oxydation gelang am besten, als die Substanz zuerst mit concentr. Chromsäurelösung eine halbe Stunde auf 70° bis 80° und diese Mischung nach Verdünnung im Wasserbade erhitzt wurde. — [2]) Konnte nur durch concentrirte Chromsäurelösung oxydirt werden; Ameisensäure war unter den Producten nicht nachzuweisen. — [3]) und [4]) Wegen der reichlichen Bildung von Kohlensäure mufste die Röhre während des Versuchs geöffnet und wieder geschlossen werden.

Als intermediäre Producte wurden aus Aethylalkohol Aldehyd und essigs. Aethyl, aus Amylkohol Valeraldehyd und valerians. Amyl, aus essigs. Amyl Valeraldehyd erhalten. — Mannit und Glycerin geben bei dem Erhitzen mit Kalihydrat dieselben Producte wie die Kohlenwasserstoffe, welche aus ihnen durch Einwirkung von Jodwasserstoff und Zersetzung des Jodürs mit weingeistiger Kalilösung gewonnen werden (Mannit liefert Propionsäure, Essigsäure und Ameisensäure, Glycerin Essigsäure und Ameisensäure). Es erscheint daher auffallend, dafs die Chromsäuremischung beide unter stürmischer Reaction zu Ameisensäure und Kohlensäure oxydirt, und dafs Mannit durch eine angesäuerte Lösung von übermangans. Kali schon in gelinder Wärme nach der Gleichung $C_6H_{14}O_6 + 7O = 6CH_2O_2 + H_2O$ zersetzt wird. — Als Beispiel für die Wichtigkeit der beschriebenen Untersuchungsweise führen Chapman und Thorp noch folgende Beobachtung an. Sie erhielten bei der fractionirten Destillation eines käuflichen Amylalkohols, der aus einer Mischung von Reis und anderen Körnern bereitet war, einen niedriger (bei etwa 128°) siedenden, aber nicht im reinen Zustande abscheidbaren Antheil, welcher zwar die Zusammensetzung des Amylalkohols besafs, durch die Chromsäuremischung aber zu Kohlensäure und Buttersäure oxydirt wurde und sich mithin als ein secundärer (Aethyl-Propyl?) Alkohol erwies. Auch

Oxydation organischer Verbindungen.

eine käufliche Valeriansäure unbekannten Ursprungs liefert, bei der Oxydation Kohlensäure und Buttersäure und war daher nicht die primäre Säure. Da nach Chapman und Thorp's Annahme eine Pseudovaleriansäure als intermediäres Oxydationsproduct derjenigen Amylalkohole auftreten muſs, welche Pseudoamyl (z. B. Propyläthyl) enthalten, so ist ersichtlich, daſs die gleichzeitige Beobachtung der intermediären *und* der schlieſslichen Oxydationsproducte für solche Isomerieen unterscheidende Kennzeichen liefern kann. — Bezüglich der graphischen Structurformeln welche dieselben Chemiker für die zweiwerthigen Kohlenwasserstoffe aus Ihren Resultaten ableiten, verweisen wir auf die Abhandlung.

P. Truchot (1) hat bezüglich der Oxydationsproducte der zweiwerthigen Kohlenwasserstoffe abweichende Erfahrungen gemacht. Nach diesem Chemiker lassen sich aus dem Aethylen und seinen Homologen durch Oxydation mit übermangans. Kali die dem Kohlenwasserstoff in der Reihe vorhergehenden fetten Säuren erhalten. Gieſst man in eine mit Aethylen gefüllte, in kaltem Wasser stehende Flasche eine Lösung von übermangans. Kali (auf 1 Liter Gas 12 bis 14 Grm. des krystallisirten Salzes enthaltend) so entfärbt sich die Flüssigkeit vollständig und liefert nach dem Abfiltriren des Manganoxyds und Destilliren des kaum alkalisch reagirenden verdampften Filtrats mit Weinsäure neben mehr oder weniger Kohlensäure nur Ameisensäure, keine Essigsäure. — Propylen geht bei analoger Behandlung in Ameisensäure und Essigsäure über; Amylen giebt Essigsäure, Propionsäure und Buttersäure, nebst wenig Ameisensäure. — Chapman und Thorp (2) haben die Richtigkeit von Truchot's Beobachtungen innerhalb

(1) Compt. rend. LXIII, 274; Instit. 1866, 290; J. pharm. [4] IV 217; Bull. soc. chim. [2] VI, 479; Ann. Ch. Pharm. CXLI, 106 J. pr. Chem. XCIX, 476; Zeitschr. Chem. 1866, 542; Chem. Cent. 1866, 926. — (2) In der S. 278 angeführten Abhandlung.

gewisser Grenzen bestätigt. Sie fanden aber, dafs die höheren Säuren nur bei Anwendung eines alkalischen Oxydationsmittels entstehen und selbst in diesem Falle durch fortgesetzte Oxydation wieder in Kohlensäure und Essigsäure zerlegt werden. Truchot's Angaben beziehen sich daher nach Ihnen nur auf eine unvollständige Oxydation, oder vielleicht auch auf Gemenge isomerer Kohlenwasserstoffe.

E. Dubois (1) hat die Einwirkung des Sulfurylchlorides (SO_2Cl_2) auf organische Verbindungen untersucht und in einer vorläufigen Mittheilung über die mit Benzol und Phenol erhaltenen Resultate berichtet. Unter gewöhnlichem Druck wird Benzol von Sulfurylchlorid selbst bei dem Siedepunkt der Mischung nicht angegriffen, in zugeschmolzenen Röhren aber bei drei- bis vierstündigem Erhitzen auf 150° vollständig zersetzt, unter Bildung von Monochlorbenzol, schwefliger Säure und Salzsäure, nach der Gleichung $C_6H_6 + SO_2Cl_2 = C_6H_5Cl + HCl + SO_2$. Phenol zerfällt bei gleicher Behandlung bei gewöhnlicher Temperatur in analoger Weise, im Wesentlichen nach der Gleichung $C_6H_6O + SO_2Cl_2 = C_6H_5ClO + HCl + SO_2$. Das Monochlorphenol, welches das Hauptproduct der Umsetzung bildet, ist ein weifser krystallinischer Körper von durchdringendem Geruch, bei etwa 220° siedend und in Alkohol, Aether, Benzol und in wässerigen, caustischen, nicht aber in kohlens. Alkalien löslich.

E. Baumstark (2) hat über die Einwirkung des Oxychlorürs der Schwefelsäure auf einige organische Verbindungen Versuche angestellt. Man erhält das Oxychlorür der Schwefelsäure durch Vermischen von rauchender Schwefelsäure mit Fünffach-Chlorphosphor, bis die sich bildende obere Schichte etwa $^2/_3$ des Retorteninhalts aus-

---

(1) Zeitschr. Chem. 1866, 705. — (2) Ann. Ch. Pharm. CXL, 75; J. pr. Chem. C, 362; Bull. soc. chim. [2] VII, 348; vorläufige Anzeige Zeitschr. Chem. 1866, 314.

Einwirkung des Oxychlorürs der Schwefelsäure auf org. Substanzen. macht und darauf folgende Destillation. Durch fractio[n] Destillation läfst sich das Product nicht vollkommen rei[n] halten, fast die ganze Menge geht zwischen 145 und 1[..] das meiste bei 150 bis 152° über, so dafs der Siedepunk[t] etwa 151° zu liegen scheint. Dampfdichte und Zu[sammen]mensetzung entsprechen (abgesehen von einem mit [...] Siedepunkt von 0,4 bis 4 pC. steigenden Phosphorge[halt] der Formel SHO_3Cl und die Bildung erfolgt wahrsc[hein]lich nach der Gleichung:

$$PCl_5 + 4SH_2O_4 = PH_3O_4 + 4SHO_3Cl + HCl.$$

Das Oxychlorür der Schwefelsäure ist ein öli[ges] schwach gelbliches Liquidum, welches stechend riecht [und] auf der Haut stark ätzend wirkt. Es raucht an der [Luft] weniger als Nordhäuser Vitriolöl, sinkt in Wasser u[nter] indem allmälig Schwefelsäure und Salzsäure entsteht, [es] wird von wenig Wasser unter Zischen explosion[s-] zerlegt. Beim tropfenweisen Zufliefsen des Oxychlo[rürs] zu den in einer tubulirten Retorte befindlichen organis[chen] Substanzen erfolgt die Zersetzung der letzteren stets u[nter] heftiger Reaction, indem aufser viel Chlorwasser[stoff] mehrere, zum Theil nicht zur Untersuchung geeig[nete] Verbindungen entstehen. — Bei Einwirkung von 1 [Mol.] Oxychlorür auf 1 Mol. wasserfreien *Alkohol* erhält [man] eine schwarze theerartige Masse, die sich mit Wasser s[tark] erwärmt und ein die Schleimhäute angreifendes Gas [ent]wickelt. Bei 2 Mol. Alkohol ist der Rückstand eine br[äun]liche dicke Flüssigkeit, aus der sich beim Vermis[chen] mit Wasser ölartiges schwefels. Aethyl, $S(C_2H_5)_2O_4$, absc[hei]det, während die Lösung Aethylschwefelsäure, $S(C_2H_5)H[..]$ enthält. Mit reinem *Aether* entsteht ebenfalls schwe[fels.] Aethyl. — Bei der Einwirkung des Oxychlorürs auf [1] Mol. Essigsäure entwickelt sich Chlorwasserstoff und [der] Rückstand enthält, wenn er nicht über 120° erhitzt wu[rde,] nur Schwefelsäure und Essigsäure. Nach dem Erhi[tzen] auf 140° findet sich glycoschweflige Säure und Dis[...]

metholsäure in demselben. Der *glycolschwefligs. Baryt*, $C_2H_4Ba_2SO_5 + H_2O$, ist schwerlöslich und krystallisirt in kleinen Schuppen; der leichter lösliche *disulfomethols. Baryt*, $CH_2Ba_2S_2O_6 + 2H_2O$, in perlmutterglänzenden Blättchen. — Das in gleicher Weise behandelte Product der Einwirkung des Oxychlorürs auf Buttersäure enthält *Disulfopropiolsäure*, deren Bleisalz, $C_3H_6Pb_2S_2O_6$, gut krystallisirt. — 1 Mol. Essigsäureanhydrid erfordert zur vollkommenen Zersetzung 2 Mol. Oxychlorür und die resultirende braune zähe, im Kohlensäurestrom auf 60° erwärmte Masse enthält dann eine neue, der Formel $C_2H_6SO_7$ entsprechende Säure, deren Bleisalz durch Neutralisiren mit kohlens. Blei gewonnen wird. Die freie, aus dem Bleisalz mit Schwefelwasserstoff abgeschiedene Säure bleibt beim Verdunsten als dicker Syrup, der im leeren Raume zu einer krystallinischen, harten, sehr zerfließlichen, in Alkohol und Aether unlöslichen Masse erstarrt. Das Natronsalz, $C_2H_4Na_2SO_7$, krystallisirt aus Wasser in Krusten, aus Weingeist in concentrisch vereinigten Nadeln; das Kalisalz, $C_2H_4K_2SO_7$, ist sehr leicht löslich und wird durch Weingeist als körniges Pulver gefällt; das Barytsalz, $C_2H_4Ba_2SO_7$, krystallisirt in warzenförmig verwachsenen sechsseitigen Tafeln und Krusten, die sich nicht in Weingeist und Aether, nur wenig in kaltem, reichlicher in siedendem Wasser lösen; das Silbersalz, $C_2H_4Ag_2SO_7$, ist in Alkohol und Aether unlöslich, in kaltem Wasser ziemlich leicht löslich und scheidet sich aus der mit salpeters. Silber versetzten concentrirten Lösung der Säure auf Zusatz von Weingeist in grofsen dünnen Blättern aus; das Bleisalz, $C_2H_4Pb_2SO_7$, krystallisirt in weifsen Säulen.

Cyanverbindungen.

Cyan. A. Fröhde (1) vermuthet, daſs die schädliche Wirkung des Kohlendunstes nicht allein der Kohlensäure und dem Kohlenoxyd, sondern dem Cyan zuzuschreiben sei, dessen Bildung bei der unvollständigen Verbrennung von Steinkohlen Er (dem Geruch nach) beobachtete.

Chlorcyan. Das Serullas'sche Verfahren der Darstellung des Chlorcyans ist nach A. Gautier (2) nicht zweckmäſsig, sofern sich dabei immer flüssiges und festes Chlorcyan bildet und zur Entfärbung von 1 Liter Chlor etwa 7,5 Grm. gepulvertes Cyanquecksilber erforderlich sind. Die starke Tension des flüssigen Chlorcyans läſst die Vermuthung zu, daſs das gasförmige nichts anderes ist als der Dampf des flüssigen, dessen Dampfdichte nach Salet (3) der Formel $CNCl$ entspricht. Das flüssige Chlorcyan erhält man am besten durch Einleiten eines raschen Chlorstroms in eine mittelst Eis und Salz abgekühlte Mischung von 1 Th. wasserfreier Blausäure und 5 Th. Wasser, welche sich in einer Retorte mit aufwärts gerichtetem Kühlapparat befindet. Bei stärkerer Verdünnung tritt die Bildung und Abscheidung des Chlorcyans nicht so leicht ein und mit concentrirterer Blausäure erfolgt Zersetzung nach der Gleichung: $CNH + 2H_2O + Cl_2 = CO_2 + NH_4Cl + HCl$. Bei den angegebenen Verhältnissen verschwindet das Chlor ohne Gasentwickelung, indem sich farblose Tropfen am Boden der Retorte ansammeln. Unterbricht man den Chlorstrom so wie die Flüssigkeit grün wird, so vermeidet man die Bildung der intermediären Verbindung $2CyCl, CyH$ und alle Blausäure verwandelt sich in das ölartige Chlorür. Zur gefahrlosen Reinigung dieses letzteren schlieſst man den Tubulus und den Hals der Retorte mit einer Kautschukröhre und Quetschhahn, wendet die Retorte dann so, daſs

---

(1) Arch. Pharm. [2] CXXVII, 91; Zeitschr. Chem. 1866, 540; Dingl. pol. J. CLXXXII, 851. — (2) Bull. soc. chim. [2] V, 408; Ann. Ch. Pharm. CXLI, 122; Zeitschr. Chem. 1866, 431; Chem. Centr. 1866, 895; J. pr. Chem. C, 45. — (3) Jahresber. f. 1865, 291.

die Flüssigkeit in den Hals fällt und läfst nun die untere Schichte in eine zweite, gut abgekühlte Retorte abfliefsen. Nach Zufügung von etwas abgekühltem Quecksilberoxyd wird das Chlorcyan abdestillirt, indem man die Dämpfe zuerst durch ein Chlorcalciumrohr und dann in eine gut abgekühlte Vorlage leitet. — Zur Gewinnung des festen Chlorcyans leitet man einen langsamen Chlorstrom in ein abgekühltes Gemisch von 1 Th. Blausäure und etwa 4 Th. wasserfreiem Aether. Es bilden sich zuerst zähe Tropfen, die bald zu festem Chlorcyan erstarren, auch wenn die Flüssigkeit kein überschüssiges Chlor enthält. Nach 24 stündiger Ruhe hat man ein Aggregat gut ausgebildeter, wie es scheint monoklinometrischer Krystalle von der Consistenz des Wachses. Ist die Lösung der Blausäure zu concentrirt und der Chlorstrom zu rasch oder erhitzt sich die Flüssigkeit, so erhält man nach der Entfernung des Aethers nur eine teigartige, zerfliefsliche Masse, die an der Luft viel Salzsäure entwickelt. Der Schmelzpunkt des festen Chlorcyans liegt bei 145°, der Erstarrungspunkt bei 130°. Nach demselben Verfahren läfst sich auch das Bromcyan darstellen.

C. A. Martius (1) untersuchte ein Doppelsalz von Ferrocyankalium mit salpeters. Kali und -Natron, welches sich zuweilen aus den Mutterlaugen des Kalisalpeters, zu dessen Gewinnung aus Blutlaugensalzfabriken stammende Kaliabfälle verwendet werden, absetzt. Die Zusammensetzung dieses Salzes entspricht der Formel $\ddot{F}eK_4Cy_6 + 2NNaO_3 + 2NKO_3$ oder $\ddot{F}eK_2Na_2Cy_6 + 4NKO_3$. Es bildet sich auch, wenn man eine siedende Lösung von salpeters. Kali und -Natron mit Ferrocyankalium versetzt und die nach dem Auskrystallisiren des meisten Salpeters bleibende Mut-

---

(1) Berl. acad. Ber. 1866, 83; Zeitschr. Chem. 1866, 319; J. pr. Chem. XCVII, 502; Chem. Centr. 1866, 861; Bull. soc. chim. [2] VI, 448; Instit. 1867, 28.

terlauge langsam verdunsten läfst. Es ist leicht löslich in Wasser und schiefst daraus in grofsen wohlausgebildeten Krystallen des hexagonalen Systems, welche die Flächen mehrerer Rhomboëder in Combination mit der basischen Endfläche zeigen (es ist $OR : +R = 135°15'$) und durch Vorherrschen der Endfläche plattenförmig entwickelt sind, an. Die Krystalle sind hellgelb, hart, spröde und geben ein weifses Pulver. Beim längeren Liegen am Licht bedecken sie sich mit einem grünlichen Ueberzug und beim Schütteln oder Reiben im Dunkeln leuchten sie mit blaugrünem Licht. Beim schwachen Erhitzen tritt Verknisterung, in höherer Temperatur Verpuffung ein, die fast so heftig ist wie die des Schiefspulvers.

Lösliches Berlinerblau. Zur Darstellung von löslichem Berlinerblau, wie es von den Anatomen zu Injectionen verwendet wird, giefst E. Brücke (1) eine mit dem doppelten Vol. gesättigter Glaubersalzlösung vermischte Lösung von 1 Th. Eisenchlorid in 10 Th. Wasser in das gleiche Volum einer Blutlaugensalzlösung, welche im Liter 217 Grm. Salz enthält und ebenfalls mit dem doppelten Volum der Glaubersalzlösung versetzt ist. Der Niederschlag wird mit Wasser gewaschen, bis dieses eine blaue Farbe annimmt und dann getrocknet.

Nitroprussidnatrium. Nach N. Bunge (2) bildet sich beim Einleiten von Untersalpetersäure in eine Lösung von Ferridcyankalium, bis diese durch Eisenoxydulsalze nicht mehr blau gefärbt wird, unter Kohlensäureentwickelung Nitroprussidkalium. Eine concentrirte Lösung dieses letzteren Salzes entwickelt mit Natriumamalgam unter heftiger Einwirkung Ammoniak. Nach einiger Zeit wird die Flüssigkeit gelb und giebt mit Eisenoxydsalzen eine blaue Fällung. Mit verdünnteren Lösungen entwickelt sich das Ammoniak erst beim Erwär-

---

(1) Aus dem polytechn. Notizblatt 1866, 200 in J. pharm. [4] IV, 238. — (2) Zeitschr. Chem. 1866, 82; Bull. soc. chim. [2] VI, 401.

men (1). — Vermischt man nach demselben Chemiker (2) eine gesättigte Lösung von Ferrocyankalium mit dem gleichen Volum concentrirter Salpetersäure und dann tropfenweise mit reiner concentrirter Schwefelsäure, so entsteht eine wieder verschwindende weifse Trübung und unter Entwickelung von Untersalpetersäure färbt sich die grüne Flüssigkeit roth und zuletzt schwarzroth. Sie enthält jetzt, nach dem Neutralisiren mit kohlens. Natron, neben viel Ferridcyankalium auch Nitroprussidnatrium, letzteres indessen in etwas geringerer Menge als nach dem von Playfair angegebenen Verfahren.

E. A. Hadow (3) fand, dafs reines Stickoxyd ohne Einwirkung auf eine mit Schwefelsäure angesäuerte Lösung von Ferridcyankalium ist, dafs aber beim Einleiten von (aus Stärkmehl und Salpetersäure entwickelter) salpetriger Säure sogleich eine Nitroprussidverbindung sich bilde. In gleicher Weise entsteht dieselbe, wenn man einer mit Quecksilberchlorid und Essigsäure vermischten Lösung von Ferridcyankalium ein salpetrigs. Salz zusetzt. Er berechnet demgemäfs für das Nitroprussidnatrium die Formel $Fe_2Cy_5(NO_2)Na_2 + 4HO$ und giebt für seine Darstellung die folgende Vorschrift: Eine heifse Lösung von 332 Th. Ferridcyankalium und 800 Th. Essigsäure wird mit einer kalten Lösung von 164 Th. Quecksilberchlorid und 80 Th. salpetrigs. Natron vermischt und die Flüssigkeit einige Stunden erwärmt (wenn nöthig unter weiterem Zusatz von salpetrigs. Natron und Essigsäure), bis das Ferridcyankalium zersetzt ist. Nach dem Verdampfen bis die Masse teigartig erstarrt, läfst sich das meiste ge-

---

(1) Vgl. Jahresber. f. 1865, 292. — (2) Zeitschr. Chem. 1866, 88; Bull. soc. chim. [2] VI, 375. — (3) Chem. Soc. J. [2] IV, 341; im Auszug Chem. News XIII, 247; Bull. soc. chim. [2] VI, 10; Ann. Ch. Pharm. CXLI, 125; Zeitschr. Chem. 1866, 579; J. pr. Chem. XCIX, 19; Chem. Centr. 1867, 182.

löst bleibende essigs. Kali abpressen; beim Umkryst
siren des Restes schiefst zuerst Cyanquecksilber und d
das Nitroprussidnatrium an. Die characteristische Rea
des Nitroprussidnatriums tritt am deutlichsten mit
farblosen alkalischen Einfach-Schwefelmetallen ein.

Kobaltid-cyankalium. C. D. Braun (1) beobachtete, dafs sich die sehr
dünnte wässerige Lösung des Kobaltidcyankaliums b
längeren Stehen unter Freiwerden von Blausäure zers

Platincyantir. Eine vollkommen neutrale Lösung von Platinchl
giebt nach H. Rössler (2) mit Cyanquecksilber u
Entfärbung einen gelbweifsen flockigen Niederschlag
Platincyantür, welches sich in freier Blausäure wieder
und erst durch längeres Kochen daraus gefällt wird.
die Trennung des Platins vom Palladium ist dieses
halten deshalb ohne Einflufs, weil die Lösungen
Platinchlorid enthalten, auf welches Cyanquecksilber n
einwirkt. Die Fällbarkeit des Platinchlorürs durch C
quecksilber ermöglicht es, alle Platindoppelcyanüre
Umweg und frei von Beimengungen darzustellen.
hat nur eine genau neutralisirte Lösung von Platinchl
mit Cyanquecksilber zu fällen und das abgeschiedene
tincyantür unter Zusatz der betreffenden Base mit
säure zu behandeln.

Palladium-cyanverbin-dungen. Cyanpalladium wird, nach Rössler (3), durch S
oder Quecksilberoxyd nicht zersetzt; in Ammoniak lö
sich zu Cyanpalladium-Ammoniak, PdCy, NH$_3$, in C
kalium zu Cyanpalladium-Cyankalium, PdCy, KCy;
Lösung in Blausäure hinterläfst beim Verdunsten das
veränderte Cyanür. Beim Glühen unter Luftabschlufs
fällt es in Metall und Cyangas; auch beim Glühen an
Luft oder im Wasserstoffstrom bleibt reines Metall. P
diumcyanwasserstoff liefs sich nicht darstellen, sofern

(1) Zeitschr. Chem. 1866, 283. — (2) In der S. 275 angef. Ab
lung. — (3) In der S. 275 angef. Abhandlung.

Fällung von Cyanpalladiumkalium mit essigs. Blei bildende Cyanpalladiumblei durch Schwefelwasser— n Schwefelblei und in Schwefelpalladium verwandelt Ebenso wird Cyanpalladiumsilber, PdCy, AgCy, Salzsäure in Cyanpalladium und in Chlorsilber, Cyan— umbaryum durch Schwefelsäure in Cyanpalladium hwefels. Baryt zersetzt. — *Cyanpalladium-Cyankalium*, KCy, bildet sich beim Auflösen von Chlorpalladium— ium, von Cyanpalladium oder am einfachsten von nmigem, metallischem Palladium in wässerigem Cyan—. Durch Schmelzen des Metalls mit Cyankalium ch das Salz nicht darstellen. Es krystallisirt mit . Wasser in farblosen monoklinometrischen Säulen uch in treppenförmigen Aggregaten pyramidaler Ge— . Es verwittert an der Luft und geht in das Salz eq. Wasser über, welches bisweilen in perlmutterglän— Blättchen, in derben Krusten oder Ausblühungen aus gen krystallisirt. Die Lösung dieses wie die der folgen— lze scheidet beim Stehen an der Luft oder auf Zusatz uren Cyanpalladium ab; Schwefelwasserstoff oder felammonium fällen sogleich Schwefelpalladium, Zink dere electropositive Metalle fein zertheiltes metallisches ium; salpeters. Silber, -Quecksilberoxydul und -Bleioxyd weifse, schwefels. Kupferoxyd blaue Doppelcyanüre MCy. — *Cyanpalladium-Cyannatrium*, PdCy, NaCy $+$ krystallisirt aus der Auflösung des Cyanpalladiums rechtssiger Blausäure und Natronlauge in farblosen linometrischen Krystallen, die an der Luft nicht ver— . Ein Salz mit 1 Aeq. Wasser bildet sich als trübe lhung. Das Kalium- und das Natriumsalz krystallisiren nen in farblosen, schwach verwitternden Nadeln. *alladium-Cyanammonium* läfst sich nicht in Krystallen n, sofern die Lösung des Cyanpalladiums in Blau— und Ammoniak (beim Verdunsten unter Ausscheidung panpalladiums) zersetzt wird. *Cyanpalladium-Cyan—* s, PdCy, BaCy $+$ 4 HO, wird durch Zersetzung der

Palladium-cyanverbindungen. Kupferverbindung PdCy, CuCy mit Barytwasser und Verdampfen des vom Barytüberschufs befreiten Filtrats in grofsen monoklinometrischen Krystallen erhalten. Es ist mit dem Cyanplatinbaryum isomorph. *Cyanpalladium-Cyancalcium* bildet sich beim Erwärmen von Cyanpalladium mit Blausäure und Kalkhydrat und krystallisirt mit 4 Aeq. Wasser in farblosen Nadelbüscheln. *Cyanpalladium-Cyanmagnesium* wird ebenso erhalten und krystallisirt mit 4 Aeq. Wasser in leicht löslichen seideglänzenden Nadeln. — Da die Platin- und Palladiumdoppelcyanüre isomorph sind, so bilden sich in Auflösungen, welche beide enthalten, Krystalle solcher gemischten Doppelsalze. Aus einer Lösung von Cyanplatin- und Cyanpalladiumkalium werden Krystalle erhalten von gelbweifser Körperfarbe und schön violettem Flächenschiller; das entsprechende Magnesiumsalz PtCy, MgCy + PdCy, MgCy + 14 HO, ist nur schwierig krystallisirt zu erhalten und bildet sehr leicht lösliche büschelförmig gruppirte Nadeln von brennend orangerother Farbe ohne Flächenschiller. Schon unter 100° wird es smaragdgrün, dann farblos und bei 200°, wo alles Wasser entwichen ist, citrongelb. Beim Anhauchen oder Befeuchten geht dieser Farbenwechsel wieder rückwärts; die Lösung ist vollkommen farblos. — Leitet man in die gesättigte Lösung des Kaliumsalzes, PdCy, KCy, Chlor ein, so färbt sich dieselbe tief braunroth, beim Erkalten setzt sich viel Cyanpalladium ab, und die sich entfärbende Mutterlauge liefert schliefslich Krystalle des ursprünglichen Salzes. — Das Palladium löst sich nächst Eisen und Zink am leichtesten in wässerigem Cyankalium. Auch eine Lösung von Salmiak wird bei längerer Digestion mit reinem Palladiumschwamm bei Luftzutritt allmälig gelbbraun und palladiumhaltig. Platin ist in wässerigem Cyankalium völlig unlöslich und einem Gemenge von Platin- und Palladiumschwamm wird durch Cyankalium nur Palladium entzogen. Fein vertheiltes Osmium oder Iridium lösen sich ebenfalls nicht auf. Von den schweren Metallen lösen sich in

Cyankalium unter Wasserstoffentwickelung und unter Bildung eines Doppelcyanürs: Eisen, Zink, Nickel, Kobalt, Kupfer und Palladium; unter Aufnahme von Sauerstoff aus der Luft lösen sich: Silber, Gold und Cadmium; gar nicht angegriffen werden: Quecksilber, Zinn, Blei, Thallium, Chrom, Platin, Iridium und Osmium.

F. Braun (1) empfiehlt zur Darstellung des Schwefelcyanammoniums und anderer löslicher Schwefelcyanmetalle eine Lösung von schwefels. Eisenoxyd mit einem kleinen Ueberschuſs von Schwefelcyankalium zu vermischen, die concentrirte Flüssigkeit, nach der Ausfällung des Schwefels. Kali's durch Weingeist, durch kohlens. Ammoniak und Ammoniak (oder Natron, Baryt, Kalk u. s. w.) zu zersetzen und das Filtrat zu verdampfen. Die Gewinnung des Schwefelcyanammoniums auf diesem Wege ist keineswegs einfacher oder vortheilhafter, als die mittelst Blausäure und Schwefelammonium (2).

Schwefelcyanverbindungen.

Nach Versuchen von Fr. Clowes (3) tritt beim Auflösen von Schwefelcyanammonium in dem gleichen Gewicht Wasser das Maximum der Temperaturerniedrigung ein. Mit 1386 Gran Salz sank die Temperatur von 17° auf −12°.

J. F. Babcock (4) empfiehlt zur Darstellung von Schwefelcyankalium, eine Mischung von 2 Th. guten käuflichen Cyankaliums und 1 Th. Schwefel in einem eisernen Gefäſs zu schmelzen und die Masse in Wasser zu lösen. Die filtrirte Lösung wird mit verdünnter Schwefelsäure angesäuert und das nun vorhandene schwefels. Kali nach dem Verdampfen durch Weingeist von dem Schwefelcyankalium geschieden.

---

(1) Chem. Centr. 1866, 245; Zeitschr. Chem. 1866, 287; J. pharm. [4] IV, 155. — (2) Jahresber. f. 18⁴⁷/₄₆, 491. — (3) Chem. News XIII, 96; Zeitschr. Chem. 1866, 190. — (4) Aus dem Americ. Journ. of Pharm. in Chem. News XIV, 109; Zeitschr. Chem. 1866, 666; Bull. de chim. [2] VI, 447.

Schwefel-cyanverbindungen.

Wässerige Schwefelblausäure erhält man, nach C Hermes (1), am vortheilhaftesten durch Zersetzung des in Wasser vertheilten Schwefelcyanquecksilbers mit Schwefelwasserstoff und Entfernen des Ueberschusses des letzteren durch vorsichtiges Zufügen von etwas Schwefelcyanquecksilber. Es läfst sich so eine 12,7 procentige Säure von dem spec. Gewicht 1,040 bei 17° darstellen. Dieselbe reagirt stark sauer, riecht durchdringend, der Essigsäure ähnlich und wirkt auf Hunde oder Kaninchen nicht giftig. Sie färbt sich nach einigen Tagen selbst bei Lichtabschlufs gelblich, indem sich Nadeln von Ueberschwefelblausäure absetzen. Enthält die Lösung nur 5 pC. Säure, so bleibt sie mehrere Monate lang farblos. Ist das Schwefelcyanquecksilber in nicht mehr als 3 Th. Wasser vertheilt, so hat das bei der Zersetzung mit Schwefelwasserstoff entstehende Schwefelquecksilber eine rothe Farbe. — Bei der Darstellung der wasserfreien Schwefelblausäure nach dem Wöhler'schen Verfahren durch Zersetzung von Schwefelcyanquecksilber mit trockenem Schwefelwasserstoff verdichtete sich in der abgekühlten Vorlage eine farblose Flüssigkeit, die bald zu einer gelblichen, sehr leicht schmelzbaren krystallinischen Masse erstarrte (2). Einige Tropfen davon verdunsten auf einem Uhrglas sehr rasch unter Verbreitung eines sehr starken Geruchs und unter Rücklassung einer gelben, nach und nach erhärtenden Substanz. Die nämliche, in ihren Eigenschaften von der Ueberschwefelblausäure verschiedene Substanz bildet sich auch beim Vermischen einer gesättigten Lösung von Schwefelcyanammonium mit einem Ueberschufs von Schwefelsäure (spec. Gewicht 1,48). Unter lebhaftem Knistern scheidet sich eine ölartige, nach und nach dunkelgelb werdende und erstarrende Schicht ab. Im ölartigen Zustande wird

---

(1) J. pr. Chem. XCVII, 465; Zeitschr. Chem. 1866, 417; Bull. soc. chim. [2] VII, 154. — (2) Bei Anwendung gröfserer Quantitäten von Schwefelcyanquecksilber traten stets starke Explosionen ein.

er sehr stechend riechende, vielleicht dem Cyamelid oge Körper blasenziehend. — *Schwefelcyanlithium*, h Sättigen der Säure mit kohlens. Lithion dargestellt, tallisirt über Schwefelsäure in sehr zerfließlichen, lamartigen Blättern. *Schwefelcyanberyllium* krystallisirt ieriger, und ist, wie das vorhergehende Salz, in Alkoölich. — In Auflösungen von Quecksilberoxydulsalzen ıht auf Zusatz von Schwefelcyankalium oder Schwensäure nur dann ein weißer Niederschlag, wenn lben auch Oxydsalz enthalten. Dieser Niederschlag rläßt, mit Salmiak oder Chlorkalium behandelt, einen m Rückstand von metallischem Quecksilber, während Quecksilbersulfocyanid löst. Auch bei der Behandlung kohlens. Quecksilberoxydul mit Schwefelblausäure det sich metallisches Quecksilber ab. Hermes folhieraus, daß ein dem Oxydulsalz entsprechendes efelcyanquecksilber nicht existire. Das weiße, in ksilberoxydsalzen durch Schwefelcyankalium entste- » Schwefelcyanquecksilber, $CNHgS$, ist sowohl in ı Ueberschuß des Quecksilbersalzes wie in Schwefelkalium löslich. Es löst sich ferner in kalter Salzsäure, ılormetallen, schwieriger in heißem Wasser, Alkohol Aether und krystallisirt aus Wasser oder Alkohol in lig vereinigten Nadeln. Es zersetzt sich für sich bei und explodirt heftig beim Zusammenreiben mit chlors. Mit Salzsäure gekocht bildet sich unter Entwickevon Schwefelblausäure ein gelber amorpher Körper, lurch siedendes Wasser in Schwefelquecksilber und äure zerlegt wird. — Aus der Lösung des Schwefelquecksilbers in Schwefelblausäure setzen sich beim unsten gelbe nadelförmige Krystalle von *Schwefelcyansilber-Schwefelcyanwasserstoff*, $CNHgS + CNHS$, ab. schon von Kuhlmann (1) beschriebene *Schwefel-*

---

1) Jahresber. f. 1862, 189.

cyanthallium, ΕΝΤlS, krystallisirt in dünnen B
welche sich nur wenig in kaltem, leichter in heifs
ser, aber nicht in Alkohol und Aether lösen. —
schwefelblausäure (Xanthanwasserstoffsäure) erhält
leichtesten durch Vermischen einer Lösung von S
cyanammonium in dem gleichen Gewicht Wasser n
Schwefelsäure von dem spec. Gewicht 1,34. Die
denden gelben nadelförmigen Krystalle werde
Umkrystallisiren aus siedendem Wasser (worin
löst) gereinigt. Die Lösung färbt sich mit Eis
ähnlich wie Schwefelblausäure, nur heller; salpete
giebt einen gelben Niederschlag, der sich leicht u
dung von Schwefelsilber zersetzt.

Chromidschwefelcyanverbindungen.

J. Roesler (1) hat die nachstehenden
schwefelcyanverbindungen beschrieben. — *Chromid
cyankalium*, $\overset{VI}{Cr}K_6Cy_{12}S_{12} + 8H_2O$ ($\overset{VI}{Cr}=105$), er
durch etwa zweistündiges Erhitzen der mäfsig conc
Lösungen von 6 Th. Schwefelcyankalium und 5 Th
alaun bis nahe zum Sieden, Vermischen der beim
roth gewordenen Flüssigkeit mit Alkohol bis
fällung der schwefels. Salze, Verdampfen des Fil
Umkrystallisiren des angeschossenen Salzes aus W
Es bilden sich fast schwarze, dem quadratischen Syst
hörende Krystalle, die im durchfallenden Lichte
erscheinen. Es ist luftbeständig, verliert bei
Wassergehalt, färbt sich beim Erwärmen dunk
beim Erkalten wieder roth, löst sich in 0,72 Th
und in 0,94 Th. Weingeist. Kohlens. Alkalien und
ammonium bewirken selbst in der Siedehitze ke
änderung; beim Erwärmen mit Natronlauge oder b
rem Kochen mit Ammoniak wird Chromoxyd abge
Verdünnte Salzsäure zersetzt das Salz in der Kä
sofern die Farbe der Lösung durch Eisenchlorid

(1) Ann. Ch. Pharm. CXLI, 185; Zeitschr. Chem. 1
Chem. Centr. 1867, 417.

säure sich nicht ändert; beim Sieden wird die Lösung blutroth, durch Bildung von Schwefelcyaneisen. Concentrirte Salzsäure scheidet neben Chlorkalium ein gelbes schwefelhaltiges, aus heifsem Wasser in Nadeln krystallisirendes Pulver ab. Beim Verdampfen mit Salzsäure wird das Salz vollständig zu Chromchlorid und Chlorkalium zersetzt; von Salpetersäure wird es leicht oxydirt. Salze der alkalischen Erden, so wie die des Cadmiums, Kobalts, Nickels, Zinks, Mangans und Eisens werden durch Chromidschwefelcyankalium nicht gefällt; schwefels. Kupfer verändert die weinrothe Farbe in Violettblau und beim Stehen oder Erwärmen bildet sich ein brauner kupferoxydulhaltiger Niederschlag. Quecksilberchlorid erzeugt eine rothe, in der Siedehitze sich zusammenballende, Quecksilberoxydulsalze eine gelbe, allmälig grünbraun werdende, Zinnsalze eine weifse Fällung. *Chromidschwefelcyanammonium*, $\overset{VI}{Cr}(NH_4)_6Cy_{12}S_{12} +$ $8H_2O$, bildet sich unter Ammoniakentwickelung beim Erwärmen von frisch gefälltem Chromoxydhydrat mit Schwefelcyanammonium, wird aber zweckmäfsiger in ähnlicher Weise wie das Kaliumsalz dargestellt, indem man die unter Zusatz von Schwefelsäure durch Alkohol reducirte Lösung von 1 Th. zweifach-chroms. Ammoniak nach dem Neutralisiren mit Ammoniak mit 3 Th. Schwefelcyanammonium zum Sieden erhitzt. *Chromidschwefelcyannatrium*, $\overset{VI}{Cr}Na_6Cy_{12}S_{12}$ $+ 14H_2O$, erhält man durch Kochen einer mit kohlens. Natron neutralisirten Lösung von Chromoxyd (aus 8 Th. Chromalaun gefällt) in Schwefelsäure mit 9 Th. Schwefelcyannatrium, Verdampfen der nach dem Auskrystallisiren der schwefels. Salze bleibenden Mutterlauge zur Trockne und Behandeln mit Alkohol. Das Salz krystallisirt in dünnen zerfliefslichen Blättchen, die eine hellere Farbe als die anderen Chromidschwefelcyanverbindungen haben. *Chromidschwefelcyanbaryum*, $\overset{VI}{Cr}\overset{''}{Ba}_3Cy_{12}S_{12} + 16H_2O$, erhält man durch Auflösung des aus 5,5 Th. Chromalaun gefällten Chromoxyds in Salzsäure und Vermischen der vom Säure-

Chromid-schwefel-cyanverbindungen. überschufs befreiten Lösung mit Schwefelcyanbaryum (dargestellt durch Abdampfen von 5,5 Th. Barythydrat mit 5 Th. Schwefelcyanammonium). Das nach dem Kochen durch Krystallisation vom Chlorbaryum getrennte Salz krystallisirt in zerfliefslichen, tief rubinrothen, kurzen vierseitigen Prismen. *Chromidschwefelcyansilber*, $\overset{VI}{Cr}Ag_6Cy_{12}S_{12}$, bildet sich als braunrother voluminöser Niederschlag beim Vermischen eines löslichen Chromidschwefelcyansalzes mit salpeters. Silber. Ueber Schwefelsäure getrocknet enthält es 53,91 pC. Wasser, welches bei 100° entweicht, indem das Salz blafsroth wird. Es wird selbst von rauchender Salpetersäure nur unvollständig oxydirt, löst sich nicht in Ammoniak aber mit tief kirschrother Farbe in Cyankalium. Die in Wasser vertheilte Verbindung wird von Aetznatron und auch von Schwefelwasserstoff zersetzt. *Chromidschwefelcyanblei*, $\overset{VI}{Cr}Pb_3Cy_{12}S_{12} + 4PbH_2O_2 + 8H_2O$, wird aus der Lösung des Kaliumsalzes durch essigs. Blei als rosenrother Niederschlag gefällt, der beim Waschen mit Wasser, indem sich Schwefelcyanblei löst, in eine gelbe, der Formel $\overset{VI}{Cr}Pb_2Cy_{10}S_{10} + 4PbH_2O_2 + 5H_2O$ entsprechende Verbindung übergeht. Beim Kochen mit Wasser zerfällt dieselbe vollständig in sich lösendes Schwefelcyanblei und in ein Gemenge von Chromoxyd und Bleioxyd. — *Chromidschwefelcyanwasserstoffsäure*, wie sie als tief weinrothe, stark sauer reagirende Flüssigkeit durch Zersetzung des Silberoder Bleisalzes mit Schwefelwasserstoff erhalten wird, verwandelt sich beim Verdampfen unter Entwickelung von Schwefelblausäure in das grüne zerfliefsliche Schwefelcyanchrom, $\overset{VI}{Cr}Cy_6S_6$, welches Clasen (1) durch Auflösen von Chromoxydhydrat in verdünnter Schwefelblausäure erhielt.

(1) Jahresber. f. 1865, 294.

Nach einer vorläufigen Mittheilung von R. Schnei- *Selencyan.*
der (1) bildet sich beim Eintragen von trockenem Cyansilber in eine Auflösung vom Selenbromür in Schwefelkohlenstoff etwas *Selencyan*, SeCy. Dasselbe ist in Schwefelkohlenstoff schwer löslich und krystallisirt daraus in farblosen oder hellgelben atlasglänzenden Blättchen, die sich an feuchter Luft durch Ausscheidung von Selen roth färben. Mit siedendem Wasser zerfallen sie sofort in Selen, selenige Säure und Blausäure, beim Schmelzen mit Kali entweicht Ammoniak und der rothe Rückstand besteht wesentlich aus Selenkalium. — Beim Eintragen von Cyansilber in eine Lösung von Schwefelchlorür in Schwefelkohlenstoff verschwindet der Geruch des Schwefelchlorürs und aus der erhitzten und filtrirten Flüssigkeit setzen sich farblose, stechend riechende Krystallblätter von Schwefelcyan, SCy, ab. Auch diese Verbindung zersetzt sich von selbst, unter Verlust des penetranten Geruchs, in eine gelbe Substanz, vielleicht das sog. Pseudoschwefelcyan.

J. Persoz (2) hat seine Ansichten über die Entste- *Säuren*
hung der organischen Säuren aus Kohlensäure unter Mit- *und dahin Gehöriges.*
wirkung von Wasser, Kohlenwasserstoffen, Alkoholen u. *Allgemeines.*
s. w. in einer ausführlichen Abhandlung entwickelt.

A. Brio (3) hat die Krystallform des *ameisens. Cadmium-* *Ameisensäure.*
oxyd-Baryts aufs neue bestimmt und monoklinometrisch ge- *Ameisens. Cadmiumoxyd-Baryt.*

(1) Pogg. Ann. CXXIX, 634; Zeitschr. Chem. 1867, 128; Chem. Centr. 1867, 431. — (2) Ann. ch. phys. [4] VII, 323; Chem. Centr. 1866, 417. — (3) Wien. Acad. Ber. XLIV (2. Abth.), 789; Pogg. Ann. CXIX, 331. Für die Zusammensetzung dieses Salzes ergab eine Analyse von K. von Hauer, welche Brio mittheilt, die Formel $2(C_2HBaO_4 + C_2HCdO_4) + 3HO$.

funden (1). An grofsen gut ausgebildeten Krystallen dies«
Salzes, welche K. von Hauer dargestellt hatte, beobacl
tete Er die Combination $(\infty P \infty) . \infty P . (\infty P2) . (\infty P3)$. :
$P\infty . (P\infty) . \pm P$, und die Neigungen $+ P\infty : -P$₍
an der Hauptaxe $= 118°0'$ (2); $\infty P : (\infty P \infty) = 131°56$
$\infty P : \infty P = 96°12'$; $(P\infty):(\infty P \infty) = 118°34'$ u. a. Axe
verhältnifs a (Klinodiagonale) : b : c (Hauptaxe) $= 0,898$:
$1 : 0,5400$; der schiefe Axenwinkel $= 89°32'$. Die Krystal
sind prismatisch entwickelt mit untergeordneten Pyramider
flächen und parallel der Fläche $(\infty P \infty)$ spaltbar. Bezü[
lich ihrer optischen Untersuchung verweisen wir auf d
Mittheilung.

Ameisens. Aethyl.
Nach Versuchen von E. Greiner (3) entstehen b
der Einwirkung von Natrium auf ameisens. Aethy
ameisens. Natron, Natriumalkoholat, Kohlenoxyd, Wasse
stoff, Alkohol und eine braune harzartige Verbindung. I
sind diefs, mit Ausnahme des Wasserstoffs, die auch v«
Löwig und Weidmann (4) beobachteten Zersetzung
producte.

Essigsäure.
A. C. Oudemans hat in einer besonderen Schrift (!
sorgfältige Untersuchungen über das spec. Gewicht der Essi[
säure und ihrer Gemische mit Wasser veröffentlicht, v«
welchen wir nur einige der wichtigsten Ergebnisse mi
theilen können. Das zu den Versuchen dienende rei»
Essigsäurehydrat war aus käuflichem Eisessig durch Rec
fication über Braunstein und essigs. Natron, durch fra
tionirte Destillation und Krystallisation bis zum Constar
bleiben des spec. Gewichts dargestellt. Der Schmelzpun

---

(1) Vgl. Jahresber. f. 1859, 325. — (2) Entsprechend dem v
Handl für $\overline{P}\infty : \overline{P}\cdot\infty$ gefundenen Neigungswinkel 118°30'.
(3) Jenaische Zeitschr. f. Med. und Naturw. III, 41; Zeitschr. Che
1866, 460; Chem. Centr. 1866, 833; Arch. Pharm. CXXX, 61.
(4) Pogg. Ann. L, 111; L. Gmelin's Handbuch der Chemie, 4. Au
IV, 772. — (5) Das specifische Gewicht der Essigsäure und ihrer (
mische mit Wasser, Bonn 1866, im Ausz. Zeitschr. Chem. 1866, 75
Zeitschr. anal. Chem. V, 452.

der so erhaltenen Säure lag bei 16°,45 und das spec. Gewicht war 1,05533 bei 15°; sie kam (bei 763 Mm. B.) bei 117° ins Sieden; der Siedepunkt stieg, nachdem ¼ übergegangen war, auf 117°,6 und schliefslich (beim letzten ¹/₇ des Destillats) auf 118°,2. Die Bestimmungen des spec. Gewichts der Mischungen dieser Säure mit Wasser für die Temperaturen von 0 bis 40° sind in ziemlichem Einklang mit den älteren Angaben van der Toorn's (1), sie weichen aber erheblich von den von Mohr (2) gegebenen Zahlen ab, was nach Oudemans daraus sich erklärt, dafs Mohr statt des reinen Essigsäurehydrats eine etwa 5 pC. Wasser enthaltende Säure zur Untersuchung verwendete. Oudemans folgert aus seinen Bestimmungen, dafs das Maximum der Dichtigkeit der Mischungen von Essigsäure und Wasser in *keinem* Zusammenhange mit einem festen Aequivalentverhältnifs von Säure und Wasser stehe, sofern das Maximum der Dichte für jede Temperatur einer anderen Mischung beider entspricht. Aus der graphischen Darstellung der Dichtigkeitsverhältnisse ergiebt sich, dafs das abnorme Verhalten des Wassers bei 4° auf das spec. Gewicht der sehr verdünnten Essigsäure einen merkbaren Einflufs ausübt, sofern die Curven für 0° bei etwa 4 pC., die für 5° bei 3,5 pC. Essigsäure einen Biegungspunkt haben und sich bei 2,1 pC. Säure schneiden, so dafs die 2,1 procentige Säure zwischen 0 und 5° keine Ausdehnung zeigt. Oudemans hat aus den Versuchsresultaten für jeden Temperaturgrad zwischen 0 und 40° durch Interpolation Tabellen berechnet, von welchen wir hier nur die für 0°, 15° und 40° gegebenen mittheilen.

---

(1) Handleiding tot het vinden van de ware sterkte van het acidum aceticum door middel van de dighheid, Gravenhage 1824. —
(2) Ann. Ch. Pharm. XXXI, 279.

Essigsäure.

Proc. Essigsäure	Dichtigkeit bei 0°	Dichtigkeit bei 15°	Dichtigkeit bei 40°	Proc. Essigsäure	Dichtigkeit bei 0°	Dichtigkeit bei 15°
0	0,9999	0,9992	0,9924	51	1,0740	1,0623
1	1,0016	1,0007	0,9936	52	1,0749	1,0631
2	1,0033	1,0022	0,9948	53	1,0758	1,0638
3	1,0051	1,0037	0,9960	54	1,0767	1,0646
4	1,0069	1,0052	0,9972	55	1,0775	1,0653
5	1,0088	1,0067	0,9984	56	1,0783	1,0660
6	1,0106	1,0083	0,9996	57	1,0791	1,0666
7	1,0124	1,0098	1,0008	58	1,0798	1,0673
8	1,0142	1,0113	1,0020	59	1,0806	1,0679
9	1,0159	1,0127	1,0032	60	1,0813	1,0685
10	1,0176	1,0142	1,0044	61	1,0820	1,0691
11	1,0194	1,0157	1,0056	62	1,0826	1,0697
12	1,0211	1,0171	1,0067	63	1,0832	1,0702
13	1,0228	1,0185	1,0079	64	1,0838	1,0707
14	1,0245	1,0200	1,0090	65	1,0845	1,0712
15	1,0262	1,0214	1,0101	66	1,0851	1,0717
16	1,0279	1,0228	1,0112	67	1,0856	1,0721
17	1,0295	1,0242	1,0123	68	1,0861	1,0725
18	1,0311	1,0256	1,0134	69	1,0866	1,0729
19	1,0327	1,0270	1,0144	70	1,0871	1,0733
20	1,0343	1,0284	1,0155	71	1,0875	1,0737
21	1,0359	1,0298	1,0166	72	1,0879	1,0740
22	1,0374	1,0311	1,0176	73	1,0883	1,0742
23	1,0390	1,0324	1,0187	74	1,0886	1,0744
24	1,0405	1,0337	1,0197	75	1,0888	1,0746
25	1,0420	1,0350	1,0207	76	1,0891	1,0747
26	1,0435	1,0363	1,0217	77	1,0893	1,0748
27	1,0450	1,0375	1,0227	78	1,0894	1,0748
28	1,0465	1,0388	1,0236	79	1,0896	1,0748
29	1,0479	1,0400	1,0246	80	1,0897	1,0748
30	1,0493	1,0412	1,0255	81	1,0897	1,0747
31	1,0507	1,0424	1,0264	82	1,0897	1,0746
32	1,0520	1,0436	1,0274	83	1,0896	1,0744
33	1,0534	1,0447	1,0283	84	1,0894	1,0742
34	1,0547	1,0459	1,0291	85	1,0892	1,0739
35	1,0560	1,0470	1,0300	86	1,0889	1,0736
36	1,0573	1,0481	1,0308	87	1,0885	1,0731
37	1,0585	1,0492	1,0316	88	1,0881	1,0726
38	1,0598	1,0502	1,0324	89	1,0876	1,0720
39	1,0610	1,0513	1,0332	90	1,0871[1]	1,0713
40	1,0622	1,0523	1,0340	91		1,0705
41	1,0634	1,0533	1,0348	92		1,0696
42	1,0646	1,0543	1,0355	93		1,0686
43	1,0657	1,0552	1,0363	94		1,0674
44	1,0668	1,0562	1,0370	95		1,0660
45	1,0679	1,0571	1,0377	96		1,0644
46	1,0690	1,0580	1,0384	97		1,0625
47	1,0700	1,0589	1,0391	98		1,0604
48	1,0710	1,0598	1,0397	99		1,0580
49	1,0720	1,0607	1,0404	100		1,0553
50	1,0730	1,0615	1,0410			

[1] Die Dichte der mehr als 90 procentigen Säure konnte, da sie nicht bleibt, nur oberhalb 10° bestimmt werden.

Jeannel (1) hat einige Eigenschaften des essigs. Natrons genauer ermittelt. Das feuchte krystallisirte Salz trocknet an der Luft, ohne merklich auszublühen; an trockener Luft efflorescirt es dagegen sehr stark, in sehr feuchter zerfliefst es. Bei 58° schmilzt es theilweise, bei 75° ist es ganz flüssig und bei 123° kommt es zum Sieden, indem es sich zwischen 0 und 123° um 0,079 seines Volums ausdehnt. Läfst man das geschmolzene Salz an der Luft nach und nach erkalten, so krystallisirt es bei 58° in prismatischen Nadeln, indem diese Temperatur während der Krystallisation (bei 250 Grm. Salz über 20 Minuten) constant bleibt. Jeannel deutet an, dafs diese, vom atmosphärischen Druck unabhängige Erstarrungstemperatur zur Anfertigung und Prüfung von Thermometern benutzt werden könne. Läfst man das geschmolzene Salz nicht an trockener Luft oder in einem Gefäfs mit weiter Oeffnung erkalten, sondern in mit Feuchtigkeit gesättigter Luft oder in einem Gefäfs, dessen Oeffnung enger als ein Centimeter oder bedeckt ist, so krystallisirt es selbst bei 0° nicht. Es bildet alsdann eine weiche durchscheinende Masse, in der sich grofse glänzende, mit etwas Flüssigkeit bedeckte Blätter befinden. Bringt man nun das so erkaltete Salz an trockene Luft oder berührt man es mit einem trockenen Körper, mit einem Glasstab oder namentlich mit einem Krystall von essigs. Natron, so verwandelt es sich sofort in die gewöhnlichen prismatischen Krystalle. Während dieser Umwandlung wird so viel Wärme frei, dafs bei Anwendung von 200 Grm. Salz das Thermometer von + 11 auf 54° steigt; gleichzeitig zieht es sich um 0,017 des Vol. bei 0° zusammen. In dem Krystallwasser geschmolzener Alaun verhält sich ähnlich. 100 Grm. geschmolzenen und bei Luftabschlufs auf 0° erkalteten essigs. Natrons

(1) Compt. rend. LXII, 884; J. pharm. [4] III, 344; Zeitschr. Chem. 1866, 344; J. pr. Chem. XCVIII, 248.

entwickeln beim Krystallisiren so viel Wärme, um 36 Grm Eis zu schmelzen; 100 Grm. auf 59° erwärmtes Salz bringen, beim Krystallisisiren und Erkalten auf 0°, 115 Grm Eis zum Schmelzen. Es läfst sich mittelst des essig. Natrons Wärme aufbewahren. Das auf 59° erwärmte und bei Luftabschlufs erkaltete Salz giebt bei der Krystallisation durch Berührung mit einem festen Körper etwa 284 Wärmeeinheiten ab. — Schüttelt man bei 12° 100 Grm krystallisirtes zerriebenes essigs. Natron mit 200 Grm Wasser, so sinkt die Temperatur während der Auflösung auf 0°. Erhitzt man das krystallisirte Salz, so steigt die Temperatur von dem Siedepunkt 123° an in dem Mafse als das Krystallwasser verdampft. Läfst man nun das Salz, wenn die Temperatur auf 130° gestiegen ist, in einem mit einer Schale bedeckten Kolben erkalten, so bleibt e in dem durch die Wärme veränderten Zustande un enthält dann zahlreiche, weifse, undurchsichtige Blättche Setzt man es nun der Luft aus oder befeuchtet man e mit einigen Tropfen Wasser, so bläht es sich durch Au nahme des Wassers auf und sprengt den Kolben. Aehn lich verhalten sich andere Salze, namentlich der im Krystall wasser auf 109° erhitzte Alaun. — Das über 59° erhitzt und bei Luftabschlufs zu Blättchen erstarrte essig. Natron ist in solcher Luft zerfliefslich, in welcher da gewöhnliche krystallisirte Salz austrocknet. Tauch man eine Glaskugel in ohne Wasserzusatz geschmol zenes essigs. Natron, so tropft an der Luft bal eine concentrirte Lösung des anhaftenden modificirten Salzes ab. Giefst man aber dasselbe geschmolzene Salz welches in dünner Schichte zerfliefslich war, in eine Por cellanschale, so erstarrt es augenblicklich zu einer Krystall masse und ist dann nicht mehr zerfliefslich. War das Sal ohne Wasserzusatz geschmolzen, so gelingt dieser Versuc nur in etwas feuchter Luft; setzt man beim Schmelzen $^1/_1$ Wasser zu, so tritt die Erscheinung stets ein. — Krystal lisirtes essigs. Bleioxyd, dessen Schmelz- und Erstarrungs punkt bei 56°,25 liegt, läfst sich bei Luftabschlufs auf + 30° erkalten; aber bei dieser Temperatur krystallisirt es, ohne der Luft ausgesetzt zu sein, und das Thermometer steigt auf 56°,25. Es genügt, die Wand des Gefäſses mit einem Stück Eis zu berühren, um an der abgekühlten Stelle die Krystallbildung einzuleiten. Dieselbe Erscheinung zeigt das krystallisirte phosphors. Natron, das etwas oberhalb 41° schmilzt und ohne zu krystallisiren nicht unter 31° abgekühlt werden kann.

R. Brandes (1) hat die Producte der Einwirkung von Natrium auf essigs. Methyl untersucht. Es bilden sich dabei, analog wie aus essigs. Aethyl (2), Wasserstoff, Natriummethylat und das Natronsalz einer neuen Säure, der *Methyldiacetsäure*, nach der Gleichung: *(Methyldiacetsäure)*

Essigs. Methyl   Natriummethylat   Methyldiacets. Natron
$2C_3H_3(CH_3)O_2 + Na_2 = CH_3NaO + C_5H_7NaO_3 + H_2$.

Durch wiederholte Destillation über Natrium gereinigtes essigs. Methyl verwandelt sich in einer Wasserstoffatmosphäre beim successiven Eintragen von etwa 12 pC. Natrium unter schliefslichem Erwärmen in eine gelbliche Salzmasse von methyldiacets. Natron und in eine darüber stehende braun gefärbte Flüssigkeit, welche neben Natriummethylat und einem braunen harzartigen Farbstoff auch etwas methyldiacets. Natron enthält. Durch Behandlung mit wasserfreiem Aether wird das methyldiacets. Natron vollkommen rein und frei von Farbstoff erhalten. Es ist schwer in reinem, leichter in alkoholhaltigem Aether löslich. An feuchter Luft zerfällt es allmälig, rascher beim Kochen der wässerigen Lösung unter Bildung von Kohlensäure, Aceton und Methylalkohol:

Methyldiacets. Natron   Aceton   Methylalkohol
$2C_5H_7NaO_3 + 3H_2O = 2C_3H_6O + 2CH_4O + CNa_2O_3 + CO_2$.

(1) Jenaische Zeitschr. f. Med. und Naturw. III, 25; Arch. Pharm. [2] CXXIX, 193; Zeitschr. Chem. 1866, 454; Chem. Centr. 1866, 817. — (2) Vgl. Jahresber. f. 1865, 302.

Methyldiacet-säure. Die aus dem Natronsalz durch Vermischen der wässerigen Lösung mit Essigsäure, Schütteln mit Aether und fractionirte Destillation des vom Aether Aufgenommenen erhaltene *Methyldiacetsäure*, $C_5H_8O_3$, ist eine farblose Flüssigkeit von dumpfem, obstartigem, verdünnt ganz angenehmem Geruch, dem spec. Gew. 1,037 bei 9° und dem Siedepunkt 169 bis 170°. Sie giebt mit Eisenchlorid eine characteristische, dunkelkirschrothe, bei großer Verdünnung rosenrothe Färbung. Blaues Lackmuspapier wird durch die Säure erst auf Zusatz von Wasser geröthet. Für sich destillirt sie mit Wasserdämpfen als ölartige, sich theilweise lösende Tropfen; beim Erhitzen mit starken Säuren oder Basen erfolgt dieselbe Zersetzung, wie sie das Natronsalz beim Kochen mit Wasser erleidet. *Methyldiacets. Kupfer*, $C_5H_7CuO_3 + H_2O$, scheidet sich beim Vermischen der mit Barytwasser neutralisirten Säure mit essigs. Kupfer in blassgrünen, in Alkohol unlöslichen Krystallen ab. Es verhält sich beim Erhitzen für sich oder mit Wasser ganz wie das äthyldiacets. Salz. *Methyldiacets.-Aethyl*, $C_5H_7(C_2H_5)O_3$, entsteht beim Erhitzen des Natronsalzes mit Jodäthyl auf 170°, und ist, durch fractionirte Destillation gereinigt, eine farblose Flüssigkeit von dem (corrig.) Siedepunkt 189°,7 und dem spec. Gewicht 0,996 bei 14°. Es ist isomer mit dem etwas höher siedenden äthyldiacets. Methyl und unterscheidet sich von diesem auch durch sein Verhalten gegen Eisenchlorid, mit dem es sich prachtvoll violettroth färbt. *Methyldiacets. Methyl*, $C_5H_7(CH_3)O_3$, wird in analoger Weise erhalten und ist eine farblose Flüssigkeit von dem Siedepunkt 177°,4 und dem spec. Gewicht 1,020 bei 9°, welche verdünnt nach Krauseminze riecht und sich mit Eisenchlorid ebenfalls violettroth färbt. — Bei längerer Berührung von methyldiacets. Aethyl mit concentrirtem wässerigem Ammoniak bildet sich ein in Wasser unlösliches Oel A und eine etwa $^2/_3$ des ursprünglichen Aethers enthaltende Lösung. Der auch bei — 6° nicht festwerdende, in Alkohol u.

ht lösliche, an der Luft harzartig zähe werdende *Methyldiacetsäure.*
entspricht der Formel $C_7H_{13}NO_2$ und läfst sich
l als das Amid einer Aethylmethyldiacetsäure wie
thylamid der Methyldiacetsäure betrachten. Die
enthält einen beim Verdunsten in seideglänzen-
ntrisch gruppirten Nadeln krystallisirenden Kör-
mit der Formel $C_5H_9NO_2$ als das Amid der
etsäure zu betrachten ist. Derselbe schmilzt bei
erstarrt bei 70° und riecht dem Acetamid ähn-
)i der Rectification der Methyldiacetsäure bleibt
bstoff ein krystallisirbarer, mit Wasserdämpfen
Körper zurück, der in der Zusammensetzung
n seinen Eigenschaften mit der Dehydracetsäure,
l), übereinstimmt. Dieselbe bildet sich auch
:zen von methyldiacets. Natron in trockener Koh-
nf 170°, wo Methyldiacetsäure abdestillirt, wäh-
lracets. und kohlens. Natron nebst einem braunen
ckbleibt.

Aceton.
lenoxyd läfst sich, nach E. Linnemann (2),
r Art in Aceton umwandeln, dafs man es zu-
Addition von Wasserstoff in Isopropylalkohol
und diesem dann wieder Wasserstoff entzieht,
diefs für die Bildung von Aldehyd aus Aethylen-
gewiesen ist :

ylenoxyd   Isopropylalkohol   Aceton
$H_6.O + H_2 = C_3H_8O - H_2 = C_3H_6O$.

mamalgam wirkt auf eine wässerige Lösung
lenoxyd sichtlich ein, unter Bildung von Isopro-
, von dem man etwa $^1/_5$ des ursprünglichen Pro-
s erhält. Durch Behandlung mit Schwefelsäure
1s. Kali entsteht aus diesem Isopropylalkohol
sigkeit, welche nach Geruch, Siedepunkt und

---

ueber. f. 1865, 304. — (2) Ann. Ch. Pharm. CXL, 178;
. C, 380; Chem. Centr. 1867, 178.

erhalten gegen zweifach-schweflig. Natron mit Aceton identisch ist.

Schüttelt man, nach Linnemann (1), Monobrompropylen, C_3H_5Br (Siedp. $56^0,5$; spec. Gew. 1,408 bei 19^0), mit gesättigtem Chlorwasser und Quecksilberoxyd, so entsteht (neben einem anderen, nicht rein erhaltenen Körper) Monochloraceton, entsprechend der Gleichung:

Monobrompropylen   Monochloraceton

$$C_3H_5Br \ . \ + \ HgClO \ = \ C_3H_5ClO \ + \ HgBr.$$

Das so gebildete, durch Destillation gereinigte Monochloraceton hat den Siedep. 118 bis 120^0 und das spec. Gew. 1,18 bei 16^0. Es verwandelt sich bei der Behandlung mit Zink und Salzsäure in Aceton. Monochlorpropylen (Siedep. 23^0, spec. Gew. 0,918 bei 9^0) geht, unter denselben Umständen wie die entsprechende Bromverbindung, ebenfalls und vollständig in Monochloraceton über. Monobrompropylen und Monochlorpropylen lassen sich auch durch mehrtägiges Erhitzen mit essigs. Quecksilberoxyd und Eisessig auf 100^0 unmittelbar in Aceton überführen. Beim Erwärmen des Acetons mit Silberoxyd und Wasser auf 100^0 bildet sich Essigsäure und Ameisensäure.

Condensationsproducte des Acetons. Die beiden einfachsten Condensationsproducte des Acetons, Mesityloxyd und Phoron, lassen sich, nach A. Baeyer (2), leicht und in jeder Menge darstellen, wenn man mit salzs. Gas gesättigtes Aceton 8 bis 14 Tage stehen läfst. Auf Zusatz von Wasser scheidet sich dann ein schweres bräunliches Oel ab, welches zum gröfsten Theil aus Salzsäureverbindungen des Mesityloxyds und Phorons besteht. Diese zersetzt man unter Abkühlung durch vorsichtiges Vermischen mit alkoholischer Kalilösung und unterwirft das mit Wasser ausgefällte chlorfreie Oel

---

(1) Ann. Ch. Pharm. CXXXVIII, 122; Zeitschr. Chem. 1866, 266; Chem. Centr. 1866, 349; Ann. ch. phys. [4] VIII, 498; Bull. soc. chim. [2] VI, 216. — (2) Ann. Ch. Pharm. CXL, 297; Zeitschr. Chem. 1867, 97; Chem. Centr. 1867, 145; Ann. ch. phys. [4] X, 490.

der fractionirten Destillation. Die bei 140° siedende Portion liefert nach dem Waschen mit Wasser, Trocknen über Chlorcalcium (1) und Rectificiren das reine, bei 130° siedende Mesityloxyd, $C_6H_{10}O$, als farblose, stark nach Pfefferminze riechende Flüssigkeit. Vermischt man es vorsichtig mit Fünffach-Chlorphosphor, bis dieser aufgelöst ist, und giefst dann die gelinde erwärmte Flüssigkeit in viel Wasser, so scheidet sich das Chlorid $C_6H_{10}Cl_2$ als schweres, nicht unzersetzt flüchtiges Oel ab. Dasselbe riecht stark nach Terpentinöl, verharzt an der Luft und zersetzt sich mit alkoholischer Kalilösung unter Bildung verschiedenartiger Producte. Ueber Kali, Baryt oder Kalk destillirt liefert es das Chlorür, C_6H_9Cl, als bewegliche, farblose, bei 130° siedende und terpentinartig riechende Flüssigkeit. — Salpetersäure wirkt heftig auf Mesityloxyd ein, unter Bildung eines gelben Harzes und eines nach salpetrigs. Aethyl riechenden Oels. Bei der Behandlung des mit dem mehrfachen Vol. Alkohol verdünnten Mesityloxyds mit Natriumamalgam verschwindet der pfefferminzartige Geruch und Wasser scheidet dann ein farbloses, nach Campher riechendes Oel ab, welches bei etwa 150° sich zersetzt, indem neben Wasser eine bei ungefähr 206° siedende, nach Campher riechende Flüssigkeit übergeht, deren Zusammensetzung $C_{12}H_{22}O = (C_6H_{11})_2O$, dem Aether des Mesitalkohols [Mesitäther (2)] entspricht. Das durch Natriumamalgam aus dem Mesityloxyd entstehende Oel hält Baeyer häufig für den Mesitalkohol, $C_6H_{12}O$, welcher durch Destillation entsprechend der Gleichung $2C_6H_{12}O = C_{12}H_{22}O$ + H_2O in Mesitäther übergeht. Durch Destillation für sich und noch leichter in Berührung mit Kalk wird der Mesitäther unter Bildung höherer Condensationsproducte zersetzt; durch Chlorzink entstehen daraus nicht näher

---

(1) Bei längerer Berührung verbindet sich das Mesityloxyd mit Chlorcalcium. — (2) In der vorläufigen Mittheilung (Jahresber. f. 1865, 517) als Mesitcampher bezeichnet.

310

Condensationsproducte des Acetons. untersuchte Kohlenwasserstoffe. — Zur Darstellung d[es] *Phorons*, $C_9H_{14}O$, dient der zwischen 180 und 205° sieden[den] Theil des oben erwähnten (durch alkoholische Kalilös[ung] aus mit Salzsäure gesättigtem Aceton abgeschiedenen) Oe[les.] Die zwischen 140 und 160° übergehende, ziemlich beträc[ht]liche Portion ist ein nur schwer zu trennendes Gemen[g] von Mesityloxyd und Phoron; über 205° destilliren schw[er] zu reinigende dickflüssige Oele (sog. Xylitöl). Die zwisch[en] 180 und 205° übergehende Portion erstarrt in einem Käl[te]gemisch zu einem gelben Krystallbrei. Das flüssig G[e]bliebene wird abgegossen, die Krystalle noch einmal dest[il]lirt und das bei 196° Uebergehende als reines Phor[on] aufgefangen. Es krystallisirt in oft mehrere Zoll lang[en] dicken Prismen, die sich beim langsamen Auskrystallisir[en] zu unregelmäfsigen Massen vereinigen. Die Krystalle si[nd] spröde, von gelblichgrüner Farbe, schmelzen bei 28° u[nd] färben sich auch bei längerem Aufbewahren nicht brau[n,] der Geruch erinnert an Geranium, ist aber unangeneh[m] und erzeugt bei manchen Personen mit der Zeit Kop[f]schmerz und Uebelkeit. Gegen Reagentien verhält s[ich] das Phoron dem Mesityloxyd ähnlich. Chlor und Bro[m] liefern Substitutionsproducte; Fünffach-Chlorphosphor [giebt] flüssige Masse, aus der sich mit Wasserdämpfen ölartig[es] *Chlorphoryl*, $C_9H_{13}Cl$, abdestilliren läfst. Letzteres geht [in] alkoholischer Kalilösung wieder in Phoron über. Salpet[er]säure verwandelt das Phoron, ähnlich wie das Aceton, i[n] ein gelbes Harz; Natriumamalgam reducirt es zu ein[em] harzartigen Körper; durch Chlorzink oder wasserfre[ie] Phosphorsäure wird es (ohne Bildung von Cumol) f[ast] vollständig zerstört; Zinkäthyl erzeugt mit Mesitylox[yd] oder Phoron unter Austritt von Wasser höhere Conde[n]sationsproducte, die mit dem Xylitöl übereinzustimm[en] scheinen.

Propionsäure. Th. Anderson (1) hat die Anwesenheit von Propio[n-]

(1) Chem. News XIV, 257; Dingl. pol. J. CLXXXIII, 242.

säure und Buttersäure in den Producten der trockenen Destillation des Holzes dargethan. Beide Säuren wurden aus der Mutterlauge von essigs. Natron abgeschieden, zu deren Fabrikation rohe Holzessigsäure verwendet war.

Zinkäthyl wird weder von Kohlensäure noch von Kohlenoxyd angegriffen, beide wirken aber auf Natriumäthyl ein. Kohlensäure erzeugt damit bekanntlich propions. Natron, bei der Einwirkung von Kohlenoxyd bildet sich dagegen, nach J. A. Wanklyn (1), eine ölartige Flüssigkeit, welche mit Propion, $C_5H_{10}O = CO(C_2H_5)_2$ identisch ist:

$$CO + 2 NaC_2H_5 = CO(C_2H_5)_2 + Na_2.$$

Propion.

Zur Darstellung des Propions auf diesem Wege bringt man in kleinen Röhren unter gelindem Erwärmen je 12 Grm. Zinkäthyl mit 1 Grm. Natrium zusammen und läfst dann das gebildete Natriumäthyl bei Luftabschlufs in eine mit etwa 3 Liter reinem und trockenem Kohlenoxyd gefüllte Flasche ausfliefsen. Beim Erwärmem der nun geschlossenen Flasche durch warmes Wasser und bei wiederholtem Umschütteln wird das Kohlenoxyd unter Abscheidung von schwarzem (natriumhaltigem) Zink absorbirt und der mit Wasser und etwas Quecksilber geschüttelte Flascheninhalt liefert dann durch Destillation das Propion (auf je 12 Grm. Zinkäthyl etwa 1 Grm.), welches durch wiederholte Rectification und Auffangen des zwischen 100 und 110° übergehenden Antheils von einem bei etwa 150° siedenden Körper befreit wird. Es hat den Geruch wie den Siedepunkt des aus propions. Baryt oder mittelst Zinkäthyl und Chlorpropionyl dargestellten Propions; es verbindet sich nicht

---

(1) Ausführl. Phil. Mag. [4] XXXI, 505; Ann. Ch. Pharm. CXL, 111; im Ausz. Chem. Soc. J. [2] IV, 13, 326; Chem. News XII, 308; Am. Ch. Pharm. CXXXVII, 256; Zeitschr. Chem. 1866, 249, 567; J. pr. Chem. XCVII, 442; XCIX, 423; Chem. Centr. 1866, 494; 1867, 234; Ann. ch. phys. [4] VIII, 468; Bull. soc. chim. [2] VI, 206. — Bei der Darstellung von Kaliumäthyl oder Kaliummethyl treten nach Wanklyn (Chem. News XIII, 14) leicht heftige Explosionen ein.

mit zweifach-schwefligs. Natron und liefert bei der O[x]dation mit zweifach-chroms. Kali und verdünnter Schwef[el]säure lediglich Propionsäure und Essigsäure.

Buttersäure. G. A. Björklund (1) beobachtete, dafs beim [Er]hitzen von frischer oder rancider Butter mit Alkohol u[nd] einem ätzenden Alkali eine bei 133° siedende Flüssigk[eit] von dem Geruch des butters. Aethyls übergeht, die ab[er] bei der Einwirkung von Ammoniak nicht Butyramid, sonde[rn] butters. Ammoniak liefert. Nur mit Butyrin soll die ätherartige Flüssigkeit entstehen; die Glyceride der d[er] Buttersäure nahestehenden Säuren geben mit Kali u[nd] Alkohol nur unveränderten Alkohol als Destillat.

Isobuttersäure. W. Morkownikoff (2) hat Näheres über die Eige[n]schaften der aus Pseudopropylcyanür entstehenden I[so]buttersäure (3) mitgetheilt. Die Isobuttersäure hat ein[en] weniger unangenehmen Geruch wie die durch Gähru[ng] entstehende und mischt sich nicht wie diese in allen V[er]hältnissen mit Wasser. Sie erfordert bei gewöhnlic[her] Temperatur 3 Th. Wasser zur Lösung und ist in d[er] Wärme viel löslicher. Bei der Destillation der wass[er]haltigen Isobuttersäure geht zuerst die schwache Säu[re] über; ist sie aber noch verdünnter, so destillirt, wie [bei] den Lösungen der gewöhnlichen Buttersäure, zuerst v[iel] concentrirtere Säure und der letzte Theil des Destill[ats] ist fast säurefrei. Der Siedepunkt der Isobuttersäure lie[gt] (corrigirt) bei 153°,5 bis 154°,5; das spec. Gew. ist b[ei] $0° = 0,9598$, bei $50° = 0,9208$, bei $100° = 0,8965$; d[er] Ausdehnungscoëfficient für $50° = 1,0546$, für $100°$ [=] $1,1166$. — *Isobutters. Kali* bleibt beim Abdampfen d[er] Lösung als blumenkohlartige, zerfliefsliche, auch leicht [in] Alkohol lösliche Masse. *Isobutters. Natron* ist krystallinisc[h,] sonst dem Kalisalz ähnlich. *Isobutters. Kalk*, $2 C_4H_7CaO_2$ -

---

(1) Russ. Zeitschr. Pharm. IV, 448. — (2) Ann. Ch. Pharm. CXXXV[II,] 861; Zeitschr. Chem. 1866, 485; Chem. Centr. 1866, 787; Ann. [ch.] phys. [4] IX, 509. — (3) Jahresber. f. 1865, 318.

$5H_2O$, ist in heifsem Wasser leicht löslich und die heifs gesättigte Lösung erstarrt beim Erkalten zu einem Brei von mikroscopischen Nadeln. Aus einer nicht ganz gesättigten Lösung setzen sich bei langsamer Abkühlung lange, an der Luft verwitternde Prismen ab und. bei langsamer Krystallisation aus kalter Lösung entstehen vierseitige monoklinometrische Prismen $+ P. - P. (\infty P \infty)$. $\infty P \infty$, die sich an der Luft nicht verändern. *Isobutters. Baryt*, $C_4H_7BaO_2$, ist in Wasser wie in Alkohol leicht löslich und nur schwierig krystallisirbar. Ueber Schwefelsäure bilden sich kleine prismatische Krystalle, in der heifs gesättigten Lösung triklinometrische, leicht verwitternde Prismen; die alkoholische Lösung läfst sich bisweilen zur Syrupconsistenz verdampfen, ohne zu krystallisiren. *Isobutters. Magnesia*, $C_4H_7MgO_2$, ist ebenfalls leicht in Wasser und Alkohol löslich, krystallisirt in weifsen glänzenden Blättchen und verliert beim Trocknen einen Theil der Säure. *Isobutters. Bleioxyd* krystallisirt aus der Lösung von Bleioxydhydrat in der heifsen wässerigen Säure in schönen rhombischen Tafeln, die sich bei 16° in 11 Th. Wasser lösen und in siedendem Wasser zu einem klaren Oel schmelzen. Das in derselben Weise dargestellte Bleisalz der Gährungsbuttersäure scheidet sich dagegen aus der erkaltenden Lösung in öligen Tropfen aus, die sich zu einer zähen klebrigen Masse vereinigen. *Isobutters. Kupferoxyd* ist ein blaugrüner, nur wenig in Wasser, leichter in Alkohol löslicher Niederschlag, der in dunkelgrünen Prismen krystallisirt. *Isobutters. Quecksilber*: Die Lösung von frisch gefälltem Quecksilberoxyd in der heifsen verdünnten Säure setzt beim Verdampfen ein rothgelbes krystallinisches Gemenge von Oxyd- und Oxydulsalz und dann über Schwefelsäure, neben einem pulverigen basischen Salz, kugelförmige, aus Krystallnadeln bestehende Gruppen ab. In neutralem salpeters. Quecksilberoxydul erzeugen isobutters. Salze einen weifsen krystallinischen Niederschlag, der in der Siedehitze sich schwärzt und nur theilweise löst;

Isobutter-säure. aus der Lösung schiefsen weifse verfilzte Nadeln an, in Berührung mit Wasser ohne Aenderung der For[m] gelbes basisches Salz übergehen. *Isobutters. Silber[s]* $C_4H_7AgO_2$, ist ein weifser, in kaltem Wasser nur w[enig] löslicher Niederschlag, der aus heifs gesättigter Lösu[ng] glänzenden Blättchen krystallisirt, die unter dem Mikro[skop] als sehr flache rechtwinkelige Tafeln erscheinen; in k[alter] Lösung bilden sich kleine Prismen. *Isobutters. A[ether]* $C_4H_7(C_2H_5)O_2$, ist eine wasserhelle Flüssigkeit von reine[m] angenehmerem Geruch als der des butters. Aethyls. Es s[iedet] bei 110°, hat bei 0° das spec. Gew. 0,8893 und löst [sich] nur wenig in Wasser. — *Chlorisobutyryl* (Isobutters[äure-] chlorid) entsteht, nach einer weiteren Angabe von M[ar-] kownikoff (1), durch Einwirkung von Phosphoroxych[lorid] auf isobutters. Natron, und ist eine farblose, bei 92° [sie-] dende Flüssigkeit, welche durch Wasser zersetzt [wird]. Das gleichzeitig entstehende *Isobuttersäureanhydrid* ist [farb-] los, leichter als Wasser, siedet bei 180 bis 181° und [geht] beim Erwärmen mit Wasser in Isobuttersäure über[.] *Bromisobuttersäure* bildet sich beim Erhitzen von Isob[utter-] säure mit Brom auf 130° als beim Erkalten krystalli[nisch] erstarrende Masse. Die durch Erhitzen im Kohlens[äure-] strom, Pressen und Trocknen im leeren Raum gerei[nigte] Säure schmilzt bei 42°; sie ist nicht ohne Zersetzung d[estil-] lirbar, löst sich leicht in Aether und Alkohol und b[ildet] mit Wasser ein schweres Oel, das sich beim Erwä[rmen] löst, beim Erkalten aber wieder ausscheidet. Erhitzt [man] die Säure mit Aetzbaryt, so wird alles Brom als B[rom-] baryum abgeschieden und das neu gebildete Bary[umsalz] liefert alsdann durch Zerlegung mit Schwefelsäure *I[so-] buttersäure*, welche vielleicht mit der Dimethoxalsäur[e] identisch ist. Sie ist krystallisirbar, schmilzt bei 80°,

---

(1) Zeitschr. Chem. 1866, 501; Bull. soc. chim. [2] VII, 85
(2) Jahresber. f. 1864, 373.

starrt bei 76° und sublimirt schon unter 100° in langen Nadeln. Auch das Barytsalz und das Silbersalz sind krystallisirbar.

C. Bulk (1) hat die aus dem Cyanallyl des Senföls dargestellte Crotonsäure (2) näher untersucht. Das Cyanallyl wird bei öfterem Schütteln schon durch mehrstündiges Erhitzen mit überschüssiger Kalilauge in verschlossenen Gefäfsen auf 100° vollständig zersetzt. Die aus dem gebildeten Kalisalz durch Destillation mit wässeriger Schwefelsäure abgeschiedene Crotonsäure schiefst aus concentrirten wässerigen Lösungen beim Abkühlen in nadelförmigen Krystallen an, welche keine deutlichen Endflächen haben; über Schwefelsäure verdunstet giebt die Lösung gut ausgebildete Krystalle, welche nach A. Knop's Bestimmung monoklinometrische Combinationen von $0P. - P\infty. + P\infty. - P. + mP$ sind. Durch Vorherrschen der basischen Endfläche erscheinen sie tafelförmig; $+mP$ ist nur in Gestalt zweier paralleler Flächen vorhanden. Beobachtet wurden die wegen undeutlicher Spiegelung der Flächen nur annähernden Neigungswinkel $0P : -P\infty = 124°30$; $0P : +P\infty = 107°$; $-P\infty : +P\infty = 120°30'$; $-P : -P = 126°30'$; $0P : -P = 113°$; $0P : +mP = 96°$. Nach $0P$ und $+mP$ sind die Krystalle deutlich aber mit verschiedener Leichtigkeit spaltbar. Die Crotonsäure siedet constant bei 183°,8 (corrig. bei 187°) ohne merkliche Zersetzung; sie schmilzt bei 72°, erstarrt bei 70°,5, verdunstet schon bei gewöhnlicher Temperatur, unter Verbreitung eines eigenthümlichen, entfernt an Buttersäure erinnernden Geruchs und löst sich bei 15° in 12 Th. Wasser. Die Salze verhalten sich denen der Buttersäure sehr ähnlich; das Natronsalz ist eine nicht zerfliefsliche, perlmutterglänzende krystallinische Masse, die sich sehr leicht in Wasser,

---

(1) Ann. Ch. Pharm. CXXXIX, 62; Zeitschr. Chem. 1866, 505; Chem. Centr. 1866, 650; J. pr. Chem. C, 169; Bull. soc. chim. [2] VII, 256. — (2) Vgl. Jahresber. f. 1862, 500.

Crotonsäure. bei 14⁰ in 72,6 Th. 97procentigen Alkohols löst und be[i] 100⁰, ohne Bildung eines schwerlöslichen Salzes, Säur[e] verliert. Das zerfliefsliche Kalisalz ist ebenfalls krystallinisch[,] das ziemlich leicht lösliche Barytsalz bildet strahlig grup[-]pirte Krystalle. Wässerige Crotonsäure zersetzt kohlen[s.] Zinkoxyd schon bei gewöhnlicher Temperatur; die mi[t] Alkohol sich nicht trübende Lösung scheidet in der Siede[-]hitze weifses basisches Salz ab und beim Verdampfe[n] bleiben perlmutterglänzende Krystallschuppen, die sic[h] leicht in wässeriger Säure aber nur theilweise in Wasse[r] lösen. Essigs. Bleioxyd giebt mit crotons. Natron eine[n] weifsen Niederschlag, der in Wasser etwas schwerer lös[-]lich ist, als das entsprechende butters. Salz; die Lösun[g] setzt beim Verdampfen deutlich ausgebildete, beim Trockne[n] weifs werdende Krystallnadeln ab. Schwefels. Kupferoxy[d] giebt mit crotons. Natron einen blaugrünen, Eisenchlori[d] einen orangefarbenen Niederschlag. Crotons. Silbe[r] $C_4H_5AgO_2$, ist ein weifser, käsiger, am Licht sich schwä[r-]zender Niederschlag; in der heifs gesättigten Lösung bilde[n] sich dendritische Krystalle, die in der Siedehitze sich unte[r] Abscheidung von Metall langsam zersetzen. Metallische[s] Zink löst sich in wässeriger Crotonsäure unter Wasser[-]stoffentwickelung zu crotons. Zink. Fügt man aber vo[n] Zeit zu Zeit etwas verdünnte Schwefelsäure und wen[n] nöthig auch wieder Zink zu, so geht die Crotonsäure nac[h] und nach vollständig in Buttersäure über. Dieselbe Um[-]wandlung erfolgt bei mehrtägiger Digestion von wässerige[r] Crotonsäure mit Natriumamalgam. Die hierbei gebildet[e] optisch inactive Buttersäure hat alle Eigenschaften de[r] gewöhnlichen, durch Gährung gebildeten Buttersäure. Da[s] spec. Gewicht ist = 0,9850 bei 13⁰,5; der Siedepunkt lieg[t] bei 165⁰, der Erstarrungspunkt bei — 14⁰, der Schmel[z]punkt bei — 12⁰. Ebenso verhalten sich die Salze wi[e] die der gewöhnlichen Buttersäure. — Die aus künstliche[m] Cyanallyl dargestellte Crotonsäure hat dieselben Eigen[-]schaften wie die aus dem Cyanallyl des Senföls gewonnene[.]

— Beim Vermischen von wässeriger Crotonsäure mit Brom ^{Crotonsäure.} entsteht eine farblose Lösung, die beim Verdunsten ein Gemenge einer syrupartigen mit einer festen Säure hinterläfst, welches Bromwasserstoff aushaucht; bei der Einwirkung von Bromdampf auf krystallisirte Crotonsäure entsteht dagegen nur die feste bromhaltige Säure. Diese letztere bildet dem monoklinometrischen System angehörende Krystalle; sie schmilzt bei 78°, erstarrt bei 75°,5 und löst sich ziemlich leicht in Wasser. Der gefundene Bromgehalt (65,72 pC.) entspricht eher der Formel der Dibromcrotonsäure, $C_4H_4Br_2O_2$, als der der Dibrombuttersäure, $C_4H_6Br_2O_2$. Das Natronsalz dieser Säure ist in Wasser sehr leicht löslich und bildet perlmutterglänzende faserige Krystalle; das ebenfalls krystallinische Kalisalz ist zerfliefslich. Das Silbersalz ist ein weifser, in Wasser nur schwer löslicher Niederschlag, der selbst kurze Zeit nach der Fällung von Salpetersäure nur theilweise aufgenommen wird. Beim Kochen mit Wasser wird der ganze Silbergehalt als Bromsilber ausgeschieden, während die überstehende Flüssigkeit eine' stark saure Reaction annimmt. Die neben der festen Säure sich bildende, unkrystallisirbare, in Wasser ziemlich schwer lösliche Säure enthält weniger Brom als die feste und besteht der Hauptmasse nach vielleicht aus Monobromcrotonsäure.

Nach einer vorläufigen Mittheilung von W. Körner (1) bildet Brom mit (aus Cyanallyl dargestellter) Crotonsäure eine kaum gefärbte Krystallmasse, welche nach dem Umkrystallisiren aus alkoholfreiem Aether der Formel $C_4H_6Br_2O_2$ entspricht und mit der Säure identisch zu sein scheint, welche Cahours durch Einwirkung von Brom auf wässeriges itacons. Kali erhielt. Diese bromhaltige Säure schmilzt bei 90°, löst sich viel schwieriger in Wasser als

---

(1) Ann. Ch. Pharm. CXXXVII, 258; Zeitschr. Chem. 1866, 160; J. pr. Chem. XCIX, 464; Bull. soc. chim. [2] VI, 226; Instit. 1866, 398.

die Crotonsäure und liefert durch Behandlung mit Alkali, je nach den Bedingungen neben Bromwasserstoff entweder Monobromcrotonsäure, oder, bei tiefer greifender Zersetzung auch Kohlensäure und ein bromhaltiges Oel, vielleicht C_3H_5Br. Durch Natriumamalgam wird die Crotonsäure, nach Körner's Angabe, auch bei wochenlanger kalter Behandlung nicht in Buttersäure übergeführt.

Valeriansäure. J. Clark und R. Fittig (1) haben Näheres über die im Jahresber. f. 1865, 319 vorläufig erwähnten Derivate der Valeriansäure mitgetheilt. Sie bestätigen die (mit den Angaben von Cahours (2) in Widerspruch stehende) Beobachtung von Borodine (3), dafs die Bromvaleriansäure nicht unzersetzt destillirbar ist. Die durch Erhitzen von Brom mit entwässerter Valeriansäure auf 120 bis 130 dargestellte und durch einen trockenen Luftstrom von Bromwasserstoff befreite ölartige Bromvaleriansäure zerfällt bei jedesmaliger Destillation schon unter 200°, indem sich neben einer kohligen Masse reichliche Mengen von Bromwasserstoff und Valeriansäure bilden. — *Amidovaleriansäure* (Valeraminsäure), $C_5H_{11}NO_2$, entsteht, wie schon von Cahours (4) angedeutet wurde, bei 24 stündigem Erhitzen von Bromvaleriansäure mit concentrirtem wässerigen Ammoniak auf 100°, Behandeln der vom Ammoniaküberschufs befreiten Flüssigkeit mit Bleioxydhydrat, Verdampfen des mit Schwefelwasserstoff entbleiten Filtrats zu Syrup und Umkrystallisiren der mit einem Gemisch von Alkohol und Aether gewaschenen Krystallmasse aus Alkohol. Sie bildet farblose, nach dem Trocknen fast undurchsichtige, dem Leucin ähnliche Blättchen, die unter dem Mikroscop als sehr flache monoklinometrische Prismen erscheinen, sich leicht in Wasser, kaum in kaltem Alkohol

(1) Ann. Ch. Pharm. CXXXIX, 199; im Auss. J. pr. Chem. 176; Zeitschr. Chem. 1866, 180; Chem. Centr. 1866, 916; Bull. sc chim. [2] VI, 335; VII, 253; Instit. 1866, 288. — (2) Jahresber. f. 1865 249. — (3) Jahresber. f. 1861, 462. — (4) Jahresber. f. 1862, 249.

oder Aether und auch schwer in siedendem Alkohol lösen. Die wässerige Lösung reagirt nicht auf Lackmus. Die Verbindung sublimirt, ohne zu schmelzen, in Schneeflocken ähnlichen Massen; bei raschem Erhitzen setzen sich oberhalb des Sublimats alkalisch reagirende Tropfen (Butylamin) an. Durch kalte Natronlauge erfolgt keine Zersetzung. *Salzs. Amidovaleriansäure*, $C_5H_{11}NO_2$, HCl, krystallisirt über Schwefelsäure in grofsen, luftbeständigen, nicht in Aether, aber leicht in Wasser und Alkohol löslichen Tafeln; Platinchlorid bewirkt in der concentrirten Lösung keine Fällung. *Salpeters. Amidovaleriansäure*, $C_5H_{11}NO_2$, NHO_3, ist eine luftbeständige, strahlig krystallinische Masse, die sich sehr leicht in Wasser und Alkohol, nicht in Aether löst, beim Erhitzen schmilzt und dann unter Entwickelung rother Dämpfe verpufft. *Amidovalerians. Kupfer*, $C_5H_{10}CuNO_2$, setzt sich aus der mit essigs. Kupfer vermischten Lösung der Säure beim Erwärmen in durchsichtigen, in heifsem Wasser schwer löslichen Schuppen ab. Aus der wässerigen Lösung wird das Kupfer durch Kali vollständig gefällt. *Amidovalerians. Silber*, $C_5H_{10}AgNO_2$, scheidet sich aus der heifsen, mit salpeters. Silber versetzten Lösung der Säure auf Zusatz von etwas Ammoniak in kugeligen Krystallaggregaten ab, die sich kaum in kaltem, schwer in heifsem Wasser lösen und am Licht sich allmälig grau färben. Trotz einiger Verschiedenheiten in den Eigenschaften halten Clark und Fittig die Amidovaleriansäure für identisch mit dem von Gorup-Besanez (1) in der Bauchspeicheldrüse des Ochsen aufgefundenen Körper. — *Oxyvaleriansäure* (Valerolactinsäure), $C_5H_{10}O_3$, entsteht beim Erhitzen von Bromvaleriansäure mit frisch gefälltem Silberoxyd und Wasser. Die vom Bromsilber abfiltrirte und von gelöstem Silber durch Schwefelwasserstoff befreite Lösung wird nach dem

---

(1) Jahresber. f. 1856, 706. — Gorup-Besanez (Ann. Ch. Pharm. CXLII, 274) spricht sich ebenfalls für die Identität beider Körper aus.

Valerian-säure. Concentriren mit kohlens. Kalk neutralisirt, das hera krystallisirende, mit heifsem Alkohol gewaschene Kalks in das Zinksalz umgewandelt und dieses mit Schwe wasserstoff zersetzt. Die Säure krystallisirt aus der ü Schwefelsäure zum Syrup verdampften Lösung in grofi rectangulären, nicht zerfliefslichen Tafeln. Sie ist in W ser, Alkohol und Aether sehr leicht löslich, schmilzt l 80° und verflüchtigt sich mit Wasserdämpfen, so wie st langsam bei 100° im Luftbade. *Oxyvalerians. Ka* $4 C_5H_9CaO_3 + 3H_2O$ (vielleicht $C_5H_9CaO_3 + H_2O$), in heifsem Wasser leichter löslich als in kaltem, in All hol unlöslich und setzt sich aus der wässerigen Lösung Krusten ab, die auch unter dem Mikroscop keine reg mäfsigen Formen zeigen. *Oxyvalerians. Zink,* $C_5H_9Zn($ scheidet sich aus der mit neutralem Chlorzink vermisch concentrirten Lösung des Kalksalzes, namentlich beim l hitzen, in voluminösen Krystallmassen ab, die sich ni in Alkohol und nur schwer in Wasser lösen. *Oxyvaleria Natron,* $C_5H_9NaO_3$, ist in Wasser und Alkohol leicht l lich und krystallisirt in warzigen Krusten. *Oxyvaleria Silber,* $C_5H_9AgO_3$, ist ein voluminöser Niederschlag, aus heifsem Wasser in federförmigen Krystallen anschie *Oxyvalerians. Kupfer,* $2 C_5H_9CuO_3 + H_2O$, setzt sich der mit essigs. Kupfer vermischten Lösung des Kalksal in hellgrünen Prismen ab, die erst bei 170° wasserl werden.

Valerians. Aethyl. E. Greiner (1) hat das Nähere über die im J: resber. für 1865, 319 vorläufig erwähnten Zersetzungsp ducte des valerians. Aethyls durch Natrium mitgethe Das Natrium löst sich in dem (zweckmäfsig mit d gleichen Vol. Aether vermischten) valerians. Aethyl einer Wasserstoffatmosphäre mit nur schwacher Gase wickelung auf, und wenn, unter schliefslicher Erwärmu

---

(1) In der S. 300 angeführten Abhandlung.

wa 16 pC. Natrium verbraucht sind, so bleibt nach dem Abdestilliren des Aethers eine theils flüssige, theils feste Masse, die beim Vermischen mit Wasser eine beträchtliche Menge einer oben aufschwimmenden ölartigen Flüssigkeit A abscheidet, während die wässerige Lösung das Natronsalz einer krystallisirbaren Säure B enthält. Versucht man die durch Schütteln mit Aether von dem ölartigen Körper A und von Farbstoff befreite wässerige Lösung mit Essigsäure, so scheidet sich ein bald erstarrendes Oel ab, welches durch Aufnehmen in Aether und Umkrystallisiren des Verdampfungsrückstandes aus warmem Alkohol neben der krystallisirbaren Säure B eine flüssige Säure C liefert. Die Säure B hat die Formel $C_{20}H_{34}O_3 = C_5H_7(C_5H_9)_2(C_5H_9O)O_2$, und wird als *Divalerylen-Divaleriansäure* bezeichnet. Ihre Bildung entspricht der Gleichung:

Valerians. Aethyl	Divalerylen-divalerians. Natron	Natrium-alkoholat	Alkohol		
$4C_5H_9(C_2H_5)O_2 + 6Na$	$= C_{20}H_{33}NaO_3$	$+ 3C_2H_5NaO$	$+ C_2H_6O$	$+ Na_2O$	$+ H_2$

Die Divalerylen-Divaleriansäure krystallisirt in farblosen, vollkommen durchsichtigen, dem Schwerspath ähnlichen rhombischen Tafeln; sie schmilzt zwischen 125,5 und 128°,5, destillirt unverändert bei 295° und bildet nach dem Schmelzen oder Destilliren eine amorphe feste Masse, die sich wie die krystallisirte Säure in warmem Alkohol löst und daraus wieder krystallisirt. Sie löst sich leicht in Aether, schwer in kaltem, leicht in heifsem Alkohol, gar nicht in Wasser. Die Lösung reagirt schwach sauer und es ist schwierig, neutrale Salze zu erhalten. Das durch Sättigen von heifsem Barytwasser mit der Säure dargestellte Barytsalz ist eine amorphe durchsichtige Masse, welche in Wasser unter Rücklassung von Säure und kohlens. Baryt sich löst; das Kupfersalz ist ein blafsgrüner, in Alkohol unlöslicher, leicht schmelzbarer Niederschlag; das Natronsalz eine leicht in Wasser und Alkohol lösliche amorphe Masse,

Valerians. Aethyl.

die schon durch Kohlensäure zersetzt wird; die Lös giebt mit essigs. Blei, essigs. Zink und salpeters. Silber wa flockige Niederschläge. Der Aethyläther, $C_{20}H_{38}(C_2H_5)$ entsteht beim Erhitzen des Natronsalzes mit Jodäthyl 180° als ölartige, bei 250 bis 280° siedende, obstartig chende Flüssigkeit. — Die in weit geringerer Menge stehende ölige Säure C wird von Greiner mit der F mel $C_{12}H_{22}O_3 = C_5H_8(C_5H_9O)(C_2H_5)O_2$, als *Aethyldia riansäure* bezeichnet. Sie ist in der Wärme dickflüs bei gewöhnlicher Temperatur firnissartig und riecht wi lich, an Valeriansäure erinnernd. Sie löst sich in Alko und Aether, nicht in Wasser, reagirt stärker sauer als vorhergehende Säure und zersetzt kohlens. Salze. Natronsalz ist eine gelbe harzartige Masse, deren Lös mit Chlorbaryum, Chlorcalcium, Blei- und Zinksal weiche, harzartige, mit essigs. Kupfer flockige Nie schläge giebt. — Die durch Wasser abgeschiedene ölart Flüssigkeit A liefert durch fractionirte Destillation : 1) lerians. Aethyl (Siedepunkt 130 bis 140°); 2) einen zwisc 180 und 190° siedenden, nicht näher untersuchten Körp dessen Kohlenstoff- und Wasserstoffgehalt der For $C_{20}H_{34}O$ entspricht; 3) eine zwischen 200 und 210° des rende Verbindung, deren Zusammensetzung und Siedepu auf Aethylamyläthervaleral, $C_{12}H_{26}O_2$ deutet; 4) einen etwa 230° übergehenden, krystallisirbaren, bei etwa schmelzenden Körper, aus dessen Analyse Greiner Formel $C_{22}H_{48}O_5$ berechnet und 5) ein zwischen 250 300° siedendes ölartiges Product, welches mit der For $C_{10}H_{18}O$ vielleicht identisch ist mit dem von Borodine durch Einwirkung von Natrium auf Valeraldehyd er tenen Körper.

Isocapronsäure.

Isocapronsäure wird nach Morkownikoff (2) cyanwasserstoffs. Amylen in analoger Weise erhalten,

---

(1) Jahresber. f. 1864, 338. — (2) In der S. 313 angeführten handlung.

die Isobuttersäure aus dem Pseudopropylcyanür. Abge- *Isocapronsäure.*
kühltes Amylen absorbirt Jod- oder Bromwasserstoffsäure
in großer Menge, und die gesättigte, durch Waschen mit
verdünntem Kali und Rectificiren gereinigte Verbindung
wirkt sehr leicht auf Cyanmetalle, selbst auf Cyanquecksilber und Cyanblei ein. Mit einer alkoholischen Lösung
von Cyankalium findet (unter gleichzeitiger Abscheidung
von viel freiem Amylen) die Bildung des cyanwasserstoffs.
Amylens schon bei gewöhnlicher Temperatur statt. Die
daraus dargestellte Isocapronsäure ist verschieden von der
Capronsäure aus Cyanamyl, sowie auch von der Diäthyl-
essigsäure (1). Sie riecht weniger unangenehm wie die Capronsäure, mehr fruchtartig wie die Isobuttersäure. Das
Kalksalz ist in heißem Wasser weniger löslich als in kaltem
und scheidet sich beim Verdampfen in Schuppen ab, wie
das isobutters. Salz. Das Silbersalz, $C_6H_{11}AgO_2$, ist in
heißem wie in kaltem Wasser leichter löslich, als das
buttere. Silber und scheidet sich aus der heißen Lösung in
Flocken ab, die aus mikroscopischen Nadeln bestehen.

Oenanthyls. Methyl, $C_7H_{13}(CH_3)O_2$, wurde von Neu- *Oenanthyl-*
bet, nach einer Mittheilung von A. Geuther (2), durch *säure.*
Erhitzen einer Mischung von 1 Vol. Oenanthylsäure und
1 Vol. Holzgeist mit salzs. Gas und Verdünnen mit Wasser
dargestellt. Der Aether destillirt, unter geringer Zersetzung, bei etwa 180° über; er hat das spec. Gew. 0,887
bei 8° und riecht angenehm nach Aethyläther und Methyl-
menthol.

H. Schröder (3) hat die Hypogäsäure (4) in der- *Hypogä-*
selben Richtung und mit analogem Resultat, wie Over- *säure.*
beck die Oelsäure (vgl. S. 330), untersucht. Zur Darstellung der Säure und zu ihrer Scheidung von Arachin-

---

(1) Jahresber. f. 1865, 308. — (2) Jen. Zeitschr. f. Med. u. Naturw.
II, 299. — (3) Ann. Ch. Pharm. CXLIII, 22; vorläufige Anzeige
Jahresber. Chem. 1865, 144; Bull. soc. chim. [2] VII, 188. — (4) Jah-
resber. f. 1855, 529; f. 1856, 494.

Hypogäsäure. säure und Oelsäure, welche sie in dem Erdnufsöl begleitet schlug Er den folgenden Weg ein. Das frische, aus den Samen von Arachis hypogaea mittelst Schwefelkohlenstoff extrahirte, dünnflüssige strohgelbe Oel von angenehmem Geruch und olivenähnlichem Geschmack wurde durch mehrstündiges Erhitzen mit verdünnter Natronlauge verseift (die von Göfsmann und Scheven angegebene schwere Verseifbarkeit beobachtete Schröder nicht), die weifse geruchlose Seife durch Salzsäure zersetzt, das abgeschiedene Säuregemenge in der genau erforderlichen Menge in heifsem Alkohol aufgelöst und die erkaltete, von der ausgeschiedenen Arachinsäure getrennte Lösung in einer Atmosphäre von Wasserstoff verdampft. Die zurückbleibende halbfeste Masse wurde zwischen Filtrirpapier ausgeprefst, in heifsem Alkohol gelöst und die Lösung verdunstet, welche Behandlung so oft wiederholt wurde, bis die erkaltende alkoholische Lösung keine Krystalle mehr ausschied. Beim schliefslichen Verdampfen in Wasserstoffstrom bleibt die reine Hypogäsäure in kleinen weifsen Krystallen vom Schmelzpunkt 33° zurück. Die Hypogäsäure verbindet sich direct mit einem Molecül Brom zu *Hypogäsäure-Dibromid*, $C_{16}H_{30}Br_2O_2$. Zur Darstellung desselben tropft man in die mit Eis abgekühlte Säure langsam und unter beständigem Umrühren so lange Brom, bis dessen Farbe auch nach einiger Zeit nicht mehr verschwindet (die Anfangs feste Masse verflüssigt sich zuerst, nimmt aber später dicke Syrupsconsistenz an; bei raschem Zusatz des Broms findet Erwärmung statt und man erhält das unter reichlicher Entwickelung von Bromwasserstoff Substitutionsproducte), läfst die rohe Säure zur Verdunstung eines etwaigen Ueberschusses von Brom einige Zeit an einem luftigen Orte stehen, verseift dann in der Kälte mit der genau erforderlichen Menge von Kalilauge, löst den Seifenleim in Alkohol und zersetzt die mit Wasser verdünnte und filtrirte Lösung mit Salzsäure. Die ausgeschiedene butterartige Verbindung wird mit Wasser b

rschwinden der sauren Reaction gewaschen und im
getrocknet. Sie ist fest, nicht krystallisirbar, gelb
lich gefärbt, schmilzt bei 29° und wird von
und Aether leicht, von Wasser nicht gelöst. Sie
t zersetzbar und zerfällt schon bei der Verseifung,
ese mit concentrirter oder überschüssiger Kalilauge
der Wärme geschieht. Ihre schwierig darzustellen-
se sind nicht krystallisirbar. Wird das Hypogä-
romid in alkoholischer Lösung mit 2 Molecülen
rat erwärmt, so setzt es sich mit demselben um
ildung von Bromkalium und *Monobromhypogäsäure*,
rO_2, nach der Gleichung: $C_{16}H_{30}Br_2O_2 + KHO$
$_{29}BrO_2 + KBr + H_2O$. Zur vollständigen Zer-
ist die so erhaltene Säure mehrere Tage mit einem
iden Ueberschuſs von concentrirter Kalilauge zu
und schlieſslich zum Kochen zu erhitzen, wobei
eine theilweise weiter gehende Zersetzung nicht
eiden ist. Die durch Salzsäure aus der alkalischen
eit als dickflüssiges, allmälig erstarrendes braunes
eschiedene, aus dem angegebenen Grunde nicht
ine Säure besitzt einen zwischen 19 und 23° lie-
Schmelzpunkt und fruchtähnlichen Geruch; sie ist
r und Alhohol leicht löslich. Sie verbindet sich
it Brom und liefert bei langsamem Zusatz des-
nter guter Abkühlung das *Dibromid der Monobrom-
iure*, $C_{16}H_{29}Br_3O_2$. Von überschüssigem Brom durch
n an die Luft befreit und in Aether gelöst, bleibt
ei dem Verdunsten (zuletzt im Vacuum) als fester
veiſser, nicht krystallinischer, in Alkohol und
ßslicher Körper vom Schmelzpunkt 39° zurück. —
rer Temperatur wird das Dibromid der Hypogä-
rch alkoholische Kalilauge unter Austritt von zwei
n Bromwasserstoff und Bildung von *Palmitolsäure*,
'₂, zerlegt. Zur Darstellung dieser Säure erwärmt
rohe Bromid mit alkoholischer Kalilauge, filtrirt
a ausgeschiedenen Bromkalium, erhitzt das Filtrat

Hypogäsäure. mit frischer alkoholischer Kalilauge in einer geschlossenen Glasröhre 3 bis 4 Tage auf 170 bis 180°, löst den (b vollständiger Zersetzung in der Kälte erstarrenden) Inh der Röhre in wenig Alkohol und fällt die filtrirte, mit v lem Wasser verdünnte Lösung durch Salzsäure in d Wärme. Die abgeprefste Masse liefert durch öfteres Ur krystallisiren aus Alkohol farblose feine seideglänzen Nadeln, die bei 42° schmelzen, und nicht in Wasser, Alkohol und Aether aber leicht löslich sind; aus der äth rischen Lösung werden nur bei langsamem Verdunst Krystalle erhalten. Die Palmitolsäure verbindet sich s 1 Molecül Brom zu *Dibromid*, $C_{16}H_{28}Br_2O_2$, bei Ueberscha von Brom und im directen Sonnenlicht (unter theilweis Zersetzung und Entwickelung von Bromwasserstoff) *Tetrabromid*, $C_{16}H_{28}Br_4O_2$, welches letztere aus Alkohol hellgelben Blättchen krystallisirt. Die Palmitolsäure einbasisch. Ihre Alkalisalze werden durch directe Sättig und Verdampfen erhalten; das *Kali-* und *Natros* sind amorph, das Ammoniaksalz bildet kleine undeutli Krystalle. Das *Silber*salz, $C_{16}H_{27}AgO_2$, wird durch salpete Silber aus der alkoholischen Lösung der Säure bei all ligem Zusatz von Ammoniak als amorphes weifses, Lichte sich leicht schwärzendes Pulver gefällt; in gleich Weise wird das *Baryt*salz aus der alkoholischen Lösu der Säure durch eine concentrirte Lösung von essigs. Bar in schwachem Weingeist (nicht durch eine verdünnte L sung und nicht durch Chlorbaryum) als weifser Nied schlag erhalten, der nur in kochendem Alkohol löslich i und sich aus dieser Lösung beim Erkalten körnig krystal nisch ausscheidet. Das *Kupfersalz* ist ein blaugrü Niederschlag. *Monobrompalmitolsäure*, $C_{16}H_{27}BrO_2$, entst bei der Einwirkung von siedender alkoholischer Kalilös auf das Bromid der Monobromhypogäsäure, nach d Gleichung $C_{16}H_{29}Br_3O_2 + 2KHO = C_{16}H_{27}BrO_2 + 2K$ $+ 2H_2O$. Schröder erhielt diese Säure nach der A scheidung mittelst Salzsäure nur im unreinen Zustand

dunkelbraune, feste, bei 31° schmelzende Masse, schwerer in Hypogäsäure.
Wasser und in Alkohol und Aether löslich. — Durch ...ende Salpetersäure wird Palmitolsäure mit Heftigkeit ...griffen und in drei wesentliche Oxydationsproducte: ...äure, Korksäurealdehyd und Palmitoxylsäure ver... ...alt. Zur Darstellung dieser letzteren läfst man rauchende ...tersäure tropfenweise zu Palmitolsäure fliefsen, indem die Einwirkung anfänglich durch gelindes Erwärmen ...tützt, bis sie stürmisch zu werden anfängt (bei die- ...eitpunkt ist sie durch Erkaltenlassen zu mäfsigen) sie unterbricht, wenn nach schliefslichem gröfserem ... von Salpetersäure keine rothen Dämpfe mehr auf- .... Dem Product entzieht man durch wiederholtes ...chen mit Wasser die Korksäure (1), löst den ausge- ...enen Rückstand in heifsem Alkohol und trennt nach Erkalten die untere dunkel gefärbte ölige Schichte ...iltrates, welche wesentlich aus Korksäurealdehyd be- ... von der aufschwimmenden heller gelben Lösung der ...toxylsäure. Die bei dem Verdunsten der letzteren ...bleibende Krystallmasse liefert durch Pressen zwi- Filtrirpapier und Umkrystallisiren aus heifsem abso- Alkohol schimmernde gelbliche Blättchen der reinen .... Die Ausbeute an derselben betrug im Maximum

Schröder erhielt die *Korksäure* durch Verdunsten ihrer alko... ...en Lösung in Nadeln, welche den Schmelzpunkt 129° ergaben ...hresber. f. 1864, 378). Zur Isolirung des *Korksäurealdehydes* die oben erwähnte ölige Schichte bis zur Verjagung des Alko- ...ands erwärmt, in einem Strom von Wasserdampf destillirt, das ... wässerigen Destillat schwimmende Oel in Alkohol gelöst und ...um verdunstet, wo der vermuthliche Korksäurealdehyd als ...iges Oel von schwachem Geruch zurückblieb. Seine Zusam- ...ung entspricht der Formel $C_8H_{14}O_2$. Er siedet unter theilweiser ...ung und Bräunung bei 202°; bei raschem Erhitzen auf Platin- ...inerläfst er schwer verbrennliche Kohle. Durch Oxydations- (Brom und Wasser) geht die Verbindung in eine Säure über, nach dem Aussehen und Schmelzpunkt der Krystalle Korksäure ... scheint.

Hypogä-säure. 7 bis 8 pC. des Rohmaterials, sank aber auf 1 bis 2 pC wenn die Heftigkeit der Einwirkung der Salpetersäure durch künstliche Abkühlung gemindert wurde. Die ei.. basische *Palmitoxylsäure* hat die Formel $C_{16}H_{28}O_4$; s.. schmilzt bei 67° und ist in Wasser nicht, leicht aber i.. Alkohol und Aether löslich. *Palmitoxyls. Silber*, $C_{16}H_{27}AgO$.. wird wie das palmitols. Salz erhalten und bildet einen weifse.. in Alkohol fast unlöslichen Niederschlag, der sich am Lich.. dunkelviolett färbt, eine Temperatur von 150° aber oh.. Zersetzung erträgt. Die Einwirkung der Salpetersäu.. auf Palmitolsäure interpretirt Schröder durch die Gle.. chung:

	Palmitoxyl-säure	Kork-säure	Korksäure-aldehyd

$$2 C_{16}H_{26}O_2 + 7 O = C_{16}H_{28}O_4 + C_8H_{14}O_4 + C_8H_{14}O_2.$$

Zerreibt man das Dibromid der Hypogäsäure mit über.. schüssigem frisch gefälltem Silberoxyd und wenig Wass.. und kocht man nach Zusatz von mehr Wasser so lang.. bis keine weitere Bildung von Bromsilber mehr erfolgt, enthält die Mischung das Silbersalz einer neuen Säu.. der *Oxyhypogäsäure*, $C_{16}H_{30}O_3$. Durch längeres Erhitz.. der Masse mit Salzsäure wird sie als ölige, in der Kä.. erstarrende Schicht abgeschieden und bleibt nach de.. Waschen mit Wasser und Auflösen in Alkohol bei de.. Verdunsten der Lösung als weifse Masse vom Schmel.. punkt 34° zurück, welcher aber immer kleine Mengen d.. folgenden Säure beigemischt sind. Ihre Bildung erfol.. nach der Gleichung $C_{16}H_{30}Br_2O_2 + Ag_2O = C_{16}H_{30}O_3 + 2AgBr$. Die Oxyhypogäsäure geht bei anhaltendem (2.. stündigem) Kochen mit Kalilauge (oder auch mit Silb.. oxyd) durch Aufnahme eines Molecüls Wasser in *Diox.. palmitinsäure*, $C_{16}H_{32}O_4$, über. Durch Salzsäure abgeschiede.. mit Wasser ausgewaschen und in heifsem Alkohol gelö.. krystallisirt diese bei dem langsamen Verdunsten der L.. sung in weifsen Krystallblättchen. Sie schmilzt bei 1.. und ist in Alkohol und Aether löslich. *Dioxypalmit..*

Baryt, $C_{16}H_{31}BaO_4$, wird in weifsen wasserfreien Körnern Hypogäerhalten, wenn man die ammoniakalische, mit Alkohol ver- säure. dünnte Lösung der Säure mit einer alkoholischen Lösung von essigs. Baryt fällt, den Niederschlag in Alkohol löst und diese Lösung der Verdunstung überläfst. In heifsem Alkohol ist das Salz schwer, in kaltem fast nicht löslich. Die Beziehungen zwischen den beschriebenen Derivaten der Hypogäsäure sind aus der folgenden Zusammenstellung ersichtlich:

Hypogäsäure $C_{16}H_{30}O_2$.

Hypogäsäuredibromid	$C_{16}H_{30}Br_2O_2$	Monobromhypogäsäure	$C_{16}H_{29}BrO_2$
Palmitolsäure	$C_{16}H_{28}O_2$	Monobromhypogäsäuredibromid	
Palmitoxylsäure	$C_{16}H_{28}O_4$		$C_{16}H_{29}Br_3O_2$
Oxyhypogäsäure	$C_{16}H_{30}O_3$	Monobrompalmitolsäure	$C_{16}H_{27}BrO_2$
Dioxypalmitinsäure	$C_{16}H_{32}O_4$	Palmitolsäuredibromid	$C_{16}H_{28}Br_2O_2$
		Palmitolsäuretetrabromid	$C_{16}H_{28}Br_4O_2$

Die der Hypogäsäure isomere Gaïdinsäure (1) wird Gaïdinsäure. nach Schröder vortheilhafter als nach dem von Caldwell und Göfsmann angegebenen Verfahren erhalten, indem man Hypogäsäure mit gewöhnlicher Salpetersäure vorsichtig bis zum Beginn der Entwickelung von Untersalpetersäuredämpfen erwärmt, sodann abkühlt, die erstarrte Masse wiederholt in heifsem Wasser umschmilzt und von einem gleichzeitig gebildeten Oel durch öfteres Umkrystallisiren aus Alkohol reinigt. Ihr Schmelzpunkt liegt nach Schröder bei 39°. Auch die Gaïdinsäure nimmt ein Molecül Brom auf und bildet ein krystallisirbares Dibromid, welches wie das isomere Bromid der Hypogäsäure, aber erst bei höherer Temperatur, durch alkoholische Kalilösung unter Bildung von Palmitolsäure zersetzt wird. *Gaïdins. Natron* krystallisirt bei dem langsamen Verdunsten einer Lösung in sehr verdünntem Alkohol in wasserfreien weifsen Blättchen.

---

(1) Jahresber. f. 1855, 520; f. 1856, 494.

Oelsäure.

Nach Versuchen von Bolley und Borgmann (1) läfst sich die Oelsäure in einem Wasserdampfstrom bei 250° ohne Zersetzung destilliren, während in höherer Temperatur (bei 300 bis 320°) oder bei der Destillation für sich feste fette Säuren und Kohlenwasserstoffe als Zersetzungsproducte auftreten.

Bromölsäure.

O. Overbeck (2) hat die im Jahresber. f. 1865, 326 vorläufig erwähnte Untersuchung über die Derivate der Oelsäure veröffentlicht. — Das durch allmäligen Zusatz von 1 Mol. Brom zu abgekühlter Oelsäure durch Addition entstehende *Oelsäuredibromid*, $C_{18}H_{34}Br_2O_2$, wird zur Reinigung mit wässeriger (auf 1 Aeq. des Bromids höchstens 1 Aeq. Kalihydrat enthaltender) Kalilauge verseift, der weifse Seifekuchen in verdünntem Alkohol gelöst, die filtrirte Lösung mit überschüssiger Salzsäure zersetzt und das abgeschiedene, mit Wasser gewaschene Oel in Aether gelöst. Die ätherische Lösung hinterläfst beim Verdunsten (schliefslich im leeren Raum über Schwefelsäure) das Bromid als ein gelbes syrupdickes Oel, schwerer als Wasser, darin unlöslich, in Alkohol und Aether leicht löslich und erst oberhalb 100° sich zersetzend. Bei der Darstellung aus roher, an der Luft veränderter Oelsäure wurde einmal ein Product von Butterconsistenz erhalten, aus dessen Lösung in wenig Alkohol sich körnige, bei 93° schmelzende Krystalle absetzten, deren Bromgehalt auf die Formel $C_{18}H_{33}Br_3O_2$ deutet. Die Salze des Oelsäuredibromid sind zähe, schmierige oder gummiartige, zur Analyse nicht geeignete Massen. — *Monobromölsäure*, $C_{18}H_{33}BrO_2$ entsteht beim Vermischen des Oelsäuredibromids mit wenigstens 2 Aeq. Kalihydrat in alkoholischer Lösung. Es scheidet sich aus der von ausgeschiedenem Bromkalium

---

(1) J. pr. Chem. XCVII, 159; Dingl. pol. J. CLXXIX, 462 Zeitschr. Chem. 1866, 186; Chem. Centr. 1866, 846. — (2) Ann. Pharm. CXL, 39; Zeitschr. Chem. 1866, 713; Ann. ch. phys. [4] 488; Bull. soc. chim. [2] VII, 851.

...bgegossenen und stark mit Wasser verdünnten Lösung
... hellgelbes Oel ab, das indessen nicht die reine Säure
..., sofern sich aus derselben beim Stehen im leeren Raum
...eise, bei 35 bis 36° schmelzende Krystalle absetzen, die
...ahrscheinlich aus (etwas Stearolsäure enthaltender) Mono-
...omölsäure bestehen. Beim Behandeln der Monobromöl-
...ure mit Natriumamalgam bildet sich eine bromfreie Säure
...a den Eigenschaften der Oelsäure. — *Stearolsäure*, $C_{18}H_{32}O_2$,
...tsteht beim 6- bis 8 stündigen Erhitzen von Monobromöl-
...ure (oder auch von Oelsäuredibromid) mit wenigstens
... Aeq. Kalihydrat in alkoholischer Lösung auf 100° und
...heidet sich aus der vom Bromkalium abgegossenen ver-
...nnten Lösung auf Zusatz von verdünnter Salzsäure aus.
...e krystallisirt aus Weingeist in seideglänzenden Nadeln
...er langen Prismen, schmilzt bei 48° und destillirt bei
...0° gröfstentheils unzersetzt. Die Salze sind meist schön
...ystallisirt und werden beim Zerreiben stark electrisch;
...e Alkalisalze krystallisiren nur schwierig und lösen sich
...heifsem Wasser zu einem klaren Seifenleim; das Am-
...oniaksalz krystallisirt in perlmutterglänzenden Blättern
...er grofsen rhombischen Tafeln und zerfällt beim Sieden
...r wässerigen Lösung in sich ausscheidendes saures Salz.
...her untersucht wurden:

Stearols. Baryt, $C_{18}H_{31}BaO_2$ krystallinisch
Stearols. Kalk, $2 C_{18}H_{31}CaO_2 + H_2O$ Krystalldrusen.
Stearols. Silber, $C_{18}H_{31}AgO_2$ körniger Niederschl.

...gen Wasserstoff im Entstehungszustand verhält sich die
...earolsäure indifferent. — In Berührung mit Brom ver-
...ndelt sie sich ohne Gasentwickelung in *Stearolsäuredibro-
...id*, $C_{18}H_{32}Br_2O_2$, welches im reinen Zustande ein fast
...rbloses, schweres, in Alkohol und Aether aber nicht
... Wasser lösliches Oel bildet. *Stearolsäuretetrabromid*,
...$_{18}H_{32}Br_4O_2$, entsteht bei der Einwirkung von überschüs-
...gem Brom auf die Säure im Sonnenlicht und krystalli-
...rt im reinen Zustande in grofsen, weifsen, bei etwa 70°
...chmelzbaren und schon beim Zerreiben weich werdenden

Brom-ölsäure. Blättern. Beide Bromverbindungen zersetzen sich erst beim längeren Erhitzen mit alkoholischer Kalilauge unter Bildung von Stearolsäure und einer flüssigen, nicht näher untersuchten Säure. — *Monobromölsäuredibromid*, $C_{18}H_{33}Br_3O_2$, entsteht durch directe Vereinigung von Monobromölsäure mit Brom als helles dickflüssiges, in Alkohol und Aether leicht lösliches Oel. Alkoholische Kalilauge entzieht demselben in der Kälte einen Theil, beim Erhitzen den ganzen Bromgehalt, unter Bildung von Stearolsäure. Elaïdinsäuredibromid (Burg's Bromelaïdinsäure) geht beim Erhitzen mit alkoholischer Kalilösung auf 180° ebenfalls in Stearolsäure über. — Beim tropfenweisen Vermischen von rauchender Salpetersäure mit abgekühlter Stearolsäure entsteht unter reichlicher Entwickelung rother Dämpfe eine grünlich gefärbte Flüssigkeit, aus der sich eine halbfeste, körnige Masse absetzt. Diese enthält aufser einer neuen Säure, der *Stearoxylsäure*, etwas Azelsäure und als Hauptproduct einen ölartigen Körper, seiner Zusammensetzung nach der Aldehyd der Azelsäure. — Die Stearoxylsäure, $C_{18}H_{32}O_4$, bleibt bei der Behandlung der halbfesten Masse mit Wasser im Rückstand. Sie krystallisirt aus Alkohol in etwas gelblich gefärbten schiefen rhombischen Tafeln, schmilzt bei 86°, löst sich wenig in kaltem, leicht in heifsem Alkohol wie in Aether und zersetzt sich kaum bei 200°. Sie ist einbasisch und verbindet sich nicht mit Brom. Das Silbersalz, $C_{18}H_{31}AgO_4$, fällt beim Vermischen der Säure mit salpeters. Silber in heifser alkoholischer Lösung als weifses krystallinisches, bei 120° sich nicht zersetzendes Pulver nieder. Das Barytsalz, $C_{18}H_{31}BaO_4$, ist ein zäher, in Berührung mit Aether pulverförmig werdender Niederschlag. — Die *Azelsäure* (Lepargylsäure), C_9H_{14} sowie der *Azelsäure-Aldehyd*, $C_9H_{16}O_3$, finden sich in der alkoholischen Mutterlauge von der ersten Krystallisation der Stearoxylsäure. Nach einiger Zeit scheidet sich aus derselben ein eigenthümlich ätherisch riechendes Oel ab welches nach der Destillation mit Wasser fast farblos leicht flüssig und unlöslich in Wasser ist. Es wird durch Alkalien nicht verseift und giebt in alkoholischer Lösung mit salpeters. Silberoxyd-Ammoniak einen beim Erhitzen sich schwärzenden Niederschlag. Durch Salpetersäure ist sie unveränderlich, in Berührung mit Brom und Wasser geht es aber allmälig in Azelsäure über. Seine Zusammensetzung entspricht der oben gegebenen Formel. — Beim Zusammenreiben von Oelsäuredibromid mit dem gleichen Gewicht feuchten Silberoxyds bildet sich, unter lebhafter Erwärmung, eine harte, zerreibliche Masse, welche neben der von Burg (1) beschriebenen Oxyölsäure eine geringe Menge einer festen krystallisirbaren Säure enthält, welche Overbeck *Isodioxystearinsäure* nennt. Das Barytsalz der ersteren ist in Aether löslich, das der letzteren unlöslich. Die Isodioxystearinsäure, $C_{18}H_{36}O_4$, bildet sich leicht und in gröfserer Menge beim anhaltenden Kochen einer Auflösung der Oxyölsäure in verdünnter Kalilauge. Sie krystallisirt aus Alkohol in weifsen, aus gut ausgebildeten rhombischen Tafeln bestehenden Blättern, schmilzt bei 126°, erstarrt zu einer alabasterartigen, nicht krystallinischen Masse und verkohlt erst bei etwa 260°. Die Salze sind meist krystallisirbar. Das Kalksalz, $2\,C_{18}H_{35}CaO_4$ $+ H_2O$, ist ein krystallinischer Niederschlag, der sich aus verdünnter alkoholischer Lösung in der Säure ähnlichen Blättern abscheidet; das Barytsalz, $C_{18}H_{35}BaO_4$, ist ein körniger, in Wasser und Alkohol unlöslicher Niederschlag; das flockige Silbersalz, $C_{18}H_{35}AgO_4$, ist ebenfalls in Alkohol unlöslich.

O. Haufsknecht (2) hat aus der Erucasäure (3)

---

(1) Jahresber. f. 1864, 842. — (2) Ann. Ch. Pharm. CXLIII, 40; vorläufige Anzeige Zeitschr. Chem. 1866, 145; Bull. soc. chim. [2] VI, 86. — (3) Jahresber. f. 1849, 347; f. 1853, 443, 445; f. 1863, 335; f. 1865, 326. — Haufsknecht verwandte zu seiner Untersuchung die aus Rüböl — durch Zersetzung mit Bleiglätte, Extrahiren des Bleipflasters mit Aether und Zerlegung des in Aether unlöslichen Antheils

Erucasäure. eine Reihe von Derivaten erhalten, welche die Homo[logie] dieser Säure mit der Oelsäure unzweifelhaft feststelle[n.] Wird das Erucasäurebromid, $C_{22}H_{42}Br_2O_2$, mit 4 b[is] Aeq. Kalihydrat in alkoholischer Lösung 7 bis 8 Stu[nden] in geschlossenen Röhren auf etwa 145° erhitzt, so läfst aus dem erkalteten, in Wasser löslichen Product d[urch] Salzsäure eine Säure abscheiden, die nach genüge[nder] Reinigung durch Umkrystallisiren aus Alkohol in bü[schel]förmig gruppirten weifsen Nadeln erhalten wird, bei [ ] schmilzt und deren Zusammensetzung der Formel $C_{22}H$[ ] entspricht. Haufsknecht bezeichnet diese Säure (w[egen] ihrer Beziehung zur Behensäure) als *Behenolsäure.* wird beim Reiben leicht electrisch. In Aether und [abso]lutem Alkohol ist sie leicht, in kaltem und verdünn[tem] Alkohol schwerer und nicht in Wasser löslich. Be[i] Behandlung mit Natriumamalgam verbindet sie sich [ ] mit Wasserstoff. Ihre Bildung, die bei der angegeb[enen] Darstellungsweise unter Austritt von 2 Molecülen B[rom]wasserstoff aus dem Erucasäurebromid erfolgt, ist vo[n] eines braungefärbten Oeles begleitet; bei niedrigeren T[em]peraturen (bis 120°) entsteht dagegen vorwiegend M[ono]bromerucasäure (s. u.). Von den Salzen der Behenol[säure] sind nur die der Alkalien in Wasser löslich. Das *[Kali]* und *Natron*salz bilden warzenförmige Krystalle, [das] *Ammoniak*salz schiefst aus der verdünnten alkoholi[schen] Lösung in farblosen Blättchen an, die durch Ammo[niak]verlust bald undurchsichtig werden. Das *Baryt[salz]* $C_{22}H_{39}BaO_2$, wird durch Fällung von Chlorbaryum [mit]telst der Säure erhalten und ist in Wasser, Alkohol [und] Aether unlöslich; ähnlich verhalten sich das *Strontian-*

mit Salzsäure — abgeschiedene Säure. Erucas. Blei ist in Aether löslich und kann daher aus dem ätherischen Auszug des Bleipfl[asters] durch theilweises Abdestilliren in geringer Menge, wiewohl w[enig] rein, gewonnen werden. Diefs erklärt die Widersprüche in Web[er] und Otto's Angaben.

Das *Magnesia*salz wird aus einer alkoholi-
sung von essigs. Magnesia durch die Säure ge-
hat. aus siedendem Alkohol krystallisirt die Formel
MgΘ$_2$ + 3H$_2$Θ. Es verwittert allmälig an der
ad schmilzt bei 130° unter Verlust seines Krystall-
Das *Silber*salz, C$_{22}$H$_{39}$AgΘ$_2$, ist in Wasser und
unlöslich. Die Behenolsäure bildet mit Brom ein
ein Tetrabromid. Setzt man einem Molecül der
twas mehr als 1 Molecül Brom allmälig zu, so
unter schwacher Entwickelung von Bromwasser-
s *Dibromid*, C$_{22}$H$_{40}$Br$_2$Θ$_2$. Es bildet glänzende
lättchen, schmilzt zwischen 46 und 47°, ist schwerer
ser und in Alkohol und Aether leicht löslich. Es
l alkoholische Kalilösung bei mehrstündigem Er-
n geschlossenen Glasrohr auf 150° (nicht in der
Brom ab und scheint dabei hauptsächlich in Be-
re zurückverwandelt zu werden; eine wasserstoff-
Säure tritt nicht auf. Trägt man umgekehrt Be-
re in kleinen Antheilen in überschüssiges Brom ein,
ht unter heftigem Zischen und Entwickelung von
sserstoff das *Tetrabromid*, C$_{22}$H$_{40}$Br$_4$Θ$_2$ (oder wie
necht wegen der reichlichen Entwickelung von
sserstoff vermuthet, vielleicht eine Verbindung
r$_4$Θ$_2$), als anfänglich geschmolzene, später erstarrende
die zur Reinigung in Natronlauge zu lösen, durch
e abzuscheiden und aus Alkohol zu krystallisiren
s Tetrabromid bildet glänzende weifse Blättchen,
is 76° schmelzbar. Seine Zersetzung durch mehr-
s Erhitzen mit alkoholischer Kalilösung ergab keine
en Resultate, sofern aus dem durch Salzsäure ab-
enen Oel keine feste Säure erhalten wurde. Durch
amalgam wird dem Tetrabromid nur schwierig und
iedehitze der ganze Bromgehalt entzogen, wobei
89° schmelzende Säure, wahrscheinlich Erucasäure,
— Läfst man rothe rauchende Salpetersäure tropfen-
i geschmolzener Behenolsäure fliefsen, so erhält

Erucasäure. man als wesentliche Oxydationsproducte ein flüssiges Oel und in geringerer Menge zwei feste Säuren, welche letzteren bei der Einwirkung in der Kälte oder bei Anwendung von gewöhnlicher Salpetersäure nicht oder nur spurweise entstehen. Löst man das halbfeste Oxydationsproduct nach sorgfältigem Auswaschen mit Wasser in heifsem absolutem Alkohol, so krystallisirt beim Erkalten die eine feste Säure, die *Dioxybehenolsäure*, $C_{22}H_{40}O_4$, zum gröfsten Theil aus, während die andere nebst dem Oel in Lösung bleibt, und sich mit diesem erst nach einiger Zeit ausscheidet. Die Dioxybehenolsäure wird durch wiederholtes Umkrystallisiren in kleinen gelblichen Schüppchen erhalten; sie schmilzt bei 90 bis 91° und erstarrt krystallinisch. In Wasser ist sie nicht, in Alkohol schwerer als die Behenolsäure löslich; von Salpetersäure wird sie nicht weiter angegriffen. Sie ist eine einbasische Säure. Ihre Alkalisalze scheiden sich aus der alkoholischen Lösung in Krystallrinden ab, die der alkalischen Erden sind in Wasser und Alkohol unlöslich. Das *Silbersalz*, $C_{22}H_{39}AgO_4$, ist ein weifser, im Lichte ziemlich beständiger Niederschlag. — Unterwirft man das gelbe, aus der alkoholischen Mutterlauge der Dioxybehenolsäure abgeschiedene Oel der Destillation mit Wasserdämpfen, so geht in das Destillat ein flüchtiges, durchdringend riechendes Oel über, dessen Zusammensetzung der Formel $C_{11}H_{10}O_3$ entspricht. Es löst sich in Natronlauge und wird aus dieser Lösung unverändert wieder gefällt; bei der Behandlung mit Brom und Wasser verwandelt es sich in die folgende Brassylsäure, weshalb Haufsknecht es als den *Aldehyd* der *Brassylsäure* betrachtet. — Der bei der Destillation in der Retorte gebliebene Rückstand erstarrt zu einem Haufwerk von Krystallen, welche aus Behenol-, Dioxybehenol- und einer neuen Säure, der zweibasischen *Brassylsäure*, $C_{11}H_{20}O_4$, bestehen. Im reinen Zustande wird die Brassylsäure erhalten, wenn man das rohe oder destillirte Oel mit Brom und Wasser übergossen einige Tage stehen läfst und die gebildete feste Säure aus heifsem Wasser umkrystallisirt, Erucasäure. woraus sie in blafsröthlichen Schüppchen anschiefst. Sie schmilzt bei 108°,5 und erstarrt bei 105°. Sie ist fast unlöslich in kaltem Wasser, schwer löslich in siedendem, leicht ... in Alkohol und Aether. Ihre Bildung aus jenem Oel (Aldehyd) erfolgt durch einfache Addition von Sauerstoff und ist nicht von der eines anderen Gliedes der Oxalsäurereihe begleitet. Sie entsteht ferner (vielleicht mit anderen Säuren jener Reihe) bei der Einwirkung von rother rauchender Salpetersäure auf Erucasäure. Ihre Alkalisalze sind in Wasser löslich; das *Natron-* und *Ammoniak*salz krystallisiren in Warzen, von den übrigen unlöslichen ... wurde das *Kalk*salz, $C_{11}H_{18}Ca_2O_4 + 3H_2O$, und das am Lichte sich violett färbende *Silber*salz, $C_{11}H_{18}Ag_2O_4$ untersucht. — Vermischt man ein alkoholische Lösung des Erucasäuredibromides mit einer alkoholischen Kalilösung bei gewöhnlicher Temperatur, so entsteht unter bedeutender Erwärmung und Abscheidung von Chlorkalium *Monobromerucasäure*, $C_{22}H_{41}BrO_2$, welche aus der filtrirten und mit Wasser verdünnten Lösung durch Salzsäure in öliger Form abgeschieden wird, nach einiger Zeit aber erstarrt. Ihre Bildung erfolgt nach der Gleichung $C_{22}H_{42}Br_2O_2$ = HBr + $C_{22}H_{41}BrO_2$; kleine Mengen von gleichzeitig gebildeter Behenolsäure (S. 334) bleiben ihr beigemischt. Sie schmilzt bei 33° bis 34° und bleibt längere Zeit flüssig. Sie ist schwerer als Wasser und wird von diesem nicht, in Alkohol und Aether aber leicht gelöst. Sie verbindet sich mit einem Molecül Brom zu *Dibromid*, $C_{22}H_{41}Br_3O_2$, einer bei 31° bis 32° schmelzenden Verbindung von saurem Character, welche amorphe Salze von zäher Consistenz bildet. An alkoholische Kalilauge giebt dieses Dibromid 1 Molecül Brom wieder ab, doch liefs sich nicht entscheiden, ob hierbei Monobromerucasäure regenerirt oder vielleicht eine neue Säure, die Monobrombehenolsäure, $C_{22}H_{39}BrO_2$, (durch Austritt von 2 Molecülen Bromwasserstoff) gebildet wird. — Wird das Erucasäuredibromid mit einem großen Ueberschuß von frisch gefälltem Silberoxyd unter Zusatz von Wasser zusammengerieben, und die sich bald erwärmende und körnig werdende Masse mehrere Stunden erhitzt, bis sie eine braune Farbe angenommen hat, so treten die Elemente des Bromwasserstoffs aus und bei dem Kochen der Masse mit Salzsäure scheidet sich dann ein gelbes Oel ab, welches aus einem Gemenge zweier Säuren, der flüssigen *Oxyerucasäure* und der festen *Dioxybehensäure* besteht, welche letztere bei längerem Stehen theilweise auskrystallisirt. Zur völligen Scheidung wird das gut gewaschene Oel mit Barytwasser verseift, der Niederschlag mit Aether ausgezogen, der gelöste oxyerucasaure Baryt durch Salzsäure zersetzt und die in Form eines gelblichen Oeles abgeschiedene Oxyerucasäure durch Auflösen in Alkohol gereinigt. Sie hat die Formel $C_{22}H_{42}O_3$, ist dickflüssig, leichter als Wasser und unlöslich in demselben, mit Alkohol und Aether in jedem Verhältniß mischbar. Ihre Bildung erfolgt nach den Gleichungen:

Erucasäure-Dibromid   Monobromerucasäure
I. $C_{22}H_{42}Br_2O_2 + AgHO = AgBr + C_{22}H_{41}BrO_2 + H_2O$

                                  Oxyerucasäure
II. $C_{22}H_{41}BrO_2 + AgHO = AgBr + C_{22}H_{42}O_3$.

Sie kann daher auch aus der Monobromerucasäure durch Behandlung mit Silberoxyd erhalten werden, wiewohl mit weniger Leichtigkeit. Ihre Salze, welche die allgemeine Formel $C_{22}H_{41}R'O_3$ zu haben scheinen, sind sämmtlich amorph und nur die der Alkalien in Wasser, das *Barytsalz* in Aether löslich. Die oben erwähnte *Dioxybehensäure*, $C_{22}H_{44}O_4$, wird in größerer Menge durch Kochen der Oxyerucasäure mit Kalilauge erhalten, wo sich bei dem Erkalten das nach der Gleichung $C_{22}H_{42}O_3 + KHO = C_{22}H_{43}KO_4$ gebildete Kalisalz in körnigen Krystallen ausscheidet. Ihre Bildung bei der Einwirkung von Silberoxyd auf das Erucasäuredibromid erfolgt entweder in analoger Weise, oder direct nach der Gleichung $C_{22}H_{42}Br_2O_2 + 2AgHO = 2AgBr + C_{22}H_{44}O_4$. Aus dem Kalisalz durch Salzsäure abgeschieden und aus Alkohol krystallisirt, bildet sie kleine körnige Krystalle, schwer in kaltem, leicht *Erucasäure.* in heifsem Alkohol löslich, bei 127° schmelzend und krystallinisch erstarrend. Sie ist eine einbasische Säure. Von ihren Salzen sind nur die der Alkalien in Wasser und Alkohol löslich. Das *Natron*salz schiefst aus der alkoholischen Lösung in körnigen Krystallen an, die bei 205° schmelzen; das *Kali-* und *Ammoniaksalz* sind diesem ähnlich. 'Das *Barytsalz*, $C_{22}H_{45}BaO_4$, wird durch Fällen des Natronsalzes mit Chlorbaryum erhalten. — Die folgende Zusammenstellung wird den Ueberblick über die beschriebenen Verbindungen erleichtern :

Erucasäure $C_{22}H_{42}O_2$
Erucasäure-Dibromid $C_{22}H_{42}Br_2O_2$), Monobromerucasäure $C_{22}H_{41}BrO_2$
Behenolsäure $C_{22}H_{40}O_2$ Monobromerucasäure-
Behenolsäure-Dibromid $C_{22}H_{40}Br_2O_2$ Dibromid $C_{22}H_{41}Br_3O_2$
„ Tetrabromid $C_{22}H_{40}Br_4O_2$ Oxyerucasäure $C_{22}H_{43}O_3$
Oxybehenolsäure $C_{22}H_{40}O_4$ Dioxybehensäure $C_{22}H_{44}O_4$
Brassylaldehyd $C_{11}H_{20}O_2$
Brassylsäure $C_{11}H_{20}O_4$.

Nach **Haufsknecht** erhält man ferner die mit der Erucasäure isomere, der Elaïdinsäure correspondirende Säure, über deren Existenz widersprechende Angaben (1) vorliegen, leicht (neben einem Oxydationsproduct und einem braunen Oel), indem man Erucasäure mit verdünnter Salpetersäure so lange auf 60° bis 70° erhitzt, bis Gasentwickelung eintritt, bei welchem Zeitpunkte man die Mischung abkühlt. Das erstarrte Product liefert durch Umkrystallisiren aus Alkohol die von **Haufsknecht** als *Brassidinsäure* bezeichnete Verbindung in weifsen Blättchen, die bei 0° schmelzen und bei 54° krystallinisch wieder erstarren. Die Brassidinsäure ist eine starke einbasische Säure und röthet in der alkoholischen Lösung Lackmuspapier. Ihre Löslichkeit in Alkohol und Aether ist geringer als die der Erucasäure. Das *Natron*salz, $C_{22}H_{41}NaO_2$, krystallisirt

(1) Jahresber. f. 1865, 444; f. 1868, 335.

aus Alkohol in Blättchen, die wie die Krystalle der Säure durch Reiben leicht electrisch werden und erst über 200° unter Bräunung schmelzen. Das *Kali*salz krystallisirt in Schüppchen, auch das *Magnesia*salz ist aus Alkohol krystallisirbar. Die Salze des *Baryts*, *Kalks*, *Blei's* und *Silbers* sind in Wasser und Alkohol unlöslich. Wie die Erucasäure verbindet sich auch die Brassidinsäure mit 1 Molecül Brom. Das *Brassidinsäurebromid*, $C_{22}H_{42}Br_2O_2$, schiefst aus Alkohol in kleinen farblosen Krystallen an, die bei 54° schmelzen und bei 38° bis 40° erstarren. Es wird von alkoholischer Kalilauge erst bei 210° angegriffen und in Behenolsäure verwandelt; auch entzieht ihm Natriumamalgam nur bei 8- bis 10tägiger Einwirkung den ganzen Bromgehalt, Brassidinsäure regenerirend.

Benzensäure. L. Carius (1) giebt bezüglich der Bildungsweise der im Jahresbericht f. 1865, 327 erwähnten Benzensäure, $C_6H_4O_2$, an, dafs diese Säure wahrscheinlich ein Oxydationsproduct des Benzols ist, sofern das rohe Benzoltrichlorhydrin, $C_6H_9Cl_3O_3$, wie es durch Addition von Benzol und unterchloriger Säure entsteht, an verdünntes kohlens. Natron etwas Benzensäure abgiebt. Auch bildet sich, bei vorsichtiger Oxydation von Benzol mit Schwefelsäure und Manganhyperoxyd, neben Sulfobenzolsäure eine geringe Menge einer flüchtigen Säure, deren Barytsalz sich gegen Eisenchlorid, Silber- und Bleisalze wie der benzens. Baryt verhält.

Benzoësäure. Kekulé (2) hat die Synthese mehrerer aromatischer Säuren nach einem Verfahren ausgeführt, welches im Wesentlichen eine Umkehrung der von Harnitz-Harnitzky (3) angewendeten Methode ist. Während Letzterer die Benzoësäure durch Einwirkung von Chlorkohlen-

---

(1) Ann. Ch. Pharm. CXL, 322; Zeitschr. Chem. 1867, 128; J. pr. Chem. C, 179; Ann. ch. phys. [4] X, 494. — (2) Ann. Ch. Pharm. CXXXVII, 178; Zeitschr. Chem. 1866, 115; J. pr. Chem. XCIX, 376; Bull. soc. chim. [2] VI, 45. — (3) Jahresber. f. 1864, 342.

oxyd auf Benzol erhielt, behandelte Kekulé das Brom- Benzoësäure.
substitutionsproduct der Kohlenwasserstoffe der Benzolreihe
gleichzeitig mit Natrium und Kohlensäure, wo dann das
als Angriffspunkt dienende Brom gleichsam den Ort bezeichnet, an dem Natrium und Kohlensäure (oder der Ameisensäurerest CO_2H) in die Verbindung eintreten. — Zur
Synthese der *Benzoësäure* versetzt man (mit bei etwa 82^0
siedendem Benzol verdünntes) Monobrombenzol mit etwas
mehr Natrium in kleinen Stücken, als der Theorie nach
erforderlich ist, und erwärmt die Mischung (in einem langhalsigen, mit aufsteigendem Kühlrohr versehenen Ballon)
im Wasserbad, unter gleichzeitigem Einleiten eines gleichmäfsigen Stroms von Kohlensäure 24 bis 48 Stunden lang.
Das Natrium bedeckt sich bald mit einer blauen Kruste
und zerfällt allmälig zu einem blauen Schaum. Nach beendigter Reaction löst man in Wasser, entfernt das in
Wasser unlösliche (neben Benzol und Brombenzol auch
Diphenyl und wie es scheint benzoës. Phenyl und Benzophenon enthaltende) Oel durch Filtration und fällt die
Benzoësäure aus der Lösung mittelst Salzsäure. Obgleich
die Bildung der Benzoësäure nach der Gleichung

$$C_6H_5Br + Na_2 + CO_2 = C_6H_5 . CO_2Na + NaBr$$

erfolgt, ist die Ausbeute doch bei Anwendung feuchter
Kohlensäure gröfser, als mit getrockneter (vergl. Toluylund Xylylsäure).

W. Brauns (1) beschrieb einen Apparat zur Darstellung der sublimirten Benzoësäure.

Benzamid zerfällt, nach A. Reinecke (2), beim Kochen Brombenzoë-
mit Brom und Wasser entsprechend der Gleichung: säure.
$C_7H_7NO + H_2O + Br_2 = C_7H_5BrO_2 + NH_4Br$ in
Bromammonium und in Brombenzoësäure, die aber ein
Gemenge von zwei isomeren Säuren zu sein scheint, so-

---

(1) Arch. Pharm. [2] CXXVI, 214. — (2) Zeitschr. Chem. 1866,
367; Bull. soc. chim. 2] VII, 187.

fern der Schmelzpunkt beim Umkrystallisiren von 149° auf nahezu 200° stieg.

Nitrobenzoësäure.
E. J. Mills (1) unterscheidet, im weiteren Verfolg seiner im Jahresber. f. 1865, S. 333 erwähnten Versuche über die Existenz verschiedener Benzoësäuren und Nitrobenzoësäuren, aufser der α- und β-Nitrobenzoësäure auf Grund des verschiedenen Schmelzpunkts der Säuren und der Löslichkeit der Barytsalze noch zwei weitere Formen, die Er als γ- und δ-Nitrobenzoësäure bezeichnet. Die α-Nitrobenzoësäure entsteht durch Nitrirung der Benzoësäure mit Salpetersäure; ihr Schmelzpunkt liegt Anfangs bei etwa 128°; unter Wasser schmilzt sie schon in gelinder Wärme. Das Barytsalz, $C_7H_4(NO_2)BaO_2 + 2H_2O$, krystallisirt in dünnen abgeplatteten, meist strahlig gruppirten Nadeln. Es erfordert (wasserfrei) bei wiederholtem Umkrystallisiren 425 bis 475 Th. Wasser von 8 bis 10° zur Lösung; die aus dem fünfmal umkrystallisirten Salz abgeschiedene und einige Minuten auf 137° erhitzte Säure gab ein in 328,5 Th. Wasser lösliches Barytsalz. — β-Nitrobenzoësäure ist die durch Einwirkung von Salpetersäure auf Toluol und das Oxybenzoïn entstehende (auch als Nitrodracylsäure bezeichnete) Modification. Ihr Schmelzpunkt liegt bei 236 bis 240°; sie löst sich nur wenig in kaltem Wasser (bei 16° in 1327 Th.), schmilzt nicht in siedendem Wasser, und das Zinksalz, $C_7H_4(NO_2)ZnO_4 + H_2O$, löst sich (wasserfrei) in 152°,7 Th. Wasser von 17°. γ-Nitrobenzoësäure entsteht bei der Digestion von Benzoësäure mit Salpeterschwefelsäure bei 100° und wird durch Wasser als weifses Pulver ausgefällt. Das Barytsalz hat das Aussehen und die Zusammensetzung des Salzes der α-Säure; es erfordert bei 15 bis 20° 437 bis 414 Th. Wasser zur Lösung; die aus dem umkrystallisirten Salz abgeschiedene Säure schmilzt Anfangs bei 135 bis 142°, der Schmelzpunkt erhöht sich

---

(1) Chem. Soc. J. [2] IV, 363; J. pr. Chem. XCIX, 486.

...essen bei dieser, wie bei der α-Säure und der folgenden, ...ch längerem Erhitzen. — Die δ-Nitrobenzoësäure findet ...h in der Mutterlauge der vorhergehenden Säure. Das ...raus dargestellte Barytsalz gleicht in der Zusammen...zung den Salzen der α- und γ-Säure; es löst sich ...asserfrei) in 359 Th. Wasser von 9°,7, veränderte aber ...e Löslichkeit etwas, wie das Salz der α-Säure, bei wie...rholtem Umkrystallisiren. Die daraus abgeschiedene ...ure schmilzt Anfangs bei etwa 141°.

H. Hübner und J. Ohly (1) haben die Resultate ...er vergleichenden Untersuchung der schon im Jahres...r. für 1865, 333 erwähnten Bromnitrobenzoësäuren und ...r Bromnitrodracylsäuren jetzt ausführlicher mitgetheilt. ...r Darstellung der Bromnitrobenzoësäuren wurde (da Ni...benzoësäure selbst bei mehrwöchentlichem Erhitzen auf ...0° mit Brom oder Bromwasser kein Brom aufnimmt) die ...ch Reinecke's Verfahren (2) aus ganz reiner Benzoësäure

Bromnitrobenzoësäure und Isomere.

(1) Ann. Ch. Pharm. CXLIII, 280; vorläufige Anzeige Zeitschr. ...m. 1866, 241; Bull. soc. chim. [2] VII, 176. — (2) Jahresber. f. ...5, 282. — Bei der Darstellung der Brombenzoësäure aus mög...st gereinigter Benzoësäure mittelst Brom und Wasser bildet sich ...ch Hübner und Ohly stets (vielleicht neben wenig *Tribrom*...*son*, $C_6HBr_3O_2$) noch *Bromanil*, $C_6Br_4O_2$, das durch verdünnte ...alien von den Säuren getrennt werden kann. Es zeigt die ...n Stenhouse (Jahresber. f. 1854, 467) angegebenen Eigenschaften, ...in Schwefelkohlenstoff und Chloroform löslich und weit über 200° ...ch nicht schmelzbar. Mit Natronlauge gekocht giebt es eine rothe ...ung, aus welcher lange rubinrothe Nadeln krystallisiren. Salzsäure ...t aus der gesättigten Lösung dieser Krystalle einen schuppigen ...lbrothen Niederschlag von *Bromanilsäure*, $C_6H_2Br_2O_4$, die aus ...ser in platten siegelrothen Nadeln krystallisirt und erst über 280° ...melzbar und flüchtig ist. Salpeters. Silber fällt aus ihrer Lösung ...en rothen Niederschlag von der Formel $C_6Br_2Ag_2O_4$. — Die Bildung ...Bromanils aus Benzoësäure erfolgt vielleicht nach den Gleichungen:

I. $C_7H_6O_2$ + Br_2 + H_2O = C_6H_6O + 2 HBr + CO_2.
II. C_6H_6O + 12 Br + H_2O = $C_6Br_4O_2$ + 8 HBr.

...racylsäure wird nach Hübner und Ohly weder bei der Behand...ng von Salicylsäure mit Bromphosphor, noch mit Bromwasserstoff ...bildet.

Bromnitro-
benzoësäure
und Isomere. erhaltene Brombenzoësäure mit wenig rauchender Salpetersäure übergossen, nach der Beendigung der starken Einwirkung bis zur Lösung der Brombenzoësäure schwach erwärmt, das Ganze hierauf mit kaltem Wasser gemischt und der sich sogleich ausscheidende Theil (α-Bromnitrobenzoësäure) von der Lösung getrennt, welche durch Verdampfen die *Bromnitrobenzoësäure*, $C_7H_4Br(NO_2)O_2$, lieferte. Durch Umkrystallisiren oder Sublimiren gereinigt, bildet diese glänzende Säulen, welche nach O. Philipp's Bestimmung dem monoklinometrischen System angehören und die Combination $(\infty P\infty).\infty P. - P.0P$ zeigen (es ist $0P:(\infty P\infty) = 90°23'$; $(\infty P\infty):\infty P = 140°11'$ (1); sie besitzen keine deutliche Spaltungsrichtung. Die Säure schmilzt bei 140° bis 141°. Das *bromnitrobenzoës. Kali*, $C_7H_3Br(NO_2)KO_2 + 2H_2O$, bildet durchsichtige glänzende, leicht in heifsem Wasser, schwer in Alkohol lösliche Nadeln. Das *Natronsalz*, $2C_7H_3Br(NO_2)NaO_2 + 5H_2O$, krystallisirt aus der stark verdampften Lösung in spiefsigen gelblichen Säulen, die sich allmälig in vierseitige Tafeln verwandeln; auch aus der alkoholischen Lösung krystallisirt das Salz in grofsen gelblichen Tafeln. Das *Kalksalz* schiefst aus concentrirten Lösungen in kleinen weifsen Warzen von der Zusammensetzung $C_7H_3Br(NO_2)CaO_2 + H_2O$ an, aus der Mutterlauge scheiden sich asbestartige Nadeln des wasserfreien Salzes ab. Das *Barytsalz*, $C_7H_3Br(NO_2)BaO_2$, wird aus der stark eingedampften heifsen Lösung in weifsen Nadeln erhalten, das *Magnesiasalz*, $C_7H_3Br(NO_2)MgO_2 + 2H_2O$, in gelblichen langgestreckten, scheinbar rhombischen Tafeln. Das *Bleisalz* bildet undeutliche weifse Krystalle; das *Kupfersalz* schiefst aus einer gemischten heifsen Lösung von schwefels. Kupfer und bromnitrobenzoës. Natron in grünlichen Kryställchen an;

(1) Bezüglich der zahlreichen Winkelmessungen, welche O. Philipp ausgeführt hat, verweisen wir hier wie im Folgenden auf die Abhandlung.

Silbersalz wird aus der Lösung des salpeters. Silbers ... bromnitrobenzoës. Alkalien in seideglänzenden Nadeln ..., die sich am Lichte nur im feuchten Zustand und ...eblich schwärzen. Diese drei Salze sind wasserfrei. *Ammoniaksalz* bildet gelbliche Blättchen, das *Eisen*-grofse braune Tafeln. *Bromnitrobenzoësäureäther*, $\mathrm{Br(NO_2)(C_2H_5)O_2}$, bildet sich bei dem Einleiten von ...ure in die alkoholische Lösung der Säure oder auch ...m Erhitzen der Bromnitrobenzoësäure mit Alkohol ...0° und scheidet sich beim Eingiefsen dieser Lösung ...sser als Oel ab, welches auf Zusatz von kohlens. ... erstarrt. Durch Umkrystallisiren wird er in glän... monoklinometrischen Säulen von der Combination ...) . ∞P . $\pm$P∞ . 0P, mit vorherrschendem Klino-...d, erhalten (es ist ∞P : ∞P im klinodiagonalen ...schnitt $= 115°8'$). Die Krystalle sind deutlich nach ...eniger gut auch nach (∞P∞) spaltbar. Sie schmel-...i 55° und sind leicht in Aether löslich. — Die oben ...nte, bei dem Auflösen der Bromnitrobenzoësäure un-...zurückbleibende *α-Bromnitrobenzoësäure* wird durch ...holtes Auskochen mit Wasser gereinigt und in Aether ..., aus welchem sie in grofsen farblosen glasglän-... Octaëdern (monoklinometrische Combinationen von ... — P und sehr untergeordnet (P∞) krystallisirt. ...hmelzpunkt liegt bei 246° bis 248°. Sie entsteht nur ...ringer Menge (120 Grm. Brombenzoësäure gaben ... Grm.) und scheint sich leichter zu bilden, wenn ...m Nitriren starke Erwärmung vermieden wird. Ihr ...alz krystallisirt ebenfalls in wasserfreien weifsen, ...eicht löslichen Nadeln und zersetzt sich bei 110°; das ...em Wasser lösliche *Bleisalz* bildet kleine Nadeln, *Barytsalz*, $\mathrm{C_7H_3Br(NO_2)BaO_2 + 2H_2O}$, und das ...als glänzende weifse leicht lösliche Blättchen, das schon ...tem Wasser lösliche *Magnesiasalz*, $\mathrm{C_7H_3Br(NO_2)MgO_2}$ ...$\mathrm{H_2O}$, krystallisirt in langen Nadeln, das *Natronsalz* ...len in kleinen Warzen, zuweilen in rhombischen

Bromnitro-benzoësäure und Isomere.
Tafeln. Der α-*Bromnitrobenzoësäureäther* wurde durch Einleiten von Salzsäure in die alkoholische Lösung der Säure, Erhitzen der Lösung im geschlossenen Rohr auf 120°, Waschen mit Wasser und kohlens. Natron und Umkrystallisiren aus Aether in farblosen monoklinometrischen Säulen von der Combination $\infty P . \infty P \infty . - P \infty . 0 P$ erhalten, welche nach der Prismenaxe verlängert und sehr deutlich nach 0P spaltbar sind (es ist $\infty P : \infty P$ im klinodiagonalen Hauptschnitt $= 47°5'$). Sie schmelzen bei 80° und sind in Alkohol und Aether leicht löslich.

Auch in ihrem Verhalten gegen Reductionsmittel weichen die beiden Bromnitrobenzoësäuren von einander ab. In verdünnter alkoholischer Lösung mehrere Wochen mit verdünnter Schwefelsäure und Zink digerirt (1), geht die Bromnitrobenzoësäure in Bromamidobenzoësäure, $C_7H_4Br(NH_2)O_2$, über. Man entfernt aus der vom abgeschiedenen schwefels. Zink getrennten bräunlich gefärbten Lösung den gröfsten Theil des Zinks und der Schwefelsäure durch Kalk und verwandelt das lösliche Kalksalz durch kohlens. Baryt in Barytsalz, aus welchem nach genügender Reinigung die Säure durch Salzsäure gefällt wird. Sie bildet kleine Nadeln und schmilzt gegen 196°, doch nicht ohne Zersetzung. Ihr *Barytsalz*, $C_7H_3Br(NH_2)BaO_2 + 2H_2O$, krystallisirt in kleinen Nadeln; das *Silbersalz* und *Bleisalz* sind käsige Niederschläge. Neben der Bromamidobenzoësäure bildet sich bei der angegebenen Behandlung stets noch *Bromazobenzoësäure*. Man erhält dieselbe, wenn der bei der Einwirkung des Zinks und der Schwefelsäure gebliebene Rückstand von schwefels. Zink durch Schwefelammonium zersetzt, das mit Thierkohle entfärbte Ammoniaksalz durch Salzsäure zerlegt und die abgeschie-

---

(1) Bei der Behandlung mit Schwefelammonium lieferte die Bromnitrobenzoësäure eine schwefelhaltige Säure in der Form eines gelblichgrünen krystallinischen Pulvers, dessen Analyse nicht zu einer bestimmten Formel führte.

dene Säure wiederholt mit Wasser ausgekocht wird, als gelbe schleimige, in Wasser unlösliche Masse von der Formel $2(C_{14}H_8Br_2N_2O_4) + H_2O$. — Die α-Bromnitrobenzoësäure giebt bei der Behandlung mit Zink und verdünnter Schwefelsäure in alkoholischer Lösung eine nahezu farblose Flüssigkeit. Man trennt dieselbe von dem ausgeschiedenen Zinkvitriol, verdampft im Wasserbad zur Trockne, reinigt die rückständige Säure durch wiederholtes Ausziehen mit Alkohol und Verdampfen und erhält daraus durch Kochen mit kohlens. Baryt das Barytsalz der α-Bromamidobenzoësäuse in weifsen, zu Warzen vereinigten, leicht löslichen Nadeln von der Formel $2(C_7H_5Br[NH_2]BaO_2) + H_2O$. Salzsäure fällt daraus die α-Bromamidobenzoësäure in feinen Nadeln, die bei 160 bis 162° schmelzen. Das Silbersalz und Bleisalz, aus dem Barytsalz durch Doppelzersetzung zu erhalten, sind beide leicht löslich und krystallisiren in seideglänzenden Nadeln (1).

Die *Bromnitrodracylsäure* stellten Hübner und Ohly sowohl durch Nitriren der Bromdracylsäure, als durch Oxydation des Bromnitrotoluols dar. Die *Bromdracylsäure*, $C_7H_5BrO_2$, durch Oxydation von reinem Bromtoluol mit Chromsäure erhalten, krystallisirt aus Aether in kleinen Nadeln, schmilzt bei 251° und ist flüchtig. Sie löst sich wenig in kaltem, besser in heifsem Wasser und leicht in Alkohol und Aether. Ihr leichtlösliches *Barytsalz*, $C_7H_4BrBaO_2$, krystallisirt in perlmutterglänzenden Blättchen, das *Silbersalz*, $C_7H_4BrAgO_2$, in schwerlöslichen weifsen Nadeln; der *Bromdracylsäureäther* ist eine angenehm riechende Flüssig-

---

(1) Auch gegen Zinn und Salzsäure verhalten sich die beiden Bromnitrobenzoësäuren nach einer vorläufigen, in der angeführten Abhandlung enthaltenen Mittheilung verschieden. Bromnitrobenzoësäure liefert Bromamidobenzoësäure, $C_7H_4Br(NH_2)O_2$, in gelblichen schwerlöslichen, bei 201 bis 202° schmelzbaren Nadeln; α-Bromnitrobenzoësäure giebt bei gleicher Behandlung, Fällen mit schwefels. Silber und öfterem Lösen in Alkohol schwefels. Amidobenzoësäure, $C_7H_6(NH_2)O_2, SH_2O_4$.

Bromnitro-
benzoësäure
und Isomere.

keit. — Aus der Bromdracylsäure wird die *Bromnitrodracylsäure*, $C_7H_4Br(NO_2)O_2$, durch rauchende Salpetersäure in der oben angegebenen Weise erhalten. Sie bildet eine körnig krystallinische Masse, schmilzt bei 199° und sublimirt in feinen Nadeln; in kaltem Wasser ist sie schwer, leichter in heifsem und gut in Alkohol löslich. Ihr *Barytsalz*, $C_7H_3Br(NO_2)BaO_2 + 2H_2O$, bildet schwerlösliche Nadeln; das *Silbersalz*, $C_7H_3Br(NO_2)AgO_2$, einen gallertigen, aus mikroscopischen Nadeln bestehenden Niederschlag, der in kaltem Wasser unlöslich, in heifsem Wasser und in Alkohol löslich ist. Das *Magnesiasalz*, $C_7H_3Br(NO_2)MgO_2 + 3H_2O$, bildet kleine weifse kugelig vereinigte Nadeln und ist in Wasser leicht löslich. Der *Bromnitrodracylsäureäther* krystallisirt in glänzenden, schwach gelb gefärbten monoklinometrischen Säulen ($\infty P . 0P$; es ist $\infty P : \infty P$ im klinodiagonalen Hauptschnitt $= 92°40'$), die nach der Prismenaxe verlängert und öfters hohl sind; sie besitzen Spaltbarkeit nach $0P$ und schmelzen bei 74°. — Das durch Nitriren des Bromtoluols erhaltene flüssige, bei 265° siedende Bromnitrotoluol, $C_7H_4BrNO_2$, liefert durch Oxydation mit chroms. Kali und Schwefelsäure Bromnitrodracylsäure, welche wie die vorhergehende in Wasser schwer lösliche Nadeln bildet und bei 195° schmilzt. Das in Nadeln krystallisirende Barytsalz, $C_7H_3Br(NO_2)BaO_2 + 2H_2O$, und das Magnesiasalz, $C_7H_3Br(NO_2)MgO_2 + 3H_2O$, sind leicht löslich; der Aethyläther dieser Säure schmilzt bei etwa 70°. Es scheint demnach zwischen diesen beiden Bromnitrodracylsäuren kein wesentlicher Unterschied zu bestehen. Die vorstehenden Thatsachen beweisen aber, dafs sie von den Bromnitrobenzoësäuren und diese von einander verschieden und dafs demnach bis jetzt drei Isomere von der Zusammensetzung $C_7H_4Br(NO_2)O_2$ nachgewiesen sind. Auf die Krystallform übt, wie Philipp hervorhebt, die verschiedene Anordnung der Elemente im Molecül dieser Verbindungen keinen wesentlichen Einflufs, sofern die untersuchten Säuren und Aether, wiewohl mit Abweichungen in

Ausbildung und Winkeln, sämmtlich monoklinometrisch krystallisiren.

Chlorbenzoësäure geht, nach H. Hübner (1), durch Einwirkung von Salpetersäure ebenfalls in wenigstens zwei verschiedene Chlornitrobenzoësäuren, $C_7H_3Cl(NO_2)O_2$, über. Die eine, in heifsem Wasser schwer lösliche Form schmilzt bei etwa 225 bis 230°; ihr Barytsalz, $C_7H_3Cl(NO_2)BaO_2$ $+ 2H_2O$, bildet ziemlich schwer lösliche Nadelbüschel; das Kalksalz, $C_7H_3Cl(NO_2)CaO_2 + H_2O$, schwerlösliche, sternförmig verwachsene Krystalle; der Aethyläther krystallisirt in wohl ausgebildeten Nadeln. Die leicht lösliche, schwer rein zu erhaltende Chlornitrobenzoësäure schmilzt bei etwa 135 bis 137°. — Aus Chlorsalylsäure dargestellte *Chlornitrosalylsäure* schmilzt bei 164 bis 165° und krystallisirt in ziemlich löslichen, haarfeinen oder platten Nadeln; ihr Kalksalz, $C_7H_3Cl(NO_2)CaO_2 + H_2O$, bildet ziemlich schwerlösliche, derbe, zu Sternen durchwachsene, spitze Krystalle; das Magnesiasalz, $C_7H_3Cl(NO_2)MgO_2 + 4H_2O$, leicht lösliche, rhombische Tafeln; das Barytsalz, $2C_7H_3Cl(NO_2)BaO_2 + H_2O$, kleine ziemlich lösliche Nadeln; der Aether, $C_7H_3Cl(NO_2)(C_2H_5)O_2$, schmilzt bei 28 bis 29° und bleibt lange flüssig. Aus Nitrosalicylsäure durch Einwirkung von Fünffach-Chlorphosphor erhaltene Chlornitrosalylsäure ist der vorstehenden sehr ähnlich. Die durch Nitrirung von Chlordracylsäure oder durch Oxydation von Chlornitrotoluol dargestellte *Chlornitrodracylsäure* ist nur wenig in kaltem, leichter in heifsem Wasser löslich, schmilzt bei 178 bis 180° und krystallisirt in Nadeln; das Silbersalz, $C_7H_3Cl(NO_2)AgO_2$, bildet farblose Nadeln; das Barytsalz, $C_7H_3Cl(NO_2)BaO_2 + 2H_2O$, kleine, verwitternde, schwer lösliche Nadeln; das Magnesiasalz, $2C_7H_3Cl(NO_2)MgO_2 + 5H_2O$, schwer krystallisirende, lösliche Nadeln; der Aether, $C_7H_3Cl(NO_2)(C_2H_5)O_2$, schmilzt bei 58° und krystallisirt ebenfalls in Nadeln.

(1) Zeitschr. Chem. 1866, 614.

Azodracyl-säure und Amidodracyl-säure.

Der ausführlichen Abhandlung von P. Geitner und F. Beilstein (1) über die durch Einwirkung von Brom auf Amidobenzoësäure und Amidodracylsäure entstehenden Körper entnehmen wir nur die im Jahresber. f. 1865, 334 nicht enthaltenen Angaben über Azodracylsäure und einige Verbindungen der Amidodracylsäure. — Die *Azodracylsäure* entspricht, wie diefs auch Bilfinger (2) fand, bei 170° getrocknet der Formel $C_7H_5NO_2$ und unterscheidet sich demnach von der Azobenzoësäure durch den fehlenden Wassergehalt. Mit der aus Desoxybenzoïn entstehenden Azobenzoësäure scheint sie ebenfalls nicht identisch zu sein, da sie mit Salpetersäure keine Nitroverbindung giebt und durch Salpeterschwefelsäure weiter zersetzt wird. Die Azodracylsäure läfst sich in salzs. Gas ohne Veränderung auf 250° erhitzen, und ebenso wird sie durch Kochen mit chlors. Kali und Salzsäure oder durch salpetrige Säure nicht zersetzt. Beim 5 stündigen Erhitzen mit 3 bis 4 Th. Brom auf 230° entsteht, neben Bromwasserstoff und Kohlensäure, eine in Wasser und Säuren unlösliche, aus Alkohol in braunen Nadeln krystallisirende Substanz, deren Zusammensetzung am nächsten der Formel des *Pentabromanilins*, $C_6H_2Br_5N$, entspricht. — *Schwefels. Amidodracylsäure*, $2C_7H_7NO_2, SH_2O_4$, krystallisirt aus schwefelsäurehaltigem Wasser in garbenförmig vereinigten Büscheln und ist wenig in kaltem, leicht in heifsem Wasser löslich. *Amidodracyls. Baryt*, $C_7H_6BaNO_2$, ist in Wasser leicht löslich und bildet kleine glänzende Blättchen. Das beim Vermischen des Kalksalzes mit essigs. Kupfer entstehende Kupfersalz ist ein nicht in Wasser, aber leicht in Ammoniak und in Essigsäure löslicher, dunkelgrüner Niederschlag; das Bleisalz bildet blafsgelbe, glasglänzende Krystalle.

(1) Ann. Ch. Pharm. CXXXIX, 1; im Auss. J. pr. Chem. C, 172; Chem. Centr. 1866, 711; Ann. ch. phys. [4] IX, 512; Bull. soc. chim. [2] VII, 180. — (2) Jahresber. f. 1865, 336.

Verdampft man, nach P. Griefs (1), die Lösung von Cyanamidobenzoësäure, $C_7H_7NO_2, 2CN$, in heifser Salzsäure zur Trockne, so bleibt ein weifser Rückstand, welcher neben Salmiak mehrere Producte enthält. Der in heifsem Wasser schwer lösliche Theil besteht aus einer neuen Säure von der Formel $C_{16}H_{16}N_2O_8$. Sie krystallisirt aus Alkohol und Aether in Nadeln oder Blättchen; das Silbersalz, $C_{16}H_{14}Ag_2N_2O_8$, ist ein weifser krystallinischer Niederschlag.

Oxybenzaminsäure (Oxybenzamid) bildet sich nach P. Griefs (2) beim Sieden einer wässerigen Lösung von Salpetersäure-Diazobenzamid (3) nach der Gleichung:

Salpetersäure-Diazobenzamid   Oxybenzaminsäure

$$\overbrace{C_7H_5N_2O, NHO_3} + H_2O = \overbrace{C_7H_7NO_3} + NHO_3 + N_2$$

In gleicher Weise bildet sich auch die Oxydracylaminsäure. Die Oxybenzaminsäure krystallisirt in weifsen Säulen oder Prismen, die bitter schmecken und sich nur schwer in kaltem, leicht in heifsem Wasser, in Alkohol oder Aether lösen. Die isomeren Säuren von der Formel $C_7H_7NO_3$ bilden nach dem chemischen Verhalten und der Bildungsweise die nachstehenden beiden Gruppen:

1. Oxybenzaminsäure; Oxydracylaminsäure; Salicylaminsäure.
2. Amidobenzoësäure; Amidodracylsäure; Anthranilsäure.

Die erste Gruppe enthält wahre Aminsäuren zweiatomiger Säuren, die zweite dagegen solche Säuren, welche als Amidosubstitutionsproducte der Benzoësäure zu betrachten sind. Die Säuren der zweiten Gruppe werden beim Sieden mit Kalilauge nicht zersetzt; die der ersten zerfallen dabei nach der Gleichung:

$$C_7H_7NO_3 + H_2O = C_7H_8O_3 + NH_3$$

unter Bildung der entsprechenden Oxysäure. Erst beim Schmelzen mit Kalihydrat zersetzen sich die Amidosäuren

---

(1) Zeitschr. Chem. 1866, 85; Chem. Centr. 1866, 465. — (2) Zeitschr. Chem. 1866, 1; Chem. Centr. 1866, 414. — (3) Jahresber. f. 1861, 418.

theilweise in Anilin und Kohlensäure; sie bilden dagegen leicht Diazoverbindungen, während die Säuren der ersten Gruppe bei der Einwirkung von salpetriger Säure sogleich in die Oxysäuren übergehen.

Formobenzoylsäure. A. Naquet und W. Louguinine (1) haben einige Derivate der Formobenzoylsäure (Mandelsäure) beschrieben. Zur Darstellung der Säure selbst erhält man in einem 8 bis 10 Liter fassenden, mit aufsteigender Kühlröhre verbundenen Ballon 100 Grm. Bittermandelöl und 5 Liter Wasser mit etwas überschüssiger Salzsäure und dreimal so viel verdünnter Blausäure, als theoretisch erforderlich ist, 30 Stunden lang in gelindem Sieden, verdampft dann zur Trockene und behandelt den Rückstand mit Aether. Die aus der ätherischen Lösung krystallisirende, 50 bis 55 pC. des angewendeten Bittermandelöls betragende Säure wird durch Lösen in kaltem Wasser gereinigt. *Formobenzoyls. Aethyl*, $C_8H_6O, H(C_2H_5)O_2$, bildet sich bei der Einwirkung von Jodäthyl auf (im leeren Raum getrocknetes) formobenzoyls. Silber bei 100°. Es ist nach wiederholtem Umkrystallisiren aus Aether eine weiße krystallinische, in Wasser unlösliche, leicht in Alkohol und Aether lösliche Masse, welche bei 75° schmilzt. Das in entsprechender Weise dargestellte *formobenzoyls. Methyl*, $C_8H_6O, H(CH_3)O_2$, ist ebenfalls weiß, krystallinisch, löslich in Aether und Alkohol und schmilzt bei 113 bis 114°. *Acetoformobenzoyls. Aethyl*, $C_8H_6O(C_2H_3O)(C_2H_5)O_2$, bildet sich leicht und unter lebhafter Entwickelung von Chlorwasserstoff beim Zusammenbringen von Formobenzoylsäure mit überschüssigem Chloracetyl und Lösen des Products in Alkohol. Es krystallisirt langsam aus dem syrupartigen Verdampfungsrückstand in feinen, concentrisch gruppirten Nadeln, riecht eigenthümlich honigartig, löst sich nicht in

---

(1) Compt. rend. LXII, 480; Bull. soc. chim. [2] V, 252; Ann. Ch. Pharm. CXXXIX, 299; Zeitschr. Chem. 1866, 170; Chem. Centr. 1866, 498; J. pr. Chem. XCVIII, 501.

ser, aber leicht in Alkohol und Aether, schmilzt bei
bis 74⁰ und erstarrt dann nur sehr langsam, selbst
Abkühlen auf 10⁰.

A. Claus (1) hat über die Einwirkung von Natrium- *Benzoyl-*
gam auf Bittermandelöl in ätherischer Lösung Ver- *wasserstoff.*
angestellt, welche sich den von Church (2) in der-
n Richtung ausgeführten anschliefsen. Beim Eintragen
Natriumamalgam in eine Lösung von Bittermandelöl
bis 6 Vol. (nicht entwässerten) Aethers tritt eine ziem-
energische, durch äufsere Abkühlung zu mäfsigende
tion ein, welche nach 8 bis 10 Stunden vollendet ist,
auf je 1 Unze Bittermandelöl etwa 3 Grm. Natrium
·aucht wurden. Als Hauptproducte der ohne Gas-
ickelung vor sich gehenden Einwirkung treten zwei
er auf, von denen der eine in gelben oder röthlichen
cen sich abscheidet, während der andere im Aether
t bleibt. Die ausgeschiedenen Flocken bestehen aus
oës. Natron; die davon getrennte ätherische Lösung
rläfst beim Verdunsten ein dickflüssiges, allmälig kry-
aisch erstarrendes Oel, welches eine Spur eines an-
hm hyacinthenartig riechenden Körpers beigemengt
ilt. Der feste krystallinische Körper ist in Aether wie
kohol sehr leicht löslich und kann aus diesen Lösungen
schwierig in deutlichen Krystallen erhalten werden;
Kochen mit Wasser wird ein Theil gelöst, während
Rest zu einem gelblichen Oel schmilzt, das beim Er-
n wieder vollständig erstarrt; die heifs filtrirte Lösung
sich beim Erkalten und allmälig scheiden sich Nadeln
auch prismatische Tafeln desselben Körpers mit
selndem Wassergehalt aus; aus alkoholischer Lösung
er sich beim Verdunsten in wasserfreien atlasglänzen-
Blättchen ab. Die Analyse ergab die empirische

1) Ann. Ch. Pharm. CXXXVII, 92; Zeitschr. Chem. 1866, 129;
Chem. XCIX, 468; Chem. Centr. 1866, 81; Bull. soc. chim. [2]
36. — (2) Jahresber. f. 1865, 337.

Benzoyl-wasserstoff. Formel C_7H_7O. Claus hält diese Verbindung für identisch mit Church's Dicresol, sowie mit dem von Hermann (1) bei der Einwirkung von Natriumamalgam auf Benzoësäure erhaltenen Körper. Derselbe schmilzt indessen schon unter 100°, während Church den Schmelzpunkt 129°, Hermann 116° angiebt. Er färbt sich mit reinem Schwefelsäurehydrat vorübergehend roth, mit viel käuflicher englischer Schwefelsäure dagegen grün. Beim Erhitzen sublimirt ein grofser Theil unzersetzt, indem der Geruch nach Bittermandelöl und Hyacinthen auftritt; bei der Destillation mit Kalk entsteht Benzol. — Cuminol liefert bei der Behandlung mit Natriumamalgam in ätherischer Lösung neben cumins. Natron einen der Formel C_8H_9O entsprechenden, in Nadeln krystallisirbaren indifferenten Körper, der sich mit concentrirter Schwefelsäure violettblau oder kirschroth färbt.

Erhitzt man, nach O. Rembold (2), Bittermandelöl mit 1 Mol. Succinylchlorid einige Zeit auf 100°, so bildet sich Chlorobenzol (Siedepunkt 203°) und Bernsteinsäure nach der Gleichung:

Bittermandelöl   Chlorsuccinyl   Chlorobenzol   Bernsteinsäureanhydrid
C_7H_6O + $C_4H_4O_2,Cl_2$ = $C_6H_5Cl_2$ + $C_4H_4O_3$.

Benzoïn. Während das Benzoïn beim Kochen mit einer alkoholischen Kalilösung fast ohne Bildung von Nebenproducten nach der Gleichung $C_{14}H_{12}O_2 + KHO = C_{14}H_{11}KO_3 + H_2$ (wobei der Wasserstoff bei Luftzutritt oxydirt wird) in benzils. Kali übergeht, verwandelt sich dasselbe, nach Versuchen von N. Zinin (3), beim Erhitzen mit alkoholischer Kalilösung in einem luftfreien zugeschmolzenen Rohr auf 120 bis 160° in Benzilsäure, $C_{14}H_{12}O_3$, Hydro-

---

(1) Jahresber. f. 1864, 346. — (2) Wien. Acad. Ber. LIII (2. Abth.), 46; Wien. acad. Anz. 1866, 13; Ann. Ch. Pharm. CXXXVIII, 189; Zeitschr. Chem. 1866, 320; J. pr. Chem. XCVII, 124; XCVIII, 212; Chem. Centr. 1866, 413; Bull. soc. chim. [2] VI, 333; Instit. 1866, 215. — (3) Petersb. acad. Bull. X, 153; Zeitschr. Chem. 1866, 343; J. pr. Chem. XCVIII, 495; Chem. Centr. 1866, 1083; Bull. soc. chim. [2] VII, 260.

benzoïn, $C_{14}H_{14}O_2$, und in den von Claus (1) bei der Einwirkung von Natriumamalgam auf eine ätherische Lösung von Bittermandelöl erhaltenen, in Nadeln krystallisirenden Körper.

Toluylsäure bildet sich, nach Kekulé (2), auf dem für Benzoësäure (vergl. S. 340) angegebenen Wege durch Behandlung von Bromtoluol, C_7H_7Br (corrig. Siedepunkt 185 bis 185°,5) mit Natrium und Kohlensäure. 'Die so erhaltene Toluylsäure, $C_8H_8O_2$, ist in kaltem und heifsem Wasser weniger löslich als die Benzoësäure; sie sublimirt leicht in Nadeln oder Prismen und schmilzt bei 175 bis 175°,5. Sie ist verschieden von der Alphatoluylsäure, aber, wie es scheint, identisch mit der von Noad (3) aus Cymol (Propylmethylbenzol) und mit der folgenden von Beilstein und Yssel de Schepper (4) aus Xylol (Dimethylbenzol) erhaltenen Säure.

Die im Jahresber. f. 1865, 340 erwähnte Darstellung von Toluylsäure, $C_8H_8O_2$, aus Xylol gelingt nach H. Yssel de Schepper (5) am besten in folgender Weise. Man füllt einen sehr geräumigen, mit weitem Kühlrohr verbundenen Kolben mit einer Mischung von 1 Vol. roher Salpetersäure und 4 Vol. Wasser zur Hälfte an, giefst darauf eine dünne Schicht Xylol und erhitzt im Sandbad nur soweit, dafs die Flüssigkeit nicht zum vollen Sieden kommt. Nach 2 bis 3 Tagen wird der unangegriffene Kohlenwasserstoff abdestillirt und die ausgeschiedene Toluylsäure abfiltrirt. Man kann dann durch Zusatz von concentrirter Säure die verdünnte Salpetersäure wieder auf die ursprüngliche Stärke bringen und die Operation von Neuem beginnen. Zuletzt übersättigt man die verdünnte Salpetersäure mit Soda, dampft auf ein kleines Vol. ein und fällt mit Salzsäure. Die rohe Toluylsäure wird nach dem Trocknen

---

(1) Vgl. S. 353. — (2) In der S. 340 angef. Abhandl. — (3) Jahresber. f. 18⁴⁷/₄₈, 715. — (4) Vgl. auch Jahresber. f. 1865, 341. — (5) Zeitschr. Chem. 1866, 19; Instit. 1866, 269.

Toluylsäure. destillirt, dann, zur Entfernung von aller Nitrosäure, mit Zinn und concentrirter Salzsäure gekocht und nach nochmaligem Lösen in kohlens. Natron und Fällen mit Salzsäure aus heifsem Wasser krystallisirt. Die so erhaltene reine Säure schmilzt bei 176 bis 177°. *Toluyls. Kali,* $C_8H_7KO_2$, scheidet sich beim Vermischen der concentrirten wässerigen Lösung mit absolutem Alkohol in mikroscopischen Nadeln aus; *toluyls. Kalk,* $2 C_8H_7CaO_2 + 3 H_2O$, bildet glänzende, dem benzoës. Kalk sehr ähnliche Krystallnadeln; *toluyls. Magnesia,* $C_8H_7MgO_2$, ist in Wasser und Weingeist sehr leicht löslich und nicht in deutlichen Krystallen zu erhalten. Essigs. Blei giebt in der Lösung des Kalksalzes einen Niederschlag von toluyls. Blei, der sich beim Umkrystallisiren aus heifsem Wasser zu zersetzen scheint; ebenso verhält sich eine Lösung von toluyls. Zink.

G. Hirzel (1) hat sich davon überzeugt, dafs auch die Terpene ($C_{10}H_{16}$) bei der Oxydation mit Salpetersäure (neben Terephtalsäure) Toluylsäure liefern. In geringer Menge wurde dieselbe erhalten aus Terpentinöl und Citronenöl, reichlicher aus Thymianöl, und zwar sowohl aus dem Thymen, als aus dem zwischen 170 und 176° siedenden Kohlenwasserstoff, welchen Lallemant als Cymol bezeichnet hat (2).

Identität der Oxytolsäure mit der Toluylsäure. R. Fittig (3) fand bei einer erneuten Untersuchung der Säure von der Formel $C_7H_6O_3$, welche Er bei der Oxydation des Toluols durch verdünnte Salpetersäure neben Benzoësäure in geringer Menge erhalten und als Oxytolsäure bezeichnet hatte (4), dafs dieselbe aus vollkommen reinem Toluol nicht entsteht und in der That nur Toluylsäure ($C_8H_6O_2$) ist, deren Bildung auf einem Xylolgehalt des angewandten Toluols beruhte.

---

(1) In der S. 860 angeführten Abhandlung; ferner Zeitschr. Chem. 1866, 204. — (2) Jahresber. f. 1856, 616. — (3) Zeitschr. Chem. 1866, 86; Chem. Centr. 1866, 447. — (4) Jahresber. f. 1861, 422.

Bei der Einwirkung von rauchender Salpetersäure auf Paranitrotoluylsäure. bilden sich, nach F. Beilstein und U. Kreusler(1), weniger als vier, nur schwierig zu trennende Säuren: ...lsäure, Terephtalsäure, Nitrotoluylsäure und Para...oluylsäure. Ebenso wie man durch Oxydation des toluols die Nitrodracylsäure leicht rein erhält, so ge... auch die Darstellung der Paranitrotoluylsäure besser, man 20 Th. Nitroxylol mit 40 Th. zweifach-chroms. und 55 Th. Schwefelsäure, die mit dem doppelten Wasser verdünnt ist, so lange (6 bis 8 Stunden) im ... erhält, bis die Lösung grün geworden ist. Die ...irte zähe grüne Masse wird dann (zur Gewinnung ...icht angegriffenen Nitroxylols) mit überschüssigem ...rigem kohlens. Natron destillirt, die alkalische Lösung ...alzsäure gefällt und die ausgeschiedene Säure durch ...ystallisiren aus Wasser oder durch Fällen des stark ...nnten Kalksalzes gereinigt, bis sie den Schmelzpunkt ...eigt. Die so erhaltene *Paranitrotoluylsäure*, $C_8H_7(NO_2)O_2$, scheidet sich von der isomeren Nitrotoluylsäure in ...lben Weise, wie die Nitrodracylsäure von der Nitro-...esäure. Sie hat einen höheren Schmelzpunkt (211°), ...heifsem Wasser sehr schwer löslich, in kaltem fast ...lich und sublimirt in glänzenden Nadeln oder Blättchen. ...e Salze der Paranitrotoluylsäure, namentlich das Baryt-...ind dagegen leichter löslich als die entsprechenden nitro-...s. Salze. Das Kalksalz, $C_8H_6(NO_2)CaO_2 + H_2O$, ist in ...n Wasser schwer löslich und krystallisirt in gelben, ...örmig vereinigten, glasglänzenden Prismen; das Ba-...z, $C_8H_6(NO_2)BaO_2 + 2H_2O$, bildet leicht lösliche, ...ander verfilzte, seideglänzende Nadeln; das Magne-...z, $2C_8H_6(NO_2)MgO_2 + 7H_2O$, ist ebenfalls sehr löslich und krystallisirt schwierig; das Ammoniaksalz,

---

1) Ausführlich Petersb. acad. Bull. XI, 412; im Auszug J. pr. CI, 348; Zeitschr. Chem. 1866, 870; Chem. Centr. 1867, 489; oc. chim. [2] VII, 185.

Paranitro-toluylsäure. $C_8H_6(NO_2)(NH_4)O_2 + 2HO$, ist eine in Wasser äufserst leicht lösliche, strahlig krystallinische Masse. *Paranitrotoluyls. Aethyl*, $C_8H_6(NO_2)(C_2H_5)O_2$, ist geruchlos, in kaltem Wasser ziemlich schwer löslich, und krystallisirt aus heifsem Alkohol in farblosen, bei 55° schmelzbaren Nadeln. *Paranitrotoluylamid*, $C_8H_6(NO_2)NO$, entsteht durch Behandlung des Chlorids mit Ammoniak. Man destillirt von einer Mischung von 4 Th. Paranitrotoluylsäure und 5 Th. Fünffach-Chlorphosphor den unter 130° siedenden Antheil ab, giefst den Rückstand in kleinen Portionen in gut abgekühltes Ammoniak und krystallisirt das ausgeschiedene, mit kaltem Wasser gewaschene Amid aus siedendem Wasser um. Es bildet in heifsem Wasser ziemlich leicht lösliche, gelblich gefärbte, bei 150 bis 151° schmelzende Krystallschuppen. — *Paranitrotoluylsäurenitril*, $C_8H_6(NO_2)N$, erhält man durch Erhitzen von 3 Th. Paratoluylsäureamid mit 4 Th. Fünffach-Chlorphosphor, Abdestilliren des Phosphoroxychlorids, Digeriren des Rückstands mit Natronlauge und Umkrystallisiren des hierbei ungelöst bleibenden Nitrils aus Alkohol und Wasser. Es bildet geruchlose kleine glänzende Nadeln oder lange dünne Prismen, schmilzt bei 80°, löst sich kaum in kaltem Wasser und auch nur wenig in siedendem, verflüchtigt sich mit den Wasserdämpfen unter Verbreitung eines aromatischen Geruchs und zerfällt beim Kochen mit Alkalien in Ammoniak und Paranitrotoluylsäure. Verdunstet man die mit Ammoniak und dann mit Schwefelwasserstoff gesättigte Lösung zur Trockne, so entsteht nach der Gleichung: $C_8H_6(NO_2)N + 6H = C_8H_{10}N_2O + H_2O$ ein mit dem Paraamidotoluylsäureamid isomerer, kaum in Wasser aber leicht in Säuren löslicher Körper. Derselbe schmilzt, nach wiederholtem Lösen in Salzsäure und Fällen mit Ammoniak, schon bei 90°; die Lösungen zersetzen sich rasch unter auffallenden Farbenerscheinungen. — Behandelt man Paranitrotoluylsäure mit 2 Th. Zinn und etwas rauchender Salzsäure, so krystallisirt aus dem verften Filtrat *salzs. Paraamidotoluylsäure*, $C_8H_7(NH_2)O_2$, in fast farblosen, leicht in Wasser, schwer in ver- :er Salzsäure löslichen Nadeln. Die daraus durch ι mit Ammoniak und Vermischen mit überschüssiger Es- ιre abgeschiedene *Paraamidotoluylsäure*, $C_8H_7(NH_2)O_2$, ιllisirt aus Wasser in langen irisirenden Nadeln oder :ken, anscheinend rhomboëdrischen Krystallen, welche ¡7° schmelzen und sich nur schwer in kaltem, leicht in m Wasser lösen. *Salpeters. Paraamidotoluylsäure*, $NH_2)O_2$, NHO_3, krystallisirt beim Verdunsten der ιg in einer Atmosphäre von Schwefelwasserstoff in ιn, leicht löslichen Prismen; *schwefels. Paraamido- säure*, $2C_8H_7(NH_2)O_2, SH_2O_4 + 2H_2O$, ist in kaltem er schwer, in heifsem leicht löslich und bildet luftbestän- ιnge Prismen. *Paraamidotoluyls. Baryt*, $C_8H_8BaNO_2 +$ ·, bildet sich beim Kochen des schwefels. Salzes mit koh- 3aryt und krystallisirt in leicht löslichen, grofsen, scharf bildeten Tafeln. *Paraamidotoluylsäureamid*, $C_8H_{10}N_2O$ ιO = $C_8H_6(NH_2)O, H_2N + H_2O$, entsteht durch :tion des Paranitrotoluylsäureamids mit Schwefelam- ιm und ist eine bei 115° schmelzende Krystallmasse, ch aus der warm gesättigten Lösung flüssig aus- let und erst nach einiger Zeit erstarrt. — In einer ιlischen Lösung von Paraamidotoluylsäure entsteht ιusatz einer alkoholischen Lösung von salpetriger ein orangegelber Niederschlag, der wahrscheinlich ιazoamidotoluylsäure ist. Beim Kochen mit concen- Salzsäure zerfällt derselbe unter Entwickelung von ;as in Paraamidotoluylsäure und sich ausscheidende *·hlortoluylsäure*, $C_8H_7ClO_2$, welche bei 203° schmilzt ιit der von Vollrath durch Oxydation des Chlor- (vgl. dieses) mit Chromsäure erhaltenen Säure identisch *'araoxytoluylsäure*, $C_8H_8O_3$, erhält man durch Behand- einer abgekühlten Lösung von salpeters. Paraamido- ure mit salpetriger Säure, Auflösen der abgeschiedenen ers. Paradiazotoluylsäure in viel siedendem Wasser,

Uebersättigen mit Ammoniak und Vermischen der stark verdampften Lösung mit Salpetersäure. Sie ist schwer in kaltem, leicht in heifsem Wasser löslich und krystallisirt in kleinen gelblichen Prismen. Aus der von der salpeters. Paradiazotoluylsäure abfiltrirten Flüssigkeit schied sich ein gelbliches, aus Nadeln bestehendes Krystallpulver ab, welches mit der Formel $C_8H_7(NO_2)O_3$ vielleicht Paranitrooxytoluylsäure ist. Ebenso wurde aus der Mutterlauge ein bei 85° schmelzender, gelber krystallinischer Körper erhalten, der bei der Analyse die Zusammensetzung des (nach Duclos flüssigen) Dinitrokresols, $C_7H_6(NO_2)_2O$, ergab.

Xylylsäure. Bromxylol (Siedepunkt 211°,2) verwandelt sich, nach Kekulé (1), durch Einwirkung von Natrium und Kohlensäure nach dem bei der Benzoësäure beschriebenen Verfahren in *Xylylsäure*, $C_9H_{10}O_2$. Salzsäure fällt aus der wässerigen Lösung des Products unmittelbar weifse, aus feinen Nadeln bestehende Flocken, welche nur aus heifsem Wasser umzukrystallisiren sind. Die Xylylsäure ist in kaltem Wasser fast unlöslich und auch in siedendem löst sie sich weit weniger als Benzoësäure; sie ist leicht löslich in Aether und Alkohol, krystallisirt uud sublimirt in Nadeln und schmilzt bei 122° (vgl. S. 362). Von den vier der Theorie nach existirenden isomeren Säuren von der Formel $C_9H_{10}O_2$:

Dimethylphenyl-ameisensäure (Xylylsäure)	Aethylphehyl-ameisensäure (unbekannt)	Methylphenyl-essigsäure (unbekannt)	Phenylpropionsäure (Hydrozimmtsäure)
$C_6H_3(CH_3)_2.CO_2H$	$C_6H_4(C_2H_5).CO_2H$	$C_6H_4(CH_3).CH_2.CO_2H$	$C_6H_5.C_2H_4.CO_2H$

ist die Xylylsäure offenbar die erste Modification; sie ist als Dimethylphenylameisensäure mit der Benzoësäure und der Toluylsäure in demselben Sinne homolog, wie das Xylol mit Benzol und Toluol.

Nach G. Hirzel und F. Beilstein (2) liefert das

---

(1) In der S. 340 angeführten Abhandlung; ferner Instit. 1866, 23. — (2) Vorläufige Anzeige Zeitschr. Chem. 1866, 503; Bull. soc. chim. [2] VII, 345 ; ausführlicher aus G. Hirzel's Inauguraldissertation in Chem. Centr. 1866, 1041, 1057.

Cumol aus Steinkohlentheer (Trimethylbenzol) bei vor- *Xylylsäure.* sichtiger Oxydation, analog dem Xylol (S. 357), zuerst *Xylylsäure*, $C_9H_{10}O_2$, welche bei weiterer Oxydation in die zweibasische *Insolinsäure*, $C_9H_8O_4$, übergeht. Zur Darstellung der Xylylsäure oxydirt man nach dem für die Toluylsäure beschriebenen Verfahren reines (durch trockene Destillation des wiederholt umkrystallisirten cumolschwefels. Baryts erhaltenes) Cumol durch rohe Salpetersäure, die mit dem doppelten Volum Wasser verdünnt ist, entzieht der abgehobenen Cumolschichte die darin gelösten Säuren durch Schütteln mit concentrirter Ammoniakflüssigkeit und fällt diese Lösung durch Salzsäure. Die getrocknete rohe Säure wird zur Zerstörung der beigemengten Nitrosäuren mit Zinn und concentrirter Salzsäure behandelt, mit kaltem Wasser ausgewaschen, längere Zeit mit Sodalösung gekocht und die eingeengte Lösung mit Salzsäure wieder gefällt. Das Säuregemenge destillirt man dann aus einer geräumigen Retorte mit Wasser, so lange bis mit den Wasserdämpfen keine Xylylsäure mehr übergeht, wobei die stets in kleinen Mengen gebildete Insolinsäure in der Retorte zurückbleibt (wurde unreines Cumol angewandt, so destillirt zuerst ein geringer Antheil einer öligen Säure). Die Xylylsäure scheidet sich zum Theil aus dem Destillat in Krystallnadeln aus, zum Theil bleibt sie gelöst und wird durch Sättigen mit kohlens. Natron, Verdampfen und Fällen mit Salzsäure gewonnen. Aus der zur Oxydation verwendeten Salpetersäure (1) kann auf gleiche Weise (durch

---

(1) Aus Salpetersäure, welche zur Oxydation von nicht ganz reinem Cumol gedient hatte, schieden sich, wie Hirzel und Beilstein beobachteten, Krystallnadeln ab, die durch Umkrystallisiren gereinigt den Schmelzpunkt 110° und die Zusammensetzung des Dinitrophenols ergaben, aber in Wasser leicht löslich waren. Die Calcium- und Baryumverbindung waren krystallisirbar und schwer löslich. Die genannten Chemiker vermuthen, daß diese Verbindung, die von einem Phenolgehalt des Cumols stammte, der Reihe des Isonitrophenols (Jahresber. f. 1858, 407) angehört.

Xylylsäure. Sättigen mit kohlens. Natron, Verdampfen und Fällen mit Salzsäure), oder auch durch Schütteln mit Benzol, welches die festen Säuren löst, ohne auf die Salpetersäure einzuwirken, noch ein Antheil roher Säure erhalten werden, der ebenfalls durch Destillation zu zerlegen ist. Die Xylylsäure krystallisirt aus Wasser in weifsen glänzenden Nadeln. Sie schmilzt bei 103° (vgl. S. 360) und siedet bei 273°; sie ist in kaltem Wasser wenig, leichter in heifsem sowie in Alkohol und Aether löslich. Unter kochendem Wasser schmilzt sie zu einem Oel, auch aus der heifsen Lösung ihrer Salze wird sie durch Mineralsäuren als ein beim Erkalten erstarrendes Oel gefällt. Das *Kalksalz* $2(C_9H_9CaO_2) + 3H_2O$ krystallisirt in sternförmig gruppirten Nadeln, das *Barytsalz* $C_9H_9BaO_2 + 4H_2O$ in farblosen Blättern. Der (durch Einleiten von Salzsäuregas in die kalt gehaltene alkoholische Lösung der Säure, gelindes Erhitzen auf dem Wasserbade und Ausfällen mit Wasser dargestellte) *Xylylsäure-Aethyläther*, $C_9H_9(C_2H_5)O_2$, ist ölig, von aromatischem Geruch und siedet bei 233°. Durch Chromsäure wird die Xylylsäure unter heftiger Einwirkung in Insolinsäure (1) verwandelt. Zur Darstellung derselben trägt man in eine Mischung von 78 Grm. zweifach-chroms. Kali und 108 Grm. mit ihrem doppelten Volum verdünnter Schwefelsäure 10 Grm. Xylylsäure in kleinen Antheilen ein, indem man nach eingetretener ziemlich heftiger Reaction zum gelinden Sieden erhitzt und vor einem neuen Zusatz wieder vollständig erkalten läfst; zuletzt erhält man den ganzen Kolbeninhalt mit angefügtem aufwärts gerichtetem Kühler so lange im Sieden, bis er eine rein dunkelgrüne Farbe angenommen hat. Die aus der erkalteten Flüssigkeit als graugrünes flockiges Pulver abgeschiedene Säure wird

---

(1) Darüber, dafs die mit diesem Namen bisher belegten, aus Cuminsäure (Jahresber. f. 1855, 481) und Camphenen (Jahresber. f. 1863, 401) erhaltenen Säuren sich als *Terephtalsäure*, $C_8H_6O_4$, erwiesen haben, vgl. Jahresber. f. 1861, 424; f. 1864, 401.

-irt, gewaschen, in einer kochenden Lösung von Xylylsäure.
ns. Natron aufgenommen und nach dem Einengen
: Lösung durch Salzsäure gefällt. Die bei der Oxy-
1 des Cumols durch verdünnte Salpetersäure gebildete
nsäure krystallisirt aus dem heifs filtrirten Destillations-
tande in pulveriger Form aus und kann durch vor-
ges Sublimiren, Auflösen in kohlens. Natron und
n durch Salzsäure gereinigt werden. Zur vollkommenen
nung der Insolinsäure und Xylylsäure sättigt man
heifse wässerige Lösung mit Barytwasser, wo das
liche insolins. Salz sich abscheidet, während das
saure gelöst bleibt. Durch Kochen mit kohlens.
n und Fällen der Lösung mit Salzsäure wird aus
Barytsalz die reine Insolinsäure erhalten. Sie ist der
phtalsäure ähnlich, fast unlöslich in kaltem und schwer-
h in heifsem Wasser; aus heifsem Alkohol krystallisirt
eim Erkalten in krystallinischen Krusten. Sie subli-
beim Erhitzen ohne vorher zu schmelzen. Das
salz, $C_9H_6Ca_2O_4 + H_2O$, wird durch Kochen der
e mit sehr dünner Kalkmilch, Behandeln des Filtrates
Kohlensäure und Verdampfen in schwerlöslichen Krusten
ten, das *Baryt*salz krystallisirt in wasserfreien Kör-
Die Insolinsäure wird durch weitere Einwirkung
Chromsäuremischung nicht angegriffen, die Oxydation
Cumols entspricht demnach den Gleichungen:

 Xylylsäure Insolinsäure
I. $_{12} + O_3 = C_9H_{10}O_2 + H_2O$. II. $C_9H_{10}O_2 + O_3 = C_9H_6O_4 + H_2O$.

Cumol Xylylsäure Insolinsäure

$C_6H_3, 3\,CH_3$ $C_6H_3(CH_3)\begin{cases}CH_3\\CHO_2\end{cases}$ $C_6H_3(CH_3)\begin{cases}CHO_2\\CHO_2\end{cases}$

Th. Swarts (1) hat die Zimmtsäure aus Monobrom- Zimmtsäure.
l in analoger Weise dargestellt, wie Kekulé (S. 340)
Benzoësäure aus dem Monobrombenzol. Behandelt
ein Gemenge von Monobromstyrol und Aether mit

) Ann. Ch. Pharm. CXXXVII, 229; Zeitschr. Chem. 1866, 185;
soc. chim. [2] VI, 61; Ann. ch. phys. [4] VIII, 192; Instit. 1866, 63.

Zimmtsäure. Natrium und Kohlensäure, so erhält man nach dem Verdunsten des Aethers eine braune bröckliche Masse, aus der sich das unangegriffene Natrium leicht durch Auslesen entfernen läfst. Man löst in Wasser, neutralisirt annähernd mit Salzsäure, kocht mit Thierkohle und übersättigt das heifse Filtrat mit Salzsäure, wo sich zunächst Krystalle von Zimmtsäure und dann allmälig erstarrende Oeltropfen von secundär entstandener Hydrozimmtsäure (Homotoluylsäure) ausscheiden. — Beim längeren Erhitzen von Zimmtsäure mit Salzsäure auf 190 bis 200° bildet sich neben Kohlensäure ein indifferentes chlorhaltiges Oel, vielleicht Monochlorstyrol, C_9H_9Cl. Analog verhält sich die Zimmtsäure gegen Bromwasserstoff (1). Wird die Zimmtsäure mit Wasser allein mindestens 8 Tage lang auf 180 bis 200° erhitzt, so erfolgt ihre Spaltung unter Bildung von Styrol.

Zimmtsäureamid und -nitril. Cinnamid (Zimmtsäureamid), C_9H_9NO, erhält man, nach J. v. Rossum (2), am bequemsten durch Behandeln von Chlorcinnamyl (Zimmtsäurechlorid) mit concentrirtem Ammoniak und Umkrystallisiren des mit kaltem Wasser gewaschenen Krystallbreis aus siedendem Wasser (3). Es bildet bei langsamem Erkalten glänzendweifse, blätterige Krystalle, aus Alkohol krystallisirt es in Nadeln, in Aether ist es schwieriger löslich. Es ist geruchlos, von schwach bitterem Geschmack, schmilzt bei 141°,5, und scheint beim Kochen mit concentrirter Salzsäure eine wenig beständige Verbindung zu bilden. Mit Quecksilberoxyd gekocht entsteht weifses pulveriges Cinnamid-Quecksilber, C_9H_8HgNO. — *Zimmtsäurenitril*, C_7H_7N, erhält man durch Erwärmen von Cinnamid mit der äquivalenten Menge von Fünffach-Chlorphosphor, Abdestilliren des Phosphoroxychlorids und Erhitzen des Rückstands mit Kalilauge.

---

(1) Vgl. Jahresber. f. 1865, 561. — (2) Zeitschr. Chem. 1866, 862; Bull. soc. chim. [2] VII, 175. — (3) Vgl. Jahresber. f. 18⁶⁹/₆₇, 585.

rystallisirt in der Kälte, schmilzt bei 11°, siedet bei
)is 255° und löst sich leicht in Alkohol, aber nicht in
ier. *Thiocinnamid*, C_9H_9NS, scheidet sich beim Be-
eln der mit etwas Ammoniak versetzten Lösung des
.s mit Schwefelwasserstoff beim Verdampfen aus und
[st aus Wasser in gelben blätterigen Krystallen an.
zimmts. Aethyl bildet sich sehr leicht beim Auflösen
rimmts. Aethyl in höchst concentrirter Salpetersäure.
ler Behandlung desselben mit Zinn und Salzsäure ent-
ein in farblosen Krystallen anschiefsendes Doppel-
von salzs. amidozimmts. Aethyl mit Zinnchlorür,
$H_6[NH_2][C_2H_5]O_2$, HCl), $2 SnCl + 3 H_2O$. Nach der
heidung des Zinns mit Schwefelwasserstoff erhält man
ıs Krystalle von salzs. amidozimmts. Aethyl.

E. Erlenmeyer (1) hat die aus Zimmtsäure durch Homotoluyl-
irkung von Natriumamalgam entstehende Homotoluyl- säure
(Schmitt's Cumoylsäure, Swart's Hydrozimmt- (Cumoyl-
) (2) näher untersucht. Zur Darstellung der Säure säure, Hydro-
ındirt man gepulverte Zimmtsäure in einem Glas mit zimmtsäure).
ıtöpsel in der 20- bis 24fachen Menge Wasser und
zuerst so viel Natriumamalgam zu, dafs auf 1 Mol.
ıtsäure 1 At. Natrium kommt. Man schüttelt, bis die
ıigkeit neutral oder schwach alkalisch reagirt, setzt
eine zweite etwas gröfsere Menge Natriumamalgam
ıd läfst unter öfterem Umschütteln die Reaction fort-
n, bis sich Wasserstoffgas in regelmäfsigen Blasen
ckelt. Das gebildete Natronsalz wird mit Schwefel-
neutralisirt, die Lösung verdampft und die von aus-
allisirtem Glaubersalz abgegossene Mutterlauge mit
efelsäure übersättigt, indem man den zuerst sich ab-
denden, gefärbten Antheil der Säure für sich abfil-

) Ann. Ch. Pharm. CXXXVII, 327; Zeitschr. Chem. 1866, 206;
Centr. 1866, 225; Bull. soc. chim. [2] VI, 392; Ann. ch. phys.
, 503. — (2) Vgl. Jahresber. f. 1862, 268; f. 1863, 325; f. 1865,

Homotoluyl-säure (Cumoyl-säure, Hydro-zimmtsäure). trirt. Die Anfangs ölartige, bald erstarrende Säure wird zerrieben, auf dem Filter mit Wasser gewaschen und dann in Quantitäten von 20 bis 30 Grm. der Destillation unterworfen. Beim Umkrystallisiren aus Weingeist sind die Krystalle stets mit homotoluyls. Aethyl verunreinigt; aus Wasser schiefst die Säure bei niedriger Temperatur in langen Nadeln an; aus einer in der Siedehitze gesättigten Lösung fällt der gröfsere Theil als nach und nach erstarrendes Oel heraus. — Die destillirte Homotoluylsäure, $C_9H_{10}O_2$, schmilzt bei 47°, wird bei 50 bis 60° dünnflüssig wie Wasser und siedet bei 280° unter 754 MM. Druck, also etwa 15° höher als die Alphatoluylsäure. Die Dämpfe verdichten sich zu einer Flüssigkeit, die in vollkommener Ruhe auf 25° erkalten kann, ohne fest zu werden; bei Berührung mit einem festen Körper erstarrt sie sogleich, unter Erhöhung der Temperatur auf 42°, zu einer Masse von langen, strahlig gruppirten Nadeln. Die Säure löst sich in 168 Th. Wasser von 20°, weit leichter in siedendem; sie verflüchtigt sich mit den Wasserdämpfen und schiefst aus Weingeist in Krystallen an, die dem monoklinometrischen System anzugehören scheinen; sie löst sich ferner in Aether, Chloroform, Benzol, Schwefelkohlenstoff und Eisessig. Die Salze sind meist krystallisirbar und die Lösung des Kalisalzes wird durch Chlorcalcium, Chlorbaryum, Chlormagnesium, salpeters. Nickel oder -Kobalt und schwefels. Mangan nicht gefällt. Mit salpeters. Silber, schwefels. Zink, salpeters. Kupfer, Quecksilberchlorid, Eisenchlorid, Chromchlorid entstehen käsige oder flockige, mit essigs. Blei pflasterartige Niederschläge. Das *Silbersalz*, $C_9H_9AgO_2$, krystallisirt aus Wasser in perlmutterglänzenden Blättchen; das *Barytsalz*, $C_9H_9BaO_2$, das *Kalisalz*, $C_9H_9KO_2$, das *Kalksalz*, $C_9H_9CaO_2$, und das *Bleisalz*, $C_9H_9PbO_2$, in Nadeln; das *Kupfersalz*, $C_9H_9CuO_2$, ist ein blaugrünes Pulver. *Homotoluyls. Methyl*, $C_9H_9(CH_3)O_2$, ist eine eigenthümlich riechende Flüssigkeit von dem spec. Gewicht 1,0455 bei 0°, 1,0180 bei 49° (Ausdehnungscoëfficient für $49^0 = 0{,}02701$) und dem Siedepunkt 238 bis 239^0. *Homotoluyls. Aethyl*, $C_9H_9(C_2H_5)O_2$, riecht ananasähnlich, zugleich betäubend, siedet bei 247 bis 249^0 und hat das spec. Gewicht bei $0^0 = 1{,}0343$, bei $49^0 = 0{,}9925$ (Ausdehnungscoëfficient für $49^0 = 0{,}0421$). *Homotoluyls. Amyl*, $C_9H_9(C_5H_{11})O_2$, riecht schwach, eigenthümlich betäubend, siedet bei 291 bis 293^0 und hat das spec. Gewicht bei $0^0 = 0{,}9807$, bei $49^0 = 0{,}9520$ (Ausdehnungscoëfficient für $49^0 = 0{,}03015$). — Bei der Einwirkung von chroms. Kali und verdünnter Schwefelsäure auf Homotoluylsäure entwickelt sich schon bei gewöhnlicher Temperatur Kohlensäure und bei der Destillation geht dann neben einer reichlichen Menge von Benzoësäure ein ölartiger Körper über, der durch Behandlung mit zweifach-schweflig. Natron den Bittermandelölgeruch verliert und einen Salbei ähnlichen annimmt. Beim Erhitzen der Homotoluylsäure mit Natronkalk oder Kalihydrat bildet sich Anfangs Benzoësäure (ohne Ameisensäure oder Essigsäure) und dann destillirt eine gelbgefärbte Flüssigkeit über, von welcher es unentschieden bleibt, ob dieselbe neben Kohlenwasserstoffen (Toluol) auch Ketone enthält. Bezüglich der Betrachtungen Erlenmeyer's über die Constitution der Zimmtsäure, Homotoluylsäure und der daraus entstehenden Kohlenwasserstoffe müssen wir auf die Abhandlung verweisen.

C. Glaser (1) hat ebenfalls einige Derivate der mit der Formel $C_6H_5 \cdot C_3H_3O_2$ als Phenylacrylsäure zu betrachtenden Zimmtsäure untersucht. Hydrozimmtsäure (Phenylpropionsäure), $C_6H_5 \cdot C_3H_5O_2$, geht durch Einwirkung von Chlor bei gewöhnlicher Temperatur wie bei 160^0 in anscheinend dasselbe ölartige Product über; bei der Behandlung mit Brom in der Hitze entsteht dagegen Zimmtsäure nach der Gleichung:

---

(1) Vorläufige Anzeige: Zeitschr. Chem. 1866, 696; ausführlich: Ann. Ch. Pharm. CXLIII, 325.

Homotoluyl-säure (Cumoyl-säure, Hydro-zimmtsäure).

Hydrozimmtsäure   Zimmtsäure
$$C_9H_{10}O_2 + 2\,Br = C_9H_8O_2 + 2\,BrH.$$

Läfst man das Brom bei gewöhnlicher Temperatur auf Hydrozimmtsäure einwirken, so entstehen durch Substitution successive die bromhaltigen Säuren $C_9H_9BrO_2$ und $C_9H_8Br_2O_2$; letztere ist isomer mit der von Schmitt(1) durch Addition erhaltenen Dibromzimmtsäure (Phenyldibrompropionsäure). Diese letztere liefert durch Behandlung mit alkoholischer Kalilösung zwei isomere Monobromzimmtsäuren, $C_9H_7BrO_2$ (2). Zu ihrer Darstellung löst man das Rohproduct der Einwirkung von Bromdampf auf Zimmtsäure in wenig siedendem Alkohol und setzt portionenweise eine weingeistige Kalilösung in geringem Ueberschufs zu. Nach einigen Minuten giefst man das Gemenge in viel kaltes Wasser, verdampft die mit Salzsäure neutralisirte Flüssigkeit im Wasserbade, löst den Rückstand in Wasser und versetzt die klare Lösung mit verdünnter Salzsäure. Es scheiden sich zuerst weifse krystallinische Flocken von α-Monobromzimmtsäure, dann ein ölartiges Gemenge und zuletzt fast reine β-Monobromzimmtsäure ab, die durch wiederholte fractionirte Fällung zu reinigen sind. Die aus dem Ammoniaksalz abgeschiedene *α-Monobromzimmtsäure* (α-Phenylmonobromacrylsäure), $C_9H_7BrO_2$, krystallisirt aus siedendem Wasser in langen glänzenden vierseitigen Nadeln; sie löst sich in jedem Verhältnifs in Alkohol und auch leicht in alkoholhaltigem, weniger in reinem Aether. Sie schmilzt bei 130 bis 131°, krystallisirt beim Erkalten in Nadeln und destillirt zum gröfsten Theil unzersetzt. Das in Nadeln krystallisirende Kalisalz ist in Wasser und Weingeist leicht löslich; das Ammoniaksalz,

---

(1) Jahresber. f. 1863, 351. — (2) E. Erlenmeyer macht (Zeitschr. Chem. 1866, 747) aus Veranlassung dieser Mittheilung über bereits erhaltene Resultate einige vorläufige Angaben. Aus der Dibromhomotoluylsäure erhielt Er ebenfalls zwei Säuren von der Zusammensetzung $C_9H_7BrO_2$, von welchen die eine in grofsen triklinometrischen Combinationen, die andere in Nadeln krystallisirt.

(NH₄)BrΘ₂, bildet ziemlich leicht in Wasser und Al- Homotoluyl-
l lösliche platte, gewöhnlich zu baumartigen Gebilden säure
nigte Nadeln; das Barytsalz, $C_9H_6BaBrO_2$, krystalli- (Cumoyl-
n dünnen rhombischen Blättchen, die sich nur wenig säure, Hydro-
altem Wasser und gar nicht in Alkohol lösen; das zimmtsäure).
salz bildet in heifsem Wasser ziemlich lösliche Blätt-
, das Cadmiumsalz grofse platte glänzende Prismen;
Bleisalz krystallisirt aus heifsem Wasser in dünnen
bischen Blättchen, das ebenfalls schwer lösliche Sil-
lz, $C_9H_6AgBrO_2$, zersetzt sich beim Erhitzen mit
ser auf 150⁰ ohne Bildung von Bromsilber in freie
e und in ein basisches Salz. In Berührung mit Brom-
fen geht die α-Monobromzimmtsäure in eine brom-
ere, bei 132⁰ schmelzbare, in Nadeln krystallisirende
e über; mit Natriumamalgam verwandelt sie sich in
ozimmtsäure, nach der Gleichung:

α-Monobromzimmtsäure Hydrozimmtsäure
$C_9H_7BrO_2$ + H_4 = $C_9H_{10}O_2$ + HBr

nach dem oben angegebenen Verfahren erhaltene,
nochmalige fractionirte Fällung gereinigte β-Monobrom-
tsäure (β-Phenylmonobromacrylsäure), $C_9H_7BrO_2$, ist
chneeweifses, leichtes, aus sechsseitigen Blättchen
hendes Pulver. Sie ist leicht löslich in siedendem
er und scheidet sich daraus in grofsen sechseckigen
n Krystallen, aus Aether in wohlausgebildeten dicken
nen ab. Sie schmilzt bei 120⁰ und verwandelt sich
Destillation oder durch Kochen mit rauchender Jod-
erstoffsäure in die isomere α-Monobromzimmtsäure.
Erhitzen mit verdünnter Natronlauge auf 180⁰ zer-
sie in Kohlensäure und in ein bromfreies, bei etwa
siedendes Oel; mit Natriumamalgam geht sie eben-
in Hydrozimmtsäure über. Die Salze sind gänzlich
hieden von denen der α-Säure. Das Kalisalz,
$KBrO_2$, bildet feine, sehr zerfliefsliche und auch
lkohol leicht lösliche Nadeln; das Barytsalz ist
alls zerfliefslich; das Bleisalz ist ein käsiger,

Homotoluyl-säure (Cumoyl-säure, Hydro-zimmtsäure). beim Erhitzen unter der Flüssigkeit harzartig werdender Niederschlag; das Silbersalz, $C_9H_6AgBrO_2$, ist ein weifser käsiger Niederschlag, der beim Stehen krystallinisch wird und beim Sieden sich zersetzt; bei 120° zerfällt es in freie Säure und basisches Salz, bei 170° in α-Monobromzimmtsäure, Kohlensäure, Bromsilber und in ein aromatisches Oel. Durch Einwirkung von Bromdampf entsteht auch aus der β-Monobromzimmtsäure eine bromreichere krystallinische Säure, die bei 45 bis 48° schmilzt und in siedendem Wasser unter Bildung eines anders riechenden flüchtigen Oels sich zersetzt. — *Monobromhydrozimmtsäure* (Monobromphenylpropionsäure), $C_9H_9BrO_2$, entsteht bei tropfenweisem Zusatz von Brom zu Hydrozimmtsäure, in den der Gleichung: $C_9H_{10}O_2 + Br_2 = C_9H_9BrO_2 + HBr$ entsprechenden Mengen. Sie ist schwer in Wasser, leicht in wässerigem Weingeist, in Aether, Schwefelkohlenstoff und Benzol löslich und krystallisirt daraus in der Benzoësäure ähnlichen, perlmutterglänzenden Nadeln oder gut ausgebildeten Prismen. Sie schmilzt bei 136° und destillirt unter dem Druck von etwa 30 MM. bei 250°. Das Barytsalz, $C_9H_8BaBrO_2$, krystallisirt in warzenförmig vereinigten mikroscopischen Prismen; das Silbersalz, $C_9H_8AgBrO_2$, ist ein käsiger Niederschlag, der sich mit Wasser erst bei 170 bis 180° unter Bildung von Bromsilber zersetzt. — *Dibromhydrozimmtsäure* (Dibromphenylpropionsäure), $C_9H_8Br_2O_2$, entsteht durch Einwirkung von 2 Mol. Brom auf Hydrozimmtsäure. Sie ist frisch bereitet ein gelbliches, halbflüssiges Oel, das nach einiger Zeit zu einer schmierigen Krystallmasse erstarrt. Sie löst sich leicht in Alkohol, wird daraus durch Wasser wieder ölartig gefällt und zersetzt sich mit kochendem Wasser (analog wie die Schmitt'sche Dibromzimmtsäure) in Kohlensäure, ein bromhaltiges neutrales Oel und in eine ölartige Säure. — Beim Erhitzen mit Brom auf 160° verwandelt sich die Hydrozimmtsäure, wie schon oben erwähnt, in Zimmtsäure.

Buliginsky und Erlenmeyer kamen bei Versuchen über die Oxydationsproducte der Bestandtheile des Römisch-Kümmelöls nach Ihrer vorläufigen Mittheilung (1) zu folgendem Ergebnifs. *Cuminol* liefert mit Chromsäuremischung Cuminsäure und eine in Alkohol schwerlösliche feste Säure, für welche die analytischen Ergebnisse zwischen die der Terephtalsäure ($C_8H_6O_4$) und die der Insolinsäure ($C_9H_8O_4$) fielen, aber keine Essigsäure. Bei der Behandlung mit Salpetersäure (vom spec. Gewicht 1,2; 1,3; 1,4) im Wasserbade entstehen aus dem Cuminol Cuminsäure, Nitrocuminsäure und wie es scheint Terephtalsäure, aber keine Oxalsäure. *Cymol* ergab mit der Chromsäuremischung Terephtalsäure und bedeutende Mengen von Essigsäure; mit Salpetersäure (vom spec. Gewicht 1,1) Toluylsäure, Nitrotoluylsäure und Oxalsäure, aber keine Terephtalsäure. Das Cymol scheint daher bei der Oxydation zwei Kohlenstoffatome zu gleicher Zeit abzugeben, während diese von dem Cuminol nur einzeln abgelöst werden.

Fein zerriebenes cumins. Silber verwandelt sich, nach A. Naquet und W. Louguinine (2), in einer Atmosphäre von dampfförmigem Brom in ein Gemenge von Bromsilber, Cuminsäure und Bromcuminsäure. Behandelt man den in Aether löslichen Theil dieses Gemenges etwa 10 mal mit siedendem Wasser, so löst sich die Cuminsäure auf, während der weit beträchtlichere unlösliche Antheil, nach dem Umkrystallisiren aus Aether, aus reiner *Bromcuminsäure*, $C_{10}H_{11}BrO_2$, besteht. Sie ist meist krystallinisch, schmelzbar bei 146°, fast unlöslich in siedendem und ganz unlöslich in kaltem Wasser, wenig löslich in kaltem Alkohol, aber leicht löslich in Aether. Das in Wasser unlösliche bromcumins. Silber wird durch Wasser

---

(1) Ann. Ch. Pharm. CXL, 187; J. pr. Chem. C, 458; Zeitschr. Chem. 1866, 704; Bull. soc. chim. [2] VII, 425. — (2) Compt. rend. LXII, 1031; Instit. 1866, 164; Zeitschr. Chem. 1866, 333; J. pr. Chem. XCIX, 477; Chem. Centr. 1866, 799.

Eugensäure (Nelkensäure).

selbst bei 150° nicht zersetzt; Oxycuminsäure läfst sich auf diesem Wege nicht darstellen.

Eugensäure zerfällt, nach H. Hlasiwetz und A. Grabowski (1), beim Schmelzen mit Kalihydrat unter Bildung von Protocatechusäure und Essigsäure. Dieselben Producte liefert auch die Ferulasäure (vgl. bei Harzen), welche in ähnlicher Beziehung zur Eugensäure steht, wie die Oxalsäure zur Essigsäure. — Beim Erhitzen von 3 Th. festem, in wenig Wasser gelöstem Aetzkali mit 1 Th. eugens. Kali (wie es durch Vermischen des Nelkenöls mit starker alkoholischer Kalilösung und Abpressen des Krystallbreis erhalten wird) bildet sich unter Bräunung eine homogene Masse, welche bald eine breiige, krümliche Consistenz annimmt. Bei weiterem Erhitzen schmilzt diese von Neuem, indem unter Wasserstoffentwickelung der Oxydationsprocefs beginnt. Es ist zweckmäfsig, nicht mehr als 20 Grm. eugens. Kali auf einmal anzuwenden und während der Oxydation das Verglimmen der Masse durch fortwährendes Umrühren zu verhindern. Man übersättigt nun die in Wasser gelöste Masse mit verdünnter Schwefelsäure und schüttelt das Filtrat mit Aether, welcher die Protocatechusäure (neben etwas Pyrocatechin und vielleicht auch Hydrochinon) entzieht. Protocatechusäure und Essigsäure bilden sich hierbei nach den Gleichungen:

Eugensäure   Protocatechu-   Essigsäure
                säure

$C_{10}H_{12}O_2 + 7O = C_7H_6O_4 + C_2H_4O_2 + CO_2 + H_2O$

Ferulasäure

$C_{10}H_{10}O_4 + 4O = C_7H_6O_4 + C_2H_4O_2 + CO_2.$

Es läfst sich annehmen, dafs die Essigsäure bei der Eugensäure secundär aus Propionsäure, bei der Ferulasäure aus Malonsäure entstanden sei.

---

(1) Ann. Ch. Pharm. CXXXIX, 95; Wien. Acad. Ber. LIII (2. Abth.), 494; Zeitschr. Chem. 1866, 393; J. pr. Chem. XCIX, 222; Chem. Centr. 1866, 448; Bull. soc. chim. [2] VII, 178.

E. Erlenmeyer (1) fand, daſs die Eugensäure bei der Destillation mit Jodwasserstoffsäure in Jodmethyl und in eine zurückbleibende rothe Harzmasse zerlegt wird, deren Zusammensetzung annähernd der Formel $C_9H_{10}O_2$ entspricht. Auch das Anisöl liefert, mit Jodwasserstoff destillirt, Jodmethyl und einen dem Saliretin analogen Körper, $C_9H_{10}O$ (vgl. bei Anethol). Erlenmeyer (2) bestätigt ferner die Bildung von Protocatechusäure und Essigsäure beim Schmelzen der Eugensäure mit Kalihydrat und spricht die Vermuthung aus, daſs die Eugensäure zu einem methylirten Styrol in derselben Beziehung stehe, wie die Ferulasäure zur Zimmtsäure.

Bei vorsichtiger Behandlung von xanthogens. Kali mit Salpetersäure bildet sich, nach J. Küpfer (3), das von Desains (4) zuerst erhaltene dioxysulfokohlens. Aethyl leicht und in reichlicher Menge nach der Gleichung:

Xanthogensäure.

Xanthogens. Kali   Dioxysulfokohlens. Aethyl

$C(C_2H_5)KS_2O + 2 NHO_3 = NKO_3 + C(C_2H_5)_3S_2O + NO_2 + H_2O$

E. Erlenmeyer (5) fand bei einer Wiederholung der Versuche über das Vorkommen der Glycolsäure im Pflanzenreich (6), daſs die unreifen Trauben, neben einer nicht unbedeutenden Menge von Aepfelsäure, Glycolsäure enthalten. In den reifen Trauben war keine Glycolsäure enthalten. Unter gewissen Bedingungen werde die Glycolsäure in eine Säure $C_4H_6O_5$ übergeführt, aus der durch weiteren Wasserverlust Glycolid entstehe.

Glycolsäure.

Einige Versuche über die Producte der trockenen Destillation glycols. Salze ergaben Heintz (7) das Resul-

---

(1) Aus den Heidelb. Jahrb. 1866, 221 in Zeitschr. Chem. 1866, 430; Bull. soc. chim. [2] VII, 179. — (2) Zeitschr. Chem. 1866, 475. — (3) Zeitschr. Chem. 1866, 67; Bull. soc. chim. [2] VI, 335. — (4) Jahresber. f. 18⁴⁷/₄₈, 690. — Vgl. Jahresber. f. 1865, 475. — (5) Aus den Heidelb. Jahrb. 1866, 257 in Zeitschr. Chem. 1866, 639. — (6) Jahresber. f. 1864, 859. — (7) Ann. Ch. Pharm. CXL, 257; Zeitschr. Chem. 1867, 87; Bull. soc. chim. [2] VII, 514.

Glycolsäure. tat, daſs das Kupfersalz hierbei, vielleicht annähernd nach der Gleichung:

$$2 C_4H_6Cu_2O_6 = C_2H_4O_2 + 2 C_2H_4O_3 + CO + CO_2 + Cu_2O$$

in Dioxymethylen, Glycolsäure, Kohlenoxyd und Kohlensäure zerfällt. Glycols. Thonerde (wie sie durch Wechselzersetzung von glycols. Baryt mit schwefels. Thonerde als amorphes Salz erhalten wird) giebt dieselben Producte, jedoch weniger Glycolsäure. In keinem Fall ist die Menge des Dioxymethylens so groſs, daſs diese Bildungsweise zu seiner Darstellung benutzt werden könnte. Glycols. Kalk liefert bei der Destillation mit überschüssigem Kalk eine fast theerartige Flüssigkeit, aus der durch Destillation ein zwischen 180 bis 200° siedendes Oel von nicht sicher ermittelter Zusammensetzung abgeschieden werden kann.

Von der Beobachtung ausgehend, daſs sich beim Erhitzen von Triglycolamidsäure mit Schwefelsäure ein Sublimat von Dioxymethylen, $C_2H_4O_2$, bildet, versuchte nun Heintz (1) die Bildung und Darstellung dieses Körpers aus glycols. und diglycols. Salzen. Man erhält indessen aus glycols. Kalk nur etwa 6, aus diglycols. Kalk höchstens 8 pC., also kaum den vierten Theil der den nachstehenden Gleichungen entsprechenden Menge:

Glycols. Kalk / Dioxymethylen
$$C_4H_6Ca_2O_6 + 3 SH_2O_4 = 2 CO + 2 SH_2O_4 + 2 H_2O + 3Ca_2O_4 + C_2H_4O_2$$

Diglycols. Kalk / Dioxymethylen
$$C_4H_4Ca_2O_5 + 2 (SH_2)O_4 = 2 CO + SH_2O_4 + H_2O + 3Ca_2O_4 + C_2H_4O_2$$

Man erhitzt den bei 190° getrockneten glycols. oder diglycols. Kalk in einer geräumigen und mit einem Thermometer versehenen tubulirten Retorte mit dem 6- bis 8-fachen Gewicht concentrirter Schwefelsäure Anfangs gelinde, dann möglichst rasch auf 170 bis 180°, indem man Sorge trägt, daſs das Dioxymethylen sich nicht in dem oberen

---

(1) Ann. Ch. Pharm. CXXXVIII, 40; Zeitschr. Chem. 1866, 261; Chem. Centr. 1866, 853; Ann. ch. phys. [4] VIII, 490; Bull. soc. chim. [2] VI, 211.

Theil der Retorte, sondern in der Vorlage condensirt. Wenn in dem Retortenhals die ersten Spuren von Flüssigkeit sich zeigen, unterbricht man die Operation und reinigt das mit Wasser, Alkohol und Aether gewaschene Product durch Sublimation bei 150°. — Heintz (1) zeigte ferner, dafs das Dioxymethylen sich nicht wie der Aldehyd der Glycolsäure verhält, sofern es bei der Behandlung mit Silberoxyd bei Gegenwart von Wasser nicht in Glycolsäure übergeht. Es entsteht dabei neben Methylenitan zur Ameisensäure, und zwar von ersterem weniger, von letzterer mehr, wenn das Silberoxyd in dem Verhältnifs angewendet wird, dafs der Sauerstoff zur Umwandlung des Dioxymethylens in 2 Molecüle Ameisensäure hinreicht.

H. Debus (2) überzeugte sich — wie diefs indessen schon aus den Angaben von Fischer und Geuther (3) über das Verhalten des dichloressigs. Aethyls sich ergiebt —, dafs die nach Perkin und Duppa (4) beim Erhitzen von dibromessigs. Silber mit Wasser sich bildende Bromglycolsäure, $C_2H_3BrO_3$, durch erneute Behandlung des Silbersalzes der letzteren Säure mit Wasser in Glyoxylsäure, $C_2H_2O_3$, übergeht. *Bromglycolsäure.*

H. Gal (5) beschreibt die Bildung und Darstellung *Acetyl- und Butyrylglycolsäure.* des acetylglycols. (acetoxacets.) Aethyls, $C_6H_{10}O_4$, durch Einwirkung von monobromessigs. Aethyl auf essigs. Kali, ohne Kenntnifs davon zu haben, dafs diese Verbindung schon vor 5 Jahren von Heintz (6) auf ganz analogem Wege (mittelst monochloressigs. Aethyl und essigs. Kali) erhalten wurde. Die Verbindung siedet, wie diefs auch Heintz angiebt, bei 180°; sie zerfällt mit alkoholischer

---

(1) Ann. Ch. Pharm. CXXXVIII, 322; Chem. Centr. 1866, 912; Bull. soc. chim. [2] VI, 212. — (2) Chem. Soc. J. [2] IV, 17; J. pr. Chem. XCVII, 440; Zeitschr. Chem. 1866, 188. — (3) Jahresber. f. 864, 316. — (4) Jahresber. f. 1858, 286. — (5) Compt. rend. LXIII, 086; Bull. soc. chim. [2] VII, 329; Zeitschr. Chem. 1867, 68; Ann. Ch. Pharm. CXLII, 370; J. pr. Chem. CI, 284. — (6) Jahresber. f. 862, 291.

Kalilösung erhitzt in essigs. und glycols. Kali, bei der Destillation mit Kalihydrat in übergehendes essigs. Aethyl und in glycols. Kali; mit Bromwasserstoffsäure bei 100° in Bromäthyl, Bromessigsäure und Essigsäure. — Bei der Einwirkung von butters. Kali auf monobromessigs. Aethyl bildet sich *butyrylglycols. Aethyl*, $C_8H_{14}O_4 = C_2H_3O, C_4H_7O, C_2H_5, O_2$, als in Wasser unlösliche Flüssigkeit von dem Siedepunkt 205 bis 207°. Mit Kalihydrat destillirt zerfällt sie in butters. Aethyl und in glycols. Kali. — *Butyrylbutyllactins. Aethyl* entsteht bei der Einwirkung von butters. Kali auf monobrombutters. Aethyl, siedet bei 215° und wird durch Kali in butters. Aethyl und butyllactins. Kali zersetzt. — *Acetylbutyllactins. Aethyl* ist isomer mit butyrylglycols. Aethyl, siedet bei 198° und zerfällt mit Kali in essigs. Aethyl und butyllactins. Kali.

Glycolamidsäure.

W. Heintz (1) untersuchte die Einwirkung der salpetrigen Säure auf die Glycolamidsäuren. Er bestätigt die frühere Angabe von Strecker (2), dafs sich beim Einleiten von salpetriger Säure in eine salpeters. Lösung von Glycocoll unter Entwickelung von Stickstoff Glycolsäure bildet. Ein anderes Verhalten zeigt die Diglycol- und die Triglycolamidsäure. Leitet man in eine Lösung von Diglycolamidsäure in Salpetersäure von dem spec. Gew. 1,32 salpetrige Säure, so entwickelt sich selbst in gelinder Wärme kein Gas; erst beim Verdampfen bilden sich rothe Dämpfe und der Rückstand enthält dann, neben wenig Ammoniak und viel Oxalsäure, die nachstehend als *Nitrosodiglycolamidsäure* bezeichnete Säure, deren Kalksalz leicht in folgender Weise erhalten wird. Man versetzt die kalte Lösung der Diglycolamidsäure in concentrirter Salpetersäure mit salpetrigs. Kalk, bis die Flüssigkeit grün bleibt, sättigt dann nach dem Verdünnen und gelindem

---

(1) Ann. Ch. Pharm. CXXXVIII, 300; Zeitschr. Chem. 1866, 466; Chem. Centr. 1866, 641; Bull. soc. chim. [2] VI, 229. — (2) Jahresber. f. 18⁴⁷/₄₈, 845.

Erwärmen mit Kalk, verdampft zur Trockne und behandelt den Rückstand mit Alkohol. Es bleibt nitrosodiglycolamids. Kalk ungelöst, der nach dem Umkrystallisiren aus Wasser durch Behandlung mit Ammoniak und kohlens. Ammoniak in das Ammoniaksalz, dieses durch Kochen mit Barythydrat in das Barytsalz und letzteres durch Ausfällung mit Schwefelsäure in die freie Säure übergeführt wird. Die Nitrosodiglycolamidsäure, $C_4H_6N_2O_5$, krystallisirt aus der syrupdicken Lösung in kleinen blafsgelben, rechtwinkeligen oder sechsseitigen Tafeln, welche denen der Diglycolamidsäure sehr ähnlich sind. Sie ist aber weit löslicher als die letztere; sie löst sich auch in Alkohol und Aether und schmilzt oberhalb 100° unter Zersetzung. *Nitrosodiglycolamids*. *Kalk*, $C_4H_4Ca_2N_2O_5 + H_2O$, ist in heifsem Wasser schwerer löslich als in kaltem, kaum löslich in Alkohol und krystallisirt aus der syrupdicken wässerigen Lösung in Krystallkrusten, welche bei 180° kein Wasser abgeben; das im leeren Raum krystallisirte Salz verliert bei 100° 4 pC. ($^1/_2$ Molecül) Wasser und hat dann die Zusammensetzung des bei 160° getrockneten. *Nitrosodiglycolamids. Baryt*, $2 C_4H_4Ba_2N_2O_5 + H_2O$, scheidet sich beim Verdunsten der Lösung in der Siedehitze in Krystallkrusten aus, die den Wassergehalt (2,9 pC.) erst bei 180 bis 190° verlieren. Das in niedriger Temperatur krystallisirte Salz hat die Formel $C_4H_4Ba_2N_2O_5 + 2 H_2O$ und wird schon bei 125° wasserfrei. *Nitrosodiglycolamids. Silber*, $C_4H_4Ag_2N_2O_5$, krystallisirt aus der warmen verdünnten Mischung des Kalksalzes mit nicht überschüssigem salpeters. Silber in farblosen schwerlöslichen Prismen, die beim Erhitzen schwach verpuffen. Die Nitrosodiglycolamidsäure ist demnach als Diglycolamidsäure zu betrachten, in welcher 1 Atom Wasserstoff durch Nitrosyl, NO, ersetzt ist; ihre Bildung entspricht der Gleichung:

Diglycolamidsäure   Nitrosodiglycolamidsäure
$2 C_4H_5NO_4 + N_2O_3 = 2 C_4H_4N_2O_5 + H_2O$.

Triglycolamidsäure wird in salpeters. Lösung durch salpetrige Säure oder salpetrigs. Kali gar nicht zersetzt.

Diäthylglycocoll. Heintz (1) hat weiter gezeigt, dafs bei der Einwirkung von Diäthylamin auf Monochloressigsäure nur Diäthylglycocoll (neben wenig Glycolsäure) entsteht, während — wie Heintz früher nachwies — bei der Einwirkung von Ammoniak: Glycocoll, Diglycolamidsäure, Triglycolamidsäure und Glycolsäure; bei der Einwirkung von Aethylamin: Aethylglycocoll und Aethyldiglycolamidsäure gebildet werden. Beim längeren Sieden von zu $^2/_5$ mit Monochloressigsäure gesättigtem reinem Diäthylamin, Behandeln des Products mit Bleioxydhydrat und Verdampfen des mit Schwefelwasserstoff entbleiten Filtrats erhält man einen syrupartigen, zerfliefslichen, allmälig krystallinisch erstarrenden Rückstand, der wie aus der Analyse der nachstehenden Verbindungen hervorgeht, hauptsächlich aus Diäthylglycocoll besteht. Beim Kochen des syrupartigen Products mit Kupferoxydhydrat bildet sich eine tiefblaue Lösung, aus welcher sich beim Verdunsten kleine prismatische Krystalle der Kupferverbindung $C_{12}H_{24}CuN_2O_4 + 3H_2O$ absetzen. Der Wassergehalt (ber. 14,3 pC., gef. 12,4 bis 13,1 pC.) entweicht schon über Schwefelsäure. Verdampft man die salzs. Lösung des Diäthylglycocolls mit Platinchlorid und vermischt die alkoholische Lösung des Rückstands mit Aether, so scheidet sich salzs. Diäthylglycocollplatinchlorid, $2C_6H_{13}NO_2, Pt_2Cl_4 + H_2O$, als dunkelgelbes Liquidum ab, welches aus Wasser allmälig in orangerothen Krystallen anschiefst. Das reine Diäthylglycocoll bildet farblose, rhomboëdrische, sehr zerfliefsliche Krystalle, die auch in Alkohol sich sehr leicht lösen. Es sublimirt schon unter 100° in zarten weifsen Nadeln.

---

(1) Ann. Ch. Pharm. CXL, 217; Zeitschr. Chem. 1866, 740; Bull. soc. chim. [2] VII, 429.

Der durch Einwirkung von Natriumsulfhydrat auf monochloressigs. Aethyl entstehende Aethyläther der Thiodiglycolsäure, $C_4H_5(C_2H_5)O_4S$ (1), läfst sich nach Versuchen von Heintz (2) durch Behandlung mit Bleiessig, mit Bleioxydhydrat oder mit arseniger Säure in alkalischer oder saurer Lösung nicht in Diglycolsäure überführen, sofern dabei nur wenig oder kein Schwefelmetall gebildet wird. Aus dem beim Kochen des thiodiglycols. Aethyls mit Bleiessig und Bleioxyd gebildeten Niederschlag wurde durch Zerlegung mit Schwefelwasserstoff und Verdunsten des mit Baryt neutralisirten Filtrats thiodiglycols. Baryt, $C_4H_4Ba_2O_4S + 5H_2O$, erhalten, also mit dem von E. Schulze (3) gefundenen Wassergehalt.

Triglycolamids. Aethyl, $C_{12}H_{21}NO_6 = N(C_2H_2O_2)_3(C_2H_5)_3$, bildet sich nach Heintz (4) beim 6- bis 8stündigen Erhitzen von triglycolamids. Silber mit überschüssigem Jodäthyl im Wasserbad. Wird die Temperatur über 100° gesteigert, so explodirt das Silbersalz. Der durch Destillation des filtrirten und entwässerten Röhreninhalts gewonnene Aether ist eine ölartige, fruchtartig riechende, gelbliche Flüssigkeit, die bei 280 bis 290° unter theilweiser Zersetzung überdestillirt, und in kaltem Wasser sich etwas leichter als in heifsem löst. Durch Salzsäure wie durch Alkalien wird er unter Bildung von Triglycolamidsäure zersetzt. Beim Stehen der mit Ammoniakgas gesättigten alkoholischen Lösung des Aethers setzen sich Krystalle von *Triglycolamidsäuretriamid* (Trioxäthylenammonium), $C_6H_{12}N_4O_3 = N[N(C_2H_2O, HH)]_3$ ab. Dieses ist leicht in heifsem Wasser, schwer in Alkohol löslich und krystallisirt aus letzterem in rechtwinkeligen Tafeln, deren Ecken häufig unter Winkeln von

---

(1) Jahresber. f. 1865, 348; Wislicenus (Jahresber. f. 1865, 344) fand für diesen Aether die Formel $C_4H_4(C_2H_5)_2O_4S$. — (2) Ann. Ch. Pharm. CXL, 226; Zeitschr. Chem. 1866, 741; Bull. soc. chim. [2] VII, 480. — (3) Jahresber. f. 1865, 345. — (4) Ann. Ch. Pharm. CXL, 264; im Auszug Zeitschr. Chem. 1867, 88; Bull. soc. chim. [2] VII, 515.

Triglycol-amidsäure. 146°30′ und 123°30′ abgestumpft sind. Es ist ohne Wirkung auf Pflanzenfarben, entwickelt aber mit verdünnter Natronlauge oder beim Sieden der wässerigen Lösung sofort Ammoniak. Vermischt man die Lösung des Amids in kalter Salzsäure mit Alkohol, so bildet sich ein krystallinischer Niederschlag von salzs. Triglycolamidsäuretriamid, $C_6H_{12}N_4O_3$, HCl, welches beim Verdunsten der wässerigen Lösung über Schwefelsäure in rhombischen Prismen mit Winkeln von nahezu 56° und 124° anschiefst. Das in Alkohol und Aether unlösliche Platindoppelsalz, $2(C_6H_{12}N_4O_3,$ HCl) $+$ $PtCl_4$, krystallisirt aus Wasser in dunkelgoldgelben rectangulären Tafeln oder dünnen Blättern, die beim Erhitzen mit überschüssiger Salzsäure in Platinsalmiak und in eine andere, nicht näher untersuchte, schwer lösliche Platinverbindung zerfällt. Das Golddoppelsalz, $C_6H_{12}N_4O_3$, HCl, $AuCl_3$, bildet goldglänzende nadelförmige oder langgestreckte blätterige Krystalle, die unter dem Mikroscop als rhombische Tafeln mit einem Winkel von etwa 80° oder als sechsseitige Tafeln mit zwei Winkeln von 94° und vier von 133° erscheinen. Auch das schwefels., salpeters. und oxals. Salz ist krystallisirbar, die Lösung in Essigsäure hinterläfst beim Verdunsten dagegen das reine Triamid.

Kreatin und Kreatinin. Aus einer bei 50° gesättigten Lösung von Kreatin in concentrirtem wässerigem Chlorcadmium krystallisirt, nach C. Neubauer (1), zuerst unverändertes Kreatin und dann aus der über Schwefelsäure gestellten Flüssigkeit *Kreatin-Chlorcadmium*, $C_4H_9N_3O_2$, $2CdCl + 2H_2O$, in grofsen, farblosen, an der Luft nicht verwitternden Krystallen, die bei 100° den Wassergehalt verlieren. Aus der Lösung der Verbindung in heifsem Wasser schiefst zuerst wieder reines Kreatin an und dann bei weiterem Verdunsten

---

(1) Ann. Ch. Pharm. CXXXVII, 298; Chem. Centr. 1866, 628; Zeitschr. Chem. 1866, 304.

Chlorcadmium mit wenig Kreatin-Chlorcadmium. In derselben Weise läfst sich auch *Kreatin-Chlorzink*, $C_4H_9N_3O_2$, ZnCl, in kleineren wasserfreien Krystallen darstellen, welches durch Wasser ebenfalls in seine Bestandtheile zerfällt. Mit Chlorkupfer und salpeters. Quecksilberoxyd bildet das Kreatin analoge Verbindungen.

Beim Erhitzen mit concentrirtem Barytwasser auf 100° zerfällt das Kreatinin nach Neubauer (1) in Ammoniak und in *Methylhydantoïn*, entsprechend der Gleichung:

Kreatinin   Methylhydantoïn
$$C_4H_7N_3O_2 + H_2O = C_4H_6N_2O_2 + NH_3.$$

Zersetzt man die von dem kohlens. Baryt abfiltrirte und zur Verjagung des Ammoniaks einige Zeit erwärmte Flüssigkeit vorsichtig mit Schwefelsäure, so schiefst aus dem sauren, über Schwefelsäure verdunsteten Filtrat das Methylhydantoïn in glashellen, zum Theil gut ausgebildeten Krystallen an, während die Mutterlauge zu einer zähen amorphen Masse eintrocknet. Die Krystalle sind in Wasser und Weingeist leicht löslich; die concentrirte wässerige Lösung reagirt schwach sauer, die alkoholische wird durch Aether nicht gefällt. Die Lösung wird, auch auf Zusatz von Ammoniak, durch Chlorbaryum, essigs. Blei oder salpeters. Silber sowie durch Chlorzink nicht gefällt. Beim Erhitzen schmilzt die Verbindung bei 145° und sublimirt dann in ölartigen, krystallinisch erstarrenden Tropfen oder in glänzenden Krystallflittern. Das Methylhydantoïn verbindet sich nicht mit Baryt, die erwärmte Lösung nimmt aber beträchtliche Mengen von frisch gefälltem Silberoxyd auf und das alkalisch reagirende Filtrat setzt dann *Methylhydantoïnsilber*, $C_4H_5AgN_2O_2$, in dünnen, lanzettlichen, zu Drüsen und Sternen vereinigten Blättern ab. Durch Einwirkung von Jodäthyl läfst sich in dieser Verbindung das Silber nicht durch Aethyl ersetzen. Das in analoger

---

(1) Ann. Ch. Pharm. CXXXVII, 288; Zeitschr. Chem. 1866, 202; Chem. Centr. 1866, 263; Ann. ch. phys. [4] IX, 498; Bull. soc. chim. [2] VII, 457.

Weise erhaltene Methylhydantoïnquecksilber bildet mikroscopische, zu Drusen und Warzen vereinigte Krystalle, die sich sehr leicht in Wasser lösen und beim Verdampfen in der Wärme metallisches Quecksilber abscheiden. Das Methylhydantoïn ist homolog mit Baeyer's Hydantoïn (Glycolylharnstoff) und mit dem Aethylhydantoïn (Aethylglycolylharnstoff) von Heintz:

Hydantoïn (Glycolylharnstoff)	Methylhydantoïn (Methylglycolylharnstoff)	Aethylhydantoïn (Aethylglycolylharnstoff)
$C_3H_4N_2O_2$	$C_4H_6N_2O_2$	$C_5H_8N_2O_2$
$N_2\begin{cases}CO\\C_2H_2O\\H_2\end{cases}$	$N_2\begin{cases}CO\\C_2H_2O\\CH_3, H.\end{cases}$	$N_2\begin{cases}CO\\C_2H_2O\\C_2H_5, H.\end{cases}$

Der schon von Liebig beobachtete, beim Kochen von Kreatin mit Barytwasser neben Sarkosin und Harnstoff entstehende Körper ist, wie sich Neubauer überzeugte, gleichfalls nichts anderes als Methylhydantoïn.

Harnsäure. J. Löwe (1) fand für die nach dem Verfahren von Fritzsche (2) bereitete Verbindung der Harnsäure mit Schwefelsäure, nach mehrwöchentlichem Trocknen der Krystalle auf porösem Thon, die der Formel $C_5H_4N_4O_3$, $2SH_2O_4$ entsprechende Zusammensetzung, während Fritzsche aus seinen Analysen auf 1 Molecül Harnsäure 4 Molecüle Schwefelsäure berechnete. Die Verbindung zerfliefst rasch an der Luft und zerfällt dabei in ihre beiden Bestandtheile. Beim Erhitzen schmilzt sie zwischen 60 und 70° ohne Gewichtsverlust und erstarrt beim Erkalten wieder zu einer deutlich krystallinischen Masse; bei 110 bis 115° tritt unter Entwickelung von schwefliger Säure gelbe Färbung und Zersetzung ein.

Harnsäure liefert, nach C. G. Wheeler (3), beim Erwärmen mit Manganhyperoxyd, Wasser und nach und nach zugefügter Schwefelsäure, bis keine Einwirkung mehr statt-

---

(1) J. pr. Chem. XCVII, 108; Zeitschr. Chem. 1866, 249; Chem. Centr. 1866, 281; Vierteljahrsschr. pr. Pharm. XVI, 70; Bull. soc. chim. [2] VII, 442. — (2) Berzelius' Jahresber. XIX, 695. — (3) Zeitschr. Chem. 1866, 746; Bull. soc. chim. [2] VII, 521.

findet, Krystalle von Parabansäure; trägt man in die erwärmte Mischung von Harnsäure und Wasser so lange Manganhyperoxyd ein, bis sich keine Kohlensäure mehr entwickelt, und filtrirt, so bleibt auf dem Filtrum oxals. Manganoxydul, während die Lösung neben Harnstoff Allantoïn enthält.

H. L. Buff (1) hat bei der Wiederholung der Versuche von Friedel und Machuca (2) bestätigt gefunden, dafs die aus Brompropionsäure durch Silberoxyd entstehende Säure wirkliche Milchsäure ist, sofern das Zinksalz derselben mit dem der Gährungsmilchsäure im Wassergehalt und in der Löslichkeit übereinstimmt (3) und auch ihr Kalksalz nicht den von jenen Chemikern angegebenen abnormen Wassergehalt zeigt. Buff schliefst aus dieser Bildungsweise der Milchsäure zugleich, dafs die Brompropionsäure ($H_3C-CHBr-CO_2H$) durch den Eintritt von Brom in die Gruppe CH_2 der Propionsäure ($H_3C-CH_2-CO_2H$) entsteht, und dafs für Aethyliden- oder Gährungsmilchsäure die aufgelöste Formel $H_3C-CH\{{CO_2H \atop OH}}$ für die Aethylen- oder Fleischmilchsäure die Formel $HO-CH_2-CH_2-CO_2H$ anzunehmen ist (4). Fleischmilchsäure hat Buff nach Seiner vorläufigen Mittheilung in Gemeinschaft mit H. Kemper aus Cyanessigsäure durch Addition von Wasserstoff und Einwirkung von salpetriger Säure auf das gebildete Alanin synthetisch dargestellt. Bezüglich der theoretischen Betrachtungen, durch welche Buff zu diesen Versuchen veranlafst worden ist, verweisen wir auf die Abhandlung.

---

(1) Ann. Ch. Pharm. CXL, 156; Zeitschr. Chem. 1867, 25. — (2) Jahresber. f. 1861, 379. — (3) v. Seebach erkannte bei der mikroscopischen Untersuchung diese Krystalle als rhombische, mit den Flächen $\infty \bar{P} \infty$, $\infty \breve{P} \infty$ und einem Doma, und der Neigung der Domenflächen an der Hauptaxe = 145°22'. Vgl. Rammelsberg's neueste Forschungen in der krystallographischen Chemie, Berlin 1857, S. 168. — (4) Vgl. auch Jahresber. f. 1862, 298; f. 1863, 370 ff.; f. 1865, 387.

Milchsäure. L. Dossios (1) hat gezeigt, dafs die Fleischmilchsäure durch Oxydationsmittel in Malonsäure übergeht, während die gewöhnliche Milchsäure unter denselben Umständen Essigsäure und Ameisensäure liefert. 20 Maafs Schweinegalle lieferten nach dem Strecker'schen Verfahren nur 8 bis 9 Grm. Fleischmilchsäure; aus 50 Pfd. Rindfleisch wurden dagegen 35. Grm. erhalten. Die aus dem Kalksalz durch Oxalsäure abgeschiedene freie Säure wird in verdünnter Lösung durch nach und nach zugefügtes zweifach-chroms. Kali ohne merkliche Gasentwickelung oxydirt und das aus der Lösung abgeschiedene Oxydationsproduct hat alle Eigenschaften der Malonsäure. Auch durch Erhitzen mit verdünnter Salpetersäure oder durch Schmelzen mit Kalihydrat verwandelt sich die Fleischmilchsäure in Malonsäure. — Die gewöhnliche Gährungsmilchsäure liefert dagegen nur flüchtige Oxydationsproducte, die sich in etwas gröfserer Menge bilden, wenn man die Milchsäure nach und nach in die siedende Mischung von Schwefelsäure und zweifach-chroms. Kali fliefsen läfst. Das bisweilen nach Aldehyd riechende Destillat enthält Ameisensäure und Essigsäure. Mit Zugrundelegung der von Wislicenus (2) für die beiden Milchsäuren angenommenen Formeln erklärt sich die Bildung der Oxydationsproducte nach den Gleichungen:

Fleisch-, Aethylen- Malonsäure   Gährungs- oder   Ameisensäure
o. Paramilchsäure   Aethyliden-Milchsäure

$$\begin{cases} CH_2(OH) \\ CH_2 \\ CO(OH) \end{cases} + O_2 = \begin{cases} CO(OH) \\ CH_2 \\ CO(OH) \end{cases} \quad \begin{cases} CH_3 \\ CH(OH) \\ CO(OH) \end{cases} + O = \begin{cases} CH_2O_2 \\ \text{Essigsäure} \\ C_2H_4O_2 \end{cases}$$

Eine mit gewöhnlicher Milchsäure versetzte Lösung von schwefels. Kupferoxyd färbt sich, ohne Fällung von Kupferoxyd, tief blau; dagegen wird bei Gegenwart von

---

(1) Aus: Theoretische und empirische Beiträge zur Constitution der Glycole und der ihnen entsprechenden Säuren, Zürich 1866 in Zeitschr. Chem. 1866, 449. — (2) Jahresber. f. 1862, 298; f. 1863, 370.

Fleischmilchsäure das Kupferoxyd fast vollständig gefällt (1).

Oxybenzoësäure, Paraoxybenzoësäure und Carbohydrochinonsäure verhalten sich, nach Versuchen von C. Graebe (2), beim Erhitzen mit Jod- oder Chlorwasserstoff analog wie die Salicylsäure, sofern sie damit nicht in Benzoësäure übergeführt werden, sondern in Kohlensäure und Phenol (oder Oxyphenol) zerfallen. Salicylsäure zersetzt sich, beim Erhitzen für sich oder mit Wasser, erst bei 220 bis 230°; erwärmt man dieselbe aber mit concentrirter wässeriger Jodwasserstoffsäure, Chlorwasserstoffsäure oder mit verdünnter Schwefelsäure (1 Th. Säure, 3 Th. Wasser), so tritt die Spaltung schon bei 140 bis 150° ein und zwar um so rascher, je mehr von den Säuren angewendet wird. Neben Kohlensäure bildet sich Phenol und Spuren eines rothen Farbstoffs. Paraoxybenzoësäure zersetzt sich für sich oder mit Wasser bei 200 bis 210°, mit den genannten Säuren dagegen schon bei 135 bis 140°; Oxybenzoësäure zerfällt dagegen erst bei Anwendung einer sehr hohen Temperatur. Carbohydrochinonsäure verwandelt sich bei 200° in Brenzcatechin und Hydrochinon. Dieselben Producte, das Brenzcatechin jedoch in überwiegender Menge, treten beim Erwärmen der Carbohydrochinonsäure mit den Mineralsäuren auf.

Nitrosalicylsäure verwandelt sich, nach A. Moitessier (3), bei der Behandlung mit Natriumamalgam in Amidosalicylsäure, $C_7H_6(NH_2)O_3$. Diese letztere beschreibt Moitessier als ein dunkelrothes, nicht in Wasser und nur wenig in Alkohol und Aether lösliches Pulver, welches mit Alkalien leicht lösliche, nicht krystallisirbare, mit Baryt, Blei- und Silberoxyd unlösliche Salze bilde (4).

---

(1) Vgl. Jahresber. f. 18⁴⁷/₄₈, 986. — (2) In der S. 886 angeführten Abhandlung. — (3) Proc. verbaux de l'acad. des sciences et lettres de Montpellier (séance du 11. Janv. 1864), 1864, 29. — (4) Vgl. Jahresber. f. 1864, 388.

Methylsalicylsäure.

C. Graebe (1) hat Näheres über die im Jahresber. f. 1865, 368 erwähnte Methylsalicylsäure $C_8H_8O_3$ mitgetheilt. Zur Darstellung der Säure erhitzt man 1 Th. Gaultheriaöl mit $^1/_2$ Th. Kalihydrat (welches vorher in Alkohol gelöst wurde) und 1 $^1/_2$ bis 2 Th. Jodmethyl in einem verschlossenen Glas einige Stunden auf 100 bis 120° und zersetzt dann die von dem ausgeschiedenen Jodkalium abgegossene und von dem Ueberschufs des Jodmethyls befreite Flüssigkeit durch Kochen mit Natronlauge. Auf Zusatz von Salzsäure scheidet sich die Methylsalicylsäure ab, welche von einem Gehalt an Salicylsäure durch mehrmaliges Umkrystallisiren oder durch Digeriren mit Kalkmilch, wo sich unlöslicher salicyls. Kalk abscheidet, befreit wird. Die Methylsalicylsäure krystallisirt beim langsamen Verdunsten der alkoholischen Lösung in deutlich ausgebildeten Säuren, welche nach Rammelsberg's Bestimmung wahrscheinlich dem monoklinometrischen System angehören und die Combination $\infty P \cdot \infty P \infty \cdot (\infty P \infty) \cdot (P \infty) \cdot 0P$ zeigen. Es sind die (wegen schlechter Spiegelung und theilweiser Krümmung der Flächen nur annähernd bestimmbaren) Neigungen von $\infty P : (\infty P \infty) = 114°30'$; $\infty P : 0P = 113°20'$; $(\infty P \infty) : (P \infty) = 115°$. Die Säure löst sich sehr leicht in Alkohol und Aether und in etwa 200 Th. Wasser von 20°, weit mehr in siedendem. Sie schmilzt bei 98°,5, unter Wasser schon bei 72°. Die Lösung reagirt sauer und wird durch Eisenchlorid nicht violett gefärbt. Oberhalb 200° zerfällt die Säure in Anisol und Kohlensäure; beim Erhitzen mit Jodwasserstoffsäure auf 120 bis 130° entsteht Salicylsäure und Jodmethyl; analog verhält sich Salzsäure:

$$\underset{\text{Methylsalicylsäure}}{C_6H_4\begin{Bmatrix}CH_3O\\CO_2H\end{Bmatrix}} + HJ = \underset{\text{Salicylsäure}}{C_6H_4\begin{Bmatrix}HO\\CO_2H\end{Bmatrix}} + \underset{\text{Jodmethyl}}{CH_3J}.$$

---

(1) Ann. Ch. Pharm. CXXXIX, 134; Zeitschr. Chem. 1866, 556; J. pr. Chem. C, 179, 180; Chem. Centr. 1866, 881; Bull. soc. chim. [2] VII, 182; Ann. ch. phys. [4] IX, 517.

Methylsalicyls. Kalk, $C_8H_7CaO_3 + H_2O$, ist in kaltem Wasser schwer löslich und krystallisirt aus der heifsen Lösung in grofsen Nadeln. *Methylsalicyls. Baryt*, $C_8H_7BaO_3$, ist sehr leicht löslich und bildet eine warzenförmig gruppirte Krystallmasse. *Methylsalicyls. Silber*, $C_8H_7AgO_3$, ist ein weifser Niederschlag, der aus Wasser in sternförmig gruppirten Nadeln anschiefst. *Methylsalicyls. Blei*, $2 C_8H_7PbO_3 + H_2O$, ist schwerlöslich und bildet prismatische, büschelförmig gruppirte Krystalle. *Methylsalicyls. Aethyl*, $C_8H_7(C_2H_5)O_3$, bildet sich (aufser auf dem von Cahours befolgten Wege) durch Einleiten von salzs. Gas in die alkoholische Lösung der Säure. Der Siedepunkt liegt bei 260°.

Dichloranissäure, $C_8H_6Cl_2O_3$, bildet sich, nach A. Reinecke (1), neben Chloranil beim längeren Kochen von Anissäure mit Salzsäure und chlors. Kali unter Zusatz von Wasser. Sie krystallisirt aus heifsem Alkohol in grofsen, glänzenden, der Hippursäure ähnlichen Nadeln, die sich nicht in Wasser lösen und bei 196° schmelzen. — *Dibromanissäure*, $C_8H_6Br_2O_3$, entsteht bei der Einwirkung von Brom und Wasser auf Anissäure im zugeschmolzenen Rohr bei 120°. Sie gleicht der Dichloranissäure und schmilzt bei 207 bis 208°. Beide Säuren sublimiren unzersetzt in schönen langen Nadeln und krystallisiren aus der Lösung in concentrirter Salpetersäure unverändert wieder aus. Bei fortgesetzter Einwirkung von Brom und Wasser auf Dibromanissäure entsteht — nach der Gleichung $C_8H_6Br_2O_3 + Br_2 = C_7H_5Br_3O + CO_2 + HBr$ — *Tribromanisol*, welches aus siedendem Alkohol in farblosen Nadeln krystallisirt, bei 87° schmilzt und unzersetzt sublimirt. Bei weiterer Einwirkung von Brom auf Tribromanisol bildet sich (wahrscheinlich neben Brommethyl) *Bromanil*, $C_6Br_4O_2$.

(1) Zeitschr. Chem. 1866, 366; Bull. soc. chim. [2] VII, 177.

Anissäure. Anissäure zerfällt nach Graebe (1) beim Erhitzen mit Salzsäure unter Bildung von Paraoxybenzoësäure und Chlormethyl und verhält sich demnach analog wie gegen Jodwasserstoffsäure (2).

Paraoxybenzoësäure. Graebe (3) hat ferner aus der Paraoxybenzoësäure auf folgendem Wege Anissäure erhalten. Man stellt zuerst *paraoxybenzoës. Aethyl*, $C_7H_5(C_2H_5)O_3$, dar, durch Behandeln der alkoholischen Lösung der Säure mit salzs. Gas, Ausfällen mit Wasser und Destillation des über Schwefelsäure getrockneten Products. Der Aether ist fest und krystallinisch; er schmilzt bei 112°,5, siedet bei 297 bis 298° und verwandelt sich bei der Behandlung mit concentrirter Natronlauge oder beim Eintragen von Natrium in die ätherische Lösung in festes, in Wasser, Alkohol und Aether leicht lösliches paraoxybenzoës. Natrium-Aethyl, $C_7H_4Na(C_2H_5)O_3$. Durch Salzsäure wird aus dieser Verbindung wieder paraoxybenzoës. Aethyl gebildet; beim Kochen der wässerigen Lösung entsteht Alkohol und paraoxybenzoës. Natron. Erhitzt man dieselbe in alkoholischer Lösung mit Jodmethyl einige Stunden auf 110 bis 120°, so bildet sich aniss. Aethyl, nach der Gleichung:

Paraoxybenzoës.   Jodmethyl   Aniss. Aethyl
Natriumäthyl

$$C_6H_4\begin{Bmatrix}NaO\\CO_2, C_2H_5\end{Bmatrix} + CH_3J = C_6H_4\begin{Bmatrix}CH_3O\\CO_2, C_2H_5\end{Bmatrix} + NaJ.$$

Die aus dem aniss. Aethyl abgeschiedene Säure hat die Zusammensetzung und die Eigenschaften der Anissäure.

A. Ladenburg (4) hat ebenfalls die Paraoxybenzoësäure in Anissäure und in eine der letzteren homologe Säure übergeführt. Neutralisirt man Paraoxybenzoësäure mit der theoretischen Menge von kohlens. Kali, so entsteht das leichtlösliche, in kleinen Tafeln krystallisirende einbasische

---

(1) In der S. 386 angeführten Abhandlung. — (2) Jahresber. f. 1868, 348. — (3) In der S. 386 angeführten Abhandlung. — (4) Ann. Ch. Pharm. CXLI, 241; Bull. soc. chim. [2] V, 257; Zeitschr. Chem. 1866, 325; Chem. Centr. 1866, 849; 1867, 538.

Salz $C_7H_5KO_3$, welches durch Behandlung mit Aetzkali *Paraoxybenzoësäure.* in das nur schwer rein zu erhalten de zweibasische Salz $C_7H_4K_2O_3$ übergeht, was sich daraus ergiebt, daſs sich aus demselben durch Einwirkung von Jodmethyl paraoxybenzoës. Dimethyl (oder besser methylparaoxybenzoës. Methyl) erzeugt :

Paraoxybenzoës.   Methylparaoxybenzoës.
Kali   Methyl
$$C_7H_4K_2O_3 + 2 C_2H_3J = C_7H_4(CH_3)_2O_3 + 2 KJ.$$

Zur Darstellung dieses Aethers erhitzt man die theoretischen Mengen von paraoxybenzoës. Kali, Aetzkali und Jodmethyl in einem zugeschmolzenen Rohr auf 120°. Bei der Behandlung des Röhreninhalts mit Wasser scheidet sich ein Oel ab, welches sich leicht in Aether löst und nach dem Verdunsten desselben als krystallinischer Körper zurückbleibt. Es ist dies das (S. 391 näher beschriebene) methylparaoxybenzoës. Methyl. Beim längeren Kochen dieses Aethers mit starker Kalilauge löst er sich unter Bildung eines Kalisalzes, aus welchem durch Salzsäure eine in Wasser schwerlösliche Säure abgeschieden wird, welche den Schmelzpunkt (175°) und die Zusammensetzung der Anissäure, $C_8H_8O_3$, hat. Diese letztere muſs demnach als *Methylparaoxybenzoësäure* betrachtet werden. — Die der Anissäure homologe *Aethylparaoxybenzoësäure*, $C_9H_{10}O_3$, erhält man sehr leicht, wenn man das durch Einwirkung von Jodäthyl auf paraoxybenzoës. Kali entstehende *paraoxybenzoës. Diäthyl* (S. 392) durch Kochen mit Kali zerlegt. Die Aethylparaoxybenzoësäure ist in Wasser noch schwerer löslich als die Anissäure; sie krystallisirt aus siedendem Wasser in der Anissäure ähnlichen Nadeln, sublimirt ohne Zersetzung und schmilzt bei 195°.

A. Ladenburg und A. Fitz (1) haben im Anschluſs an die vorstehende Synthese der Anissäure aus Para-

---

(1) Ann. Ch. Pharm. CXLI, 247; Bull. soc. chim. [2] V, 414; 423; Instit. 1866, 300; Zeitschr. Chem. 1866, 482; Chem. Centr. 1867, 538.

Paraoxy-benzoësäure. oxybenzoësäure Näheres über die Derivate der letzteren Säure mitgetheilt. Die (als Material zur Darstellung der Paraoxybenzoësäure benutzte) Anissäure erhält man am zweckmäfsigsten in folgender Weise. Man giefst 1 Th. Anisöl in eine auf 50° erwärmte Lösung von 5 Th. chroms. Kali in 10 Th. Schwefelsäure und 20 Th. Wasser, läfst nach Beendigung der nur wenige Minuten dauernden Reaction erkalten, filtrirt und trennt die Anissäure von dem gebildeten Chromalaun durch Lösen in Ammoniak; sie wird dann aus dem Ammoniaksalz durch Salzsäure gefällt. Das Anisöl liefert so 55 bis 75 pC. Säure. — Zur Umwandlung der Anissäure in Paraoxybenzoësäure nach dem Verfahren von Saytzeff (1) erhitzt man die erstere in einem Kolben, der mit einem zuerst aufwärts dann abwärts gerichteten (und hier abgekühlten) Rohr verbunden ist, mit einem Ueberschufs von wässeriger, bei 127° siedender Jodwasserstoffsäure, so lange sich noch Oeltropfen in der Vorlage sammeln. Es gelingt so, den gröfsten Theil des bei der Reaction sich bildenden Jodmethyls zu gewinnen. — *Paraoxybenzoës. Methyl*, $C_7H_5(CH_3)O_3$, bildet sich beim Erhitzen von gleichen Mol. Paraoxybenzoësäure, Jodmethyl und Kali im zugeschmolzenen Rohr auf 120° nach der Gleichung:

$$C_7H_6O_3 + JCH_3 + KHO = C_7H_5(CH_3)O_3 + KJ + H_2O.$$

Der Inhalt der Röhre wird mit Wasser behandelt, der sich nicht lösende Theil durch Filtration getrennt, an der Luft getrocknet und durch Destillation gereinigt. Fast die ganze Menge geht bei etwa 280° über und erstarrt sofort wieder. Die durch Umkrystallisiren aus Aether völlig gereinigte Verbindung ist in kaltem Wasser unlöslich, in heifsem Wasser löst sie sich in geringer Menge und scheidet sich beim Erkalten als nach einiger Zeit krystallisirendes Oel aus. In Alkohol und Aether ist sie leicht

---

(1) Jahresber. f. 1862, 342.

löslich und krystallisirt aus letzterem in grofsen Tafeln. Sie schmilzt bei 17° und destillirt bei 283°. Die nachstehenden Formeln veranschaulichen die Isomerie des paraoxybenzoës. Methyls mit der Methylparaoxybenzoësäure (Anissäure), mit der Formobenzoylsäure (Benzolameisensäure oder Mandelsäure), der Phenoxacetsäure und Kresotinsäure; sie ist ferner isomer mit dem salicyls. Methyl (Gaultheriaöl) und der Methylsalicylsäure.

Paraoxybenzoës. Methyl

$$\Theta_6H_4 \begin{Bmatrix} \Theta H \\ \Theta\Theta_2, \Theta H_3 \end{Bmatrix}$$

Methylparaoxybenzoësäure (Anissäure)

$$\Theta_6H_4 \begin{Bmatrix} \Theta\Theta H_3 \\ \Theta\Theta_2 H \end{Bmatrix}$$

Formobenzoylsäure

$$\Theta_6H_5 . \Theta \begin{Bmatrix} H \\ \Theta H \\ \Theta\Theta_2 H \end{Bmatrix}$$

Phenoxacetsäure

$$\Theta_6H_5 . \Theta\Theta H_2\Theta\Theta_2 H.$$

Kresotinsäure

$$\Theta_6H_3 \begin{Bmatrix} \Theta H \\ \Theta H_3 \\ \Theta\Theta_2 H \end{Bmatrix}$$

Beim Erhitzen mit concentrirtem Ammoniak auf 100° zerfällt das paraoxybenzoës. Methyl unter Bildung von Paraoxybenzamid, welches beim Erkalten in langen Nadeln krystallisirt (vgl. S. 351). — Das in analoger Weise wie die Methylverbindung dargestellte *paraoxybenzoës. Aethyl* ist bei gewöhnlicher Temperatur ebenfalls fest und destillirt ohne Zersetzung bei etwa 300°. — *Paraoxybenzoës. Dimethyl* (methylparaoxybenzoës. Methyl), $\Theta_7H_4(\Theta H_3)_2\Theta_2$, bildet sich beim Erhitzen von 2 Mol. Kali mit 1 Mol. Paraoxybenzoësäure und 2 Mol. Jodmethyl nach der Gleichung:

$$\Theta_7H_6\Theta_3 + 2 J\Theta H_3 + 2 KH\Theta = \Theta_7H_4(\Theta H_3)_2\Theta_2 + 2 KJ + 2 H_2\Theta.$$

Die nach beendigter Reaction beim Vermischen des Röhreninhalts mit Wasser sich abscheidende Verbindung wird nach dem Trocknen der Destillation unterworfen. Sie bildet eine weifse krystallinische Masse, welche bei 45° schmilzt, bei 255° siedet und mit dem von Cahours (1) dargestellten aniss. Methyl identisch ist. Sie verwandelt

---

(1) Ann. Ch. Pharm. LVI, 311.

Paraoxy-benzoësäure. sich, wie S. 389 angegeben, beim Kochen mit Kali in Methylparaoxybenzoësäure (Anissäure). Das zweite Atom Methyl tritt weder beim starken Erhitzen mit wässeriger oder alkoholischer Kalilösung, noch mit Jodwasserstoffsäure aus; stets bildet sich Anissäure und nicht Paraoxybenzoësäure. — *Paraoxybenzoës. Diäthyl*, $C_7H_4(C_2H_5)_2O_3$, entsteht in analoger Weise wie die entsprechende Methylverbindung durch Erhitzen von 1 Mol. Paraoxybenzoësäure, 2 Mol. Jodäthyl und 2 Mol. Kalihydrat auf 120°. Das durch Wasser Abgeschiedene geht bei der Destillation zwischen 273 und 276° über. Es ist ein farbloses Oel von schwachem aber angenehmem Geruch, schwerer als Wasser, darin unlöslich, aber leicht löslich in Alkohol und Aether. Durch heifse Kalilösung wird es unter Bildung von Aethylparaoxybenzoësäure (S. 389) zersetzt. Die Aethylparaoxybenzoësäure ist nicht nur isomer mit dem paraoxybenzoës. Aethyl, der Aethylsalicylsäure, dem salicyls. Aethyl, oxybenzoës. Aethyl und -Dimethyl, sondern auch mit der Phloretinsäure, Kresoxacetsäure und endlich mit der von Cannizzaro (1) durch Zersetzung von Cyananisyl mit Kali erhaltenen Säure. Ladenburg und Fitz betrachten diese letztere als *Methylparaoxyalphatoluylsäure*, d. h. als ein der Anissäure ähnliches Methylderivat, welches einer noch unbekannten Säure entspricht, die der Paraoxybenzoësäure homolog ist und zur Alphatoluylsäure in derselben Beziehung steht, wie die Paraoxybenzoësäure zur Benzoësäure:

Aethylparaoxybenzoësäure   Methylparaoxyalphatoluylsäure
$C_6H_4\begin{cases}OC_2H_5\\CO_2H\end{cases}$ $C_6H_4\begin{cases}OCH_3\\CH_2CO_2H\end{cases}$

Aethylparaoxybenzoës. Natron ist ziemlich leicht in kaltem Wasser löslich und schiefst in gut ausgebildeten Krystallen an, welche die gröfste Aehnlichkeit mit den grofsen

---

(1) Jahresber. f. 1860, 425.

klinometrischen Tafeln haben, in denen das aniss. n unter denselben Umständen krystallisirt. *Aethyl-ry{\oe}benzo{\"e}s*. *Kalk* bildet sich beim Vermischen des nsalzes mit Chlorcalcium als weifser krystallinischer rschlag, der aus heifsem Wasser in platten Nadeln abscheidet; bei 150° wird das Salz wasserfrei und richt dann der Formel $C_9H_9CaO_3$. *Aethylparaoxyben-Baryt*, $C_9H_9BaO_3$ (bei 100°), gleicht dem Kalksalz rystallisirt aus Wasser in Blättchen. Ebenso verhält las Bleisalz. *Aethylparaoxybenzo{\"e}s. Silber*, $C_9H_9AgO_3$, siedendem Wasser fast unlöslich und krystallisirt s in langen Nadeln. — Bei der Einwirkung von ach-Chlorphosphor auf. Paraoxybenzoësäure bildet neben Salzsäure und Phosphoroxychlorid, ein erst in hoher Temperatur übergehendes chlorhaltiges Oel, es durch Wasser in Salzsäure und in Chlordracyl-(Parachlorbenzoësäure), $C_7H_5ClO_2$, zerlegt wird.

Auch L. Barth (1) hat mehrere Derivate der Para-mzoësäure untersucht. *Basisch-paraoxybenzo{\"e}s. Baryt*, Ba_2O_3, erhält man leicht nach dem von Piria für nalogen salicyls. Salze angewendeten Verfahren, durch en der Säure mit kohlens. Baryt und Vermischen Lösung mit Barytwasser, wo das basische Salz als ges, in kaltem Wasser fast unlösliches Krystallpulver rfällt. Mit einer Lösung von Aetzkalk in Zucker-r erhält man auf demselben Wege ein basisches alz, welchem jedoch etwas saures Salz beigemengt - *Dinitroparaoxybenzoësäure* bildet sich (jedoch nicht frei von der folgenden) durch Auflösen von Para-mzoësäure in warmer Salpetersäure von dem spec. 1,40; sie krystallisirt aus Wasser in gelblichen, stern-g verwachsenen Nadeln, die sich an Luft und Licht

) Wien. Acad. Ber. LIV (2. Abth.), 688; J. pr. Chem. C, 866; r. Chem. 1866, 645.

Paraoxy-benzoësäure. citrongelb färben. Die leichter rein zu erhaltende *Mononitroparaoxybenzoësäure*, $C_7H_5(NO_2)O_3$, fällt aus der Auflösung in 1 Vol. Salpetersäure von 1,40 und 6 Vol. Wasser in fleischrothen Krystallen nieder, die unter dem Mikroscop nach dem Umkrystallisiren sichelförmig gekrümmte Formen zeigen. Beide Nitrosäuren geben mit Zinn und Salzsäure reducirt schnell krystallisirte Doppelverbindungen der salzs. Amidosäuren mit Chlorzinn. — *Paraoxybenzoës. Aethyl*, $C_7H_5(C_2H_5)O_3$, entsteht beim Erhitzen der Säure mit einer concentrirten alkoholischen Jodlösung, wie auch bei Behandlung der alkoholischen Säurelösung mit gasförmiger Salzsäure. Der durch Destillation und Umkrystallisiren gereinigte Aether bildet völlig farb- und geruchlose, kurze säulenförmige Krystalle des rhombischen Systems, vom Schmelzpunkt 113°. Löst man den Aether in concentrirter Salpetersäure, so scheidet sich die Dinitroverbindung beim Erkalten in strahlig fadenförmigen Krystallen, beim Vermischen mit Wasser als gelbes, bald warzig krystallisirendes Oel aus; nach dem Umkrystallisiren aus Alkohol erscheint sie in fast farblosen, sehr leichten Nadeln, die beim Reiben stark electrisch werden. Zur Darstellung des *mononitroparaoxybenzoës. Aethyls*, $C_7H_4(NO_2)(C_2H_5)O_3$, erwärmt man den Aether mit Salpetersäure von der oben angegebenen Verdünnung, bis zur Abscheidung eines beim Erkalten krystallisirenden Oels. Beide nitrirte Aether schmelzen unter 100° und erstarren wieder krystallinisch. Bei der Reduction der Mononitroverbindung mit Zinn und Salzsäure entsteht eine gelbe Lösung, welche nach der Ausfällung des Zinns mit Schwefelwasserstoff als *salzs. amidoparaoxybenzoës. Aethyl*, $C_7H_4(C_2H_5)(NH_2)O_3$, $HCl + 1/2 H_2O$, in farblosen Blättchen anschiefst. Dieselbe färbt sich noch in sehr verdünnter Lösung mit Eisenchlorid blutroth und ist demnach mit dem (diese Reaction nicht zeigenden) salzs. Tyrosin nur isomer (1). Die Darstellung des freien

---

(1) Vgl. Jahresber. f. 1865, 871.

amidoparaoxybenzoës. Aethyls scheiterte an seiner Zersetzbarkeit. Aus der Mutterlauge der salzs. Verbindung scheidet sich, insbesondere auf Zusatz von Salzsäure, salzs. Amidoparaoxybenzoësäure in Krystallen aus. Beim Vermischen mit Schwefelsäure in nicht zu verdünnter Lösung erstarrt dieselbe zu einem Krystallbrei von schwefels. Amidoparaoxybenzoësäure, welche sich beim Uebergiefsen mit kalter concentrirter Salpetersäure prachtvoll dunkel kirschroth färbt. Die aus dem schwefels. Salz durch Fällen mit Barytwasser und Zersetzen des aus dem Filtrat dargestellten Bleisalzes mit Schwefelwasserstoff gewonnene *Amidoparaoxybenzoësäure*, $C_7H_5(NH_2)O_3 + 1/2 H_2O$, krystallisirt in (schon unter 100° zersetzbaren) Nadeln, welche unter dem Mikroscop als hexagonale Scalenoëder mit häufig gekrümmten Flächen erscheinen. — *Bromparaoxybenzoës. Aethyl*, $C_7H_3Br_2(C_2H_5)O_3$, scheidet sich beim Vermischen einer mit heifsem Wasser verdünnten alkoholischen Lösung von paraoxybenzoës. Aethyl mit gesättigtem Bromwasser in weifsen Flocken aus, die aus Alkohol in kurzen glänzenden Nadeln anschiefsen. — *Jodparaoxybenzoësäure* bildet sich, wiewohl nicht rein, beim Erwärmen von Paraoxybenzoësäure, jods. Kali und Schwefelsäure als harzartige Masse, welche beim Schmelzen mit Kalihydrat in Jodkalium und Protocatechusäure, $C_7H_6O_4$, zerfällt. Neben dieser letzteren entsteht noch (vielleicht aus beigemengter Dijodparaoxybenzoësäure) eine kleine Menge eines amorphen Körpers, der sich mit Eisenchlorid violett und dann grün färbt. — Bei der Einwirkung von Fünffach-Chlorphosphor (2 Molecüle) auf Paraoxybenzoësäure (1 Molecül) entsteht als Hauptproduct ein farbloses Oel, welches in einer Atmosphäre von Wasserdampf in eine krümliche Krystallmasse übergeht, die (neben Chlordracylsäure) eine in Wasser und Aether lösliche phosphorhaltige Säure enthält, aus der sich Paraoxybenzoësäure abscheiden läfst (vgl. S. 393).

Barth fand ferner, dafs die Anissäure durch schmelzendes Kali weit rascher als durch Jodwasserstoff und fast ohne Nebenproduct in Paraoxybenzoësäure übergeführt werden kann. Es genügt, 1 Th. der Säure mit 3 bis 4 Th. Aetzkali und wenig Wasser bis zum Aufhören des Schäumens zu erhitzen, wo dann die mit Schwefelsäure angesäuerte Schmelze an Aether Paraoxybenzoësäure abgiebt. Monobromanissäure geht beim Schmelzen mit 5 Th. Kalihydrat (wie die Jodparaoxybenzoësäure) in Protocatechusäure über. Ebenso liefert das oben erwähnte bromparaoxybenzoës. Aethyl beim Schmelzen mit Kali nur Protocatechusäure und nicht, wie sich vermuthen liefs, eine der Gallussäure isomere Verbindung. Die Zersetzung des bromparaoxybenzoës. Aethyls erfolgt wahrscheinlich nach der Gleichung :

$$C_7H_5Br_2(C_2H_5)O_3 + 3 H_2O = C_4H_6O_4 + C_2H_4O_2 + 2 HBr + 2 H.$$

Oxalsäure. Schichtet man, nach E. Monier (1), eine verdünnte (2 bis 3 procentige) wässerige Lösung von Oxalsäure vorsichtig über eine dichtere Lösung von Zuckerkalk, so bilden sich nach und nach schöne Krystalle von oxals. Kalk. In ähnlicher Weise lassen sich auch Krystalle von phosphors. Ammoniak-Magnesia darstellen.

Oxaminsäure. Beim Einleiten von überschüssigem Ammoniak in eine kalt gehaltene alkoholische Lösung von oxals. Aethyl bildet sich, nach L. C. de Coppet (2), oxamins. Ammoniak, entsprechend der Gleichung :

Oxals. Aethyl   Oxamins. Ammoniak

$$\left. \begin{array}{c} C_2O_2 \\ (C_2H_5)_2 \end{array} \right\} O_2 + 2\ NH_3 \qquad \left. \begin{array}{c} C_2O_2 \\ H_2 \\ NH_4 \end{array} \right\} \begin{array}{c} O \\ N \end{array} + 2\ C_2H_6O.$$

Das in kaltem Wasser sowie in Alkohol nur wenig lösliche Salz entsteht wahrscheinlich secundär aus oxamins. Aethyl und krystallisirt erst bei längerem Stehen der Flüssigkeit in sternförmig gruppirten Säulen.

---

(1) Compt. rend. LXIII, 1013; Zeitschr. Chem. 1867, 57; J. pr. Chem. C, 447. — (2) Ann. Ch. Pharm. CXXXVII, 105; Zeitschr. Chem. 1866, 123; Chem. Centr. 1866, 178; J. pr. Chem. XCIX, 58; Bull. soc. chim. [2] VI, 60.

C. Heintzel (1) überzeugte sich, dafs die von Malonsäure. Baeyer (2) aus Barbitursäure erhaltene Malonsäure in allen ihren Eigenschaften und in der Zusammensetzung der Salze mit der aus Aepfelsäure oder aus Cyanessigsäure gebildeten übereinstimmt. Zur Darstellung der Malonsäure wurde die (aus Alloxan nach dem Verfahren von Finck (3) dargestellte) Barbitursäure in einem Kolben mit aufsteigendem Kühler mit starker Kalilauge gekocht, bis sich kein Ammoniak mehr entwickelte, und dann die rothe Lösung, nach dem Neutralisiren mit Essigsäure, mit basisch-essigs. Blei ausgefällt. Der mit kaltem Wasser gewaschene Niederschlag liefert durch vorsichtige Zersetzung mit verdünnter Schwefelsäure und Verdampfen des Filtrats reine Malonsäure. Sie schiefst meist in Krystallrinden an, welche aus dachziegelförmig übereinander gelagerten Blättchen bestehen; die selteneren isolirten Krystalle erscheinen als prismatische Tafeln, an welchen sich drei Prismenflächen mit einer Octaidfläche beobachten lassen. Rammelsberg hat einige Winkel derselben mit approximativem Resultat gemessen (4). Die Malonsäure schmilzt bei 132° und zerfällt in höherer Temperatur ohne Rückstand in Essigsäure und Kohlensäure. Sie löst sich leicht in Wasser, Alkohol und Aether. Für das Baryt-, Blei- und Silbersalz wurde dieselbe Zusammensetzung gefunden, wie sie von Finkelstein (5) ermittelt ist.

Nach physiologischen Versuchen von G. Meissner Bernsteinund C. U. Shepard (6) wird ein Theil der in den säure. Organismus eingeführten Benzoësäure durch Oxydation in

---

(1) Ann. Ch. Pharm. CXXXIX, 129; Zeitschr. Chem. 1866, 574; J. pr. Chem. C, 185; Chem. Centr. 1866, 828; Ann. ch. phys. [4] IX, 516; Bull. soc. chim. [2] VII, 189. — (2) Jahresber. f. 1864, 634. — (3) Jahresber. f. 1864, 648. — (4) Vgl. Jahresber. f. 1865, 888. — (5) Ebendaselbst. — (6) Aus Unters. über das Entstehen der Hippursäure im thierischen Organismus, Hannover 1866 in Zeitschr. Chem. 1866, 752.

Bernsteinsäure übergeführt. Dieselbe Umwandlung erleidet die Benzoësäure, wenn man dieselbe in concentrirter wässeriger Lösung unter allmäligem Zufügen von verdünnter Schwefelsäure mit Bleisuperoxyd kocht. Unterbricht man den Procefs, bevor alle Benzoësäure oxydirt ist, so enthält die Lösung auch etwas Bernsteinsäure. — Bezüglich der Bildung von Bernsteinsäure aus Verbindungen der aromatischen Reihe vergl. auch diesen Bericht bei Benzol.

Bernsteinsäure-Anhydrid. Eine Mischung von 1 Mol. bernsteins. Aethyl und 1 Mol. Chlorbenzoyl zerfällt, nach K. Kraut (1), beim Erhitzen auf 250° in einem zugeschmolzenen Rohr in Bernsteinsäureanhydrid, benzoës. Aethyl und Chloräthyl, entsprechend der Gleichung:

Bernsteins. Aethyl   Chlorbenzoyl   Bernsteinsäure-   Benzoës.   Chloranhydrid   Aethyl   äthyl

$$\left.\begin{matrix}C_8O_2, C_2H_4\\(C_2H_5)_2\end{matrix}\right\}\Theta_2 + \left.\begin{matrix}C_7H_5\Theta\\Cl\end{matrix}\right\} = \left.\begin{matrix}C_8O_2, C_2H_4\\\Theta\end{matrix}\right\} + \left.\begin{matrix}C_7H_5\Theta\\C_2H_5\end{matrix}\right\}\Theta + \left.\begin{matrix}C_2H_5\\Cl\end{matrix}\right\}$$

Das in dieser Weise entstehende Bernsteinsäureanhydrid schmilzt, wie auch das durch Behandlung von Bernsteinsäure mit Chlorphosphor gewonnene, bei 119° (und nicht, wie Darcet angiebt, bei 145°). Es ist in kaltem oder siedendem Aether nur wenig löslich und krystallisirt aus heifsem absolutem Alkohol in langen Nadeln.

Aepfelsäure. H. Reinsch (2) empfiehlt die Früchte des Gerbersumachs (*Rhus coriaria*) zur Darstellung der Aepfelsäure. Der abgeprefste kalte wässerige Auszug liefert mit essigs. Blei gefällt und dann aufgekocht eine reichliche Menge von weifsem äpfels. Blei. Auch durch Kochen des Safts mit Kreide und Verdampfen der noch sauer reagirenden Lösung liefs sich leicht krystallisirter äpfels. Kalk gewinnen. Vergohrener Berberitzensaft lieferte dagegen kein äpfels. Salz.

---

(1) Ann. Ch. Pharm. CXXXVII, 254; Zeitschr. Chem. 1866, 223; Chem. Centr. 1866, 510; J. pr. Chem. XCIX, 252; Bull. soc. chim. [2] VI, 60. — (2) N. Jahrb. Pharm. XXV, 81; Zeitschr. Chem. 1866, 221; J. pr. Chem. XCVII, 159; Bull. soc. chim. [2] VII, 190.

Nach C. Scheibler (1) enthält der mit Kalk behandelte Saft der Runkelrübe und namentlich die Melasse eine nicht unbeträchtliche Menge von (durch Zersetzung des Asparagins gebildeter) Asparaginsäure. Zu ihrer Gewinnung fällt man die mäfsig verdünnte Lösung mit Bleiessig aus und versetzt dann das Filtrat mit salpeters. Quecksilberoxydul. Das niederfallende unreine asparagins. Quecksilberoxydul wird nach dem Auswaschen mit Schwefelwasserstoff zersetzt, das Filtrat zum Syrup verdampft und die auskrystallisirende Säure durch Auskochen mit mäfsig starkem Alkohol und Umkrystallisiren aus Alkohol gereinigt. — Der Gehalt des Rübensaftes an Asparaginsäure bedingt einen Fehler in der Zuckerbestimmung durch Polarisation, sofern alkalische Lösungen des Asparagins und der Asparaginsäure links, saure Lösungen dagegen rechts drehen.

Einer Abhandlung von H. Kämmerer (2) über die Isomalsäure entnehmen wir nur die in dem früheren Bericht (3) nicht enthaltenen weiteren Angaben über diese Säure, deren Bildung bis jetzt nicht aufgeklärt ist. Die Isomalsäure, $C_4H_6O_5$, krystallisirt nach Carius' Bestimmung in gut ausgebildeten augitähnlichen monoklinometrischen Combinationen von $\infty P . (\infty P n) . + P . - P$, mit den Neigungen $\infty P : \infty P$ im klinodiagonalen Hauptschnitt $= 104°$; $(\infty P n) : (\infty P n)$ im orthodiagonalen Hauptschnitt $= 156°$; $+ P : + P = 155°10'$; $- P : - P = 154°15'$. Die Isomalsäure ist in Wasser und in Alkohol leicht löslich; die wässerige Lösung ist optisch unwirksam. An feuchter Luft trüben sich die Krystalle ohne zu zerfliefsen; ihr Schmelzpunkt liegt wie der der Diglycolsäure genau

---

(1) Aus der Zeitschr. für Rübenzucker-Industrie XVI, 222 in Zeitschr. Chem. 1866, 278; J. pharm. [4] IV, 152; Bull. soc. chim. [2] VII, 261. — (2) Ann. Ch. Pharm. CXXXIX, 257; Zeitschr. Chem. 1866, 588; J. pr. Chem. XCIX, 144; Chem. Centr. 1866, 902; Bull. soc. chim. [2] VII, 255. — (3) Jahresber. f. 1865, 378.

Isomalsäure. bei 149°, sie kann aber nach dem Schmelzen nicht mehr krystallisirt erhalten werden. Das durch Einwirkung von Fünffach-Chlorphosphor auf isomals. Kali entstehende *Isofumarylchlorid*, $C_4H_2O_2Cl_2$, ist nicht unzersetzt destillirbar und läfst sich der vom Phosphoroxychlorid befreiten Masse durch Aether entziehen. Es ist eine stark braungefärbte, unangenehm und betäubend riechende Flüssigkeit, die sich bei längerem Erhitzen mit Wasser unter Bildung von Isofumarsäure, $C_4H_4O_4$ (früher Isomaleïnsäure genannt) zersetzt. — Beim Erhitzen auf 160° verliert die Isomalsäure Wasser und gleichzeitig destillirt ein gelblich gefärbtes Oel über, welches nach einiger Zeit in der Vorlage mit dem Wasser zu einer neuen Säure, der *Pyroisomalsäure*, $C_6H_8O_5$, zusammentritt. Diese bildet grofse farblose Krystalle, die unter dem Mikroscop als lange, vierseitige, strahlig vereinigte rhombische Säulen erscheinen, an welchen häufig die stumpfen Längskanten durch zwei Flächen ersetzt sind. Bei langem Stehen an der Luft zerfliefsen die Krystalle wieder und können durch Verdunsten nicht wieder gewonnen werden, da sie sich mit den Wasserdämpfen vollständig verflüchtigen. Das Kalksalz ist fast unlöslich krystallinisch; das Barytsalz ebenfalls schwerlöslich, amorph; das in der Siedehitze reducirbare Silbersalz ist kleisterartig; das Bleisalz $C_6H_6Pb_2O_5$, ein voluminöser, beim Erwärmen mit Wasser körnig-krystallinisch werdender Niederschlag.

Weinsäure. Gernez (1) fand, dafs eine übersättigte Lösung von linksweins. Natron-Ammoniak bei Berührung mit einem Krystall des hemiëdrischen rechtsweins. Salzes nicht krystallisirt und dafs ebenso die übersättigte Lösung des rechtsweins. Salzes bei Berührung mit dem linksweins. Salze keine Krystalle abscheidet. Berührt man aber die übersättigte Lösung des inactiven traubens. Natron-Ammo-

---

(1) Compt. rend. LXIII, 843; Instit. 1866, 362; J. pharm. [4] V, 111; Ann. Ch. Pharm. CXLIII, 376; Zeitschr. Chem. 1866, 754; Zeitschr. anal. Chem. VI, 128; J. pr. Chem. C, 315.

niaks mit einem Krystall des rechtsweins. Salzes, so setzt sich nur rechtsweins. Salz ab und umgekehrt wird durch linksweins. Salz nur dieses letztere abgeschieden.

K. Frisch (1) hat Untersuchungen über die Basicität der Weinsäure ausgeführt. Er bestätigt für das von Schwarzenberg (2) dargestellte *weins. Wismuthoxydkali* die Formel $C_4H_2KBiO_6$. Mit Wasser zerfällt dieses Salz unter Bildung eines weifsen unlöslichen basischen Salzes, dessen Zusammensetzung bei 200° der Formel
$(BiO_2)_2KO + 2C_8H_2O_8 = C_4H_2BiKO_6 + C_4H_2Bi(BiO)O_6$
entspricht. *Weins. Uranoxydkali*, $C_4H_4K(UrO)O_6$ (bei 200°) wird durch Kochen von frisch gefälltem Uranoxydhydrat mit Weinstein und Verdampfen des Filtrats als amorphes Salz erhalten. Das schon von Erdmann untersuchte *weins. Bleioxyd*, $C_4H_2Pb_4O_6$, scheidet sich bei längerem (acht- bis zwölfstündigem) Kochen vou neutralem essigs. Bleioxyd mit Weinstein als weifses krystallinisches Pulver ab. Es ist völlig unlöslich in Wasser, Essigsäure, weins. Ammoniak und anderen Ammoniaksalzen, aber leicht löslich in Kalilauge und in Salpetersäure. Bei drei- bis vierstündigem Kochen bildet sich das ebenfalls unlösliche Salz $C_4H_3Pb_2O_6$. — *Weins. Zinkoxyd*, $2C_4H_2Zn_4O_6, H_2O$, erhält man durch längeres Kochen von Zink, Weinsäure und Kalilauge und Neutralisiren mit Salpetersäure als in Wasser, Weinsäure und Ammoniaksalzen unlösliches Pulver. Beim Kochen von Weinsäure mit Zink scheidet sich das gewöhnliche zweibasische Zinksalz ab. Versuche, die vierbasischen Salze des Baryts und Kalks darzustellen, blieben erfolglos, sofern beim Kochen von essigs. Baryt oder essigs. Kalk mit Weinsäure für sich wie in ammoniakalischer Lösung nur die zweibasischen Salze erhalten wurden.

(1) J. pr. Chem. XCVII, 278; Zeitschr. Chem. 1866, 345; Chem. Centr. 1866, 598; Bull. soc. chim. [2] VII, 257. — (2) Jahresber. f. 18⁴⁷/₄₈, 507.

Traubensäure.

Phipson (1) fand in einem krystallinischen Absatz, der sich in rothem Bordeaux-Wein gebildet hatte, 88 pC. saures traubens. Kali, neben 6,2 pC. weins. Kalk und 5 pC. Farbstoff, Hefe u. s. w.

Citronsäure.

Perret (2) empfiehlt zur Darstellung eines versendbaren Materials für die Fabrikation der Citronsäure, den geklärten Citronensaft mit überschüssiger Magnesia zu behandeln und das hierbei entstehende körnig-krystallinische unlösliche Magnesiasalz nach dem Waschen mit kaltem Wasser wieder in heifsem Citronensaft zu lösen und die Lösung rasch zu verdampfen. Es bildet sich eine Krystallisation von zweibasisch-citrons. Magnesia, aus welchem Salz die Citronsäure in den Fabriken abzuscheiden ist. Fr. Row (3) verdünnt zur Darstellung der Citronsäure den versendeten concentrirten Saft mit Wasser, wodurch sich derselbe leichter klärt. Den schädlichen Schwefelsäureüberschufs, der sich in den verdampften, von der Zersetzung des Kalksalzes herrührenden Citronsäurelösungen anhäuft, entfernt er durch erneute Behandlung mit citrons. Kalk, wodurch gleichzeitig flockige, aus Gyps und phosphors. Salzen bestehende, der Krystallisation hinderliche Materien entfernt werden.

Hydrocitronsäure.

Läfst man, nach H. Kämmerer (4), eine gesättigte Lösung von sorgfältig getrockneter Citronsäure in absolutem Alkohol in Berührung mit gröfseren (zur Vermeidung zu heftiger Einwirkung mehr als erbsengrofsen) Stücken von Natrium mehrere Tage stehen, so bildet sich (bei Anwendung von 3 Mol. Natrium auf 1 Mol. Säure und er-

---

(1) Compt. rend. LXII, 280; J. pharm. [4] III, 274; J. pr. Chem. XCVIII, 63; Chem. News XIII, 61. — (2) Bull. soc. chim. [2] V, 42; Chem. News XIII, 100; Chem. Centr. 1866, 431; Vierteljahrsschr. pr. Pharm. XVI, 61. — (3) Chem. News XIII, 40; Pharm. J. Trans. [2] VII, 466; Vierteljahrsschr. pr. Pharm. XVI, 60. — (4) Aus dem Sitzungsber. der Ges. zur Beförd. der ges. Naturw. zu Marburg 1866, 17 in Zeitschr. Chem. 1866, 709.

neuertem Zusatz von etwas Alkohol) das Natronsalz einer **Hydrocitronsäure.** neuen Säure, der *Hydrocitronsäure*, $C_6H_{10}O_7$. Das nämliche Salz entsteht auch bei der Behandlung von in reinem (wasser- und alkoholfreiem) Aether vertheilter Citronsäure mit Natrium, zum Beweis, dafs seine Bildung nicht auf einer Addition von Wasserstoff, sondern von Natrium beruht. Man erhält die Hydrocitronsäure, nach dem Abdestilliren des Alkohols, durch Fällung des Natronsalzes mit essigs. Blei, Zerlegen des ausgewaschenen Niederschlags mit Schwefelwasserstoff und Verdampfen des Filtrats als zähe, über Schwefelsäure allmälig in kleinen Säulen krystallisirende Masse, die bei längerem Stehen porcellanartig und undurchsichtig wird. Beim Reiben erstarrt die zähe Säure sehr rasch unter Wärmeentwickelung. Sie ist in Alkokol und Aether unlöslich, schmilzt bei 100°, krystallisirt wieder beim Stehen an der Luft und zerfliefst alsdann. Die Lösung giebt mit essigs. Blei einen weifsen, amorphen, beim Erwärmen krystallinisch werdenden Niederschlag, der in Wasser und Essigsäure unlöslich ist. Die neutralisirte Säure wird durch Chlorbaryum; Chlorcalcium und Chlorzink weifs, durch Kupfervitriol blafsgrün, durch Eisenchlorid hellgelb gefällt. Das amorphe, leicht reducirbare Silbersalz schmilzt beim Erhitzen mit Wasser zu einer zähen Masse. Die Hydrocitronsäure ist wie die Citronsäure dreibasisch. Von Salzen wurden untersucht: das in rhombischen säulenförmigen Combinationen krystallisirende Natronsalz, $C_6H_7Na_3O_7 + 5\frac{1}{2} H_2O$, das Barytsalz, $C_6H_7Ba_3O_7 + 2\frac{1}{2} H_2O$, das Kalksalz, $C_6H_7Ca_3O_7 + 3H_2O$, das Bleisalz, $C_6H_7Pb_3O_7$ (bei 100°) und das Silbersalz, $C_6H_7Ag_3O_7 + H_2O$ (bei 60°). Durch trockene Destillation entsteht aus der Hydrocitronsäure eine Pyrosäure, deren zerfliefsliches Kalisalz durch Chlorbaryum, aber nicht durch Chlorcalcium gefällt wird und deren Bleisalz unter siedendem Wasser zu einer zähen Flüssigkeit schmilzt. — *Aepfelsäure* geht bei der Behandlung mit Natrium in alkoholischer Lösung in eine der Hydrocitronsäure ähnliche Säure über, deren Kalksalz der

Formel $C_4H_6Ca_2O_5 + 2\frac{1}{2} H_2O$ entspricht. Mit *Bernsteinsäure* entsteht nur bernsteins. Natron; *Weinsäure* verwandelt sich theilweise in eine neue, in Alkohol unlösliche, krystallisirbare Säure, die durch Kalisalze nicht gefällt wird.

Itaconsäure. Th. Swarts (1) hat Näheres über die im Jahresber. f. 1865, 392 vorläufig erwähnten Additionsderivate der Itaconsäure und ihrer Isomeren veröffentlicht. *Itamonochlorbrenzweinsäure*, $C_5H_7ClO_4$, bildet sich bei dreistündigem Erhitzen von gepulverter Itaconsäure mit 2 Th. sehr concentrirter Salzsäure auf etwa 130° und Umkrystallisiren des mit wenig kaltem Wasser gewaschenen Products aus Wasser oder Alkohol. Die Säure bildet weiße glanzlose Warzen oder der Brenzweinsäure ähnliche Krystalle; sie ist geruchlos und von angenehm saurem Geschmack; sie schmilzt bei 140 bis 145°, bleibt lange flüssig und siedet bei 225 bis 230°, indem sich Wasser, Salzsäure und ölartiges Anhydrid bildet, welches nach einiger Zeit unter Rückbildung der ursprünglichen Säure krystallisirt. Auch beim Erhitzen auf 150° im trockenen Luftstrom verliert die Säure Wasser unter Bildung des (durch gleichzeitigen Verlust an Salzsäure) nicht rein zu erhaltenden Anhydrids. Durch Einwirkung von heißem Wasser entsteht eine neue, der Aepfelsäure homologe Säure, die *Itamalsäure*, nach der Gleichung:

Itamonochlorbrenzweinsäure   Itamalsäure
$$C_5H_7ClO_4 + H_2O = C_5H_8O_5 + HCl.$$

Starke Basen bewirken die nämliche Zersetzung; aus der mit Ammoniak gesättigten Lösung scheidet sich aber beim freiwilligen Verdunsten Salmiak ab und die Mutterlauge enthält Mesaconsäure. Beim Behandeln mit Silberoxyd entsteht, neben Chlorsilber, das Silbersalz einer neuen, mit der Itaconsäure isomeren, aber einbasischen Säure.

---

(1) Aus dem Bull. de l'acad. royale de Belgique XIX in Instit. 1866, 325, 358; Zeitschr. Chem. 1866, 721.

Itamonochlorbrenzweins. Aethyl, $C_5H_5Cl(C_2H_5)_2O_4$, wird durch Sättigen der alkoholischen Lösung der Säure mit Salzsäure und Rectification des mit Wasser ausgefällten Products als farblose, bitter schmeckende und unter Bildung von etwas Salzsäure bei 250 bis 252° siedende Flüssigkeit erhalten. — *Itamonobrombrenzweinsäure*, $C_5H_7BrO_4$, bildet sich in analoger Weise wie die vorhergehende Säure durch halbstündiges Erhitzen von Itaconsäure mit concentrirter Bromwasserstoffsäure auf 160°, oder auch, wiewohl weniger vortheilhaft, durch Einwirkung von Brom auf Brenzweinsäure bei 120°. Sie schmilzt bei 130 bis 134°, bleibt ebenfalls lange flüssig und siedet ohne Zersetzung bei etwa 250°. Durch siedendes Wasser wird sie weniger leicht zersetzt als die chlorhaltige Säure, gegen Basen verhält sie sich aber ganz analog. Beim Behandeln der alkoholischen Lösung mit Salzsäure entsteht neben Bromwasserstoff der Aether der chlorhaltigen Säure. Zur Darstellung des Aethers der gebromten Säure erhitzt man die letztere mit Alkohol auf 110°; das mit Wasser ausgefällte Product siedet unter theilweiser Zersetzung bei 270 bis 275°. — *Itamonojodbrenzweinsäure*, $C_5H_7JO_4$, bildet sich beim mehrstündigen Erhitzen von etwas überschüssiger Itaconsäure mit Jodwasserstoffsäure auf 150° in einer Atmosphäre von Kohlensäure. Bei Anwendung eines Ueberschusses von Jodwasserstoffsäure entsteht hierbei Brenzweinsäure. Die durch etwas Quecksilber von freiem Jod befreite Flüssigkeit setzt beim Verdunsten über Schwefelsäure gelbe, matte (mit etwas Itaconsäure gemengte) Warzen ab, die durch wiederholtes Umkrystallisiren aus Wasser farblos werden. Sie schmelzen bei 135° und zersetzen sich bei 185° unter Entwickelung von Jod. Siedendes Wasser bewirkt nur langsame Zersetzung; beim Erhitzen mit Jodwasserstoffsäure verwandeln sie sich, unter Freiwerden von Jod, in Brenzweinsäure; ebenso entsteht beim Erhitzen mit salzsäurehaltigem Alkohol brenzweins. Aethyl. — *Citramonochlorbrenzweinsäure*, $C_5H_7ClO_4$, bildet sich bei 2- bis 3 stündigem Erhitzen von

Itaconsäure. Citraconsäureanhydrid mit dem gleichen Vol. starker Salzsäure auf 120°. Sie krystallisirt aus Aether in perlmutterglänzenden, fettig anzufühlenden Blättchen, die sowohl trocken wie in Lösung bei der geringsten Temperaturerhöhung in Salzsäure und Mesaconsäure zerfallen, und diese Zersetzung geht so leicht und vollständig vor sich, dafs sie zur Darstellung von Mesaconsäure dienen kann. Man erhitzt zu diesem Zweck das Citraconsäureanhydrid mit etwa dem gleichen Gewicht Salzsäure eine Stunde lang auf 120° und krystallisirt den Röhreninhalt aus siedendem Wasser um. Die Zersetzbarkeit der Citramonochlorbrenzweinsäure in der Wärme gestattet die Bestimmung des Schmelzpunktes nicht. Taucht man die in einer Capillarröhre befindliche Substanz rasch in ein auf 180° erhitztes Bad, so wird sie sofort flüssig, aber gleich darauf unter Freiwerden von Salzsäure wieder fest und zeigt dann den bei 208° liegenden Schmelzpunkt der Mesaconsäure. Beim Erhitzen mit Basen zerfällt die Säure, analog wie die Citradibrombrenzweinsäure, in Kohlensäure und Crotonsäure nach der Gleichung:

Citramonochlorbrenzweins.   Crotonsäure
$$C_5H_7ClO_4 = C_4H_6O_2 + HCl + CO_2.$$

In kaltem Wasser löst sich die Citramonochlorbrenzweinsäure ohne Zersetzung und diese Lösung wird durch salpeters. Silber nicht gefällt; schon bei gelindem Erwärmen scheidet sich aber Chlorsilber ab. — *Citrajodbrenzweinsäure* liefs sich nicht isoliren. Erhitzt man Citraconsäureanhydrid mit rauchender Jodwasserstoffsäure, so erhält man beim Erkalten eine braun gefärbte Krystallmasse, die beim Versuch der Reindarstellung in Jodwasserstoff und Mesaconsäure zerfällt. Sofern aber beim längeren Erhitzen des Citraconsäureanhydrids mit rauchender Jodwasserstoffsäure auf 160° Brenzweinsäure entsteht, läfst sich annehmen, dafs als intermediäres Product die Citrajodbrenzweinsäure gebildet wird. — *Mesamonochlorbrenzweinsäure*, $C_5H_7ClO_4$, entsteht bei wiederholtem Erhitzen von Mesaconsäure mit sehr concentrirter Salzsäure auf 160°. Die Lösung des Products setzt beim Verdunsten zuerst glanzlose Warzen von unveränderter Mesaconsäure, dann kleine glänzende Krystalle der viel leichter löslichen, bei 129 bis 130° schmelzenden Mesamonochlorbrenzweinsäure ab. Sie zerfällt mit siedendem Wasser in Mesaconsäure und Salzsäure, mit Basen unter Bildung von Crotonsäure.

Nach Versuchen von Fr. Oehren (1) enthält das Kraut von *Galium Mollugo* neben Rubichlorsäure und etwas Citronsäure auch Chinasäure.

Chinasäure.

Ein Gemenge von 1 Mol. Chinasäure und 5 Mol. Fünffach-Chlorphosphor wird, nach C. Graebe (2), in gelinder Wärme unter reichlicher Entwickelung von Salzsäure flüssig und bei stärkerem Erhitzen geht, unter Rücklassung von Kohle, zuerst Phosphoroxychlorid und dann, bei etwa 200°, eine das Licht stark brechende Chlorverbindung über, welche durch heifses Wasser oder durch Alkalien leicht unter Bildung von Chlorbenzoësäure, $C_7H_5ClO_2$ (der etwas Dichlorbenzoësäure beigemengt ist), zerlegt wird. Die Chinasäure zerfällt demnach mit Fünffach-Chlorphosphor nach der Gleichung:

$$\underset{\text{Chinasäure}}{C_7H_6O_2\begin{Bmatrix}H_2\\(HO)_2\end{Bmatrix}} + 5\,PCl_5 = \underset{\text{Chlorbenzoylchlorid}}{C_7H_4Cl_2O} + 5\,POCl_3 + 8\,HCl.$$

Beim Schmelzen der Chinasäure mit 4 Th. Kalihydrat, bis sich kein Wasserstoffgas mehr entwickelt, bildet sich Carbohydrochinonsäure, $C_7H_6O_4 + H_2O$, entsprechend der Gleichung:

$$\underset{\text{Chinasäure}}{C_7H_6O_2\begin{Bmatrix}H_2\\(HO)_2\end{Bmatrix}} = \underset{\substack{\text{Carbohydro-}\\\text{chinonsäure}}}{C_7H_6O_4} + H_2 + 2\,H_2O.$$

---

(1) Russ. Zeitschr. Pharm. V, 305; Zeitschr. Chem. 1867, 28. — (2) Ann. Ch. Pharm. CXXXVIII, 197; Zeitschr. Chem. 1866, 860; Chem. Centr. 1866, 460; J. pr. Chem. C, 442; Bull. soc. chim. [2] VI, 238; Ann. ch. phys. [4] VIII, 503; J. pharm. [4] IV, 238.

Organische Chemie.

Brenz-schleimsäure.

Nach G. Hirzel (1) verfährt man zur Darstellung der Brenzschleimsäure am zweckmäfsigsten in der Art, dafs man das Product der Destillation der Schleimsäure nach dem Uebersättigen mit kohlens. Natron zur Trockne verdampft und dann die concentrirte, mit Schwefelsäure angesäuerte Lösung wiederholt mit Aether schüttelt. Der letztere hinterläfst dann krystallisirte, durch Umkrystallisiren aus Wasser oder durch Sublimiren zu reinigende Brenzschleimsäure.

Hydromekonsäure.

In Wasser suspendirte Mekonsäure wird, nach J. v. Korff (2), durch allmälig eingetragenes Natriumamalgam zu *Hydromekonsäure* reducirt. Die mit Eisenchlorid sich nicht mehr röthende, mit Essigsäure neutralisirte Flüssigkeit wird, unter Zusatz von einigen Tropfen Ammoniak, durch Bleiessig gefällt, der ausgewaschene Niederschlag mit Schwefelwasserstoff zerlegt und das Filtrat verdunstet. Die Hydromekonsäure bleibt als stark saurer Syrup zurück, welcher sich leicht in Wasser, schwerer in Alkohol löst und aus letzterem durch Aether in zerfliefslichen Flocken gefällt wird. Die beim Erhitzen sich völlig zersetzende Säure wird von Brom oder Salpetersäure nicht angegriffen. Von den Salzen wurden untersucht:

Silbersalz $C_7H_4Ag_2O_7 + \frac{1}{2} H_2O$, weifser, körniger Niederschlag.
Bleisalz $C_7H_4Pb_2O_7 + Pb_2O + 1\frac{1}{2} H_2O$, amorpher Niederschlag.
Barytsalz $C_7H_4Ba_2O_7 + 2 H_2O$, amorphes, in Wasser, aber nicht in Alkohol lösliches Pulver.

Durch Jodwasserstoffsäure wird die Mekonsäure nicht reducirt, sondern wie durch Salzsäure in Kohlensäure und Mekonsäure gespalten. Auf Hydromekonsäure wirkt Jodwasserstoffsäure gar nicht ein. In der Kälte verbindet sich die Mekonsäure mit Anilin zu schön krystallisirendem mekons. Anilin, $C_7H_4O_7, 2C_6H_7N$; beim Erhitzen bildet sich

---

(1) Zeitschr. Chem. 1866, 246; Bull. soc. chim. [2] VII, 190. — (2) Ann. Ch. Pharm. CXXXVIII, 191; Zeitschr. Chem. 1866, 859; Chem. Centr. 1866, 504; J. pr. Chem. C, 443; Bull. soc. chim. [2] VI, 227; Ann. ch. phys. [4] VIII, 502.

komens. Anilin, $C_6H_4O_5$, C_6H_7N. — Behandelt man Komensäure in ähnlicher Weise wie die Mekonsäure mit Natriumamalgam, so bildet sich *Hydrokomensäure* als gelblicher, stark saurer Syrup, der nach dem Neutralisiren mit Ammoniak ein weifses, in der Wärme reducirbares Silbersalz (vielleicht $C_6H_4Ag_2O_5$) giebt. Bromkomensäure wird durch Natriumamalgam ebenfalls zu Hydrokomensäure reducirt; Pyromekonsäure geht in eine nicht zur Untersuchung geeignete Substanz über.

Die durch Einwirkung von concentrirter Schwefelsäure auf Gallussäure entstehende Rufigallussäure, $C_7H_4O_4$ (lufttrocken $C_7H_4O_4 + H_2O$), verliert nach G. Malin (1) beim Schmelzen mit Kalihydrat die Elemente des Kohlenoxyds und geht dabei in einen neuen, wegen seiner Beziehung zum Chinon als *Oxychinon* bezeichneten Körper über :

Rufigallussäure   Oxychinon
$C_7H_4O_4 \quad + \quad O \quad = \quad C_6H_4O_3 + CO_2$.

Man erhitzt 5 bis 6 Grm. Rufigallussäure mit dem dreifachen Gewicht in etwas heifsem Wasser gelösten Aetzkali's rasch bis zur starken Wasserstoffentwickelung, übersättigt mit verdünnter Schwefelsäure und schüttelt die von einem humusartigen Körper abfiltrirte Lösung mit Aether. In dem Verdunstungsrückstand des letzteren bilden sich, bei gelungener Operation, gelbliche Krystalle von Oxychinon, $C_6H_4O_3 + H_2O$, höchstens 5 bis 6 pC. vom Gewicht der angewandten Säure betragend. Es bildet nach dem Abpressen der braunen Mutterlauge und Umkrystallisiren aus siedendem Wasser strohgelbe, weiche, microscopische Nadeln, die sich wenig in kaltem, leicht in siedendem Wasser, in Alkohol und Aether lösen, schwach sauer reagiren und nicht flüchtig sind. Die wässerige Lösung reducirt beim Erwärmen Silber- und alkalische Kupferoxydlösung; verdünnt färbt sie sich mit Eisenchlorid violett, dann blau-

---

(1) Wien. Acad. Ber. LIV (2. Abth.), 593; Ann. Ch. Pharm. CXLI, 345; J. pr. Chem. C, 343; im Auss. Zeitschr. Chem. 1867, 192.

grün. Das Oxychinon theilt mit dem Chinon die geringe Verbindungsfähigkeit; es nimmt jedoch trockenes Ammoniak auf und giebt mit essigs. Bleioxyd einen gelblichen Niederschlag. Durch Wasserstoff im Entstehungszustand läfst es sich nicht in Chinon überführen. Die Beziehungen des Oxychinons zu den ihm nächst verwandten Körpern drückt Malin durch die nachstehenden Formeln aus:

Gallussäure	Rufigallussäure	Oxychinon	Hydrochinon	Chinon
$Є_6\binom{H_3}{(HΘ)_3}^{ΘΘ}_H\}$ Θ	$Є_6\binom{H}{(HΘ)_3}^{ΘΘ}_H\}$ Θ	$Є_6\binom{H}{(HΘ)_2}^H_H\}$ Θ	$Є_6\binom{H}{(HΘ)_2}^H_H\}H_2$	$Є_6\binom{H}{(HΘ)_2}^H_H\}$

Mellithsäure. Nach einer vorläufigen Mittheilung von A. Baeyer (1) ist die Mellithsäure eine sechsbasische Säure von der Formel $Є_{12}H_6Θ_{12}$. Sie läfst sich mit der Formel $Є_6(ЄΘ_2H)_6$ als Benzol betrachten, in welchem die sechs Wasserstoffatome durch sechs Carboxyl, $ЄΘ_2H$, ersetzt sind. Mit Kalk erhitzt zerfällt sie vollständig in Kohlensäure und Benzol. Mit Natriumamalgam behandelt geht sie, unter Aufnahme von 6 At. Wasserstoff, in die sechsbasische Säure $Є_6H_6(ЄΘ_2H)_6$ über und diese verwandelt sich beim Erhitzen mit Schwefelsäure in die vierbasische Säure $Є_6H_2(ЄΘ_2H)_4$. Zu dieser addiren sich wieder 4 At. Wasserstoff und die neue Säure, $Є_6H_6(ЄΘ_2H)_4$, verliert beim Erwärmen mit Schwefelsäure wieder Kohlensäure, indem als letztes Glied der Umwandlung Benzoësäure entsteht.

Camphersäure. Camphers. Kupferoxyd liefert, nach A. Moitessier (2), beim Erhitzen auf 200° neben Camphersäureanhydrid und Wasser einen Kohlenwasserstoff, der nach der Rectification über Natrium bei 105° siedet und der Formel $Є_8H_{14}$ (Dampfd. 3,984) entspricht. Er hat das spec. Gew. 0,793, riecht nach Campher und Terpentinöl, verwandelt sich mit

---

(1) Berl. acad. Ber. 1866, 717; Ann. Ch. Pharm. CXLI, 271; Zeitschr. Chem. 1867, 182; J. pr. Chem. C, 318; Chem. Centr. 1867, 267; Ann. ch. phys. [4] X, 495; Instit. 1867, 190; Bull. soc. chim. [2] VIII, 56; Phil. Mag. [4] XXXIII, 449; Sill. Am. J. [2] XLIII, 388. — (2) Procès verbaux de l'académie des sciences et lettres de Montpellier (séance du 8. Decbr. 1862) 1863, 3.

salzs. Gas in ein schwerflüchtiges grünes Oel und wird durch Salpetersäure verharzt.

Phtals. Aethyl, $C_{12}H_{14}O_4 = C_8H_4(C_2H_5)_2O_4$, bildet sich nach C. Graebe und O. Born (1) beim Einleiten von Salzsäure in die alkoholische Lösung der Phtalsäure und ist in reinem Zustande ein farb- und geruchloses Oel von dem Siedep. 288⁰ (corrig. 295⁰). *Phtalsäure. (Phtals. Aethyl.)*

Graebe und Born (2) haben aus Phtalsäure durch Addition von Wasserstoff eine neue Säure, die *Hydrophtalsäure*, $C_8H_8O_4$, erhalten. Zu ihrer Darstellung behandelt man eine Lösung von 1 Th. Phtalsäure und 1 Th. krystallisirtem kohlens. Natron in 8 Th. Wasser in der Kälte (3) mit Natriumamalgam, bis (nach etwa 8 bis 14 Tagen) der in einer Probe durch essigs. Blei entstehende Niederschlag in Essigsäure sich löst. Man neutralisirt nun die braune Lösung annähernd mit Salzsäure und fällt aus der von einer braunen Substanz abfiltrirten Flüssigkeit die (70 bis 80 pC. der theoretischen Menge betragende) Säure durch weiteren Zusatz von Salzsäure. Sie bildet nach dem Umkrystallisiren unter Zusatz von Thierkohle harte, luftbeständige, tafelförmige, meist zu Krusten vereinigte Krystalle, die nach Rammelsberg's Bestimmung monoklinometrische Prismen (von annähernd 100⁰ und 80⁰) mit theilweise unvollkommen ausgebildeten und gekrümmten Flächen sind. Durch starke Abstumpfung der scharfen Prismenkanten erhalten sie tafelartigen Habitus; auf den stumpfen Kanten ist eine Zuschärfung aufgesetzt. Die Krystalle sind nach der Endfläche spaltbar. 100 Th. Wasser lösen bei gewöhnlicher Temperatur 0,98 Th., bei 100⁰ dagegen 7,3 Th. der Säure; in Alkohol ist sie ziemlich leicht, in Aether schwer löslich; die Lösungen reagiren stark sauer *Hydrophtalsäure.*

(1) In der unter (2) angef. Abhandl. — (2) Ann. Ch. Pharm. CXLII, 330; vorläufige Anzeige Zeitschr. Chem. 1866, 199; Bull. soc. chim. [2] VI, 483. — (3) Bei Einwirkung des Natriumamalgams in der Hitze und in saurer Lösung entsteht eine braune harzartige Masse.

Hydrophtal-säure. und zersetzen kohlens. Salze. Chlorcalcium erzeugt in den concentrirten Lösungen der Säure besonders beim Erwärmen einen in Säuren leicht löslichen Niederschlag; Eisenchlorid giebt mit hydrophtals. Salzen braune, Kupfervitriol hellgrüne, neutrales wie basisch-essigs. Bleioxyd weiſse Fällungen, welche letztere in Essigsäure sowie in einem Ueberschuſs des Fällungsmittels sich lösen. Quecksilberoxydulsalze werden weiſs, in der Siedehitze grau gefällt; Quecksilberchlorid giebt beim Kochen eine Ausscheidung von Quecksilberchlorür. Die Hydrophtalsäure ist zweibasisch und bildet demnach saure und neutrale Salze, von welchen die ersteren leichter krystallisiren. Das leicht lösliche saure Natronsalz bildet glänzende, zu Kugeln vereinigte Blätter; das neutrale Barytsalz, $C_8H_6Ba_2O_4$, scheidet sich beim Verdampfen in perlmutterglänzenden Häutchen aus, die leicht in warmem, weniger in kaltem Wasser (in etwas mehr als 50 Th.) löslich sind; das saure Barytsalz, $2 C_8H_7BaO_4 + H_2O$, bildet leicht in Wasser, kaum in Alkohol lösliche, sternförmig gruppirte Krystalle, die bei 120 bis 130° wasserfrei werden. Das neutrale Kalksalz, $C_8H_6Ca_2O_4$, ist in Wasser schwer löslich und krystallisirt undeutlich; ebenso das saure Kalksalz, $C_8H_7CaO_4$. Das Bleisalz, $C_8H_6Pb_2O_4$, ist ein krystallinisches, kaum in Wasser aber leicht in verdünnter Essigsäure lösliches Pulver; das Silbersalz ist ein weiſser, in Wasser ziemlich leicht löslicher Niederschlag, der beim Kochen schwarz wird und namentlich bei Gegenwart von Ammoniak Silber ausscheidet. — Beim Erhitzen mit Natronkalk zerfällt die Hydrophtalsäure in Benzol, Wasserstoff und Kohlensäure :

Hydrophtalsäure
$$C_6H_6(CO_2H)_2 = C_6H_6 + H_2 + 2 CO_2.$$

Mit Fünffach-Chlorphosphor entsteht Chlorbenzoyl, Kohlenoxyd, Salzsäure und Phosphoroxychlorid :
$$C_6H_6(CO_2H)_2 + 2 PCl_5 = C_6H_5(COCl) + CO + 3 HCl + 2 POCl_3.$$

Beim Erwärmen mit concentrirter Schwefelsäure entsteht

(durch Reduction der Schwefelsäure) Phtalsäure und (durch Wasserstoffentziehung) Benzoësäure und Kohlenoxyd: [Hydrophtalsäure.]

$$C_6H_6(CO_2H)_2 + 3H_2O_4 = C_6H_4(CO_2H)_2 + 2H_2O + 8O_2.$$
$$C_6H_6(CO_2H)_2 = C_6H_5(CO_2H) + CO + H_2O.$$

Beim Erwärmen einer Lösung von Hydrophtalsäure, welche mit Brom in geringem Ueberschufs versetzt ist, entsteht Benzoësäure, Bromwasserstoff und Kohlensäure (neben etwas Phtalsäure):

$$C_6H_6(CO_2H)_2 + Br_2 = C_6H_5(CO_2H) + 2BrH + CO_2.$$

Ebenso bildet sich beim Schmelzen mit Kalihydrat Benzoësäure, Wasserstoff und Kohlensäure:

$$C_6H_6(CO_2H)_2 = C_6H_5(CO_2H) + H_2 + CO_2.$$

Mit verdünnter Salpetersäure (1 Th. Säure von 1,42 spec. Gewicht und 8 bis 10 Th. Wasser) entsteht, unter Entwickelung von Kohlensäure und salpetriger Säure, Benzoësäure und Phtalsäure, wie auch bei der Oxydation mit Chromsäure. — Beim Erhitzen schmilzt die Hydrophtalsäure oberhalb 200° unter Abgabe von Wasser zu einer bernsteingelben Flüssigkeit, welche in höherer Temperatur sich theilweise zersetzt, indem ein gelbes erstarrendes Oel übergeht, aus welchem durch Krystallisation aus alkoholfreiem Aether Phtalsäureanhydrid, $C_8H_4O_3$, (mit dem Schmelzpunkt 129°) erhalten wird. Behandelt man die alkoholische Lösung der Hydrophtalsäure mit Salzsäuregas, so entsteht nicht hydrophtalsaures, sondern benzoës. Aethyl, vielleicht neben ameisens. Aethyl nach der Gleichung:

$$C_6H_6(CO_2H)_2 + 2C_2H_6O = C_6H_5(CO_2C_2H_5) + CH(C_2H_5)O_2 + 2H_2O.$$

Nach einer vorläufigen Mittheilung von H. Kolbe und G. Wischin (1) bildet sich der Aldehyd der Phtalsäure, $C_8H_6O_2$, bei der Einwirkung von Zink und Salzsäure auf das ölartige Phtalsäurechlorid. Der mit Aether der Lösung entzogene und in geeigneter Weise gereinigte Phtalsäurealdehyd ist eine weifse, schwach aromatisch rie- [Phtalsäurealdehyd.]

---

(1) Zeitschr. Chem. 1866, 315; J. pr. Chem. XCIX, 479; Chem. Soc. J. [2] IV, 339; Bull. soc. chim. [2] VII, 172.

chende Substanz. Sie schmilzt bei 65°, löst sich leicht in Alkohol und Aether, nur wenig in kaltem, reichlicher in heifsem Wasser und krystallisirt daraus in kleinen rhombischen Tafeln. Die warme wässerige Lösung erstarrt mit zweifach-schwefligs. Natron zu einer aus seideglänzenden Krystallnadeln bestehenden Masse.

Organische Basen.

Methylamin. Beim Anzünden einer wässerigen Lösung von Methylamin verbrennt, nach B. Tollens (1), vorzugsweise der Wasserstoff und in der rückständigen Flüssigkeit findet sich Blausäure: $CH_3, H_2N + O_2 = CHN + 2H_2O$. Das Methylamin war aus Häringslake nach dem für Trimethylamin angegebenen Verfahren (2) erhalten.

Aethylamin. J. A. Wanklyn und E. F. Chapman (3) digeriren zur Darstellung von Aethylamin gleiche Vol. Jodäthyl, starken Alkohol und Ammoniak eine halbe Stunde lang und unter fortwährendem Schütteln etwas unter 100°. Nach der Entfernung des freien Ammoniaks durch Verdampfen wird das Product mit Kali destillirt, die übergehende Base in verdünnter Schwefelsäure aufgefangen und nach der Trennung des schwefels. Ammoniaks mittelst Alkohol die alkoholische Lösung des schwefels. Salzes mit so viel Kali der Destillation unterworfen, dafs etwa $9/10$ der vorhandenen Basen frei abgeschieden werden. In diesem Fall enthält das Destillat, neben Alkohol und Wasser, nur Aethylamin.

Das Aethylamin zerfällt, nach Denselben (4), bei der

---

(1) Zeitschr. Chem. 1866, 516; Bull. soc. chim. [2] VII, 449. — (2) Jahresber. f. 1854, 476. — (3) Lond. R. Soc. Proc. XV, 218; Zeitschr. Chem. 1866, 749; J. pr. Chem. XCIX, 57. — (4) Chem. Soc. J. [2] IV, 828; Zeitschr. Chem. 1866, 568; J. pr. Chem. XCIX, 471; Chem. Centr. 1867, 255.

Oxydation mittelst zweifach-chroms. Kali und Schwefelsäure (ohne Bildung von Ammoniak) in Stickstoff, Wasser, Essigsäure und Aldehyd (1).

W. Heintz (2) folgerte aus einigen Versuchen, dafs das salzs. Triäthylamin bei der Behandlung mit salpetrigs. Kali, im Widerspruch mit der Angabe von Geuther (3), nicht wie das Diäthylamin in Nitrosodiäthylin verwandelt werde und dafs demgemäfs dieses Verhalten dazu dienen könne, beide Basen von einander zu trennen und auf ihre Reinheit zu prüfen. Geuther (4) zeigt nun, dafs reines Triäthylamin, wenn es als salzs. Salz mit salpetrigs. Kali in mäfsig concentrirter Lösung vermischt wird, in der Kälte allerdings keine Zersetzung erleidet, dafs aber Nitrosodiäthylin in öligen Tropfen übergeht, wenn man die Lösung so weit einkocht, dafs die Ausscheidung von Chlorkalium beginnt. Bei einem Ueberschufs des salpetrigs. Kali's verschwindet unter diesen Umständen alles Triäthylamin. Da das Triäthylaminsalz in verdünnter Lösung nicht oder nur wenig, das Diäthylaminsalz dagegen leichter zersetzt wird, so ist Heintz (5) gleichwohl der Ansicht, dafs eine Trennung und Reinigung beider Basen auf diesem Wege zu bewerkstelligen sei.

Natriumalkoholat wirkt, nach R. Mohs (6), bei gewöhnlicher Temperatur auf Teträthylammoniumjodür nicht ein. Erhitzt man aber beide Körper in annähernd äquivalentem Verhältnifs in einem zugeschmolzenen Rohr einige Tage auf 140°, so bildet sich Triäthylamin, Aethylen, Alkohol und Jodnatrium, entsprechend der Gleichung:

---

(1) Vgl. Jahresber. f. 1868, 827. — (2) Ann. Ch. Pharm. CXXXVIII, 319; Zeitschr. Chem. 1866, 468; Chem. Centr. 1866, 649; Bull. soc. chim. [2] VI, 232. — (3) Jahresber. f. 1864, 420. — (4) Zeitschr. Chem. 1866, 513; Arch. Pharm. [2] CXXX, 56. — (5) Zeitschr. Chem. 1866, 571. — (6) Jenaische Zeitschr. f. Med. und Naturw. III, 22; Arch. Pharm. [2] CXXX, 209; Zeitschr. Chem. 1866, 498; Chem. Centr. 1866, 877; Bull. soc. chim. [2] VII, 347.

	Teträthylam-	Natrium-	Triäthyl-
Teträthyl-ammonium-jodür.	moniumjodür	alkoholat	amin

$(C_2H_5)_4NJ + C_2H_5NaΘ = (C_2H_5)_3N + C_2H_4 + C_2H_6Θ + NaJ.$

W. A. Tilden (1) hat im Anschluſs an die frühere Mittheilung (2) auch einige Verbindungen organischer Basen mit Chlorjod beschrieben. Man erhält dieselben durch Vermischen der wässerigen Lösung von Chlorjod, JCl, mit dem angesäuerten salzs. Salz der Base. Es entsteht ein gelber, bald krystallinisch werdender Niederschlag, der nur in einigen Fällen aus verdünnter Salzsäure ohne Zersetzung umkrystallisirt werden kann. Mit Teträthylammoniumchlorür erhält man Farrnkraut ähnliche, dem regulären System angehörende Krystalle von der Formel $(C_2H_5)_4NCl_2J$. Durch Wasser wird die Verbindung zersetzt; die Lösung in verdünnter Salzsäure verhält sich wie die des Chlorjods, sofern sie aus Jodkalium Jod abscheidet und Eisenoxydulsalze oxydirt. Salzs. Triäthylamin bildet eine in feinen Nadeln krystallisirende, sehr leicht zersetzbare Verbindung. Die Caffeïnverbindung, $C_8H_{10}N_4Θ_2$, HCl, ClJ, ist leicht rein zu erhalten und bildet Krystalle, die schiefe rhombische Prismen zu sein scheinen. Salzs. Chinin giebt einen gelben Niederschlag, der beim Umkrystallisiren aus verdünnter Salzsäure eine dunkle Färbung annimmt.

Trimethyl-oxyäthyl-ammonium-oxyd. (Neurin.)

A. Baeyer (3) hat das von Liebreich (4) als Zersetzungsproduct des Protagons entdeckte Neurin näher untersucht. Die Base wurde nach dem Verfahren von Liebreich durch Kochen des alkoholischen Gehirnextracts mit Barytwasser gewonnen und aus dem (durch fractionirte Fällung mit Phosphorwolframsäure, Umwandlung in das Platinsalz und Zersetzung dieses letzteren mittelst Schwefelwasserstoff erhaltenen) reinen salzs. Neurin das Platin-

---

(1) Chem. Soc. J. [2] IV, 145; Zeitschr. Chem. 1866, 850; J. pr. Chem. XCVIII, 245; Chem. Centr. 1866, 658. — (2) Jahresber. f. 1865, 437, 454. — (3) Ann. Ch. Pharm. CXL, 306; Zeitschr. Chem. 1867, 98; Chem. Centr. 1867, 378; Ann. ch. phys. [4] X, 492; Bull. soc. chim. [2] VIII, 57; Phil. Mag. [4] XXXIII, 448. — (4) Jahresber. f. 1865, 492.

doppelsalz dargestellt. Dieses Salz schiefst beim Verdunsten der wässerigen Lösung in grofsen prismatischen Krystallen an; durch Alkohol wird es in körnigen Krystallen gefällt. Seine Analyse ergab Zahlen, welche auf ein Gemenge zweier Platinsalze von den Formeln $C_5H_{14}NOCl$, $PtCl_2$ und $C_5H_{13}NCl$, $PtCl_2$ deuten. Erhitzt man eine möglichst concentrirte Lösung von salzs. Neurin mit dem mehrfachen Vol. concentrirter Jodwasserstoffsäure und etwas amorphem Phosphor einige Stunden auf 120 bis 150°, so bilden sich beim Erkalten grofse prismatische, dem Jodkalium etwas ähnliche Krystalle der Jodverbindung $C_5H_{13}NJ_2$. Dieselbe ist schwerlöslich in kaltem, leichtlöslich in heifsem Wasser und giebt mit Kali eine weifse, flockige, krystallinisch werdende Fällung. Durch salpeters. Silber wird aus der Verbindung in der Kälte nur die Hälfte des Jods, die andere Hälfte erst bei längerem Erhitzen gefällt; ebenso wird durch kalte Digestion mit frisch gefälltem Chlorsilber nur ein Atom Jod durch Chlor ersetzt und die vom Jodsilber abfiltrirte Flüssigkeit giebt mit Platinchlorid das in Wasser sehr schwer lösliche Doppelsalz $C_5H_{13}NJCl$, $PtCl_2$. Bei warmer Digestion mit frisch gefälltem Silberoxyd verliert die Jodverbindung die beiden Atome Jod und geht in eine Base über, die sich genau wie das Neurin verhält und deren leichtlösliches Platinsalz der Formel $C_{10}H_{26}N_2OCl_2$, $Pt_2Cl_4 = 2\,[(CH_3)_3(C_2H_3)NCl, PtCl_2] + H_2O$ entspricht. Die Jodverbindung $C_5H_{13}NJ_2$ gleicht in ihrem Verhalten vollständig dem von A. W. Hofmann (1) durch Behandlung von Trimethylamin mit Bromäthylen erhaltenen Bromür $C_5H_{13}NBr_2$. Baeyer überzeugte sich, dafs aus dem letzteren durch Behandlung mit Silberoxyd und dann mit Jodwasserstoff das krystallisirte Jodür $C_5H_{13}NJ_2$ gebildet wird. Aus der Lösung des Bromürs in heifser Jodwasserstoffsäure krystallisirt beim Erkalten des Bromjodür

(1) Jahresber. f. 1858, 338.

Trimethyl-oxyäthyl-ammonium-oxyd. (Neurin.) $C_5H_{13}NBrJ$; in letzterem wird durch Behandlung mit Chlorsilber das Jod durch Chlor ersetzt und durch Platinchlorid wird alsdann aus dem Filtrat das Platinsalz $C_5H_{13}NBrCl, PtCl_2$ abgeschieden, welches mit dem von Hofmann untersuchten übereinstimmt. Demnach ist das Jodür $C_5H_{13}NJ_2$ nichts Anderes als *Trimethyljodoäthylammoniumjodür*, $(CH_3)_3(C_2H_4J)NJ$. — Nach einer weiteren Mittheilung von Baeyer (1) hat das in gelben Nadeln oder deutlich ausgebildeten Prismen krystallisirende Neurin-Goldchlorid nach übereinstimmenden Analysen die Formel $C_5H_{14}NOCl + AuCl_3$. Das Neurin ist demnach mit der Formel $C_5H_{15}NO_2 = (CH_3)_3[C_2H_4(HO)]N, HO$ als *Trimethyloxyäthylammoniumoxydhydrat* zu betrachten; das salzs. Neurin hat die Formel $(CH_3)_3[C_2H_4(HO)]Cl$. Die durch Erhitzen mit Silberoxyd aus dem Jodid $C_5H_{13}NJ_2$ dargestellte Base verhält sich gegen Goldchlorid genau wie Neurin; sie giebt damit ein schwerlösliches, aus heifsem Wasser in glänzenden Nadeln krystallisirendes Goldsalz von der Formel $C_5H_{12}NCl, AuCl_3$ und ist demnach die Vinylverbindung. Beide Basen verhalten sich gegen Jodwasserstoff nicht ganz gleich, sofern die Oxyäthylbase leichter in das Jodid $C_5H_{13}NJ_2$ übergeht, als die Vinylbase, entsprechend den Gleichungen:

$(CH_3)_3C_2H_4(HO)N, HO + 2 HJ = (CH_3)_3(C_2H_4J)NJ + 2 H_2O$
$(CH_3)_3(C_2H_3)N, HO + 2 HJ = (CH_3)_3(C_2H_4J)NJ + H_2O$.

Es läfst sich demnach das Neurin in die von Hofmann dargestellte Vinylbase, aber die letztere nicht in Neurin überführen, da Silberoxyd Jodwasserstoff entzieht, statt die Gruppe HO an die Stelle von 1 Atom Jod einzuführen. Das von Wurtz durch Einwirkung von Ammoniak auf Aethylenoxyd erhaltene Oxyäthylamin $C_2H_4(HO)H_2N$ liefert vielleicht bei der Behandlung mit Jodmethyl jodwasserstoffs. Neurin, $(CH_3)_3C_2H_4(HO)NJ$. — Salzs. Neurin verwandelt sich beim Zusammenreiben mit Chloracetyl in

---

(1) Ann. Ch. Pharm. CXLII, 322.

eine syrupartige Masse, aus welcher nach der Entfernung des überschüssigen Chloracetyls ein in warzenförmig vereinigten Prismen anschiefsendes Golddoppelsalz von der Formel $(CH_3)_3(C_2H_4O, C_2H_3O)NCl, AuCl_3$ erhalten wird. Diese Verbindung entspricht demnach einem Neurin, in welchem 1 Atom Wasserstoff des Oxyäthyls durch Acetyl vertreten ist.

A. W. Hofmann (1) hat das von A. Strecker (2) aus Guanin mittelst oxydirender Substanzen erhaltene Guanidin auf synthetischem Wege dargestellt. Seiner Constitution nach gehört das Guanidin, wie sich aus den nachstehenden Formeln ergiebt, in dieselbe Körpergruppe, wie das Carbomethyltriamin (Methyluramin, Methylguanidin), Carbodiphenyltriamin (Melanilin, Diphenylguanidin), Carbotriphenyltriamin (Triphenylguanidin) und das Carbotriäthyltriamin (Triäthylguanidin):

Carbotriamin. (Guanidin.)

Carbotri- amin (Guanidin)	Carbomethyl- triamin (Methyl- uramin)	Carbodi- phenyltriamin (Melanilin)	Carbotri- phenyltriamin	Carbotri- äthyltriamin
$\left.\begin{array}{l}C^{IV}\\H_2\\H_4\end{array}\right\}N_3$	$\left.\begin{array}{l}C^{IV}\\(CH_3)\\H_4\end{array}\right\}N_3$	$\left.\begin{array}{l}C^{IV}\\(C_6H_5)_2\\H_2\end{array}\right\}N_3$	$\left.\begin{array}{l}C^{IV}\\(C_6H_5)_3\\H_2\end{array}\right\}N_3$	$\left.\begin{array}{l}C^{IV}\\(C_2H_5)_3\\H_2\end{array}\right\}N_3.$

Die Bildung des Guanidins erfolgt bei der Einwirkung von Ammoniak auf Chlorpikrin nach der Gleichung:

Chlorpikrin   Salzs. Guanidin
$CCl_3NO_2 + 3NH_3 = CH_5N_3, HCl + 2HCl + NHO_2.$

Durch Einwirkung von Ammoniak auf den Chlorkohlenstoff CCl_4 läfst sich kein Guanidin erhalten, sofern mit wässerigem Ammoniak die Zersetzung erst bei sehr hoher Temperatur eintritt und mit alkoholischem Ammoniak braune harzartige Producte entstehen. Beim Erhitzen von

---

(1) Ann. Ch. Pharm. CXXXIX, 107; Berl. acad. Ber. 1866, 148; Zeitschr. Chem. 1866, 321; J. pr. Chem. XCVIII, 86 (auch C, 48); Chem. Centr. 1866, 1078; Chem. Soc. J. [2] IV, 249; Ann. ch. phys. [4] VIII, 466; Bull. soc. chim. [2] VI, 236; Sill. Am. J. [2] XLIII, 110. — (2) Jahresber. f. 1861, 324.

Carbotri-amin.
(Guanidin.) Chlorpikrin mit wässerigem Ammoniak auf 160° vollendet sich die Reaction im Sinn der obigen Gleichung in wenigen Stunden; die auftretende salpetrige Säure zerfällt aber hierbei in Wasser und sich entwickelndes Stickgas, durch welches die meisten Röhren schon während der Digestion zerschmettert werden. Mit alkoholischem Ammoniak erfolgt die Zersetzung des Chlorpikrins schon bei 100° unter schwächerer Entwickelung von Stickgas. Oeffnet man nach 48 Stunden die erkaltete Röhre, um den Stickstoff entweichen zu lassen, und erwärmt von Neuem 6 bis 8 Tage lang, so verschwindet das Chlorpikrin vollkommen und die Lösung enthält dann neben salzs. Guanidin viel Salmiak und salpetrigs. Ammoniak. Behandelt man den Verdampfungsrückstand mit absolutem Alkohol, so löst sich fast reines zerfliefsliches salzs. Guanidin, aus welchem die Base durch Behandlung mit Silberoxyd und Stehenlassen der stark alkalischen, rasch Kohlensäure anziehenden Flüssigkeit auf dem Wasserbade oder unter der Luftpumpe rein erhalten wird. Das Platinsalz, CH_5N_3, HCl, $PtCl_2$, krystallisirt in leicht löslichen rubinrothen Prismen. Die Ausbeute an Guanidin entspricht nicht der Theorie, sofern ein Theil desselben unter Aufnahme von Wasser in Kohlensäure und Ammoniak zerfällt. Auch bei der Behandlung des von Basset (1) durch Einwirkung von Natrium auf eine alkoholische Lösung von Chlorpikrin erhaltenen orthokohlens. Aethyls bildet sich etwas Guanidin, nach der Gleichung:

Orthokohlens.
Aethyl   Guanidin   Alkohol
$C(C_2H_5)_4O_4 + 3 NH_3 + H_2O = CH_5N_3, H_2O + 4 C_2H_6O$.

Bei 100° wirkt das wässerige Ammoniak auf das orthokohlens. Aethyl nicht ein, bei 150° ist die Zersetzung aber in kurzer Zeit vollendet. Indessen ist auch dieses Verfahren für die Gewinnung gröfserer Mengen nicht zu empfeh-

(1) Jahresber. f. 1864, 476.

len. — Hofmann deutet noch an, dafs der dem orthokohlens. Aethyl entsprechende Aether der Kieselsäure $Si(C_2H_5)_4O_4$, bei der Behandlung mit Ammoniak in ein siliciumhaltiges Guanidin übergehen könnte und dafs sich die (durch Wasser zersetzbaren) Producte der Einwirkung von Ammoniak auf Chlorsilicium oder Chlortitan als Gemenge von Salmiak mit Salzen von Silico- oder Titanotriaminen betrachten lassen: $SiCl_4 + 6NH_3 = 3(NH_4Cl) + SiH_5N_3, HCl$.

Die von A. W. Hofmann beschriebene Verbindung des Triäthylphosphinoxyds mit Jodzink, $P(C_2H_5)_3O, ZnJ$, entsteht nach L. Carius (1) in gröfster Menge, wenn man die Materialien in dem Verhältnisse von $P:3Zn:4C_2H_5J$ unter Zusatz von einem Tropfen Wasser in einem vor dem Zuschmelzen durch Auskochen luftleer gemachten Rohr allmälig auf 160 bis 170° erhitzt, bis fast aller Phosphor gelöst ist. Das beim Oeffnen des Rohrs entweichende Gas besteht hauptsächlich aus Aethylwasserstoff. — Jodäthyl wirkt auf gewöhnlichen oder rothen Phosphor beim Erhitzen im zugeschmolzenen Rohr auf 150 bis 170° leicht ein, indem bei Anwendung von absolut wasserfreien Materialien in dem Verhältnifs $2P:4C_2H_5J$ wahrscheinlich nur die Verbindung $P(C_2H_5)_4J, PJ_3$ entsteht; ist dagegen Wasser vorhanden, so bildet sich aufserdem eine ähnliche Verbindung des Triäthylphosphinoxyds. In allen Fällen besteht der erkaltete Röhreninhalt aus einer braunrothen, beim Erhitzen schmelzenden Krystallmasse, die sich kaum in kaltem und langsam in heifsem Wasser löst, indem Jodwasserstoff, phosphorige Säure, Tetraäthylphosphoniumjodür und Triäthylphosphinoxyd (letztere je nach dem vorhandenen Wasser in wechselndem Verhältnifs) entstehen. Kalihydrat bewirkt dieselbe Zersetzung. In Alkohol ist die krystallinische Verbindung leicht löslich; beim Erwärmen zersetzt

(1) Ann. Ch. Pharm. CXXXVII, 117; Zeitschr. Chem. 1866, 154; Chem. Centr. 1866, 147; J. pr. Chem. XCIX, 251; Bull. soc. chim. [2] VI, 160.

Triäthyl-phosphin. sich zunächst das Phosphorjodür und bei 150 bis 160° auch das Teträthylphosphoniumjodür nach den Gleichungen:

$P(C_2H_5)_4J, PJ_2 + 3 C_2H_6O = PH_3O_3 + 2 C_2H_5J + P(C_2H_5)_4J.$
$P(C_2H_5)_4J + C_2H_6O = C_2H_5J + C_2H_6 + P(C_2H_5)_3O.$

Von diesen Reactionen ausgehend läfst sich das Triäthylphosphinoxyd leicht in folgender Weise darstellen. Man erhitzt trockenen rothen Phosphor mit Jodäthyl (in dem Verhältnifs $2P : 4 C_2H_5J$) in einem nur zu $^1/_4$ gefüllten grofsen Rohr auf 160°, bis beim Erkalten alles erstarrt, läfst das erkaltete Rohr dann aufblasen und 4 Mol. Alkohol eintreten. Nach nochmaligem Erhitzen auf 160° destillirt man das Jodäthyl ab, neutralisirt den Rückstand zur Entfernung der phosphorigen Säure mit kohlens. Bleioxyd und verdampft das Filtrat sammt dem Waschwasser zuerst auf dem Wasserbad und dann im luftverdünnten Raum. Die concentrirte Flüssigkeit liefert dann bei der Destillation, nachdem zuerst das Wasser übergegangen ist, reines krystallinisches Triäthylphosphinoxyd. Beim Erhitzen mit Salpetersäure von dem spec. Gew. 1,4 auf 170° bleibt dasselbe fast ganz unverändert.

Thialdin. E. Brusewitz und M. Cathander (1) untersuchten einige Salze des Thialdins. Die Base wurde auf dem bekannten Wege durch Einleiten von Schwefelwasserstoff in die wässerige, mit etwas Ammoniak versetzte Lösung von Aldehydammoniak dargestellt. Bisweilen bildet sich beim Einleiten von Ammoniak in die Mischung von Aldehyd und Aether statt der Krystalle ein schweres Oel, welches durch Schwefelwasserstoff sich nicht zu verändern scheint. Fügt man demselben unter fortwährendem Einleiten von Schwefelwasserstoff Ammoniak zu, so erhält man bisweilen grofse Krystalle von Thialdin. (Aus Paraaldehyd bilden sich bei längerer Berührung mit krystallisir-

---

(1) Aus Oefvers. of k. Vetensk. akad. Förh. (1865) XXII, 337 in J. pr. Chem. XCVIII, 315; Zeitschr. Chem. 1866, 632; Bull. soc. chim. [2] VII, 450.

tem Aldehydammoniak grofse Krystalle von den Eigenschaften des Metaldehyds.) — Die Salze des Thialdins krystallisiren im Allgemeinen leicht und sind sehr zersetzbar. *Jodwasserstoffs.* Thialdin, $C_6H_{13}NS_2$, HJ, scheidet sich aus einer mit Jodkalium vermischten Lösung von schwefels. Thialdin in Prismen oder Blättern aus, die sich leicht in heifsem Wasser, in Aether oder Alkohol lösen. *Bromwasserstoffs.* Thialdin, $C_6H_{13}NS_2$, HBr, krystallisirt in geraden rhombischen Prismen; *cyanwasserstoffs.* Thialdin scheidet sich beim Vermischen von schwefels. Thialdin mit Cyankalium theils ölartig, theils fest aus und läfst sich aus Aether umkrystallisiren. *Saures schwefels.* Thialdin, $C_6H_{13}NS_2$, SH_2O_4, schiefst beim Verdunsten im Exsiccator in grofsen, in Wasser, Alkohol und Aether löslichen Prismen an, während stets ein flüchtiges krystallinisches Zersetzungsproduct sich bildet. *Saures phosphors.* Thialdin, $C_6H_{13}NS_2$, $PH_3O_4 + H_2O$, krystallisirt in feinen leicht löslichen Nadeln. Beim Vermischen von schwefels. Thialdin mit phosphors. Natron bildet sich ein weifser Niederschlag, der nur aus Thialdin besteht. Das oxals. Salz schiefst in grofsen, anscheinend quadratischen Krystallen, das weins. Salz in monoklinometrischen Prismen an. Das essigs. Salz krystallisirt nicht. Schwefelcyankalium erzeugt in schwefels. Thialdin unter starker Gasentwickelung einen weifsen Niederschlag.

R. L. Maly (1) hat eine frühere Angabe von Aschoff (2) über die Einwirkung von Brom auf Thiosinnamin weiter verfolgt. Versetzt man eine alkoholische Lösung von Thiosinnamin tropfenweise mit Brom, so lange die Farbe des letzteren noch verschwindet, so erstarrt die etwas concentrirte Flüssigkeit zu einer gelblichen Krystallmasse, welche aus Alkohol, deutlicher aus Wasser in sprö-

---

(1) Wien. Acad. Ber. LIV (2. Abth.), 569; Zeitschr. Chem. 1867, 42; J. pr. Chem. C, 821; Chem. Centr. 1867, 177; Instit. 1867, 72. —
(2) Berzelius' Jahresber. XVI, 358.

Thiosinnamin. den glänzenden sechsseitigen Säulen anschiefst. Die Verbindung ist *Thiosinnamindibromür*, $C_4H_8N_2SBr_2$; sie schmilzt bei 146 bis 147° (das Thiosinnamin bei 70°), zersetzt sich bei stärkerem Erhitzen unter Entwickelung von stechend riechenden Dämpfen und giebt mit salpeters. Silber in wässeriger Lösung einen reichlichen Niederschlag von Bromsilber. Mit möglichst neutralem Platinchlorid bilden sich nach und nach orangegelbe feine Schuppen von Thiosinnamindibromür-Platinchlorid, $C_4H_8N_2SBr_2, PtCl_2$. Digerirt man die Lösung des Dibromürs mit frisch gefälltem Chlorsilber, so tauscht sich die eine Hälfte des Broms gegen Chlor aus und die filtrirte Flüssigkeit enthält nun *Thiosinnaminbromochlorür*, $C_4H_8N_2SBrCl$, welches beim Verdampfen zum Syrup sehr leicht in seideglänzenden wawellitartig gruppirten Nadeln anschiefst. Es schmilzt bei 129 bis 130°, bleibt einige Zeit flüssig und erstarrt dann krystallinisch. Durch Fällung mit Platinchlorid entsteht daraus das in Alkohol kaum lösliche, in orangegelben Blättchen oder Schuppen krystallisirende *Thiosinnaminbromochlorür-Platinchlorid*, $C_4H_8N_2SBrCl, PtCl_2$. Beim Vermischen der wässerigen Lösung des Dibromürs mit Goldchlorid entsteht zuerst ein gelber Niederschlag, der durch Austausch von Chlor und Brom nach einigen Secunden in krystallinisches dunkelpurpurrothes *Thiosinnaminbromochlorür-Goldbromid*, $C_4H_8N_2SBrCl, AuBr_3$ übergeht. Es krystallisirt aus heifsem Wasser in langen braunvioletten Nadeln, welchen durch theilweise Zersetzung abgeschiedene mikroscopische Goldflitter anhaften. Digerirt man das Dibromür mit frisch gefälltem Silberoxyd, so entsteht neben Bromsilber *Bromthiosinnammoniumoxydhydrat* nach der Gleichung :

$$C_4H_8N_2SBr_2 + AgHO = C_4H_8N_2SBr, HO + AgBr.$$

Die stark alkalische, unangenehm bitter schmeckende Lösung der Base trocknet zu einer gelblichen amorphen Masse ein, die durch Neutralisiren mit Salzsäure wieder in Thiosinnaminbromochlorür übergeht. **Maly** betrachtet das Thiosinnamindibromür als einen dem Salmiak analog constituirten Körper, in welchem das eine Bromatom die Rolle des Wasserstoffs der Wasserstoffsäure spiele und folgert aus der Beobachtung — wonach das Thiosinnamindibromür mit kalter concentrirter Schwefelsäure Bromwasserstoff, das Thiosinnaminbromochlorür dagegen nur Chlorwasserstoff entwickelt — dafs auch der Wasserstoff der bei der Zersetzung von Salmiak mit Schwefelsäure auftretenden Salzsäure nicht von dem Ammonium, sondern von der Schwefelsäure abstamme.

Erhitzt man, nach A. Wurtz (1), den (mit dem Amylharnstoff isomeren) Pseudoamylenharnstoff (2) mit concentrirter Kalilauge und Stücken von festem Kalihydrat in Kolben von schwer angreifbarem Glase mehrere Tage lang auf 150°, so entsteht eine neue, mit dem Amylamin isomere Base, das *Isoamylamin*, $C_5H_{13}N$. Man erhält dasselbe rein, wenn man die aus dem Pseudoamylenharnstoff entstehende leichte Flüssigkeit über Aetzbaryt destillirt und nochmals rectificirt. Es hat, wie das Amylamin, einen stark hervortretenden ammoniakalischen Geruch, mischt sich unter bemerkbarer Wärmeentwickelung nach allen Verhältnissen mit Wasser; die Lösung fällt Metallsalze und löst Kupferoxydhydrat wieder auf. Sehr bestimmt unterscheidet sich das Isoamylamin von dem Amylamin durch den Siedepunkt und das spec. Gewicht:

	Siedep.	Spec. Gew.	
Isoamylamin	78°,5	0,755	bei 0°
Amylamin	95°	0,815	" "

Für sich läfst sich das Isoamylamin längere Zeit auf 250° erhitzen, ohne dafs Zersetzung eintritt. Beim starken Erhitzen des Dampfs mit Aetzbaryt wird dieser letztere plötzlich glühend; bei raschem Leiten des Dampfs über

---

(1) Bull. soc. chim. [2] VII, 143; Compt. rend. LXIII, 1121; Instit. 1866, 409; J. pharm. [4] V, 182; Ann. Ch. Pharm. CXLII, 359; Zeitschr. Chem. 1867, 38. — (2) Vgl. S. 426 in diesem Bericht.

Isoamylamin. den erhitzten Baryt bildet sich, neben geringen Mengen brennbarer Gase (darunter kein Amylen), etwas Cyanbaryum. Schüttelt man die concentrirte wässerige Lösung der Base mit nicht überschüssigem Brom, so bildet sich eine dunkelgelbe, mit Wasser (aber nicht für sich) destillirbare Flüssigkeit von der Formel $C_5H_{12}BrN$; die alkoholische, von dieser Bromverbindung abgeschiedene Lösung enthält bromwasserstoffs. Isoamylamin. *Salze.* *Isoamylamin*, $C_5H_{13}N, HCl$, ist sehr leicht in Wasser und Alkohol löslich und scheidet sich beim Vermischen der concentrirten alkoholischen Lösung mit Aether in krystallinischen Blättchen, beim Ueberschichten mit Aether in glänzenden, an der Luft matt werdenden Octaëdern mit quadratischer Basis ab. Das Platindoppelsalz, $C_5H_{13}N, HCl, PtCl_2$, ist sehr leicht löslich in Wasser wie in Alkohol und unterscheidet sich dadurch von dem entsprechenden Amylaminsalz; es krystallisirt beim freiwilligen Verdunsten der wässerigen Lösung in schönen rothen, dem monoklinometrischen System angehörenden Krystallen. Das Golddoppelsalz, $C_5H_{13}N, HCl, AuCl_3$, bildet grofse gelbe, ebenfalls monoklinometrische Krystalle. Die Isomerie des Isoamylamins und des Amylamins erklärt sich auf dieselbe Weise, wie die des Amylenhydrats und des Amylalkohols, aber das Isoamylamin spaltet sich nicht in Amylen und in Ammoniak, was darauf hindeutet, dafs der Stickstoff mit gröfserer Kraft an den Kohlenstoff gebunden ist:

Amylenhydrat	Isoamylamin
$C_5H_{10}, H(HO)$	$C_5H_{10}, H(NH_2)$
Amylalkohol	Amylamin
$C_5H_{11}(HO)$	$C_5H_{11}(NH_2)$

Amyl- und Amylenharnstoffe. A. Wurtz (1) hat ferner gezeigt, dafs eine neue Klasse von zusammengesetzten Harnstoffen existirt, welche zu den

---

(1) Compt. rend. LXII, 944; Instit. 1866, 194; Bull. soc. chim. [2] VII, 141; Ann. Ch. Pharm. CXXXIX, 327; Zeitschr. Chem. 1866, 276; J. pr. Chem. XCVIII, 302; Chem. Centr. 1867, 71.

normalen Harnstoffen in derselben Beziehung stehen, wie die Pseudoalkohole zu den normalen Alkoholen. Während das cyans. Amyl, (C_5H_{11}), $Cy\Theta$, unter Aufnahme der Elemente des Ammoniaks in Amylharnstoff übergeht, liefert das cyans. Amylen, ($C_5H_{10}H$), $Cy\Theta$, unter denselben Umständen den Pseudoamylenharnstoff:

Amylalkohol
$\left.\begin{array}{c} C_5H_{11} \\ H \end{array}\right\} \Theta$

Pseudoamylalkohol
(Amylenhydrat)
$\left.\begin{array}{c} (C_5H_{10}H) \\ H \end{array}\right\} \Theta.$

Amylharnstoff
$\left.\begin{array}{c} CO \\ (C_5H_{11})H \\ H_2 \end{array}\right\} N_2$

Pseudoamylenharnstoff
$\left.\begin{array}{c} CO \\ (C_5H_{10}H)H \\ H_2 \end{array}\right\} N_2.$

Zur Darstellung des Pseudoamylenharnstoffs vermischt man jodwasserstoffs. Amylen mit cyans. Silber bei sehr niedriger Temperatur, destillirt sodann und schüttelt das übergehende heftig riechende Product mit überschüssigem wässerigem Ammoniak. Die nach 24 Stunden gebildete Krystallmasse wird aus heifsem Wasser umkrystallisirt. Der Pseudoamylenharnstoff bildet schöne Nadeln, welche gegen 151° schmelzen und dann unter Ammoniakentwickelung theilweise sublimiren. Er löst sich leicht in Alkohol, aber erst in 79,3 Th. Wasser von 27°. Mit concentrirter Kalilauge auf 140 bis 150° erhitzt, zerfällt er in Kohlensäure, Ammoniak und in Isoamylamin (vgl. S. 425). In Berührung mit Salpetersäure, die mit dem gleichen Vol. Wasser verdünnt ist, verwandelt sich der Pseudoamylenharnstoff in eine ölartige Salpetersäureverbindung, die an trockener Luft, unter Verlust an Säure, sich mit Krystallen bedeckt; aus der Mutterlauge erhält man Krystalle von gewöhnlichem salpeters. Harnstoff. Der normale *Amylharnstoff* krystallisirt in glänzenden weifsen Blättern, welche bei 120° schmelzen und nur 28,1 Th. Wasser von 27° zur Lösung erfordern. — In einem zugeschmolzenen Kolben mit Aetzkali erhitzt, spaltet sich das cyans. Amylen in Pseudodiamylenharnstoff und in kohlens. Kali nach der Gleichung:

| Cyans. Amylen | Pseudodiamylen-harnstoff | Kohlens. Kali |

$$2\,[\Theta N(C_5H_{10})\Theta] + 2\,KH\Theta = (C_5H_{10}, \overset{C\Theta}{\underset{H_2}{H)_2}}\!\!\Big\}N_2 + CK_2\Theta_3.$$

Der Pseudodiamylenharnstoff sublimirt in dem Kolben in farblosen Nadeln, welche durch Auflösen in Alkohol und Vermischen der Lösung mit Wasser bis zur beginnenden Trübung rein erhalten werden. Er ist sehr flüchtig, sublimirt ohne zu schmelzen und löst sich kaum in Wasser. Die Lösung in Salpetersäure wird durch Wasser gefällt. Von Kali wird er bei der Temperatur des siedenden Oels nicht angegriffen. — Beim Stehen mit Wasser zerfällt das cyans. Amylen ebenfalls in Kohlensäure und in Pseudodiamylenharnstoff.

Pikramin.
(Nitrosopikramin.) Nach einer vorläufigen Mittheilung von C. Heintzel (1) färbt sich eine wässerige Lösung von Pikrammoniumchlorid, $C_6H_3(NH_2)_3, 3\,HCl$ (2), mit Eisenchlorid tief dunkelblau und beim Vermischen concentrirter Lösungen beider Salze scheiden sich gelbbraune, bei reflectirtem Licht prächtig blau schillernde Nadeln aus, während Eisenchlorür in der Lösung bleibt. Der krystallisirte Körper kann mit der Formel $C_6H_3(NH_2)_2(N\Theta), HCl$ als die Nitrosoverbindung eines basischen Pikraminsalzes betrachtet werden, deren Bildung nach der Gleichung: $C_6H_3(NH_2)_3, 3\,HCl + 4\,Fe_2Cl_3 + H_2O = C_6H_3(NH_2)(N\Theta), HCl + 8\,FeCl + 6\,HCl$ erfolgt. Das Nitrosopikrammoniumchlorid löst sich in Wasser mit prachtvoll dunkelblauer Farbe; durch Zink und Salzsäure wird es wieder in Pikrammoniumtrichlorid zurückgeführt. Das Platinsalz, $C_6H_3(NH_2)_2(N\Theta), HCl, PtCl_2$, bildet kleine, bronzegelbglänzende Krystalle; das Kupfersalz, $C_6H_3(NH_2)_2(N\Theta), HCl + 2\,CuCl$, gelbrothe, grünblau schillernde Nadeln. Alle diese Salze sind in Wasser mit tiefblauer Farbe löslich. Wird eine concentrirte Lösung von Nitrosopikram-

---

(1) Zeitschr. Chem. 1866, 211; Bull. soc. chim. [2] VII, 447. —
(2) Jahresber. f. 1862, 854.

moniumchlorid mit Salzsäure digerirt, so geht die blaue Farbe in Lila, Carmoisin und Ponceauroth über und beim Erkalten scheiden sich weiſse Nadeln aus, deren Lösung sich mit Eisenchlorid nicht färbt und die 1 Atom Stickstoff weniger als die blaue Nitrosoverbindung enthalten.

Trichloranilin, $C_6H_4Cl_3N$, bildet sich, nach C. Lesimple (1), entsprechend der Gleichung: *(Anilin. (Trichloranilin.))*

Trichlornitrobenzol   Trichloranilin
$$C_6H_2(NO_2)Cl_3 + 6H = C_6H_4Cl_3N + 2H_2O$$

beim Erhitzen des Trichlornitrobenzols (vgl. dieses) mit Zinn, Salzsäure und Alkohol. Die theils beim Erkalten, theils beim Verdünnen mit Wasser sich abscheidende krystallinische Verbindung wird, zur Entfernung von anhängendem Zinnsalz, in alkoholischer Lösung mit Schwefelwasserstoff behandelt und das Filtrat zur Krystallisation verdampft. Das so erhaltene Trichloranilin krystallisirt in langen glänzenden farblosen Nadeln. Es löst sich nur wenig in kaltem, leichter in heiſsem Wasser, in Alkohol, Aether und Benzol, so wie in nicht zu verdünnten Mineralsäuren und in starker Kalilauge. Concentrirte Schwefelsäure bildet eine rosenrothe Lösung, aus welcher, wie es scheint, das Trichloranilin ohne Zersetzung abdestillirt werden kann. Der Schmelzpunkt liegt bei 96°,5, der Erstarrungspunkt bei 86°, der Siedepunkt (annähernd) bei 270°. Chlorkalk oder Chromsäure erzeugt mit der wässerigen Lösung einen zinnoberrothen Farbstoff; die Lösung in concentrirter Schwefelsäure färbt sich auf Zusatz von etwas Salpetersäure blauviolett und dann beim Erwärmen oder Vermischen mit Wasser rothgelb. Beim Leiten des Dampfs über glühenden Kalk bildet sich neben Ammoniak auch Anilin.

Die verschiedenen Krystallformen des Jodanilins einerseits und des Chlor- und Bromanilins andererseits hatten *(Jodanilin, Bromanilin.)*

---

(1) Ann. Ch. Pharm. CXXXVII, 125; Zeitschr. Chem. 1866, 80.

Jodanilin, Bromanilin. die Vermuthung veranlafst, dafs das Jodanilin auch in seiner Constitution von den anderen beiden Basen abweiche (1), welche Ansicht durch die vermeintlich nicht analoge Bildungsweise derselben unterstützt wurde. Versuche von A. Kekulé (2) haben nun ergeben, dafs das Jodanilin ungeachtet seiner verschiedenen Krystallform doch das normale, dem Monochlor- und Monobromanilin entsprechende Substitutionsproduct ist. Führt man Jodbenzol in Nitrobenzol und dieses durch Reduction in Jodanilin über, so ist letzteres mit dem durch directe Einwirkung von Jod auf Anilin erhaltenen (3) vollkommen identisch (4). Kekulé hat ferner gefunden, dafs auch das Monobromanilin direct gebildet wird, da bei der Einwirkung von Brom auf Anilin (wenn dampfförmiges Brom mit Luft gemengt in Anilin geleitet, oder in Benzol gelöstem Anilin allmälig eine Lösung von Brom in Benzol zugesetzt wird) neben bromwasserstoffs. Anilin und Tribromanilin auch Di- und Monobromanilin entstehen, welche von den nach den bekannten Methoden dargestellten (5) nicht abweichen. Sie sind aber nicht die einzigen Producte. Entzieht man der braunvioletten Masse, welche das Product der Einwirkung bildet, durch Wasser das meiste bromwasserstoffs. Anilin, und behandelt man den Rückstand mit kalter Salzsäure vom spec. Gew. 1,1, so erhält man eine tiefrothe Lösung, aus welcher Ammoniak ein wesentlich aus Anilin und Monobromanilin bestehendes Oel abscheidet (6); wird alsdann der ungelöste Rückstand wiederholt

---

(1) Jahresber. f. 1864, 421; vgl. auch Jahresber. f. 1865, 524 und Zeitschr. Chem. 1865, 428. — (2) Zeitschr. Chem. 1866, 687. — (3) Jahresber. f. 18^{47}/$_{48}$, 656. — (4) Auch das Dijodbenzol, welches aus gewöhnlichem Jodanilin — durch Verwandlung in salpeters. Diazobenzol und Zersetzung mittelst Jodwasserstoff — erhalten wird, ist nach Kekulé mit dem durch Einwirkung von Jod und Jodsäure auf Benzol dargestellten identisch. Vgl. diesen Bericht bei Benzol. — (5) Ann. Ch. Pharm. LIII, 1; Berzelius' Jahresber. XXVI, 559, 567; Jahresber. f. 1860, 848; f. 1862, 836. — (6) Kekulé hat hierbei die Beob-

mit verdünnter Salzsäure ausgekocht, so liefern die ersten Auszüge schwach gefärbte Krystallisationen von salzs. Dibromanilin, die späteren aber tiefblaue Nadeln des salzs. Salzes der von Martius und Griefs als Amidodiphenylimid beschriebenen Base (1), welche Kekulé als *Amido-Azobenzol*, $C_6H_5NNC_6H_4(NH_2)$, bezeichnet. Vgl. bei Azoverbindungen.

Nach G. de Laire, Ch. Girard und P. Chapoteaut (2) bildet sich das von A. W. Hofmann (3) unter den Producten der trockenen Destillation des Anilinblaus aufgefundene *Diphenylamin*, $C_{12}H_{11}N$, auch bei der Einwirkung von Anilin auf verschiedene Anilinsalze, nach der Gleichung : *Diphenylamin und Verwandtes.*

$$\underset{\text{Anilin}}{\left.\begin{matrix}C_6H_5\\H_2\end{matrix}\right\}N} + \underset{\text{Anilin}}{\left.\begin{matrix}C_6H_5\\H_2\end{matrix}\right\}N} = \underset{\text{Diphenylamin}}{\left.\begin{matrix}(C_6H_5)_2\\H\end{matrix}\right\}N} + NH_3.$$

Am Zweckmäfsigsten erhitzt man 1 ½ Molecül reines Anilin mit 1 Molecül salzs. Anilin in einem langhalsigen, mit Kühlrohr versehenen Kolben 30 bis 35 Stunden lang auf 210 bis 214°. Man erhält so $1/_5$ des angewendeten Anilins an Diphenylamin; in einem verschlossenen Gefäfs und unter einem Druck von 4 bis 5 Atmosphären bildet sich dasselbe rascher und in gröfserer Menge. Das Product ist stets ein Gemenge von salzs. Diphenylamin mit salzs. Anilin, freiem Anilin und wechselnden Quantitäten von Farbstoffen. Behandelt man dasselbe mit heifser, mit 20 bis 30 Th. Wasser verdünnter Salzsäure, so wird das salzs. Diphenylamin unter Abscheidung der ölartig oben aufschwimmenden und dann erstarrenden Base zersetzt. Sie siedet, nach dem Umkrystallisiren aus Aether oder

---

achtung gemacht, dafs ein Gemenge von Anilin und Mono- oder Dibromanilin im Wasserdampfstrom destillirt und theilweise fractionirt werden kann, für sich erhitzt aber zuerst Anilin ausgiebt und sich dann plötzlich unter Aufschäumen in eine harzige Masse von tiefblauer Farbe verwandelt. — (1) Jahresber. f. 1865, 417. — (2) Compt. rend. LXIII, 91; Bull. soc. chim. [2] VII, 860; Ann. Ch. Pharm. CXL, 344; Zeitschr. Chem. 1866, 488; Chem. Centr. 1866, 924; Chem. News XIV, 63. — (3) Jahresber. f. 1864, 427.

Diphenylamin und Verwandtes. Benzol, bei 310°. — *Ditoluylamin*, $(C_7H_7)_2HN$, erhält man in ganz gleicher Weise durch Einwirkung von Toluidin auf salzs. Toluidin. Es ist vollkommen weifs, krystallisirbar und siedet zwischen 355 und 360°. Die Salze zerlegen sich ebenfalls in Berührung mit Wasser; mit Salpetersäure färbt sich das krystallisirte Ditoluylamin gelb. — Das ebenfalls schon von Hofmann beschriebene *Phenyltoluylamin*, $C_{13}H_{13}N = (C_6H_5)(C_7H_7)HN$, entsteht bei der Einwirkung von Anilin auf salzs. Toluidin oder von Toluidin auf salzs. Anilin. In beiden Fällen ist das Product ein Gemenge von Diphenylamin, Phenyltoluylamin und Ditoluylamin, aus welchem die einzelnen Basen durch fractionirte Destillation nur schwierig isolirt werden können, da ihr Siedepunkt nur um 25 bis 30° differirt. Das Phenyltoluylamin siedet gegen 330°.

De Laire, Girard und Chapoteaut (1) geben ferner an, dafs das eben beschriebene allgemeine Verfahren auch die Darstellung des Diäthylamins aus Aethylamin und die des Aethyl- und Methylanilins aus salzs. Aethyl- oder Methylamin und Anilin ermögliche und dafs die schon beobachtete Bildung secundärer und tertiärer Monamine bei der Darstellung des Aethylamins aus Jodäthyl und Ammoniak sich wenigstens theilweise aus der Einwirkung des Aethylamins auf das jodwasserstoffs. Salz desselben erkläre. Bei der fabrikmäfsigen Gewinnung des Rosanilins entgehen etwa 40 pC. des Materials der Einwirkung und das erhaltene Rosanilin beträgt höchstens die Hälfte des wirklich angegriffenen Theils des Anilins und Toluidins. Die hierbei entstehenden harzartigen basischen Nebenproducte (2) sind Gemenge mehrerer in ihren Eigenschaften sehr ähnlicher Körper, deren Bildung die genannten Chemiker in folgender Weise erklären:

---

(1) Compt. rend. LXIII, 964; Instit. 1867, 8; Ann. Ch. Pharm. CXLII, 806; Zeitschr. Chem. 1867, 18. — (2) Vgl. Jahresber. f. 1862, 346.

1. Drei Moleculle reines Toluidin verlieren bei der Einwirkung eines Wasserstoff entziehenden Körpers 6 Atome Wasserstoff und bilden einen gelben basischen Farbstoff, das *Chrysotoluidin*, welches zu dem Toluidin in derselben Beziehung steht, wie das Rosanilin zu einem bestimmten Gemisch von Toluidin und Anilin:

$$\text{Toluidin} \qquad \text{Chrysotoluidin}$$
$$3\begin{pmatrix} C_7H_7 \\ H_2 \end{pmatrix} N \;=\; (C_7H_7)_3 N_3 \;+\; 6\,H.$$

2. Drei Moleculle reines Anilin gehen in gleicher Weise in einen violetten Farbstoff, das *Violanilin*, über:

$$\text{Violanilin}$$
$$3\begin{pmatrix} C_6H_5 \\ H_2 \end{pmatrix} N \;=\; (C_6H_5)_3 N_3 \;+\; 6\,H.$$

3. Chrysotoluidin und Violanilin sind fähig, 3 Atome Wasserstoff gegen 3 Atome Toluyl, Phenyl oder Aethyl auszuwechseln, wodurch neue gefärbte Producte entstehen, welche zu diesen Basen in derselben Beziehung stehen, wie die Toluyl-, Phenyl- oder Aethylsubstitutionsproducte des Rosanilins zu diesem letzteren selbst, z. B.:

$$\text{Chrysotoluidin} \qquad \text{Toluidin} \qquad \text{Neuer Farbstoff}$$
$$\begin{Bmatrix} C_7H_7 \\ C_7H_7 \\ C_7H_7 \end{Bmatrix} N_3 \;+\; 3\begin{Bmatrix} C_7H_7 \\ H_2 \end{Bmatrix} N \;=\; \begin{Bmatrix} C_7H_6(C_7H_7) \\ C_7H_6(C_7H_7) \\ C_7H_6(C_7H_7) \end{Bmatrix} N_3 \;+\; 3\,NH_3.$$

4. Unterwirft man die secundären Monamine — das Diphenyl-, Ditoluyl-, Methylphenyl-, Aethylphenyl-, Phenyltoluyl-, Methyltoluyl- oder Aethyltoluylamin — der Einwirkung eines Wasserstoff entziehenden Körpers, so gehen 3 Moleculle dieser Basen, unter Verlust von 6 Atomen Wasserstoff, direct in die substituirten Triamine des Rosanilins, Chrysotoluidins und Violanilins über, z. B.:

$$\text{Ditoluylamin} \qquad \text{Farbstoff}$$
$$3\begin{pmatrix} C_7H_7 \\ C_7H_7 \\ H \end{pmatrix} N \;=\; \begin{Bmatrix} C_7H_6(C_7H_7) \\ C_7H_6(C_7H_7) \\ C_7H_6(C_7H_7) \end{Bmatrix} N_3 \;+\; 6\,H.$$

Beim Vermischen von 1 Molecül Monochlortoluol, C_7H_7Cl (Siedepunkt 176°), mit 2 Mol. Anilin, vollständiger beim 24 stündigen Erhitzen der Mischung auf 160° entsteht

Diphenyl-amin und Verwandtes. nach M. Fleischer (1), neben salzs. Anilin eine neue, mit dem Phenyltolylamin isomere Base nach der Gleichung:

Chlortoluol   Salzs. Anilin   Neue Base
$C_7H_7Cl + 2 C_6H_7N = C_6H_7N, HCl + C_{13}H_{13}N$.

Bei der Behandlung des Röhreninhalts mit Wasser löst sich salzs. Anilin, während ein ölartiger Körper ungelöst bleibt. Letzterer liefert bei der Destillation zuerst etwas Anilin und dann bei weiterer Destillation im luftverdünnten Raum die neue, bei 200 bis 220° übergehende Base. Dieselbe erstarrt in niedriger Temperatur krystallinisch, krystallisirt aus heifsem Weingeist in farblosen vierseitigen Prismen, löst sich nicht in Wasser, leicht in Aether und Weingeist, schmilzt bei 32° und erstarrt noch nicht bei 12°. Bei gewöhnlichem Luftdruck liegt der Siedepunkt oberhalb 310°. Die Salze zersetzen sich in Berührung mit Wasser sowie beim Trocknen über Schwefelsäure oder Kalk. Beim Zusammenschmelzen mit Quecksilberchlorid entsteht eine grüne, in Alkohol mit blauer Farbe lösliche Masse, die beim längeren Erhitzen sich dunkel färbt und dann an siedenden Alkohol einen carmoisinrothen Farbstoff abgiebt. Das salzs. Salz, $C_{13}H_{13}N, HCl$, bildet wohlausgebildete weifse Krystalle, die sich leicht in heifsem Wasser und in Alkohol, schwer in Aether lösen und sich an der Luft oder beim Trocknen grün färben. Mit Platinchlorid verbindet sich dieses Salz nicht. Das oxals. Salz, $2 C_{13}H_{13}N, C_2H_2O_4$, krystallisirt aus Wasser und Alkohol in weifsen Blättchen, die bei 155° ohne Zersetzung schmelzen und beim Trocknen sich nicht verändern. Das Chlorcadmiumsalz, $C_{13}H_{13}N, 2 CdCl$, ist leicht löslich in heifsem Alkohol und krystallisirt in weifsen, büschelförmig gruppirten Nadeln, die beim Trocknen sowie durch Wasser zersetzt werden. Beim Erwärmen der Base mit Chlor-

---

(1) Ann. Ch. Pharm. CXXXVIII, 225; Zeitschr. Chem. 1868, 105; J. pr. Chem. C, 489; Ann. ch. phys. [4] VIII, 500; Bull. soc. chim. [2] VI, 235.

benzoyl entsteht ein gelblich gefärbtes Oel, welches nach der Behandlung mit Wasser und Alkali nach und nach erstarrt und aus Alkohol in gut ausgebildeten sechsseitigen Säulen des monoklinometrischen Systems krystallisirt. Diese der Formel $C_{20}H_{17}NO = C_6H_5, C_7H_7, C_7H_5O, N$ entsprechende Verbindung ist fast unlöslich in Aether, schmilzt bei 104° und löst sich in concentrirter Salpetersäure unter Bildung einer gelb gefärbten Nitroverbindung.

Phenyl- und Tolylformamid.

A. W. Hofmann (1) fand, im Anschluſs an die Versuche über die Bildung von Phenylformamid und Methenyldiphenyldiamin (2), daſs sich das Phenylformamid am Zweckmäſsigsten durch rasches Erhitzen einer Mischung von 1 Molecül Oxalsäure und 1 Molecül Anilin (oder selbst 3 Molecülen Oxalsäure und 2 Molecülen Anilin) darstellen läſst. Es entsteht nach der Gleichung:

Oxalsäure Anilin Phenylformamid

$$\left.\begin{matrix}C_2O_2\\H_2\end{matrix}\right\}O_2 + \left.\begin{matrix}C_6H_5\\H_2\end{matrix}\right\}N = \left.\begin{matrix}CHO\\C_6H_5\\H\end{matrix}\right\}N + H_2O + CO_2$$

während beim Erhitzen von 1 Molecül Oxalsäure mit 2 Molecülen Anilin (oder bei der Destillation des neutralen oxals. Anilins), wie dieſs Gerhardt beobachtete, als Hauptproduct Diphenyloxamid entsteht:

Oxalsäure Anilin Diphenyloxamid

$$\left.\begin{matrix}C_2O_2\\H_2\end{matrix}\right\}O_2 + 2\left(\left.\begin{matrix}C_6H_5\\H_2\end{matrix}\right\}N\right) = \left.\begin{matrix}C_2O_2\\(C_6H_5)_2\\H_2\end{matrix}\right\}N_2 + 2H_2O.$$

Das aus dem sauren oxals. Anilin entstehende Destillat ist eine eigenthümlich riechende Flüssigkeit, welche auf Zusatz von starker Natronlauge zu krystallinischem Phenylformamid-Natron erstarrt, aus welchem durch Behandlung mit Dreifach-Chlorphosphor unmittelbar reichliche Mengen von Methenyldiphenyldiamin gewonnen werden können.

(1) Berl. acad. Ber. 1866, 664; Ann. Ch. Pharm. CXLII, 121; Zeitschr. Chem. 1867, 162; J. pr. Chem. C, 241; Compt. rend. LXIV, 387; Instit. 1867, 189; Lond. R. Soc. Proc. XV, 335. — (2) Jahresber. f. 1865, 410, 417.

Phenyl- und Tolylform-amid. Neben Phenylformamid entsteht aber bei der Einwirkung der Oxalsäure auf Anilin in hoher Temperatur eine Reihe anderer Producte, wenn auch in untergeordneter Menge. Zunächst entwickelt sich, neben Kohlensäure, Kohlenoxyd, welches theils durch Zersetzung des Phenylformamids, theils durch eine weitere Umbildung des Diphenyloxamids in (im Retortenhalse als ölgetränkte Krystallmasse sich absetzendes) Diphenylcarbamid entsteht:

$$\begin{matrix}\text{Phenylformamid} & & \text{Anilin} \\ \left.\begin{matrix}CHO\\ C_6H_5\\ H\end{matrix}\right\}N & = & \left.\begin{matrix}C_6H_5\\ H_2\end{matrix}\right\}N \; + \; CO\end{matrix}$$

$$\begin{matrix}\text{Diphenyloxamid} & & \text{Diphenylcarbamid} \\ \left.\begin{matrix}C_2O_2\\ (C_6H_5)_2\\ H_2\end{matrix}\right\}N_2 & = & \left.\begin{matrix}CO\\ (C_6H_5)_2\\ H_2\end{matrix}\right\}N_2 \; + \; CO.\end{matrix}$$

Das Destillat von 1 Molecül Oxalsäure und 1 Molecül Anilin enthält ferner Blausäure, Diphenylamin und (leicht in Benzoësäure überführbares) Benzonitril, deren Bildung sich aus nachstehenden Gleichungen erklärt:

$$\begin{matrix}\text{Phenylformamid} & & \text{Anilin} & & \text{Diphenylamin} & \text{Blausäure} \\ \left.\begin{matrix}CHO\\ C_6H_5\\ H\end{matrix}\right\}N & + & \left.\begin{matrix}C_6H_5\\ H_2\end{matrix}\right\}N & = & \left.\begin{matrix}C_6H_5\\ C_6H_5\\ H\end{matrix}\right\}N \; + \; CHN \; + \; H_2O.\end{matrix}$$

$$\begin{matrix}\text{Phenylformamid} & & \text{Benzonitril} \\ \left.\begin{matrix}CHO\\ C_6H_5\\ H\end{matrix}\right\}N & = & C_7H_5N \; + \; H_2O.\end{matrix}$$

Der Uebergang des Phenylformamids in Benzonitril vollendet sich nur theilweise während der ursprünglichen Destillation des Gemenges von Anilin und Oxalsäure; der gröfsere Theil entsteht erst bei der Behandlung des ersten Destillats mit Salzsäure. — Bei der Destillation von 1 Molecül Oxalsäure mit 1 Molecül Toluidin wiederholen sich die Erscheinungen wie bei Anwendung von Anilin. Das reichliche Mengen von Tolylformamid enthaltende Destillat liefert bei der Destillation mit starker Salzsäure einen ölartigen Körper (Tolonitril), aus welchem durch Behandlung mit siedender Natronlauge neben Ammoniak Toluylsäure entsteht, nach den Gleichungen:

$$\underset{\text{Oxalsäure}}{\left.\begin{matrix}C_2O_2\\H_2\end{matrix}\right\}N_2} + \underset{\text{Toluidin}}{\left.\begin{matrix}C_7H_7\\H_2\end{matrix}\right\}N} = \underset{\text{Tolylformamid}}{\left.\begin{matrix}CHO\\C_7H_7\\H\end{matrix}\right\}N} + H_2O + CO_2.$$

$$\underset{\text{Tolylformamid}}{\left.\begin{matrix}CHO\\C_7H_7\\H\end{matrix}\right\}N} = \underset{\text{Tolonitril}}{C_8H_7N} + H_2O.$$

$$\underset{\text{Tolonitril}}{C_8H_7N} + 2H_2O = \underset{\text{Toluylsäure}}{C_8H_8O_2} + NH_3.$$

Nach derselben Reihenfolge von Reactionen läfst sich aus dem Product der Destillation von 1 Molecül Naphtylamin mit etwas mehr als 1 Molecül Oxalsäure durch Erhitzen mit Salzsäure ein aromatisch riechendes Oel erhalten, welches mit Natronlauge in Ammoniak und in eine neue, aus siedendem Wasser in Krystallflittern anschiefsende Säure von der Formel $C_{11}H_8O_2$ zerfällt.

Alb. Roussille (1) hat einige characteristische Reactionen der Rosanilin- und Rosatoluidinsalze beschrieben. Beim Erhitzen einer alkoholischen Lösung von salzs. Rosatoluidin mit Kali (oder Natron) auf 180°, bildet sich eine gelbliche Flüssigkeit, aus welcher die Base auf Zusatz von Wasser in weifsen, schwach röthlichen Flocken gefällt wird. Der gewaschene, bei Lichtabschlufs fast weifs werdende Niederschlag färbt sich an der Luft violett und ebenso wird das Anfangs farblose Waschwasser im Sonnenlicht violett. — Rosanilinsalze liefern bei derselben Behandlung ebenfalls eine gelbliche Flüssigkeit, das mit Wasser ausgefällte freie Rosanilin ist aber, wie auch die Waschwasser, durch Chrysanilin stark gelb gefärbt; es wird an der Luft und im Licht orangeroth und die Waschwasser im Sonnenlicht blau. — Rosatoluidinsalze geben beim mehrtägigen Erhitzen mit Glycerin und etwas Alkohol auf 180° eine rothe Lösung, welche nicht durch Wasser, wohl aber durch Ammoniak gefällt wird; der Niederschlag

---

(1) Bull. soc. chim. [2] VI, 354; Zeitschr. Chem. 1867, 55.

ist dunkel violett, die Waschwasser hell violett. Rosanilinsalze werden bei gleicher Behandlung rothbraun gefällt und die Waschwasser sind gelbbraun. Rosanilinsalze sind in Wasser schwerer löslich als die Rosatoluidinsalze, auch wird aus den ersteren die freie Base durch Alkalien leichter abgeschieden. Die Lösungen der in der Färberei angewendeten Rosanilinsalze (aber nicht die der Rosatoluidinsalze) zeigen einen schwach gelblichen Reflex und das Färbevermögen der ersteren verhält sich zu dem der Rosatoluidinsalze wie 100 : 140.

Hydrocyan-Rosanilin.

In der erwärmten Lösung eines Rosanilinsalzes scheidet sich, nach H. Müller (1), auf Zusatz von Cyankalium unter gleichzeitiger Entfärbung ein weifser krystallinischer Niederschlag ab. Um denselben in gröfserer Menge zu erhalten, erwärmt man mit Alkohol übergossenes essigs. Rosanilin mit etwa $^1/_5$ Cyankalium, löst das sich bildende gelblichweifse, mit Alkohol ausgewaschene Pulver in verdünnter Salzsäure und fällt die mit etwas Alkohol versetzte erwärmte Lösung mit Ammoniak, dem man etwas Cyankalium oder Blausäure zugesetzt hat. Der nach kurzer Zeit krystallinisch werdende Niederschlag, das *Hydrocyan-Rosanilin*, enthält die Elemente der Cyanwasserstoffsäure und des Rosanilins in innigerer Verbindung und ist eine dem Leukanilin ähnliche Base. Es ist ein blendend weifses Krystallpulver, welches aus warmer alkoholischer Lösung in kleinen diamantglänzenden, monoklinometrischen Krystallen sich absetzt. Aus der verdünnten Lösung in Säuren wird das Hydrocyan-Rosanilin als milchichte Trübung oder als käsiger, dem Chlorsilber ähnlicher Niederschlag abgeschieden. Im Dunkeln hält es sich unverändert, am Sonnenlicht färbt es sich oberflächlich rosenroth und beim Schmelzen mit Kalihydrat wird es, wie es scheint

---

(1) Zeitschr. Chem. 1866, 2; Chem. Centr. 1866, 859; Bull. soc. chim. [2] VI, 416.

unter Rückbildung von Rosanilin, zersetzt. Das sehr leicht lösliche salzs. Salz bildet grofse, monoklinometrische, an der Luft unveränderliche Krystalle; das Platindoppelsalz scheidet sich erst beim Verdampfen als harzartiger Körper aus. Pikrins. Kali erzeugt selbst in sehr verdünnten Lösungen der Salze einen gelben, leicht harzartig zusammenbackenden Niederschlag.

Einer Abhandlung von H. S c h i f f (1) über eine neue Reihe organischer Diamine entnehmen wir nur die in den früheren Berichten (2) nicht enthaltenen oder dieselben ergänzenden Resultate. — *Aethylidendiäthyldiphenamin*, $C_{18}H_{24}N_2$ = $(C_2H_4)(C_2H_5)_2(C_6H_5)_2N_2$, entsteht durch Einwirkung von Acetaldehyd auf Aethylanilin als nicht ohne Zersetzung destillirbare dicke geruchlose bittere Flüssigkeit, welche mit starken Säuren durch Wasser zersetzbare Verbindungen bildet; das Platinsalz ist $C_{18}H_{24}N_2$, HCl, $PtCl_2$. — Oenanthol, Valeral und Bittermandelöl wirken auf Harnstoff bei höherer Temperatur unter Wasserausscheidung ein; mit Oenanthol und Valeral entsteht zuerst eine kleisterartige Masse, dann ein dickflüssiges, nicht näher untersuchtes Oel; mit überschüssigem Bittermandelöl bildet sich *Dibenzylenharnstoff*, $C_{15}H_{12}N_2O$ = $(CO)(C_7H_6)_2N_2$, welcher aus heifsem Weingeist in verfilzten seideglänzenden Nadeln anschiefst, die sich nicht in Wasser lösen, bei etwa 240° schmelzen, unverändert sublimiren und beim Kochen mit Wasser allmälig in Bittermandelöl und Harnstoff zerfallen. Der von L a u r e n t und G e r h a r d t in analoger Weise erhaltene Körper scheint Monobenzylenharnstoff, $C_8H_8N_2O$, gewesen zu sein. — Beim Erhitzen von zweifach-schweflige. Oenantholnatrium mit Anilin entsteht nach der Gleichung:

Verschiedene Diamine.

---

(1) Ann. Ch. Pharm. CXL, 92; im Auss. Zeitschr. Chem. 1866, 673; Ann. ch. phys. [4] X, 504; theilweise Bull. soc. chim. [2] VII, 443. — (2) Jahresber. f. 1864, 412; f. 1865, 420, 429.

Verschiedene Diamine.

$$2(C_7H_{14}O, NaHSO_3) + 2 C_6H_7N = {(C_7H_{14})_2 \atop (C_6H_5)_2}\}N_2 + Na_2SO_3 + SO_2 + 2H_2O$$

Diönanthylidendiphenamid, $(C_7H_{14})_2(C_6H_5)_2N_2$, welches bei der Behandlung des Products mit verdünnter Essigsäure und Wasser als dicke gelbe Flüssigkeit ungelöst bleibt. Auf ähnliche Weise wird auch die Bittermandelölverbindung durch Anilin zersetzt. Die schon von Hofmann beobachtete krystallinische Verbindung von Anilin mit schwefliger Säure scheint der Formel SO_2, C_6H_7N zu entsprechen; an der Luft verwandelt sich dieselbe unter reichlicher Entwickelung von schwefliger Säure in ein weifses, fettig anzufühlendes Krystallpulver, $SO_2, 2 C_6H_7N$, welches in Aether suspendirt von Neuem schweflige Säure aufnimmt. Acetaldehyd bildet mit schwefligs. Anilin unter heftiger Einwirkung eine zähe braune Masse, welche im Wesentlichen aus Diäthylidendiphenamin besteht. In ätherischer Lösung bilden sich farblose Säulen von *schwefligs. Anilin-Aldehyd*, SO_2, C_6H_7N, C_2H_4O, welches sich nicht in Aether, nur wenig in kaltem Wasser, aber in Alkohol löst und beim Erwärmen unter Bildung von (auf diese Art leicht darzustellendem) Diäthylidendiphenamin zerfällt:

$$2\left(SO_2{C_2H_4O \atop C_6H_7N}\right) = {(C_2H_4)_2 \atop (C_6H_5)_2}\}N_2 + 2 H_2O + 2 SO_2.$$

Oenanthol und Bittermandelöl wirken auf schwefligs. Anilin weniger energisch ein, indem die sich analog verhaltenden krystallisirbaren Verbindungen $SO_2, 2 C_6H_7N, 2 C_7H_{14}O$ und $SO_2, 2 C_6H_7N, 2 C_7H_6O$ entstehen. Die leichter zersetzbare Valeralverbindung scheint ebenfalls der Formel $SO_2, 2 C_6H_7N, 2 C_5H_{10}O$ zu entsprechen. — Rosanilinhydrat färbt sich beim Befeuchten mit schwefliger Säure prachtvoll grün und bildet dann mit überschüssiger Säure eine gelb bis braun gefärbte Lösung, in welcher ein Theil des Rosanilins in Leukanilin umgewandelt ist:

Rosanilin   Leukanilin
$$C_{20}H_{19}N_3 + SO_2 + 2H_2O = C_{20}H_{21}N_3 + SH_2O_4.$$

Versetzt man die schon beim Kochen sich roth färbende Lösung mit etwas chlors. Kali oder Bleisuperoxyd, so entsteht sogleich das tiefe Dunkelroth der Rosanilinsalze. Schüttelt man die rothe Lösung von neutralem schwefligs. Rosanilin oder auch die gelbe leukanilinhaltige mit einem flüssigen Aldehyd (namentlich mit Oenanthol oder einer Mischung desselben mit Salzsäure und Alkohol), so entsteht sogleich eine rothe, allmälig dunkel violettblau werdende Lösung, oder ein braunes Pulver, welches von dem Product der directen Einwirkung der Aldehyde auf Rosanilinsalze nicht verschieden zu sein scheint. — Toluidin verhält sich gegen schweflige Säure und Aldehyde wie das Anilin. Die mit schwefligs. Toluidin und Bittermandelöl entstehende Verbindung hat die Formel $SO_2, 2C_7H_9N, 2C_7H_6O$. Aethylanilin, Diäthylanilin und Chinolin absorbiren schweflige Säure, die Lösung bildet indessen weder mit Oenanthol noch mit Bittermandelöl krystallisirbare Verbindungen. Coniin giebt mit schwefliger Säure ein in Prismen krystallisirendes, in Aether unlösliches, mit Aldehyden nicht verbindbares Salz. — Acrolein wirkt ebenfalls auf schwefligs. Anilin ein; Aceton (aber nicht Phenol oder Campher) bildet damit eine krystallisirende Verbindung.

C. Glaser (1) fand, daſs von den nachstehenden Reductionsproducten des Nitrobenzols:

Nitrobenzol	Azoxybenzol	Azobenzol	Hydrazobenzol	Anilin
$C_6H_5(NO_2)$	$C_{12}H_{10}N_2O$	$C_{12}H_{10}N_2$	$C_{12}H_{12}N_2$	C_6H_7N.

die mittleren Glieder auch durch Oxydation des Anilins in alkalischer Lösung sich bilden. Vermischt man eine sehr verdünnte Anilinlösung unter Umrühren mit gelöstem übermangans. Kali, so scheidet sich Manganoxyd aus, welches den gröſsten Theil der gebildeten Azoverbindungen mit niederreiſst. Der mit kaltem Wasser gewaschene Niederschlag liefert bei der Destillation im Wasserdampfstrom rothe, beim Erkalten erstarrende Oeltropfen von Azobenzol; dasselbe läſst sich dem getrockneten Nieder-

---

(1) Ann. Ch. Pharm. CXLII, 364; Zeitschr. Chem. 1866, 808.

schlag auch durch heifsen Alkohol entziehen. In der Mutterlauge von der ersten Krystallisation des so erhaltenen Azobenzols bilden sich manchmal heller gefärbte Nadeln von Azoxybenzol und bei der Destillation des Rohproducts wurden auch einmal quadratische Blättchen beobachtet, die das Verhalten des Hydrazobenzols zeigten. Die Bildung des Azobenzols aus Anilin erklärt sich aus der Gleichung:

$$\underset{\text{Anilin}}{2\,(C_6H_5,NH_2)} + O_2 = \underset{\text{Azobenzol}}{C_{12}H_{10}N_2} + 2\,H_2O.$$

Diazobenzol und Verwandtes. P. Griefs hat in einer reichhaltigen Abhandlung weitere Beiträge zur Kenntnifs der Azoverbindungen geliefert. Er hebt zunächst hervor, dafs die von Ihm bis jetzt beschriebenen Verbindungen (1), in welchen Wasserstoff durch Stickstoff substituirt ist, nach ihrer Zusammensetzung und ihrem Verhalten, wie nach ihrer Bildung in zwei Gruppen zerfallen. Die Glieder der ersten Gruppe entstehen durch Umsetzung von 1 Molecül salpetriger Säure (NHO_2) mit 2 Molecülen der Amidoverbindung von der allgemeinen Formel $C_xH_{y-2}(NH_2)O_x$, die der zweiten durch Einwirkung gleicher Molecüle, nach den Gleichungen:

I. $2\,[C_xH_{(y-2)}(NH_2)O_z] + NHO_2 = C_{2x}H_{2(y-2)}(NH_2)N_2O_{2z} + 2\,H_2O.$
II. $C_xH_{(y-2)}(NH_2)O_z + NHO_2 = C_xH_{(y-2)}N_2O_z + 2\,H_2O.$

Jeder Amidoverbindung entsprechen demnach zwei stickstoffsubstituirte Körper, von welchen im Allgemeinen die der ersten Gruppe bei der Einwirkung der salpetrigen Säure auf die neutrale Lösung entstehen, die der zweiten dagegen sich in sauren Lösungen bilden. Anilin liefert z. B. in neutraler Lösung Diazoamidobenzol, in saurer Diazobenzol. — Im ersten Theil Seiner Abhandlung (2) beschreibt Griefs dann eingehender die Verbindungen

---

(1) Jahresber. f. 1859, 463 ff. und Chem. Soc. J. [2] III, 268; Jahresber. f. 1861, 407 ff. und Chem. Soc. J. [2] III, 298; Jahresber. f. 1862, 337 und Chem. Soc. J. [2] IV, 57; im Auszug Bull. soc. chim. [2] VI, 233; J. pr. Chem. XCVIII, 245, 310; Jahresber. f. 1864, 482. — (2) Phil. Trans. CLIV, 667 (1864); Chem. Soc. J. [2] V, 36; Ann. Ch. Pharm. CXXXVII, 39; im Auszug J. pr. Chem. CI, 74; Bull. soc. chim. [2] VI, 68.

und Derivate des *Diazobenzols*, welche nach vorläufigen Angaben theilweise in diesen Berichten schon besprochen worden sind, weshalb wir im Folgenden nur das zur Vervollständigung des früher Gegebenen Erforderliche aufnehmen und zugleich die in neueren Mittheilungen desselben Forschers enthaltenen Thatsachen einschalten. — Das im Jahresbericht für 1864, 432 angeführte *Diazobenzol*, $C_6H_4N_2$, scheint die Fähigkeit zu haben, sich mit den meisten Metalloxydhydraten zu verbinden. *Diazobenzolquecksilberoxyd*, $C_6H_4N_2$, $HgHO$, wird aus der wässerigen Lösung der Kaliverbindung durch Quecksilberchlorid als weifser amorpher, in Salpetersäure und Salzsäure löslicher Niederschlag gefällt (1). In gleicher Weise und mit ähnlichen Eigenschaften werden die *Zink*- und *Blei*verbindung erhalten, die *Baryt*- und *Kalk*verbindung sind in vielem Wasser löslich und entstehen daher nur bei Anwendung concentrirter Lösungen als krystallinische Niederschläge; alle diese Körper färben sich rasch röthlich. Magnesiasalze fällen die Lösung des Diazobenzol-Kali's nicht, Eisensalze erzeugen einen gelben, Kupfersalze einen schwarzen, bald gelbgrün werdenden Niederschlag. Auch mit organischen Basen verbindet sich das Diazobenzol ganz ebenso wie es mit Anilin das Diazoamidobenzol bildet (2), und zwar entstehen diese Verbindungen ebensowohl bei Zusatz der Base zu salpeters. Diazobenzol (3), als bei dem Vermischen einer Lösung des Salzes der Amidoverbindung mit einer Lösung des Diazobenzol-Kali's nach der Gleichung :

---

(1) Ann. Ch. Pharm. CXXXVII, 57; eine abweichende Angabe in Phil. Trans. CLIV, 677. — (2) Jahresber. f. 1864, 434. — (3) Ebendaselbst. — Griefs macht nochmals auf die gefährlichen Eigenschaften des salpeters. Diazobenzols aufmerksam. Bevor man die alkoholisch-ätherische Mutterlauge, welche sich bei der Darstellung dieses Präparates ergiebt, zur Wiedergewinnung des Aethers destillirt, ist es nothwendig, sie zur Auflösung der etwa vorhandenen Krystalle mit Wasser zu schütteln. Bei Unterlassung dieser Vorsicht können die heftigsten, von Entzündung der Mischung begleiteten Explosionen eintreten.

Diazobenzol und Verwandtes.

Diazobenzol-Kali Salzs. Anilin Diazo-Amidobenzol

$$C_6H_4N_2, KH\Theta + C_6H_7N, HCl = C_{12}H_{11}N_3 + KCl + H_2\Theta.$$

Diazobenzol-Amidobrombenzol, $C_{12}H_{10}BrN_3 = \left.\begin{array}{l}C_6H_4N_2\\C_6H_4Br(NH_2)\end{array}\right\}$, wird aus 2 Molecülen Bromanilin und 1 Molecül salpeters. Diazobenzol erhalten und bildet gelbe Blättchen oder Nadeln, leicht löslich in Aether, weniger in Alkohol. Das *Platindoppelsalz*, $C_{12}H_{10}BrN_3, HCl, PtCl_2$, wird aus der alkoholischen Lösung durch Platinchlorid als fahlgelber, aus haarförmigen Krystallen bestehender Niederschlag, das *Silber*salz als gelber Niederschlag gefällt. Das in gleicher Weise aus Toluidin und salpeters. Diazobenzol zu erhaltende *Diazobenzol-Amidotoluol*, $C_{13}H_{13}N_3 = \left.\begin{array}{l}C_6H_4N_2\\C_7H_7(NH_2)\end{array}\right\}$, krystallisirt in gelben glänzenden Blättchen. Mischt man eine wässerige Lösung von salpeters. Diazobenzol mit einer alkoholischen Lösung von Naphtalidin (Amidonaphtol), so vereinigen sich gleiche Molecüle beider zu salpeters. *Diazobenzol-Amidonaphtol*, $\left.\begin{array}{l}C_6H_4N_2\\C_{10}H_7(NH_2)\end{array}\right\}NH\Theta_3$, welches sich als krystallinischer violetter Niederschlag abscheidet und nach mehrmaligem Umkrystallisiren aus Alkohol in schönen, im auffallenden Lichte grasgrünen, im durchfallenden rubinrothen Prismen erhalten wird. Es ist in Wasser und Aether kaum, in kochendem Alkohol aber ziemlich löslich. In Wasser suspendirt, wird es durch Kalilauge oder Ammoniak unter Abscheidung von *Diazobenzol-Amidonaphtol*, $C_{16}H_{12}N_3 = \left.\begin{array}{l}C_6H_4N_2\\C_{10}H_9N\end{array}\right\}$, zersetzt, das in rubinrothen Säulen krystallisirt und in Alkohol und Aether leicht löslich ist. Seine gelbgefärbten Lösungen werden auf Zusatz von Säuren violett; Platinchlorid fällt aus denselben einen krystallinischen indigblauen, salpeters. Silber einen gelben krystallinischen Niederschlag. — Die Verbindungen des Diazobenzols mit Amidosäuren werden ebenfalls durch Mischen der wässe-

rigen Lösungen erhalten (1); sie sind nicht wie das salpeters. und schwefels. Diazobenzol der doppelten Umsetzung fähig, sondern zeigen vielmehr den Character einfacher organischer Substanzen und verbinden sich mit Säuren und Basen. *Diazobenzol-Amidobenzoësäure*, $C_{13}H_{11}N_3O_2 =$
$\left.\begin{array}{l}C_6H_4N_2\\C_7H_5(NH_2)O_2\end{array}\right\}$, bildet kleine gelbe Blättchen oder krystallinische Körner, sehr leicht in Aether, schwer in Alkohol löslich. Platinchlorid fällt aus der ätherischen Lösung das *Doppelsalz* $C_{13}H_{11}N_3O_2$, $2\,HCl$, $2\,PtCl_2$. Der *Diazobenzol-Amidobenzoësäureäther*, $C_{13}H_8(C_2H_5)(NH_2)N_2O_2$, wird durch directe Verbindung erhalten und krystallisirt in hellgelben Blättchen oder Nadeln, welche in Alkohol und Aether leicht löslich sind. Platinchlorid erzeugt in seiner alkoholischen Lösung einen weifsgelben krystallinischen Niederschlag von der Formel $C_{15}H_{15}N_3O_2$, $2\,HCl$, $2\,PtCl_2$; salpeters. Silber giebt einen ähnlichen gelben Niederschlag.

Das Diazobenzol ist durch die Mannigfaltigkeit seiner Umsetzungen unter dem Einflufs von Reagentien ausgezeichnet. Schwefels. und bromwasserstoffs. Diazobenzol zerfallen durch kochendes Wasser in analoger Weise wie die salpeters. Verbindung (2), z. B.:

Schwefels. Diazobenzol   Phenylalkohol
$C_6H_4N_2$, $SH_2O_4 + H_2O = C_6H_6O + SH_2O_4 + N_2$.

Wird salpeters. Diazobenzol vorsichtig in auf 40° erwärmtem Alkohol gelöst und die Lösung im Wasserbade destillirt, so bleibt im Rückstand nach vollständiger Abscheidung des Alkohols Dinitrophenylsäure (bei früherer Unterbrechung ist Nitrophenylsäure oder Phenylalkohol und Salpetersäure nachweisbar), während in das Destillat Benzol übergeht. Die Zersetzung erfolgt gleichzeitig nach den beiden Gleichungen:

---

(1) Jahresber. f. 1864, 484. — (2) Jahresber. f. 1862, 842.

Diazobenzol und Verwandtes.

Salpeters.
Diazobenzol   Alkohol   Benzol   Aldehyd
I. $C_6H_4N_2,NHO_3 + C_2H_6O = C_6H_6 + C_2H_4O + N_2 + NHO_3$.
                                                                            Phenylalkohol
II. $C_6H_4N_2,NHO_3 + H_2O = C_6H_6O + N_2 + NHO_3$.

Schwefels. Diazobenzol zerfällt bei gleicher Behandlung nach der Gleichung:

Schwefels.
Diazobenzol   Alkohol   Benzol   Aldehyd
$C_6H_4N_2,SH_2O_4 + C_2H_6O = C_6H_6 + C_2H_4O + SH_2O_4 + N_2$.

Durch kalte rauchende Salpetersäure wird salpeters. Diazobenzol unverändert gelöst, in der Siedehitze aber in Trinitrophenylsäure (durch schwächere Säure in Nitro- oder Dinitrophenylsäure) verwandelt. Schwefels. Diazobenzol wird in der Wärme durch concentrirte Schwefelsäure unter Entwickelung von Stickgas und Bildung von *Disulfophenylensäure*, $C_6H_4, S_2H_4O_8$ (1), zersetzt. Diese Säure bildet aufser dem früher angeführten *Baryt*salz (über Schwefelsäure getrocknet $2(C_6H_5Ba_2S_2O_8) + 7H_2O$) und dem in wasserfreien Warzen oder elliptischen Blättchen krystallisirenden *Silber*salz, nach deren Metallgehalt sie als zweibasische Säure erscheint, noch ein *basisches Baryt*salz (wasserfrei $C_6H_4Ba_2S_2O_8$), das bei Anwendung von überschüssigem Baryt erhalten wird, in zarten rechtwinkelig vierseitigen Tafeln oder Säulen krystallisirt und sich von dem vorhergehenden durch gröfsere Löslichkeit und die stark alkalische Reaction seiner Lösung unterscheidet. Sie bildet ferner fünf verschiedene (nicht näher beschriebene) *Blei*salze, unter anderen das Salz $C_6H_4Pb_4S_2O_8$; sie scheint demnach mit verschiedener Basicität auftreten zu können (2). — Schwefels. Diazobenzol

---

(1) Jahresber. f. 1864, 434. — (2) A. Kekulé hat (Zeitschr. Chem. 1866, 693) in Gemeinschaft mit Leverkus die *Phenol-Disulfosäure* durch Einwirkung von rauchender Schwefelsäure auf Phenol dargestellt und Griefs' Disulfophenylensäure mit derselben identisch gefunden. Das Barytsalz der aus Phenol und der aus Diazobenzol dargestellten Säure ergab die Formel $C_6H_4Ba_2S_2O_7 + 4H_2O$; das Silbersalz die von Griefs gefundene; das schön krystallisirende Kalisalz ist $C_6H_4K_2S_4O_7$

wird durch wässeriges Schwefelkalium unter Entwickelung von Stickgas und Bildung eines flüchtigen übelriechenden gelblichen Oels von gröfserer Dichte als Wasser zersetzt. Dasselbe (vom Benzylmercaptan bestimmt verschiedene) Oel bildet sich auch, wenn das in Wasser vertheilte Goldsalz in einer Retorte mit Schwefelwasserstoff zersetzt und die Flüssigkeit destillirt wird; in der Retorte bleibt neben Schwefelgold eine Lösung von Salzsäure und wenig Chlorammonium und salzs. Anilin. Ein kleiner Theil des Diazobenzols wird folglich nach der Gleichung:

Diazobenzol   Anilin
$$C_6H_4N_2 + 3H_2S = C_6H_7N + NH_3 + 3S$$

zersetzt. In alkoholischer Lösung erfährt das Goldsalz dieselbe Zerlegung. Im trockenen Zustande setzt es sich mit darüber geleitetem Schwefelwasserstoff in Salzsäure, Diazobenzol und Schwefelgold um; bei Anwendung nicht sehr kleiner Mengen tritt aber Explosion ein; bei der Silberverbindung erfolgt diese immer. — Jodwasserstoff fällt aus einer wässerigen Lösung von schwefels. Diazobenzol unter heftigem Aufbrausen *Monojodbenzol*, C_6H_5J, als schweres Oel; mit Kalilauge gewaschen, getrocknet und wiederholt rectificirt siedet es wie die von Scrugham (1) dargestellte Verbindung, mit welcher es identisch ist, gegen 190°; durch starke Salpetersäure wird es schon in der Kälte in eine feste, in Nadeln krystallisirende Nitroverbindung verwandelt. Die Bildung des Jodbenzols erfolgt nach der Gleichung $C_6H_4N_2 + HJ = C_6H_5J + N_2$. — Verdünnte Kalilauge scheidet aus der wässerigen Lösung des salpeters.

$+ H_2O$. Kekulé veranschaulicht die Beziehung der Phenol-Disulfosäure zur Phenol-Monosulfosäure (Phenylschwefelsäure) durch die Formeln

Phenol-Sulfosäure   Phenol-Disulfosäure
(Phenolschwefelsäure)   (Disulfophenylensäure)

$$C_6H_4\begin{cases}SO_3H \\ OH\end{cases} \qquad C_6H_3\begin{cases}SO_3H \\ SO_3H \\ OH\end{cases}$$

indem Er annimmt, dafs in beiden Säuren die Gruppe SO_3H Wasserstoff im Kern C_6H_5 ersetzt. — (1) Jahresber. f. 1854, 605.

Diazobenzol und Verwandtes. Diazobenzols sehr langsam in der Kälte, rascher in der Siedehitze, unter Entwickelung von Stickstoff einen braunrothen amorphen, bei dem Erkalten harzähnlich erstarrenden, in Aether und Benzol leicht, in siedendem Alkohol schwer löslichen Körper von der Formel $C_{24}H_{18}N_2O$ ab, der aus dem Diazobenzol durch Aufnahme von Wasser und Austritt von Stickstoff entsteht: $4C_6H_4N_2 + H_2O = C_{24}H_{18}N_2O + 3N_2$. Verwickelter ist die Zersetzung bei Anwendung von alkoholischer Kalilauge. Bei der Destillation der Mischung geht in diesem Falle mit dem Alkohol Benzol und Aldehyd über, später verflüchtigt sich mit den Wasserdämpfen *Diphenyl*, im Kühlrohr krystallinisch erstarrend und identisch in seinen Eigenschaften mit der von Fittig (1) beschriebenen Verbindung; im Rückstande bleibt nebst salpeters. Kali der braune amorphe Körper. Diese Producte werden durch drei verschiedene Umsetzungen gebildet, nach den Gleichungen:

Diazobenzol   Alkohol   Benzol   Aldehyd
I. $C_6H_4N_2 + C_2H_6O = C_6H_6 + C_2H_4O + N_2$.
                        Diphenyl
II. $2C_6H_4N_2 + C_2H_6O = C_{12}H_{10} + C_2H_4O + N_4$.
III. Die oben für die Einwirkung des wässerigen Kali's gegebene.

Verdünnte Ammoniakflüssigkeit wirkt auf salpeters. Diazobenzol in ähnlicher Weise wie wässerige Kalilauge. Neben dem harzähnlichen Körper bildet sich aber noch Diazoamidobenzol, welches dem abgeschiedenen Harzkuchen durch heifsen Alkohol entzogen werden kann; $2C_6H_4N_2 + NH_3 = C_{12}H_{11}N_3 + N_2$. Bei Anwendung concentrirter Lösungen ist die Zersetzung weniger einfach. Giefst man eine kalt gesättigte Lösung von salpeters. Diazobenzol tropfenweise und unter Abkühlung in Ammoniakflüssigkeit von 0,880 spec. Gewicht, so scheidet sich eine hellgelbe, unter Gasentwickelung schnell sich bräunende Substanz ab, welche aufser den mit verdünntem Ammoniak auftre-

---

(1) Jahresber. f. 1862, 417; f. 1864, 485, 520.

tenden Producten noch eine neue, explosive Verbindung enthält. Der gröfsere Theil dieser letzteren ist in der intensiv gelbgefärbten ammoniakalischen Flüssigkeit gelöst und bleibt nach dem freiwilligen Verdunsten derselben in gelben, durch Waschen mit Wasser rein zu erhaltenden Prismen zurück. Ihre (aus den Zersetzungsproducten erschlossene) Zusammensetzung entspricht der Formel $C_{12}H_{13}N_5O$; ihre Bildung läfst sich daher durch die Gleichung $2C_6H_4N_2 + NH_3 + H_2O = C_{12}H_{13}N_5O$ erklären. Sie explodirt im trockenen Zustande, sowohl beim Erhitzen als durch Reibung oder Stofs noch heftiger als das salpeters. Diazobenzol. Sie ist in Wasser nicht, in Alkohol und Aether unter Zersetzung und Gasentwickelung löslich; von verdünnter kalter oder heifser Kalilauge wird sie unverändert aufgenommen und aus der Lösung durch Säuren wieder gefällt. Von verdünnten Säuren wird sie in der Kälte nicht angegriffen, in der Siedehitze aber nach der Gleichung $C_{12}H_{13}N_5O = C_6H_6O + C_6H_7N + 2N_2$ in Phenylalkohol, Anilin und Stickstoff gespalten. Bei dem Verdampfen ihrer alkoholischen Lösung wird Benzol frei und in dem zähen Rückstand ist Diazo-Amidobenzol enthalten. — Die wässerige Lösung des salpeters. Diazobenzols wird durch mehrtägige Digestion mit kohlens. Baryt unter schwacher Gasentwickelung zersetzt. Zur Trennung der in der abgeschiedenen braunrothen krystallinischen Masse enthaltenen Producte befreit man sie durch Salzsäure von kohlens. Baryt, extrahirt dann mit wenig kaltem Alkohol, verdampft die alkoholische Lösung, nimmt den Rückstand in Ammoniakflüssigkeit auf und fällt aus dem Filtrat durch Salzsäure des *Phenol-Diazobenzol*. Das rückständige, in kaltem Alkohol schwerlösliche *Phenol-Didiazobenzol* wird in verdünnter Kalilauge aufgelöst (eine braunrothe amorphe Beimengung bleibt hierbei zurück), aus der filtrirten Lösung durch Salzsäure gefällt und aus kochendem Alkohol umkrystallisirt. Das mit dem Azoxybenzid isomere *Phenol-*

Diazobenzol und Verwandtes. *Diazobenzol*, $C_{12}H_{10}N_2O$, krystallisirt aus Alkohol und Aether, in denen es leicht löslich ist, in gelben bis braunen Warzen und Prismen, aus heifsem Wasser in rhombischen Prismen mit violettem Schimmer. Es schmilzt bei 148 bis 154° zu einem braungelben Oel, das sich in höherer Temperatur unter Bildung gelber Dämpfe zersetzt. Es hat schwach saure Eigenschaften, sofern es in ammoniakalischer Lösung auf Zusatz von Metallsalzen 1 Atom Wasserstoff gegen Metalle austauscht; es zersetzt aber die kohlens. Salze nicht und bleibt bei dem Verdampfen seiner Lösung in Ammoniak oder kohlens. Kali unverbunden zurück. Das *Silberphenol-Diazobenzol*, $C_{12}H_9AgN_2O$, ist ein gelber bis scharlachrother amorpher, bei 100° verpuffender Niederschlag; die *Blei*verbindung ist ebenfalls gelb und amorph. Das *Phenol-Didiazobenzol*, $C_{18}H_{14}N_4O$, krystallisirt beim freiwilligen Verdunsten der alkoholischen Lösung in rundlichen Körnern, aus der heifs gesättigten in rothbraunen metallisch glänzenden Blättern oder Nadeln, aus der ätherischen Lösung in rothbraunen Nadeln. Es schmilzt bei 131°. Von Ammoniak wird es nur schwer, von wässerigen kohlens. Alkalien und verdünnten Säuren nicht aufgenommen, von kalter concentrirter Schwefelsäure und Salzsäure mit rother Farbe gelöst und beim Kochen (durch Salpetersäure schon in der Kälte) zersetzt. — Kohlens. Kali zersetzt das salpeters. Diazobenzol unter Bildung der amorphen Substanz $C_{24}H_{18}N_2O$ (S. 448) und von Phenol-Didiazobenzol. — Wird das Platindoppelsalz des Diazobenzols mit der zehnfachen Menge Soda gemischt in einer Retorte erhitzt, so liefert es unter Gasentwickelung *Monochlorbenzol*, C_6H_5Cl (1), nach der Gleichung $C_6H_4N_2, HCl, PtCl_2 = C_6H_5Cl + Pt + Cl_2 + N_2$. Bromwasserstoffs. Diazobenzol-Platinbromid (das durch Zusatz von Platinbromid aus einer wässerigen Lösung des salpe-

---

(1) Jahresber. f. 1861, 614.

ters. Diazobenzols als krystallinischer gelbrother Nieder- Diazobenzol und
schlag gefällt wird) liefert in analoger Weise *Monobrom-* Verwandtes.
benzol, C_6H_5Br (1). Dasselbe wird auch durch Erhitzen des mit kohlens. Natron gemischten Diazobenzolperbromides oder durch Erwärmen seiner alkoholischen Lösung erhalten, nach der Gleichung:

Diazobenzol-   Monobrom-
perbromid   benzol
$C_6H_4N_2, HBr_2 = C_6H_5Br + N_2 + Br_2$.

Griefs führt noch an, daſs salpeters. Aethylanilin mit salpetriger Säure nicht, wie Er erwartet hatte, ein äthylirtes Diazobenzol liefert (welches zu einem Aethylphenylalkohol führen würde), sondern unter Bildung von salpeters. Diazobenzol nach der Gleichung:

Salpeters. Aethyl-   Salpeters. Diazo-
anilin   benzol   Alkohol
$C_6H_5(C_2H_5)N, NHO_3 + NHO_2 = C_6H_4N_2, NHO_3 + C_2H_6O + H_2O$

zersetzt wird.

Im zweiten Theil der Abhandlung (2) berichtet Griefs über die Diazoverbindungen, welche aus Substitutionsproducten des Anilins erhalten werden, und den vorhergehenden sehr ähnlich sind, im Allgemeinen aber gröſsere Beständigkeit zeigen. — *Salpeters. Diazobrombenzol*, $C_6H_3BrN_2, NHO_3$, bildet sich bei raschem Einleiten von salpetriger Säure in eine wässerige Lösung von salpeters. Bromanilin (bei langsamem Einleiten scheidet sich das schwieriger zu zersetzende Diazo-Amidobrombenzol ab) und wird aus der durch freiwillige Verdunstung concentrirten Lösung durch Alkohol und Aether gefällt. Es krystallisirt in weiſsen Schuppen oder Tafeln, explodirt weniger heftig durch Erhitzen oder Stoſs und ist leicht in Wasser, schwerer

---

(1) Jahresber. f. 1857, 449; f. 1862, 416. Das aus diesem Monobrombenzol dargestellte *Nitrobrombenzol* ergab ebenso wie das damit damit identische *α*-Bromnitrobenzol (S. 457) den Schmelzpunkt bei 120°; der von Couper angegebene Schmelzpunkt (unter 90°) ist demnach irrig. — (2) Phil. Trans. CLIV, 695; Chem. Soc. J. [2] V, 66; im Auszug J. pr. Chem. CI, 82.

Diazobenzol und Verwandtes. in Alkohol und fast nicht in Aether löslich. Aus der wässerigen Lösung fällt Jodwasserstoff unter Entwickelung von Stickgas *Jodbrombenzol*, C_6H_4BrJ, nach der Gleichung:

Salpeters. Diazo-   Jodbrombenzol
brombenzol

$C_6H_3BrN_2, NHO_3 + HJ = C_6H_3BrHJ + NHO_3 + N_2$.

Das Jodbrombenzol krystallisirt in weifsen, bei 90° schmelzenden Blättchen und ist unzersetzt flüchtig. Es ist mit dem S. 456 angeführten *Bromjodbenzol* identisch. (Vgl. auch S. 455). *Schwefels. Diazobrombenzol*, $C_6H_3BrN_2, SH_2O_4$, krystallisirt in farblosen Prismen und ist leicht löslich in Wasser. Das *bromwasserstoffs. Salz*, $C_6H_3BrN_2$, HBr, wird erhalten 1) durch Fällung des schwefels. Salzes mittelst Chlorbaryum und freiwillige Verdunstung der Lösung, oder 2) durch Zusatz einer ätherischen Bromlösung zu einer Lösung von Diazo-Amidobrombenzol (S. 453), wo es sich sogleich krystallinisch abscheidet:

Diazo-Amido-   Bromwasserstoffs.   Tribrom-
brombenzol   Diazobrombenzol   anilin

$C_{12}H_9Br_2N_3 + 4Br = C_6H_3BrN_2, HBr + C_6H_4Br_3N + HBr$.

Es bildet perlglänzende weifse, in Wasser leicht lösliche, in Aether unlösliche Schuppen. *Diazobrombenzolperbromid*, $C_6H_3BrN_2, HBr, Br_2$, wird durch überschüssiges Bromwasser aus einer der vorhergehenden Verbindungen als orangegelber krystallinischer Niederschlag gefällt und, durch Umkrystallisiren aus mäfsig warmem Alkohol gereinigt, in monoklinometrischen Prismen erhalten. Es ist in Wasser unlöslich, in kaltem Alkohol und in Aether sehr schwer löslich; beim Erhitzen verpufft es schwach. *Salze. Diazobrombenzol-Platinchlorid*, $C_6H_3BrN_2, HCl, PtCl_2$, wird aus den Lösungen der Diazobrombensolsalze durch Platinchlorid in gelben, fast unlöslichen Kryställchen gefällt; das *Golddoppelsalz* $C_6H_3BrN_2, HCl, AuCl_3$, krystallisirt aus warmem Alkohol in gelben Blättchen. *Diazobrombenzol-Silberoxyd*, $C_6H_3BrN_2, AgHO$, ist ein weifser unlöslicher Niederschlag; *Diazobrombenzol-Kali*, $C_6H_3BrN_2, KHO$, krystallisirt aus der wässerigen Lösung in weifsen Platten und wird aus der alkoholischen Lösung durch Aether gallertig gefällt. *Diazobrombenzol*, $C_6H_3BrN_2$, kann aus seinen Verbindungen durch Säuren oder Alkalien abgeschieden werden. Es bildet hellgelbe Nadeln, die durch Reibung oder Stofs mit der gröfsten Heftigkeit explodiren und sich auch freiwillig nach kurzer Zeit zersetzen. Frisch bereitet verbindet es sich wieder mit Säuren und Basen; in Aether löst es sich unter heftiger Gasentwickelung. *Diazo-Amidobrombenzol*, $C_{12}H_9Br_2N_3 = \left.\begin{array}{l}C_6H_3BrN_2\\C_6H_6BrN\end{array}\right\}$, bildet sich bei der Einwirkung einer alkoholischen Lösung von Bromanilin auf eine concentrirte wässerige Lösung von salpeters. Diazobrombenzol und krystallisirt in gelben Nadeln oder Blättchen; es ist mit der im Jahresbericht für 1862, 339 angeführten, aus Bromanilin durch salpetrige Säure erhaltenen Verbindung identisch. *Diazobrombenzol-Amidobenzoësäure*, $C_{13}H_{10}BrNO_2 = \left.\begin{array}{l}C_6H_3BrN_2\\C_7H_7NO_2\end{array}\right\}$, krystallisirt aus Aether in kugeligen Aggregaten von Nadeln. — Durch Ammoniakflüssigkeit werden die Krystalle des Diazobrombenzolperbromides in *Diazobrombenzolimid*, $C_6H_3BrN_2$, HN, verwandelt, das sich in öliger Form abscheidet und, durch Destillation mit Wasser gereinigt, nach einiger Zeit zu krystallinischen Schuppen erstarrt. Es schmilzt bei 20° und verpufft bei stärkerem Erhitzen schwach, läfst sich aber mit Wasser destilliren. Correspondirende Verbindungen werden bei der Einwirkung von Aethylamin und Anilin erhalten. *Aethyldiazobrombenzolimid*, $C_6H_3BrN_2$, $(C_2H_5)N$, ist ein gelbliches, weit unter 0° noch nicht erstarrendes Oel; *Phenyldiazobrombenzolimid*, $C_6H_3BrN_2,(C_6H_5)N$, bildet orangegelbe Krystalle. — Die Zersetzungen des Diazobrombenzols und seiner Derivate sind denen des Diazobenzols analog, und liefern gebromte Producte. Nascirender Wasserstoff bildet mit Diazobrombenzolimid *Bromanilin*, identisch mit dem gewöhnlichen:

Diazobrombenzolimid   Bromanilin
$C_6H_4BrN_3 \;+\; 8H \;=\; C_6H_6BrN \;+\; 2NH_3.$

Diazobenzol und Verwandtes.

Bei dem Erhitzen des salpeters. Diazobrombenzol-Platinchlorides entsteht *Chlorbrombenzol*, C_6H_4BrCl, nach der Gleichung $C_6H_3BrN_2$, HCl, $PtCl_2 = C_6H_4BrCl + Pt + Cl_2 + N_2$. Das Chlorbrombenzol krystallisirt in weifsen Nadeln von Benzolgeruch, es ist flüchtig, schwer in Alkohol und leicht in Aether löslich. Das bromwasserstoffs. Diazobrombenzol-Platinbromid giebt beim Erhitzen *Dibrombenzol*, $C_6H_4Br_2$; dasselbe bildet sich auch beim Erhitzen des Diazobrombenzolperbromides für sich oder mit kohlens. Natron (nur bei sehr kleinen Mengen ist dies ohne Explosion ausführbar), sowie bei der Zersetzung durch kochenden Alkohol. Durch Destillation wird es als fast farbloses rasch erstarrendes Oel erhalten. Es krystallisirt aus Aether in rectangulären Prismen, schmilzt bei 89° und ist demnach mit der von Couper (1) beschriebenen Verbindung identisch. — *Diazodibrombenzolverbindungen. Salpeters. Diazodibrombenzol*, $C_6H_3Br_2N_2$, NHO_3, bildet sich bei der Einwirkung von salpetriger Säure auf eine mit Salpetersäure angesäuerte Lösung von salpeters. Bromanilin. Man überläfst die Flüssigkeit der freiwilligen Verdunstung, nimmt den Rückstand in schwachem Alkohol auf und fällt das Salz durch Zusatz von Aether. Durch vorsichtiges Verdunsten der wässerigen oder alkoholischen Lösung wird es in zarten weifsen Prismen erhalten, die durch Schlag nur mäfsig verpuffen und deren wässerige Lösung ziemlich beständig ist. Weitere von Griefs beschriebene Verbindungen sind: das *Platindoppelsalz*, $C_6H_3Br_2N_2$, HCl, $PtCl_2$, orangegelbe schwerlösliche Blättchen; *Diazodibrombenzolperbromid*, $C_6H_3Br_2N_2$, HBr_3, seidige Nadeln, durch siedenden Alkohol unter Bildung von Tribrombenzol zersetzbar; *Diazodibrombenzolimid*, $C_6H_3Br_2N_2$, HN, weifse Nadeln, bei 62° schmelzbar, schwerlöslich in Wasser, leichter in heifsem Alkohol und leicht in Aether löslich.

---

(1) Jahresber. f. 1857, 450.

Diazochlorbenzol-Verbindungen. Das *salpeters. Salz*, $C_6H_3ClN_2, NHO_3$, krystallisirt in weifsen Blättchen und liefert beim Kochen mit Wasser Chlorphenylsäure. Das *Platindoppelsalz*, $C_6H_3ClN_2$, HCl, $PtCl_2$, bildet gelbe Nadeln; mit kohlens. Natron erhitzt liefert es *Dichlorbenzol*, $C_6H_4Cl_2$, in Nadeln oder vierseitigen Prismen von aromatischem Geruch. Das *Perbromid*, $C_6H_3ClN_2$, HBr_3, krystallisirt in gelben Prismen und liefert mit kochendem Alkohol *Bromchlorbenzol*, C_6H_4ClBr, welches nach Griefs' späterer Angabe (1) dieselbe Krystallform und denselben Schmelzpunkt (65°) hat, wie das S. 454 angeführte *Chlorbrombenzol* (2). *Diazochlorbenzol*, $C_6H_3ClN_2$, ist ein leicht explodirender citrongelber Niederschlag; *Diazochlorbenzolimid*, C_6H_3ClN, HN, bildet leicht schmelzbare Krystalle. — Die folgenden Verbindungen hat Griefs nicht näher beschrieben:

Diazodichlorbenzol - Verbindungen.

Salpeters. Diazodichlorbenzol, $C_6H_2Cl_2N_2$, NHO_3, weifse Blättchen.
Platindoppelsalz, $C_6H_2Cl_2N_2$, HCl, $PtCl_2$, glänzende gelbe Blättchen.
Perbromid, $C_6H_2Cl_2N_2$, HBr_3, gelbe Prismen.

---

(1) Zeitschr. Chem. 1866, 201. — (2) Griefs schliefst aus der Identität dieser beiden Verbindungen, deren Formeln sich aus den Bildungsgleichungen

Platindoppelsalz des   Chlorbrom-
Diazobrombenzols   benzol

I. $C_6H_3BrN_2$, HCl, $PtCl_2$ = $C_6H_3BrHCl + N_2 + Pt + Cl_2$

Diazochlorbenzol-   Bromchlor-
perbromid   benzol

II. $C_6H_3ClN_2$, HBr, Br_2 = $C_6H_3ClHBr + N_2 + Br_2$

verschieden ergeben, dafs von den sechs Atomen Wasserstoff im Benzol mindestens zwei gleichwerthig sind. In gleicher Weise hat Griefs auch das *Chlorjodbenzol*, C_6H_4JCl, welches bei der Destillation des mit Soda gemengten Platindoppelsalzes, $C_6H_3JN_2$, HCl, $PtCl_2$, als krystallinische Masse erhalten wird und aus Alkohol in glänzenden Blättchen krystallisirt, identisch gefunden mit *Jodchlorbenzol*, C_6H_4ClJ, welches durch Jodwasserstoff aus der Lösung des salpeters. Diazochlorbenzols abgeschieden wird. Dasselbe gilt für Jodbrombenzol und Bromjodbenzol (S. 452, 456).

Diazojodbenzol und Verwandtes.

Diazojodbenzol-Verbindungen.

Salpeters. Diazojodbenzol, $C_6H_5JN_2$, NHO_3, leichtlösliche weiſse Nadeln.
Schwefels. „ , $C_6H_5JN_2$, SH_2O_4, leichtlösliche weiſse Blättchen, schwerlöslich in Alkohol.
Platindoppelsalz, $C_6H_5JN_2$, HCl, $PtCl_2$, hellgelbe Nadeln.
Perbromid, $C_6H_5JN_2$, HBr_3, citrongelbe Blättchen.
Bromjodbenzol, C_6H_4JBr, aus Alkohol und Aether in weiſsen Blättern krystallisirend, flüchtig. Vgl. S. 452.
Diazojodbenzol, $C_6H_5JN_2$, gelber explosiver Niederschlag.
Diazojodbenzolimid, $C_6H_5JN_2$, HN, gelblich weiſse, leicht schmelzbare Krystalle von aromatischem Geruch, mit Wasser destillirbar.

Die von α- und β-Nitranilin sich ableitenden *Diazonitrobenzol*-Verbindungen bilden zwei isomere, in ihren Eigenschaften abweichende Gruppen. — *Salpeters. α-Diazonitrobenzol,* $C_6H_3(NO_2)N_2$, HNO_3, wird durch Einwirkung von salpetriger Säure auf salpeters. α-Nitranilin (1) gebildet und aus der alkoholischen Lösung durch allmäligen Zusatz von Aether in langen Nadeln abgeschieden. Es ist leicht löslich in Wasser. Das *Platindoppelsalz,* $C_6H_3(NO_2)N_2$, HCl, $PtCl_2$, krystallisirt in Nadeln oder Prismen; das *Perbromid* in orangegelben Prismen, in Wasser und Aether fast unlöslich, leicht löslich in heiſsem Alkohol. *α-Diazonitrobenzolimid* bildet gelbe, in heiſsem Alkohol und Aether leicht lösliche Blättchen vom Schmelzpunkt 71°. — *Salpeters. β-Diazonitrobenzol* bildet würfelähnliche Säulchen. Das schwierig krystallisirbare und leicht zersetzliche *Perbromid* wird sowohl aus dem salpeters. β-Diazonitrobenzol als aus β-Diazo-Amidonitrobenzol durch überschüssiges Brom erhalten, im letzteren Fall nebst Tribromnitranilin:

β-Diazo-Amido-
nitrobenzol   β-Perbromid   Tribromnitranilin
$C_{12}H_9(NO_2)_2N_3 + 8 Br = C_6H_3(NO_2)N_2, HBr_3 + C_6H_2(NO_2)Br_3N + 2 HBr.$

(1) Griefs bezeichnet als *α-Nitranilin* die nach Arppe's Methode durch Einwirkung von Alkalien auf nitrirte Anilide dargestellte Base; als *β-Nitranilin* die durch Reduction des Dinitrobenzols mittelst Schwefelammoniums erhaltene. Bis jetzt haben diese Namen die umgekehrte Bedeutung gehabt. Vgl. Jahresber. f. 1855, 542; f. 1860, 349; f. 1863, 421; f. 1864, 422. — (2) Zeitschr. Chem. 1866, 217.

Das *Platindoppelsalz* ist dem des α-Diazonitrobenzols ähnlich. *β-Diazonitrobenzolimid* krystallisirt in weifsen Nadeln von Nitrobenzolgeruch und schmilzt bei 52°. Die Zersetzungsproducte der α- und β-Diazonitrobenzol-Verbindungen constituiren gleichfalls zwei isomere Reihen. Die alkoholische Lösung des α-Diazonitrobenzolperbromides giebt beim Erwärmen *α-Bromnitrobenzol* vom Schmelzpunkt 120°, welches nach Griefs' vergleichender Untersuchung mit der von Couper (1) beschriebenen Verbindung identisch ist, und bei der Behandlung mit Schwefelammonium in Octaëdern krystallisirendes, bei 57° schmelzendes α-Bromanilin liefert. Aus β-Diazonitrobenzol wird unter denselben Umständen *β-Bromnitrobenzol* vom Schmelzpunkt 56° gebildet, welches durch Schwefelammonium in flüssiges β-Bromanilin übergeht. Ferner giebt das Platindoppelsalz des α-Diazonitrobenzols bei der Destillation mit kohlens. Natron *α-Chlornitrobenzol* in langen weifsen, bei 83° schmelzenden Nadeln, die durch Schwefelammonium in gewöhnliches α-Chloranilin übergehen. Das β-Platindoppelsalz liefert unter denselben Umständen *β-Chlornitrobenzol*, aus der ätherischen Lösung in dicken Säulen krystallisirend und bei 46° schmelzend. Es wird durch Schwefelammonium in flüssiges (nicht näher untersuchtes) *β-Chloranilin* verwandelt. Vermischt man die wässerige Lösung des salpeters. α-Diazonitrobenzols mit Jodwasserstoffsäure, so entsteht, wie Griefs in einer neueren Mittheilung (2) weiter angiebt, α-Jodnitrobenzol nach der Gleichung:

Salpeters. α-Diazo-nitrobenzol   α-Jodnitro-benzol
$$C_6H_4(NO_2)N_2 . NHO_3 + HJ = C_6H_4(NO_2)J + NHO_3 + N_2.$$

Das salpeters. β-Diazobenzol liefert unter denselben Umständen β-Jodnitrobenzol. — *α-Jodnitrobenzol* krystallisirt in langen gelblichen Nadeln vom Schmelzpunkt 171°,5 und ist auch nach der Krystallform und dem Verhalten identisch

---

(1) Jahresber. f. 1857, 450.

Diazobenzol und Verwandtes. mit dem durch Einwirkung von Salpetersäure auf Jodbenzol entstehenden Product (vgl. bei Benzol); durch Schwefelammonium wird es in *α-Jodanilin* (Schmelzpunkt 60°), identisch mit der von Hofmann (1) dargestellten Base, übergeführt. *β-Jodnitrobenzol* krystallisirt aus der mit Wasser versetzten alkoholischen Lösung in silberglänzenden Blättchen, bei freiwilliger Verdunstung der ätherischen Lösung in grofsen Prismen. Es schmilzt bei 34° und siedet bei 280°. Das daraus erhaltene (noch nicht näher beschriebene) *β-Jodanilin* krystallisirt in silberglänzenden Blättchen vom Schmelzpunkt 25°. Aus der folgenden Zusammenstellung sind die charakteristischen Unterschiede in den Schmelzpunkten der Verbindungen beider Reihen ersichtlich.

	Reihe des	
	α-Nitranilins	β-Nitranilins
Jodnitrobenzol	171°,5	34°
Bromnitrobenzol	120°	56°
Chlornitrobenzol	83°	46°
Nitranilin	141°	108°
Jodanilin	60°	25°
Bromanilin	57°	flüssig bei gew. Temperatur
Chloranilin	64°	flüssig bei gew. Temperatur
Diazo-Amidonitrobenzol	245°	195°
Diazonitrobenzolimid	71°	53°.

Diazotoluol-Verbindungen. *Salpeters. Diazotoluol*, $C_7H_6N_2$, NHO_3, wird wie die vorhergehenden Analogen aus einer wässerigen Lösung von salpeters. Toluidin oder von Diazoamidotoluol in Nadeln erhalten und zerfällt mit kochendem Wasser nach der Gleichung:

Salpeters. Diazotoluol   Kresylalkohol
$$C_7H_6N_2, NHO_3 + H_2O = C_7H_8O + NHO_3 + N_2.$$

Schwefels. Diazotoluol, $C_7H_6N_2$, SH_2O_4, bildet Nadeln oder Prismen. Salze. *Diazotoluol-Platinchlorid*, $C_7H_6N_2$, HCl, $PtCl_2$, krystallisirt in gelben Prismen und giebt bei der Destillation

---

(1) Jahresber. f. 18⁴⁷/₄₈, 656.

mit kohlens. Natron *Chlortoluol*, C_7H_7Cl, als aromatisches Diazobenzol
Oel. *Diazotoluolperbromid*, $C_7H_6N_2$, HBr_3, ist krystallinisch. Verwandten.
Diazotoluol-Amidobenzol, $C_{13}H_{13}N_3 = \left.\begin{matrix} C_7H_6N_2 \\ C_6H_5(H_2N) \end{matrix}\right\}$ bildet sich
aus Anilin und salpeters. Diazotoluol und krystallisirt in
langen gelben Nadeln.

Diazonitranisol-Verbindungen werden wie die Diazonitrobenzol-Verbindungen erhalten, mit welchen sie in ihren physikalischen und chemischen Eigenschaften grofse Analogie zeigen. *Salpeters. Diazonitranisol*, $C_7H_5(NO_2)N_2O$, NHO_3, krystallisirt in weifsen Blättchen, das *Platindoppelsalz*, $C_7H_5(NO_2)N_2O$, $HCl, PtCl_2$, in feinen Nadeln. Bei der Destillation des letzteren mit kohlens. Natron wird *Chlornitranisol*, $C_7H_6(NO_2)ClO$, in weifsen Nädelchen erhalten. *Diazonitranisolperbromid*, $C_7H_5(NO_2)N_2O$, HBr_3, bildet gelbe Blättchen und liefert beim Kochen mit Alkohol *Bromnitranisol*, $C_7H_6(NO_2)BrO$, das in opaken hellgelben Nadeln von Nitrobenzolgeruch krystallisirt und sublimirbar ist. *Diazonitranisolimid*, $C_7H_5(NO_2)N_2O$, HN, bildet hellgelbe Nadeln von Bittermandelgeruch.

Diazonaphtol - Verbindungen. *Salpeters. Diazonaphtol*, $C_{10}H_6N_2$, NHO_3, bildet sich bei der Einwirkung der salpetrigen Säure auf befeuchtetes salpeters. Naphtalidin und wird durch freiwillige Verdunstung der von einem amorphen braunrothen Producte abfiltrirten wässerigen Lösung in explosiven, leichtlöslichen weifsen Nadeln erhalten. *Diazonaphtolperbromid*, $C_{10}H_6N_2$, HBr_3, bildet orangegelbe Krystalle; das *Platindoppelsalz*, $C_{10}H_6N_2$, $HCl, PtCl_2$, kurze gelbliche fast unlösliche Prismen. *Diazonaphtolimid*, $C_{10}H_6N_2$, HN, geht als gelbliches, an der Luft sich bräunendes Oel von Naphtalingeruch über, wenn die bei der Einwirkung von Ammoniak auf das Perbromid erhaltene Substanz mit Wasser destillirt wird. — Die wässerige Lösung des salpeters. Diazonaphtols wird in der Siedehitze unter Gasentwickelung und Abscheidung eines violettbraunen Harzes zersetzt. Aus der heifs filtrirten Lösung krystallisirt *Naph-*

Diazobenzol und Verwandtes. *tylalkohol*, $C_{10}H_8O$ (1), in weifsen Schuppen, von welchen ein weiterer Antheil im unreinen Zustande durch Schütteln der Mutterlauge mit Aether und Verdunsten der ätherischen Lösung gewonnen wird. Auch das erwähnte Harz besteht aus Naphtylalkohol und einer braunrothen Substanz. Zur Reinigung löst man das Harz und den Abdampfrückstand der ätherischen Lösung in Kalilauge (welche den braunrothen Körper zurückläfst), fällt das Filtrat durch Essigsäure und destillirt das abgeschiedene bald erstarrende Oel nach dem Auswaschen. Durch öftere Wiederholung dieser Behandlung vollkommen gereinigt krystallisirt der Naphtylalkohol in glänzenden weifsen Blättchen, die bei 91° zu einem farblosen Oel schmelzen. Er ist unzersetzt flüchtig, brennt mit rufsender Flamme und ist in Wasser nur wenig, leicht aber in Alkohol, Aether und Benzol löslich. Sein Geruch ist kreosotähnlich, sein Geschmack brennend. Er verbindet sich, wie der Phenylalkohol, mit dem er grofse Analogie zeigt, mit starken Basen zu leicht zersetzbaren Verbindungen, wird durch Salpetersäure in Nitroverbindungen und durch Brom in Bromnaphtylalkohol verwandelt. Griefs hat diese Verbindungen noch nicht beschrieben.

Im dritten Theil Seiner Abhandlung (2) berichtet Griefs über die bei der Einwirkung von salpetriger Säure auf Benzidin erhaltene Verbindung und ihre Derivate. Er erörtert, dafs die Umsetzung der Diamine (wenn diese als Ammoniakverbindungen betrachtet werden) mit salpetriger Säure den Gleichungen:

Diazoverbindung
I. $C_xH_{(y-4)}(NH_3)_2O_2 + NHO_2 = C_xH_{(y-4)}(NH_3)(N_2)O_2 + 2H_2O$
Tetrazoverbindung
II. $C_xH_{(y-4)}(NH_3)_2O_2 + 2NHO_2 = C_xH_{(y-4)}(N_4)O_2 + 4H_2O$

entsprechen kann, dafs aber die Bildung von Diazoverbindungen, wiewohl wahrscheinlich, doch noch fraglich ist, da

---

(1) Jahresber. f. 1862, 342. — (2) Phil. Trans. CLIV, 719; Chem. Soc. J. [2] V, 91; im Auszug J. pr. Chem. CI, 90.

das als Repräsentant der Diamine gewählte Benzidin (Diamido- *Diazobenzol und Verwandtes.*
benzidol) nur Tetrazoverbindungen geliefert hat. Theilweise
sind diese von Griefs beschriebenen zahlreichen Producte
schon in den Jahresberichten für 1862, 342 und für 1864, 435,
436 angeführt, wir entnehmen daher der Abhandlung nur das
Folgende. — *Salpeters. Tetrazodiphenyl*, $C_{12}H_8N_4, 2NHO_3$,
bildet sich leicht und reichlich beim Einleiten von salpetriger Säure in eine wässerige Lösung von salpeters.
Diamidobenzidol, und wird aus der, von einer braunen
amorphen Substanz abfiltrirten Flüssigkeit durch Zusatz
von Alkohol und Aether in gelblich-weifsen Nadeln abgeschieden. Es ist leicht löslich in Wasser, schwer in Alkohol und nicht in Aether; beim Erhitzen verpufft es mit
Heftigkeit. Die wässerige Lösung zersetzt sich in der
Kälte allmälig, beim Erhitzen aber schnell, unter reichlicher
Entwickelung von Stickgas und Abscheidung einer weifsen
krystallinischen und einer braunen Substanz, welche von
der anhängenden Mutterlauge durch Abpressen befreit und
durch wiederholte Behandlung mit verdünntem Alkohol,
worin die braune Substanz unlöslich ist, geschieden werden,
worauf das verdunstete Filtrat *Diphenylalkohol*, $C_{12}H_{10}O_2$ (1),
als krystallinische Masse zurückläfst. Die Bildung derselben
erfolgt nach der Gleichung:

Salpeters. Tetra- Diphenyl-
zodiphenyl   alkohol
$$C_{12}H_8N_4, 2NHO_3 + 2H_2O = C_{12}H_{10}O_2 + 2NHO_3 + 2N_2.$$

Durch wiederholtes Lösen in Aether und Umkrystallisiren
aus Alkohol gereinigt, bildet der Diphenylalkohol weifse
Nädelchen oder Schuppen. Er ist schmelzbar und bei
vorsichtigem Erhitzen unzersetzt flüchtig; in Wasser löst
er sich nur wenig, in Alkohol und Aether in jedem Verhältnifs. In seinem Verhalten ist der Diphenylalkohol dem
Phenylalkohol so ähnlich, dafs er als das erste bis jetzt

---

(1) Jahresber. f. 1864, 485, wo dieser Alkohol als *Diphenylensäure*
bezeichnet ist.

Diazobenzol und Verwandtes. bekannte zweiatomige Glied der Phenolgruppe betrachtet werden kann. Er verbindet sich mit Basen, löst sich unzersetzt in Kalilauge und Ammoniakflüssigkeit, aus welchen er durch Säuren wieder unverändert abgeschieden wird, und giebt in erwärmter ammoniakalischer Lösung mit basisch-essigs. Blei einen weifsen Niederschlag. Concentrirte Salpetersäure bildet eine gelbe krystallinische Nitroverbindung. — Schwefels. Tetrazodiphenyl zerfällt beim Erhitzen mit Alkohol unter stürmischer Reaction nach der Gleichung:

Schwefels. Tetra-
sodiphenyl   Alkohol   Diphenyl   Aldehyd
$2\,\Theta_{12}H_6N_4, 3\,SH_2\Theta_4 + 4\,\Theta_2H_6\Theta = 2\,\Theta_{12}H_{10} + 4\,\Theta_2H_4\Theta + 4\,N_2 + 3\,SH_2\Theta_4.$

Tetrasulfodiphenylensäure und *Trisulfodiphenylensäure* bilden sich, wenn die Lösung des schwefels. Tetrazodiphenyls in wenig concentrirter Schwefelsäure erhitzt wird (1). Man verdünnt die entstandene braune Flüssigkeit mit ihrem 30fachen Volum Wasser, sättigt in der Siedhitze mit kohlens. Baryt und verdampft die vom schwefels. Baryt abfiltrirte Lösung der beiden Barytsalze im Wasserbade zur Trockne. Bei der Behandlung des Rückstandes mit heifsem Wasser wird nur das trisulfodiphenylens. Salz gelöst. Aus dem rückständigen sehr schwer löslichen tetrasulfodiphenylens. Baryt erhält man durch Erhitzen mit einer Lösung von kohlens. Ammoniak das in Wasser und Alkohol lösliche und gut krystallisirbare Ammoniaksalz und aus diesem durch Doppelzersetzung die übrigen Salze, von welchen Griefs die folgenden untersuchte.

Tetrasulfodiphenylens. Baryt, $\Theta_{12}H_6, S_4H_2Ba_4\Theta_{15} + 4\,H_2\Theta$, weifse Prismen.
" " $\Theta_{12}H_6, S_4Ba_4\Theta_{15}$ (bei 150°), weifses amorphes Pulver oder Nadeln.
" Silber, $\Theta_{12}H_6, S_4H_2Ag_2\Theta_{15}$, warzige Krystalle.
" Blei, $\Theta_{12}H_6, S_4Pb_2\Theta_{15}$, weifse Nadeln.
" " $\Theta_{12}H_6, S_4Pb_2\Theta_{15} + Pb_2\Theta_2$, amorpher Niederschlag.

(1) Jahresber. f. 1864, 485.

Die freie *Tetrasulfodiphenylensäure* betrachtet Griefs hiernach als 6- und 8-basisch, mit den Formeln $C_{12}H_6$, $S_4H_6\Theta_{16}$ und $C_{12}H_6$, $S_4H_8\Theta_{16}$. Sie wird aus dem Silber- oder Bleisalz durch Schwefelwasserstoff oder aus dem Barytsalz durch Schwefelsäure abgeschieden und krystallisirt über Schwefelsäure aus der bis zur Syrupsdicke verdampften Lösung in luftbeständigen, leicht in Wasser und Alkohol löslichen (nicht analysirten) Nadeln und Blättchen. — Die obenerwähnte Lösung des trisulfodiphenylens. Baryts hinterläfst beim Verdunsten das unreine Salz als gallertige Masse. Es wird in der Siedehitze durch kohlens. Ammoniak zerlegt, das verdampfte heifse Filtrat mit Chlorbaryum versetzt und das beim Erkalten in warzigen Aggregaten ausgeschiedene Barytsalz durch Umkrystallisiren gereinigt. Untersucht wurden die folgenden Salze:

Trisulfodiphenylens. Baryt, $C_{12}H_6, S_3HBa_3\Theta_{11}$ (bei 130°),

„   Blei, $C_{12}H_6, S_3Pb_6\Theta_{12} + 2H_2\Theta$ ⎫ weifse unlösl.

Basisch- „   Blei, $C_{12}H_6, S_3Pb_6\Theta_{12} + Pb_4\Theta_3$ ⎭ Niederschläge.

Der freien *Trisulfodiphenylensäure*, welche der vorhergehenden Säure ähnlich ist, legt Griefs hiernach die Formeln $C_{12}H_6, S_3H_4\Theta_{11}$ und $C_{12}H_6, S_3H_6\Theta_{12}$ bei. — Das bei dem Erhitzen des Tetrazodiphenyl-Platindoppelsalzes entstehende *Dichlordiphenyl*, $C_{12}H_8Cl_2$ (1), krystallisirt in weifsen Prismen, schmilzt bei 148° und verflüchtigt sich ohne Zersetzung. Es ist in Wasser unlöslich, schwer selbst in kochendem Alkohol, leicht aber in Aether löslich. Das sehr ähnliche, durch Erhitzen der Tetrazodiphenylperbromides erhaltene *Dibromdiphenyl*, $C_{12}H_8Br_2$ (2), ist mit der von Fittig direct dargestellten Verbindung (3) identisch (Schmelzpunkt 164°). Es bildet sich auch beim Erhitzen jenes Perbromides mit Alkohol, nach der Gleichung:

    Perbromid   Dibromdiphenyl
    $C_{12}H_8N_4, H_2Br_6 = C_{12}H_8Br_2 + 2N_2 + Br_4$.

---

(1) Jahresber. f. 1864, 486. — (2) Ebendaselbst. — (3) Jahresber. f. 1864, 521.

Diazo-Amido-benzol. C. A. Martius (1) hat zur Darstellung des Diazo-Amidobenzols das nachstehende, auch auf die analogen Körper anwendbare Verfahren mitgetheilt. Es unterscheidet sich von dem von Griefs angegebenen (2) darin, dafs eine wässerige Lösung eines salpetrigs. Salzes auf ein Anilinsalz und nicht salpetrigs. Gas auf wasserfreies oder in Alkohol gelöstes Anilin einwirkt. Man läfst zu trockenem, völlig neutralem, krystallisirtem salzs. Anilin portionenweise und unter beständigem Umrühren eine auf $+ 5°$ abgekühlte, schwach alkalische Lösung von salpetrigs. Natron fliefsen, wo sich unter heftiger Reaction sehr bald ein gelber dicker gleichförmiger Brei bildet. Derselbe wird, nach der Verdünnung mit etwas salpetrigs. Natron, auf einem Spitzbeutel mit kaltem Wasser gewaschen und dann abgeprefst. Bei sorgfältiger Arbeit enthält die Mutterlauge nur Spuren von salzs. Diazobenzol. Zum Gelingen des Verfahrens ist es erforderlich, dafs völlig neutrales, krystallisirtes salzs. Anilin angewendet wird. Die Lösung des salpetrigs. Natrons soll das spec. Gewicht 1,5 haben und höchstens $1/2$ pC. freies Alkali, aber kein kohlens. Salz enthalten. Sie wird am besten durch Sättigen einer Lösung von ätzendem Natron mit salpetriger Säure bereitet. Sowohl die Lösung wie die Gefäfse sind möglichst kalt zu halten und die einzelnen Theile der Operation müssen einander möglichst rasch folgen, um die Zersetzung des einmal gebildeten Diazo-Amidobenzols zu verhindern; bei Anwendung von 5 Kilogrm. salzs. Anilin mufs die Darstellung in 5 bis 6 Minuten vollendet sein. Da der Punkt, bei welchem alles Anilin in Diazo-Amidobenzol umgewandelt ist, leicht zu erkennen ist, so ist es nicht erforderlich, eine Lösung des salpetrigs. Natrons von bekannter Stärke anzuwenden. Das salzs. Anilin läfst sich hierbei nicht durch andere Anilinsalze ersetzen; mit salpeters. Anilin findet

---

(1) Berl. acad. Ber. 1866, 169; J. pr. Chem. XCVIII, 94; Zeitschr. Chem. 1866, 881; Chem. Centr. 1866, 1078. — (2) Jahresber. f. 1862, 338.

die Umwandlung rasch, mit anderen, schwerer löslichen zu langsam statt. Das rohe Diazo-Amidobenzol krystallisirt aus Aetherweingeist in citrongelben Blättchen. — Die salze. Salze des Toluidins, Cumidins, Naphtylamins und Benzidins liefern bei gleicher Behandlung die diesen Basen entsprechenden Diazo-Amidoverbindungen.

Vermischt man, nach A. Werigo (1), eine Lösung *Azotoluid.* von Azotoluid (wie man dieselbe durch Einwirkung von Natriumamalgam auf Nitrotoluol erhält) mit Brom, so bildet sich ein krystallinischer Niederschlag einer der Formel $C_{14}H_{20}N_2Br_4$ entsprechenden Bromverbindung, welche nach dem Umkrystallisiren unter Zusatz von Thierkohle weiße glänzende, in Wasser und Alkohol aber nicht in Aether lösliche Lamellen bildet. Diese (von dem Bromazotoluid $C_{14}H_{14}N_2Br_2$ verschiedene) Verbindung enthält die eine Hälfte des Broms fester gebunden, als die andere; sie läfst sich als bromwasserstoffs. *Hydrazotoluid*, $C_{14}H_{16}N_2$, 4 HBr, oder als das bromwasserstoffs. Salz des Diamids, $C_{14}H_{18}Br_2N_2$, betrachten. Sie sublimirt ohne Rückstand in weißen Nadeln, zersetzt sich oberhalb 160° unter Bildung rother Dämpfe, reagirt in wässeriger Lösung stark sauer und giebt mit Ammoniak oder Natron einen im Ueberschufs wieder löslichen Niederschlag. Chlor bildet mit Azotoluid die analoge Verbindung $C_{14}H_{20}N_2Cl_4$. — Beim Vermischen einer heifsen und concentrirten wässerigen Lösung der Bromverbindung $C_{14}H_{20}N_2Br_4$ mit der 2 At. Brom äquivalenten Menge von salpeters. Silber bilden sich, nach dem Abfiltriren des Bromsilbers, lange nadelförmige, in Wasser und Alkohol aber nicht in Aether lösliche Krystalle eines salpeters. Salzes von der Formel $C_{14}H_{20}N_2Br_2, 2NO_3$. — Beim Vermischen der wässerigen Lösung der Bromverbindung $C_{14}H_{20}N_2Br_4$ mit Aetznatron

---

(1) Zeitschr. Chem. 1865, 631; 1866, 196; Bull. soc. chim. [2] VI, 469.

entsteht ein weifser krystallinischer Niederschlag, der nach dem Ausfällen der alkoholischen Lösung durch Wasser lange farblose, nur wenig in Wasser aber leicht in Aether und Alkohol lösliche Nadeln bildet. Dieser Körper ist neutral, schmilzt bei 57°,5 und entspricht der Formel $C_{14}H_{18}N_2Br_2$.

Constitution der Azo- und Diazoverbindungen.

A. Kekulé (1) hat seine Ansichten über die Constitution der Azo- und Diazoverbindungen dargelegt. Nach dem Vorgang anderer Chemiker (2) nimmt Er in denselben eine Gruppe von zwei Stickstoffatomen an, welche durch einen Theil ihrer Verwandtschaftseinheiten an einander gebunden sind und daher nur mit dem Rest derselben wirken. In den Azoverbindungen stehen die beiden Stickstoffatome direct mit Kohlenstoff in Verbindung, und zwar fungiren sie beispielsweise im Azobenzol als zweiwerthige, im Azoxybenzol und Hydrazobenzol als vierwerthige Gruppe; bei weiterem Hinzutritt von Wasserstoff werden alle Affinitäten des Stickstoffs activ und die Gruppe zerfällt.

Azoxybenzol	Azobenzol	Hydrazobenzol	Anilin
C_6H_5, N	C_6H_5, N	C_6H_5, NH	C_6H_5, NH_2
C_6H_5, N	C_6H_5, N	C_6H_5, NH	C_6H_5, NH_2

In den Diazoverbindungen ist die zweiwerthige Gruppe (NN)″ anzunehmen, von welcher aber nur das eine Stickstoffatom direct an den Kohlenstoff eines Restes gebunden ist, während die freie Affinität des anderen entweder durch Haloïde oder Säurereste oder überhaupt auf andere Weise als das erste gesättigt ist. Kekulé zieht aus dem Verhalten der Diazobenzolverbindungen insbesondere den Schlufs, dafs das freie Diazobenzol nicht die von Griefs angenommene Formel ($C_6H_4N_2$) hat, sondern als das der Kali- und Silberoxydverbindung entsprechende Hydrat

---

(1) In Seinem Lehrbuch der organischen Chemie II, 689, 715, 741; ferner Zeitschr. Chem. 1866, 309, 689, 700. — (2) Vgl. Zeitschr. Chem. 1861, 176; 1863, 511, 678.

$C_6H_4N_2, H_2O = C_6H_5N_2, HO$ betrachtet werden muſs.
Es ist alsdann

Diazobenzolbromid	Diazobenzolnitrat	Diazobenzolsulfat
$C_6H_5\!-\!N\!=\!N\!-\!Br$	$C_6H_5\!-\!N\!=\!N\!-\!NO_2$	$C_6H_5\!-\!N\!=\!N\!-\!SO_4H$
Diazobenzolkali	Diazobenzolhydrat	Diazobenzol-Amido-benzol
$C_6H_5\!-\!N\!=\!N\!-\!OK$	$C_6H_5\!-\!N\!=\!N\!-\!OH$	$C_6H_5\!-\!N\!=\!N\!-\!NH(C_6H_5)$.

Für die leichte Zersetzbarkeit des Diazoverbindungen gegenüber der Beständigkeit der Azoverbindungen bietet diese Betrachtungsweise, bezüglich deren weiterer Ausführung wir auf die Originalmittheilung verweisen müssen, eine befriedigende Erklärung.

Kekulé (1) hat ferner den Uebergang aus der Gruppe der Diazoverbindungen in die der Azoverbindungen realisirt. Er fand, daſs Diazo-Amidobenzol bei mehrtägiger Berührung mit salzs. Anilin leicht und vollständig in das isomere Amido-Azobenzol (Amidodiphenylimid von Martius und Griefs (2)) übergeht, welche Umsetzung nach Ihm darauf beruht, daſs das Anilinsalz den einen Rest NH, C_6H_5 von der Gruppe (NN) des Diazo-Amidobenzols loslöst und durch den gleich zusammengesetzten Rest in der Weise wieder ersetzt, daſs derselbe sich mit dem Kohlenstoff an den Stickstoff anlagert.

Diazo-Amidobenzol   Amido-Azobenzol
$C_6H_5\!-\!N\!=\!N\!-\!NH(C_6H_5)$ $C_6H_5\!-\!N\!=\!N\!-\!C_6H_4(NH_2)$.

Eine geringe Menge des Anilinsalzes reicht daher zur Umwandlung einer groſsen Menge von Diazo-Amidobenzol aus. Weniger glatt erfolgt die Reaction auch mit anderen Anilinsalzen und, unter Bildung harziger Zersetzungsproducte, auch mit Anilin. Sie findet daher bis zu einem gewissen Grade sowohl bei der Darstellung als bei allen Zersetzungen des Diazo-Amidobenzols statt, soferne bei diesen immer Anilin frei wird. Auch bei Anwendung der

---

(1) Zeitschr. Chem. 1866, 689. — (2) Jahresber. f. 1865, 417.

von Martius und Griefs beschriebenen Methode entsteht die neue Base in Folge der Einwirkung des Anilins auf das Diazo-Amidobenzol und nicht in Folge der höheren Temperatur; es ist daher zweckmäfsig, die alkoholische Lösung erst 1 oder 2 Tage nach dem Zusatz der Salzsäure weiter zu verarbeiten.

Naphtylamin.

Eine farblose Lösung des Naphtylamins in kalter concentrirter Schwefelsäure giebt, nach E. F. Chapman (1), wenn sie nach etwa 24 Stunden mit Wasser verdünnt und mit Kali übersättigt wird, einen rothen, mit Säuren violett werdenden Niederschlag, der alle Eigenschaften des Azodinaphtyldiamins besitzt. Erwärmt man die Lösung der Base in der concentrirten Säure, so färbt sie sich grün und beim Vermischen mit Wasser scheidet sich dann nach und nach violettes Azodinaphtyldiaminsalz ab. Andere Säuren, mit Ausnahme der Salzsäure, bewirken in der Siedehitze dieselbe Umwandlung und die gröfste Menge des Azodinaphtyldiamins bildet sich beim Schmelzen des Naphtylamins mit Oxalsäure. Beim Erhitzen von Naphtylamin mit überschüssiger Salzsäure entsteht eine farblose Lösung, aus welcher Alkalien eine rothe, mit Säuren nicht violett sondern farblos werdende Base, vielleicht Ninaphtylamin (2), abscheiden.

Chapman (3) hat auch über das Verhalten des Naphtylamins gegen salpetrige Säure Versuche ausgeführt. Bei der von Perkin und Church befolgten trefflichen Darstellungsweise des Azodinaphtyldiamins (Amidodinaphtylimids) durch Behandlung von 2 Aeq. salzs. Naphtylamin mit 1 Aeq. salpetrigs. Kali und 1 Aeq. Kali:

---

(1) Chem. Soc. J. [2] IV, 329; Zeitschr. Chem. 1866, 568; J. pr. Chem. XCIX, 425; Chem. Centr. 1867, 236; Bull. soc. chim. [2] VI, 159. — (2) Jahresber. f. 1859, 390. — (3) Chem. Soc. J. [2] IV, 135; Ann. Ch. Pharm. CXL, 326; Zeitschr. Chem. 1866, 331; J. pr. Chem. XCVIII, 252; Chem. Centr. 1866, 699; Bull. soc. chim. [2] VII, 519.

Salzs. Naphtyl-amin	Azodinaphtyl-diamin

$2 (C_{10}H_9N, HCl) + KNO_2 + KHO = C_{20}H_{15}N_3 + 2 KCl + 3 H_2O$

ist zu beachten, dafs die Lösung des salzs. Naphtylamins kalt und verdünnt angewendet wird (1). Die Flüssigkeit erfüllt sich auf einmal mit einem weifsen, rasch scharlachroth werdenden Niederschlag, der nach dem Waschen mit kaltem Wasser und Umkrystallisiren aus Alkohol die reine Verbindung ist. Behandelt man dagegen ein Gemenge von 1 Aeq. Naphtylamin und 1 Aeq. salzs. Naphtylamin in alkoholischer Lösung mit 1 Aeq. salpetrigs. Kali, so erhält man kein Azodinaphtyldiamin, sondern eine allmälig sich ausscheidende, in Alkohol mit violetter Farbe lösliche Substanz. Das Azodinaphtyldiamin findet sich auch unter den Producten der Einwirkung von Zinkäthyl oder (in alkoholischer Lösung) von Zink und Salzsäure auf ein Gemisch von Nitronaphtalin und Dinitronaphtalin. Läfst man auf 1 Aeq. Naphtylamin 1 Aeq. salpetrige Säure einwirken, so bildet sich ebenfalls Azodinaphtyldiamin, aber im unreinen Zustand. Aether entzieht dann der mit Salzsäure angesäuerten Lösung eine braune gummiartige Substanz, nach deren Entfernung das Azodinaphtyldiamin durch Ammoniak ausgefällt werden kann. Versetzt man eine angesäuerte Lösung von salzs. Naphtylamin mit einer ebenfalls angesäuerten Lösung von salpetrigs. Kali, so scheidet sich unter schwacher Gasentwickelung allmälig eine pechartige, schwarze Substanz ab und aus dem Filtrat läfst sich alsdann durch Ammoniak oder auch durch tropfenweisen Zusatz einer alkoholischen Lösung von Naphtylamin reines Azodinaphtyldiamin ausscheiden. Fixe Alkalien erzeugen einen röthlichbraunen Niederschlag, der sich nicht in Wasser, nur wenig in Alkohol, aber leicht in Schwefelkohlenstoff oder Benzol löst, daraus nicht krystallisirt und sich weder mit Basen noch mit Säuren verbindet. Für die sich ähnlich

(1) Vgl. Jahresber. f. 1865, 436.

verhaltende schwarze Substanz, welche sich beim Stehen der angesäuerten Lösung von salzs. Naphtylamin und überschüssigem salpetrigs. Kali abscheidet, berechnet Chapman die Formel $C_{20}H_{10}N_4O_5$ und glaubt, daſs sie nach der Gleichung:

$$2 C_{10}H_9N + 6 NHO_2 = C_{20}H_{10}N_4O_5 + 7 H_2O + 4 N$$

aus dem Naphtylamin entstehe. — Aus jodwasserstoffs. Aethylnaphtylamin bildet sich durch Einwirkung eines salpetrigs. Salzes eine Base, die alle Eigenschaften des Azodinaphtyldiamins hat. Sie ist völlig verschieden von dem Aethylazodinaphtyldiamin, sofern sie sich in Alkohol mit orangegelber Farbe löst und durch Säuren violett wird, während die alkoholische Lösung des letzteren violett ist und durch Säuren carmoisinroth wird.

Caffeïn. C. Grosschopff (1) behandelt zur Darstellung des Caffeïns in gröſserem Maaſstabe das auf etwa 70 Pfund verdampfte wässerige Decoct von 100 Pfund Thee mit 5 Pfund aufgeschlämmter Bleiglätte, concentrirt die nach 24 Stunden klar abgegossene Flüssigkeit zum Syrup und vermischt diesen mit einer Lösung von 8 Pfund Pottasche und dann mit 80 Pfund Alkohol von 90° Tr. Nach dem Abgieſsen der grünlichbraunen alkoholischen Lösung wird das Ungelöste nochmals mit 40 Pfund Alkohol behandelt, aus den vereinigten Auszügen der Alkohol abdestillirt und der in 10 bis 15 Pfund heiſsen Wassers gelöste Rückstand der Krystallisation überlassen. Das von der Mutterlauge durch Abflieſsenlassen und Pressen getrennte Caffeïn wird nach mehrmaligem Umkrystallisiren aus Wasser durch Lösen in Benzol und nach dem Abdestilliren des Benzols durch nochmalige Krystallisation aus Wasser unter Zusatz von Thierkohle und etwas Thonerdehydrat gereinigt. Je nach der Theesorte erhält man so zwischen 0,5 und 2 pC. Caffeïn.

(1) Arch. Pharm. [2] CXXVIII, 206.

Chlors. Chinin, $4(C_{20}H_{24}N_2O_2, HClO_3) + 7H_2O$, erhält man, nach Ch. R. C. Tichborne (1), am leichtesten durch Vermischen einer heifs gesättigten Lösung von 310 Gran chlors. Baryt mit 2 Unzen schwefels. Chinin und 9 Unzen Wasser von 90°. Nach der Entfernung des kleinen Ueberschusses von schwefels. Chinin durch gefällten kohlens. Baryt läfst man das Filtrat erkalten, wo das Salz in pilzartigen, aus fadenförmigen Krystallen gebildeten Massen anschiefst. Die heifs gesättigte Lösung trübt sich beim Erkalten milchicht, durch Ausscheidung ölartiger Tropfen, die nach und nach krystallinisch erstarren. Auch aus Alkohol krystallisirt das Salz leicht und mit demselben Wassergehalt. Beim Erhitzen schmilzt es und verbrennt dann sehr lebhaft.

Die im Handel als China de Cuenca bezeichnete, von *Cinchona macrocalyx* Pav. abstammende Rinde enthält nach J. K. Fischer (2) 2,38 pC. organischer Basen, wovon 0,59 pC. aus Chinin und 1,79 pC. aus Cinchonin bestehen.

J. E. de Vrij (3) hält es für wahrscheinlich, dafs in den Chinarinden eine amorphe und amorphe Salze bildende Base schon ursprünglich enthalten ist, da Er eine solche auch aus Javanischen Rinden erhielt, die im Dunkeln getrocknet und mit Essigsäure ausgezogen wurden. Das Winkler'sche amorphe Chinin (Berzelius' Jahresber. XXIV, 402) fand Er bei der Untersuchung einer von Winkler selbst dargestellten Probe aus einem Gemenge von Chinidin mit einem amorphen Alkaloïd bestehend, von welchen das erstere in der S. 473 angegebenen Weise als jodwasserstoffs. Salz abgeschieden werden konnte. Die alkoholische Lösung dieses Gemenges (1,884 Grm. in 15 CC.) drehte in einer 100 MM. langen Schichte die Ebene des polarisirten Lichtes um 1°,5 nach Rechts (Chinin ist

(1) Chem. News XIV, 111; Pharm. J. Trans. [2] VIII, 67, 185; Zeitschr. Chem. 1866, 665; Bull. soc. chim. [2] VII, 449. — (2) Vierteljahrsschr. pr. Pharm. XV, 181; Zeitschr. Chem. 1866, 256. — (3) Besondere Mittheilung des Verfassers.

linksdrehend). Die Base war auch in Aether ziemlich löslich und gab (in Folge des Chinidingehaltes) die Reaction mit Chlorwasser und Ammoniak. Genauere Angaben über das von Ihm aufgefundene und das Winkler'sche amorphe Alkaloïd, welches Seiner Vermuthung nach die Hauptmasse des Chinoïdins bildet, hat de Vrij nicht gemacht.

Chinoïdin. Zur Reinigung des käuflichen Chinoïdins, das zuweilen bis zu 30 pC. Verunreinigungen (worunter besonders Kalk) enthält (1), empfiehlt de Vrij (2), 9 Th. des käuflichen Präparates mit einer verdünnten Lösung von 2 Th. neutralem oxals. Ammoniak unter zeitweiligem Zusatz von Wasser bis zur Beendigung der Ammoniakentwickelung zu kochen, die erkaltete Flüssigkeit mit so viel Wasser zu verdünnen, dafs ein weiterer Zusatz desselben keine Trübung mehr bewirkt und das Filtrat mit Natronlauge zu fällen. Der klebrige Niederschlag wird mit Wasser gewaschen und bei 100° bis 110° getrocknet. Das Verfahren beruht auf der von Pasteur gemachten Beobachtung, dafs Chinicin und Cinchonicin (welche in dem Chinoïdin enthalten sein müssen) Ammoniaksalze schon bei gewöhnlicher Temperatur zersetzen. Chinin und Chinidin besitzen nach de Vrij diese Eigenschaft ebenfalls, wiewohl in geringerem Grade. In der Kälte wird aber das Chinoïdin von der Lösung des oxals. Ammoniaks nur nach mehrstündigem anhaltendem Zerreiben vollständig aufgenommen. — Als geeignete Form für die arzneiliche Anwendung des Chinoïdins schlägt de Vrij das chinovas. Salz vor, zu dessen Darstellung man eine durch Kochen von 9 Th. Chinoïdin mit einer verdünnten Lösung von 2 Th. Chlorammonium bereitete Chinoïdinlösung mit einer Lösung von chinovas. Kalk (3) fällt, den flockigen weifsen Niederschlag,

---

(1) Vgl. Jahresber. f. 1849, 875; f. 1850, 420. — (2) Aus Journal de pharm. d'Anvers in J. pharm. [4] IV, 50; Chem. News XIV, 173. — (3) Diese kann durch Ausziehen der bereits mit Wasser erschöpften Chinarindenrückstände mit dünner Kalkmilch erhalten werden.

welcher alle basischen Bestandtheile des Chinoïdins enthält, auf einem leinenen Tuch sammelt, ausprefst und nach dem Auswaschen in gelinder Wärme trocknet.   *Chinoïdin.*

Chinidin (β-Chinin) hat de Vrij (1) in allem von Ihm untersuchten käuflichen Chinoïdin aufgefunden. Die Abscheidung desselben gelingt aber (in Folge der Anwesenheit eines Stoffs, welcher es in die Auszüge begleitet und die Krystallisation hindert) oft nur auf die Weise, dafs man die oxalsaure Lösung des Chinoïdins (S. 472) durch Verdampfen concentrirt, mit einer gesättigten Lösung von Jodkalium versetzt und nun vorsichtig kleine Mengen von 80 procentigen Weingeist zusetzt, bis die durch das Jodkalium entstandene milchige Trübung verschwunden ist und der zähe Niederschlag sich wieder gelöst hat. Nach einiger Zeit scheidet sich dann, besonders nach anhaltendem Rühren mit einem Glasstabe, das jodwasserstoffs. Chinidin als sandiges krystallinisches Pulver aus.

Schwefelcyanwasserstoffs. Cinchonin krystallisirt, nach v. Zepharovich (2), in glasglänzenden wasserhellen Nadeln und Säulchen des monoklinometrischen Systems. Er beobachtete an Krystallen, welche Th. Wertheim dargestellt hatte, die Combination $0P . P\infty . 2P\infty . + P . \infty P . \infty P\infty$, von welchen Flächen die zusammengehörigen eine sehr wechselnde Ausdehnung zeigen und die der Hemipyramiden häufig gekrümmt sind. Es beträgt die Neigung von $0P : P\infty = 147°15'50''$; $P\infty : \infty P\infty = 115°25\frac{1}{2}'$; $+ P : P\infty = 132°13'$ und der spitze Axenwinkel $= 82°36'$, entsprechend dem Axenverhältnifs a (Klinodiagonale) : b : c (Hauptaxe) $= 2,0339 : 1 : 1,2207$. Die Längsrichtung der Kryställchen entspricht der Orthodiagonale; nach $\infty P \infty$ sind sie vollkommen spaltbar.   *Cinchonin.*

---

(1) Besondere Mittheilung des Verfassers. — (2) Wien. Acad. Ber. LII (1. Abth.), 245; kurze Notiz in Wien. acad. Anzeiger 1865, 134.

Strychnin. G. C. Wittstein (1) fand, daſs bei der Darstellung des Strychnins durch Auskochen der Krähenaugen mit Wasser (statt mit verdünntem Weingeist) eine schleimige, nicht colirbare Flüssigkeit erhalten wird, die erst nach mehrwöchentlichem Stehen bei etwa 30° sich klärt und dann, ohne Verlust an Strychnin, weiter verarbeitet werden kann.

Nach Versuchen von L. Thiercelin (2) wirken lösliche Strychninsalze in hohem Grade giftig auf groſse Cetaceen. Der Tod von Wallfischen trat schon nach etwa 18 Minuten ein, nachdem dieselben durch ein explosives Geschoſs getroffen waren, welches etwa 30 Grm. eines Gemenges von einem löslichen Strychninsalz mit $1/_{20}$ Curare enthielt.

Methylstrychnin. Schroff (3) bestätigt durch Versuche an Kaninchen und Hunden die Angabe von Stahlschmidt (4), daſs das salpeters. Methylstrychnin in Gaben von 0,05 bis 0,2 Grm. innerlich gereicht nicht giftig wirkt, bei subcutaner Anwendung bewirkte dasselbe jedoch, bei längerem Fortbestehen der Herzthätigkeit, lähmungsartige Zufälle, die in mehreren Versuchen denen einer Vergiftung mit Curare ähnlich waren.

Curarin. Dragendorff (5) beschreibt einige Versuche über die Isolirung der in dem Curare vorhandenen organischen Base. Er kommt zu dem, aus Preyer's (6) Untersuchung schon sich ergebenden Resultat, daſs das Curarin mit dem Strychnin nicht identisch sei und daſs im Handel ein sehr wirksames Curare vorkomme, in welchem sich weder Strychnin noch Brucin auffinden läſst.

---

(1) Vierteljahrsschr. pr. Pharm. XV, 19. — (2) Compt. rend. LXIII, 924. — (3) Aus dem Wochenblatt der Zeitschr. der Ges. der Aerzte zu Wien 1866, Nr. 14 in N. Jahrb. Pharm. XXV, 296. — (4) Jahresber. f. 1859, 397. — (5) Russ. Zeitschr. Pharm. V, 153; Zeitschr. Chem. 1867, 28. — (6) Jahresber. f. 1865, 455.

W. Lossen (1) hat die, im Jahresber. f. 1865, 451 schon erwähnten, bei der Spaltung des Atropins durch Salzsäure entstehenden Säuren näher untersucht. Das Atropin zerfällt, sei es durch Barythydrat oder durch Salzsäure, zunächst nach der Formel :

Atropin   Tropasäure   Tropin
$C_{17}H_{23}NO_3$ + H_2O = $C_9H_{10}O_3$ + $C_8H_{15}NO$.

Aus der Tropasäure entstehen bei weiterer Einwirkung der genannten Agentien, unter Austreten der Elemente des Wassers, zwei weitere, unter sich isomere Säuren, $C_9H_8O_2$, welche als Atropasäure und Isatropasäure bezeichnet werden. Die letztere bildet sich vorzugsweise bei der Einwirkung von Salzsäure, die schon von Kraut (2) beschriebene Atropasäure bei der Einwirkung von Barythydrat auf Tropasäure. Die Isolirung dieser Säuren geschieht in folgender Weise. Erhitzt man Atropin mit rauchender Salzsäure mehrere Stunden auf 120 bis 130°, so bildet sich eine (beim Verdünnen mit Wasser noch zunehmende) halbflüssige Schicht, welche die Säuren enthält; was in der verdünnten Flüssigkeit neben salzs. Tropin gelöst bleibt, ist fast nur Tropasäure, welche sich durch Aether entziehen läfst. Wird das halbflüssige Gemische mit verdünntem kohlens. Natron behandelt, so entsteht eine Lösung, aus welcher beim Uebersättigen mit Salzsäure die in Wasser fast unlösliche Isatropasäure abgeschieden wird, während Tropasäure nebst der nur in geringer Menge vorhandenen Atropasäure in Lösung bleibt. Man entzieht beide der Lösung durch Aether, verdunstet diesen und behandelt den Rückstand mit Benzol, wo sich fast nur Atropasäure löst; beide Säuren werden durch Umkrystallisiren aus siedendem Wasser gereinigt. Die durch Salzsäure gefällte Isatropasäure enthält meist noch eine halb-

---

(1) Ann. Ch. Pharm. CXXXVIII, 280; Zeitschr. Chem. 1866, 397; J. pr. Chem. C, 427; Ann. ch. phys. [4] VIII, 488. — (2) Jahresber. f. 1865, 450.

Atropin. flüssige, leicht in absolutem Aether lösliche, nicht näher untersuchte Säure. Die Tropasäure, $C_9H_{10}O_3$, krystallisirt aus heifs gesättigten wässerigen Lösungen in feinen prismatischen Krystallen, welche concentrisch zu halbkugelförmigen, blumenkohlartigen Massen vereinigt sind; sie ist in Alkohol, in Aether und in 49 Th. Wasser von 14°,5 löslich, schmeckt schwach sauer, schmilzt bei 117 bis 118° und verflüchtigt sich nicht ohne Zersetzung. Das Kalksalz, $C_{18}H_{18}CaO_6 + 4H_2O$, krystallisirt in der von Kraut (für den atropas. Kalk) beschriebenen Form; es verliert bei 120° den Wassergehalt. Das durch Fällung erhaltene Silbersalz, $C_9H_9AgO_3$, ist aus heifsem Wasser krystallisirbar und wird bei 110 bis 120° zersetzt. Die Atropasäure, $C_9H_8O_2$, hat die von Kraut angegebenen Eigenschaften; sie entsteht beim mehrstündigen Erhitzen von Tropasäure mit concentrirtem Barytwasser auf etwa 130°. Das Kalksalz, $C_{18}H_{14}CaO_2 + 2H_2O$, krystallisirt nur unvollständig in Nadeln. — Die Isatropasäure, $C_9H_8O_2$, weicht in ihren Eigenschaften bedeutend von der isomeren Atropasäure ab. Sie ist in kaltem Wasser beinahe unlöslich, löst sich nur wenig in siedendem Wasser und in Aether und auch schwieriger in Alkohol, als die Atropasäure. Während diese letztere bei 106° schmilzt und bei wenig höherer Temperatur sublimirt, erleidet die Isatropasäure bei 120° keinen Gewichtsverlust und schmilzt erst bei etwa 200°. Wird sie aus der alkoholischen Lösung durch Wasser gefällt, so bildet sie allmälig mikroscopische dünne rhombische Blättchen. Die nämliche Säure entsteht, wenn reine Tropasäure mit concentrirter Salzsäure einige Stunden auf 140° erhitzt wird. Sie ist mit der Zimmtsäure ebensowenig identisch als mit der Atropasäure. — Beim Erhitzen einer alkoholisch-ätherischen Lösung von Atropin mit Jodäthyl im Wasserbad scheidet sich bald ein krystallinischer Niederschlag von *Aethylatropiniumjodid*, $C_{19}H_{28}NO_3J$, ab. Das daraus durch Behandlung mit Chlorsilber erzeugte salzs. Salz giebt mit Platinchlorid das aus Wasser in orangefarbenen Blättchen krystallisirbare Platindoppelsalz, $C_{19}H_{27}NO_3$, HCl, PtCl$_2$. Mit Silberoxyd lieferte die Jodverbindung eine leicht lösliche, nicht krystallisirbare Base, welche bei nochmaliger Behandlung mit Jodäthyl in eine Jodverbindung überging, welche nach der Analyse eines Platinsalzes wahrscheinlich (durch weitere Spaltung entstandenes) jodwasserstoffs. Aethyltropin war.

H. L u d w i g (1) hat einige Versuche über die Darstellung des Hyoscyamins beschrieben. Aus dem Bilsenkraut liefs sich keine krystallisirbare Base erhalten. Der weingeistige Auszug von 2 Pfd. der Samen lieferte, nach dem Abdestilliren des meisten Weingeists und Behandeln des in Wasser löslichen Theils des Rückstandes mit Kali und Chloroform, nach dem Verflüchtigen des letzteren 0,7 Grm. einer schwach gelb gefärbten, stark nach Tabak riechenden, unzersetzt flüchtigen Base, welche aus Benzol über Schwefelsäure in weifsen Nadeln krystallisirte und alle Eigenschaften des Hyoscyamins besafs. Neben dem Hyoscyamin enthalten die Samen viel fettes Oel und einen gelben stickstoffhaltigen Farbstoff. — W. A. T i l d e n (2) erhielt nach einem ähnlichen Verfahren die Base in krystallisirtem Zustand aus dem frisch bereiteten Extract der Blätter. *Hyoscyamin.*

O. H e s s e (3) hat über das im Jahresbericht f. 1865, 447 erwähnte Rhoeadin Näheres mitgetheilt. Zur Darstellung dieser in allen Theilen von *Papaver Rhoeas* L. vorkommenden Base schüttelt man den stark verdampften und mit kohlens. Natron übersättigten wässerigen Auszug der Pflanze mit Aether und dann die ätherische Lösung mit zweifach-weins. Natron. Die vom Aether getrennte Lösung giebt nun mit Ammoniak einen grauweifsen, bald *Rhoeadin.*

---

(1) Arch. Pharm. [2] CXXVII, 102; Zeitschr. Chem. 1866, 544; Bull. soc. chim. [2] VII, 521. — (2) Pharm. J. Trans. [2] VIII, 127. — (3) Ann. Ch. Pharm. CXL, 145; Zeitschr. Chem. 1866, 737; Chem. Centr. 1867, 33; J. pr. Chem. C, 429; Bull. soc. chim. [2] VII, 454.

Rhoeadin. krystallinisch werdenden Niederschlag, der nach der Behandlung mit Wasser und siedendem Alkohol (wodurch eine geringe Menge einer dem Thebaïn verwandten oder damit identischen Base entzogen wird) in Essigsäure gelöst, durch Thierkohle entfärbt und durch Ammoniak wieder gefällt wird. Gröfsere Krystalle erzeugen sich, wenn die essigs. Lösung in heifsen ammoniakhaltigen Alkohol eingetragen wird. Das Rhoeadin bildet kleine weifse Prismen, welche fast unlöslich in Aether, Alkohol, Benzol, Chloroform, Wasser, Ammoniak, kohlens. Natron und Kalkwasser sind. Bei 18° sind 1280 Th. Aether zur Lösung erforderlich. Die Base ist, wie auch die Auflösung in Säuren, geschmacklos und nicht giftig. Sie schmilzt bei 232°, indem ein Theil namentlich in einem Gasstrom in langen weifsen Prismen sublimirt. Die Analyse entspricht der Formel $C_{21}H_{21}NO_6$. Die Lösungen des Rhoeadins in schwachen und nicht überschüssigen Säuren sind farblos, die in etwas stärkeren Säuren, namentlich in Salzsäure und Schwefelsäure, ist purpurroth. Die durch Alkalien verschwindende, durch Säuren wieder erscheinende Färbung ist so intensiv, dafs durch 1 Th. der Base 10000 Th. Wasser purpurroth, 200000 Th. intensiv rosa und 800000 Th. noch deutlich roth gefärbt werden, obwohl von derselben nur etwa 5 pC. in die färbende Substanz verwandelt werden. Es läfst sich vermittelst dieser Reaction das Rhoeadin nicht nur in allen Theilen von *Papaver Rhoeas*, sondern auch in den reifen Samenkapseln von *Papaver somniferum* und in dem Opium nachweisen. Vermischt man einen wässerigen Auszug des Opiums mit kohlens. Natron oder Kalkmilch bis kein Niederschlag mehr entsteht und schüttelt das Filtrat mit Aether und diesen dann mit verdünnter Schwefelsäure, so färbt sich die letztere beim Erwärmen roth. Die farblose Lösung des Rhoeadins in Säuren wird durch Gerbsäure, Quecksilber-, Gold- und Platinchlorid gefällt. Der Platingehalt des gelben amorphen Platindoppelsalzes entspricht der Formel $C_{21}H_{21}NO_6, HCl, PtCl_2 + H_2O$. — Neben dem rothen Farbstoff entsteht aus dem Rhoeadin durch die Einwirkung von Mineralsäuren eine neue isomere Base, das *Rhoeagenin*, welches aus der durch Thierkohle völlig entfärbten Lösung durch Ammoniak gefällt wird. Es bildet nach dem Umkrystallisiren aus Alkohol kleine weifse Prismen, die sich in Aether, Alkohol, Wasser und Ammoniak nur spärlich, dagegen leicht und ohne Färbung in Säuren lösen. Die alkoholische Lösung bläut geröthetes Lackmus, die Salze schmecken bitter und die freie, bei 223° schmelzende Base ist nicht sublimirbar. Die Analyse ergab dieselbe Zusammensetzung wie für das Rhoeadin. Das schwefels. Salz ist in Wasser sehr leicht löslich und trocknet zu einer firnifsartigen Masse ein; die Lösung wird durch zweifach-chroms. Kali, Jodquecksilberkalium, Quecksilber-, Gold- und Platinchlorid gefällt. Aus dem Metallgehalt des Platindoppelsalzes berechnet Hesse die Formel $C_{21}H_{21}NO_6$, HCl, PtCl$_2$.

V. v. Zepharovich (1) hat die Krystallformen einiger (von Th. Wertheim dargestellten) Piperidinverbindungen bestimmt. *Piperidin-Platinchlorid*, $C_{10}H_{11}N$, HCl, PtCl$_2$, bildet licht morgenrothe durchsichtige Krystalle des monoklinometrischen Systems mit den Flächen OP.—P. + 2P∞, seltener auch — 2P∞. Bei gleichförmiger Ausbildung der einfachen Formen ist der Habitus der Krystalle rhomboëdrisch; durch Vorwalten der basischen Endfläche und des positiven Orthohemidoma's werden sie tafel- oder nadelförmig. Sie besitzen vollkommene Spaltbarkeit nach OP und ∞P∞. Es ist OP : + 2P∞ = 139°28'20''; OP : — P = 132°19'; OP : ∞P∞ (Spaltungsfläche) = 90°5'45'', entsprechend dem Axenverhältnifs a (Klinodiagonale) : b : c (Hauptaxe) = 2,3723 : 1 : 1,0128 und dem spitzen Axenwinkel = 89°55'.
— *Piperidinharnstoff-Platinchlorid*, $2(C_{12}H_{12}N_2O_2)$, HCl,

---

(1) Wien. Acad. Ber. LII (1. Abth.), 241; kurze Notiz in Wien. acad. Anzeiger 1865, 134.

Piperidin-Verbindungen. $PtCl_2$, krystallisirt in glänzenden, durchsichtigen, morgenrothen, sechsseitigen Täfelchen des monoklinometrischen Systems, mit den Flächen $0P.\infty P.(\infty P\infty).(P\infty).+ \frac{1}{2}P.-\frac{1}{2}P.+P$, von welchen die Hemipyramiden nur selten und untergeordnet auftreten. Die Grundform hat das Axenverhältnifs $a:b:c = 0,8873:1:1,0151$; der spitze Axenwinkel beträgt $85°50'34''$. Es ist $0P:(P\infty) = 134°38'40''$; $0P:\infty P = 86°53'20''$; $\infty P:\infty P$ an der Orthodiagonale $= 82°57'$; $\infty P:(\infty P\infty) = 131°30\frac{1}{2}'$. Die Krystalle sind nach $0P$ leicht spaltbar und zuweilen nach der Klinodiagonale säulig verlängert. — *Piperidinharnstoff-Platinchlorid*, $C_{12}H_{12}N_2O_2$, HCl, $PtCl_2$, bildet durchsichtige sechsseitige monoklinometrische Täfelchen von etwas hellerer Farbe, als die vorhergehende Verbindung. Es wurde nur die Combination $0P.\infty P.\infty P\infty$ beobachtet, mit dem Verhältnifs der Klinodiagonale zur Orthodiagonale $= 1,6194:1$, und dem spitzen Axenwinkel $= 67°24'45''$. Es ist $0P:\infty P = 102°5'$; $\infty P:\infty P$ an der Orthodiagonale $= 112°24'$.

Berberin. J. Gastell (1) hat dargethan, dafs die als Jamaicin bezeichnete, in der gelben Wurmrinde *(Cort. Geoffroyae jamaicensis)* enthaltene Base mit dem Berberin identisch ist.

Corydalin. H. Wicke (2) hat durch eine erneute Untersuchung des Corydalins (3) die Zusammensetzung und die Eigenschaften dieser Base festgestellt. Zu ihrer Darstellung werden die zerkleinerten Wurzeln der *Bulbocapnus cavus* B. (Rad. *Aristolochiae cavae*) mit 6 Th. schwefelsäurehaltigem Wasser bei 50° wiederholt ausgezogen, die abgeprefsten Flüssigkeiten mit Bleiessig ausgefällt und das vom Bleiüberschufs mittelst Schwefelsäure befreite Filtrat mit metawolframs. oder phosphorwolframs. Natron versetzt,

---

(1) Aus N. Repert. Pharm. XIV, 211 in Chem. Centr. 1866, 383; Vierteljahrsschr. pr. Pharm. XV, 224. — (2) Ann. Ch. Pharm. CXXXVII, 274; Zeitschr. Chem. 1866, 145; Chem. Centr. 1866, 241; Bull. soc. chim. [2] VI, 412; Instit. 1866, 397. — (3) Jahresber. f. $18^{47}/_{48}$, 643; f. 1859, 570; f. 1860, 369.

mit der Vorsicht, dafs die Flüssigkeit stark sauer bleibt. Der entstehende gelbweifse Niederschlag wird abgeprefst, mit geschlämmter Kreide eingetrocknet und die trockene Masse dann mit heifsem Alkohol erschöpft. Nach dem Abdestilliren des Alkohols schiefst das Corydalin aus dem dickflüssigen Rückstand in sternförmig gruppirten Prismen an; den Rest erhält man durch Behandeln der eingetrockneten Mutterlauge mit essigsäurehaltigem Wasser, Fällen mit Bleiessig, Entfernen des Bleiüberschusses mit Schwefelwasserstoff, Uebersättigen des Filtrats mit kohlens. Natron und Umkrystallisiren des Niederschlags aus Alkohol. Ein den Krystallen anhaftendes Harz entfernt man am zweckmäfsigsten durch Waschen mit ätherhaltigem Alcohol, Abpressen und Umkrystallisiren aus. Aetheralkohol. Das Corydalin schiefst aus concentrirten Lösungen in kurzen prismatischen Krystallen, aus verdünnten in feinen Nadeln an; es löst sich in Alkohol, Aether, Chloroform, Amylalkohol, Schwefelkohlenstoff, Benzol und Terpentinöl, aber nicht in Wasser. Die harzfreie Lösung in Alkohol bleibt beim Erwärmen farblos; sie reagirt stark alkalisch und scheidet auf Zusatz von Wasser die Base nicht amorph, sondern in mikroscopischen Nadeln ab. Das Corydalin schmilzt bei 130° ohne Gewichtsverlust zu einer braunrothen amorphen Masse, die bei längerem Stehen wieder krystallinisch wird. Die alkoholische Lösung schmeckt bitter und wird durch Gerbsäure flockig gefällt; die Lösung in Säuren giebt mit ätzenden und kohlens. Alkalien (löslich in überschüssigem ätzendem Alkali), mit Schwefelcyankalium, Quecksilberchlorid, Jodquecksilber-Jodkalium, Jod, pikrins. Natron, chroms. Kali, metawolframs. Natron, Gold- und Platinchlorid Niederschläge. In concentrirter Salpetersäure löst es sich mit goldgelber Farbe unter Zurücklassung eines braunrothen Harzes. Die Analyse entspricht der Formel $C_{18}H_{19}NO_4$. — *Aethylcorydalinjodür*, $C_{18}H_{19}(C_2H_5)NO_4$, J, bildet sich beim Erhitzen des Corydalins mit Jodäthyl auf

$100°$ und schiefst aus der gelben Lösung in röthlichgelben, nur schwer in Wasser löslichen Krystallen an. Mit frischgefälltem Silberoxyd entsteht eine stark alkalisch reagirende Lösung, aus der sich das Aethylcorydalin nicht rein erhalten läfst. *Aethylcorydalinplatinchlorid*, $C_{18}H_{19}(C_2H_5)NO_4Cl$, $PtCl_2$, ist ein schmutzig gelber amorpher Niederschlag. *Salzs. Corydalin*, $C_{18}H_{19}NO_4, HCl + 5H_2O$, bildet sich beim Schütteln einer Lösung der Base in Schwefelkohlenstoff mit salzsäurehaltigem Wasser und krystallisirt in weifsen, büschelförmig gruppirten Nadeln, welche über Schwefelsäure den ganzen Wassergehalt verlieren. Aus warmer verdünnter Salzsäure schiefst das Salz wasserfrei an. *Saures schwefels. Corydalin*, $C_{18}H_{19}NO_4, SH_2O_4$, bildet nadelförmige, in Wasser nur träge lösliche Prismen; das Platindoppelsalz, $C_{18}H_{19}NO_4, HCl, PtCl_2$, ist ein gelber krystallinischer Niederschlag.

Fumarin. G. Preuss (1) hat über das schon von Hannon (2) dargestellte Fumarin einige weitere Angaben veröffentlicht. Die Base wurde durch Auskochen des getrockneten Krauts der *Fumaria officinalis* mit essigsäurehaltigem Wasser, Fällen des Auszugs mit Bleiessig und Vermischen des mit Schwefelwasserstoff vom Bleiüberschufs befreiten, mit Schwefelsäure stark angesäuerten Filtrats mit einer Auflösung von metawolframs. Natron dargestellt. Der das Fumarin enthaltende Niederschlag wird, nach dem Auswaschen mit schwefelsäurehaltigem Wasser, mit frisch gefälltem Bleioxydhydrat eingetrocknet, die trockene Masse mit siedendem Alkohol erschöpft und der Rückstand des alkoholischen Auszugs in essigsäurehaltigem Wasser gelöst, mit Bleiessig versetzt und das entbleite, stark verdampfte Filtrat mit Kali gefüllt. Der so erhaltene, mit wenig Wasser gewaschene Niederschlag wird nun nach dem Trocknen mit Schwefelkohlenstoff in der Wärme behandelt, der

---

(1) Zeitschr. Chem. 1866, 414; Bull. soc. chim. [2] VII, 453. —
(2) Jahresber. f. 1852, 550.

filtrirte Auszug mit salzsäurehaltigem Wasser geschüttelt, die safrangelbe Lösung des salzs. Fumarins mit kohlens. Baryt eingetrocknet und dem Rückstand die Base mit absolutem Alkohol entzogen. Sie krystallisirt in unregelmäfsigen, sechsseitigen, monoklinometrischen Prismen, welche sich in Alkohol, Chloroform, Benzol, Schwefelkohlenstoff und Amylalkohol, aber nur wenig in Wasser und nicht in Aether lösen. Die Lösung schmeckt bitter und reagirt alkalisch. Starke Salpetersäure färbt das trockene Fumarin nicht; beim Verdunsten wird die Lösung gelbbraun und es bleibt ein braunrother, mit Alkalien sich dunkler färbender Rückstand. Mit Schwefelsäure giebt das Fumarin eine dunkelviolette, auf Zusatz eines Oxydationsmittels braun werdende Flüssigkeit. Das leicht lösliche essigs. Fumarin krystallisirt in seideartigen Nadelbüscheln, das schwer lösliche salzs. und schwefels. Salz in Prismen, das Platin- und Golddoppelsalz in Octaëdern.

Nach der Angabe von F. Hübschmann (1) enthält der gelbblühende Eisenhut (*Aconitum Lycoctonum* L.) kein Aconitin, sondern zwei neue, vorläufig als *Acolyctin* und *Lycoctonin* bezeichnete organische Basen. Man erhält dieselben aus dem zuerst mit Kalk, dann mit Schwefelsäure behandelten weingeistigen Auszug der Wurzeln durch Verdampfen desselben, Entfernen des Harzes, Entfärben mit Thierkohle, Eintrocknen mit kohlens. Natron und Ausziehen der zerriebenen Masse mit Chloroform oder absolutem Alkohol. Der syrupartige Verdampfungsrückstand dieses Auszugs giebt an Aether das Lycoctonin ab, während das in gröfserer Menge vorhandene Acolyctin ungelöst bleibt. Dieses letztere ist ein weifsliches, leicht in Wasser, Alkohol und Chloroform, aber nicht in Aether lösliches Pulver. Es schmeckt bitter, reagirt alkalisch und neutralisirt Säuren.

(1) Aus der Schweiz. Wochenschrift für Pharm. in Vierteljahrsschr. pr. Pharm. XV, 22.

Das Lycoctonin schiefst in warzigen Krystallen an, welche sich leicht in Alkohol aber nur wenig in Aether oder Wasser lösen. Es reagirt ebenfalls alkalisch, schmeckt stark bitter und färbt sich mit concentrirter Schwefelsäure gelb.

Base aus der Runkelrübe. Nach C. Scheibler (1) läfst sich aus dem Runkelrübensaft (oder auch aus Melasse) in nachstehender Weise eine organische Base abscheiden. Man versetzt den frisch geprefsten, mit Salzsäure stark angesäuerten Saft mit phosphorwolframs. Natron, filtrirt sogleich von dem gebildeten Niederschlag ab und läfst das Filtrat 8 bis 10 Tage stehen, wo sich allmälig warzenförmig gruppirte spitze Prismen absetzen. Durch Behandeln derselben mit Kalkmilch und Verdampfen des mittelst Kohlensäure vom Kalk befreiten Filtrats erhält man die durch Umkrystallisiren aus starkem Alkohol zu reinigende Base. Sie schiefst beim Verdunsten der Lösung über Schwefelsäure in prachtvollen, äufserst leicht in Wasser und Alkohol löslichen Krystallen an. Sie reagirt deutlich alkalisch, riecht moschusartig, zerfliefst an feuchter Luft, verwittert über Schwefelsäure und entwickelt beim Erhitzen ammoniakalische, nach Blausäure riechende Dämpfe.

Alkohole und dahin Gehöriges. Prognose neuer Alkohole und Aldehyde. H. Kolbe (2) vermuthet die Existenz einer neuen Klasse von Alkoholen und Aldehyden, welche zu den gewöhnlichen in einem ähnlichen Verhältnisse stehen würden, wie die Diamine und Triamine zu den Monaminen (3). Er theilt beispielsweise die Formeln der voraussichtlichen Alkohole und Aldehyde einiger mehrbasischen Säuren

---

(1) In der S. 399 angeführten Abhandlung. — (2) Zeitschr. Chem. 1866, 118; Chem. Soc. J. [2] IV, 54. — (3) Vgl. Jahresber. f. 1864, 459.

(Bernsteinsäure, Aepfelsäure, Weinsäure, Phtalsäure und Aconitsäure) mit.

In einer vorläufigen Mittheilung über die Synthese von Alkoholen mittelst gechlorten Aethers giebt A. Lieben (1) zunächst an, dafs das früher (2) als Monochloräther bezeichnete Chlorsubstitutionsproduct des Aethers — sofern darin das Chlor höchst wahrscheinlich unsymmetrisch vertheilt sei — mit der Formel $\left.\begin{array}{c}C_2H_3Cl_2 \\ C_2H_5\end{array}\right\}\Theta$ als *Dichloräther* (und die Malaguti'sche Verbindung $C_4H_6Cl_4$ als *Tetrachloräther*) bezeichnet werden müsse. Die von Lieben und Bauer (3) durch Einwirkung von Zinkäthyl auf den Dichloräther erhaltene Verbindung, $C_6H_{13}Cl\Theta$, wäre dann der *Aethylochloräther*, $\left.\begin{array}{c}C_2H_3Cl(C_2H_5) \\ C_2H_5\end{array}\right\}\Theta$. — Bei der Einwirkung von concentrirter Jodwasserstoffsäure auf diesen Aethylochloräther wird das Chlor gröfstentheils durch Wasserstoff ersetzt, indem — neben Salzsäure, freiem Jod und einigen secundären Producten — ein schweres Oel entsteht, welches Jodäthyl, Aethylochloräthyl (äthylirtes Chloräthyl) und Aethylojodäthyl (äthylirtes Jodäthyl) enthält. Das *Aethylojodäthyl* hat die Zusammensetzung und den Siedepunkt des Jodbutyls. Es wirkt schon bei gewöhnlicher Temperatur auf essigs. Silber ein, indem neben einem in der Kälte verdichtbaren Gas (Butylen oder ein damit isomerer Kohlenwasserstoff) ein angenehm fruchtartig riechender Aether, das *essigs. Aethyloäthyl* (äthylirtes Aethylacetat) gebildet wird. Letzteres liefert beim Sieden mit concentrirter Kalilauge den *Aethyloäthylalkohol* (äthylirten Aethylalkohol), der wahrscheinlich nicht mit dem normalen Butylalkohol, sondern mit dem Butylenhydrat

---

(1) Wien. Acad. Ber. LIV (2. Abth.), 225; Ann. Ch. Pharm. CXLI, 236; Zeitschr. Chem. 1867, 181; Chem. Centr. 1867, 10; Phil. Mag. [4] XXXIII, 449. — (2) Jahresber. f. 1859, 446; f. 1864, 471. — (3) Jahresber. f. 1862, 393.

Synthese von Alkoholen. identisch ist. Von den durch die Theorie angedeuteten isomeren Butylalkoholen

$$\text{I.} \quad C\begin{cases}CH_3.CH_2.CH_3\\H\\H\\\Theta H\end{cases} \quad \text{II.} \quad C\begin{cases}CH.CH_2.CH_3\\CH_3\\H\\\Theta H\end{cases} \quad \text{III.} \quad C\begin{cases}CH_3.CH_2\\CH_3\\H\\\Theta H\end{cases} \quad \text{IV.} \quad C\begin{cases}CH_3\\CH_3\\CH_3\\\Theta H\end{cases}$$

käme dem Aethyloäthylalkohol die durch die Formel III. ausgedrückte Constitution zu. Er wäre dann ein secundärer Alkohol und würde im Sinne der von Kolbe vorgeschlagenen Nomenclatur als *Aethylmethylcarbinol* zu bezeichnen sein. — Das zweite Product der Einwirkung von Zinkäthyl auf gechlorten Aether (1), in welchem die beiden Chloratome durch Aethyl ersetzt sind, bezeichnet Lieben mit der Formel $\begin{Bmatrix}C_2H_3.C_2H_5.C_2H_5\\C_2H_5\end{Bmatrix}\Theta$, als *Diäthyläther* oder *Dietäthyläther*. Derselbe liefert durch Behandlung mit concentrirter Jodwasserstoffsäure ebenfalls ein schweres Oel, welches neben Jodäthyl auch Diäthylojodäthyl (zweifachäthylirtes Jodäthyl) enthält. Aus letzterem würde ein mit dem Hexylalkohol isomerer secundärer oder tertiärer Alkohol hervorgehen.

Einwirkung von Dreifach-Chlorphosphor auf Alkohole. N. Menschutkin (2) untersuchte die Producte der Einwirkung wasserfreier Alkohole auf Dreifach-Chlorphosphor. Vermischt man in einer Retorte mit aufrecht stehendem Kühler 1 Mol. Dreifach-Chlorphosphor nach und nach unter Abkühlung mit 1 Mol. wasserfreiem Alkohol, so entweicht unter lebhafter Einwirkung eine reichliche Menge von Salzsäure. Das flüssige Product geht bei der Destillation zwischen 90 und 125° über, indem gegen Ende unter starkem Aufblähen ziemlich viel Phosphor abgeschieden wird. Es besteht fast ganz aus *Aethylphospho-*

---

(1) Jahresber. f. 1862, 394. — (2) Petersb. acad. Bull. X, 118; Ann. Ch. Pharm. CXXXIX, 343; J. pr. Chem. XCVIII, 485; im Auss. Zeitschr. Chem. 1866, 65; Chem. Centr. 1866, 897; Bull. soc. chim. [2] VI, 481.

rigsäurechlorür, $PC_2H_5OCl_2$, welches durch fractionirte Destillation (wobei stets ein unbedeutender Theil zersetzt wird) als wasserhelle, stark lichtbrechende, an der Luft rauchende Flüssigkeit von dem constanten Siedepunkt 170° und dem spec. Gewicht 1,316 bei 0° erhalten wird. Seine Bildung erklärt sich aus der Gleichung: $PCl_3 + C_2H_6O = PC_2H_5OCl_2 + HCl$; in Wirklichkeit ist die Reaction indessen nicht so einfach, da aufser Salzsäure auch Chloräthyl entsteht und gegen Ende der ersten Destillation viel Phosphor abgeschieden wird. Mit Wasser zersetzt sich das Aethylphosphorigsäurechlorür unter lebhafter Einwirkung in Alkohol und phosphorige Säure; beim vorsichtigen Vermischen mit Brom zerfällt es nach der Gleichung $PC_2H_5OCl_2 + Br_2 = C_2H_5Br + POCl_2Br$ in Bromäthyl und in Phosphoroxychlorbromür, die durch Destillation getrennt werden. Das *Phosphoroxychlorbromür*, $POCl_2Br$, ist eine wasserhelle, sehr bald gelb werdende, stark lichtbrechende Flüssigkeit von dem Siedep. 135 bis 137° und dem spec. Gewicht 2,059 bei 0°. Mit Wasser zersetzt es sich unter Bildung von Phosphorsäure. Bei der Einwirkung von Jod auf Aethylphosphorigsäurechlorür entsteht zwar Jodäthyl, aber kein Phosphoroxychlorjodür. — *Butylphosphorigsäurechlorür*, $PC_4H_9OCl_2$, wurde bei der Darstellung von Chlorbutyl (aus 2 Mol. Dreifach-Chlorphosphor und 3 Mol. Butylalkohol) aus der oberhalb 130° siedenden Portion des Products abgeschieden. Es ist eine wasserhelle, nach Dreifach-Chlorphosphor und Chlorbutyl riechende Flüssigkeit von dem Siedep. 154 bis 156° und dem spec. Gewicht 1,191 bei 0°. Mit Wasser zerfällt es in phosphorige Säure und in Butylalkohol. — *Amylphosphorigsäurechlorür*, $PC_5H_{11}OCl_2$, wurde in analoger Weise wie die Butylverbindung erhalten. Es ist eine wasserhelle, bei 173° siedende Flüssigkeit von dem spec. Gewicht 1,109 bei 0°. Gegen Wasser und Brom verhält sich dasselbe wie die vorstehend beschriebenen Verbindungen.

Aetherbildung.

E. J. Maumené (1) hat erörtert, wie sich die Aetherbildung und die bei der Bildung der Aetherschwefelsäure beobachteten Anomalieen (2) auf Grund Seiner Affinitätstheorieen (3) befriedigend erklären lassen. Man gelangt zu diesem Resultat, wenn man die Einwirkung zwischen Schwefelsäure und Alkohol einmal als zwischen gleichen Gewichten (0,9 Aequiv. Schwefelsäure und 1 Aequiv. Alkohol), und dann wieder als zwischen gleichen Volumen (2,2 Aequiv. Schwefelsäure und 1 Aequiv. Alkohol) stattfindend betrachtet. Wir beschränken uns auf diesen Hinweis.

Aether der Kieselsäure.

C. Friedel und J. M. Crafts haben die Ergebnisse Ihrer Untersuchungen über Aetherverbindungen der Kieselsäure jetzt in einer ausführlichen Abhandlung (4) veröffentlicht, welcher wir zur Ergänzung der früheren Berichte (5) noch Folgendes entnehmen. Dem Kieselsäureäther entsprechen drei verschiedene Chlorhydrine, von welchen das *Monochlorhydrin* bereits besprochen worden ist. Das *Dichlorhydrin*, $Si(C_2H_5)_2Cl_2O_2$, wird durch längeres Erhitzen gleicher Molecüle Kieselsäureäther und Chlorsilicium oder von 2 Mol. Monochlorhydrin mit 1 Mol. Chlorsilicium erhalten. Seine Bildung erfolgt, etwas schwieriger als die des Monochlorhydrins, nach den Gleichungen:

Kieselsäure-
äther   Dichlorhydrin
$Si(C_2H_5)_4O_4 + SiCl_4 = 2[Si(C_2H_5)_2Cl_2O_2]$
Monochlorhydrin
$2[Si(C_2H_5)_3ClO_2] + SiCl_4 = 3[Si(C_2H_5)_2Cl_2O_2]$.

Durch wiederholte fractionirte Destillation gereinigt, siedet es bei 136 bis 138°; sein spec. Gewicht ist bei 0° = 1,144, die Dampfdichte = 6,76 (ber. 6,545); in seinen Eigenschaften ist es wie das folgende dem Monochlorhydrin ähnlich.

---

(1) Bull. soc. chim. [2] V, 13. — (2) L. Gmelin's Handbuch der Chemie, 4. Aufl., IV, 570. — (3) Jahresber. f. 1864, 8; diesen Bericht, 8. 9. — (4) Ann. ch. phys. [4] IX, 5; Sill. Am. J. [2] XLIII, 155, 331; im Auszug Zeitschr. Chem. 1866, 676. — (5) Jahresber. f. 1863, 479; f. 1865, 464.

Das *Trichlorhydrin*, $SiC_2H_5Cl_3O$, entsteht bei sehr langem Erhitzen des Kieselsäureäthers, sowie des Mono- oder Dichorhydrins mit überschüssigem Chlorsilicium. Es siedet gegen 104°, hat bei 0° das spec. Gewicht 1,241 und die Dampfdichte 6,378 (ber. 6,216). Die folgende Zusammenstellung zeigt, daſs die Siedepunkte des Kieselsäureäthers, seiner Chlorhydrine und des Chlorsiliciums eine Reihe bilden, in welcher die zweiten Unterschiede constant sind :

	Kieselsäure-äther	Monochlor-hydrin	Dichlor-hydrin	Trichlor-hydrin	Chlor-silicium
Siedep.	165°,5	157°	187°	104°	59°
Unterschiede	8°,5	20°	33°	45°	
		11°,5	13°	12°	

Der im Jahresbericht für 1863, 480 angeführte *Kieselsäuretriäthylamyläther* zerfällt bei wiederholter Destillation theilweise unter Bildung von neutralem Kieselsäureäther und *Kieselsäurediäthyldiamyläther*, $Si(C_2H_5)_2(C_5H_{11})_2O_4$. Der letztere, zwischen 245 und 250° siedende Aether wird auch durch Destillation gleicher Moleküle Dichlorhydrin und Amylalkohol erhalten. Sein spec. Gewicht beträgt bei 0° 0,915. *Kieselsäureäthyltriamyläther*, $SiC_2H_5(C_5H_{11})_3O_4$, vom spec. Gewicht 0,913 bei 0° und bei 280 bis 285° siedend, entsteht in gleicher Weise bei der Destillation des Trichlorhydrins mit Amylalkohol. — Bei der Darstellung des Kieselsäureäthers aus Chlorsilicium und Alkohol bildet sich immer eine gewisse Menge schwerflüchtiger Producte, von welchen der gröſste Theil gegen 240° destillirt. Durch wiederholte Rectification, zuletzt im leeren Raum, erhielten F r i e d e l und C r a f t s hieraus eine zwischen 233 und 238° siedende Flüssigkeit von der Zusammensetzung des *Disiliciumhexäthyläthers*, $Si_2(C_2H_5)_6O_7$ (1). Derselbe Aether entsteht fast ausschlieſslich, wenn Chlorsilicium mit im geeigneten Verhältniſs wasserhaltigem Alkohol destillirt wird. Er ist eine farblose, schwach ölige Flüssigkeit von ange-

---

(1) Entsprechend dem ersten Kieselsäure-Anhydrid $\genfrac{}{}{0pt}{}{2\,Si}{H_6}\Big\}O_7$.

Aether der Kieselsäure. nehmem Geruch, dem normalen Kieselsäureäther ähnlich. Sein spec. Gewicht beträgt bei 0^0 1,0196, bei $19^0,2$ 1,0019, die Dampfdichte wurde = 12,025 gefunden (berechnet 11,86). Die beiden von E b e l m e n als Aethyldi- und tetrasilicat beschriebenen Verbindungen (1), deren Darstellung F r i e d e l und C r a f t s überhaupt nicht gelang, waren in dem über 240^0 siedenden Antheil des oben erwähnten schwerflüchtigen Productes nicht enthalten.

Auch dem normalen Kieselsäuremethyläther (2) entsprechen drei verschiedene Chlorhydrine. Das *Monochlorhydrin*, $Si(CH_3)_3ClO_3$, entsteht, wenn 3 Moleküle Kieselsäuremethyläther mit 1 Mol. Chlorsilicium im zugeschmolzenen Rohr eine Stunde lang auf 150^0 erhitzt werden. Es ist eine an der Luft rauchende Flüssigkeit von ätherischem Geruch, dem spec. Gewicht 1,1954 bei 0^0 und bei $114^0,5$ bis $115^0,5$ siedend; die Dampfdichte wurde = 5,578 gefunden (berechnet 5,42). Werden 2 Mol. des Monochlorhydrins mit 1 Mol. Chlorsilicium eine Stunde in einer geschlossenen Röhre auf 160^0 erhitzt, so bildet sich etwas schwieriger das zwischen 98^0 und 103^0 destillirende *Dichlorhydrin*, $Si(CH_3)_2Cl_2O_2$, mit dem spec. Gewicht 1,2595 und der Dampfdichte 5,66 (berechn. 5,57). Mit Aethylalkohol liefert es den früher (3) erwähnten Dimethyldiäthyläther (s. auch S. 491). Das *Trichlorhydrin* des Kieselsäuremethyläthers, $Si(CH_3)Cl_3O$, bildet sich langsam in gleicher Weise bei anhaltendem Erhitzen von 3 Mol. Dichlorhydrin mit 1 Mol. Chlorsilicium auf 220^0 (auch nach 12 stündiger Einwirkung war noch unverändertes Chlorsilicium und Dichlorhydrin vorhanden). Sein Siedepunkt liegt zwischen 82 und 86^0, die Dampfdichte beträgt 5,66 (berechnet 5,73). — Das Monochlorhydrin des Kieselsäuremethyläthers wird durch Aethylalkohol in schwachem Ueberschuſs schon bei

---

(1) L. G m e l i n's Handbuch der Chem., 4. Aufl., IV, 769, 770. — (2) Jahresber. f. 1865, 465. — (3) Ebendaselbst.

gewöhnlicher Temperatur unter Entwickelung von Salzsäure zersetzt. Hauptproduct der Reaction ist *Kieselsäuretrimethyläthyläther*, $Si(CH_3)_3C_2H_5O_4$, zwischen 133 und 135° destillirend und vom spec. Gewicht 1,023; in kleinerer Menge entsteht auch (durch Umsetzung des Trimethyläthers mit Aethylalkohol unter Bildung von Methylalkohol) das bei 143 bis 146° siedende Kieselsäuredimethyldiäthyl mit dem spec. Gewicht 1,004 bei 0° und der Dampfdichte 6,178 (berechnet 6,233). *Kieselsäuremethyltriäthyläther*, $SiCH_3(C_2H_5)_3O_4$, bildet sich neben wenig Dimethyldiäthyläther bei der Einwirkung des Monochlorhydrins des Kieselsäureäthyläthers auf Methylalkohol. Er hat das spec. Gewicht 0,989 bei 0° und siedet bei 155 bis 157°. Erhitzt man das Monochlorhydrin des Kieselsäuremethyläthers mit $^2/_3$ seines Gewichts Amylalkohol, so geht der gröfste Theil des Productes nach wiederholter fractionirter Destillation zwischen 225 und 235° über und zeigt die Zusammensetzung des *Kieselsäuredimethyldiamyläthers*, $Si(CH_3)_2(C_5H_{11})_2O_4$.

Friedel und Crafts haben noch versucht, die Alkoholradicale in den Kieselsäureäthern theilweise durch Säureradicale zu ersetzen. Sie erhielten durch 14stündiges Erhitzen von 25 Grm. Kieselsäureäthyläther mit 13 Grm. Essigsäureanhydrid (1) auf 180° im geschlossenen Rohr neben essigs. Aethyl als vorwiegendes Product eine zwischen 192 und 197° siedende Flüssigkeit von öliger Consistenz und schwachem Essiggeruch, in ihrer Zusammensetzung dem *Kieselsäureacetyltriäthyläther* (*Silico-acétine éthylique*), $Si(C_2H_5)_3$, C_2H_3O, O_4, entsprechend. — Geschmolzene Borsäure (3 Grm.) löste sich bei längerem Erhitzen in Kieselsäureäther (28 Grm.) vollständig auf; bei der Destillation des Productes wurden aber nur Borsäureäther, $B(C_2H_5)_3O_3$, schwerflüch-

---

(1) Dieses Essigsäureanhydrid war vorläufig zur vollständigen Reinigung in der Siedehitze mit Zink und hierauf mit einer Natriumzinklegirung bis zum Aufhören der Gasentwickelung behandelt.

tige Polysiliciumsäureäther und ein **Rückstand von reiner Kieselsäure** erhalten.

Aether der Borsäure.

H. Schiff und E. Bechi (1) beschreiben, im Anschluſs an die frühere Mittheilung (2), noch folgende Aether der Borsäure. *Einfach-bors. Cetyl*, $B(C_{16}H_{33})O_3$, bildet sich beim Erhitzen von Cetylalkohol mit wasserfreier Borsäure und kann durch wasserfreien Aether von der überschüssigen Säure getrennt werden. Es schmilzt bei 58°, erstarrt zu einer weiſsen krystallinischen Masse, ist ziemlich luftbeständig und zersetzt sich nur schwierig mit kaltem Wasser. Glycerin bildet mit wasserfreier Borsäure nur die der Formel $B(C_3H_5)O_3$ entsprechende Verbindung, als gelbe glasige, sehr hygroscopische Masse, welche durch warmes Wasser leicht zersetzt wird. Mit Phenol bildet die wasserfreie Borsäure zuerst das (nicht rein zu erhaltende) *einfach-bors. Phenyl* und aus diesem entsteht in höherer Temperatur durch Vereinigung mit der wasserfreien Borsäure (mit Borsäurehydrat unter Abscheidung von Wasser) dreifach-bors. Phenyl nach der Gleichung:

Einfach-bors.　　　　　　　　　Dreifach-bors.
Phenyl　　　　　　　　　　　　Phenyl
$2[B(C_6H_5)O_2] + 2BHO_2 + B_2O_3 = 2B_3(C_6H_5)O_5 + H_2O$.

Das dreifach-bors. Phenyl ist eine geruchlose, glasartige, an der Luft wenig veränderliche Masse. Die alkoholische Lösung zerfällt beim längeren Kochen unter Bildung von einfach-bors. Phenyl und dreifach-bors. Aethyl:

Dreifach-bors.　　　Einfach-bors.　　　Dreifach-bors.
Phenyl　　　　　　Phenyl　　　　　　Aethyl
$B_3(C_6H_5)O_5 + 3C_2H_6O = B(C_6H_5)O_2 + B(C_2H_5)_2O_3 + BH_3O_3$.

Nach dem Abdestilliren des dreifach-bors. Aethyls bleibt das einfach-bors. Phenyl als bei 0° feste, bei 30° zähe, schwach nach Phenol riechende Masse, die oberhalb 300°

---

(1) Compt. rend. LXII, 897; Bull. soc. chim. [2] VI, 86; Zeitschr. Chem. 1866, 147; Chem. Centr. 1866, 268. — (2) Jahresber. f. 1865, 462.

in dreifach-bors. Phenyl und zweifach-bors. Tetraphenyl zerfällt :

Einfach-bors. Phenyl	Dreifach-bors. Phenyl	Zweifach-bors. Tetraphenyl
$5\,[B(\Theta_6H_5)\Theta_2]$	$= B_3(\Theta_6H_5)\Theta_5$	$+ B_2(\Theta_6H_5)_4\Theta_5.$

Gleichzeitig bildet sich eine kleine Menge des bei 250 bis 300° siedenden Phenyläthers nach der Gleichung :

Einfach-bors. Phenyl	Dreifach-bors. Phenyl	Phenyläther.
$3\,[B(\Theta_6H_5)\Theta_2]$	$= B_3(\Theta_6H_5)\Theta_5$	$+ (\Theta_6H_5)_2\Theta.$

Das zweifach-bors. Tetraphenyl ist eine goldgelbe, in sehr hoher Temperatur fast unzersetzt destillirende Flüssigkeit von dem spec. Gewicht 1,13.

C. Friedel und A. Ladenburg (1) erhielten durch Einwirkung von Zinkäthyl auf Methylchloracetol (2) einen Kohlenwasserstoff, Θ_7H_{16}, der nach seiner Bildungsweise als das dem Methylchloracetol analog constituirte *Carbodimethyldiäthyl* zu betrachten ist :

<small>Methylverbindungen. Carbodimethyldiäthyl</small>

Methylchloracetol   Carbodimethyldiäthyl

$$\Theta\begin{cases}\Theta H_3\\ Cl_2\\ \Theta H_3\end{cases} \qquad \Theta\begin{cases}\Theta H_3\\ (\Theta_2H_5)_2\\ \Theta H_3\end{cases}.$$

Zur Gewinnung des Methylchloracetols vermischt man, unter anfänglicher Abkühlung, Aceton tropfenweise mit Fünffach-Chlorphosphor und unterwirft alsdann die Mischung der Destillation, bis das Uebergehende sich ohne Rücklassung eines ölartigen Körpers in Wasser löst. Das mit kaltem Wasser gewaschene und dann getrocknete Destillat liefert bei mehrmaliger Rectification zwischen 25 und 35° Monochlorpropylen, Θ_3H_5Cl, und zwischen 66 und 78° das Methylchloracetol, $\Theta_3H_6Cl_2$. Aus 4 Kilogrm. Fünffach-Chlorphosphor und 1200 Grm. Aceton erhält man 450 Grm. Methylchloracetol und 350 Grm. Monochlorpropylen. — In der Kälte wirken Zinkäthyl und Methylchloracetol nicht

---

(1) Ann. Ch. Pharm. CXLII, 310; im Auszug Zeitschr. Chem. 1867, 13; Compt. rend. LXIII, 1083; Instit. 1866, 373; Bull. soc. chim. [2] VII, 65. — (2) Jahresber. f. 1859, 337.

Carbodimethyldiäthyl. auf einander ein und beim Erhitzen im zugeschmolzenen Rohr erfolgt Explosion. Man läfst deshalb das Methylchloracetol tropfenweise zu dem Zinkäthyl (welches sich in einem Kolben mit aufsteigender Kühlröhre befindet) fliefsen, erwärmt längere Zeit und destillirt dann den Kolbeninhalt, indem man den unterhalb 110° siedenden Antheil für sich auffängt. Zur Zerstörung des Zinkäthyls mischt man das Destillat in einem abgekühlten Kolben mit tropfenweise zufliefsendem Wasser, löst das gebildete Zinkoxyd in Salzsäure und unterwirft das ungelöst bleibende Oel nach dem Trocknen der fractionirten Destillation. Der zwischen 85 und 90° übergehende Antheil liefert dann, nach mehrtägigem Erhitzen mit Natrium (zur Entfernung eines Gehalts an Chlor), das reine Carbodimethyldiäthyl, C_7H_{16}, mit dem Siedepunkt 86 bis 87°, der Dampfdichte 3,46 (gef. 3,62) und dem spec. Gew. 0,7111 bei 0°, 0,6958 bei 20°,5. Diese physikalischen Eigenschaften scheinen dafür zu sprechen, dafs das Carbodimethyldiäthyl mit den anderen Kohlenwasserstoffen von gleicher Zusammensetzung (1) nur isomer ist. — Friedel und Ladenburg überzeugten sich noch, dafs bei der Einwirkung von Zinkäthyl auf Methylchloracetol neben dem Carbodimethyldiäthyl nur Aethylen und etwas Propylen gebildet wird.

Chlorpikrin. Zur Darstellung des Chlorpikrins in gröfseren Quantitäten vermischt A. W. Hofmann (2) 45 Kilogrm. frisch bereiteten, mit kaltem Wasser zu einem dicken Brei angerührten Chlorkalk in einer geräumigen, in kaltem Wasser stehenden Destillirblase von Steinzeug mit einer auf 30° erwärmten gesättigten Lösung von 4,5 Kilogrm. Pikrinsäure. Durch die nach wenigen Augenblicken eintretende heftige Reaction wird der gröfste Theil des gebildeten Chlorpikrins in die Vorlage übergetrieben, welche, um das

---

(1) Jahresber. f. 1865, 512. — (2) In der S. 419 angeführten Abhandlung; auch Zeitschr. Chem. 1866, 379.

Entweichen nicht verdichteter Chlorpikrindämpfe in das   Chlorpikrin. Laboratorium zu verhindern, mit einer nach dem Schornstein führenden Abzugsröhre verbunden ist. Sobald die erste Einwirkung vorüber ist, erhitzt man das Wasserbad, in welchem die Blase steht, zum Sieden, um das noch zurückgebliebene Chlorpikrin überzudestilliren. Die Ausbeute an Chlorpikrin beträgt 114 pC. der angewendeten Pikrinsäure. — Der (von Stenhouse zu 120º angegebene) Siedepunkt des Chlorpikrins liegt bei 112º.

H. Basset (1) untersuchte die Einwirkung von Cyankalium auf Chlorpikrin. Beim Erhitzen einer Lösung von 15 Grm. reinem Cyankalium in 1 $^1/_2$ Unzen Wasser mit $^3/_4$ Unze Weingeist und 10 Grm. Chlorpikrin auf dem Wasserbad tritt bald eine heftige, etwa 10 Minuten dauernde Reaction ein, die durch Abkühlung zu mäfsigen ist. Damit die Einwirkung sich nicht bis zur Explosion steigert, ist es erforderlich, nicht mehr als die angegebenen Mengen zu nehmen; auch darf nicht so viel Alkohol zugefügt werden, dafs alles Chlorpikrin in Lösung geht. Nach dem Erkalten schüttelt man das Product mit Aether und trennt die rothe ätherische Lösung von der dunkelbraunen wässerigen, welche neben Azulminsäure viel Ammoniak, Chlorkalium, salpetrigs., kohlens. und oxals. Kali enthält. Die ätherische Lösung wird vorsichtig verdunstet, der Rückstand mit Wasser gemischt, nach dem Filtriren mit Kochsalz gesättigt und wieder mit Aether geschüttelt. Letzterer hinterläfst nun eine dunkelrothe, halbflüssige, auch bei — 20º nicht fest werdende Masse, welche eigenthümlich unangenehm riecht, sich in Wasser, Alkohol, Aether und Chloroform in allen Verhältnissen löst und die Haut hellgelb färbt. Sie enthält viel Wasser, welches über Schwefelsäure nicht entweicht und wegen der Zersetzbarkeit auch in der Wärme nicht entfernt werden kann. Beim Kochen mit Kali bildet sich

---

(1) Chem. Soc. J. [2] IV, 352; Zeitschr. Chem. 1866, 590; J. pr. Chem. XCIX, 480; Chem. Centr. 1867, 218.

Chlorpikrin. (neben viel Ammoniak) Chlorkalium, Cyankalium und salpetrigs. Kali. Der in der wässerigen Lösung durch essigs. Blei auf vorsichtigen Zusatz von Ammoniak entstehende hell orangefarbene Niederschlag ergab bei der Analyse annähernd die der Formel $C(NO_2)Cl(CN)_2 + 3Pb_2O$ entsprechende Zusammensetzung. Mit salpeters. Silber gab die Lösung einen orangefarbigen Niederschlag, der nach dem Waschen mit kaltem Wasser und Trocknen im leeren Raum die Formel $3[C(NO_2)Cl(CN)_2] + 4NAgO_3 + 8H_2O$ ergab; derselbe zersetzt sich bei 80°, schmilzt aber in siedendem Wasser zu dunkelrothen Tropfen, welche nach dem Trocknen im leeren Raum die Zusammensetzung der wasserfreien Verbindung $3[C(NO_2)Cl(CN)_2] + 4NAgO_3$ haben. Eine ähnliche, aber weniger leicht zersetzbare Verbindung bildet sich mit salpetrigs. Silber. — Der ursprüngliche, sehr wenig beständige Körper setzt in wässeriger Lösung allmälig und unter Gasentwickelung feste Producte ab; dieselbe Zersetzung tritt, nur rascher, beim Erhitzen mit Alkalien oder Säuren ein. Versetzt man die wässerige Lösung mit einigen Tropfen Salpetersäure, so färbt sie sich rasch heller, es entwickelt sich eine reichliche Menge von Gas und die Lösung enthält (neben anderen nicht untersuchten Körpern) Oxalsäure. Das Gas besteht hauptsächlich aus Kohlensäure und Stickstoff; es enthält etwas Blausäure und wahrscheinlich auch Cyanmethyl.

Aethyl- und Aethylenverbindungen. Aethylschweflige Säure.   G. Wischin (1) fand, daſs bei der Einwirkung von Zinkäthyl auf wasserfreie Schwefelsäure nicht Aethylschwefelsäure (2), sondern äthylschweflige Säure $S(C_2H_5)HO_2$, entsteht, vielleicht entsprechend den Gleichungen:

---

(1) Ann. Ch. Pharm. CXXXIX, 864; Zeitschr. Chem. 1866, 597; Chem. Centr. 1866, 913. — (2) Als Aethylschwefelsäure wurde bis jetzt die von Dabit entdeckte Schwefelweinsäure, als äthylschweflige Säure diejenige bezeichnet, welche bei der Oxydation des Aethylmercaptans, des Aethylbisulfides und des Schwefelcyanäthyls entsteht und ursprünglich als Aethyldithionsäure betrachtet worden war. In dem Obigen ist

Alkohole und dahin Gehöriges.

$2 SO_3 + 2(Zn, C_2H_5) = SO_2 + SZn_2O_4 + 2 C_2H_5$ Aethyl-
$SO_3 + Zn, C_2H_5 = S(C_2H_5)ZnO_3$ schweflige Säure.

[B]eim vorsichtigen Vermischen von Zinkäthyl mit der äqui[v]alenten Menge von wasserfreier Schwefelsäure in einem [st]arken zugeschmolzenen und mit trockener Kohlensäure [g]efüllten Rohr bildet sich (unter heftiger, leicht bis zur [E]xplosion führender Einwirkung) — neben brennbaren [G]asen, schwefliger Säure, schwefels. Zink, Schwefelzink und [m]etallischem Zink — äthylschweflig. Zink, welches letztere [d]urch Umwandlung in das Barytsalz nachgewiesen wurde. [D]ie äthylschweflige Säure bildet sich auch, im Widerspruch [m]it den Angaben von Hobson (1), bei der Einwirkung [v]on Zinkäthyl auf schweflige Säure. Sättigt man nach dem [V]erfahren von Hobson eine mit 50 Vol. Aether verdünnte [a]bgekühlte Lösung von Zinkäthyl mit trockener schwefliger [S]äure, so enthält der Rückstand nach dem Verdunsten des [A]ethers *äthylschweflgs. Zink,* $2(S[C_2H_5]ZnO_3) + H_2O$, [w]elches in heifsem Wasser, schwerer in heifsem 90 pro[z]entigem Alkohol löslich ist und aus letzterem in weichen, [p]erlmutterglänzenden Schuppen krystallisirt. — *Aethyl[sc]hweflgs. Baryt,* $S(C_2H_5)BaO_3$ (bei 100°), ist in Wasser [se]hr leicht, in Alkohol schwer löslich und scheidet sich beim

[K]olbe's Nomenclatur (Dessen Lehrbuch der organischen Chemie II, [4]5; ferner Ann. Ch. Pharm. CXLIII, 64) in Anwendung gebracht, [w]elcher unterscheidet:

[A]ethylschweflige Säure	Aethylschwefel-säure	Aethyloxyd-schweflige Säure	Aethyloxyd-schwefelsäure
$O.C_2H_5(S_2O_2)O$	$HO.C_2H_5(S_2O_4)O$	$\begin{matrix}C_2H_5O\\HO\end{matrix}\}(S_2O_2)O_2$	$\begin{matrix}C_2H_5O\\HO\end{matrix}\}(S_2O_4)O_2$
[B]isher nicht bekannt, von Wischin dargestellt	Bisherige Äthylschweflige- oder Aethyldithionsäure		Bisherige Aethylschwefelsäure oder Schwefelweinsäure.

[A]uf die mit der Aethylschwefelsäure isomere, bisher nicht bekannte [Aet]herschweflige Säure beziehen sich die Versuche von Endemann [(](S. 498). Warlits hat das Kalisalz dieser Säure neuerdings erhalten [(A]nn. Ch. Pharm. CXLIII, 72). — (1) Jahresber. f. 1857, 419.

Aethyl-schweflige Säure. Verdunsten der Lösung im leeren Raum in Krystallrinden ab; *äthylschwefligs. Silberoxyd*, $S(C_2H_5)AgO_2$, wird durch Neutralisiren der freien Säure mit kohlens. Silberoxyd erhalten und krystallisirt bei Lichtabschlufs in harten, stark glänzenden Blättchen, die sich in Wasser ziemlich schwer lösen; *äthylschwefligs. Kupferoxyd*, $S(C_2H_5)CuO_2$, entsteht durch Zersetzung des Barytsalzes mit Kupfervitriol und bildet beim Verdunsten im leeren Raum blafsgrüne, zerfliefsliche, krystallinische Krusten, die über Schwefelsäure unter Verlust von Wasser dunkler grün werden. Beim Verdampfen im Wasserbad wird das Salz zersetzt. Die durch Zerlegung des Barytsalzes mit Schwefelsäure erhaltene *äthylschweflige Säure* bildet nach dem Verdunsten im leeren Raum einen angenehm sauer schmeckenden, in Wasser nach jedem Verhältnifs löslichen Syrup, aus welchem durch Behandlung mit Salpetersäure von dem spec. Gew. 1,4 Aethylschwefelsäure $S(C_2H_5)HO_3$ entsteht, neben einer nicht näher untersuchten krystallisirbaren, in Wasser unlöslichen Verbindung.

H. Endemann (1) beschreibt einige erfolglose Versuche zur Darstellung der mit der Aethylschwefelsäure isomeren, bis jetzt nicht bekannten ätherschwefligen Säure (vgl. S. 497 Note), bezüglich deren wir auf die Abhandlung verweisen.

Chloräthyl. L. Meyer (2) fand — im Widerspruch mit der Angabe von Dumas und Stas (3) — dafs beim Hinüberleiten von dampfförmigem Chloräthyl über erhitzten Kalikalk oder Natronkalk nicht Aethylen, sondern ein Gas entsteht, welches neben Wasserstoff ein oder mehrere Glieder der Sumpfgasreihe, wahrscheinlich aber nur Sumpfgas enthält. Das Alkali verwandelt sich dabei in Chlorid, sowie

---

(1) Ann. Ch. Pharm. CXL, 333; Zeitschr. Chem. 1867, 100; Bull. soc. chim. [2] VII, 505. — (2) Ann. Ch. Pharm. CXXXIX, 282; Zeitschr. Chem. 1866, 594; Chem. Centr. 1866, 889; Bull. soc. chim. [2] VII, 259. — (3) Ann. ch. phys. (1840) LXXIII, 154.

in essigs. und kohlens. Salz. Meyer nimmt hiernach an, dafs das Chloräthyl mit dem Alkali zunächst unter Wasserstoffentwickelung Chlormetall und essigs. Salz bilde und dafs dann letzteres in der bekannten Weise in Sumpfgas und kohlens. Salz zerfalle :

$$C_2H_5Cl + 2KHO = C_2H_3KO_2 + KCl + H_4$$
$$C_2H_3KO + KHO = CH_4 + CK_2O_2.$$

Das aus Chloräthyl und Natronkalk erzeugte Gas enthält zwar noch Bestandtheile, welche sowohl von rauchender Schwefelsäure als auch von Chlor oder Brom verdichtet werden und es liefs sich selbst eine geringe Menge Bromäthylen darstellen. Aller Wahrscheinlichkeit nach bildete sich das letztere indessen aus noch unzersetztem Chloräthyl. Bei gewöhnlicher Temperatur wird das Chloräthyl von Brom in reichlicher Menge absorbirt, aber beim Behandeln des Products mit wässerigem Kali entweicht wieder fast alles Chloräthyl gasförmig und es bleibt nur äufserst wenig einer weniger flüchtigen Verbindung. In gröfserer Menge bildet sich die letztere neben Bromwasserstoff, wenn man Chloräthyl mit Brom und etwas Wasser in zugeschmolzenen Röhren längere Zeit bei gewöhnlicher Temperatur dem Licht aussetzt.

Beim Erhitzen von Chloräthyliden (einfach-gechlortem Chloräthyl), $C_2H_4Cl_2$, mit Natrium auf 180 bis 200° entwickelt sich, nach B. Tollens (1), eine reichliche Menge von Gas, welches Acetylen (etwa 4 pC.), Aethylen (15,5 pC.), Vinylchlorür, Aethylwasserstoff und wahrscheinlich freien Wasserstoff enthält. Die Entstehung des Acetylens und Vinylchlorürs ist wahrscheinlich durch Natronhydrat bedingt. Beim Erhitzen des Chloräthylidens mit Zink, Kupfer oder

---

(1) Ann. Ch. Pharm. CXXXVII, 311; Zeitschr. Chem. 1866, 188; Chem. Centr. 1866, 266; Ann. ch. phys. [4] IX, 498; Bull. soc. chim. [2] VI, 881. — Tollens hat auch (Ann. Ch. Pharm. CXL, 242) speculative Betrachtungen über die Structur des Chloräthylidens und der verwandten Verbindungen angestellt.

Bimsstein auf 200° scheidet sich viel Kohle aus, unter Bildung eines Gases, welches der Hauptmasse nach aus Salzsäure besteht, ohne einen Gehalt an Acetylen. Für sich auf 215° erhitzt erleidet das Chloräthyliden keine erhebliche Veränderung.

Jodäthyl. M. Reimann (1) beschreibt das von Ihm angewendete Verfahren zur Gewinnung des Jodäthyls in gröfserem Mafsstabe, unter Anwendung der von Personne (2) oder von A. W. Hofmann (3) angegebenen Gewichtsverhältnisse der Materialien.

Cyanäthyl. Reines Cyanäthyl absorbirt, nach A. Gautier (4), salzs. Gas in ziemlicher Menge, ohne jedoch, wie es scheint, sich damit zu verbinden; selbst beim Erhitzen auf 100° tritt nur theilweise Veränderung ein und bei nachheriger Destillation geht der gröfsere Theil bei 96°,7 (dem wahren Siedepunkt des reinen Cyanäthyls) über, indem eine geringe Menge eines syrupartigen Rückstands bleibt. Bei längerem (monatelangem) Stehen des mit Salzsäure gesättigten Cyanäthyls in hermetisch verschlossenen Gefäfsen erstarrt dasselbe indessen allmälig zu einer weifsen krystallinischen Masse, welche der Formel $C_3H_6ClN = C_3H_5N, HCl$ entspricht. Die Verbindung läfst sich durch Umkrystallisiren im leeren Raum aus Alkohol oder siedendem Wasser leicht rein erhalten. Die Krystalle scheinen dem monoklinometrischen System anzugehören; sie lösen sich nur wenig in Aether, leicht in Wasser, Alkohol und Chloroform, schmelzen bei 121° zu einer farblosen zähen Flüssigkeit, werden aber schon bei 95° weich und verwandeln sich bei längerem Erwärmen auf diese Temperatur in eine bernsteingelbe ölige, angenehm ätherartig riechende Flüssigkeit von gröfserem Stickstoffgehalt. Bei starkem Erhitzen zersetzen sich die Krystalle und verbrennen an der Luft fast ohne

---

(1) Dingl. pol. J. CLXXXI, 220. — (2) Jahresber. f. 1861, 607. — (3) Jahresber. f. 1860, 396. — (4) Compt. rend. LXIII, 920; Ann. Ch. Pharm. CXLII, 289; Zeitschr. Chem. 1867, 14.

Abscheidung von Kohle. Die wässerige Lösung verändert sich — weniger beim Kochen als beim längeren Stehen — unter Bildung von Propionsäure und Salmiak: C_2H_5N, $HCl + 2H_2O = C_3H_6O_2 + NH_4Cl$. — Wasserfreie Brom- oder Jodwasserstoffsäure verbindet sich mit abgekühltem Cyanäthyl oder -methyl augenblicklich, unter Bildung krystallinischer, leicht veränderlicher (noch nicht näher untersuchter) Körper. — Chlorbor bildet mit Cyanäthyl eine weifse, in geraden rhombischen Prismen krystallisirende Verbindung, C_3H_5N, BCl_3, welche ohne merkliche Veränderung geschmolzen und auch grofsentheils verflüchtigt werden kann. Mit Wasser zerfällt sie sogleich in Cyanäthyl, Borsäure und Salzsäure. Brombor bildet eine ähnliche Verbindung und ebenso verbinden sich Brom- und Chloracetyl mit dem Cyanäthyl. — Trockenes Schwefelwasserstoffgas scheint Anfangs nicht auf Cyanäthyl einzuwirken; hängt man aber in einem verschlossenen, Cyanäthyl enthaltenden Kolben mittelst eines Platindrahts ein offenes Glasrohr mit etwas Mehrfach-Schwefelwasserstoff auf, so bilden sich nach 8 Tagen durchsichtige, würfelförmige Krystalle, die vielleicht der Formel C_3H_5N, H_2S entsprechen.

F. Jeanjean (1) fand, im Anschlufs an eine frühere Mittheilung (2), dafs sich Schwefelcyanäthyl beim Einleiten von Schwefelwasserstoff in eine krystallisirbare Verbindung verwandelt, welche aus sulfocarbamins. Aethyl, $CH_2N(C_2H_5)S_2$ besteht. Dieselbe zerfällt durch Alkalien in Schwefeläthyl und Schwefelcyanmetall; mit Ammoniak entsteht, neben Schwefeläthyl, ein mit Schwefelcyanammonium isomerer, krystallisirbarer Körper (Sulfocarbamid). — Ein Gemenge von sulfocarbamins. Aethyl und Jodäthyl erstarrt nach

---

(1) Procès verbaux des séances de l'académie des sciences et lettres de Montpellier, année 1868, 12, 26. — (2) Jahresber. f. 1862, 364.

Demselben (1) zu einer krystallinischen Masse, welche aus einer Verbindung beider zu gleichen Aeq. besteht. Jodmethyl, -amyl, sowie die Bromverbindungen dieser Radicale verhalten sich gegen das sulfocarbamins. Aethyl oder seine homologen Aether ganz analog.

Quecksilberäthyl. Bromäthyl zersetzt sich, nach E. T. Chapman (2), in Berührung mit verdünntem Natriumamalgam ebenso leicht wie Jodäthyl, unter Bildung von Quecksilberäthyl. Metallisches Zink liefert dagegen bei seiner Einwirkung auf Bromäthyl kein Zinkäthyl; es bildet, namentlich bei Gegenwart von Quecksilber, Bromzink unter Entwickelung eines Gases. Alkoholische Lösungen von Quecksilberäthyl oder -methyl werden durch Natrium unter Abscheidung von Quecksilber und reichlicher Gasentwickelung zersetzt.

Quecksilberäthyl wirkt, nach E. Sell und E. Lippmann (3), bei gewöhnlicher Temperatur nicht auf monobromessigs. Aethyl ein; erhitzt man aber das Gemenge beider in einem Kolben mit aufrecht stehendem Kühler auf 150°, so entwickelt sich Aethylen und nach beendigter Gasentwickelung krystallisirt aus der erkaltenden Flüssigkeit Bromquecksilberäthyl in weifsen Blättchen, während die Mutterlauge bei der Destillation essigs. Aethyl liefert. Die Umsetzung erfolgt demnach nach der Gleichung:

$$\left.\begin{array}{l}\text{Queck-}\\\text{silberäthyl}\\C_2H_5\\C_2H_5\end{array}\right\}Hg + \left.\begin{array}{l}\text{Monobrom-}\\\text{essigs. Aethyl}\\C_2H_2BrO\\C_2H_5\end{array}\right\}O = \left.\begin{array}{l}\text{Bromqueck-}\\\text{silberäthyl}\\C_2H_5\\Br\end{array}\right\}Hg + \left.\begin{array}{l}\text{Essigs.}\\\text{Aethyl}\\C_2H_3O\\C_2H_5\end{array}\right\}O + \begin{array}{l}\text{Aethy-}\\\text{len}\\C_2H_4\end{array}$$

Zinkäthyl. Erhitzt man, nach J. A. Wanklyn (4), die krystal-

---

(1) Procès verbaux des séances de l'académie des sciences et lettres de Montpellier, année 1864, 45. — (2) Chem. Soc. J. [2] IV, 150; Ann. Ch. Pharm. CXXXIX, 128; Zeitschr. Chem. 1866, 376; Chem. Centr. 1866, 879; Bull. soc. chim. [2] VII, 169. — (3) Berl. acad. Ber. 1866, 586; Zeitschr. Chem. 1866, 724; J. pr. Chem. XCIX, 431; Chem. Centr. 1867, 21. — (4) Chem. Soc. J. [2] IV, 128; Ann. Ch. Pharm. CXL, 353; Zeitschr. Chem. 1866, 253; J. pr. Chem. XCVIII, 240; Chem. Centr. 1866, 765; Bull. soc. chim. [2] VI, 213; Ann. ch. phys. [4] VIII, 474.

linische, durch Behandlung von Zinkäthyl mit Natrium Zinkäthyl. entstehende Verbindung von Natriumäthyl und Zinkäthyl (1) mit Quecksilber und Zink auf 100°, so entsteht Zinkäthyl und Natriumamalgam :

$$Hg + Zn + 2 NaC_2H_5 = HgNa_2 + Zn(C_2H_5)_2.$$

Beim Erhitzen der Natriumäthyl enthaltenden Verbindung mit Quecksilber und Magnesiumdraht bildet sich neben Natriumamalgam eine weiße feste, an der Luft von selbst sich entzündende Masse, welche aus einer Verbindung von Magnesiumäthyl mit Zinkäthyl besteht. Wird das Natriumäthyl mit Quecksilber und Kupfer, mit Quecksilber und Eisen oder mit Quecksilber und Silber erhitzt, so bildet sich stets Quecksilberäthyl und Natriumamalgam, so daß also die Anwesenheit von Kupfer, Eisen oder Silber wenig oder keinen Einfluß auf den Verlauf der Reaction auszuüben scheint. — Wanklyn vermuthet, daß in Folge der Zersetzbarkeit der Metallverbindungen von Alkoholradicalen die nach dem Verfahren von Gay-Lussac ausgeführten Bestimmungen der Dampfdichten des Aluminiummethyls und -äthyls (2) mit einem Fehler behaftet seien, und daß diese Verbindungen bei Anwendung des Dumas'schen Verfahrens wahrscheinlich normale Dampfdichten ergeben würden.

A. Grabowski (3) hat einige Versuche über die Einwirkung des Zinkäthyls auf Schwefelkohlenstoff beschrieben. Die in einer mit Kohlensäure gefüllten Röhre befindliche, abgekühlte Mischung von Zinkäthyl mit etwa dem doppelten Vol. Schwefelkohlenstoff kommt von selbst ins Sieden, indem sie durch alle Nuancen des Rothbraun hin-

---

(1) Jahresber. f. 1858, 877. — (2) Jahresber. f. 1865, 467, 468. — (3) Wien. Acad. Ber. LIII (2. Abth.), 76; Ann. Ch. Pharm. CXXXVIII, 165; Zeitschr. Chem. 1866, 289; J. pr. Chem. XCVII, 122; XCVIII, 361; Chem. Centr. 1866, 428; Wien. acad. Anz. 1866, 11; Ann. ch. phys. [4] VIII, 487; Bull. soc. chim. [2] VI, 207; Instit. 1866, 215.

Zinkäthyl. durch ganz undurchsichtig wird. Es entwickelt sich dabei ein brennbares Gas, welches (aufser etwas Kohlensäure) Schwefelwasserstoff, Schwefelkohlenstoffdampf und Aethylen enthält. Nach der in der Wärme, Anfangs bei 50 bis 60°, dann in der zugeschmolzenen Röhre bei 100° vollendeten Reaction besteht der vom Ueberschufs des Schwefelkohlenstoffs befreite Röhreninhalt aus einer braunen glänzenden Masse, deren Gewicht und (bei verschiedener Bereitung indessen nicht constante) Zusammensetzung auf die Formel $C_5H_{10}S_2Zn = CS_2 + (C_2H_5)_2Zn$, deutet. In Wasser, Alkohol und Aether ist diese Verbindung unlöslich; durch Säuren wird sie unter Entwickelung von Schwefelwasserstoff zersetzt. Bei der trockenen Destillation oder bei der Zersetzung mit Salzsäure in der Wärme erhält man ein penetrant nach Knoblauch riechendes, zwischen 80 und 180° siedendes Oel. Die bei 130 bis 150° übergehende Hauptmenge dieses Oels hat die Zusammensetzung des Schwefelamylens, $C_5H_{10}S$. Vermischt man das gereinigte Oel in warmer alkoholischer Lösung mit Quecksilberchlorid, so entsteht ein weifser flockiger Niederschlag und aus der rasch abfiltrirten Flüssigkeit scheiden sich in der Wärme irisirende Blättchen ab, deren Zusammensetzung der Formel $C_5H_{10}S$, $HgCl_2$, HgS entspricht. Der amorphe abfiltrirte Theil scheint dieselbe Zusammensetzung zu haben wie der krystallisirte. Die in gleicher Weise mit salpeters. Silber erhaltene Verbindung, $C_5H_{10}O$, $Ag_2O + NAgO_3$, scheidet sich in gelben mikroscopischen Nadeln ab. Aus der für das Hauptproduct gefundenen Formel $C_5H_{10}S = C\begin{Bmatrix}C_2H_5\\C_2H_5\end{Bmatrix}S$ folgert Grabowski, dafs die Einwirkung des Zinkäthyls auf Schwefelkohlenstoff nach der Gleichung: $CS_2 + (C_2H_5)_2Zn = C_5H_{10}S$, ZnS verläuft. Zinkmethyl verbindet sich mit Schwefelkohlenstoff in ähnlicher Weise und eben so entsteht aus Zinkäthyl und Senföl eine braune, amorphe, schwer zu isolirende Zinkverbindung.

Schüttelt man, nach R. F. Maly (1), das zinnoberrothe Wolframoxychlorid, Wo_2Cl_4O (2), mit starkem Alkohol, so entsteht eine klare Lösung, aus der sich nach und nach ein reichlicher, weifser, flockiger Niederschlag absetzt, der nach dem Auswaschen mit Alkohol und Trocknen über Schwefelsäure einen Aether der Wolframsäure von der Formel $Wo_2O_5, H, C_2H_5, O + H_2O$ ($Wo = 153{,}28$) darstellt. Er ist nach dem Trocknen eine spröde, glasglänzende Masse, welche sich weder in Wasser noch in Alkohol oder Aether löst und beim Erhitzen für sich mit rufsender Flamme und unter Rücklassung von gelber Wolframsäure verbrennt. Mit heifser verdünnter Kalilauge bildet sich unter Zersetzung ein lösliches Salz, aus welchem Wolframsäure gefällt werden kann.

Wolframs. Aethyl.

Erhitzt man, nach R. Mohs (3), eine Mischung von Mononatriumglycolat mit einfach-essigs. Glycol etwa 12 Stunden lang auf 130 bis 140° und destillirt sodann bis zu einer Temperatur von 250°, so bleibt kohlehaltiges essigs. Natron im Rückstand, während eine Anfangs farblose, später gelblich-grüne, ölartige Flüssigkeit übergeht. Sie enthält vier verschiedene, durch fractionirte Destillation trennbare Körper. Der bei 180 bis 185° siedende Theil ist einfach-essigs. Glycol; der bei 192 bis 196° siedende ist Glycol; die dritte, der Menge nach überwiegende Portion von dem Siedep. 245° ist Diäthylenalkohol, $C_4H_{10}O_3$, dessen Bildung nach der Gleichung:

Diäthylenalkohol.

Einfach-essigs. Glycol	Natriumglycolat	Diäthylenalkohol	Essigs. Natron
$C_2H_4, H(C_2H_3O)O_2$	$+ C_2H_4, HNaO_2$	$= (C_2H_4)_2H_2O_3$	$+ C_2H_3NaO_2$

erfolgt. Die Analyse der vierten, oberhalb 280° übergehenden Portion ergab bei der Analyse Zahlen, welche der

---

(1) Wien. Acad. Ber. LIII (2. Abth.), 368; Ann. Ch. Pharm. CXXXIX, 240; J. pr. Chem. XCVIII, 196; Zeitschr. Chem. 1866, 689; Chem. Centr. 1866, 952; Bull. soc. chim. [2] VI, 391. — (2) Jahresber. f. 1861, 283. — (3) Jen. Zeitschr. für Med. u. Naturw. III, 15; Zeitschr. Chem. 1866, 495; Chem. Centr. 1866, 865; Bull. soc. chim. [2] VII, 346.

Zusammensetzung des Triäthylenalkohols, $C_6H_{14}O_4$, entsprechen, dessen Bildung, wie die des Glycols, sich durch die Gegenwart von etwas Wasser erklärt. — Der so erhaltene Diäthylenalkohol stimmt in seinen Eigenschaften mit dem von Wurtz dargestellten überein; er geht auch bei der Behandlung mit Salpetersäure in Diglycolsäure über, von welcher Kalksalze mit wechselndem Wassergehalt untersucht wurden.

Acetylen. P. de Wilde (1) hat, wie früher Berthelot (2), gefunden, dafs bei der Einwirkung des Inductionsfunkenstroms auf die Dämpfe mancher organischer Substanzen Acetylen gebildet und dafs dieses bei genügender Intensität und Dauer des Stromes, wiewohl schwierig, zuletzt selbst zersetzt wird (3). De Wilde erhielt Acetylen aus Aethylen, Alkohol, Aether, Aceton, Amylalkohol, Terpentinöl, Naphtalin und besonders reichlich aus Benzol. Aus Essigsäure, Ameisensäure und Essigsäure bildet sich dasselbe nicht.

Nach Berthelot (4) entsteht Acetylen nicht blofs bei anhaltendem Erhitzen, sondern auch ganz allgemein bei der unvollständigen Verbrennung organischer Substanzen (5). Bringt man in eine etwa 300 CC. fassende, mit Aethylen, Propylen, Leuchtgas, Aethylchlorür oder analogen Gasen

---

(1) Bull. soc. chim. [2] V, 267; Zeitschr. Chem. 1866, 785. —
(2) Jahresber. f. 1862, 437, 440. — (3) Die im Anfang der Einwirkung an den Platindrähten des Eudiometers sich abscheidende Kohle, welche den Strom unterbricht, ist durch heftiges Schütteln des über Quecksilber stehenden Eudiometers zu entfernen. 10 CC. Acetylen erforderten so zur vollständigen Zersetzung 10- bis 15stündigen Durchgang des Funkenstroms; der abgeschiedene Wasserstoff betrug nur etwa $4/5$ vom Volum des Acetylens. — (4) Compt. rend. LXII, 94; Instit. 1866, 19; Bull. soc. chim. [2] V, 91; Ann. Ch. Pharm. CXXXVIII, 241; J. pr. Chem. XCVIII, 43; Zeitschr. Chem. 1866, 159; Chem. Centr. 1866, 151; Dingl. pol. J. CLXXXI, 301; Phil. Mag. [4] XXXIII, 456; Chem. News XIII, 77. — (5) Vgl. De Wilde's Beobachtung Jahresber. f. 1865, 485; ferner Bull. soc. chim. [2] V, 172.

gefüllte Glasröhre einige CC. ammoniakalische Kupferchlorürlösung, entzündet nun das Gas und rollt die fast horizontal gehaltene Röhre zwischen den Händen, so entsteht sogleich der charakteristische Niederschlag von Acetylenkupfer. Dieselbe Erscheinung tritt auch ein, wenn statt des Gases einige Tropfen einer brennbaren Flüssigkeit (Aether, Amylen, Benzol) in die Röhre gegossen werden, sie wird aber nicht erhalten mit einem Gemenge von Wasserstoff und Kohlenoxyd oder beim Entzünden von Wasserstoff, in welchem Kohlenpulver suspendirt ist (1). Auch bei der Verbrennung in freier Luft, wenn sie unter Rufsen stattfindet, ist in den Verbrennungsproducten Acetylen nachweisbar. Der allgemeine Satz, dafs bei der Verbrennung kohlenstoff- und wasserstoffhaltiger Substanzen der Wasserstoff zuerst oxydirt wird, ist daher nicht richtig und die unvollständige Verbrennung des Naphtalins ergiebt

---

(1) Gemenge von Kohlenoxyd und Wasserstoff können nach Berthelot (Bull. soc. chim. [2] V, 95, 169; Ann. Ch. Pharm. CXL, 183; Zeitschr. Chem. 1866, 189, 252; Chem. Centr. 1866, 625, 859) auf Grund dieses Verhaltens von Mischungen von Wasserstoff mit Sumpfgas oder dampfförmigen Kohlenwasserstoffen unterschieden werden, indem man das zu prüfende Gas entweder in der angegebenen Weise der Verbrennung unterwirft, oder während zwei bis drei Minuten den electrischen Funkenstrom hindurchgehen läfst. Gemenge von Kohlenoxyd und Wasserstoff geben mittelst eines anhaltenden Funkenstroms nur dann (nach mehrstündiger Einwirkung nachweisbare) Spuren von Acetylen, wenn man zugleich befeuchtetes Kalihydrat in das Eudiometer bringt, um die nach der Gleichung $2CO = CO_2 + C$ gebildete Kohlensäure und das Wasser zu absorbiren. In einer Mischung von Wasserstoff und Cyan bildet sich, wenn die Platindrähte bis auf einige Millimeter genähert sind und der Funkenstrom die erforderliche Stärke hat, um den sehr starken Widerstand zu überwinden (wobei er als breites bläuliches Band erscheint), ebenfalls Acetylen, das (nach der Beseitigung des Cyans durch Kalihydrat) nachgewiesen werden kann; in gleicher Weise aber leichter liefert eine Mischung von Wasserstoff und Schwefelkohlenstoffdampf Acetylen. Bei Gegenwart von Cyan oder Schwefelkohlenstoff ist daher die angegebene Methode zur Nachweisung von Kohlenwasserstoffen nicht geeignet.

Acetylen. sogar aus der Gleichung $C_{10}H_8 = 4C_2H_2 + C_2$ das gerade Gegentheil. — H. Mc Leod (1) hat einen Apparat beschrieben, mittelst dessen die angegebene Bildungsweise des Acetylens zur Darstellung desselben (durch Verbrennung von Sauerstoff oder Luft in überschüssigem Sumpf- oder Leuchtgas) verwerthet werden kann.

Bringt man, nach P. de Wilde (2), ein zusammengedrücktes, etwa erbsengrofses Stück Platinschwarz über Quecksilber zu einem bestimmten Volum Wasserstoff, so tritt, in Folge eines Sauerstoffgehalts des Platins, eine geringe Absorption unter Bildung von etwas Wasser ein. Fügt man nun ein gemessenes Volum Acetylengas zu, indem man gleichzeitig das Platinschwarz mittelst eines Platindrahts in die Höhe schiebt, so werden, und zwar ziemlich rasch, auf je 1 Vol. Acetylen 2 Vol. Wasserstoff absorbirt, wenn der letztere im Ueberschufs vorhanden ist. Wie es scheint bildet sich hierbei Aethylwasserstoff. Der Geruch des Acetylens verschwindet und dasselbe läfst sich durch ammoniakalisches Kupferchlorür nicht mehr nachweisen. Das neugebildete Gas ist kein Aethylen, denn es wird weder von rauchender Schwefelsäure noch von Brom absorbirt.

Nach Berthelot (3) lösen bei 18° Wasser, Schwefelkohlenstoff und Amylwasserstoff etwa ihr gleiches Volum Acetylen, Terpentinöl und Kohlenstoffperchlorid 2 Vol., Amylalkohol und Styrol 3½ Vol., Chloroform und Benzol 4 Vol., krystallisirbare Essigsäure und absoluter Alkohol nahezu ihr 6 faches Volum.

Die Empfindlichkeit der Reaction, welche Acetylen mit ammoniakalischer Kupferlösung oder auch mit einer Lösung von Kupferchlorür in Chlorkalium oder Chlor-

---

(1) Chem. Soc. J. [2] IV, 151, mit Abbildung; Zeitschr. Chem. 1866, 349. — (2) Aus dem Bull. de l'acad. royale de Belgique [2] XXI, 1 (1865) in Bull. soc. chim. [2] V, 175; Instit. 1866, 120; Zeitschr. Chem. 1866, 258; Chem. Centr. 1866, 847. — (3) Ann. ch. phys. [4] IX, 425.

ammonium giebt, ist nach Berthelot (1) so grofs, dafs mittelst derselben noch 0,0001 Vol.-pC. Acetylen in einem Gasgemenge nachgewiesen werden kann, wenn man zu 50 CC. des letzteren einen Tropfen jener Lösungen bringt; das sogleich erscheinende rothe Häutchen verschwindet an der Luft schnell wieder durch Oxydation. Wegen dieser leichten Oxydirbarkeit der Acetylenverbindung und des Acetylens ist ein Kupferoxydgehalt der Lösungen möglichst zu vermeiden und bei der Darstellung des Acetylenkupfers der gebildete Niederschlag, sobald die Luft Zutritt hat, ungesäumt von der Flüssigkeit zu trennen. Von dem Allylen unterscheidet sich das Acetylen sowohl durch die Eigenschaften seiner Kupferverbindung, als durch sein Verhalten zu Schwefelsäure. Das gelbe Allylenkupfer ist sowohl in einer Mischung von Ammoniak und Salmiak, als in einer salmiakhaltigen ammoniakalischen Lösung von Kupferchlorür, wie sie durch Uebersättigen der salzs. Lösung mit Ammoniak erhalten wird, sehr leicht, weniger auch in der Lösung des Kupferchlorürs in Chlorammonium und Chlorkalium löslich; das Acetylenkupfer wird von diesen Flüssigkeiten nur wenig aufgenommen. Allylen wird von concentrirter Schwefelsäure reichlich, Acetylen nur sehr langsam und bei anhaltendem Schütteln absorbirt.

Berthelot (2) hat ferner nochmals auf einige Anomalieen, welche das Acetylen zuweilen zeigt und welche nach Ihm nicht auf der Existenz verschiedener Modificationen, sondern auf der moleculären Inertie dieser Verbindung beruhen, aufmerksam gemacht. — Leitet man das (aus Aether dargestellte) nicht vollständig gereinigte Gas in raschem Strom durch flüssiges Brom, so entsteht Tetrabromid, $C_2H_2Br_4$, wenn die Einwirkung unter Tem-

---

(1) Bull. soc. chim. [2] V, 191; Ann. Ch. Pharm. CXL, 814; Zeitschr. Chem. 1866, 240; Chem. Centr. 1866, 859. — (2) Ann. ch. phys. [4] IX, 426; Bull. soc. chim. [2] V, 97; Zeitschr. Chem. 1866, 189; Chem. Centr. 1866, 277; Chem. News XIII, 134.

Acetylen. peraturerhöhung stattfindet; bei langsamem Einleiten kleinerer Volume des reinen Gases in eine unter Wasser befindliche kalt gehaltene Bromschicht bildet sich dagegen das Dibromid, $C_2H_2Br_2$. Schüttelt man das reine Gas in einer Flasche mit flüssigem Brom, so findet die Absorption zuweilen sogleich, zuweilen erst nach einigen Minuten, dann aber plötzlich statt. Es ist hiernach erklärlich, dafs mit einem grofsen Volum anderer Gase gemischtes Acetylen unter Umständen nicht oder unerheblich absorbirt wird (1). Mit Chlor verpufft das reine oder mit anderen Gasen verdünnte Acetylen nur im Licht, und zwar sowohl bei Ueberschufs von Acetylen, als von Chlor. Häufig explodirt die Mischung sogleich, zuweilen erst nach einiger Zeit; manchmal erfolgt keine Explosion und es bildet sich flüssiges Chlorür, $C_2H_2Cl_2$; zuweilen beginnt zuerst die Bildung dieser Verbindung und dann tritt plötzlich Explosion ein. Die Zersetzung bei der Explosion ist entweder eine vollkommene (in Kohlenstoff und Salzsäure), oder das Product enthält einen in Berührung mit Luft entzündlichen Dampf (C_2HCl?). Die Art und der Erfolg der Einwirkung sind in allen diesen Fällen von den Bedingungen abhängig, unter welchen das Acetylen mit anderen Körpern zusammentrifft.

Berthelot hat die Niederschläge, welche durch Acetylen und Allylen in Lösungen von Metallsalzen erzeugt werden, näher untersucht und als Verbindungen eigenthümlicher metallhaltiger Radicale, die Er als Cuprosacetyl, Argentacetyl u. s. w. bezeichnet, erkannt. Er giebt darüber in vorläufigen Mittheilungen (2) das Folgende an. — *Cupros-*

---

(1) Jahresber. f. 1864, 487; die dortige Angabe bezieht sich aber auf ziemlich reines Acetylen aus Leuchtgas. — (2) Ausführlicher und im Zusammenhang, aber ohne analytische Belege, Ann. ch. phys. [4] IX, 385; kürzer und in einzelnen Abschnitten Compt. rend. LXII, 455, 628, 909; Instit. 1866, 102, 144; Bull. soc. chim. [2] V, 176, 413; J. pharm. [4] III, 212, 276; Ann. Ch. Pharm. CXXXVIII, 245; CXXXIX,

acetyloxyd, $(2\mathrm{C_2Cu_2H})\Theta$, wird durch Auswaschen des rohen Acetylenkupfers mit concentrirter Ammoniakflüssigkeit bis zur Entfernung des Chlorgehaltes und zuletzt mit Wasser als flockiger braunrother Niederschlag erhalten; in gleicher Weise bildet es sich aus allen folgenden Salzen bei wiederholter Behandlung mit Ammoniak. Es zersetzt in der Siedehitze langsam die Lösung des Chlorammoniums unter Entwickelung von Ammoniak, wird durch schweflige Säure und verdünnte Schwefelsäure selbst beim Kochen nur wenig angegriffen, durch Salzsäure aber (wie die folgenden Verbindungen) unter Bildung von Acetylen und Kupferchlorür zersetzt $(2\mathrm{C_2Cu_2H})\Theta + 4\mathrm{HCl} = 2\mathrm{C_2H_2} + \mathrm{H_2\Theta} + 4\mathrm{CuCl})$ und durch Salpetersäure vollständig oxydirt. Seine Entstehung entspricht in Bezug auf das Endresultat der Gleichung $2\mathrm{C_2H_2} + \mathrm{H_2\Theta} + 4\mathrm{CuCl} + 4\mathrm{NH_3} = (2\mathrm{C_2Cu_2H})\Theta + 4\mathrm{NH_4Cl}$. — Leitet man einen langsamen Strom von Acetylen in die concentrirte Auflösung von Kupferchlorür-Chlorkalium, so scheidet sich nach einiger Zeit ein gelbes krystallinisches Doppelsalz von Chlorkalium und Cuprosacetylchlorür ab, welches bei der Behandlung mit einer gesättigten Lösung von Chlorkalium zerfällt und *Cuprosacetylchlorür* hinterläfst. Durch Waschen mit Wasser gereinigt ist dieses von dunklerer Farbe als das Oxyd, demselben aber in seinem Verhalten ähnlich. Es verbindet sich mit den alkalischen Chlormetallen zu leicht zersetzbaren Doppelsalzen und wird durch Ammoniak in Oxyd verwandelt. *Cuprosacetyloxychlorid* wird beim Einleiten von Acetylen in eine mit Ammoniak schwach übersättigte salzs. Lösung von Kupferchlorür gefällt und durch Waschen mit Wasser rein erhalten; es bildet den wesentlichen Bestandtheil des sogenannten Acetylenkupfers. Eine Lösung von Kupferbromür in Bromkalium liefert in gleicher Weise ein

150, 874; J. pr. Chem. XCVIII, 241, 298; Zeitschr. Chem. 1866, 168, 214, 820; Chem. Centr. 1866, 580; in kurzem Auszug Sill. Am. J. [2] XLII, 266.

Acetylen. rothbraunes Doppelbromür von Cuprosacetyl und Kalium, welches nach langem Auswaschen mit einer gesättigten Lösung von Chlorkalium schwarzbraunes *Cuprosacetylbromür* hinterläfst; eine mit Ammoniak versetzte Lösung giebt dunkelrothes *Oxybromür*. *Cuprosacetyl-Kaliumjodür* ist orangegelb, *Cuprosacetyloxyjodür* ziegelroth, und das *Jodür* schön zinnoberroth, dem Quecksilberjodid ähnlich (aber in Jodkalium unlöslich) und beständiger, als die vorhergehenden Verbindungen. Berthelot erhielt ferner kastanienbraunes *Oxycyanür* durch Einleiten von Acetylen in eine ammoniakalische Lösung von Kupfercyanür, ferner ziegelrothes *basisch-schwefligs. Cuprosacetyloxyd*, mittelst einer ammoniakalischen Lösung von schwefligs. Kupferoxydul (nicht aber bei der Digestion von Cuprosacetyloxyd mit einer Lösung von schwefliger Säure), und, durch Einwirkung von wässerigem Schwefelwasserstoff auf Cuprosacetyloxyd, das schwarzbraune *Sulfür*, gemengt mit Schwefelkupfer. Durch kochende Salzsäure wird es unter Entwickelung von Acetylen und Schwefelwasserstoff zersetzt.

Argentacetyloxyd, $(2\,C_2Ag_2H)O$, wird durch Acetylen nach der Gleichung:

$2\,C_2H_2 + H_2O + 4\,AgNO_3 + 4\,NH_3 = (2\,C_2Ag_2H)O + 4\,(NH_4,NO_3)$

aus der ammoniakalischen Lösung des salpeters. Silbers gefällt und durch Auswaschen mit Ammoniak und Wasser gereinigt; es ist die als Acetylensilber bekannte Verbindung. *Argentacetylchlorür*, C_2Ag_2H, Cl, bildet sich beim Einleiten des Acetylens in eine ammoniakalische Lösung von Chlorsilber als käsiger weifser Niederschlag, der durch kochende Salzsäure unter Entwickelung des Acetylens, durch heifse Salpetersäure unter Zerstörung des Acetylens, Abscheidung von Chlorsilber und Lösung einer dem Chlorsilber äquivalenten Menge von Silber zersetzt wird. Mit einer Lösung von Chlorammonium zerfällt es in der Siedehitze nach der Gleichung $C_2Ag_2H, Cl + NH_4Cl = C_2H_2 + 2\,AgCl + NH_3$. *Schwefels. Argentacetyloxyd* wird aus einer schwach ammoniakalischen Lösung von schwefels. Silber als grauweiſser, das phosphors. Salz aus der ammoniakalischen Lösung des phosphors. Silbers als käsiger gelber Niederschlag gefällt. Benzoës. Silber liefert einen gelben Niederschlag, der nach dem Auswaschen reines Argentacetyloxyd hinterläſst. — In einer mit Ammoniak versetzten Lösung von unterschwefligs. Goldoxydulnatron erzeugt Acetylen im Anfang einen reichlichen gelben flockigen Niederschlag, welcher getrocknet durch Stoſs heftig und mit Flamme explodirt und von Berthelot. als *Aurosacetyloxyd* betrachtet wird; der gröſsere Theil des Goldoxydul-Natrondoppelsalzes bleibt unzersetzt zurück. *Mercuracetyloxyd* wird erhalten, wenn man Acetylen längere Zeit mit einer, mit etwas Ammoniak versetzten Lösung von Quecksilberjodid-Jodkalium in Berührung läſst und den gebildeten schuppig krystallinischen Niederschlag zur Entfernung ammoniakalischer Quecksilberverbindungen mit concentrirter Jodkaliumlösung auswascht, wonach es als weiſses, äuſserst explosives Pulver zurückbleibt. — Die blaue Lösung des schwefels. Chromoxyduls in Chlorammonium und Ammoniak wird durch Acetylen, welches sie in reichlicher Menge absorbirt, entfärbt (aus concentrirter Lösung fällt zugleich ein rosenrother Niederschlag von Chromoxydhydrat); nach einiger Zeit färbt sich aber die Lösung wieder unter Abscheidung von Chromoxyd und Entwickelung von Aethylen. Berthelot erklärt diese Erscheinungen durch die Annahme, daſs zuerst Chromosacetyloxyd entstehe, welches sich mit dem Wasser zu Chromoxyd und Aethylen umsetze : $2\text{CrO} + \text{C}_2\text{H}_2 + \text{H}_2\text{O} = \text{Cr}_2\text{O}_3 + \text{C}_2\text{H}_4$. Saure Lösungen von Chromoxydul absorbiren Acetylen nicht reichlicher als Wasser, und die Oxydulsalze der übrigen Metalle der Eisengruppe wirken auch in ammoniakalischer Lösung und bei Gegenwart von Chlorammonium nicht auf Acetylen ein; gleichwohl hält Berthelot die Existenz analoger Verbindungen derselben für wahrscheinlich.

Acetylen. Bei der Einwirkung der Alkalimetalle auf Acetylen bilden sich Substitutionsproducte, welche Berthelot als freie Metallacetylradicale betrachtet (s. S. 514). Bringt man Natrium über Quecksilber in ein mit Acetylen gefülltes, oben gebogenes Eudiometerrohr und erwärmt es gelinde, so schmilzt es und absorbirt, indem es anschwillt und sich mit einer weifslichen Kruste bedeckt, einen Theil der Elemente des Acetylens; das rückständige, etwa die Hälfte vom Volum des verschwundenen Acetylens betragende Gas besteht aus Wasserstoff mit wenig Aethylen und Aethylwasserstoff. Die Reaction erfolgt nach den Gleichungen:

I. $3 C_2H_2 + 2 Na = 2 C_2HNa + C_2H_4$
II. $5 C_2H_2 + 4 Na = 4 C_2HNa + C_2H_4$.

Das gebildete Natriumacetylür giebt bei der Behandlung mit Wasser wieder Acetylen aus. — In der Dunkelrothglühhitze bildet das Acetylen mit Natrium unter Zurücklassung eines annähernd gleichen Volums Wasserstoff, aber unter theilweiser vollständiger Zersetzung und Abscheidung von Kohle die Verbindung C_2Na_2, die sich der vorhergehenden ähnlich verhält. — In gleicher Weise, aber unter heftiger, bis zur Entzündung gehender Einwirkung liefert Kalium die Verbindung C_2K_2; dieselbe bildet sich auch in geringer Menge, wenn Aethylengas in Dunkelrothglühhitze mit Kalium zusammentrifft. Acetylenverbindungen entstehen ferner bei der Einwirkung der Alkalimetalle auf Kohlenoxyd und die kohlens. Salze der Alkalien, nicht aber mit Sumpfgas und Aethylen (1). — Die meisten übrigen Metalle, mit Ausnahme des Magnesiums, scheinen auf Acetylen nicht einzuwirken; Eisen veranlafst schon in der

---

(1) Natrium bildet nach Berthelot, in Folge der oberflächlichen Schichte von kohlens. Natron, die demselben nach der Berührung mit Luft anhaftet, beim Erhitzen in reinem Wasserstoff geringe Mengen einer schwarzen Materie, welche mit Wasser Acetylen liefert. Käufliches Kalium enthält gewöhnlich schon Spuren von Acetylen.

Dunkelrothglühhitze die vollständige Zersetzung des Gases, ohne jedoch eine Verbindung einzugehen. — Berthelot vergleicht diese aus dem Acetylen durch Substitution oder durch Substitution und Addition entstehenden Verbindungen bezüglich ihrer Constitution mit dem Ammoniak, Ammonium und Ammoniumoxyd in folgender Weise :

Ammoniak	Acetylen	Natriumacetylür	
NH_3	C_2H_2	C_2HNa	C_2Na_2
Ammonium	Acetyl	Cuproacetyl	Argentacetyl
$2(NH_4)$	$2(C_2H_2, H)$	$2(C_2Cu'H, Cu')$	$2(C_2AgH, Ag)$
Ammoniumoxyd		Cuproacetyloxyd	Argentacetylchlorür
$\left.\begin{array}{l}NH_4\\NH_4\end{array}\right\}O$		$\left.\begin{array}{l}C_2HCu_2\\C_2HCu_2\end{array}\right\}O$	$(C_2HAg_2)'Cl$.

Er vermuthet die Existenz solcher Acetylmetallverbindungen, in welchen das Radical selbst als substituirende einwerthige Gruppe fungirt. Die von Berend (1) beschriebene Verbindung $C_4Ag_3Br_3 + 4H_2O$, läfst sich z. B. betrachten als $[C_2AgBr(C_2BrAg_2)]Br + 4H_2O$, entsprechend dem Oxyde des *Argentdiacetyls*, $2[C_2AgH(C_2HAg_2)]$, O. Vgl. bei Allylen.

Von der Beobachtung ausgehend, dafs reines Acetylen durch hohe Temperaturen mit einer Leichtigkeit zersetzt wird, die nach seiner Bildungsweise sich keineswegs erwarten liefs, hat Berthelot ferner die Einwirkung der Wärme auf diesen und eine Reihe anderer Kohlenwasserstoffe unter verschiedenen Bedingungen einer eingehenden Untersuchung unterworfen, deren Ergebnisse nicht nur ein helles Licht über die Vorgänge bei der trockenen Destillation im Allgemeinen verbreiten, sondern auch der Synthese ein neues Gebiet erschliefsen. Wir lassen hier zunächst die Resultate folgen, welche sich Ihm für das Acetylen und verwandte Kohlenwasserstoffe aus der Reihe der Fettkörper ergeben haben (2).—Erhitzt man Acetylen in einer gebogenen

---

(1) Jahresber. f. 1865, 487. — (2) Compt. rend. LXII, 905, 947; Instit. 1866, 142; Ann. ch. phys. [4] IX, 431, 438, 442, 445, 451; Bull. soc. chim. [2] V, 405; VI, 269, 272, 279; J. pharm. [4] III, 350;

Acetylen. Röhre über Quecksilber bis zur Erweichungstemperatur des Glases, so wird es langsam, bei genügender Dauer des Versuchs aber vollständig unter Abscheidung von wenig Kohle und Wasserstoff und Bildung kleiner Mengen von Aethylen und Aethylwasserstoff in eine Reihe polymerer Kohlenwasserstoffe verwandelt. Bei der fractionirten Destillation des auf diesem Wege in gröfserer Menge dargestellten flüssigen Productes, das gegen 50° zu sieden anfängt, erhielt Berthelot: 1) einen flüssigen, sehr flüchtigen durchdringend lauchartig riechenden Kohlenwasserstoff (nach Seiner Vermuthung vielleicht Diacetylen, C_4H_4), der durch concentrirte Schwefelsäure absorbirt und unter rother Färbung zerstört wird. 2) Benzol (Triacetylen), nahezu die Hälfte des Ganzen betragend (vgl. bei Benzol). 3) Zwischen 135 und 160° Styrol (Tetracetylen), etwa $1/5$ des Ganzen und nach dem Vergleich seiner Eigenschaften mit dem aus Zimmtsäure erhaltenen identisch. Der Siedepunkt steigt dann rasch auf 210°, von welcher Temperatur bis 250° ein flüssiges Gemenge von Naphtalin und einem andern Kohlenwasserstoff (für welchen Berthelot die Zusammensetzung des Pentacetylens, $C_{10}H_{10}$, vermuthet) destillirt, woraus das Naphtalin durch Abkühlung krystallisirt erhalten werden kann. Zwischen 250 und 340° destilliren verschiedene flüssige, stark fluorescirende Oele; gegen 360° Reten (Enneacetylen), $C_{18}H_{18}$, in glänzenden Nadeln; in der Retorte bleibt ein nicht näher untersuchter theerartiger Körper zurück. — Die Gegenwart fremder Sub-

---

Ann. Ch. Pharm. CXXXIX, 272; J. pr. Chem. XCVIII, 287; Zeitschr. Chem. 1866, 337; Chem. Centr. 1866, 577, 886; die ausführlichere Beschreibung der Zersetzungsproducte des Acetylens, unter dem Titel: Synthese des Benzols, und Polymere des Acetylens, aber hier wie im Folgenden ohne analytische Belege: Compt. rend. LXIII, 479, 515; Instit. 1866, 316, 322; J. pharm. [4] IV, 346, 354; Ann. Ch. Pharm. CXLI, 173, 180; Zeitschr. Chem. 1866, 660; Chem. Centr. 1866, 937; Chem. News XIV, 254, 278; kurze Notiz in Sill. Am. J. [2] XLIII, 389.

stanzen ist von Einfluſs auf die Zersetzungsweise des Ace- **Acetylen.**
tylens durch Erhitzen. Bringt man in die gebogene
Glasröhre etwas unter Quecksilber abgekühlten Coaks,
so zerfällt das Acetylen unter denselben Bedingungen wie
oben fast ohne Nebenproducte in seine Elemente; erhitzt
man es bei Gegenwart von Eisen, so erfolgt seine Zersetzung leichter und schneller als für sich, und zwar zum
Theil in Kohlenstoff und Wasserstoff (dieser beträgt etwa
die Hälfte vom Volum des Acetylens), zum Theil in eigenthümliche Kohlenwasserstoffe, verschieden von den oben
genannten. Mit einem gleichen Volum anderer Gase
(Stickstoff, Kohlenoxyd, Sumpfgas, Aethylwasserstoff) gemischt zerfällt es langsamer, aber in derselben Weise, wie
im reinen Zustande. Leitet man dagegen Acetylen langsam
durch eine zum lebhaften Rothglühen erhitzte Porcellanröhre, so wird es nahezu vollständig in Kohlenstoff und
Wasserstoff zerlegt, welchem letzteren nur wenig Aethylen
und Sumpfgas beigemischt ist; zugleich wird eine kleine
Menge von naphtalinhaltigem Theer gebildet. — Die Zersetzung des Acetylens durch Wärme erfolgt demnach in
2 Phasen : in der ersten (bei Dunkelrothglühhitze) bilden
sich Additions- und Substitutionsproducte (Polymere oder
Derivate); in der zweiten (bei Hellrothglühhitze) zerfallen
diese zusammengesetzten Verbindungen in ihre Elemente.
Das Acetylen widersteht der letzteren Temperatur daher
auch nur dann, wenn es mit einem sehr groſsen Volum
anderer Gase gemischt ist. — Berthelot betrachtet auf
Grund dieser und der im Folgenden (bei Benzol) anzu-
führenden Thatsachen das Acetylen (oder den Methylen-
rest CH) als den Stammkörper derjenigen Kohlenwasserstoffe, von welchen sich die aromatischen Säuren ableiten,
in derselben Weise, wie das hypothetische Methylen das
analoge Anfangsglied in der Reihe der Fettkörper bildet.

Acetylen $(CH)_2 = C_2H_2$ Naphtalinhydrür†) $C_{10}H_{10} = (C_2H_2)_5$
Fumaren *) $C_4H_4 = (C_2H_2)_2$ Diphenylhydrür $C_{12}H_{12} = (C_2H_2)_6$
Benzol $C_6H_6 = (C_2H_2)_3$ Benzyl $C_{14}H_{14} = (C_2H_2)_7$
Styrol $C_8H_8 = (C_2H_2)_4$ Retinol $C_{16}H_{16} = (C_2H_2)_8$
             Reten $C_{18}H_{18} = (C_2H_2)_9$.

*) Nicht bekannt. — †) Vgl. bei Naphtalin.

Acetylen.

Grubengas wird durch viertelstündiges Erhitzen in einer Glasröhre über Quecksilber nur spurweise (unter Bildung von wenig Acetylen) angegriffen. Durch eine hellroth glühende Porcellanröhre geleitet liefert es Acetylen, Naphtalin und theerartige Kohlenwasserstoffe. Die Bildung des Acetylens nach der Gleichung $2 C H_4 = C_2 H_2 + 3 H_2$ ist wahrscheinlich die erste Phase. — Aethylen wird beim Erhitzen in einer Glasröhre etwas leichter als Grubengas zersetzt (bei der Erweichungstemperatur des Glases in einer Stunde etwa 13 pC.) und liefert als Hauptproduct Aethylwasserstoff, neben wenig Acetylen und theerigen Kohlenwasserstoffen, deren Bildung jener des Aethylwasserstoffs parallel geht: $2 C_2 H_4 = C_2 H_2 + C_2 H_6$. — Aethylwasserstoff zerfällt umgekehrt unter denselben Bedingungen theilweise (s. u.) in Aethylen und Wasserstoff. — Amylen liefert neben Wasserstoff und Spuren von Acetylen nebst dessen Condensationsproducten die niedrigeren Glieder der Reihe $C_n H_{2n} (C_2 H_4$ bis $C_5 H_{10})$ und $C_n H_{2n + 2} (C H_4$ bis $C_5 H_{12})$. Amylwasserstoff zerfällt im Wesentlichen ebenso. Berthelot sieht in diesem Verhalten, welches für das Propylen, Butylen u. a. in gleicher Weise vorausgesetzt werden kann, die Erklärung für die Bildung der zahlreichen Producte, welche bei der trockenen Destillation der butters. und anderer fettsaurer Salze auftreten.

Bei einstündigem Erhitzen eines Gemenges gleicher Volumen Aethylen und Wasserstoff bis zur Erweichungstemperatur des Glases wird, abgesehen von secundären Producten, etwa die Hälfte des Aethylens in Aethylwasserstoff verwandelt. Da dieses bei derselben Temperatur in Aethylen und Wasserstoff zu zerfallen anfängt, so ist die Umsetzung nothwendig nur eine theilweise; sie erreicht hier wie in den folgenden Fällen eine Grenze, welche von dem Verhältnifs der Gase, der Höhe und besonders der Dauer der Temperatur abhängig und mit diesen Bedingungen veränderlich ist. — Acetylen liefert bei dem Erhitzen mit Wasserstoff neben den oben angegebenen Zersetzungsproducten noch Aethylen (eine Mischung von 100 Vol. Acetylen und 100 Vol. Wasserstoff ergab nach halbstündigem Erhitzen 48 Vol. Acetylen, 12 Vol. Aethyl und 94 Vol. Wasserstoff mit Spuren von Aethylwasserstoff) (1). Die Bildung des Aethylens erfolgt zum Theil durch Addition, zum Theil durch Spaltung:

$$C_2H_2 + H_2 = C_2H_4. \qquad 2\,C_2H_2 = C_2H_4 + C_2.$$

Amylen und Amylwasserstoff geben bei dem Erhitzen mit Wasserstoff dieselben Producte wie im reinen Zustand. — Erhitzt man in einer gebogenen Röhre eine Mischung gleicher Volume Aethylen und Acetylen zum Dunkelrothglühen, so verbinden sich die beiden Gase in demselben Verhältnifs (nach ¹/₂ stündigem Erhitzen waren in einem Versuch 66 Vol.-pC. von jedem der beiden Gase verschwunden), unter Bildung mehrerer Producte, von welchen das vorwiegende eine sehr flüchtige Flüssigkeit bildet, die (nach der eudiometrischen Analyse des Dampfes) der Formel C_4H_6 entsprechend zusammengesetzt und folglich mit dem Crotonylen identisch oder isomer ist. Berthelot bezeichnet diese Substanz als *Aethylacetylen*; sie wird von Brom und von Schwefelsäurehydrat rasch absorbirt, von einer ammoniakalischen Kupferchlorürlösung aber nur unerheblich aufgenommen.

Bei der Einwirkung von Pseudopropyljodür auf eine alkoholische Lösung von Cyankalium bildet sich, nach W. Morkownikoff (2), aufser Pseudopropylcyanür auch etwas *Pseudopropyläthyläther*, $C_5H_{12}O = (C_3H_7)(C_2H_5)O$, nach der Gleichung:

---

(1) Zur Analyse solcher acetylen- und äthylenhaltiger Gasgemenge empfiehlt Berthelot, *einem* Theil des Gases das Acetylen und Aethylen durch Brom zu entziehen und den Rückstand eudiometrisch zu untersuchen; in einem *andern* Theil das Acetylen durch Zusatz von ammoniakalischer Kupferlösung zu bestimmen und den bleibenden Rest ebenfalls sowohl vor als nach der Behandlung mit Brom der eudiometrischen Untersuchung zu unterwerfen. — (2) In der S. 312 angeführten Abhandlung.

$C_3H_7J + C_2H_6O = (C_3H_7)(C_2H_5)O + HJ$.

Der mit metallischem Natrium getrocknete Aether ist eine bewegliche, dem Aethyläther ähnlich riechende Flüssigkeit von dem Siedepunkt 54 bis 55° und dem spec. Gewicht 0,7447. Brom bildet damit, unter heftiger Einwirkung, eine flüssige, im Wasser untersinkende Verbindung.

Propylen. H. Basset (1) beobachtete bei der Darstellung von Propylen aus Jodallyl, Quecksilber und Salzsäure die Bildung einer Flüssigkeit, welche nach nochmaliger Behandlung mit Quecksilber und Salzsäure in dem bei 90° siedenden Antheil in ihren Eigenschaften mit dem Jodpropyl (jodwasserstoffs. Propylen), C_3H_7J, übereinkam, welches Simpson (2) durch Behandlung von Jodallyl mit gasförmiger Jodwasserstoffsäure erhielt. Den flüchtigeren, bei 40 bis 45° siedenden Antheil der Flüssigkeit hält Basset für chlorwasserstoffs. Propylen. — Bei der Einwirkung von Natriumamalgam auf das mit Essigäther gemischte jodwasserstoffs. Propylen bildete sich eine nicht näher untersuchte, krystallisirbare Quecksilberverbindung.

Allyl- und Allylenverbindungen. Allyläthyläther. Der nach Morkownikoff (3) mit Brom verbindbare Allyläthyläther wird, nach A. Oppenheim (4), durch Natriumamalgam weder in alkoholischer Lösung, noch bei Gegenwart von Wasser angegriffen; mit concentrirter Jodwasserstoffsäure zerfällt er dagegen unter Erwärmung in Jodallyl, Jodäthyl und Wasser :

Allyläthyläther Jodallyl Jodäthyl

$\left.\begin{array}{l}C_3H_5\\C_2H_5\end{array}\right\}O + 2HJ = C_3H_5J + C_2H_5J + H_2O$.

Chlorallyl. Nach Oppenheim (5) bildet sich ferner beim Erhitzen von oxals. Allyl mit einer alkoholischen Lösung

---

(1) Chem. News XIV, 1; Zeitschr. Chem. 1866, 446. — (2) Jahresber. f. 1863, 494. — (3) Jahresber. f. 1865, 492. — (4) Bull. soc. chim. [2] VI, 6; Ann. Ch. Pharm. CXLII, 264; Zeitschr. Chem. 1866, 578; Chem. Centr. 1866, 879. — (5) Compt. rend. LXII, 1085; Bull. soc. chim. [2] VI, 8; Ann. Ch. Pharm. CXL, 204; Zeitschr. Chem. 1866, 338; J. pr. Chem. XCVIII, 499; Chem. Centr. 1866, 534.

von Chlorcalcium auf 100⁰ ein reichlicher Niederschlag von Chlorallyl. oxals. Kalk und die mit Wasser vermischte Flüssigkeit liefert dann bei der Destillation im Wasserbad Chlorallyl. Leichter gelingt die Darstellung des Chlorallyls, wenn man Jodallyl mit dem gleichen Vol. Alkohol und dann mit einem geringen Ueberschufs von Quecksilberchlorid versetzt. Es bildet sich unter starker Wärmeentwickelung Quecksilberjodid und aus dem Destillat läfst sich durch Wasser eine Flüssigkeit abscheiden, welche in dem zwischen 43 und 50⁰ siedenden Theil Chlorallyl, in dem höher siedenden wahrscheinlich Allyläthyläther enthält. Das *Chlorallyl*, C_3H_5Cl, ist mit dem Chlorpropylen (einfach-gechlorten Propylen) isomer, wie diefs aus der Differenz der Siedepunkte und dem verschiedenen Verhalten hervorgeht:

	Siedep.	Spec. Gew.
Chlorallyl	44-45⁰	0,9340 bei 0⁰
Chlorpropylen	25⁰,5	0,9307.

Während das Chlorpropylen beim Erhitzen mit Natriumalkoholat auf 120⁰ in Allylen übergeht, wird das Chlorallyl durch alkoholische Kalilösung schon unterhalb 100⁰ (analog dem Jodallyl) in Allyläthyläther verwandelt. In den Allylkörpern ist der Wasserstoff inniger mit dem Kohlenstoff vereinigt, als in den Propylenverbindungen. Jodallyl liefert, über glühenden Kalk geleitet, keine Spur Allylen, sondern Aethylen, Propylen und Kohle. — Auch aus Jodamyl und Jodäthyl lassen sich durch Einwirkung von Quecksilberchlorid die entsprechenden Chlorverbindungen erhalten. Cyanquecksilber liefert bei der Behandlung mit einer alkoholischen Lösung von Jodäthyl neben Blausäure gewöhnlichen Aether.

B. Tollens (1) beobachtete bei der Darstellung der Ameisensäure nach dem Verfahren von Lorin (2) die Ameisens. Allyl.

---

(1) Zeitschr. Chem. 1866, 518; Bull. soc. chim. [2] VII, 347. —
(2) Jahresber. f. 1865, 297.

Bildung einer heftig reizend riechenden Säure, aus welcher durch Destillation eine mit Wasser nicht mischbare, in erhöhtem Grade penetrant riechende, bei 82° siedende Flüssigkeit sich abscheiden liefs. Er hält diese Flüssigkeit vorläufig für ameisens. Allyl und vermuthet, dasselbe sei neben essigs. Allyl aus acryls. Allyl entstanden, welches letztere sich beim Erhitzen des Glycerins mit Oxalsäure unter Austreten von Wasser bilden könne.

Schwefel-allyl.

E. Ludwig (1) fand, dafs der von Wertheim (2) durch Vermischen von Knoblauchöl mit einer alkoholischen Lösung von salpeters. Silber erhaltene und als salpeters. Silberoxyd-Allyloxyd, $C_6H_5O, NAgO_6$, betrachtete krystallinische Niederschlag eine der Formel $C_6H_{10}S, N_2Ag_2O_6 =$ $(C_3H_5)_2S + 2 NAgO_3$ entsprechende Verbindung des Schwefelallyls mit salpeters. Silber ist. Diese aus Alkohol in schönen Nadeln krystallisirende Verbindung bildet sich sofort beim Vermischen von (aus Jodallyl und Schwefelkalium bereitetem) Schwefelallyl mit der Silberlösung. Das bei der Behandlung des Niederschlags mit starkem Ammoniak sich abscheidende (von Wertheim für Allyloxyd gehaltene) farblose Oel ist reines *Schwefelallyl*, $(C_3H_5)_2S$, von dem Siedepunkt 139 bis 141° und der Dampfdichte 3,939 (gef. 4,1). Das Silbersalz hinterläfst beim Erhitzen einen weifsen, dem Silber ähnlichen Rückstand, der aber noch (durch Glühen im Wasserstoffstrom zu entfernenden) Schwefel enthält.

Diallyl.

Diallyl erhält man, nach E. Linnemann (3), einfach durch trockene Destillation des Quecksilberallyljodids:

$$2 (C_3H_5, HgJ) = C_6H_{10} + HgJ_2 + Hg.$$

Quecksilber-allyljodid   Diallyl

(1) Wien. Acad. Ber. LIII (2. Abth.), 405; Ann. Ch. Pharm. CXXXIX, 121; Zeitschr. Chem. 1866, 356; im Auszug Wien. acad. Anz. 1866, 78; Chem. Centr. 1866, 949; Ann. ch. phys. [4] IX, 515; Bull. soc. chim. [2] VI, 476. — (2) Ann. Ch. Pharm. LI, 289; Berzelius' Jahresber. XXV, 648. — (3) Ann. Ch. Pharm. CXL, 180; Zeitschr. Chem. 1866, 749; Bull. soc. chim. [2] VII, 424.

Zur Darstellung der Quecksilberverbindung schüttelt man rohes Jodallyl mit Quecksilber, dem etwas Jod zugesetzt ist und unterwirft dann die sich bildende Verbindung nach dem Trocknen der Destillation. Das übergehende Diallyl ist durch mehrmalige Rectification über Natrium zu reinigen.

Die Niederschläge, welche Allylen in den Lösungen der Metallsalze erzeugt, sind nach Berthelot's vorläufigen Mittheilungen (1) in ihrer Zusammensetzung den mit Acetylen erhaltenen (vgl. S. 511) analog; sie zeigen aber geringere Beständigkeit. *Argentallylchlorür*, $[C_3H_3Ag(C_3H_3Ag_2)]Cl$, wird durch Allylen aus einer ammoniakalischen Lösung von Chlorsilber als weifses flockiges, am Lichte sich röthlich färbendes Pulver gefällt; das entsprechende Oxyd liefs sich nicht erhalten. Berthelot vermuthet, dafs der gelbe Niederschlag, welcher sich bei dem Einleiten von Allylen in eine ammoniakalische Lösung von salpeters. Silber zuerst bildet und in der Flüssigkeit schnell in weifses *Argentallylen*, $C_3H_3Ag(2)$, übergeht, *Argentallyloxyd*, $2(C_3H_3Ag_2),O$, sein könnte. Seine Zersetzung nach der Gleichung $2(C_3H_3Ag_2), O = 2 C_3H_3Ag + Ag_2O$ würde der des Ammoniumoxydes in Ammoniak und Wasser entsprechen. Das Argentallylen wird durch heifse Chlorammoniumlösung unter Bildung von Allylen und Chlorsilber zerlegt: $C_3H_3Ag + NH_4Cl = C_3H_4 + AgCl + NH_3$. Mit einer concentrirten Lösung von schwefels. Silber in schwefels. Ammoniak digerirt, verwandelt es sich in eine krystallinisch-körnige Substanz, wahrscheinlich das schwefels. Salz von der Formel $2[C_3H_3Ag(C_3H_3Ag_2)], SO_4$, welche langsam durch Wasser, rasch aber durch Ammoniak, unter Rückbildung von schwefels. Silber und Argentallylen zersetzt wird. Die entsprechende (in Chlorammonium sehr leicht lösliche) Chlorverbindung scheint bei der Digestion des Argentallylens mit einer Lösung von Chlorsilber in Chlorammonium zu

Allylen.

---

(1) In der S. 510 angeführten Litteratur. — (2) Jahresber. f. 1865, 494.

entstehen. Die Kupferverbindungen hat Berthelot nicht genauer untersucht. Gegen Goldoxydul-Natrondoppelsalz und gegen Chromoxydulsalze verhält sich das Allylen dem Acetylen ähnlich; die lösliche Chromoxydulverbindung zerfällt schnell unter Entwickelung von Propylen. — Allylen wird ferner bei gelindem Erwärmen mit Natrium theilweise zersetzt, unter Bildung von Acetylennatrium, Abscheidung von Kohle und Vergröfserung des Gasvolums, nach der Gleichung $C_3H_4 + 2Na = C_2Na_2 + C + 2H_2$; im rückständigen Gase findet sich eine geringe Menge von Propylen.

Glycerin. E. Erlenmeyer (1) überzeugte sich durch erneute Versuche von der Richtigkeit seiner früheren Angabe (2), dafs bei der Einwirkung von Jodwasserstoff auf Glycerin, je nach dem Mengenverhältnifs beider, neben Propylen entweder Jodallyl, C_3H_5J, oder Pseudopropyljodür, C_3H_7J, gebildet wird. Bei überschüssigem Glycerin treten als flüchtige Producte wesentlich Jodallyl und Propylen auf, entsprechend den Gleichungen:

$$C_3H_5(OH)_3 + 3HJ = C_3H_5J + 3H_2O + J_2.$$
$$C_3H_5J + HJ = C_3H_6 + J_2.$$

Läfst man zu erwärmtem Jodallyl allmälig wässerige Jodwasserstoffsäure fliefsen, so entwickelt sich ein regelmäfsiger Strom von Propylengas und nach beendigter Reaction findet sich im Rückstand neben Jod nur Pseudopropyljodür. Propylengas wird von wässeriger Jodwasserstoffsäure sehr leicht unter Bildung von Pseudopropyljodür absorbirt, andererseits nimmt gut abgekühltes Jodallyl gasförmige Jodwasserstoffsäure vollständig auf, indem unter Jodabscheidung und nur langsamer Gasentwickelung eine schwere, nicht rein zu erhaltende Flüssigkeit (vielleicht $C_3H_6J_2$) entsteht, die bei der Destillation neben Jod und Propylen

---

(1) Ann. Ch. Pharm. CXXXIX, 211; Zeitschr. Chem. 1866, 558; Chem. Centr. 1866, 870; Bull. soc. chim. [2] VII, 173. — (2) Jahresber. f. 1861, 667.

fast reines Pseudopropyljodür liefert. Die Bildung des letzteren beruht also auf seiner directen Bildung aus Propylen und Jodwasserstoff und vielleicht auch auf der Zersetzung der aus Jodallyl entstehenden Verbindung mit Jodwasserstoff : $C_3H_6J_2 + HJ = C_3H_7J + J_2$.

B. Schuchardt (1) fand bei Versuchen über die Wirkung des Nitroglycerins, dafs dasselbe bei Thieren erst in verhältnifsmäfsig grofsen Gaben den Tod herbeiführt und dafs es auch beim Menschen in geringen Dosen bis zu etwa 10 Tropfen deutliche, jedoch nicht gerade beunruhigende Vergiftungssymptome bewirkt. *Nitroglycerin.*

E. Linnemann (2) beschreibt einige weitere Versuche über Bildung von Trichlorhydrin aus Isopropyljodür und Monochlorpropylen (3) und über die Einwirkung von essigs. Silber, von Aetzkali und von Silberoxyd auf (aus Glycerin dargestelltes) Trichlorhydrin. Eine Rückbildung des Glycerins gelingt auf diesem Wege nicht, wie diefs schon Geuther (4) fand. *Trichlorhydrin.*

P. Truchot (5) hat weitere Resultate Seiner Versuche (6) über die Verbindungen des Epichlorhydrins (chlorwasserstoffs. Glycidäther) mit den Chloriden von Säureradicalen und mit Säureanhydriden mitgetheilt. Erhitzt man ein Gemisch von Epichlorhydrin und Chloracetyl in geschlossenem Gefäfs 30 Stunden lang auf 100°, so erhält man bei nachheriger Destillation zuerst eine gewisse Menge Acetodichlorhydrin; setzt man nun die Destillation unter einem Druck von 2 Centimeter Quecksilberhöhe fort, so geht bei 190° *Diglycerin - Acetotrichlorhydrin*, $(C_3H_5)_2(C_2H_3O)O_2Cl_3$, und bei etwa 260° *Triglycerin - Acetotetrachlorhydrin*, *Diglycerin-Acetotrichlorhydrin und Triglycerin-Acetotetrachlorhydrin.*

---

(1) Aus der Zeitschr. f. pract. Heilk. und Medicinalw. 1866, Heft 1 in Chem. Centr. 1866, 496. — (2) Ann. Ch. Pharm. CXXXIX, 17; Zeitschr. Chem. 1866, 509; Chem. Centr. 1866, 619; Bull. soc. chim. [2] VII, 172. — (3) Vgl. Jahresber. f. 1865, 489. — (4) Jahresber. f. 1864, 333. — (5) Compt. rend. LXIII, 278; Instit. 1866, 289; Bull. soc. chim. [2] VI, 481; Ann. Ch. Pharm. CXL, 244; Zeitschr. Chem. 1866, 513; Chem. Centr. 1866, 975. — (6) Jahresber. f. 1865, 503.

$(C_3H_5)_3(C_2H_3O)_3O_3Cl_4$, über. Ersteres ist das Acetotrichlorhydrin des Diglycerinalkohols $(C_3H_5)_2H_4O_5$; letzteres das Acetotetrachlorhydrin des Triglycerinalkohols $(C_3H_5)_3H_5O_7$. Beide entstehen durch Vereinigung von je 2 oder 3 Molecülen Epichlorhydrin mit 1 Molecül Chloracetyl. — Bei 20 stündigem Erhitzen von Epichlorhydrin mit Essigsäureanhydrid auf 200° entsteht (neben Diacetochlorhydrin) durch Vereinigung von 1 Molecül Epichlorhydrin mit 2 Molecülen Essigsäureanhydrid ein Product von der Formel $C_3H_5(C_2H_3O)_4O_3Cl$. Dasselbe destillirt unter einem Druck von 2 Centimetern Quecksilberhöhe bei 240°. Das Epichlorhydrin verhält sich demnach gegen Essigsäureanhydrid wie Aldehyd oder Acroleïn.

Propargyläther.
Der von Liebermann (1) aus Tribromallyl durch Behandlung mit alkoholischer Kalilauge erhaltene Propargyläther kann, nach A. Baeyer (2), mit gleicher Leichtigkeit aus Trichlorhydrin dargestellt werden. Man erhitzt das Trichlorhydrin mit 3 Th. Kalihydrat und ziemlich viel Alkohol einige Zeit mit aufsteigendem Kühler und destillirt dann ab. Der übergegangene Alkohol giebt mit salpeters. Silber, auch ohne Ammoniakzusatz, einen blendend weifsen krystallinischen Niederschlag von Silberpropargyläther, $\left.\begin{array}{l}C_3AgH_2\\C_3H_5\end{array}\right\}O$, der von Salpetersäure ohne Gasentwickelung und unter Abscheidung von Cyansilber zersetzt wird. — Bei Ueberschufs von Kali erhält man weniger Aether und aufserdem eine stechend riechende, Silberlösung schwärzende Substanz, die wahrscheinlich Acroleïn ist.

Amyl- und Amylenverbindungen. Amylwasserstoff.
C. Schorlemmer (3) hat, wie früher (4) für verschiedene Heptylverbindungen, so auch für mehrere Amyl-

---

(1) Jahresber. f. 1864, 494. — (2) Ann. Ch. Pharm. CXXXVIII, 196; Zeitschr. Chem. 1866, 380; Chem. Centr. 1866, 863; Ann. chim. phys. [4] VIII, 503; Bull. soc. chim. [2] VI, 218. — (3) Lond. R. Soc. Proc. XV, 131; J. pr. Chem. XCVIII, 242. — (4) Jahresber. f. 1865, 511 f.

verbindungen von verschiedener Abstammung (aus Fuselöl und Petroleum) die Siedepunkte und das spec. Gewicht ermittelt und dabei nur so geringe Unterschiede wahrgenommen, dafs diese Verbindungen als identisch zu betrachten sind. Die Resultate ergeben sich aus der nachstehenden Tabelle :

		aus Fuselöl		aus Petroleum	
		Siedep.	Spec. Gew.	Siedep.	Spec. Gew.
Amylwasserstoff,	C_5H_{12}	—	—	34°	0,6268 b. 17°
Chloramyl,	$C_5H_{11}Cl$	101°	0,8750 b. 20°	101°	0,8777 b. 20°
Essigs. Amyl,	$\left.\begin{array}{l}C_5H_{11}\\C_2H_3O\end{array}\right\}O$	140°	0,8738 b. 15°	140°	0,8752 b. 15°
Amylalkohol,	$C_5H_{12}O$	132°	0,8148 b. 14°	132°	0,8199 b. 14°

Bezüglich der Zersetzung des Amylwasserstoffs und des Amylens in hoher Temperatur siehe S. 518.

N. Bunge (1) theilt vorläufig mit, dafs bei der Einwirkung von Untersalpetersäure auf Amylalkohol als Hauptproduct salpetrigs. Amyl entstehe : *Amylalkohol.*

Amylalkohol   Salpetrigs. Amyl   Salpetersäure
$$C_5H_{12}O \;+\; 2NO_2 \;=\; C_5H_{11}, NO_2 \;+\; NHO_3.$$

Die sich bildende Salpetersäure erzeugt ihrerseits aus dem Amylalkohol salpeters. Amyl und durch Oxydation auch Valeriansäure, die als freie Säure und als valerians. Amyl auftritt. — Nach einer weiteren Angabe desselben Chemikers (2) entsteht beim Einleiten von (aus Stärkmehl und Salpetersäure bereiteter) salpetriger Säure in Amylalkohol neben salpetrigs. Amyl auch salpeters. Ammoniak, welches sich in Krystallen absetzt. Er erklärt diefs, von der Annahme ausgehend, dafs die so gewonnene salpetrige Säure ein Gemenge von Untersalpetersäure und Stickoxyd sei, durch die Gleichung :

Amylalkohol   Stickoxyd   Salpetrigs. Amyl
$$5 C_5H_{12}O \;+\; 3 N_2O_2 \;=\; 5(C_5H_{11}, NO_2) \;+\; NH_3 \;+\; H_2O.$$

---

(1) Zeitschr. Chem. 1866, 82. — (2) Zeitschr. Chem. 1866, 225; Bull. soc. chim. [2] VI, 482.

Schwefel-
amyl, -butyl
und -amyl-
äthyl.

A. Saytzeff (1) hat gezeigt, dafs das Schwefelamyl, Schwefelbutyl und Schwefelamyläthyl bei der Behandlung mit rauchender Salpetersäure nur ein einziges Sauerstoffatom aufnehmen, also nicht in die dem Diäthylsulfon $(C_2H_5)_2SO_2$ entsprechenden Verbindungen übergehen. — Schwefelamyl löst sich in rauchender Salpetersäure bei tropfenweisem Zufügen unter starker Erhitzung zu einer homogenen Flüssigkeit, welche beim Verdünnen mit Wasser ein gelbliches, nach der Entfernung der Säure krystallinisch erstarrendes Oel abscheidet. Dasselbe ist *Diamylschwefeloxyd*, $(C_5H_{11})_2SO$. Es bildet, nach mehrtägigem Abtropfen auf einem Trichter aus Aether umkrystallisirt, sternförmig gruppirte Nadeln, die schon zwischen 37 und 38° schmelzen. Es ist unlöslich in Wasser, leicht löslich in Alkohol und Aether wie in concentrirter Salpetersäure und Schwefelsäure und wird aus letzteren durch Wasser unverändert als ölartige Flüssigkeit gefällt. Durch Zink und verdünnte Schwefelsäure wird es zu Schwefelamyl reducirt; Zinkäthyl, Jodäthyl und Jodamyl sind ohne Einwirkung; mit Jodwasserstoffsäure bildet sich unter Abscheidung von Jod ein braunes, nicht destillirbares Liquidum. Bei der Destillation, in geringerem Grade schon beim Erhitzen auf dem Wasserbade, zersetzt sich das Diamylschwefeloxyd unter Bildung unangenehm riechender schwefelhaltiger Producte. — *Schwefelbutyl*, $(C_4H_9)_2S$, erhält man durch 10 stündiges Kochen von Chlorbutyl mit einer alkoholischen Lösung von Einfach-Schwefelkalium in einem mit aufsteigendem Kühlrohr verbundenen Kolben und Destilliren des mit Wasser abgeschiedenen, über Chlorcalcium getrockneten Oels. Es siedet bei 176 bis 185°, hat das spec. Gewicht 0,849 bei 0°, riecht eigenthümlich knoblauchartig, löst sich nicht in Wasser und mischt sich mit Alkohol und Aether. Durch Salpetersäure wird es zu *Dibutylschwefeloxyd*,

---

(1) Ann. Ch. Pharm. CXXXIX, 854; im Auszug Zeitschr. Chem. 1866, 65; Chem. Centr. 1866, 954; Bull. soc. chim. [2] VI, 334.

$(C_4H_9)_2S\Theta$, oxydirt, welches in reinem Zustande eine farblose dicke Flüssigkeit ist, die in einer Kältemischung zu einer krystallinischen, schon unter 0^0 schmelzenden Masse erstarrt. Es ist nicht flüchtig und verhält sich wie die entsprechende Amylverbindung. — *Schwefelamyläthyl*, $(C_5H_{11})(C_2H_5)S$, erhält man durch 5- bis 6stündiges Erhitzen von Natriumamylmercaptid (dem Product der Einwirkung von Natrium auf mit Aether verdünntes Amylmercaptan) mit Jodäthyl im Wasserbad und Rectification des mit Wasser abgeschiedenen Oels. Es ist eine farblose, stark lauchartig riechende, in Wasser unlösliche Flüssigkeit von dem spec. Gewicht 0,852 bei 0^0 und dem Siedep. 158 bis 159^0 (1). Das aus dem Schwefelamyläthyl durch Oxydation mit Salpetersäure entstehende *Amyläthylschwefeloxyd*, $(C_5H_{11})(C_2H_5)S\Theta$, ist eine dicke gelbliche, nicht ohne Zersetzung destillirbare Flüssigkeit, welche in einer Kältemischung zu einer schon unter 0^0 schmelzenden Krystallmasse erstarrt. Durch Zink und verdünnte Schwefelsäure wird es zu Schwefelamyläthyl reducirt.

Salpetrigs. Amyl zerfällt, nach E. T. Chapman (2), beim tropfenweisen Eingiefsen in eine heifse Mischung von zweifach-chroms. Kali und verdünnter Schwefelsäure unter Bildung von Salpetersäure, Valeriansäure und valerians. Amyl. Mit concentrirter Schwefelsäure findet eine heftige, bisweilen bis zur Entzündung sich steigernde Reaction statt; Schwefelsäure, die mit 2 Th. Wasser verdünnt ist, bewirkt bei 100^0 die Zersetzung in schweflige Säure, Stickoxyd und valerians. Amyl, nach der Gleichung:
$2 C_5H_{11}N\Theta_2 + 8H_2\Theta_4 = 2H_2\Theta + 8\Theta_2 + 2N\Theta + C_5H_9(C_5H_{11})\Theta_2$.
Beim Eintröpfeln in eine gelinde erwärmte Mischung von concentrirter Jodwasserstoffsäure und Phosphor zersetzt sich das salpetrigs. Amyl in Stickoxyd und Jodamyl.

(1) Vgl. Jahresber. f. 1861, 595. — (2) Chem. Soc. J. [2] IV, 336; Zeitschr. Chem. 1866, 570; J. pr. Chem. XCIX, 422 (auch 479); Chem. Centr. 1867, 221.

Salpetrigs. Amyl.   Behandelt man, nach demselben Chemiker (1), das salpetrigs. Amyl mit überschüssiger wasserfreier Phosphorsäure, so bildet sich unter heftiger Einwirkung und ohne Gasentwickelung eine braune feste Masse, die bei der Destillation mit Kali eine Flüssigkeit liefert, welche neben Ammoniak einen moderartig und patchouliähnlich riechenden Körper enthält, welcher letztere beim Erhitzen der Lösung mit starker Kalilauge auf 120° unter Entwickelung von Ammoniak und unter gleichzeitiger Bildung von Essigsäure und Propionsäure verschwindet. Durch Säuren wird die nicht isolirbare moderartig riechende Verbindung ebenfalls in Ammoniak und saure Producte zerlegt. Chapman vermuthet, daſs bei der Einwirkung der wasserfreien Phosphorsäure auf das salpetrigs. Amyl nach der Gleichung: $C_5H_{11}NO_2 = C_5H_7N + 2H_2O$ die Cyanverbindung eines Alkoholradicals der Allylreihe C_4H_7, CN, entstehe, welche durch Kali in Ammoniak und in eine mit der Angelicasäure isomere oder identische Säure zerfalle, die dann ihrerseits — und mit besonderer Leichtigkeit — durch die weitere Wirkung des Kali's in Essigsäure und Propionsäure zersetzt werde.

Bromamylen.   H. L. Buff (2) leitet zur Darstellung von Bromamylen, um eine zu starke Erhitzung zu vermeiden, das Brom durch einen heberförmig gebogenen Glasfaden in das abgekühlte Amylen. Auch die Vereinigung von Salpetersäure oder rauchender Schwefelsäure mit organischen Verbindungen läſst sich in dieser Weise bequem bewerkstelligen.

Chloramylen.   Chlor wird, nach A. Bauer (3), von Anfangs auf — 15° abgekühltem, später gelinde erwärmtem Amylen unter nur schwacher Entwickelung von Salzsäure rasch absorbirt

---

(1) Chem. Soc. J. [2] IV, 333; Zeitschr. Chem. 1866, 569; J. pr. Chem. XCIX, 421; Chem. Centr. 1867, 269. — (2) Ann. Ch. Pharm. Suppl. IV, 167. — (3) Wien. Acad. Ber. LIII (2. Abth.), 692; im Auszug Wien. acad. Anz. 1866, 124; Zeitschr. Chem. 1866, 336, 667; J. pr. Chem. C, 41; Bull. soc. chim. [2] VII, 168; Instit. 1866, 395.

und aus dem mit verdünntem Alkali gewaschenen und Chloramylen. über Chlorcalcium getrockneten Product lassen sich durch fractionirte Destillation die folgenden Verbindungen abscheiden : 1. *Monochloramylen*, C_5H_9Cl, von dem Siedep. 90 bis 95° und dem spec. Gewicht 0,9992 bei 0° (in geringer Menge); 2. *Amylenchlorür*, $C_5H_{10}Cl_2$, von dem Siedep. 145° und dem spec. Gewicht 1,2219 bei 0° (in gröfserer Menge); 3. *Monochloramylenchlorür*, $C_5H_9Cl_3 = C_5H_9Cl, Cl_2$, durch Abkühlen des bei 160 bis 190° übergehenden Antheils. Weifse federartige, durch Sublimiren zu reinigende Krystalle. 4. *Dichloramylenchlorür*, $C_5H_8Cl_4 = C_5H_8Cl_2, Cl_2$, als wasserhelle Flüssigkeit von dem Siedep. 220 bis 230° und dem spec. Gewicht 2,4292 ; es entsteht in beträchtlicher Menge durch Einwirkung von Chlor auf Amylen bei 100° und verliert den Chlorgehalt auch beim Erhitzen mit alkoholischer Kalilösung auf 120 bis 130° nicht vollständig.

Jod wirkt nach E. Lippmann (1) bei Gegenwart Amylenjodhydrin. von Wasser nicht auf Quecksilberoxyd ein, fügt man aber Amylen zu und schüttelt, so verschwindet es sofort unter Bildung von Jodquecksilber und von unterjodiger Säure, welche letztere sich direct mit dem Amylen zu einem Jodhydrin vereinigt, welches schwerer ist als Wasser, sich bei der Destillation zersetzt und bei der Behandlung mit essigs. Silber Essigsäure, Jodsilber und Amylenoxyd liefert. Trägt man Jod, Quecksilberoxyd und Amylen in absoluten Alkohol ein, so verschwindet das Jod unter Bildung von Jodquecksilber und von mehreren Jodhydrinen, die nur im leeren Raum destillirt werden können. Ein in dieser Weise dargestelltes Jodhydrin entsprach der Formel : $\begin{matrix}(C_5H_{10})_2 \\ C_2H_5\end{matrix}\Big\}\begin{matrix}O \\ J\end{matrix}$; ein zweites, welches nicht destillirt worden war, gab mit essigs. Silber ein Gemenge von Essigsäure-

---

(1) Compt. rend. LXIII, 968; Ann. Ch. Pharm. Suppl. V, 124; Zeitschr. Chem. 1867, 17; J. pr. Chem. C, 479.

Amylenjod-hydrin. Verbindungen des Amylens und Amylenoxyd, aus welchem durch fractionirte Destillation die nachstehenden beiden Verbindungen mit den angegebenen Siedepunkten abgeschieden wurden :

A. Siedep. 150° B. Siedep. 165°

$\begin{Bmatrix} C_5H_{10} \\ C_5H_{10} \\ C_2H_5 . C_2H_5O \end{Bmatrix} O_2$ $\begin{Bmatrix} C_5H_{10} \\ C_2H_5 \end{Bmatrix} O_2 C_2H_5O$ ·

Der in gröfserer Menge vorhandene Körper B. lieferte beim Erhitzen mit Jodwasserstoffsäure auf 150° Jodäthyl und Jodamyl. — Beim Zusammenbringen von Jod mit Quecksilberoxyd und Alkohol bilden sich sehr langsam Jodquecksilber und jods. Quecksilber; nur wenn die unterjodige Säure sogleich gebunden wird, entsteht kein jods. Quecksilber. — Löst man Jod bei Gegenwart von Quecksilberoxyd und Amylen in Chloroform, so ensteht ein ölartiges Additionsproduct, welches schon bei 100° vollständig zerfällt und durch Behandlung mit essigs. Silber in eine bei 130° siedende Essigsäure-Verbindung, wahrscheinlich ein Derivat des Amyl- oder Diamylglycerins übergeht.

Aethyl-hexyläther. Nach C. Schorlemmer (1) bildet sich bei der Einwirkung von alkoholischer Kalilösung auf Hexylchlorür neben dem von Pelouze und Cahours (2) beobachteten Hexylen auch *Aethylhexyläther*, C_2H_5, C_6H_{13}, O, welcher durch Destillation als bei 131 bis 133° siedende Flüssigkeit von dem Hexylen getrennt wird. Der Aethylhexyläther ist eine farblose, leichtbewegliche Flüssigkeit von stark ätherischem Geruch, ähnlich dem des Aethylamyläthers. Das spec. Gewicht wurde gefunden bei 16°,5 = 0,7752, bei 30° = 0,7638; bei 63° = 0,734. Seine Bildung erfolgt nach der Gleichung :

Hexylchlorür Alkohol Aethylhexyläther
$C_6H_{13}Cl + C_2H_6O + KHO = C_2H_5, C_6H_{13}O + H_2O + KCl.$

---

(1) Chem. Soc. J. [2] IV, 357; Zeitschr. Chem. 1866, 606; J. pr. Chem. XCIX, 474. — (2) Jahresber. f. 1863, 525.

E. Rubien (1) untersuchte den schon von Limpricht (2) durch Erhitzen von Oenanthylenchlorür mit weingeistigem Kali erhaltenen Kohlenwasserstoff C_7H_{12}, so wie das aus Caprylenbromür entstehende homologe Glied, C_8H_{14}. Ersteren bezeichnet Er als *Oenanthyliden*, letzteres als *Capryliden*. — Zur Darstellung des Oenanthylidens, C_7H_{12}, erhitzt man Oenanthylenchlorür, $C_7H_{14}Cl_2$ (den zwischen 186 und 190° siedenden Antheil des Zersetzungsproducts des Oenanthols mit Fünffach-Chlorphosphor) in einer Retorte mit aufsteigendem Kühler mit dem doppelten Vol. einer concentrirten weingeistigen Kalilösung 12 Stunden lang zum Sieden und dann das mit Wasser abgeschiedene Oel, $C_7H_{13}Cl$, mehrmals (unter Anwendung des über 120° siedenden Theils) mit der weingeistigen Kalilösung in zugeschmolzenen Röhren auf 150°. Aus dem unterhalb 120° übergehenden Antheil des ölartigen Products läfst sich dann durch sehr oft wiederholte fractionirte Destillation das Oenanthyliden als wasserhelles, leicht flüssiges, zwischen 106 und 108° siedendes Liquidum abscheiden. Es riecht intensiv lauchartig, ist leichter als Wasser, brennt mit rufsender Flamme und löst sich leicht in Weingeist, Aether und Benzol. Brom erzeugt damit unter heftiger Einwirkung das (nicht rein erhaltene) Bromür $C_7H_{12}Br_2$; im Sonnenlicht entsteht bei Bromüberschufs die Verbindung $C_7H_{10}Br_4$, als ein im gereinigten Zustande gelbliches, fenchelartig riechendes, nicht unzersetzt flüchtiges Oel, welches sich leicht in Aether und Benzol, aber schwer in Weingeist löst. In der Wärme zersetzt es sich mit Natrium unter Entzündung; beim Kochen mit weingeistigem Kali entsteht, unter langsamer Abscheidung von Bromkalium, ein schwach lauchartig riechendes Oel. — Das zur Darstellung des Caprylidens dienende *Caprylenbromür*, $C_8H_{16}Br_2$, erhält man

---

(1) Ann. Ch. Pharm. CXLII, 294; Zeitschr. Chem. 1867, 402; vorläufige Anzeige Zeitschr. Chem. 1866, 500; Bull. soc. chim. [2] VII, 500. — (2) Jahresber. f. 1857, 465.

Oenanthyliden und Caprylidan. durch vorsichtiges Mischen von abgekühltem **Caprylen** mit überschüssigem Brom bei Gegenwart von **Wasser** und Trocknen des mit alkalischem Wasser gewaschenen Products über Chlorcalcium. Es ist eine farblose, angenehm ätherisch riechende Flüssigkeit, schwerer als Wasser, nicht unzersetzt destillirbar, leicht in Aether und Benzol, schwer in Weingeist löslich. Durch Natrium wird es in der Wärme unter heftiger Reaction zersetzt. Vermischt man das Caprylenbromür mit concentrirter weingeistiger Kalilösung, bis keine Abscheidung von Bromkalium mehr erfolgt und behandelt dann das mit Wasser abgeschiedene Oel von Neuem in der Siedehitze mit weingeistigem Kali, so liefert das ölartige Product bei der fractionirten Destillation unterhalb $150°$ wenig Capryliden und aus dem zwischen 175 und $192°$ übergehenden Antheil das constant bei $185°$ siedende *Bromcaprylen*, $C_8H_{15}Br$. Dieses ist eine schwach lauchartig riechende Flüssigkeit, etwas schwerer als Wasser und leicht in Weingeist, Aether und Benzol löslich; beim vorsichtigen Vermischen mit Brom geht es in ein süfslich riechendes Oel von der Formel $C_8H_{15}Br_3$ über. Das Capryliden bildet sich leichter beim Erhitzen des Caprylenbromürs mit weingeistigem Kali auf $130°$ in zugeschmolzenen Röhren. Es ist eine bei 133 bis $134°$ siedende, farblose, schwach lauchartig riechende Flüssigkeit, leichter als Wasser, in Alkohol, Aether und Benzol löslich. Mit Brom bildet es ein farbloses, angenehm fruchtartig riechendes ölartiges Bromür, $C_8H_{14}Br_4$, das nicht unzersetzt destillirbar ist und sich schwer in Weingeist, leicht in Aether und Benzol löst. Beim Erwärmen mit weingeistigem Kali zersetzt es sich unter heftiger Einwirkung und aus dem beim mehrstündigen Kochen gebildeten Zersetzungsproduct läfst sich durch fractionirte Destillation eine bei 203 bis $205°$ siedende Verbindung von der Formel $C_8H_{11}Br$ abscheiden. Dieselbe riecht stark lauchartig, ist schwerer als Wasser, löst sich leicht in Weingeist, Aether und Benzol und wird erst beim Erwärmen durch Natrium zersetzt.

Alkohole und dahin Gehöriges.

Benylen. Das durch Einwirkung von Brom auf mit Aether verdünntes und auf — 17° abgekühltes Triamylen sich bildende *Triamylenbromür*, $C_{15}H_{30}Br_2$, verwandelt sich, nach A. Bauer (1), beim Erhitzen mit trockenem essigs. Silber und Eisessig auf 100° in Bromsilber und essigs. Triamylenoxyd, welches letztere bei der Verseifung mit ätzendem Kali in essigs. Kali, Wasser und einen neuen, der Acetylenreihe angehörenden Kohlenwasserstoff, in *Benylen*, $C_{15}H_{28}$, zerfällt:

$$\begin{matrix}\text{Essigs. Tri-} \\ \text{amylenoxyd} \\ \left.\begin{matrix}C_{15}H_{30} \\ (C_2H_3O)_2\end{matrix}\right\}O_2\end{matrix} + \underset{\text{Essigs. Kali}}{2\,KHO} = 2\,C_2H_3KO_2 + 2\,H_2O + \underset{\text{Benylen}}{C_{15}H_{28}}.$$

Das (zur Bensäure, $C_{15}H_{30}O_2$, im nämlichen Verhältniß wie das Valerylen zur Valeriansäure stehende) Benylen ist eine dickflüssige, farblose und nur wenig riechende Flüssigkeit von dem Siedepunkt 230 bis 240°. Es verbindet sich mit Brom unter starker Erwärmung und bei guter Abkühlung ohne merkliche Entwickelung von Bromwasserstoff. — Aus der Bildung des Benylens ergiebt sich, daß die Darstellung der höher zusammengesetzten Glycole mit Schwierigkeiten verknüpft ist, sofern ihr Sauerstoffgehalt leichter als bei den niedrigeren Gliedern in der Form von Wasser austritt.

Phenylverbindungen. Kohlenwasserstoffe der Cannelkohle und Bogheadkohle. Das leichte Steinkohlentheeröl, welches durch Destillation von Cannelkohle bei niederer Temperatur erhalten wird, enthält, nach C. Schorlemmer (2), außer den Kohlenwasserstoffen der Sumpfgas- und Benzolreihe noch andere von höherem Siedepunkt, welche durch Schwefelsäure angegriffen werden (3). Unterwirft man das wieder-

---

(1) Ann. Ch. Pharm. CXXXVII, 249; Zeitschr. Chem. 1866, 185; Chem. Centr. 1866, 168; J. pr. Chem. XCIX, 380; Bull. soc. chim. [2] VI, 209; Phil. Mag. [4] XXXI, 455. — (2) Ann. Ch. Pharm. CXXXIX, 244; im Auszug Zeitschr. Chem. 1866, 50, 574; J. pr. Chem. XCVIII, 292; Chem. Centr. 1866, 464, 811; Lond. R. Soc. Proc. XV, 132; Chem. News XIII, 253; Sill. Am. J. [2] XLIII, 108; Bull. soc. chim. [2] VII, 250. — (3) Jahresber. f. 1862, 385.

holt mit der Säure behandelte Oel der Destillation, so bleibt eine, etwa die Hälfte des angewandten Oels betragende, schwarze theerartige Masse, welche bei stärkerem Erhitzen von 200° an bis weit über 300° ein braunes, übelriechendes dickflüssiges Oel liefert, während eine schwarze pechartige Masse zurückbleibt. Das schwer flüchtige Oel hinterläfst bei jeder Destillation feste schwarze Rückstände und nur durch sehr lange fortgesetztes Fractioniren über festes Aetzkali gelingt es, die nachstehenden Kohlenwasserstoffe der Reihe (C_nH_{2n-2})$_2$ abzuscheiden:

		Siedep.	Dampfdichte berechnet	gefunden
1.	$C_{12}H_{20}$	210°	5,68	5,98
2.	$C_{14}H_{24}$	240°	6,65	7,02
3.	$C_{16}H_{28}$	280°	—	—

Diese Kohlenwasserstoffe sind ölige, farblose, stark lichtbrechende Flüssigkeiten von schwachem, an den der Wurzeln von *Daucus Carota* oder *Pastinaca sativa* erinnerndem Geruch. Sie sind leichter als Wasser und verbinden sich mit Brom unter zischendem Geräusch und selbst unter Verkohlung und Entwickelung von Bromwasserstoff. Bei guter Abkühlung entstehen, ohne Bildung von Bromwasserstoff, farblose Bromverbindungen, welche sich schon in gelinder Wärme zersetzen. Die Analyse des aus dem Kohlenwasserstoff $C_{14}H_{24}$ dargestellten Bromids entsprach annähernd der Formel $C_{14}H_{24}Br_2$. — Concentrirte Salpetersäure löst die Kohlenwasserstoffe unter starker Erhitzung; die Lösung scheidet beim Verdünnen mit Wasser eine gelbe dickflüssige Nitroverbindung ab, welche sich durch Erhitzen mit Zinn und Salzsäure in eine theerartige Masse verwandelt, während Salmiak und das zerfliefsliche Chlorid einer leicht zersetzbaren organischen Base gelöst bleiben. Beim Erhitzen der Kohlenwasserstoffe mit einer concentrirten Lösung von chroms. Kali und Schwefelsäure bildet sich neben Kohlensäure, Ameisensäure und Essigsäure eine nicht flüchtige, in Kalilauge lösliche harzartige Säure. Die vorstehenden, der Acetylenreihe angehörenden Kohlenwasserstoffe sind durch Einwirkung von Schwefelsäure auf den unter 120° siedenden Theil des Steinkohlentheeröls entstanden; durch eine ähnliche Behandlung der isomeren Kohlenwasserstoffe C_6H_{10} (Hexoylen und Diallyl) bilden sich neben theerartigen Producten ebenfalls oberhalb 200° siedende, den beschriebenen sehr ähnlich sich verhaltende polymere Modificationen. Die Schwefelsäure, welche zur Reinigung der Naphta gedient hat, enthält noch eine eigenthümliche, nach dem Neutralisiren mit kohlens. Kalk dem Verdampfungsrückstand durch Alkohol entziehbare amorphe Substanz, welche auch aus den Kohlenwasserstoffen C_6H_{10} bei der Behandlung mit Schwefelsäure entsteht. — Die flüchtigsten, durch Destillation der Bogheadkohle in niederer Temperatur gewonnenen Oele, sowie auch das rohe Benzol enthalten nach einer weiteren Angabe Schorlemmer's (1) ebenfalls Kohlenwasserstoffe der Acetylenreihe. Durch Behandeln des bei 80 bis 82° siedenden, hauptsächlich aus Benzol bestehenden Antheils mit Brom, Abdestilliren des Broms in möglichst niedriger Temperatur und Zersetzen der zurückbleibenden Bromverbindungen erhält man Kohlenwasserstoffe, die durch Behandlung mit Brom in ein zwischen 200 und 220° destillirendes Gemenge verschiedener Bromide — wahrscheinlich $C_6H_{12}Br_2$, $C_7H_{24}Br_2$ und $C_6H_{10}Br_2$ übergehen. Bei Ueberschufs an Brom scheiden sich aus dem Gemenge farblose nadelförmige Krystalle der Verbindung $C_6H_{10}Br_4$ aus, welche bei 112° schmilzt und bei 318° ohne Zersetzung destillirt. Auch das durch fractionirte Destillation aus Steinkohlentheer gewonnene Benzol enthält eine ziemlich beträchtliche Menge des vielleicht mit dem Hexoylen identischen Kohlenwasserstoffs C_6H_{10}, welcher sich nur durch Zusatz von etwas Brom und Rectification des mit Aetzkali entfärbten Products abscheiden läfst. Das in dieser Weise gereinigte

---

(1) Ann. Ch. Pharm. CXXXIX, 250; Chem. Soc. J. [2] IV, 856.

Kohlenwasserstoffe der Cannelkohle und Bogheadkohle. Benzol löst sich in rauchender Schwefelsäure fast ohne Färbung und giebt ein beinahe farbloses Nitrobenzol. C. G. Williams (1) hat ebenfalls über die Producte der Einwirkung der Schwefelsäure auf die flüchtigeren Kohlenwasserstoffe des Steinkohlentheeröls Mittheilungen gemacht. Bei der Rectification von gröfseren Mengen (800 bis 1000 Litern) käuflichen Benzols bestehen die ersten zwei oder drei Liter des Destillats aus einem noch viel Benzol enthaltenden, zum gröfsten Theil unterhalb 70^0 siedenden Kohlenwasserstoff. Behandelt man diesen mit einem Ueberschufs von Schwefelsäure, so bleibt etwa $^1/_8$ ungelöst und dieser unlösliche (durch wiederholte Behandlung mit Säure und Rectification über Kalihydrat und Natrium gereinigte) Antheil zerfällt bei der fractionirten Destillation in eine Anzahl von Kohlenwasserstoffen, deren Siedepunkt bis über 360^0 steigt. Der gröfste Theil siedet bei etwa 215^0 und entspricht nach Zusammensetzung und Dampfdichte der Formel $C_{12}H_{18}$, wonach der Kohlenwasserstoff sich als *Phenylhexyl*, C_6H_5, C_6H_{13}, betrachten läfst. Es ist eine farblose, eigenthümlich riechende Flüssigkeit, von dem spec. Gew. 0,8731 bei 13^0. Es oxydirt sich kaum an der Luft und geht durch Reduction der Nitroverbindung in eine ölartige, leicht veränderliche Base über.

Benzol. Berthelot (2) hat das durch Erhitzen des Acetylens in der S. 515 angegebenen Weise gebildete Benzol aus dem in gröfserer Menge dargestellten flüssigen Rohproduct, von welchem es nahezu die Hälfte beträgt, rein abgeschieden und bei der vergleichenden Untersuchung mit gewöhnlichem Benzol in seinen wesentlichen Eigenschaften (dem bei $80^0,5$ liegenden Siedepunkt, dem Geruch, Verhalten gegen concentrirte Schwefelsäure, Jod, Brom, Chlor und Salpetersäure) übereinstimmend gefunden. Er erhielt es

---

(1) Chem. News XIII, 78; Zeitschr. Chem. 1866, 228; Chem. Centr. 1866, 293; Compt. rend. LXII, 390; Instit. 1866, 74. — (2) In der S. 516 angeführten ausführlicheren Abhandlung; dieselbe findet sich ferner Bull. soc. chim. [2] VII, 803, 806; Ann. ch. phys. [4] XII, 52.

sowohl bei Anwendung von rohem, aus Aether oder direct aus Kohle und Wasserstoff dargestelltem Acetylen, als bei Anwendung des aus der Kupferverbindung abgeschiedenen und gereinigten Gases (1). Die hierdurch bewiesene Synthese des Benzols aus den Elementen erfolgt demnach in zwei Phasen :

I. $C_2 + H_2 = C_2H_2$.   II. $3 C_2H_2 = C_6H_6$,

sie berechtigt nach Berthelot dazu, das Benzol als Triacetylen (2) und dem Aethylwasserstoff (Acetylendihydrür) analog zu betrachten.

Aethylwasserstoff	Benzol
C_2H_2, H_2, H_2	C_2H_2, C_2H_2, C_2H_2.

Berthelot hebt ferner in einer besonderen Mittheilung (3) diejenigen Eigenschaften des Benzols hervor, welche sich zu dessen Abscheidung aus Gemengen von Kohlenwasserstoffen, in welchen es nur einen kleinen Bruchtheil ausmacht, verwerthen lassen. Diese sind: seine Unveränderlichkeit, wenn es in verschlossenen Röhren auf 200 bis 400° erhitzt wird (Styrol, Terebenthen u. a. gehen in schwerflüchtige polymere Modificationen über), seine Indifferenz gegen Jod, gesättigte wässerige Lösungen von Jodwasserstoff und Chlorwasserstoff und gegen con-

---

(1) Selbst das aus der Kupferverbindung regenerirte Acetylen enthält nach Berthelot noch eine kleine Menge von Benzol, welches durch Schütteln von 1 Liter des Gases mit 3 bis 4 CC. rauchender Salpetersäure in Nitrobenzol verwandelt und abgeschieden wird. — (2) Berthelot führt noch an, daß dieser Zusammenhang zwischen Acetylen und Benzol schon durch die früher (Leçons sur les méthodes générales de synthèse, 1864, p. 309) von Ihm beobachteten Zersetzungsweisen des Chloroforms und Bromoforms durch Kupfer in der Rothglühhitze angedeutet war. Dieselben entsprechen (theilweise) den Gleichungen

Chloroform			Acetylen	
$2 CHCl_3$	$+ 6 Cu_2$	$=$	C_2H_2	$+ 6 Cu_2Cl$
Bromoform			Benzol	
$3 (2 CHBr_3$	$+ 6 Cu_2)$	$=$	C_6H_6	$+ 3(6 Cu_2Br)$.

— (3) Bull. soc. chim. [2] VI, 289.

Benzol. centrirte Schwefelsäure, und seine verhältnifsmäfsige Beständigkeit dem Brom gegenüber. Zur Characterisirung des reinen Benzols ist neben dem Siedepunkt (80°,5) sein Verhalten gegen gasförmiges Chlor besonders geeignet. Bringt man zwei oder drei Tropfen Benzol in eine mit trockenem Chlorgas gefüllte Flasche von etwa 300 CC. und setzt diese dem Sonnenlicht aus, so ist die Flüssigkeit spätestens nach einigen Stunden in die characteristischen Krystalle des Chlorides $C_6H_6Cl_6$ verwandelt (mit unreinem Benzol gelingt der Versuch nicht). Bezüglich des Verfahrens, welches Berthelot zur Nachweisung kleiner Mengen von Benzol mittelst der Verwandlung in Anilin empfiehlt (1), und das von dem üblichen, durch A. W. Hofmann beschriebenen nicht wesentlich abweicht, verweisen wir auf die Notiz.

Wir schliefsen hier den Bericht über die Resultate an, welche Berthelot (2) im Verfolg der S. 515 angeführten umfassenden Untersuchungen bezüglich der Einwirkung hoher Temperaturen auf Benzol, Styrol und andere aromatische Kohlenwasserstoffe, sowie auf Gemenge derselben mit Wasserstoff, Acetylen und Aethylen u. a. erhalten hat.

Benzol erfährt beim Erhitzen in einer Glasröhre (bei Dunkelrothglühhitze) nur einen Anfang von Zersetzung in gasförmige Producte. Leitet man aber Benzoldampf (etwa 1 Grm. in der Minute) durch eine Porcellanröhre, welche

---

(1) Ann. Ch. Pharm. LV, 201. — (2) Compt. rend. LXIII, 788, 884, 998, 1077; Instit. 1866, 386; 1867, 4; Bull. soc. chim. [2] VI, 272, 279; J. pharm. [4] V, 105, 177, 186, 191; Ann. Ch. Pharm. CXLII, 251, 259; Zeitschr. Chem. 1866, 707, 719; 1867, 85; theilweise Ann. ch. phys. [4] IX, 453, 465; J. pr. Chem. C, 483; Chem. Centr. 1867, 529, 532. Das auf Xylol und Cumol Bezügliche nur Bull. soc. chim. [2] VII, 227, 229; ferner eine neuere ausführlichere Abhandlung — über die Wirkung der Wärme auf Gemenge von Kohlenwasserstoffen und über die Synthese des Styrols, Naphtalins und Anthracens — Bull. soc. chim. [2] VII, 275; Ann. ch. phys. [4] XII, 5.

in 35 CM. Länge zum lebhaften Rothglühen erhitzt ist, so zerfällt es theilweise, unter Bildung gasförmiger (kleine Mengen von Acetylen und Schwefelwasserstoff enthaltender) und flüssiger Producte. Die letzteren sind: 1) Diphenyl, $C_{12}H_{10}$, gebildet nach der Gleichung $2C_6H_6 = C_{12}H_{10} + H_2$. Zur Isolirung desselben unterwirft man das Rohproduct der fractionirten Destillation, preſst den zwischen 250 und 300° destillirenden erstarrenden Antheil zwischen Papier, rectificirt dann abermals und krystallisirt das bei 250° erhaltene Destillat aus Alkohol um. So gereinigt schmilzt es bei 70° und stimmt in allen seinen Eigenschaften mit der von Fittig beschriebenen Verbindung überein (1). 2) Chrysen, $C_{18}H_{12}$, gebildet nach der Gleichung $3C_6H_6 = C_{18}H_{12} + 3H_2$. Es wird aus dem über 360° destillirenden gelbgefärbten Antheil durch öfteres Umkrystallisiren aus Alkohol und Abpressen farblos erhalten, schmilzt bei 200°, löst sich in kaltem Alkohol und Aether nur wenig und setzt sich aus den in der Siedehitze bereiteten Lösungen in flockigen Aggregaten mikroscopischer Lamellen ab. Löst man das Chrysen in der Siedehitze in einer kalt gesättigten alkoholischen Pikrinsäurelösung, so bildet sich beim Erkalten ein Gemenge von unverändertem Chrysen und feinen gelben Nadeln einer Pikrinsäureverbindung. Dieses Chrysen bildet den wesentlichen Bestandtheil der verschiedenen, bis jetzt mit demselben Namen belegten unreinen und schlecht definirten Substanzen. 3) Ein fester harziger orangegelber Körper von der Consistenz des Colophoniums, welchen Berthelot als *Benzerythren* bezeichnet. Er ist in der Dunkelrothglühhitze in Form von gelben Dämpfen destillirbar und in Alkohol selbst in der Siedehitze nur wenig zu einer fluorescirenden Flüssigkeit löslich. Die alkoholische Lösung giebt mit einer alkoholischen Pikrinsäurelösung keine Fällung; wird aber das

---

(1) Jahresber. f. 1862, 417; f. 1864, 435, 520.

Benzol. Benzerythren mit der letzteren zum Sieden erhitzt, so scheidet sich bei dem Erkalten ein flockiger, aus mikroscopischen Granulationen bestehender Niederschlag ab. 4) Eine schwärzliche, beim Erkalten erstarrende Flüssigkeit bleibt in der Rothglühhitze in der Retorte zurück. Berthelot bezeichnet diese Substanz als *Bitumen* (Bitumène). Sie ist nur in kochendem Aether und in geringer Menge zu einer fluorescirenden Flüssigkeit löslich, die nach dem Verdunsten ein metallglänzendes Häutchen zurückläfst. — Styrol, Naphtalin und Anthracen finden sich unter den Zersetzungsproducten des Benzols nicht. Die Entstehung des Diphenyls und Chrysens verdeutlicht Berthelot durch die folgenden Gleichungen :

$$2\,C_6H_6 = C_{12}H_{10} + H_2 \qquad 2\,C_{12}H_{10} = C_{24}H_{18} + H_2$$

(Benzol, Diphenyl; Intermediäres Product)

$$C_{24}H_{18} = C_{18}H_{12} + C_6H_6.$$

(Chrysen, Benzol)

Toluol, C_7H_8 (1), liefert beim Durchleiten durch eine rothglühende Porcellanröhre ein flüssiges Destillat, welches etwa zur Hälfte aus unverändertem Toluol besteht und aus welchem sich die folgenden Körper isoliren lassen. 1) Benzol; 2) Naphtalin, beide in erheblicher Menge; 3) eine kleine Menge eines krystallisirbaren, gegen 280° flüchtigen Kohlenwasserstoffs, der mit Pikrinsäure keine Verbindung eingeht und welchen Berthelot für Benzyl ($C_{14}H_{14}$) hält, begleitet von einer Flüssigkeit von gleicher Flüchtigkeit (vielleicht das isomere Tolyl); 4) über 360° destillirend ein Gemenge von Anthracen, $C_{14}H_{10}$ (Schmelzp. gegen 210°), mit einer öligen Flüssigkeit, und 5) verschiedene dem Chrysen, und den letzten Zersetzungsproducten des Benzols ähnliche Körper. Die bei der Destillation entweichenden Gase bestehen aus Wasserstoff mit wenig

---

(1) Die ausführlichere Beschreibung der Producte des Toluols und des zur Scheidung derselben angewandten Verfahrens findet sich Bull. soc. chim. [2] VII, 218; Ann. ch. phys. [4] XII, 133.

Grubengas und einer Spur von Acetylen. Die Bildung des Benzols, Naphtalins und Anthracens interpretirt Berthelot durch die Gleichungen :

Benzol.

Toluol Benzyl   Anthracen
$2 C_7H_8 = C_{14}H_{14} + H_2$ $2 C_7H_8 = C_{14}H_{10} + 3 H_2$
     Benzol Naphtalin
  $4 C_7H_8 = 3 C_6H_6 + C_{10}H_8 + 3 H_2$.

Xylol, C_8H_{10} (aus Steinkohlentheer, Siedep. 139°), wird bei gleicher Behandlung reichlicher als Toluol zersetzt. Es liefert 1) Benzol; 2) Toluol als Hauptproduct; 3) in geringer Menge einen flüssigen Kohlenwasserstoff, der Styrol zu sein scheint; 4) Naphtalin; 5) einige zwischen 250 und 320° destillirende flüssige Kohlenwasserstoffe; 6) Anthracen in reichlicher Menge, wahrscheinlich von seinen höheren Homologen begleitet, und 7) harzige orangegelbe Substanzen, dem Chrysen und Benzerythren ähnlich.

Die Bildung des Styrols und die des Toluols und Naphtalins erfolgt wahrscheinlich nach den Gleichungen :

Xylol   Styrol
$C_6H_4(CH_3, CH_3) = C_6H_4(C_2H_3) + H_2$
Xylol Toluol Naphtalin
$3 C_8H_{10} = 2 C_7H_8 + C_{10}H_8 + 3 H_2$.

Cumol, C_9H_{12} (aus Steinkohlentheer, Siedep. zwischen 160 und 165°), zerfällt in der Rothglühhitze fast vollständig. Die Producte sind : 1) Benzol; 2) Toluol; 3) Xylol; 4) Naphtalin, begleitet von einer kleinen Menge eines flüssigen, gegen 200° flüchtigen Naphtalinhydrürs; 5) flüssige Kohlenwasserstoffe, zwischen 250 und 320° flüchtig; 6) Anthracen; 7) Chrysen u. a. — Toluol, Xylol und Naphtalin wiegen an Menge vor. Die Gase bestehen aus Wasserstoff, erheblichen Mengen von Grubengas, etwa $1/10$ des Volums Aethylen und einer Spur Acetylen. Die Zersetzung des Cumols durch Wärme liefert demnach im Ganzen dieselben Producte, welche bei der Destillation der Steinkohle erhalten werden. Die Bildung des Naphtalins und der niederen Homologen des Cumols betrachtet Berthelot als correlativ; man hat

Benzol.

$$\begin{array}{ccc} \text{Cumol} & \text{Naphtalin} & \text{Xylol} \\ 2\,C_9H_{12} = & C_{10}H_8 \;+\; & C_8H_{10} \;+\; 8\,H_2. \end{array}$$

Styrol, C_8H_8, zerfällt beim Durchleiten durch eine rothglühende Röhre theilweise in Benzol und Acetylen (und dessen Condensationsproducte), nach der Gleichung $C_8H_8 = C_6H_6 + C_2H_2$; beim Erhitzen in einer mit Wasserstoff gefüllten zugeschmolzenen Röhre aber in Benzol und Aethylen, nach den Gleichungen:

$$C_8H_8 + H_2 = C_6H_6 + C_2H_4 \qquad 8\,C_8H_8 = 4\,C_6H_6.$$

Naphtalin, $C_{10}H_8$, wird in der Rothglühhitze nicht verändert. Mit Wasserstoff durch eine glühende Porcellanröhre geleitet wird es unter Bildung von wenig Benzol, Acetylen und theerigen Substanzen und unter Abscheidung von Kohle und Wasserstoff zersetzt. — Diphenyl, $C_{12}H_{10}$, zerfällt bei einstündigem Erhitzen in einer mit Wasserstoff gefüllten zugeschmolzenen Röhre theilweise in Benzol und Chrysen, welches letztere wahrscheinlich aus zuerst gebildetem Phenylen entsteht:

$$\begin{array}{cccc} \text{Diphenyl} & \text{Benzol} & \text{Phenylen} & \text{Phenylen} \quad \text{Chrysen} \\ C_{12}H_{10} = & C_6H_6 \;+\; & C_6H_4 & 8\,C_6H_4 = C_{18}H_{12}. \end{array}$$

Erhitzt man in einer Glasröhre über Quecksilber Benzol mit Acetylen, so verschwindet das letztere ziemlich schnell, indem es etwa $^1/_5$ seines Volums Wasserstoff hinterläfst. Die Producte der Einwirkung sind: 1) Styrol in geringer Menge, gebildet durch Addition: $C_6H_6 + C_2H_2 = C_8H_8$; 2) ein neuer fester Kohlenwasserstoff, der nach dem Verdampfen des überschüssigen Benzols in feinen Nadeln zurückbleibt und schwerflüchtig ist; 3) theerige Substanzen. — Ein Gemenge von Aethylen und Benzoldampf liefert, durch eine glühende Röhre geleitet, neben den unzersetzten ursprünglichen Substanzen: 1) Styrol in reichlicher Menge bei Rothglühhitze und als Hauptproduct bei Weifsglühhitze; 2) Naphtalin, als Hauptproduct bei Rothglühhitze; 3) einen nicht näher untersuchten krystallisirbaren, gegen 260° flüchtigen Kohlenwasserstoff, welcher sich von dem ähnlichen Diphenyl durch seine Fähigkeit unterscheidet, mit Pikrinsäure eine krystallisirte Verbindung zu bilden, wenn man ihn in der weingeistigen Lösung derselben auflöst und die Flüssigkeit gelinde verdunstet. Berthelot bezeichnet denselben in einer neueren Abhandlung als *Acenaphten* (1). Er bildet sich vorzugsweise bei Weifsglühhitze und scheint auch in dem flüchtigen Product der Destillation des rohen Anthracens (aus Steinkohlentheer) enthalten zu sein; 4) Anthracen, gemengt mit einem flüssigen Kohlenwasserstoff. Die Bildung dieser Substanzen verdeutlichen die Gleichungen :

Benzol Styrol Naphtalin
$C_6H_6 + C_2H_4 = C_8H_8 + H_2$ $C_6H_6 + 2C_2H_4 = C_{10}H_8 + 3H_2$
Anthracen
$2C_6H_6 + C_2H_4 = C_{14}H_{10} + 3H_2$.

Styrol liefert mit Aethylen erhitzt reichliche Mengen von Benzol und Naphtalin. Das erstere entsteht durch Spaltung des Styrols; das Naphtalin, indem Wasserstoff im Styrol durch Acetylen substituirt wird:

Styrol Aethylen Naphtalin
$C_8H_6, H_2 + C_2H_2, H_2 = C_8H_6, C_2H_2 + 2H_2$.

Ein Gemenge von Styrol und Benzoldampf zerfällt, durch eine rothglühende Porcellanröhre geleitet, unter Bildung von Anthracen als Hauptproduct und geringen

---

(1) Ueber dieses Acenaphten giebt Berthelot (Bull. soc. chim. [2] VII, 278, 283) noch Folgendes an. Es findet sich mit Diphenyl in dem Antheil, welcher nach öfter wiederholter fractionirter Destillation zwischen 260 und 270° übergeht, und krystallisirt auch aus dem bei der Destillation des rohen Anthracens erhaltenen Producte von gleichem Siedepunkt; es scheint sich ferner auch bei dem Durchleiten von Naphtalin mit Aethylen durch eine rothglühende Röhre zu bilden, doch ist die Identität aller dieser Substanzen nicht festgestellt. Rein wird es erhalten, indem man jenes Destillat in dem 20 fachen Gewicht Alkohol mit dem doppelten Gewicht Pikrinsäure in der Wärme auflöst, die beim Erkalten krystallisirende Pikrinsäureverbindung abprefst und mit wässerigem Ammoniak zersetzt; der abgeschiedene Kohlenwasserstoff ist aus Alkohol umzukrystallisiren und zuletzt bei 100° zu sublimiren. Er krystallisirt in glänzenden platten Nadeln, schmilzt gegen 80 bis 85° und erstarrt bei 60°.

Mengen von Naphtalin und eines dem Diphenyl ähnlichen Kohlenwasserstoffs. Das Anthracen entsteht unter Austritt von Wasserstoff:

Styrol   Benzol   Anthracen
$C_8H_6, H_2 + C_6H_4, H_2 = C_8H_6, C_6H_4 + 2H_2$.

Naphtalin wird bei dem Erhitzen mit Wasserstoff nicht verändert; mit Acetylen scheint es sich rasch zu verbinden. Mit Benzol bildet es in der Weifsglühhitze Anthracen:

Naphtalin   Benzol   Anthracen
$C_{10}H_8 + 3 C_6H_6 = 2 C_{14}H_{10} + 8 H_2$.

Berthelot giebt ferner noch kurz die folgenden Umsetzungen an. Ein Gemenge von Diphenyldampf und Aethylen zerfällt bei dem Durchleiten durch eine glühende Röhre zum Theil in Styrol und Benzol,

Diphenyl   Aethylen   Styrol   Benzol
$C_{12}H_{10} + C_2H_4 = C_8H_8 + C_6H_6$,

zum Theil in Anthracen und Wasserstoff:

Anthracen
$C_{12}H_{10} + C_2H_4 = C_{14}H_{10} + 2 H_2$.

Aus Aethylen und Chrysen entsteht unter denselben Bedingungen Benzol und Anthracen nebst wenig Naphtalin:

Chrysen   Aethylen   Anthracen   Benzol
$C_{18}H_{12} + C_2H_4 = C_{14}H_{10} + C_6H_6$

Naphtalin
$C_{18}H_{12} + 2 C_2H_4 = C_{10}H_8 + 2 C_6H_6$.

Aus Aethylen und Anthracen wird Naphtalin in reichlicher Menge und Benzol erhalten:

$C_{14}H_{10} + C_2H_4 = C_{10}H_8 + C_6H_6$.

Chrysen liefert mit Wasserstoff erhitzt Benzol und Diphenyl:

Chrysen   Diphenyl   Benzol
$C_{18}H_{12} + 2 H_2 = C_{12}H_{10} + C_6H_6$.

Alle diese Umsetzungen erfolgen im Wesentlichen auf zweierlei Weise: entweder durch directe Addition von Acetylen, Aethylen oder Wasserstoff, oder durch Austausch zwischen Wasserstoff, Acetylen, Aethylen, Phenylen und Benzol. Aus dem Benzol entsteht, je nachdem 1 Mol. Wasserstoff durch Aethylen oder durch Benzol ersetzt wird, Styrol oder Diphenyl; aus dem Styrol durch Eintritt von Acetylen an die Stelle von Wasserstoff Naphtalin, durch Eintritt von Phenylen Anthracen, aus dem Diphenyl durch Substitution von Wasserstoff mittelst Benzol Chrysen. Die reciproken Vorgänge erfolgen bei der Spaltung (Styrol in Benzol und Acetylen) und bei dem Ersatz der eingetretenen Kohlenwasserstoffe durch Wasserstoff (1). — Auf diese Thatsachen gestützt, verdeutlicht Berthelot den genetischen Zusammenhang und die Constitution der aromatischen Kohlenwasserstoffe durch die folgenden Formeln :

	Acetylen	Aethylen	Aethylwasserstoff
	C_2H_2	C_2H_2, H_2	$C_2H_2[H_2, H_2]$.
Benzol	C_6H_4, H_2	$=$	$C_2H_2[C_2H_2, C_2H_2]$
Styrol	C_6H_4, C_2H_4		$C_6H_4[C_2H_2, H_2]$
Naphtalin	$C_{10}H_8$		$C_6H_4[C_2H_2, C_2H_2]$
Diphenyl	$C_{12}H_{10}$		$C_6H_4[C_6H_4, H_2]$
Anthracen	$C_{14}H_{10}$		$C_6H_4[C_6H_4, C_2H_2]$
Chrysen	$C_{18}H_{12}$		$C_6H_4[C_6H_4, C_6H_4]$.

Er geht dann in Betrachtungen über die Tragweite dieser Synthesen ein, indem Er daran erinnert, dafs die höheren aromatischen Kohlenwasserstoffe, insbesondere das Naphtalin und Anthracen, ganz ebenso wie das Benzol die Anfangsglieder homologer Reihen sein können. Eine Stütze für die letztere Ansicht sieht Er in der Beobachtung, dafs Reten, $C_{18}H_{18}$, in einem Strom von Wasserstoff der Rothglühhitze ausgesetzt, reichliche Mengen von Anthracen neben wenig Acetylen und unter Abscheidung von Kohle bildet; das Reten scheint demnach ein Homologes des Anthracens zu sein: $C_{18}H_{18} = C_{14}H_{10} + 4 CH_2$ (2). — Der Versuch, Homologe des Benzols durch Erhitzen desselben mit Grubengas zu erzeugen, ergab ein negatives Resultat, da das Benzol sich in gewöhnlicher Weise zersetzt und

---

(1) Weitere eingehende Betrachtungen über diese Umsetzungen giebt Berthelot Bull. soc. chim. [2] VII, 290, 295. — (2) Die ausführlichere Mittheilung hierüber findet sich Bull. soc. chim. [2] VII, 281.

Benzol. erst bei der Erweichungstemperatur des Porcellans eine schwache Reaction unter Bildung von wenig Anthracen und Naphtalin erfolgt.

In einer weiteren Abhandlung (1) legt Berthelot endlich einige allgemeine Gesichtspunkte dar, welche sich aus den im Vorhergehenden besprochenen Thatsachen ergeben. Er führt die Bildung und Zersetzung der Kohlenwasserstoffe unter dem Einfluſs der Wärme auf folgende Vorgänge zurück : 1) Moleculare Condensation einfacher Kohlenwasserstoffe zu Polymeren unter Wärmeentwickelung, und im Gegensatz hierzu Spaltung polymerer Kohlenwasserstoffe in die einfachen unter Wärmeabsorption. 2) Directe Verbindung von Kohlenwasserstoffen mit Wasserstoff unter Wärmeentwickelung, und umgekehrt Abscheidung von Wasserstoff unter Wärmeabsorption. 3) Verbindung verschiedener Kohlenwasserstoffe unter Wärmeentwickelung, und umgekehrt Spaltung zusammengesetzterer in einfachere unter Wärmeabsorption. — Er erörtert dann, wie zwischen jeder dieser Reactionen und der reciproken ein Gleichgewichtszustand eintreten muſs und wie die Erscheinungen und die Producte durch das gleichzeitige Stattfinden je zweier Reactionen sich verwickeln können. Er hebt endlich bezüglich der vollständigen Zersetzung unter Abscheidung von Kohlenstoff hervor, daſs die Zerlegung von Verbindungen in ihre Elemente unter dem Einfluſs einer genügend hohen Temperatur allgemein in zweierlei Weise erfolgt, je nachdem die Elemente als Gase oder als feste Körper abgeschieden werden. Im ersteren Falle (bei Wasser, Salzsäure u. a.) ist die Trennung eine plötzliche; sie beginnt bei einer bestimmten Temperatur und ist bei einer anderen höher liegenden beendigt; das zwischen beiden liegende Intervall, innerhalb dessen die chemische

---

(1) Unter dem Titel Théorie des corps pyrogénés, Ann. ch. phys. [4] IX, 469; Bull. soc. chim. [2] VI, 282.

Anziehung und die thermische Einwirkung sich ins Gleichgewicht setzen, ist die Dissociationstemperatur. Im zweiten Falle, wenn eines der Elemente bei der Zersetzungstemperatur fest ist (Kohlenwasserstoffe, Metalloxyde), findet die Zersetzung mittelbar in der Weise statt, dafs ein Theil des gasförmigen Elementes abgeschieden wird, der andere aber mit dem festen Elemente verbunden bleibt, mit demselben eine neue dichtere Verbindung bildend. Bei steigender Temperatur wiederholt sich derselbe Vorgang, unter fortwährender Condensation des festen Elementes im Rückstande, bis dieses zuletzt bei der vollständigen Zersetzung die Grenze der Verdichtung erreicht. Dissociation könnte bei dieser Zersetzungsweise nur zwischen den Condensationsproducten oder zwischen einem Condensationsproduct und dem freiwerdenden Element, nicht aber zwischen den Elementen stattfinden. Bezüglich der Ansichten, welche Berthelot hieraus für die Erklärung der verschiedenen Modificationen des Kohlenstoffs und anderer unzerlegter Stoffe ableitet, verweisen wir auf die Abhandlung (1).

(1) Berthelot (Compt. rend. LXII, 949; Ann. ch. phys. [4] IX, 481; Instit. 1866, 157; Bull. soc. chim [2] VI, 288; J. pharm. [4] III, 437; J. pr. Chem. XCVIII, 240; Chem. Centr. 1866, 880; Sill. Am. J. [2] XLIII, 251; Chem. News XIII, 277) stellt noch, auf Grund der im Obigen dargelegten und der mit dem Acetylen (S. 514 ff.) erhaltenen Resultate, die Ansicht auf, dafs die natürlichen Kohlenwasserstoffe und Bitume, soweit sie in sehr tiefen Erdschichten vorkommen, nicht nothwendig als Zersetzungsproducte präexistirender organischer Materien anzusehen sind, sondern vielleicht aus der Einwirkung der Alkalimetalle (wenn diese als im Erdinnern im freien Zustande existirend angenommen werden) auf Kohlensäure und kohlens. Salze bei hohen Temperaturen, und dem späteren Hinzutritt von Wasser zu den gebildeten Acetylenverbindungen der Alkalimetalle hervorgehen. Das durch den Wasserdampf abgeschiedene Acetylen müfste unter dem fortdauernden Einflufs der Wärme und im Contact mit dem gleichzeitig durch die Alkalimetalle entwickelten Wasserstoff eine Reihe der verschiedensten Condensationsproducte und ihrer Derivate liefern. In gleicher Weise würde sich der Ursprung von Kohlenwasserstoffen und kohligen Massen in den Meteoriten erklären, wenn diese als Fragmente planetarischer Körper betrachtet werden.

Aethyl- und Diäthyl- phenyl.

Zur Darstellung des schon im Jahresber. f. 1864, 519 beschriebenen *Aethylphenyls* (Aethylbenzols), C_6H_5, C_2H_5, ist es nach Fittig (1) nicht zweckmäfsig, mehr als 100 Grm. Monobrombenzol auf einmal in Arbeit zu nehmen, weil sonst die Reaction, auch bei starker Abkühlung von aufsen, so heftig wird, dafs als secundäre Producte Benzol und Diphenyl auftreten. Der Siedepunkt des Aethylphenyls liegt bei 135° (nicht wie früher angegeben bei 133°). — *Bromäthylphenyl* (Bromäthylbenzol), $C_6H_4\{{C_2H_5}\atop{Br}}$, erhält man durch Mischen gleicher Mol. Aethylphenyl und Brom unter guter Abkühlung, und fractionirte Destillation des einige Tage sich selbst überlassenen, mit verdünntem Alkali gewaschenen Products. Es ist eine farblose, bei 199° ohne Zersetzung siedende Flüssigkeit. — *Diäthylphenyl* (Diäthylbenzol), $C_6H_4, 2C_2H_5$, entsteht bei der Einwirkung von Natrium auf ein gut abgekühltes, mit wasserfreiem Aether verdünntes Gemisch gleicher Mol. Bromäthylphenyl und Bromäthyl. Bei der fractionirten Destillation des Products erhält man das Diäthylphenyl als farblose Flüssigkeit von eigenthümlichem, angenehmem Geruch. Es siedet bei 178 bis 179° und hat bei 15°,5 das spec. Gew. 0,8707. Mit rauchender Salpetersäure verwandelt es sich in eine flüssige Nitroverbindung; mit Salpeterschwefelsäure entsteht in der Siedehitze eine leicht schmelzbare, aus Wasser in fächerartig vereinigten Blättchen krystallisirende Säure; bei der Oxydation mit Chromsäure bildet sich neben Terephtalsäure auch eine flüchtige Säure, wahrscheinlich Essigsäure.

Chlorbenzol.

E. Jungfleisch (2) ergänzt und berichtigt Seine Angaben (3) über die unter Mitwirkung von Jod dargestellten Chlorsubstitutionsproducte des Benzols. Die Eigenschaften dieser Körper ergeben sich aus folgender Zusammenstellung:

(1) Zeitschr. Chem. 1866, 858; Bull. soc. chim. [2] VI, 477. — (2) Compt. rend. LXII, 635; Zeitschr. Chem. 1866, 221; J. pr. Chem. XCVIII, 298. — (3) Jahresber. f. 1865, 517.

Alkohole und dahin Gehöriges.

	Formel	Sp. Gew.	Siedep.	Schmelzp.	
Monochlorbenzol	C_6H_5Cl	1,118	133°	— 40°	flüssig
Dichlorbenzol	$C_6H_4Cl_2$	1,459	171°	+ 53°	krystallinisch
Trichlorbenzol	$C_6H_3Cl_3$	1,575	206°	16°	"
Tetrachlorbenzol	$C_6H_2Cl_4$	1,748	240°	139°	"
Pentachlorbenzol	C_6HCl_5	—	270°	69°	"
Hexachlorbenzol	C_6Cl_6	—	—	220°	"

(H. Müller)

Das Trichlorbenzol existirt demnach in zwei Modificationen, einer flüssigen, von Mitscherlich erhaltenen, und der obigen festen, krystallisirbaren. Die Siedepunkte der gechlorten Derivate des Benzols steigen ziemlich gleichmäfsig; die Schmelzpunkte lassen erst dann eine Regelmäfsigkeit erkennen, wenn man die der Verbindungen mit unpaaren oder paaren Chloratomen mit einander vergleicht:

	Schmelzp.	Diff.		Schmelzp.	Diff.
C_6H_5Cl	— 40°		$C_6H_4Cl_2$	53°	
$C_6H_3Cl_3$	16°	56°	$C_6H_2Cl_4$	139°	86°
C_6HCl_5	69°	53°	C_6Cl_6	220°	81°.

N. Sokoloff (1) hat, im Anschlufs an die frühere Mittheilung (2) über die Eigenschaften des Chlorphenyls und Monochlorbenzols, auch die Nitroverbindungen dieser Körper und deren Derivate näher untersucht. Er bezeichnet jetzt das Chlorphenyl (aus Phenol) als α-Chlorbenzol und die isomere Verbindung (aus Benzol) als β-Chlorbenzol. Beide liefern durch Einwirkung von Salpetersäure zwei Nitroverbindungen, eine feste und eine flüssige; die festen sind identisch, sofern sie gleiche Krystallform, Schmelzpunkt und Siedepunkt (238°) haben und dasselbe Reductionsproduct liefern. Das beim Kochen mit Salpetersäure von dem spec. Gew. 1,49 aus α-Chlorbenzol in relativ gröfserer Menge entstehende (und von dem festen durch Abkühlen auf 0° und dann durch fractionirte Destillation getrennte) flüssige Product entspricht für beide Körper der Formel

---

(1) Petersb. acad. Bull. X, 380; Zeitschr. Chem. 1866, 621; Chem. Centr. 1866, 1089; Bull. soc. chim. [2] VII, 499. — (2) Jahresber. f. 1865, 517.

Chlorbenzol. $C_6H_4(NO_2)Cl$; in den Eigenschaften zeigen sich aber die nachstehenden Unterschiede:

	Siedep.	Spec. Gew.	Erstarrungsp.
α-Mononitrochlorbenzol	245°	1,377 b. 0°	— 15°
β-Mononitrochlorbenzol	232°	1,358 „ „	— 5°.

Monochloranilin, C_6H_6ClN, aus festem (krystallisirtem) Nitrochlorbenzol durch Reduction mit Zinn und Salzsäure (1) dargestellt, krystallisirt aus Alkohol in farblosen Octaëdern, die bei 64° schmelzen, mit Schwefelsäure und chroms. Kali sich rosenroth und mit Chlorkalklösung schmutzig orangeroth färben. Die so gewonnene, leicht krystallisirbare Salze bildende Base ist identisch mit der aus Chlorisatin erhaltenen. α-*Monochloranilin*, aus flüssigem α-Mononitrochlorbenzol dargestellt, ist dagegen ein gelbes, in niedriger Temperatur zu Blättern erstarrendes Oel, das sich mit Schwefelsäure und chroms. Kali dunkelpurpurroth, mit Chlorkalk schmutzigroth färbt. Die Salze mit organischen Säuren werden durch Wasser zersetzt; das schwefels.

---

(1) A. Kekulé hat (Zeitschr. Chem. 1866, 695) bezüglich der Reduction der Nitroverbindungen durch Zinn und Salzsäure (Jahresber. f. 1861, 637, 643; f. 1862, 694; f. 1864, 383) darauf aufmerksam gemacht, dafs 1) die Reaction nicht nothwendig bei der Bildung von Zinnchlorür stehen bleibt, sondern bis zur Bildung von Zinnchlorid gehen kann, da eine salzs. Lösung von Zinnchlorür manche Nitroverbindungen (Nitrobenzol) mit Heftigkeit reducirt; und 2) der Erfolg auch von der Natur des Lösungsmittels und der Löslichkeit der Nitroverbindung sowie des etwa entstehenden Zwischenproductes der Reduction abhängig ist. Wendet man Zinn und wässerige Salzsäure an, und ist der Nitrokörper (Dinitrobenzol z. B.) in Salzsäure unlöslich, das Zwischenproduct (Paranitranilin) aber löslich, so entsteht auch bei Ueberschufs der Nitroverbindung neben Zinnchlorid vorzugsweise oder ausschliefslich das Endproduct (Paraphenylendiamin) und die überschüssige Nitroverbindung bleibt unangegriffen zurück, weil das gebildete lösliche Zwischenproduct die volle Wirkung des Reductionsmittels erfährt. Wendet man dagegen eine alkoholische Lösung des Dinitrobenzols und die für die halbe Reduction und für die Bildung von Zinnchlorid berechnete Menge von Zinn an, und leitet man Salzsäuregas ein, so entsteht nur Paranitranilin. Nach Kekulé's Erfahrungen eignet sich die Methode besonders gut zur Darstellung der letzten Reductionsproducte.

Salz krystallisirt in grofsen, dem Naphtalin ähnlichen Tafeln, und das Platinsalz ist ein leicht sich bräunender krystallinischer Niederschlag. *β-Monochloranilin*, mittelst Zinn und Salzsäure aus β-Mononitrochlorbenzol dargestellt, ist eine farblose, am Licht braun werdende, bei 0° nicht erstarrende Flüssigkeit, welche sich gegen Säuren und Oxydationsmittel wie α-Monochloranilin verhält.

Trichlornitrobenzol, $C_6H_2(NO_2)Cl_3$, erhält man, nach C. Le simple (1), durch anhaltendes Kochen von Trichlorbenzol, $C_6H_3Cl_3$, — wie es durch Behandlung der Verbindung $C_3H_3Cl_3$, $3HCl$ mit alkoholischer Kalilauge gewonnen wird — mit rauchender Salpetersäure und Umkrystallisiren des allmälig erstarrenden, durch Wasser abgeschiedenen Oels. Es krystallisirt sehr leicht in feinen Nadeln, schmilzt schon unter 100°, destillirt ohne Zersetzung bei 273°,5, löst sich nicht in Wasser, schwer in kaltem Weingeist, aber leicht in Aether, heifsem Weingeist und Benzol. Durch eine alkoholische Lösung von Ammoniak oder durch Schwefelammonium scheint das Trichlorbenzol keine Zersetzung zu erleiden. — H. Vohl (2) bestätigt im Wesentlichen die Angaben von Le simple über die Bildung und Zusammensetzung des Trichlornitrobenzols und über die Reduction desselben zu Trichloranilin durch Zinn und Salzsäure (vergl. S. 429). Benzolhexachlorid geht nach Vohl durch Kochen mit rauchender Salpetersäure in eine in Nadeln oder grofsen Tafeln krystallisirende Verbindung über.

Kekulé (3) hat verschiedene Substitutionsproducte des Benzols untersucht, um neue Anhaltspunkte für die von

---

(1) Ann. Ch. Pharm. CXXXVII, 122; Zeitschr. Chem. 1866, 80; J. pr. Chem. XCIX, 381; Chem. Centr. 1866, 158; Bull. soc. chim. [2] VI, 161. — (2) J. pr. Chem. XCIX, 371; Zeitschr. Chem. 1867, 122; Bull. soc. chim. [2] VII, 424. — (3) Ann. Ch. Pharm. CXXXVII, 157; im Auszug Zeitschr. Chem. 1866, 113; J. pr. Chem. XCIX, 134; Bull. soc. chim. [2] VI, 40.

Jod- und Brombenzol. Ihm (1) besprochene Frage zu gewinnen, ob die sechs Wasserstoffatome des Benzols gleichwerthig sind, oder ob sie, in Folge ihrer Stellung, ungleiche Rollen spielen. — Die durch directe Einwirkung von Jod und Benzol nicht darstellbaren Jodsubstitutionsproducte bilden sich nach Kekulé leicht beim Erhitzen von Benzol mit einem Gemenge von Jod und Jodsäure. — *Monojodbenzol*, C_6H_5J, bildet sich, wiewohl langsam und in geringer Menge, beim Erhitzen von Benzol mit Wasser, Jod und Jodsäure auf 100°; zweckmäfsiger erhitzt man eine Gemenge von 20 Grm. Benzol, 15 Grm. Jod und 10 Grm. Jodsäure in zugeschmolzenen Röhren auf 200 bis 240°, indem man die Röhren von Zeit zu Zeit öffnet, da durch secundäre Einwirkung beträchtliche Mengen von Kohlensäure entstehen. Das Product wird entweder unmittelbar oder nach dem Waschen mit Wasser und Alkali der Destillation unterworfen. Was bei 180 bis 190° übergeht ist annähernd reines Monojodbenzol, der Rückstand enthält viel Dijodbenzol, bisweilen auch Trijodbenzol. Das durch wiederholte Rectification gereinigte Monojodbenzol ist eine nahezu farblose, aber rasch sich röthlich färbende Flüssigkeit von dem Siedep. 185° (corr. 188°,2) und dem spec. Gew. 1,833 (2). Es erstarrt noch nicht bei —18°. In Berührung mit Natriumamalgam und Wasser geht es leicht in Benzol über; wässerige Jodwasserstoffsäure von dem spec. Gew. 1,9 bewirkt diese Umwandlung erst bei 250°. Durch Erhitzen mit festem Kalihydrat, sowie mit alkoholischen Lösungen von Kali oder Ammoniak wird es nicht zersetzt. — Zur Gewinnung von Di- und Trijodbenzol erhitzt man Monojodbenzol (oder das Rohproduct von dessen Darstellung) von Neuem bei Gegenwart von Wasser mit Jod und Jodsäure. Bei der Destillation des mit Kali gewaschenen

---

(1) Vgl. Ann. Ch. Pharm. CXXXVII, 157. — (2) Es ist identisch mit dem von Schützenberger (Jahresber. f. 1862, 251) durch Einwirkung von Chlorjod auf benzoës. Natron erhaltenen Product; vgl. auch S. 447 dieses Berichts.

Products geht Anfangs flüssiges Monojodbenzol über; der dann folgende, krystallinisch erstarrende Antheil enthält Di- und Trijodbenzol (ersteres in überwiegender Menge), die durch Umkrystallisiren aus Alkohol nur schwer zu trennen sind. Das *Dijodbenzol*, $C_6H_4J_2$, bildet weiſse, dem Naphtalin ähnliche Blättchen, die bei 127° schmelzen, bei 277° (corr. 285°) ohne Zersetzung sieden und schon bei verhältniſsmäſsig niederen Temperaturen sublimiren. Es ist identisch mit dem schon von Schützenberger (1) beschriebenen Körper. Das *Trijodbenzol*, $C_6H_3J_3$, bildet kleine, bei 76° schmelzende und unverändert sublimirende Nadeln. Das schon von Couper (2) beschriebene *Mononitromonobrombenzol*, $C_6H_4(NO_2)Br$, entsteht leicht bei Einwirkung von Salpetersäure auf Monobrombenzol und bildet weiſse, leicht in Alkohol aber schwer in siedendem Wasser lösliche Nadeln von dem Schmelzp. 125°. Es ist identisch mit der von Grieſs (3) aus dem α-Diazonitrobenzol-Platinbromid erhaltenen Verbindung, aber verschieden von dem in gleicher Weise aus β-Diazonitrobenzol gewonnenen. — *Dinitromonobrombenzol*, $C_6H_3(NO_2)_2Br$, entsteht beim Erwärmen von Monobrombenzol mit einem Gemisch von Salpetersäure und rauchender Schwefelsäure. Es wird durch Wasser als gelbes, langsam erstarrendes Oel ausgefällt und krystallisirt aus Alkohol in groſsen gelben wohl ausgebildeten Krystallen, welche bei 72° schmelzen. — *Mononitrodibrombenzol*, $C_6H_3(NO_2)Br_2$, entsteht, wie schon Riche und Berard (4) angaben, bei Einwirkung von Salpetersäure auf Dibrombenzol und krystallisirt in weiſsen abgeplatteten Nadeln von dem Schmelzp. 84°. — *Mononitromonojodbenzol*, $C_6H_4(NO_2)J$, entsteht bei der Einwirkung von concentrirter Salpetersäure auf Monojodbenzol und krystallisirt in gelblichen, bei 171°,5 schmelzenden und unzersetzt sublimirenden Nadeln. Es scheint verschieden

(1) Jahresber. f. 1862, 251. — (2) Jahresber. f. 1857, 450. — (3) Jahresber. f. 1863, 428; vgl. auch S. 451 dieses Berichts. — (4) Jahresber. f. 1864, 528.

Jod- und Brombenzol. zu sein von dem flüssigen Jodnitrobenzol, welches Schützenberger aus nitrobenzoës. Natron durch Chlorjod erhielt. — Auf Nitrobenzol wirkt Brom bei gewöhnlicher Temperatur selbst im Sonnenlicht nicht ein; in höherer Temperatur findet diefs zwar statt, es entstehen dann aber keine Substitutionsproducte des Nitrobenzols, sondern des Benzols. Erhitzt man 17 Grm. Nitrobenzol mit 55 Grm. Brom in zugeschmolzenen Röhren einige Zeit auf 250°, so giebt die gebildete, mit Alkali gewaschene Krystallmasse an kalten Alkohol wenig Tribrombenzol ab, während heifser Alkohol hauptsächlich Tetrabrombenzol aufnimmt, unter Rücklassung von etwas Pentabrombenzol. Das *Tetrabrombenzol*, $C_6H_2Br_4$, ist wenig löslich in kaltem, leicht löslich in siedendem Alkohol und krystallisirt in atlasglänzenden Nadeln von dem Schmelzp. 137 bis 140°. *Pentabrombenzol*, C_6HBr_5, ist selbst in heifsem Alkohol schwer löslich, aber leicht löslich in Benzol und krystallisirt aus einem Gemisch beider in seideglänzenden, unzersetzt sublimirenden Nadeln, deren Schmelzpunkt höher als 240° liegt. Auch beim Erhitzen von Dinitrobenzol mit Brom entsteht, neben wenig Pentabrombenzol, im Wesentlichen nur Tetrabrombenzol.

A. Mayer (1) stellte einige Substitutionsproducte des Benzols durch Einwirkung von Bromphosphor auf Phenol oder auf Bromphenol dar, um die Eigenschaften derselben mit den durch directe Substitution gewonnenen vergleichen zu können. Für das *Monobrombenzol* (oder Bromphenyl), C_6H_5Br, ist die Identität der nach beiden Methoden dargestellten Verbindung durch die Versuche von Couper (2), Fittig (3) und Riche (4) festgestellt. Mayer fand für das durch Destillation von Phenol mit Bromphosphor

---

(1) Ann. Ch. Pharm. CXXXVII, 219; Zeitschr. Chem. 1866, 152; J. pr. Chem. XCIX, 134; Ann. ch. phys. [4] VIII, 189; Bull. soc. chim. [2] VI, 53. — (2) Jahresber. f. 1857, 449. — (3) Jahresber. f. 1862, 416. — (4) Jahresber. f. 1861, 614.

erhaltene Bromphenyl keinen constanten Siedepunkt, doch ging der gröfsere Theil des Products bei 156°,5 über. Die daraus durch rauchende Salpetersäure oder durch Salpeterschwefelsäure dargestellten Verbindungen $C_6H_4Br(NO_2)$ und $C_6H_3Br(NO_2)_2$ ergaben sich als identisch mit den oben (S. 555) erwähnten, aus direct dargestelltem Monobrombenzol abstammenden. — *Dibrombenzol* (Monobromphenolbromid), $C_6H_4Br_2$, wird am zweckmäfsigsten in der Art erhalten, dafs man in einer abgekühlten tubulirten Retorte Dreifach-Bromphosphor durch allmäligen Zusatz des erforderlichen Broms unter Umrühren mit einem Glasstab in Fünffach-Bromphosphor verwandelt und diesen dann mit der berechneten Menge Monobromphenol der Destillation unterwirft. Es entwickelt sich zunächst Bromwasserstoff, dann geht Phosphoroxybromid, zuletzt Dibrombenzol über, welches nach der Behandlung mit Wasser und verdünnter Natronlauge, durch Rectification (zunächst im Wasserdampfstrom) und Umkrystallisiren aus Alkohol gereinigt wird. Es krystallisirt aus verdünnter alkoholischer Lösung in prismatischen, sehr zerbrechlichen Blättchen, aus sehr concentrirter in glänzenden Schuppen, die bei 88°,5 schmelzen, bei 218 bis 219° sieden und somit ebenfalls identisch sind mit dem direct dargestellten Dibrombenzol. Auch das daraus gewonnene *Dibrommononitrobenzol*, $C_6H_3Br_2(NO_2)$, zeigt den Schmelzpunkt (84°) und die anderen von Kekulé (S. 555) angegebenen Eigenschaften. Die Bildung des Dibrombenzols erfolgt nach der Gleichung:

Monobromphenol   Dibrombenzol
$C_6H_5BrO + PBr_5 = C_6H_4Br_2 + HBr + POBr_3$.

Die Reaction verläuft jedoch nicht ganz glatt, sofern, wie auch Körner (vergl. bei Phenol) fand, durch eine bromirende Wirkung des Fünffach-Bromphosphors gleichzeitig Dibromphenol und selbst Tribromphenol entsteht. Letzteres giebt dann zur Bildung von Tetrabrombenzol (s. unten) Veranlassung, welches bei der Rectification des rohen Dibrombenzols zuletzt übergeht. — *Tribrombenzol*

Jod- und Brombenzol. (Dibromphenolbromid), $C_6H_3Br_3$, wird analog wie die vorhergehende Verbindung durch Destillation von Dibromphenol mit Fünffach-Bromphosphor erhalten. Es löst sich sehr leicht in Benzol und Schwefelkohlenstoff, leicht in Aether und siedendem Weingeist, ziemlich in Aetherweingeist und krystallisirt aus letzterem in weifsen, büschelförmig vereinigten Nadeln von eigenthümlichem, angenehm aromatischem Geruch. Es sublimirt äufserst leicht in prachtvoll diamantglänzenden, oft zwei Zoll langen Nadeln und destillirt zwischen 266 bis 282° (zum gröfsten Theil bei 275°) über. Das Anfangs flüssig bleibende Destillat erstarrt nach einigen Tagen zu einer strahlig krystallinischen Masse, deren Schmelzpunkt (33°,5) durch wiederholtes Umkrystallisiren auf 44°, durch Sublimiren auf 45° steigt. *Mononitrotribrombenzol*, $C_6H_2Br_3(NO_2)$, entsteht beim Erwärmen von Tribrombenzol mit rauchender Salpetersäure als durch Wasser ausfällbarer Körper und krystallisirt aus heifsem Alkohol in langen gelben Nadeln, die sich nur schwer in kaltem, aber leicht in heifsem Alkohol, wie in Aether, Benzol und Schwefelkohlenstoff lösen. Es destillirt unzersetzt und schmilzt bei 97°. *Dinitrotribrombenzol*, $C_6HBr_3(NO_2)_2$, entsteht (neben etwas Brompikrin) beim Erwärmen der vorstehenden Nitroverbindung mit einem Gemisch von rauchender Schwefelsäure und Salpetersäure. Es löst sich leicht in heifsem Weingeist, Aether, Benzol und Schwefelkohlenstoff und krystallisirt aus ersterem in gelblichen Schuppen, die bei 125° schmelzen. — *Tetrabrombenzol* (Tribromphenolbromid), $C_6H_2Br_4$, wird durch Destillation von krystallisirtem oder besser sublimirtem Tribromphenol mit der berechneten Menge von Fünffach-Bromphosphor erhalten. Der in heifser Natronlauge und Wasser unlösliche Theil des Destillats liefert durch Umkrystallisiren aus heifsem Alkohol das Bromid in langen glänzenden Nadeln. Es ist unlöslich in Wasser, fast unlöslich in kaltem Weingeist, ziemlich löslich in heifsem Alkohol und leicht löslich in Aether, Benzol und Schwefelkohlenstoff. Es sublimirt in zolllangen, seideglänzenden, sehr leichten Nadeln und schmilzt bei 98°,5. Da der Schmelzpunkt des von Riche und Berard aus Benzol dargestellten (160°), so wie der des von Kekulé (S. 556) aus Nitrobenzol erhaltenen Tetrabrombenzols (137 bis 140°) bedeutend höher liegt, so hält Mayer die Verbindung aus Tribromphenol für verschieden von der aus Benzol. Beim Erwärmen mit rauchender Salpetersäure geht das Tetrabrombenzol leicht in *Mononitrotetrabrombenzol*, $C_6HBr_4(NO_2)$, über. Es ist weiſs, krystallinisch, schmilzt bei 88°, sublimirt in Flocken und löst sich schwer in kaltem, leichter in heiſsem Alkohol und in Aether. — Versuche, ein Pentabrombenzol durch Destillation von Tetrabromphenol mit Bromphosphor zn erhalten, waren ohne Erfolg.

Von demselben Gedankengang geleitet, aus welchem die von Ihm beschriebenen Methoden der Synthese mittelst der Addition von unterchloriger Säure (1) und Wasserstoffsuperoxyd (2) hervorgegangen sind, hat L. Carius (3) auch die Einwirkung einer wässerigen Lösung der chlorigen Säure (in welcher man das nicht bekannte Hydrat $ClHO_2$ annehmen kann) auf verschiedene Verbindungen untersucht und mit Benzol die folgenden Resultate erhalten. — Schüttelt man eine wässerige Lösung von reiner chloriger Säure mit Benzol, so entzieht dieſs dem Wasser die Säure ziemlich rasch und vollständig unter gelblicher Färbung, welche sich später ändert, indem zugleich der Geruch der chlorigen Säure verschwindet. Läſst man alsdann das unveränderte Benzol in gelinder Wärme verdampfen, so

---

(1) Jahresber. f. 1862, 424; f. 1863, 385, 490; f. 1864, 505; f. 1865, 498. — (2) Jahresber. f. 1863, 491; f. 1864, 505. — (3) Ann. Ch. Pharm. CXLII, 129; im Auszug aus den Sitzungsberichten der Gesellschaft zur Beförderung der gesammten Naturwissenschaften zu Marburg, 1867, 21 in Zeitschr. Chem. 1867, 72; vorläufige Anzeige Ann. Ch. Pharm. CXL, 317; J. pr. Chem. C, 127; Zeitschr. Chem. 1867, 90; Chem. Centr. 1867, 380; Ann. ch. phys. [4] X, 494.

Producte der Einwirkung von chloriger Säure auf Benzol. bleibt ein zäher, fast farbloser Rückstand, in welchem sich Krystalle einer Säure, der *Trichlorphenomalsäure*, bilden. Durch Erwärmen der Mischung auf höchstens 40° wird die Einwirkung erleichtert, zugleich aber wegen der freiwilligen Entzündlichkeit des Dampfgemisches gefährlich. Zweckmäfsiger wird die neue Verbindung in folgender Weise dargestellt. Man mischt in einem Kolben von etwa der doppelten Capacität 1200 Grm. engl. Schwefelsäure und 600 Grm. Wasser, setzt der erkalteten Mischung 80 Grm. Benzol zu und trägt nach starkem Schütteln langsam chlors. Kali in kleinen Antheilen (von etwa 0,5 Grm.), im Ganzen 150 Grm. ein. Das mit einem Glasstöpsel zu verschliefsende Gefäfs wird nach jedem Zusatz zur Lösung des Salzes öfter geschüttelt, und wenn die Temperatur erheblich (über 30°) steigen sollte, abgekühlt. Wenn nach 3 bis 5 Tagen die Operation so weit beendet ist, dafs das in dem gebildeten Sediment von saurem schwefels. Kali noch enthaltene chlors. Kali nur langsam zersetzt wird, so erwärmt man den in Wasser getauchten Kolben allmälig unter häufigem Schütteln auf etwa 70°, bis alles Salz gelöst ist, und verdünnt, wenn die röthliche Färbung der wässerigen Flüssigkeit die Beendigung des Versuchs anzeigt, die noch warme Mischung mit ihrem halben Volum warmen Wassers, um das Auskrystallisiren des sauren schwefels. Kali's zu verhindern. Der gröfsere Theil der Trichlorphenomalsäure ist in der wässerigen Flüssigkeit, der kleinere in der aufschwimmenden bräunlichen Oelschichte enthalten, aus welcher sie zuweilen auskrystallisirt. Man hebt diese Oelschichte ab, verdampft das überschüssige Benzol, extrahirt den theerartigen Rückstand mit heifsem Wasser und entzieht dieser Lösung durch Schütteln mit Aether die Säure, welche nach dem Abdestilliren des Aethers fast rein zurückbleibt. Die saure wässerige Flüssigkeit schüttelt man ebenfalls mit Aether, löst nach dem Abdestilliren desselben den aus Trichlorphenomalsäure, Schwefelsäure und Oxalsäure bestehenden Rückstand in Wasser, fällt die Schwefelsäure durch Chlorbaryum und behandelt aufs neue mit Aether. Aus dem zähen Rückstande, welchen dieser beim Verdampfen hinterläfst und der neben der Trichlorphenomalsäure noch eine amorphe chlorhaltige Säure enthält, krystallisirt die erstere im Vacuum oder nach mehrstündigem Erwärmen auf 40 bis 50° theilweise aus, ein weiterer Antheil wird auf Zusatz von Wasser bis zur bleibenden Trübung abgeschieden; immer aber bleibt in der Mutterlauge noch eine reichliche Menge gelöst. Durch Umkrystallisiren aus so viel heifsem Wasser, dafs die Säure sich bei dem Erkalten nicht ölig abscheidet, wird sie rein erhalten. Die *Trichlorphenomalsäure*, $C_6H_7Cl_3O_5$, krystallisirt in monoklinometrischen Formen, aus der heifsen wässerigen Lösung in Blättchen, bei langsamer Verdunstung oder aus anderen Lösungsmitteln in Tafeln oder auch Prismen mit Pyramidenflächen. Sie schmilzt unzersetzt aber unter theilweiser Verflüchtigung bei 131 bis 132° und erstarrt beim Erkalten zu einer weifsen Krystallmasse, deren spec. Gew. ungefähr 1,5 beträgt; vorsichtig etwas über ihren Schmelzpunkt erhitzt, zerfällt sie fast ohne Rückstand unter Bildung von Wasserdampf und weifsen Nebeln einer neuen Säure, bei raschem Erhitzen auf 180° wird sie unter starkem Kochen und Abscheidung von Kohle zersetzt. Sie löst sich wenig in kaltem, leicht in heifsem Wasser, Alkohol, Aether und warmem Benzol. Die heifs gesättigte wässerige Lösung scheidet bei dem Erkalten zuerst ölige, bald erstarrende Säure ab, die verdünntere Lösung bleibt leicht übersättigt. Die wässerige Lösung reagirt sauer, zersetzt kohlens. Salze, fällt Silber- und Bleisalze bei vorsichtigem Zusatz von Ammoniak weifs und hindert die Fällung des Eisenoxydes durch Ammoniak nicht; sie färbt sich am Lichte röthlich und zersetzt sich leicht aber unvollständig, besonders schnell beim Kochen, wobei Chlorwasserstoff entsteht; ihre vollständige Zersetzung erfolgt rasch durch Erhitzen mit Barytwasser, unter Bildung einer chlorfreien Säure (s. unten). Sie scheint keine Nitroverbindung zu

Producte der Einwirkung von chloriger Säure auf Benzol. bilden, wird durch Kochen mit Salpetersäure und leichter noch durch chlors. Kali und Schwefelsäure unter Bildung von Oxalsäure zersetzt und scheidet, in Lösung mit wenig salpeters. Silber und Ammoniak erwärmt, metallisches Silber ab. Durch nascirenden Wasserstoff geht sie zuerst in eine nicht näher untersuchte Säure von der wahrscheinlichen Formel $C_6H_{10}O_5$, bei intensiver Einwirkung in Bernsteinsäure und eine ebenfalls noch zu untersuchende zweite Säure über (s. unten). — Bezüglich der Bildungsweise der Trichlorphenomalsäure bei dem beschriebenen Verfahren stellte Carius fest, dafs die aus der Mischung von chlors. Kali und Schwefelsäure entbundene Chlorsäure durch Benzol schon in der Kälte zu chloriger Säure reducirt wird und dafs das hierbei gebildete Oxydationsproduct (das sich nicht sicher nachweisen liefs, nach Carius' Vermuthung aber Benzensäure (1) sein könnte, sofern neben der chlorigen Säure keine Spur eines anderen Gases auftritt) dann vielleicht theilweise selbst durch die chlorige Säure in Trichlorphenomalsäure verwandelt, zum Theil auch durch weitere Einwirkung von Chlorsäure unter Bildung von chloriger Säure und Oxalsäure zersetzt wird. Den einfachsten Ausdruck für die Bildung der Trichlorphenomalsäure ergiebt die Gleichung $C_6H_6 + 3\,ClHO_3 = C_6H_7Cl_3O_5 + H_2O$, wonach sie als das Trichlorsubstitut einer der Aepfelsäure homologen Säure ${C_6H_7O_2 \brace H_3}O_3$ erscheint (s. unten).

Als Nebenproducte treten bei ihrer Bildung noch auf: 1) *Oxalsäure* in wechselnden Mengen; 2) eine amorphe und zerfliefsliche *chlorhaltige Säure*, die in der Mutterlauge von der Krystallisation der Trichlorphenomalsäure zurückbleibt und derselben durch Aether entzogen werden kann. Sie ist wahrscheinlich mit der Trichlorphenomalsäure isomer und zeigt in ihrem Verhalten Aehnlichkeit mit der-

---

(1) Jahresber. f. 1865, 327; auch diesen Bericht, S. 340.

selben, giebt aber nur amorphe Zersetzungsproducte. Ferner findet sich in der auf der sauren Lösung schwimmenden Oelschicht 3) *Monochlorbenzol*, C_6H_5Cl; 4) eine dickflüssige Substanz, die *Monochlorphenol*, C_6H_5ClO, zu sein scheint und 5) ein in gelben Blättchen krystallisirender, dem Perchlorchinon ähnlicher aber wasserstoffhaltiger Körper. — Erwärmt man die concentrirte wässerige Lösung der Trichlorphenomalsäure im Wasserbad mit Zinkpulver und unterstützt man die zuletzt sich verlangsamende Einwirkung durch allmäligen Zusatz von Salzsäure bis zur völligen Lösung des Zinks, so wird der Chlorgehalt der Säure (in 1 bis 2 Tagen) durch Wasserstoff ersetzt. Nach Beendigung der Reaction (wenn eine mit überschüssigem salpeters. Silber gefällte Probe bei dem Erwärmen mit Ammoniak kein Chlorsilber mehr abscheidet) neutralisirt man die Flüssigkeit durch Barytwasser, fällt das Zink durch Schwefelbaryum, aus dem Filtrat den Baryt durch Schwefelsäure und entfernt die Salzsäure durch wiederholtes Eindampfen der Lösung, welche schliefslich, durch Thierkohle entfärbt und verdunstet, eine farblose amorphe, an der Luft zerfliefsliche Säure hinterläfst, die nach der Analyse ihrer Salze (diese sind sämmtlich amorph und ohne charakteristische Eigenschaften) die Formel $C_6H_{10}O_5$ zu haben und der Aepfelsäure demnach homolog zu sein scheint. Die Bildung dieser *Phenomalsäure* würde dann nach der Gleichung $C_6H_7Cl_3O_5 + 3H_2 = C_6H_{10}O_5 + 3HCl$ erfolgen. Bei Anwendung kräftigerer Reductionsmittel scheint ebenfalls zuerst diese Säure zu entstehen, aber nach der Gleichung $C_6H_{10}O_5 = C_4H_6O_4 + C_2H_4O$ in *Bernsteinsäure* und eine Gruppe von der Zusammensetzung des Acetaldehydes zu zerfallen, welche nach den Bedingungen des Versuchs entweder in eine neue amorphe Säure übergeht, oder unter Abscheidung von Kohle zerstört wird. Erhitzt man Trichlorphenomalsäure mit möglichst concentrirter Jodwasserstoffsäure im geschlossenen Rohr auf 150 bis 180° und verdampft das Product zur Verjagung des Jodes und Jod-

Producte der Einwirkung von chloriger Säure auf Benzol. wasserstoffs, so bleibt neben wenig kohliger Masse fast reine Bernsteinsäure (1) zurück. Mit Zinn und Salzsäure erfolgt die Reaction ohne Abscheidung von Kohle und ohne Gasentwickelung, aber wegen der Unlöslichkeit der Trichlorphenomalsäure in Salzsäure schwieriger. Am besten gelingt sie mit der obenerwähnten Mutterlauge, welche aus einem Gemenge von Trichlorphenomalsäure mit amorpher chlorhaltiger Säure besteht (die letztere giebt für sich keine Bernsteinsäure, sondern eine zweite amorphe Säure). Man versetzt ihre dickflüssige Lösung mit überschüssigem Zinn und wenig 10- bis 15procentiger Salzsäure, erwärmt wenn die von selbst eintretende Temperaturerhöhung verschwunden ist, im Wasserbade und fügt nach einigen Stunden allmälig Salzsäure zu, bis ein grofser Theil des überschüssigen Zinns unter Wasserstoffentwickelung gelöst ist. Aus der wässerigen Lösung des Productes wird durch Schwefelwasserstoff das Zinn und durch wiederholtes Verdampfen mit Wasser die Salzsäure entfernt und durch schliefsliches Verdampfen die Bernsteinsäure krystallisirt erhalten. Die Identität derselben mit der gewöhnlichen Säure hat Carius durch den Vergleich der physikalischen Eigenschaften und durch die Analyse der Säure selbst sowie einiger Verbindungen (des Baryt-, Kupfer-, Blei- und Silbersalzes und des Aethyläthers) nachgewiesen und damit die Möglichkeit des Uebergangs aus der Reihe der aromatischen Verbindungen in jene der Fettkörper festgestellt. (Vgl. auch bezüglich der Bildung von Bernsteinsäure aus Benzoësäure S. 397). Die S. 561 erwähnte, durch Kochen von Trichlorphenomalsäure mit Barytwasser entstehende Säure bezeichnet Carius als *Phenakonsäure*. Zu ihrer Darstellung löst man reine Trichlorphenomalsäure in 20 Th. Wasser, setzt auf 1 Th.

---

(1) Carius fand die Löslichkeit der Bernsteinsäure von den vorliegenden Angaben (L. Gmelin's Handbuch der Chemie, 4. Aufl., V, 357) abweichend. Nach Seiner Bestimmung lösen 100 Th. Wasser bei 15° 3,52 Th., bei 17° 5,19 Th., bei 18° 6,15 Th. krystallisirte Säure.

Säure eine Lösung von 3½ bis 4 Th. krystallisirtes Barythydrat zu, erwärmt im Wasserbade, fällt nach der rasch beendigten Reaction den überschüssigen Baryt durch Einleiten von Kohlensäure und Concentriren, und verdampft das Filtrat zur Gewinnung des durch Umkrystallisiren zu reinigenden Barytsalzes, dessen Lösung nach der genauen Ausfällung des Baryts durch Schwefelsäure und Verdunsten die reine Säure liefert. Auch aus der chlorbaryumhaltigen Mutterlauge des Barytsalzes kann sie erhalten werden, indem man den Baryt durch Schwefelsäure, die Salzsäure durch öfteres vorsichtiges Eindampfen mit Wasser entfernt, die Lösung schließlich bei möglichst niedriger Temperatur verdampft und die erhaltene Säure umkrystallisirt. Die Phenakonsäure hat die Formel $C_6H_6O_6$ und ist demnach mit der Aconitsäure isomer; ihre Bildung entspricht der Gleichung $C_6H_7Cl_3O_5 + 6BaHO = 3BaCl + C_6H_5Ba_3O_6 + 5H_2O$. Sie krystallisirt aus Wasser in kleinen Prismen, Nadeln oder breiten Blättchen, mit einem wahrscheinlich der Formel $C_6H_6O_6 + H_2O$ entsprechenden Wassergehalt, aus Alkohol in deutlicheren, scheinbar monoklinometrischen Formen. Die Krystalle verwittern an der Luft und erscheinen dann kreideweiß; sie verlieren ihren Wassergehalt erst bei 130° unter theilweiser Verflüchtigung, fangen bei 170° an in zugespitzten Prismen zu sublimiren und lassen sich bei vorsichtigem Erhitzen unzersetzt und vollständig verflüchtigen (der Dampf reizt schwach zum Husten). Bei raschem Erhitzen auf 220° erfolgt Zersetzung, Bildung eines Anflugs von Wasser, aus welchem bei dem Verdunsten eine neue Säure krystallisirt, und Verkohlung des Rückstandes. Die Phenakonsäure ist schwer löslich in kaltem Wasser (100 Th. Wasser lösen bei 16°,5 0,672 Th. Säure), leichter in heißem, in Alkohol und Aether. Sie wird in saurer Lösung durch Oxydationsmittel schwierig angegriffen, durch kochende Salpetersäure in Oxalsäure verwandelt; eine Nitrosäure scheint sie ebenfalls nicht zu bilden. In ammoniakalischer Lösung mit salpeters. Silber gekocht,

Producte der Einwirkung von chloriger Säure auf Benzol. scheidet sie allmälig Silber ab. Sie ist eine starke Säure und enthält 4 Atome vertretbaren Wasserstoff. Ihre gut krystallisirbaren Salze sind meistens nach der allgemeinen Formel $C_6H_2R'_2O_6$ zusammengesetzt, die Alkalien bilden auch saure Salze mit 2 oder 1 Atom Metall, aber wie es scheint keine Doppelsalze mit anderen Metallen. Sie verlieren ihren Krystallwassergehalt erst gegen 100 bis 150° und entwickeln in höherer Temperatur unter Hinterlassung von mehr oder weniger Kohle saure, der Essigsäure ähnlich riechende Dämpfe, ohne eine Spur wasserstoffärmerer Producte (Benzol). Die freie Phenakonsäure wird durch keines der gewöhnlichen Reagentien gefällt; die Lösungen des Ammoniak- und Barytsalzes geben mit Eisenchlorid einen bräunlichgelben pulverigen Niederschlag, mit essigs. Kupfer keine Fällung, in der Siedehitze aber grüne gallertige Flocken, die sich beim Erkalten wieder lösen. Salpeters. Silber und essigs. Blei erzeugen bei vorsichtigem Zusatz eine wieder verschwindende Trübung, worauf sich in der Ruhe das Silber- oder Bleisalz krystallinisch ausscheidet; als amorphe Niederschläge werden diese durch Ueberschuſs des Fällungsmittels abgeschieden. — *Phenakons. Kali.* Durch Ausfällen des Baryts aus der Lösung des Barytsalzes durch schwefels. Kali oder theilweise durch Schwefelsäure erhält man leicht die drei verschiedenen Salze, $C_6H_3K_3O_6$, $C_6H_4K_2O_6$, $C_6H_5KO_6$, welche in krystallwasserhaltigen Prismen krystallisiren und leicht löslich sind. Das *zweifachsaure* Salz krystallisirt in monoklinometrischen Prismen (mit vorherrschendem $\infty P \infty . (\infty P \infty)$) von der Formel $C_6H_5KO_6 + H_2O$. Ein saures *Ammoniaksalz* bleibt bei dem Verdunsten der mit Ammoniak neutralisirten Lösung der Säure zurück, ein *Kali-Ammoniaksalz* $C_6H_4K(NH_4)O_6$ $+ H_2O$ wird in gleicher Weise durch Sättigen des zweifachsauren Kalisalzes mit Ammoniak und Verdunsten erhalten. Das *Kalk*salz, $C_6H_3Ca_3O_6 + 2H_2O$ bildet perlglänzende Tafeln und Blättchen, ähnlich denen des oxals. Kalkes; es ist in Alkohol löslich, bei raschem Abdampfen krystallisirt es mit 4 Mol. Wasser. Das oben erwähnte Barytsalz, $C_6H_3Ba_3O_6 + 2H_2O$, krystallisirt in Tafeln und Blättchen, zuweilen auch säulenförmig. Es ist schwerlöslich in kaltem Wasser (100 Th. Wasser lösen bei 17° 0,9663 Th. Salz), rascher aber nicht viel mehr in heifsem. Das *Kupfer*salz, $C_6H_3Cu_3O_6 + 2H_2O$, scheidet sich beim Verdampfen der mit Kupferoxyd gesättigten Lösung der Phenakonsäure als grünliches, undeutlich krystallinisches Pulver ab; die Mutterlauge trocknet zu einer amorphen Masse ein. Wird dieselbe mit Alkohol gefällt, so löst sich der Niederschlag nur theilweise in Wasser, unter Hinterlassung eines grünen körnigen Pulvers von der Formel $C_6H_2Cu_4O_6$. In schönen blauen monoklinometrischen Tafeln wurde das Salz $C_6H_3Cu_3O_6 + 2H_2O$ bei dem Verdampfen der zur Bildung des Doppelsalzes $C_6H_3Cu_2KO_6$ im richtigen Verhältnifs gemischten Salzlösungen erhalten. Es ist wie die vorhergehenden sehr schwerlöslich. Das in der oben angegebenen Weise dargestellte *Blei*salz, $C_6H_3Pb_3O_6$ (bei 120° getrocknet), krystallisirt in schief rhombischen Täfelchen und Säulen. Das frischgefällte amorphe Bleisalz löst sich in der Siedehitze in überschüssigem essigs. Blei, die Lösung erstarrt beim Erkalten zu einer Gallerte. Das *Silber*salz, wie das Bleisalz krystallisirt zu erhalten, bildet mikroscopische Täfelchen und Prismen. Es verliert sein Krystallwasser bei 90° und schwärzt sich sowohl bei höherer Temperatur als wenn es mit Wasser gekocht wird (es wird hierbei reichlich gelöst); in Essigsäure und Phenakonsäure ist es leichtlöslich. Mit Jodäthyl liefert es neutrales *phenakons*. Aethyl, $C_6H_3(C_2H_5)_3O_6$ als ölige, schwach riechende und unzersetzt destillirbare Flüssigkeit. — Carius schliefst aus den mit Benzol erhaltenen Resultaten, wie aus den noch nicht veröffentlichten Ergebnissen welche Verbindungen aus anderen Gruppen Ihm geliefert haben, dafs das Chlorigsäurehydrat allgemein in ähnlicher Weise wie die unterchlorige Säure fähig ist, sich mit ungesättigten Verbindungen zu vereinigen, mit dem wesentlichen

Unterschiede jedoch, dafs während von den Elementen der unterchlorigen Säure nur das Chlor in das Radical der Verbindung eintritt und das Hydroxyl sich aufserhalb desselben anlagert, bei der Addition der chlorigen Säure die Gruppe ClO von dem Radical der Verbindung aufgenommen wird, und dafs daher 1) immer Additionsproducte mit sauerstoffhaltigem Radical entstehen und 2) die Addition (zu Körpern von der allgemeinen Formel C_nH_{2n}, O_x, wenn C_nH_{2n+2}, O_x als Grenzformel betrachtet wird) von dem Austritt einer gewissen, durch die Theorie vorausbestimmten Anzahl chemischer Einheiten (als H_2O) begleitet sein mufs.

Sulfobenzolchlorür. R. Otto (1) zerreibt zur Darstellung des Sulfobenzolchlorürs, $C_6H_5ClSO_2$, äquivalente Mengen von Fünffach-Chlorphosphor und benzolschwefels. Natron, erwärmt auf dem Sandbade zur Verflüchtigung des meisten Dreifach-Chlorphosphors und trägt den Rückstand in Wasser ein. Das sich ausscheidende, wiederholt mit Wasser gewaschene Oel wird durch Auflösen in Alkohol oder Aether unter Zusatz von Thierkohle und schliefsliche Rectification im luftverdünnten Raume gereinigt.

Benzolschweflige Säure. R. Otto und H. Ostrop (2) haben gezeigt, dafs die von Kalle (3) durch Einwirkung von Zinkäthyl auf Sulfobenzolchlorür erhaltene *benzolschweflige Säure* (benzylschweflige Säure oder Sulfophenylhydrür) leichter und einfacher durch Behandlung von Sulfobenzolchlorür mit Natriumamalgam erhalten werden kann:

Sulfobenzolchlorür   Benzolschweflige. Natron

$$C_6H_5SO_2Cl + 2Na = C_6H_5NaSO_2 + NaCl.$$

Vollkommen trockenes (nach dem vorstehenden Verfahren dargestelltes) Sulfobenzolchlorür wird in Quantitäten von

---

(1) Zeitschr. Chem. 1866, 106. — (2) Ausführlich Ann. Ch. Pharm. CXLI, 365; im Auszug Zeitschr. Chem. 1866, 599; Chem. Centr. 1867, 554; vorläufige Anzeige Zeitschr. Chem. 1866, 872; Bull. soc. chim. [2] VII, 188. — (3) Jahresber. f. 1861, 627.

höchstens 50 bis 60 Grm. in einer mit aufrechtstehendem Kühler verbundenen Retorte mit dem mehrfachen Vol. wasser- und alkoholfreien Aethers gemischt und so lange unter Abkühlung kleine Mengen von Natriumamalgam hinzugefügt, bis eine Probe nach Verdunstung des Aethers keinen Geruch nach Sulfobenzolchlorür erkennen läfst und sich klar in Wasser auflöst. Bei jedesmaligem Eintragen findet eine lebhafte Reaction statt, wodurch die Masse bis zum Sieden des Aethers erwärmt wird. Nach Beendigung der Reaction verjagt man den Aether im Wasserbad, löst in möglichst wenig Wasser, versetzt die klar abgegossene Lösung mit Salzsäure und krystallisirt die ausgeschiedene benzolschweflige Säure, $C_6H_6SO_2$, zur Entfernung eines ölartigen Körpers aus heifsem (ausgekochtem) Wasser und bei möglichstem Luftabschlufs um. Die so erhaltene Säure bildet grofse, oft zwei Zoll lange, sternförmig gruppirte, federfahnenförmig gestreifte, dem Kalkspath ähnliche Prismen, die sich leicht in heifsem Wasser, Alkohol und Aether, schwer in kaltem Wasser lösen. Die Lösung reagirt stark sauer; Lackmuspapier wird davon Anfangs geröthet, dann gebleicht. Der Schmelzpunkt liegt bei 68 bis 69°; über 100° findet Zersetzung statt. An der Luft zerfliefst die Säure nach und nach, indem sie unter Aufnahme von Sauerstoff in *Benzolschwefelsäure* (Sulfobenzolsäure), $2C_6H_6SO_3 + 3H_2O$, übergeht, die im Exsiccator zu einer strahlig-krystallinischen Masse erstarrt. — In mäfsig concentrirter Salpetersäure löst sich die benzolschweflige Säure unter Bildung von Sulfobenzolsäure und Nitrosulfobenzolsäure; mit rauchender Salpetersäure entsteht dagegen unter heftiger Einwirkung eine durch Wasser abscheidbare Verbindung, welche nach dem Waschen mit Wasser und Umkrystallisiren aus Weingeist der Formel $C_{12}H_{16}N_2S_3O_6$ entspricht. Sie bildet harte, glasglänzende, rhomboëdrische Krystalle mit zwei diametral gegenüberstehenden abgestutzten Seitenkanten; sie schmilzt bei 98°,5, verpufft schwach auf dem Platinblech und löst sich nicht in Was-

Benzol-schweflige Säure.

ser oder Aether, aber leicht in heifsem Weingeist. Die von dieser (bezüglich ihrer Constitution noch näher zu untersuchenden) Verbindung abfiltrirte Flüssigkeit enthält (neben freier Schwefelsäure und Nitrobenzol) *Nitrosulfo-benzolsäure*, deren Barytsalz, $C_6H_4(NO_2)BaSO_3$ (bei 120°), sich in heifsem Wasser und Alkohol leicht löst und in weifsen, warzenförmig gruppirten Nadeln krystallisirt. — Brom wird von in Wasser vertheilter benzolschwefliger Säure unter Bildung von Bromwasserstoff und von *Sulfo-benzolbromür*, $C_6H_5BrSO_2$, absorbirt. Dieses ist ein farbloses, eigenthümlich riechendes, in starker Kälte nicht erstarrendes, in Alkohol und Aether aber nicht in Wasser lösliches Oel. Mit Ammoniak geht es in Bromammonium und in *Sulfobenzolamid*, $C_6H_7NSO_2$, über, zum Beweis, dafs der ölartige Körper wirklich Sulfobenzolbromür, $C_6H_5SO_2Br$, und nicht brombenzolschweflige Säure, $C_6H_4BrSO_2H$, ist. Das Sulfobenzolamid (1) ist kaum in kaltem, mehr in heifsem ammoniakhaltigem Wasser, leicht in heifsem Alkohol wie in Aether löslich und krystallisirt in grofsen perlmutterglänzenden Blättchen, die bei 149° schmelzen. — Bei der Einwirkung von 1 Mol. Fünffach-Chlorphosphor auf 1 Mol. benzolschweflige Säure entsteht, unter reichlicher Entwickelung von Salzsäure, ein durch Wasser ausfällbares schweres Oel, welches neben viel Sulfobenzolchlorür einen anderen ölartigen Körper enthält, dessen Analyse annähernd der Formel $C_{12}H_{10}S_2O_3$ entspricht. Die (nicht ganz vollständige) Trennung beider gelang nur durch kalte Digestion des rohen Oels mit ganz verdünnter wässeriger Kalilauge, wo sich das Sulfobenzolchlorür unter Rücklassung des zweiten ölartigen Körpers nach und nach löst.

Sulfobenzid.

Otto und Ostrop (2) kamen ferner bei einer ge-

---

(1) Vgl. Jahresber. f. 1865, 533. — (2) Ann. Ch. Pharm. CXLI, 93; im Auszug Zeitschr. Chem. 1866, 580; Chem. Centr. 1867, 369; vorläufige Anzeige Zeitschr. Chem. 1866, 872.

naueren Untersuchung des Verhaltens des Sulfobenzids Sulfobenzid. gegen Chlor zu Resultaten, welche von den früheren Angaben von Gericke (1) wesentlich abweichen. — Weder trockenes noch feuchtes Chlor wirkt bei gewöhnlicher Temperatur im zerstreuten Licht auf Sulfobenzid ein; wird dieses aber bis nahe an seinen Schmelzpunkt (120 bis 130°) im Chlorstrom erhitzt, so geht eine gelbe ölige Flüssigkeit über, welche sich durch fractionirte Destillation in *Monochlorbenzol*, C_6H_5Cl (Siedep. 134 bis 136°), und in *Sulfobenzolchlorür*, $C_6H_5ClSO_2$, zerlegen läfst. Die Anwesenheit des letzteren in dem zwischen 230 und 350° siedenden Theil des Products wurde durch seine Umwandlung in sulfobenzols. Kali, $C_6H_5KSO_3$, nachgewiesen. Das Sulfobenzid liefert demnach bei der Zersetzung durch Chlor bei 120 bis 130° und im zerstreuten Licht dieselben Producte wie durch Fünffach-Chlorphosphor (2); es zerfällt mit Chlor nach der Gleichung :

Sulfobenzid	Monochlorbenzol	Sulfobenzolchlorür
$(C_6H_5)_2SO_2 + 2Cl$	$= C_6H_5Cl +$	$C_6H_5ClSO_2$.

Im directen Sonnenlichte wirkt das Chlor bei gewöhnlicher Temperatur ein; es entsteht dabei ein dickes gelbliches Oel A und bei weiterer Einwirkung auch eine krystallinische Verbindung B. Das viel freies Chlor und Salzsäure enthaltende Oel A löst sich in Alkohol, Aether und Benzol, aber nicht in Wasser und riecht im concentrirten Zustande aromatisch, terpentinartig, im verdünnten eigenthümlich moderig; sein Verhalten (s. u.) wie die Analyse deuten auf ein Gemenge, namentlich mit der krystallinischen Verbindung B. Diese letztere bildet nach dem Umkrystallisiren aus heifsem absolutem Alkohol kleine glasglänzende quadratische Prismen, deren Zusammensetzung der Formel $C_6H_5Cl_7$ entspricht; sie riecht eigenthümlich terpentinartig, schmilzt bei 255 bis 257°, wird

---

(1) Jahresber. f. 1856, 609 f. — (2) Jahresber. f. 1865, 581.

Sulfobenzid. schon bei 230° weich, sublimirt bei vorsichtigem Erhitzen unzersetzt, und löst sich nicht in Wasser, kaum in Aether, aber leicht in heifsem Alkohol. Durch weingeistiges Kali wird sie unter Bildung von Chlorkalium zersetzt. — Bei der Behandlung des Oels A mit einer alkoholischen Lösung von Kalihydrat bilden sich, neben Chlorkalium, verschiedene Substitutionsproducte des Benzols. Das mit Wasser abgeschiedene ölartige Product enthält in dem zwischen 120 und 240° siedenden Antheil wahrscheinlich Mono-, Di- und Trichlorbenzol; das zwischen 250 und 260° Uebergehende besteht zum gröfsten Theil aus *Tetrachlorbenzol*, $C_6H_2Cl_4$, welches zu einer weifsen, bei 33° schmelzenden Krystallmasse erstarrt. Es löst sich in Alkohol, Aether und Benzol, nicht in Wasser, und krystallisirt aus gesättigter Lösung in weifsen Nadeln, aus verdünnter in langen, soliden, um einen Punkt gruppirten Prismen. Mit dem von Jungfleisch (1) beschriebenen, bei 134° (139°) schmelzenden Tetrachlorbenzol ist es demnach nicht identisch. — Der oberhalb 260° siedende Theil des Zersetzungsproducts sowie das abgeschiedene Chlorkalium enthält *Pentachlorbenzol*, C_6HCl_5, welches aus heifsem Alkohol in zolllangen, sehr feinen seideglänzenden Nadeln anschiefst. Es löst sich nicht in Wasser, kaum in kaltem Alkohol oder Aether, leicht in heifsem Alkohol, wird bei raschem Erhitzen bei etwa 170° weich, schmilzt bei 215 bis 220° und sublimirt schon weit unter dem Schmelzpunkt. Auch diese Verbindung ist nicht identisch mit dem (bei 69° schmelzenden) Pentachlorbenzol von Jungfleisch; aus der Mutterlauge erhielten Otto und Ostrop jedoch Krystalle von der gleichen Zusammensetzung, aber von dem Schmelzpunkt 79 bis 85°.

W. Röttger (2) beobachtete bei der wiederholten Destillation von käuflichem sog. Petroleumäther in dem

---

(1) Jahresber. f. 1865, 519; vgl. auch S. 551 dieses Berichts. —
(2) Zeitschr. Chem. 1866, 210; Bull. soc. chim. [2] VI, 476.

zwischen 55 und 65° übergegangenen Antheil die Ausscheidung eines weifsen, asbestartigen Körpers, der mit der vorläufig berechneten Formel $C_5H_{10}SO_3$ dem Sulfobenzid nahe steht. Derselbe ist in Wasser und Alkohol unlöslich, aber löslich in Benzol wie in rauchender Salpetersäure und wird aus dieser durch Wasser wieder gefällt.

Phenol wird, nach A. Baeyer (1), mit Leichtigkeit zu Benzol reducirt, wenn man dasselbe in Dampfform über erhitzten Zinkstaub leitet. Neben Benzol bilden sich geringe Mengen anderer flüssiger und fester Nebenproducte von höherem Siedepunkt. — Benzoësäure und Phtalsäure liefern, in derselben Weise mit Zinkstaub behandelt, Bittermandelöl. Oxindol, C_8H_7NO, geht in das dem Naphtylamin nahe stehende *Indol*, C_8H_7N, über. Dieses letztere, die Muttersubstanz der Indiggruppe, destillirt in hoher Temperatur unzersetzt und verdichtet sich zu einem krystallinisch erstarrenden Oel, welches einem mit Salzsäure befeuchteten Fichtenspahne eine characteristische kirschrothe Färbung ertheilt. Vergl. bei Indig.

W. Körner (2) untersuchte verschiedene Substitutionsproducte des Phenols, insbesondere die aus der directen Einwirkung von Brom hervorgehenden. Das schon von Cahours durch Destillation von Bromsalicylsäure mit Baryt dargestellte *Monobromphenol* (Monobromphenylsäure), C_6H_5BrO, entsteht, wenn man 160 Th. Brom mittelst eines Luftstroms zum Verdampfen bringt und die mit Bromdampf gesättigte Luft in 94 Th. abgekühltes Phenol leitet. (Läfst man hierbei die sich entwickelnde Brom-

Phenol.

---

(1) Berl. acad. Ber. 1866, 527; Ann. Ch. Pharm. CXL, 295; Zeitschr. Chem. 1867, 90; J. pr. Chem. C, 46; Chem. Centr. 1866, 1072; Ann. ch. phys. [4] X, 488; Instit. 1867, 95. — (2) Ann. Ch. Pharm. CXXXVII, 197; im Auszug Zeitschr. Chem. 1866, 148; J. pr. Chem. XCIX, 189; Bull. soc. chim. [2] VI, 49; Ann. ch. phys. [4] VIII, 184.

Phenol. wasserstoffsäure durch Wasser absorbirt werden, so scheiden sich aus diesem nach einiger Zeit Flocken und Fäden ab, die aus fast reinem Tribromphenol bestehen.) Das im Kolben zurückbleibende, noch unreine Monobromphenol wird in verdünnter Natronlauge gelöst, mit stark verdünnter Salzsäure wieder ausgefällt und das abgeschiedene, mit Wasser gewaschene Oel im luftverdünnten Raume der Destillation unterworfen (1). Rascher, wiewohl mit gröfserem Verlust, erhält man das Monobromphenol, wenn man eine abgekühlte Lösung von Phenol in 6 bis 8 Th. Schwefelkohlenstoff vorsichtig mit Brom vermischt und das Product, nach der Entfernung des Schwefelkohlenstoffs, in der angegebenen Weise durch Destillation reinigt. Das reine Monobromphenol ist eine farblose ölartige Flüssigkeit von dem spec. Gew. 1,6606 bei 30° und dem Siedep. 132° unter 22 MM. Druck oder 118° unter 9 MM. Druck (2). Es erstarrt noch nicht bei — 18°, färbt sich durch Staub u. s. w. sehr leicht braun, riecht unangenehm penetrant, erzeugt auf der Haut sogleich eine weifse Blase, löst sich nicht in Wasser aber in jedem Verhältnifs in Alkohol, Aether, Benzol und Schwefelkohlenstoff. Es verbindet sich mit Alkalien zu in Wasser sehr leicht löslichen Salzen. Beim Erhitzen mit 1 Aeq. Natronhydrat und Jodmethyl auf 100 bis 120° verwandelt sich das Monobromphenol in *monobromphenyls. Methyl*, ein farbloses, dünnflüssiges Liquidum von ätherartigem Geruch, brennend gewürzhaftem Geschmack und dem (corr.) Siedep. 223°. — Beim Erhitzen mit weingeistiger Kalilauge auf 160 bis 180° bildet sich rosols. Kali und bei grofsem Ueberschufs an Kalihydrat auch Phenol. Durch Salpetersäure wird das Monobromphenol sehr leicht zersetzt; trägt man aber die Verbindung in ein

---

(1) Körner beschreibt für diesen und ähnliche Zwecke einen Destillirapparat, in welchem das Vacuum durch Absorption der im Apparate enthaltenen Kohlensäure mittelst Aetzkali erzeugt wird. —
(2) Das Phenol siedet unter dem Druck von 40 MM. constant bei 102°.

abgekühltes Gemenge von Salpeter und Schwefelsäure ein und vermischt nach 5 Minuten mit viel Wasser, so erhält man (neben Brompikrin) eine harzartige Masse, die bei der Behandlung mit kalter Kalilauge in *monobromdinitrophenyls. Kali*, $C_6H_2Br(NO_2)_2KO$, übergeht. Dasselbe bildet, nach wiederholtem Umkrystallisiren aus heifsem Wasser, lange, grün metallisch glänzende, dem Murexid ähnliche Nadeln, welche in kaltem Wasser wie in Weingeist nur sehr wenig löslich sind und beim Erhitzen schwach verpuffen. Das aus der heifsen wässerigen Lösung dieses Salzes abgeschiedene *Monobromdinitrophenol* (Monobromdinitrophenylsäure) krystallisirt in langen goldgelben Nadeln und schmilzt bei 78°; es ist bei vorsichtigem Erhitzen unverändert flüchtig, färbt die Haut erst gelb, dann roth, wird an der Luft selbst roth und löst sich nur wenig in kaltem, leichter in siedendem Wasser. — *Dibromphenol* (Dibromphenylsäure), $C_6H_4Br_2O$, erhält man unter Anwendung der erforderlichen Brommenge in derselben Weise wie das Monobromphenol, indem man bei der Destillation im luftverdünnten Raum den (unter einem Druck von 11 MM.) bei 154° übergehenden Antheil für sich auffängt. Es bildet eine atlasglänzende, unangenehm riechende Krystallmasse, die bei 40° schmilzt und schon bei gewöhnlicher Temperatur sublimirt. Unter gewöhnlichem Druck ist es dem gröfsten Theil nach unzersetzt flüchtig, im luftverdünnten Raum destillirt es ganz ohne Zersetzung und löst sich kaum in Wasser, aber leicht in Alkohol, Aether, Benzol und Schwefelkohlenstoff. Das Kalisalz bildet weifse, zerfliefsliche Warzen. Das durch Erhitzen des Dibromphenols mit Aetznatron und Jodmethyl auf 100 bis 120° entstehende *dibromphenyls. Methyl* ist identisch mit dem von Cahours (1) durch Einwirkung von Brom auf Anisol erhaltenen Dibromanisol. Es schmilzt bei 59°,

---

(1) Berzelius' Jahresber. XXV, 854.

Phenol. siedet bei 272° und krystallisirt aus Alkohol in perlglänzenden Schuppen, nach dem Schmelzen und theilweisen Erkalten in grofsen, stark glänzenden rhombischen Tafeln. Durch Salpetersäure wird es leicht in Pikrinsäure übergeführt; beim Eintragen in eine abgekühlte Mischung von Salpeter und Schwefelsäure entsteht (neben Brompikrin) *Dibromnitrophenol*, $C_6H_2Br_2(NO_2)O$, welches durch Zersetzen des Kalisalzes und Umkrystallisiren aus Weingeist in grofsen, bei 119° schmelzenden und leicht sublimirbaren Prismen erhalten wird. *Dibromnitrophenyls. Kali*, $C_6H_2Br_2(NO_2)KO$, ist sehr schwer in kaltem, leichter in siedendem Wasser und in Weingeist löslich und krystallisirt in scharlachrothen Nadeln mit gelbem oder grünem Metallglanz. Das aus der verdünnten Lösung gefällte Barytsalz ist ein orangerother, das Silbersalz ein braunrother Niederschlag. *Dibromnitrophenyls. Methyl* wird aus der Auflösung des dibromphenyls. Methyls in rauchender Salpetersäure durch Wasser gefällt und krystallisirt aus Alkohol in farblosen Nadeln. — *Tribromphenol* (Tribromphenylsäure), $C_6H_3Br_3O$, bildet sich leicht beim Eintropfen von Brom in Anfangs abgekühltes, später gelinde erwärmtes Phenol als krystallinische Masse. Es krystallisirt aus heifsem Weingeist, nach Zusatz von etwas Wasser, in langen seideglänzenden Nadeln, schmilzt bei 95°, sublimirt leicht, löst sich kaum in Wasser, leicht in Weingeist und bildet mit Basen Salze, die zum Theil gut krystallisiren. — *Tetrabromphenol* (Tetrabromphenylsäure), $C_6H_2Br_4O$, entsteht beim Erhitzen von reinem Tribromphenol mit 1 Mol. Brom auf 170 bis 180° und bildet (nach wiederholtem Umkrystallisiren und Sublimation des Antheils von mittlerer Löslichkeit) concentrisch gruppirte Nadeln, die bei 120° schmelzen und sich sehr leicht in Alkohol lösen. *Pentabromphenol* (Pentabromphenylsäure), C_6HBr_5O, erhält man durch mehrtägiges Erhitzen der vorigen Verbindung oder des Tribromphenols mit überschüssigem Brom auf 210 bis 220° und Umkrystallisiren des mit Wasser gewaschenen

Products aus Schwefelkohlenstoff. Es löst sich nur träge in Schwefelkohlenstoff oder Alkohol und krystallisirt aus ersterem in grofsen, diamantglänzenden, aus letzterem in langen concentrisch gruppirten Nadeln, die bei 225° schmelzen und bei vorsichtigem Erhitzen unzersetzt sublimiren. Bei der Behandlung mit starker Salpetersäure entsteht Brompikrin und Bromanil, $C_6Br_4O_2$. — *Monojodphenol* (Monojodphenylsäure), C_6H_5JO, bildet sich bei der Einwirkung von Jod und Jodsäure auf Phenol bei Gegenwart von überschüssigem Alkali und in verdünnter Lösung:

$$\text{Phenol} \qquad\qquad\qquad \text{Monojodphenol}$$
$$5\,C_6H_6O + 2\,J_2 + JHO_3 = 5\,C_6H_5JO + 3\,H_2O.$$

Man löst zuerst das Jod und die Jodsäure in dem durch die Gleichung angedeuteten Verhältnifs in verdünnter Kalilauge, fügt das Phenol zu und übersättigt dann unter stetem Umrühren mit verdünnter Salzsäure. Das niederfallende, neben Monojodphenol auch etwas Trijodphenol enthaltende Oel wird nach der Behandlung mit weingeisthaltigem Wasser nochmals aus alkalischer Lösung durch Salzsäure gefällt. Es ist farblos, erstarrt in der Kälte, riecht stark und unangenehm und bildet mit Alkalien Salze, die in concentrirtem Alkali unlöslich sind und durch Kohlensäure zersetzt werden. Salpetersäure scheidet Jod aus und mit Salpeterschwefelsäure entsteht gleichzeitig eine krystallisirbare Nitroverbindung. — *Trijodphenol* (Trijodphenylsäure), $C_6H_3J_3O$, entsteht bei Anwendung der geeigneten Mengenverhältnisse der Materialien genau in derselben Weise wie Monojodphenol. Es scheidet sich beim Ansäuren mit Salzsäure als grauweifse flockige Masse aus und krystallisirt aus 50 procent. Weingeist in verfilzten oder auch in grofsen plattgedrückten, der Benzoësäure ähnlichen Nadeln. Es riecht schwach aber unangenehm, schmilzt bei 156° und zersetzt sich bei der Sublimation. — Bei der Behandlung des Monojodphenols mit Kalihydrat entsteht, wie diefs schon Lautemann (1) angiebt, Brenzcatechin,

(1) Jahresber. f. 1861, 398.

Phenol. zugleich aber auch Hydrochinon, letzteres in überwiegender Menge. Trägt man das Monojodphenol in schmelzendes Aetzkali ein, dem so viel Wasser zugesetzt ist, daſs die Mischung bei 165° schmilzt, so erfolgt die (auf dem Ersatz des Jods durch Hydroxyl, $H\Theta$, beruhende) Umwandlung fast augenblicklich. Wenn in einer Probe durch verdünnte Salzsäure kein Jodphenol mehr abgeschieden wird, übersättigt man die Schmelze mit Salzsäure und schüttelt mit Aether. Dieser hinterläſst ein Gemenge von Brenzcatechin und Hydrochinon, welches durch Fällung mit (nicht überschüssigem) Bleizucker getrennt wird, wo das Hydrochinon gelöst bleibt. — Körner giebt noch an, daſs bei gelindem Erhitzen von Monobromphenol mit Fünffach-Bromphosphor der letztere sich wie Dreifach-Bromphosphor und freies Brom verhält, wo dann ein weiteres Substitutionsproduct entsteht :

$$C_6H_5Br\Theta + PBr_5 = C_6H_4Br_2\Theta + HBr + PBr_3.$$

Erhitzt man aber gleich von Anfang lebhaft, so erhält man neben Bromwasserstoff und Phosphoroxybromid ein Gemenge verschiedener Bromsubstitutionsproducte des Benzols; aus Tribromphenol z. B. Tetrabrombenzol (vergl. S. 557).

Im weiteren Verfolg der eben erwähnten Beobachtung, daſs das aus Phenol direct dargestellte Monojodphenol mit schmelzendem Kali ein Gemenge von Hydrochinon und Brenzcatechin liefert, fand Körner (1), daſs dem (aus nitrirten Aniliden dargestellten) Nitranilin ein Monojodphenol entspricht, welches nur Hydrochinon liefert. Das nämliche Monojodphenol entspricht auch dem Nitrojodbenzol und dem direct erhaltenen Dijodbenzol und ist identisch mit dem von Grieſs aus Jodanilin dargestellten (2). Eine dritte Modification, das *Parajodphenol*, wird durch Zer-

---

(1) Compt. rend. LXIII, 564; Bull. soc. chim. [2] VII, 261; Instit. 1866, 880; Zeitschr. Chem. 1866, 662, 781. — (2) Jahresber. f. 1865, 524.

setzung von schwefels. Paradiazojodbenzol (1) mit heifsem Wasser erhalten. Es ist fest, krystallisirbar und verwandelt sich beim Schmelzen mit Kalihydrat in *Resorcin*.

Beim Eintragen von wasserfreier Phosphorsäure in reines verflüssigtes Phenol bildet sich, nach O. Rembold (2), allmälig ein dickflüssiger Syrup, der nach 24 stündigem Stehen bei 40° Mono- und Diphenylphosphorsäure enthält (3). Die meisten Salze beider Säuren krystallisiren zusammen als Gemenge; sättigt man aber die Lösung mit Kupferoxydhydrat, so schiefst bei passender Concentration das in Wasser schwerlösliche *monophenylphosphors. Kupfer*, $P(C_6H_5)HCuO_4$, in Blättchen an, die im trockenen Zustande grünlichblau und talkartig anzufühlen sind. Die aus diesem Salz durch Schwefelwasserstoff abgeschiedene *Monophenylphosphorsäure*, $P(C_6H_5)H_2O_4$, bildet einen zu farb- und geruchlosen, sehr leicht löslichen Krystallen erstarrenden sauren Syrup. Das Natronsalz ist krystallinisch, aber sehr zerfliefslich; das sehr leicht lösliche Kalisalz bildet schuppige Krystalle; das Barytsalz, $P(C_6H_5)HBaO_4$, warzig verwachsene, aus weichen feinen Nadeln bestehende Krystalle; das Kalksalz, $P(C_6H_5)HCaO_4$, kugelige ebenfalls aus dünnen Nadeln bestehende Aggregate. *Diphenylphosphors. Baryt*, $P(C_6H_5)_2BaO_4$, wurde einmal in warzig gruppirten, nadelförmigen Krystallen, das entsprechende Silbersalz, $P(C_6H_5)_2AgO_4$, in körnigen Krystalldrusen erhalten. Mit Hinzurechnung des von Scrugham (4) beschriebenen phosphors. Phenyls hat man demnach die Reihe:

Monophenyl- phosphorsäure	Diphenyl- phosphorsäure	Triphenylphosphorsäure (phosphors. Phenyl)
$P(C_6H_5)H_2O_4$	$P(C_6H_5)_2HO_4$	$P(C_6H_5)_3O_4$.

(1) Dieses entsteht durch successive Umwandlung des Dinitrobenzols in Betanitranilin (oder Paranitranilin, vgl. S. 457), in schwefels. Betadiazonitrobenzol, Betajodnitrobenzol und dann in Beta- oder Para-Diazojodbenzol. — (2) Zeitschr. Chem. 1866, 651. — (3) Vgl. Jahresber. f. 1865, 530. — (4) Jahresber. f. 1854, 604.

Phenyläther. Bei der Destillation von phosphors. Phenyl mit einem Ueberschuſs von frisch ausgeglühtem und gepulvertem Aetzkalk geht, nach C. Lesimple (1), ein ölartiger Körper über, aus welchem durch Behandlung mit starker Kalilauge und Umkrystallisiren des ungelöst bleibenden Antheils aus Alkohol farblose, bei 80° schmelzende und bei 51° wieder erstarrende Krystalle erhalten werden, deren Zusammensetzung der Formel des *Phenyläthers*, $(C_6H_5)_2O$, entspricht. Dieser Körper wäre isomer mit dem ölartigen, bei 260° siedenden Destillationsproduct des benzoës. Kupfers, für welches Limpricht die Formel des Phenyläthers aufgestellt hat (2).

Pikrinsäure. (Pikrins. Aethyl.) *Pikrins. Aethyl*, $C_2H_5(NO_2)_3(C_6H_5)O$, erhält man, nach H. Müller und J. Stenhouse (3), leicht durch kurze Digestion von trockenem pikrins. Silber mit dem fünffachen Gewicht Jodäthyl bei 100°, Abdestilliren des Ueberschusses des letzteren und wiederholte Behandlung mit heiſsem Weingeist. Der mit Wasser gewaschene und wiederholt aus Weingeist umkrystallisirte Aether bildet ein bis zwei Zoll lange, schwach gelbliche, am Licht dunkler werdende Nadeln. Er löst sich etwas in heiſsem Wasser, sowie in Jodäthyl, Aether, Schwefelkohlenstoff und Benzol, schmilzt bei 78°,5, erstarrt bei 73° und zersetzt sich beim stärkeren Erhitzen unter schwacher Verpuffung. — Wendet man zur Darstellung eine alkoholische Lösung von Jodäthyl an, so scheidet sich, unter gleichzeitiger Bildung von etwas Aethyläther, viel Pikrinsäure aus. Das in gelben Nadeln krystallisirende pikrins. Silber gewinnt man am besten durch Vermischen einer heiſsen Lösung von Pikrinsäure

---

(1) Ann. Ch. Pharm. CXXXVIII, 375; Zeitschr. Chem. 1866, 510; Chem. Centr. 1866, 830; Bull. soc. chim. [2] VI, 217. — (2) Vgl. Jahresber. f. 1854, 411. — (3) Chem. Soc. J. [2] IV, 285; Ann. Ch. Pharm. CXLI, 79; Zeitschr. Chem. 1866, 885; J. pr. Chem. XCVIII, 241; Ann. ch. phys. [4] VIII, 499; Bull. soc. chim. [2] VI, 391; J. pharm. [4] IV, 397.

mit kohlens. Silber und Filtriren der wenige Minuten im Sieden erhaltenen Flüssigkeit.

Styphninsäure bereitet man, nach Stenhouse (1) durch heifse Digestion von 120 Th. concentrirtem wässerigem Sapanholzextract mit 20 Th. Salpetersäure von dem spec. Gewicht 1,36 während drei bis vier Stunden, Verdampfen der gelben Lösung zum Syrup und vier- bis fünfstündiges Kochen desselben mit 8 Th. Salpetersäure von dem spec. Gewicht 1,45. Nachdem etwa 3 Th. Säure abdestillirt sind, wird der Rückstand nach und nach mit 8 Th. kaltem Wasser angerührt und die abgeschiedene Styphninsäure auf einem Filter gewaschen. Die rohe, mit etwa 16 Th. Wasser zum Sieden erhitzte Säure wird mit einer concentrirten Lösung von kohlens. Kali bis zur alkalischen Reaction versetzt und das beim Erkalten sich abscheidende und durch Umkrystallisiren gereinigte Kalisalz in heifser Lösung durch Salpetersäure zerlegt. — Versetzt man eine kalte Lösung von unterchlorigs. Kalk mit Styphninsäure, so entwickelt sich, wie mit Pikrinsäure, Chlorpikrin und beim Erhitzen auch Kohlensäure; mit Salzsäure und chlors. Kali entsteht ebenfalls Chlorpikrin, aber kein Chloranil. Das in analoger Weise wie das pikrins. Aethyl (S. 580) dargestellte *styphnins. Aethyl*, $C_6H(C_2H_5)_2(NO_2)_3O_2$, krystallisirt aus Weingeist in fast farblosen, am Licht rasch orangebraun werdenden Blättern; es schmilzt bei 120°,5, verflüchtigt sich in höherer Temperatur unter theilweiser Zersetzung und löst sich nicht in Wasser, aber in Alkohol, Aether und namentlich in Benzol. Beim Erhitzen mit Kalilauge zerfällt es in styphnins. Kali und in Alkohol.

Stenhouse und Müller (2) empfehlen zur Darstel-

---

(1) Chem. Soc. J. [2] IV, 286; Ann. Ch. Pharm. CXLI, 224; Zeitschr. Chem. 1866, 886; J. pr. Chem. XCVIII, 242; Chem. Centr. 1866, 680; Ann. ch. phys. [4] VIII, 499; Bull. soc. chim. [2] VI, 891; J. pharm. [4] IV, 397. — (2) Chem. Soc. J. [2] IV, 319; Ann. Ch. Pharm. CXLII, 86; Zeitschr. Chem. 1866, 565; J. pr. Chem. XCIX, 426; Chem. Centr. 1867, 251.

Chrysammin-säure. lung der *Chrysamminsäure* das folgende Verfahren. Man erhitzt in einer grofsen, mit Kühlvorrichtung versehenen Retorte 6 Th. Salpetersäure von dem spec. Gew. 1,36 nahe zum Sieden, fügt nach und nach 2 Th. Socotrina-Aloë zu und erhitzt dann das Gemenge, unter anfänglichem Zurückgiefsen der übergehenden Säure, etwa 10 Stunden lang und bis der Retorteninhalt auf die Hälfte des ursprünglichen Volums eingeengt ist. Man fügt nun nochmals 3 Th. Salpetersäure zu, destillirt nach 6- bis 7 stündiger Digestion die Hauptmasse der Säure ab und behandelt den Rückstand mit 4 Th. Wasser. Das hierbei ungelöst bleibende Gemenge von Pikrinsäure und Aloëtinsäure wird mit dem gleichen Gewicht Salpetersäure von dem spec. Gew. 1,45 6 bis 8 Stunden lang digerirt und alsdann durch Decantiren mit siedendem Wasser ausgewaschen, bis das Anfangs orangegelbe Waschwasser eine purpurrothe Färbung annimmt. Das so von der Pikrinsäure befreite Gemenge von Chrysammin- und Aloëtinsäure wird nach dem Trocknen nochmals mit dem gleichen Gewicht starker Salpetersäure etwa 10 Stunden lang digerirt und das mit heifsem Wasser gewaschene Product wiederholt mit dem vierfachen Gewicht Wasser ausgekocht, bis das Filtrat nicht mehr purpurroth, sondern hellroth gefärbt ist. Bei erneutem Kochen mit Wasser, unter Zusatz von wenig überschüssiger Kreide, wird nun die Flüssigkeit tiefroth oder purpurroth und es scheidet sich beim Erkalten chrysammins. Kalk theils in Nadeln, theils als flockige Masse ab, der aus schwachem Weingeist umzukrystallisiren ist. Wenn bei unvollständiger Zersetzung der Aloë noch viel Aloëtinsäure vorhanden war, so krystallisirt der chrysammins. Kalk erst nach wiederholtem Kochen mit Wasser und Erkaltenlassen, wodurch der in kaltem Wasser leichter lösliche aloëtins. Kalk entfernt wird. Das hierbei erhaltene rothe Waschwasser liefert beim Ansäuern mit Salpetersäure viel unreine Aloëtinsäure, welche bei weiterer Behandlung mit starker Salpetersäure in Chrysamminsäure übergeht. Die Aloë liefert so 3 bis 4 pC. chrysammins. Kalk; zweckmäfsiger verwendet man jedoch den sonst werthlosen, in kaltem Wasser unlöslichen harzartigen Theil der Aloë. Die Chrysamminsäure bildet sich auch, wie diefs H. Müller und Warren de la Rue (1) nachgewiesen haben, bei der Einwirkung von Salpetersäure auf Chrysophan und andere Bestandtheile der Rhabarber. Der *chrysammins. Kalk* ist leicht löslich in siedendem Alkohol, weniger in Wasser, und krystallisirt aus letzterem in hellrothen Nadeln, welche beim Trocknen im leeren Raum unter Wasserverlust braun werden. Das bei 145° getrocknete Salz hat die Formel $C_7HCaN_2O_6$. Die aus der heifsen Lösung dieses Salzes durch Salpetersäure abgeschiedene Chrysamminsäure, $C_7H_2N_2O_6$, bildet grofse, dem Jodblei ähnliche Schuppen, die in kaltem Wasser ganz unlöslich sind. Die in Wasser suspendirte Säure zersetzt die neutralen Lösungen von salpeters. und essigs. Kupfer, von schwefels. Nickel, Manganchlorür und anderen Salzen. Bei der Behandlung mit chlors. Kali und Salzsäure verwandelt sie sich langsam in Chlorpikrin, ohne Bildung von Chloranil. Beim Erhitzen mit Chlorbenzoyl entsteht fast unlösliche, in Prismen krystallisirende *Benzoylchrysamminsäure*, welche nur durch weingeistige Kalilösung in die beiden Säuren zerlegt wird. *Chrysammins. Magnesia*, $C_7HMgN_2O_6$ (bei 160°), krystallisirt in rothen breiten Tafeln. Das prismatische Kupfersalz ist löslicher als das Kalksalz; das Mangansalz krystallisirt in goldglänzenden, im durchfallenden Lichte blutrothen Schuppen und löst sich, wie die meisten Salze der Säure, ziemlich leicht in schwachem Weingeist. — *Hydrochrysamid* bildet sich leicht bei der Behandlung der reinen Chrysamminsäure mit Zink und verdünnter Säure, oder mit Jodwasserstoffsäure (unter Zusatz von etwas Phosphor), oder mit Natriumamalgam. Die

---

(1) Jahresber. f. 1862, 824.

in letzterem Fall entstehende purpurrothe Lösung wird beim Schütteln mit dem Amalgam im verschlossenen Gefäſs orangefarbig, nimmt aber bei Luftzutritt wieder die ursprüngliche Farbe an. — *Chrysammins. Aethyl*, $C_7H(C_2H_5)N_2O_6$, erhält man, nach Stenhouse (1), in ähnlicher Weise wie das styphnins. Aethyl, durch Erhitzen von trockenem chrysammins. Silber mit 5 Th. Jodäthyl auf 100° und wiederholtes Umkrystallisiren des Products aus Benzol und schlieſslich aus Aether. Die Verbindung bildet blaſsrothe Nadeln oder gelbe Prismen, welche kaum in Schwefelkohlenstoff und nur wenig in Aether löslich sind.

Rosolsäure. H. Caro und J. A. Wanklyn (2) haben einige Versuche über die Bildung von Rosolsäure (3) aus Rosanilin angestellt, von der Vermuthung ausgehend, daſs beide Körper in einer ähnlichen Beziehung zu einander stehen, wie Phenol und Anilin. Versetzt man die saure Lösung eines Rosanilinsalzes mit salpetriger Säure, so entsteht (analog wie das Diazobenzol aus Anilin) eine dem Diazobenzol verwandte und wie dieses explosive Salze bildende Azoverbindung, welche ihrerseits beim Kochen mit Salzsäure unter Entwickelung von Stickgas in Rosolsäure übergeht:

Rosanilin   Azorosanilin
$C_{20}H_{19}N_3 + 3 NHO_2 = C_{20}H_{10}N_6 + 6 H_2O$
Azorosanilin   Rosolsäure
$C_{20}H_{10}N_6 + 3 H_2O = C_{20}H_{16}O_3 + N_6$.

Die tiefrothe Lösung des Rosanilinsalzes wird durch überschüssige Salzsäure braun, dann durch salpetrige Säure gelb und beim Kochen setzt sich ein dunkelgefärbter fester Körper ab, der sich von der (durch Einwirkung von Schwefelsäure auf eine Mischung von Oxalsäure und Phe-

---

(1) Chem. Soc. J. [2] IV, 324; Ann. Ch. Pharm. CXLIII, 367; Zeitschr. Chem. 1866, 575. — (2) Lond. R. Soc. Proc. XV, 210; Chem. News XIV, 87; Zeitschr. Chem. 1866, 511; J. pr. Chem. C, 49. — (3) Jahresber. f. 1861, 711.

nol entstehenden) Rosolsäure nur darin unterscheidet, dafs die Salze sich mit Ferridcyankalium nicht dunkler färben. Caro und Wanklyn nehmen an, dafs die aus Phenol erhaltene Rosolsäure einen — auch aus Leukanilin entstehenden und deshalb *Leukorosolsäure* genannten — Körper enthalte, der die dunklere Färbung durch Ferridcyankalium bedinge. Der nämliche Körper bildet sich auch durch Reduction der aus Rosanilin entstandenen Säure mit Zink und umgekehrt zeigt die Säure aus Phenol nach der Behandlung mit Ferridcyankalium, Fällen mit Säure und Lösen in Alkali ganz das Verhalten des aus Rosanilin entstehenden Productes.

Caro (1) suchte ferner die Frage zu entscheiden, ob bei der Bildung der Rosolsäure aus Phenol die Gegenwart eines Körpers nothwendig sei, der — wie Kresol, Oxalsäure u. s. w. — Kohlenstoff in der Form wie die Fettkörper enthalte. Es ergab sich, analog wie für die Bildung des Rosanilins, dafs aus reinem Phenol oder aus reinem Kresol bei der Behandlung mit Manganhyperoxyd, mit Quecksilberoxyd und Aetznatron, mit schwefels. Quecksilber, Arsensäure oder Jod keine Spur Rosolsäure gebildet wird. Dieselbe tritt aber stets auf, wenn ein Gemisch von Phenol und Kresol angewendet wird und bildet sich dasselbe aus reinem Phenol (aber nicht aus Kresol) durch Erhitzen mit concentrirter Schwefelsäure und Oxalsäure, mit Schwefelsäure und Jodamyl, mit Bromessigsäure, mit Eisessig und Jod, mit ameisens. Salzen und Jod und in reichlicher Menge mit Jodoform. In analoger Weise entsteht Rosanilin aus reinem (toluidinfreiem) Anilin durch Erhitzen mit Jodoform oder mit ameisens. Blei und Jod, in geringerer Menge durch Einwirkung von Chloroform, Chlorkohlenstoff oder Jodcyan. Mit Toluidin ent-

---

(1) Phil. Mag. [4] XXXII, 126; Zeitschr. Chem. 1866, 563; Chem. Centr. 1866, 688.

steht unter denselben Bedingungen ein braunes, kein Rosanilin enthaltendes Product. Caro schliefst hieraus, dafs in der Rosolsäure wie in dem Rosanilin ein Theil des Kohlenstoffs in der Form wie in den aromatischen Substanzen, ein anderer Theil wie in den Fettkörpern enthalten sei, wie sich diefs aus den nachstehenden Bildungsgleichungen ergiebt:

Anilin   Toluidin   Rosanilin

$C_6H_5(NH_2) + 2[C_6H_4(CH_3)(NH_2)] = C_{20}H_{19}N_3 + 6H$

$3[C_6H_5(NH_2)] + 2C = C_{20}H_{19}N_3 + 2H$

Phenol   Kresol   Rosolsäure

$C_6H_5(OH) + 2[C_6H_4(CH_3)(OH)] = C_{20}H_{16}O_3 + 6H$

$3[C_6H_5(OH)] + 2C = C_{20}H_{16}O_3 + 2H.$

Tolyl- und Benzylverbindungen. Ditolyl und Dibenzyl.

R. Fittig (1) hat aus dem Monobromtoluol einen mit dem Dibenzyl (2) isomeren und als *Ditolyl* bezeichneten Kohlenwasserstoff abgeschieden. Die Darstellung geschieht in ähnlicher Weise wie die des Diphenyls und Dibenzyls. Reines, bei 179 bis 180° siedendes Monobromtoluol wird mit wasserfreiem Aether (oder mit dem bei 90 bis 105° siedenden Gemisch von Benzol und Toluol) verdünnt und nach Zusatz der theoretischen Menge Natrium unter fortwährender Abkühlung mehrere Tage sich selbst überlassen. Bei Anwendung von wasserfreiem Aether verläuft die Reaction rascher und vollendet sich in der Regel schon nach kurzer Zeit in der Kälte. Nach beendigter Einwirkung destillirt man entweder das Ganze von dem Bromnatrium und überschüssigem Natrium ab, oder man zieht die Masse vorher mit Aether oder einem niedrig siedenden Kohlenwasserstoff aus und destillirt zuerst das Lösungsmittel ab. Bei weiterem Erhitzen geht nun zwischen 270 und 290° ein Gemenge von Ditolyl mit einer geringen Menge eines festen krystallisirbaren Kohlenwasserstoffs A über, welch letzterer wegen der naheliegenden Siede-

---

(1) Ann. Ch. Pharm. CXXXIX, 178; im Auszug J. pr. Chem. C, 189; Chem. Centr. 1866, 945; vorläufige Anzeige Zeitschr. Chem. 1866, 311; Bull. soc. chim. [2] VI, 471. — (2) Jahresber. f. 1865, 547.

punkte sich nur dadurch vollständig trennen läfst, dafs man das Destillat mehrere Tage stehen läfst, wo der höher siedende Kohlenwasserstoff sich in Krystallen abscheidet. Durch Abgiefsen und Rectificiren des flüssig bleibenden Ditolyls und wiederholtes Auskrystallisirenlassen aus dem zwischen 273 und 283° siedenden Antheil gelingt es schliefslich, das reine Ditolyl, $C_{14}H_{14}$, mit dem constanten Siedepunkt 272° abzuscheiden. Es ist eine farblose, das Licht stark brechende Flüssigkeit, von eigenthümlichem, dem der Pappelknospen ähnlichen Geruch; es hat das spec. Gew. 0,9945 bei 10°,5, löst sich nicht in Wasser, aber leicht in heifsem Alkohol und scheidet sich daraus beim Erkalten in Oeltropfen ab. Ist das Ditolyl nicht völlig frei von Dibenzyl, so bilden sich beim Verdunsten der alkoholischen Lösung neben den Oeltropfen einzelne Krystalle des letzteren. Mit rauchender Salpetersäure bildet das Ditolyl eine flüssige Nitroverbindung, während aus Dibenzyl unter denselben Umständen das bei 166° schmelzende Dinitrobenzyl entsteht. Als Ausdruck der Constitution des Ditolyls und Dibenzyls giebt Fittig die nachstehenden Formeln:

Bromtoluol Ditolyl Chlorbenzyl Dibenzyl

$C_6H_4\begin{cases}CH_3\\Br\end{cases}$ $C_6H_4\begin{cases}CH_3\\C_6H_4(CH_3)\end{cases}$ $C_6H_4\begin{cases}CH_2Cl\\H\end{cases}$ $C_6H_4\begin{cases}CH_2[C_6H_5(CH_2)]\\H\end{cases}$

Der oben erwähnte, neben Ditolyl sich bildende, von Fittig anfänglich für Dibenzyl gehaltene Kohlenwasserstoff A ist nach einer weiteren Mittheilung Desselben (1) nichts anderes als *Toluylen* oder *Stilben*, $C_{14}H_{12}$, dessen Bildung aus Bromtoluol nach der Gleichung sich erklärt:

Monobromtoluol Toluylen Toluol

$4\,C_7H_7Br + 4\,Na = C_{14}H_{12} + 2\,C_7H_8 + 4\,NaBr$.

Das Toluylen krystallisirt aus Alkohol nicht in den für das Dibenzyl so characteristischen langen Spiefsen, sondern in grofsen dünnen Tafeln, welche bei rascher Abscheidung

---

(1) Ann. Ch. Pharm. CXLI, 158.

Ditolyl und Dibenzyl. sich ähnlich wie die blätterigen Siliciumkrystalle an einander reihen und dann wie lange Nadeln mit gezackten Rändern erscheinen. Beim freiwilligen Verdunsten der alkoholischen Lösung bilden sich kleine, wohl ausgebildete, isolirte Krystalle. Der Schmelzpunkt des Toluylens liegt bei 119°,5.

Bezüglich des (mit dem Isodibenzyl von Michaelson und Lippmann identischen) Dibenzyls (1) giebt Fittig (2) noch an, dafs sich bei der Darstellung von Mono- und Dibromdibenzyl auch eine geringe Menge der Verbindung $C_{14}H_{13}Br, Br_2$ bilde. Dieselbe ist in siedendem Alkohol noch schwieriger löslich als das Dibromdibenzyl und krystallisirt in farblosen Blättchen, die sich, ohne zu schmelzen, bei 170° zersetzen. — Bei mehrtägiger Einwirkung von Brom auf in Wasser vertheiltes Dibromdibenzyl entsteht *Hexabromdibenzyl*, $C_{14}H_8Br_6$, welches aus Benzol in farblosen, gut ausgebildeten Prismen krystallisirt. Es ist kaum in Alkohol löslich und schmilzt ohne Zersetzung bei etwa 190°.

Chlorderivate des Toluols. F. Beilstein und P. Geitner (3) fanden, dafs das Chlor auf Toluol in der Hitze ganz verschieden einwirkt, wie in der Kälte. Im ersteren Fall entsteht das (mit dem Chlorbenzyl identische) Chlortoluol Cannizzaro's, $C_6H_5(CH_2Cl)$; in niedriger Temperatur bildet sich dagegen ein Chlortoluol, $C_6H_4Cl(CH_3)$, in welchem das Chlor mit derselben Festigkeit gebunden ist, wie im Chlorbenzol oder in der Chlorbenzoësäure. Trägt man nicht für besondere Abkühlung Sorge, so kann demnach ein Gemenge von Chlorbenzyl und Chlortoluol in wechselnden Verhältnissen entstehen. Man kann sich von der Natur dieses Gemenges

---

(1) Vgl. Jahresber. f. 1865, 550. — (2) Zeitschr. Chem. 1866, 311; Bull. soc. chim. [2] VI, 471. — (3) Ann. Ch. Pharm. CXXXIX, 331; im Auszug Chem. Centr. 1866, 961; kürzer Zeitschr. Chem. 1866, 17, 307; Chem. Centr. 1866, 856; Bull. soc. chim. [2] VI, 468; Instit. 1866, 269; Ann. chim. phys. [4] IX, 521.

leicht durch Behandeln desselben mit Chromsäure über- *Chlorderivate des Toluols.*
zeugen, wobei das Chlorbenzyl in Benzoësäure, das Chlortoluol aber in Chlordracylsäure übergeht, welche beide Säuren sich durch ihre sehr verschiedene Löslichkeit in Wasser leicht trennen lassen. Reines Chlortoluol erhält man am einfachsten nach dem Verfahren von H. Müller (1), durch Einleiten von Chlor in mit Jod versetztes Toluol. Es entsteht in diesem Fall, auch wenn man die Flüssigkeit zum Sieden erhitzt, kein Chlorbenzyl. Das Product wird der fractionirten Destillation unterworfen, das unter 140° Uebergehende wieder mit Chlor behandelt und schließlich aus dem oberhalb 140° siedenden Antheil das Chlortoluol (mit dem Siedepunkt 157 bis 158°) gewonnen. Dasselbe wird durch Aussetzen in die Sonne, so lange sich noch Jod abscheidet, Waschen mit Kali und Rectificiren von den sich gleichzeitig bildenden Jodsubstitutionsproducten befreit. Das so erhaltene Chlortoluol wird von Cyankalium, Schwefelkalium oder Silbersalzen nicht angegriffen; es geht durch rauchende Salpetersäure in flüssiges Chlornitrotoluol und durch Oxydation mit Chromsäure (wie das Nitrotoluol) in Chlordracylsäure, $C_6H_4Cl(CO_2H)$, über. Die Bildung von Nitrodracylsäure neben Nitrobenzoësäure beim Kochen von Toluol mit rauchender Salpetersäure erklärt sich daraus, daſs einerseits das Toluol zu Benzoësäure oxydirt wird, welche dann in Nitrobenzoësäure übergeht; andererseits bildet sich aber aus der Hauptmenge des Toluols Nitrotoluol, welches dann in Nitrodracylsäure verwandelt wird. In der That ist die Oxydation des Nitrotoluols mittelst Chromsäure ein sehr bequemes Mittel zur Darstellung reiner Nitrodracylsäure. Man erhitzt dazu in einem mit Kühlrohr versehenen Kolben ein Gemenge von 10 Th. Nitrotoluol, 40 Th. zweifach-chroms. Kali und 55 Th. Schwefelsäure, die mit dem doppelten Vol. Wasser ver-

(1) Jahresber. f. 1862, 415.

Chlorderivate des Toluols. dünnt ist, und entzieht dem filtrirten Rückstand die Säure durch heifse Behandlung mit kohlens. Natron. Die aus der concentrirten alkalischen Lösung durch Salzsäure gefällte Nitrodracylsäure ist nach einmaligem Umkrystallisiren rein. — Wird das Chlortoluol in derselben Weise mit Chromsäure behandelt, so geht es, wie schon oben erwähnt, in Chlordracylsäure (1) über. Im Nitrotoluol steht demnach die Untersalpetersäure an derselben Stelle, wie im Chlortoluol das Chlor.

Das nach obigem Verfahren dargestellte *Chlorbenzyl*, $C_6H_5(CH_2Cl)$, unterscheidet sich von dem isomeren Chlortoluol nicht nur durch seinen höheren Siedepunkt, sondern auch durch die Leichtigkeit, mit welcher das Chlor aus demselben eliminirt werden kann. Durch Chromsäure wird es, wie schon angegeben, leicht und vollständig in Benzoësäure übergeführt. *Nitrochlorbenzyl*, $C_6H_4(NO_2)(CH_2Cl)$, entsteht bei der Auflösung des Chlorbenzyls in rauchender Salpetersäure neben einem ölartigen Körper, und bildet, nach dem Abpressen des letzteren und Umkrystallisiren aus Alkohol, blätterige, bei 71° schmelzende Krystalle. Durch Behandlung mit Chromsäure geht es sehr leicht in Nitrodracylsäure über.

Von den nachstehenden drei isomeren Chlorverbindungen:

Dichlortoluol	Gechlortes Chlorbenzyl	Benzylalchlorid (Chlorobenzol)
$C_6H_3Cl_2(CH_3)$	$C_6H_4Cl(CH_2Cl)$	$C_6H_5(CHCl_2)$

ist das Benzylal- oder Bittermandelöl-Chlorid am Genauesten untersucht; der bisher als Dichlortoluol bezeichnete Körper scheint vorzugsweise aus gechlortem Chlorbenzyl bestanden zu haben, wie die mit Schwefelwasserstoff-Schwefelkalium (2) und mit alkoholischer Kalilösung (3) daraus gewonnenen Zersetzungsproducte, C_7H_7ClS und

---

(1) Jahresber. f. 1865, 330. — (2) Jahresber. f. 1860, 413. — (3) Jahresber. 1868, 536.

$C_9H_{11}Cl\Theta$ andeuten, deren Bildung sich durch nachstehende Gleichungen erklären läfst:

$C_6H_4Cl(CH_2Cl) + KHS = C_6H_4Cl(CH_2.HS) + KCl$
$C_6H_4Cl(CH_2Cl) + C_2H_5K\Theta = C_6H_4Cl(CH_2.C_2H_5\Theta) + KCl$.

Dichlortoluol, $C_6H_3Cl_2(CH_3)$, bildet sich leicht durch Einwirkung von Chlor auf Toluol bei Gegenwart von Jod als bei etwa 196° siedende Flüssigkeit, in welcher die beiden Chloratome mit derselben Festigkeit gebunden sind, wie das eine Atom im Monochlortoluol. Durch Behandlung mit Chromsäure geht es in *Dichlordracylsäure*, $C_6H_3Cl_2(C\Theta_2H)$, über. Das gechlorte Chlorbenzyl, $C_6H_4Cl(CH_2Cl)$, entsteht beim Einleiten von Chlor in mit Jod versetztes Chlorbenzyl, wahrscheinlich auch durch Behandlung von Chlortoluol mit Chlor in der Siedehitze.

H. Limpricht (1) hat, im Anschlufs an Seine frühere Untersuchung (2), weitere Mittheilungen über die beim Einleiten von trockenem Chlor in reines nicht abgekühltes Toluol entstehenden und durch fractionirte Destillation getrennten Substitutionsproducte gemacht. Der zwischen 150 und 190° siedende Antheil enthält ebensowohl Chlortoluol, $C_6H_4Cl(CH_3)$, wie Chlorbenzyl, $C_6H_5(CH_2Cl)$, von welchen das erstere leicht rein abgeschieden werden kann, sofern das Chlorbenzyl durch Erhitzen mit Wasser auf 200°, mit weingeistigem Ammoniak auf 100°, mit Natriumalkoholat, weingeistigem Schwefelwasserstoff-Schwefelnatrium oder Schwefelnatrium auf 150° zersetzt wird, während die ganze Menge des hierbei unverändert bleibenden Chlortoluols durch Zusatz von Wasser aus der weingeistigen Lösung abgeschieden wird und dann durch fractionirte Destillation leicht auf constanten Siedepunkt zu bringen ist. Das reine *Chlortoluol* siedet (corrigirt) bei 164° und hat bei 14° das spec. Gew. 1,080. Durch Natrium oder

---

(1) Ann. Ch. Pharm. CXXXIX, 303; im Auszug Zeitschr. Chem. 1866, 280; J. pr. Chem. C, 431; Chem. Centr. 1866, 929; Bull. soc. chim. [2] VI, 467. — (2) Jahresber. f. 1865, 540.

Chlorderivate des Toluols. durch Natronkalk wird es in der Hitze in Toluol und in ölartige, gegen 300° und darüber siedende, bei der Destillation sich theilweise zersetzende Producte zerlegt. — Das (aus dem oben erwähnten Gemenge nur durch fractionirte Destillation abscheidbare) *Chlorbenzyl* siedet bei 183° und hat bei 14° das spec. Gew. 1,107. Es zerfällt bei achtstündigem Erhitzen mit 2 Vol. Wasser auf etwa 190° der Hauptmasse nach nach der Gleichung I, in kleinerer Menge nach der Gleichung II:

Chlorbenzyl   Benzyl(?) Anthracen
I $4 C_7H_7Cl + 2 H_2O = C_{14}H_{14} + C_{14}H_{10} + 4 HCl + 2 H_2O$
Chlorbenzyl   Benzyläther
II $2 C_7H_7Cl + H_2O = C_{14}H_{14}O + 2 HCl.$

Das bei dieser Zersetzung gebildete gelbe dickflüssige Oel liefert bei der Destillation zwischen 260 und 270° den Kohlenwasserstoff $C_{14}H_{14}$, bei etwa 310° den Benzyläther (identisch mit dem von Cannizzaro dargestellten) und in noch höherer Temperatur das krystallinisch erstarrende und mit dem von Anderson (1) untersuchten identische Anthracen, $C_{14}H_{10}$. Nach wiederholtem Umkrystallisiren unter Zusatz von Thierkohle aus Weingeist und Benzol und mehrmaligem Sublimiren bildet das Anthracen weiße perlmutterglänzende Schuppen, die bei 204 bis 210° schmelzen, unverändert sublimiren, sich nicht in Wasser, kaum in kaltem Weingeist, auch schwierig in heißem absolutem Alkohol, sehr leicht in Aether und Benzol lösen. Die aus der Auflösung in heißem Benzol bei dem Verdunsten krystallisirende Pikrinsäureverbindung des Anthracens, $2 C_6H_3(NO_2)_3O, C_{14}H_{10}$, bildet scharlachrothe, aus Prismen bestehende Krystallkrusten, die durch Wasser langsam, durch verdünntes Ammoniak rascher unter Abscheidung des Anthracens zerlegt werden. Beim anhaltenden Behandeln des Anthracens mit Salpetersäure von dem spec. Gew. 1,3 bildet sich [neben anderen krystallisirbaren Pro-

---

(1) Jahresber. f. 1861, 676.

ducten, darunter wahrscheinlich Nitroanthracen, $C_{14}H_9(NO_2)$ Chlorderivate des Toluols. Oxanthracen, $C_{14}H_8O_2$, welches sich beim Erkalten in langen gelblichen, bei 240° noch nicht schmelzenden Nadeln abscheidet. — Der oben als Benzyl (?) bezeichnete Kohlenwasserstoff, $C_{14}H_{14}$, ist eine farblose, auch in niedriger Temperatur nicht fest werdende Flüssigkeit von dem Siedepunkt 282° und dem spec. Gew. 1,002 bei 14°. Er verwandelt sich bei der Behandlung mit concentrirter Salpetersäure in einen terpentinähnlichen Körper und mit Brom in ein rothes Oel, dessen Bromgehalt annähernd der Formel $C_{14}H_{10}Br_4$ entspricht. Er ist demnach mit dem Dibenzyl (1) nicht identisch. — *Chlorobenzol*, $C_6H_5(CHCl_2)$, findet sich nach Limpricht's Versuchen ebenfalls unter den Chlorsubstitutionsproducten des Toluols, es läfst sich aber von den isomeren Verbindungen (Dichlortoluol und Chlorbenzylchlorid) wegen der naheliegenden Siedepunkte durch fractionirte Destillation nicht rein abscheiden. Seine Anwesenheit wurde dargethan durch die Bildung von Bittermandelöl beim Erhitzen mit Wasser, Weingeist oder wässerigem Ammoniak auf 150°, sowie durch Darstellung des schön krystallisirenden essigs. Benzoläthers, $C_7H_6(C_2H_3O)_2O_2$, (Schmelzpunkt 39 bis 45°). Das aus Bittermandelöl und Fünffach-Chlorphosphor dargestellte reine Chlorobenzol hat nach Limpricht den Siedepunkt 207° und das spec. Gew. 1,2557 bei 14°. Es wird in der Siedehitze langsam durch Natrium unter Bildung von Toluylen (Stilben) zersetzt; in Dampfform über erhitzten Natronkalk geleitet entsteht als Hauptproduct Benzol:

Chlorobenzol   Toluylen
$C_7H_6Cl_2$ + Na_2 = C_7H_6 + 2 NaCl
                       Benzol
$C_7H_6Cl_2$ + H_2O = C_6H_6 + CO + 2 HCl.

Mit weingeistigem Schwefelwasserstoff-Schwefelnatrium ent-

---

(1) Jahresber. f. 1861, 548; f. 1865, 547.

Chlorderivate des Toluols. steht die von Fleischer (S. 603) untersuchte Verbindung C_7H_6S.

Von den vier der Formel $C_7H_5Cl_3$ entsprechenden Verbindungen:

Trichlortoluol	Dichlorbenzylchlorid	Gechlortes Chlorbenzol	Benzoësäuretrichlorid
$C_6H_2Cl_3(CH_3)$	$C_6H_3Cl_2(CH_2Cl)$	$C_6H_4Cl(CHCl_2)$	$C_6H_5(CCl_3)$

findet sich nach Limpricht unter den Chlorsubstitutionsproducten des Toluols sicher das Trichlortoluol und das Benzoësäuretrichlorid, wahrscheinlich auch die beiden anderen. Der zwischen 220 und 225° siedende Antheil enthält, wie aus den Metamorphosen hervorgeht, Benzoësäuretrichlorid als Hauptbestandtheil. Im reinen Zustande erhält man dasselbe, wie Limpricht schon früher (1) zeigte, durch Erhitzen von Chlorbenzoyl mit Fünffach-Chlorphosphor, sowie durch Einleiten von Chlor in Chlorobenzol. Es siedet bei 224° und hat das spec. Gew. 1,380 bei 14°. Ueber erhitzten Natronkalk geleitet liefert es fast reines Benzol:

Benzoësäuretrichlorid   Benzol
$$C_7H_5Cl_3 + 2H_2O = C_6H_6 + CO_2 + 3 HCl.$$

Beim Erhitzen des Benzoësäuretrichlorids aus Toluol mit Wasser auf 140 bis 190° entstand Salzsäure und Benzoësäure (neben etwas Bittermandelöl und Chlorbenzoësäure, von beigemengtem Chlorobenzol und Tetrachlortoluol herrührend); mit absolutem Alkohol bildete sich bei 130° Chloräthyl und benzoës. Aethyl; mit wässerigem Ammoniak Benzoësäure, Benzamid und Benzonitril; mit Anilin die schon früher (2) beschriebene Base $C_{19}H_{16}N_2$. — *Trichlortoluol* scheidet sich in Krystallen ab, wenn man den bei 230 bis 240° siedenden Antheil des gechlorten Toluols einer niedrigen Temperatur aussetzt. Es bildet nach dem Umkrystallisiren aus Aether lange glasglänzende Säulen, die bei 75 bis 76° schmelzen und wieder erstarren, bei

(1) Jahresber. f. 1865, 547. — (2) Ebendaselbst, 540.

237° ohne Zersetzung sieden und auch bei längerem Erhitzen mit Wasser auf 200 bis 220° sich nicht verändern. — In den Chlorsubstitutionsproducten des Toluols findet sich ferner eine dritte, bei etwa 240° siedende Flüssigkeit von der Formel $C_7H_5Cl_3$, die noch näher zu untersuchen ist. — Die früher (1) beschriebene, aus Chlorbenzoyl und Fünffach-Chlorphosphor entstehende Verbindung $C_7H_4Cl_4$ betrachtet Limpricht mit der Formel $C_6H_4Cl(CCl_3)$ als *Chlorbenzoësäuretrichlorid*; dasselbe siedet bei 255° und hat das spec. Gew. 1,495 bei 14°. — *Tetrachlortoluol*, $C_7H_4Cl_4 = C_6HCl_4(CH_3)$, wird aus den Chlorsubstitutionsproducten des Toluols ebenso wie das Trichlortoluol gewonnen. Es krystallisirt aus Aether in feinen Nadeln, die bei 96° schmelzen, bei 276°,5 sieden und beim Erhitzen mit Wasser auf 200 bis 220° sich nicht verändern.

Das mit dem Chlortoluol Cannizzaro's identische Chlorbenzyl, $C_7H_7Cl = C_6H_5(CH_2Cl)$, erhält man, nach Ch. Lauth und E. Grimaux (2), leicht in grofser Menge, wenn man etwa 100 Grm. Toluol in einem Kolben mit aufsteigender Kühlröhre auf 110 bis 120° erhitzt und dann in den Dampf während 3 bis 4 Stunden einen raschen Chlorstrom einleitet (vergl. S. 588 f.). Nach nochmaligem Behandeln der unter 170° siedenden Antheile des Products mit Chlor erhält man etwa 90 pC. vom Gewichte des Toluols an Chlorbenzyl, von dem Siedepunkt 170 bis 180°. — Erhitzt man das Chlorbenzyl zwei Stunden lang mit dem gleichen Gewicht Salpetersäure von 27° B., die mit 10 Vol. Wasser verdünnt ist, auf 100°, so entsteht (neben viel Benzoësäure) Benzoylwasserstoff nach der Gleichung :

Chlorbenzyl   Benzoylwasserstoff
$$C_7H_7Cl + NHO_3 = C_7H_6O + NO_2 + HCl.$$

(1) Jahresber. f. 1865, 589. — (2) Bull. soc. chim. [2] VII, 105; Compt. rend. LXIII, 918; Instit. 1866, 402; Ann. Ch. Pharm. CXLIII, 79; Zeitschr. Chem. 1867, 16.

Chlorderivate des Toluols. Die Menge des sich bildenden Benzoylwasserstoffs ist beträchtlicher, wenn man das Chlorbenzyl (10 Grm.) mit salpeters. Blei (14 Grm.) und Wasser (100 Grm.) eine Stunde lang in einer Atmosphäre von Kohlensäure zum Sieden erhitzt. Man erhält so etwas über 6 Grm. (berechnet 8,4 Grm.) Bittermandelöl. Auch das essigs. Benzyl liefert bei der Behandlung mit Salpetersäure Benzoylwasserstoff. — Wird das Chlorbenzyl mit 3 Th. frisch gefälltem Bleioxyd und 10 Th. Wasser während zwei Stunden auf 100° erhitzt, so entsteht Benzylalkohol:

Chlorbenzyl   Benzylalkohol
$$C_7H_7Cl + PbHO_2 = C_7H_8O + PbCl.$$

Ebenso bildet sich phenyls. Benzyl (Phenylbenzyläther), C_6H_5, C_7H_7, O, beim Erhitzen einer alkoholischen Lösung von phenyls. Kali mit Chlorbenzyl auf 100°. Nach dem Abfiltriren des Chlorkaliums und Verjagen des Alkohols bleibt der Phenylbenzyläther als dickes, nach einiger Zeit erstarrendes Oel, welches aus wässerigem Alkohol in perlmutterglänzenden Schuppen krystallisirt. Es riecht angenehm, schmilzt schon unterhalb 40°, bleibt lange flüssig und ist nicht unzersetzt flüchtig. Das in ähnlicher Weise dargestellte valerians. Benzyl wird bei der Destillation ebenfalls zersetzt. — Wird das Chlorbenzyl in einem verschlossenen Gefäfs 6 Stunden lang in alkoholischer Lösung mit Rosanilin oder salzs. Rosanilin auf 115° erhitzt, so entsteht (namentlich bei mehrmaliger Einwirkung des Chlorbenzyls) ein in Wasser unlöslicher, schön violetter Farbstoff mit bronzegrünem Reflex. Die durch Natron daraus abgeschiedene Base ist Anfangs farblos und wird an der Luft rasch blau. — Die bei der Darstellung des Chlorbenzyls entstehenden, schwerer flüchtigen Producte enthalten in dem zwischen 200 und 210° siedenden Antheil auch Chlorobenzol, $C_6H_6Cl_2 = C_6H_5(CHCl_2)$, welches beim Erhitzen mit Bleioxyd in Benzoylwasserstoff sich umsetzt:

Chlorobenzol   Benzoyl-wasserstoff
$$C_7H_6Cl_2 + Pb_2O = C_7H_6O + 2 PbCl.$$

E. Neuhof (1) theilt über die Substitutionsproducte des Toluols *Chlorderivate des Toluols.*

Dichlortoluol	Chlorbenzylchlorid	Chlorobenzol
$C_6H_3Cl_2(CH_3)$	$C_6H_4Cl(CH_2Cl)$	$C_6H_5(CHCl_2)$

vorläufig Folgendes mit. Das *Dichlortoluol*, $C_6H_3Cl_2(CH_3)$ erhält man, neben dem bei 156 bis 158° siedenden Monochlortoluol, beim Einleiten von Chlor in mit Jod versetztes Toluol als eine bei 197 bis 199° siedende Flüssigkeit, welche — wie schon bekannt — bei der Oxydation in Dichlordracylsäure übergeht. — Das *Chlorbenzylchlorid*, $C_6H_4Cl(CH_2Cl)$, erhält man aus Monochlortoluol durch Einwirkung von Chlor in der Siedehitze, oder auch, wiewohl weniger zweckmäfsig, beim Einleiten von Chlor in der Kälte in mit Jod versetztes Chlorbenzyl. Es siedet bei 212 bis 214° und liefert bei der Oxydation Chlordracylsäure (Schmelzp. 237°). Das *Chlorobenzol*, $C_6H_5(CHCl_2)$, entsteht beim Einleiten von Chlor in siedendes Chlorbenzyl; es siedet bei 205 bis 210° und ist mit der aus Bittermandelöl durch Fünffach-Chlorphosphor erhaltenen Verbindung identisch, sofern sie durch Oxydation in Benzoësäure und durch Silberoxyd in Bittermandelöl übergeht. — Chlorbenzylchlorid verwandelt sich durch Kochen mit einer alkoholischen Lösung von Schwefelwasserstoff-Schwefelkalium in ein ölartiges, aus Alkohol krystallisirendes Mercaptan (vgl. S. 591):

$$C_6H_4Cl(CH_2Cl) + KHS = C_6H_4Cl(CH_2HS) + KCl.$$

Kocht man das Chlorbenzylchlorid mit einer alkoholischen Lösung von Cyankalium, so bildet sich das Amid der Alphachlortoluylsäure, nach der Gleichung:

$$C_6H_4Cl(CH_2Cl) + CKN + H_2O = C_7H_6Cl(COH_2N) + KCl$$

als durch Wasser ausfällbares Krystallpulver, welches durch Umkrystallisiren aus Alkohol leicht rein erhalten werden kann. Erhitzt man das Chlorbenzylchlorid mit der

---

(1) Zeitschr. Chem. 1866, 653; Bull. soc. chim. [2] VIII, 92.

Cyankaliumlösung im zugeschmolzenen Rohr, so entsteht nicht das Amid, sondern das Nitril der Alphachlortoluylsäure. — Diese letztere erhält man durch Kochen des Amids wie auch des Nitrils mit Kalilauge und Ausfällen mit Salzsäure; sie schmilzt bei 60°, löst sich ziemlich leicht in Wasser und krystallisirt in Nadeln. Beim Erhitzen des Chlorbenzylchlorids mit essigs. Silber auf 150° entsteht ein bei 230 bis 240° siedender Aether, wahrscheinlich $C_2H_3(C_7H_6Cl)O_2$.

Bromderivate des Toluols. Ch. Lauth und E. Grimaux (1) beschreiben das schon von Glinzer und Fittig (2) dargestellte, durch Einwirkung von 1 Mol. Brom auf 1 Mol. Toluol entstehende *Monobromtoluol*, $C_7H_7Br = C_6H_4Br(CH_3)$, als farblose, bei 179 bis 180° siedende, sehr beständige Flüssigkeit. Es zersetzt sich nicht mit essigs. Kali, verbindet sich nicht mit alkoholischem Ammoniak und läfst sich über geschmolzenes Kali unzersetzt abdestilliren. Beim sehr langsamen Vermischen des Broms mit dem Toluol entwickelt sich kein Bromwasserstoff und aus dem farblosen Gemenge scheidet sich wenig einer in hexagonalen Tafeln krystallisirten Bromverbindung ab, die durch Schütteln der ätherischen Lösung mit Quecksilber zersetzt wird. Ebenso bildeten sich in dem schwarzen Destillationsrückstand des rohen Monobromtoluols beim Stehen nadelförmige, nicht näher untersuchte Krystalle. Läfst man 2 Mol. Brom auf 1 Mol. Toluol einwirken, so entsteht eine schwere gefärbte Flüssigkeit, welche bei der Destillation unter Entwickelung von Bromwasserstoff sich zersetzt. Das nach dem Verfahren von Beilstein (S. 591) dargestellte Dichlortoluol liefs sich, so wenig wie das eben erwähnte rohe Dibromtoluol, durch Behandlung mit Quecksilberoxyd nicht in Bittermandelöl umwandeln.

(1) Bull. soc. chim [2] V, 347; Chem. Centr. 1866, 847. —
(2) Jahresber. f. 1865, 538.

Lauth und Grimaux (1) erhielten ferner durch Einleiten von Bromdämpfen in dampfförmiges Toluol und Rectificiren des Products das zwischen 200 und 204° siedende *Brombenzyl*, C_6H_5,CH_2Br. Dasselbe zersetzt sich, rascher als Chlorbenzyl, mit essigs. Kali unter Bildung von essigs. Benzyl und liefert beim Erhitzen mit verdünnter Salpetersäure Bittermandelöl.

C. Märker (2) hat seine frühere Mittheilung (3) über die schwefelhaltigen Derivate des Toluols und über Toluylen ergänzt. — Benzylsulfhydrat verwandelt sich beim Vermischen mit einer ätherischen Bromlösung, bis zum Verschwinden der Farbe der letzteren, unter lebhafter Entwickelung von Bromwasserstoff vollständig in Benzyldisulfür :

Benzylsulfhydrat   Benzyldisulfür
$$2 C_7H_8S + Br_2 = C_{14}H_{14}S_2 + 2 BrH.$$

Metabenzylsulfhydrat geht in derselben Weise in Metabenzyldisulfür über. — *Benzylsulfür*, $(C_7H_7)_2S$, zerfliefst in einer Bromatmosphäre zu einer rothbraunen, die Augen heftig angreifenden Flüssigkeit, welche aus einem Gemenge von Bromschwefel und Bromtoluol (Brombenzyl) besteht. Die Anwesenheit des letzteren wurde durch Umwandlung in essigs. Benzyl, $C_2H_3(C_7H_7)O_2$ (Siedep. 205 bis 210°), sowie in Aethylbenzyläther (Siedep. 180 bis 190°) nachgewiesen. Benzyldisulfür wird von Brom erst beim Erhitzen auf 130° zersetzt, indem bei Gegenwart von Wasser neben einem braunen Harz Benzoësäure entsteht :

Benzyldisulfür   Benzoësäure
$$C_{14}H_{14}S_2 + 4 H_2O + 10 Br = C_7H_6O_2 + 10 BrH + 2 S.$$

Natrium löst sich in Benzylsulfhydrat unter lebhafter Wasserstoffentwickelung (die Anfangs durch Zusatz von Aether

---

(1) Bull. soc. chim. [2] VII, 108; Zeitschr. Chem. 1867, 378. — (2) Ann. Ch. Pharm. CXL, 86; im Auszug J. pr. Chem. C, 444; vorläufige Anzeige Zeitschr. Chem. 1866, 814; Bull. soc. chim. [2] VI, 55; VII, 171. — (3) Jahresber. f. 1865, 543.

<small>Schwefel-haltige Derivate des Toluols.</small>

oder Benzol zu mäfsigen ist) auf; das Product liefert dann durch Behandlung mit Jodäthyl, neben **Jodnatrium**, *Aethylbenzylsulfür*, $(C_7H_7)(C_2H_5)S$, als durch **Wasser** abscheidbares Oel, welches nach dem Entwässern bei 214 bis 216° als wasserhelle, höchst penetrant riechende Flüssigkeit überdestillirt. *Benzylsulfür-Quecksilber*, C_7H_7HgS, zerfliefst beim Erhitzen mit Jodäthyl auf 130° zu einer citrongelben, beim Erkalten krystallinisch erstarrenden Flüssigkeit. — Das mit dem Stilben identische *Toluylen*, C_7H_4, verwandelt sich bei der Behandlung mit einer ätherischen Lösung von Brom unter Entwickelung von Bromwasserstoff in *Bromtoluylen*, C_7H_5Br, welches sich schwer in Weingeist, leichter in Aether und Benzol löst und in feinen, seideglänzenden, erst in sehr hoher Temperatur schmelzenden Nadeln krystallisirt. Durch Erhitzen des Toluylens mit Brom und Wasser auf 150° entsteht ein bromreicheres, dem vorigen ähnliches Product, nach dem Bromgehalt (55 pC.) vielleicht $C_{14}H_9Br_5$. Salpetersäure erzeugt mit dem Toluylen harzartige, schwierig krystallisirende Nitroverbindungen; eine derselben schied sich aus der mit Weingeist versetzten ätherischen Lösung in gelben, bei 180° schmelzbaren Warzen ab, deren Analyse annähernd der Formel $C_7H_5(NO_2)$ entspricht. Aus diesem Nitrotoluylen entsteht durch Reduction mit Zinn und Salzsäure eine leicht zersetzbare, in Wasser unlösliche Base, die nur einmal in weifsen, der Formel $C_7H_5(NH_2)$ entsprechenden Nadeln erhalten wurde.

<small>Toluol-schweflige Säure.</small>

Durch Behandlung von Sulfotoluolchlorür (welches in wasser- und alkoholfreiem Aether oder in Benzol gelöst ist) mit Natriumamalgam bildet sich, nach R. Otto und O. v. Gruber (1), *toluolschweflige Säure*, $C_7H_8SO_2$, welche aus dem Natronsalz genau in der Weise erhalten wird,

---

(1) Ann. Ch. Pharm. CXLII, 92; im Auszug Zeitschr. Chem. 1866, 655; Chem. Centr. 1867, 581; vorläufige Anzeige Zeitschr. Chem. 1866, 583.

wie es S. 569 für die benzolschweflige Säure angegeben wurde. Man erhält fast die theoretische Menge, weil die toluolschweflige Säure leichter krystallisirt und an der Luft sich weniger verändert. Auch hier erhält man, wenn als Lösungsmittel für das Chlorür Aether angewendet wird, ein in Wasser unlösliches Nebenproduct, $C_9H_{10}SO_2$, welches aber nicht ölartig ist, sondern aus Alkohol in schiefen rhombischen Prismen krystallisirt. Der bei der Darstellung der benzolschwefligen Säure auftretende ölartige Körper hat die Formel $C_8H_8SO_2$. — Die toluolschweflige Säure krystallisirt aus Wasser in grofsen, atlasglänzenden, geruchlosen, der Benzoësäure ähnlichen rhombischen Tafeln; in verdünnter Lösung bilden sich oft zwei bis drei Zoll lange äufserst dünne, strahlig von einem Punkt ausgehende Nadeln. Sie ist leicht in Alkohol, Benzol und Aether, schwer in kaltem Wasser löslich; mit einer zur Lösung unzulänglichen Menge Wasser erhitzt wird sie ölartig, und die heifse, eigenthümlich ozonartig, zugleich aromatisch riechende Lösung trübt sich beim Erkalten milchicht. Der Schmelzpunkt liegt bei 85°; über 100° erfolgt Zersetzung. In einer trockenen sauerstofffreien Atmosphäre hält sich die Säure unverändert; an feuchter Luft zerfliefst sie nach und nach und geht durch Oxydation in krystallinische Sulfotoluolsäure (Toluolschwefelsäure), $C_7H_8SO_3$, über. Die Umwandlung erfolgt langsamer als die der benzolschwefligen Säure. Die so gebildete Sulfotoluolsäure schmilzt bei 104 bis 105°; das Natronsalz, $C_7H_7NaSO_3 + H_2O$, krystallisirt aus absolutem Alkohol in atlasglänzenden Blättchen. — *Toluolschwefligs. Kali* und *-Natron* sind leicht löslich und krystallisiren aus Alkohol in Blättchen; das *Kalksalz*, $C_7H_7CaSO_2 + 2H_2O$, und das *Barytsalz*, $C_7H_7BaSO_2$, bilden weifse, in kaltem Wasser nicht lösliche fettglänzende Blättchen; das *Silbersalz*, $C_7H_7AgSO_2$, ist ein schwerer, aus heifsem Wasser in irisirenden Blättchen sich abscheidender Niederschlag. *Toluolschwefligs. Aethyl* scheidet sich aus der Lösung der Säure in salzsäurehaltigem Wasser als

Toluol-schweflige Säure.

farbloses, nicht destillirbares Oel ab. — Brom wird von in Wasser suspendirter toluolschwefliger Säure rasch aufgenommen, indem, neben Bromwasserstoff, *Sulfotoluolbromür*, $C_7H_7BrSO_2$, entsteht, welches durch Waschen mit Wasser und Umkrystallisiren aus Aether rein erhalten wird. Es bildet grofse wasserhelle monoklinometrische Säulen, welche bei oberflächlicher Betrachtung den Kalkspathrhomboëdern sehr ähnlich sind. Sie zeigen Perlmutterglanz, an einzelnen Flächen starken Glasglanz, schmelzen bei 95 bis 96°, lösen sich nicht in Wasser, aber leicht in Aether, Benzol und (unter Zersetzung) in Alkohol. Aus der Lösung des Sulfotoluolbromürs in concentrirtem wässerigem Ammoniak erhält man beim Verdampfen grofse perlmutterglänzende Blätter von *Sulfotoluolamid*, $C_7H_9NSO_2$. Dieses ist in heifsem Alkohol und Wasser ziemlich leicht, aber nur wenig in kaltem Wasser löslich; es schmilzt bei 139 bis 140° (1). Erwärmt man die Lösung des Sulfotoluolbromürs in absolutem Alkohol einige Zeit, so entsteht, neben Bromwasserstoff, *sulfotoluols. Aethyl*, $C_7H_7(C_2H_5)SO_3$, welches durch Wasser als bald erstarrendes Oel abgeschieden wird. Es schmilzt bei 32° und krystallisirt in feinen Nadeln oder auch in mehreren Linien dicken, langen sechsseitigen Säulen (2). Beim Kochen von Sulfotoluolbromür mit starker Kalilauge entsteht Bromkalium und *sulfotoluols. Kali*, $C_7H_7KSO_3$, welches aus Alkohol in perlmutterglänzenden Blättchen krystallisirt. — Leitet man Chlor zu in erwärmtem Wasser vertheilter toluolschwefliger Säure, so scheidet sich bald ölartiges *Sulfotoluolchlorür* ab, welches in der Kälte erstarrt und aus alkoholfreiem Aether, wie das auf gewöhnlichem Weg bereitete, in grofsen rhombischen Tafeln anschiefst. Es schmilzt bei 68 bis 69° und geht mit wässerigem Ammoniak in Sulfotoluolamid über. — Bei heifser Digestion von toluolschwefliger Säure mit Zink und

---

(1) Vgl. Jahresber. f. 1865, 542. — (2) Ebendaselbst.

Schwefelsäure bildet sich *Metabenzylsulfhydrat*, C_7H_8S, welches bei der darauf folgenden Destillation mit allen den Eigenschaften erhalten wird, welche Märker (1) für die aus Sulfotoluolchlorür dargestellte Verbindung angegeben hat. Die Bildung des Metabenzylsulfhydrats aus toluolschwefliger Säure erfolgt nach der Gleichung:

$$\begin{matrix}\text{Toluolschweflige Säure} & & \text{Metabenzylsulfhydrat}\\ \left.\begin{matrix}C_7H_7\\SO\\H\end{matrix}\right\}O + 4H & = & \left.\begin{matrix}C_7H_7\\H\end{matrix}\right\}S + 2H_2O\end{matrix}$$

und es läfst sich demnach die toluolschweflige Säure als Zwischenproduct der Bildung des Metabenzylsulfhydrats aus Sulfotoluolchlorür betrachten.

M. Fleischer (2) untersuchte das von Cahours (3) als *Sulfobenzol* bezeichnete Product der Einwirkung von weingeistigem Schwefelwasserstoff-Schwefelkalium auf Chlorobenzol, $C_6H_5(CHCl_2)$ (vgl. auch S. 594). Das (mittelst Chlorobenzol aus Bittermandelöl oder aus Toluol dargestellte) Sulfobenzol hat die von Cahours aufgestellte Formel C_7H_6S. Es ist leicht löslich in Aether und Benzol, ziemlich schwer löslich in Weingeist und krystallisirt aus letzterem in weifsen glänzenden Blättern, aus Aether in durchsichtigen Prismen, welche bei 68 bis 70° schmelzen und in höherer Temperatur sich zersetzen. Die weingeistige Lösung verbindet sich nicht mit Quecksilberoxyd; Sublimat und Bleizucker geben gelbliche, am Licht sich rasch zersetzende Niederschläge; Brom erzeugt in der ätherischen Lösung ein braunes, die Schleimhäute stark angreifendes Oel; Salpetersäure von dem spec. Gew. 1,3 verwandelt das Sulfobenzol zuerst in ein gelbliches Oel und dann bei längerem Kochen aufser Schwefelsäure und Benzoësäure in eine neue (mit der Thiobenzoësäure isomere) Säure von der Formel C_7H_6SO (4). Zur Trennung dieser Säure von der Benzoë-

---

(1) Jahresber. f. 1865, 544. — (2) Ann. Ch. Pharm. CXL, 234; im Auszug Zeitschr. Chem. 1866, 499; J. pr. Chem. C, 486; Bull. soc. chim. [2] VII, 344. — (3) Jahresber. f. 18⁴⁷/₄₈, 711. — (4) Jahresber. f. 1860, 298.

Sulfobenzol. säure wird das Natronsalz mit Salzsäure versetzt, so lange noch ein gelblicher Niederschlag entsteht, und dieser nach dem Erhitzen im Kohlensäurestrom auf 160° aus heifsem Wasser umkrystallisirt. Sie ist löslicher in Wasser als die Benzoësäure und setzt sich daraus als gelbliches krystallinisches Pulver, aus Weingeist oder Benzol in weifsen büschelförmig vereinigten Nadeln ab. Die krystallisirte Säure, $2 C_7H_6SO + H_2O$, verliert den Wassergehalt (6,1 pC.) bei 110° und löst sich dann nur schwer wieder in Wasser. Bei starkem Erhitzen schwärzt sie sich ohne zu schmelzen. Das Barytsalz, $C_7H_5BaSO + 2H_2O$, ist leicht löslich in Wasser, schwer löslich in Alkohol, und bildet harte, aus kleinen Warzen zusammengesetzte Rinden, die schon über Schwefelsäure wasserfrei werden. — Bei der trockenen Destillation liefert das Sulfobenzol zum Theil dieselben Producte, wie das Schwefelbenzyl (1), nämlich Toluylen oder Stilben, C_7H_6, Tolallylsulfür, $C_{14}H_{10}S$, und Thionessal, $C_{26}H_{18}S$. — Bei der Darstellung des Sulfobenzols aus Chlorbenzol und Schwefelwasserstoff-Schwefelkalium entsteht — vielleicht aus vorhandenem Zweifach-Schwefelkalium — noch eine andere, wahrscheinlich der Formel $C_7H_6S_2$ (Disulfobenzol) entsprechende Verbindung. Dieselbe bleibt bei der Abscheidung des Sulfobenzols durch Wasser in Lösung und wird daraus durch Salzsäure als rothes unangenehm riechendes, nicht krystallisirendes Oel gefällt. Es löst sich in Alkohol, Aether und Benzol und giebt beim Kochen mit Quecksilberoxyd eine harzartige, aus Benzol in verfilzten Nadeln anschiefsende Verbindung von der Formel $C_{14}H_{10}HgS_4$. Die weingeistige Lösung des Oels gab mit Blei-, Silber- und Kupfersalzen schwarze, mit Platin- und Goldsalzen braune, mit Eisensalzen weifse, mit Nickelsalzen violette, mit Quecksilberchlorid hellgelbe Niederschläge.

---

(1) Jahresber. f. 1866, 546.

A. Vollrath (1) untersuchte die Derivate des Xylols in derselben Richtung, wie Beilstein und Geitner (vgl. S. 588) die des Toluols. — *Monochlorxylol*, C_8H_9Cl = $C_6H_3Cl(CH_3)_2$, entsteht beim Einleiten von Chlor in mit etwas Jod versetztes Xylol, als farblose, bei 183 bis 184° siedende Flüssigkeit, die sich wie das analog dargestellte Chlortoluol verhält. — *Parachlortoluylsäure*, $C_8H_7ClO_2$ = $C_6H_3Cl(CH_3)(CO_2H)$, entsteht leicht bei der Oxydation des Chlorxylols mit Chromsäure und krystallisirt in feinen Nadeln, die bei 203° schmelzen und sich nur sehr schwer in heifsem Wasser lösen. Das Kalksalz, $2 C_8H_6ClCaO_2 + 3 H_2O$, und das Barytsalz, $C_8H_6ClBaO_2 + 3 H_2O$, sind leicht in Wasser löslich und krystallisiren in feinen Nadeln. *Chlorxylyl*, $C_8H_9Cl = C_6H_4(CH_3)(CH_2Cl)$ (2), bildet sich beim Einleiten von Chlor in siedendes Xylol als ölartige, unangenehm riechende, bei 193° siedende Flüssigkeit, welche als die Chlorverbindung des Xylylalkohols angesehen werden kann; sie entspricht dem aus dem Toluol in analoger Weise erhaltenen Chlorbenzyl und giebt wie dieses leicht das Chlor ab. *Alphaxylylsäure*, $C_9H_{10}O_2$, scheidet sich nach dem Kochen einer weingeistigen Lösung von Chlorxylyl mit Cyankalium und dann mit Kalihydrat auf Zusatz von Salzsäure ab. Die durch Kochen mit Kalkmilch gereinigte Säure krystallisirt in breiten atlasglänzenden Nadeln, welche bei 42° schmelzen und sich leicht in Wasser lösen. Das Kalksalz, $C_9H_9CaO_2 + 2 H_2O$, bildet leicht in Wasser lösliche, dem benzoës. Kalk ähnliche Nadeln. *Essigs. Xylyl*, $C_2H_3(C_8H_9)O_2$, entsteht beim Erhitzen von Chlorxylyl mit essigs. Kali oder besser essigs. Silberoxyd, und ist eine angenehm riechende, bei 226° siedende Flüssigkeit, welche durch Behandlung mit alkoholischer Kalilösung den Xylylalkohol liefert. *Xylyl*, $C_{16}H_{18} = 2 C_8H_9$, entsteht durch

---

(1) Zeitschr. Chem. 1866, 488; Bull. soc. chim. [2] VII, 342. —
(2) Vollrath bezeichnet die Atomgruppe C_8H_9 als *Tolyl*, obwohl darunter allgemein die Gruppe C_7H_7 verstanden wird.

Xylol und Derivate. Einwirkung von Natrium auf Chlorxylyl als dicke ölartige, bei 296° siedende Flüssigkeit. Durch Einwirkung einer alkoholischen Lösung von Schwefelkalium oder von Schwefelwasserstoff-Schwefelkalium auf Chlorxylyl entsteht im ersteren Fall *Xylylsulfür*, $(C_8H_9)_2S$, im anderen *Xylylsulfhydrat*, C_8H_9, HS (1), als unangenehm riechende Flüssigkeit, von welchen die letztere in alkoholischer Lösung durch Sublimat und Bleizucker gefällt wird.

Bei der Einwirkung von Salpetersäure auf bei 140° siedendes Xylol bildet sich, nach G. Deumelandt (2), sehr leicht Nitroxylol, neben einer ansehnlichen Menge von Di- und Trinitroxylol. Destillirt man die durch Behandlung mit Ammoniak gereinigten Nitroverbindungen im Kohlensäurestrom bei einer 240° nicht übersteigenden Temperatur (oberhalb 240° tritt durch Zersetzung des Di- und Trinitroxylols leicht Explosion ein), so erhält man durch Fractionirung das Nitroxylol von dem constanten Siedepunkt 240° (3). Durch Reduction mit Zinn und Salzsäure erhält man daraus *salzs. Xylidin-Chlorzinn*, $C_8H_{11}N$, HCl + 2 SnCl, welches aus concentrirter Salzsäure in grofsen schuppigen Krystallen anschiefst. Durch Zerlegung dieses Doppelsalzes mit Schwefelwasserstoff erhält man das leicht krystallisirende, in kaltem Wasser nicht sehr leicht lösliche *salzs. Xylidin*, $C_8H_{11}N$, HCl. Das *Xylidin*, $C_8H_{11}N$, gewinnt man durch Destillation des salzs. Salzes mit trockenem kohlens. Natron, oder besser durch Reduction des Nitroxylols mit Eisenfeile und Essigsäure und Fällen

---

(1) Vgl. Jahresber. f. 1865, 557. — (2) Zeitschr. Chem. 1866, 21; Chem. Centr. 1866, 430; Bull. soc. chim. [2] VI, 210. — (3) Beilstein und Kreusler (in der S. 357 angeführten Abhandlung) empfehlen zur Darstellung des Nitroxylols, das gereinigte Xylol unter guter Abkühlung in einem geräumigen Kolben mit nicht mehr als 2 Th. höchstconcentrirter Salpetersäure tropfenweise zu vermischen, das durch Wasser abgeschiedene schwere Oel mit viel Wasser zu destilliren und das neben unverändertem Xylol übergehende, im wässerigen Destillat untersinkende Nitroxylol durch Rectification zu reinigen.

der abdestillirten, wieder an Salzsäure gebundenen Base mit Kali. Es ist eine farblose, an der Luft sich bräunende, in Wasser untersinkende Flüssigkeit von dem Siedepunkt 214 bis 216⁰. Das salpeters., schwefels. und oxals. Salz sind krystallisirbar. — *Xylidinschwefelsäure*, $C_8H_{11}NSO_3$, bildet sich beim Erhitzen von schwefels. Xylidin mit concentrirter Schwefelsäure, bis ein Theil der letzteren verdampft. Die in Wasser nur wenig lösliche Säure krystallisirt aus der verdünnten Lösung in Nadeln. Das Barytsalz, $C_8H_{10}BaNSO_3$, bildet in Wasser leicht lösliche Warzen.

Das von E. Robiquet (1) als Aloïsol bezeichnete Product der Destillation der Aloë mit Aetzkalk ist, nach O. Rembold (2), eine Gemenge von Aceton mit einem eigenthümlich aromatisch riechenden, zwischen 170 und 200⁰ siedenden Kohlenwasserstoff und einem in Kali löslichen Körper, dessen Eigenschaften und Zusammensetzung, $C_8H_{10}O$, dem Xylylalkohol entsprechen.

Aloïsol.

J. Fritzsche (3) fand in dem nur durch fractionirte Destillation gereinigten Cumol des Steinkohlentheeröls einen mit Pikrinsäure verbindbaren und damit in gelben Nadeln krystallisirenden Körper. Die Pikrinsäureverbindung war der schon früher (4) aus dem bei 150⁰ siedenden Theil des Steinkohlentheeröls erhaltenen ganz ähnlich und lieferte durch Destillation mit ammoniakhaltigem Wasser ein in Wasser untersinkendes, naphtalinartig riechendes Oel. Der nicht mit Pikrinsäure verbindbare Theil des Cumols zeigte den Siedepunkt 164⁰.

Cumol.

R. Fittig (5) hat die ausführliche Abhandlung über

Mesitylen und Derivate.

---

(1) Gerhardt, Traité de chim. organ. IV, 245. — (2) Wien. Acad. Ber. LIII (2. Abth.), 44; Ann. Ch. Pharm. CXXXVIII, 186; Chem. Centr. 1866, 408; Zeitschr. Chem. 1866, 319; J. pr. Chem. XCVIII, 210; Bull. soc. chim. [2] VI, 332. — (3) Zeitschr. Chem. 1866, 200; Bull. soc. chim. [2] VI, 475. — (4) Jahresber. f. 1862, 420. — (5) Ann. Ch. Pharm. CXLI, 129; Chem. Centr. 1867, 603; im Auszug Ann. ch. phys. [4] X, 496; Bull. soc. chim. [2] VIII, 47; vorläufige Mittheilung Zeitschr. Chem. 1866, 518; Chem. Centr.

Mesitylen und Derivate. die theilweise schon im Jahresbericht f. 1865, 432 kurz erwähnten Derivate des Mesitylens veröffentlicht. — Das (nach dem Verfahren von Kane durch Destillation von 2 Vol. Aceton mit 1 Vol. Schwefelsäurehydrat und Fractionirung des ölartigen Products — zuletzt über metallisches Natrium — bereitete) Mesitylen geht beim Eintragen in abgekühlte rauchende Salpetersäure sehr leicht in *Dinitromesitylen*, $C_9H_{10}(NO_2)_2$, über. Dieses schmilzt bei 86°, löst sich ziemlich leicht in heifsem, weniger in kaltem Alkohol in farblosen zollangen rhombischen Prismen von der Combination $\infty P . \infty \breve{P} \infty . 0P$ mit dem Verhältnifs der Makrodiagonale zur Brachydiagonale $= 1 : 0,5475$ (es ist $\infty P : \infty \breve{P} \infty = 118°52'$). Das ebenfalls schon früher erwähnte *Trinitromesitylen*, $C_9H_9(NO_2)_3$, entsteht beim Eintröpfeln des Mesitylens in ein Gemisch von 1 Volum rauchender Salpetersäure und 2 Volume concentrirter Schwefelsäure; es schmilzt bei 230 bis 232°, löst sich kaum in kaltem, auch sehr schwer in heifsem Alkohol und krystallisirt daraus in farblosen feinen Nadeln, aus Aceton in grofsen glasglänzenden Prismen. — *Mesitylendiamin*, $C_9H_{10}(NH_2)_2$, erhält man durch Erwärmen von Dinitromesitylen mit Zinn und concentrirter Salzsäure, Verdampfen der vom Zinn durch Schwefelwasserstoff befreiten Lösung zur Trockne, Umkrystallisiren des Salzes aus mäfsig starker Salzsäure und Fällen mit Ammoniak. Es scheidet sich als fast farbloses Oel ab, welches nach und nach zu einem Brei langer feiner Krystalle erstarrt. Es löst sich leicht in heifsem Wasser, Alkohol oder Aether und krystallisirt aus ersterem in langen haarförmigen Nadeln, aus letzterem in grofsen monoklinometrischen Krystallen, färbt sich am Licht gelb oder röthlich, schmilzt bei 90° und sublimirt unzersetzt in Nadeln. *Salze. Mesity-*

1867, 149; theilweise auch aus F. Grebe Dissertation in Chem. Centr. 1867, 150; Russ. Zeitschr. Pharm. V, 538.

lendiamin, $C_9H_{14}N_2$, 2 HCl, krystallisirt in quadratischen Tafeln, löst sich leicht in Wasser wie in Alkohol und wird aus der wässerigen Lösung durch Salzsäure von einer bestimmten Concentration fast ganz ausgefällt; Platinchlorid giebt damit kein Doppelsalz; nach kurzer Zeit färbt sich aber die Lösung blutroth, unter Abscheidung eines rothbraunen amorphen Niederschlags. Das salpeters. Salz ist sehr leicht löslich und krystallisirbar. *Schwefels. Mesitylendiamin*, $C_9H_{14}N_2$, SH_2O_4, löst sich leicht in Wasser, kaum in kaltem Alkohol und krystallisirt aus diesem in breiten durchsichtigen Blättern, die an der Luft rasch matt werden. *Oxals. Mesitylendiamin*, $C_9H_{14}N_2$, $C_2H_2O_4$, ist in Alkohol schwerlöslich und krystallisirt aus heifsem Wasser in harten Körnern. Bromwasser fällt aus der wässerigen Lösung der freien Base eine in Salzsäure unlösliche flüssige Verbindung. — *Dinitromesitylamin* (Dinitroamidomesitylen), $C_9H_9(NO_2)(NH_2)$, bildet sich gleichzeitig mit der folgenden Verbindung bei längerer Behandlung des Trinitromesitylens mit Schwefelammonium. Dem Verdampfungsrückstand entzieht man zuerst durch verdünnte Salzsäure das Nitromesitylendiamin und dann durch concentrirtere das Dinitromesitylamin, welches letztere durch Ausfällen mit Wasser und Umkrystallisiren aus Alkohol rein erhalten wird. Es löst sich nicht in Wasser, leicht in heifsem Alkohol und krystallisirt daraus in schwefelgelben, sehr gut ausgebildeten kurzen Prismen, die bei 193 bis 194° schmelzen und sich unzersetzt verflüchtigen. Nur concentrirte Salzsäure scheint damit eine durch Wasser leicht zersetzbare Verbindung einzugehen. — Das *Nitromesitylendiamin* (Nitrodiamidomesitylen), $C_9H_9(NO_2)(NH_2)_2$, wird aus der Lösung in verdünnter Salzsäure durch Ammoniak als tief gelber amorpher Niederschlag gefällt, der sich nur schwer in heifsem Wasser, leicht in Alkohol und Aether löst. Aus Wasser krystallisirt die Base in grofsen orangefarbigen Blättern, aus Alkohol beim freiwilligen Verdunsten der Lösung in sehr grofsen, gut ausgebildeten monoklinometrischen Prismen

Mesitylen und Derivate. von dem lebhaftesten Glanze und nahezu von der Farbe des Nitroprussidnatriums. Sie zeigen die Combination der Flächen ∞P . $(P\infty)$. OP und sind in der Richtung der Hauptaxe verkürzt. Es ist die Neigung von $\infty P : \infty P$ im orthodiagonalen Hauptschnitt $= 113^0 14'$; $\infty P : OP = 101^0 20'$; $(P\infty) : OP = 158^0 44'$; $(P\infty) : (P\infty)$ an der Hauptaxe $= 137^0 28'$ und der spitze Axenwinkel $= 69^0 4'$, entsprechend dem Axenverhältnifs a (Klinodiagonale) : b : c (Hauptaxe) $= 1,6248 : 1 : 0,4167$. Der Schmelzpunkt des Nitromesitylendiamins liegt bei 184^0. — *Salze. Nitromesitylendiamin*, $C_9H_9(NO_2)(NH_2)_2, 2HCl$, ist in Wasser und Alkohol leicht löslich und krystallisirt in farblosen quadratischen Tafeln. — Das Mesitylen löst sich leicht in gelinde erwärmter rauchender Schwefelsäure unter Bildung von *Mesitylenschwefelsäure*, welche sich meistens schon beim Erkalten der Lösung in Nadeln absetzt. Die aus dem Barytsalz abgeschiedene reine Säure bildet, nach dem Verdunsten über Schwefelsäure, einen Syrup, der bald zu einer farblosen, strahlig-krystallinischen Masse erstarrt. Das Barytsalz, $C_9H_{11}BaSO_3$, krystallisirt aus heifsem Wasser in farblosen Blättchen (nicht, wie früher angegeben, in Würfeln). Das Kalisalz, $C_9H_{11}KSO_3$, ist in Wasser sehr leicht löslich und krystallisirt aus Alkohol in kleinen, zu kugeligen Aggregaten vereinigten Blättchen. Das Bleisalz wurde schon von Hofmann (1) untersucht. — Bei der Behandlung mit verdünnter Salpetersäure (1 Vol. Salpetersäure vom spec. Gew. 1,4 und 2 Vol. Wasser) wird das Mesitylen nach 16 bis 20 stündigem Sieden in eine schwerlösliche, mit den Wasserdämpfen leicht flüchtige Säure verwandelt, welche Fittig *Mesitylensäure* nennt (2). Nach vollendeter Oxydation destillirt man die stark verdünnte Masse wiederholt und so lange, als sich im Kühlrohr noch Krystalle verdichten, und filtrirt die im

---

(1) Jahresber. f. 1849, 445. — (2) Bezüglich der Oxydationsproducte durch Chromsäure vgl. Jahresber. f. 1865, 560.

Destillat suspendirte Säure ab. Durch Zersetzung des mit kohlens. Natron neutralisirten und verdampften Filtrats mit Salzsäure erhält man den gelöst gebliebenen Antheil. Zur völligen Reinigung kocht man das Product mit etwas Zinn und concentrirter Salzsäure, löst den beim Erkalten ungelöst gebliebenen Theil in kohlens. Natron, fällt siedendheiſs mit Salzsäure und krystallisirt aus Alkohol um. Die so erhaltene (mit der Xylylsäure isomere) Mesitylensäure, $C_9H_{10}O_2$, steht zu dem Mesitylen in demselben Verhältniſs, wie die Benzoësäure zum Toluol :

$$\begin{array}{ll} \text{Toluol} & \text{Benzoësäure} \\ C_7H_8 + 3\,O & = C_7H_6O_2 + H_2O \\ \text{Mesitylen} & \text{Mesitylensäure} \\ C_9H_{12} + 3\,O & = C_9H_{10}O_2 + H_2O. \end{array}$$

Sie ist äuſserst schwer löslich in Wasser, sehr leicht löslich in Alkohol und krystallisirt aus ersterem in feinen Nadeln, aus Alkohol in groſsen, wohl ausgebildeten monoklinometrischen Krystallen. Versetzt man die heiſse verdünnte alkoholische Lösung bis zur bleibenden Trübung mit siedendem Wasser, so krystallisirt die Säure in der Benzoësäure sehr ähnlichen breiten Blättern und Nadeln. Sie schmilzt bei 166° und sublimirt ohne Zersetzung schon unterhalb des Schmelzpunkts. *Mesitylens. Kalk,* $4\,C_9H_9CaO_2$ $+ H_2O$, scheidet sich beim Verdunsten in farblosen Krystallkrusten ab, die in heiſsem Wasser nicht leichter löslich sind als in kaltem. Ueber Schwefelsäure wird das Salz nur langsam wasserfrei. *Mesitylens. Baryt,* $C_9H_9BaO_2$, krystallisirt in seideglänzenden Prismen und ist leichter in Wasser löslich als das Kalksalz. *Mesitylens. Natron,* $C_9H_9NaO_2$, ist in Wasser und Alkohol leicht löslich und bleibt beim Verdunsten als weiſse, nicht krystallinische Masse, oder als nach und nach krystallinisch erstarrender Syrup. *Mesitylens. Silber,* $C_9H_9AgO_2$, entsteht in etwas concentrirter Lösung als voluminöser, aus feinen Nadeln gebildeter Niederschlag, der sich aus siedendem Wasser umkrystallisiren läſst. Eisenchlorid erzeugt in der Lösung

Mesitylen und Derivate. der mesitylens. Salze einen röthlichgelben, **Kupfervitriol** einen hellblauen, salpeters. Blei einen weifsen, aus heifsem Wasser in sternförmig gruppirten Nadeln krystallisirenden Niederschlag. — *Nitromesitylensäure*, $C_9H_9(NO_2)O_2$, bildet sich beim Auflösen der Mesitylensäure in rauchender Salpetersäure und findet sich auch als Nebenproduct der Darstellung der Mesitylensäure im Destillationsrückstand. Die aus dem Natron- oder Barytsalz durch Salzsäure abgeschiedene und aus Alkohol umkrystallisirte Nitromesitylensäure ist selbst in heifsem Wasser sehr schwer löslich, aber leicht löslich in Alkohol und krystallisirt aus letzterem in grofsen, meistens wie rhomboëdrische Tafeln aussehenden Krystallen, aus der mit heifsem Wasser verdünnten Lösung aber in breiten Blättern. Sie schmilzt bei 218° und sublimirt schon unterhalb dieser Temperatur in langen Nadeln. *Nitromesitylens. Baryt*, $C_9H_8Ba(NO_2)O_2 + 3H_2O$, krystallisirt bei langsamer Abscheidung aus der kalten Lösung in grofsen harten Warzen; aus heifs gesättigter Lösung setzt sich das Salz mit 1 Mol. Wasser als hellgelbes krystallinisches Pulver ab. *Nitromesitylens. Kalk*, $C_9H_8Ca(NO_2)O_2$, ist ebenfalls schwer löslich und gleicht fast in allen Eigenschaften dem mesitylens. Salz. *Nitromesitylens. Silber* ist ein gelblicher, auch in heifsem Wasser fast unlöslicher Niederschlag. — Beim Kochen mit einem Gemisch von 2 Th. zweifach-chroms. Kali und 3 Th. concentrirter, mit 3 Volumen Wasser verdünnter Schwefelsäure wird die Mesitylensäure rasch oxydirt. Destillirt man, wenn nach 2 bis 3 stündigem Kochen die Säure verschwunden ist, die mit Wasser verdünnte Flüssigkeit, so findet sich in dem Destillat nur Essigsäure, während aus dem Rückstand nach längerem Stehen harte Prismen einer neuen Säure, der *Trimesinsäure*, sich absetzen. Eine weitere Menge dieser Säure (1) kann der Lösung durch Schütteln mit

---

(1) Sie ist identisch mit der (Jahresber. f. 1865, 560) direct aus Mesitylen neben Essigsäure erhaltenen.

Aether entzogen werden. Unterbricht man die Oxydation der Mesitylensäure nicht, sobald diese verschwunden ist, so bildet sich mehr Essigsäure und in demselben Verhältnifs weniger Trimesinsäure. Zur Darstellung dieser letzteren verwendet man am zweckmäfsigsten die der Benzoësäure gleichende, aus der alkoholischen Lösung durch Zusatz von heifsem Wasser erhaltene Mesitylensäure, sofern die aus den Salzen durch Säuren abgeschiedene sich zusammenballt und somit die Oxydation verzögert. Die Trimesinsäure hat die Formel $C_9H_6O_6$ und entsteht nach der Gleichung:

Mesitylensäure   Trimesinsäure
$$C_9H_{10}O_2 + 6 O = C_9H_6O_6 + 2 H_2O.$$

Sie löst sich ziemlich leicht in Wasser und in Aether, sehr leicht in Alkohol und krystallisirt aus heifsem Wasser in farblosen dicken harten Prismen, welche erst bei sehr hoher Temperatur ohne vorherige Schmelzung sich verflüchtigen und in Nadeln sublimiren. Die Trimesinsäure ist eine starke dreibasische Säure. Characteristisch zur Reindarstellung oder Erkennung der Säure ist das *Barytsalz*, $2 C_9H_3Ba_3O_6 + H_2O$, welches sich beim Vermischen der schwach ammoniakalischen Lösung der Säure mit Chlorbaryum als Krystallbrei abscheidet, der aus verhältnifsmäfsig grofsen Nadeln besteht. Das Salz ist selbst in siedendem Wasser sehr schwer löslich und wird durch heifse Salzsäure leicht unter Abscheidung der Säure zersetzt. Das *Silbersalz*, $C_9H_3Ag_3O_6$, ist ein amorpher, in heifsem Wasser unlöslicher Niederschlag. — Fittig folgert aus den vorstehenden Versuchen, dafs dem wie ein Kohlenwasserstoff der aromatischen Gruppe sich verhaltenden Mesitylen die Formel $C_6H_3(CH_3)_3$ zukomme.

Nach Berthelot (1) ist das im Storax enthaltene

---

(1) Compt. rend. LXIII, 518; Bull. soc. chim. [2] VII, 112; Ann. Ch. Pharm. CXLI, 377; Zeitschr. Chem. 1866, 662; Chem. Centr.1866, 992.

Styrol. Styrol in seinen physikalischen Eigenschaften nicht vollkommen identisch mit dem durch trockene Destillation gebildeten. Styrol aus Storax ist optisch activ und dreht in einer Schichte von 100 MM. die Polarisationsebene 3º nach Links. Es verwandelt sich unter dem Einfluſs der Wärme und der Reagentien leichter in Polymere, und entwickelt mit $1^1/_3$ seines Gewichts concentrirter Schwefelsäure gemischt eine gröſsere Menge von Wärme (etwa 30000 W. E. für ein Molecül C_8H_8). Durch trockene Destillation erhaltenes Styrol ist optisch inactiv und weniger zur Umwandlung in polymere Modificationen geneigt; es entwickelt mit concentrirter Schwefelsäure nur $^3/_4$ der Wärme, welche das erstere ausgiebt. In ihrem chemischen Verhalten stimmen beide Modificationen überein. — Bezüglich der Synthese des Styrols aus Benzol und Aethylen oder Acetylen vergl. S. 544.

Berthelot (1) bespricht ferner einige Eigenschaften des Styrols, welche sich zur Isolirung und Characterisirung dieses bei der trockenen Destillation wahrscheinlich stets als Begleiter des Benzols auftretenden Kohlenwasserstoffs verwerthen lassen. 1) Sowohl im reinen Zustand als mit groſsen Mengen anderer Kohlenwasserstoffe gemischt wird das Styrol durch mehrstündiges Erhitzen auf 200º in verschlossenen Gefäſsen in Metastyrol verwandelt, welches bei der nachherigen fractionirten Destillation zurückbleibt und auf 320º erhitzt wieder in normales Styrol (Siedep. 145º) übergeht. 2) Jod verwandelt Styrol unter starker Würmeentwickelung in eine (nach der Behandlung mit schwefliger Säure) farblose harzige Substanz. Schüttelt man dagegen Styrol mit einer concentrirten Lösung von Jod in Jodkalium einige Augenblicke und verdünnt mit Wasser, so scheidet sich eine schön krystallisirende Jodverbindung des Styrols ab. Sie ist in Aether und Kohlen-

(1) Bull. soc. chim. [2] VI, 295.

wasserstoffen leicht löslich (und deshalb aus unreinem Styrol nicht zu erhalten), wird durch schweflige Säure und kohlens. Natron nicht zersetzt, zerfällt aber freiwillig nach einiger Zeit unter Abscheidung von Jod und Bildung einer harzigen Substanz. Kein anderer Kohlenwasserstoff zeigt nach Berthelot ein ähnliches Verhalten. 3) Brom bildet mit Styrol das krystallisirbare Bromür, C_8H_8,Br_2. 4) Durch Chlor wird es in ein flüssiges Zersetzungsproduct, durch concentrirte Schwefelsäure unter starker Wärmeentwickelung schnell und vollständig in Polymere verwandelt, die theilweise über 300° unzersetzt flüchtig und daher mit Metastyrol nicht identisch sind. 5) Rauchende Salpetersäure wirkt lebhaft auf Styrol ein und scheidet eine harzige Substanz ab; auch aus der Lösung wird beim Verdünnen mit Wasser ein harzähnlicher Körper gefällt, der in Aether nur unvollständig löslich ist, bei der Destillation mit Wasser gröfstentheils zurückbleibt und bei der Destillation mit Essigsäure und Eisenfeile kein flüchtiges basisches Product liefert. Einige andere Kohlenwasserstoffe, namentlich die Polymeren des Acetylens, zeigen gegen Salpetersäure ein ähnliches Verhalten. — Zur Nachweisung des Styrols im Steinkohlentheer, worin dessen Vorkommen nach den S. 543 ff. angeführten Beobachtungen über seine Bildungsweise erwartet werden konnte, schlug Berthelot (1) den folgenden Weg ein. Das rohe, noch nicht mit concentrirter Schwefelsäure behandelte leichte Theeröl wurde mit Natronlauge und dann mit verdünnter Schwefelsäure (1 Th. Säure und 20 Th. Wasser) geschüttelt, gewaschen, hierauf fractionirt destillirt und der nach wiederholten Rectificationen bei 144 bis 150° gesammelte Antheil in einer zugeschmolzenen Röhre mehrere Stunden auf 200° erhitzt. Der Röhreninhalt wurde dann bis gegen 300° abdestillirt und aus dem Rückstand durch stärkeres Erhitzen ein Gemenge von regenerirtem

---

(1) Bull. soc. chim. [2] VI, 296; Zeitschr. Chem. 1866, 736.

Styrol und schwerflüchtigen Kohlenwasserstoffen erhalten, aus welchem sich das Styrol durch abermalige Destillation rein abscheiden und in der oben angegebenen Weise charakterisiren ließ. Die Menge desselben betrug etwa 2 pC. des zwischen 144 und 150° destillirten Antheils. Die in der üblichen Weise mit concentrirter Schwefelsäure gereinigten Theeröle enthalten selbstverständlich kein Styrol mehr, da dieses als polymere Modification in den schwerflüchtigen Rückstand übergeht.

Anisalkohol. Von der Annahme ausgehend, daß der Anisalkohol, $C_8H_{10}O_2$, mit der Formel $C_7H_7(CH_3O)O$ als Oxymethylbenzylalkohol zu betrachten sei, suchte S. Cannizzaro(1) aus dem Dichlortoluol, C_7H_6ClCl, durch Einführung von Oxymethyl, CH_3O, an die Stelle des ersten Chloratoms, den Chlorwasserstoffsäureäther des Anisalkohols (Anisetylchlorür), $C_7H_6(CH_3O)Cl$, und durch weitere Substitution des zweiten Chloratoms den gemischten Methylanisetyläther, $C_7H_6(CH_3O)(CH_3O)$, zu erhalten. Die successive Substitution der beiden Chloratome in dem Dichlortoluol gelang nicht; es konnte nur das zweite Substitutionsproduct dargestellt und mit dem wahren gemischten Methylanisetyläther verglichen werden. — Zur Darstellung des *Methylanisetyläthers*, $C_8H_9O(CH_3)O$, wurde das durch Einwirkung von Salzsäure auf Anisalkohol entstehende Anisetylchlorür, C_8H_9OCl, mit der äquivalenten Menge von Natriummethylat, CH_3NaO, und überschüssigem Methylalkohol mehrere Tage auf 100° erwärmt, die vom ausgeschiedenen Chlornatrium abfiltrirte und verdampfte Flüssigkeit mit Wasser vermischt und das sich abscheidende Oel durch Lösen in Aether und Rectificiren gereinigt. Der so erhaltene Methylanisetyläther ist eine farblose, bei 758 MM. Barometer-

---

(1) Aus dem Giornale di Scienze naturali ed economiche (Palermo 1865) I, 155 in Ann. Ch. Pharm. CXXXVII, 244; Zeitschr. Chem. 1866, 171; Chem. Centr. 1866, 167; Ann. ch. phys. [4] VIII, 505; Bull. soc. chim. [2] VI, 214.

stand ohne Zersetzung und constant bei 225°,5 siedende Flüssigkeit. — Das *zweifach-oxymethylirte Toluol* [Wicke's Methylbenzoläther (1)] bildet sich beim Erhitzen von Chlorbenzol oder von Dichlortoluol mit der entsprechenden Menge von Natriummethylat auf 100°. Die in beiden Fällen erhaltenen Producte haben keinen constanten Siedepunkt (annähernd 200°); ihr chemisches Verhalten ist indessen bestimmt verschieden von dem des Methylanisetyläthers. Der aus Chlorobenzol oder Dichlortoluol dargestellte Methylbenzoläther zerfällt beim einstündigen Erhitzen mit concentrirter Essigsäure auf 100° in essigs. Methyl und in Bittermandelöl und letzteres bildet sich auch bei der Einwirkung von Salzsäure. Der Methylanisetyläther liefert unter denselben Umständen keine Spur von Bittermandelöl.

Anisol zerfällt, nach C. Graebe (2), beim mehrstündigen Erhitzen mit concentrirter Jodwasserstoffsäure oder Salzsäure auf 130 bis 140° in Phenol und Jodmethyl (oder Chlormethyl), nach der Gleichung:

$$\underset{C_6H_5(CH_3)O}{\text{Anisol}} + HJ = \underset{C_6H_5O}{\text{Phenol}} + \underset{CH_3J}{\text{Jodmethyl}}.$$

A. Ladenburg und C. Leverkus (3) haben gezeigt, daß sich beim Erhitzen von Anethol mit Jodwasserstoffsäure Jodmethyl bildet. Beim Schütteln von Anethol mit wässeriger Jodwasserstoffsäure (Siedepunkt 127°) entsteht ein Harz und es ist dann beim Erhitzen des Gemenges im zugeschmolzenen Rohr keine weitere Einwirkung wahrzunehmen. Erhitzt man dagegen 1 Th. Anethol mit 2 Th. der Säure, ohne die beiden Flüssigkeiten gemischt zu haben, in einem Kolben mit aufsteigendem Kühlrohr zum Sieden, so geht (neben Wasser, Jodwasserstoff und einer geringen Menge eines Körpers von hohem

---

(1) Jahresber. f. 1857, 468. — (2) Ann. Ch. Pharm. CXXXIX, 149; J. pr. Chem. C, 178; Chem. Centr. 1866, 895. — (3) Ann. Ch. Pharm. CXLI, 260; Compt. rend. LXIII, 89; Chem. Centr. 1866, 959.

Siedepunkt) Jodmethyl über, welches etwa 50 pC. des angewendeten Anethols beträgt. Ladenburg und Leverkus betrachten es hiernach als erwiesen, dafs das Anethol der Methyläther eines Allylphenols sei, welchem die rationelle Formel $C_6H_4\begin{cases}OCH_3 \\ C_3H_5\end{cases}$ zukomme (1).

Naphtalin. Erhitzt man, nach Berthelot (2), Naphtalin mit etwas Kalium in einer Röhre zum Schmelzen und entfernt man durch Zerdrücken mit einem Glasstabe die schwarze Kruste, welche das Metall schnell überzieht, im Maafse ihrer Bildung, so geht dieses nahezu vollständig und zwar ohne Entwickelung von Wasserstoff in eine schwarze pulverige Verbindung über, welche, durch Auskochen mit Benzol von beigemengtem Naphtalin befreit und abgesehen von dem gewöhnlich noch vorhandenen unverbundenen Kalium, annähernd nach der Formel $C_{10}H_8K_2$ zusammengesetzt ist. Mit Wasser liefert sie Kalihydrat und, gemengt mit Naphtalin, einen Kohlenwasserstoff ($C_{10}H_{10}$?), der leichter schmelzbar ist als das letztere. Diese und ähnliche im Allgemeinen explosive Verbindungen, welche nach Berthelot's vorläufiger Angabe mit Cumol, Diphenyl, Anthracen u. s. erhalten werden, sowie die öfter beobachteten blauen Substanzen, welche sich bei der Einwirkung der Alkalimetalle auf die Haloïdverbindungen mancher Alkoholradicale bilden und in Wasser ohne Gasentwickelung löslich sind, schliefsen sich den S. 510 ff. beschriebenen Metallverbindungen an.

Acetylen-hydrür	Naphtalin-hydrür	Capryl-hydrür	Phenyl-Aethyl (Aethylbenzol)
C_2H_2, H_2	$C_{10}H_8, H_2$	C_8H_{16}, H_2	C_8H_{10}

(1) Vgl. E. Erlenmeyer's Betrachtungen über die Constitution des Anethols Zeitschr. Chem. 1866, 472 und die Erwiederung von A. Ladenburg ebendaselbst, 731. — (2) Compt. rend. LXIII, 836; Bull. soc. chim. [2] VII, 110; J. pharm. [4] V, 180; Ann. Ch. Pharm. CXLIII, 97; Chem. Centr. 1867, 587; Zeitschr. Chem. 1866, 720, wo Fittig angiebt, dafs reines Aethylbenzol selbst in der Siedehitze von Natrium nicht angegriffen wird.

Argentacetyl-	Naphtalin-	Natrocapryl-	Natrophenyl-
chlorür	kalium	chlorür*)	äthylchlorür**)
$C_2HAg, AgCl$	$C_{10}H_8, K_2$	$C_8H_{15}Na, NaCl$	$C_8H_9Na, NaCl$

*) Vgl. Jahresber. f. 1854, 583. — **) Von Berthelot erhalten.

A. Mühlhäuser (1) hat die Beobachtung von Pfaundler und Oppenheim (2) über die Bildung einer grünen Verbindung durch Einwirkung von Cyankalium auf Dinitronaphtalin weiter verfolgt. Er fand, dafs hierbei eine neue Säure, die *Naphtocyaminsäure*, $C_{18}H_{18}N_8O_9$, entsteht, nach der Gleichung:

Naphtocyaminsäure.

Dinitronaphtalin — Naphtocyaminsäure
$$2[C_{10}H_6(NO_2)_2] + 12CNH + 9H_2O = C_{28}H_{18}N_8O_9 + 4CO_2 + 8NH_3.$$

Zur Darstellung des blauen Kalisalzes dieser Säure schüttelt man ein Gemenge von 3 Grm. zerriebenem Dinitronaphtalin und 38 Grm. Weingeist mit einer Lösung von 6 Grm. Cyankalium in 57 Grm. Wasser, bis zum Eintreten einer braunrothen Färbung und erhitzt dann zum Sieden, bis die Flüssigkeit schön blaugrün geworden ist. Die noch heifs vom Bodensatz abgegossene Lösung setzt dann beim mehrstündigen Stehen das unreine Kalisalz ab, welches durch Waschen mit kaltem Wasser (bis dieses blau abläuft), Auflösen in heifsem Wasser, wiederholte Fällung mit einer concentrirten Lösung von kohlens. Kali und, nach dem Trocknen über Schwefelsäure, durch Behandlung mit heifsem Aether gereinigt wird. Es entspricht dann der Formel $C_{28}H_{17}KN_8O_9 + H_2O$ und bildet eine dunkle, namentlich beim Reiben stark kupferglänzende Masse, welche sich nicht in Aether, aber mit prachtvoll blauer Farbe leicht in heifsem Wasser wie in Alkohol löst. Aus der Lösung in heifsem Wasser wird sie durch eine concentrirte Lösung von kohlens. Kali unverändert gefällt; beim langsamen Erkalten erstarrt sie oft zu einer steifen Gallerte. Beim Erhitzen verpufft das Salz mit röthlichem Licht,

---

(1) Ann. Ch. Pharm. CXLI, 214; im Auszug Zeitschr. Chem. 1866, 728; Dingl. pol. J. CLXXXIV, 148; Bull. soc. chim. [2] VII, 426. — (2) Jahresber. f. 1865, 528.

Naphto-cyaminsäure. unter Verbreitung eines eigenthümlichen aromatischen, zugleich an Blausäure erinnernden Geruchs und unter Zurücklassung einer voluminösen Kohle; mit concentrirter Kalilauge färbt es sich unter Entwickelung von Ammoniak tief braunroth. — Das entsprechende Ammoniaksalz bildet sich beim Vermischen des Kalisalzes mit concentrirter Salmiaklösung als krystallinischer, in heifsem Wasser wie in Alkohol löslicher Niederschlag. Das Barytsalz, $C_{28}H_{16}BaN_8O_9$(?), ist ein tief dunkelblauer, nach dem Trocknen kupferglänzender Niederschlag, der sich nicht in kaltem Wasser oder Aether, etwas mehr in heifsem Wasser, leicht aber in heifsem Weingeist löst und beim Erhitzen wie das Kalisalz verpufft. Durch Chlorcalcium wird das naphtocyamins. Kali nicht gefällt; essigs. Blei giebt eine voluminöse, nicht in Wasser aber in heifsem Alkohol lösliche Fällung; auch mit Kupfer- und Silbersalzen entstehen Niederschläge. Das Silbersalz, $C_{28}H_{16}Ag_2N_8O_9$, ist eine in Wasser unlösliche, bronzeartig metallisch glänzende Masse, welche beim Erhitzen mit grofser Lebhaftigkeit verpufft. Die blaue Lösung des Kalisalzes färbt sich durch die geringste Menge einer freien Säure grünlich und bei weiterem Zusatz bräunlichgelb, indem die *Naphtocyaminsäure*, $C_{28}H_{16}N_8O_9$, als tief dunkelbrauner Niederschlag abgeschieden wird. Sie ist nach dem Trocknen eine schwarze glänzende Masse, unlöslich in Aether, kaum löslich in Wasser, leichter in Alkohol oder wässerigem Weingeist, noch mehr (mit dunkelbraunrother Farbe) in Amylalkohol. Die Lösung färbt sich auf Zusatz von sehr wenig einer Base grün oder blau. Mühlhäuser empfiehlt deshalb das Kalisalz wie die freie Säure als Reagentien auf freie Säuren oder Basen.

Chrysogen. J. Fritzsche (1) hat Näheres über den schon im Jahresbericht f. 1862, 421 erwähnten, von Ihm nun als

---

(1) N. Petersb acad. Bull. IX, 406; Zeitschr. Chem. 1866, 139; Chem. Centr. 1866, 289; Bull. soc. chim. [2] VI, 474.

Chrysogen bezeichneten, orangerothen Kohlenwasserstoff mitgetheilt. Das Chrysogen findet sich, aber stets nur in geringer Menge, in den festen Kohlenwasserstoffen (im Paranaphtalin oder Anthracen) des Steinkohlentheers und wird daraus durch oft wiederholtes Umkrystallisiren aus leichtem Steinkohlentheeröl schliefslich durch Behandlung mit Alkohol und Aether rein erhalten. Es löst sich bei gewöhnlicher Temperatur in 2500, bei der Siedehitze in höchstens 500 Th. Benzol; auch in Eisessig, sowie in Alkohol und Aether ist es äufserst schwer löslich und scheidet sich aus den heifs gesättigten Lösungen in orangefarbenen verwachsenen Tafeln oder Blättern ab, die in der Flüssigkeit im reflectirten Licht goldgrün erscheinen und bei der Behandlung mit Aether in ein orangefarbenes Pulver übergehen. Die Analyse ergab 94,31 bis 94,97 pC. Kohlenstoff und 5,69 bis 4,70 pC. Wasserstoff. Es schmilzt bei 280 bis 290°, sublimirt unter theilweiser Zersetzung, löst sich ohne Veränderung in concentrirter Schwefelsäure und giebt mit concentrirter Salpetersäure ein krystallinisches Product. Das Chrysogen ist dadurch ausgezeichnet, dafs es anderen festen, an und für sich farblosen Kohlenwasserstoffen in selbst spurweiser Menge eine schön gelbe Farbe ertheilt. Die Lösungen des Chrysogens werden im Sonnenlicht rasch gebleicht, unter Bildung eines krystallisirbaren farblosen Körpers, der beim Schmelzen wieder orangegelb wird.

Hérouard (1) beschreibt einige Versuche mit dem ätherischen Oel, welches aus den Samen der See-Bazille (*Crithmum maritimum*), einer an den Ufern des Meeres

(1) J. pharm. [4] III, 824; im Auszug Zeitschr. Chem. 1866, 883; Chem. News XIV, 85.

häufig auf Steinen wachsenden aromatischen Umbellifere, durch Destillation mit Wasser gewonnen wird. Das Oel trennt sich bei der Destillation für sich in wenig eines schwerer flüchtigen, in Wasser untersinkenden Bestandtheils und in ein bei 175 bis 178° siedendes Oel von dem spec. Gew. 0,980 bei 13°. Dieses letztere oxydirt sich an der Luft, indem es, ohne Aenderung des angenehm aromatischen Geruchs, dickflüssig und schwerer als Wasser wird. Verdünnte Salpetersäure erzeugt mit dem Oel eine, wie es scheint auch durch Oxydation an der Luft sich bildende, krystallisirbare, der Benzoësäure ähnliche Säure, die noch näher zu untersuchende *Crithminsäure*. — Die Samen enthalten aufserdem ein trocknendes fettes Oel.

Campher. Th. Swarts (1) vervollständigt Seine früheren Angaben (2) über die Bromderivate des Camphers. Er hält das von ihm befolgte Verfahren, den Monobromcampher durch Erhitzen des Campherbromürs auf 100° in einem verschlossenen Gefäfs darzustellen, für weit vortheilhafter als die von Perkin (3) angewendete Destillation des Gemenges von Brom und Campher. Das Product ist dann unmittelbar fest und nach einmaligem Umkrystallisiren rein. Der Siedepunkt des Monobromcamphers liegt, wie auch Perkin fand, bei 274°; derselbe sublimirt nicht bei gewöhnlicher Temperatur. Die Verbindung mit Bromwasserstoff hat die Formel $6 C_{10}H_{15}BrO + HBr$. Das Campherbromür zersetzt sich mit der Zeit, namentlich im Sonnenlicht, unter Entwickelung von Bromwasserstoff und unter Bildung von Monobromcampher. Destillirt man diesen letzteren im feuchten Zustande, oder bringt man denselben heifs mit Wasser in Berührung, so bildet sich, unter Freiwerden von Brom und Bromwasserstoff, gewöhnlicher bromfreier Campher. Mit Brom bildet der Monobromcampher

---

(1) Instit. 1866, 287; Zeitschr. Chem. 1866, 628; Bull. soc. chim. [2] VII, 498. — (2) Jahresber. f. 1862, 462. — (3) Jahresber. f. 1865, 570.

nur eine flüssige, leicht zersetzbare Verbindung. Erhitzt man den Monobromcampher in verschlossenem Gefäfs einige Stunden auf 120° mit Brom, so bildet sich neben Bromwasserstoff ein Oel, aus dessen alkoholischer, durch Thierkohle entfärbter Lösung sich glänzende Prismen von *Dibromcampher*, $C_{10}H_{14}Br_2O$, absetzen. Derselbe riecht terpentinölartig, schmeckt bitter, ist unlöslich in Wasser und auch weniger löslich in Alkohol, als der normale Campher oder Monobromcampher. Er schmilzt bei 114°,5, wird auch unter siedendem Wasser flüssig und destillirt gegen 285°, indem ein grofser Theil zersetzt wird. Erhitzt man den normalen Campher direct mit der zur Bildung des Dibromcamphers erforderlichen Menge von Brom (2 Molecüle), so erhält man ein schwarzes, schwierig zu reinigendes Product.

Erwärmt man, nach H. Baubigny (1), eine Lösung von Campher in einem mit Natrium gereinigten Kohlenwasserstoff (Toluol) mit Natrium vorsichtig auf 90°, so tritt eine reichliche Entwickelung von Wasserstoff ein und aus der erkaltenden Lösung scheiden sich dann Krystalle ab, welche indessen, wegen ihrer leichten Zersetzbarkeit, nicht zur Analyse geeignet sind. Man wendet auf 150 Grm. Campher, der in $^1/_2$ Liter Toluol gelöst ist, 15 bis 17 Grm. Natrium an. Aus den nachstehenden Versuchen ergiebt sich, dafs die krystallisirte Verbindung *Natriumcampher*, $C_{10}H_{15}NaO$, ist. Durch Einwirkung von Jodäthyl auf die noch in dem Kohlenwasserstoff gelöste Natriumverbindung bildet sich, unter Abscheidung von Jodnatrium, *Aethylcampher*, $C_{10}H_{15}(C_2H_5)O$, welcher nach dem Waschen mit Wasser und Abdestilliren des Kohlenwasserstoffs von dem noch beigemengten Campher durch ein Filtrum von feiner Leinwand, Abkühlen der abgelaufenen Flüssigkeit auf — 20° und fractionirte Destillation des flüssig gebliebenen

---

(1) Compt. rend. LXIII, 221; Bull. soc. chim. [2] VI, 480; J. pharm. [4] IV, 208; Zeitschr. Chem. 1866, 408; J. pr. Chem. XCIX, 468; Chem. Centr. 1866, 968.

624 Organische Chemie.

Campher. Antheils getrennt wird. Der Aethylcampher ist ein farbloses, leichtbewegliches, campherartig riechendes Liquidum, unlöslich in Wasser, löslich in Aether, Alkohol, Essigsäure, Chloroform und Schwefelkohlenstoff. Er siedet bei 226 bis 231°, hat das spec. Gew. 0,946 bei 22° und lenkt die Polarisationsebene stärker nach rechts ab, als der Campher. Spec. Drehungsvermögen $[\alpha]j = + 61,1°$. — Acetylcampher, $C_{10}H_{15}(C_2H_3O)O$, bildet sich leicht und schon bei gewöhnlicher Temperatur, durch Einwirkung von Essigsäureanhydrid auf die Natriumverbindung. Bei Anwendung von Chlor- oder Bromacetyl läfst sich die Verbindung nicht erhalten. Sie wird in ähnlicher Weise wie der Aethylcampher gereinigt und ist dann eine farblose Flüssigkeit von schwachem Camphergeruch, brennendem Geschmack, dem spec. Gew. 0,986 bei 20° und dem Siedepunkt 227 bis 230°; sie ist ebenfalls, aber nur schwach rechtsdrehend ($[\alpha]j = + 7,5°$). — Nach einer späteren Angabe Baubigny's (1) entwickelt sich bei der Einwirkung des Natriums auf den Campher *kein* Wasserstoff, wohl aber entsteht neben dem Natriumcampher Borneol, nach der Gleichung:

Campher   Natriumcampher   Borneol
$3 C_{10}H_{16}O + 2 Na = 2 C_{10}H_{15}NaO + C_{10}H_{18}O$.

Baubigny erwähnt noch, dafs er auch den Methyl- und Amylcampher dargestellt habe, die in ihren Eigenschaften der Aethylverbindung sehr ähnlich sind. Der *Methylcampher* siedet (corr. unter einem Druck von 733 MM.) bei etwa 194° und hat das Rotationsvermögen $[\alpha]j =$ etwa 10,°4; der *Amylcampher* siedet (bei 736 MM.) gegen 277°.

Aloïn. A. Orlowski (2) löst die Aloë hepatica zur Darstellung des Aloïns (3) in 2 Th. Wasser von 90 bis 95° und überläfst die klar abgegossene Flüssigkeit 10 bis 12

---

(1) Zeitschr. Chem. 1867, 71. — (2) Zeitschr. anal. Chem. V, 308. — (3) Vgl. Stenhouse, Jahresber. f. 1850, 545.

ige lang der freiwilligen Verdunstung. Das hierbei als rnige dunkelgelbe Masse sich abscheidende Aloïn wird ischen Filtrirpapier gepreſst und zur weiteren Reinigung erst aus Wasser, dann aus Alkohol umkrystallisirt. — ırbados-Aloë übergieſst man nur mit $1^3/_4$ Th. Wasser n der angegebenen Temperatur und setzt das fehlende ertel erst nach dem Erkalten zu, wo sich nach 12 Stunn die ganze Menge des Harzes abscheidet. Mit der gegossenen Flüssigkeit verfährt man wie oben angeben.

Der nun vollständiger erschienenen Abhandlung von Spirgatis (1) über die Bestandtheile des Turpethrzes entnehmen wir nur die in dem früheren Bericht (2) rüber nicht enthaltenen Angaben. Die als Spaltungsproct der Turpethinsäure, $C_{84}H_{60}O_{18}$, neben Zucker auftende Turpetholsäure, $C_{16}H_{32}O_4$, gewinnt man in gröſseren Mengen bequemer in folgender Weise: Man löst reinigtes Turpethin in der Wärme in Barytwasser und rsetzt die filtrirte Lösung mit so viel Salzsäure von dem ec. Gew. 1,129, daſs sie auch nach dem Umschütteln deutlich ucht. Bei gewöhnlicher Temperatur verwandelt sich die üssigkeit nach 8 bis 10 Tagen in einen gelblichweiſsen kryallinischen Brei, der nach dem Auswaschen auf einem t Baumwolle verstopften Trichter durch Umschmelzen heiſsem Wasser und durch öfteres Umkrystallisiren aus iſsem verdünntem Weingeist unter Zusatz von Thierkohle reinigt wird. Von den Salzen dieser Säure wurden, auſser n früher beschriebenen, noch die folgenden untersucht: ırpethols. *Silber*, $C_{16}H_{31}AgO_4$, bildet sich beim Vermischen n turpethols. Natron mit salpeters. Silber in heiſser wässerir Lösung als weiſser flockiger Niederschlag. In ähnlicher eise werden das Kupfersalz, $C_{16}H_{31}CuO_4$, und das Bleisalz,

(1) Ann. Ch. Pharm. CXXXIX, 41; Chem. Centr. 1866, 744; Bull. chim. [2] VII, 359. — (2) Jahresber. f. 1864, 591.

Turpethharz. $C_{16}H_{31}PbO_4$ (beides amorphe, leicht schmelzbare Pulver), erhalten. *Turpetholx. Aethyl*, $C_{16}H_{31}(C_2H_5)O_4$, bildet sich beim mehrtägigen Stehen einer concentrirten alkoholischen Lösung von Turpethin, welche mit ¹/₂ Vol. Salzsäure vom dem spec. Gew. 1,128 vermischt ist. Die durch wiederholtes Fällen mit Wasser und Umkrystallisiren gereinigte Verbindung krystallisirt in weifsen perlmutterglänzenden Blättchen, welche bei 72° schmelzen und sich leicht in Weingeist wie in Aether lösen. — Schmilzt man die Turpetholsäure bei 100 bis 110°, bis sie nicht mehr an Gewicht abnimmt, so bleibt eine gelbliche terpentinartige Masse, welche mit der Formel $C_{64}H_{62}O_{14}$ vielleicht das Anhydrid der Turpetholsäure ist. Bei der Einwirkung von Salpetersäure auf Turpethin, Turpethinsäure oder Turpetholsäure entsteht, neben Oxalsäure, eine bei 122° schmelzende, vielleicht mit der Sebacylsäure oder Ipomsäure identische Säure.

Copal- und Karabé-Harz. Nach einer früheren Angabe von Violette wird das Calcutta-Copal wie das verwandte Karabé-Harz in Aether, Terpentinöl, Benzol oder fetten Oelen löslich, wenn dieselben durch eine vorhergehende Destillation 25 pC. an Gewicht verloren haben. Violette (1) zeigt nun, daſs diese Harze auch löslich werden, wenn sie für sich in verschlossenem Gefäfs auf 350 bis 400° erhitzt werden; sie liefern mit den oben erwähnten Lösungsmitteln (das Copal z. B. mit ¹/₃ Leinöl und ⁴/₃ Terpentinöl) auf dieselbe Temperatur erhitzt sehr schöne Firnisse.

Zersetzungsproducte der Harze durch schmelzendes Kali. H. Hlasiwetz und L. Barth (2) haben weitere

(1) Compt. rend. LXIII, 461; Instit. 1866, 289; J. pharm. [4] IV, 284; Bull. soc. chim. [2] VI, 499; Ann. chim. phys. [4] X, 810; J. pr. Chem. XCIX, 478. — (2) Ueber Asa foetida und Gummigutt: Wien. Acad. Ber. LIII (2. Abth.), 49; Ann. Ch. Pharm. CXXXVIII, 61; J. pr. Chem. XCVIII, 158; Zeitschr. Chem. 1866, 298; Chem. Centr. 1866, 483; Bull. soc. chim. [2] VI, 886; vorläufige Anzeige Wien. acad. Anz. 1866, 9; J. pr. Chem. XCVII, 184; Instit. 1866, 214. — Ueber Acaroïdharz, Sagapenum und Opopanax: Wien. Acad. Ber. LIII (2.

Ergebnisse Ihrer Untersuchungen (1) über die Zersetzungsproducte der Harze durch schmelzendes Kali mitgetheilt (2). *Asa foetida.* — Das durch Auflösen in Weingeist, Filtriren der Tinctur, Abdestilliren und Fällen des Rückstands mit Wasser gereinigte, licht rehfarbige, an der Luft rosenroth werdende Harz entwickelt beim Schmelzen mit 3 Theilen Kalihydrat einen dicken aromatischen Qualm, und die in der früher angegebenen Weise behandelte Schmelze gab (abgesehen von flüchtigen Fettsäuren) auf 22 Loth Harz etwa 33 Grm. Protocatechusäure und 12 Grm. Resorcin, $C_6H_6O_2$. — Die Protocatechusäure entsteht aus einer in der Asa foetida fertig gebildeten Säure, der *Ferulasäure*, welche in nachstehender Weise gewonnen wird. Man fällt die alkoholische Tinctur des Harzes mit einer alkoholischen Lösung von Bleizucker, befreit den lichtgelben Niederschlag durch wiederholtes Waschen mit Alkohol und Abpressen möglichst vollständig von anhängendem Harz, und zersetzt denselben, nach dem Zertheilen in warmem Wasser, durch verdünnte Schwefelsäure. Die filtrirte Flüssigkeit giebt nun bei angemessener Concentration eine Krystallisation der rohen Ferulasäure. Diese bildet nach dem Umkrystallisiren aus Alkohol und dann aus siedendem Wasser farblose, lange, vierseitige Nadeln des rhombischen Systems, deren Flächen ohne Combinationskanten in die Spitze verlaufen. Sie ist geschmacklos, reagirt sauer und löst sich leicht in kaltem Alkohol, nicht allzuleicht in Aether, fast nicht in kaltem, völlig aber in siedendem Wasser, sehr leicht und mit gelber Farbe in Alkalien.

Abth.), 479; Ann. Ch. Pharm. CXXXIX, 77; J. pr. Chem. XCIX, 207; Zeitschr. Chem. 1866, 387; Chem. Centr. 1866, 440; Bull. soc. chim. [2] VII, 431. — (1) Jahresber. f. 1864, 404, 552; f. 1865, 573. — (2) Beim Schmelzen von arabischem Gummi oder Milchzucker bildet sich, nach Hlasiwetz und Barth, ebenfalls eine geringe Menge eines durch essigs. Blei fällbaren Körpers, der sich mit Eisenoxydsalzen grün und mit Alkalien braun färbt. Aufserdem entsteht hierbei constant eine gewisse Menge Bernsteinsäure.

Zersetzungs-producte der Harze durch schmelzendes Kali. Die wässerige Lösung wird durch Bleizucker und Eisenchlorid gefällt, die ammoniakalische giebt mit Silbersolution eine eigelbe, am Licht rasch dunkler werdende Fällung. Concentrirte Schwefelsäure löst die **Krystalle** mit gelber, beim Erwärmen mit bräunlichrother Farbe, und die Lösung zeigt grüne, beim Verdünnen mit Wasser wieder verschwindende Fluorescenz. Die Analyse der **Ferulasäure** und ihrer Salze führte zu der Formel $C_{10}H_{10}O_4$; die Säure schmilzt bei 153 bis 154° und erstarrt krystallinisch; mit Kali geschmolzen liefert sie als Hauptproduct Protocatechusäure neben etwas Oxalsäure, Essigsäure und Kohlensäure (vergl. S. 372); bei der trockenen Destillation entsteht ein dickflüssiges, nach Phenol und Guajacol riechendes Oel, in welchem sich bei längerem Stehen Krystalle (wahrscheinlich von Brenzcatechin) bilden. Das Ammoniaksalz, $C_{10}H_9(NH_4)O_4 + H_2O$, bildet beim freiwilligen Verdunsten blätterige Krystalle, die bei 100° einen Theil des Ammoniaks verlieren; das Kalisalz, $C_{10}H_9KO_4$, ist strohgelb, zerfließlich und in Alkohol schwer löslich; das Silbersalz, $C_{10}H_9AgO_4$, ist ein citrongelber, bald mißfarbig werdender Niederschlag. — *Gummigutt.* Das in gleicher Weise wie die Asa foetida gereinigte Harz des Gummigutts entwickelt beim Schmelzen mit Kali unter starkem Schäumen einen citronen- oder melissenartig riechenden Dampf, und die geschmolzene, in verdünnter Schwefelsäure fast völlig lösliche Masse enthält dann (außer viel Essigsäure und wie es scheint auch Buttersäure) vier in Aether lösliche Producte: Phloroglucin, eine durch Bleizucker nicht fällbare krystallisirte Säure, eine krystallisirbare und eine nicht krystallisirbare Säure, die aber beide durch Bleizucker gefällt werden. Zu ihrer Trennung sättigt man die wässerige Lösung des Rückstands von der Aetherdestillation mit kohlens. Natron und schüttelt dann mit Aether, wo sich das (auf ein Pfund Harz 6 bis 8 Grm. betragende) Phloroglucin löst. Die davon befreite Flüssigkeit wird erwärmt, mit Schwefelsäure angesäuert und nun neuerdings etwa 5 bis 6 mal mit Aether ausgezogen. Der Rückstand von diesem Aetherauszug wird in wässeriger Lösung mit Bleizucker gefällt. Der weiſse voluminöse Niederschlag A enthält die zwei fällbaren Säuren, die davon ablaufende Flüssigkeit B die dritte nicht fällbare. Man zersetzt den Bleiniederschlag A wie auch die Flüssigkeit B mit Schwefelwasserstoff, wäscht das Schwefelblei mit siedendem Wasser aus und verdampft die ablaufenden Filtrate. Die aus der Flüssigkeit B gewonnenen enthalten indessen noch etwas von der durch Blei fällbaren Säure, sofern ein Theil des Bleisalzes in der freigewordenen Essigsäure sich löst. Mit den daraus erhaltenen Krystallen muſs deſshalb die Behandlung mit Blei wiederholt werden. — In der zum Syrup verdampften Flüssigkeit aus dem Bleisalz A bilden sich bei mehrtägigem Stehen körnige Krystalle, während die andere amorphe, syrupartige (nicht rein erhaltene) Säure in der Mutterlauge bleibt. Die krystallisirte Säure ist mit der Uvitinsäure (1) isomer und wird deshalb von Hlasiwetz und Barth als *Isuvitinsäure* bezeichnet. Ihre Analyse entspricht der Formel $C_9H_8O_4$. Sie bildet nach dem Umkrystallisiren aus siedendem Wasser unter Zusatz von Thierkohle ziemlich dicke, kurze, säulenförmige Krystalle des rhombischen Systems, deren Flächen manchmal sattelförmig gekrümmt erscheinen. Sie schmeckt und reagirt stark sauer, schmilzt ohne Wasserverlust bei etwa 180° und erstarrt dann wieder krystallinisch. Das Ammoniaksalz bildet sehr zerflieſsliche blätterige Krystalle; das Kalksalz, $C_9H_6Ca_2O_4 + 2H_2O$, krystallisirt beim Verdunsten der mit Chlorcalcium versetzten Lösung des Ammoniaksalzes in kugeligen Aggregaten; ein anderes (wahrscheinlich das saure) Salz entsteht beim Sättigen der Säure mit kohlens. Kalk. Das Barytsalz, $C_9H_6Ba_2O_4$, krystallisirt in glänzenden Schuppen; das Cad-

(1) Jahresber. f. 1862, 802.

630   Organische Chemie.

Zersetzungsproducte der Harze durch schmelzendes Kali. miumsalz, $C_9H_7CdO_4 + 2\frac{1}{2}H_2O$, in warzenförmig vereinigten kurzen Prismen; das Silbersalz, $C_9H_6Ag_2O_4$, ist ein voluminöser, in kaltem Wasser schwer löslicher, lichtbeständiger Niederschlag. — Die durch essigs. Blei nicht fällbare, aus der Flüssigkeit B erhaltene Säure ist *Pyroweinsäure*, $C_5H_8O_4$. Sie krystallisirt in warzig gruppirten Formen des monoklinometrischen Systems. Ein Pfund gereinigtes Gummigutt gab etwa 40 Grm. Untersucht wurden: das in blätterigen, leicht verwitternden Krystallen anschiefsende Natronsalz, $C_5H_6Na_2O_4 + 6H_2O$; das leicht lösliche Kalksalz, $C_5H_6Ca_2O_4 + 2H_2O$, und das als weifser schleimiger Niederschlag sich bildende Silbersalz, $C_5H_6Ag_2O_4$.

Acaroïdharz (von *Xanthorrhoea hastilis*) liefert bei der Oxydation durch schmelzendes Kali eine so reichliche Menge von Paraoxybenzoësäure (von 18 Loth 36 Grm.), dafs es als Material zur Darstellung dieser Säure empfohlen werden kann. Die Mutterlauge des Aetherauszugs enthält aufserdem etwas Resorcin, Brenzcatechin, sowie die zuerst aus der Benzoë gewonnene Doppelverbindung von Protocatechusäure und Paraoxybenzoësäure, $C_{14}H_{12}O_7 + 2HO$ (1). — *Sagapenum* (von *Ferula persica*) liefert viel Resorcin, neben einer Spur eines durch Bleizucker fällbaren, mit Eisenchlorid sich röthenden Körpers. — *Opopanax* (von *Pastinaca opopanax*) giebt Protocatechusäure, etwas Brenzcatechin und eine neue, durch Bleizucker fällbare, noch nicht näher untersuchte Säure. Sie ist krystallisirbar, färbt sich mit Eisenchlorid röthlichgelb, reducirt Kupferoxyd in alkalischer Lösung, Silberoxyd erst in der Hitze auf Zusatz von Ammoniak, wird von Alkalien nicht verändert und giebt nach dem Neutralisiren mit Ammoniak keine Niederschläge mit Chlorbaryum oder Chlorcalcium. — *Myrrhe* wird durch Kali nur schwierig und theilweise

(1) Vgl. Jahresber. f. 1864, 574.

oxydirt, unter Bildung von Protocatechusäure und etwas Brenzcatechin. — *Aldehydharz* und *Acrylharz* werden wie die Harze von der Natur des Colophoniums nur sehr schwer und unvollständig zersetzt, indem nur Spuren eines in Aether löslichen, mit Eisenchlorid sich röthenden Körpers entstehen.

In einer weiteren Mittheilung (1) über „künstliche Harzbildung" heben Hlasiwetz und Barth hervor, dafs nach ihren Versuchen die Harze sehr verschiedener Pflanzen bei der Oxydation durch Kali bis zu einem gewissen Grade sich ähnlich verhalten. Ein beträchtlicher Theil des Harzes zersetzt sich wie bei der trockenen Destillation in flüchtige Verbindungen, aromatisch riechende Dämpfe, Kohlenwasserstoffe u. s. w., ein anderer, seiner Menge nach wechselnder Theil scheidet sich wieder harzig aus, oder es bilden sich humusartige Producte, niemals fehlen Essigsäure und ihre nächsten Homologen. Die Hauptproducte sind: 1) *Protocatechusäure*, $C_7H_6O_4$, aus Guajak, Benzoë, Drachenblut, Asa foetida, Myrrhe, Acaroïdharz, Opopanax. 2) *Paraoxybenzoësäure*, $C_7H_6O_3$; aus Benzoë, Drachenblut, Aloë, Acaroïdharz. 3) *Phloroglucin*, $C_6H_6O_3$; aus Drachenblut, Gummigutt. 4) *Resorcin*, $C_6H_6O_2$; aus Galbanum, Asa foetida, Ammoniakgummiharz, Sagapenum, Acaroïdharz und wahrscheinlich aus allen Umbelliferon liefernden Harzen. Das Brenzcatechin ist (wie vielleicht auch der nur in kleinen Mengen auftretende, Eisenchlorid röthende Körper) nur ein secundäres Zersetzungsproduct der Protocatechusäure. Vereinzelt ist das Auftreten des Orcins bei der Aloë, der Isuvitinsäure und der Brenzweinsäure beim Gummigutt. — Die von Hlasiwetz und Barth (zum Theil auch von Grabowski) angestellten

Künstliche Harzbildung.

---

(1) Wien. Acad. Ber. LII (2. Abth.), 488; Ann. Ch. Pharm. CXXXIX, 83; J. pr. Chem. XCIX, 211; Zeitschr. Chem. 1866, 389; Chem. Centr. 1866, 449; Bull. soc. chim. [2] VII, 432; vorläufige Anzeige Wien. acad. Anz. 1866, 77; Instit. 1866, 270.

Künstliche Harzbildung. Versuche über künstliche Harzbildung, durch Behandlung von Aldehyden oder diesen verwandten Körpern mit wasserfreier Phosphorsäure, ergaben die nachstehenden Resultate. *Bittermandelölharz*: Ein breiartiges Gemisch von Bittermandelöl mit wasserfreier Phosphorsäure erhärtet an einem mäfsig warmen Orte nach 12 bis 24 Stunden, indem sich das Oel in eine braunschwarze, bröckliche Masse verwandelt, die nach dem Auswaschen mit Wasser nur zum kleinsten Theil von Alkohol gelöst wird. Der braune alkoholische Auszug hinterläfst beim Verdunsten ein grünbraunes, nach längerem Erwärmen geruchloses Harz; der in Alkohol unlösliche Theil ist eine nach dem Trocknen zu einem staubigen Pulver zerfallende braune Substanz, von den äufseren Eigenschaften der Humuskörper und gegen Lösungsmittel, selbst gegen ätzende Laugen sehr indifferent. Vermeidet man bei dem Vermischen der Phosphorsäure mit dem Oel jede Erhitzung, so erhärtet die gelbbräunliche Mischung ebenfalls nach einigen Tagen, und der in warmem Wasser unlösliche Theil trocknet dann auf dem Wasserbade zu einem geruchlosen, dem Colophonium ähnlichen Harz ein. Dieses durch Fällung der alkoholischen Lösung mit salzsäurehaltigem Wasser gereinigte Harz hat annähernd die Zusammensetzung des Alphaharzes der Benzoë; es ist nur theilweise in Aether löslich, die alkoholische Lösung wird durch Bleizucker nicht gefällt, bei der trockenen Destillation liefert es ein dickes bräunliches Oel neben viel Benzoësäure, und beim Schmelzen mit 4 Th. Kalihydrat entsteht Benzoësäure und Paraoxybenzoësäure. — *Eugenharz* bildet sich bei ähnlicher Behandlung von Nelkensäure mit Phosphorsäure als geruchlose, aromatisch-bitterlich schmeckende Masse, deren weingeistige Lösung veilchenblauen Dichroïsmus zeigt. Seine Zusammensetzung liegt zwischen der der Nelkensäure, $C_{10}H_{12}O_2$, und der der nächst höheren Sauerstoffverbindung, $C_{10}H_{12}O_3$; bei der trockenen Destillation liefert es ein kreosothaltiges, Eisenchlorid grün färbendes Oel; mit Salpetersäure giebt es fast nur Oxalsäure und mit schmelzendem Kali beträchtliche Mengen Protocatechusäure neben etwas Essigsäure; in alkoholischer Lösung wird es durch Bleizucker gefällt. — *Cassiaöl* verdickt sich mit wasserfreier Phosphorsäure unter Bildung einer braunen, humusartigen Substanz; *Rautenöl, Angelicaöl* und *Kümmelöl* verwandeln sich theilweise in dunkelbraunes Harz, welches mit schmelzendem Kali nur Spuren einer krystallinischen Substanz mit violetter Eisenreaction giebt; *Guajacol* geht in ein dickes (phosphorsäurehaltiges) Oel über, aus welchem durch schmelzendes Kali viel Protocatechusäure erhalten wird. — *Anisstearopten*, $C_{10}H_{12}O$, verwandelt sich beim gelinden Erwärmen mit Jodsäure und Jod in alkalischer Lösung in ein braunes sprödes Harz, von dem der in Alkohol unlösliche, in Aether lösliche Antheil noch nahezu die Zusammensetzung des Anisstearoptens zeigt. Beim Schmelzen mit Kali entstand daraus wenig eines krystallisirten Körpers von den Eigenschaften der Anissäure.

Künstliche Harzbildung.

G. Malin (1) hat über die Krystallform und einige Verbindungen des Resorcins Mittheilungen gemacht, welche die schon von Hlasiwetz und Barth angenommene Homologie dieses Körpers mit dem Orcin bestätigen. Resorcin krystallisirt in voluminösen Prismen, welche nach Reufs dem triklinometrischen System anzugehören scheinen und die Combination $\infty \bar{P} \infty . \infty \acute{P} \infty . 0P . \infty 'P . \infty \bar{P}2 . \infty \acute{P}2 . ,P$ zeigen (zu genauen Messungen waren die Krystalle nicht genügend ausgebildet). *Schwefels. Chinin - Resorcin*, $C_{20}H_{24}N_2O_2, C_6H_6O_2, SO_3 + 1\frac{1}{2} H_2O$, bildet sich, wie die analogen Verbindungen des Orcins und Phloroglucins (2), beim Vermischen von 2 Th. Resorcin mit einer schwach angesäuerten Lösung von 5 Th. schwefels. Chinin und

Resorcin.

---

(1) Wien. Acad. Ber. LIII (2. Abth.), 62; Ann. Ch. Pharm. CXXXVIII, 76; Zeitschr. Chem. 1866, 299; J. pr. Chem. XCVIII, 355; Ann. ch. phys. [4] VIII, 496; Bull. soc. chim. [2] VI, 240. —
(2) Jahresber. f. 1865, 594.

Resorcin. krystallisirt in kleinen Nadeln. — *Acetylresorcin*, $C_6H_4(C_2H_3O)_2O_2$, entsteht unter Entwickelung von Salzsäure bei der Einwirkung von Chloracetyl auf **Resorcin** als ölartige, nach der Destillation farb- und geruchlose, in Wasser unlösliche Flüssigkeit von brennend bitterem, hintennach süfslichem Geschmack. *Benzoylresorcin*, $C_6H_4(C_7H_5O)_2O_2$, bleibt beim Erwärmen von Chlorbenzoyl mit **Resorcin** auf dem Wasserbad als rothe zähflüssige Masse, die aus heifsem Weingeist in weifsen talkartigen Schuppen **krystallisirt**. Aus der Mutterlauge setzt sich eine löslichere Verbindung in Blättchen ab, welche Monobenzoylresorcin, $C_6H_5(C_7H_5O)O_2$, zu sein scheint. Beide Körper sind in Wasser unlöslich. Mit Chlorsuccinyl entsteht aus dem Resorcin unter Entwickelung von Salzsäure ein rothbraunes, nicht **krystallisirbares** Oel, aus dessen alkoholischer Lösung durch Wasser ein Harz gefällt wird, das in alkalischer Lösung intensiven grünen Dichroïsmus zeigt. Beim **Erwärmen** von Resorcin mit Fünffach-Chlorphosphor bleibt eine halbverkohlte Masse, indem sich weifse, nicht **condensirbare** Dämpfe entwickeln. — *Resorcinammoniak*, $C_6H_6O_2, NH_3$, scheidet sich beim Einleiten von trockenem Ammoniak in eine Lösung des Resorcins in wasserfreiem Aether Anfangs ölartig, dann krystallinisch ab. Die farblosen **Krystalle** zerfliefsen an der Luft und färben sich grün, später indigblau, indem sich ein dem Orceïn analoges, aus **alkalischer** Lösung durch Säuren in rothbraunen Flocken fällbares **Product** bildet. *Schwefels. Resorcin*, $C_6H_6O_2, 4SH_2O_4$, **krystallisirt** sehr leicht aus einer Lösung des Resorcins in 4 Th. erwärmter concentrirter Schwefelsäure. Die sehr **zerfliefsliche**, stark sauer reagirende Verbindung färbt sich mit Eisenchlorid auch bei grofser Verdünnung **blutroth** und wird durch Basen leicht zersetzt. — Mit den **Dämpfen** von starker Salpetersäure in Berührung verwandelt sich das Resorcin allmälig in eine dunkelrothbraune, **harzige**, in Wasser, Alkohol und Aether lösliche **Masse**, die sich in dünner Schichte mit Ammoniak violettbraun **färbt**.

Ueber die Synthese des Resorcins vgl. S. 578.

H. Hlasiwetz und A. Grabowski (1) haben das Umbelliferon. von Zwenger und Sommer in der Rinde des Seidelbasts und unter den Producten der trockenen Destillation der Umbelliferenharze aufgefundene Umbelliferon (2) näher untersucht. Bei der Darstellung desselben aus dem in Alkohol löslichen Theil des Galbanums erhält man eine um so reichlichere Ausbeute, bei je höherer Temperatur das Harz destillirt wird. Das bald zu einem krümlichen Brei erstarrende blaugrüne Destillat liefert nach dem Abpressen des anhängenden Oels und öfteres Umkrystallisiren das reine Umbelliferon. Beim Schmelzen desselben mit mit 3 Th. Kalihydrat, bis zum Eintreten einer starken Entwickelung von Wasserstoff, bildet sich neben Kohlensäure nur Resorcin, $C_6H_6O_2$, dessen Entstehung als Oxydationsproduct mit der bisher für das Umbelliferon angenommenen Formel nicht in Einklang steht. Aus dem nachstehenden Verhalten ergiebt sich, dafs das Umbelliferon mit dem Chinon nicht isomer, sondern polymer ist. Erhitzt man eine mit etwas Natronlauge alkalisch gemachte, nicht zu verdünnte Lösung von Umbelliferon in einem Kolben mit aufsteigendem Kühler mit Natriumamalgam bis zur Entfärbung oder so lange, bis eine Probe der Flüssigkeit beim Absättigen keine Ausscheidung von Umbelliferon mehr giebt, übersättigt dann mit verdünnter Schwefelsäure und schüttelt nach dem Filtriren mit Aether, so nimmt dieser eine Verbindung auf, die am besten so gereinigt wird, dafs man den Destillationsrückstand des ätherischen Auszugs in warmem Wasser löst, mit etwas Bleizuckerlösung von einer gleichzeitig gebildeten amorphen Substanz befreit, die Flüssigkeit mit Schwefelwasserstoff entbleit und das

---

(1) Wien. Acad. Ber. LIII (2. Abth.), 497; Ann. Ch. Pharm. CXXXIX, 99; Zeitschr. Chem. 1866, 895; J. pr. Chem. XCIX, 225; Chem. Centr. 1866, 456. — (2) Vgl. Jahresber. f. 1854, 631; f. 1859, 573; f. 1860, 555; f. 1861, 687 f.

Umbelliferon. farblose Filtrat unter der Luftpumpe verdampft. Es bilden sich farblose, gut ausgebildete körnige Krystalle und Krystallkrusten einer neuen, *Umbellsäure* genannten Säure. Dieselbe schmeckt und reagirt sauer, zersetzt kohlens. Salze, löst sich nur wenig in kaltem Wasser, leicht in Alkohol und Aether, färbt sich mit Eisenchlorid grün, verändert sich in alkalischer Lösung an der Luft und wird durch neutrale Metallsalze nicht gefällt. Sie reducirt alkalische Kupferoxydlösung in der Wärme, ammoniakalische Silberlösung schon in der Kälte, löst sich in erwärmter Schwefelsäure mit gelber Farbe und wird in wässeriger Lösung durch Bromwasser flockig gefällt. Die Analyse entspricht der Formel $C_9H_{10}O_4$. Ueber 100° erhitzt schmilzt die Säure unter theilweiser Zersetzung. Das Kalksalz, $C_9H_9CaO_4$, und das Barytsalz, $C_9H_9BaO_4$, trocknen zu amorphen firnissartigen Massen ein. Mit schmelzendem Kali oxydirt liefert die Umbellsäure ebenfalls Resorcin; die Bildung der Umbellsäure und des Resorcins entspricht demnach den Gleichungen:

Umbelliferon $\quad\quad\quad$ Umbellsäure
$$C_9H_6O_3 + H_2 + H_2O = C_9H_{10}O_4$$
$\quad\quad\quad\quad\quad\quad\quad\quad$ Resorcin
$$C_9H_6O_3 + O_2 = C_6H_6O_2 + 3CO_2.$$

Beim Kochen mit Jodwasserstoffsäure von dem spec. Gew. 1,7 verwandelt sich das Umbelliferon zum gröfsten Theil in eine dunkelbraune, harzartige, in ammoniakhaltigem Alkohol mit blutrother Farbe lösliche Substanz.

Farbstoffe.
Indig.

Nach Bolley und Crinsoz (1) läfst sich durch vorsichtiges Erhitzen von rohem oder gereinigtem Bengalindigo

---

(1) Aus der Schweiz. polyt. Zeitschr. XI, 121 in Dingl. pol. J. CLXXXII, 79; Zeitschr. Chem. 1866, 573; J. pr. Chem. XCIX, 331; Chem. Centr. 1867, 142.

eine kleine Menge eines goldgelben, wie es scheint stickstofffreien Farbstoffs absublimiren. Derselbe bildet lange Nadeln, welche sich bei etwa 130° verflüchtigen; er löst sich kaum in Wasser, nur sehr wenig in Weingeist, leichter in Natronlauge, concentrirter Schwefelsäure oder Salpetersäure. Die grüngelbe weingeistige Lösung wird durch Natronlauge (aber nicht durch Ammoniak) entfärbt; die salpeters. Lösung ist gelb.

H. Schiff (1) giebt an, dafs die von Laurent (2) durch Einleiten von schwefliger Säure in eine alkalische Lösung von Isatin erhaltenen, und als isatoschwefligs. Salze bezeichneten Verbindungen sich schon bei gewöhnlicher Temperatur durch directe Vereinigung des Isatins mit zweifach-schwefligs. Alkalien bilden. In gleicher Weise entstehen aus Isatin und den zweifach-schwefligs. Salzen organischer Basen weifse krystallisirbare Verbindungen, von analogem Verhalten wie das der mittelst Aldehyden gebildeten (vergl. S. 440). Schiff giebt beispielsweise die Formeln : *Derivate des Isatins.*

Isatoschwefligs. Anilin Isatoschwefligs. Amylamin
$SO_2, C_6H_7N, C_8H_5NO_2$ $SO_2, C_5H_{13}N, C_8H_5NO_2$.

In höherer Temperatur zerfällt das isatoschwefligs. Anilin, analog wie die mit Aldehyden entstehenden Diamine, unter Bildung von Phenylisatimid :

Isatoschwefligs. Anilin Phenylisatimid

$$2\left[SO_2\begin{Bmatrix}C_8H_5NO_2\\C_6H_7N\end{Bmatrix}\right] = \begin{Bmatrix}(C_8H_5NO)_2\\(C_6H_5)_2\end{Bmatrix}N_2 + 2SO_3 + 2H_2O.$$

Das Phenylisatimid ist identisch mit der von Engelhardt durch Einwirkung von Anilin auf Isatin erhaltenen Verbindung. — Durch Behandlung von Isatin mit Amylamin oder Aethylanilin bilden sich *Amylisatimid*, $(C_8H_5NO)_2(C_5H_{11})_2N_2$ und *Aethylphenylisatamid*, $(C_8H_5NO)(C_6H_5)_2(C_2H_5)_2N_2$; beide sind nur wenig in Aether, leicht in Alkohol löslich,

---

(1) Compt. rend. LXIII, 600; Chem. Centr. 1867, 89; ausführlich und mit theilweiser Aenderung der Namen : Ann. Ch. Pharm. CXLIV, 45. — (2) Berzelius' Jahresber. XXIII, 471.

Derivate des Isatins. krystallisiren schwierig in gelben Blättern und zersetzen sich leicht durch verdünnte Säuren oder bei längerer Behandlung mit Wasser, unter Rückbildung von Isatin und der Basen. Mit wässeriger schwefliger Säure gehen sie in isatoschwefligs. Salze über.

A. Baeyer und C. A. Knop (1) haben — unter nochmaliger Mittheilung und theilweiser Berichtigung der schon im Jahresbericht für 1865, 582 erwähnten Resultate — eine Untersuchung über die Reductionsproducte des Isatins ausgeführt. Aus dem Isatin entstehen durch Reduction zwei neue Körper, das *Dioxindol* (Knop's Hydrindinsäure), $C_8H_7NO_2$, und das *Oxindol*, C_8H_7NO, welche zur Isatinsäure (Trioxindol), $C_8H_7NO_3$, als Hydroxylsubstitutionsproducte des *Indols*, C_8H_7N (2), wie die Oxyphensäure und das Phenol zur Pyrogallussäure sich verhalten:

Trioxindol (Isatinsäure)	Dioxindol (Hydrindinsäure)	Oxindol
$C_8H_4N(HO)_3$	$C_8H_5N(HO)_2$	$C_8H_6N(HO)$.

Isatin (das Anhydrid des Trioxindols) wird bekanntlich in saurer Lösung leicht zu Isatyd reducirt; letzteres geht durch Behandlung mit Natriumamalgam in Dioxindol über und dieses läfst sich durch Oxydation wieder in Isatyd und Isatin überführen, so dafs sich das Isatyd als intermediärer Körper zwischen Di- und Trioxindol, als eine Art Alloxantin betrachten läfst:

Isatin	Isatyd	Dioxindol
$C_8H_5NO_2$	$C_{16}H_{12}N_2O_4$	$C_8H_7NO_2$.

In alkalischer Lösung wird das Trioxindol sogleich in Dioxindol übergeführt, so dafs Natriumamalgam mit Isatin zusammengebracht direct Dioxindol (3) liefert, ohne Bil-

---

(1) Ann. Ch. Pharm. CXL, 1; im Auszug Zeitschr. Chem. 1866, 684; Ann. ch. phys. [4] X, 474; Bull. soc. chim. [2] VII, 436. — (2) Vgl. S. 578. — (3) Bezüglich der Darstellung, der Eigenschaften und Krystallform des Dioxindols (Hydrindinsäure) verweisen wir auf die frühere Angabe von Knop (Jahresber. f. 1865, 582).

dung von Isatyd. Für die untersuchten Verbindungen des Dioxindols geben Baeyer und Knop jetzt die nachstehenden Formeln:

Salzs. Dioxindol, $C_8H_7NO_2$, HCl, warzige Krusten
Schwefels. Dioxindol, $C_8H_7NO_2, SH_2O_4 + H_2O$, kryst. Masse
Dioxindol-Natron, $C_8H_6NaNO_2 + 2HO$
Dioxindol-Baryt, $C_{16}H_{12}BaN_2O_4 + 4H_2O$
Dioxindol-Silber, $C_8H_6AgNO_2$
Dioxindol-Blei, $C_8H_5PbNO_2 + 2H_2O$.

Erwärmt man feuchtes Dioxindolsilber auf 60°, so scheiden sich Tropfen von Bittermandelöl ab, indem das Silber reducirt wird. Auch salpeters. Silber wird von Dioxindol reducirt, indem Isatin entsteht. Von Salpetersäure wird das Dioxindol leichter angegriffen wie Isatin, unter Bildung verschiedener Spaltungsproducte. Leitet man salpetrige Säure in die alkoholische Lösung, so entsteht als erstes Product *Nitrosodioxindol*, $C_8H_6(NO)NO_2$, welches bei weiterer Einwirkung in benzoës. Aethyl übergeht. Zur Darstellung des Nitrosodioxindols sättigt man 10 Th. absoluten Alkohol mit salpetriger Säure, fügt dann die concentrirte alkoholische Lösung von 1 Th. Dioxindol zu und schüttelt das Ganze mit 5 Th. zerriebenem kohlens. Kali, bis sich die Masse unter gelindem Erwärmen roth färbt. Nach dem Erkalten wird das mit absolutem Alkohol gewaschene Pulver in Wasser gelöst und das mit Salzsäure ausgefällte Product durch wiederholtes Lösen in Kalilauge, Behandeln mit Thierkohle und Fällen mit Salzsäure gereinigt. Es bildet ein gelbliches krystallinisches Pulver oder verfilzte Nadeln, löst sich schwer in Wasser und krystallisirt daraus in gelben spröden moosartigen Nadeln. Es schmilzt bei 300 bis 310°, erstarrt wieder krystallinisch und sublimirt bei 340° in weifsen Nadeln. Beim Kochen mit alkoholischem Ammoniak giebt es nicht die das Dioxindol characterisirende violettrothe Reaction. *Nitrosodioxindolammoniak*, $C_8H_5(NH_4)(NO)NO_2 + 1/2 H_2O$, scheidet sich beim Verdampfen der Lösung des Nitrosodioxindols in sehr verdünntem Ammoniak in weifsen seideglänzenden Blättern

Derivate des Isatins. ab. *Nitrosodioxindolbaryt*, $C_8H_4Ba(NO)NO_2$, ist ein weifser, *Nitrosodioxindolsilber*, $C_8H_4Ag_2(NO)NO_2$, ein gelblich-weifser Niederschlag. *Bromnitrosodioxindol*, $C_8H_4Br_2(NO)NO_2$ $+ 3H_2O$, wird beim Vermischen der wässerigen Lösung des Nitrosodioxindols mit Bromwasser gefällt und krystallisirt aus Alkohol in büschelförmig gruppirten, prismatischen Nadeln. Es löst sich in Kalilauge, rauchender Salpetersäure und Schwefelsäure ohne Veränderung, färbt sich beim Kochen mit alkoholischem Ammoniak nicht violett, verliert bei 140° den Wassergehalt, schmilzt bei 275° und sublimirt dann in weifsen Blättchen. *Azodioxindol*, $C_8H_6N_2O_2$, entsteht beim Kochen des Nitrosodioxindols mit 6 Th. Eisenvitriol, überschüssiger Kalilauge und viel Wasser und wird aus der abfiltrirten Flüssigkeit durch Salzsäure in weifsen prismatischen Nadeln gefällt. Es ist in Wasser schwer, in kochendem Alkohol leicht, in Salzsäure unlöslich. Bromwasser scheidet aus der wässerigen Lösung weifse Flocken einer Bromverbindung ab. Es schmilzt bei 300°, sublimirt aber schon bei 260° in farblosen quadratischen Tafeln. Vermischt man die wässerige Lösung mit salpeters. Silber und Ammoniak, so entsteht ein weifser krystallinischer Niederschlag von *Azodioxindolsilber*, $C_8H_4Ag_2N_2O_2$. — *Asoxindol*, $C_8H_6N_2O + 1/2 H_2O$, bildet sich bei der Behandlung von Nitrosodioxindol mit Natriumamalgam und wenig Wasser als amorphe Natronverbindung und wird durch Zersetzung der letzteren mit Salzsäure als weifser amorpher Niederschlag abgeschieden. Es ist sehr schwer in Wasser, leichter in Alkohol löslich und krystallisirt daraus in Würfeln. Es sublimirt, ohne zu schmelzen, bei 220° in weifsen krystallinischen Blättchen; die heifse wässerige Lösung giebt mit Chlorbaryum und etwas Ammoniak einen voluminösen Niederschlag von *Azoxindolbaryt*, $C_{16}H_{10}BaN_4O_2$. — Das Dioxindol wird in alkalischer Lösung nicht weiter reducirt; in saurer dagegen wird es von Zinn und Salzsäure oder besser durch Natriumamalgam in *Oxindol*, C_8H_7NO, übergeführt. Zur Darstellung dieses letzteren verwandelt man zunächst das Isatin durch Behandlung mit Natriumamalgam in der früher angegebenen Weise in Dioxindol, verdünnt die Lösung auf 1 Th. Isatin mit 100 Th. Wasser, säuert sie mit verdünnter Schwefelsäure oder Salzsäure schwach an und trägt nun unter Erhitzung im Wasserbad allmälig Natriumamalgam ein, mit der Vorsicht, dafs die Säure stets vorwaltet. Wenn nach etwa 6 Stunden die Flüssigkeit auch bei alkalischer Reaction hellgelb bleibt und ein ätherischer Auszug beim Verdunsten sogleich krystallinische Nadeln liefert, neutralisirt man mit kohlens. Natron und verdampft, bis sich auf der Oberfläche Oeltropfen zeigen. Das nach 24 Stunden sich abscheidende Oxindol wird dann durch Umkrystallisiren aus heifsem Wasser gereinigt. Es bildet lange farblose Nadeln oder federartige Gruppen, schmilzt bei 120°, erstarrt wieder bei 110° und destillirt bei stärkerem Erhitzen in kleinen Mengen ohne Zersetzung als farbloses oder röthliches, sogleich krystallinisch erstarrendes Oel. In heifsem Wasser schmelzen die Krystalle und lösen sich reichlich darin auf; beim Erkalten wird die Flüssigkeit zuerst trübe und liefert dann Krystalle. Beim Eindampfen der concentrirten Lösung scheiden sich an der Oberfläche Oeltropfen von geschmolzenem Oxindol ab; an der Luft geht ein Theil durch Oxydation wieder in Dioxindol über. Es löst sich in Alkohol und Aether, krystallisirt daraus in Nadeln, giebt mit Kali eine krystallisirende Verbindung, mit Baryt-, Kupfer-, Kalksalzen und basisch-essigs. Blei Niederschläge und beim Kochen mit salpeters. Silberoxyd-Ammoniak Silberspiegel. *Oxindolsilber*, C_8H_6AgNO, bildet sich beim Vermischen der kalt gesättigten Lösung des Oxindols mit salpeters. Silber und dann mit etwas Ammoniak als flockiger, beim Stehen körnig werdender Niederschlag, der beim Erwärmen auf 70 bis 80° kein Bittermandelöl giebt. *Salze. Oxindol*, C_8H_7NO, HCl, ist zerfliefslich und krystallisirt in zu Gruppen vereinigten Spiefsen. *Bromoxindol*, C_8H_6BrNO, schei-

Derivate des Isatins. det sich beim Vermischen der kalt gesättigten Lösung des Oxindols mit Bromwasser in weifsen federförmigen Krystallen aus. Es ist unlöslich in Wasser, wenig löslich in Alkohol, schmilzt bei 176° und wird aus der alkalischen Lösung durch Säuren unverändert gefällt. *Tribromoxindol*, $C_8H_4Br_3NO + 2H_2O$, entsteht beim Eintragen von Brom in die wässerige Lösung des Oxindols und Entfernen des überschüssigen Broms durch Erwärmen. Es ist unlöslich in Wasser, löslich ohne Veränderung in Kali, krystallisirt federförmig und zersetzt sich ohne Schmelzung bei 270°. *Nitrosooxindol*, $C_8H_6(NO)NO$, bildet sich beim Einleiten von salpetriger Säure in eine 1 procentige wässerige Lösung von Oxindol, bis eine Probe beim Reiben mit einem Glasstabe nach einiger Zeit Krystalle absetzt. Die Flüssigkeit erstarrt dann sogleich oder nach 24 Stunden zu einem Brei sehr feiner goldgelber Nadeln, die sich nur schwer in Wasser, leichter in Alkohol und (mit dunkelbraunrother Farbe) in Kalilauge lösen. Beim Erhitzen zersetzt sich die Verbindung unter Bildung von nach Nitrobenzol riechenden Oeltropfen. *Nitrosooxindolsilber*, $C_8H_5Ag(NO)NO$, ist ein orangefarbener schleimiger Niederschlag, der beim Erhitzen verpufft. *Bromnitrosooxindol*, $C_8H_5Br(NO)NO$, scheidet sich beim Vermischen der kalten Lösung des Nitrosooxindols mit Bromwasser in hellgelben prismatischen Nadeln ab. Es ist schwer in Wasser, leichter in Alkohol löslich und zersetzt sich bei 240° ohne zu schmelzen oder zu sublimiren. Aus der Lösung in Kalilauge wird es durch Säuren unverändert gefällt. *Tribromnitrosooxindol*, $C_8H_3Br_3(NO)NO$, entsteht aus der eben beschriebenen Verbindung durch Einwirkung von überschüssigem Brom. Es ist unlöslich in Wasser, leicht löslich in heifsem Alkohol, krystallisirt in schmutzig violetten Nadeln, schmilzt bei 162° und sublimirt bei 190°. — *Amidooxindol* bildet sich durch Reduction von Nitrosooxindol mit Zinn und starker Salzsäure. Aus der verdampften sauren Lösung krystallisirt, nach der Entfernung des Zinns mittelst Schwefelwasserstoff, *salzs. Amidooxindol*, $C_8H_6(NH_2)NO, HCl$, in farblosen Warzen. Das Salz zersetzt sich mit Wasser unter Abscheidung einer rothen harzigen, in Alkohol löslichen Substanz; es verliert bei 80° Salzsäure und zersetzt sich bei 170° vollständig, ohne vorher zu schmelzen. Durch Reduction des Nitrosooxindols mit Eisenvitriol und Kali entsteht ein metallisch-grüner, noch nicht näher untersuchter Farbstoff.

P. Bolley (1) hat die von Schützenberger und Schiffer† beschriebenen Krappfarbstoffe (2) in Verbindung mit Rosa aufs Neue und mit folgendem Resultat analysirt. Purpurin ergab (bei 100° getrocknet) die allgemeine Formel $C_{20}H_{2n} + O_{n+1} (C_{20}H_{14}O_{8,1}$ bis $C_{20}H_{14,5}O_{7,9})$ (3). Das gelbe Reductionsproduct des Purpurins, welches jene Chemiker als mit dem Alizarin isomer betrachten, stellten Bolley und Rosa durch Einwirkung von Eisen und Zink auf eine Lösung von Purpurin in Kalilauge, Ausfällen durch Säure und Auswaschen in einer Atmosphäre von Wasserstoff dar und fanden es der Formel $C_{20}H_{16}O_5$ entsprechend zusammengesetzt. Es sublimirt leicht in langen goldgelben Nadeln, ist wenig in Wasser und Benzol, leicht aber in Alkohol und Aether mit hellgelber Farbe löslich, und verändert sich in diesen Lösungen an der Luft nur langsam; die gelbe alkalische Lösung röthet sich bei Luftzutritt. Pseudopurpurin (Trioxyalizarin) entsprach gleichfalls der allgemeinen Formel $C_{20}H_{2n}O_{n+1}$ (zwei Analysen ergaben $C_{20}H_{13}O_{7,5}$ und $C_{20}H_{14}O_8$). Der orangegelbe Farbstoff, für welchen Schützenberger die Zusammensetzung eines Purpurinhydrates gefunden hatte, entspricht nach Bolley und Rosa der Formel $C_{20}H_{2n+1}O_n$ (zwei Präparate von verschiedener Darstellung ergaben $2(C_{20}H_{13}O_6) + 3H_2O$

---

(1) Aus Schweizerische polytechn. Zeitschrift XI, 112 in J. pr. Chem. XCIX, 305; Dingl. pol. J. CLXXXII, 45, 851; Zeitschr. Chem. 1866, 552. — (2) Jahresber. f. 1864, 542. — (3) Diese sowie die folgenden Resultate sind zum Theil mit den von Schützenberger dargestellten Präparaten erhalten.

Farbstoffe des Krapps. und $C_{20}H_{13}O_6 + 2H_2O$). Bezüglich des Alizarins kommt Bolley bei der Discussion der vorhandenen und Seiner eigenen neueren Analysen abermals (1) zu dem Ergebnifs, dafs dieselben mit gröfserer Wahrscheinlichkeit für die Formeln $C_{20}H_{14}O_6$ oder $C_{20}H_{15}O_6$, als für die ältere $C_{20}H_{12}O_6$ sprechen und dafs das Alizarin demnach kein Kohlehydrat ist. Er betrachtet es nach Allem Diesem als feststehend, dafs das reine Purpurin ein Oxyd des Alizarins ist und dafs das nach E. Kopp's Verfahren (2) dargestellte Purpurin aus einem Gemenge mehrerer Substanzen besteht, die sich aber durch blofse Anwendung verschiedener Lösungsmittel nicht rein darstellen lassen. Zur endgültigen Feststellung der Zusammensetzung der Krappfarbstoffe hält Er neue Versuche für nothwendig. — Das Alizarin ist nach Bolley reducirbar. Seine violette kalische Lösung nimmt in Berührung mit Zink und Eisen eine braungelbe Farbe an und giebt hierauf bei dem Uebersättigen mit Säuren einen braungelben, in Wasser etwas schwerer als in Alkohol oder Aether löslichen Niederschlag, welcher an Wasserstoff reicher ist als das Alizarin, und dessen Zusammensetzung sich durch die Formel $C_{20}H_{14}O_6 + 2H_2O$ ausdrücken läfst (wenn Alizarin als $C_{20}H_{12}O_6$ betrachtet wird). Diese Substanz ist leicht veränderlich; sie giebt in der Hitze unter Hinterlassung eines reichlichen kohligen Rückstandes ein gelbrothes Sublimat von regenerirtem Alizarin und verwandelt sich auch in alkalischer Lösung durch Oxydation rasch wieder in Alizarin. Purpurin wird nach Bolley's Beobachtung durch starkes Erhitzen theilweise in Alizarin verwandelt, sofern der kohlige Rückstand, welcher bei der Sublimation des Purpurins zurückbleibt und gewöhnlich noch Farbstoff enthält, sich mit Kalilauge blau färbt. In geschlossenen Glasröhren findet diese theilweise (aus dem Verhalten zu Kalilauge erschlossene) Umwandlung

---

(1) Vgl. Jahresber. f. 1864, 543. — (2) Jahresber. f. 1861, 938.

des Purpurins zwischen 210 bis 220° statt. — Bezüglich einiger Färbeversuche, welche Bolley mit den verschiedenen natürlichen und reducirten Krappfarbstoffen ausgeführt hat, verweisen wir auf die Abhandlung.

Nach W. Stein (1) ist das von Anderson (2) aus der Wurzelrinde von *Morinda citrifolia* dargestellte Morindin nicht, wie Rochleder (3) vermuthete, mit der Ruberythrinsäure identisch, und ebenso unterscheidet sich auch das Morindon von dem Alizarin, deren Identität von Stenhouse (4) angenommen wird. Das von Stein aus der genannten Rinde erhaltene Morindin besafs im Wesentlichen alle von Anderson angegebenen Eigenschaften, unterschied sich aber von der Ruberythrinsäure durch seine Unlöslichkeit in Aether, durch die violette Farbe der Barytverbindung und das Verhalten gegen Kalilauge. Es ist wie die Ruberythrinsäure ein Glucosid und wird schon beim Erhitzen für sich oder durch Säuren unter Bildung eines unkrystallisirbaren, alkalische Kupferoxydlösung reducirenden Spaltungsproducts zersetzt. Es schmilzt bei 245° giebt aber schon unterhalb dieser Temperatur ein krystallinisches Sublimat von Morindon, etwa 45 pC. der ursprünglichen Substanz betragend. Zur Gewinnung des Morindons erhitzt man am besten mit wässerigem Weingeist unter Zusatz von Salzsäure zum Sieden, bis eine Probe beim Schütteln mit 20 Vol. Aether nach einigem Stehen nichts mehr ausscheidet. Der gröfsere Theil des Morindons setzt sich dann beim Erkalten mit lebhaft rothgelber Farbe ab; einen anderen weniger reinen Theil (im Ganzen 51 pC.) erhält man durch Verdampfen des Alkohols. Die Lösung in Schwefelsäure ist Anfangs indigblau; nach kurzem Stehen zeigt sich um das Blau ein zinnoberrother Ring und nach mehreren Stunden wird die

---

(1) J. pr. Chem. XCVII, 284; Zeitschr. Chem. 1866, 342; Chem. Centr. 1866, 357; Bull. soc. chim. [2] VII, 434. — (2) Jahresber. f. 18$^{47}/_{48}$, 748. — (3) Jahresber. f. 1851, 548. — (4) Jahresber. f. 1864, 543.

ganze Flüssigkeit purpurroth (Alizarin giebt sogleich eine purpurrothe Lösung), zuletzt gelbroth; überschüssige Natronlauge bewirkt auch dann noch eine dunkelviolette Färbung; Eisenchlorid färbt die alkoholische Lösung des Morindons schwarzgrün, die des Alizarins rothbraun. Mit Salpetersäure entsteht keine Phtalsäure, sondern nur Oxalsäure. Das optische Verhalten des Morindons stimmt mit dem von Stokes angegebenen überein. Aus der Analyse des Morindons berechnet Stein vorläufig die Formel $C_{14}H_8O_5$.

Carminsäure. H. Hlasiwetz und A. Grabowski (1) haben nachgewiesen, daſs die Carminsäure ein Glucosid ist. Sie zerfällt beim Kochen mit verdünnter Schwefelsäure in Zucker und in einen als *Carminroth* bezeichneten Körper. Zur Darstellung dieser Spaltungsproducte wird der durch Bleizucker in einem filtrirten Cochenilleabsud entstehende violette Niederschlag, nach sorgfältigem Auswaschen, noch feucht mit verdünnter Schwefelsäure zersetzt und das dunkelrothe (durch Schwefelwasserstoff völlig von Blei befreite) Filtrat in einem Kolben mit aufrecht stehendem Kühler einige Stunden lang mit Schwefelsäure (auf 1 Pfd. Cochenille 10 CC. concentrirte Säure) gekocht. Man vermischt nun die Flüssigkeit mit aufgeschlämmtem kohlens. Baryt, bis sowohl der Niederschlag wie die Flüssigkeit eine violette Farbe annehmen, filtrirt möglichst rasch und fällt das Filtrat mit Bleizuckerlösung aus. Der Niederschlag (A) enthält das Carminroth, die meist röthlich gefärbte Flüssigkeit den Zucker. Letztere wird mit Schwetelwasserstoff entbleit und das entfärbte Filtrat vorsichtig, am besten unter der Luftpumpe verdampft, wo ein honiggelber Rückstand bleibt, aus welchem durch Alkohol Zuckerbaryt, $C_6H_9BaO_5$, in weiſsen, beim Trocknen gummiartig wer-

---

(1) Wien. Acad. Ber. LIV (2. Abth.), 579; Ann. Ch. Pharm. CXLI, 329; im Auszug Zeitschr. Chem. 1867, 207; J. pr. Chem. C, 829; Chem. Centr. 1867, 721; vorläufige Anzeige Wien. acad. Anz. 1866, 131; Zeitschr. Chem. 1866, 373; Instit. 1866, 843.

denden Flocken gefällt wird. Der daraus abgeschiedene Carminsäure. Zucker, $C_6H_{10}O_5$ bei 50°, $C_6H_8O_4$ bei 100°, ist eine honiggelbe, amorphe, hygroscopische Masse von schwachem Caramelgeruch und bitterlichem Geschmack; er reducirt sehr leicht Kupferoxyd in alkalischer Lösung, giebt noch in kleiner Menge die Pettenkofer'sche Probe, löst sich kaum in Alkohol und ist weder gährungsfähig noch optisch wirksam. — Zur Darstellung des Carminroths wird der mit Wasser angerührte Niederschlag (A) durch verdünnte Salzsäure zersetzt, bis beim Zutröpfeln der Säure die in Scharlachroth übergegangene Farbe sich nicht weiter ändert. Das mit Schwefelwasserstoff vom Blei befreite Filtrat wird nun in gelinder Wärme verdunstet, der extractartige Rückstand in kaltem Wasser gelöst und die klare Lösung unter der Luftpumpe über Schwefelsäure ganz ausgetrocknet. Man erhält so das reine Carminroth, $C_{11}H_{12}O_7$, als dunkelpurpurrothe glänzende Masse mit grünem Reflex, die zu einem dunkel-zinnoberrothen, sehr wenig hygroscopischen Pulver zerreiblich ist, sich in Wasser und Alkohol mit schön rother Farbe löst, in Aether aber unlöslich ist. Es hinterläfst beim Verbrennen eine Spur aus Kalk, Phosphorsäure und Eisen bestehender Asche. Vermischt man die alkoholische Lösung des Carminroths mit einer alkoholischen Lösung von Kali, so entsteht ein Anfangs rother, dann violetter Niederschlag der Kaliverbindung, $C_{11}H_{10}K_2O_7$, (bei 130°), welche nach dem Auswaschen mit Alkohol bei Luftabschlufs zu einer dunkelvioletten Masse eintrocknet. In der tief purpurroth gefärbten wässerigen Lösung dieser Kaliverbindung entstehen durch Chlorbaryum, Chlorcalcium oder Zinkvitriol dunkelviolette Niederschläge, deren Zusammensetzung den Formeln $C_{11}H_{10}Ba_2O_7$, $C_{11}H_{10}Ca_2O_7$ und $C_{11}H_{10}Zn_2O_7$ entspricht. Eine andere Zinkverbindung, $C_{11}H_{11}ZnO_7$, setzt sich beim Stehen einer Lösung von Carminroth (oder von Carminsäure) mit verdünnter Schwefelsäure und überschüssigem Zink als im durchscheinenden Licht grün erscheinende pulverige Masse ab. Kocht man

Carminsäure. eine Lösung des Carminroths mit Zink und Schwefelsäure oder erwärmt man sie bei Luftabschluſs mit Natriumamalgam, so entfärbt sie sich fast vollständig, unter Bildung sehr veränderlicher, nicht rein zu gewinnender Producte. — Carminsäure giebt mit Kalihydrat in alkoholischer Lösung einen Anfangs rothen, dann dunkelvioletten Niederschlag, der bei Luftabschluſs mit Alkohol gewaschen zu einer dunkelvioletten Masse eintrocknet, deren Zusammensetzung bei 125 bis 130° der Formel $2 C_{17}H_{16}K_2O_{10} + H_2O$ entspricht; die purpurrothe wässerige Lösung dieser Kaliverbindung wird durch Chlorbaryum, Chlorstrontium und Chlorcalcium gefällt; die schwärzlich violette Barytverbindung entspricht bei 130° getrocknet der Formel $C_{17}H_{16}Ba_2O_{10}$. Hiervon ausgehend nehmen Hlasiwetz und Grabowski für die Carminsäure die Formel $C_{17}H_{18}O_{10}$ an und die Spaltung durch Säuren erfolgte dann nach der Gleichung:

Carminsäure   Carminroth   Zucker
$C_{17}H_{18}O_{10} + 2 H_2O = C_{11}H_{12}O_7 + C_6H_{10}O_5$.

Erhitzt man Carminroth in einer Silberschale mit 3 Th. durch wenig Wasser verflüssigten Aetzkali's, bis eine Probe der Anfangs fast schwarz, dann braun werdenden Masse sich in Wasser nicht mehr mit purpurrother, sondern mit goldbrauner Farbe löst, so enthält dieselbe, neben Oxalsäure, Bernsteinsäure und wahrscheinlich Essigsäure, ein krystallisirbares Zersetzungsproduct, das *Coccinin*. Dasselbe bildet sich auch bei gleicher Behandlung von roher Carminsäure mit 4 bis 5 Th. Kali. Zur Abscheidung des Coccinins wird die in Wasser gelöste und mit verdünnter Schwefelsäure übersättigte Schmelze nach dem Abfiltriren einer harzartigen Ausscheidung mit Aether geschüttelt und die ätherische Lösung verdunstet. Es bleibt ein krystallinischer Rückstand, welcher an Wasser die oben genannten Säuren abgiebt, während das (stets nur in geringer Menge gebildete) Coccinin ungelöst bleibt. Es bildet nach dem Abpressen eines braunen Extracts und Umkrystallisiren aus heiſsem verdünntem Weingeist gelbe flimmernde Blättchen, die in Masse einen Stich ins Grünliche haben, unter Carminsäure. dem Mikroscop aber als strohgelbe rechteckige, dem rhombischen System angehörende Täfelchen erscheinen und die Farbenerscheinungen polarisirender Krystalle zeigen. Es ist unlöslich in Wasser, leicht löslich in Alkohol, schwer löslich in Aether und sehr leicht löslich in verdünnten Alkalien. Die alkalische Lösung ist Anfangs gelb; sie wird an der Luft zuerst grün, dann durch gemischte Farbentöne hindurch violett und zuletzt purpurroth; die Lösung in ammoniakalisch gemachtem Wasser färbt sich beim Schütteln mit Luft bald violett; die alkoholische Lösung wird durch Eisenchlorid roth. Die in der Kälte gelbe Lösung in concentrirter Schwefelsäure wird in der Wärme oder durch Zusatz einiger Körnchen Braunstein indigblau. Mit Natriumamalgam wird die alkoholische Lösung unter Abscheidung von Flocken sogleich grün und dann an der Luft dunkelblau, indem sich ein dunkelblauer amorpher Körper absetzt. Die Analysen des Coccinins entsprechen annähernd der Formel $C_{14}H_{12}O_5$. Eine Ammoniakverbindung, $C_{14}H_{12}O_5 + NH_3$, bildet sich beim Leiten von Ammoniak über die trockene Substanz; die alkoholische Lösung giebt mit Bleizucker einen gelblichen, rasch violett werdenden Niederschlag.

Der von Stenhouse (1) aus *Spartium scoparium* Scoparin. dargestellte, krystallisirte gelbe Farbstoff, des *Scoparin*, liefert nach H. Hlasiwetz (2), ähnlich wie das Quercetin, beim Schmelzen mit Kalihydrat Phloroglucin und Protocatechusäure als Endproducte, vielleicht entsprechend der Gleichung:

$$\underset{C_{21}H_{22}O_{10}}{\text{Scoparin}} + 4O = \underset{C_6H_6O_3}{\text{Phloroglucin}} + \underset{C_7H_6O_4}{\text{Protocatechu-säure}} + CO_2 + H_2O.$$

(1) Jahresber. f. 1851, 570. — (2) Wien. Acad. Ber. LIII (2. Abth.), 47; Ann. Ch. Pharm. CXXXVIII, 190; Zeitschr. Chem. 1866, 820; J. pr. Chem. XCVIII, 213; Chem. Centr. 1866, 447; Bull. soc. chim. [2] VI, 411.

Rhamnin und Rhamnegin.

Nach J. Lefort (1) enthalten alle Gelbbeeren (*graines de Nerprums tinctoriaux*, von *Rhamnus infectoria und tinctoria*), aufser dem in Wasser unlöslichen *Rhamnin*, noch einen zweiten, in der Zusammensetzung nicht verschiedenen, aber in Wasser löslichen Farbstoff, das *Rhamnegin*. In den Beeren von *Rhamnus cathartica* konnte Lefort nur Rhamnin, kein Rhamnegin auffinden. Das Rhamnegin wird erhalten, indem man einen concentrirten alkoholischen Auszug der Gelbbeeren (*graines de Perse ou d'Avignon*) bei niedriger Temperatur sich selbst überläfst. Es bildet, durch starken Alkohol und Aether gereinigt, gelblichweifse, blumenkohlähnliche, aus kleinen prismatischen Nadeln bestehende Massen. Es ist leicht in Wasser und in heifsem Alkohol löslich. Durch Auflösung in kalter concentrirter oder verdünnter Schwefelsäure verwandelt es sich in Rhamnin, ohne Bildung von Zucker. Salpetersäure, Salzsäure, sowie auch mehrere neutrale Salze bewirken die nämliche Umwandlung. Es löst sich mit lebhaft gelber Farbe in Alkalien und in alkalischen Erden und bildet mit Metalloxyden unlösliche Verbindungen. Die Zusammensetzung des Rhamnegins, sowie die der Blei- und Kupferverbindung entspricht den Formeln:

Rhamnegin	Bleiverbindung	Kupferverbindung
$C_{12}H_6O_5 + 2HO$	$C_{12}H_6O_5 + PbO$	$C_{12}H_6O_5 + CuO$

Das Rhamnin hat auch in der Blei- und Kupferverbindung genau dieselbe Zusammensetzung. Es ist unlöslich in Wasser, aber löslich in siedendem Alkohol, und verhält sich sonst wie das Rhamnegin. Aus der Lösung in concentrirter Schwefelsäure wird es durch Wasser unverändert gefällt. Man erhält es stets, wenn man die Gelbbeeren mit Wasser auskocht. Aus dem erkaltenden Auszug scheidet es sich als lebhaft citronengelbes Pulver ab,

---

(1) Compt. rend. LXIII, 840; J. pharm. [4] IV, 420; Zeitschr. Chem. 1866, 752.

welches durch Waschen mit Wasser, Alkohol und Aether gereinigt wird. — Einer weiteren Mittheilung von Lefort (1) über denselben Gegenstand entnehmen wir nur die Angabe, dafs beim Färben mit den Gelbbeeren sich das Rhamnegin und nicht das Rhamnin auf den Zeugen befestige.

W. Stein (2) untersuchte einen von de Vrij darge- *Grönhartin.* stellten, wahrscheinlich mit der Taigusäure Arnaudon's (3) identischen Farbstoff. Derselbe findet sich in einem aus Surinam stammenden Holz, welches wie das Holz des Bebeerubaums den Namen Grönhart oder Greenhart führt. Der Farbstoff, das *Grönhartin*, bildet goldglänzende, dem Jodblei ähnliche, unregelmäfsige Krystalle, oder (aus Wasser krystallisirt) deutliche schiefe Prismen. Es löst sich kaum in kaltem Wasser, etwas mehr in siedendem, leicht in Aether, Chloroform, Schwefelkohlenstoff, absolutem Alkohol und namentlich in heifsem 80 procentigem Weingeist. Die kalt bereiteten Lösungen sind goldgelb, die heifs gesättigten braunroth; die weingeistige schmeckt bitter. Aus der braunrothen Lösung in-heifser Salpetersäure wird durch Wasser ein gelblicher krystallinischer Körper abgeschieden, der beim Kochen mit Chlorkalk Chlorpikrin entwickelt. Alkalien färben die weingeistige Lösung wie die Krystalle dunkelroth, unter Bildung von im überschüssigen Alkali schwerlöslichen, in Wasser, Alkohol und auch in Aether löslichen krystallinischen Verbindungen. Alkalische Kupferoxydlösung wird von dem Grönhartin auch nach vorherigem Kochen mit Säuren nicht reducirt. Eisenchlorid färbt die Lösung blutroth, essigs. Thonerde purpurroth, ohne Bildung eines Niederschlags; mit essigs. Kupfer und essigs. Blei entstehen nach einiger Zeit ähnlich gefärbte Niederschläge. Die Analyse ergab

---

(1) Compt. rend. LXIII, 1081; Bull. soc. chim. [2] VII, 440; J. pharm. [4] V, 17; Zeitschr. Chem. 1867, 94. — (2) J. pr. Chem. XCIX, 1; Zeitschr. Chem. 1867, 92; Chem. Centr. 1867, 74; Bull. soc. chim. [2] VII, 435. — (3) Jahresber. f. 1858, 264.

im Mittel 74,64 pC. Kohlenstoff und 5,31 pC. Wasserstoff. Durch Einwirkung von Bromwasser entsteht eine nicht in Wasser, aber leicht in Alkohol lösliche Bromverbindung, welche 42,6 pC. Kohlenstoff, 3,69 pC. Wasserstoff und 37,46 pC. Brom enthält. Stein berechnet hieraus die Formel $C_{30}H_{28}Br_4O_9 = C_{30}H_{22}Br_4O_6 + 3H_2O$.

Curcumin. E. Schlumberger (1) hat das Verhalten der Borsäure gegen den Curcumafarbstoff näher untersucht. Die Lösung eines Alkali's bringt auf Curcumapapier einen intensiv blutrothen, rasch dunkelbraun werdenden Fleck hervor, der durch verdünnte Säuren heller wird und bei nicht zu lange dauernder Wirkung des Alkali's fast die ursprüngliche gelbe Farbe wieder annimmt, andernfalls aber schmutzig-olivenfarbig wird. Befeuchtet man das Curcumapapier mit einer Lösung von reiner Borsäure, so entsteht eine bleibende, lebhaft orangegelbe Färbung ohne röthlichen Schein, die bei gleichzeitiger Einwirkung von Schwefelsäure oder Salzsäure röthlicher wird und namentlich beim Trocknen in Purpurroth übergeht. Durch eine Lösung von Ammoniak oder Natron wird das ausgewaschene Papier zuerst vorübergehend blau und dann schmutzig-grau. Kocht man eine alkoholische Lösung von Curcumin mit Borsäure, so bildet sich eine Verbindung beider, die aus der erkalteten Lösung durch Wasser als zinnoberrother Niederschlag abgeschieden wird. Einmal wurde dieselbe in orangegelben Warzen krystallisirt erhalten. Sie ist unlöslich in Wasser, Aether und Benzol, leicht löslich in Alkohol mit orangegelber Farbe und durch Wasser namentlich in der Siedehitze zersetzbar, indem sich unter Abscheidung eines gelben Harzes Borsäure löst. Das gelbe Harz, das *Pseudocurcumin*, unterscheidet sich von dem Curcumin dadurch, daſs es durch Borsäure nicht geröthet wird und

---

(1) Bull. soc. chim. [2] V, 194; Zeitschr. Chem. 1866, 288; Chem. Centr. 1866, 964; Vierteljahrsschr. pr. Pharm. XVI, 260.

dafs es sich in Alkalien mit grünlich-grauer Farbe löst. Es bildet nach dem Verdunsten seiner Lösungen glasartige dunkelgelbe Blättchen, welche sich nicht in Wasser, aber sehr leicht in Alkohol und auch in Aether oder Benzol lösen. Kocht man die orangegelbe alkoholische Lösung der Borsäureverbindung mit einer Mineralsäure, so färbt sie sich rasch blutroth und beim Erkalten setzt sich ein körniger, fast schwarzer Körper ab, welchen Schlumberger als *Rosocyanin* bezeichnet. Zur Darstellung desselben erhitzt man den auf 1800 Grm. verdampften alkoholischen Auszug von 2 Kilogrm. Curcuma mit 150 Grm. krystallisirter Borsäure und 600 Grm. concentrirter Schwefelsäure im Wasserbad, bis ein Tropfen der Flüssigkeit durch Ammoniak rein blau gefärbt wird. Das abgeschiedene unreine Rosocyanin wird zuerst mit wässerigem Alkohol, dann mit reinem Wasser ausgewaschen, nach dem Trocknen in einer Mischung von 2 Th. Alkohol und 1 Th. Essigsäure gelöst und die aus dem heifsen Filtrat sich absetzende Verbindung von noch beigemengtem Pseudocurcumin durch Behandlung mit kaltem Aether getrennt. Das hierbei ungelöst bleibende reine Rosocyanin (etwa 120 Grm.) bildet eine aus feinen verfilzten Nadeln bestehende Masse von schön grünem Reflex. Es ist ganz unlöslich in Wasser, Benzol und Aether, aber leicht und mit prachtvoll rother Farbe löslich in Alkohol, insbesondere wenn diesem ein Tropfen einer Säure zugefügt wird. Die alkoholische Lösung färbt sich beim Sieden zuerst blutroth, dann gelb, und enthält nun Pseudocurcumin, welches sich nicht wieder in Curcumin oder in Rosocyanin umwandeln läfst. Versetzt man die alkoholische Lösung des Rosocyanins mit einem Tropfen Natron oder Ammoniak, so färbt sie sich sogleich rein blau, ähnlich wie eine ammoniakalische Kupferoxydlösung. Durch Sättigen mit einer Säure erscheint die frühere rosenrothe Farbe wieder; an der Luft, weniger rasch wenn ein Ueberschufs des Alkali's vermieden wurde, geht das Blau in ein schmutziges Grau über. Kalk- und

Barytwasser geben mit den Lösungen des Rosocyanins schön blaue Niederschläge, welche beständiger als die Alkaliverbindungen zu sein scheinen. Die Zusammensetzung dieser Körper wurde nicht ermittelt.

Quercetin. Nach Fr. Rochleder (1) findet sich in den grünen Theilen der *Calluna vulgaris* Salisb. eine nicht unbeträchtliche Menge von Quercetin, welches sich neben wachsartigen und fetten Substanzen durch Auskochen mit Weingeist entziehen läfst. Destillirt man nach dem Abfiltriren des beim Erkalten ausgeschiedenen Wachses den Weingeist ab, so giebt das wässerige Extract das gelöste Quercetin an Aether ab, welches durch Lösen in Weingeist, Fällen mit Wasser und Umkrystallisiren aus heifser Essigsäure zu reinigen ist. Für das so erhaltene, bei 127° im Kohlensäurestrom getrocknete Quercetin fand Rochleder eine der Formel $C_{54}H_{19}O_{25}$ entsprechende Zusammensetzung.

Luteolin. Rochleder (2) theilt ferner die Resultate von Versuchen mit, welche Breuer über die Einwirkung von schmelzendem Kalihydrat auf Luteolin ausgeführt hat. Zur Darstellung des Luteolins wurde Wau mit Wasser, dem der achte Theil von 50 procentigem Alkohol zugesetzt war, ausgekocht, das Decoct siedendheifs abcolirt und bis zur Entfernung des Alkohols erhitzt. Das beim Erkalten in grauen Flocken sich abscheidende unreine Luteolin wurde in wenig heifsem Weingeist gelöst, die Lösung in Wasser filtrirt, die trübe Flüssigkeit zum Sieden erhitzt und der beim Erkalten abgeschiedene Farbstoff nach dem Verfahren von Moldenhauer (3) weiter gereinigt. Zum Umkrystallisiren desselben eignet sich ein Gemisch von Wasser und Glycerin. Beim Schmelzen des Luteolins mit Kali-

---

(1) Wien. Acad. Ber. LIII (2. Abth.), 369; J. pr. Chem. XCVIII, 379; Chem. Centr. 1866, 991; Zeitschr. Chem. 1866, 347. — (2) Wien. Acad. Ber. LIV (2. Abth.), 127; Zeitschr. Chem. 1866, 602; J. pr. Chem. XCIX, 433; Chem. Centr. 1867, 710; Bull. soc. chim. [2] VIII, 122. — (3) Jahresber. f. 1856, 634.

hydrat spaltet sich dasselbe, unter Entwickelung von Wasserstoff, in Phloroglucin, $C_6H_6O_3$, und in Protocatechusäure, $C_7H_6O_4$. Mit Zugrundelegung der von Moldenhauer für das Luteolin berechneten Formel erfolgt die Spaltung nach der Gleichung :

Luteolin.

$$\underset{C_{20}H_{14}O_8}{\text{Luteolin}} + 2H_2O + 2O = 2\underset{C_6H_6O_3}{\text{Phloroglucin}} + \underset{C_7H_6O_4}{\text{Protocatechu-säure}} + CO_2.$$

Das Luteolin läfst sich ebensowohl als eine Verbindung des Phloroglucins wie des Morins betrachten. Im ersteren Falle wäre es der neutrale Aether der zweibasischen Säure, $C_8H_6O_4$, im anderen Falle die Morinverbindung einer der Protocatechusäure homologen Säure :

$$\underset{C_{20}H_{14}O_8}{\text{Luteolin}} = 2C_6H_6O_3 + C_8H_6O_4 - 2H_2O$$

$$\underset{C_{20}H_{14}O_8}{\text{Morin}} = C_{12}H_8O_5 + C_8H_6O_4 - H_2O.$$

Nach der Angabe von Thomas (1) enthält die *Sericographis Mohitli* (eine in Mexico einheimische und von den Eingeborenen gegen Ruhr angewendete Acanthacée) einen blauen, gegen Säuren und Basen wie Lackmus sich verhaltenden Farbstoff, der durch Ausziehen der frischen Blätter mit Wasser, Aufkochen der abgegossenen Flüssigkeit, Verdampfen des Filtrats und nochmaliges Lösen des Rückstands als amorphe, dunkelblaue, in Wasser leicht lösliche Masse erhalten werden kann. Zieht man die Blätter bei Abschlufs der Luft mit ausgekochtem Wasser aus, so erhält man eine grünliche Lösung, die beim Schütteln mit Luft blauviolett wird, mit Zinnchlorür sich Anfangs entfärbt und dann einen dunkelgrünen flockigen Niederschlag absetzt. Thomas bezeichnet den ursprünglich farblosen Bestandtheil der Pflanze als *Mohitlin*, das grüne Oxydationsproduct als *Mohitlein* und die blaue Salze er-

Farbstoff der Sericographis Mohitli.

---

(1) J. pharm. [4] III, 251; Bull. soc. chim. [2] VI, 256; Zeitschr. Chem. 1866, 876.

zeugende Säure als *Mohitlinsäure*. Im reinen Zustande sind diese Körper jedoch noch nicht bekannt.

Rother Farbstoff der Trauben.

E. Prillieux (1) theilt einige Beobachtungen mit über den violetten oder rothen, nicht in Wasser aber in Alkohol löslichen Farbstoff, der sich in den Hüllen der schwarzen Trauben abgelagert findet.

Flechtenstoffe.

O. Hesse (2) hat Mittheilungen über die wichtigsten Orseilleflechten und Chromogene gemacht. Die untersuchten Flechten waren entweder *Roccella fuciformis* (im Handel als Lima, Angola, Mozambique, Zanzibar und Ceylon bezeichnet), mit bandförmigem, ziemlich verästeltem fufslangen Thallus und seitlich gestellten Apothecien, oder die vom Cap vert und den Cap verdischen Inseln versandte *Roccella tinctoria* Dec., welche einen pfriemenförmigen, stielrunden, wenig verzweigten Thallus besitzt, auch seltener fructificirt als erstere Art. Von diesen beiden Arten enthält die *R. fuciformis* nur Erythrin, die *R. tinctoria* dagegen Lecanorsäure. — Die Darstellung der *Lecanorsäure* gelingt nach Hesse am besten durch Behandlung der Flechte mit Aether, der dann nach dem Abdestilliren einen grünlichweifsen krystallinischen Rückstand läfst. Derselbe wird in Kalkmilch gelöst, das Filtrat mit Schwefelsäure gefällt und der mit Wasser gewaschene Niederschlag aus heifsem Alkohol umkrystallisirt. Weniger vortheilhaft ist die Extraction der Flechte mit Kalkmilch, weil die aus der Lösung abgeschiedene gallertartige Säure einen gelbbraunen Farbstoff enthält, der nur durch wiederholtes Umkrystallisiren aus Alkohol beseitigt werden kann. In beiden Fällen ist die gereinigte Säure mit einer zur Lösung ungenügenden Menge Aether zu behandeln, wodurch eine darin schwer lösliche Substanz

---

(1) Compt. rend. LXII, 752; J. pharm. [4] III, 337; Vierteljahrschr. pr. Pharm. XVI, 440. — (2) Ann. Ch. Pharm. CXXXIX, 22; Zeitschr. Chem. 1866, 481; J. pr. Chem. C, 164; Chem. Centr. 1866, 673; Bull. soc. chim. [2] VII, 263.

abgeschieden wird. Die ätherische Lösung wird verdunstet und der Rückstand nochmals aus heifsem Alkohol umkrystallisirt. Die Säure hat die von Schunck gefundene Zusammensetzung $C_{16}H_{14}O_7 + H_2O$; sie verliert den Wassergehalt (5,35 pC.) leicht bei 100°. 1 Th. erfordert bei 20° 24 Th. Aether zur Lösung (nach Schunck 80 Th. bei 15°); sie schmilzt bei 153° zu einer farblosen Flüssigkeit, die sich bald unter Kohlensäureentwickelung zersetzt. Leitet man durch die Lösung der Säure in Barytwasser Kohlensäure, so entsteht eine längere Zeit haltbare neutrale Lösung von lecanors. Baryt, wodurch ein Mittel zur Trennung der Lecanorsäure vom Erythrin gegeben ist. Kocht man die wässerige Lösung des lecanors. Baryts mit einem Ueberschufs an Baryt nur so lange, bis durch Salzsäure kein gelatinöser Niederschlag mehr entsteht, so scheiden sich beim Erkalten Krystalle von Orsellinsäure ab. Beim Kochen mit Alkohol entsteht orsellins. Aethyl nach der Gleichung I; man erhält aber etwas weniger als die theoretische Menge an orsellins. Aethyl (statt 61,6 nur 57,6 pC.), sofern ein Theil der Säure mit dem Wasser des Alkohols nach der Gleichung II zerfällt:

Lecanorsäure   Orcin   Orsellins. Aethyl

I $C_{16}H_{14}O_7 + C_2H_6O = CO_2 + C_7H_8O_3 + C_8H_7(C_2H_5)O_4$

                                              Orsellinsäure

II $C_{16}H_{14}O_7 + H_2O = CO_2 + C_7H_8O_3 + C_8H_8O_4$.

Mit Amylalkohol entsteht in analoger Weise orsellins. Amyl. — Versetzt man die ätherische Lösung der Lecanorsäure in kleinen Portionen mit einer ätherischen Lösung von Brom, bis das letztere nur schwierig absorbirt wird, so entsteht *Dibromlecanorsäure*, $C_{16}H_{12}Br_2O_7$, welche durch Umkrystallisiren des mit Wasser gewaschenen Verdampfungsrückstands aus heifsem Alkohol unter Zusatz von Thierkohle in weifsen Prismen erhalten wird. Sie ist unlöslich in Wasser, schwerer löslich in Alkohol und Aether als die Lecanorsäure und färbt sich in alkoholischer Lösung mit Eisenchlorid purpurviolett, mit Chlorkalk blutroth. Sie

Flechten-stoffe. schmilzt unter Entwickelung von Kohlensäure bei 179° und zerfällt beim Kochen mit Barytwasser unter Bildung von kohlens. Baryt, Brombaryum und einer gelben Substanz. *Tetrabromlecanorsäure*, $C_{16}H_{10}Br_4O_7$, bildet sich beim Eintröpfeln von Brom in die ätherische Lösung der Lecanorsäure und krystallisirt aus Alkohol in blaſsgelben, bei etwa 157° schmelzenden Prismen, die sich leicht in Alkohol, Aether, Ammoniak und Barytwasser lösen und aus letzteren durch Säuren als gelbliches Oel gefällt werden. Die alkoholische Lösung reagirt sauer und verhält sich gegen Eisenchlorid und Chlorkalk wie die ursprüngliche Substanz; beim Kochen mit Barytwasser entsteht kohlens. Baryt, Brombaryum und eine gelbe harzige Substanz. — Das wie oben erwähnt in der bandförmigen *Roccella fuciformis* sich findende *Erythrin* wird am vortheilhaftesten mit Kalkmilch nach dem Verfahren von Stenhouse (1) gewonnen, nur muſs man sich vor der Fällung mit Salz- oder Schwefelsäure, durch einen vorläufigen Versuch überzeugen, daſs durch Kohlensäure auch alles Chromogen gefällt wird, sofern der *Roccella fuciformis* häufig eine andere, der *R. tinctoria* sehr ähnliche Flechte beigemengt ist, deren Chromogen durch Kohlensäure nicht abgeschieden wird. Die von Hesse mit Erythrin von verschiedenen Flechten (Angola, Zanzibar, Madagascar, Ceylon, Lima) ausgeführten Analysen stimmen mit der Formel $C_{20}H_{22}O_{10}$ überein (2), ebenso entspricht die Menge der (als kohlens. Baryt gefundenen) Kohlensäure der Gleichung :

Erythrin   Erythrit   Orcin
$C_{20}H_{22}O_{10} + 2H_2O = 2CO_2 + C_4H_{10}O_4 + 2C_7H_8O_3$.

Das lufttrockene Erythrin enthält noch 1 ½ Molecül (6 pC.) Krystallwasser, welches zum Theil im Exsiccator, vollständig bei 100° entweicht. Das Bleisalz ist dann $2C_{20}H_{19}Pb_3O_{10} + 3H_2O$, das *Tribromerythrin* $2C_{20}H_{19}Br_3O_{10}$

---

(1) Jahresber. f. 18⁴⁷/₄₈, 750. — (2) Jahresber. f. 1865, 589.

$+ 3H_2O$ (1). Bezüglich der früheren Angabe (2), daſs das Erythrin bei der Behandlung mit Salzsäure oder wenig Natronlauge lebhaft Kohlensäure entwickele, findet Hesse jetzt, daſs dieses abnorme Verhalten durch Spuren fremder Substanzen bedingt sei, die auch den Schmelzpunkt beträchtlich erniedrigen könnten. Beim Kochen des Erythrins mit Alkohol entsteht bekanntlich orsellins. Aethyl und Pikroerythrin nach der Gleichung I; der Wassergehalt des Alkohols bedingt jedoch eine zweite Zersetzung nach II, in der Art, daſs bei Anwendung von absolutem Alkohol annähernd die berechnete Menge (46,4 pC.) orsellins. Aethyl, mit verdünntem Alkohol aber im Verhältniſs weniger erhalten wird:

$$\text{Erythrin} \quad\quad \text{Pikroerythrin} \quad \text{Orsellins. Aethyl}$$
$$\text{I} \quad C_{20}H_{22}O_{10} + C_2H_6O = C_{12}H_{16}O_7 + C_6H_7(C_2H_5)O_4$$
$$\quad\quad\quad\quad\quad\quad\quad\quad\quad\quad\quad\quad\quad\quad\text{Orcin}$$
$$\text{II} \quad C_{20}H_{22}O_{10} + H_2O = C_{12}H_{16}O_7 + C_7H_8O_2 + CO_2.$$

Gegen Aether verhält sich das Erythrin indifferent, es erfordert bei 20° 328 Th. zur Lösung. Beim Kochen mit Amylalkohol entsteht Pikroerythrin und orsellins. Amyl, welche beide krystallisiren (3):

$$\text{Erythrin} \quad\quad \text{Pikroerythrin} \quad \text{Orsellins. Amyl}$$
$$C_{20}H_{22}O_{10} + C_5H_{12}O = C_{12}H_{16}O_7 + C_6H_7(C_5H_{11})O_4.$$

Pikroerythrin erhält man besonders leicht und rein durch mehrstündiges Kochen von Erythrin mit Amylalkohol. Nach erfolgter Zersetzung destillirt man einen Theil des Amylalkohols ab und verjagt dann den Rest im Wasserbade, wo sich nach und nach orsellins. Amyl als farbloses Oel abscheidet, während das Pikroerythrin aus der bei etwa 40° abfiltrirten Flüssigkeit in weiſsen seideglänzenden Prismen anschieſst. Es entspricht aus Wasser krystallisirt der Formel $C_{12}H_{16}O_7 + 3H_2O$, und verwittert unter Ver-

---

(1) Jahresber. f. 1861, 699. — (2) Ebendaselbst. — (3) Auch Stenhouse (Ann. Ch. Pharm. CXXV, 356) beobachtete hierbei die Bildung einer in platten Nadeln krystallisirenden Verbindung, die Er für orsellins. Amyl hielt.

lust des Wassergehalts zu einem weifsen Pulver. Beim Kochen mit Alkohol erleidet es keine Veränderung. — *Orsellinsäure* erhält man leicht in folgender Weise: Man erhitzt die Lösung des Erythrins in Barytwasser im Wasserbad bis zur Ausscheidung von kohlens. Baryt und versetzt dann in kurzen Zeiträumen eine Probe der Lösung mit Salzsäure. Sobald hierdurch kein gallertartiger Niederschlag mehr entsteht, übersättigt man die ganze Flüssigkeit mit Salzsäure, worauf die Abscheidung der Orsellinsäure bald erfolgt. Sie schmilzt bei 176° und zerfällt hierbei nach und nach in Kohlensäure und Orcin. Sie löst sich bei 20° in 4,5 Th. Aether und zersetzt sich beim Kochen mit Alkohol, ähnlich wie mit Wasser, in Kohlensäure und Orcin, unter Bildung von nur sehr wenig orsellins. Aethyl. Das nach obigem Verfahren dargestellte *orsellins. Amyl*, $C_8H_7(C_5H_{11})O_4$, erstarrt nach kurzer Zeit zu einer Krystallmasse, welche nach dem Abpressen und Behandeln mit kohlens. Natron in ätherischer Lösung, aus letzterer in weifsen glasglänzenden Prismen anschiefst. Es schmilzt bei 76°, erstarrt bei 68°, destillirt unzersetzt und löst sich nicht in Wasser, leicht in Aether, Alkohol, Amylalkohol, so wie in Ammoniak, schwieriger in kohlens. Natron; in alkoholischer Lösung färbt es sich mit Eisenchlorid purpurviolett, mit Chlorkalk blutroth; Bleizucker giebt damit keinen Niederschlag. Beim Kochen mit Barytwasser zerfällt es nach der Gleichung:

$$\underset{\text{Orsellins. Amyl}}{C_8H_7(C_5H_{11})O_4} + H_2O = \underset{}{CO_2} + \underset{\text{Orcin}}{C_7H_8O_2} + \underset{\text{Amylalkohol}}{C_5H_{12}O}.$$

Dibromorsellinsäure, $C_8H_6Br_2O_4$, entsteht beim vorsichtigen Vermischen einer ätherischen Lösung von Orsellinsäure mit einer solchen von Brom, so lange als letzteres verschwindet (1). Die beim Verdunsten des Aethers bleibende Säure bildet nach wiederholtem Umkrystallisiren aus Alko-

---

(1) Bei Ueberschufs an Brom entsteht hierbei Tribromorcin (Jahresber. f. 1861, 700).

hol unter Zusatz von Thierkohle kleine weifse Prismen, die sich nur schwer in heifsem Wasser, aber leicht in Alkohol und Aether lösen; die Lösung in Ammoniak oder Barytwasser zersetzt sich beim Kochen unter Bildung von kohlens. Salz und einer gelben Substanz; beim Kochen mit reinem Wasser entweicht nur Kohlensäure und die Lösung enthält eine krystallisirbare Säure (Dibromorcin?). Die alkoholische Lösung röthet Lackmus, wird durch Eisenchlorid dunkelblau, durch Chlorkalk blutroth gefärbt und giebt mit Bleizucker einen amorphen, in verdünnter Essigsäure schwer löslichen Niederschlag. Salpeters. Silber bewirkt erst nach längerem Kochen, reichlicher auf Zusatz von Salpetersäure Abscheidung von Bromsilber. *Dibromorsellins*. Amyl, $C_8H_5(C_5H_{11})Br_2O_4$, wird in analoger Weise aus dem orsellins. Amyl erhalten, wie die Dibromorsellinsäure aus der Orsellinsäure. Es krystallisirt in weifsen Prismen, schmilzt bei 73°,8, erstarrt bei 47°, löst sich nicht in Wasser, leicht in Alkohol, Aether und Ammoniak, und giebt in alkoholischer Lösung einen weifsen amorphen Niederschlag, dessen Bleigehalt der Formel $C_{13}H_{16}Br_2O_4$, Pb_2O entspricht. Gegen Eisenchlorid und Chlorkalk verhält sich der Aether wie das orsellins. Amyl.

Die auf den Chinarinden vorkommende Bartflechte (*Usnea barbata* H o f f m.) enthält, nach O. H e s s e (1), einen der Usninsäure nahe stehenden, als *Carbonusninsäure* bezeichneten Körper. Man erhält denselben durch Uebergiefsen der mit Wasser eingequellten und mit Kalkhydrat vermischten Flechte mit verdünntem Weingeist, Fällen der abfiltrirten und etwas erwärmten Lösung des Kalksalzes mit wenig Salzsäure und nochmalige gleiche Behandlung des Niederschlags mit Kalkhydrat, Weingeist und Salzsäure. Die schliefslich aus Aether umkrystallisirte Carbon-

---

(1) Ann. Ch. Pharm. CXXXVII, 241; Zeitschr. Chem. 1866, 192; Chem. Centr. 1866, 123; J. pr. Chem. XCIX, 465; Bull. soc. chim. [2] VI, 145.

Carbonusninsäure. usninsäure bildet schwefelgelbe Prismen, welche sich nicht in Wasser, nur schwer in Alkohol und bei 20° in 334 Th. Aether lösen. Aus der Lösung in Alkalien oder Kalk wird sie durch Kohlensäure abgeschieden; Chlorkalk oder Eisenchlorid bewirken damit so wenig wie mit Usninsäure eine Färbung. Beim Sieden mit Alkohol oder bei der Einwirkung von Barytwasser im Sonnenlicht entsteht neben Kohlensäure eine durch Salzsäure fällbare, in Prismen krystallisirende Säure, vielleicht Everninsäure. Die Zusammensetzung der Carbonusninsäure entspricht der Formel $C_{19}H_{16}O_8$; ihr Schmelzpunkt liegt bei 195°,4, während die Usninsäure, $C_{18}H_{18}O_7$, bei 201°,8 schmilzt.

Holzfaser; Stärkmehl; Zucker; Glucoside u. s. w. Cellulose, Stärkmehl und Dextrin.
Payen (1) sucht in einer Abhandlung über „Stärkmehl, Dextrin und Holzfaser" von Neuem die Angabe von Musculus (2) über die Einwirkung der Diastase auf Stärkmehl zu widerlegen und zeigt, dafs die Menge des entstehenden Zuckers weit gröfser ist, als sie Musculus annimmt. Beim Erwärmen von 100 Grm. Stärkmehl mit 15 Grm. gepulvertem Malz und 1000 CC. Wasser auf 70° enthielt die Flüssigkeit in pC. des trockenen Rückstands:

	nach 20 Minuten	28 Min.	50 Min.	1¹/₂ Stunde
Zucker	17,9	20,9	25,8	26,03

Das Maximum der Zuckerbildung (52,7 pC.) wird erreicht, wenn man 10 Grm. Stärkmehl mit 400 Grm. Wasser in Kleister verwandelt und das auf 40° erkaltete Gemenge mit 2 Grm. gepulvertem Malz 4 Stunden lang auf der angegebenen Temperatur erhält. — Zur Darstellung einer wirksamen Diastase empfiehlt Payen, Gerste von der

---

(1) Ann. ch. phys. [4] VII, 882; im Auszug Zeitschr. Chem. 1866, 334. — (2) Jahresber. f. 1860, 502; f. 1865, 597.

letzten Ernte zu nehmen, welche ohne alle Schimmel- *Cellulose, Stärkmehl* bildung keimte. Wenn die Keime die Gröfse des Samens *und Dextrin.* erreicht haben, werden sie in einem Luftstrom von höchstens 50° getrocknet und (nach dem Auslesen der nicht gekeimten Körner) im gepulverten Zustande mit etwa 2 Vol. Wasser 1 bis 2 Stunden bei 30° macerirt. Die rasch abgeprefste und filtrirte Flüssigkeit wird nun im Wasserbad auf etwa 70° erwärmt und nach dem Abfiltriren der coagulirten Eiweifskörper sogleich unter Umrühren mit Alkohol gefällt. Die abfiltrirte Diastase wird noch feucht auf einer Porcellanplatte ausgebreitet und bei niederer Temperatur im leeren Raum oder in einem Luftstrom getrocknet. — Payen erwähnt noch, dafs nach der Ansicht von Musculus bei der Branntweingewinnung ⅔ des Stärkmehls verloren gehen würden, während doch in den Brennereien über 66 pC. des Stärkmehls als Alkohol gewonnen werden. Die Umwandlung des Stärkmehls in Zucker mittelst Schwefelsäure erfolgt am vollständigsten (bis zu 80,5 pC.) bei Anwendung von 2,5 bis 3 Th. Säure auf 100 Th. Stärkmehl. Salzsäure bewirkt die Umwandlung unter gleichen Verhältnissen noch etwas rascher und vollständiger (bis zu 85,5 pC.). — Nach dem Verfahren von Bachet zur Gewinnung von Zucker und (zu Papier verwendbarer) Holzfaser aus Holz werden Spähne von Tannen-, Buchen- oder Pappelholz 10 bis 12 Stunden lang mit Wasser gekocht, welches $1/_{10}$ Salzsäure enthält. Es werden hierbei nur die weniger dichten Theile der Faser gelöst und in Zucker verwandelt; Holz liefert so 21,6 bis 22,9 pC., Stroh 25,4 pC. Zucker. — Aus dem Mark verschiedener Pflanzen (z. B. *Phytolacca dioica* und *Aralia papyrifera*) läfst sich leicht reine Cellulose gewinnen, wenn man dasselbe 8 bis 14 Tage lang kalt mit 1 Vol. Salzsäure und 9 Vol. Wasser macerirt und den ungelöst bleibenden Theil mit Wasser und dann mit Ammoniak auswascht. — In dem holzigen Gewebe vieler Bäume und Sträucher, und zwar nicht nur in den Zellen, sondern auch in den cylin-

Cellulose, Stärkmehl und Dextrin.

drischen Höhlungen der Faser findet sich nach Payen stets Stärkmehl. Er bestätigt ferner die Angabe von Tieghems (1), daſs sich die Faser des Holzes der Coniferen in Berührung mit Salzsäure (1 Vol. Säure, 9 Vol. Wasser) violett oder rosenroth färbt.

Flückiger (2) bestimmte das spec. Gew. des Stärkmehls (und des Gummi's) im lufttrockenen wie im bei 100° getrockneten Zustande, unter Anwendung von Petroleum. Er fand für:

	Arrow-Root		Kartoffelstärke		Gummi	
Spec. Gew. bei 17 b. 18°	lufttr.	bei 100° getr.	lufttr.	bei 100° getr.	lufttr.	bei 100° getr.
	1,5045	1,5684	1,5029	1,6330	1,487	1,525.

Magne Lahens (3) schreibt das Verschwinden der Farbe der Jodstärke beim Erhitzen der Zersetzung der blauen, in der Kälte beständigen Verbindung zu, und geht dabei von nachstehenden Beobachtungen aus: Wenn man eine Jodstärkelösung nur so weit erhitzt, daſs eben die blaue Farbe verschwindet, so nimmt die Flüssigkeit sogleich die orangegelbe Färbung einer wässerigen Jodlösung an, und in einer zum Sieden erhitzten filtrirten Stärkelösung erscheint die blaue Farbe auch bei gröſserem Jodzusatz nicht. Erhitzt man in zugeschmolzenen Röhren Lösungen von ungleicher Concentration langsam im Wasserbad, so entfärben sich dieselben nach und nach und zwar die am wenigsten gefärbte zuerst.

A. Busse (4) untersuchte die jungen Pflanzen und Körner verschiedener Getreidearten, die Kartoffeln, Boletus cervinus und Galläpfel auf einen Gehalt an Dextrin, und fand dasselbe, in sehr geringer Menge, nur in vorjährigen Kartoffeln und in jungen Waizenpflanzen.

---

(1) Jahresber. f. 1863, 565. — (2) Zeitschr. anal. Chem. V, 301. — (3) Bull. soc. chim. [2] VI, 79. — (4) Arch. Pharm. [2] CXXVII, 214; Zeitschr. Chem. 1866, 606.

Hoppe-Seyler (1) ermittelte mittelst einer Lösung von reinem Traubenzucker (durch öfteres Umkrystallisiren gereinigtem Harnzucker), welche in 100° CC. 36,2744 Grm. enthielt und bei 18°,8 das spec. Gew. 1,13602 hatte, für die einzelnen Spectrallinien die folgenden specifischen Drehungen:

C	D	E	b	F
42°,45	53°,45	67°,9	71°,8	81°,8 (?)

Da die Drehung, welche für die Linie D gefunden wird, mit den Drehungen übereinstimmt, welche man bei Lampenlicht mittelst der Uebergangsfarbe bestimmt, so ist hiernach, wie diefs auch Mitscherlich angiebt, in allen Berechnungen des Traubenzuckergehalts, wenn dieser durch Circumpolarisation bestimmt werden soll, der Werth für denselben $[\alpha]j = 53°,5$ aufzunehmen. Der von Berthelot gefundene $+56°$ ist ungenau, da (mit Ausnahme des Harnzuckers) sämmtliche natürliche oder künstliche Traubenzucker entweder Dextrin oder Fruchtzucker enthalten, und da es bei der Löslichkeit des Dextrins in absolutem Alkohol nicht gelingt, dieses vollständig vom Traubenzucker zu trennen.

Ch. Tomlinson (2) beschreibt einige mit Scheibler's (3) Angaben über die Wirkung des Lichts auf die Krystallisirbarkeit des Zuckers im Honig in Widerspruch stehende Beobachtungen. Er fand, dafs das Licht ohne Einflufs ist auf das mit der Zeit eintretende Erstarren des Honigs, ohne jedoch die eigentliche Ursache des Krystallisirens ermitteln zu können.

Nach einer vorläufigen Mittheilung von Friedländer (4) bildet sich beim längeren Einleiten von Chlor in eine Lösung von Rohrzucker neben anderen nicht kry-

---

(1) Medicinisch - chem. Unters. I, 168; Zeitschr. anal. Chem. V, 412; Bull. soc. chim. [2] VI, 239. — (2) Chem. News XIII, 100. — (3) Jahresber. f. 1863, 574. — (4) Aus der Zeitschr. f. Rübenzucker-Industrie 1865, 617 in Zeitschr. Chem. 1866, 155.

Zucker. stallisirbaren Producten eine neue chlorfreie Säure, deren Barytsalz krystallisirt erhalten werden kann, wenn man — nach der Entfernung der Salzsäure mit Quecksilberoxydul — die mit Baryt gesättigte Lösung mit Alkohol bis zur beginnenden Trübung vermischt.

Nach Versuchen von E. Sostmann (1) erleidet der Rohrzucker beim Erhitzen mit Kali- oder Natronlauge auf 100° keine Veränderung; nach dem Neutralisiren zeigt die alkalische Lösung genau denselben Polarisationseffect, wie reine Zuckerlösung von demselben Procentgehalt. Die Verbindungen des Zuckers mit den Alkalien werden aus der wässerigen Lösung durch Weingeist oder Aether als ölartige Massen abgeschieden. Die Natronverbindung läfst sich austrocknen, während die Kaliverbindung, sowie zuckerkohlens. Kali, selbst nach längerem Trocknen bei 100° in einem kohlensäurefreien Luftstrom, zähe und durchsichtig bleiben. Bezüglich der Gröfse der Polarisationsverminderung des Rohrzuckers durch ätzende oder kohlens. Alkalien fand Sostmann, dafs dieselbe nicht — wie diefs Bodenbender (2) für die alkalischen Erden angiebt — der Menge der Base proportional ist. Die Concentration der Zuckerlösung ist dabei von Einflufs, sofern wahrscheinlich mit dem Grade der Verdünnung verschiedene Verbindungen entstehen. In Lösungen von der angegebenen Concentration heben den Polarisationseffect von Th. Zucker auf:

	Lösung		
	mit 20-25 pC. Zucker	mit 10 pC. Zucker	mit 5 pC. Zucker
1 Th. Natron	1,319-1,114	0,907	0,450 Th. Zucker
1 „ Kali	0,915	0,650	0,426 „ „
1 „ kohlens. Natron	0,254	0,093	— „ „
1 „ kohlens. Kali	0,185	0,143	— „ „
1 At. Natron	41	28	14 „ „
1 „ Kali	43	30	20 „ „
1 „ kohlens. Natron	14	5	— „ „
1 „ kohlens. Kali	13	10	— „ „

(1) Aus der Zeitschr. f. Zuckerindustrie XVI, 82, 272 in Zeitschr. Chem. 1866, 254, 480. — (2) Jahresber. f. 1865, 601.

Durch Uebersättigen mit Kohlensäure werden alle diese Verbindungen zersetzt und der Zucker erhält seine volle Polarisationsfähigkeit wieder, indem zweifach-kohlens. Alkalien entstehen, welche die Rechtsdrehung des Zuckers nicht vermindern.

Fudakowski (1) hat einige Beobachtungen mitge- *Milchzucker.* theilt über die bei der Einwirkung von verdünnten Säuren auf Milchzucker entstehende, von Pasteur (2) als Lactose bezeichnete Zuckerart. Es bilden sich danach beim Kochen von Milchzucker mit stark verdünnter Schwefelsäure zwei Zuckerarten, von denen die eine a aus dem von Säure und Kalk befreiten Syrup auf Zusatz von Weingeist herauskrystallisirt, während die andere b erst bei längerem Stehen der Mutterlauge in Krystallen anschiefst. Der Zucker a bildet nach dem Umkrystallisiren kleine gerade Prismen mit zwei Endflächen; der Zucker b dagegen die von Pasteur beschriebenen sechsseitigen Tafeln. Beide Zuckerarten sind gährungsfähig, beide drehen die Polarisationsebene nach rechts, sind in Wasser ziemlich leicht löslich, unterscheiden sich aber durch ihre Löslichkeit in Weingeist, und zwar ist der in Tafeln krystallisirte b viel leichter darin löslich und scheint auch einen süfseren Geschmack zu besitzen und lebhafter zu gähren. Die Bestimmung der spec. Drehungen ergab, nach dem Erwärmen oder längeren Stehen der Lösung:

	C	D	E
Für den Zucker a :	78°,66	92°,88	112°,02
Für den Zucker b :	50°,37	62°,88	83°,03

Beide Zuckerarten zeigen, in kaltem Wasser gelöst, zunächst eine gröfsere Drehung als später oder nach dem Erwärmen der Lösung, ähnlich wie der Traubenzucker oder Milchzucker; nach dreistündigem Stehen der Lösung wurde für a die spec. Drehung $[\alpha]j = + 99°,74$, für b $[\alpha]j = + 67°,53$ gefunden.

(1) Med.-chem. Unters. I, 164; Zeitschr. Chem. 1867, 32; Bull. soc. chim. [2] VI, 238 (auch VIII, 120). — (2) Jahresber. f. 1856, 645.

Gährung. Hefe.

H. Hoffmann (1) hat über einige Vegetationserscheinungen der Hefe und über ihr Verhalten in der Wärme berichtet. Erwärmt man eine gährende Flüssigkeit auf 60° bis 74°, so wird die Gährung unterbrochen und beginnt erst einige Tage nach dem Erkalten mit geringerer Intensität wieder. Bei einer etwas höheren Temperatur verliert die Hefe die Fähigkeit, die Gährung zu erregen, behält aber das Vermögen, eine in Berührung mit Luft fruchttragende Membran zu erzeugen; erst bei 84° wird ihre Lebensfähigkeit vollständig vernichtet. Im trockenen Zustande läfst sie sich dagegen (auf Papier gestrichen im Luftbade) auf 150° erhitzen, ohne ihre gährungerregende Eigenschaft vollständig zu verlieren, welche sie erst bei 215° einbüfst; aber selbst nachdem sie dieser hohen Temperatur ausgesetzt war, bleibt sie noch fähig, in zuckerhaltigen Flüssigkeiten eine Membran zu bilden. Kreosot. Chloroformdampf oder schweflige Säure rufen, je nach der Intensität der Einwirkung, dieselbe Reihenfolge von Erscheinungen hervor. — J. C. Lermer (2) hat über die Fortpflanzung der Hefezellen und ihr Verhalten zu verschiedenen Reagentien Mittheilungen zu machen begonnen. E. Hallier (3) beschrieb die verschiedenen als Hefe auftretenden Entwickelungsformen des *Penicillium crustaceum* Fr.

Neues Ferment.

Nach A. Béchamp (4) beschränkt sich die Rolle der Kreide bei der Milchsäure- und Buttersäuregährung nicht auf die Neutralisirung der gebildeten Säure; sie ist vielmehr selbst fähig, als Ferment zu wirken. Eine mit einigen Tropfen Kreosot versetzte Mischung von Stärkekleister

---

(1) Compt. rend. LXIII, 929; Instit. 1866, 896. — (2) Dingl. pol. J. CLXXXI, 228. — (3) Arch. Pharm. [2] CXXV, 193. — (4) Compt. rend. LXIII, 451; Bull. soc. chim. [2] VI, 484; J. pharm. [4] IV, 279; Zeitschr. Chem. 1866, 658; Chem. Centr. 1866, 988; Dingl. pol. J. CLXXXIII, 49; Chem. News XIV, 181.

und gepulverter Kreide (1) verflüssigt sich nach einigen Tagen unter Bildung von löslicher Stärke und Spuren von Dextrin und geht später in die alkoholische, Milchsäure- und Buttersäuregährung über. 100 Grm. Stärkmehl mit 1500 CC. Wasser, 200 Grm. Kreide und 10 Tropfen Kreosot (2) gaben nach 4 Monaten 4 CC. absoluten Alkohol, 8 Grm. Buttersäure, 5,2 Grm. krystallisirtes essigs. Natron und etwas milchs. Kalk. In ähnlicher Weise verhält sich Kreide zu Rohrzucker. Eine Mischung von 80 Grm. Zucker, 1500 CC. kreosothaltigem Wasser und 1400 Grm. Kreide gab nach 2 Monaten 2,6 CC. absoluten Alkohol, 4,5 Grm. Buttersäure, 6,8 Grm. essigs. Natron, 9 Grm. krystallisirten milchs. Kalk. Da der reine gefällte kohlens. Kalk diese Wirkungsweise bei sorgfältigem Luftabschlufs durchaus nicht zeigt und die Kreide selbst sie einbüfst, wenn sie im feuchten Zustand auf etwa 300° erhitzt wird, so setzt Béchamp dieselbe auf Rechnung eines in der rohen Kreide enthaltenen Fermentes. Er beobachtete in derselben in der That bei der mikroscopischen Untersuchung zahlreiche, aufserordentlich kleine punktförmige Körperchen mit zitternder Bewegung und betrachtet diese als lebende Organismen, welchen Er den Namen *Microzyma cretae* beilegt. Er findet es damit im Einklang stehend, dafs der in Säuren unlösliche Rückstand der Kreide eine stickstoffhaltige organische Materie (etwa 0,8 pC. vom Gewicht der Kreide betragend) einschliefst. — In den bei sorgfältigem Abschlufs der Luft vergohrenen Kreidemischungen finden sich, nach Béchamp, keine anderen Organismen, als die genannte Microzyma, diese aber in vermehrter Menge. Er glaubt, dafs dieselbe sehr verbreitet ist und namentlich in dem Kulturboden vorkomme, auf dessen Eigenschaften sie von Einflufs sei.

(1) Die angewandte Kreide war dem Inneren eines 20 Kilogrm. schweren Blocks aus dem Kreidelager von Sens entnommen. Tertiärer Süfswasserkalk von Pountil (Hérault) verhielt sich ebenso. — (2) Vgl. Jahresber. f. 1865, 606.

Fäulnifs der Früchte.

C. Davaine (1) kommt durch Untersuchungen über die Fäulnifs der Früchte zu dem Ergebnifs, dafs dieselbe durch die Entwickelung des Myceliums verschiedener Pilze, namentlich *Mucor mucedo* und *Penicillium glaucum*, veranlafst wird. Ersterer bildet eine schwarze, letzterer eine grünliche Efflorescenz.

Fäulnifs thierischer Materien.

Cl. Collas (2) schliefst aus einigen Versuchen, dafs gallertiger phosphors. Kalk die Fäulnifs thierischer Materien begünstigt, sofern Fischleim und Ochsenfleisch mit phosphors. Kalk gemischt, bei 10 bis 15° schon nach 30 bis 36 Stunden, ohne diesen Zusatz erst nach 6 bis 7 Tagen in Fäulnifs übergehen. Schwefels. und kohlens. Kalk zeigen diese Wirkung nicht.

E. O. Erdmann (3) hat einige Beobachtungen über die rothen oder blauen Bildungen mitgetheilt, welche sich auf Speisen zuweilen entwickeln. Sie entstehen nach Ihm unter dem Einflufs der Sommertemperatur und genügender Feuchtigkeit aus den stickstoffhaltigen Bestandtheilen der Nahrungsmittel in Folge eines eigenthümlichen Fäulnifsprocesses, welcher durch farblose stäbchenförmige Vibrionen eingeleitet wird. Diese zeigen sich auf den feuchten Stellen *vor* der Entwickelung der farbigen Substanzen und sind in diesen (mit einem Durchmesser von 0,0005 bis 0,0015 MM. in der Länge und 0,0002 bis 0,0005 MM. in der Breite) ebenfalls noch enthalten (vor dem Eintritt der Färbung sind sie zwei- bis fünfmal länger); sie zeigen bei der blauen und rothen Substanz keine erhebliche Verschiedenheit und scheinen derselben Gattung anzugehören, wie die von Pasteur als Ferment der Buttersäuregährung beschriebenen (4). — Die rothe, als „Prodigium des bluten-

---

(1) Compt. rend. LXIII, 276, 344. — (2) Aus Journal de chimie médicale 1865, 359 in Vierteljahrsschr. pr. Pharm. XV, 582. — (3) J. pr. Chem. XCIX, 385; im Auszug Berl. acad. Ber. 1866, 724; Zeitschr. Chem. 1867, 188; Chem. Centr. 1867, 269; Instit. 1867, 190. — (4) Jahresber. f. 1861, 727.

den Brotes" bekannte Materie (diese zeigte sich im August 1866 zu Berlin auf Kalbsbraten) läfst sich sowohl durch Impfung als durch blofse Vermittelung der Luft auf Proteïnstoffen fortpflanzen. Bringt man in die Nähe einer roth gewordenen Speise eine noch unveränderte und warme, so erscheinen nach 12 bis 18 Stunden an verschiedenen Stellen der letzteren kleine carmoisin- bis blutrothe, fettglänzende, schmierige Kügelchen, welche sich nicht vergröfsern, wenn die Substanz eintrocknet oder schimmelt, bei dauernder Feuchtigkeit aber sich ausbreiten, zusammenfliefsen und zuletzt, unter gleichzeitigem Auftreten des süfslich-säuerlichen Geruchs des in Fäulnifs übergehenden Fleisches, einen mehr oder weniger tief eindringenden flüssigen und abtropfenden Ueberzug bilden. In gleicher Weise läfst sich auch die blaue Materie, welche besonders häufig in Milch beobachtet wird, auf Brot, Kartoffeln, Fleisch u. a. züchten. Die rothe und blaue Materie besteht aus der wässerigen Lösung der in Zersetzung begriffenen Proteïnsubstanzen, gefärbt durch die neugebildeten Farbstoffe und imprägnirt mit Vibrionen und (gefärbten) Fetttröpfchen; in den Nahrungsmitteln enthaltene Stärkmehlkörner bleiben ungefärbt zurück. Die Bildung der beiden Farbstoffe steht in keinem Zusammenhang mit der Entwickelung von Pilzen; sie kommt vielmehr mit dem Auftreten derselben zum Abschlufs. — Der rothe Farbstoff ist in Wasser, Fett, Alkohol und Aether löslich. Er wird durch caustische Alkalien und Ammoniak gebleicht, durch Neutralisiren aber wieder hervorgerufen; durch überschüssige Salzsäure wird er nicht verändert, durch rauchende Salpetersäure aber, wie auch durch Chlor und schweflige Säure zerstört. Die Lösungen stimmen in ihrer Farbe mit der des Fuchsins überein und färben Seide, Wolle und Pilze intensiv und ächt; sie besitzen Fäulnifsgeruch und entfärben sich nach längerer Zeit durch fortschreitende Zersetzung. Der blaue Farbstoff verhält sich gegen Säuren wie der rothe; Ammoniak ändert ihn in

Violett um, welches bei dem Neutralisiren wieder verschwindet. Die Reindarstellung dieser Farbstoffe gelang Erdmann nicht; gleichwohl hält er sie auf Grund ihrer Reactionen für identisch mit Anilinfarbstoffen (von welchen sie nur durch ihr Verhalten zu Säuren abweichen); der rothe Farbstoff könnte nach Seiner Vermuthung ein Rosanilinsalz, der blaue ein Triphenylrosanilinsalz sein. — Bezüglich der von Erdmann noch gegebenen Zusammenstellung der Traditionen und Angaben, welche über diese Materien vorliegen, verweisen wir auf die ausführlichere Abhandlung (1).

Mannit.

G. C. Wittstein (2) findet, im Widerspruch mit der Angabe von Bodenbender (3), daſs reiner Mannit das Kupferoxyd in alkalischer Lösung weder in der Kälte noch in der Wärme reducirt.

Glycodrupose.

J. Erdmann (4) untersuchte die in den Birnen durch Verdickung und Erhärtung der Zellwände entstehenden steinartigen Concretionen. Dieselben bestehen aus einer (nach Abzug des Aschengehalts) der Formel $C_{24}H_{38}O_{16}$ entsprechenden, als *Glycodrupose* bezeichneten Substanz. Zur Isolirung derselben wurden getrocknete italienische

---

(1) Es ist hier noch das Folgende, auf spontane Zeugung Bezügliche anzuführen. Al. Donné hatte früher (Jahresber. f. 1863, 643) gefunden, daſs sich in ungeöffneten Eiern bei der Aufbewahrung und Fäulniſs keine Organismen erzeugen. Durch neuere Versuche glaubt Derselbe jetzt (Compt. rend. LXIII, 801, 1072; Instit. 1866, 259, 401) nachgewiesen zu haben, daſs sich in geöffneten, mit einer Hülle von Baumwolle umgebenen Eiern Pilze und Infusorien (letztere nur nach Zusatz von Wasser) entwickeln können, und daſs demnach nur der Contact mit reiner Luft erforderlich wäre, um die spontane Zeugung im Eiweiſs hervorzurufen. Pasteur hat aber (Compt. rend. LXIII, 305, 1075) gezeigt, daſs in Donné's Verfahrungsweise keine Bürgschaft für den Ausschluſs atmosphärischer Keime gegeben ist. — (2) Vierteljahrsschrift pr. Pharm. XV, 268; Zeitschr. Chem. 1866, 256; Bull. soc. chim. [2] VI, 483. — (3) Jahresber. f. 1864, 582. — (4) Ann. Ch. Pharm. CXXXVIII, 1; im Auszug Zeitschr. Chem. 1866, 245; Chem. Centr. 1866, 401; J. pharm. [4] III, 478; Bull. soc. chim. [2] VI, 340.

Birnen nach anhaltendem Kochen mit Wasser, durch Zerreiben und Durchrühren durch ein nicht zu weites Metallsieb in einen feinen Brei verwandelt und die auf Zusatz von viel Wasser sich absetzenden Concretionen nach wiederholtem Abschlämmen durch Digestion mit verdünnter Essigsäure, Waschen mit Wasser und Behandlung mit Alkohol und Aether gereinigt. Dieselben bilden kleine, etwas gelbrothe Körner, welche auf dem Platinblech verbrennen ohne vorher zu schmelzen. Beim Erhitzen in einem Rohr geben sie ein saures Destillat und stechende Dämpfe. Durch Jod werden sie auch nach der Behandlung mit kalter concentrirter Schwefelsäure nicht gebläut. Durch Kochen mit Alkalien färben sie sich braun, mit verdünnten Säuren roth. Zerreibt man sie mit concentrirter Schwefelsäure und kocht dann die mit Wasser verdünnte Lösung einige Zeit, so reducirt dieselbe alkalische Kupferoxydlösung. Sie sind theilweise löslich in verdünnter Salpetersäure, aber unlöslich in Wasser, Aether, Alkohol, Chloroform, Benzol, Schwefelkohlenstoff, verdünnten Säuren, Alkalien und Kupferoxydammoniak. Kocht man die feinsten Körner mit nicht zu verdünnter Salzsäure (1 Vol. Salzsäure von dem spec. Gew. 1,12 und 2 Vol. Wasser) während einer Viertelstunde unter Ersatz des verdampfenden Wassers, so erfolgt Spaltung in Traubenzucker und in einen als *Drupose* bezeichneten, ungelöst bleibenden Körper:

Glycodrupose   Drupose   Traubenzucker
$C_{24}H_{46}O_{16}$ + $4 H_2O$ = $C_{12}H_{20}O_8$ + $2 C_6H_{12}O_6$.

Die etwa die Hälfte des Gewichts der ursprünglichen Concretion betragende Drupose, $C_{12}H_{20}O_8$, ist grauröthlich und nicht wesentlich in der äußeren Form, in der Structur oder dem chemischen Verhalten verändert. Kocht man dieselbe mit verdünnter Salpetersäure und behandelt dann den Rückstand mit Wasser, Ammoniak und Alkohol, so erhält man gelblichweiße Körner, die sich nun in Kupferoxydammoniak lösen und die Zusammensetzung wie die Eigenschaften der Cellulose haben. Die Entstehung der Cellu-

Glyco-
Drupose.

lose aus der Drupose erklärt Erdmann durch das Austreten der Atomgruppe $C_6H_{10}O_3$, die vielleicht durch Oxydation in Traubenzucker als intermediäres Product übergeht:

Drupose   Cellulose   Traubenzucker
$C_{12}H_{20}O_3 + 2O + H_2O = C_6H_{10}O_5 + C_6H_{12}O_6$.

Auch die ursprüngliche Concretion (also die Glycodrupose) hinterläfst bei der Behandlung mit Salpetersäure Cellulose, aber weniger als die vorher mit Salzsäure behandelte. Als Oxydationsproducte durch die Salpetersäure treten, neben wenig Oxalsäure, dunkel gefärbte huminartige Substanzen auf. Erdmann vermuthet, dafs die Substanz der Birnenconcretionen in der Natur weiter verbreitet sei und dafs namentlich die steinartigen Fruchthüllen der Drupaceen daraus bestehen. Sorgfältig gereinigte und zerkleinerte Pflaumensteine spalten sich mit Salzsäure (1 Vol. Säure von dem spec. Gew. 1,12 und 1 Vol. Wasser) ebenfalls, wiewohl weniger leicht, unter Bildung von Traubenzucker und einer Substanz, die beim Kochen mit Salzsäure Cellulose hinterläfst.

Dialose.

Payen (1) beobachtete in der Samenhülle einer chinesischen Leguminose (einer Dialium-Art) das Vorkommen einer von dem Pectin verschiedenen, in ihrem Verhalten sich mehr der desaggregirten Cellulose nähernden und als *Dialose* bezeichneten Substanz. Dieselbe quillt mit dem 30 bis 40fachen Gewicht Wasser nach und nach zu einer sehr voluminösen, farblosen Gallerte auf, deren schleimige Lösung nur durch Barytwasser, Bleiessig oder Alkohol gefällt wird. Die eingetrocknete amorphe Substanz löst sich in concentrirter Schwefelsäure, ohne damit, wie die Cellulose, die Eigenschaft zu erlangen, mit Jod sich zu färben.

Coniferin.

W. Kubel (2) hat ein von Th. Hartig in dem Cam-

---

(1) J. pharm. [4] IV, 339. — (2) J. pr. Chem. XCVII, 243; Zeitschr. Chem. 1866, 339; Chem. Centr. 1866, 332; Bull. soc. chim. [2] VI, 410.

bialsafte der Nadelhölzer (*Abies excelsa* und *pectinata*, *Pinus Strobus* und *Cembra*, *Larix europaea*) aufgefundenes Glucosid, das *Coniferin*, näher untersucht. Man erhält dasselbe, wenn man das bei der Entrindung der Bäume zur Zeit der Holzbildung auf der Oberfläche des Holzes zurückbleibende und abgeschabte Cambium auspreſst und die durch Auskochen vom Eiweiſs befreite und geklärte Flüssigkeit auf etwa $^1/_5$ des Volums verdampft. Das beim Erkalten in reichlicher Menge anschieſsende Coniferin wird durch Pressen von einem gelöst bleibenden, dem Rohrzucker nahestehenden Zucker getrennt und durch Umkrystallisiren aus heiſsem Wasser oder verdünntem Weingeist unter Zusatz von Thierkohle gereinigt. Es bildet weiſse, seideglänzende, scharf zugespitzte Nadeln, seltener warzenförmige, aus concentrisch gruppirten Spieſsen bestehende Massen, die an trockener Luft verwittern und bei 100° den ganzen Wassergehalt verlieren. Es schmilzt bei 185°, erstarrt glasartig, und verkohlt in höherer Temperatur unter Entwickelung des Geruchs nach Caramel. Die Analyse führte zu der Formel $C_{24}H_{32}O_{12} + 3H_2O$. In Aether ist das Coniferin unlöslich, in kaltem Wasser und starkem Weingeist schwerlöslich, in heiſsem Wasser leicht löslich. Die wässerige Lösung schmeckt schwach bitter, dreht die Polarisationsebene nach links und giebt mit essigs. Bleioxyd, Bleiessig, Natronlauge und Eisenchlorid weder Niederschlag noch Färbung. Beim Kochen mit verdünnten Säuren scheidet sich, unter Entwickelung des Geruchs nach Vanille, ein harzartiger, in Alkalien löslicher Körper ab, während das Filtrat eine rechtsdrehende Zuckerart enthält. Concentrirte Schwefelsäure färbt sich mit dem Coniferin oder dem harzartigen Spaltungsproduct characteristisch dunkelviolett; durch Zusatz von Wasser entsteht in dieser Lösung ein Niederschlag, durch welchen die Flüssigkeit indigblau gefärbt erscheint. Durch diese, auch beim Erwärmen mit concentrirter Salzsäure eintretende Reaction läſst sich das Coniferin in den Nadelhölzern nachweisen.

Es genügt, einen frischen Schnitt mit concentrirter Schwefelsäure zu befeuchten; das junge Holz und der Bast färben sich violett.

Salicin. Salicin verwandelt sich, nach A. Moitessier (1), in Berührung mit Chloracetyl schon in der Kälte in eine Verbindung von Tetracetylsalicin mit Chloracetyl, nach der Gleichung:

Salicin   Chloracetyl   Tetracetylsalicin-Chloracetyl
$C_{13}H_{18}O_7 + 5\,C_2H_3OCl = C_{13}H_{14}(C_2H_3O)_4O_7, C_2H_3OCl + 4\,HCl.$

Die Verbindung ist unlöslich in Wasser, schwerlöslich in Aether, aber leicht löslich in Alkohol und setzt sich aus diesem in kleinen Krystallen ab. Durch heifse verdünnte Mineralsäuren wird sie in Zucker, Saliretin, Essigsäure und Salzsäure zersetzt; Alkalien bedingen die Spaltung in Salicin und die genannten Säuren; mit salpeters. Silber entsteht Tetracetylsalicin, Essigsäure und Chlorsilber. Das in Alkohol, Aether und in Wasser lösliche Tetracetylsalicin krystallisirt in Nadeln und verhält sich ähnlich gegen Säuren und Alkalien; Synaptase ist dagegen ohne Einwirkung. — Chlorbutyryl, -valeryl und -caproyl liefern, nach Moitessier (2), mit Salicin unkrystallisirbare Producte und ebenso entsteht beim Erhitzen von Salicinbleioxyd mit Jodäthyl auf 110° neben Jodblei nur ein harzartiger Körper. Bei der Einwirkung von Chloracetyl auf Monochlorsalicin wurde eine leicht aus Alkohol krystallisirende Verbindung von der Formel $C_{13}H_{16}Cl(C_2H_3O)O_7$ erhalten, welche sich analog wie das Tetracetylsalicin verhielt. — Moitessier (3) überzeugte sich ferner, dafs das Salicin bei Luftabschlufs durch Wasser weder bei gewöhnlicher Temperatur noch bei 100° eine Veränderung erfährt; beim Stehen an der Luft giebt die wässerige Lösung jedoch bald eine Reaction auf Zucker und Saligenin, indem gleichzeitig Schimmelbil-

---

(1) Procés verbaux de l'académie des sciences et lettres de Montpellier (séance du 12. Janv. 1863), 1863, 5. — (2) Ebendaselbst, 16. — (3) Ebendaselbst, 23.

dung eintritt. Bringt man diese Schimmelbildungen bei *Salicin.* Luftabschluſs in die Salicinlösung, so erfolgt die Spaltung in Zucker und Saligenin rascher. Das Saligenin verwandelt sich beim Erhitzen der wässerigen Lösung auf 100° (rascher bei etwas höherer Temperatur) in harzartig sich ausscheidendes Saliretin. Verdünntes Kali scheint für sich keine Spaltung des Salicins zu bewirken; Kupferoxydkali wird aber in der Siedehitze unter Bildung von etwas salicyliger Säure reducirt.

Moitessier (1) nimmt an, daſs das Saliretin aus dem Saligenin einfach durch Austreten von Wasser entstehe, und daſs es mit der Formel $C_{14}H_{14}O_3$ zum Saligenin in derselben Beziehung stehe, wie ein Aether zu einem einatomigen Alkohol:

Saligenin	Saliretin	Essigs. Saligenin	Salicin
$\left.\begin{array}{l}C_7H_7O\\H\end{array}\right\}O$	$\left.\begin{array}{l}C_7H_7O\\C_7H_7O\end{array}\right\}O$	$\left.\begin{array}{l}C_7H_7O\\C_2H_3O\end{array}\right\}O$	$\left.\begin{array}{l}C_6H_5\\C_7H_7O\\H_5\end{array}\right\}O_6.$

Das Tausendguldenkraut (*Erythraea Centaurium* R.) *Erythro-centaurin.* enthält, nach C. Méhu (2), einen dem Santonin nahe stehenden, als *Erythrocentaurin* bezeichneten Körper. Zu seiner Darstellung wird das wässerige Extract der blühenden Spitzen oder auch der ganzen Pflanze mit dem vier- bis fünffachen Gewicht Alkohol behandelt und der syrupartige Rückstand des alkoholischen Auszugs wiederholt mit 4 Volumen Aether geschüttelt. Der Aether hinterläſst nun einen halbflüssigen gelbbraunen Rückstand, aus dem sich mit der Zeit Krystalle von unreinem Erythrocentaurin absetzen. Dieselben werden nach dem Abpressen und einmaligem Umkrystallisiren aus Wasser in ätherischer Lösung durch Thierkohle entfärbt. Bei der freiwilligen Verdunstung des Aethers bilden sich nun groſse farblose Krystalle, die kaum 1/3 pr. M. vom Gewichte des ge-

---

(1) In der S. 676 angeführten Schrift 1864, 41, 47. — (2) J. pharm. [4] III, 265; Zeitschr. Chem. 1866, 336; Chem. Centr. 1866, 336.

Erythrocentaurin. trockneten Krautes betragen. Das reine **Erythrocentaurin** ist geruch- und geschmacklos, neutral und nicht hygroscopisch; es ist nicht flüchtig, schmilzt bei 136° und erstarrt krystallinisch. Die Lösung in Chloroform hat keine Wirkung auf das polarisirte Licht und fluorescirt nicht. Es löst sich bei 15° in 1630 Th., bei 100° in etwa 35 Th. Wasser, bei 15° in 48 Th. 86procentigem Alkohol, in 13,5 Th. Chloroform und in 245 Th. Aether; auch in fetten und flüchtigen Oelen, in Benzol und Schwefelkohlenstoff ist es leicht löslich. Säuren vermehren die Löslichkeit in Wasser, ohne sich damit zu verbinden; aus der farblosen Lösung in concentrirter Schwefelsäure wird es durch Wasser unverändert gefällt. Salpetersäure, Salzsäure, Chromsäure, Alkalien, Brom und Jod sind ohne Wirkung darauf; beim Schmelzen in Chlorgas entsteht ein klebriger, nur aus Aether wieder krystallisirbarer Körper. Durch übermangans. Kali wird es schon in der Kälte zersetzt. Die Analyse ergab 67,06 pC. Kohlenstoff, 5,09 pC. Wasserstoff und 27,25 pC. Sauerstoff, woraus Méhu die Formel $C_{27}H_{12}O_8$ berechnet. Im Sonnenlicht färbt sich das reine Erythrocentaurin bald lebhaft roth, ohne Aenderung des Gewichts oder der Löslichkeitsverhältnisse. Die Lösungen des gefärbten Erythrocentaurins sind farblos und liefern bei Lichtabschluſs wieder farblose Krystalle. Auch beim Erhitzen bis auf etwa 130° verschwindet die rothe Färbung. Wie bei dem Santonin wird die Färbung nur durch die brechbarsten (blauen oder violetten) Strahlen des Spectrums bewirkt; das im Licht gelb gewordene Santonin wird aber durch Erhitzen nicht wieder entfärbt.

Coriamyrtin. J. Riban (1) hat Weiteres über die Eigenschaften und die Zusammensetzung des schon im Jahresber f. 1864, 490 erwähnten Coriamyrtins mitgetheilt. 100 Kilogrm.

---

(1) Compt. rend. LXIII, 476, 680; Bull. soc. chim. [2] VII, 79; Instit. 1866, 371; Zeitschr. Chem. 1866, 663; J. pr. Chem. C, 303; Chem. Centr. 1866, 973; 1867, 91; N. Repert. Pharm. XVI, 691.

der Pflanze geben je nach der Jahreszeit 25 bis 40 Liter Coriamyrtin. Saft und daraus erhält man nach dem angegebenen Verfahren 6 bis 9 Grm. der rohen Substanz. Das reine Coriamyrtin krystallisirt in schiefen rhombischen Prismen. Es ist wasserfrei und schmilzt bei 220° zu einer farblosen, wieder krystallinisch erstarrenden Flüssigkeit; 100 Th. Wasser lösen bei 22° 1,44 Th., 100 Th. Alkohol 2 Th.; in siedendem Alkohol sowie in Aether ist es weit löslicher. Die alkoholische Lösung lenkt die Polarisationsebene nach rechts ab; annähernd ist das Rotationsvermögen (bei 20°) $(\alpha)\,j = 24°,5$. Rauchende Jodwasserstoffsäure wirkt schon bei gewöhnlicher Temperatur, sehr rasch aber bei 100° darauf ein. Neben Jod scheidet sich ein schwarzer weicher Körper ab, der sich nicht in kaltem Wasser, aber in absolutem Alkohol löst. Versetzt man diese Lösung mit einigen Tropfen Natronlauge, so färbt sie sich schön purpurroth. Sehr kleine Mengen Coriamyrtin lassen sich an dieser durch Zusatz von Wasser wieder verschwindenden Färbung erkennen. Die Zusammensetzung des Coriamyrtins entspricht der Formel $C_{30}H_{36}O_{10}$; eine durch Substitution entstehende, ebenfalls stark bitter schmeckende Bromverbindung, $C_{30}H_{34}Br_2O_{10}$, erhält man durch Zutröpfeln von Brom zu dem in kaltem Alkohol vertheilten Coriamyrtin und Umkrystallisiren des mit kaltem Wasser gewaschenen Products aus siedendem Alkohol. Bei der Einwirkung von Chlor entstehen analoge, durch Krystallisation nicht zu trennende Chlorverbindungen. Durch wässerige Alkalien wird das Coriamyrtin unter Bildung brauner Producte zersetzt. Erhitzt man dasselbe aber bei Luftabschluſs mit einem Ueberschuſs von gesättigtem Baryt- oder Kalkwasser während zwei Stunden auf 100°, so erhält man durch Verdampfen der mittelst Kohlensäure von dem Ueberschuſs der Base befreiten Flüssigkeit eine gelbliche zerreibliche Masse, welche aus dem Barytsalz, $C_{30}H_{46}BaO_{16}$, oder Kalksalz, $C_{30}H_{46}CaO_{16}$, einer durch Wasseraufnahme entstandenen Säure bestehen. Beide Salze sind hygroscopisch,

Coriamyrtin. sehr leicht in Wasser, nur wenig in kaltem Alkohol, gar nicht in Aether löslich und schmecken nicht bitter. Die daraus abgeschiedene, nicht krystallisirbare Säure zersetzt kohlens. Salze unter Aufbrausen, sie bildet sich auch bei der Einwirkung von Bleioxyd auf Coriamyrtin. Durch concentrirte Schwefelsäure wird dieses letztere unter Schwärzung gelöst; rauchende Salpetersäure bildet eine amorphe Nitroverbindung; durch heifse verdünnte Salzsäure entstehen mindestens drei Zersetzungsproducte, von denen das eine in gelben Flocken sich abscheidet, während die anderen in der (Kupferoxydkali reducirenden, aber wie es scheint keinen Zucker enthaltenden) Flüssigkeit gelöst bleiben. Bei einstündigem Erhitzen des Coriamyrtins mit Essigsäureanhydrid bildet sich durch directe Vereinigung eine der Formel $C_{42}H_{54}O_{19} = C_{30}H_{30}(C_2H_3O)_6O_{10} + 3H_2O$ entsprechende Verbindung. Dieselbe ist (nach dem Trocknen im leeren Raum bei 100°) durchscheinend, fast farblos, zerreiblich, sehr bitter, unlöslich in Wasser, aber löslich in Alkohol. Mit Eisessig entsteht aus dem Coriamyrtin eine ähnliche Verbindung.

Santonin. C. Grosschopff (1) kocht zur Darstellung des Santonins in gröfserem Mafsstabe den zerquetschten Wurmsamen wiederholt mit Wasser und Kalkmilch (welche letztere bei der ersten Auskochung $1/10$, bei der zweiten $1/25$ vom Gewichte des Samens an Aetzkalk enthält) aus und vermischt dann den verdampften Auszug bei 20 bis 30° mit einem Ueberschufs von Salzsäure. Das sich hierbei abscheidende unreine Santonin wird zur Entfernung von beigemengtem Harz heifs mit ammoniakhaltigem Wasser behandelt und das ungelöst Bleibende aus Alkohol unter Zusatz von Thierkohle umkrystallisirt.

F. Sestini (2) hat im weiteren Verfolg seiner Un-

---

(1) Arch. Pharm. [2] CXXVIII, 210. — (2) Bull. soc. chim. [2] V, 202; J. pr. Chem. XCIX, 258; Zeitschr. Chem. 1866, 234; Chem. Centr. 1866, 844.

tersuchungen über Santonin (1) auch einige Substitutions- *Santonin.*
producte dieses Körpers durch Chlor dargestellt. Beim
mehrstündigen Einleiten von Chlor in Wasser, welches
5 pC. fein zerriebenes Santonin suspendirt enthält, bildet
sich eine teigartige Masse, welche stets noch Krystalle
der unveränderten Substanz enthält. Vertheilt man aber
50 Grm. Santonin in $2^1/_2$ Liter Wasser, so erhält man bei
viertägigem langsamem Einleiten von Chlor und wiederholtem starkem Schütteln *Trichlorsantonin*, $C_{15}H_{15}Cl_3O_3$,
als weiße voluminöse Substanz, welche nach dem Waschen
mit Wasser durch Umkrystallisiren aus Alkohol gereinigt
wird. Die Krystalle des Trichlorsantonins sind undeutlich
ausgebildete und durch Verwachsung parallel der Hauptaxe
gestreifte Prismen, welche nach Bombicci's Bestimmung
wahrscheinlich dem monoklinometrischen System angehören
und die Combination $\infty P . (\infty P \infty) . + P . 0 P$ zeigen.
Das Trichlorsantonin ist fast unlöslich in Wasser, aber
ziemlich leicht löslich in Alkohol, Aether und Chloroform;
aus letzterem krystallisirt es beim freiwilligen Verdunsten
in langen seideglänzenden Nadeln. Es ist unveränderlich
im Sonnenlicht, enthält kein Krystallwasser, schmilzt bei
203° und zersetzt sich mit heißer alkoholischer Kalilösung
in eine harzartige Substanz. Das schon von Heldt (2)
erhaltene *Dichlorsantonin*, $C_{15}H_{16}Cl_2O_3$, bildete sich bei
10 stündigem Einleiten von Chlor in das in Wasser vertheilte Santonin. Es krystallisirt aus Alkohol in kleinen
warzenförmig gruppirten Blättchen, welche sich etwas
leichter als das Trichlorsantonin in Alkohol, sowie auch
in Aether und Chloroform lösen. Im Sonnenlichte färbt
es sich langsam gelb und bei der Behandlung mit alkoholischer Kalilösung gelblichroth. — Schüttelt man ein Gemenge von 10 Grm. Santonin, $1/_2$ Liter frisch bereitetem
Chlorwasser und $1/_2$ Liter reinem Wasser bis zum Ver-

(1) Jahresber. f. 1864, 594; f. 1865, 609. — (2) Jahresber. f. $18^{47}/_{48}$, 814.

schwinden des Chlorgeruchs, so bildet sich, wie es scheint, *Monochlorsantonin*, $C_{15}H_{17}ClO_3$, welches von noch unverändertem Santonin durch wiederholte Krystallisation aus Alkohol getrennt wird. Es wird am Licht gelb, jedoch nicht so rasch als das Santonin.

Pflanzenchemie und Pflanzenanalysen. Gasumtausch bei Pflanzen. — Boussingault (1) hat, in einer Fortsetzung seiner Mittheilungen über die Function der Blätter (2), die Einwirkung des Lichts auf die entgegengesetzten Seiten eines Blattes verglichen, welches sich in einem Gemenge von atmosphärischer Luft und Kohlensäure befindet. Die eine Fläche des Blattes einer Luftpflanze ist stets gegen den Himmel gerichtet und nimmt bekanntlich, nach dem Drehen, stets wieder die ursprüngliche Lage an. Diese obere (rechte) Seite des Blattes unterscheidet sich auch von der unteren (der *Rückseite*) durch ihre dunkler grüne Farbe, durch die consistentere Epidermis und durch eine gröfsere Zahl von Spaltöffnungen, die auf der Rückseite bisweilen ganz fehlen. Die Communication der Zellen eines phanerogamen Blattes mit der Atmosphäre und der Kohlensäure wird durch die Spaltöffnungen erleichtert (3). Es liegt kein Grund vor, diesen Oeffnungen eine andere Rolle zuzutheilen, da die chemischen Vorgänge während der Vegetation — die Verbrennung des Kohlenstoffs während der Nacht, die Zersetzung der Kohlensäure und des Wassers

---

(1) Compt. rend. LXIII, 706, 748; Instit. 1866, 345; Chem. Cent. 1867, 101. — (2) Jahresber. f. 1865, 615. — (3) P. Duchartre (Compt. rend. LXIII, 854) erinnert an frühere, nur in kurzem Auszug bekannt gewordene Versuche (Jahresber. f. 1856, 681), durch welche Er die Beziehungen zu ermitteln suchte, welche bei verschiedenen Pflanzen zwischen der Zahl und Gröfse der Spaltöffnungen und der Menge des im Sonnenlichte entwickelten Gases bestehen.

während des Tags — ebensowohl durch die grünen Theile der Wasserpflanzen bewirkt werden, obgleich sie nicht von einer wirklichen Cuticula bedeckt sind. Auch hat die Epidermis grüner fleischiger Früchte keine Spaltöffnungen, und dennoch verhalten sie sich chemisch gegen Luft und Kohlensäure genau wie die damit versehenen Blätter. Wenn es demnach feststeht, dafs die Spaltöffnungen den Eintritt der Luft in das Parenchym erleichtern, so fragt es sich, ob bei den Luftblättern die Seite des Blattes, an welcher diese Organe zahlreicher sind, energischer auf die Atmosphäre wirkt, als die andere, ob also bei gleicher Intensität des Lichtes, bei gleicher Temperatur und Zusammensetzung des gasförmigen Mediums die rechte Seite eines Blattes in derselben Zeit mehr Kohlensäure zersetzt und mehr Kohlenstoff bindet, als die Rückseite. Schon Ingenhoufs glaubte nachgewiesen zu haben, dafs die in Quellwasser untergetauchten Blätter im Sonnenlicht eine reinere Luft liefern, wenn die obere (und nicht die untere) Fläche dem Licht zugekehrt war. — Um zu ermitteln, wie sich eine bestimmte Blattseite in einer kohlensäurehaltigen Atmosphäre im Sonnenlicht verhält, klebte Boussingault unmittelbar vor dem Versuch entweder auf die eine Blattseite ein einseitig geschwärztes, völlig undurchsichtiges Papier mittelst einer dünnen Kleisterschicht, oder es wurden zwei gleich grofse Blätter mit den ähnlichen Flächen (z. B. den oberen) mittelst Kleister verbunden und dieselben dann in dem hierzu hergerichteten Apparat der Bestrahlung ausgesetzt. Das allgemeine Resultat der zahlreichen Versuche — von denen wir nur zwei anführen — ist, dafs die Menge der zersetzten Kohlensäure der Oberfläche (und nicht dem Volum) der Blätter proportional ist und dafs die rechte (obere) Seite eine weit gröfsere Menge zerlegt, als die Rückseite. Von je drei Blättern von 31 Quadratcentimeter Fläche (I von einem Oleanderzweig, II von einem Kirschlorbeerzweig) war das eine A auf der rechten Seite, das andere B auf der Rück-

Gasumtausch bei Pflanzen. seite mit schwarzem Papier überklebt, das dritte C blieb unbedeckt. Nach 8 stündiger Bestrahlung war an Kohlensäure' zersetzt:

			A	B	C
I	Oleander	: Kohlensäure in CC.	5,6	20,5	27,3
II	Kirschlorbeer	: „ „ „	7,5	21,3	28,3

In den meisten Versuchen war die Summe der Kohlensäurevolumina, die von zwei getrennt wirkenden Blattflächen zersetzt werden, etwas gröfser, als das Volum, welches die gleichzeitig wirkenden Flächen eines und desselben Blattes zerlegt hatten. Es erklärt sich diefs daraus, dafs das Licht bei einem einseitig bedeckten Blatt seine Wirkung nicht blofs auf die Oberfläche beschränkt, indem es das nicht undurchsichtige Parenchym bis zu einer gewissen Grenze durchdringt.

B. Corenwinder (1) fafst die weiteren Ergebnisse Seiner Untersuchungen (2) über den Gasumtausch bei Pflanzen in nachstehenden Sätzen zusammen: 1. Die Blätter nehmen — wie diefs auch Boussingault fand — während des Tages mehr Kohlensäure auf, als sie während der Nacht abgeben. 2. Die Blätter von Luftpflanzen bedecken sich (ähnlich wie die Wasserpflanzen) an der unteren Fläche mit reinem kohlens. Kalk, wenn man dieselben in einer Glocke mit Wasser, welches zweifach-kohlens. Kalk gelöst enthält, dem Sonnenlicht aussetzt. Es läfst sich daran die Stelle erkennen, wo die Kohlensäure assimilirt wird. 3. Mifsfarbige Blätter (wie die von im Keller gezogener Cichorie) hauchen im Dunkeln, namentlich bei etwas erhöhter Temperatur, Kohlensäure aus (3). Die weifsen Blätter des gefleckten Ahorns entwickeln im Sonnenlicht keinen Sauerstoff, wohl aber im Dunkeln oder im zerstreuten Licht eine merkliche Menge von Kohlensäure

(1) Compt. rend. LXII, 840; Bull. soc. chim. [2] VI, 80; Inst. 1866, 61; Chem. Centr. 1866, 751. — (2) Jahresber. f. 1857, 512; f. 1858, 508; f. 1863, 600; f 1865, 617. — (3) Vgl. Boussingault Jahresber. f. 1864, 599.

4. Ganz junge Blattknospen hauchen während des Tages, *Gesamtausch bei Pflanzen.* selbst in der Sonne, eine gewisse Menge von Kohlensäure aus; in dem Mafse, als sie sich entwickeln, tritt dann in wachsendem Verhältnifs Sauerstoff an die Stelle der Kohlensäure, bis die letztere ganz verschwindet. Unter normalen Verhältnissen hauchen vollkommen entwickelte Blätter während des Tages und in freier Luft niemals Kohlensäure aus; an einem stark beschatteten Orte tritt diefs aber je nach der Pflanze oder der Lichtabschwächung mehr oder weniger ein.

J. Böhm (1) fand unter den Respirationsproducten der in kohlensäurehaltiges Wasser eingetauchten Landpflanzen neben Kohlensäure, Sauerstoff und Stickstoff häufig auch eine geringe Menge Wasserstoff. Weitere Versuche ergaben das Resultat, dafs die lebenden Pflanzen das Wasser nicht zerlegen und dafs sich dagegen aus Blättern, welche durch Kochen oder Austrocknen vorher getödtet waren, neben Kohlensäure und Stickstoff stets auch Wasserstoff entwickelt. Sofern Kohlensäure und Wasserstoff zu gleichen Volumen hierbei auftreten und auch in dem die Blätter enthaltenden Wasser Buttersäure nachzuweisen war, betrachtet Böhm den Vorgang als eine Buttersäuregährung, welche indefs nicht durch Infusorien, sondern durch vegetabilische, als Ferment wirkende Organismen bedingt ist. Sowie aus Blättern, so erfolgt die Abscheidung von Wasserstoff auch aus dem Brei von Kartoffeln, dem Waizen- und Kartoffelmehle, den zerstofsenen Früchten von Quercus und Aesculus und aus der Lösung von gewöhnlichem Traubenzucker. Aus dem in Wasser vertheilten Birnen- und Melonenbrei entwickelte sich nur Kohlensäure; wurde derselbe jedoch vorher gekocht, so erleidet er die Buttersäuregährung.

---

(1) Wien. Acad. Ber. LIV (2. Abth.), 176; im Auszug Wien. acad. Anz. 1866, 158.

Gasumtausch bei Pflanzen. E. Faivre und V. Dupré (1) haben Versuche über die Zusammensetzung des in den Zweigen und Wurzeln des Maulbeerbaumes und Weinstockes enthaltenen und durch Injection mittelst Quecksilber sammt dem Saft ausgetriebenen Gases angestellt. Die Menge des aufgefangenen Gases betrug im Mittel 2 bis 3 CC. — Dasselbe enthält, wie sich aus den nachstehenden Analysen ergiebt (aufser Stickstoff), in dem Maafse weniger Kohlensäure und mehr Sauerstoff, als die Vegetation sich verlangsamt.

Volum-pC.	5. Mai	16. Juni	2. Juli*)	7. Juli†)	17. Aug.	15. Oct.	17. Nov.	31. Jan.
Kohlensäure	3,8	15,7	6,3	14,6	9	3,13	3,8	0,01
Sauerstoff	13,3	2,5	10,2	1,9	10,7	13,91	13,1	20,9

*) Aus Zweigen. — †) Aus Wurzeln.

Während der Vegetationszeit war im Allgemeinen der Sauerstoffgehalt des Gases aus den Wurzeln geringer und der Kohlensäuregehalt etwas beträchtlicher, als der des gleichzeitig aus den Zweigen erhaltenen Gases.

Pflanzenentwickelung und -Ernährung. F. A. Pouchet (2) überzeugte sich, dafs die Samen verschiedener Pflanzen ihre Keimfähigkeit durch Kochen mit Wasser nur in dem Falle behalten, wenn der Keim durch die äufsere Hülle geschützt bleibt. Waizen und Gerste keimen schon nach 5 Minuten langem Sieden nicht mehr; die Samen von *Phalaris arundinacea*, *Milium italicum*, *Cichorium Intybus*, *Avena sativa*, *Lolium temulentum*, *Bromus Schroederi* und *Sinapis alba* verloren die Keimfähigkeit nach 15 Minuten, die Samen einer brasilianischen *Medicago* keimten dagegen theilweise nach vierstündigem Sieden, sofern die äufsere Hülle die Infiltration des Wassers und das Aufquellen verhinderte.

W. Wolf und W. Knop (3) folgern aus weiteren Versuchen über die Aufnahme stickstoffhaltiger Körper durch die Pflanzen, dafs (aufser Salpetersäure, Harnstoff und Harnsäure) auch Leucin, Tyrosin und Glycocoll zu

---

(1) Compt. rend. LXII, 778; Bull. soc. chim. [2] VI, 81; Instit. 1866, 131; Chem. News XIII, 178. — (2) Compt. rend. LXIII, 939. — (3) Chem. Centr. 1866, 774.

den stickstoffhaltigen Nahrungsmitteln der Pflanze zu zählen sind (1).

A. Hosaeus (2) kommt durch Versuche über den Einfluſs verschiedener Nahrungsmittel auf den Ammoniak- und Salpetersäuregehalt der Pflanzen (Zwiebeln und Erbsen) zu nachstehendem Resultat : bei den Zwiebeln lieſs sich der Gehalt an Ammoniak und Salpetersäure nicht erhöhen ; sie nahmen keine Salpetersäure auf. Der Gehalt an dieser Säure im Sommer ist durch Oxydation des Ammoniaks entstanden und geht im Herbst durch Reduction wahrscheinlich wieder in letzteres über. Während die Wurzeln, auch von solchen Zwiebeln, die nur in Ammoniaksalz enthaltender Lösung gewachsen waren, 0,3 bis 0,5 pC. Salpetersäure enthielten, fand sich in den Zwiebeln selbst nur dieselbe Menge (0,084 pC.), die ursprünglich darin vorhanden war. — Die Erbsen dagegen nahmen im Verlauf ihrer Entwickelung Ammoniak wie Salpetersäure auf, und zwar mehr als zu ihrem Gedeihen nöthig ist. Die Versuche ergaben, daſs das Wachsthum der Pflanzen um so schlechter und der Ertrag an keimungsfähigem Samen um so geringer war, je mehr Ammoniak und Salpetersäure sich fand. Erbsenpflanzen, welche in mit salpeters. Salzen gedüngtem Torf wuchsen, ergaben eine dreimal gröſsere Ernte, als die in mit Ammoniaksalzen behandeltem Boden gezogenen. Die Düngung mit den vereinigten Salzen hatte keinen gröſseren Erfolg, als die mit Ammoniaksalzen. Die mit salpeters. Salzen gedüngten Erbsen und Zwiebeln enthielten Ammoniak, und die mit Ammoniaksalzen gedüngten enthielten Salpetersäure, und zwar mehr als die vorigen, zum Beweis, daſs das Ammoniak in Salpetersäure umgewandelt wurde.

(1) Vgl. Jahresber. f. 1860, 525 ; f. 1862, 505 ; f. 1865, 623. —
(2) Arch. Pharm. [2] CXXVII, 287 ; im Auszug Zeitschr. Chem. 1866, 605 ; Phil. Mag. [4] XXXIV, 225.

Pflanzenent-wickelung und -Ernährung.

S. W. Johnson (1) fand bei Versuchen über die Assimilation complexer stickstoffhaltiger Körper durch Pflanzen, dafs Maiskörner in einem aus geglühtem und gewaschenem Granitsand (700 Grm.), Gyps (0,25 Grm.), Heuasche (2 Grm.) und Knochenasche (2,75 Grm.) bestehenden Boden sich nur kümmerlich entwickeln und keine Blüthenorgane ansetzen; bei einem Zusatz von Harnsäure, Hippursäure oder salzs. Guanin wurden die Pflänzchen dagegen 12 bis 14 Zoll hoch und es bildeten sich auch die Befruchtungsorgane aus. John'son nimmt hiernach an, dafs die complexeren stickstoffhaltigen Zersetzungsprodukte der Proteïnkörper, ebenso wie Ammoniak oder salpeters. Salze, von der Pflanze unmittelbar aufgenommen und zur Bildung eiweifsartiger Körper verwendet werden könnten (?).

Duchartre (3) beobachtete bei im August und Anfangs September mit Pflanzen aus verschiedenen Familien angestellten Versuchen, dafs die Längenzunahme des Stengels mit wenigen Ausnahmen während der Nacht (von 6 Uhr Abends bis 6 Uhr Morgens) beträchtlicher, selbst um das Dreifache gröfser war, als während des Tages.

A. Famintzin (4) beschrieb Versuche über die Wirkung des Lichtes auf die Bewegung von *Chlamydomonas pulvisculus* E., *Euglena viridis* E. und *Oscillatoria insignis* Tw., sowie auf das Ergrünen der Pflanzen.

In einer Fortsetzung Seiner Untersuchungen (5) über die Entwickelungsgeschichte des Farbstoffes in Pflanzenzellen betrachtet A. Weifs (6) die Formenverhältnisse und das Entstehen des ungelösten gelben, rothen, violetten und blauen Farbstoffes. Die Ergebnisse dieser Untersuchungen fafst Er in folgenden Sätzen zusammen. 1) Die Entwickelung sämmtlicher ungelöst auftretender Pflanzenfarb-

---

(1) Sill. Am. J. [2] XLI, 27; Chem. News XIII, 121; J. pr. Ch. XCIX, 56; Chem. Centr. 1866, 480. — (2) Vgl. Jahresber. f. 1865, 611. — (3) J. pharm. [4] III, 343. — (4) N. Petersb. acad. Bull. X, 534. — (5) Jahresber. f. 1865, 627. — (6) Wien. acad. Anz. 1866, 13.

stoffe erfolgt stets nur auf zweierlei Art, und zwar entweder durch successive Umwandlung des grünen Pigmentes der in den jungen Zellen vorhandenen Chlorophyllkörner in den betreffenden Farbstoff, d. h. durch Degradation des Chlorophylls, oder aber dadurch, dafs sich um die Amylumkörner junger Zellen Plasmaballen lagern, die sich nach und nach färben, während Stärkekörner verschwinden. 2) Gleichzeitig mit diesen Entwickelungsarten entsteht und bildet sich der Farbstoff häufig in selbstständigen Bläschen, den Farbstoffbläschen. 3) Das die Plasmaballen färbende Pigment ist kaum anders als durch Stoffmetamorphose des Amylums entstanden. 4) Die Stärkeeinschlüsse der Chlorophyllkörner bilden sich nicht, wie man annimmt, erst später in den Chlorophyllkörnern aus, sondern sind stets zuerst vorhanden; das grüne Pigment lagert sich auf schon gebildete Stärkekörner, und es erzeugen nicht umgekehrt schon gebildete Chlorophyllkörner in ihrer Substanz Amylum. 5) Alle ungelösten Farbstoffe sind doppelt-lichtbrechend. 6) Die s. g. Chlorophyllbläschen entstehen dadurch, dafs im primären Bläschen sich früher zusammenballende Plasmaballen nach und nach ergrünen; die Farbstoffbläschen dadurch, dafs die Vacuolen gröfserer Plasmabläschen sich mit Farbstoff füllen, oder dafs im primären Plasmabläschen das Protoplasma einem immer intensiver werdenden Farbstoffe Platz macht. Die Amylumbläschen bilden sich aus dem primären Plasmabläschen, indem zwischen den Plasmakörnchen einzelne rasch wachsende Körner (Stärkekörner) entstehen, während endlich die Mischbläschen ursprünglich als Chlorophyll- oder Amylumbläschen entstanden, deren Plasma-Vacuolen sich mit Farbstoff füllten. 7) Alle Bläschengebilde können auch als secundäre Bläschen im Innern von gröfseren vorkommen. 8) Die Membran der Bläschen ist der Membran von Zellen zu einer gewissen Lebensperiode derselben identisch. 9) Beim Zerfallen der Farbstoffgebilde in ihre Zusammensetzungsstücke hat auch das Leben der Zellen, in denen sie sind, sein Ende erreicht.

S. Rosanoff (1) bespricht das physiologische Verhalten des rothen Farbstoffes der Florideen und schreibt demselben bei der Kohlensäurezersetzung eine Rolle zu, welche der des Chlorophylls analog sei.

A. Gris (2) folgert aus mikroscopischen Beobachtungen an verschiedenen Bäumen, dafs das in den Geweben abgelagerte Stärkmehl während der Blüthezeit insbesondere in den oberen Theilen der Zweige sich durch Resorption vermindere.

A. Vogl (3) veröffentlichte Beobachtungen über das Vorkommen von Gerbstoffen in den unterirdischen Theilen zahlreicher Pflanzen. Gerbstoffe können in allen Gewebsschichten unterirdischer Pflanzentheile vorkommen, im Periderm (*Punica Granatum*, *Valeriana*), in der Mittel- und Innenrinde, im Cambium (*Valeriana*, *Artemisia*), im Holze und im Marke. Am reichlichsten finden sie sich in der Mittelrinde abgelagert. Vorzüglich sind es die parenchymatischen Zellen, in denen Gerbstoffe ihre Ablagerungsstätten finden, sowie auch die langgestreckten Elementarorgane der Rinde. In den meisten Fällen tritt der Gerbstoff blofs als Zellinhalt in den betreffenden Gewebselementen auf; in einigen Fällen findet er sich auch in der Zellwand. Als Zellinhalt kommt er bald formlos (gelöst), bald geformt (Gerbmehl) vor. Bei getrockneten Pflanzentheilen stellt die als Zellinhalt auftretende Gerbstofflösung eine meist farblose glasige Masse dar, welche in ihrer Peripherie schlauchförmig verdichtet zu sein scheint und entweder homogen ist oder körnige Bildungen einschliefst. Das Gerbmehl der unterirdischen Pflanzentheile bildet stets Körner, deren Form und Gröfse mit dem fast niemals fehlenden

---

(1) Compt. rend. LXII, 881. — (2) Compt. rend. LXIII, 787; im Auszug Instit. 1866, 345. — (3) Wien. Acad. Ber. LIII (2. Abth.), 156; im Auszug Wien. acad. Anz. 1866, 29; Instit. 1866, 231.

Stärkmehl desselben Pflanzentheils vollkommen übereinstimmt. Diese Körner sind in der Regel in kaltem Wasser löslich; sie färben sich mit Jod, wie die Amylumkörner, violett oder blau, mit Eisensalzen blau oder grün; Kalilauge löst sie mit gelber, brauner oder rother Farbe. Viele Erscheinungen, welche die Gerbmehlkörner bieten, deuten darauf hin, daſs sie aus einem Gemenge von Gerbstoff und Stärkmehl bestehen und daſs sie aus dem letzteren entstanden sind.

Vogl (1) hat ferner mikrochemische Versuche über das Verhalten der Zellwand und des Zellinhaltes der Seifenwurzeln (R. *Saponariae rubrae, levanticae* und *albae*) angestellt, bezüglich deren Ergebnisse wir auf die Abhandlung verweisen.

Fr. Rochleder (2) hat die Resultate einer schon vor längerer Zeit begonnenen Untersuchung des Gerbstoffes der Roſskastanie mitgetheilt. — In der Rinde der Wurzel, des Stammes, der Aeste und Zweige, in den Deckblättern der Blatt- und Blüthenknospen, den Fruchtschalen und in der Samenhaut der unreifen (aber nicht in den Cotyledonen der reifen) Früchte findet sich eine nicht unbedeutende Menge eines Gerbstoffes, der die nachstehenden Eigenschaften hat. Er ist im reinen Zustande fast farblos, geruchlos, von stark adstringirendem Geschmack, leicht löslich in Wasser, Weingeist und Aether und nicht krystallisirbar. Die Lösungen färben sich, namentlich bei Gegenwart von Alkali, unter Sauerstoffaufnahme dunkel, zuletzt rothbraun. Die wässerige Lösung färbt sich mit Eisenchlorid intensiv grün, bei Gegenwart von etwas Alkali violett; sie wird durch Leim aber nicht durch Brechweinstein gefällt; Schwefelsäure, Salzsäure und Metaphos-

Gerbstoffe.

---

(1) Aus dem N. Repert. f. Pharm. XV, 15 in Chem. Centr. 1866, 377. — (2) Wien. Acad. Ber. LIV (2. Abth.), 607; J. pr. Chem. C, 846; im Auszug Zeitschr. Chem. 1867, 76; Bull. soc. chim. [2] VIII, 115.

Gerbstoffe. phorsäure bewirken eine theilweise Fällung, die durch Essigsäure ganz verhindert wird. Ebenso bewirken Schwefelwasserstoff, Schwefelammonium, zweifach-schwefligs. Alkalien und Kochsalz eine theilweise Abscheidung; essigs. Blei erzeugt (vollständiger in weingeistiger Lösung) einen rehfarbigen pulverigen Niederschlag, der sich in essigsäurehaltigem Wasser löst und daraus durch Alkohol oder Bleiessig wieder gefällt wird. Essigs. Thonerde fällt eine blaſs rehfarbene Verbindung; Thonerdehydrat entzieht der wässerigen Lösung den ganzen Gerbstoffgehalt. Die Zusammensetzung des Gerbstoffes entspricht nach zahlreichen Analysen der Formel $C_{26}H_{24}O_{12}$. Mit zweifach-chroms. Kali färbt sich die wässerige Lösung sogleich dunkel, indem eine braune Verbindung des oxydirten Gerbstoffes mit Chromoxyd niederfällt. Verdünnte Salzsäure entzieht dem nicht getrockneten Niederschlag das Chromoxyd, indem ein rothbrauner pulveriger Körper von der Formel $C_{26}H_{22}O_{13}$ zurückbleibt. Erhitzt man die Lösung des Gerbstoffes in verdünnter Kalilauge zum Sieden und versetzt dann nach einigen Minuten die dunkle Flüssigkeit mit Salzsäure, so entsteht ein rehfarbener Niederschlag, $2 C_{26}H_{24}O_{13} + H_2O$ (bei 100°), der also 1 At. Sauerstoff mehr enthält, als der Gerbstoff. Alkalien und Erden bilden mit dem Gerbstoff sehr rasch sich oxydirende Salze; die Niederschläge mit anderen Basen sind Gemenge verschiedener basischer Salze in wechselnden Verhältnissen. Erwärmt man die wässerige oder weingeistige Lösung des Gerbstoffes mit einer verdünnten Mineralsäure auf 100°, so färbt sich die Flüssigkeit prachtvoll kirschroth und es scheiden sich zinnoberrothe Flocken eines durch Wasserentziehung gebildeten Körpers aus; Zucker bildet sich hierbei nicht. Die Zusammensetzung des rothen Körpers entspricht, je nach der Temperatur, der Concentration der Säure oder der Dauer der Einwirkung der Formel $C_{26}H_{22}O_{11}$ oder $C_{26}H_{20}O_{10}$ oder einem Gemenge beider. Es existiren zwei Modificationen der rothen, durch Einwirkung von Säuren auf den

Gerbstoff entstehenden Körper; die eine löst sich in Alkohol mit rother, in kohlens. Natron mit violetter, in kalter Kalilauge mit smaragdgrüner Farbe, die andere ist darin unlöslich. Bei längerer Einwirkung von Salzsäure und Alkohol geht die rothe Verbindung $C_{26}H_{20}O_{10}$ in den Aether $C_{28}H_{24}O_{10} = C_{26}H_{19}(C_2H_5)O_{10}$ über, der ebenfalls in einer in Alkohol löslichen und einer unlöslichen Modification existirt; derselbe zersetzt sich mit Kali unter Freiwerden von Alkohol, und an das Kali ist dieselbe Substanz gebunden, gleichviel welche Modification des Aethers mit Kali behandelt wurde. — Bei 127° verliert der ursprüngliche Gerbstoff in einem Kohlensäurestrom ebenfalls Wasser und geht in eine weifsgraue spröde Masse über, die, obwohl ebenfalls der Formel $C_{26}H_{22}O_{11}$ entsprechend, doch keine Aehnlichkeit mit dem rothen, durch Säuren entstehenden Körper hat, sofern dieser letztere nicht wieder, wie das durch Wärme entwässerte Product, durch Kochen mit Wasser in den ursprünglichen Gerbstoff übergeht. Beim Schmelzen mit Kalihydrat entstehen aus dem Gerbstoff (wie auch aus dem rothen Körper) Phloroglucin, $C_6H_6O_3$, und Protocatechusäure, nach den Gleichungen:

Gerbstoff		Phloroglucin	Protocatechusäure
$C_{26}H_{24}O_{12} + 2 O$	$=$	$2 C_6H_6O_3 +$	$2 C_7H_6O_4$
Rother Körper			
$C_{26}H_{22}O_{11} + H_2O + 2 O$	$=$	$2 C_6H_6O_3 +$	$2 C_7H_6O_4$.

Aus den Fruchtschalen der Rofskastanie erhält man nach Rochleder eine als *Capsulaescinsäure* bezeichnete Verbindung, wenn man die concentrirte weingeistige Abkochung erkalten läfst, die von der gebildeten Gallerte abgepreſste Flüssigkeit im Wasserbad destillirt und den in lauwarmem Wasser aufgenommenen Destillationsrückstand mit Bleizucker fällt. Der in verdünnter Essigsäure unlösliche Theil des Niederschlages liefert, nach wiederholter Zersetzung mit Schwefelwasserstoff, Fällen mit Bleizucker und Auskochen mit Weingeist, beim Verdunsten der vom Schwefelblei abfiltrirten Flüssigkeit farblose Krystalle von

Gerbstoffe. Capsulaescinsäure, $C_{13}H_{12}O_8$, welche unzersetzt sublimirt und aus heifser verdünnter Salzsäure krystallisirt. Die wässerige Lösung färbt sich mit Eisenchlorid dunkelgrünlichblau und die Lösung in heifser Kalilauge verhält sich wie eine alkalische Lösung von Gallussäure. Rochleder fand ferner, dafs die kleinen Blättchen der Rofskastanie, so lange dieselben noch ganz in den Blattknospen eingeschlossen sind, einen dem oben beschriebenen sehr ähnlichen amorphen, als *Phyllaescitannin* bezeichneten Gerbstoff von der Formel $C_{26}H_{24}O_{13} + H_2O$ enthalten.

Nach der Mittheilung von Fr. Rochleder (1) fand Tonner in dem alkoholischen Auszug der Blätter einer neuholländischen Epacris-Art neben Fett, Wachs und Chlorophyll auch das von Trommsdorff in den Blättern von Arctostaphylos Uva Ursi entdeckte Urson, für welches Rochleder die (verdoppelte) Formel $C_{20}H_{32}O_2$ aufstellt. Der von Tonner aus den Epacrisblättern dargestellte Gerbstoff gleicht in allen seinen Eigenschaften dem Gerbstoff der Rofskastanie. Bei wässeriger Einwirkung von Salzsäure entsteht daraus durch Wasserentziehung eine schön rothe Verbindung, deren Analyse der Formel $C_{26}H_{22}O_{11} + 2 C_{13}H_{12}O_6$ entspricht. Der nämliche Gerbstoff findet sich auch, wie es scheint, in *Ledum palustre*.

Der in dem wässerigen Decoct der Wurzelrinde des Apfelbaumes durch Bleizucker entstehende, ausgewaschene und in Wasser vertheilte Niederschlag löst sich, nach Rochleder (2), in Essigsäure zum gröfseren Theil auf, ein anderer Theil bleibt ungelöst. Der unlösliche Theil liefert, nach der Zerlegung mittelst Schwefelwasserstoff,

---

(1) Wien. Acad. Ber. LIII (2. Abth.), 519; J. pr. Chem. XCVIII, 208; Zeitschr. Chem. 1866, 382; Chem. Centr. 1866, 972; N. Repert. Pharm. XVI, 74; Bull. soc. chim. [2] VII, 358. — (2) Wien. Acad. Ber. LIII (2. Abth.), 476; J. pr. Chem. XCVIII, 205; Zeitschr. Chem. 1866, 368; Chem. Centr. 1866, 957; N. Repert. Pharm. XVI, 71; Bull. soc. chim. [2] VII, 191.

durch Verdampfen der vom Schwefelblei abfiltrirten Flüssigkeit einen syrupartigen Rückstand, der bei der Behandlung mit Alkohol in ungelöst bleibendes Pectin und in wenig eines aus der alkoholischen Lösung im leeren Raum krystallisirenden Körpers zerfällt. Letzterer verliert bei 105^0 6,74 pC. Wasser und seine Zusammensetzung entspricht dann der Formel $C_{24}H_{30}O_{27} = C_6H_6O_6 + 3 C_6H_8O_7$. Aus der essigs. Lösung des Bleiniederschlags läfst sich durch Bleiessig noch eine geringe Menge von der Bleiverbindung dieses Körpers abscheiden. Die davon abfiltrirte Flüssigkeit giebt auf Zusatz von Ammoniak einen reichlichen Niederschlag. Zersetzt man denselben in ähnlicher Weise mit Schwefelwasserstoff, so liefert das verdampfte Filtrat zuerst Krystalle von Phloretin-Kalk, aus dem durch Salzsäure das Phloretin, $C_{15}H_{14}O_5$, abgeschieden werden kann. Die von der Kalkverbindung getrennte Mutterlauge giebt mit Schwefelammonium einen Niederschlag, aus welchem (durch Lösen in essigsäurehaltigem Wasser, Fällen mit Bleizucker und Zerlegen des gewaschenen Niederschlags mit Schwefelwasserstoff) derselbe Gerbstoff erhalten wird, welcher in der Rofskastanie vorhanden ist und von welchem Rochleder vermuthet, dafs aus ihm das Phloretin entstehe, sofern beide bei der Spaltung (neben einer der Salicylsäure homologen Säure oder Protocatechusäure) Phloroglucin liefern. Die Rinde des Stammes des Apfelbaumes enthält einen gelben Farbstoff.

H. Reinsch (1) beobachtete, dafs der eisenbläuende Gerbstoff des Gerbersumachs durch Zusatz von etwas Eisenchlorid, Ammoniak und schliefslich von Essigsäure bis zur schwach sauren Reaction vollständig ausgefällt wurde, während eisengrünender Gerbstoff (aus Berberitzensaft) unter denselben Umständen gelöst blieb.

---

(1) N. Jahrb. Pharm. XXV, 82; Zeitschr. Chem. 1866, 220.

Pflanzenfette.

A. C. Oudemans j. (1) untersuchte die nachstehenden, aus Ostindien stammenden und von J. E. de Vrij gesammelten Fette auf ihre Zusammensetzung. Zur Ermittelung des Verhältnisses der Glyceride wurde das Fett (etwa 10 Grm.) mit Kali verseift, die mit verdünnter Schwefelsäure abgeschiedenen fetten Säuren mit überschüssigem kohlens. Natron auf dem Wasserbad eingetrocknet, der Rückstand wiederholt mit absolutem Alkohol ausgekocht, die mit etwas Wasser vermischte alkoholische Lösung mit einem Ueberschufs von essigs. Blei gefällt und von dem getrockneten Niederschlag der in Aether lösliche Theil als öls. Bleioxyd in Rechnung gebracht. Die Trennung der festen Fettsäuren des in Aether unlöslichen Bleisalzes geschah nach dem Verfahren von Heintz. 1. Das bei mittlerer Temperatur feste, gelbliche, nicht unangenehm schmeckende Oel von *Canarium commune* enthält die Glyceride der Oelsäure, Stearinsäure und Myristinsäure, und zwar etwa 51 pC. Oleïn und 49 pC. Stearin und Myristin. Die Oelsäure ist identisch mit der des Olivenöls.
2. Das aus den Früchten von *Cylicodaphne sebifera* gewonnene, in Java zur Kerzenfabrikation dienende *Tangkallak-Fett* liefert bei der Verseifung, wie diefs schon Gorkom (2) fand, neben wenig Oelsäure nur Laurinsäure, $C_{12}H_{24}O_2$.
3. *Tinkawang-Fett*, von mehreren Arten der Gattung *Hopea* abstammend, enthält etwa 21 pC. Oleïn und 79 pC. Stearin, vielleicht auch eine kleine Menge Palmitin.
4. Das Fett aus den Kernen der Früchte von *Nephelium lappaceum* schmilzt bei 65°, nach dem Umkrystallisiren bei 68°,5, und liefert bei der Verseifung neben sehr wenig Oelsäure fast reine Arachinsäure, $C_{20}H_4O_2$ (Schmelzp. 75°).
5. Das aus dem Fleisch der reifen Früchte von *Persea gratissima* (Avocado) durch Ausziehen mit Aether oder

---

(1) J. pr. Chem. XCIX, 407; C, 409; im Auszug Zeitschr. Chem. 1867, 256, 575; Bull. soc. chim. [2] VIII, 121. — (2) Jahresber. f. 1860, 323.

auch durch kaltes Pressen gewonnene Oel enthält 70,9 pC. Oleïn und 21,9 (29,1?) pC. Palmitin. 6. Das bei mittlerer Temperatur flüssige, angenehm schmeckende Oel der Samen von *Thevetia nereïfolia* (einer aus Mauritius oder Westindien stammenden Zierpflanze) enthält 63 pC. Oleïn und 67 pC. Palmitin (nebst Stearin). 7. Das durch den Gehalt an einem Glucosid giftige Oel der Früchte von *Cerbera Odollam* enthält dieselben Bestandtheile, nämlich 62 pC. Oleïn und 38 Palmitin (nebst Stearin). Das im Oel gelöste Glucosid, das *Cerberin*, sondert sich allmälig aus der Lösung des Oels in wenig alkoholfreiem Aether krystallinisch ab. 8. Das hellgelbe, bitter schmeckende und wie die vorhergehenden nicht trocknende Oel von *Samadera indica* besteht aus 84 pC. Oleïn und 16 pC. Stearin und Palmitin. 9. Das etwa 18,5 pC. der Samen betragende, gelbliche, rein schmeckende Oel von *Gossampinus albus* (einer Baumwolle — den Kapok der Malayen — liefernden Pflanze) enthält 75 pC. Oleïn und 25 pC. Palmitin und Stearin. 10. Das bei mittlerer Temperatur ziemlich feste, sehr weisse Fett der Samen von *Terminalia Catappan* enthält etwa 54 pC. Oleïn und 46 pC. Palmitin und Stearin. 11. Das Oel der Früchte von *Brucea sumatrana* ergab auf 67 pC. Oleïn 33 pC. Stearin und Palmitin. 12. Die Früchte von *Calophyllum inophyllum* gaben an Benzol etwa 50 pC. eines grüngelben Oeles ab, welches ebenfalls aus den Glyceriden der Oelsäure, Stearinsäure und Palmitinsäure besteht.

Die steinharten, von den Holländern „Bokkenoten" (Bocknüsse), von den Franzosen „*graine roche*" genannten Früchte einer in Surinam einheimischen Palmenart (*Caryocar* L. oder *Souari* A.) enthalten nach Oudemans (1) etwa 60 pC. eines bei 25° schmelzenden, sehr reinen, dem fein-

---

(1) J. pr. Chem. C, 424; Zeitschr. Chem. 1867, 571.

sten Olivenöl nicht nachstehenden Fettes, welches aus etwa gleichen Theilen Triolein und Tripalmitin besteht.

E. Münch (1) ermittelte (durch Maceriren mit dem fünffachen Gewicht Aether und Wägen des Verdampfungsrückstands eines bestimmten Theils des Auszugs) den Oelgehalt verschiedener Samen mit nachstehendem Resultat:

	Oelgehalt in pC.		Oelgehalt in pC.		Oelgehalt in pC.
Süfse Mandeln	55,4	Sem. Napi	43,4	Macis	25,5
Bittere Mandeln	52,0	„ Sinapis	31,8	Nuc. Jugland.	64,5
Muskatnüsse	40,6	„ Erucae	28,2	„ Coryl. Avell.	59,4
Sem. Papav. alb.	49,4	„ Crotonis	43,4	Sem. Cardui Mar.	20,8
„ Cannabis	35,5	Bacc. Lauri	31,8	„ Gossypii	27,5
„ Cacao	47,4				
„ Lini	29,6				

Die trockenen Maiskörner erhalten nach F. Hoppe-Seyler (2) 3,770 pC. in Aether lösliche Stoffe, welche aus 0,100 Cholesterin, 0,149 Protagon und 3,521 verseifbaren Fetten mit etwas gelbem Farbstoff bestehen. Das gelbe, butterartige, angenehm riechende Fett enthält Stearin, Palmitin und viel Olein. Nach der Extraction mit Aether läfst sich dem Mais durch Alkohol noch ein in Aether und Wasser unlöslicher, in Alkohol schwer löslicher Körper entziehen, der beim Trocknen der alkoholischen Lösung eine glänzende, dem Collodium ähnliche Substanz hinterläfst, die den firnifsartigen Ueberzug der Maiskörner zu bilden scheint.

E. Marchand (3) hat die Aschenbestandtheile verschiedener in dem District von Caux cultivirter Gewächse, sowie einiger in der Normandie als Dünger benutzter Seepflanzen untersucht. In der nachstehenden Zusammenstellung der Analysen drücken die Zahlen die Gewichte

---

(1) N. Jahrb. Pharm. XXV, 8; Zeitschr. Chem. 1866, 191; Zeitschr. anal. Chem. V, 249. — (2) Medicinisch-chem. Unters. I, 162; Bull. soc. chim. [2] VI, 342. — (3) Ann. chim. phys. [4] VIII, 320.

Pflanzenchemie und Pflanzenanalysen.

der Bestandtheile in Grm. aus, welche in 1 Kilogrm. des untersuchten Pflanzentheiles gefunden wurden. Die organische Substanz (ohne Stickstoff) ist aus der Differenz berechnet.

Aschenbestandtheile der Pflanzen.

1. Waizen.

	Winter-Waizen				Sommer-Waizen		
	Rother Waizen		Weifser Waizen		Stroh	Körner	Bälge
	Stroh	Körner	Stroh	Körner			
Stickstoff	4,519	22,635	3,581	21,298	4,726	22,880	7,595
Org. Subst. (ohne Stickstoff)	948,529	955,885	951,672	959,859	964,997	956,408	851,873
Asche	46,952	21,480	44,747	18,843	30,277	20,721	140,532
Kali	3,845	3,786	1,944	2,565	5,607	5,131	5,506
Natron	4,510	2,731	5,406	4,591	2,055	1,855	1,181
Kalk	1,543	1,400	1,790	0,767	4,369	1,333	4,600
Magnesia	1,260	3,150	0,807	1,860	1,208	2,619	1,702
Eisenoxyd	0,301	0,286	0,286	0,310	0,583	0,357	0,595
Chlor	1,600	0,140	1,060	0,164	1,832	0,150	0,489
Phosphorsäure	1,307	9,119	1,064	7,883	1,545	8,507	3,757
Schwefelsäure	0,417	0,114	0,538	0,049	0,437	0,080	0,854
Kohlensäure	0,202	—	0,191	—	0,376	—	0,249
Kieselsäure	32,333	0,786	31,900	0,691	12,678	0,714	121,710

2. Hafer.

	Weifser Hafer		Schwarzer Hafer		
	Stroh	Körner	Stroh	Körner	Bälge
Stickstoff	7,148	20,047	7,810	20,477	9,929
Org. Subst. (ohne Stickstoff)	959,288	939,888	944,615	941,282	915,880
Asche	33,624	40,065	48,075	38,241	74,191
Kali	7,893	7,512	6,619	3,962	2,654
Natron	0,277	3,010	0,694	5,052	4,281
Kalk	5,071	2,167	4,738	1,919	8,950
Magnesia	2,341	2,502	1,806	2,790	3,999
Eisenoxyd	0,786	0,310	0,571	0,381	1,498
Chlor	3,871	0,476	4,575	0,500	2,437
Phosphorsäure	2,510	8,029	1,529	7,941	3,582
Schwefelsäure	0,929	0,833	1,761	0,476	2,130
Kohlensäure	0,319	—	0,273	—	—
Kieselsäure	11,000	15,333	26,541	15,333	45,310

Aschenbestandtheile der Pflanzen.

3. Kartoffeln.

	Runde (Patraques)		Platt-cylindrische (Parmentiéres)		Cylindrische (Vitelottes)	
	Kraut	Knollen	Kraut	Knollen	Kraut	Knollen
Stickstoff . . .	22,93	16,67	12,77	12,74	28,46	15,00
Org. Subst. (ohne Stickstoff) .	748,72	932,53	685,52	954,39	752,03	932,48
Asche	228,35	50,80	301,71	32,87	219,51	52,52
Kali	34,368	15,146	31,540	13,642	25,218	13,843
Natron . . .	8,442	11,888	19,518	2,652	11,044	11,473
Kalk	40,500	1,580	53,376	1,196	40,926	3,651
Magnesia . . .	11,508	2,066	4,192	1,966	4,368	1,645
Eisenoxyd . .	3,212	0,504	8,620	0,520	2,896	0,443
Chlor	11,920	1,696	28,864	3,768	16,698	2,985
Phosphorsäure .	7,494	6,426	5,632	1,698	4,899	7,112
Schwefelsäure .	6,852	2,150	4,888	1,794	7,114	2,926
Kohlensäure .	45,861	8,760	44,040	5,564	24,587	7,880
Kieselsäure . .	61,886	1,012	107,940	0,923	85,430	1,232

4. Runkelrüben.

	Rothe Zuckerrüben; 20 Kilom. vom Meer		Futter-Rüben (Disette)			
			am Meer		20 Kilom. vom Meer	
	Blätter	Wurzeln	Blätter	Wurzeln	Blätter	Wurzeln
Stickstoff . . .	50,93	14,29	51,34	20,59	44,00	18,58
Org. Subst. (ohne Stickstoff) .	787,53	905,03	790,07	889,38	802,62	909,13
Asche	161,54	80,68	158,59	90,03	153,38	72,29
Kali	7,57	10,16	9,09	7,53	7,80	9,92
Natron . . .	49,94	29,10	53,57	37,90	46,50	23,70
Kalk	23,91	3,48	15,73	2,25	25,26	4,06
Magnesia . . .	0,97	0,19	2,04	1,81	0,94	1,74
Eisenoxyd . .	0,77	0,64	0,91	0,44	0,64	0,70
Chlor	25,98	2,94	27,41	10,28	19,34	6,63
Phosphorsäure . .	7,40	5,85	6,12	3,36	4,32	4,08
Schwefelsäure .	4,80	1,24	7,44	4,06	8,16	1,65
Kohlensäure . .	34,32	21,00	30,91	22,88	37,00	18,39
Kieselsäure . .	11,74	6,74	11,56	1,84	7,78	2,92

5. *Mohrrüben und schwedische Rüben.*

	Mohrrüben				Schwed. Rübe (Rutabaga)	
	gelbe Var.		rothe Var.			
	Blätter	Wurzeln	Blätter	Wurzeln	Blätter	Wurzeln
Stickstoff . . .	29,12	17,18	28,49	16,74	19,63	13,42
Org. Subst. (ohne Stickstoff) .	817,58	928,35	798,19	915,02	799,04	920,02
Asche	153,30	54,52	173,32	68,24	181,33	66,56
Kali	9,22	11,82	11,93	14,61	13,77	9,44
Natron . . .	22,10	10,88	23,79	14,36	24,80	8,75
Kalk	36,34	5,16	31,09	5,95	35,44	8,90
Magnesia . . .	3,12	2,52	4,56	2,69	0,84	1,86
Eisenoxyd . .	0,72	0,84	2,85	0,44	2,38	0,89
Chlor	17,30	4,78	17,55	4,65	25,84	3,29
Phosphorsäure .	6,02	6,76	7,87	6,65	13,33	6,60
Schwefelsäure .	5,16	2,88	14,45	3,40	6,48	6,12
Kohlensäure .	32,78	9,40	27,28	14,16	21,94	8,95
Kieselsäure . .	24,44	1,60	35,88	2,38	43,34	12,50

6. *Erbsen und Wicken.*

	Erbsen		Wicken		
	Kraut	Körner	blühend	Kraut	Körner
Stickstoff . . .	16,99	44,90	36,55	14,51	48,93
Org. Subst. (ohne Stickstoff) .	906,19	913,47	850,53	906,05	919,90
Asche	76,82	23,63	112,92	79,44	31,17
Kali	4,986	5,848	8,318	7,395	5,783
Natron . . .	7,245	2,948	24,521	8,325	3,398
Kalk	25,000	1,698	18,883	21,773	4,860
Magnesia . . .	3,800	3,072	8,321	3,849	3,341
Eisenoxyd . .	0,714	0,548	1,187	1,206	0,771
Chlor	0,957	0,533	10,573	4,882	0,762
Phosphorsäure .	1,821	8,886	8,431	3,163	10,920
Schwefelsäure .	1,095	0,467	4,098	1,622	0,826
Kohlensäure . .	23,404	—	14,469	20,166	—
Kieselsäure . .	4,148	0,310	21,104	8,679	1,181

Organische Chemie.

Aschenbestandtheile der Pflanzen.

7. *Futterkräuter.*

	gewöhnl. Klee		Incarnat-Klee		Hybrider Klee	Luserne	Esparsette	Hopfenklee (Minette) mit schwarzen Körnern
	Wurzeln	blühend. Kraut	blühend	ab-geblüht	blühend	blühend	blühend	
Stickstoff . . .	17,77	21,24	20,38	16,44	19,89	21,06	21,99	82,63
Org. Subst. (ohne Stickstoff) . .	892,13	894,73	907,77	896,17	913,59	848,47	906,64	892,95
Asche	90,10	84,03	71,85	87,39	66,52	130,47	71,37	78,43
Kali	8,760	9,540	9,411	9,088	8,035	10,864	11,802	8,596
Natron	6,028	1,692	4,038	12,770	3,298	5,928	4,036	3,396
Kalk	14,672	28,952	19,833	18,940	19,962	42,234	22,148	21,963
Magnesia . . .	4,804	3,738	4,188	4,917	3,578	3,250	3,284	2,954
Eisenoxyd . .	3,556	1,716	0,843	0,782	0,594	0,864	0,626	0,694
Chlor	1,149	1,504	2,450	3,054	5,479	6,642	4,046	1,652
Phosphorsäure .	9,180	6,428	6,000	5,624	5,230	4,830	5,571	5,568
Schwefelsäure .	5,755	1,102	1,720	1,463	2,209	6,108	1,655	0,900
Kohlensäure .	5,968	28,311	16,176	21,640	14,441	35,162	14,178	24,263
Kieselsäure . .	30,491	6,384	8,299	9,805	4,933	16,586	4,937	3,856

8. *Colza und Lein.*

	Colza			Lein			
				junge Pflanze	Samentragend		
	Stroh	Körner	Schoten		Stengel	Körner	Bälge
Stickstoff . .	6,80	35,09	7,46	12,38	6,83	37,05	9,73
Org. Subst. (ohne Stickstoff) . .	916,66	926,80	877,62	940,12	966,69	921,76	919,75
Asche . . .	76,54	38,11	114,92	47,55	26,48	41,19	70,52
Kali	6,684	9,410	9,667	5,834	3,893	6,455	11,479
Natron	13,845	3,134	8,312	3,309	1,333	7,068	5,167
Kalk	18,881	5,760	41,286	9,488	5,786	4,125	15,107
Magnesia . .	1,843	2,505	2,891	3,595	2,190	3,545	4,071
Eisenoxyd . .	0,480	0,274	2,024	1,821	0,512	0,591	0,702
Chlor	11,376	0,315	4,819	5,738	1,548	0,818	9,250
Phosphorsäure .	0,730	13,552	1,583	4,738	1,655	16,852	6,488
Schwefelsäure .	4,328	2,523	3,429	1,726	0,810	0,602	3,441
Kohlensäure .	19,333	—	40,000	5,881	5,857	—	12,357
Kieselsäure . .	1,606	0,709	2,000	6,715	2,929	1,318	4,560

9. See-Pflanzen und -Thiere.

	Fucus					Asteries
	digitatus	saccharinus	serratus	siliquosus	vesiculosus	(Seesterne)
Stickstoff . .	10,69	17,50	12,51	13,05	12,22	38,61
Org. Subst.(ohne Stickstoff) .	811,07	884,02	802,86	868,13	831,90	490,54
Asche	178,24	138,48	184,63	113,82	155,88	470,85
Kali	11,80	10,98	13,92	17,25	9,47	2,82
Natron . . .	46,02	32,90	51,68	17,33	81,08	20,26
Kalk	17,36	14,90	17,00	11,33	22,14	210,44
Magnesia . .	10,42	7,12	7,72	8,45	9,74	19,16
Eisen- u. Manganoxyd . .	0,40	1,32	1,26	2,67	1,68	1,84
Kupferoxyd . .	—	—	—	—	—	0,03
Chlor	57,70	38,96	48,10	87,13	39,42	31,54
Jod	9,54	3,78	1,54	0,75	1,12	0,46
Brom	1,38	0,34	1,86	0,78	0,94	0,07
Phosphorsäure .	5,44	5,82	4,28	3,30	3,39	8,79
Schwefelsäure .	22,02	26,32	33,68	20,01	39,88	10,78
Kohlensäure .	4,94	8,58	12,32	1,90	4,10	167,90
Kieselsäure . .	5,88	1,54	2,40	1,68	3,98	3,90

Chatin (1) fand in der Asche des Krautes der Kresse (*cresson*) A im grünen, B im abgeblühten Zustande:

A { lösl. Salze unlösl. Salze Summe
    50,30   49,70   100,00
  Fe₂O₃, PO₅*) SiO₂ HCl SO₃ PO₅ KO NaO CaO MgO Summe
  1,85 7,42 13,03 5,24 5,29 41,11 1,82 21,16 3,08 100,00

B { lösl. Salze unlösl. Salze Summe
    59,41   40,41   100,00
  Fe₂O₃, PO₅*) SiO₂ HCl SO₃ PO₅ KO NaO CaO MgO Summe
  1,60 14,46 11,00 5,27 3,70 42,63 1,55 15,03 4,76 100,00

*) und Thonerde.

Die hauptsächlich aus löslichen Salzen bestehende Asche des Saftes ist reich an Jod, die des Markes enthält nur Spuren davon.

(1) J. pharm. [4] IV, 287.

Opium.   A. Petermann (1) bestimmte in mehreren, sächsischen Apotheken entnommenen Sorten Opium den Gehalt an Wasser, Asche, Morphin und an in verdünnter Salzsäure unlöslichen Bestandtheilen in 100 Th.

Opiumsorte	Wasser bei 100°	Asche	In Salzs. unlösl.	Morphin
Französisch. Opium	11,6	3,8	24,9	11,1-11,9
Patna-Opium	7,8	4,6	27,8	3,2- 3,8
Guévé-Opium	12,3	4,1	23,2	4,6- 5,1
dasselbe	10,8	3,9	22,8	4,1- 4,9
Smyrnaer Opium	13,8	4,0	25,5	7,8- 8,3
	5,6	4,5	26,4	4,9- 5,6
	9,4	3,9	24,8	7,1- 7,5
Aegyptisches Opium	4,7	4,8	28,7	3,4- 3,9

Malz.   J. C. Lermer (2) fand in den Wurzelkeimen des Gerstenmalzes a) an Säuren: Aepfelsäure, Ameisensäure (Asparaginsäure), Bernsteinsäure (3), Citronensäure, Essigsäure, eine fette Säure, eisengrünende Gerbsäure, Milchsäure, Oxalsäure und Propionsäure; b) an indifferenten Stoffen: Asparagin, Bitterstoff, Cholesterin, grüner Farbstoff, fettes Oel, Gummi, Harz, Wachs und Zucker. Mit Ausnahme der (aus dem Asparagin gebildeten) Asparaginsäure finden sich diese Körper, wie Lermer annimmt, alle schon fertig gebildet in den Malzkeimen.

Mohrrübe.   A. Fröhde und P. Sorauer (4) besprechen in einem Beitrag zur Kenntnifs der Mohrrübe die Entwickelung des Samens und der Wurzel, so wie den Gehalt der verschiedenen Mohrrübensorten an Stärkmehl und an den im Gewebe sich findenden rothen Krystallen, dem Carotin. Bezüglich dieses letzteren kommen Fröhde und Sorauer zu dem Resultat, dafs es nichts Anderes sei, als mit einem

---

(1) Arch. pharm. [2] CXXVII, 209. — (2) Dingl. pol. J. CLXXIX, 71; Vierteljahrsschr. pr. Pharm. XV, 347; im Auszug Chem. Centr. 1866, 510. — (3) Vgl. Jahresber. f. 1863, 765. — (4) Arch. Pharm. [2] CXXVI, 193; im Auszug Zeitschr. Chem. 1866, 510; Chem. News XIV, 289; J. pharm. [4] IV, 236.

Farbstoff imbibirtes Cholesterin. — A. Husemann (1) zeigt dagegen durch eine Vergleichung der Eigenschaften des Cholesterins mit denen des von Ihm (2) früher untersuchten Carotins (und Hydrocarotins), dafs beide nicht als identisch zu betrachten sind.

H. Reinsch (3) beobachtete in dem verdampften wässerigen Auszug des Blumenkohls die Bildung von mikroscopischen, pflanzenblattartigen Formen, die (nach der Behandlung mit Weingeist) in wässeriger Lösung in sechseckig gruppirte Körner übergehen. Reinsch bezeichnet diese Substanz, deren Natur nicht sicher ermittelt ist, vorläufig als Carviolin.

Brassica oleracea.

Dragendorff und M. Kubly (4) kommen in einer Untersuchung über die Bestandtheile der Sennesblätter zu dem Resultat, dafs die wirksame Substanz ein saures, theilweise an Kalk und Magnesia gebundenes Glucosid sei, welches sie als *Cathartinsäure* bezeichnen. Zur Darstellung dieses Glucosids wird der zum Syrup verdampfte wässerige Auszug der Sennesblätter zuerst mit dem gleichen Vol. Alkohol und dann die von dem ausgeschiedenen Schleim und Salzen abfiltrirte Flüssigkeit so lange mit absolutem Alkohol versetzt, als noch ein Niederschlag entsteht. Die wässerige Lösung dieses, durch nochmalige Fällung mit Alkohol gereinigten Niederschlages giebt, nach der Abscheidung von Eiweifskörpern durch einige Tropfen Salzsäure, auf weiteren Zusatz von Salzsäure einen Niederschlag von Cathartinsäure, die durch Fällen mit Aether aus der weingeistigen Lösung gereinigt wird. Die so erhaltene, amorphe, braune, nach dem Trocknen schwarze, in Alkalien lösliche und daraus durch Säuren fällbare Sub-

Sennesblätter.

---

(1) Arch. Pharm. [2] CXXIX, 80; im Auszug Zeitschr. Chem. 1867, 190. — (2) Jahresber. f. 1861, 754. — (3) N. Jahrb. Pharm. XXVI, 196. — (4) Russ. Zeitschr. Pharm. IV, 429, 465; Zeitschr. Chem. 1866, 411; Vierteljahrsschr. pr. Pharm. XVI, 96; Bull. soc. chim. [2] VII, 356.

Sennes-blätter. stanz zersetzt sich beim Kochen mit Säuren in weingeistiger Lösung unter Bildung von Zucker und eines gelbbraunen, in Wasser und Aether unlöslichen Pulvers, welches als *Cathartogeninsäure* bezeichnet wird. Dragendorff und Kubly betrachten die nachstehende Zersetzungsgleichung, welche die für beide (keine Garantie der Reinheit bietenden) Körper berechneten Formeln enthält, selbst mit gerechtem Mifstrauen :

Cathartinsäure   Cathartogeninsäure   Zucker
$$C_{180}H_{96}N_2O_{83}S + 10 HO = C_{132}H_{56}N_2O_{44}S + 4 C_{12}H_{12}O_{12}$$

Die alkoholischen Flüssigkeiten von der Darstellung der Cathartinsäure enthalten eine in Aether lösliche rothbraune, der Chrysophansäure ähnliche Substanz, und in dem in Aether unlöslichen Theil (neben Ludwig's (1) Sennepikrin) eine krystallisirbare zuckerartige Substanz, den Cathartomannit, $C_{42}H_{44}O_{38}$ (?). Derselbe gährt nicht, wirkt rechtsdrehend und reducirt alkalische Kupferoxydlösung nicht, selbst nicht nach vorgängigem Kochen mit verdünnter Schwefelsäure.

R. Rau (2) hat ebenfalls einige Versuche zur Ermittelung der Bestandtheile der Sennesblätter angestellt. Fällt man nach Seiner Angabe das wässerige Decoct mit Bleiessig und dann die von dem Niederschlag abfiltrirte Flüssigkeit mit Schwefelwasserstoff, so giebt das getrocknete Schwefelblei an Aether einen in Nadeln krystallisirbaren Körper (*Sennin*) ab, der den wirksamen Bestandtheil der Sennesblätter ausmachen soll.

Castanea vesca. Nach E. Dietrich (3) enthalten die Kerne der efsbaren Kastanie in 100 Th. :

---

(1) Jahresber. f. 1864, 593. — (2) Aus dem Americ. Journal d. Pharm. (1866) III, 193 in Vierteljahrsschr. pr. Pharm. XVI, 92. — (3) Vierteljahrsschr. pr. Pharm. XV, 196; Zeitschr. Chem. 1866, 286; Chem. Centr. 1867, 271; Bull. soc. chim. [2] VII, 165.

Fettes Oel*) Zucker Stärkmehl Proteïnsubst. Zellgewebe†) Wasser   Castanea
 1,75   0,42   29,92   3,26   15,90   48,75   vesca.

*) Nicht trocknend. — †) Nebst Gummi, Harz, Bitterstoff, eisengrünender Gerbsäure, Aepfelsäure, Citronensäure und Milchsäure.

Die Kerne liefern frisch 1,473 pC., getrocknet 3,02 pC. Asche; die Schalen lufttrocken 1,384 pC., bei 110° getrocknet 1,845 pC. Asche; die Zusammensetzung dieser Asche ist A für die Kerne, B für die Schale:

   NaCl   NaO   KO   CaO   MgO Al_2O_3 MnO Fe_2O_3 SO_3 PO_5 SiO_3 CO_2
A 0,678 5,250 44,699 3,048 5,891 0,090 0,128 0,114 3,036 14,287 1,214 21,174
B 6,816 9,326   2,305 17,975 21,912 5,793 1,184 0,790 3,091 8,548 3,194 18,954

In den männlichen Blüthen der gemeinen Wallnuſs (*Juglans regia* L.) findet sich nach Rochleder (1) eine reichliche Menge von Oxalsäure, welche aus dem wässerigen Decoct neben anderen Bestandtheilen durch Bleizucker ausgefällt wird. In den Blüthen scheint kein fertig gebildetes Nucin (2), sondern ein Körper vorhanden zu sein, der durch Einwirkung von Mineralsäuren unter Bildung von Nucin zersetzt wird; denn das gelbe wässerige Decoct färbt sich mit Ammoniak erst nach dem Kochen mit Salzsäure roth.

M. Kubly (3) kommt durch einige Versuche mit der Rinde von *Rhamnus Frangula* zu dem Resultat, daſs dieselbe neben dem purgirend wirkenden Bestandtheil (einem nicht rein erhaltenen Körper) ein als *Avornin* bezeichnetes Glucosid enthalte, welches ebenfalls nur als amorphe, leicht schmelzbare, braune bis schwarze Masse erhalten wurde. Das Avornin, $C_8H_9O_4$ oder $C_{16}H_{18}O_8$, spalte sich mit Säuren in Zucker, in krystallisirbare, morgenroth gefärbte *Avorninsäure*, $C_{11}H_9O_4$, und in ein amorphes Harz.

J. M. Maisch (4) findet, daſs der wirksame Bestand-

Rhus Toxicodendron.

(1) Wien. Acad. Ber. LIV (2. Abth.), 566; Zeitschr. Chem. 1867, 192; Chem. Centr. 1867, 462. — (2) Vgl. Jahresber. f. 1856, 693; f. 1858, 533. — (3) Russ. Zeitschr. Pharm. V, 160; Zeitschr. Chem. 1867, 26; Vierteljahrsschr. pr. Pharm. XVI, 382. — (4) Proceedings of the American pharm. association 1865, 166; Chem. News XIII, 112; Bull. soc. chim. [2] VII, 351; J. pharm. [4] IV, 154; Zeitschr. Chem. 1866, 218; Vierteljahrsschr. pr. Pharm. XV, 585.

theil des Giftsumachs (*Rhus Toxicodendron*) nicht, wie Khittel (1) angiebt, eine flüchtige Base, sondern eine flüchtige Säure (Toxicodendronsäure) ist, welche sich von der Ameisensäure dadurch unterscheidet, daſs das schwerlösliche Quecksilberoxydsalz beim Kochen nicht reducirt wird. Der Dampf der Säure sowie die wässerige Lösung bewirkt auf der Haut Blasen und Ausschläge.

Paullinia sorbilis. (Guarana.)
Th. Peckolt (2) untersuchte die Früchte von *Paullinia sorbilis* (Guarana oder Uarana) mit nachstehendem Resultat für 100 Th:

	Guaranasamenschale	Guaranasamen ohne Schale	Guaranapaste
Caffeïn	2,443	4,813	4,286
Fettes gelbes Oel . . .	—	2,396	2,950
Weichharz	0,489	—	—
Rothes Harz	0,192	4,000	7,800
Harzartige Substanz . .	—	3,536	0,872
Extractivstoff, stickstoffh. .	—	1,727	
Rother Farbstoff . . .	1,024	1,050	1,520
Amorpher Bitterstoff . .	—	0,080	0,050
Guaranasäure	—	0,134	—
Saponin	0,097	—	0,060
Gallussäure	—	0,017	—
Gerbsäure, Eisen grünfällend	4,145	8,516	5,902
Rothe Gerbsäure . . .	—	—	2,750
Eiweiſsart. Substanzen .	—	2,377	—
Stärkmehl	—	5,495	9,350
Glucose	1,226	0,546	0,777
Dextrin, Pectin u. s. w.	1,557	8,944	7,407
Feuchtigkeit	4,145	8,988	7,650
Faser (u. Verlust) . . .	84,682	51,830	49,126

*) Die Samen mit Schale gaben 3,9 pC. Caffeïn. — Stenhouse (Jahresb. f. 1856, 815) fand in der Guaranapaste 5,0 bis 5,1 pC. Caffeïn.

Guaranasamenschalen gaben 10,19 pC., die Samen ohne Schale 1,704 pC., die Guaranapaste 2,6 pC. Asche, welche enthielt A, für die Samen ohne Schale, B für die Paste:

	CO_2	Cl	SO_3	SiO_3*)	PO_5	Al_2O_3	Fe_2O_3	MnO	MgO	CaO	KO	NaO
A	13,63	6,61	8,90	34,91	4,96	1,06	1,87	4,34	3,68	4,48	1,87	15,47
B	23,28	0,71	6,01	25,61	5,12	0,82	0,54	3,76	5,06	4,52	2,71	16,43

*) Mit Sand und Kohle.

(1) Jahresber. f. 1858, 530. — (2) Wien. Acad. Ber. LIV (2. Abth.) 462.

Der rothe Farbstoff steht dem Chinaroth, die Gerbsäure der Chinagerbsäure, die (noch als eigenthümlich zu erweisende) Guaranasäure der Weinsäure nahe. — Die Guaranapaste besteht aus dem Pulver der Samen, welches mit Wasser zu einem Teig geknetet und dann in der Form von 24 bis 30 Loth schweren Cylindern oder Kugeln getrocknet wird.

Th. Peckolt (1) fand in dem Rattenkraut (*Palicourea Marcgravii* St. Hil.), einer zu der Familie der Rubiaceen gehörenden Pflanze Brasiliens, folgende, als eigenthümlich betrachtete Bestandtheile: 1) eine geringe Menge einer narcotischen ölartigen, sauer reagirenden Substanz (*Myoctoninsäure*), welche durch Destillation des angesäuerten Saftes erhalten wurde; 2) eine in Nadeln sublimirbare, in Wasser unlösliche Säure (*Palicoureasäure*); 3) eisengrünnende Gerbsäure; 4) eine flüchtige organische Base (*Palicourin*), deren schwefels. und salpeters. Salz krystallisirbar sind; 5) verschiedene Harze.

C. Falco (2) fand in der Stammrinde von *Petalostigma quadriloculare*, einer australischen Euphorbiacee, neben den gewöhnlichen Pflanzenbestandtheilen ein campherartiges ätherisches Oel, und einen indifferenten, zu den Glucosiden gehörenden Bitterstoff. Die Asche der Rinde (8,3 pC. betragend) enthielt:

NaCl	KO	NaO	CaO	MgO	Al_2O_3	Fe_2O_3	Mn_2O_4	SO_3	PO_5	SiO_3	CO_2
2,935	2,746	0,948	46,288	1,427	0,047	0,175	0,455	1,819	0,555	2,208	40,833

E. Pelikan (3) schliefst aus Versuchen an Fröschen, dafs der giftige, specifisch auf das Herz wirkende Bestandtheil der Blätter von *Nerium Oleander* ein gelbes scharfes Harz sei.

---

(1) Arch. Pharm. [2] CXXVII, 98; Zeitschr. Chem. 1866, 544; Bull. soc. chim. [2] VII, 521. — (2) Vierteljahrsschr. pr. Pharm. XV, 509; Chem. Centr. 1867, 142. — (3) Aus der Gaz. méd. de Paris 1866, Nr. 6 in N. Repert. Pharm. XV, 521; Chem. Centr. 1866, 592.

Sarracenia purpurea. Nach St. Martin (1) enthält die, auch von Björklund und Dragendorff (2) untersuchte *Sarracenia purpurea* L. in der Wurzel eine in Alkohol und Aether lösliche, bitterschmeckende organische Base, das *Sarracenin*, dessen schwefels. Salz krystallisirbar ist.

Gastrolobium bilobum. H. Fraas (3) fand in *Gastrolobium bilobum* (einer für giftig gehaltenen strauchartigen Leguminose West-Australiens) nur die gewöhnlichen Pflanzenbestandtheile. Die 3,149 pC. der trockenen Blätter betragende Asche enthielt:

NaCl	$KO+NaO$	CaO	MgO	Al_2O_3	Fe_2O_3	SO_3	PO_5	SiO_3	CO_2	Summe
25,522	14,036	26,255	6,792	1,145	1,408	4,309	3,083	5,814	12,334	100,698

Lignum colubrinum. Nach Berdenis van Berlekom (4) enthält das mit Erfolg gegen Wechselfieber angewendete *Lignum colubrinum* ziemlich viel Brucin neben wenig Strychnin.

Proteïnstoffe und Verwandtes. Eiweifskörper. A. Commaille hat Untersuchungen über die Constitution der eiweifsartigen Körper veröffentlicht, über welche uns nur ein kurzer Auszug (5) vorliegt. — I. *Eiweifsartige Substanzen des Mehls*. Es werden nicht weniger als fünf in kaltem Wasser unlösliche Bestandtheile des Klebers unterschieden, nämlich: 1) *Inesin* (das Fibrin des Klebers); 2) *Sitesïn* (das Caseïn des Klebers); 3) *Glutin*; 4) *Mucin*; 5) *Sitosin* (das Albumin des Mehls). Das Sitosin ist, wie alle eiweifsartigen Körper, in alkalischem Wasser löslich

---

(1) Aus dem Bull. gén. de Thérap. 1865 und Journ. de méd. de Bruxelles 1865 (Mai), 471 in Schmidt's Jahrb. d. ges. Med. CXXX, 154; Zeitschr. Chem. 1866, 442; Vierteljahrsschr. pr. Pharm. XV, 284; Bull. soc. chim. [2] VII, 358. — (2) Jahresber. f. 1863, 614. — (3) Vierteljahrsschr. pr. Pharm. XV, 338. — (4) Aus Schmidt's Jahrb. d. ges. Med. CXXX, 154 in Zeitschr. Chem. 1866, 443. — (5) J. pharm. [4] IV, 108 (Auszug einer der Faculté des sciences de Marseille vorgelegten These); Chem. Centr. 1867, 585.

und wird daraus durch Säuren gefällt; die wässerige Lösung coagulirt in der Wärme; sie giebt mit Salzsäure und Quecksilberchlorid Niederschläge, die sich in einem grofsen Ueberschufs der Säure wieder lösen. Die blafsgelbe Platinverbindung enthält 7,14 bis 7,39 Platin. — Das Sitesin löst sich in ein Tausendtel Salzsäure enthaltendem Wasser, wird daraus durch mehr Säure gefällt und durch einen noch gröfseren Ueberschufs wieder gelöst. Quecksilberchlorid erzeugt in dieser Lösung (so wenig wie in der des Caseïns der Milch oder der Leguminosen) keinen Niederschlag. Die Platinverbindung enthält 5,21 bis 5,48 pC. Platin. — Das Glutin ist kaum löslich in angesäuertem Wasser, wohl aber in sehr concentrirter Salzsäure. Die schwach saure Lösung wird durch Quecksilberchlorid gefällt. Mit reinem Wasser bildet es nur eine Emulsion, mit Wasser und Aether vertheilt es sich vollkommen und durch mehr Wasser oder Aether wird dann wieder ein Coagulum abgeschieden. Nach der Entfernung eines gelben Oeles durch wasserhaltigen Aether bildet es eine weifse, durchscheinende, spröde Masse, die dem Wasser, ohne sich merklich zu lösen, die Eigenschaft ertheilt, stark zu schäumen. Es löst sich in Alkohol, aber nur sehr wenig in Essigsäure. Die in Alkohol aber nicht in Aether lösliche amorphe Platinverbindung enthält 2,57 bis 3,33 pC. Metall. — Das getrocknete Mucin löst sich leicht in Wasser wie in Alkohol und wird aus der angesäuerten Lösung durch Quecksilberchlorid gefällt. Die Platinverbindung ergab 5,37 pC. Metall. — Das Inesin löst sich nur in salzsäurehaltigem Wasser und auch darin nur sehr langsam. Der in dieser Lösung durch Platinchlorid entstehende Niederschlag enthält 7,15 bis 7,33 pC. Metall. — II. *Eiweifsartige Substanzen des Hühnereies.* Commaille unterscheidet 1) das Albumin (im Eiweifs und identisch mit dem löslichen Albumin des Eigelbs); 2) das Vitellin (der in Wasser unlösliche eiweifsartige Körper des Eigelbs, und 3) das als *Pexin* bezeichnete, durch Wärme coagulirte Albumin. —

Eiweifs-körper. Das Albumin gerinnt nicht beim Erhitzen der genügend verdünnten Lösung, wohl aber entsteht auf Zusatz von sehr wenig Essigsäure ein flockiger Niederschlag, dessen Bildung durch mehr Säure verhindert wird. Es bildet mit Quecksilberoxyd keine constant zusammengesetzte Verbindung und unterscheidet sich darin von dem Lactoprotein der Milch (1). Das durch rauchende Salzsäure coagulirte und wieder in Wasser gelöste Albumin wird durch Quecksilberchlorid nicht gefällt, eben so wenig das filtrirte und mit 12 Vol. Wasser verdünnte Hühnereiweifs. Dafs das nicht coagulirte Albumin nicht blofs in den physikalischen Eigenschaften von dem coagulirten verschieden ist, ergiebt sich aus der verschiedenen Löslichkeit beider in angesäuertem Wasser, aus der Entwickelung von Schwefelwasserstoff bei der Coagulation und auch aus dem Platingehalt des Platindoppelsalzes, der bei Anwendung von frischem Albumin etwa 9 pC. beträgt, während er in der mit länger aufbewahrtem Eiweifs bereiteten annähernd auf 10 pC. steigen kann. — Das aus dem Eigelb durch Behandeln mit Wasser, Lösen des Rückstands in angesäuertem Wasser, Fällen mit concentrirter Salzsäure und nochmaliges Lösen in Wasser erhaltene Vitellin giebt mit Platinchlorid einen 7,85 bis 7,96 pC. Metall enthaltenden Niederschlag. Die in ähnlicher Weise aus dem geronnenen Albumin (Pexin) dargestellte Verbindung enthält ebenfalls 7,8 pC. Platin. — III. *Eiweifsartige Körper der süfsen Mandeln.* — Die süfsen Mandeln enthalten, neben Amandin, noch einen zweiten, in der Wärme gerinnenden Eiweifskörper in sehr geringer Menge. Derselbe wurde nicht näher untersucht. Das durch Fällen der filtrirten Mandelmilch mit Salzsäure, Lösen in alkalischem Wasser und nochmalige Abscheidung mit Salzsäure dargestellte Amandin giebt in angesäuerter Lösung — wie das durch Coagulirung mit Essigsäure in

---

(1) Jahresber. f. 1864, 622.

der Kälte bereitete — mit Platinchlorid einen 7,02 bis 7,45 pC. Metall enthaltenden Niederschlag; die Lösung in verdünnter Salzsäure wird auch durch Quecksilberchlorid gefällt. — IV. *Eiweifsartige Substanz der Leguminosen.* Das aus dem wässerigen Auszug der Samen durch Essigsäure gefällte und in ähnlicher Weise wie das Amandin gereinigte Legumin giebt mit Quecksilberchlorid einen in Salzsäure löslichen Niederschlag. Das aus alkalischer Lösung gefällte Platinsalz enthielt 5 pC. Platin, während das mit Salzsäure (statt mit Essigsäure) bereitete Legumin ein Platinsalz lieferte, welches 9,8 bis 10,0 pC. Platin enthielt. — V. *Eiweifskörper der Milch.* Aufser dem Caseïn enthält die Milch noch zwei eiweifsartige Substanzen, das Lactoproteïn und das Lactalbumin. Commaille vermuthet, das Caseïn sei in der Milch, so lange dieselbe (mit schwach alkalischer Reaction) in den Milchgefäfsen des Thiers sich befinde, völlig gelöst und die unlösliche Modification bilde sich erst nach dem Melken; auch vermindere sich die Menge des löslichen Caseïns rasch in der Art, dafs beim Verdünnen oder Sauerwerden der Milch das Filtrat nur Lactalbumin enthalte. Das Lactoproteïn hält Commaille für einen der Substanz der Hefe oder der Synaptase nahestehenden Körper, der in der Milch als Ferment wirken könne und die zuerst eintretenden Veränderungen derselben bedinge. — VI. *Eiweifskörper des Blutes.* Es sind diefs das freiwillig gerinnende, in Salpeter lösliche Fibrin, das im halbfesten Zustande die Blutkörperchen bildende Globulin und das im Serum enthaltene *Serosin* (Serumalbumin), welches sich von der eiweifsartigen Substanz des pancreatischen Safts und von dem Caseïn darin unterscheidet, dafs es durch schwefels. Magnesia in der Kälte nicht gerinnt. — VII. Die aus dem Muskelfleisch zu gewinnenden Eiweifskörper sind das *Musculin* (Syntonin) und das *Oposin.* Letzteres findet sich in der abgeprefsten Fleischflüssigkeit, und zwar, wie es scheint, reichlicher im Hammel- als im Ochsenfleisch. Die Lösung des gut ausgewaschenen

Eiweifs- Musculins in salzsäurehaltigem Wasser wird durch Queckkörper. silberchlorid nicht gefällt; die des Oposins giebt sowohl mit concentrirter Salzsäure wie mit Quecksilberchlorid einen Niederschlag. Der Platingehalt der Platinsalze beider Eiweifskörper beträgt 10 bis 11 pC. — VIII. Der als Uralbumin bezeichnete Eiweifskörper des albuminösen Harns hat mit dem Oposin grofse Aehnlichkeit; die Platinverbindung enthält 10,2 bis 10,6 pC. Metall. — Von dem vorstehend angegebenen Platingehalt der Platinverbindungen ausgehend berechnet Commaille für die Eiweifskörper — wie für das schon früher untersuchte Caseïn (1) — eine allgemeine Formel, auf welche wir verweisen müssen und nach welcher dieselben aus einem Amid des Tyrosins und des Leucins in verschiedenen Verhältnissen zusammengesetzt wären.

J. C. Lehmann (2) beschreibt einige Eigenschaften des Essigsäure-Albuminats. Fällt man aus mit 2 Vol. Wasser geschlagenem Hühnereiweifs Globulin und Alkalialbuminat mit Essigsäure und versetzt dann die Lösung nach dem Neutralisiren mit Natron und nochmaligem Filtriren mit wenig Essigsäure, so entsteht das lösliche Essigsäure-Albuminat, dafs sich dadurch nachweisen läfst, dafs man die Lösung mit verdünnter ($\frac{1}{2}$ procentiger) Natronlauge überschichtet, wodurch an der Berührungsstelle eine Abscheidung von Eiweifs entsteht. Mäfsige Wärme beschleunigt die Bildung des Essigsäure-Albuminats. Durch viel Essigsäure gelatiniren die Lösungen, indem sich, auch bei Abschlufs der Luft, Kohlensäure entwickelt. Das Essigsäure-Albuminat wird bei einer um so niedrigeren Temperatur in die feste gelatinöse Form übergeführt, je mehr Säure vorhanden ist. Sinkt der Säuregehalt des Essigsäure-Albuminats unter eine gewisse (auf 1 pC. Eiweifs 1 bis 1$\frac{1}{2}$ pC. betragende) Gröfse, so geht es beim

(1) Jahresber. f. 1865, 648. — (2) Aus Virchow's Arch. XXXVI, 110 in Zeitschr. Chem. 1866, 418.

Erwärmen nicht mehr in die feste lösliche Form über, sondern coagulirt. Dieselbe Wirkung wie die Wärme hat Alkohol. Die Gelatinen sind in kochendem Wasser sehr leicht löslich; erhitzt man sie aber ohne Wasser bis zu einer gewissen Temperatur, so verlieren sie diese Löslichkeit gänzlich oder fast vollständig.

J. de Bary (1) bestimmte in einer Untersuchung über Leimstoffe die schon von Hoppe-Seyler beobachtete linksseitige Circumpolarisation des Chondrins, und fand die spec. Drehung in schwach alkalischer Lösung $= 213^0,5$, nach Zusatz des gleichen Vol. Natronlauge $= 552^0,0$ und nach Zusatz des gleichen Vol. Wasser $= 281^0,0$. — Der nach dem Verfahren von Fischer und Bödeker (2) aus dem Chondrin durch Zersetzung mit Salzsäure entstehende, von de Bary vorläufig als Chondroglucose bezeichnete Zucker unterscheidet sich von dem Traubenzucker dadurch, daſs er (mit der Temperatur sich nicht ändernde) Linksdrehung besitzt (nach einem Versuch würde die spec. Drehung für gelbes Licht $(\alpha)j = -45^0,5$ sein), daſs er schwer oder nicht krystallisirt, nur schwierig gährt und dabei ähnlich wie die Melitose in eine gährende und in eine nicht gährungsfähige (nach links drehende) Zuckerart zerfällt. — Leimlösungen zeigen nach de Bary eine starke Linksdrehung, die durch Temperaturerhöhung abnimmt (spec. Dreh. bei 24 bis $25^0 = -130^0$, bei 35 bis $40^0 = -123^0$0), auf Zusatz von Ammoniak gleichbleibt, durch Natronlauge dagegen (in geringerem Maſse durch Säuren) vermindert wird. — de Bary überzeugte sich ferner, daſs Hausenblase nach dem Kochen mit Wasser und Verdampfen des Leims einen Rückstand liefert, der bei 100^0 getrocknet das ursprüngliche Gewicht der Hausenblase hat, woraus sich ergiebt (wie schon Scherer durch die Elementarana-

Leimstoffe.

---

(1) Medicinisch-chem. Unters. I, 71; Zeitschr. Chem. 1867, 82; Bull. soc. chim. [2] VI, 247. — (2) Jahresber. f. 1861, 809.

lyse nachwies), daſs das Bindegewebe und der daraus gewonnenen Leim isomer sind.

Proteïnstoffe des Roggens.

H. Ritthausen (1) hat in ähnlicher Weise wie früher den Waizenkleber, auch die Proteïnkörper des Roggens untersucht und daraus zwei Substanzen abgeschieden, von denen die eine, das *Glutencaseïn*, in der Zusammensetzung mit dem Paracaseïn (Legumin) des Klebers, die andere, das *Mucedin*, mit dem gleichnamigen Körper aus Waizenkleber (vgl. S. 719) übereinstimmt. — Zur Darstellung des Glutencaseïns wird feines Roggenschrot mit viel Wasser, welches in 1000 Th. 2 Th. Kalihydrat enthält, wiederholt 24 Stunden lang bei einer Temperatur von 1 bis 2^0 macerirt und die klar abgezogene, wenn nöthig filtrirte Flüssigkeit mit Essigsäure schwach übersättigt. Die sich hierbei abscheidende grauweiſse, schleimig-flockige Substanz wird zuerst mit Weingeist, dann bis zur Entwässerung mit absolutem Alkohol, schlieſslich mit Aether behandelt und im leeren Raum über Schwefelsäure möglichst rasch getrocknet. Das so erhaltene Glutencaseïn bildet eine lose zusammenhängende, gelblich- oder bläulichgraue Masse von erdigem Bruch. Seine Zusammensetzung A ist fast dieselbe wie die des Glutencaseïns aus Waizen (2) B und wie die des Legumins:

	Kohlenstoff	Wasserstoff	Stickstoff	Sauerstoff	Schwefel
A	51,23	6,70	15,96	25,07	1,04
B	51,0	6,7	16,1	25,4	0,8.

Das getrocknete Glutencaseïn ist an der Luft völlig unveränderlich, mit Wasser befeuchtet verwandelt es sich aber bald in eine dunkelbraune hornartige Masse. Es löst sich weder in Wasser noch in Weingeist, wohl aber in alkalihaltigem Wasser zu einer bräunlichgelben Flüssigkeit, aus welcher es durch Säuren (bis zu sehr schwach saurer Reac-

---

(1) J. pr. Chem. XCIX, 439; Zeitschr. Chem. 1867, 287; Chem. Centr. 1867, 257; Bull. soc. chim. [2] VIII, 132. — (2) Jahresber. f. 1864, 626.

tion zugefügt) unverändert wieder gefällt wird. In concentrirter Salzsäure quillt es zu schleimigen schwarzbraunen Flocken auf und löst sich dann allmälig zu einer braunen Flüssigkeit mit einem Stich ins Violette; in sehr verdünnter Essigsäure löst es sich in der Kälte theilweise, in der Siedehitze vollständiger, zu einer trüben bräunlichgelben Flüssigkeit, welche durch Kali, Ammoniak, Ferro- und Ferridcyankalium gefällt wird. Bei längerem Kochen geht die Löslichkeit in Säuren wie in Alkalien verloren, wie sich überhaupt die frisch gefällte Substanz leichter und in gröfserer Menge löst, als die getrocknete. Die Lösungen in alkalihaltigem Wasser werden durch Metalloxydsalze, beim Kochen auch durch Salmiak, Magnesia- und Kalksalze gefällt. — Zur Gewinnung des Mucedins wird das Roggenschrot fünfmal mit etwa dem gleichen Gewicht 82 procentigen Weingeists ausgekocht und die Flüssigkeit jedesmal siedendheifs durch einen Spitzbeutel filtrirt. Der nach 24 Stunden aus der braunroth gefärbten Lösung sich absetzende Niederschlag wird nacheinander mit absolutem Alkohol und Aether behandelt, dann in siedendem 80 procentigem Weingeist gelöst und der beim Erkalten des Filtrats niederfallende, sammt dem nach dem Abdestilliren des Alkohols sich abscheidenden Theil mit starkem Alkohol entwässert und über Schwefelsäure im leeren Raum getrocknet. Man löst nun in verdünnter Essigsäure, fällt mit Kali einen Theil der Substanz sammt allem Gummi, und dann durch völliges Neutralisiren das reine Mucedin. Es scheidet sich als gelbliche, zähschleimige, etwas fadenziehende Masse aus, welche nach dem Trocknen im leeren Raum fest, spröde und gelblichgrau ist. Das Mucedin löst sich in Schwefelsäure, die mit dem gleichen Vol. Wasser verdünnt ist, nach kurzem Kochen mit blafsrother oder schwach rosenrother Farbe, bei Anwesenheit von Gummi, Dextrin u. s. w. aber mit dunkelbrauner Farbe und unter Bildung schwarzer Flocken; die Lösung in Essigsäure färbt sich auf Zusatz von wenig schwefels. Kupferoxyd

Proteïnstoffe des Roggens. und Kali bei gelindem Erwärmen schön violettroth, bei Anwesenheit von Dextrin oder Zucker aber um so tiefer blau, je mehr von diesen vorhanden ist. Die Analyse des Mucedins aus Roggen A ergab annähernd dieselben Zahlen wie die des (früher als Mucin bezeichneten) Körpers aus Waizen B (1):

	Kohlenstoff	Wasserstoff	Stickstoff	Sauerstoff	Schwefel
A	53,61	6,79	16,84	22,26	0,50
B	54,11	6,90	16,63	21,48	0,88.

Das Mucedin ist in heifsem Wasser ziemlich löslich; das Ungelöste vertheilt sich gleichmäfsig, so dafs die Lösung milchig trübe erscheint, setzt sich aber beim Erkalten ohne wesentliche Aenderung der Löslichkeitsverhältnisse wieder ab. Anhaltendes Kochen bewirkt theilweise, zuletzt völlige Umwandlung in eine unlösliche Modification. Die heifs filtrirte wässerige Lösung trübt sich beim Erkalten durch Abscheidung zäher Flocken, während ein anderer Theil gelöst bleibt. Weingeist von 30 pC. löst in der Kälte nur wenig, stärkerer (bis zu etwa 60 pC.) weit mehr, durch noch stärkeren Alkohol wird das Gelöste theilweise wieder ausgefällt. Die aus Weingeist abgeschiedene Substanz bildet meist eine röthlichgelbe, durchscheinende, gallertähnliche Masse, die in Berührung mit starkem Alkohol gelblichgrau, undurchsichtig, nach dem Trocknen hart wird. Ueber Schwefelsäure liefert die weingeistige Lösung einen rothgelben bis bräunlichen durchsichtigen Rückstand. Die Löslichkeitsverhältnisse für verdünnte organische Säuren und für Alkalien sind dieselben, wie die des Mucedins aus Waizen. Die sehr stark verdünnte Lösung in alkalischem Wasser wird durch Säuren nicht gefällt. Die schwachsaure Lösung in Essigsäure giebt mit salpeters. Quecksilberoxydul einen weifsen flockigen Niederschlag.

---

(1) Jahresber. f. 1864, 628.

Ritthausen (1) hält es ferner für wünschenswerth, die von Ihm in Seinen Untersuchungen (2) über die Proteïnstoffe des Waizenklebers beibehaltenen älteren Namen zu ändern, sofern sich dieselben auf Gemenge beziehen. Er schlägt vor, das Pflanzenfibrin als *Glutenfibrin*, das Paracaseïn als *Glutincaseïn*, und das Mucin als *Mucedin* zu bezeichnen. Mit Beibehaltung der Bezeichnung Gliadin für den Pflanzenleim besteht demnach der Kleber aus Gliadin, Mucedin, Glutenfibrin und Glutencaseïn; vgl. S. 710.

Durch Zersetzung des Klebers erhielt Ritthausen (3) einen neuen stickstoffhaltigen Körper, welchen er *Glutaminsäure* nennt. Man erhält dieselbe durch 20 bis 24-stündiges Kochen des (früher als Pflanzenfibrin bezeichneten) in Weingeist unlöslichen Rückstands des Waizenklebers, zweckmäfsiger des in Weingeist löslichen Theils (des Mucedins) mit $2\frac{1}{2}$ Th. Schwefelsäure und 6 bis 7 Th. Wasser, Uebersättigen mit Kalkmilch, Ausfällung des Kalks aus dem auf $\frac{2}{3}$ verdampften Filtrat mit Oxalsäure, dann der letzteren durch Kochen mit kohlens. Blei und schliefslich des gelösten Blei's mittelst Schwefelwasserstoff. Aus der verdampften stark sauren Flüssigkeit setzt sich nach und nach ein krystallinisches Gemenge von Tyrosin, Leucin und Glutaminsäure ab, aus welchem durch Behandlung mit heifsem Wasser (wo Tyrosin ungelöst bleibt), dann mit 30 procentigem Weingeist (der vorzugsweise Leucin löst) und Umkrystallisiren aus Wasser (unter Zusatz von Thierkohle) und 30 procentigem Weingeist die Glutaminsäure rein erhalten wird. (Während der in Weingeist unlösliche Theil des Klebers kaum $1\frac{1}{2}$ pC. Glutaminsäure liefert, erhält man aus Mucedin über 30 pC., kein Tyrosin und nur wenig Leucin.) Sie löst sich bei 15° in 100 Th. Was-

---

(1) J. pr. Chem. XCIX, 462; Chem. Centr. 1867, 271. — (2) Jahresber. f. 1862, 519; f. 1863, 618; f. 1864, 625. — (3) J. pr. Chem. XCIX, 454; Zeitschr. Chem. 1867, 286; Chem. Centr. 1867, 273; Bull. soc. chim. [2] VIII, 119.

Glutamin-säure ser, in 302 Th. 32 procentigem und in 1500 Th. 80 procentigem Weingeist; in der Wärme ist die Löslichkeit für Wasser und schwachen Weingeist weit erheblicher. Die Lösungen reagiren stark sauer, schmecken adstringirend, entfernt nach Fleischextract, und zersetzen kohlens. Salze unter Bildung löslicher Salze. Aus heifs gesättigter Lösung schiefst die Säure in weifsen, aus glänzenden Blättern bestehenden Krystallrinden an; bei langsamer Verdunstung bilden sich Krystalle von lebhaftem Diamantglanz, welche nach G. Werther's (1) Bestimmung verzerrte Rhombenoctaëder mit der basischen Endfläche sind. Die Messung ergab an einem zur Hälfte regelmäfsig ausgebildeten Krystall die Neigungen P : P im brachydiagonalen Hauptschnitt = 123°46'; P : P im makrodiagonalen Hauptschnitt = 93°20'; P : P im basischen Hauptschnitt = 112°44'; P : 0P = 123°35', entsprechend dem Axenverhältnifs a (Brachydiagonale) : b : c = 0,8059 : 1 : 0,8521. Die Krystalle sind wasserfrei; sie schmelzen unter theilweiser Zersetzung bei 135 bis 140°, erstarren dann nur sehr langsam krystallinisch und zersetzen sich in höherer Temperatur unter Bildung gelber, alkalisch reagirender Oeltropfen und unter Entwickelung eines eigenthümlichen, dem das verbrennenden Horns ähnlichen Geruchs. Die Analyse entspricht der Formel $C_5H_9NO_4$. Die Salze der Alkalien sind leicht löslich und krystallisiren nur schwer, die der alkalischen Erden sind ebenfalls in Wasser und Weingeist leicht löslich und trocknen zu gummiartigen Massen ein. Der Barytgehalt des durch Kochen der wässerigen Säure mit kohlens. Baryt erhaltenen amorphen Barytsalzes entspricht der Formel $C_5H_8BaNO_4$. *Glutamins. Kupfer,* $2 C_5H_8CuNO_4 + Cu_2O + 2 H_2O$, bildet sich beim Kochen der Säure mit Kupferoxydhydrat und Fällen der tiefblauen Lösung mit Alkohol als nicht krystallinischer Niederschlag, der bei 100° den

---

(1) J. pr. Chem. XCIX, 6; Bull. soc. chim. [2] VII, 442.

Wassergehalt verliert. *Glutamins. Silber*, $C_5H_8AgNO_4$, wird durch Kochen der Säure mit frisch gefälltem kohlens. Silber und Verdampfen des Filtrats als dunkelgrau gefärbte, etwas krystallinische Masse erhalten. Bleisalze geben mit der Säure, selbst auf Zusatz von Ammoniak, keinen Niederschlag. — Beim Einleiten von salpetriger Säure in die wässerige Lösung bildet sich unter Gasentwickelung eine vorläufig als *Glutansäure* bezeichnete, syrupartige, in Aether lösliche Säure, welche vielleicht der Formel $C_5H_8O_5$ entspricht.

S. Radziejewsky (1) fand bei Versuchen über das Vorkommen von Leucin und Tyrosin im normalen Organismus nur das erstere (2), und zwar im Pankreas, in der Milz, in den Lymphdrüsen, Speicheldrüsen, Schild- und Thymusdrüse, in der Leber und (zweifelhaft) in den Nieren. *Leucin.*

R. Virchow (3) beobachtete wiederholt das wahrscheinlich durch eine Krankheit der Leber bedingte Vorkommen von Guanin bei Schweinen. Es findet sich als krystallinische Concretion in der Substanz der Knorpel und der Ligamente am Kniegelenk. *Guanin.*

Nach R. Bender (4) bestanden kleine weiſse Flocken auf der Oberfläche des Gesichts, des Magens und der Leber einer seit zwei Monaten beerdigten Leiche aus Harnsäure. *Harnsäure.*

R. Otto (5) beobachtete, wie früher schon Gregory und Baumert (6), daſs das Alloxan beim längeren Aufbewahren in Alloxantin sich umsetzt. Das in dieser Weise gebildete, wie auch das auf gewöhnlichem Wege aus Alloxan dargestellte Alloxantin, $C_8H_{10}N_4O_{10}$, verlor bei 150 bis *Alloxan.*

---

(1) Aus Virchow's Arch. XXXVI, 1 in Zeitschr. Chem. 1866, 416; Zeitschr. anal. Chem. V, 466; J. pharm. [4] IV, 240. — (2) Vgl. Jahresber. f. 1860, 571. — (3) Aus Virchow's Arch. XXXV, 358; XXXVI, 147 in Zeitschr. Chem. 1866, 377. — (4) Arch. Pharm. [2] CXXVI, 212; J. pr. Chem. XCIX, 254. — (5) Ann. Ch. Pharm. Suppl. IV, 256; Zeitschr. Chem. 1866, 107. — (6) Jahresber. f. 1860, 326.

$180°$ nur 12,7 bis 12,5 pC. Wasser, während der von Liebig und Wöhler gefundene Wassergehalt (15,4 pC.) $3 H_2\Theta$ entspricht. Bei $200°$ tritt Zersetzung des Alloxantins ein.

Phosphors. Harnstoff. *Phosphors. Harnstoff*, $GH_4N_2\Theta, PH_3\Theta_4$, krystallisirt nach J. Lehmann (1) aus einer, in dem der Formel entsprechenden Verhältnifs gemischten Lösung von Phosphorsäure und Harnstoff in grofsen glänzenden und sehr gut ausgebildeten Krystallen, welche nach v. Kobell's Bestimmung mit der Combination $0P.P.\infty \bar{P}2.2\bar{P}\infty.4\bar{P}\infty.\infty \check{P}\infty$ dem rhombischen System angehören. Es ist $P:\check{P}$ im brachydiagonalen Hauptschnitt $= 144°14'$; $P:P$ im makrodiagonalen Hauptschnitt $= 103°20'$; $P:P$ im basischen Hauptschnitt $= 88°$; $\infty \bar{P}2 : \infty \bar{P}2 = 151°56'$ an a, entsprechend dem Axenverhältnifs a (Brachydiagonale) : b : c $= 0{,}4928 : 1 : 0{,}4346$. Die Krystalle sind sehr leicht löslich, jedoch nicht zerfliefslich. Lehmann erhielt sie auch bei der Verdunstung des Harnes von Schweinen, welche mit reiner Kleie gefüttert waren.

Melanin. W. Dressler (2) fand für das aus den schwarzen Knoten eines melanotischen Krebses abgeschiedene und durch Behandlung mit verschiedenen Lösungsmitteln gereinigte Melanin — nach Abzug der 1,47 pC. betragenden, stark eisenhaltigen Asche — 51,73 pC. Kohlenstoff, 5,07 pC. Wasserstoff, 13,24 pC. Stickstoff und 29,96 pC. Sauerstoff, woraus er die nicht weiter controlirte Formel $C_9H_{10}N_2\Theta_4$ ableitet. In Wasser quillt das Melanin wie ein trockener Eiweifskörper auf und färbt die Flüssigkeit schwach bräunlich; es löst sich in ätzenden und kohlensauren Alkalien und wird daraus durch Säuren, durch essigs. Blei und salpeters. Baryt wieder gefällt. In Chloroform, Schwefelkohlenstoff und schwefelsäurehaltigem Alkohol ist es ganz

---

(1) Aus N. Repert. Pharm. XV, 224 in Chem. Centr. 1866, 1119; J. pharm. [4] IV, 285. — (2) Aus der Prager Vierteljahrsschr. f. pract. Heilkunde LXXXVIII, 9 in Chem. Centr. 1866, 395.

unlöslich. — Pribram (1) beschreibt einige Versuche mit Melanin, welches aus dem Harn einer an melanotischem Krebs des Auges leidenden Kranken dargestellt war.

M. Pettenkofer und K. Voit (2) haben mittelst des früher beschriebenen Respirations- und Perspirationsapparates (3) eine Reihe von Versuchen über Sauerstoffaufnahme und Kohlensäureausgabe während des Wachens und Schlafens beim Menschen in der Weise ausgeführt, dafs während der 24 stündigen Beobachtungsdauer die Resultate für die Zeit von Morgens 6 bis Abends 6 Uhr (Tag) und für die Zeit von Abends 6 bis Morgens 6 Uhr (Nacht) gesondert bestimmt wurden. Dem Versuch wurden unterworfen I. ein gesunder kräftiger 28 jähriger Arbeiter von 60 Kilogrm. Körpergewicht, und zwar a) mit leichter Beschäftigung im Apparat während des Tages (Ruhetag); b) mit anstrengender Arbeit (Arbeitstag); II. ein 21 jähriger, an Diabetes mellitus leidender Mann; III. ein 40 jähriger Leukämiker. Die Resultate sind in der folgenden Tabelle zusammengestellt, in welcher die beigefügte Verhältnifszahl p angiebt, wieviel Sauerstoff in der ausgeschiedenen Kohlensäure gegenüber 100 aus der Luft aufgenommenem Sauerstoff enthalten sind. Sämmtliche Werthe sind in Grammen gegeben.

(1) Aus der Prager Vierteljahrsschr. f. pract. Heilkunde LXXXVIII, 9 in Chem. Centr. 1866, 895. — (2) Aus Sitzungsber. der bayer. Academie der Wissenschaften in Ann. Ch. Pharm. CXLI, 295; im Auszug Chem. Centr. 1867, 161. — (3) Jahresber. f. 1862, 522.

Organische Chemie.

Tageszeit	Ausgeschiedene				Aufgenommener Sauerstoff	p
	Kohlensäure	Wasser	Harnstoff	Zucker		
I. a) Ruhetag:						
Tag . . .	532,9	344,4	21,7	—	234,6	175
Nacht . .	378,6	483,6	15,5	—	474,3	58
Im Ganzen .	911,5	828,0	37,2	—	708,9	94
I. b) Arbeitstag:						
Tag . . .	884,6	1094,8	20,1	—	294,8	218
Nacht . .	399,6	947,3	16,9	—	659,7	44
Im Ganzen .	1284,2	2042,1	37,0	—	954,5	98
II. Diabetiker:						
Tag . . .	359,3	308,6	29,6	264,4	278,0	94
Nacht . .	300,0	302,7	20,2	148,1	294,2	74
Im Ganzen .	659,3	611,3	49,8	394,5	572,2	84
III. Leukämiker:						
Tag . . .	480,9	322,1	15,2	—	346,2	101
Nacht . .	499,0	759,2	21,7	—	329,2	110
Im Ganzen .	979,9	1081,3	36,9	—	675,4	105

Nach diesen Daten beträgt im gesunden Körper (wenn man die an *einem* Individuum beobachteten Verhältnisse als allgemeine Norm gelten läfst) die Kohlensäureausscheidung am Tage etwa das Doppelte der Sauerstoffaufnahme, während zur Nachtzeit das umgekehrte Verhältnifs stattfindet. Von der in 24 Stunden ausgeschiedenen Kohlensäure fallen am Ruhetage 58 pC. auf die Tageszeit und 42 pC. auf die Nacht; von dem in derselben Zeit aufgenommenen Sauerstoff treffen 33 pC. auf den Tag und 67 pC. auf die Nacht. Am Arbeitstage ist dieser Gegensatz noch gesteigert, da am Tage 69 pC., bei Nacht 31 pC. der Kohlensäure ausgeschieden, und am Tage 31 pC., bei Nacht 69 pC. des Sauerstoffs aufgenommen wurden. Am Arbeitstage wurden im Ganzen 373 Grm. Kohlensäure mehr

ausgeschieden und 246 Grm. Sauerstoff (annähernd über- *Stoffwechsel.*
einstimmend mit den berechneten 271 Grm.) mehr aufgenommen als am Ruhetage, aber der Mehrbetrag der Kohlensäure wurde hauptsächlich am Tage ausgeschieden, der Mehrbetrag an Sauerstoff hauptsächlich des Nachts aufgenommen. Das häufigere und tiefere Athemholen bei körperlicher Anstrengung beruht daher nicht auf dem Bedürfnifs nach Sauerstoff, sondern auf der Nothwendigkeit, die mehr erzeugte Kohlensäure auszustofsen und die gesteigerte Bluttemperatur zu mäfsigen. Sowie ferner die Sauerstoffaufnahme am Tage dieselbe bleibt für Arbeit und für Ruhe, so besteht auch keine erhebliche Schwankung in der Kohlensäureausscheidung bei Nacht, da dieselbe unter allen Umständen dem bei Tage aufgenommenen Sauerstoff ungefähr entspricht. Die Wasserausscheidung betrug am Arbeitstage das $2\frac{1}{2}$ fache von der am Ruhetage (obgleich am ersteren nur 600 CC. Wasser mehr getrunken wurden), und zwar vertheilte sich dieselbe ziemlich gleichförmig auf die beiden Tageshälften. Der Harnstoff wird wie die Kohlensäure und ziemlich derselben proportional am Tage reichlicher als bei Nacht ausgeschieden; die Menge derselben war am Arbeitstage nicht vermehrt. Da Pettenkofer und Voit ferner gefunden haben, dafs bei normaler Ernährung durch Nieren und Darm genau so viel Stickstoff ausgeschieden wird, als in der aufgenommenen Nahrung enthalten war, so ist die von Voit [1] bei Thieren (Hund) entdeckte Unabhängigkeit der Eiweifszersetzung (Harnstoffausscheidung) von der Muskelanstrengung hierdurch auch für den Menschen festgestellt. Pettenkofer und Voit ziehen aus Allem Diesen den Schlufs, dafs während der Nacht im Verhältnifs zum Eiweifsgehalt der aufgenommenen Nahrung Sauerstoff im Körper angesammelt

---

[1] Untersuchungen über den Einflufs des Kochsalzes, des Kaffees und der Muskelbewegung auf den Stoffwechsel von Voit. München 1860.

und für den Bedarf des folgenden Tages aufbewahrt wird, woraus zugleich folgt, dafs richtige Ergebnisse für die Bilanz der Einnahmen und Ausgaben des thierischen Körpers nur erhalten werden können, wenn der Versuch mindestens eine Dauer von 24 Stunden umfafst, und dafs sich bei kürzeren Intervallen unverständliche Zahlen ergeben müssen. — Die mit dem Leukämiker erhaltenen Resultate zeigen, dafs die Theilung der 24 stündigen Beobachtung in die beiden Tageshälften Störungen in den Functionen des Organismus erkennen läfst, welche bei der Betrachtung der Resultate im Ganzen nicht hervortreten. Bezüglich der Respirationsverhältnisse bei Diabetes mellitus vgl. S. 728.

Durch diese von Pettenkofer und Voit festgestellten Thatsachen werden auch die Ergebnisse verständlich, welche W. Henneberg, G. Kühn und H. Schultze (1) bei analogen Versuchen mit Thieren erhalten haben. Diese Chemiker unterwarfen zwei Ochsen, von welchen der eine (I) 640 Kilogrm., der andere (II) 710 Kilogrm. mittleres Körpergewicht hatte, mehreren Fütterungsreihen von 6 Tagen bis 1 Monat, und machten während jeder derselben mehrere, nur auf die 12 Tagesstunden ausgedehnte Respirations- und Perspirationsbestimmungen, deren mittlere Ergebnisse in der folgenden Tabelle zusammengestellt sind. n bezeichnet in derselben das Harnstoffäquivalent des in 24 Stunden verdauten Futters; o den in 12 Stunden aus der Luft aufgenommenen Sauerstoff und p das Verhältnifs des in der ausgeathmeten Kohlensäure enthaltenen zu 100 aus der Luft aufgenommenem Sauerstoff. Alle Werthe sind in Grammen gegeben.

(1) Aus Landwirthschaftl. Versuchsstationen VIII, 447 in Chem. Centr. 1867, 165; ferner auszugsweise in der S. 728 angeführten Abhandlung von Pettenkofer und Voit.

Fütterungsreihen	In 12 Tagesstunden ausgeschiedene				n	o	p
	Kohlensäure	Wasser	Grubengas	Wasserstoff			
I.							
1. 18. Mai bis 18. Juni	3728	4480	25	—	128	2037	131
2. 23. Juni bis 3. Juli	2985	3665	28	—	139	1225	178
3. 14. bis 19. August	3210	3480	23	28	128	1610	145
II.							
4. 26. Mai bis 11. Juni	4638	5310	25	—	342	1745	193
5. 18. bis 27. Juni	4158	4851	28	—	171	1855	163
6. 3. bis 13. Juli	4505	6955	25	—	128	2490	132
7. 20. Juli bis 7. Aug.	4898	5580	15	—	364	1878	259
8. 14. bis 30. Aug.	5248	5423	25	20	310	1728	222

Diese Zahlen stehen, wie Pettenkofer und Voit bei der Besprechung derselben erörtern, sofern auch hier die ausgeschiedene Kohlensäure weit die dem aufgenommenen Sauerstoff entsprechende Menge überwiegt, mit dem für den Menschen gefundenen Ergebnifs im Einklang. Die Verhältnifszahlen für die Tageszeit stimmen im Wesentlichen in beiden Fällen fast sämmtlich überein, für welche Regelmäfsigkeit keine andere als die oben gegebene Erklärung möglich erscheint. Die hier aufgeführten Resultate lassen aber weiter einen engen Zusammenhang zwischen den Verhältnifszahlen p und den Harnstoffzahlen n erkennen, in der Weise, dafs die ersteren mit den Harnstoffzahlen steigen und fallen. Mit der Vermehrung des Eiweifsgehaltes der Nahrung steigt demnach die Fähigkeit des Körpers, während der Zeit der Ruhe und des Schlafes Sauerstoff aufzunehmen und denselben am Tage nach Bedürfnifs zu verwenden.

K. Voit (1) folgert aus den bei der Fütterung von Hunden mit reiner Fleischkost erhaltenen Resultaten (2),

---

(1) Landwirthschaftl. Versuchsstationen VIII, 23. — (2) Jahresber. f. 1862, 523 ff.; f. 1863, 635.

Stoffwechsel. dafs ein Theil des Kohlenstoffs der stickstoffhaltigen Nahrungsmittel im Körper des Fleischfressers zurückbleibt und zur Fettbildung dient, und dafs diese bei Carnivoren und Herbivoren hauptsächlich wenn nicht ausschliefslich auf Kosten stickstoffhaltiger Substanzen stattfindet. — J. B. Lawes und J. H. Gilbert (1) schliefsen dagegen aus Ihren Untersuchungen (2) über die Ernährung der Schlachtthiere, dafs bei der Mästung von Herbivoren ein grofser Theil des im Körper entstandenen Fettes (bei Anwendung des zur Mästung am besten geeigneten Futters) auf Kosten der Kohlehydrate gebildet wird, dafs aber auch die stickstoffhaltigen Bestandtheile der Nahrung zur Fettbildung dienen können, besonders wenn sie im Ueberschufs und die stickstofffreien in ungenügender Menge vorhanden sind.

J. de Bary (3) gelangte durch eine Reihe von Versuchen über die Verdauung von Eiweifsstoffen zu dem Resultat, dafs nicht coagulirtes Eiweifs durch natürliche und künstliche Verdauung in derselben Weise verändert wird, wie coagulirtes.

M. Pettenkofer und K. Voit (4) schliefsen aus Respirationsversuchen mit Diabetikern, dafs der Diabetes mellitus auf einer Verminderung der sauerstoffbindenden Fähigkeit der Blutkörperchen beruht. Bei normaler Nahrung nimmt der Diabetiker diejenige Menge von zerstörendem Sauerstoff, welche für die Leistungen des Körpers und die Wärmeentwickelung in demselben erforderlich ist, nicht auf; er ist daher genöthigt, grofse Mengen von Nahrung zu consumiren, um das absorbirte Sauerstoffquantum nur bis zu dem für den Gesunden ausreichenden Betrag zu steigern, welcher aber zur vollständigen Verbrennung der stickstofffreien Nahrungsmittel oder Umsetzungspro-

(1) Phil. Mag. [4] XXXII, 439; Rep. 86 Br. Assoc., Notices and Abstracts 41; Chem. News XIV, 109. — (2) Jahresber. f. 1858, 656; f. 1860, 702. — (3) Medicinisch-chem. Unters. 1, 76. — (4) Aus Sitzungsber. der bayer. Academie der Wissenschaften 1865, II, 224 durch N. Repert. Pharm. XV, 1 in Chem. Centr. 1866, 879; 1867, 168.

ducte wegen der überreichen Menge derselben nicht genügt. Stoffwechsel. Nach einer Beobachtung wurden von einem Diabetiker in 24 Stunden 792 Grm. Sauerstoff aufgenommen, 795 Grm. Kohlensäure ausgeathmet und 644 Grm. Zucker im Harn abgeschieden; in einem andern Fall (S. 724) betrug der in derselben Zeit aufgenommene Sauerstoff 572 Grm., die ausgeschiedene Kohlensäure 659 Grm., der Zucker 394 Grm. Während demnach der Gesunde auf 100 Th. eingeathmeten Sauerstoff bei Fleischkost oder Hunger in der Kohlensäure 75 Th., bei Genuſs von Kohlehydraten 120 Th. wieder ausathmet, beträgt bei dem Diabetiker auch bei Genuſs von Kohlehydraten und ungeachtet der so reichlichen Nahrung der in der Kohlensäure ausgeathmete Sauerstoff nur 73 pC. des aufgenommenen. — Pettenkofer und Voit nehmen an, daſs unter allen Umständen im Körper nur Zucker verbrennt, der entweder aus den Kohlehydraten der Nahrung, oder aus den Fetten der Nahrung oder des Körpers, oder aus dem vom Eiweiſs abgespaltenen Fette entstanden ist. Bei dem Gesunden ist die Verbrennung eine vollständige, bei dem Diabetiker eine theilweise. Nicht die *Bildung* des Zuckers ist daher bei Letzterem abnorm (oder doch nur die dem abnormen Nahrungsquantum entsprechende groſse Menge), sondern nur die *Secretion*. Da die Eiweiſsstoffe eine gröſsere Sauerstoffaufnahme veranlassen (S. 727), so ist der reichliche Genuſs derselben für den Diabetiker günstig, wiewohl auch in diesem Falle die Menge des ausgeschiedenen Zuckers nur verringert wird.

A. Fick und J. Wislicenus (1) haben zur Beantwortung der Frage, ob die Erzeugung der Muskelkraft von der Oxydation stickstoffhaltiger Materien abhängig ist, Ursprung der Muskelkraft.

---

(1) Phil. Mag. 4] XXXI, 485; im Auszug N. Arch. ph. nat. XXIX, 35; kurze Notiz aus Vierteljahrsschr. der Züricher naturforschenden Gesellschaft X, 317 in Chem. Centr. 1867, 769; Bull. soc. chim. [2] VII, 271.

Ursprung der Muskelkraft. einen wichtigen experimentellen Beitrag geliefert. Sie bestimmten, indem Sie von der Voraussetzung ausgingen, daſs der Stickstoffgehalt des Harns ein Maſs für die im Körper oxydirten Albuminstoffe abgeben könne, die Mengen von Harnstoff und die Gesammtmenge des Stickstoffs, welche Sie im Harn bei völlig stickstofffreier Nahrung, zum Theil in der Ruhe, zum Theil bei Muskelanstrengung (bei der Ersteigung des Faulhorns) secernirten. Diese betrugen a) während der 11 Stunden 50' Ruhe, die der Ersteigung verhergingen; b) während der, 3 Stunden 10' dauernden Ersteigung; c) während 5 Stunden 40' Ruhe nach der Ersteigung und d) während der folgenden 11 Stunden (Nacht), nach reichlich genossener Fleischkost, und zwar I bei Fick (Körpergewicht 66 Kilogrm.), II bei Wislicenus (Körpergewicht 76 Kilogrm.), in Grammen:

		Harnstoff	Stickstoffgehalt des Harnstoffs	Gesammtgehalt des Harns an Stickstoff		Entsprechende Menge oxydirter Eiweiſsstoffe*) im Ganzen
				im Ganzen	auf die Stunde	
a	I	12,4820	5,8249	6,9153	0,63	46,1020
	II	11,7614	5,4887	6,6841	0,61	44,5607
b	I	7,0330	3,2681	3,3130	0,41	22,0867
	II	6,6973	3,1254	3,1336	0,39	20,8907
c	I	5,1718	2,4151	2,4298	0,40	16,1958
	II	5,1020	2,3809	2,4165	0,40	16,1100
d	I	Nicht bestimmt		4,8167	0,45	32,1113
	II	„	„	5,3462	0,51	35,6413
b+c	I	—	—	5,7432	—	38,2820 **)
	II	—	—	5,5501	—	37,0007

*) Berechnet unter der Annahme, daſs der Stickstoffgehalt der Eiweiſsstoffe 15 pC. betrage. — **) Diese Zahl reducirt sich, wegen einer noch vor der Ersteigung stattgehabten Entleerung auf 37,17 Grm.

Bei der Ersteigung des 1956 Met. hohen Berges wurden demnach (I) 37,17 Grm., und (II) 37,0 Grm. Eiweiſsstoffe oxydirt. Bezüglich der hierbei erzeugten Wärme gingen Fick und Wislicenus, da die Verbrennungswärme der Eiweiſskörper nicht bekannt ist (vgl. S. 732), von jener ihrer elementaren Bestandtheile aus. Sie nahmen an, daſs 1 Grm. Eiweiſs bei der vollständigen Verbrennung im Maximum 6730 Wärmeeinheiten entwickeln könnte, und dafs daher bei der Oxydation im Körper, für welche, da sie eine unvollständige ist, diese ohnehin zu hohe Zahl bedeutend verringert werden müfste, aus dem verbrauchten Eiweifs für I sich höchstens 250000 W.-E., entsprechend in Arbeitseinheiten 106250 Kilogrammmetern, für II 249000 W.-E., entsprechend 105825 Kilogrammmetern ergeben. Sie kommen ferner durch Berechnungen, bezüglich welcher wir auf die Abhandlung verweisen müssen, zu dem Resultat, dafs die bei der Ersteigung des Berges geleistete Arbeit, wenn nur die für die Thätigkeit des Herzens und der Athmungswerkzeuge und für die Hebung des Körpers erforderliche in Betracht gezogen, die auf andere Körperbewegungen verwendete aber unberücksichtigt gelassen wird, für I 159637 Kilogrammmeter, für II 184287 Kilogrammmeter beträgt. Da aber von der durch den Verbrennungsprocefs erzeugten wirklichen Energie nur ein Bruchtheil auf mechanische Leistungen verwendet werden kann, welcher nach Heidenhain im günstigsten Falle die Hälfte beträgt, so sind diese Werthe noch zu verdoppeln. Es ist demnach das

	I Kilogrammmeter	II Kilogrammmeter
Minimum des Kraftaufwandes bei der Ersteigung in Arbeitseinheiten . .	319274	368574
Maximum der durch die Oxydation der Eiweifsstoffe erzeugten Kraft in Arbeitseinheiten	106250	105825.

Da nun die wirkliche Leistung im Körper noch bedeutend gröfser sein mufs, so könnte die Oxydation der Eiweifsstoffe höchstens einen kleinen Antheil der Muskelkraft liefern. Es ist daher wahrscheinlicher, dafs diese im Wesentlichen durch die Verbrennung stickstofffreier Substanzen (Fette und Kohlehydrate) im Muskel entsteht. Gleichwie aber in dem Feuerheerde einer Dampfmaschine gleichzeitig mit dem Brennmaterial in geringerem Grade auch das Eisen oxydirt wird, so mufs in dem aus Proteïnkörpern bestehenden Muskelbündel gleichzeitig mit der Oxydation jener stickstofffreien Substanzen ein Theil des

Ursprung der Muskelkraft. Muskels zerstört werden und die stickstoffhaltigen Bestandtheile des Harns liefern. Hieraus erklärt sich, warum bei Muskelanstrengung die ausgestofsene Kohlensäure so enorm, der Stickstoffgehalt des Harns dagegen nicht oder unerheblich vermehrt ist, sowie andererseits die Nothwendigkeit der complicirten Verdauungsapparate der Herbivoren zur Umwandlung einer möglichst grofsen Menge von Cellulose verständlich wird.

E. Frankland (1) hat aus Veranlassung der Untersuchung von Fick und Wislicenus (S. 729) die Verbrennungswärme der Muskelsubstanz, des Harnstoffs und einiger anderen für den Stoffwechsel wichtigen Substanzen durch Verbrennung mit chlors. Kali bestimmt. Der von Ihm zu diesem Zweck benutzte Apparat besteht aus einer kupfernen Röhre und einer kupfernen Glocke, in welche die Röhre eingeschlossen und mit derselben in ein bekanntes Volum Wasser getaucht wird. Ein bekanntes Gewicht (etwa 2 Grm.) der Substanz wurde mit 19,5 Grm. chlors. Kali und 2,5 Grm. Mangansuperoxyd innig gemischt, die Mischung in das Kupferrohr gefüllt, ein mit chlors. Kali imprägnirter Baumwollenfaden in dieselbe eingesteckt und entzündet und die in die Glocke eingeschlossene Röhre sogleich in das Kühlwasser getaucht, dessen Menge und Temperatur vorher bestimmt war. Die entwickelten Gase konnten durch Oeffnungen am unteren Ende der Glocke entweichen. Nach beendigter Verbrennung wurde der gasige Inhalt von Glocke und Röhre durch Oeffnen eines Hahns am oberen Theil der Glocke entfernt und die Temperatur des Wassers, nachdem sie durch Auf- und Abbewegen der Glocke gleichförmig geworden war, abermals bestimmt. Wir müssen bezüglich der Berechnungsweise und der für das Calorimeter, für die Erwärmung und

---

(1) Phil. Mag. [4] XXXII, 182; Sill. Am. J. [2] XLII, 393; Chem. News XIV, 126, 138, 149, 164; im Auszug Chem. Centr. 1867, 774; M. Arch. ph. nat. XXIX, 85.

Bewegung des Gases und für die Verbrennungswärme des Chlors. Kali's erforderlichen Correctionen auf die Abhandlung verweisen, und führen hier nur die von Frankland erhaltenen mittleren Werthe an.

1 Grm. der bei 100° getrockneten Substanz*)	entwickelte bei der Verbrennung	
	Wärmeeinheiten	Entsprechende Krafteinheiten (Kilogrammmeter)
Ochsenmuskel, durch wiederholtes Waschen mit Aether gereinigt . .	5108	2161
Gereinigtes Eiweifs	4998	2117
Ochsentalg	9069	3841
Hippursäure	5383	2280
Harnsäure	2615	1108
Harnstoff	2206	934.

*) Bei wiederholten Versuchen, auch die Verbrennungswärme des Kreatins in derselben Weise zu bestimmen, explodirte die Mischung jedesmal mit Heftigkeit.

Trockene Muskelsubstanz und Eiweifs liefern beim Durchgang durch den Organismus etwa $1/_3$ ihres Gewichtes an Harnstoff. Für die Wärmeentwickelung bei der Oxydation dieser Substanzen im Thierkörper ergeben sich demnach die folgenden Werthe:

	Wärmeeinheiten =	Kilogrammmeter
Ochsenmuskel . .	4368	1848
Eiweifs	4263	1803.

Substituirt man diese Zahlen in der Berechnung von Fick und Wislicenus (S. 731), so erhält man als

	Kilogrammmeter	Kilogrammmeter
Minimum des Kraftaufwandes bei der Ersteigung	319274	368574
Maximum der durch Oxydation der Muskelsubstanz erzeugten Kraft .	68690	68376

wonach die durch den Muskelverbrauch gelieferte Kraft nur etwa $1/_5$ der für die geleistete Arbeit erforderlichen beträgt. Frankland schliefst sich daher der Ansicht von Fick und Wislicenus an und theilt als Belege für die Richtigkeit derselben noch einige analoge Beobachtungen mit. Er hält es aber für zweifellos, dafs die stickstoffhaltigen Nahrungsmittel dieselbe Function übernehmen können, wiewohl sie wesentlich zur Erneuerung der Muskelsubstanz bestimmt sind. — Der Muskel ist demnach ein Mechanis-

Ursprung der Muskelkraft. mus zur Umwandlung von latenter Energie in mechanische Kraft und diese stammt hauptsächlich von der **Oxydation** der im Blut zugeführten Substanzen und nicht von der des Muskels selbst. Ihre Erzeugung ist nothwendig von Wärmeentwickelung begleitet, und diefs ist die wesentliche, vielleicht die einzige Quelle der thierischen Wärme. Wie jeder andere Theil des Körpers wird auch die Muskelsubstanz beständig erneuert, allein diese Erneuerung steht mit der Leistung des Muskels in keinem directen Zusammenhang, da sie bei bedeutender Anstrengung desselben nicht merklich gröfser ist als bei verhältnifsmäfsiger Ruhe (1). — Frankland hat noch die Wärmemengen bestimmt, welche bei der Verbrennung einiger Nahrungsmittel mit chlors. Kali entwickelt werden. Die erhaltenen mittleren Werthe sind in der folgenden Tabelle für 1 Grm. der nicht getrockneten Substanzen gegeben; die mechanischen Aequivalente sind beigesetzt.

1 Grm. der nicht getrockneten Substanz	mit Wassergehalt	entwickelt bei der Verbrennung in Sauerstoff		bei der Oxydation im Thierkörper
		Wärmeeinheiten =	Kilogrammmeter	Kilogrammmeter
Käse von Cheshire .	24 pC.	4647	1969	1846
Kartoffeln	78 „	1013	429	422
Aepfel	82 „	660	280	273
Hafermehl	—	4004	1696	1665
Waizenmehl (Flour) .	—	3936	1669	1627
Erbsenmehl	—	3936	1667	1598
Reismehl	—	3813	1615	1591
Arrowroot	—	3912	1657	1657
Brodkrume . . .	44 „	2231	945	910
Brodkruste . . .	—	459	1888	—
Mageres Ochsenfleisch	70,5 „	1567	664	604
Kalbfleisch	70,9 „	1314	556	496
Magerer Schinken gekocht . . .	54,4 „	1980	839	711
Eiereiweifs	86,8 „	671	284	244
Eidotter	47 „	3423	1449	1400
Milch	87 „	662	280	266
Rüben (Carrots) . .	86 „	527	223	220
Kohl (Cabbage) . .	88,5 „	434	184	178
Ochsentalg	—	9069	3841	
Butter	—	7264	3077	
Leberthran	—	9107	3857	
Zucker in Broden .	—	3348	1418.	

(1) Vgl. noch über denselben Gegenstand Bemerkungen von

Th. Husemann und W. Marmé (1) haben durch einige Versuche festgestellt, dafs nach acuten Phosphorvergiftungen in der Leber und dem Herzen Phosphor in Substanz enthalten ist. Sowohl bei Carnivoren (Hunden, Katzen) als bei Herbivoren (Kaninchen), welche mittelst 0,020 bis 0,500 Grm. Phosphor (in Oel gelöst) vergiftet waren, gelang Ihnen nach Mitscherlich's Verfahren die Nachweisung desselben in den genannten Organen noch 12 bis 20 Stunden nach erfolgtem Tode. Der Phosphor wird demnach wenigstens theilweise als solcher resorbirt (2) und im Blute nur sehr langsam oxydirt. Ob aber an den giftigen Wirkungen desselben nicht auch die gebildeten niederen und höheren Oxydationsstufen betheiligt sind, lassen die genannten Chemiker dahingestellt. — W. Dybkowsky (3) findet, dafs die giftige Wirkung des Phosphors nicht von den Oxydationsproducten desselben herrührt, da insbesondere die phosphorige Säure nach Seiner Beobachtung von Thieren in ziemlich bedeutender Menge ohne besonderen Nachtheil ertragen wird, und dafs sie eben so wenig dem Phosphor an und für sich zukommt. Sauerstofffreies (von erstickten Thieren herrührendes oder mit Kohlenoxyd behandeltes) Blut wird durch Phosphor nicht verändert; in sauerstoffhaltigem wird bei 38 bis 40° durch die entstehenden Oxydationsproducte des Phosphors das Hämoglobin theilweise in Methämoglobin umgewandelt oder in geronnene Eiweifsstoffe und Hämatin zersetzt. Diese Wirkung erfolgt nicht, so lange das Blut alkalisch

---

L. Playfair, Rep. 36 Br. Assoc., Notices and Abstracts 43; J. B. Lawes und J. H. Gilbert, Phil. Mag. [4] XXXII, 55; C. Matteucci, Phil. Mag. [4] XXXII, 289; Chem. Centr. 1867, 778. — (1) Arch. Pharm. [2] CXXVIII, 49; Instit. 1866, 288. — (2) Dafs der Phosphor bei 45-48° die Membranen dampfförmig durchdringen und sich der Lymphe und dem Blut beimischen kann, hatte Vohl (Berliner Klinische Wochenschrift 1865, Nr. 32 und 33) schon festgestellt. Vgl. auch S. 113 dieses Berichtes. — (3) Medicinisch-chem. Unters. I, 49; im Auszug Bull. soc. chim. [2] VI, 348.

Wirkung des Phosphors u. s. w. auf den Organismus. bleibt. — Spritzt man in Oel gelösten Phosphor in das Blut eines Thieres ein, so wird er ziemlich rasch durch die Lungen wieder ausgeschieden und zeigt andere und schwächere Wirkungen (Lungenaffectionen), als wenn er durch den Magen eingeführt wird, in welchem Falle Affectionen des Nervensystems (Delirium, Krämpfe, Lähmungen) auftreten. Dybkowsky zieht aus Seinen zahlreichen Versuchen den Schluſs, daſs die giftige Wirkung des Phosphors auf der Bildung von Phosphorwasserstoff beruht. Er nimmt an, daſs der in den Magen gelangte Phosphor theilweise dampfförmig und unverändert, theilweise aber (durch Zersetzung des Wassers im Magen und Darm) in der Form von Phosphorwasserstoff in das Blut übergeht oder vielleicht im Blut selbst noch in Phosphorwasserstoff verwandelt wird. Letzterer wird dann, langsam im venösen, rascher im arteriellen Blut zunächst zu phosphoriger und bei genügendem Sauerstoff zu Phosphorsäure oxydirt und macht dadurch das Blut zum Ernährungsproceſs untauglich. Dybkowsky stützt diese Ansicht auf die ausnehmende Giftigkeit des Phosphorwasserstoffs (Luft, die nur $1/4$ bis $1/2$ pC. desselben enthält, tödtet Thiere in 8 bis 30 Minuten), auf die Aehnlichkeit der hierbei auftretenden Symptome mit denen der acuten Phosphorvergiftung, auf die bei der letzteren zuweilen vorkommende Ausathmung von Phosphorwasserstoff (nicht leuchtende, Silberlösung schwarz fällende Dämpfe), und endlich auf die direct beobachtete Bildung dieses Gases, wenn Phosphor bei einer Temperatur von 35 bis 41° mit Wasser, Magensaft oder Blut längere Zeit (14 bis 16 Stunden) in Berührung bleibt. Leitet man Phosphorwasserstoff durch defibrinirtes Hundeblut, so nimmt dieses schnell eine braunschwarze Farbe und den optischen Charakter des sauerstofffreien Blutes an und giebt, nachdem es coagulirt, filtrirt und verdampft worden ist, mit Zink und verdünnter Schwefelsäure die Reaction der phosphorigen Säure. Die Absorptionsfähigkeit des Blutes für Phosphorwasserstoff ist von seinem Sauerstoffgehalt abhängig. 100 Vol. künstlichen arteriellen (defibrinirten, anhaltend mit Luft geschüttelten Hunde-)Blutes absorbiren nach Dybkowsky 26,78 Vol., 100 Vol. sauerstofffreien Blutes nur 0,13 Vol. des Gases (1). Die Absorption scheint mithin durch die sauerstoffhaltigen Blutkörperchen zu erfolgen und mit gleichzeitiger Oxydation verbunden zu sein. Geschieht demnach die Umwandlung des Phosphors in Phosphorwasserstoff schnell, so folgt der Tod mit den Erscheinungen der Vergiftung durch dieses Gas; findet sie langsamer statt, so sammeln sich die gebildeten Säuren im Blute und vergiften (wie andere Säuren) durch Zersetzung des Hämoglobins.

Melsens (2) zeigte durch Versuche an Thieren, dafs chlors. Kali und Jodkalium (durch Bildung von jods. Kali) giftig wirken können, wenn sie gleichzeitig in den Organismus gebracht werden, während jedes dieser Salze einzeln keine merkliche Störung hervorbringt.

W. Preyer (3) hat quantitative Bestimmungen des Farbstoffs im Blut mit Anwendung der Spectralanalyse ausgeführt. Das Verfahren, bezüglich dessen Einzelnheiten wir auf die Abhandlung verweisen, beruht darauf, dafs concentrirte Hämoglobinlösungen in einer gewissen Flüssigkeitsschicht auch bei starker Beleuchtung für alle Strahlen, mit Ausnahme der rothen, undurchgängig sind, während weniger concentrirte Lösungen in derselben Schicht neben Roth und Orange namentlich einen Theil des Grüns unabsorbirt lassen. Verdünnt man daher eine abgemessene

---

(1) Den Absorptionscoëfficienten des Wassers für Phosphorwasserstoff (PH_3) fand Dybkowsky bei 15° = 0,1122. — (2) Compt. rend. LXIII, 403; Instit. 1866, 380; Bull. soc. chim. [2] VI, 6; J. pharm. [2] IV, 388; Chem. Centr. 1866, 879; N. Repert. Pharm. XVI, 309; Chem. News XIV, 77. — (3) Ann. Ch. Pharm. CXL, 187; Zeitschr. Chem. 1866, 757; Chem. Centr. 1867, 86; Zeitschr. anal. Chem. V, 414; Phil. Mag. [4] XXXIII, 446.

Blut. Blutmenge vor dem Spalt des Spectralapparats so lange mit Wasser, bis im Spectrum Grün auftritt, so kann man, wenn ein für allemal der Gehalt einer Hämoglobinlösung, die gerade Grün unter denselben Bedingungen durchläfst, bestimmt worden ist, mit Leichtigkeit den Procentgehalt jedes Bluts an Hämoglobin finden. Die Versuche von Preyer nach diesem Verfahren zeigen, wie sich aus der nachstehenden Zusammenstellung ergiebt, eine grofse Uebereinstimmung mit der aus dem Eisengehalt (0,42 pC.) berechneten Menge des Farbstoffs; sie ergeben ferner, dafs das Hämoglobin die einzige Eisenverbindung des Bluts ist. Im Mittel enthält das Blut verschiedener Thiere an Eisen : A aus dem Eisen für 100 Grm. berechnet; B durch das Spectrum für 100 CC. gefunden :

	Hund	Hammel	Ochs	Schwein	Hahn	Ente
A	13,8	11,2	11,4-13,0	12,0-14,1	8,5-12,7	8,1
B	13,3	11,2	13,6	14,8	9,0 - 9,8	9,3.

In einer Abhandlung über die Oxydation im lebenden Blut erinnert Hoppe-Seyler (1) vorerst an die Ergebnisse früherer Versuche, durch welche nachgewiesen sei : 1. dafs der rothe Farbstoff des Bluts (das Hämoglobin) mit Sauerstoff sich in derselben Weise verbinde wie die Blutkörperchen; 2. dafs dieser Sauerstoff durch Evacuation oder durch reducirende Substanzen vom Blutfarbstoff getrennt werden kann, ohne dafs letzterer selbst weiter zerlegt wird oder die ursprüngliche Fähigkeit der Sauerstoffaufnahme verliert; 3. dafs die venöse Farbe des sauerstoffarmen Blutes durch die Lichtabsorptionsverhältnisse des sauerstoffarmen oder sauerstofffreien Hämoglobins, die Färbung des arteriellen Blutes durch diejenigen des sauerstoffhaltigen Hämoglobins (des Oxyhämoglobins) verursacht sei, und 4. dafs das Hämoglobin zwar leicht zerlegt werden könne, dafs aber jede Veränderung desselben auch

---

(1) Medicinisch-chem. Unters. I, 133; im Auszug Bull. soc. chim. [2] VI, 243.

eine Veränderung der Spectraleigenschaften mit sich bringe. Hoppe-Seyler zeigt nun weiter, dafs frisches defibrinirtes Blut bei 38° 6 Stunden digerirt werden kann, ohne dafs es bei der Spectraluntersuchung eine wesentliche Veränderung des Sauerstoffgehaltes im Hämoglobin zu erkennen giebt, und dafs dagegen Blut, welches bei Sommertemperatur 1 bis 2 Tage gestanden hat und dann mit atmosphärischer Luft geschüttelt wurde, bis es möglichst hellgefärbt erscheint, durch Digestion bei 35 bis 40° schon nach 1 bis 2 Stunden weit dunkler und nach 6 Stunden ganz oder fast ganz sauerstofffrei wird. Solches mit Sauerstoff gesättigte Blut verliert denselben auch bei gewöhnlicher Temperatur immer wieder, und zwar zunächst um so schneller, je länger es gestanden hat. Es ergiebt sich hieraus, dafs sich im Blute beim Stehen reducirende Stoffe bilden, welche im frischen Blute nicht vorhanden sind. — Versuche, mittelst defibrinirtem Blut oder einer wässerigen Lösung von reinem Hämoglobin Harnzucker und Harnsäure zu oxydiren, blieben ohne Erfolg, und Experimente an Thieren, welche zur Prüfung der Frage angestellt wurden, ob im normalen lebenden Blute selbst Oxydationsprocesse vor sich gehen, ergaben folgende Resultate: 1. das arterielle Blut verliert während seines Strömens durch die Arterien bereits einen Theil seines Sauerstoffs, den es in den Lungen aufgenommen hat (1); 2. der Verlust dieses Sauerstoffs steht in keiner Beziehung zum Vorhandensein der Fibrin bildenden Stoffe; 3. derselbe ist aber abhängig von der Berührung des Blutes mit der lebenden Gefäfswandung; 4. der Einflufs der Gefäfswandung zeigt keine Fernwirkung, ist also kein physikalischer, sondern ein chemischer; 5. der Verlust des Sauerstoffs vom Oxyhämoglobin des arteriellen Blutes wird nicht durch Oxydation von Stoffen veranlafst, welche aus der Gefäfswandung in das Blut diffundiren,

---

(1) In Uebereinstimmung mit den Angaben von Saintpierre und Estor (Jahresber. f. 1865, 662).

Blut.

sondern der Sauerstoff wird an die Wandung selbst abgegeben; in dieser allein kann der Oxydationsvorgang zu suchen sein, welcher dem Blute bei seinem Strömen durch die Gefäfse Sauerstoff entzieht. — Es führen diese Resultate zu den nicht unwichtigen Folgerungen, dafs : 1. das Oxyhämoglobin im Blute nicht als oxydirende Substanz wirkt; es kann ihm durch toxische Stoffe (Schwefelwasserstoff, Phosphorwasserstoff u. s. w.) wohl der Sauerstoff entzogen werden und es entstehen auch beim Beginn der Zersetzung des Blutes reducirende Stoffe, welche dem Oxyhämoglobin schnell den Sauerstoff zu entziehen vermögen, aber die Oxydation der Albuminstoffe, des Zuckers, der Fette — also derjenigen Stoffe, welche im normalen Zustande in den Thieren unzweifelhaft direct oder indirect durch Oxydation zersetzt werden — kann durch das Oxyhämoglobin nicht bewirkt werden. 2. Ueberhaupt findet sich im Blute keine Substanz, welche die genannten Körper zu oxydiren vermöchte, und es ist bis jetzt kein Grund vorhanden zur Annahme, dafs im normalen Zustande im Blute der Wirbelthiere Oxydationsprocesse vor sich gehen. 3. Im Gegentheil weisen die Eigenschaften des Hämoglobins und die Versuchsresultate bestimmt darauf hin, dafs das Oxyhämoglobin und durch dieses das arterielle Blut nur Sauerstoffträger sind, dafs sie an die Gefäfswandungen Sauerstoff abgeben, dafs in der Haut der Arterien sowie in den Muskeln Oxydationsprocesse erfolgen, welche diese Organe stets frei von Sauerstoff erhalten; nur so ist es denkbar, dafs vom Oxyhämoglobin eine Abgabe von Sauerstoff an diese Organe erfolgt. 4. Diese Oxydationsprocesse in den bezeichneten Organen werden gestört durch den Tod derselben. — Bezüglich der toxischen Stoffe, welche die Oxydationsprocesse stören oder ganz aufheben, unterscheidet Hoppe-Seyler solche, welche (wie Kohlenoxyd, Schwefelwasserstoff u. s. w.) es dem Oxyhämoglobin überhaupt unmöglich machen, die ihm im circulirenden Blut zukommende Function zu erfüllen, sei es dafs sie ihm den

Sauerstoff selbst entziehen oder ihm die Fähigkeit nehmen, sich damit zu verbinden. Die andere Klasse würde diejenigen toxischen Stoffe umfassen, welche die Function des Hämoglobins nicht beeinträchtigen, aber in den Organen selbst der Oxydation hinderlich sind. Hierher scheinen Chloroform, Alkohol und vor Allen die Blausäure zu gehören.

Hoppe-Seyler (1) hat ferner einige weitere Beobachtungen (2) über die Einwirkung des Schwefelwasserstoffs auf den Blutfarbstoff mitgetheilt. Sauerstofffreie Hämoglobinlösungen werden durch Schwefelwasserstoff nicht oder erst nach mehreren Tagen bemerkbar zersetzt, selbst bei Gegenwart von Ammoniak. Bei der Behandlung von Oxyhämoglobin mit Schwefelwasserstoff gehen dagegen mehrere Veränderungen gleichzeitig vor sich oder folgen einander. Die erste (auch in ammoniakalischer Lösung sich zeigende) Einwirkung ist die Trennung des lose gebundenen Sauerstoffs vom Hämoglobin, die in der Wärme schneller erfolgt als in der Kälte, immer aber einige Zeit erfordert; man kann daher mit etwas Schwefelwasserstoff gemengte atmosphärische Luft durch Blut leiten, ohne daſs letzteres alterirt wird. Während nun außer dieser Sauerstoffentziehung in der ammoniakalischen Blutfarbstofflösung keine weitere Zersetzung erfolgt, tritt in der neutralen sehr bald eine Einwirkung ein, als deren Zeichen ein Absorptionsstreifen in Roth (bei 67 bis 72 der Scala, wenn C auf 61 und D auf 80 steht) erscheint. Der durch diesen Streifen characterisirte Farbstoff unterscheidet sich bestimmt vom Hämatin (dem Spaltungsproduct des Hämoglobins durch Säuren) und dem Methämoglobin, sofern die Lösung der letzteren bei der Behandlung mit Ammoniak und Schwefelammonium die in Grün liegenden Streifen 86 bis 94 und 102 bis 110 zeigen, während der Streif des Farbstoffs aus

---

(1) Medicinisch-chem. Unters. I, 151; im Auszug Bull. soc. chim. [2] VI, 245. — (2) Jahresber. f. 1865, 664.

Blut. Oxyhämoglobin unter denselben Umständen unverändert bleibt. Hoppe-Seyler hält denselben nach seiner Entstehung für eine Schwefelverbindung des Hämatins oder Hämoglobins. Durch weitere Einwirkung von Schwefelwasserstoff wird er (unter Abscheidung von Schwefel und eines Albuminstoffs) zersetzt, indem ein in dünnen Schichten olivengrüner, in dickeren braunrother Körper entsteht, der im leeren Raum zu einer pechartig glänzenden, spröden und hygroscopischen Masse eintrocknet. Diese wird in der wässerigen Lösung durch Erhitzen, wie durch Alkohol und Säuren coagulirt; sie enthält noch den ganzen Eisengehalt (0,44 pC.) des Hämoglobins, aber eine um das vierfache gröfsere Menge von Schwefel (1,57 pC., statt 0,415 pC.). Eine Lösung von Schwefeleisen (wie sie mit verdünntem Eisenvitriol, Weinsäure und Ammoniak erhalten wird) zeigt einen Absorptionsstreifen im Roth, wie die Lösung des mit Sauerstoff und Schwefelwasserstoff behandelten Hämoglobins. Es kann jedoch bei der angegebenen Behandlung des letzteren wegen der Einwirkung des Sauerstoffs kein Schwefeleisen entstehen und aufserdem findet sich in dem Product der ganze Eisengehalt des Hämoglobins.

W. Dybkowsky (1) hat einige Bestimmungen über die Quantität des mit dem Hämoglobin lose verbundenen Sauerstoffs durch Verdrängung desselben mit Kohlenoxyd ausgeführt und folgert aus den erlangten Resultaten: Die Quantität des Sauerstoffs, welche mit dem Hämoglobin in wässeriger Lösung sich lose verbinden kann, kommt ziemlich genau der Menge des Sauerstoffs gleich, welche man aus dem entsprechenden Vol. des Bluts bei der Gasanalyse gewinnt; d. h. aller oder wenigstens der gröfste Theil des Sauerstoffs, welcher sich im Blute findet, ist chemisch lose verbunden mit dem Hämoglobin der Blutkörperchen. —

(1) Medicinisch-chem. Unters. I, 117; im Auszug Bull. soc. chim. [2] VI, 244.

Die Resultate werden durch Auftreten von Kohlensäure etwas beeinträchtigt, welche aus dem Kohlenoxydhämoglobin durch Einwirkung von Sauerstoff entsteht.

W. Pokrowsky (1) folgert aus der Beobachtung, wonach Blut oder Hämoglobinkrystalle nicht (wie Platinmohr) die Oxydation des mit Luft oder Sauerstoff gemengten Kohlenoxyds zu Kohlensäure bewirken, dafs im Blut kein Ozon vorhanden sei.

Wasserstoffhyperoxyd enthaltendes und durch alkoholische Cyaninlösung gebläutes Wasser entfärbt sich, nach Schönbein (2), auf Zusatz von wenig einer Lösung von eingetrocknetem defibrinirtem Blut, ohne dafs die blaue Farbe wieder hergestellt werden kann. Frisches defibrinirtes Blut wirkt zwar auch entblänend, aber viel langsamer, als die Lösung des eingetrockneten.

W. Preyer (3) entwickelt die Gründe, welche nach ihm dafür sprechen, dafs der ganze Kohlensäuregehalt des normal circulirenden Blutes chemisch (wahrscheinlich an phosphors. Natron) gebunden und eben so dafs der im leeren Raum abscheidbare Blutsauerstoff am Blutfarbstoff hafte, und zwar seiner überwiegenden Masse nach an den Blutkörperchen und nur in einem verschwindend kleinen Bruchtheil an dem im Serum diffus verbreiteten Hämoglobin.

Nach L. Hermann (4) enthält das Blut und zwar vorzugsweise in den rothen Blutkörperchen etwas Protagon, welches in folgender Weise nachgewiesen werden kann. Man digerirt defibrinirtes Blut oder zerkleinerten Blutkuchen wiederholt mit Aether in gelinder Wärme, verdunstet

---

(1) Aus Virchow's Arch. XXXVI, 482 in Zeitschr. Chem. 1866, 639. — (2) Aus der Zeitschr. f. Biologie II, 1 in Zeitschr. Chem. 1866, 251. — Vgl. auch Jahresber. f. 1865, 424. — (3) Zeitschr. Chem. 1866, 322. — (4) Aus Du Bois Reichert's Arch. 1866, 33 in Zeitschr. Chem. 1866, 250; Zeitschr. anal. Chem. V, 262; Bull. soc. chim. [2] VI, 484.

die Auszüge, bringt den krystallinischen Rückstand mit Wasser zum Aufquellen und entzieht dann, nach dem Abgiefsen des Wassers, das Cholesterin mit Aether. Der ungelöst bleibende Rückstand hat alle Eigenschaften des Protagons (1).

In einer weiteren Abhandlung über das Vorkommen von Cholesterin und Protagon und deren Betheiligung bei der Bildung des Stroma der rothen Blutkörperchen hebt Hoppe-Seyler (2) hervor, dafs die genannten, in den wichtigsten Organen vorhandenen Substanzen ähnlich den Eiweifskörpern an den Processen in den Zellen von Thier und Pflanze sich zu betheiligen scheinen und, wenn auch in anderen quantitativen Verhältnissen wie im Nervenmark, als nothwendige Bestandtheile des Eidotters, des thierischen Samens, und der rothen wie der farblosen Blutzellen zu betrachten sind. Sie finden sich, wie schon bekannt, im Mais (vgl. S. 698), in den Erbsen, im Waizenkleber, in verschiedenen fetten Oelen; neuerdings wies Hoppe-Seyler dieselben auch in den Schöfslingen (Augen) der Rosenstöcke und in der Weinhefe nach. Das Verfahren zur Erkennung und Bestimmung beider Stoffe ist das folgende: Die zu untersuchende Substanz wird wiederholt mit dem gleichen oder mehrfachen Vol. Aether erschöpft, die klar abgegossenen oder filtrirten, von der wässerigen Lösung ganz befreiten Auszüge auf dem Wasserbade abdestillirt und der getrocknete Rückstand gewogen. Ein Theil dieses Rückstands oder das Ganze wird dann mit einem Ueberschufs einer klaren concentrirten alkoholischen Lösung von Aetzkali mehrere Stunden im Sieden erhalten, endlich der Alkohol verdunstet, der Rückstand in Wasser gelöst und die dünnflüssige Lösung wiederholt mit Aether geschüttelt. Dieser ätherische Auszug enthält

---

(1) Jahresber. f. 1865, 647. — (2) Medicinisch-chem. Unters. I, 140; bezüglich des analytischen Theils auch Zeitschr. anal. Chem. V, 422.

das Cholesterin gewöhnlich fast völlig rein, andernfalls wird der Rückstand warm mit verdünnter Kalilauge geschüttelt und nach dem Erkalten nochmals mit Aether behandelt. Von den Seifen geht nur dann etwas in den Aether über, wenn es an Wasser und Alkali fehlt. Die vom Cholesterin befreite Seifenlösung wird mit Salzsäure stark übersättigt, wiederholt mit Aether geschüttelt, die vereinigten Aetherauszüge abdestillirt und der getrocknete Rückstand gewogen. Die saure wässerige (durch Aether von den fetten Säuren befreite) Lösung wird in einer Platinschale zur Trockne verdunstet, der Rückstand mit Soda und Salpeter zum Schmelzen erhitzt und die wässerige Lösung der Schmelze, nach dem Uebersättigen mit Salpetersäure, mit in Salpetersäure gelöstem molybdäns. Ammoniak gefällt. In dem nach 24 Stunden abfiltrirten Niederschlag bestimmt man, durch Lösen in Ammoniak und Fällen mit ammoniakalischer Magnesialösung, die Phosphorsäure, aus welcher das Protagon berechnet wird. Die Menge der verseifbaren Fette ergiebt sich, wenn man das Gewicht des Protagons und Cholesterins von dem des Aetherextractrückstandes abzieht. Im Falle des Aetzkali (wie diefs häufig der Fall ist) Spuren von Phosphorsäure enthält, ist dieselbe vorher zu bestimmen und dann gemessene Mengen von Kalilauge zur Verseifung zu verwenden. — Es wurde so gefunden für 100 CC. Blut in Grm. (I u. II von sehr fetten jungen Gänsen; III und IV von einer fetten alten Gans; V vom Rind):

	In den Blutkörperchen					Im Serum			
	I	II	III	IV	V	I	II	III	IV
Cholesterin	0,048	0,052	0,040	0,060	0,048	0,284	0,314	0,019	0,035.

Es ergiebt sich hieraus: 1. dafs der Gehalt der Blutkörperchen an Cholesterin unabhängig ist vom Cholesterin und vom Fettgehalt des Serum oder Plasma; derselbe scheint constant 0,04 bis 0,06 Grm. für 100 CC. Blut zu betragen; 2. dafs der Gehalt des Serum an Cholesterin sehr verschieden ist und mit dem Fett steigt oder fällt.

Blut. Bezüglich der mit dem nämlichen Blut ausgeführten Bestimmungen des Gehalts an Protagon heben wir (da Hoppe-Seyler denselben selbst kein besonderes Vertrauen schenkt) nur die aus den Analysen sich ergebenden Folgerungen hervor: dafs die Blutkörperchen selbst dann keine verseifbaren Fette enthalten, wenn das Blutserum sehr fettreich ist, und dafs sich im Blutserum neben Protagon und Cholesterin eine grofse Menge verseifbarer Fette finden kann.

Iwan Gwosdew (1) empfiehlt zur Darstellung des Hämins und zum Nachweis sehr kleiner Mengen von Blut das nachstehende Verfahren. Defibrinirtes, bei gewöhnlicher Temperatur getrocknetes Blut oder zerschnittener und getrockneter Blutkuchen wird als feines Pulver mit $^1/_5$ reinem kohlens. Kali zerrieben und die trockene Masse mit 94procentigem Alkohol bei 40 bis 45° digerirt, bis die entstehende dunkelgranatrothe Lösung sich nicht mehr intensiver färbt. Man filtrirt nun, behandelt den Rückstand nochmals mit Alkohol, und vermischt die vereinigten Auszüge mit etwas mehr als dem gleichen Vol. Wasser und dann mit Essigsäure bis zur schwach sauren Reaction. Der hierbei entstehende braune flockige Niederschlag wird abfiltrirt, langsam (zuletzt bei 100°) getrocknet, mit $^1/_5$ gepulvertem Kochsalz und 20 bis 30 Th. Eisessig zerrieben und das Gemisch längere Zeit bei 60° digerirt. Nach der Abscheidung einer blauschillernden Krystallmasse erwärmt man auf 100°, läfst erkalten, filtrirt die Krystalle ab und wascht sie mit erwärmtem Eisessig. Erst nach dem Abpressen und Trocknen werden dieselben mit Wasser ausgekocht. — Da sehr geringe Mengen des oben erwähnten amorphen Niederschlags oder auch der Rückstand der unmittelbar eingetrockneten alkoholischen Lösung sofort vollständig krystallisirt, wenn man dieselben unter Zusatz

---

(1) Wien. Acad. Ber. LIII (2. Abth.), 683; Zeitschr. Chem. 1867, 27; Chem. Centr. 1866, 1027.

von etwas Kochsalz mit Eisessig auf dem Objectträger erhitzt, so hat man zum Nachweis kleiner Blutmengen nur die zu untersuchende Substanz in der beschriebenen Weise mit kohlens. Kali zu zerreiben, bei 40 bis 45° mit Alkohol zu digeriren und den Verdampfungsrückstand der Lösung auf dem Objectträger mit Kochsalz und Eisessig (oder nur mit letzterem) zu behandeln.

A. E. Bourgoin (1) hat eine Reihe von Bestimmungen über die Zusammensetzung des menschlichen Gehirns ausgeführt. Die Gehirnsubstanz enthält danach in 100 Th. :

Gehirn.

Wasser	Cerebrin	Cholesterin und Fett	Eiweifskörper löslich	Eiweifskörper unlöslich	Stickstoffhalt. Materie *)
80,00	1,70	7,80	2,28	6,82	1,40

*) Im wässerigen Auszug.

Die weifse Substanz enthält im Mittel 73,5 pC., die graue 83 pC. Wasser; der von 1,4 bis 3,7 pC. schwankende, im Mittel für das ganze Gehirn 2 pC. betragende Gehalt an Phosphor ist in der grauen Substanz gröfser als in der weifsen; dasselbe gilt für den (im ganzen Gehirn 6,8 pC. betragenden) Stickstoffgehalt. Das Cerebrin (wie es durch Behandeln des bei 75 bis 80° getrockneten Gehirns mit siedendem Alkohol, Waschen des beim Erkalten sich abscheidenden Gemenges verschiedener Körper mit Aether und wiederholtes vorsichtiges Lösen des in dem Aether ungelöst bleibenden Theils in Alkohol erhalten wird, ist nach Bourgoin phosphorfrei und enthält in 100 Th., entsprechend der indessen nur vorläufig aufgestellten Formel $C_{72}H_{71}NO_{16}$:

Kohlenstoff	Wasserstoff	Stickstoff	Sauerstoff
66,35	10,96	2,29	20,38.

J. Lefort (2) hat das Vorkommen von Harnstoff in Kuhmilch nachgewiesen. 8 Liter Molken von gesunden

Milch.

---

(1) J. pharm. [4] III, 420; Zeitschr. Chem. 1866, 608. — (2) Compt. rend. LXII, 190, 241; J. pharm. [4] III, 177; Bull. soc. chim. [2] V, 142; Zeitschr. Chem. 1866, 190; J. pr. Chem. XCVII, 447.

Milch. Kühen wurden etwas unter 100° zur Syrupconsistenz verdampft und die sich hierbei abscheidenden Eiweifskörper von Zeit zu Zeit durch Filtration getrennt. Die nach dem Erkalten von dem Milchzucker und den schwerlöslichen Salzen abgegossene Flüssigkeit wurde mit 85 procentigem Alkohol gemischt, nach dem Erwärmen filtrirt, das Filtrat wieder verdampft und der Rückstand mit reiner concentrirter Salpetersäure versetzt. Nach 48 Stunden hatten sich, neben salpeters. Kali, Krystalle von salpeters. Harnstoff abgeschieden, deren Menge aus 8 Liter Molken (entsprechend etwas mehr als 10 Litern Milch) $1\frac{1}{2}$ Grm. betrug.

E. Marchand (1) analysirte die Milch von in Caux ernährten Kühen und fand für 1 Liter in Grm.:

Butter	Caseïn	Albumin*)	Asche	Wasser	Gew. von 1 Liter
88,40	18,45	5,37	7,28	910,55	1031,90

*) und extractive Substanzen.

Die Asche enthielt in 7,28 Grm.:

KCl	NaCl	Na_2CO_3	KO,SO_3	$3KO,SiO_3$	$3KO,PO_5$	$3CaO,PO_5$	$3MgO,PO_5$	Fe_2O_3,PO_5
0,994	0,458	0,671	0,703	0,018	0,073	3,458	0,657	0,248

In dem Colostrum einer, fast ausschliefslich mit Fleisch gefütterten Katze fand A. Commaille (2), im Liter in Grm. (24 Stunden nach der Geburt):

Butter	Caseïn	Lactalbumin	Lactoproteïn	Milchzucker*)	Asche
33,33	31,17	59,64	4,67	49,11	5,85

*) und organische Säuren.

Eier. Commaille (3) suchte ferner durch eine vergleichende Analyse den Werth der Hühner- und Enteneier zu bestimmen und zieht aus den nachstehenden Zahlen den Schlufs, dafs der Nahrungswerth der Enteneier gröfser sei, als der der Hühnereier. Es enthalten 100 Th. des frischen Eies:

---

(1) In der S. 698 angeführten Abhandlung; auch J. pharm. [4] III, 88; Zeitschr. Chem. 1866, 157. — (2) Compt. rend. LXIII, 692; Instit. 1866, 357; Zeitschr. Chem. 1866, 668; J. pr. Chem. C, 316; Chem. Centr. 1867, 288. — (3) Compt. rend. LXIII, 1131; Bull. soc. chim. [2] VII, 87.

	Trockensubstanz*)	Asche	Fett†)
der Ente	28,98	1,16	14,49
des Huhns	26,01	1,03	11,27

*) Bei 110°. — †) Mit Schwefelkohlenstoff ausgezogen.

Goyot (1) kommt bei einer Kritik der Versuche von Commaille zu dem entgegengesetzten Resultat.

Der Eidotter enthält, nach C. Dareste (2), eine beträchtliche Menge mikroscopischer Körnchen, welche sich mit Jod blau färben und in Form und Structur dem Stärkmehl sehr ähnlich sind. Meistens sind dieselben sehr klein, es finden sich aber solche von der Gröfse der Körner der Waizenstärke. Mit der Entwickelung des Embryo verschwindet diese Amyloïdsubstanz allmälig (3).

Nach E. Schunck (4) findet sich in dem menschlichen Harn eine geringe Menge einer krystallinischen fetten Säure, welche bei 54°,3 schmilzt und in ihren Eigenschaften der Palmitin- oder Stearinsäure nahe steht. Er erhielt dieselbe durch Behandeln des filtrirten Harns mit thierischer Kohle bis zur Entfärbung, Auskochen der mit Wasser gewaschenen Kohle mit Alkohol und Verdampfen der gefärbten alkoholischen Lösung. Beim Auflösen des Rückstands in Wasser blieb die Säure ungelöst, während die Lösung etwas oxalurs. Ammoniak enthielt, das sich beim Verdampfen krystallinisch abschied.

J. C. Lehmann (5) überzeugte sich durch Reactionen, dafs der durch Kohlensäure in eiweifshaltigem Harn bewirkte Niederschlag aus fibrinbildender Substanz (Globulin) bestehe. Er nimmt ferner an, dafs die saure Reaction des Harns nicht von freier Säure, sondern von sauren Salzen (saurem phosphors. Natron) herrühre.

(1) Compt. rend. LXIV, 214. — (2) Compt. rend. LXIII, 1142; Instit. 1867, 1; Zeitschr. Chem. 1866, 64; J. pr. Chem. C, 507. — (3) Jahresber. f. 1868, 651. — (4) Lond. R. Soc. Proc. XV, 258, 259; J. pr. Chem. C, 125; ausführlicher Lond. R. Soc. Proc. XVI, 135, 140. — (5) Aus Virchow's Arch. XXXVI, 125 in Zeitschr. Chem. 1866, 414.

Harn.

G. Bizio (1) hat einige Beobachtungen mitgetheilt über den störenden Einfluſs, welchen die Bestandtheile des Harns bei der Nachweisung von Brom und Jod in demselben ausüben. Nach Seinen Versuchen wird die Erkennung erleichtert, wenn man den Harn vorher der Dialyse unterwirft. — M. Vintschgau und R. Cobelli (2) beschreiben eine gröſsere Zahl von Versuchen, aus welchen Sie folgern, daſs in dem normalen wie in dem diabetischen Harn eine oder mehrere Substanzen vorhanden sind, welche die Fähigkeit haben, durch Bindung des Jods die blaue Jodstärke zu entfärben oder deren Bildung zu verhindern (3).

Harnfarbstoffe.

Nach Fordos (4) ist der blaue, beim Vermischen des Harns mit einer genügenden Menge einer starken Mineralsäure bisweilen auftretende Farbstoff das Spaltungsproduct einer noch nicht isolirten, durch Bleiessig nicht fällbaren organischen Substanz. Er läſst sich von dem gewöhnlich gleichzeitig vorhandenen rothen Farbstoff durch Alkohol, Chloroform oder Benzol, worin letzterer, das *Uroerythrin*, leichter löslich ist, trennen. Der blaue Farbstoff, die *Urocyanose*, läſst sich leicht rein erhalten und krystallisirt in prachtvoll blauen geraden Prismen, die sich sonst wie Indigo verhalten. Geringe Mengen des blauen Farbstoffs erkennt man durch Vermischen von 1 Vol. Harn mit ⅛ Vol. Salzsäure. Schüttelt man die Mischung nach 20 bis 30 Minuten mit Aether oder Chloroform, so färben sich diese blau; ist gleichzeitig der rothe Farbstoff vorhanden, so entsteht eine mehr oder weniger ins Rothe ziehende violette Färbung.

E. Schunck (5) unterscheidet in einer Abhandlung

---

(1) Atti dell' Istituto veneto di scienze, lettere ed arti X, Ser. III; Zeitschr. anal. Chem. V, 51; Zeitschr. Chem. 1866, 607; Bull. soc. chim. [2] VII, 522. — (2) Wien. Acad. Ber. LIV (2. Abth.), 288. — (3) Vgl. Jahresber. f. 1864, 667. — (4) J. pharm. [4] IV, 163. — (5) Lond. R. Soc. Proc. XV, 1; J. pr. Chem. XCVII, 382; Zeitschr. Chem. 1866, 753; ausführlicher und mit den Analysen: Lond. R. Soc. Proc. XVI, 73, 126.

über die färbenden und extractiven Materien des Harns: 1. Harnfarbstoffe, welche im krankhaften Harn vorkommen; 2. Farbstoffe, die durch freiwillige Zersetzung oder durch Einwirkung von Agentien auf farblose oder gefärbte Bestandtheile des Harns entstehen, und 3. extractive Materien, welchen der normale Harn seine Farbe verdankt. Die Untersuchung der letzteren ergab, durch Analyse der Bleiverbindungen, dafs der normale Harn wenigstens zwei Extractivstoffe enthält, wovon der eine das *Urian*, $C_{43}H_{51}NO_{26}$, in Alkohol und Aether löslich ist, während der andere, das *Urianin*, $C_{19}H_{27}NO_{14}$, sich in Alkohol aber nicht in Aether löst. Beide Körper sind sehr leicht zersetzbar, in der Art, dafs es schwierig ist dieselben rein und von constanter Zusammensetzung zu erhalten. Beim Erhitzen der wässerigen Lösung oder unter der Einwirkung von starken Säuren nehmen sie die Elemente des Wassers auf und der in Aether unlösliche Extractivstoff verwandelt sich durch Oxydation in einen Körper, der in seinen äufseren Eigenschaften kaum von dem ursprünglichen verschieden ist. Die Substanz, welche bis jetzt als ein in Alkohol unlöslicher Extractivstoff des Harns betrachtet wurde, ist nach Schunck nur eine Verbindung der eigentlichen Extractivstoffe mit verschiedenen Basen.

Liebig (1) bestätigt eine Angabe von Meifsner und Shepard (2), dafs die Kynurensäure den kohlens. Baryt nicht zersetze (3). Die Säure bildet ein neutral reagirendes Barytsalz, welches durch Kohlensäure nicht zersetzt wird, und welches, neben kohlens. Baryt, aus der stark alkalischen Lösung durch Kohlensäure gefällt wird. Erhitzt man, nach dem Einleiten der Kohlensäure, die Flüssigkeit zum Sieden, so scheidet sich das neutrale Barytsalz beim Erkalten in sternförmig vereinigten Nadeln

---

(1) Ann. Ch. Pharm. CXL, 143; Bull. soc. chim. [2] VII, 441. — (2) Untersuchungen über das Entstehen der Hippursäure im thierischen Organismus, Hannover 1866. — (3) Vgl. Jahresber. f. 1858, 573.

aus, während der Rückstand keine **Kynurensäure** mehr enthält.

Galle. (Taurocholsäure.) J. P a r k e (1) hat reine Taurocholsäure aus Hundegalle dargestellt. Der entfärbte und zur Trockne verdampfte alkoholische Auszug der Galle wurde in wenig absolutem Alkohol gelöst, das daraus durch Fällen mit Aether abgeschiedene taurochols. Alkali in wässeriger Lösung mit Bleiessig und etwas Ammoniak zerlegt und der ausgewaschene Niederschlag mit absolutem Alkohol ausgekocht. Das heifse Filtrat lieferte, nach dem Ausfällen des Blei's mit Schwefelwasserstoff und Vermischen der verdampften Flüssigkeit mit viel Aether, syrupartige, nach einiger Zeit theilweise in nadelförmige Krystalle übergehende Taurocholsäure. Dieselbe ist leicht zerfliefslich und verwandelt sich in eine durchsichtige amorphe Masse, die in Berührung mit Aether erst auf Zusatz von etwas Alkohol wieder krystallinisch wird. Die alkoholische Lösung zeigte eine spec. Drehung für gelbes Licht von ungefähr — 25°. Die trockene Säure kann ohne Zersetzung weit über 100° erhitzt werden; in Berührung mit Wasser zerfällt sie aber bei dieser Temperatur nach und nach in **Taurin** und in amorph sich ausscheidende Cholalsäure. Durch Einwirkung starker Salzsäure bildet sich aus der Taurocholsäure keine der Cholansäure entsprechende wasserärmere Säure.

Glycogen. Nach G. B i z i o (2) findet sich das Glycogen in den Mollusken, namentlich in den Austern, in *Cardium edule*, *Mytilus edulis*, *Solen siliqua* und *Pecten jacobaeus*. Zu seiner Darstellung werden die feingehackten Mollusken wiederholt mit Wasser ausgekocht, der verdampfte Auszug mit Alkohol gefällt, der Niederschlag mit concentrirter Essigsäure behandelt und die vom Ungelösten abgegossene

---

(1) Medicinisch-chem. Unters. I, 160; im Auszug Bull. soc. chim. [2] VI, 242. — (2) Compt. rend. LXII, 675; Instit. 1866, 107; Zeitschr. Chem. 1866, 222.

Flüssigkeit nochmals mit Alkohol gefällt. Nach mehrmaliger Wiederholung dieses Verfahrens wird der letzte, von allen Mineralbestandtheilen befreite Niederschlag zur Entfernung der Proteïnkörper mit Eisessig digerirt und das Glycogen schliefslich mit Alkohol und Aether gewaschen. In dieser Weise liefern die Austern (auf das Trockengewicht berechnet) 9,5 pC., *Cardium edule* 14 pC. Glycogen; aus *Solen siliqua* erhält man eine kaum bestimmbare Menge. Das Glycogen geht in den Mollusken sehr rasch in Milchsäure über, in der Art, dafs diese Säure, wenn viel Glycogen vorhanden ist, das Thier vor der Fäulnifs schützt. Aehnlich verhält sich das Glycogen in der Leber des Menschen und des Ochsen.

<small>Glycogen.</small>

M. Jaffé (1) konnte bei Versuchen über das Vorkommen zuckerbildender Substanzen in den Organen der Diabetiker das Glycogen nur selten und dann nur spurweise auffinden. Einmal fand es sich im Gehirn, einmal in der Milz und (bei gleichzeitig bestehender eiteriger Meningitis) auch in der Pia mater.

Nach Versuchen von H. Bence Jones und A. Dupré (2) findet sich im Organismus des Menschen und verschiedener Thiere eine dem Chinin ähnliche und defshalb als „animalisches Chinoïdin" bezeichnete fluorescirende Substanz. Dieselbe ist während des Lebens in der Linse des menschlichen Auges sichtbar und sie ist die Ursache der blauen Fluorescenz der Auszüge verschiedener Gewebe mit verdünnten Säuren. Behandelt man das Gewebe, die Leber z. B., wiederholt mit sehr verdünnter Schwefelsäure, so giebt das mit ätzendem Natron neutralisirte Filtrat die fluorescirende Substanz an Aether ab. Die schwach saure Lösung zeigt im verdünnten Zustande genau die Fluorescenzerscheinungen des Chinins, stark concentrirt ist die Farbe bläulichgrün;

<small>Fluorescirende Substanz im thierischen Organismus.</small>

---

(1) Aus Virchow's Arch. XXXVI, 20 in Zeitschr. Chem. 1866, 443. — (2) Lond. R. Soc. Proc. XV, 78; im Auszug Chem. News XIII, 197; Pharm. J. Trans. [4] VIII, 82; Zeitschr. Chem. 1866, 348.

sie wird durch Jod, Jodquecksilberkalium, Phosphormolybdänsäure, Platin- und Goldchlorid gefällt. In alkalischer Lösung wird die fluorescirende Eigenschaft durch übermangans. Kali ähnlich wie die des Chinins zerstört. Durch vergleichende Versuche stellte Jones fest, dafs die Menge der fluorescirenden Substanz in den Geweben auf 100 Liter Wasser meist zwischen 4 und $1^1/_2$ Gran schwankt und höchstens 6 Gran beträgt; bei Gaben von Chinin erhöht sich dieselbe in kurzer Zeit, namentlich in der Leber und den Nieren, bis auf 15 Gran und nach drei Stunden selbst auf 100 bis 200 Gran. Im Harn tritt das an der Fluorescenz erkennbare Chinin schon nach 10 bis 15 Minuten auf, um in 2 bis 3 Stunden das Maximum zu erreichen; nach längstens 8 Stunden beginnt es wieder nach und nach zu verschwinden, in der Art, dafs nach 72 Stunden keine Spur mehr entdeckbar ist.

Hautdrüsensecret der Salamandra maculata (Samandarin).

Zalesky (1) untersuchte das giftige, rahmähnliche Secret der Hautdrüsen des Landsalamanders (*Salamandra maculata*). Das beim Ueberstreichen der Seiten des Hinterkopfes und des Rückens des Thieres mit einem Theelöffel austretende Secret ist weifs, zähe, stark alkalisch, von scharfem bitterem Geschmack und einem feinen, nicht unangenehmen Geruch. Mikroscopisch erscheint es der Milch sehr ähnlich durch die grofse Anzahl von stark lichtbrechenden Kügelchen, welche auf Zusatz von Alkohol, Aether oder Essigsäure verschwinden. An der Luft getrocknet hinterläfst es eine opalisirende, ziemlich durchsichtige, brüchige Masse, die in Wasser aufquillt und die rahmartige Consistenz und weifse Farbe wieder annimmt. Bringt man das frische Secret in Wasser, so wird dieses milchig getrübt, der gröfste Theil bleibt aber in käsigen Flocken ungelöst. In der wässerigen, ebenfalls alkalisch reagirenden Lösung entsteht auf Zusatz von Aether ein

---

(1) Medicinisch-chem. Unters. I, 85; im Auszug Bull. soc. chim. [2] VI, 344.

reichlicher Niederschlag, der sich in Salzsäure löst und durch Wasser wieder gefällt wird. Bei 59° gerinnt die wässerige Lösung und die von dem Coagulum abfiltrirte alkalische und stark giftige Flüssigkeit enthält viel Phosphorsäure und stickstoffhaltige Materie. Sie trocknet im leeren Raum zu einer farblosen amorphen Masse ein, die nach völligem Trocknen nicht mehr giftig ist; übersättigt man die concentrirte Lösung mit etwas Salzsäure, so bilden sich beim Eintrocknen nadelförmige Krystalle, die gleichfalls nicht giftig sind. Wird das Secret in Alkohol gebracht, so scheidet sich eine weifse elastische Masse ab und die neutrale gelbliche Lösung hinterläfst beim Eintrocknen im leeren Raum einen theils amorphen, theils krystallinischen Rückstand, der die giftige Wirkung des ganzen Secrets besitzt. Der in Wasser wie in Aether lösliche Theil des alhoholischen Extracts ist amorph und nicht giftig, der in Wasser und Aether unlösliche, aber in Alkohol lösliche Theil ist krystallisirbar, stickstoffhaltig und verhält sich wie eine organische Base. Aether entzieht dem frischen Secret oder auch der mit Wasser bereits erschöpften Masse desselben Cholesterin und Fett. Der wässerige Auszug des Secrets kann, ohne die Giftigkeit einzubüfsen, anhaltend gekocht werden. — Zur Abscheidung der von Zalesky *Samandarin* genannten organischen Base vermischt man den heifsen wässerigen Auszug mit Phosphormolybdänsäure und löst den entstehenden gelblichweifsen Niederschlag in Barytwasser. Nach der Entfernung des Barytüberschusses durch Kohlensäure wird die zum Sieden erhitzte Flüssigkeit filtrirt und das Filtrat in einer Retorte im Wasserstoffstrom eingetrocknet. Es bilden sich hierbei Anfangs lange nadelförmige Krystalle, die beim völligen Austrocknen in eine farblose amorphe Masse übergehen, welche die Base in theilweise veränderter Form enthält. Die Analyse der freien Base, sowie die des in Nadeln krystallisirenden, beim Trocknen aber ebenfalls amorph werdenden salzs. Salzes ergaben Zahlen, welche der Formel $C_{34}H_{60}N_2O_5, 2HCl$ entsprechen. Das Samandarin, $C_{34}H_{60}N_2O_5$, ist, wie aus Vorstehendem sich ergiebt, nicht flüchtig, mit einem Wassergehalt krystallisirbar, in Alkohol und Wasser leicht löslich und von alkalischer Reaction. Es bildet mit Säuren neutrale Salze und wird durch Phosphormolybdänsäure sowie (unter Zersetzung) durch Platinchlorid gefällt. Es zersetzt sich nicht beim Kochen seiner Lösungen, wohl aber beim allmäligen Trocknen an der Luft; in getrocknetem Zustande ist es beständig, beim Verdampfen der Base (oder des Secrets) mit Platinchlorid bildet sich eine amorphe, in Wasser unlösliche blaue Masse, deren Bildung zur Erkennung der Base dienen kann. Ein mit Samandarin vergiftetes Thier zeigt nach einigen (3 bis 29) Minuten Unruhe und Zittern; dann folgen epilepsieartige Convulsionen (nach der Vergiftung mit frischem Saft auch bedeutender Speichelfluss), Opisthotonus und der Tod.

Canthariden. Kubly (1) hat einige Versuche über die Aschenbestandtheile der Cantharidon angestellt. Die Cantharidon (mit 8,17 pC. hygroscopischer Feuchtigkeit) hinterlassen 5,79 pC. Asche von der Zusammensetzung A (für 100 Th. der Cantharidon); beim Kochen der Cantharidon mit Wasser bleiben 68,29 pC. unlöslicher Substanz, worin (auf die Cantharidon berechnet) 1,62 pC. Asche von der Zusammensetzung B; der wässerige Auszug giebt, mit dem gleichen Gewicht Alkohol vermischt, einen Niederschlag, der 3,9 pC. von dem Gewicht der Cantharidon beträgt und 1,15 pC. Asche von der Zusammensetzung C giebt; die davon abfiltrirte Lösung hinterläfst 19,63 pC. fester Substanz mit 2,70 pC. Asche von der Zusammensetzung D.

	CaO	MgO	KO	NaO	PO_5	SO_3	CO_2	SiO_2	Cl	Summe
A	1,103	0,559	0,866	0,163	2,080	0,057	0,015	0,862	—	5,65
B	0,436	0,125	0,048	—	0,303	0,058	0,030	0,600	—	1,59
C	0,311	0,287	0,675	0,122	1,237	0,004	—	0,027	0,034	2,69
D	1,087	0,554	0,860	0,162	2,118	0,057	0,030	0,628	0,034	5,69

(1) Russ. Zeitschr. Pharm. IV, 473; Zeitschr. Chem. 1866, 441.

Zalesky (1) kommt durch eine gröfsere Zahl von sorgfältig ausgeführten Analysen der Knochen des Menschen und der Thiere zu nachstehendem Resultat : 1. Das Verhältnifs der unorganischen zu den organischen Bestandtheilen ist ein nahezu constantes; es wurde gefunden im Mittel mehrerer Analysen :

	Mensch	Ochs	Testudo graeca	Meerschweinchen
Anorganische Substanz	65,44	67,98	63,05	65,80
Organische Substanz	34,56	32,02	36,95	34,70

2. Der Gehalt der Knochenasche an den einzelnen Bestandtheilen (Kalk, Magnesia, Phosphorsäure, Kohlensäure, Chlorcalcium und Fluorcalcium) zeigt nur geringe (fast innerhalb der analytischen Fehlergrenzen liegende) Verschiedenheit beim Menschen und den untersuchten Thieren. In 100 Grm. Asche wurde gefunden :

	Mensch	Ochs	Testudo graeca	Meerschweinchen
Kohlensäure	5,734	6,197	5,276	—
Kalk	52,965	53,887	52,396	54,025
Magnesia	0,521	0,468	0,565	0,488
Phosphorsäure	39,019	40,084	38,672	40,881
Chlor	0,133	0,200	—	0,133
Fluor	0,229	0,300	0,204	—
oder :				
$PO_5, 3MgO$	1,0892	1,0237	1,3568	1,0545
$PO_5, 3CaO$	83,8886	86,0961	85,9807	87,3791
CaO *)	7,6475	7,8569	6,3188	7,0369

*) An Kohlensäure, Fluor und Chlor gebunden.

3. Mit Ausnahme der Schildknochen von *Testudo graeca* fand sich in allen Knochen Chlor in einer in kaltem Wasser nicht löslichen Verbindung. 4. Die Quantitäten von Chlor und Fluor waren in allen Knochen nahezu gleich; letzteres beträgt weniger als nach älteren Bestimmungen. 5. Die Menge des nicht an Phosphorsäure gebundenen Kalks ist höher, als dem Verhältnisse des Apatits,

(1) Medicinisch-chem. Unters. I, 19; im Auszug Zeitschr. Chem. 1867, 57; Bull. soc. chim. [2] VI, 245.

$3 PCa_3O_8, CaFl$, entspricht. — Versuche mit Tauben ergaben ferner, dafs durch Steigerung des Kalks oder der Phosphorsäure in der Nahrung eine Aenderung in dem Verhältnifs der organischen zu den anorganischen Substanzen sowie des Kalks zur Phosphorsäure nicht eintritt.

Wollschweifs. Chevreul (1) theilt, im Anschlufs an Seine früheren Beobachtungen über die Bestandtheile des Wollschweifses (2), mit, dafs Er in dem Hammelschweifs eine neue, als *Elinsäure* (*acide élique*) bezeichnete Säure aufgefunden habe. Dieselbe ist farblos, flüssig, etwas schwerer als Wasser, darin fast unlöslich, aber löslich in Alkohol und Aether mit saurer Reaction. Das auch in Alkohol lösliche Barytsalz zerfällt in verdünnter wässeriger Lösung unter Abscheidung eines firnifsartigen sauren Salzes. — Der Hammelschweifs zeigt stets eine, durch kohlens. Kali bedingte alkalische Reaction.

Muschelschalen. How (3) hat vergleichende Analysen der Schalen jetzt noch lebender und fossiler Mollusken ausgeführt. A giebt die Zusammensetzung der Muscheln von *Litorina litorea*; B der Austern (*Ostrea edulis*); C der *Mytilus edulis*; D der fossilen *Leptoena depressa*, aus dem silurischen Kalk von Neuschottland; E einer fossilen Muschel aus dem kohlenführenden Kalkstein von Windsor, Neuschottland.

	CaO	CO_2	SO_3	X *)	SiO_3 **)	PO_5	Fe_2O_3	Summe
A	54,464	42,821	0,282	2,025	0,164	0,001	—	99,757
B	53,368	40,600	0,809	3,478	1,495	0,106	0,089	99,895
C	52,863	41,020	0,350	5,020	0,203	0,048	0,036	99,640
D	54,02	41,79	0,55	1,61	1,58	0,14	0,26	99,95

	CaO, CO_2	MgO, CO_2	Fe_2O_3	PO_5	SiO_3 †)	
E	97,64	1,10	0,07	0,68	0,68	99,49

*) Organische Substanz, etwas Stickstoff enthaltend. — **) Und Sand. — †) Mit Thon und Sand.

(1) Compt. rend. LXII, 1015; Instit. 1866, 165; Zeitschr. Chem. 1866, 384; Dingl. pol. J. CLXXXI, 480. — (2) Jahresber. f. 1856, 713. — (3) Sill. Am. J. [2] XLI, 379.

Harnröhren-Steine von Schafen, im Durchschnitt 0,040 Grm. wiegend, enthielten nach Liebner's (1) Analyse:

Organische Substanz	SiO_2	SO_3	CaO	MgO*)	Summe
11,03	71,05	6,24	11,62	Spur	99,94

*) Und Eisen.

R. Přibram (2) fand in den aus concentrischen Schichten bestehenden, aufsen dunkelbraunen, innen graugelblichen Darmsteinen eines Lama (Guanaco):

PO_5	CaO	Organische Substanz	MgO	HO	NH_4O	Fe_2O_3	Summe
43,168	39,141	12,020	1,505	2,562	0,978	0,275	99,649

(1) Aus N. Repert. Pharm. XV, 82 in Chem. Centr. 1866, 415. —
(2) Vierteljahrsschr. pr. Pharm. XV, 409; Chem. Centr. 1867, 703.

Analytische Chemie.

Allgemeine analytische Methoden. Gasanalyse.
E. Reichardt (1) benutzt zum Transportiren von gefüllten Gas-Mefsröhren ein eisernes, $1/2$ bis $3/4$ Zoll tiefes Schälchen mit geraden Wänden, an welchen zum Festhalten zwei Streifen angenietet sind. Zum Einführen von Flüssigkeiten in mit Quecksilber gefüllte Röhren bedient Er sich einer der Spritzflasche ähnlichen Vorrichtung.

Gasvolumetr. Analyse.
E. Dietrich (2) empfiehlt zur gasvolumetrischen Bestimmung des Stickstoffs in Ammoniaksalzen, die Zersetzung der letzteren mittelst der von W. Knop (3) angegebenen bromirten Lösung von unterchlorigs. Natron und unter Anwendung des früher (4) erwähnten Apparats. Er beschreibt auch einige Versuche, kleine Mengen Phosphorsäure aus dem Volum des Stickstoffs zu bestimmen, welches sich aus phosphormolybdäns. Ammoniak bei der Zersetzung mittelst bromirter Lauge entwickelt. — Er fand ferner (5), dafs auf diesem Wege der Stickstoffgehalt des Harnstoffs (aber nicht der der Harnsäure) bestimmbar ist.

(1) Zeitschr. anal. Chem. V, 67. — (2) Zeitschr. anal. Chem. V, 86; Zeitschr. Chem. 1866, 685; Phil. Mag. [4] XXXIII, 61. — (3) Jahresber. f. 1860, 631. — (4) Jahresber. f. 1864, 678. — (5) Zeitschr. anal. Chem. V, 293; Zeitschr. Chem. 1867, 444.

Graeger (1) empfiehlt zur Feststellung des Werthes einer Normallösung von übermangans. Kali statt der bisher dazu verwendeten Eisenoxydulsalze das (aus schwefels. Eisenoxydul mittelst reiner Oxalsäure gefällte) oxals. Eisenoxydul. *Volumetr. Analyse.*

J. Löwe (2) beschreibt Versuche über die Abscheidung und Isolirung organischer Substanzen aus dem Brunnen- und Trinkwasser. Der beim Kochen des Wassers entstehende Niederschlag giebt an heifse Salmiaklösung meist eine Spur einer durch essigs. Kupfer fällbaren organischen Substanz ab; die Hauptmenge derselben findet sich aber in dem Niederschlag, welchen Bleiessig in dem gekochten Wasser erzeugt (3). *Analyse von Trinkwasser.*

E. Frankland (4) verfährt zur Bestimmung der festen Bestandtheile des Wassers, der organischen Materie und des zur Oxydation der letzteren erforderlichen Sauerstoffs in folgender Weise : 1000 CC. Wasser werden nach Zusatz von 10 CC. einer (im Liter 10 Grm. trockenes Salz enthaltenden) Lösung von kohlens. Natron in einer Platinschale auf dem Wasserbad zur Trockne verdampft, über dem Oelbad wiederholt (bis das Gewicht constant ist) auf 120 bis 130° erhitzt und nach dem Erkalten unter dem Exsiccator so schnell als möglich gewogen. Man erfährt so nach Abzug des kohlens. Natrons das Gewicht des festen Rückstands. Die Schale wird sodann sorgfältig zum Dunkelrothglühen erhitzt, bis alle organische Materie verbrannt ist und nach dem Erkalten mit einer wässerigen Lösung von Kohlensäure (20 CC. auf je 0,1 Grm. kohlens. Kalk des Rückstandes) versetzt. Der Schaleninhalt wird nun bei derselben Temperatur nochmals und bis zum Constantbleiben des Gewichtes eingetrocknet, wo sich die

---

(1) N. Jahrb. Pharm. XXVI, 193. — (2) Zeitschr. anal. Chem. V, 23; im Auszug Zeitschr. Chem. 1866, 596; Bull. soc. chim. [2] VII, 497. — (3) Vgl. Péligot, Jahresber. f. 1864, 884. — (4) Chem. Soc. J. [2] IV, 239.

Analyse von Trinkwasser. Menge der organischen und flüchtigen Materie des Wassers aus der Differenz der letzten Wägung mit der vor dem Glühen ergiebt. Zur Bestimmung der Sauerstoffmenge, welche zur Oxydation der organischen Materie erforderlich ist, dient eine normale Lösung von übermangans. Kali. Man löst einerseits 0,63 Grm. krystallisirter Oxalsäure, anderseits etwa 0,4 Grm. übermangans. Kali in je 1 Liter destillirtem Wasser (1). Ein gemessenes Vol. (10 oder 20 CC.) der normalen Oxalsäurelösung wird dann mit destillirtem Wasser auf $1/2$ Liter gebracht, 15 CC. verdünnter Schwefelsäure (auf 1 Vol. Säure 5 Vol. Wasser) zugefügt und dann die Lösung von übermangans. Kali aus einer Bürette mit Glashahn eingetröpfelt. Wenn ein Theil der gemischten Flüssigkeit in einem Cylinder von 12 Zoll Höhe und $1 1/2$ Zoll Weite auf einer weifsen Unterlage nach Verlauf von 10 Minuten noch eine deutliche rothe Färbung zeigt, so ist die Reaction vollendet. Die Lösung des übermangans. Kali's wird nun durch Verdünnung auf die Stärke gebracht, dafs die Vollendung der Reaction genau mit dem gleichen Vol. Oxalsäurelösung eintritt. Es entspricht dann, da die Reaction nach der Gleichung:

$$K_2Mn_2O_8 + 5 C_2H_2O_4 + 8 H_2 SO_4 = 5 K_2 O_4 + 2 8 MnO_4 + 8 H_2O + 10 CO_2$$

erfolgt, je 1 CC. (= 0,000316 Grm.) übermangans. Kali 0,00008 Grm. verwendbarem Sauerstoff. — Man versetzt nun ein bestimmtes Vol. ($1/2$ Liter) des zu analysirenden Wassers mit 15 CC. verdünnter Schwefelsäure (von der oben angegebenen Stärke) und dann mit der Lösung von übermangans. Kali bis zur Rothfärbung. Wenn die Trübung des Wassers oder die Oxydationsproducte der organischen Materie die Erkennung der rothen Färbung unsicher machen, so verdünnt man 250 CC. davon mit dem gleichen Vol. gereinigten destillirten Wassers; ist die Menge der vorhandenen organischen Materien nur unbedeutend (dafs

---

(1) Das hierzu verwendete destillirte Wasser wird vorher durch Destillation über übermangans. Kali und Schwefelsäure gereinigt.

weniger als 1 CC. übermangans. Kali erfordert wird), so *Analyse von Trinkwasser.* nimmt man 1 Liter Wasser. Die Härte des Wassers wird mittelst Seifenlösung nach dem Verfahren von Clark bestimmt; die bleibende Härte nach vorherigem halbstündigem Kochen.

Heintz (1) verdampft, zur Bestimmung der Menge von unorganischer und organischer Substanz im Wasser, das letztere in einem Platintiegel mit schliefsendem Deckel unter 100°, erhitzt dann auf 150 bis 160° bis keine Gewichtsabnahme mehr stattfindet und wiegt den (etwa 0,3 bis 0,6 Grm. betragenden) Rückstand. Man erhitzt jetzt den Boden des bedeckten Tiegels vorsichtig und wiederholt zum beginnenden Glühen, bis sämmtliche Kohle der organischen Substanz verbrannt ist, vertheilt sodann den Rückstand in Wasser, leitet einige Zeit Kohlensäure ein, verdampft mit derselben Vorsicht wie zuerst und wiegt den wieder bei 150 bis 160° getrockneten Tiegelinhalt. Sein Gewicht entspricht (in den meisten Fällen genau) der Menge der unorganischen Substanz und aus der Differenz mit dem zuerst gefundenen Gewicht ergiebt sich der Gehalt an organischer Substanz. Bezüglich der weiteren Angaben von Heintz, wie die organische Materie genauer gefunden werden kann durch Ermittelung der Differenz des Kohlensäuregehalts beider Verdampfungsrückstände und welche Umstände auf die Genauigkeit des Verfahrens von Einflufs sind, müssen wir auf die in nicht sehr verständlicher Weise abgefafste Abhandlung verweisen.

O. Helm (2) hat eine aus calibrirten Glasröhren bestehende Vorrichtung beschrieben, mit deren Hülfe Er das im Wasser gelöste Stickstoff- und Sauerstoffgas quantitativ bestimmt.

(1) Zeitschr. anal. Chem. V, 11; Zeitschr. Chem. 1866, 586; Bull. soc. chim. [2] VII, 496. — (2) Zeitschr. anal. Chem. V, 58; Zeitschr. Chem. 1866, 607.

Analyse von Silicaten.

L. R. v. Fellenberg (1) hat das von L. Smith (2) zur Zersetzung alkalihaltiger Silicate empfohlene Verfahren in der Art abgeändert, dafs Er das fein gepulverte Gestein (entweder für sich oder innig mit Aetzkalk gemengt) auf Chlorcalcium bringt, welches in einem Platintiegel zum Schmelzen erhitzt war, so dafs es nach dem Erkalten die innere Wand desselben überzieht. Man schmilzt nun das Ganze etwa 10 Minuten lang über dem Gebläse, weicht die erkaltete, leicht vom Tiegel sich ablösende Masse mit siedendem Wasser auf und wascht den Rückstand, bis das Filtrat chlorfrei ist. Die alkalische Flüssigkeit enthält, nach der Entfernung des Kalks durch kohlens. und oxals. Ammoniak, neben Ammoniaksalzen nur die Chlorüre der Alkalimetalle, die nach dem Erhitzen des Verdampfungsrückstandes gewogen werden. Durch Chlorcalcium werden, nach Fellenberg's Versuchen, die alkalihaltigen, durch Säuren unzersetzbaren Silicate (selbst Quarz oder Bergkrystall) bei hoher Temperatur, mit oder ohne Zusatz von Kalk, vollständig aufgeschlossen.

Al. Müller (3) überzeugte sich durch weitere Versuche über die Bestimmung des Quarzgehalts in Silicatgemengen (4), dafs durch Digestion mit Phosphorsäurehydrat bei bestimmter Temperatur verschiedene Silicate von einander getrennt werden können und dafs sich auch damit der Quarzgehalt der Ackererden und gemischten Gesteine quantitativ bestimmen läfst.

Analyse von Ackererde.

Al. Müller (5) hat ferner das von Ihm bei der chemischen Analyse der Ackererden befolgte Verfahren und E. Dietrich (6) Bemerkungen zur Bodenanalyse mitgetheilt, sowie

---

(1) Aus den Bern. Mitth. 1865, 125 in Zeitschr. Chem. 1866, 379; Zeitschr. anal. Chem. V, 158; J. pharm. [4] IV, 282; Chem. News XIV, 243. — (2) Jahresber. f. 1853, 662. — (3) J. pr. Chem. XCVIII, 14; Zeitschr. anal. Chem. V, 431. — (4) Jahresber. f. 1865, 706. — (5) J. pr. Chem. XCVIII, 1; Zeitschr. anal. Chem. V, 443. — (6) Zeitschr. anal. Chem. V, 295.

einen neuen Schlämmapparat beschrieben. — A. Cossa (1) fand bei Versuchen über die Bestimmung der in der Ackerkrume enthaltenen löslichen Stoffe, dafs die Gesammtmenge der in kaltem Wasser löslichen fixen (mineralischen) und flüchtigen (organischen) Substanzen zwischen 0,688 und 0,064 pC. schwankt. Bei den gewöhnlichen Bodenarten erreichte sie nie 0,3 pC., das Mittel von 34 Proben war 0,142 pC.; die organischen Substanzen waren in diesem löslichen Theil meist in überwiegender Menge vorhanden. Kohlensäurehaltiges Wasser entzog eine gröfsere Menge von Stoffen, und zwar war in diesem Fall das Verhältnifs der gelösten unorganischen Substanzen ein überwiegendes.

A. Fröhde (2), hat im Anschlufs an Seine früheren Mittheilungen über unterschwefligs. Natron (3), die Anwendung dieses Salzes zu einigen analytischen Scheidungen vorgeschlagen (4), insbesondere zur Analyse der Ferro- und Ferridcyanverbindungen, zur Trennung der Metalle der Arsengruppe von jenen der Bleigruppe (nach dem Schmelzen mit überschüssigem unterschwefligs. Salz gehen die ersteren bei der Behandlung mit Wasser als Sulfosalze in Lösung, während die anderen ungelöst zurückbleiben), zur Trennung der schweren Metalle von Phosphorsäure, des Eisenoxydes von Thonerde (das mit unterschwefligs. Natron erhitzte Gemenge der beiden Oxyde wird zur Lösung der Thonerde mit Kalilauge gekocht) und überhaupt zur Verwandlung der Metalloxyde in Schwefelverbindungen. Zu beachten ist jedoch, dafs nach Fröhde bei dieser Behandlungsweise aus Quecksilbersalzen nicht reines Schwefelquecksilber, sondern eine Verbindung desselben mit dem Quecksilbersalz erhalten wird; Jodquecksilber ergab z. B. die Verbindung $2HgS + HgJ$. — Auch als Löthrohrrea-

Anwendung des unterschwefligs. Natrons in der Analyse.

---

(1) Zeitschr. anal. Chem. V, 160. — (2) In der S. 157 angeführten Abhandlung. — (2) Jahresber. f. 1863, 812, 701; f. 1864, 724. — (3) Vgl. bezüglich dieser Anwendung auch Gibbs, Jahresber. f. 1864, 183.

Anwendung des unterschwefligs. Natrons in der Analyse.

gens ist das unterschwefligs. Natron zur Nachweisung der schweren Metalle zweckmäfsig. Er giebt bei dem ersten Erhitzen mit einigen Metallsalzen eigenthümliche Färbungen (Manganoxydulsalze werden entfärbt, Kobaltoxydulsalze blaugrün, molybdäns. Salze braunroth, chroms. Salze grün), später aber die charakteristische Färbung des Schwefelmetalls, die beim Erhitzen in der Oxydationsflamme verschwindet, bei erneutem Zusatz von unterschwefligs. Salz aber wieder auftritt; zugleich ist die Bildung der Beschläge durch die Anwesenheit des Schwefelmetalls sehr erleichtert (1). — Fröhde hat ferner einen allgemeinen Gang zur theilweisen quantitativen Analyse unlöslicher Verbindungen angedeutet, der im Wesentlichen darin besteht, durch Erhitzen der trockenen Substanz mit unterschwefligs. Natron, -Baryt oder -Ammoniumoxyd die schweren Metalle in Schwefelverbindungen, die alkalischen Erden in schwefels. Salze zu verwandeln und diese nach bekannten Methoden zu trennen. Bezüglich der Einzelnheiten verweisen wir auf die Abhandlung.

Flammenreactionen.

R. Bunsen (2) hat eine für die Analyse unorganischer Körper wichtige Arbeit über Flammenreactionen veröffentlicht. — Fast alle Reactionen, welche man mittelst des Löthrohrs erhält, lassen sich und zwar mit weit gröfserer Leichtigkeit und Präcision, in der Flamme der nicht leuchtenden Lampe unmittelbar hervorbringen, und es können damit selbst die kleinsten Spuren mancher neben einander auftretenden Stoffe oft noch da erkannt werden, wo das Löthrohr und selbst feinere analytische Mittel den Beobachter im Stiche lassen.

I. Die zu Reactionsversuchen dienende Gaslampe mit nicht leuchtender Flamme mufs in richtigen Dimensionen construirt (3) und namentlich mit einer drehbaren Hülse

---

(1) Vgl. Jahresber. f. 1868, 691. — (2) Ann. Ch. Pharm. CXXXVIII, 257; Zeitschr. anal. Chem. V, 351; Phil. Mag. [4] XXXII, 81; im Auszug N. Arch. ph. nat. XXVII, 25. — (3) Wir müssen bezüglich der

zum Verschliefsen und Oeffnen der Zuglöcher versehen sein, um für jede Gröfse der Flamme den Luftzutritt reguliren zu können. Eben so nöthig ist es, den conischen Schornstein, aus welchem die Flamme hervorbrennt, von solchen Dimensionen zu wählen, dafs die Flamme vollkommen ruhig brennt. Von der Flamme sind als Haupttheile zu unterscheiden : A der dunkle Kegel, welcher die kalten, mit etwa 62 pC. atmosphärischer Luft gemengten Leuchtgase enthält; B. der Flammenmantel, der von dem brennenden, mit Luft gemengten Leuchtgase gebildet wird; C. die leuchtende Spitze, welche die normal bei geöffneten Zuglöchern brennende Lampe nicht zeigt, und welche jedesmal, wenn sie zu Reactionen benutzt werden soll, durch Zudrehen der Zuglöcher in erforderlicher Gröfse hergestellt wird. — In diesen drei Haupttheilen der Flamme finden sich folgende sechs Reactionsräume : 1) Die *Flammenbasis*; ihre Temperatur ist eine verhältnifsmäfsig sehr niedrige, da das hier verbrennende Gas durch die von unten zuströmende kalte Luft abgekühlt wird und der kalte Rand des Brennerrohrs eine erhebliche Wärmemenge abführt. Werden Gemenge flammenfärbender Substanzen an diesen Theil der Flamme gebracht, so gelingt es oft, die leichter flüchtigen auf Augenblicke für sich zu verdampfen und dadurch Flammenfärbungen zu erhalten, die bei höheren Temperaturen nicht zum Vorschein kommen, weil sie durch Flammenfärbungen anderer mit verdampfender Stoffe verdeckt werden. 2) Der *Schmelzraum* liegt etwas oberhalb des ersten Drittels der ganzen Flammenhöhe, gleich weit von der äufseren und inneren Begrenzung des Flammenmantels entfernt, wo dessen Dicke am Beträchtlichsten ist. Da in diesem Raume der Flamme die höchste Temperatur herrscht, so benutzt man ihn zur

Flammenreactionen.

Abbildung dieser (übrigens fast in allen Laboratorien eingeführten) Lampe, sowie der übrigen zu den Flammenreactionen erforderlichen Geräthe auf die Abhandlung verweisen.

Flammenreactionen. Prüfung der Stoffe auf Schmelzbarkeit, Flüchtigkeit, Emissionsvermögen und zu allen Schmelzprocessen in hoher Temperatur. 3) Der *untere Oxydationsraum* liegt im äufseren Rande des Schmelzraums und eignet sich besonders zur Oxydation der in Glasflüssen aufgelösten Oxyde. 4) Der *obere Oxydationsraum* wird durch die obere nicht leuchtende Flammenspitze gebildet und wirkt am Kräftigsten bei völlig geöffneten Zuglöchern der Lampe. Man nimmt in ihm die Oxydation umfangreicherer Proben, das Abrösten flüchtiger Oxydationsproducte und überhaupt alle Oxydationen vor, für welche nicht allzuhohe Temperaturen erforderlich sind. 5) Der *untere Reductionsraum* liegt im inneren, dem dunklen Kegel zugekehrten Rande des Schmelzraums. Da die reducirenden Gase an dieser Stelle noch mit unverbranntem atmosphärischem Sauerstoff gemengt sind, so bleiben hier manche Substanzen, die in der oberen Reductionsflamme desoxydirt werden, unverändert. Dieser Flammentheil gewährt daher sehr werthvolle Kennzeichen, die mit dem Löthrohr nicht erhalten werden können. Er ist besonders geeignet zu Reductionen auf Kohle und in Glasflüssen. 6) Der *obere Reductionsraum* wird durch die leuchtende Spitze gebildet, welche über dem dunklen Flammenkegel entsteht, wenn man den Luftzutritt durch allmäliges Schliefsen der Zuglöcher verringert. Hat man die leuchtende Spitze zu grofs gemacht, so bedeckt sich ein in dieselbe gehaltenes, mit kaltem Wasser gefülltes Proberöhrchen mit einer Schicht von Kohlenrufs, was niemals der Fall sein darf. Sie enthält keinen freien Sauerstoff, ist reich an abgeschiedener glühender Kohle und besitzt daher viel reducirendere Eigenschaften als die untere Reductionsflamme. Man benutzt sie besonders zur Reduction von Metallen, die man in Gestalt von Beschlägen auffangen will.

II. Methoden der Prüfung in den Reactionsräumen. A. Das Verhalten der Stoffe für sich in höheren Temperaturen ist eins der wichtigsten Kennzeichen zu ihrer Nachweisung und Unterscheidung. Die Möglichkeit, durch die Lampenflamme allein eben so hohe und noch höhere Temperaturen als mit dem Löthrohr hervorzubringen, beruht lediglich darauf, dafs man die wärmestrahlende Oberfläche der zu erhitzenden Körper so klein als möglich macht. Der Platindraht, an welchem man die Substanzen erhitzt, darf die Dicke eines Pferdehaars kaum überschreiten und bei Decimeterlänge nicht mehr als 0,034 Grm. wiegen. Proben, die den Draht angreifen oder an dessen benetzter Spitze nicht haften, werden auf einem Asbeststäbchen (von kaum der Viertelsdicke eines Schwefelhölzchens) in die Flamme gehalten. Decrepitirende Stoffe werden auf dem Lampenteller mittelst einer elastischen Stahlklinge zum feinsten Pulver zerdrückt und auf ein befeuchtetes Filtrirpapierstreifchen von etwa 1 Quadratcentimeter Oberfläche angesogen. Verbrennt man dieses mit der Platinpincette oder besser zwischen zwei Ringen von haarfeinem Platindraht gefafste Streifchen vorsichtig in der Flamme, so bleibt die Probe in Gestalt einer zusammenhängenden Kruste zurück, die sich nun ohne Schwierigkeit in der Flamme behandeln läfst. Hat man Körper in einem der Reactionsräume längere Zeit zu erhitzen, so bedient man sich eines Platindrahts, der in ein (in den Arm eines Stativs gestecktes) Glasröhrchen eingeschmolzen ist; Asbestfäden steckt man ebenfalls in eine vorn verengerte Glasröhre. Mittelst dieser Vorrichtungen bringt man einige Stäubchen der zu untersuchenden Proben in die Flamme und beobachtet ihr Verhalten von der niedrigsten bis zur höchsten Temperatur, indem man die Probe nach jedem Wechsel der Temperatur mit der Lupe betrachtet. Man kann bei der Erhitzung 6 Temperaturgrade anwenden, die sich nach der Gluth des feinen Platindrahtes (nicht der der Proben selbst) abschätzen lassen, nämlich: 1. unter der Rothgluth; 2. beginnende Rothgluth; 3. Rothgluth; 4. beginnende Weifsgluth; 5. Weifsgluth; 6. strahlende Weifsgluth.

Flammen-reactionen.

Beim Erhitzen der Proben kommen folgende Erscheinungen in Betracht : 1. *Lichtemission*. — Man prüft die Stoffe auf ihr Emissionsvermögen, indem man sie an Platindraht in die heifseste Stelle des Schmelzraums bringt. Die Probe ist von schwachem Emissionsvermögen, wenn sie weniger leuchtet als der Platindraht; von mittlerem Emissionsvermögen, wenn beide ungefähr gleichleuchtend erscheinen, und von starkem Emissionsvermögen, wenn der Lichtglanz der Probe den des Platins übertrifft. Die meisten festen Körper glühen mit weifsem Licht, andere — wie die Erbinerde — mit gefärbtem. Einzelne Verbindungen, z. B. manche des Osmiums, der Kohle und des Molybdäns, verflüchtigen sich und scheiden fein zertheilte feste Körper aus, welche die ganze Flamme leuchtend machen. Gase und Dämpfe zeigen immer ein geringeres Emissionsvermögen als geschmolzene Körper, und diese gewöhnlich ein geringeres als feste. Bei den Versuchen ist die Form der geprüften Probe stets anzugeben, da das Emissionsvermögen wesentlich von der Oberflächenbeschaffenheit derselben mit abhängt. So hat z. B. compacte Thonerde, wie sie aus dem Hydrat durch langsame Temperaturerhöhung erhalten wird, nur ein mittleres Emissionsvermögen, schwammig poröse, durch rasches Glühen des schwefels. Salzes dargestellte dagegen ein sehr starkes. 2. Die *Schmelzbarkeit* wird nach den vorerwähnten 6 Gluthtemperaturen bestimmt. Man beobachtet dabei während der gesteigerten Erhitzungen, mit der Lupe, ob die Probe an Volumen schwindet, sich aufbläht, ob sie bei oder über der Schmelzhitze Blasen wirft, ob sie nach dem Erkalten durchsichtig ist und welche Farbenveränderungen sie während oder nach der Behandlung im Feuer erleidet. 3. Die *Flüchtigkeit* prüft man dadurch, dafs man gleich schwere Perlen der Probe am Platindraht im Schmelzraum der Flamme verdampfen läfst und dabei die Zeit, die zu ihrer Verflüchtigung nöthig ist, am Einfachsten mittelst eines Metronomen, mifst. Der Zeitpunkt, wo die

Substanz vollständig in Dampf verwandelt ist, läfst sich sehr genau, oft bis auf Bruchtheile einer Secunde an dem plötzlichen Verschwinden der Flammenfärbung erkennen. Der zur Aufnahme der Perle dienende Platindraht wird in einem Proberohr vor der Luftfeuchtigkeit beim Wägen geschützt. Ist derselbe sammt dem Rohr ein für allemal tarirt und das Gewicht der zu verflüchtigenden Perle der Tara zugefügt, so läfst sich die Abwägung sehr rasch ausführen, indem man die Perle durch Verflüchtigen oder Anschmelzen von Substanzen nach Bedarf leichter oder schwerer macht. Die Versuche werden am Zweckmäfsigsten mit 1 Centigrm. schweren Proben angestellt. Den Ort im Schmelzraum der Flamme, wo eine möglichst hohe, für die Dauer der vergleichenden Versuche völlig constante Temperatur herrscht, bestimmt man dadurch, dafs man einen feinen, rechtwinkelig an seiner Spitze nach unten umgebogenen Platindraht langsam durch den Schmelzraum hin- und herführt und an dem Punkte fixirt, wo er am Heftigsten weifsglüht. Die zu verdampfenden Perlen werden jedesmal in gleicher Entfernung unter der Spitze dieses Drahts auf das Sorgfältigste eingestellt. Dabei hat man darauf zu achten, dafs sich während der Versuche die Dimensionen der Lampenflamme durch Störungen des Gasdrucks nicht erheblich ändern. Zur Mafseinheit für die Flüchtigkeit nimmt man am Bequemsten die Verdampfungszeit von 1 Centigrm. Kochsalz. Nennt man diese Verdampfungszeit t_0 und die Verdampfungszeit einer anderen Substanz von gleichem Gewicht t_1, so ist die Flüchtigkeit f dieser Substanz verglichen mit der des Kochsalzes $f = \frac{t_0}{t_1}$ (1). — 4. *Flammenfärbung*. Viele der

---

(1) Als Beispiel für die Verdampfungszeit und Flüchtigkeit giebt Bunsen nachstehende Bestimmungen:

Flammenreactionen. in der Flamme flüchtigen Stoffe geben sich durch besondere Lichtarten, welche sie als glühende Gase aussenden, zu erkennen. Diese Färbungen erscheinen in dem oberen Oxydationsraum, wenn die zu erzeugenden Stoffe in den oberen Reductionsraum gebracht werden. Gemenge verschiedener flammenfärbender Stoffe werden in dem kältesten Theile der Flammenbasis geprüft, wo es oft gelingt, die Lichterscheinungen der leichter flüchtigen Stoffe unvermischt mit denen der schwerflüchtigeren auf Augenblicke hervorzubringen. — B. Um Substanzen an den Erscheinungen zu erkennen, welche sie bei der Oxydation und Reduction zeigen, und ihre Abscheidung in einer zur weiteren Untersuchung geeigneten Form zu bewirken, wendet man folgende Methoden an: 1. *Reduction im Glasröhrchen.* Sie wird besonders benutzt, um Quecksilber

	Verdampfungszeit	Flüchtigkeit		Verdampfungszeit	Flüchtigkeit
Chlornatrium	84,25	1,000	Chlorkalium	65,4	1,288
Schwefels. Natron	1267,0	0,066	Bromnatrium	48,8	1,727
Kohlens. Lithion	786,5	0,114	Bromkalium	41,0	2,055
Schwefels. Kali	665,2	0,127	Chlorrubidium	38,6	2,183
Kohlens. Natron	632,0	0,133	Jodnatrium	35,7	2,360
Kohlens. Kali	272,0	0,310	Chlorcalcium	31,3	2,717
Chlorlithium	114,0	0,789	Jodkalium	29,8	2,828

Obwohl das Verhältniss dieser Zahlen sich nicht unerheblich ändert, wenn die Verflüchtigungstemperaturen und die Gewichtsmenge der verflüchtigten Substanzen andere werden, so ergiebt sich doch zwischen der Flüchtigkeit und dem Atomgewicht der leichter verdampfbaren analog constituirten Substanzen eine angenäherte Relation, dass nämlich bei den ohne Rückstand verdampften Haloidverbindungen die Flüchtigkeit im umgekehrten Verhältniss mit dem Atomgewicht wächst. Bezeichnet man mit A das Atomgewicht, mit F die Flüchtigkeit, so ergiebt sich in der That nahezu $\frac{F}{A} = \text{Const.}$

	LiCl	NaCl	KCl	NaBr	KBr	RbCl	NaJ	CaCl	KJ
A	42,49	58,43	74,57	102,97	119,11	120,82	150,07	168,46	116,21
F	0,789	1,000	1,288	1,727	2,055	2,183	2,360	2,717	2,828
$\frac{F}{A}$	0,0174	0,0171	0,0173	0,0168	0,0173	0,0181	1,0157	0,0161	0,0170

nachzuweisen, oder um Schwefel, Selen, Phosphor u. s. w. Flammenreactionen.
in Verbindung mit Natrium oder Magnesium abzuscheiden.
Die fein zerriebene Probe wird in sehr dünnwandigen, 2 bis 3
Millim. weiten, gegen 3 Centim. langen Glasröhrchen entweder mit Kohle und Soda oder für sich mit Natrium oder
Magnesium behandelt. Das Magnesium wird als Draht in die
im Röhrchen befindliche Probe eingesenkt; das mit Fliefspapier gereinigte Natrium wird zwischen den Fingern zu
einem kleinen Cylinder ausgerollt, den man im Röhrchen
mit der Probe umgiebt. Als Kohle dient am besten Terpentinölrufs, den man an einer mit kaltem Wasser gefüllten Porcellanschale sich hat absetzen lassen. Ist das Röhrchen mit der darin befindlichen, von Wasser zuvor völlig
befreiten Probe bis zum Schmelzen des Glases erhitzt, so
zerdrückt man es nach dem Erkalten unter einem Blättchen Papier mit der Stahlklinge auf dem Lampenteller,
um die erhaltenen Reductionsproducte weiter zu prüfen.
2. *Reduction im Kohlenstäbchen.* Sie giebt die Metalle zu
Kügelchen geschmolzen oder als schwammige Masse, und
läfst sich oft noch mit weniger als 1 Milligrm. der Probe
ausführen. Man nähert der Lampenflamme seitlich einen nicht
verwitterten Krystall von kohlens. Natron und bestreicht mit
dem daran entstehenden breiigen Tropfen ein gewöhnliches
Schwefelhölzchen bis zu $3/4$ seiner Länge. Wird dasselbe
darauf langsam in der Lampenflamme um seine Axe gedreht, so bildet sich um das verkohlte Holz eine Kruste
von festem kohlens. Natron, die bei dem Erhitzen im
Schmelzraum der Flamme schmilzt und von der Kohle
aufgesogen wird. Man erhält dadurch ein Kohlenstäbchen,
das durch seine Sodaglasur vor dem leichteren Verbrennen
geschützt bleibt. An die Spitze dieses Stäbchens bringt
man die mit einem Tropfen des schmelzenden Sodakrystalls auf der Hand mittelst des Messers zu einer breiigen
Masse gemischte Probe von der Gröfse eines Hirsekorns.
Nachdem dieselbe in der unteren Oxydationsflamme zum
Schmelzen gebracht, führt man sie durch einen Theil des

Flammen-reactionen. dunklen Flammenkegels hindurch in den gegenüberliegenden heifsesten Theil des unteren Reductionsraumes. Der Zeitpunkt, wo die Reduction vor sich geht, giebt sich durch ein heftiges Aufwallen der Soda zu erkennen, welches man nach einigen Augenblicken dadurch unterbricht, dafs man die Probe am Kohlenstäbchen in dem dunklen Kegel der Flamme erkalten läfst. Um das abgeschiedene Metall zu isoliren wird das die Probe enthaltende Ende des Kohlenstäbchens mit einigen Tropfen Wasser im Achatmörser zerrieben. Zur weiteren Untersuchung kann man die durch Abschlämmen von Kohle befreiten Metallflitter auf einen dünnwandigen Glasscherben überspülen und nach dem Trocknen und Auflösen mittelst Reagentien prüfen, indem man die letzteren in einem hohlen Glasfaden aufsaugt, milligrammweise zutropft und die eintretenden Veränderungen mit der Lupe beobachtet. Eisen, Kobalt und Nickel, welche im Kohlenstäbchen nicht zu Kugeln schmelzen, werden im Achatmörser mit der Spitze eines magnetischen Federmessers aus der mit Wasser zerriebenen Masse ausgezogen und weiter geprüft. 3. *Beschläge auf Porcellan.* Die flüchtigen, durch Wasserstoff und Kohle reducirbaren Elemente lassen sich entweder als solche, oder als Oxyde aus ihren Verbindungen abscheiden und in Gestalt von Absätzen auf Porcellan niederschlagen. Solche Absätze kann man aufserordentlich leicht in Jodide, Sulfide u. s. w. überführen, die sehr characteristische Erkennungsmerkmale abgeben. Die Absätze bestehen in der Mitte aus einer dickeren Schicht, welche nach allen Seiten hin in einen hauchartigen Anflug übergeht, so dafs man den dickeren Absatz als „Beschlag" von dem dünneren als „Anflug" zu unterscheiden hat. Beide zeigen mit ihren allmäligen Uebergängen alle Farbennuancen, die der Substanz nach den verschiedenen Graden der Zertheilung eigenthümlich sind. $^1/_{10}$ bis 1 Milligrm. reicht in vielen Fällen für diese Reactionen aus; manche derselben übertreffen an Schärfe die Marsh'sche Arsenikprobe und kommen den spectralanalytischen Methoden an Empfindlichkeit nahe. Die zu erzeugenden Beschläge sind : a. *Metallbeschlag* wird erhalten, indem man mit der einen Hand ein Stäubchen der Probe an einen Asbestfaden in die obere nicht zu umfangreiche Reductionsflamme bringt, während man mit der anderen Hand eine mit kaltem Wasser gefüllte, aufsen glasirte, möglichst dünnwandige, 1 bis 1,2 Decimeter im Durchmesser haltende Porcellanschale dicht über den Asbestfaden in die obere Reductionsflamme hält. Die Metalle scheiden sich als kohlenschwarze, matte oder spiegelnde Beschläge und Anflüge aus. Selbst Blei, Zinn, Cadmium und Zink geben Metallanflüge, die dem blofsen Ansehen nach von einer Berufsung des Porcellans durch Kohle nicht zu unterscheiden sind. Mittelst eines Glasstabes mit verdünnter (20 procentiger) Salpetersäure betropft, zeigen diese Beschläge verschieden leichte Löslichkeit. — b. *Oxydbeschlag*. Man hält die mit kaltem Wasser gefüllte Porcellanschale in den oberen Oxydationsraum der Flamme und verfährt im Uebrigen wie bei der Erzeugung von Metallbeschlägen. Der Oxydbeschlag wird auf folgende Weise geprüft : α. Man beobachtet seine Farbe, sowie die des Anflugs; β. man überzeugt sich, ob ein Tropfen Zinnchlorür Reduction bewirkt; γ. erfolgt keine Reduction, so fügt man Aetznatron zum Zinnchlorür, bis zur Auflösung des gefällten Zinnoxydulhydrats, und sieht, ob nun eine Reduction eingetreten ist; δ. man breitet einen Tropfen völlig neutrales salpeters. Silber auf dem Beschlag aus und bläst einen ammoniakalischen Luftstrom darauf, welchen man mit einer Ammoniak enthaltenden Spritzflasche erzeugt, bei der das Blasrohr unter der Flüssigkeit, das Spritzrohr dagegen unter dem Kork mündet. Entsteht ein Niederschlag, so beobachtet man dessen Farbe und überzeugt sich durch längeres Anblasen von ammoniakalischer Luft oder Zutropfen von Ammoniak, ob er sich löst. — c. *Jodidbeschlag*. Derselbe wird aus dem Oxydbeschlag dadurch erzeugt, dafs man denselben anhaucht und dann die Schale auf

Flammen-reactionen. ein weithalsiges (gut verschliefsbares) Glas stellt, welches zerflossenen Jodphosphor enthält (1). Stärkere, oft aus Jodüren und Jodiden gemischte und defshalb weniger gleichförmige Beschläge lassen sich dadurch hervorbringen, dafs man den Oxydbeschlag mit einer concentrirten Lösung von Jod in Alkohol beräuchert, die man mittelst eines an einem Platindraht befestigten Asbestbündels brennend unter der noch mit Wasser gefüllten Schale hin und her bewegt. Wird dabei etwas wässerige, von Jod gebräunte Jodwasserstoffsäure mit condensirt, so verflüchtigt man dieselbe durch gelindes Erwärmen und Anblasen. Die Prüfung des Jodidbeschlags geschieht : α. Man untersucht die Löslichkeit desselben, indem man ihn, sobald die Schale erkaltet ist, anhaucht. Erwärmt man die Schale gelinde oder bläst man aus einiger Entfernung darauf, so kommt dann der Beschlag unverändert wieder zum Vorschein; β. man bläst ammoniakalische Luft auf den Beschlag und sieht, ob die Farbe rasch, langsam oder gar nicht verschwindet oder ob Farbenveränderungen eintreten. Die verschiedene Färbung erscheint sogleich wieder, wenn die Schale auf die Mündung eines mit rauchender Salzsäure gefüllten Gefäfses gestellt wird; γ. der Jodidbeschlag giebt aufserdem gewöhnlich mit salpeters. Silberoxyd und Ammoniak so wie mit Zinnchlorür und Natron dieselben Reactionen wie der Oxydbeschlag. — d. *Sulfidbeschlag.* Er wird am leichtesten aus dem Jodidbeschlag dadurch erzeugt, dafs man auf denselben (unter zeitweiliger Behauchung) einen schwefelammoniumhaltigen Luftstrom bläst und das überschüssige Schwefelammonium durch gelindes Erwärmen des Porcellans entfernt. Man überzeugt sich : ob der Beschlag durch Anhauchen oder Betropfen in Wasser oder

---

(1) Hat diese Mischung von rauchender Jodwasserstoffsäure und phosphoriger Säure durch Wasseranziehen die Eigenschaft zu rauchen verloren, so hat man nur etwas wasserfreie Phosphorsäure zuzusetzen, um sie wieder rauchend zu machen.

in Schwefelammonium löslich ist. 4. *Beschläge im Probirglase.* Unter Umständen ist es vortheilhaft, den Reductionsbeschlag (in gröfseren Mengen) nicht auf Porcellan, sondern an der unteren Wölbung eines grofsen, zur Hälfte mit Wasser gefüllten Proberohrs aufzufangen. Man stellt den feinen Asbestfaden mit der daran haftenden Probe vor der Lampe mittelst des Halters so ein, dafs er sich mit der Mitte des oberen Reductionsraumes in gleicher Höhe befindet und giebt dem Probirglase eine solche Lage, dafs seine Wölbung dicht über dem Asbestfaden zu stehen kommt. Schiebt man nun die Lampe unter das Probirglas, so findet sich der Asbestfaden mit der Probe im Reductionsraum. Um das Stofsen des Wassers beim Sieden zu vermeiden, bringt man einige Stückchen Marmor in das Probirglas.

III. *Reactionen der Stoffe.* Die durch unmittelbare Flammenreactionen erkennbaren Stoffe lassen sich in folgende Gruppen bringen:

A. *Zu Metall reducirbare flüchtige, als Beschläge abscheidbare Stoffe*: 1. In kalter (20 procentiger) Salpetersäure kaum lösliche Beschläge: Tellur, Selen, Antimon, Arsenik; 2. darin langsam und schwierig löslich: Wismuth, Quecksilber, Thallium; 3. darin momentan löslich: Cadmium, Zink, Indium.

B. *Keine Beschläge gebende, aber in regulinischer Form abscheidbare Metalle*: 1. bei der Reduction nicht zu Kugeln schmelzbare: a) magnetische: Eisen, Nickel, Kobalt; b) nicht magnetische: Palladium, Platin, Rhodium, Iridium; 2. bei der Reduction zu Kugeln schmelzende: Kupfer, Zinn, Silber, Gold.

C. *Als Verbindungen am Leichtesten abscheidbare und erkennbare Stoffe*: Wolfram, Titan, Tantal und Niob, Kiesel, Chrom, Vanadin, Mangan, Uran, Schwefel, Phosphor.

In dem nachstehend beschriebenen speciellen Verhalten bedeutet: Flf: Flammenfärbung; Vfl: Verflüchtigung; RB: Reductionsbeschlag oder MB: Metallbeschlag; OB: Oxydationsbeschlag; JB: Jodidbeschlag; SB: Sulfidbeschlag; Kst: Kohlenstäbchen mit Soda.

1. *Tellurverbindungen.* — Flf: im oberen Reductionsraum fahlblau, während der darüber befindliche Oxydationsraum grün erscheint; Vfl: von keinem Geruch begleitet; RB: schwarz, mit schwarzbraunem Anflug, matt oder spiegelnd; mit concentrirter Schwefelsäure erhitzt carminrothe Lösung gebend; OB: weifs, wenig oder gar nicht sichtbar;

Flammenreactionen. Zinnchlorür färbt ihn von ausgeschiedenem Tellur schwarz; salpeters. Silber nach dem Anblasen mit Ammoniak gelblichweifs; JB : schwarzbraun, mit braunem Anflug; durch Anhauchen vorübergehend verschwindend; durch Anblasen mit Ammoniak leicht bleibend verschwindend und beim gelinden Erwärmen nicht, über Salzsäure dagegen wieder zum Vorschein kommend; durch Zinnchlorür geschwärzt; SB : schwarzbraun bis schwarz; durch Anhauchen nicht verschwindend; durch Anblasen mit Schwefelammonium vorübergehend verschwindend; Kst : Tellurnatrium gebend, das auf Silber schwarzen Fleck erzeugt und (bei viel Tellur) mit Salzsäure unter Ausscheidung von schwarzem Tellur, den Geruch nach Tellurwasserstoff verbreitet.

2. *Selenverbindungen.* — Flf : rein kornblumenblau; Vfl : unter Verbreitung des bekannten Selengeruchs verbrennend; RB : ziegelroth bis kirschroth, bald matt bald spiegelnd; mit concentrirter Schwefelsäure schmutziggrüne Lösung; OB : weifs, mit Zinnchlorür ziegelroth, die rothe Farbe durch Natron dunkler; mit salpeters. Silber giebt der OB eine weifse, wenig sichtbare Färbung, die durch Ammoniak verschwindet; JB : braun, enthält etwas reducirtes Selen und defshalb weder durch Behauchen noch durch Ammoniak völlig verschwindend; SB : gelb bis orangeroth, in Wasser unlöslich, in Schwefelammonium löslich; Kst : Selennatrium, auf Silber einen schwarzen Fleck gebend und mit Salzsäure, unter Ausscheidung von rothem Selen, den Geruch des Selenwasserstoffs verbreitend.

3. *Antimonverbindungen.* — Flf : im oberen Reductionsraum gränlich fahl; OB : weifs; mit salpeters. Silber und Ammoniak schwarzer Fleck von antimons. Silberoxydul, in Ammoniak unlöslich; der Beschlag wird durch Zinnchlorür mit oder ohne Natron nicht verändert; JB : orangeroth, beim Anhauchen vorübergehend, mit Ammoniak bleibend verschwindend, über Salzsäure wieder erscheinend; SB : orangeroth, in Wasser unlöslich; selbst der Anflug schwer und vorübergehend mit Schwefelammonium zu verblasen; Kst : sprödes, weifses Metallkorn.

4. *Arsenverbindungen.* — Flf : im oberen Reductionsraum fahlblau, mit Arsenikgeruch; RB : schwarz, matt oder glänzend, mit braunem Anflug; OB : weifs; mit salpeters. Silber und Ammoniak citrongelb (oder ziegelroth) in Ammoniak löslich; JB : eigelb, vorübergehend verhauchbar, in Ammoniak löslich, über Salzsäure wieder erscheinend; SB : citrongelb, nicht in Wasser aber in Schwefelammonium löslich und beim Trockenblasen wieder erscheinend; Kst : kein Metallkorn.

5. *Wismuthverbindungen.* — Flf : bläulich, nicht characteristisch; RB : schwarz, matt oder spiegelnd; Anflug rufsbraun; OB : schwach gelblich; mit salpeters. Silber und Ammoniak unverändert; mit Zinnchlorür auf Zusatz von Natron schwarz durch Bildung von Wismuthoxydul; JB : sehr characteristisch braun bis schwarzbraun mit einem Stich ins Lavendelblaue; der Anflug geht durch Fleischroth in Morgen-

Allgemeinere analytische Methoden. 779

roth über, ist leicht zu verhauchen und kommt beim Trocknen wieder; mit Ammoniak geht der Beschlag durch Morgenroth in Eigelb über und wird dann beim Trocknen kastanienbraun; SB : umbrabraun mit kaffeebraunem Anflug, nicht zu verhauchen und nicht in Schwefelammonium löslich; Kst : glänsende gelbliche Metallflitter, deren Lösung in Salpetersäure mit Zinnchlorür und Natron schwarzes Wismutoxydul giebt. *Flammenreactionen.*

6. *Quecksilberverbindungen.* — MB : mäusegrau, unzusammenhängend; bei Spuren von Quecksilber erhitzt man die Probe mit Soda und Salpeter in einem dünnwandigen, 5 bis 6 MM. weiten, 10 bis 20 MM. langen Probirröhrchen, während die Wölbung der mit Wasser gefüllten Porcellanschale die aufwärts gekehrte Mündung des Röhrchens berührt; OB : läfst sich nicht hervorbringen; JB : der angehauchte MB wird in einer Atmosphäre von feuchtem Brom zuerst schwarz, verschwindet dann sehr langsam und über rauchender Jodwasserstoffsäure entsteht jetzt carminrothes Jodid mit gelbem Jodür, nicht verhauchbar und auch mit Ammoniak nicht verschwindend; SB : schwarz, nicht verhauchbar und nicht in Schwefelammonium löslich.

7. *Thalliumverbindungen.* — Flf : hell grasgrün; MB : schwarz mit kaffeebraunem Anflug; OB : farblos, durch Zinnchlorür und Natron oder salpeters. Silber und Ammoniak nicht veränderlich; JB : citrongelb, nicht verhauchbar und nicht in Ammoniak löslich; SB : schwarz mit blaugrauem Anflug, nicht löslich in Schwefelammonium; Kst : weifses ductiles Metallkorn, leicht anlaufend, in Salzsäure nur schwierig löslich.

8. *Bleiverbindungen.* — Flf : fahlblau; RB : schwarz, matt oder spiegelnd; OB : hell ochergelb; mit Zinnchlorid und Natron sowie mit salpeters. Silber und Ammoniak keine Färbung; JB : eigelb bis citrongelb, nicht in Wasser, aber vorübergehend in Ammoniak löslich; SB : braunroth bis schwarz, in Schwefelammonium nicht löslich; Kst : graues ductiles Metallkorn.

9. *Cadmiumverbindungen.* — MB : schwarz mit starkem braunem Anflug. OB : braunschwarz durch braun in einen weifsen, nicht sichtbaren Anflug von Cadmiumsuboxyd übergehend; letzterer giebt mit salpeters. Silber ohne Ammoniak eine characteristische blauschwarze, durch Ammoniak nicht verschwindende Färbung von reducirtem Cadmium. JB : weifs, durch Ammoniak nicht veränderlich. SB : citrongelb, in Schwefelammonium unlöslich. Kst : unvollständige Reduction zu silberweifsen ductilen Kügelchen.

10. *Zinkverbindungen.* — MB : schwarz mit braunem Anflug. OB : weifs und daher unsichtbar. Zu seiner Prüfung verbrennt man denselben auf einem quadratcentimetergrofsen, mit Salpetersäure benetzten Stückchen Filtrirpapier bei möglichst niedriger Temperatur zwischen zwei 3 Millimeter weiten Ringen von feinem Platindraht und benetzt das bleibende feste weifse, in gelinder Hitze gelb werdende. Blättchen

mit salpeters. Kobalt; es wird dann beim Glühen schön grün. JB: weifs, weder für sich noch nach dem Anhauchen mit Ammoniak leicht erkennbar. SB: ebenfalls weifs, weder für sich noch mit Schwefelammonium deutlich erkennbar.

11. *Indiumverbindungen.* — Flf: intensiv rein indigblau. MB: schwarz mit braunem Anflug, bald matt bald spiegelnd, durch Salpetersäure momentan verschwindend. OB: gelblichweifs, kaum sichtbar; mit Zinnchlorür und Silberlösung keine Reaction gebend. JB: ebenfalls gelblich, fast weifs. SB: gelblich, fast weifs, wenig sichtbar, mit Schwefelammonium unverändert. Kst: nur schwierig, silberweifse, ductile, in Salzsäure langsam lösliche Kügelchen.

12. *Eisenverbindungen.* — Kst: keine Metallkörner oder ductile, metallglänzende Flitter; das fein geriebene Metall bildet am magnetischen Messer eine schwarze, nicht metallglänzende Bürste, die auf Papier mit Salpetersalzsäure betropft beim Erwärmen einen gelben, mit Blutlaugensalz tief blau werdenden Fleck giebt. Der ursprüngliche gelbe Fleck liefert mit Natron befeuchtet, dann einer Atmosphäre von Bromdampf ausgesetzt, beim nochmaligen Befeuchten mit Natron keinen Superoxydfleck. Die Boraxperle in der Oxydationsflamme heifs gelb- bis braunroth, kalt gelb bis braungelb; in der Reductionsflamme bouteillengrün.

13. *Nickelverbindungen.* — Kst: weifse, glänzende ductile Metallflitter, am magnetischen Messer eine Bürste bildend. Das Metall giebt auf Papier mit Salpetersäure eine grüne Lösung, die nach dem Betropfen mit Natronlauge, Einhängen in Bromdampf und abermaliges Betupfen mit Natronlauge in einen braunschwarzen Fleck von Nickelsuperoxyd übergeht. Boraxperle in der Oxydationsflamme schmutzig violett graubraun, in der oberen Reductionsflamme grau von metallischem Nickel.

14. *Kobaltverbindungen.* — Kst: ductile weifse, magnetische Metallflitter; das auf Papier abgestrichene Metall giebt mit Salpetersäure eine rothe Lösung, die mit Salzsäure befeuchtet und getrocknet einen grünen, beim Befeuchten wieder verschwindenden Fleck erzeugt. Mit Natron und Bromdampf entsteht ein braunschwarzer Fleck von Superoxyd. Die Reaction ist schon mit einigen Zehntel Milligrm. des Metalls deutlich. Die tiefblaue Boraxperle entfärbt sich beim längeren Erhitzen in der kräftigsten oberen Reductionsflamme für sich oder besser noch mit Platinsalmiak unter Abscheidung von Kobalt und Kobaltplatin.

15. *Palladiumverbindungen.* — Am feinen Platindraht mit Soda in der oberen Oxydationsflamme werden sie zu einer grauen, dem Platinschwamm gleichenden Masse reducirt, die zerrieben silberweifse, ductile Metallflitter giebt. Die rothbraune Lösung in Salpetersäure giebt, nach dem Zusatz von einem Tropfen Cyanquecksilberlösung, durch Aufblasen von Ammoniak einen weifsen flockigen, in mehr Ammoniak löslichen

Niederschlag; durch Zinnchlorür wird die Lösung je nach dem Zusatz blau, grün und braun gefärbt.

Flammenreactionen.

16. *Platinverbindungen.* — Geben in der oberen Oxydationsflamme mit Soda am feinen Platindraht geglüht ebenfalls einen grauen, zu silberweifsen Flittern zerreiblichen Schwamm. Die Lösung in Königswasser giebt mit Cyanquecksilber und Ammoniak sogleich einen hell-eigelben krystallinischen Niederschlag von Platinsalmiak.

17. *Iridiumverbindungen* werden gleichfalls in der oberen Oxydationsflamme mit Soda zu Metall reducirt, das nach dem Zerreiben ein graues, nicht im Mindesten ductiles, auch in Königswasser unlösliches Pulver bildet.

18. *Rhodiumverbindungen* unterscheiden sich von den Iridiumverbindungen nur dadurch, dafs das in Königswasser unlösliche Metallpulver mit zweifach-schwefels. Kali geschmolzen theilweise oxydirt wird und eine rosenrothe Lösung giebt.

19. *Osmiumverbindungen* geben in der Oxydationsflamme den characteristischen Geruch der Osmiumsäure.

20. *Goldverbindungen.* — Mit erheblichen Massen von Gangart gemengten Spuren von Gold lassen sich nur nach dem alten Verfahren der Goldprobe concentriren und auffinden. Sonst erkennt man noch einige Zehntel Milligrm. durch Reduction mit Soda am Kohlenstäbchen. Das gelbe ductile Metallkorn giebt in Königswasser gelöst, von Papier aufgesogen und mit Zinnchlorür betupft Goldpurpur.

21. *Silberverbindungen.* — Sind dieselben nicht mit einer allzugrofsen Menge fremder Stoffe gemischt, so lassen sich selbst verschwindend kleine Mengen durch Behandlung mit Soda im Kohlenstäbchen und durch das Verhalten des in Salpetersäure gelösten Silberkorns erkennen.

22. *Kupferverbindungen.* — Sie geben im Kohlenstäbchen mit Soda ein ductiles, an seiner Farbe und an dem Verhalten der salpeters. Lösung gegen Blutlaugensalz leicht erkennbares Metallkorn.

23. *Zinnverbindungen.* — Sie werden im Kohlenstäbchen leicht zum weifsen, glänzenden Metallkorn reducirt, dessen von Papier aufgesogene Lösung in Salzsäure durch selenige Säure roth und durch tellurige Säure schwarz gefällt wird. Versetzt man die Lösung mit einer Spur gelösten salpeters. Wismuthoxyds, so giebt ein Ueberschufs von Natron einen schwarzen Niederschlag von Wismuthoxydul. In einer mit Kupferoxyd schwach bläulich gefärbten Boraxperle lassen sich die kleinsten Spuren von Zinn dadurch erkennen, dafs sich die Perle im unteren Reductionsraum rothbraun und rubinroth färbt.

24. *Molybdänverbindungen.* — Im Kohlenstäbchen läfst sich das Molybdän nur sehr schwierig zu einem grauen Pulver reduciren und ebenso geben einige Verbindungen desselben in der oberen Reductionsflamme nur einen unvollkommen herzustellenden Metallbeschlag, unter grünlicher Färbung der Flamme. Am besten erkennt man das

Flammen-reactionen. Molybdän in folgender Weise: Die mit der Stahlklinge auf dem Porcellanteller feingeriebene Probe wird auf der Hand mit breiiger Soda gemengt, nach kurzem Schmelzen auf einer Spirale von haarfeinem Platindraht mit 2 bis 3 Tropfen Wasser digerirt, und die klare, über dem Bodensatz stehende Flüssigkeit durch einige 3 bis 4 Millim. breite Streifchen von nicht zu feinem Filtrirpapier aufgesaugt. Diese Streifen färben sich nach dem Befeuchten mit Salzsäure und dann mit Blutlaugensalz rothbraun, mit wenig Zinnchlorür blau und mit Schwefelammonium braun, im letzteren Fall unter Bildung eines ebenso gefärbten Niederschlags nach Zusatz von Salzsäure, wobei sich das Papier im Umkreis des Niederschlags oft blau färbt. Der gelbe Phosphorsäureniederschlag läfst sich in ähnlicher Weise hervorbringen.

25. *Wolframverbindungen.* — Man behandelt sie wie die Molybdänverbindungen. Die mit der Lösung getränkten Papierstreifen bleiben beim Befeuchten mit Salzsäure weifs, färben sich aber beim Erhitzen gelb, mit Zinnchlorür blau und mit Schwefelammonium, besonders beim Erwärmen, blau oder grünlich.

26. *Titanverbindungen* geben mit Phosphorsalz in der Oxydationsflamme eine farblose, im Reductionsfeuer schwach amethystfarben werdende Perle; durch etwas Eisenvitriol wird dieselbe in der unteren Reductionsflamme blutroth. Von Soda werden die Titanverbindungen unter Aufbrausen zu einer während des Glühens durchsichtigen, nach dem Erkalten undurchsichtigen Schmelze gelöst, die noch heifs mit Zinnchlorür betropft und in der unteren Reductionsflamme behandelt eine graue, in Salzsäure mit schwacher Amethystfarbe lösliche Masse bildet. — *Tantal* und *Niobverbindungen* zeigen dieselben Reactionen wie Titan.

27. *Kieselerdeverbindungen.* Mit Soda in der Oxydationsflamme behandelt lösen sich die Silicate mehr oder weniger unter Aufbrausen auf. Die heifs mit Zinnchlorür betropfte und zwischen durch geglühte Schmelze giebt beim Eindampfen keine Spur einer blauen Färbung, wodurch sich die Kieselerde von Titan-, Tantal- und Niobsäure unterscheidet.

28. *Chromverbindungen* geben nach dem Aufschliefsen in der Platinspirale mit Soda unter wiederholtem Zusatz von Salpeter eine hellgelbe Schmelze, deren von Papier aufgesogene, mit Essigsäure angesäuerte Lösung die Reactionen der Chromsäure zeigt.

29. *Vanadinverbindungen* liefern bei gleicher Behandlung eine hellgelbe Schmelze, deren mit Essigsäure angesäuerte Lösung durch salpeters. Silber gelb gefällt wird. Mit Königswasser verdampft giebt sie keine grüne, sondern eine gelbe oder gelbbraune, durch Zinnchlorür blau werdende Lösung.

30. *Manganverbindungen* geben in der Oxydationsflamme eine amethystfarbige, in der Reductionsflamme eine farblose Boraxperle; mit

Soda und etwas Salpeter eine nach dem Erkalten grün gefärbte Perle, deren grüne wässerige Lösung durch Essigsäure roth wird.

31. *Uranverbindungen* geben in der Oxydationsflamme eine gelbe, im Reductionsfeuer nach dem Befeuchten mit Zinnchlorür grün werdende Perle, die während des Glühens ein blaugrünes Licht ausgiebt. Boraxperlen von Bleioxyd, Zinnsäure und einigen anderen Substanzen zeigen beim Glühen eine ähnliche Lichterscheinung, sind aber nach dem Erkalten nicht wie die Uranperle gefärbt.

32. *Phosphorverbindungen* lassen sich leicht in folgender Weise erkennen. Man bringt die geglühte, fein zerriebene Probe in ein strohhalmdickes, unten zugeschmolzenes Glasröhrchen, fügt ein 2 Linien langes (und von der Probe bedecktes) Stückchen Magnesiumdraht zu und erhitzt. Es entsteht unter lebhafter Feuererscheinung Phosphormagnesium, welches beim Anhauchen oder Benetzen den Geruch des Phosphorwasserstoffs entwickelt. Statt des Magnesiums läfst sich auch Natrium anwenden. — Hat man sich überzeugt, dafs die Probe in der oberen Oxydationsflamme keine Beschläge auf Porcellan giebt, so kann man die phosphors. Salze daran erkennen, dafs sie am Platindraht mit Borsäure und einem Stückchen haarfeinem Eisendraht in der heifsesten unteren Reductionsflamme ein blankes Kügelchen von Phosphoreisen geben, das mittelst des magnetischen Messers aus der unter Papier zerdrückten Perle ausgezogen werden kann.

33. *Schwefelverbindungen* geben im Kohlenstäbchen mit Soda in der unteren Reductionsflamme eine befeuchtetes Silberblech schwärsende Schmelze. Da Selen und Tellur dieselbe Reaction hervorbringen, so hat man sich zu überzeugen, dafs auf Porcellan kein Tellur- oder Selenfleck erhalten werden kann. — Zur Nachweisung von sehr kleinen Mengen von Zinn und Antimon in einem Gemenge von Schwefelarsen, Schwefelantimon und Schwefelzinn brennt man etwa 0,3 Grm. desselben auf einem von der Lampenflamme allseitig umspülten Glasscherben ab und erzeugt mit dem benetzten und an ein Asbeststäbchen gestrichenen Rückstande einen starken Metallbeschlag am Probirrohr. Um dabei den gleichzeitigen Absatz von etwas Kohle zu vermeiden, macht man die obere Reductionsflamme so schwach, dafs sie als leuchtende Spitze kaum noch erkennbar ist. Man löst den Beschlag in einigen Tropfen Salpetersäure, verdampft in gelinder Wärme zur Trockne und fügt dem Rückstand einen Tropfen neutrales salpeters. Silber bei. Beim Anblasen oder Befeuchten mit Ammoniak entsteht nun (meist neben der Arsenreaction) der characteristische schwarze Fleck von antimons. Silberoxydul. Zur Erkennung des Zinns schmilzt man einige Stäubchen der abgerösteten Schwefelverbindungen mit einer durch Kupferoxyd kaum bemerkbar gefärbten Boraxperle in der oberen Oxydationsflamme. Bringt man die Perle in den unteren Reductionsraum der Flamme, so färbt sich dieselbe von gebildetem Kupferoxydul rubinroth; wird dieselbe von zu reichlich ausgeschiedenem Oxydul hellbraun oder schwarz-

braun und undurchsichtig, so braucht man sie nur einige Zeit in der oberen Oxydationsflamme hin- und herzuführen, um das rubinrothe durchsichtige Glas zu erhalten, welches beliebig oft auf die angegebene Weise in der Oxydationsflamme zerstört und in der Reductionsflamme wieder hervorgebracht werden kann. Diese Reaction auf Zinn läfst sich nur in der Reductionsflamme der nicht leuchtenden Gaslampe, nicht aber mit dem Löthrohr hervorbringen, da mittelst des letzteren das Kupferoxyd auch ohne Zinn zu Oxydul reducirt werden kann.

Reagenspapier.

R. Böttger (1) empfiehlt als empfindliches Reagens auf Alkalien und alkalische Erden den Farbstoff der Blätter von *Coleus Verschaffelti*, einer ziemlich verbreiteten strauchartigen Zierpflanze. Streifen von Filtrirpapier, welche durch die concentrirte, mit schwefelsäurehaltigem Alkohol bereitete Tinctur der Blätter roth gefärbt sind, werden durch Alkalien und alkalische Erden, selbst durch in Wasser gelösten kohlens. Kalk mehr oder weniger grün.

Erkennung und Bestimmung unorganischer Substanzen. Kohlensäure.

R. Fresenius (2) gelangte durch eine vergleichende Prüfung des Verhaltens von Natronkalk, Kalilauge, Kalihydrat und Kalibimsstein gegen kohlensäurehaltige Luft (1 Vol. Kohlensäure, 2 Vol. Luft) zu nachstehenden Resultaten: 1. Kalilauge hat den Vorzug leichtester Herstellung; sie nimmt sehr viel Kohlensäure auf, kann solche aber einem Gasgemenge nur bei langsamem Gasstrome vollständig entziehen. 2. Natronkalk entzieht einem Gasgemenge auch bei sehr raschem Strome die Kohlensäure vollständig und ist daher ein treffliches Absorptionsmittel. Handelt es sich um die Aufsaugung mäfsiger Kohlensäuremengen, so genügt es dem Zwecke allein; soll dagegen sehr viel Kohlensäure absorbirt werden, so verbindet man

---

(1) Jahresber. des physikal. Vereins zu Frankfurt a. M. 18⁶⁸/₆₉, 51; J. pr. Chem. CI, 290; N. Repert. Pharm. XVI, 571. — (2) Zeitschr. anal. Chem. V, 87; Zeitschr. Chem. 1866, 605.

es zweckmäfsig mit Kalilauge in der Art, dafs das Gas- Kohlensäure. gemenge erst letztere, dann das Natronkalkrohr passirt. 3. Kalibimsstein theilt mit Natronkalk den Vorzug, dafs er auch bei raschem Strome die Kohlensäure vollständig aufnimmt und kann daher wie dieser allein oder in Verbindung mit Kalilauge angewendet werden. Er steht aber dem Natronkalk darin nach, dafs er bei gleichem Volum weniger Kohlensäure aufsaugt. Da bei rascher Absorption Erhitzung eintritt, so mufs bei Kalibimssteinröhren eben so wie bei den Natronkalkröhren, wenn es sich um Wägung der aufgenommenen Kohlensäure handelt, durch eine Chlorcalciumschicht das abdunstende Wasser im Rohre zurückgehalten werden. 4. Gekörntes Kalihydrat hält bei raschem Gasstrom die Kohlensäure nicht vollständig zurück und steht daher in dieser Hinsicht dem Natronkalk und Kalibimsstein nach. Bei langsamerem Kohlensäurestrom läfst es zwar den Zweck erreichen und nimmt auch viel Kohlensäure auf, der Umstand aber, dafs es dabei feucht wird und die Röhren verstopft, macht es weniger empfehlenswerth.

F. Stolba (1) empfiehlt für manche Fälle zur Bestimmung der Kohlensäure aus dem Gewichtsverlust die Anwendung titrirter Säuren (oder einer gewogenen Menge von krystallisirter Oxalsäure). Nach vollendetem Versuch läfst sich dann auch die Base durch volumetrische Bestimmung des Säureüberschusses ermitteln.

L. Carius (2) macht darauf aufmerksam, dafs bei Bestimmungen der Kohlensäure in Mineralwassern durch Chlorcalcium und Ammoniak ein zu grofser Ueberschufs dieser Fällungsmittel zu vermeiden ist, sofern in einer solchen Mischung durch Bildung von Salmiak ein Theil des Kalks vor der Fällung durch kohlens. Ammoniak geschützt

---

(1) J. pr. Chem. XCVII, 312; Zeitschr. anal. Chem. V, 208. —
(2) Ann. Ch. Pharm. CXXXVII, 108; Chem. Centr. 1866, 111.

Phosphor und Phosphorsäure.

wird. Die Annahme (1), dafs hierbei carbamins. Ammoniak entstehe, ist nicht statthaft, sofern dieses Salz bei Gegenwart von Wasser sich nicht bildet und auch aus der kalten Lösung desselben der ganze Kohlensäuregehalt durch Chlorcalcium gefällt wird. — Fresenius (2) überzeugte sich durch erneute Versuche, dafs eine Mischung von Chlorcalcium und Ammoniak durch Kohlensäure (ähnlich wie durch eine in der Kälte bereitete Lösung von carbamins. Ammoniak) erst allmälig gefällt wird und dafs der Salmiakgehalt der Flüssigkeit nicht die eigentliche Ursache dieser verspäteten Fällung ist.

R. Otto (3) empfiehlt bei der Anwendung des von Dusart (4) angegebenen, von Blondlot (5) verbesserten Verfahrens zur Nachweisung des Phosphors, das Gas (zur Entfernung von Schwefelwasserstoff oder schwefliger Säure) durch eine U-Röhre zu leiten, welche mit Kalilauge getränkten Bimsstein enthält. Versäumt man diese Vorsichtsmafsregel, so kann es eintreten, dafs die smaragdgrüne Färbung der Wasserstoffflamme, selbst bei verhältnifsmäfsig grofsem Phosphorgehalt, zeitweise verschwindet oder ganz ausbleibt, weil sie durch eine blaue (wie Barret (6) zeigte von Schwefelverbindungen herrührende) verdeckt wird.

J. Spiller (7) fällt zur Bestimmung des Phosphors im Eisen und Stahl die nahezu neutralisirte salpetersalz. Lösung, nach theilweiser Reduction durch schweflige Säure, in der Kälte (höchstens bei 20 bis 24°) mit anderthalbkohlens. Ammoniak, bis der Anfangs rothe Niederschlag eine grünliche Färbung zeigt. Die alle Phosphorsäure ent-

---

(1) Vgl. Handwörterb. der Chemie, Supplbd., 157; auch die im Jahresber. f. 1863, 666 citirte Abhandlung von Fresenius. —
(2) Zeitschr. anal. Chem. V, 321; Zeitschr. Chem. 1867, 387. —
(3) Zeitschr. Chem. 1866, 733. — (4) Jahresber. f. 1856, 724. —
(5) Jahresber. f. 1861, 821. — (6) Jahresber. f. 1865, 189. — (7) Chem. Soc. J. [2] IV, 148; Zeitschr. Chem. 1866, 848; Zeitschr. anal. Chem. V, 224; Chem. Centr. 1866, 732.

haltende Fällung wird dann, wie diefs **Fresenius** vorschreibt, in Salzsäure gelöst, nach dem Zusatz von Citronensäure und Ammoniak das Eisen mit Schwefelammonium, und aus dem verdampften, vom Schwefel befreiten Filtrat die Phosphorsäure als phosphors. Magnesiaammoniak abgeschieden.

Phosphor und Phosphorsäure.

Brassier (1) empfiehlt zur Bestimmung der Phosphorsäure bei Gegenwart von Kalk, Eisenoxyd und Thonerde nachstehende, auf der Löslichkeit des phosphors. Kalks in citrons. Ammoniak beruhende Modification des **Warington**'schen Verfahrens (2). Die salzsaure (schwefelsäurefreie) Lösung wird mit überschüssigem Ammoniak gefällt, der Niederschlag durch tropfenweisen Zusatz von Citronsäure wieder gelöst und die Phosphorsäure aus der ammoniakalischen Flüssigkeit durch reines Chlormagnesium ausgefällt. Enthält die Lösung mehr als Spuren von Schwefelsäure, so fällt neben der phosphors. Ammoniak-Magnesia auch Gyps nieder und eben so ist ein Ueberschufs an Citronsäure zu vermeiden, da die phosphors. Ammoniak-Magnesia nicht unerheblich in citrons. Ammoniak löslich ist.

A. Béchamp (3) folgert aus dem nachstehenden Verhalten des Nitroprussidnatriums gegen eine Lösung von Schwefelcalcium, dafs in einem Mineralwasser, neben zweifach-kohlens. Salzen, nur freier Schwefelwasserstoff, aber kein Schwefelcalcium enthalten sein könne. Eine kalte concentrirte Lösung von Schwefelcalcium (wie es durch Reduction von schwefels. Kalk erhalten wird) giebt mit Nitroprussidnatrium sogleich die characteristische Färbung. Leitet man durch die Lösung Kohlensäure, bis die Bildung von kohlens. Kalk beginnt, so ist das Nitroprussidnatrium

Schwefelwasserstoff.

---

(1) Ann. chim. phys. [4] VII, 855; im Auszug Zeitschr. Chem. 1866, 847; Chem. Centr. 1866, 703; Zeitschr. anal. Chem. V, 207. — (2) Jahresber. f. 1864, 698. — (3) Compt. rend. LXII, 1087; J. pharm. [4] III, 446; Zeitschr. Chem. 1866, 382; J. pr. Chem. XCVIII, 187; Dingl. pol. J. CLXXXII, 406; Zeitschr. anal. Chem. V, 442.

ohne Wirkung, oder es entsteht eine blaue Färbung, beim weiteren Sättigen des Kalks aber erst nach einigen Secunden. Verdünnt man die Lösung des Schwefelcalciums mit 2 bis 3 Vol. Wasser, so färbt sich dieselbe nicht mehr mit Nitroprussidnatrium, sogleich aber, wenn man aufserdem einen Tropfen eines Alkali's zusetzt. Das Schwefelcalcium wird demnach durch viel Wasser in freien Kalk und Schwefelwasserstoff zerlegt. In verdünntem Schwefelwasserstoffwasser, welches kohlens. Kalk oder -Magnesia suspendirt enthält, bewirkt Nitroprussidnatrium langsam eine violette oder blaue Färbung.

Schwefelsäure. Zur Erkennung freier Säure in der schwefels. Thonerde benutzt W. Stein (1) ungeleimtes Ultramarinpapier, durch welches 0,8 pC. Schwefelsäurehydrat noch deutlich erkannt werden kann.

Jod und Brom. M. C. Lea (2) empfiehlt zur Hervorbringung der Jodstärkereaction behufs der Nachweisung des Jods, die zu prüfende, mit etwas Stärkelösung vermischte Flüssigkeit mit einem Tropfen einer verdünnten Lösung von zweifachchroms. Kali und dann mit einigen Tropfen Salzsäure zu versetzen. Die Färbung erscheint noch bei nahezu 500000-facher Verdünnung.

Zur Bestimmung des Jodgehalts der bei der Darstellung der Anilinfarben abfallenden (auch essigs., arsens. und arsenigs. Salze enthaltenden) Laugen, verdampft Fresenius (3) 10 Grm. derselben mit 2 Grm. concentrirter Kalilauge zur Trockne und erhitzt den Rückstand (unter einem Dunstabzug oder im Freien) bis zur Zerstörung der organischen Substanzen. Die erkaltete Masse wird nun mit siedendem Wasser erschöpft, das Filtrat auf

---

(1) Zeitschr. anal. Chem. V, 85; ausführlicher Zeitschr. Chem. 1866, 635; J. pr. Chem. C, 64. — (2) Sill. Am. J. [2] XLII, 109; Chem. News XIV, 147; Zeitschr. anal. Chem. VI, 116. — (3) Zeitschr. anal. Chem. V, 318; Zeitschr. Chem. 1867, 441; Dingl. pol. J. CLXXXVI, 158.

250 CC. gebracht und 20 CC. davon nach dem Verdünnen mit Wasser und Ansäuern mit Schwefelsäure in einer Stöpselflasche mit 6 bis 8 Tropfen einer Auflösung von Untersalpetersäure in Schwefelsäurehydrat und mit reinem Schwefelkohlenstoff geschüttelt. Der Jodgehalt des (mit Wasser bis zur Entfernung aller Säure gewaschenen und mit Wasser überschichteten) Schwefelkohlenstoffs wird nun mittelst einer normalen Lösung von unterschwefligs. Natron, bis bei starkem Umschütteln die violette Farbe eben verschwunden ist, volumetrisch bestimmt.

E. Moride (1) hat dieses von Fresenius (2) zur Bestimmung des Jods in Jodmetallen angegebene Verfahren — indem Er den Schwefelkohlenstoff durch Benzol oder Petroleum ersetzt — als neu beschrieben.

R. L. Maly (3) überzeugte sich durch die Analyse des Thiosinnamindibromürs (vgl. S. 424), dafs sich auch das Brom ganz oder theilweise aus der Gewichtszunahme des Chlorsilbers nach dem von Kraut (4) für Jod angegebenen Verfahren bestimmen läfst.

Eine einfache Methode zur Bestimmung der Chlorsäure und chlorigen Säure (auf welche die jodometrische Prüfung nicht anwendbar ist) läfst sich nach H. Toussaint (5) auf das S. 137 angegebene Verhalten derselben gegen salpetrige Säure gründen. Entweder versetzt man die zu prüfende Substanz in wässeriger Lösung mit einem kleinen Ueberschufs von salpetrigs. Blei (6), säuert mit Salpeter-

---

(1) Compt. rend. LXII, 1002; Bull. soc. chim. [2] VI, 90; J. pharm. [4] III, 441; IV, 164; Zeitschr. anal. Chem. V, 209; Dingl. pol. J. CLXXXI, 215. Auch Laronde hat (aus Pharm. Centralhalle VII, 258 in Zeitschr. anal. Chem. V, 210) die Anwendung des Petroleums zu dem genannten Zweck empfohlen. — (2) Dessen Anleitung zur quantitativen Analyse, 5. Auflage, 541. — (3) Zeitschr. anal. Chem. V, 68. — (4) Jahresber. f. 1865, 702. — (5) In der S. 137 angeführten Mittheilung. — (6) Die verdünnte Lösung des salpetrigs. Blei's wird erhalten, indem man in das basisch-salpetrigs. Salz (4 PbO, NO$_5$ + HO), das mit Wasser zerrührt und darin aufgeschlämmt ist, so lange Kohlen-

Chlorige Säure und Chlorsäure. säure an und fällt das Chlor als Chlorsilber aus; oder man verfährt volumetrisch, indem man durch Zusatz einer genügenden (zur vollständigen Fällung des Chlors mehr als ausreichenden) Menge von salpeters. Silber die Beendigung der Zersetzung erkennbar macht. Um den Gehalt der hierzu erforderlichen Lösung von salpetrigs. Blei festzustellen, bringt man ein gemessenes Volum einer Zehntel Normallösung von chlors. Kali (im Liter 12,27 Grm. des Salzes enthaltend) in eine mit eingeriebenem Glasstöpsel versehene Flasche, verdünnt stark mit Wasser, setzt salpeters. Silber (zweckmäfsig eine Lösung von bekanntem, etwa 17 Grm. in 100 CC. betragenden Gehalt) zu, säuert mit Salpetersäure stark an, erhitzt die verschlossene Flasche im Wasserbade und fügt sodann unter häufigem Schütteln die verdünnte Lösung des salpetrigs. Bleies aus der Bürette so lange zu, bis ein neuer Tropfen keine weitere Fällung von Chlorsilber mehr bewirkt. Nach dem Ergebnifs dieses Versuchs verdünnt man die Lösung des salpetrigs. Bleies so, dafs 1000 CC. derselben 6,14 Grm. chlors. Kali entsprechen. Wesentlich ist es für die Genauigkeit der Bestimmungen, die Mischung so weit zu verdünnen, dafs keine chlorige Säure in Gasform frei werden kann; Gegenwart von Chlorwasserstoff und Unterchlorsäure sind aber auf das Resultat ohne Einflufs. — Um nach demselben Verfahren salpetrigs. Salze zu titriren, verdünnt man die Lösung derselben stark, setzt ein gemessenes überschüssiges Volum der Lösung des chlors. Kali's zu und ermittelt nach dem Ansäuern mit Salpetersäure und Zusatz von salpeters. Silber den Ueberschufs des chlors. Kali's in der angegebenen Weise.

säure einleitet, bis dasselbe fast ganz verschwunden und eine gelbe Lösung von neutralem Salz entstanden ist, welche durch Kohlensäure nicht weiter getrübt wird. In gut verschlossenen und ganz gefüllten Flaschen läfst sich die Lösung lange aufbewahren; doch ist der Titre bei Zutritt von Sauerstoff leicht veränderlich.

Fresenius (1) hat das Wöhler'sche Verfahren zur Bestimmung des Fluors in der Art abgeändert, daſs die Menge des entweichenden Fluorsiliciums aus der Gewichtszunahme eines Absorptionsapparates ermittelt wird. Der hierzu erforderliche Apparat besteht aus einem (im Freien mit reiner atmosphärischer Luft gefüllten) Gasometer zur Erzeugung eines Luftstroms. Die aus dem Gasometer austretende Luft wird zuerst durch eine Waschflasche mit concentrirter Schwefelsäure, dann durch 2 U-Röhren geleitet, von denen die eine mit Natronkalk, die andere mit Glasstücken gefüllt ist, die mit concentrirter Schwefelsäure benetzt sind. Die so von Wasserdampf und Kohlensäure befreite Luft tritt nun in den zur Zersetzung der Fluorverbindung bestimmten, etwa 250 CC. fassenden Kolben. Derselbe steht auf einer Eisengufsplatte, welche in ihrer Mitte durch eine Gasflamme erhitzt ist, und daneben befindet sich (zur Regulirung der Temperatur) ein zweiter, concentrirte Schwefelsäure enthaltender Kolben, in welchen letzteren ein Thermometer eingesenkt ist. Die aus dem Zersetzungsgefäſs austretende, mit Fluorsilicium und etwas Schwefelsäure beladene Luft gelangt zuerst in ein leeres U-Rohr, dann in ein zweites, welches in dem dem Gasstrom zugekehrten Schenkel geschmolzenes Chlorcalcium, in dem andern mit wasserfreiem Kupfervitriol imprägnirten Bimsstein enthält (2). Der Luftstrom gelangt nun in den gewogenen, zur Aufnahme des Fluorsiliciums bestimmten Absorptionsapparat. Derselbe besteht aus einem U-Rohr von 10 bis 12 CC. Schenkellänge und etwa 12 MM. Weite; es enthält in dem dem Gasstrome zugewendeten Schenkel (zwischen Baumwollpfropfen) mit Wasser befeuchtete Bimssteinstückchen, in der unteren Biegung und der Hälfte des

---

(1) Zeitschr. anal. Chem. V, 190 (mit Abbildung des Apparats); Zeitschr. Chem. 1866, 628; Bull. soc. chim. [2] VII, 493. — (2) Sie dienen dazu, die geringe Menge Schwefelsäure und den dadurch ausgetriebenen Chlorwasserstoff zurückzuhalten.

anderen Schenkels Natronkalk und im oberen Theil geschmolzenes Chlorcalcium. Zur Ergänzung der Absorption dient ein weiteres, halb mit Natronkalk halb mit geschmolzenem Chlorcalcium gefülltes U-Rohr, und zur Aufnahme der durch die trockene Luft entführten kleinen Wassermenge ein Röhrchen, welches in der unteren Biegung mit Schwefelsäure benetzte Glasstücke enthält. Die Gewichtszunahme dieser drei Absorptionsröhren ist der Ausdruck für das aufgenommene Fluorsilicium. Zur Ausführung des Versuchs mischt man die fein gepulverte (kohlensäurefreie) Fluorverbindung (1) — in einer Menge, dafs sich mindestens 0,1 Grm. Fluorsilicium entwickelt — mit 10 bis 15 Th. feinem Quarzpulver, fügt 40 bis 50 CC. reine concentrirte Schwefelsäure zu und erhitzt diese Mischung in der Zersetzungsflasche unter Einleiten des Luftstroms allmälig und während 1 bis 3 Stunden (bis sich keine Gewichtszunahme des Absorptionsapparats mehr zeigt) auf 150 bis 160°. Von der Gewichtszunahme der Absorptionsröhren zieht man für jede Stunde (sofern beim Einleiten von nicht absolut reiner Luft in die Schwefelsäure durch Bildung von Kohlensäure und schwefliger Säure ein kleiner Fehler bedingt ist) 0,001 Grm. ab, der Rest ist das gebildete Fluorsilicium.

Zalesky (2) bediente sich bei den S. 757 erwähnten Analysen der Knochenasche nachstehender Modification des von Kobell (3) zur Bestimmung des Fluors angegebenen Verfahrens. Man füllt einen grofsen hochwandigen Platintiegel mit Stücken von Kaliglas (dessen Kieselsäuregehalt

---

(1) Enthält die Fluorverbindung ein kohlens. Salz, so entfernt man dasselbe vorerst durch Erhitzen des gewogenen feinen Pulvers mit Wasser unter Zusatz von etwas überschüssiger Essigsäure und (bei in Wasser löslichen Fluorverbindungen) von essigs. Kalk. Nach dem Verdampfen zur Trockne behandelt man den Rückstand mit Wasser, filtrirt, wäscht das Unlösliche, trocknet, trennt möglichst vom Filter und fügt die Filterasche hinzu. — (2) Medicinisch-chem. Unters. I, 36; Zeitschr. anal. Chem. V, 205. — (3) Jahresber. f. 1864, 696.

vorher bestimmt wurde) fast vollständig an, erhitzt zur Entfer- *Fluor.*
nung aller Feuchtigkeit und wägt nach dem Erkalten. Alsdann
schüttet man die Glasstücke auf eine Glasplatte aus, bringt
in den Tiegel etwa 3 bis 4 Grm. der Knochenasche, darauf
die ebenfalls gewogenen Glasstücke und nun so viel reine concentrirte Schwefelsäure, dafs die Asche davon bedeckt
ist. Nach einiger Zeit vermehrt man die Menge der Säure,
so dafs der Tiegel bis etwa 1 Linie unter dem Rand gefüllt ist, bringt denselben auf ein Sandbad und stülpt eine
tubulirte Glasglocke darüber, deren Tubulus durch ein
Chlorcalciumrohr mit einem Gasometer in Verbindung steht.
Ist die Glocke mit trockener Luft gefüllt, so erhitzt man
allmälig das Sandbad bis gegen 100°, läfst — nach dem
Einleiten von trockener Luft während des Erkaltens —
den ganzen Apparat 5 bis 7 Tage stehen, leitet wieder
Luft ein, erhitzt das Sandbad bis zum lebhaften Verdampfen der Schwefelsäure und läfst im Luftstrom erkalten.
Nun giefst man den Tiegelinhalt in eine Schale mit Was-
ser aus und wiegt die abgespülten und nochmals erhitzten
Glasstücke.

A. Vogel (1) fand bei Versuchen über die Bestim- *Ammoniak.*
mung des Ammoniaks, dafs durch mit Wasser angerührte
gebrannte Magnesia der Salmiak eben so vollständig wie
durch Kalkmilch zersetzt wird; bei der Behandlung von
Guano mit Kalkmilch wird dagegen mehr Ammoniak gefunden, als unter denselben Umständen durch Magnesia.
Vogel glaubt deshalb, dafs die Anwendung der Magnesia
bei der Ermittelung des Ammoniakgehaltes der Ackererde,
des Thones u. s. w. Berücksichtigung verdiene.

Zur spectralanalytischen Nachweisung der Alkalien *Kali und*
versetzt A. Belohoubek (2) die salzsaure Lösung des *Natron.*
Minerals mit reiner Kieselfluorwasserstoffsäure und Wein-

---

(1) Aus N. Repert. Pharm. XV, 489; Chem. Centr. 1867, 60. —
(2) J. pr. Chem. XCIX, 285; Zeitschr. anal. Chem. VI, 120.

Kali und Natron.

geist und unterwirft dann den nach einiger Zeit abfiltrirten und mit Weingeist gewaschenen Niederschlag der Prüfung mittelst des Spectralapparats.

Nach Debray (1) ist die Phosphormolybdänsäure ebensowohl wie für Ammoniak und organische Basen auch ein empfindliches Reagens für einige Alkalimetalle, namentlich werden Kali, Cäsium-, Rubidium- und Thalliumoxyd in saurer Lösung davon gefällt; Natron, Lithion und andere Metalloxyde geben damit keine Niederschläge. In einigen CC. Lösung läfst sich noch $1/500$ Kali nachweisen. Alle diese Niederschläge sind gelb, sehr schwer löslich und enthalten nur sehr wenig von dem Alkalimetall. Debray stellt für diesen Zweck die Lösung der Phosphormolybdänsäure durch Kochen des gelben phosphormolybdäns. Ammoniaks mit Königswasser dar. Nach der Zerstörung des Ammoniaks giebt die saure Flüssigkeit beim Verdampfen Krystalle von Phosphormolybdänsäurehydrat.

Nach Versuchen von R. Finkener (2) läfst sich Kali von Natron, auch wenn beide als schwefels. Salze vorhanden sind, mittelst Platinchlorid trennen. Man versetzt die Lösung mit etwas Salzsäure und so viel Platinchlorid, dafs die Flüssigkeit intensiv gelb erscheint, verdünnt nun mit Wasser, bis sich das Kaliumplatinchlorid in der Siedhitze löst und verdampft im Wasserbad zur breiigen Consistenz. Den Rückstand übergiefst man mit 15 bis 20 Vol. einer Mischung von 2 Vol. Alkohol und 1 Vol. Aether, wäscht das sich ausscheidende Gemenge von Kaliumplatinchlorid und schwefels. Natron mit derselben Flüssigkeit und entzieht nun dem Filterinhalt das schwefels. Natron durch eine kalt gesättigte Salmiaklösung, bis das Filtrat schwefelsäurefrei ist. In der alkoholischen Lösung und der Salmiak-

---

(1) Bull. soc. chim. [2] V, 404; Zeitschr. Chem. 1866, 478; Zeitschr. anal. Chem. V, 381; J. pr. Chem. C, 64; Chem. Centr. 1866, 880; Vierteljahrsschr. pr. Pharm. XVI, 425. — (2) Pogg. Ann. CXXIX, 637; Zeitschr. Chem. 1867, 85; Chem. Centr. 1867, 838.

lösung wird das Natron durch Verdampfen bestimmt. Das Kaliumplatinchlorid wird am zweckmäfsigsten sammt dem Filter verkohlt, im Wasserstoffstrom schwach geglüht und das mit Wasser ausgezogene Chlorkalium direct gewogen oder mit Silber titrirt. Kali, Natron und Lithion werden in der Art geschieden, dafs man nach dem Abfiltriren des Gemenges von Kaliumplatinchlorid und schwefels. Natron aus dem vom Platinüberschufs befreiten Filtrat das Lithion als phosphors. Salz fällt, oder man vermischt die mit Salzsäure angesäuerte Lösung mit einer Menge von Platinchlorid, welche zur Bildung der Platindoppelsalze für die drei Basen hinreichend ist, und entzieht dem durch Aetheralkohol abgeschiedenen Niederschlag das Natrium- und Lithiumsalz durch Waschen mit einem Gemisch von 30 CC. Salzsäure (spec. Gew. 1,05), 150 CC. wasserfreiem Alkohol und 25 CC. Aether.

F. Stohmann (1) bestimmt den Kaligehalt der von Stafsfurt aus als Düngermaterial in den Handel gebrachten Salze in folgender Weise. Die wässerige Lösung von etwa 10 Grm. des Salzes im 300 CC. Wasser wird in der Siedhitze und unter Vermeidung eines Ueberschusses mit Chlorbaryum ausgefällt, die Flüssigkeit auf 1 Liter verdünnt und 100 CC. davon nach dem Filtriren mit Platinchlorid (2 Grm. Metall enthaltend) im Wasserbad zur Trockne gebracht. Der Rückstand wird mit 80 procentigem Alkohol vollkommen ausgewaschen und das Kaliumplatinchlorid bei $100°$ getrocknet und gewogen.

Graeger (2) berechnet (nach einer hierzu mitgetheilten Tabelle) den Gehalt einer Potasche an Natron aus der zum Neutralisiren des löslichen Theils erforderlichen Menge von Normalsalpetersäure, nachdem durch besondere Versuche

---

(1) Zeitschr. anal. Chem. V, 806; Zeitschr. Chem. 1867, 446. —
(2) J. pr. Chem. XCVII, 496; Zeitschr. anal. Chem. V, 460; Chem. Centr. 1866, 551; N. Jahrb. Pharm. XXVII, 200; Bull. soc. chim. [2] VI, 460; Chem. News XV, 217.

der in Wasser unlösliche Theil, das Chlor und die Schwefelsäure bestimmt und von dem Gewicht der angewendeten Potasche (das Chlor als Chlorkalium und die Schwefelsäure als schwefels. Kali) in Abzug gebracht worden sind. Aus der Differenz der zur Neutralisirung des kohlens. Alkali's verbrauchten Salpetersäure und der für die gleiche Menge *reines* kohlens. Kali erforderlichen ergiebt sich der Gehalt an kohlens. Natron.

Kalk.

G. Lunge (1) fand bei der Analyse des Boronatrocalcits, daſs es zur Bestimmung des Kalks nicht erforderlich ist, nach Rose's Vorschrift die Borsäure vorher als Fluorbor zu entfernen. Aus der salzs. Lösung des Minerals ließ sich der Kalk geradezu mittelst oxals. Ammoniak genau abscheiden. Zur Bestimmung des Natrons in dem genannten Mineral löste Lunge dasselbe in Normalsalpetersäure und titrirte den Säureüberschuſs mit Natronlauge zurück, bis die hellrothe Farbe der Lackmustinctur in Violett überging. Durch Abzug des dem Kalk (und der Magnesia) entsprechenden Betrags von dem so gefundenen Gesammtverbrauch der Säure ergab sich der dem Rest äquivalente Natrongehalt.

Magnesia.

G. Chancel (2) fällt zur Trennung der Magnesia von den Alkalien die erstere durch reines phosphors. Ammoniak aus. Aus dem die Alkalien enthaltenden Filtrat wird dann die überschüssige Phosphorsäure nach der Entfernung der Ammoniaksalze entweder (nach vorheriger Ausfällung des Chlors durch salpeters. Silber) mittelst salpeters. Wismuths gefällt, wo dann das mit Schwefelwasserstoff behandelte Filtrat nur die Alkalien enthält, oder man behandelt die Lösung in der von Chancel schon früher (3) angegebenen Weise mit salpeters. und kohlens. Silberoxyd.

(1) Ann. Ch. Pharm. CXXXVIII, 52; Zeitschr. anal. Chem. V, 206. — (2) Mémoires de l'acad. des sciences et lettres de Montpellier (1864) VI, 148. — (3) Jahresber. f. 1860, 686.

Zur Trennung der Thonerde von Chromoxyd versetzt Chancel (1) die alkalische Lösung beider Oxyde mit einer Lösung von Bleioxyd in ätzendem Kali. Der sich bildende thonerdefreie, aber nicht constant zusammengesetzte Niederschlag von Chromoxyd-Bleioxyd wird nach dem Auswaschen mit siedendem Wasser in verdünnter Salpetersäure gelöst und, nach der Abscheidung des Blei's durch Schwefelwasserstoff, das Chromoxyd mittelst Ammoniak gefällt. Ebenso wird in der alkalischen Flüssigkeit, nach dem Ansäuern und Entfernen des Blei's, die Thonerde bestimmt.

R. Hermann (2) hat Versuche angestellt über die Trennung der Zirkonerde von der Titansäure und von anderen Oxyden. Eine Lösung von 10 Th. basisch-salzs. Zirkonerde in 1000 Th. Wasser trübt sich beim Vermischen mit einer Auflösung von 20 Th. oxals. Ammoniak nur vorübergehend, und die klare, oxals. Ammoniak-Zirkonerde enthaltende Flüssigkeit kann mit concentrirtem wässerigem kohlens. Ammoniak gemischt werden, ohne dafs auch nach längerem Stehen ein Niederschlag sich bildet. Eine mit 2000 Th. Wasser verdünnte salzs. Lösung von 10 Th. Titansäure verhält sich beim Vermischen mit einer Lösung von 40 Th. oxals. Ammoniak ähnlich wie die salzs. Zirkonerde; die wieder klar gewordene Auflösung der oxals. Ammoniak-Titansäure setzt aber beim Eingiefsen in concentrirtes kohlens. Ammoniak den gröfsten Theil der Titansäure als Hydrat ab. Behandelt man die gemischten Lösungen von oxals. Ammoniak-Zirkonerde und von oxals. Ammoniak-Titansäure in derselben Weise mit kohlens. Ammoniak, so wird ebenfalls der gröfsere Theil der Titansäure gefällt, während der Rest mit der Zirkonerde als $^1/_6$ titans. Zirkonerde, TiO_2, $6 ZrO$, in Lösung bleibt. Aus dieser letzteren

---

(1) In der S. 796 angeführten Schrift VI, 64. — (2) J. pr. Chem. XCVII, 387; Zeitschr. Chem. 1866, 404; Zeitschr. anal. Chem. V, 361; Bull. soc. chim. [2] VI, 385.

Zirkonerde. Verbindung läfst sich die Zirkonerde leicht rein erhalten, wenn man die Lösung in Salzsäure der Krystallisation unterwirft, wo reine basisch-salzs. Zirkonerde herauskrystallisirt, während die Titansäure in der sauren Mutterlauge vollständig gelöst bleibt. — Von der Thorerde trennt man die Zirkonerde, indem man die salzs. Lösung mit überschüssigem oxals. Ammoniak versetzt, wodurch nur oxals. Thorerde gefällt wird, während die gelöst bleibende Zirkonerde durch nachherigen Zusatz von Ammoniak abgeschieden werden kann. — Von den Oxyden der Cergruppe, der Yttererde und Eisenoxyd trennt man sie durch Kochen mit unterschwefligs. Natron, wo nur unterschwefligs. Zirkonerde herausfällt, wenn die Lösung auf 1 Th. der Oxyde mindestens 100 Th. Wasser enthält. Die leicht auszuwaschende unterschwefligs. Zirkonerde wird, nach dem Glühen für sich, mit zweifach-schwefels. Ammoniak geschmolzen und die wässerige Lösung mit Ammoniak gefällt. Beim Kochen einer Lösung, welche neben Zirkonerde und den eben genannten Oxyden auch Thorerde und Titansäure enthält, werden durch das unterschwefligs. Natron auch Titansäure und Thorerde gefällt. Von letzterer bleibt jedoch auf etwa 1200 Th. Flüssigkeit 1 Th. gelöst und dieser gelöst gebliebene Theil mufs jedesmal durch eine besondere Analyse mit abgewogenen Mengen der gefundenen Bestandtheile controlirt und der durch das unterschwefligs. Natron gefällten Menge zugerechnet werden. Das beim Kochen mit unterschwefligs. Natron abgeschiedene Gemenge von Zirkonerde, Titansäure und Thorerde wird noch feucht in Salzsäure gelöst, die filtrirte Lösung im Wasserbad zum Syrup verdunstet und nach nochmaligem Lösen in Wasser mit krystallisirtem oxals. Ammoniak (4 Th. auf 1 Th. der Oxyde) versetzt, wo nur die Thorerde gefällt wird. Im Filtrat trennt man die Zirkonerde und Titansäure, wie oben angegeben, mittelst kohlens. Ammoniak.

Didymoxyd. Für die Bestimmung des Lanthans und Didyms in Gemengen der drei Ceriterden ist man bis jetzt, da ein analytisches Scheidungsverfahren nicht bekannt ist, auf die Didymoxyd. indirecte Analyse angewiesen, welche die Kenntnifs des Gewichtes der geglühten Erden, ihrer wasserfreien schwefels. Salze und des Ceroxyduls (bestimmt nach **Bunsen's** Methode) (1) voraussetzt. **Bahr** und **Bunsen** (2) haben nun versucht, mittelst der spectralanalytischen Beobachtung die annähernde quantitative Bestimmung des Didyms zu erreichen, indem Sie eine gegebene Lösung mit der einer Didymlösung von bekanntem Gehalt vergleichen. Sie bringen zu diesem Zweck eine calibrirte Mefsröhre I. mit der zu untersuchenden Lösung möglichst nahe vor den Spalt des Spectralapparates, in der Weise, dafs die von der Röhre erzeugte Brennlinie auf die Mitte des Spaltes fällt, und eine zweite Mefsröhre II. von ganz gleichen Dimensionen mit der Lösung von bekanntem Didymgehalt (in 1 CC. etwa 0,1 Grm. Didymoxyd, wenn die Weite der Röhre 12 MM. beträgt) vor das Spaltprisma, so dafs die Brennlinie derselben auf die Mitte des Prisma's kommt. Nachdem man nun durch Regulirung der Flamme den Spectren möglichst gleiche Helligkeit gegeben und ihre Lichtstärken auf den zur Beobachtung geeignetsten Grad verringert hat, verdünnt man die eine der Lösungen durch Wasserzusatz so weit, dafs die beiden übereinander liegenden Spectren in ihren Bändern gleiche Intensität zeigen. Enthält die Mefsröhre I. T_1 CC., die Mefsröhre II. T_2 CC. und in einem CC. der Lösung a Grm. Didymoxyd; bezeichnet ferner t die Zahl der CC., welche in der Mefsröhre II. zugesetzt werden mufsten um die Gleichheit der Intensität der Absorptionsbänder zu erreichen, so ist das Gewicht d des in I. enthaltenen Didymoxydes

$$d = T_1 \frac{T_2}{T_2 + t} a.$$

(1) Ann. Ch. Pharm. CV, 46. — (2) In der S. 179 angeführten Abhandlung.

Erbinerde. Bahr und Bunsen (1) haben ferner das folgende indirecte Verfahren zur quantitativen Bestimmung der Erbinerde und Yttererde in Gemengen beschrieben. Beide Erden werden als reine oxals. Salze abgeschieden, diese bei Luftzutritt einige Zeit zum Weifsglühen erhitzt und das Gewicht A der rückständigen Erden bestimmt. Man füllt sodann den geräumigen Platintiegel, worin dieselben enthalten sind, zu $^2/_3$ mit Wasser, setzt eben so viel concentrirte Schwefelsäure zu, als das Gewicht A beträgt und erhitzt die Mischung im Wasserbade unter Umrühren und wenn nöthig unter Ersatz des verdampften Wassers und unter weiterem Zusatz von Schwefelsäure so lange, bis eine klare Lösung entstanden ist. Diese wird zuerst möglichst im Wasserbade verdampft, zuletzt aber zur Trockne gebracht, indem man den Tiegel mittelst eines Platindreiecks in einen gröfseren Platintiegel einsetzt, welcher als Luftbad dient und allmälig stärker aber nicht bis zum sichtbaren Glühen erhitzt wird. Wenn bei successiv gesteigerter Temperatur keine Gewichtsabnahme mehr erfolgt, so bestimmt man das Gewicht B der wasserfreien schwefels. Salze. Das Gewicht x der in A enthaltenen Erbinerde ergiebt sich dann aus der Gleichung $x = 4{,}9806\,A - 2{,}4540\,B$.

Mangan. Zur Trennung des Mangans von den alkalischen Erden neutralisirt E. Reichardt (2) die salzs. Lösung in der Wärme mit Natron oder kohlens. Natron bis zum Entstehen eines bleibenden Niederschlags, löst diesen sofort in möglichst wenig Salzsäure, fügt eine (annähernd der Salzsäure entsprechende) Menge von krystallisirtem essigs. Natron zu und fällt dann die nahe zum Sieden erhitzte Flüssigkeit mit etwas überschüssigem unterchlorigs. Natron, so dafs das Filtrat noch sauer bleibt.

---

(1) In der S. 179 angeführten Abhandlung. — (2) Zeitschr. anal. Chem. V, 60; Arch. Pharm. [2] CXXIX, 234; Zeitschr. Chem. 1866, 592; Vierteljahrsschr. pr. Pharm. XVI, 394; Bull. soc. chim. [2] VII, 495.

Zur Bestimmung eines Arsengehalts der käuflichen Salzsäure verfährt A. Houzeau (1) in folgender Weise: 100 CC. der Säure werden zur Zerstörung der schwefligen Säure mit übermangans. Kali bis zur Röthung versetzt und dann in einem Gasentwickelungsapparat mit etwa 35 Grm. Zink und etwas Wasser zusammengebracht. Der sich entwickelnde arsenhaltige Wasserstoff wird zuerst durch ein mit Natronkalk gefülltes Rohr und dann durch einige CC. einer titrirten und mit 2 bis 3 Vol. Wasser verdünnten Silberlösung geleitet, deren Silbergehalt nach vollendeter Zersetzung durch Titriren mit Kochsalz nochmals bestimmt wird. Die Silberlösung enthält in 1 CC. 0,0305 Grm. Silber (entsprechend 0,00359 Arsen); die Kochsalzlösung in 10 CC. 0,165 Grm. Kochsalz (= 1 CC. der Silberlösung). Gegenversuche mit einer bekannten Menge von arseniger Säure gaben bei Einhaltung der obigen Verhältnisse übereinstimmende Resultate.

Zur Bestimmung kleiner Mengen von Arsen in Kiesen schmilzt F. Muck (2) dieselben mit kohlens. Alkali und Salpeter, kocht mit Wasser aus und fällt aus dem Filtrat (ohne Rücksicht auf durch das Filter gegangenes Eisenoxyd) den Arsengehalt durch Zusatz von Eisenchlorid und Ammoniak. Aus der salzs. Lösung des Niederschlags wird das Arsen, nach der Reduction mit schwefliger Säure, durch Schwefelwasserstoff abgeschieden, das Schwefelarsen in rauchender Salpetersäure gelöst und die Arsensäure als Ammoniak-Magnesiasalz bestimmt.

Z. Roussin (3) empfiehlt zur Abscheidung der giftigen Metalle aus organischen Gemengen bei legalen Untersuchungen die Anwendung des Magnesiums in der Weise, dafs man die aus der organischen Substanz erhaltene saure

---

(1) Ann. ch. phys. [4] VII, 484; im Auszug Zeitschr. Chem. 1866, 882. — Vgl. auch Jahresber. f. 1864, 761. — (2) Zeitschr. anal. Chem. V, 312; Zeitschr. Chem. 1867, 443. — (3) In der S. 170 angeführten Mittheilung.

Arsen. Lösung im Wasserbad zur Syrupdicke verdampft, den Rückstand einige Zeit auf 125° erhitzt, mit Wasser wieder aufnimmt und die filtrirte Flüssigkeit in einen kleinen Marsh'schen Apparat bringt, in welchen einige Gramme Magnesium in Streifen und verdünnte Schwefelsäure (1 Th. Säure auf 30 Th. Wasser) gegeben wurden und den man vorher bezüglich der Reinheit des entwickelten Wasserstoffgases geprüft hat. Arsen und Antimon werden als Wasserstoffverbindungen entwickelt, die übrigen S. 170 angeführten Metalle in Pulver- oder Schwammform, das Quecksilber bei Gegenwart von Salzsäure theilweise als Chlorür abgeschieden. Nach beendigter Fällung (welche daran erkannt wird, dafs ein frischer Magnesiumstreifen sich in der Flüssigkeit löst, ohne vorher seinen Glanz zu verlieren) bringt man dieselben nebst dem ungelösten Magnesium, von welchem unter allen Umständen ein Ueberschufs vorhanden sein mufs, auf ein Filtrum und wascht bis zum Verschwinden der sauren Reaction, um den Niederschlag dann weiter zu untersuchen. Siliciumhaltiges Magnesium liefert im Marsh'schen Apparat siliciumwasserstoffhaltigen Wasserstoff. Der Beschlag und die Flecken, welche solches Gas beim Glühen in einer Röhre oder auf Porcellan absetzt, unterscheiden sich von den Arsen- und Antimonflecken durch ihre Unlöslichkeit in Salpetersäure, Königswasser und unterchlorigs. Natron.

Wismuth. Zur Trennung des Wismuths von Blei empfiehlt Patera (1) die Ausfällung des ersteren in salpeters. Lösung durch einen Streifen von reinem Blei. Bei Anwesenheit von viel Wismuth ist die Lösung in dem Maafse mit Wasser zu verdünnen, als das Metall sich abscheidet. Nach beendigter Fällung wird das schwarze pulverförmige Wismuth rasch vom Bleistreifen abgelöst und nach dem

---

(1) Aus dem Berggeist 1866, Nr. 28 in Zeitschr. anal. Chem. V, 226; Bull. soc. chim. [2] V, 442.

Waschen mit Wasser und Alkohol getrocknet und gewogen. Diese Trennungsmethode ist (für eine Lösung in Essigsäure) schon von Ullgren (1) angegeben worden.

Zur Trennung des Zinks vom Kupfer (im Messing) versetzt Chancel (2) die Lösung beider Metalle bis zur völligen Entfärbung mit unterschwefligs. Natron. Kohlens. Natron fällt alsdann nur das Zink, während das Kupfer in Lösung bleibt. Zur genaueren Scheidung wird das ausgewaschene kohlens. Zink in saurer Lösung durch etwas Schwefelwasserstoffwasser von einer kleinen Menge mit niedergefallenen Kupfers befreit. *Zink.*

Zur Erkennung des Blei's neben Silber und auch zur Scheidung beider Metalle benutzt Chancel (3) die Unlöslichkeit des chroms. Bleioxyds in unterschwefligs. Natron. Versetzt man eine Lösung, welche nur wenig Blei neben viel Silber enthält, mit einem Ueberschufs von unterschwefligs. Natron und dann mit etwas chroms. Kali, so wird nur chroms. Bleioxyd gefällt. *Blei.*

J. Hoch und C. Clemm (4) fanden bei einer Prüfung der von Winkler (5) angegebenen Methode zur volumetrischen Bestimmung des Eisens durch Reduction des mit Schwefelcyankalium gerötheten Eisenchlorids mittelst Kupferchlorür, dafs die als Indicatoren für die Beendigung der Reduction angegebenen Erscheinungen in der Regel nicht gleichzeitig auftreten. Bei der Titrirung auf Trübung sind die Resultate nur bei Einhaltung ganz gleicher Verhältnisse brauchbar und ebenso tritt die Entfärbung je nach Umständen oft ziemlich lange vor der Trübung oder auch später als diese ein; ersteres wahrscheinlich defshalb, weil die rothe Farbe des Schwefelcyaneisens *Eisen.*

---

(1) Berzelius' Jahresber. XXI, 148. — (2) Procés-verbaux des séances de l'académie des sciences et lettres de Montpellier (séance du 8. Decbr. 1862), 1863, 4. — (3) Ebendaselbst 1863, 5. — (4) Zeitschr. anal. Chem. V, 325; Zeitschr. Chem. 1867, 442. — (5) Jahresber. f. 1865, 717.

Eisen. durch Kupferchlorid zunächst verblaſst und dann bei groſsem Ueberschuſs in Grün übergeht.

E. Reichardt (1) neutralisirt zur Trennung des Eisenoxyds von den alkalischen Erden die salzs. Lösung mit Ammoniak oder Natron bis zum Entstehen eines bleibenden Niederschlags, löst den letzteren in möglichst wenig Salzsäure, erhitzt zum Sieden und fügt dann, nach der Entfernung vom Feuer, eine der Salzsäure angemessene, nicht zu bedeutende Menge von krystallisirtem essigs. Natron zu, wo sich nach kurzer Zeit das mit heiſsem Wasser zu waschende Eisenoxyd abscheidet. — In ähnlicher Weise läſst sich auch das Eisenoxyd vom Eisenoxydul und Manganoxydul trennen, wenn man der verdünnten Lösung vor dem Neutralisiren ziemlich viel Salmiak oder Chlornatrium zufügt.

J. P. Cooke jr. (2) benutzt zur Trennung des Eisenoxyds von der Thonerde nach dem Verfahren von H. Ste. Cl. Deville (3) eine etwa 6 Zoll lange Röhre von Platin, in welche ein Platinschiffchen mit der gewogenen Substanz geschoben wird. Man reducirt zuerst das Eisenoxyd durch Erhitzen mit der einfachen Gaslampe im Wasserstoffstrom und leitet dann, indem man mittelst des Gebläses erhitzt, einen raschen Strom von salzs. Gas durch die Röhre, wo das Eisen als Chlorür verflüchtigt wird. Die zurückbleibende Thonerde wird nach nochmaligem Durchleiten von Wasserstoff gewogen.

Kobalt und Nickel. H. Fleck (4) fand, daſs das aus einer ammoniakalischen Lösung mittelst gelbem Schwefelammonium gefällte Schwefelkobalt nach der Entfernung des freien Ammoniaks sich in Cyankalium um so weniger löst, je länger die ammoniakalische Lösung vor dem Zusatz des Schwefelam-

---

(1) In der S. 800 angeführten Abhandlung. — (2) Sill. Am. J. [2] XLII, 78. — (3) Jahresber. f. 1858, 687. — (4) J. pr. Chem. XCVII, 303; Zeitschr. Chem. 1866, 846; Chem. Centr. 1866, 547; Zeitschr. anal. Chem. V, 399; Bull. soc. chim. [2] VII, 340.

moniums der Luft ausgesetzt war, je vollständiger also die Bildung von Roseo- oder Purpureokobaltsalz stattfand. Zur qualitativen Nachweisung des Kobalts neben Nickel übersättigt man hiernach die Lösung der Schwefelmetalle in Königswasser mit Ammoniak, läfst die Lösung in einer offenen Schale, so lange als noch Farbenänderung wahrzunehmen ist, an der Luft stehen, fügt dann Schwefelammonium und, nach dem Verdampfen des freien Ammoniaks eine Lösung von Cyankalium (in 12 Th. Wasser) zu. Bestand der Niederschlag nur aus Schwefelnickel, so löst sich dasselbe sofort auf; war Kobalt zugegen, so bleibt dieses als Schwefelmetall (Co_2S_3) ungelöst; eine geringe Menge von gelöstem Kobaltsulfür giebt sich dadurch zu erkennen, dafs sich die Lösung in Cyankalium intensiv braunroth färbt. Ist nur wenig Kobalt vorhanden, so genügt ein halbstündiges Stehen an der Luft, bei vorwaltendem Kobalt erlangt die Flüssigkeit oft erst nach 12 Stunden die rothe dem Burgunder ähnliche Farbe. Durch Ammoniaksalze sowie durch Einleiten von ozonisirtem Sauerstoff wird die Oxydation beschleunigt.

Die Kobaltidcyanverbindungen des Natriums und Kaliums lassen sich nach C. D. Braun (1) volumetrisch bestimmen, indem man die mit etwas einfach-chroms. Kali versetzte wässerige Lösung mittelst normaler Silberlösung ausfällt, bis der weifse käsige Niederschlag eine rothe Färbung annimmt. — Die verdünnte wässerige Lösung des Kobaltidcyankaliums zersetzt sich nach Braun's Beobachtung, beim längeren Stehen, auch bei Abschlufs des Lichts, unter Freiwerden von Blausäure.

Die Lösung eines Kobaltsalzes färbt sich nach Chancel (2) auf Zusatz von 2 bis 3 Vol. concentrirter Salzsäure so intensiv blau, dafs an dieser Färbung noch

---

(1) Zeitschr. anal. Chem. 1866, 288; Bull. soc. chim. [2] VII, 161.
— (2) Procès-verbaux des séances de l'académie des sciences et lettres de Montpellier (séance du 8. Decbr. 1862), 1865, 1.

Kobalt und Nickel. $1/20$ Milligrm. Kobalt in 1 CC. der Lösung erkannt werden kann. Die Gegenwart des Nickels und namentlich des Eisens (aber nicht die des Mangans) wirkt störend. Bei Anwesenheit von nur wenig Eisen ist die Färbung smaragdgrün; Nickel bedingt die Umwandlung des Blau in Grün, wenn es in gröfserer Menge als das Kobalt zugegen ist, so dafs also diese Reaction nicht zur Nachweisung kleiner Mengen von Nickel in einer Kobaltlösung dienen kann. — Zur Bestimmung des Kobalts und des Nickels empfiehlt Derselbe (1), ähnlich wie für die Magnesia, die *kalte* Fällung als phosphors. Ammoniak-Doppelsalz und die Wägung als geglühtes pyrophosphors. Salz.

Cl. Winkler (2) hat durch eine Reihe von Versuchen die Vortheile darzulegen gesucht, welche sich von der Complementär-Colorimetrie für die Bestimmung des Kobalts und Nickels erwarten lassen.

A. Terreil (3) bewirkt die Trennung des Kobalts von Nickel und die des Mangans von Nickel und Kobalt in nachstehender Weise: Man versetzt die Kobalt und Nickel enthaltende Lösung mit überschüssigem Ammoniak und vermischt die warme klare Flüssigkeit mit so viel übermangans. Kali, dafs sie einige Augenblicke violett gefärbt bleibt. Man erhitzt nun während einiger Minuten zum Sieden, fügt etwas Salzsäure zu, bis zur Wiederauflösung des gebildeten Manganoxyds, und überläfst die Flüssigkeit, nach etwa halbstündiger Digestion in gelinder Wärme, 24 Stunden sich selbst. Es scheidet sich hierbei alles Kobalt als rothviolettes Roseokobaltchlorid ab, welches auf einem gewogenen Filter mit kalter verdünnter Salz-

---

(1) In der S. 805, Note 2 angeführten Schrift 1864, 51. — (2) J. pr. Chem. XCVII, 414; Chem. Centr. 1866, 603; Zeitschr. anal. Chem. V, 425. — (3) Compt. rend. LXII, 139; Bull. soc. chim. [2] V, 88; Instit. 1866, 28; Zeitschr. Chem. 1866, 211; Zeitschr. anal. Chem. V, 118; J. pr. Chem. C, 52; Chem. Centr. 1866, 149; Dingl. pol. J. CLXXX, 305; Chem. News XIII, 133; Sill. Am. J. [2] XLII, 254.

säure (oder Salmiaklösung) dann mit Weingeist gewaschen und nach dem Trocknen bei 110° gewogen wird. 100 Th. des Salzes entsprechen 22,761 Th. Kobalt. Zweckmäſsiger ist es, das Roseokobaltchlorid im Wasserstoffstrom zu metallischem Kobalt zu reduciren. — Die das Nickel enthaltende Lösung wird zur Verjagung des Alkohols zum Sieden erhitzt, mit Ammoniak übersättigt und in der Siedehitze mit einem geringen Ueberschuſs von übermangans. Kali vermischt, wo das Mangan gefällt wird, während das (als Schwefelmetall zu fällende) Nickel gelöst bleibt. Es läſst sich so noch $1/10000$ Kobalt in einem Nickelsalz nachweisen. Das übermangans. Kali läſst sich bei dieser Trennung durch ein unterchlorigs. Alkali ersetzen, die Ausfällung des Roseokobaltsalzes erfolgt damit aber äuſserst langsam; handelt es sich um die Trennung des Mangans von Nickel und Kobalt, so ist das unterchlorigs. Salz dem übermangans. Kali vorzuziehen, sofern in diesem Fall eine normale Lösung von übermangans. Kali angewendet und von dem Gewicht des erhaltenen Manganoxydoxyduls das zugesetzte Mangan abgezogen werden muſs. — Fresenius (1) fand, daſs dieses Verfahren vor den bekannten keinen Vortheil bietet, sofern ein kleiner Theil des Kobalts sich der oxydirenden Wirkung des übermangans. Kali's entzieht und das Roseokobaltchlorid in salzsäurehaltigem Wasser nicht ganz unlöslich ist. Ebenso enthält das aus der ammoniakalischen Lösung durch unterchlorigs. Natron gefällte Mangansuperoxyd etwas Nickel und die davon abfiltrirte Lösung noch etwas Mangan.

Fr. Gauhe (2) gelangte durch eine Prüfung der bekannten, zur Trennung von Kobalt und Nickel vorgeschlagenen Methoden zu nachstehendem Ergebniſs: 1. das auf der Fällung des Kobalts mit salpetrigs. Kali bei Gegen-

(1) Zeitschr. anal. Chem. V, 114. — (2) Zeitschr. anal. Chem. V, 78; im Auszug Zeitschr. Chem. 1866, 584.

Kobalt und Nickel. wart von Essigsäure beruhende Verfahren von Fischer (1) liefert unter Anwendung der von H. Rose (2) vorgeschlagenen Modification (Wiederlösen der gelben Verbindung in Salzsäure und Fällen der gekochten Lösung mit Kalilauge) die genauesten Resultate. Die Ausfällung des Kobalts erfolgt auch bei Gegenwart eines grofsen Nickelüberschusses vollständig und eben so wird die Bestimmung kleiner Mengen von Nickel durch die Anwesenheit von viel Kobalt nicht beeinträchtigt. 2. Die Trennungsversuche nach Liebig's Verfahren ergaben: a) die Umwandlung des Cyankobaltcyankaliums in Kobaltidcyankalium erfolgt durch Kochen mit überschüssigem Cyankalium nur unvollständig; b) die Trennung des Cyannickelcyankaliums von Kobaltidcyankalium gelingt nahezu vollständig und ist defshalb bei diesen (aber nicht bei anderen Kobalt- und Nickelverbindungen) mit Vortheil anwendbar; c) die völlige Umwandlung des Cyankobaltcyankaliums in Kobaltidcyankalium gelingt leicht durch Einleiten von Chlor in die alkalische Flüssigkeit, und die hierauf beruhende Trennung ist so vollständig, dafs in dem abgeschiedenen Nickelsuperoxyd nur Spuren von Kobalt durch salpetrigs. Kali nachweisbar sind; d) das durch Chlor gefällte Nickelsuperoxyd hält eine nicht unbeträchtliche (auch nach der Reduction im Wasserstoffstrom nur unvollständig entziehbare) Menge von Alkali zurück, so dafs es nicht unmittelbar gewogen werden kann; e) die von Wöhler (3) empfohlene Modification (Ausfällen des Kobalts mittelst neutralem salpeters. Quecksilberoxydul) ist nur bei Abwesenheit von Chlorverbindungen anwendbar, sofern sich sonst ein Theil des Kobalts mit dem Quecksilber verflüchtigt. 3. Nach Rose's Verfahren mufs genau der Zeitpunkt getroffen werden, bei welchem die Trennung statt gefunden hat;

---

(1) Pogg. Ann. LXXII, 477; vgl. auch Jahresber. f. 1854, 735 f.; f. 1855, 808. — (2) Jahresber. f 1860, 655. — (3) Jahresber. f. 1849, 594.

andernfalls ist entweder die Ausfällung des Kobalts eine **Kobalt und Nickel.** unvollständige, oder es fällt auch Nickelsuperoxyd nieder.

4. Das von Gibbs (1) vorgeschlagene Verfahren (Ausfällung des Kobalts mittelst Bleisuperoxyd) gestattet keine absolute Trennung beider Metalle. — Gauhe empfiehlt, Kobalt und Nickel nach der Reduction im Wasserstoffstrom zusammen zu wägen, wo sich dann eins der Metalle aus der Differenz bestimmen läfst; handelt es sich darum, geringe Mengen von Kobalt neben viel Nickel zu bestimmen, so ist die Fällung des Kobalts mit salpetrigs. Kali, andernfalls die, des Nickels mit Chlor aus der alkalischen Lösung der Cyanverbindungen vorzuziehen.

Stolba (2) entfernt bei der Fällung des Nickels mittelst Schwefelammonium den gelösten Antheil aus dem braunen Filtrat durch Zusatz einiger Tropfen von salpeters. Quecksilberoxydul. Der gesammelte Niederschlag wird dann, zur Entfernung des Quecksilbergehalts, sammt dem zuerst erhaltenen geröstet.

A. Belohoubek (3) überzeugte sich, dafs das Uran **Uran.** volumetrisch mittelst übermangans. Kali bestimmt werden kann, wenn man das schwefels. Salz oder das Oxychlorid, Ur_2O_2Cl (aber nicht das salpeters. Uranoxyd), in angesäuerter Lösung und bei Luftabschlufs mittelst Zink (durch $1/4$ bis $1/2$ stündige Einwirkung) zu Oxydulsalz reducirt. In der bis zur Farblosigkeit verdünnten Lösung läfst sich die Beendigung der Reaction recht gut erkennen.

Zur Bestimmung des Urans in seinen Erzen übersättigt Patera (4) die verdünnte salpeters. (unter Vermeidung

---

(1) Jahresber. f. 1852, 728; vgl. auch Jahresber. f. 1860, 656. — (2) J. pr. Chem. XCIX, 53; Zeitschr. anal. Chem. V, 399; Bull. soc. chim. [2] VII, 340. — (3) J. pr. Chem. XCIX, 231; Zeitschr. Chem. 1867, 121; Zeitschr. anal. Chem. VI, 120; Chem. Centr. 1867, 656; Bull. soc. chim. [2] VII, 494. — (4) Dingl. pol. J. CLXXX, 242; Zeitschr. anal. Chem. V, 228; Bull. soc. chim. [2] V, 442; Chem. News XIII, 291.

eines Säureüberschusses bereitete) Lösung mit kohlens. Natron. Nach dem Erhitzen zum Sieden wird das Ungelöste abfiltrirt, mit heifsem Wasser nachgewaschen und die neben Spuren fremder Metalle nur Uran enthaltende Lösung mit Natronlauge gefällt. Der orangefarbige Niederschlag von Uranoxyd-Natron wird nach kurzem Auswaschen getrocknet, vom Filter getrennt, geglüht und nochmals gewaschen. Der nun geglühte Niederschlag entspricht der Formel NaO, $2\,Ur_2O_3$, woraus der Urangehalt berechnet wird.

Kupfer. E. Diacon (1) empfiehlt, wie Mohr (2), das Kupfer aus der nur schwach sauren und zum Sieden erhitzten Lösung durch Schwefelwasserstoff auszufällen. Das sich rasch absetzende Schwefelkupfer läfst sich dann leicht mit heifsem Wasser auswaschen.

M. v. Wolfskron (3) fand, dafs bei der volumetrischen Bestimmung des Kupfers mittelst Cyankalium nach dem umgekehrten Verfahren von C. Mohr (4) die angewendete Menge des Ammoniaks von grofsem Einflufs ist auf die Genauigkeit des Resultats. Es mufs hierbei, auch wenn man stets gleichviel Ammoniak zufügt, der voraussichtliche Gehalt der Probe in Rechnung gezogen werden. Mit einer verdünnteren Lösung von Cyankalium und unter Anwendung von (schwefelsäurehaltiger) Salpetersäure (statt Königswasser) zur Auflösung der Probe fallen die Resultate genauer aus.

Das zuverlässigste Verfahren zur quantitativen Trennung von Kupfer und Palladium besteht nach Wöhler (5) darin, dafs man das Kupfer als weifses Schwefelcyanmetall

---

(1) Procés-verbaux des séances de l'académie des sciences et lettres de Montpellier 1864 (séance du 15. Fevrier), 84. — (2) Jahresber. f. 1864, 721. — (3) Aus der österreich. Zeitschr. f. Berg- und Hüttenwesen 1865, Nr. 20 in Chem. Centr. 1866, 255; Zeitschr. Chem. 1866, 287; Zeitschr. anal. Chem. V, 403. — (4) Jahresber. f. 1855, 817. — (5) Ann. Ch. Pharm. CXL, 144; Zeitschr. Chem. 1866, 754; Zeitschr. anal. Chem. V, 403; Bull. soc. chim. [2] VII, 416; Ann. ch. phys. [4] X, 510; Chem. News XV, 40.

fällt. Die kupferhaltige Palladiumchlorürlösung wird mit gasförmiger schwefliger Säure gesättigt und das Kupfer dann durch Schwefelcyankalium gefällt. — Die Fällung des Palladiums durch Cyanquecksilber ist nicht genau.

A. Classen (1) empfiehlt die Anwendung des Cadmiums (statt des Zinks) zur Reduction oder Bestimmung des Silbers aus dem schwefels. Silber oder Chlorsilber.

Silber.

Um bei der Elementaranalyse sehr hygroscopischer Substanzen den Wasserstoff möglichst genau bestimmen zu können, trocknet W. Stein (2) die im Schiffchen abgewogene Substanz in der Art in der vollkommen vorgerichteten Verbrennungsröhre, daſs Er mittelst eines Brenners in einem Abstand von drei oder vier Zoll hinter dem Schiffchen einen langsam über die Substanz geleiteten Luftstrom erhitzt. Nach einiger Zeit wird die vorgelegte Chlorcalciumröhre wie auch der Kaliapparat gewogen, wo sich aus der Gewichtszunahme der ersteren der Wassergehalt ergiebt, während die Wägung des Kaliapparates erkennen läſst, ob eine Zersetzung der Substanz statt gefunden hat. Während der Wägungen geht der Luftstrom, ohne erhitzt zu werden, ununterbrochen durch die Röhre und sobald sie ausgeführt sind, kann die Verbrennung der nun vollkommen trockenen Substanz beginnen. In solchen Fällen, wo eine höhere Temperatur zum Trocknen erforderlich ist, kann man auch ein an der Stelle, wo das Schiffchen liegt, zwischen Röhre und Brenner aufgehängtes Kupferblech erhitzen und die Temperatur durch ein da-

Erkennung und Bestimmung organischer Substanzen. Elementaranalyse.

---

(1) J. pr. Chem. XCVII, 217; Zeitschr. Chem. 1866, 383; Zeitschr. anal. Chem. V, 402; Chem. Centr. 1866, 605; Bull. soc. chim. [2] VI, 330; Chem. News XIII, 232. — (2) Zeitschr. anal. Chem. V, 33; Zeitschr. Chem. 1866, 635; J. pr. Chem. C, 55.

Elementaranalyse. zwischen angebrachtes Thermometer reguliren. — Auch Rochleder (1) hat eine von Ihm angewendete Vorrichtung beschrieben, durch welche das Trocknen organischer Substanzen in einem gleichmäfsigen Strom von Kohlensäure oder Wasserstoff und bei einer constanten Temperatur bewerkstelligt wird.

E. H. v. Baumhauer (2) hat das früher (3) von Ihm beschriebene Verfahren zur Elementaranalyse organischer Verbindungen vervollkommnet. — Zur gleichzeitigen Bestimmung des Kohlenstoffs, Wasserstoffs und Sauerstoffs wird ein an beiden Enden offenes, 70 bis 80 Centimeter langes Verbrennungsrohr in folgender Weise gefüllt : 1. eine etwa 20 Centimeter lange Schicht Kupferdrehspäne; 2. eine 20 Centimeter lange Lage von mit Salzsäure gewaschenen und geglühten Porcellanstücken; 3. eine etwa 25 Centimeter lange Schicht von stark geglühtem, grobkörnigem Kupferoxyd (zwischen Asbestpfropfen); 4. die in einem Glas-, Porcellan- oder Platinschiffchen, bei flüchtigen Substanzen in einer Glaskugel abgewogene, zu analysirende Substanz. Sie wird mittelst eines Glasstabs, 5 Centimeter vom Kupferoxyd entfernt, ins Rohr geschoben; schwer verbrennliche Körper mischt man in dem Schiffchen vorher mit Kupferoxyd. 5. 6 bis 7 Centimeter hinter der Substanz ein zweites Schiffchen mit einer gewogenen Menge (einigen Grm.) von jods. Silber. — Das hintere (das jods. Silber enthaltende) Ende des Verbrennungsrohres communicirt (durch eine Röhre mit zum Glühen erhitzten Kupferdrehspänen, durch eine U-Röhre mit schwefelsäurehaltigem Bimsstein und eine zweite U-Röhre mit Chlorcalcium und Natronkalk) mit zwei Gasometern, von welchen der eine reinen Stick-

---

(1) Wien. Acad. Ber. LIV (2. Abth.), 754; Zeitschr. Chem. 1867, 127; J. pr. Chem. C, 251; Chem. Centr. 1867, 823. — (2) Arch. néerland. I, 179; Zeitschr. anal. Chem. V, 141; Zeitschr. Chem. 1866, 428; J. pr. Chem. CI, 257; Bull. soc. chim. [2] VI, 181. — (3) Jahresber. f. 1855, 768.

stoff, der andere Wasserstoff enthält. Ehe man die zur Absorption des Wassers und der Kohlensäure bestimmten Apparate vorlegt, erhitzt man den vorderen, die Kupferdrehspäne enthaltenden Theil des Rohrs und leitet einen langsamen Wasserstoffstrom hindurch, bis die Späne völlig oxydfrei sind. Man verdrängt nun den Wasserstoff durch Stickstoff und erhitzt in einem fortdauernden schwachen Gasstrom den Theil des Rohrs, in welchem sich das Porcellan und das Kupferoxyd befinden, indem man gleichzeitig das Chlorcalciumrohr und den Kaliapparat vorlegt. Wenn der ganze Apparat mit Stickstoff angefüllt und auch die Kalilauge damit gesättigt ist, werden die Absorptionsapparate gewogen, von Neuem vorgelegt und nun die Substanz vorsichtig und unter Fortdauer des Gasstroms erhitzt. Sobald die Substanz ganz verbrannt oder wenigstens vollständig verkohlt ist, schreitet man zu der allmäligen Erhitzung des jods. Silbers, wodurch die noch vorhandene Kohle verbrannt und das aus der Reduction des Kupferoxyds entstandene Kupfer wieder oxydirt wird; was an Sauerstoff übrig bleibt, wird durch die Kupferdrehspähne zurückgehalten. Nach der vollkommenen Zersetzung des jods. Silbers unterhält man noch einige Zeit den Stickstoffstrom und wägt nun die Absorptionsapparate. Ohne den Stickstoffstrom zu unterbrechen erhält man jetzt (unter Entfernung des Feuers von den übrigen Theilen) nur die Kupferdrehspäne im Glühen, legt nach völliger Erkaltung des Kupferoxyds ein gewogenes Chlorcalciumrohr vor und leitet jetzt einen Wasserstoffstrom durch. Es wird hierdurch der von den Kupferdrehspänen aufgenommene überschüssige Sauerstoff des jods. Silbers zu Wasser (b) verbrannt und aus dessen Gewicht läfst sich die Menge von Sauerstoff berechnen, welche das jods. Silber mehr enthielt als zur vollständigen Verbrennung der Substanz erforderlich war. Entfernt man jetzt die Schiffchen aus der Verbrennungsröhre, so ist diese zu einer neuen Analyse vorbereitet.

Elementar-
analyse.
— Als Beispiel der Berechnung und der erreichten Genauigkeit geben wir die Analyse der Oxalsäure:

Es wurden angewandt: Oxalsäure 0,452 Grm.; jods. Silber 1,256 Grm. (dieses liefert im Mittel 16,92 pC. Sauerstoff; 1,25 Grm. also 0,2125 Grm.).

Erhalten wurden:
Kohlensäure 0,443, worin C 0,1208 und O 0,3222
Wasser (a) 0,090,   „ H 0,010 „ O 0,0800
Wasser (b) 0,1495   —   „ O 0,1330
                                    0,5352
Hiervon ab O aus JAgO$_3$ 0,2125
Bleibt für O aus der Oxalsäure   0,3227.

Hieraus in 100 Th.:

	Kohlenstoff	Wasserstoff	Sauerstoff	Summe
Gefunden:	26,73	2,21	71,39	100,33
Berechnet C$_2$H$_2$O$_4$:	26,66	2,23	71,11	100,00.

Um auch den Stickstoff gleichzeitig zu bestimmen befestigt man an den Kaliapparat ein oben und unten offenes, in CC. getheiltes Rohr a; dieses steht durch einen starken Kautschukschlauch mit einem zweiten Glasrohr b von möglichst gleichen Dimensionen in Verbindung. Giefst man durch letzteres Quecksilber ein, so kann man durch Heben oder Senken von b dem Quecksilber im Rohre a jede Stellung geben. Sobald alles wie oben zur Analyse bereit ist, verbindet man das Rohr a mit dem Kaliapparat, nachdem man b so weit gehoben hat, dafs a ganz mit Quecksilber gefüllt ist. Man schliefst nun den Zutritt des Stickstoffs, senkt b so weit, dafs das Quecksilber darin etwa 200 MM. tiefer als in a steht, läfst alles erkalten und mifst den Stand des Quecksilbers, den Druck und die Temperatur. Dann bringt man das Quecksilber in a und b in gleiches Niveau und liest wieder ab. Die Verbrennung wird hierauf in gewöhnlicher Weise ausgeführt, nur dafs der Strom von Stickstoffgas unterbleibt. Entwickelt sich kein Stickstoff mehr, so läfst man erkalten, liest ab und erfährt so direct den Gehalt an Stickstoff, die Gasapparate werden entfernt und die Verbrennung wie oben angegeben durch Erhitzen des jods. Silbers beendet. Baumhauer empfiehlt indessen, diese Stickstoffbestimmung wenn möglich mit einem besonderen Theil der Verbindung vorzunehmen. — Er beschreibt ferner in derselben Abhandlung einen Apparat zum Trocknen der Substanz und des jods. Silbers in einem Luftstrom bei einer bestimmten Temperatur.

Fr. Schulze (1) hat ein Verfahren der Elementaranalyse nach gasvolumetrischen Principien angegeben, welches an das ursprünglich von Gay-Lussac und Thenard angewendete erinnert. Die organische Substanz (höchstens 0,010 bis 0,012 Grm.) wird in einem luftleer gemachten, zugeschmolzenen Verbrennungsrohr mittelst einer beigegebenen gewogenen Menge chlors. Kali's durch Erhitzen bis zur schwachen Rothgluth verbrannt und dann die in ein Eudiometer übergefällten Verbrennungsgase analysirt, indem das Gesammtvolum gemessen und dann die Kohlensäure durch Absorption weggenommen wird. Da die Kohlensäure dasselbe Vol. einnimmt, wie der in ihr enthaltene Sauerstoff, so findet man nach der Verbrennung von Kohlehydraten mit chlors. Kali genau das dem Sauerstoff des letzteren Salzes entsprechende Gasvolum; ist das Vol. gröfser, so enthielt die organische Substanz mehr Sauerstoff als zur Verbrennung des in ihr enthaltenen Wasserstoffs nothwendig ist; bei einem kleineren Vol. ist die Substanz wasserstoffreicher als ein Kohlehydrat. Bezüglich der Einzelnheiten des Verfahrens verweisen wir auf die Abhandlung.

U. Kreusler (2) benutzt zur Absorption der Kohlensäure bei Elementaranalysen gekörntes, in einer Porcellanschale bis zum Festwerden erhitztes Barythydrat, ähnlich wie Mulder den Natronkalk. Der mit dem Chlorcalciumrohr zu verbindende Schenkel des U-Rohrs wird mit etwa

---

(1) Zeitschr. anal. Chem. V, 269; Zeitschr. Chem. 1867, 391. —
(2) Zeitschr. Chem. 1866, 292; Zeitschr. anal. Chem. V, 216; Bull. soc. chim. [2] VII, 164.

linsengrofsen, der andere mit ganz kleinen, staubfreien Stücken von Barythydrat gefüllt. Beide Schichten sind durch einen Baumwollenpfropf getrennt und auf jeder Schichte des Baryts befindet sich (zur Aufnahme des aus dem Hydrat freiwerdenden Wassers) etwas Chlorcalcium mit einer Unterlage von Baumwolle. Die Barytröhre steht mittelst einer kleinen Chlorcalciumröhre mit einer Kugelröhre in Verbindung, welche zur Controle für die Geschwindigkeit der Verbrennung etwas Barytwasser enthält.

Frankland hatte (1) bei der Analyse der Dinitroäthylsäure (2) gefunden, dafs die Stickstoffbestimmung nach dem Dumas-Simpson'schen Verfahren (3) selbst dann kein reines Stickgas lieferte, wenn das entbundene Gas über eine zwölf Zoll lange Schicht von Kupferdrehspänen und reducirtem Kupfer geleitet wurde, und dafs daher die Menge des vorhandenen Stickoxydes durch Absorption mittelst einer Lösung von schwefels. Eisenoxydul bestimmt und in Rechnung gebracht werden mufste. Da Seine Verbrennungen im gewöhnlichen Gasofen ausgeführt waren und sich erwarten liefs, dafs bei der bedeutend höheren Temperatur des Hofmann'schen Gasofens eine vollständige Reduction erreicht würde, so hat W. Thorpe (4) auf Frankland's Veranlassung hierauf bezügliche Versuche unternommen. Thorpe leitete eine Mischung von 1 Vol. Stickoxyd und 2 Vol. Kohlensäure durch eine im Gasofen erhitzte Verbrennungsröhre mit zwei in einander geschobenen 200 Millim. langen Spiralen von Kupferblech von 3,5 Millim. Breite, welche in der Röhre selbst oberflächlich oxydirt und wieder reducirt waren; vor dem Beginn des Versuchs wurde der Wasserstoff durch Kohlensäure verdrängt. Es ergab sich, dafs bei heller Rothglüh-

---

(1) Phil. Trans. CXLVII, 62. — (2) Jahresber. f. 1856, 554. — (3) Jahresber. f. 1858, 652. — (4) Chem. Soc. J. [2] IV, 359; Zeitschr. Chem. 1866, 606; Zeitschr. anal. Chem. V, 418; J. pr. Chem. XCIX, 474; Chem. Centr. 1866, 205.

hitze und wenn die Geschwindigkeit des Gasstroms eine solche war, dafs in der Minute 2 CC. Gas austraten, alles Stickoxyd zersetzt wurde. Unvollständig blieb dagegen die Zersetzung, wenn bei übrigens gleichen Bedingungen der Gasstrom die doppelte Schnelligkeit hatte (hierbei wurden 5 pC. des Stickstoffs als Stickoxyd erhalten), oder wenn bei der in dem ersten Versuch angewandten Geschwindigkeit des Gasstroms die Temperatur dunkle Rothglühhitze nicht überstieg (in diesem Falle gingen 8,2 pC. des Stickstoffs als Stickoxyd über). War das Gas mit Wasserdampf gesättigt, so traten selbst in heller Rothglühhitze und bei langsamem Gasstrom 3,7 pC. des Stickstoffs in der Form von Stickoxyd aus. Bei der Bestimmung des Stickstoffs in wasserstoffreichen Substanzen ist daher nach diesem Verfahren selbst unter den günstigsten Bedingungen kein ganz genaues Resultat zu erwarten, der Fehler in plus könnte z. B. für eine Substanz mit 20 pC. Stickstoff 0,75 pC. ihres Gewichtes betragen.

E. Meusel (1) überzeugte sich, dafs die Angaben van der Burg's (2) über die Nichtanwendbarkeit des Verfahrens von Varrentrapp und Will zur Bestimmung des Stickstoffs in organischen Basen auf ungenauen Versuchen beruhen. Meusel erhielt bei Anwendung eines Gasverbrennungsofens mit Chinin, Chinidin, Cinchonidin, Strychnin, so wie auch mit Blutlaugensalz Resultate, welche mit den theoretischen Werthen genügend übereinstimmen.

Warren (3) bringt zur Bestimmung des Schwefels in organischen Verbindungen bei Ausführung der im Jahresbericht f. 1864, 722 erwähnten Methode der Elementaranalyse in den vorderen Theil des Verbrennungsrohrs eine

---

(1) Zeitschr. anal. Chem. V, 197; Zeitschr. Chem. 1866, 640. —
(2) Jahresber. f. 1865, 731. — (3) Sill. Am. J. [2] XLI, 40; Zeitschr. anal. Chem. V, 169; Zeitschr. Chem. 1866, 156; J. pr. Chem. XCIX, 383; Chem. Centr. 1866, 381; N. Arch. ph. nat. XXVI, 78; Bull. soc. chim. [2] VI, 328.

818

Elementaranalyse. Mischung von Bleisuperoxyd mit Asbest, welche nur so weit erhitzt wird, dafs sich kein Wasser darin condensiren kann. Nach der Verbrennung digerirt man das den Schwefel als schwefels. Blei enthaltende Superoxyd mit einer concentrirten Lösung von zweifach-kohlens. Natron und fällt aus dem angesäuerten Filtrat die Schwefelsäure mit Chlorbaryum.

Zur gleichzeitigen Bestimmung des Chlors (neben Kohlenstoff und Wasserstoff) empfiehlt Derselbe (1), in dem vorderen Theil des Verbrennungsrohrs ein Gemenge von (gefälltem und wieder geglühtem) Kupferoxyd mit Asbest anzubringen. Die Stelle, wo dieses Gemenge liegt, wird — um die Verflüchtigung von Chlorkupfer zu vermeiden — mittelst eines Luftbads aus Eisenblech auf einer 250° nicht übersteigenden Temperatur erhalten. Nach der Verbrennung löst man das Kupferoxyd in verdünnter Salpetersäure und fällt mit salpeters. Silber das Chlor aus (2).

Essigsäure. Zur Prüfung des rohen essigs. Kalks auf seinen Gehalt an Essigsäure destillirt Fresenius (3) die Lösung von etwa 5 Grm. des Salzes in 50 CC. Wasser mit 50 CC. Phosphorsäure von dem spec. Gew. 1,2 in einer Retorte mit etwas aufwärts gerichtetem Kühlrohr bis fast zur Trockne. Nach zweimaliger Wiederholung der Destillation unter Zusatz der gleichen Wassermenge ermittelt man in dem vereinigten Destillat den Säuregehalt durch normale Natronlauge. Enthält das Destillat erhebliche Mengen von Salzsäure, so wird diese in einem aliquoten Theil des Destillats mittelst Silberlösung bestimmt und von der Gesammtmenge der Säure in Abzug gebracht.

Zur Erkennung von freier Schwefelsäure im Essig kocht R. Böttger (4) etwa 50 CC. des letzteren mit wenig

---

(1) Sill. Am. J. [2] XLII, 156; Zeitschr. anal. Chem. V, 174 (mit Zeichnung); im Auszug Zeitschr. Chem. 1866, 480; Chem. News XV, 68, 78, 98. — (2) Vgl. Jahresber. f. 1866, 700. — (3) Zeitschr. anal. Chem. V, 315; Zeitschr. Chem. 1867, 444. — (4) Aus dem polytechn. Notizblatt 1865, Nr. 24 in Bull. soc. chim. [2] VI, 128.

Stärkmehl bis auf die Hälfte des Volums ein. Versetzt man nun die Flüssigkeit mit einem Tropfen Jodtinctur, so entsteht blaue Jodstärke, wenn der Essig keine Schwefelsäure enthielt; andernfalls tritt die Färbung, in Folge der Umwandlung des Stärkmehls in Glucose, nicht ein.

R. Wagner (1) gründet auf die Unlöslichkeit des gerbs. Cinchonins, für welches Er die Formel $C_{20}H_{24}N_2O + 2C_{14}H_{16}O_8$ annimmt, eine volumetrische Methode zur Bestimmung der in den Gerbematerialien enthaltenen Gerbsäure. Die Probelösung enthält im Liter 4,523 Grm. neutrales schwefels. Cinchonin, $2C_{20}H_{24}N_2O + SH_2O_4 + 2H_2O$; sie entspricht für je 1 CC. 0,01 Grm. Gerbsäure, oder, wenn man 1 Grm. Gerbematerial anwendet, 1 pC. Sie wird mit etwa 0,1 Grm. essigs. Rosanilin roth gefärbt und mit 0,5 Grm. Schwefelsäure angesäuert. Die freie Säure erhöht die Unlöslichkeit des Niederschlags und befördert das Absetzen desselben; das Rosanilinsalz, welches in neutraler Lösung ebenfalls durch Gerbsäure gefällt wird, dient als Indicator und läfst die Beendigung der Probe durch die röthliche Färbung der über dem Niederschlage stehenden Flüssigkeit erkennen. Man erschöpft zur Anstellung der Probe 10 Grm. der gerbstoffhaltigen Substanz durch Auskochen mit destillirtem Wasser, verdünnt den filtrirten Auszug auf 500 CC. und fällt 50 CC. (= 1 Grm. des Gerbematerials) mit der Cinchoninlösung aus, bis die über dem flockigen Niederschlage stehende Flüssigkeit nicht mehr trübe ist und durch eine schwach röthliche Färbung die Abscheidung der Gerbsäure anzeigt. Der Niederschlag ballt sich um so eher zusammen und die darüberstehende Flüssigkeit erscheint um so klarer, je näher der Punkt kommt, bei welchem die Gerbsäure gefällt ist. Nach diesem

Gerbsäure.

---

(1) Zeitschr. anal. Chem. V, 1; Zeitschr. Chem. 1866, 593; J. pr. Chem. XCIX, 294; Dingl. pol. J. CLXXXIII, 227; Chem. Centr. 1867, 688; Bull. soc. chim. [2] VI, 461.

Gerbsäure. Verfahren untersucht enthalten nachstehende Gerbematerialien an Gerbstoff in 100 Th. :

Eichenspiegelborke	10,80	Valonia (1. Sorte)	26,75
Gewöhnliche Eichenrinde	6,25	„ (2. Sorte)	19,00
Fichtenrinde	7,88	Dividivi	19,00
Buchenrinde	2,00	Bablah	4,50
Sumach (1. Sorte)	16,50	Entölte Weinkerne	6,50
„ (2. Sorte)	18,00	Hopfen (von 1865)	4,25

Die neben gerbs. Cinchonin auch etwas gerbs. Rosanilin enthaltenden Niederschläge werden von Zeit zu Zeit zur Wiedergewinnung des Cinchonins mit überschüssigem Bleizucker und Wasser gekocht, bis die röthliche Farbe derselben in eine braune übergegangen ist; man entfernt dann aus dem heifsen Filtrat das Blei mit Schwefelsäure und verdampft das gelöste Cinchoninsalz zur Trockne. Auch durch übermangans. Kali läfst sich die Gerbsäure zerstören, da in verdünnter Lösung das Cinchonin nicht davon zersetzt wird.

Nach F. Schulze (1) wird die Bestimmung des Gerbstoffs durch Fällung mittelst Leim leicht und sicher ausführbar, wenn man sie in salmiakhaltigen Flüssigkeiten vornimmt. Man stellt zunächst eine normale Gerbsäurelösung dar, indem man 10 Grm. reine, bei 105° getrocknete Gerbsäure in concentrirter Salmiaklösung auflöst und die Flüssigkeit mit wässeriger Salmiaklösung bis zu 1 Liter verdünnt; andererseits bereitet man in gleicher Weise aus 10 Grm. weifsem Leim gleichfalls 1 Liter salmiakhaltige Lösung. Man bringt nun 10 CC. der Gerbsäurelösung mit etwas feinem Sand in ein Becherglas und läfst die Leimlösung unter Umrühren, zuletzt sehr vorsichtig zufliefsen, bis die Fällung vollständig ist, welcher Punkt daran erkannt wird, dafs der Niederschlag sich in der Ruhe

---

(1) Aus Landwirthschaftliche Annalen des mecklenburgischen patriotischen Vereins 1866, Nr. 35 und 36 in Dingl. pol. J. CLXXII, 155, 158; Zeitschr. anal. Chem. V, 455; Chem. Centr. 1867, 192; Bull. soc. chim. [2] VI, 465.

schnell absetzt und die überstehende Flüssigkeit vollkommen klar erscheint (bei weiterem Zutröpfeln von Leimlösung setzt sich der Niederschlag zwar noch ab, die Flüssigkeit trübt sich aber wieder). Um mittelst der so titrirten Leimlösung den Gerbstoffgehalt von Rinden zu bestimmen, werden 2 Grm. derselben gepulvert, mit Wasser ausgekocht und das etwa 50 CC. betragende Filtrat, nachdem es in der Kälte mit Salmiak gesättigt worden ist, in derselben Weise geprüft. Kein anderes Salz eignet sich nach Schulze in gleicher Weise wie der Salmiak zur Abscheidung der Leimverbindung des Gerbstoffs.

Gerbsäure.

R. Přibram (1) hat die Bestimmungsmethoden der Gerbsäure ebenfalls um eine vermehrt. Er fällt aus dem wässerigen Auszug des Gerbematerials die Gerbsäure mittelst Bleizucker, bestimmt in dem bei 120 bis 130° getrockneten und gewogenen Niederschlag das Bleioxyd, wo sich aus der Differenz der Gerbsäuregehalt ergiebt; oder Er berechnet, bei weniger genauen Versuchen, diesen Gehalt aus dem Volum des erhaltenen Bleiniederschlags, nach einer zu diesem Zweck mitgetheilten Tabelle.

W. Hallwachs (2) hat, wie früher Gauhe (3) und mit ähnlichem Ergebnifs, die verschiedenen Bestimmungsmethoden der Gerbsäure einer vergleichenden Prüfung unterzogen.

A. Erhard (4) beschreibt das von Ihm angewendete Verfahren zur Erkennung der giftigen Pflanzenbasen auf mikroscopischem Wege, sowie die beobachteten Formen verschiedener Salze derselben.

Organische Basen.

Nach Dragendorff (5) läfst sich Jodwismuth-Jod-

---

(1) Vierteljahrsschr. pr. Pharm. XV, 520; Zeitschr. anal. Chem. V, 456; Zeitschr. Chem. 1866, 684; Bull. soc. chim. [2] VII, 496. — (2) N. Jahrb. Pharm. XXV, 68; Dingl. pol. J. CLXXX, 53; Zeitschr. anal. Chem. V, 281; Chem. Centr. 1866, 632. — (3) Jahresber. f. 1864, 734. — (4) N. Jahrb. Pharm. XXV, 129, 193, 283; XXVI, 9, 129 (mit Zeichnung der Krystallformen). — (5) Russ. Zeitschr. Pharm. V, 77 f.;

Organische Basen. kalium in ähnlicher Weise wie Jodquecksilber-Jodkalium als Reagens auf organische Basen anwenden. Die mit etwas Schwefelsäure angesäuerte Lösung bewirkt mit den meisten Pflanzenbasen in stark verdünnter (mit Schwefelsäure angesäuerter) Lösung fast augenblicklich einen flockigen Niederschlag von der Farbe des gefällten Schwefelantimons. Zur Darstellung des Reagens wird sublimirtes Jodwismuth heiſs mit einer concentrirten Lösung von Jodkalium behandelt und die abgegossene Flüssigkeit noch mit dem gleichen Volum der Jodkaliumlösung vermischt. Die Doppelchloride des Iridiums und Rhodiums geben mit einigen Basen (Strychnin und Brucin) ebenfalls Niederschläge. — Zur Abscheidung der Basen (insbesondere des Strychnins) bei gerichtlichen Untersuchungen empfiehlt Dragendorff die Anwendung von reinem Benzol statt des Amylalkohols (1). Am besten entzieht man zuerst dem ersten sauren wässerigen Auszug durch Benzol die fremdartigen Stoffe und dann, nach dem Neutralisiren, durch erneute Behandlung mit Benzol die Base. Die Abscheidung des Benzols als besondere Schicht wird durch Erwärmen auf 50 bis 60° oder durch Zusatz von etwas Alkohol erleichtert. Die Trennung gelingt in dieser Weise, auſser für Strychnin, auch für Veratrin, Atropin, Aconitin, Chinin, Cinchonin, Chinidin, Codeïn, Narcotin, Thebaïn, Papaverin, Coniïn und Nicotin; (für die beiden letzteren und für Atropin ist jedoch, wegen ihrer Flüchtigkeit, Aether vorzuziehen). Nicht abgeschieden werden Caffeïn, Theobromin, Colchicin, Piperin, Curarin, Narceïn, Berberin, Morphin und Solanin, sofern sie entweder schon der sauren Lösung durch Benzol entzogen werden, oder weil sie (wie Morphin und Solanin) in Benzol fast unlöslich sind.

im Auszug Zeitschr. Chem. 1866, 478; Zeitschr. anal. Chem. V, 406; Chem. Centr. 1867, 86, 87; Vierteljahrsschr. pr. Pharm. XV, 237, 280; Bull. soc. chim. [2] VII, 165; J. pharm. [4] IV, 398. — (1) Vgl. Jahresber. f. 1865, 738.

M. Kubly (1) hat einige Versuche über die Nach- *Organische Basen.* weisung der Alkaloïde des Opiums bei Vergiftungsfällen und ihre Trennung durch Anwendung verschiedener Lösungsmittel beschrieben. Nach Seinen Bestimmungen lösen bei gewöhnlicher Temperatur :

100 Th. Amylalkohol		100 Th. Benzol	
Morphin	0,260 Th.	Morphin	0 Th.
Narcotin	0,325	Narcotin	4,614
Papaverin	1,30	Papaverin	2,73
Thebaïn	1,67	Thebaïn	5,27
Codeïn	15,68	Codeïn	9,60.

Behandelt man daher die durch Extraction mittelst Säuren erhaltene Lösung dieser Basen nach dem Uebersättigen mit Alkali in der Wärme wiederholt mit Benzol, so gehen Narcotin, Papaverin, Thebaïn und Codeïn in Lösung; die wässerige Flüssigkeit giebt hierauf an heifsen Amylalkohol das Morphin und, nach dem Verdampfen zur Trockne, an heifsen Alkohol das Narceïn ab. Zur annähernden Trennung der vier zuerst genannten Basen empfiehlt Kubly, den nach dem Verdunsten des Benzols bleibenden Rückstand in der Kälte mit wenig Amylalkohol zu übergiefsen, welcher hauptsächlich Codeïn löst, und dem Rückstand durch Digestion mit essigsäurehaltigem Wasser das Papaverin und Thebaïn zu entziehen; das Narcotin bleibt ungelöst zurück. Papaverin und Thebaïn können in schwefels. Lösung durch Jodwismuth-Jodkalium getrennt werden, welches nur das Thebaïn fällt. — Die Anwendung des Essigäthers (wovon 100 Th. 0,213 Th. Morphin lösen) statt des Amylalkohols zur Extraction des Morphins ist nach Kubly mit bedeutendem Verlust an Alkaloïd verknüpft und daher nicht zweckmäfsig.

E. Parrot (2) empfiehlt zur Nachweisung des Sali- *Chinin.* cins im Chinin, die Probe mit verdünnter Schwefelsäure

---

(1) Russ. Zeitschr. Pharm. V, 457; kurze Notiz in Zeitschr. Chem. 1867, 187; N. Repert. Pharm. XVI, 202. — (2) Zeitschr. anal. Chem. V, 287; Zeitschr. Chem. 1867, 447; Bull. soc. chim. [2] VIII, 185.

und zweifach-chroms. Kali zu destilliren, wo sich die übergehende salicylige Säure auf Zusatz von neutralem Eisenchlorid an der violetten Färbung erkennen läfst.

Morphin. Morphin färbt sich, nach A. Fröhde (1), in Berührung mit einer Lösung von Molybdänsäure in concentrirter Schwefelsäure vorübergehend violett, blau und schmutziggrün; mit festen salpeters. Salzen, namentlich mit Kali-, Natron-, Silber- und Quecksilbersalpeter, bildet die schwefels. Lösung des Morphins nach einiger Zeit eine blutrothe Zone, mit den gelösten Salzen violette, braune oder braungelbe Färbungen. — Dragendorff (2) berichtigt seine frühere Angabe (3) dahin, dafs die von Ihm bei der Behandlung von Morphin mit Schwefelsäure, etwas Salpetersäure und metallischem Kupfer beobachtete blaue Färbung auch ohne Morphin eintritt.

Rousille (4) behandelt 15 Grm. Opium, zur Bestimmung des Morphins nach dem Verfahren von Guillermond, zuerst mit 25 Grm. siedendem Wasser, digerirt dann eine Stunde lang mit (60 Grm.) heifsem 40 grädigem Alkohol und wiederholt dieses Verfahren mit dem abgeprefsten Rückstand unter Anwendung von 10 Grm. Wasser und 60 Grm. Alkohol. Schliefslich wird der ungelöst gebliebene Theil mit 50 Grm. siedendem absolutem Alkohol ausgezogen, die vereinigten Auszüge auf $1/3$ eingeengt, nach dem Erkalten nochmals filtrirt und das Morphin mit 10 Grm. Ammoniak gefällt. Nach dreitägigem Stehen werden die abgeschiedenen Krystalle des Morphins gesammelt und mit Aether und Wasser gewaschen.

Strychnin. A. Cloëtta (5) verfährt zur Auffindung des Strych-

(1) Arch. Pharm. [2] CXXVI, 54; Zeitschr. Chem. 1866, 378; Zeitschr. anal. Chem. V, 214; Bull. soc. chim. [2] VII, 166. — (2) Russ. Zeitschr. Pharm. IV, 414; Zeitschr. Chem. 1866, 220; Zeitschr. anal. Chem. V, 215. — (3) Jahresber. f. 1864, 728. — (4) Bull. soc. chim. [2] VI, 104; Chem. News XIV, 162; Zeitschr. anal. Chem. V, 465; Zeitschr. Chem. 1866, 667. — (5) Aus Virchow's Arch. XXXV, 369 in Zeitschr. Chem. 1866, 318; Zeitschr. anal. Chem. V, 265; Bull. soc. chim. [2] VII, 166.

nins in thierischen Substanzen in folgender Weise. Die **Strychnin.** zu untersuchende Flüssigkeit (Blut, Gewebsauszüge, Harn) wird, nach der Entfernung des Eiweifses durch Erhitzen, mittelst Bleiessig gefällt und das durch Schwefelwasserstoff vom Blei befreite Filtrat zur Trockne verdampft. Den mit Ammoniak übersättigten Rückstand schüttelt man, nach 24 stündigem Stehen, mit dem doppelten Vol. Chloroform und überläfst dann dieses, nach der Entfernung der wässerigen Schichte, der freiwilligen Verdunstung. Bei Anwesenheit von Strychnin bleibt ein bitter schmeckender Rückstand, der in wenig salpetersäurehaltigem Wasser gelöst und mit 2 Tropfen zweifach-chroms. Kali versetzt, nach und nach würfelförmige Krystalle von chroms. Strychnin abscheidet, welches mit Schwefelsäure sogleich die intensive violette Färbung giebt. In 650 CC. Harn läfst sich so noch $1/20$ Gran Strychnin mit Sicherheit erkennen, $1/40$ Gran dagegen nicht mehr. Bei Kranken, welche täglich bis zu $1 1/6$ Gran Strychnin einnahmen, konnte in 1000 CC. des Harns kein Strychnin nachgewiesen werden und auch bei Versuchen mit Pferden fand sich dasselbe weder in der Lymphe, noch im Herzblut, noch in der Leber (1).

Zur quantitativen Bestimmung eines Gehalts von Nitro- **Bittermandelöl.** benzol (Mirbanöl) im Bittermandelöl empfiehlt R. Wagner (2), 5 CC. des zu prüfenden Oels genau zu wiegen. Reines Bittermandelöl (spec. Gew. 1,040 bis 1,044) würde (bei $12°,5$) 5,205 bis 5,220 Grm. wiegen, Mirbanöl (spec. Gew. 1,180 bis 1,201) dagegen 5,9 bis 6,0 Grm. Enthielt das Bittermandelöl 25 pC. Mirbanöl, so betrüge das Gew. der 5 CC. 5,39 Grm.; bei 50 pC. 5,57 Grm. und bei 75

---

(1) Vgl. hiermit die Versuche von St. Macadam (Jahresber. f. 1856, 759), welcher schon die, von Cloëtta ebenfalls beobachtete Eigenschaft des Strychnins hervorhebt, dafs diese Base in Berührung mit faulenden Materien sehr lange der Fäulnifs widersteht. — (2) Zeitschr. anal. Chem. V, 285; Zeitschr. Chem. 1867, 416; J. pr. Chem. CI, 56; Dingl. pol. J. CLXXXV, 288; Bull. soc. chim. [2] VII, 418.

Bittermandelöl. pC. 5,76 Grm. — Mischt man die 5 CC. des Oels mit 35 bis 40 CC. einer Lösung von zweifach-schwefligs. Natron (spec. Gew. 1,225) und bringt das Vol. in einer Bürette durch Wasserzusatz auf 50 CC., so scheidet sich beim Stehen das Mirbanöl als klare Oelschicht ab, deren Vol. man ablesen kann. Um die Consistenz des Oels zu verringern und die Vereinigung der Oeltropfen zu beschleunigen kann man noch 5 CC. Benzol zusetzen, wo dann die Volumzunahme die Menge des Mirbanöls angiebt.

O. Desaga (1) giebt an, dafs sich ächter Kirschbranntwein mit etwas geraspeltem Guajakholz fast augenblicklich indigblau färbe, während das (vermittelst Bittermandelöl oder Kirschlorbeerwasser oder durch Maceration von Kirschkernen mit Alkohol bereitete) Pseudokirschwasser mit Guajakholz sich nur gelblich färbe.

Zucker. Zur Erkennung des Zuckers im Harn benutzen Francqui und van de Vyvere (2) eine alkalische Lösung von Wismuthoxyd, wie man sie durch Fällung von salpeters. Wismuth mit einem grofsen Ueberschufs von Kali und Zutröpfeln von Weinsäure bis zur Wiederauflösung des Niederschlags erhält. Erhitzt man einige Tropfen dieser Lösung mit zuckerhaltigem Harn zum Sieden, so tritt alsbald eine dunkle Färbung ein, indem das Wismuth als schwarzes krystallinisches Pulver gefällt wird. Die normalen Bestandtheile des Harns zersetzen das Reagens nicht.

Um Rohzuckerlösungen, die nach der Behandlung mit Bleiessig zuweilen ein opalisirendes Filtrat liefern, zum Zweck der Bestimmung des Rotationsvermögens klar zu erhalten, findet C. Scheibler (3) einen Zusatz von wenigen

---

(1) N. Jahrb. Pharm. XXVI, 216. — (2) Aus dem Journ. de méd. de Bruxelles 1865, 859 in Zeitschr. anal. Chem. V, 263; Zeitschr. Chem. 1866, 255; Dingl. pol. J. CLXXXI, 236; Vierteljahrsschr. pr. Pharm. XV, 265; N. Repert. Pharm. XVI, 43; Bull. soc. chim. [2] VI, 331; J. pharm. [4] V, 72; Chem. News XV, 74. — (3) Zeitschr. anal. Chem. V, 240.

Tropfen einer Gerbsäurelösung vor der Fällung mit Bleiessig vortheilhaft. Der Niederschlag ist alsdann immer grofsflockig und das Filtrat wasserhell.

Nach J. Nicklès (1) läfst sich eine selbst nur 1 pC. *Fette Oele.* betragende Beimischung des im südlichen Frankreich im Handel vorkommenden Aprikosenöls (*huile d'abricots*) zum Mandelöl daran erkennen, dafs das erstere beim gelinden Erwärmen mit etwas zerriebenem Kalkhydrat eine salbenartige Emulsion bildet, die in der Wärme zu einer klaren Flüssigkeit schmilzt, beim Erkalten wieder erscheint und durch Filtration von dem Oel getrennt werden kann. Reines Mandelöl, Colzaöl oder Olivenöl geben diese Emulsion nicht, wohl aber Ricinusöl. Die salbenartige Substanz löst sich nicht in siedendem Wasser, wohl aber in dem erwärmten fetten Oel und scheidet sich aus letzterem wieder beim Erkalten ab; Säuren entziehen ihr Kalk und das abgeschiedene Oel hat von Neuem die Eigenschaft, die Emulsion zu bilden. Nach der Behandlung mit Kalk verhalten sich Mandelöl und Aprikosenöl verschieden gegen Kupfer; ein Tropfen des letzteren wird auf Kupferblech nach einiger Zeit grün, während das Mandelöl ganz farblos bleibt.

Nicklès (2) hat ferner die Vorsichtsmafsregeln besprochen, welche zur sicheren Nachweisung von Spuren fettiger Substanzen im Wasser mittelst Campher nach dem von Lightfoot (3) angegebenen Verfahren beobachtet werden müssen.

Zur Erkennung freier Fettsäure in einem fetten Oel erwärmt Jacobsen (4) das zu prüfende Oel mit einigen

---

(1) J. pharm. [4] III, 332; Bull. soc. chim. [2] VI, 89; Chem. News XIV, 118; Chem. Centr. 1866, 557; Zeitschr. anal. Chem. V, 251; Vierteljahrsschr. pr. Pharm. XVI, 420. — (2) Bull. de la société industrielle de Mulhouse XXXVI, 172 in Dingl. pol. J. CLXXXI, 462. (3) Jahresber. f. 1863, 712. — (4) Aus dem chem.-techn. Rep. (1866) I, 84 in Chem. Centr. 1867, 159; Dingl. pol. J. CLXXXII, 428; Bull. soc. chim. [2] VII, 96.

Tropfen einer kalt gesättigten Lösung von Rosanilin in absolutem Alkohol. War keine freie Säure vorhanden, so trennt sich nach der Verflüchtigung des Alkohols der Farbstoff von dem ungefärbt gebliebenen Oel, andernfalls zeigt das Oel, durch die entstandene Lösung des Rosanilins in der fetten Säure, eine je nach der Menge der letzteren mehr oder weniger intensive Rothfärbung.

Seife.

Nach W. Stein (1) läfst sich freies Alkali in den gewöhnlichen Seifen (wie in anderen alkalisch reagirenden Salzen) durch Befeuchten des frischen Schnitts mit einer Lösung von Quecksilberchlorid erkennen. Zur Nachweisung von freiem Alkali in Harzseifen dient neutrales salpeters. Quecksilberoxydul.

Wachs und Paraffin.

R. Wagner (2) zeigt, dafs die spec. Gew. des Wachses (0,965 bis 0,969) und des Paraffins des Handels (0,869 bis 0,877) weit genug aus einander liegen, um durch Ermittelung der Dichte einer homogenen Mischung von Wachs und Paraffin Schlüsse auf die quantitativen Verhältnisse ziehen zu können. Reines (d. h. paraffinfreies) Bienenwachs mufs in Weingeist von dem spec. Gew. 0,961 untersinken; schwimmt es darin, so ist eine Verfälschung mit Paraffin zu vermuthen. — Einen Gehalt an Stearinsäure im Paraffin erkennt man am besten durch eine alkoholische Lösung von Bleizucker, welche in der siedenden Lösung mit der Stearinsäure (aber nicht mit dem Paraffin) sofort eine Trübung oder einen flockigen Niederschlag giebt.

Liès-Bodard (3) giebt zur Bestimmung des Paraffins im Wachs das nachstehende Verfahren an. Die auf 100° erwärmte Lösung von 5 Grm. Wachs in 50 CC.

---

(1) Zeitschr. anal. Chem. V, 292. — (2) Zeitschr. anal. Chem. V, 279; Zeitschr. Chem. 1867, 416; Dingl. pol. J. CLXXXV, 72; Bull. soc. chim. [2] VII, 420. — (3) Compt. rend. LXII, 749; J. pharm. [4] III, 287; Bull. soc. chim. [2] VI, 84; Dingl. pol. J. CLXXX, 389; J. pr. Chem. XCVIII, 319; Chem. Centr. 1866, 750; theilweise Zeitschr. anal. Chem. V, 252.

Amylalkohol wird mit einer Mischung von 100 CC. rauchender Schwefelsäure und 100 CC. Wasser so lange erhitzt, als noch Blasen entweichen, und dann der beim Erkalten sich bildende, aus Paraffin, Melissylalkohol, cerotins. und palmitins. Amyl bestehende Kuchen im Wasserbad etwa 2 Stunden lang mit einer Mischung von 50 CC. englischer und 25 CC. rauchender Schwefelsäure behandelt. Die verkohlte Masse wird mit etwa 150 CC. Amylalkohol ausgezogen und die heifs filtrirte, auf 100° erwärmte Lösung mit 70 CC. Schwefelsäurehydrat gemischt, wo sich das Paraffin abscheidet, sofern es in der gebildeten Amylschwefelsäure unlöslich ist. Dasselbe ist nach zweimaliger Behandluug mit Schwefelsäure rein.

J. Sutherland (1) empfiehlt zur approximativen Bestimmung eines Harzgehaltes der Seife, die letztere mit heifser Salzsäure zu zersetzen und das abgeschiedene Gemisch von fetten Säuren und Harz nach dem Wägen mit concentrirter Salpetersäure zu behandeln, wo die fette Säure ungelöst bleibe, während das Harz zu einer in Wasser löslichen Verbindung oxydirt werde.

F. Monoyer (2) führt die von Lightfoot (3) beobachtete Erscheinung — dafs ein Stückchen Campher auf Wasser, in das man einen Tropfen Eiweifs bringt, die Bildung eines undurchsichtigen Häutchens bedingt — auf eine von dem Campher unabhängige Wirkung der Osmose zurück. Es ist nicht das Albumin, welches das Häutchen bildet, sondern eine andere membranöse oder schleimige Substanz, die sich von dem Albumin trennt, sowie das Eiweifs mit dem Wasser in Berührung kommt. Serumalbumin zeigt die Erscheinung nicht.

---

(1) Chem. News XIV, 185; Bull. soc. chim. [2] VI, 466; Chem. Centr. 1867, 172; Dingl. pol. J. CLXXXIII, 287. — (2) Aus der Gaz. hebdomad. de méd. et de chirurg., 20. Janv. 1865 in Bull. soc. chim. [2] V, 444; Zeitschr. Chem. 1866, 477. — (3) In der im Jahresber. f. 1863, 712 [unter (2)] angeführten Abhandlung.

Apparate. J. Salleron und V. Urbain (1) haben zur Prüfung von Petroleum und anderer Mineralöle einen Apparat construirt, durch welchen die der Flüchtigkeit und folglich der Entzündlichkeit entsprechende Tension der Dämpfe dieser Flüssigkeiten bestimmt werden kann.

C. Stammer (2) beschreibt eine Einrichtung am Polarisationsinstrumente, Behufs der Bestimmung sehr geringer Zuckermengen;

N. Gray Bartlett (3) einen automatischen Vacuumapparat zum Verdampfen leicht veränderlicher Flüssigkeiten;

R. W. Giles (4) einen Macerationsapparat für pharmaceutische Zwecke;

R. Gill (5) eine Luftpumpe, bei welcher der schädliche Raum durch Oel vermieden wird;

Fr. Mohr eine Verbesserung des Marsh'schen Apparates (6) und einen einfachen Dialysator (7);

E. Reichardt (8) einen Apparat zum Entwickeln von Wasserstoff, Schwefelwasserstoff oder Kohlensäure;

F. Stolba (9) eine Vorrichtung, um Glasflaschen von beliebigen Dimensionen mit Sauerstoffgas oder auch mit anderen Gasen ohne Anwendung einer pneumatischen Wanne zu füllen.

E. Jacob (10) construirte eine Spritzflasche für riechende Flüssigkeiten;

---

(1) Compt. rend. LXII, 43; Bull. soc. chim. [2] V, 477; Dingl. pol. J. CLXXXI, 397; Zeitschr. anal. Chem. V, 247 (mit Zeichnung); Phil. Mag. [4] XXXI, 143. — (2) Dingl. pol. J. CLXXII, 160. — (3) Proceedings of the American Pharm. Association 1865, 197 (mit Zeichnung). — (4) Chem. News XIV, 135. — (5) Phil. Mag. [4] XXXII, 256. — (6) Zeitschr. anal. Chem. V, 298; Zeitschr. Chem. 1867, 447; Chem. Centr. 1867, 543; N? Repert. Pharm. XVI, 436, — (7) Zeitschr. anal. Chem. V, 301; N. Repert. Pharm. XVI, 439. — (8) Dingl. pol. J. CLXXXI, 69; Zeitschr. Chem. 1866, 512. — (9) J. pr. Chem. XCVII, 310. — (10) Zeitschr. anal. Chem. V, 168 (mit Zeichnung).

C. Lea (1) eine Vorrichtung zur Graduirung von Pipetten;

W. F. Gintl (2) einen neuen Quetschhahn;

F. Stolba (3) einen Kolbenputzer für quantitative Bestimmungen;

C. Lea (4) eine Vorrichtung zur umgekehrten Filtration gröfserer Mengen von Flüssigkeiten;

E. Parrish (5) eine solche zum raschen Filtriren von Flüssigkeiten;

E. Reichardt (6) und v. Prittwitz (7) eine solche zum Filtriren und Auswaschen leichter Niederschläge.

V. Kletzinsky (8) theilt Sein Verfahren zur Darstellung von Kohlenfiltern mit.

E. Erlenmeyer (9) beschrieb einige Abänderungen an dem Verbrennungsofen mit Bunsen'schen Lampen und v. Babo'schem Gestell, sowie einen practischen Apparat zum Erhitzen in zugeschmolzenen Röhren (10);

P. W. Bedford (11) verschiedene Gaslampen für pharmaceutische Zwecke;

A. Perrot (12) einen Apparat, um mittelst eines Gemenges von Leuchtgas und Luft sehr hohe Temperaturen zu erzeugen.

Th. Schlösing (13) bespricht die Anwendung hoher,

---

(1) Sill. Am. J. [2] XLII, 875; Zeitschr. anal. Chem. VI, 111. — (2) Wien. Acad. Ber. LIV (2. Abth.), 668; Zeitschr. Chem. 1867, 850; J. pr. Chem. C, 440. — (3) J. pr. Chem. XCIX, 45. — (4) Sill. Am. J. [2] XLII, 379; Zeitschr. anal. Chem. VI, 95. — (5) Proceed. of the Am. Pharm. Association 1865, 178. — (6) Dingl. pol. J. CLXXXI, 70. (7) Zeitschr. anal. Chem. V, 70. — (8) Polytechn. Notizbl. 1866, 115; Bull. soc. chim. [2] V, 478. — (9) Ann. Ch. Pharm. CXXXIX, 70; Zeitschr. anal. Chem. VI, 110; Chem. Centr. 1866, 1034 (mit Zeichnung). — (10) Ann. Ch. Pharm. CXXXIX, 75; Chem. Centr. 1866, 685. — (11) Proceedings of the American Pharm. Association 1865, 180 (mit Zeichnungen). — (12) Compt. rend. LXII, 148; Instit. 1866, 85; Dingl. pol. J. CLXXXI, 284; Zeitschr. anal. Chem. VI, 109. — (13) Compt. rend. LXII, 187; Bull. soc. chim. [2] V, 470; Instit. 1866, 25; Dingl. pol. J. CLXXXII, 224.

Apparate. mit verbrennlichen Gasen und Luft erzeugter Temperaturen in den Laboratorien und in der Industrie.

C. Stahlschmidt (1) empfiehlt für chemische Zwecke die platinplattirten Kupferschalen aus der Fabrik von Sy und Wagner in Berlin.

Caron (2) bespricht die Vorzüge von durch Compression aus Magnesia hergestellten Schmelztiegeln.

Zaliwski-Mikorski (3) räth (statt des Amalgamirens), die Zinkelemente der Bunsen'schen Kette mit Oel zu befeuchten.

---

(1) Aus den Verh. des Vereins zur Beförd. des Gewerbfleifses in Preufsen 1865, 90 in Zeitschr. anal. Chem. V, 99. — (2) Compt. rend. LXII, 298; Zeitschr. anal. Chem. V, 337. — (3) Compt. rend. LXII, 1248; Zeitschr. Chem. 1866, 876.

Technische Chemie.

Ch. de Freycinet (1) hat im Anschlufs an Seine früheren Berichte (2) auch die Vorkehrungen besprochen, welche in Frankreich in chemischen und technischen Gewerben zum Schutze der Gesundheit der Arbeiter und der Umgebung getroffen sind, sowie die allgemeinen Ursachen, welche die Infection der Luft, des Wassers und des Bodens veranlassen und die Mittel, welche sich zur Beseitigung derselben eignen. *Allgemeines.*

Zur Röstung von Gold- und Silbererzen, welche durch Amalgamation extrahirt werden sollen, verwandelt Kent (3) das Pulver derselben mit Kochsalzlösung in einen Teig und brennt die daraus geformten Ziegeln bei Luftzutritt. *Metalle und Legirungen. Gold, Silber.*

H. Wurtz (4) hat aus Veranlassung der von Crookes (5) über die Anwendung des Natriumamalgams bei der Extraction der edlen Metalle mittelst Quecksilber gemachten Mittheilungen die Priorität dieser Anwendung für Sich in Anspruch genommen (6) und einige allgemeine Angaben

---

(1) Ann. min. [6] IX, 455; X, 1. — (2) Jahresber. f. 1864, 760; f. 1865, 755. — (3) Aus Berg- und hüttenmännische Zeitung 1866, 293 in Chem. Centr. 1866, 1080. — (4) Sill. Am. J. [2] XLI, 216; Chem. News XIII, 188, 191, 195; Dingl. pol. J. CLXXXI, 119; Bull. soc. chim. [2] VI, 848. — (5) Jahresber. f. 1865, 756. — (6) Crookes weist (Chem. News XIV, 277) diesen Anspruch als unberechtigt zurück.

Gold, Silber. über Sein Verfahren gemacht. Das feste, 2 bis 4 pC. Natrium enthaltende Amalgam (welches Wurtz *magnetisches* Amalgam nennt) wird dem reinen Quecksilber in kleinen 1 bis 2 pC. betragenden Mengen zugesetzt und ertheilt demselben ein so grofses Adhäsionsvermögen, dafs es selbst an Eisen, Stahl, Platin, Antimon und Aluminium haftet, ohne jedoch diese Metalle zu amalgamiren; Magnesium wird davon nicht benetzt, Gold und Silber aber augenblicklich aufgenommen, während reines Quecksilber diese beiden Metalle (in Folge eines Ueberzugs von Staub oder Fett) häufig nicht amalgamirt (1). Die Extraction derselben erfolgt daher mittelst solchen „magnetischen" Quecksilbers schneller und vollständiger; verstaubtes oder getödtetes Quecksilber wird dadurch sogleich vereinigt. Auch zur Aufbewahrung und zum Transport des Quecksilbers hält Wurtz die Verwandlung desselben in festes Amalgam für zweckmäfsig. — E. Silliman (2) hat über einige Versuche nach diesem Verfahren berichtet. Aus goldführendem Quarz erhielt Er in kleinem Mafsstabe mit reinem Quecksilbers nur 40 bis 60 pC., mit natriumhaltigem 80 bis 83 pC. des Goldgehaltes; bei Arbeiten im Grofsen wurde mit natriumhaltigem Quecksilber nahezu alles Gold extrahirt.

Quecksilber. R. Wagner (3) empfiehlt die Löslichkeit des Schwefelquecksilbers in alkalischen und alkalisch-erdigen Schwefelmetallen zur Extraction und insbesondere zur technischen

---

(1) Auch Nicklès hat (J. pharm. [4] IV, 330; Dingl. pol. J. CLXXXIII, 391; Sill. Am. J. [2] XLIII, 96; Chem. News XIV, 3) das Verhalten des Natriumamalgams zu einigen Metallen, verglichen mit dem des reinen Quecksilbers, besprochen. Er findet, dafs das Natriumamalgam Eisen und Platin, nicht aber Magnesium oberflächlich amalgamirt. Sehr dünne Platinfolie wird davon durchlöchert, dickeres Blech bewahrt dagegen seine Biegsamkeit. Vgl. hierüber auch Bemerkungen von J. B. Thomson Chem. News XV, 21. — (2) Chem. News XIV, 170; Dingl. pol. J. CLXXXIII, 84; Bull. soc. chim. [2] VII, 91. — (3) J. pr. Chem. XCVIII, 23; Zeitschr. Chem. 1866, 447; Chem. Centr. 1866, 863; Bull. soc. chim. [2] VII, 91.

Prüfung geringhaltiger (2 bis 3 procentiger) Schwefelqueck- **Quecksilber.**
silbererze zu verwerthen. Am Vortheilhaftesten fand Er
zu diesem Zweck eine durch Auflösen des rohen Schwefel-
baryums in Wasser und Auskrystallisirenlassen des gröfsten
Theils des Barythydrates dargestellte, im Liter etwa 50 Grm.
Baryum enthaltende Lösung von Schwefelbaryum. Dieselbe
wirkt in der Kälte nicht auf Zinnober ein, löst denselben
aber bei 40 bis 50° ziemlich reichlich auf (das Liter etwa
60 Grm.). Aus der Lösung wird das Schwefelquecksilber
durch Salzsäure wieder gefällt (wobei Chlorbaryum als
Nebenproduct erhalten wird) und in gewöhnlicher Weise
zerlegt. Zur Prüfung bitumenhaltiger armer Erze sind
diese zunächst mit Benzol zu erschöpfen, nach scharfem
Trocknen mit Schwefelbaryum zu extrahiren und der durch
Salzsäure gefällte Niederschlag von etwa beigemengtem
Schwefel durch Digestion mit Schwefelkohlenstoff zu befreien. Eine Lösung von Schwefelkalium ist, weil dieses
von dem Muttergestein des Zinnobers in erheblicher Menge
absorbirt wird, zur Extraction weniger geeignet. — Wagner
giebt noch an, dafs Zinnober durch tagelange Digestion
mit einer überschüssigen Lösung von Jod in Jodkalium
nach der Gleichung $HgS + KJ_2 = HgJ_2 KJ + S$ zersetzt
wird. Die Verminderung des freien Jods liefert mithin ein
Mafs für das gelöste Quecksilber.

D. Chiado (1) hat ein Verfahren beschrieben, nach **Kupfer.**
welchem aus kiesigen Kupfererzen in einer einzigen Operation Gaarkupfer gewonnen wird. Es besteht im Wesentlichen darin, die Beschickung von geröstetem Erz mit Holzkohle in einem Krummofen einzuschmelzen und aus diesem
das Schwarzkupfer im Mafse seiner Bildung in einen
Flammenofen fliefsen zu lassen, worin es durch die gleichzeitige Einwirkung von Luft und überhitztem Wasserdampf

---

(1) Aus Armengaud's Génie industrial 1866, 158 in Dingl. pol. J.
CLXXX, 860; Chem. Centr. 1866, 896.

in Gaarkupfer verwandelt wird. Chiado bezeichnet dieses Ofensystem als Hydropyrogenofen.

Eisen, Stahl. Um aus den Eisenerzen sogleich ein von Schwefel, Phosphor, Silicium, Arsen, Zink und Kupfer möglichst freies Roheisen zu erhalten, empfiehlt A. K. Kerpely (1), durch ein Gebläse Chlornatrium, Chlorammonium oder Chlorkalk in Pulverform (in 24 Stunden 50 bis 70 Pfd.) in das Gestell des Hochofens einzublasen, wodurch die genannten Verunreinigungen als Chlorverbindungen abgeschieden werden sollen (2).

A. Bagh (3) fand vorzügliches Rohstahleisen von Biber bestehend aus

Fe	Mn	C	P	Si	S	Ca	Cu	As	Mg	Sb	Summe
87,997	6,555	3,758	0,578	0,497	0,171	0,127	0,120	0,118	0,052	0,027	100

nebst Spuren von Silber, Blei, Wismuth und wenig Schlacke.

P. Le Guon (4) beschrieb die Darstellung von wolframhaltigem Eisen durch Zusammenschmelzen von Roheisen und reducirtem Wolfram (5).

A. Gaudin (6) schmilzt zur Erzeugung von stahlartigem Gufseisen *(archi-fonte blanche)* gewöhnliches Roheisen in einem Flammenofen unter Zusatz von Cyanmetallen ein, indem Er, um die Temperatur möglichst zu steigern, dem Brennmaterial Wasserdampf und der Flamme Sauerstoff zuführt (hierzu werden Braunsteinstücke zwischen das Brennmaterial und das zu schmelzende Metall gebracht). Das Product, welches etwa doppelt so viel Kohlenstoff als gewöhnliches Roheisen enthält, soll sich durch seinen niedrigen Schmelzpunkt und grofse Leichtflüssigkeit aus-

---

(1) Aus Berg- und hüttenmännische Zeitung 1865, Nr. 33 in Chem. Centr. 1866, 234; Bull. soc. chim. [2] V, 475. — (2) Vgl. auch Dingl. pol. J. CLXXIX, 207, wo Nicklès zu demselben Zweck Eisenchlorür empfiehlt. — (3) Ann. Ch. Pharm. CXL, 180; Zeitschr. Chem. 1866, 759; Chem. Centr. 1867, 142; Dingl. pol. J. CLXXXII, 382. — (4) Compt. rend. LXIII, 967; J. pr. Chem. C, 447; Dingl. pol. J. CLXXXIII, 220. — (5) Jahresber. f. 1868, 785. — (6) Aus Armengaud's Génie industriel 1865, 232 in Dingl. pol. J. CLXXIX, 194.

zeichnen, der Härtung fähig sein und im gehärteten Zu- *Eisen, Stahl.*
stand den besten Stahl an Härte übertreffen. Weifses
kohlenstoffarmes und bei dunkler Rothgluth schmiedbares
„Halbgufseisen" *(demi-fonte blanche)* erhält Derselbe durch
Einschmelzen von gewöhnlichem Roheisen mit wenig Mangansuperoxyd (und angelblich mit Bor oder Phosphor). —
E. C. A. Chenot (1) hat ein Verfahren beschrieben, nach
welchem im Hochofen unmittelbar aus den Erzen Stahl
oder Stabeisen erzeugt wird. Es besteht darin, auf das
wesentliche Princip des Hochofenprocesses, nach welchem
alles Eisen reducirt und eine strengflüssige eisenfreie Kalk-
silicatschlacke gebildet wird, zu verzichten und durch Anwendung von überschüssigem Eisenerz eine leichtflüssige
Eisenschlacke zu erzeugen (2). Das reducirte schwammige,
nach dem Verhältnifs der Beschickung nur wenig oder
nicht gekohlte Metall sammelt sich in Luppen in einem
beweglichen Eisenkasten und wird sogleich wie bei der
Rennfeuermethode weiter verarbeitet.

Die rasche Verminderung des Siliciums im Roheisen,
welche bei dem Frischen im Schlackenbade schon in der
Periode des Einschmelzens erfolgt, beruht nach List (3)
nicht auf dem Umschmelzen an und für sich (da sich beim
Schmelzen im Cupolofen der Siliciumgehalt nicht ändert),
sondern auf Oxydation, die theils auf Kosten der Luft,
theils auf Kosten der Eisenoxydschlacke stattfindet und
durch die gleichzeitige Verbindung des Graphits mit dem
Eisen begünstigt wird. Der Mangangehalt des Eisens wird
bei dem Einschmelzen eben so vollständig (bis zu 85 pC.)
wie das Silicium oxydirt und in die Schlacke geführt; der
Kohlenstoff widersteht dagegen der Oxydation in der ersten
Phase des Puddelprocesses, woraus sich erklärt, dafs der

---

(1) Aus Armengaud's Génie industriel 1866, 117 in Dingl. pol. J.
CLXXX, 868. — (2) Vgl. auch Jahresber. f. 1864, 750. — (8) Aus
Zeitschrift des Vereins deutscher Ingenieure IX in Dingl. pol. J.
CLXXXII, 121; Chem. Centr. 1866, 590.

Kohlenstoffgehalt des Eisens nach dem Einschmelzen erhöht ist. In Folge dieser reichlichen gleichzeitigen Oxydation von Silicium, Mangan und Eisen ist die Schlacke nach dem Einschmelzen nicht basischer (1). List fand für 5 Proben von Schlacke, genommen I. vor dem Einschmelzen des Roheisens; II. nach dem Einschmelzen; III. während des stärksten Aufkochens; IV. bei Beginn des Luppenmachens; V. nachdem der Ofen einige Zeit leer gestanden hatte, die folgende Zusammensetzung:

	Fe_2O_3	FeO	MnO	Mn_2O_3	PO_5	SiO_2	Summe	Fe im Ganzen
I.	13,47	52,21	8,95	1,32	3,78	17,62	99,30	50,04
II.	7,78	57,18	12,61	*)	*)	17,77	—	49,91
III.	6,03	59,85	12,10	—	—	16,90	—	50,77
IV.	9,00	59,28	11,54	—	—	17,69	—	52,41
V.	9,37	57,57	11,06	2,04	3,48	16,40	99,92	51,83.

*) Nicht bestimmt.

Morgan Morgans (2) beschrieb Verbesserungen im Puddelprocefs. Galy Cazalat (3) besprach die Entkohlung des Roheisens und die Verwandlung desselben in Gufsstahl durch Behandlung im geschmolzenen Zustand mit Wasserdampf. Bessemer (4) unterwirft das nach Seinem bekannten Verfahren in Gufsstahl oder Stabeisen zu verwandelnde Roheisen vorläufig dem Puddelprocefs in einem beweglichen Ofen und kohlt es dann wieder durch Einwirkung von Kohlenoxyd bei hoher Temperatur und unter Zusatz einer kleinen Menge von gutem grauem Roheisen. — Nach R. Mushet (5) läfst sich dem nach dem Bessemer'schen Verfahren entkohlten Roheisen ein Schwefelgehalt auf die Weise entziehen, dafs man dem noch geschmolzenen Metall (auf die Tonne 20 bis 100 Pfd.) vor-

(1) Vgl. auch Jahresber. f. 1857, 615; f. 1860, 687; f. 1864, 752. — (2) Aus Mechanic's Magazine 1865, September, 150 in Dingl. pol. J. CLXXIX, 288; Chem. Centr. 1866, 187. — (3) Compt. rend. LXII, 87; Instit. 1866, 18; Dingl. pol. J. CLXXIX, 369. — (4) Aus Engineer 1866, August, 135 in Dingl. pol. J. CLXXXII, 218. — (5) Aus Mechanic's Magazine 1866, März, 138 in Dingl. pol. J. CLXXXI, 305.

gewärmtes Spiegeleisen zusetzt und den Wind aufs Neue bis zur Entkohlung einwirken läfst. Mit dem Mangan und Kohlenstoff des Spiegeleisens wird auch der Schwefel entweder sogleich oder nach öfterer Wiederholung derselben Behandlung oxydirt (1). Bei gleichzeitigem Phosphorgehalt des Eisens empfiehlt Mushet die Anwendung von Spiegeleisen und einer gleichen Menge von Titaneisen (durch Verschmelzen von Hämatit mit 5 bis 10 pC. Ilmenit zu erhalten). Nach der Abscheidung der beiden Metalloïde wird die erforderliche Menge von Spiegeleisen zugesetzt, um dem Metall den gewünschten Grad von Kohlung zu geben.

H. Caron (2) schliefst aus einigen Versuchen, dafs die Bildung der Blasen, welche im Gufsstahl vorzukommen pflegen, nicht durch das Entweichen absorbirter Heerdgase, sondern durch die Oxydation des Kohlenstoffs im Stahl veranlafst wird (3). Nach Seiner Annahme bildet der geschmolzene Stahl an der oxydirenden Atmosphäre des Heerdes Eisenoxyd und in Berührung mit der Kieselsäure der Schmelztiegel kiesels. Eisenoxydul, welche später durch den Kohlenstoff unter Bildung von Kohlenoxyd wieder reducirt werden. Schmilzt man von zwei gleichen Stahlproben die eine in einem Thontiegel, die zweite in einem Tiegel von Kalk oder Magnesia (4) (jeder dieser Tiegel ist bedeckt in einen gröfseren Thontiegel einzusetzen und darin mit einer unschmelzbaren Substanz zu umschütteln) in demselben Windofen, so erhält man im Thontiegel einen von Blasen durchsetzten, im Kalk- oder Magnesiatiegel einen vollkommen compacten Flufs (hiernach hätte die Oxydbil-

---

(1) Vgl. Caron's Beobachtungen Jahresber. f. 1863, 780. — (2) Compt. rend. LXII, 296; Instit. 1866, 41; Bull. soc. chim. [2] V, 473; Dingl. pol. J. CLXXX, 228; Chem. Centr. 1866, 766. — (3) Vgl. auch Jahresber. f. 1864, 758. — (4) In der angeführten Mittheilung finden sich noch Angaben von Caron, Balard, H. Sainte-Claire Deville und Regnault über die vorzügliche Brauchbarkeit solcher Magnesiatiegel.

dung keinen Einfluſs auf die Entstehung der Blasen). Caron vermuthet, daſs die Reaction zwischen Eisenoxyd (welches in allem geschmolzenen Eisen gelöst sein kann) und Kohlenstoff erst bei einer bestimmten, bedeutend oberhalb des Schmelzpunktes des weiſsen Roheisens liegenden Temperatur stattfindet. Dieſs würde erklären, warum weiſses und übergaares Roheisen, sowie Stabeisen, bei geringem Luftzutritt geschmolzen, blasenfreie Güsse geben, während der Regulus von hartem, und noch mehr der von weichem Stahl immer blasig erscheint.

Uran.   E. Wysocky (1) hat über die fabrikmäſsige Darstellung des Urangelbs zu Joachimsthal weitere Mittheilung (2) gemacht. Das gepulverte Mineral wird zuerst bis zur vollständigen Abscheidung des Arsens und Schwefels im Flammenofen geröstet und hierauf nochmals mit 1,5 pC. kohlens. und 2 pC. salpeters. Natron unter Umrühren stark und anhaltend erhitzt. Man entzieht dann der Masse durch Auslaugen mit heiſsem Wasser die gebildeten löslichen (wolframs., molybdäns., arsens. und andere) Natronsalze und digerirt den breiförmigen Rückstand einige Stunden mit 20 pC. concentrirter Schwefelsäure und etwa 1 pC. Salpetersäure. Die Mischung wird hierauf verdünnt, filtrirt, der aus Kieselsäure und fremden Substanzen bestehende unlösliche Antheil gut ausgewaschen, die Flüssigkeit nach Patera's Angaben in eine alkalische Lösung verwandelt und aus dieser entweder durch genaues Neutralisiren mit verdünnter Schwefelsäure Urangelb ($NaO, 2U_2O_3 + 6HO$), oder durch heiſse Fällung mit caustischem Natron Uranorange, oder durch Erhitzen mit schwefels. Ammoniak käufliches Uranoxyd (Uranoxydammoniak) erhalten.

Aluminium.   Dullo (3) empfiehlt das zur Reduction des Aluminiums erforderliche Chloraluminium-Chlornatrium in folgender

---

(1) Dingl. pol. J. CLXXXI, 448; Bull. soc. chim. [2] VI, 494. — (2) Vgl. Jahresber. f. 1853, 740; f. 1856, 880; f. 1860, 698. — (3) Bull. soc. chim. [2] V, 472.

eise darzustellen. Man mischt eisen- und sandfreien *Aluminium.*
hon mit der zur Bildung eines dickflüssigen Breies er-
rderlichen Menge von Wasser, setzt auf 100 Th. des
ockenen Thons 120 Th. Kochsalz und 30 Th. Kohle zu,
ocknet die breiige Masse vollständig aus und behandelt
:n Rückstand in einer Gasretorte in der Glühhitze mit
hlor, bis sich mit dem Kohlenoxydgas Chlorsilicium zu
ttwickeln anfängt. Sämmtliche Thonerde soll bei diesem
unkte zersetzt sein. Die glühende Masse wird nun aus
:r Retorte entfernt, mit Wasser ausgelaugt, die Lösung
ir Abscheidung eines etwaigen Kieselsäuregehaltes zur
rockne verdampft und nach nochmaliger Wiederholung
:s Lösens und Abdampfens das Aluminium durch Schmel-
n mit überschüssigem Zink abgeschieden. Die Reduction
lingt etwas schwieriger als mit Natrium; der Ueber-
hufs des Zinks ist durch Destillation zu entfernen.

H. Bouilhet (1) hat über die Fortschritte und An- *Galvano-*
endungen der Galvanoplastik berichtet. *plastik.*

H. Struve (2) hat einige antike, aus Sibirien stammende *Legirungen.*
egenstände untersucht und z. Th. aus reinem Eisen *Antike*
'feilspitzen und Messer), z. Th. aus Kupfer oder Bronze *Bronze.*
istehend gefunden. Die letzteren ergaben die Zusammen-
tzung:

	I.	II.	III.	IV.	V.
Cu	99,0	90,20	88,67	93,00	89,70
Sn	0,82	9,64	10,10	6,35	0,63
Fe	0,84	0,05	0,28	0,18	9,10
Summe	99,66	99,89	99,05	99,53	99,43.

I. Messer von 13 CM. Länge und 14 bis 20 MM. Breite; Gewicht
Grm. II. Bruchstück eines Messers, gelblichroth; Gewicht 9,5 Grm.
. Gebogenes Messer, 16 CM. lang und 11 bis 16 MM. breit; Ober-
che dunkel, Bruch gelb; Gewicht 42 Grm. IV. Messer von 13 CM.
nge und 11 MM. Breite, mit dunkler Oberfläche und rothem Bruch;
wicht 23 Grm. V. Schmuckgegenstand von dunkler Farbe und grauem

(1) Aus Bulletin de la société d'encouragement 1866, 207 durch
itsche Industriezeitung 1866, Nr. 36 in Chem. Centr. 1866, 1066. —
N. Petersb. Acad. Bull. IX, 282; Instit. 1866, 890.

feinkörnigem Bruch, sehr hart und brüchig; das Gewicht betrug 18,5 Grm., das specifische Gewicht 7,224.

Vergoldung. Nach demselben Chemiker (1) besteht die bei der Feuervergoldung auf Metallen zurückbleibende Schichte nicht aus reinem Gold, sondern aus einem quecksilberarmen Goldamalgam, welches zugleich kleine Mengen des vergoldeten Metalls enthält. Hierauf beruht die eigenthümliche Farbe der Feuervergoldung. Behandelt man ein so vergoldetes Metall in der Wärme mit verdünnter Salpetersäure, bis keine Einwirkung mehr stattfindet, so bleibt zuletzt ein dünnes Goldblättchen zurück, das beim Erhitzen Quecksilber ausgiebt. Struve fand solche Goldüberzüge I. auf Kupfer; II. auf Silber bestehend aus:

	Au	Ag	Cu	Hg	Summe
I.	83,34	—	3,34	13,32	100,00
II.	72,68	10,32	—	16,96	99,96

Kupferlegirungen. Kupfer-Zink- und Kupfer-Zinnlegirungen sollen nach P. Morin (2) durch Zusatz von 2 pC. Aluminium in ihren Eigenschaften verbessert werden und insbesondere gröfsere Härte und Politurfähigkeit und eine schönere Farbe erhalten.

Einer Mittheilung von R. Pumpelly (3) über japanische Legirungen entnehmen wir Folgendes. 1) *Shakdo* ist eine Kupfer-Goldlegirung mit 1 bis 10 pC. Gold. Die aus derselben verfertigten und polirten Objecte werden in einer Lösung von Alaun, schwefels. Kupfer und Grünspan gesotten, wodurch sie bei kleinerem Goldgehalt eine intensive Bronzefarbe, bei gröfserem eine schwarzblaue Farbe annehmen. 2) *Gin shi bu ichi* (Viertel Silber), eine Kupfer-Silberlegirung mit 30 bis 50 pC. Silber; sie erhält durch Kochen mit der angegebenen Beize eine sattgraue Farbe. 3) *Mokume* wird durch Zusammenschweifsen aufeinander

---

(1) N. Petersb. Acad. Bull. X, 49. — (2) Aus Armengaud's Génie industriel 1866, October, 220 in Dingl. pol. J. CLXXXII, 306. — (3) Sill. Am. J. [2] XLII, 48; J. pr. Chem. CI, 489; aus Mechanic's Magazine, November 1866 in Dingl. pol. J. CLXXXIII, 289.

gelegter verschiedenfarbiger Metalle und Legirungen in Blattform, Eingraben konischer Löcher und Aushämmern der Platten bis zum Verschwinden der Höhlungen erhalten. Es bildet Blätter mit Zeichnungen in parallelen und gewundenen Linien. 4) *Sinchu*, Messing mit 21,2 und 33,3 pC. Zink. 5) *Karakane*, Glockenmetall von folgender Zusammensetzung :

	1ste	2te	3te	4te Sorte
Cu	10	10	10	10
Sn	4	2,5	3	2
Pb	—	1,8	2	2
Fe	0,5	—	0,5	—
Zn	1,5	0,5	1	—

Kupferarbeiten mit hellrother Oberfläche werden aus Kupfer verfertigt, das in seiner ganzen Masse Oxydul enthält, und schliefslich in der oben angegebenen Beize gesotten.

Nach Z. Roussin (1) besitzt eine Legirung von 95 pC. Zinn und 5 pC. Blei genügende Härte zur Anfertigung dauerhafter Gefäfse für den häuslichen Gebrauch und giebt auch bei längerer Berührung mit schwachsauren Flüssigkeiten kein Blei an diese ab. Aus Legirungen von höherem, 10 bis 15 pC. betragendem Bleigehalt nimmt verdünnter Essig (10 Grm. in 100 Grm. Wasser) schon in 48 Stunden deutlich nachweisbare Mengen von Blei auf.

Zinn-Blei-Legirung.

Nach R. Böttger (2) kann Zink durch Berührung mit einer alkalischen Lösung von Kupferoxyd alle Farben des Spectrums annehmen. Taucht man das (möglichst bleifreie) blanke Metall in eine nicht über $10°$ erwärmte Lösung von 3 Th. trockenem weins. Kupferoxyd in verdünnter Natronlauge (4 Th. Aetznatron in 48 Th. Wasser), so zeigt es sich nach zwei Minuten intensiv dunkelblau, nach $4^{1}/_{2}$ Min. grün, nach $6^{1}/_{2}$ Min. goldgelb und nach

Metallüberzüge.

---

(1) J. pharm. [4] III, 103. — (2) Aus Jahresber. des physikalischen Vereins zu Frankfurt a. M. f. 1864-1865 in Dingl. pol. J. CLXXXI, 210; J. pr. Chem. XCVII, 29; Chem. Centr. 1866, 624.

8½ Min. purpurroth gefärbt, welche letztere Färbung bei längerem Contact wieder verschwindet und durch andere von geringerer Intensität ersetzt wird; bei anderen Temperaturen ist auch die erforderliche Dauer des Eintauchens verschieden. Die Farbenüberzüge scheinen nach sorgfältigem Abwaschen und Trocknen des Metalls haltbar zu sein.

Zinkätzen. Zur Herstellung von Aetzungen auf Zink, welche den Holzschnitt ersetzen können, empfiehlt R. Böttger (1) eine Platte, welche bereits nach dem im Jahresberichte für 1865, 772 beschriebenen Verfahren behandelt ist, mit dem positiven Pol eines mäfsig starken Volta'schen Elementes zu verbinden, den negativen Pol in ein Kupferblech münden zu lassen und beide Platten einige Zolle von einander entfernt in eine Lösung von schwefels. Zink zu tauchen, bis die unbeschriebenen Stellen genügend tief aufgelöst sind.

Metalloïde, Säuren, Alkalien, Salze. Sauerstoff. C. R. Maréchal und C. M. Tessié du Mothay (2) erhitzen zur Darstellung von Sauerstoff im Grofsen mangans., übermangans., chroms. oder eisens. (?) Salze der Alkalien und alkalischen Erden in einem Dampfstrom oder unter Einspritzen von Wasser und oxydiren den reducirten Rückstand wieder durch Ueberleiten von Luft in der Glühhitze. Das Verfahren wurde in England patentirt.

Schweflige und Schwefelsäure. Um die bei den Röstprocessen entwickelte schweflige Säure zu verwerthen, werden (3) auf den Zinkwerken zu Stolberg die abgekühlten feuchten Röstgase über Schwe-

---

(1) Aus Jahresber. des physikalischen Vereins zu Frankfurt a. M. 1864-1865 in Dingl. pol. J. CLXXXI, 212; J. pr. Chem. XCVII, 31; Chem. Centr. 1866, 734. — (2) Dingl. pol. J. CLXXXII, 252; Chem. News XIV, 154. — (3) Nach einer Mittheilung in Bull. soc. chim. [2] V, 282.

felnatrium geleitet und das gebildete Gemenge von unterschwefligs. Salz und Schwefel getrocknet und destillirt. Der aus Mehrfach- Schwefelnatrium und schwefels. Natron bestehende Rückstand liefert durch Auslaugen und Verdampfen eine Krystallisation von Glaubersalz und eine Lauge, die abermals zur Absorption der schwefligen Säure dient.

Ein neuer Versuch, die Schwefelsäure ohne Anwendung der kostspieligen Bleikammern zu erzeugen, ist von Verstraet (1) gemacht worden. Er ersetzt dieselben durch ein System von Steinzeug- Ballons ohne Boden, welche mit Coaks gefüllt und in Säulenform über einandergesetzt sind. — H. Sprengel (2) hat einen Apparat (graduirte Glasröhre mit Kautschuk-Piston) beschrieben, welchen Er anwendet, um die Höhe der Säureschicht in den Bleikammern zu ermitteln und zugleich eine Probe sämmtlicher heterogener Schichten zur Bestimmung ihres mittleren spec. Gewichtes zu entnehmen.

H. Vohl (3) hat verschiedene Proben roher toskanischer Borsäure analysirt und den Gehalt an krystallisirter Säure von 80,1 bis 86,1 pC. schwankend gefunden. *Borsäure.*

E. Moride (4) empfiehlt, das Jod aus der Mutterlauge, welche bei der Verarbeitung der Tange gewonnen wird, durch Untersalpetersäure abzuscheiden, durch Schütteln mit Benzol zu lösen und dieser Lösung wieder durch Kalilauge zu entziehen, um es schließlich aus der gebildeten *Jod.*

---

(1) Nach einem Bericht von Barreswil, aus Bull. de la société d'encouragement, September 1865, 581 in Dingl. pol. J. CLXXIX, 63; Chem. Centr. 1866, 154. Der von Verstraet construirte, nicht genauer beschriebene Apparat nimmt 40 Quadratmeter Flächenraum ein und soll bei einem Anlagecapital von 7000 Francs täglich 1000 Kilogrm. Säure liefern. — (2) Chem. Soc. J. [2] IV, 455. — (3) Dingl. pol. J. CLXXXII, 173. — (4) Compt. rend. LXII, 1002 und in den S. 789 angeführten Mittheilungen. Moride giebt noch an, dafs sich Stanford's Verfahren (Jahresber. f. 1862, 661) technisch unausführbar gezeigt habe.

Mischung von Jodkalium und jods. Kali durch Salzsäure zu fällen. Das Brom wird nach der Behandlung der Lauge mit Untersalpetersäure und Benzol in bekannter Weise isolirt. Die Verkohlung der Tange führt Moride am Ort der Einsammlung in tragbaren Oefen aus. — Zur Bestimmung ihres Jodgehaltes übergiefst Derselbe die frischen oder trockenen, in kleine Stücke zerschnittenen Tange in einer Porcellanschale mit Weingeist, zündet diesen an und rührt mit einem Glasstabe um, wodurch die Verkohlung ohne Verlust von Jod erfolgt. Der wässerige Auszug der Kohle wird dann in bekannter Weise geprüft. Vgl. S. 789.

Brom.

Bromhaltige Flüssigkeiten zersetzt L. Leisler (1) zur Gewinnung des Broms in einer eisernen Destillirblase mit bleiernem oder irdenem Helm durch Erhitzen mit Salzsäure und chromsaurem Kali und leitet die Dämpfe in einen mit Spänen von Schmiedeeisen gefüllten Recipienten. Aus dem gebildeten Eisenbromür können die übrigen Brommetalle direct erhalten werden.

Kohlens. Alkalien.

Nach A. G. Hunter (2) werden die schwefels. Salze der Alkalien durch Erhitzen ihrer Lösungen mit überschüssigem Kalkhydrat unter höherem Druck so vollständig zerlegt, dafs sich die technische Darstellung der caustischen und kohlens. Alkalien auf diesem Wege realisiren läfst. Hunter empfiehlt hierzu Lösungen vom spec. Gewicht 1,10 anzuwenden und dieselben mit Kalkmilch unter einem Druck von 40 bis 50 Pfund auf den Quadratzoll für schwefels. Natron und von 80 bis 90 Pfund für schwefels. Kali und unter beständiger Bewegung bis zur vollständigen Zersetzung zu kochen, das Filtriren unter Druck vorzunehmen (um die Rückbildung von schwefels. Alkali zu

(1) Aus Mechanic's Magazine, December 1865, 880 in Bull. soc. chim. [2] V, 476.; Dingl. pol. J. CLXXIX, 388. — (2) Aus London Journal 1866, 222 durch polytechn. Centralblatt 1866, 1016 in Chem. Centr. 1866, 975.

verhindern) und die caustische Lauge in bekannter Weise weiter zu behandeln.

G. Lunge (1) hat die in englischen Fabriken befolgte Darstellungsweise von kohlens. Kali aus schwefels. nach der Methode von Leblanc, sowie die von salpeters. Kali mittelst Chilisalpeter und Chlorkalium oder mittelst Chilisalpeter und Aetzkali beschrieben.

Kalisalze.

Nach Balard (2) enthält die aus dem Schweifs der Schafwolle dargestellte Potasche (3) etwa 4 pC. kohlens. Natron und Chlornatrium.

E. Fuchs (4) hat in einer ausführlichen Abhandlung über die Steinsalzlager zu Stafsfurt und das daselbst zur Gewinnung des Chlorkaliums aus dem Carnallit befolgte Verfahren berichtet. Auch L. Joulin (5) hat weitere statistische Mittheilungen über die Ausbeutung der Stafsfurter Salzlager gemacht und insbesondere die bei der Düngung mit Kalisalzen gemachten Erfahrungen gesammelt.

Balard (6) hat das zu Camargue gegenwärtig befolgte Verfahren zur Extraction der Salze aus der Mutterlauge der Salzgärten beschrieben. Man erhält dort durch freiwillige Verdunstung derselben drei verschiedene Salzabsätze, von welchen der erste ausschliefslich aus Chlornatrium, der zweite (sogenanntes gemischtes Salz) aus etwa gleichen Theilen Chlornatrium und schwefels. Magnesia besteht, während der dritte (Sommersalz) ebenfalls noch Chlornatrium und schwefels. Magnesia, zugleich aber auch die ganze Menge des Kali's enthält, und zwar zum Theil in

Salze der Mutterlauge des Meerwassers.

---

(1) Dingl. pol. J. CLXXXII, 385, 393. — (2) Aus Bull. de la société d'encouragement 1866, 467 in Dingl. pol. J. CLXXXII, 395. — (3) Jahresber. f. 1865, 776. — (4) Ann. min. [6] VIII, 1. Einen Auszug aus dieser Abhandlung, das auf die Gewinnung des Chlorkaliums Bezügliche enthaltend, hat Stromeyer gegeben in Mitth. des hannoverschen Gewerbevereins 1866, 186; Dingl. pol. J. CLXXXI, 376; Chem. Centr. 1867, 13, 17. — (5) Bull. soc. chim. [2] VI, 98, 177, 854. — (6) Aus Bull. de la société d'encouragement 1865, XII auszugsweise in J. pharm. [4] III, 179.

der Form von Chlormagnesium-Chlorkalium, zum Theil als schwefels. Magnesiakali. Das zweite oder gemischte Salz wird durch Auflösen und künstliche Abkühlung (mittelst (Carré'scher Apparate) im Chlormagnesium und schwefels. Natron zerlegt. Das dritte oder Sommersalz liefert durch Auflösen in heifsem Wasser und Abkühlung einen Theil des Kali's als schwefels. Magnesia-Kali; die hierbei bleibende, früher nicht verarbeitete Mutterlauge wird einer Temperatur von — 15 bis — 17° ausgesetzt, bei welcher sie eine Krystallisation von schwefels. Natron giebt; durch Verdampfen scheidet sie den Rest des Chlornatriums und hierauf, nach Zusatz von Chlormagnesium, den Rest des Kali's (45 pC.) als Chlormagnesium-Chlorkalium ab. Das schwefels. Magnesia-Kali wird zum Zweck der Gewinnung von kohlens. Kali nach dem Leblanc'schen Verfahren vorläufig umkrystallisirt, wodurch sich in Folge theilweiser Zersetzung sein Gehalt an Kali erheblich (bis auf 80 pC. schwefels. Kali) steigert.

Soda. P. W. Hofmann (1) fand für zwei Sodarückstände die Zusammensetzung:

	CaS	CaO	CaO,CO_2	NaO,SO_3	NaS	MgO,CO_2	SiO_2	C	Al_2O_3	Fe_2O_3	HO
I.	30,55	12,83	15,41	0,24	2,64	1,76	5,60		4,20		27
II.	29,55	10,94	16,97	0,24	2,85	1,18	1,00	4,80	2,40	1,60	27,60

Manganchlorür wurde durch diese Rückstände nur unerheblich gefällt, kohlens. Natron nur in geringem Grade ätzend. Hieraus, wie aus dem Gewichtsverhältnifs des Schwefelcalciums und Kalks schliefst Hofmann, dafs diese in der Form von Calciumoxysulfuret $2\,CaS, CaO$ vorhanden sind. Vgl. S. 160.

J. Pelouze (2) hat dagegen durch eine Reihe von Versuchen gezeigt, dafs die rohe Soda weder Aetznatron, noch Calciumoxysulfuret, sondern das Natron in der Form

---

(1) Compt. rend. LXII, 292, und in der S. 163 angeführten Abhandlung. — (2) Compt. rend. LXII, 814; Instit. 1866, 53; Ann. ch. phys. [4] VIII, 283; J. pharm. [4] III, 164; Zeitschr. Chem. 1866, 159; Chem. Centr. 1866, 294; Dingl. pol. J. CLXXX, 373.

von kohlens. Salz, den Kalk als Schwefelcalcium und Aetzkalk enthält. Die mit etwas Wasser befeuchtete rohe Soda giebt an Alkohol kein Natron ab. Wird sie mit Wasser ausgelaugt, so ist der Gehalt der Lösung an Aetznatron von der Art der Auslaugung abhängig; er ist gering, wenn die gepulverte Soda auf dem Filtrum ausgewaschen wird, zwei- oder dreimal so groſs dagegen, wenn sie mehrere Tage mit kaltem Wasser in Berührung bleibt. Im ersteren Falle enthält der unlösliche Rückstand neben Schwefelcalcium und kohlens. Kalk noch eine gewisse Menge Kalkhydrat und kann bei längerer Digestion mit kohlens. Natron eine entsprechende Menge desselben in Aetznatron verwandeln; im zweiten Falle besteht er ausschliefslich aus Schwefelcalcium und kohlens. Kalk. Wird dieselbe rohe Soda anhaltend mit Wasser gekocht, so geht ein beträchtlicher Theil des kohlens. Natrons in Schwefelnatrium über, aber die Menge des Aetznatrons bleibt dieselbe; es kann demnach auch in dem Sodarückstand kein Oxysulfuret enthalten sein. Jede rohe Soda giebt bei genügend langer Digestion mit Wasser einen Rückstand, in welchem kein unverbundener Kalk mehr enthalten ist, aber die industriellen Sodarückstände enthalten noch kleine, von 1 bis 6 pC. schwankende Mengen von freiem Kalk. Hofmann's auf die Bildung und Existenz des Calciumoxysulfurets bezügliche Angabe (S. 163) fand Pelouze bei Wiederholung von Dessen Versuchen nicht bestätigt. Erhitzt man 1 Aeq. Kalk mit 2 Aeq. schwefels. Kalk und überschüssiger Kohle zum Rothglühen, so ist das Product ein Gemenge von Schwefelcalcium und kohlens. Kalk; bei höherer Temperatur geht der kohlens. Kalk in Aetzkalk über und alsdann ist die Mischung allerdings fähig, kohlens. Natron in ätzendes zu verwandeln. In gleicher Weise wird auch beim Glühen von Schwefelcalcium mit Aetzkalk nur ein Gemenge und nicht ein Oxysulfuret erhalten.

J. Kolb (1) hat bei Versuchen, welche alle Phasen

(1) Ann. ch. phys. [4] VII, 118; VIII, 135; X, 106; im Auszug

Soda. des Sodabildungsprocesses umfassen und in grofsem Mafsstabe ausgeführt wurden, die folgenden, mit den Ergebnissen von Pelouze im Einklang stehenden Resultate erhalten. Nach Kolb verläuft die Reaction im Sodaofen in ganz gleicher Weise, mögen die Rohmaterialien entsprechend der Dumas'schen Gleichung $(2 [NaO, SO_3] + 3 [CaO, CO_2] + 12 C = 2 [NaO, CO_2] + CaO, 2 CaS + 10 CO + 3 C)$ oder der Gleichung $NaO, SO_3 + CaO, CO_2 + 4 C = NaO, CO_2 + CaS + 4 CO$ gemischt sein. Schwefels. Natron und kohlens. Kalk setzen sich in der Rothglühhitze nicht um (man erhält ein Gemenge von schwefels. Natron und Aetzkalk). Die erste Phase der Reaction im Sodaofen besteht daher in der Reduction des schwefels. Natrons durch Kohle unter Bildung von Kohlensäure. Wendet man nur die zu dieser Reduction erforderliche Menge von Kohle an, so bleibt ein Theil des schwefels. Natrons unzersetzt, da die Wirkung der Kohle sich zwischen das schwefels. Natron und die Kreide theilt $(CaO, CO_2 + C = CaO + 2 CO)$. Das Minimum der anzuwendenden Kohle entspricht demnach der Gleichung $NaO, SO_3 + CaO, CO_2 + 3 C = NaS + CaO + 2 CO_2 + 2 CO$, und die Bildung des kohlens. Natrons kann daher auch nicht durch Doppelzersetzung, sondern nur auf Kosten der im Ofen enthaltenen, von der Reduction des schwefels. Natrons und dem Brennmaterial stammenden Kohlensäure erfolgen. Die Kreide läfst sich folglich durch äquivalente Mengen von Kalk oder Kalkhydrat ersetzen, ohne den Procefs zu beeinträchtigen, und es erklärt sich daraus zugleich, warum bei dem Schmelzen der Materialien in einem Tiegel nur eine mit vielem Schwefelnatrium gemischte Soda erhalten wird, während ihre Darstellung in einer Röhre unter Durchleiten von Kohlensäure in normaler Weise gelingt. 100 Th.

Bull. soc. chim. [2] VI, 11; VII, 370; J. pharm. [4] IV, 241; V, 42; theilweise Compt. rend. LXII, 638; Zeitschr. Chem. 1866, 216; Chem. Centr. 1866, 285; Dingl. pol. J. CLXXXI, 362; Chem. News XIII, 162; XIV, 16, 40, 58

schwefels. Natron, 70,4 Th. Kreide und 25,5 Th. Kohle sind nach Kolb das der Theorie sich am nächsten anschliefsende Verhältnifs, ein Ueberschufs von Kreide und Kalk ist aber aus bekannten Gründen zweckmäfsig. Die geeignetste Temperatur liegt zwischen Bronze- und Silberschmelzhitze; bei höherer Temperatur wird, sofern nach den Gleichungen $NaO, CO_2 + C = NaO + 2CO$; — $NaO + CaS = NaS + CaO$ Schwefelnatrium in reichlicher Menge entsteht, „verbrannte" Soda erhalten. Die Natur der Kohle ist auf den Sodabildungsprocefs nicht von wesentlichem Einflufs; stickstoffhaltige Kohle (besonders die fette Steinkohle) giebt zur Bildung von Cyannatrium (und daher bei Zutritt von feuchter Luft zu Ammoniakentwickelung) Veranlassung; mit Coaks findet diese nicht statt.

Trockene kohlensäurefreie Luft wirkt auf die fertige rohe Soda erst bei Temperaturen über 100° und besonders in der Rothglühhitze ein, indem sie das Schwefelcalcium zu schwefels. Kalk oxydirt. Auch Kohlensäure verändert im trockenen Zustand die rohe Soda nicht (trockener Kalk und trockenes Schwefelcalcium werden nach Kolb von Kohlensäure nicht angegriffen); bei Gegenwart von Wasserdampf geht zunächst der Kalk in Hydrat und kohlens. Salz über, später wird das Schwefelcalcium nach der Gleichung $2CaS + HO + CO_2 = CaO, CO_2 + CaS, HS$ zersetzt. In feuchter Luft oxydirt sich das etwa vorhandene Schwefelnatrium zu unterschwefligs. Salz, das Schwefelcalcium langsam zu schwefels. Kalk. Der Eisengehalt der rohen Soda, der stets in der Form von Oxyd vorhanden ist, geht in feuchter Luft auf Kosten des Schwefelcalciums in Schwefeleisen über, welches sich rasch zu schwefels. Eisenoxyd oxydirt und durch Doppelzersetzung eine entsprechende Menge von Gyps bildet: $Fe_2O_3, 2SO_3 + 3CaS = 2FeS + 2(CaO, SO_3) + CaO + S$. Da dieser Vorgang sich alsbald wiederholt, so reicht eine kleine Menge von Eisenoxyd aus, um eine grofse Menge von schwefels.

Soda. Kalk zu bilden und daher bei dem Auslaugen einen beträchtlichen Verlust an kohlens. Natron zu veranlassen. Es ist aus diesem Grunde nicht vortheilhaft, die rohe Soda länger als 3 bis 4 Tage der Luft auszusetzen (um durch die Hydratisirung des Kalks die Zerklüftung der Masse zu veranlassen). — Bezüglich der Einwirkung des Wassers bei dem Auslaugen fand Kolb, dafs die Menge des in Lösung gehenden Aetznatrons mit der Dauer der Digestion und mit der Temperatur zunimmt, zu der Quantität des angewandten Wassers aber in keiner Beziehung steht, dafs dagegen das Schwefelnatrium bei Anwendung gröfserer Mengen von Wasser reichlicher gebildet wird, und dafs sowohl das Aetznatron als das Schwefelnatrium (zwischen deren Mengen kein constantes Verhältnifs stattfindet) auf Kosten des ursprünglich vorhandenen kohlens. Natrons entstehen (1). — Die rothgelbe Farbe, welche die verdampfte Rohlauge häufig annimmt, leitet Kolb von Schwefeleisen-Schwefelnatrium ab. Diese Verbindung bildet sich nur, wenn die rohe Soda bereits Schwefelnatrium enthält oder wenn dieses durch fehlerhaftes Auslaugen entstanden ist. Sie geht dann als fein suspendirte, alle Filter durch-

---

(1) Bezüglich der Löslichkeit des Schwefelcalciums, von welcher diese Erscheinungen abhängig sind, hat Kolb das Folgende gefunden. 1 Liter Wasser löste (in der Form von Schwefelwasserstoff-Schwefelcalcium und Kalk):

durch 48 stündige Digestion					durch 2 stündiges Kochen
bei 10°	18°	40°	60°	90°	
0,15	0,23	0,30	0,48	0,33	0,27 Grm.

Die Löslichkeit steigt demnach mit der Dauer der Berührung; sie wird durch Chlornatrium etwas verringert, durch schwefels. Natron vermehrt, durch caustisches Natron aber aufgehoben; Gegenwart von Kalk scheint (bei Abwesenheit von kohlens. Natron) ohne Einflufs zu sein. Die Umsetzung zwischen Schwefelcalcium und kohlens. Natron erfolgt nur in verdünnten Lösungen des letzteren leicht; in gesättigten wird sie bei kürzerer Digestion unmerklich, steigt aber mit der Dauer derselben und der Temperatur; durch Aetznatron wird diese Einwirkung aufgehoben.

dringende aufgequollene Masse in die Lösung über und nimmt bei steigender Concentration derselben, indem sie sich theilweise zu lösen scheint, eine intensive braungelbe bis rothe Farbe an. Die trockene Soda erscheint dann gelb; zum Schmelzen erhitzt verliert sie diese Färbung, die aber an feuchter Luft wieder erscheint und zuletzt in die ockerige Farbe des Eisenoxyds übergeht. Durch Ammoniaksalze oder Chlornatrium werden solche gefärbte Laugen unter Abscheidung eines schwarzen Niederschlags entfärbt; das einfachste Verfahren zu ihrer Reinigung besteht aber darin, sie im mäfsig concentrirten Zustand in einem geräumigen tiefen Behälter längere Zeit der Ruhe zu überlassen, in welcher sich die suspendirte oder gelöste Verbindung allmälig vollständig abscheidet (1). Bei der darauf folgenden fractionirten Verdampfung wird das schwefels. Natron zuerst und das Chlornatrium zuletzt (dieses durch das vorhandene Aetznatron ziemlich vollständig) abgeschieden. Wenn daher eine Rohlauge diese beiden Salze enthält, so haben die mittleren Fällungen den höchsten Gehalt an kohlens. Natron.

Th. Petersen (2) hat bezüglich des Sodabildungsprocesses die Resultate von Scheurer-Kestner (3) bestätigt. Einen Sodarückstand, welcher der langsamen Oxydation überlassen geblieben war, fand Derselbe bestehend aus:

CaS	CaO,SO_2 $+ 2HO$	CaO,S_2O_3 $+ 6HO$	CaO,SO_3 $+ 2HO$	CaO,CO_2	MgO,CO_2
8,441	24,180	2,607	4,721	36,884	1,742

NaO,CO_2	NaCl	Thonerde-Natron-Silicat	Fe_2O_3	Sand	Kohle	Summe
0,568	0,035	8,676	1,887	6,294	5,878	100.

(1) J. Hargreaves (Chem. News XIII, 265; Dingl. pol. J. CLXXXII, 40) leitet zur Oxydation der Schwefelverbindungen und zur Entfärbung der Lauge einen Luftstrom mittelst gespannter Dämpfe durch dieselbe. — (2) Siebenter Bericht des Offenbacher Vereins für Naturkunde 1865-1866, 117; J. pr. Chem. C, 402; Zeitschr. Chem. 1866, 734; Bull. soc. chim. [2] VIII, 85. — (3) Jahresber. f. 1864, 767.

Soda.

W. Weldon (1) hat die Grundzüge eines Verfahrens angegeben, nach welchem Er die Soda im Grofsen darzustellen hofft. Es besteht darin 1) durch Doppelzersetzung von Chlornatrium mit schwefels. Magnesia unter Zusatz von wenig Wasser schwefels. Natron zu erzeugen; 2) das schwefels. Natron durch Einwirkung von Flufssäure in zweifach-schwefels. Salz zu verwandeln; 3) das hierbei gebildete Fluornatrium durch Magnesia zu zerlegen, wodurch Aetznatron und Fluormagnesium erhalten werden, und 4) das Fluormagnesium entweder durch zweifach-schwefels. Natron oder Schwefelsäure zu zersetzen und die Flufssäure wieder zu gewinnen. Die Umsetzung zwischen schwefels. Natron und Flufssäure erfolgt leicht und bei gewöhnlicher Temperatur; auch die unter 2) und 3) genannten Reactionen erfordern nur gelinde Wärme; die Zersetzung des Chlornatriums durch schwefels. Magnesia findet dagegen auf trockenem Wege nur bei starkem Erhitzen der beiden Salze, auf nassem bei starker Abkühlung (auf — 4°) der Lösungen statt. — Weldon macht noch auf die leichte Zersetzbarkeit des Fluornatriums durch Wasserdampf, unter Bildung von Aetznatron und Flufssäure, aufmerksam; die entwickelte Flufssäure kann wie die Salzsäure condensirt werden; in gesättigte Chlornatriumlösung geleitet fällt sie nahezu die ganze Menge des Natriums als Fluornatrium.

Phosphors. Natron.

Boblique (2) beschreibt zur Darstellung der phosphors. Alkalien mittelst natürlichem phosphors. Kalk das folgende, Seiner Angabe nach ökonomische Verfahren. 100 Th. des zerkleinerten Minerals werden mit 60 Th. Eisenerz und der erforderlichen Menge von Brennmaterial im Hochofen eingeschmolzen und das gebildete (15 bis 20

---

(1) Rep. 36 Br. Assoc., Notices and Abstracts 45; Chem. News XIV, 41; aus Mechanic's Magazine September 1866, 150 in Dingl. pol. J. CLXXXII, 228; Zeitschr. Chem. 1866, 759; Bull. soc. chim. [2] VI, 346; VII, 90. — (2) Bull. soc. chim. [2] V, 247; Chem. Centr. 1866, 848.

pC. Phosphor enthaltende) Phosphoreisen gepocht, mit dem doppelten Gewicht trockenen schwefels. Natrons und 0,2 bis 0,3 Th. Kohle gemischt und im Sodaofen wie eine Sodaschmelze behandelt. Man erhält Schwefelnatriumeisen und phosphors. Natron, welches letztere durch Auslaugen gewonnen wird. Das Doppelsulfuret kann zur Gewinnung von schwefliger Säure benutzt werden.

G. Lunge (1) beschrieb die fabrikmäfsige Darstellung von Borax aus natürlicher Borsäure oder Boronatrocalcit. Der letztere wird durch $^2/_3$ seines Gewichtes Salzsäure, verdünnt mit dem doppelten Volum Wasser, zersetzt und die erhaltene (47 pC. vom Gewicht des Minerals betragende) krystallisirte Borsäure entweder auf nassem Wege oder durch Schmelzen mit der Hälfte ihres Gewichtes wasserfreier Soda in Borax verwandelt. *Borax.*

Zur Darstellung von Schwefelammonium im Grofsen erhitzt P. Spence (2) eine Mischung eines Ammoniaksalzes mit dem doppelten Gewicht Sodarückstand oder Gaskalk in einem Dampfstrome. *Schwefelammonium.*

W. Reuling (3) hat auf einen kleinen Magnesiagehalt der käuflichen Barytsalze aufmerksam gemacht. *Barytsalze.*

Nach Versuchen von P. Bolley und Jokisch (4) besitzt die Lösung der Chlormagnesia (erhalten durch Fällen einer Chlorkalklösung mittelst schwefels. Magnesia oder durch Einleiten von Chlor in eine Suspension von Magnesia in Wasser) eine raschere und gleichwohl mildere bleichende Wirkung, als die Lösung des Chlorkalks. Bolley leitet dieselbe zum Theil von der leichteren Zersetzbarkeit der unterchlorigs. Magnesia, zum Theil davon ab, dafs die freie Magnesia keine caustischen Eigenschaften hat. *Unterchlorigs. Magnesia.*

---

(1) Dingl. pol. J. CLXXXI, 370; Bull. soc. chim. [2] VI, 346. —
(2) Chem. News XIV, 272; Dingl. pol. J. CLXXXIII, 397. —
(3) Zeitschr. anal. Chem. V, 72. — (4) Aus schweizer. polytechn. Zeitschr. 1866, XI, 120 in Dingl. pol. J. CLXXXII, 79; J. pr. Chem. XCIX, 329; Chem. Centr. 1867, 143; Bull. soc. chim. [2] VII, 524.

Desinfections-mittel.

Letheby (1) hat Seine Erfahrungen über die Wirksamkeit des Chlors, Chlorkalks und anderer Substanzen als Desinfectionsmittel mitgetheilt. M. v. Pettenkofer (2) hat das schwefels. Eisenoxydul (3) als das geeignetste Mittel empfohlen, um die ammoniakalische Zersetzung des Inhaltes der Abtrittsgruben (welche der Entwickelung der Cholerakeime günstig sein soll) zu verzögern und bereits gebildetes Ammoniak und Schwefelwasserstoff zu binden. Blanchard und Chateau (4) wenden hierzu eine saure Lösung von phosphors. Magnesia, oder von phosphors. Magnesia und -Eisenoxydul an, um den Düngerwerth der desinficirten Substanzen zu erhöhen. Fr. Ilisch (5) giebt auf Grund vergleichender Versuche den Mineralsäuren, insbesondere der Schwefelsäure, zu dem genannten Zweck den Vorzug. Derselbe hat auch den Einfluſs einiger Desinfectionsmittel auf die Entwickelung der Hefenpilze untersucht.

Schwefels. Thonerde.

Um die neutrale schwefels. Thonerde von constanter Zusammensetzung zu erhalten, empfiehlt H. Fleck (6), die Lösung derselben bis zur Tafelconsistenz zu verdampfen und in kupferne Formen auszugieſsen, in welchen sie zu strahlig-krystallinischen Massen von der Formel Al_2O_3, $3SO_3 + 18HO$, mit einem kleinen, von der (aus Kryolith bereiteten) Thonerde stammenden Gehalt an Natron er-

---

(1) Chem. News XIV, 267; Dingl. pol. J. CLXXXIII, 225; Chem. Centr. 1867, 156. — (2) Aus N. Repert. Pharm. XV, 1 in Chem. Centr. 1866, 365. — (3) Die anzuwendende Menge beträgt für je eine Person 24 Grm. täglich. Auch die Carbolsäure ist zu demselben Zweck angewendet worden ($^1/_4$ Liter der wässerigen Lösung genügt für die täglichen Entleerungen von 4 Personen); zur Desinfection des alkalischen, Schwefelammonium enthaltenden Grubeninhaltes steht sie aber dem Eisenvitriol nach. — (4) Compt. rend. LXII, 446. — (5) In Seiner Schrift: Untersuchungen über Entstehung und Verbreitung des Cholera-Contagiums. St. Petersburg, 1866. — (6) J. pr. Chem. XCIX, 243; Zeitschr. Chem. 1867, 95; Dingl. pol. J. CLXXXIII, 395; Chem. Centr. 1867, 688; Bull. soc. chim. [2] VIII, 89.

starrt. Wird das Verdampfen weiter fortgesetzt, so trennt sich die Masse bei dem Erkalten in eine untere wasserärmere und eine obere wasserreichere Schicht. — Zur genauen Bestimmung des Schwefelsäuregehaltes der schwefels. Thonerde fand Fleck nur die Fällung mittelst Chlorbaryum und zur Ermittelung von freier Säure nur die gleichzeitige Bestimmung der Thonerde und des Natrons geeignet. Die qualitative Prüfung mittelst unterschwefligs. Natron, Ultramarinpapier oder Schwefelnatrium (vgl. S. 788) hält Er für ungenau, da auch neutrale Alaunlösungen diese Substanzen bei längerer Einwirkung zersetzen.

Als zweckmäfsigstes Verfahren zur Regenerirung von Mangansuperoxyd aus dem bei der Chlorfabrikation sich ergebenden Manganchlorür empfiehlt P. W. Hofmann (1) das folgende. Man fällt die mit Kreide oder Kalk neutralisirte Manganlösung mit Schwefelcalcium (hierzu eignet sich die gelbe Flüssigkeit, welche durch Auslaugen des der Luft ausgesetzt gewesenen Sodarückstandes erhalten wird), trennt nach 24 Stunden den sich leicht absetzenden Niederschlag, welcher in Folge des Gehaltes jener Lauge an Mehrfach-Schwefelmetallen aus Schwefelmangan und Schwefel besteht und trocknet ihn in gelinder Wärme. Er enthält alsdann bis zu 57 pC. Schwefel, zum gröfsten Theil im freien Zustande (2), und bildet ein vortheilhaftes Material zur Verbrennung im Kiesofen. Hofmann erhielt daraus 41 pC. Schwefel in der Form von schwefliger Säure

Mangansuperoxyd.

---

(1) Dingl. pol. J. CLXXXI, 364; Zeitschr. Chem. 1866, 608; Chem. News XVI, 163. — (2) Nach besonderen Versuchen von Hofmann geht gefälltes Schwefelmangan theilweise schon unmittelbar durch Trocknen bei 100°, vollständig aber durch mehrtägige Berührung mit Luft in ein Gemenge von Schwefel mit Manganoxyd und kleinen Mengen von schwefels. Manganoxydul über. Bei stärkerem Erhitzen wird unter Entwickelung von schwefliger Säure vorzugsweise schwefels. Manganoxydul gebildet; ein solches, durch 5 Minuten langes Erhitzen von Schwefelmangan in einer Platinschale erhaltene Product bestand aus MnO,SO_3 44,5 pC., MnO_2 18,9 pC., MnO 36,6 pC.

und einen aus 75,4 pC. schwefels. **Manganoxydul**, 8,8 pC. Mangansuperoxyd und 15,8 pC. Manganoxydul bestehenden Rückstand. Der letztere liefert nun durch gelindes Glühen mit salpeters. Natron (1 Aeq. auf je 1 Aeq. Manganoxydul oder schwefels. Salz) unter Entwickelung salpetriger Dämpfe ein Gemenge von schwefels. Natron und höheren Oxyden des Mangans; das ausgewaschene trockene Product ergiebt durchschnittlich einen Gehalt an disponiblem Sauerstoff, welcher 55,5 pC. Mangansuperoxyd entspricht. Ein etwaiger Eisengehalt der rohen Manganlösung läfst sich durch Zusatz von wenig Sodarückstand vor der Fällung abscheiden.

Uebermangans. Kali.

J. C. Sticht (1) beschrieb die **Darstellung des übermangans. Kali's** in grofsem Mafsstabe.

Quecksilberchlorid.

Das durch Sublimation dargestellte Quecksilberchlorid wird nach H. Fleck (2) vollkommen frei von Chlorür erhalten, wenn die Sublimation in einer Atmosphäre von Salzsäure geschieht. Derselbe empfiehlt zu diesem Zweck 10 Pfd. Quecksilber in 12,5 Pfd. Schwefelsäure von 66° B. zu lösen und die durch vorsichtiges Verdampfen erhaltene, aus neutralem und saurem schwefels. Quecksilberoxyd und -oxydul bestehende Masse mit 9 Pfd. Chlornatrium zu sublimiren. Der mit der Salzsäure und den Wasserdämpfen entweichende kleine Antheil läfst sich bei Anwendung einer Retorte vollständig wieder gewinnen.

Schiefspulver und Verwandtes.

Heeren (3) hat die Resultate einiger Versuche über das Verhalten des Schiefspulvers und anderer explosiver

(1) Vierteljahrsschr. pr. Pharm. XV, 359; J. pr. Chem. XCIX, 247; Zeitschr. Chem. 1867, 96. — (2) J. pr. Chem. XCIX, 247; Dingl. pol. J. CLXXXIII, 394; Chem. Centr. 1867, 656; Bull. soc. chim. [2] VIII, 89. — (3) Aus Mittheilungen des hannöverischen Gewerbevereins 1866, 9 in Dingl. pol. J. CLXXX, 286; Chem. Centr. 1867, 25.

Substanzen im leeren Raume beschrieben, welche die von Bianchi (1) und Abel (2) erhaltenen bestätigen. Knallquecksilber wurde unter einem Quecksilberdruck von 2 Linien durch einen galvanisch zum Glühen erhitzten Platindraht nicht zur Explosion gebracht, sondern theilweise weggeschleudert; Knallsilber verbrannte langsam und mit sichtbarer Flamme.

Ehrhardt (3) hat für die Bereitung von Schiefspulver die folgenden Vorschriften gegeben. 1) Kriegspulver: Chlors. Kali 1 Th., salpeters. Kali 1 Th., Gerbstoff 1 Th. — 2) Pulver für Haubitzen: Chlors. Kali 1 Th., Gerbstoff 1 Th. — 3) Sprengpulver: Chlors. Kali $1/2$ Th., salpeters Kali $1/2$ Th., Gerbstoff 1 Th., Kohle 2 Th. — Ein als *Haloxylin* bezeichnetes neues Sprengpulver fand C. Cerny (4) aus annähernd 78 Th. salpeters. Kali und 22 Th. Kohle, nebst kleinen Mengen von Cyankalium, Ferrocyankalium und in Wasser löslichen extractiven Substanzen bestehend. Es verbrennt in geschlossenen Räumen langsamer als gewöhnliches Pulver, an freier Luft aber ruhig, ohne Explosion (5). — Schiefspapier, von G. S. Melland (6) als Ersatzmittel des Schiefspulvers empfohlen, wird nach Demselben bereitet, indem man gewöhnliches Papier in eine durch einstündiges Kochen von 9 Th. chlors. Kali, 4,5 Th. salpeters. Kali, 3,25 Th. Ferrocyankalium, 3,25 Th. gepulverte Holzkohle, $1/21$ Th. Stärkmehl und $1/16$ Th. chroms. Kali in 79 Th. Wasser erhaltene Mischung eintaucht, zu Patronen aufrollt und bei $100°$ trocknet. Zum Schutz gegen Feuchtigkeit werden die

---

(1) Jahresber. f. 1862, 37. — (2) Jahresber. f. 1864, 794. — (3) Bull. soc. chim. [2] V, 234. — (4) Dingl. pol. J. CLXXXII, 251. — (5) Bezüglich eines von Neumayer angefertigten neuen, an freier Luft ebenfalls ohne Explosion entstündlichen Pulvers, über dessen Zusammensetzung keine Angaben vorliegen, vgl. Dingl. pol. J. CLXXXII, 248, 344. — (6) Aus Mechanic's Magazine, April 1866, 13 in Dingl. pol. J. CLXXXI, 150.

Schiefspulver und Verwandtes.
Patronen mit einer Lösung von Xyloïdin in Essigsäure überstrichen.

C. Lesimple (1) hält eine Mischung von 1 Th. rothem Phosphor und 3 Th. salpeters. Blei zur Füllung von Zündhütchen und als Sprengmaterial für geeignet. H. Vohl (2) hat aber gezeigt, dafs diese Mischung, wenn sie durch Reibung, Schlag oder Erhitzen zum Verpuffen gebracht wird, neben Stickstoff Dämpfe von Phosphorsäure, phosphoriger Säure und Phosphor entwickelt und dafs auch die der Theorie entsprechende Mischung von 1 Th. Phosphor und 5 Th. salpeters. Blei nur als Zündmasse für Reibzündhölzer brauchbar ist. Nach R. Böttger (3) entzündet sich ein Gemenge von Thalliumtrioxyd und Schwefel durch Reiben unter Explosion, eine Mischung von Thalliumtrioxyd mit 1 Th. Goldschwefel bei schwachem Reiben ruhig; auch pikrins. Thalliumoxydul ist nach Demselben durch Schlag entzündlich.

Th. Arnall (4) und R. T. Clarke (5) besprachen die freiwillige Entzündung von Feuerwerkssätzen. Der Erstere leitet dieselbe in den meisten Fällen von vorhandener oder neugebildeter Schwefelsäure ab, welche die Zersetzung des chlors. Kali's veranlafst.

Schiefsbaumwolle.
F. A. Abel (6) hat bei fortgesetzten Studien über die Schiefsbaumwolle die folgenden wichtigen Ergebnisse erhalten. Er fand zunächst, dafs bei genauer Befolgung der von v. Lenk (7) zur Reinigung der rohen Baumwolle und zur Nitrirung gegebenen Vorschriften immer gleichförmige Producte erhalten werden, deren Zusammensetzung bis auf

---

(1) Dingl. pol. J. CLXXXI, 413. — (2) Ebendaselbst, CLXXXII, 143. — (3) Jahresber. des physikal. Vereins zu Frankfurt a. M. für 1865-1866, 56. — (4) Pharm. J. Trans. [2] VIII, 163. — (5) Chem. News XIV, 250. — (6) Phil. Mag. [4] XXXII, 145; Lond. R. Soc. Proc. XV, 102; Chem. News XIV, 18, 250; XV, 203; J. pr. Chem. CI, 488; Dingl. pol. J. CLXXXV, 148, 154, 157; mit einer Besprechung der neueren Fortschritte in Bezug auf Schiefsmaterial Pharm. J. Trans. [2] VIII, 67. — (7) Jahresber. f. 1864, 796.

geringe, durch die unten angegebenen Beimischungen veranlaſsten Abweichungen der Trinitrocellulose ($C_{12}H_{14}O_7$, $3N_2O_5$), und nicht der von Pelouze und Maurey (1) angegebenen Formel ($C_{24}H_{36}O_{18}$, $5N_2O_5$) entspricht. Mit diesem aus zahlreichen Analysen abgeleiteten Resultat steht auch die Gewichtszunahme beim Nitriren im Einklang. Bei 24- bis 48 stündigem Contact der Baumwolle mit einem groſsen Ueberschuſs der Säuremischung (50 Th. auf 1 Th. Baumwolle) betrug diese 81,2 bis 82,5 pC., bei sehr kurzer oder sehr langer Behandlung, oder wenn die Baumwolle 24 Stunden mit weniger Säuremischung (dem 10- bis 15-fachen Gewicht) in Berührung blieb, annähernd 78 pC. Die Schieſsbaumwolle enthält aber gewöhnlich 1) eine kleine (0,75 bis 1 pC., vielleicht zuweilen bedeutend mehr betragende) Menge eines in Alkohol löslichen gelben Nitrokörpers von sauren Eigenschaften, welcher von den in der gereinigten Baumwolle noch enthaltenen fremden Substanzen stammt, und 2) etwa 1 bis 1,5 pC. in Aetheralkohol löslicher niedrigerer Nitrirungsstufen der Cellulose. — Gut bereitete Schieſsbaumwolle entwickelt im Tageslicht und im directen Sonnenlicht allmälig etwas Gas, ohne sich jedoch wesentlich zu verändern. Auch wird sie durch Wärme nicht in der von Pelouze und Maurey angegebenen Weise angegriffen. Proben, die 12 Monate einer Temperatur von 65° ausgesetzt blieben, gaben nur geringe Gas-

---

(1) Jahresber. f. 1864, 799. — Seely hat (Chem. News XIV, 35; Dingl. pol. J. CLXXXII, 247) die Mittel besprochen, welche angewendet worden sind, um die freiwillige Zersetzung des Nitroglycerins und die daraus entstehenden Unglücksfälle zu verhüten; Zusatz einer pulverförmigen neutralisirenden, auf das Nitroglycerin nicht einwirkenden Substanz (welche ist nicht angegeben) hält Er für das Geeignetste. E. Kopp empfiehlt (Compt. rend. LXIII, 189; Bull. soc. chim. [2] VI, 497; Chem. Centr. 1866, 1038; Dingl. pol. J. CLXXXII, 237; Phil. Mag. [4] XXXII, 238; Chem. News XIV, 64) zu demselben Zweck das Nitroglycerin am Orte seiner Anwendung (Steinbrüchen) darzustellen, und hat das von Ihm hierzu befolgte Verfahren beschrieben.

Schießbaum-wolle. entwickelung und bewahrten alle ihre wesentlichen Eigenschaften. Selbst nach mehrstündigem Erhitzen auf 90° (wobei in allen Fällen Entwickelung von salpetriger Säure eintrat) und darauf folgende lange Einwirkung des Lichtes zeigte sie sich noch von guter Beschaffenheit. Da die reine Trinitrocellulose sowie die niedrigeren Nitrirungsstufen die längere Einwirkung einer nahe an 100° liegenden Temperatur wohl ertragen, so leitet Abel die unter Umständen so leichte Veränderlichkeit der Schießbaumwolle von den Nitrirungsproducten der fremden organischen Substanzen ab, welche in der Wärme schnell die Bildung von freier Säure veranlassen. Ihr Einfluß wird nach Seinen Versuchen durch Imprägniren der fertigen Schießbaumwolle mit kohlens. Natron aufgehoben. Schießbaumwolle läßt sich aber beliebig lange auf das Vollkommenste aufbewahren, wenn sie unter Wasser getaucht oder bis zur Unentzündlichkeit mit Feuchtigkeit getränkt wird. In diesem Zustande ist sie ungefährlicher als Schießpulver auf irgend eine Weise gemacht werden kann, läßt sich ebenso wie rohe Baumwolle transportiren und widersteht dem allmäligen Verderben (durch Schimmelbildung und Fäulniß) besser als diese. — Abel tritt ferner der Meinung entgegen, daß die Schießbaumwolle durch Zusammendrehen oder Flechten der einzelnen Stränge ihre zerstörende Wirkung auf Feuerwaffen verliere. Nach Ihm läßt sich dieses Resultat nur erreichen, indem man sie mit einer nicht explosiven Substanz (gereinigter Baumwolle z. B.) verdünnt oder sie durch Druck zu compacten homogenen Massen verdichtet. Er beschreibt ein Verfahren, nach welchem das fertige, mit einer alkalischen Lösung gewaschene Präparat in einem dem Holländer der Papierfabriken ähnlichen Apparat in Brei verwandelt und dann durch mechanische Processe zu Blättern, Scheiben, Cylindern oder Körnern geformt wird. Durch Mischen verschiedener Sorten von Schießbaumwolle oder durch Zusatz von gewöhnlicher Baumwolle kann die

Heftigkeit der Verbrennung in jedem beliebigen Grade vermindert werden.

Nach Versuchen von Zeidler (1) verliert natürlicher und künstlicher Gyps $^3/_4$ seines Wassergehaltes (15,66 pC.) schon zwischen 90° und 96°, wenn er mehrere Stunden dieser Temperatur in einem trockenen Luftstrom ausgesetzt bleibt, in ruhender Luft aber bei 150" (des umgebenden Bades); das letzte Viertheil (5,22 pC.) entweicht dagegen langsam erst zwischen 110° und 170°. Auf 210° erhitzter Gyps erhärtet schlecht; völlig todtgebrannt wird er bei 220° bis 225°. Der bereits entwässerte und mit Wasser wieder erhärtete verhält sich ganz wie der natürliche (das eigenthümliche, auf der Bildung von Wasserdampf beruhende Schweben und Aufkochen des Pulvers wurde nicht beobachtet). Graham's Angabe, dafs Gyps im luftverdünnten Raume über Schwefelsäure bei 100° nur 8,1 pC. Wasser verliere, beruht nach Zeidler auf einem Irrthum.

Prinz zu Schönaich-Karolath (2) erhielt bei der Darstellung von Portland-Cement aus niederschlesischem Thon und Süfswasserkalk die günstigsten Resultate, wenn die Mischung so weit erhitzt wurde, dafs sie stark sinterte und bimssteinartige Structur annahm, aber ihre aschgraue bis bräunlichgraue Farbe bewahrte. Wurde die Temperatur bis zu dem Grade gesteigert, dafs die grünlichschwarze Färbung der Schlacke des Portlandcementes eintrat, so erhärtete das Product nicht mehr vollständig. Die bimssteinartige Beschaffenheit des guten Cementes beruht darauf,

---

(1) Mittheilungen für den Gewerbeverein des Herzogthums Braunschweig, Jahrgang 1865, 91; Dingl. pol. J. CLXXX, 471. — (2) Aus Zeitschr. für Berg-, Hütten- und Salinenwesen XIV, 43 durch Berg- und hüttenmännische Zeitung 1866, 291 in Chem. Centr. 1866, 1062.

Cement. dafs der Thon früher schmilzt als die Kohlensäure des kohlens. Kalks entweicht und dafs diese demnach das geschmolzene Silicat durchbrechen mufs; hierdurch wird auch die Blättchenform des gepulverten Portland-Cementes veranlafst, die Blättchen sind die Wandungen der Bläschen. Schönaich-Karolath hält eine solche vollständige Schmelzung des Thons, sofern sie bei einer Temperatur stattfindet, bei welcher die Verschlackung des Kalkes noch nicht erfolgen kann, für vortheilhaft und wesentlich, damit jede Partikel des entstehenden Aetzkalks in einer glasigen Silicathülle eingeschlossen wird und bei der Einwirkung des Wassers die Bildung des Kalkhydrates und des Kalksilicates nur langsam und ohne erhebliche Erwärmung erfolgt. Zur Bereitung von Portland-Cement sind demnach nur leichtschmelzbare eisenoxydulhaltige Thone geeignet, welche 60 bis 70 pC. Kieselsäure, 10 bis 20 pC. Thonerde, 10 bis 15 pC. Eisenoxydul und 4 bis 6 pC. Alkalien enthalten. Ein erheblicher, chemisch gebundener Kalkgehalt des Thons ist dagegen nachtheilig, weil der letztere alsdann erst bei einer Temperatur in Flufs geräth, bei welcher der zugesetzte Kalk auf ihn einwirkt (1).

F. Daubrawa (2) hat in einer umfangreichen Abhandlung Seine Ansichten über natürliche und künstliche Cemente dargelegt. Wir entnehmen derselben nur die Analyse eines Kalkmergels, der in dem Löfs der Umgegend von Mährisch-Neustadt in nierenförmigen, den Septarien der englischen Küste ähnlichen Knollen vorkommt und durch Brennen Cement liefert. Er enthält in 100 Th.:

Durch Säuren zersetzbarer Antheil						In Säuren unlöslich	
CaO	MgO	Fe_2O_3	KO, NaO	CO_2	HO	Al_2O_3	SiO_3
39,37	0,20	1,50	3,78	19,80	14,50	4,0	16,85.

(1) Bezüglich der Fabrikation künstlicher (hydraulischer) Steine für Meeresbauten vgl. auch Bemerkungen von Poirel, Compt. rend. LXII, 782; Instit. 1866, 117. — (2) Zeitschrift des allgemeinen österreichischen Apothekervereins, 1866.

C. Schinz (1) hat Berechnungen über die für die Schmelzung verschiedener Glassätze erforderliche Wärme und Bemerkungen über die Siemens'schen Glasschmelzöfen mitgetheilt.

A. Lamy (2) hat Thalliumglas dargestellt und dessen Eigenschaften untersucht. Ein aus 300 Grm. Sand, 400 Grm. kohlens. Thalliumoxydul und 100 Grm. kohlens. Kali zusammengesetzter Fluſs verarbeitete sich leicht, gab aber kein homogenes Product. Ein zweiter aus 300 Grm. Sand, 200 Grm. Mennige und 335 Grm. kohlens. Thalliumoxydul bestehender Fluſs war noch leichter als der vorhergehende schmelzbar, und gab ein homogenes gelb gefärbtes Glas vom spec. Gew. 4,235 und dem Brechungsindex 1,71 für gelbes Licht. Durch Abänderung der Verhältnisse erhielt Lamy Thallium-Blei-Gläser, deren spec. Gew. bis 5,625 und deren Brechungsindex bis 1,965 stieg und die insgesammt eine gelbliche Farbe besaſsen, welche dem Thalliumglas demnach eben so eigenthümlich zu sein scheint, wie dem Natronglas die grüne. Das Thalliumoxydul eignet sich nach diesen Versuchen besser zum Ersatz der Alkalien als des Blei's im Glase.

D. E. Splitgerber (3) hat aus Veranlassung der vorjährigen Mittheilung von Pelouze (4) über den Schwefelsäuregehalt und die durch alkalische Schwefelmetalle veranlaſste gelbe Färbung des Glases an Seine eigenen älteren Versuche (5) über diesen Gegenstand erinnert.

---

(1) Dingl. pol. J. CLXXXII, 206, 216. — (2) Bull. soc. chim. [2] V, 164; Instit. 1866, 320; Zeitschr. Chem. 1866, 251; Chem. Centr. 1866, 799; 1867, 432; Phil. Mag. [4] XXXII, 385. — (3) Compt. rend. LXII, 352; Instit. 1866, 60; J. pr. Chem. XCVIII, 121. — (4) Jahresber. f. 1865, 801. — (5) Jahresber. f. 1855, 370. Splitgerber schrieb die tiefe, bis zum Undurchsichtigwerden gehende Färbung, welche das durch Schwefelmetalle braunroth gefärbte Glas bei dem Erhitzen zum Rothglühen annimmt, dem Uebergang des Schwefels (im Schwefelmetall) in die schwarze Modification zu. Nicklès findet (Compt. rend. LXII, 469) diese Annahme nach Mitscherlich's Beobachtungen (Jahresber. f. 1856, 288, 289) jetzt nicht mehr berechtigt.

Glas.

Tessié du Mothay und Ch. R. Maréchal (1) empfehlen als Bad zum Mattätzen des gewöhnlichen und des Krystallglases, eine Lösung von 250 Grm. Fluorwasserstoff-Fluorkalium, 140 Grm. schwefels. Kali und 250 Grm. käuflicher Salzsäure in 1000 Grm. Wasser. Ohne den Zusatz des schwefels. Kali's, welches den Zweck hat, das Fluorblei oder Fluorcalcium unlöslich zu machen (und durch schwefels. Ammoniak, oxals. Kali, Chlorzink oder andere Wasser begierig anziehende Chloride ersetzt werden kann) wird die Aetzung nicht gleichförmig. — Nach C. M. Wetherill (2) zeigen die mit wässeriger Flufssäure auf den verschiedensten Glassorten angeätzten Stellen unter dem Mikroscop krystallinisch sternförmige Bildungen oder isolirte sehr kleine Nadeln. Er vermuthet, dafs diese im Glase präexistiren und in einer vielleicht ebenfalls krystallinischen, aber leichter von Flufssäure angreifbaren Matrix eingebettet sind.

Glasversilberung.

C. Lea (3) benutzt als Versilberungsflüssigkeit eine Lösung von salpeters. Silber (15 Gran in der Unze enthaltend), die mit Ammoniak bis zum Verschwinden des Niederschlags versetzt ist und im Augenblick des Gebrauchs mit dem gleichen Volum einer Seignettesalzlösung von etwa derselben Stärke gemischt wird (4). Die mittelst dieser Lösung im diffusen Lichte dargestellten Spiegel sind gewöhnlich mit braunen pulverigen Flecken durchsetzt, im directen Sonnenlicht werden sie dagegen vollkommen gleichförmig und von reinem Metallglanz. J. Browning (5) hat die Anfertigung von Silberspiegeln für Telescope beschrieben (als Versilberungsflüssigkeit dient eine ammoniakalische Lösung von salpeters. Silber mit Aetzkali und Stärke-

---

(1) Compt. rend. LXII, 801; Dingl. pol. J. CLXXXI, 213. — (2) Sill. Am. J. [2] XLI, 16. — (3) Photographisches Archiv 1866, 187; Dingl. pol. J. CLXXXII, 24; Chem. Centr. 1867, 141; Bull. soc. chim. [2] VI, 497. — (4) Vgl. Jahresber. f. 1864, 774. — (5) Chem. News XIV, 214; Dingl. pol. J. CLXXXIII, 147.

zucker); Salvétat (1) die der Platinspiegel nach Dodé's Verfahren (2).

L. Pfaundler (3) hat die Wärmecapacität einiger Bodenarten bestimmt. Er ging dabei von dem Gedanken aus, dafs die Pflanze nicht nur zur Hebung der wässerigen Lösung ihrer unorganischen Nährstoffe eine bedeutende Arbeit zu leisten hat, die nur durch den Verbrauch einer äquivalenten Menge von Wärme gewonnen werden kann, sondern auch zur Verdunstung eines Theils des aufgenommenen Wassers an der Oberfläche der Blätter und zur Bildung kohlenstoffhaltiger Verbindungen durch Reductionsprocesse grofse Mengen von Wärme consumirt, und dafs daher das pflanzliche Gedeihen wenigstens theilweise von der Wärmezufuhr durch den Boden und folglich von dessen Wärmecapacität und Wärmeleitungsvermögen abhängig sein mufs. Seine nach der Mischungsmethode mit grofser Sorgfalt ausgeführten Versuche hatten den Zweck, einen ersten Anhaltspunkt dafür zu liefern, ob die Wärmecapacitäten verschiedener Bodenarten so erheblich von einander abweichen, dafs ihr Einflufs bei der Erforschung der Vegetationsbedingungen in Rechnung gezogen werden mufs. Die Resultate sind aus der folgenden Zusammenstellung ersichtlich, in welcher der bei 100° entweichende Wassergehalt der lufttrockenen Erden in Procenten, und unter spec. W. a) die specifische Wärme der lufttrockenen,

---

(1) Aus Bull. de la société d'émulation 1865, 625 in Dingl. pol. J. CLXXX, 89. — (2) Jahresber. f. 1865, 804. — (3) Wien. Acad. Ber. LIV (2. Abth.), 255; Pogg. Ann. CXXIX, 102; im Auszug Ann. ch. phys. [4] XI, 248; Phil. Mag. [4] XXXIII, 56; Sill. Am. J. [2] XLIII, 893.

Bodenkunde. unter spec. W. b) die der bei 100° getrockneten Erde gegeben ist:

	I.	II.	III.	IV.	V.	VI.	VII.	VIII.	IX.
Wassergehalt	0,27	0,41	0,30	—	1,41	1,22	2,35	1,0	2,09
Spec. Wärme a)	0,1945	0,2062	0,2163	—	0,2258	0,2598	0,2679	0,2821	0,2836
Spec. Wärme b)	0,1923	0,2029	0,2140	0,2081	0,2147	0,2507	0,2508	0,2793	0,2682

	X.	XI.	XII.	XIII.	XIV.	XV.	XVI.	XVII.
Wassergehalt	2,66	3,49	2,00	1,51	8,00	5,90	4,55	—
Spec. Wärme a)	0,3037	0,3075	0,3298	0,3587	0,4044	0,4436	0,5293	—
Spec. Wärme b)	0,2847	0,2829	0,3161	0,3489	0,2829	0,4143	0,5069	0,2136

I. Humusfreier Flugsand von Pesth. II. Ebensolcher von der Türkenschanze bei Wien. III. Humusfreier Alluvialsand vom Donauufer bei Mautern. IV. Kalksand. V. Erde vom Gneifsschiefer bei Dürnstein. VI. Erde aus einem Wiesenmoor von Rákos in Ungarn, mit Quarzsand. VII. Erde vom Sandsteingebirge des Wiener Waldes bei Dornbach. VIII. Erde vom Serpentinstock des böhmisch-mährischen Gebirgsplateaus. IX. Unfruchtbare Erde vom Inundationsgebiete zwischen der Zagyva und Theifs, harte aschgraue thonige Stücke. X. Erde von sehr fruchtbaren Waizenäckern bei Polota in Ungarn. XI. Erde vom Ötscher in Niederöstreich. XII. Erde von der Ginselshöhe bei Scheibbs (niederöstreichische Voralpen). XIII. Erde vom Granitplateau im Mühlviertel in Oberöstreich. XIV. Erde vom Anninger (Kalkberg im Wiener Wald). XV. Erde vom Kaiserstein, dem Gipfel des niederöstreichischen Schneeberges, leichte humusreiche Krume. XVI. Leichter, fast nur aus Pflanzenresten bestehender Torf, von einem Hochmoor bei Mariazell in Steiermark. XVII. Szék-só, ungarische Kehrsoda.

Die Wärmecapacität ist demnach nicht bei allen Bodenarten identisch; die gröfste spec. W. (0,50) kommt den humusreichen, die geringste (0,19) den humusfreien zu. Sie steigt mit dem Wassergehalt so erheblich, dafs sie bei thonigen, das Wasser mit Kraft zurückhaltenden Erden sich jener der humusreichen nähert; sie ist dagegen [was sich aus der fast gleichen spec. W. des Kalkspathes (0,20) und des Quarzes (0,19) sowie der meisten Silicate erklärt] von der geognostischen Beschaffenheit der Unterlage unabhängig. Da nun ein Boden mit geringerer specifischer Wärme sich (bei vorausgesetztem gleichem Absorptionsvermögen und gleicher Leitfähigkeit) rascher erwärmt und abkühlt, als der mit der gröfseren, so müssen durch dieses Verhältnifs in verschiedenen Bodenarten wesentliche Unterschiede in den physikalischen Grundbedingungen für die Existenz der Pflanze gegeben sein.

A. Müller (1) hat die folgenden, auf den Zusammenhang zwischen dem Gehalt der Ackererde an hygroscopischem Wasser, Hydratwasser und organischer Substanz und Stickstoff bezüglichen, von Eisenstuck und Nyström erhaltenen analytischen Ergebnisse mitgetheilt. Es enthielten 100 Th. der Erden:

I.	II.	III.	IV.	V.	VI.	VII.	VIII.	IX.	X.	XI.
a) Hygroscopisches Wasser:										
2,11	2,56	1,91	2,60	5,14	3,01	3,54	3,40		4,65	4,8	4,8
b) Hydratwasser und organische Substanz:										
7,05	7,62	5,10	8,49	23,67	15,05	10,48	10,84	21,04	9,8	14,4
c) Stickstoff:										
0,329	0,343	0,203	0,329	0,967	0,692	0,437	0,43	0,948	0,259	0,664
d) Stickstoff in 100 Th. von b):										
4,7	4,5	4,0	3,8	4,1	4,6	4,2	4,2	4,5	3,65	4,60.

I.-V. Ackerkrume auf alkalireichem Sedimentärthon bei Stockholm. VI. Tabaksland. VII. und VIII. Von Glacieregeschieben in Smaaland. IX. Humusschicht einer Niederungswiese bei Stockholm. X. Ackerkrume aus kalkarmer Gegend. XI. Dergleichen aus kalkreicher Gegend. X. und XI. sind Durchschnittsresultate, welche A. Müller bei einer früheren Untersuchung erhalten hatte.

Th. Schlösing (2) hat die Beobachtung gemacht, daſs die im Boden enthaltenen Salzlösungen, sofern die Base derselben eine nicht absorbirbare ist (die Versuche wurden mit Chlornatrium und salpeters. Kalk ausgeführt), durch Aufgieſsen von reinem Wasser theilweise unvermischt, und zwar entweder in der Concentration, wie sie im Boden vorhanden sind, oder aus manchen Bodenarten in concentrirterem Zustande deplacirt werden. Eine Tabakserde (aus 6 pC. Kies, 46 pC. Sand und 48 pC. sandigem Mergel bestehend) gab, im Deplacirungsapparat mit Wasser behandelt, zuerst ein Filtrat, das etwa $1^1/_2$ mal so viel salpeters. Salze enthielt, als ein gleiches Volum der im Boden vor-

---

(1) J. pr. Chem. XCVIII, 12. — (2) Compt. rend. LXIII, 1007; Instit. 1867, 10; Bull. soc. chim. [2] VII, 535.

Bodenkunde. handenen (aus dem Gehalt des Bodens an Salzen und Feuchtigkeit berechneten) Lösung. Als dieselbe Erde, sorgfältig ausgewaschen und über Chlorcalcium getrocknet, mit einer Lösung von salpeters. Kalk übergossen wurde, zeigte der zuerst abfliefsende Antheil einen doppelt so grofsen Salzgehalt, als die aufgegossene Lösung. Sand und Kalk besitzen diese concentrirende (wasserabsorbirende) Eigenschaft nicht, ein von Schlösing untersuchter Thon besafs sie in minderem Grade als die Tabakserde. Bei verschiedenem Feuchtigkeitsgehalt der absorbirenden Erden giebt die feuchtere durch Wasseraufgufs ein verdünnteres, die trockenere anfänglich ein concentrirteres Filtrat : dieſs ist einleuchtend. Sofern aber aus Schlösing's Versuchen nicht hervorgeht, dafs in dem einen Fall Salz zurückgehalten wird, im anderen nicht, erscheint auch Seine Folgerung nicht ganz verständlich, dafs die Menge der löslichen Mineralsalze, welche der Regen aus den oberen Bodenschichten dem Untergrunde zuführt, nicht allein von der fallenden Wassermenge, sondern auch von dem vorherigen Feuchtigkeitszustande des Bodens abhängig sei.

E. Heiden (1) hat einige weitere Versuche beschrieben, welche die Absorptionsfähigkeit der wasserhaltigen Thonerde-, Kalk- und Thonerde-Magnesia- Silicate (2) für Basen auf rein chemischem Wege (durch Austausch) beweisen. An den Absorptionserscheinungen des Bodens sind nach Heiden aber in geringerem Grade auch die organischen Gemengtheile desselben betheiligt. Torf und die daraus abgeschiedenen neutralen und sauren Humuskörper können nicht nur kleine Mengen von Kali und Ammoniak, wenn diese als kohlens. Salze vorhanden sind, chemisch binden, sondern auch einen Theil der Alkalisalze, welche ihnen in Lösung dargeboten werden, durch Oberflächenanziehung

---

(1) Aus Annalen der Landwirthschaft XLVIII, 248 in Chem. Centr. 1866, 1095, 1105. — (2) Jahresber. f. 1865, 805.

locker zurückhalten. Diese letzteren lassen sich durch verhältnifsmäfsig geringe Mengen von Wasser wieder auslaugen.

A. Völcker (1) beobachtete bei Absorptionsversuchen mit Kochsalzlösung, dafs die Menge des von verschiedenen Bodenarten zurückgehaltenen Natrons etwa den vierten Theil von der des Kali's beträgt, das unter gleichen Bedingungen aufgenommen wird. Die abfliefsende oder überschüssige Lösung enthielt kleine Mengen von Chlorkalium, Chlormagnesium, Chlorcalcium und Chlorammonium. Völcker glaubt daher, dafs die günstige Wirkung, welche die Anwendung von Kochsalz nach der Düngung mit Stallmist oder Guano besonders auf die Production der Cerealien hat, hauptsächlich auf der Verwandlung der im Boden enthaltenen Ammoniakverbindungen in Chlorammonium und dessen Verbreitung beruht. Schwefels. Natron scheint Ihm in derselben Weise zu wirken.

A. Frank (2) fand dagegen, dafs das Chlornatrium (wie andere Natronsalze) durch den Boden in geringem Grade unzersetzt absorbirt, aber nur schwach gebunden wird, da es nach längerem Auswaschen nahezu vollständig wieder in Lösung geht. Zur Ermittelung des Einflusses, welchen Chlornatrium auf die Absorption der Kalisalze übt, verfuhr Frank in folgender Weise. Ein 6 Fufs hohes cylindrisches Gefäfs, in seiner ganzen Länge von 6 zu 6 Zollen mit seitlichen Tubulaturen versehen, wurde mit den dem Acker entnommenen Bodenschichten in ihrer natürlichen Reihenfolge (die unterste zu unterst) gefüllt und, nachdem durch anhaltendes Auswaschen mit Wasser die löslichen Salze möglichst vollständig entfernt waren, eine Lösung von Chlorkalium (1 Grm. in 1 Liter enthaltend) so lange aufgegossen, bis sich der Chlorgehalt der in ver-

---

(1) Aus Journal of the royal agricultural Society of England [2] I, 298 in Bull. soc. chim. [2] V, 466. — (2) Aus Landwirthschaftl. Versuchsstationen VIII in Chem. Centr. 1867, 185.

Bodenkunde. schiedenen Höhen entnommenen Drainflüssigkeit constant und dem der aufgegossenen Lösung gleich zeigte. Die Lösung, welche 12 Zoll Bodenschichte durchflossen hatte, enthielt jetzt noch 9 pC. des ursprünglich vorhandenen Kali's, die in 18 Zoll Tiefe abfliefsende noch 5 pC., und in 6 Fufs Tiefe nur noch 2,5 pC. Aehnlich aber noch rascher wurde schwefels. Kali in den oberen Bodenschichten aufgenommen. Bei Gegenwart von Chlornatrium zeigte sich dieses, der bekannten Absorbirbarkeit des Kali's entsprechende Verhältnifs in auffallender Weise geändert. Eine Lösung von 1 Th. Chlorkalium und 1 Th. Chlornatrium in 1000 Th. Wasser ergab in demselben Apparat nach dem Durchgang durch eine 18 Zoll hohe Schicht noch 18 pC. und in 4 Fufs Tiefe noch 5 pC. des ursprünglichen Kaligehaltes. Wurde der mit einem Kalisalz behandelte und hierauf mit Wasser ausgewaschene Boden mit einer Lösung von Chlornatrium übergossen, so liefs sich in der abfliefsenden Lösung sogleich wieder Kali in bedeutender Menge nachweisen. Diese Resultate lassen keinen Zweifel darüber, dafs 1) bei einer gewissen Verdünnung der Lösung der Kalisalze (1 : 50000 etwa) die lösende Kraft des Wassers die absorbirende des Bodens überwiegt, und 2) dafs Chlornatrium die Absorption der Kalisalze verringert und diese den tieferen Bodenschichten zuführt. Phosphorsäure wird durch Chlornatrium in ähnlicher Weise im Boden verbreitet. Frank erklärt aus diesem Verhalten (dessen Grund Er nicht näher untersucht hat) die günstige Wirkung des Kochsalzes als Dungmittel auf schwerem, an fixirten Nährstoffen reichem Boden für die Kultur tiefwurzeliger Pflanzen.

Pflanzenentwickelung. Boussingault (1) hat Beobachtungen über die Entwickelung der Tabakspflanze und die Bedürfnisse ihrer

---

(1) Ann. ch. phys. [4] IX, 50; im Auszug Bull. soc. chim. [2] VI, 417.

Kultur veröffentlicht. Er benutzte zu Seinen Versuchen ein 18,45 Are grofses, mit Stalldünger und Kloakeninhalt gedüngtes Feld, welches am 15. Juni 1857 mit Setzlingen bepflanzt wurde, von welchen 5740 zur vollständigen Entwickelung gelangten. Am 8. und 30. Juli und am 10. September (Tag der Ernte der Blätter) wurden einzelne Pflanzen zum Zweck der Analyse entnommen, deren Ergebnisse, berechnet auf die Gesammtmenge der kultivirten Pflanzen, die folgenden sind:

	8. Juli Kilogrm.	30. Juli Kilogrm.	10. September Kilogrm.
Gewicht der trockenen Pflanzen	24,151	302,38	2358,00
Kohlenstoff	7,114	98,458	817,98
Stickstoff	1,074	12,215	79,23
Phosphorsäure	0,328	3,811	20,75
Kali	1,232	12,456	81,59
Andere unorgan. Substanzen	3,818	41,173	220,71

100 Th. der trockenen Tabakspflanzen enthielten am

	8. Juli	30. Juli	10. September
Kohlenstoff	29,45 Th.	32,56	34,69
Wasserstoff	3,08	3,49	3,74
Stickstoff	4,45	4,04	3,36
Sauerstoff	42,87	40,91	44,51
Phosphorsäure	1,36	1,26	0,88
Kali	5,10 } 20,2	4,12 } 19,0	3,46 } 13,17
Andere unorgan. Substanzen	13,74	13,62	9,36

Für die einzelne Pflanze ergiebt sich die Schnelligkeit der Entwickelung und die Gröfse des Bedarfs aus folgenden Daten. Es betrug:

	Das Alter*) Tage	Trockengewicht einer Pflanze Grm.	Die assimilirte Menge von			
			KO Grm.	PO$_5$ Grm.	N Grm.	C Grm.
Am 8. Juli	22	4,21	0,21	0,06	0,19	1,24
Am 30. Juli	44	52,68	2,17	0,67	2,18	17,15
Am 10. Septbr.	86	410,80	14,21	3,61	18,80	142,51

*) Gerechnet vom Tage der Pflanzung der Setzlinge.

Im Durchschnitt assimilirte jede Pflanze in der Vegetationsperiode vom 15. Juni bis zum 10. September (86 Tagen) täglich:

KO	PO$_5$	N	C
0,219 Grm.	0,055 Grm.	0,218 Grm.	2,207 Grm.

Pflanzenentwickelung. Hiernach berechnen sich für die auf einem Hectare (mit 31111 Pflanzen) bei gleichmäfsiger Entwickelung in derselben Zeit (86 Tagen) assimilirten Mengen von:

KO	PO_5	N	C	
Kilogrm.	Kilogrm.	Kilogrm.	Kilogrm.	
442	112	429	4434	= 8266 C.-M. Kohlensäure.

Die von der einzelnen Pflanze in einem Tage zersetzte Kohlensäure betrug vom

8. bis 30. Juli	30. Juli bis 10. September
2,82 Grm. = 1,434 Liter	10,95 Grm. = 5,567 Liter.

Die wirksame (obere und untere) Blattoberfläche betrug, abgesehen von den kleineren Blättern, am 10. September etwa das 11 fache der Bodenfläche, für 1 Hectare demnach 11 Hectare. Ein Quadratmeter Blattfläche zersetzte demnach täglich ungefähr 71 Liter Kohlensäure. — Die von der angegebenen Kultur erhaltene Ernte an trockenen Blättern betrug 634 Kilogrm. (wovon 544 Kilogrm. verkäufliche), welche nach besonderen Bestimmungen

KO	PO_5	N
Kilogrm.	Kilogrm.	Kilogrm.
18,07	4,75	29,10

enthielten. Da der Rest (Wurzeln, Stengel und kleine Blätter) wieder als Dünger diente, so wurde von der Gesammtmenge an diesen Substanzen, welche die Kultur verbraucht hatte, der gröfsere Theil, nämlich:

KO	PO_5	N
Kilogrm.	Kilogrm.	Kilogrm.
63,52	16,0	50,18

dem Boden wieder zurückgegeben. Gleichwohl zeigen die vorausgehenden Zahlen, dafs die Entwickelung der Tabakspflanze in so kurzer Zeit eine reichliche Menge unmittelbar assimilirbarer Nährstoffe im Boden voraussetzt und daher nur bei intensiver Düngung (nach Boussingault's Ansicht am Zweckmäfsigsten in der Nähe grofser Städte, um den Kloakeninhalt schnell zu verwerthen) möglich ist. — Boussingault stellte ferner fest, dafs der gewöhnlichen Meinung entgegen die ununterbrochene Kultur des Tabaks auf demselben Boden bei reichlicher Düngung wohl gelingt. Er erhielt von demselben Grundstück:

	Im Jahre 1857	1858	1859	1860	1861	1862
Kilogrm. verkäufl. Blätter	544*)	487	326	487	482	472

*) Dieser aufsergewöhnliche Ertrag war nach Boussingault die Folge sehr günstiger Witterungsverhältnisse.

Fraglich bleibt dabei, ob die Qualität des Productes sich nicht verschlechtert. — Boussingault hat Seiner Abhandlung noch Mittheilungen über die Kultur des Tabaks im tropischen Amerika und einen von E. Oppermann (1) verfafsten Bericht über die im Departement des Niederrheins beigefügt (2).

E. Reichardt (3) hat über einige Unterschiede in der Zusammensetzung der Excremente alter und junger Schafe bei gleicher Nahrung berichtet. *Mistproduction.*

C. Schmidt (4) hat eine Reihe von Bodenarten, Moorerden und Torfen und von Düngerpräparaten mit Rücksicht auf ihre Anwendung und Ertragsfähigkeit untersucht. Wir entnehmen Seinem darüber vorliegenden reichhaltigen Berichte die folgenden Analysen überwinterten Stalldüngers. Zwei Proben solchen Düngers, verschiedenen Ställen von Planhof bei Wolmar (Livland) entnommen, ergaben: *Dünger und Düngerwirkung.*

	I.		II.	
Wasser	77,705		74,021	
Wasserfreie Stoffe	22,295		25,979	
		mit Stickstoff		mit Stickstoff
Freies Ammoniak	0,061	0,051	0,089	0,032
Gebundenes Ammoniak	0,100	0,083	0,037	0,031
Organische Substanzen	17,429	0,409	21,964	0,343
Unorganische „	4,705	—	3,939	—
Kohlensäuregehalt der Asche von 100 Th. frischen Düngers	0,104		0,889	

(1) Ann. ch. phys. [4] IX, 80. — (2) Nach Oppermann betrug in der Zeit von 1836-1855 die durchschnittliche Ernte an Blättern auf dem Hectar 1844 Kilogrm. In demselben Bericht findet sich auch die Angabe, dafs in Frankreich unter dem Einflufs des Monopols der Tabaksbau für den (concessionirten) Landwirth gewinnbringender ist, als bei freier Concurrenz. — (3) Chem. Centr. 1866, 667; Arch. Pharm. [2] CXXVIII, 45. — (4) Livländische Jahrbücher der Landwirthschaft XIX, 3. Heft, S. 109.

Dünger und Düngerwirkung.

Zusammensetzung der Asche:

	NaCl	KO	NaO	CaO	MgO	Fe_2O_3	Al_2O_3	PO_5	SO_3	SiO_3 *)	Summe
I.	0,115	0,461	0,018	0,373	0,108	0,144	0,210	0,126	0,120	3,029	4,705
II.	0,098	0,556	0,072	0,583	0,131	0,085	0,130	0,074	0,081	2,129	3,939

*) Mit Quarzsand.

Von diesen Bestandtheilen gehören die Alkalisalze dem aufgesogenen Harn, die alkalischen Erdphosphate den Excrementen, die Thonerde und der gröfste Theil des Eisenoxydes dem der Streu und dem Futter anhaftenden Thon an. Das freie oder vielmehr an Kohlensäure gebundene Ammoniak wurde durch Destillation des Düngers mit Wasser, das gebundene durch Destillation des rückständigen Brei's mit verdünnter Kalilauge entwickelt. Der mit Schwefelsäure neutralisirte getrocknete Rückstand ergab dann durch Glühen mit Natronkalk den Stickstoffgehalt der organischen Substanzen. Das kohlens. Ammoniak, das sich an der Luft leicht verflüchtigt, wenn es nicht durch Zusatz von Gyps oder verdünnter Schwefelsäure fixirt wird, liefert mit dem gebundenen das erste Bildungsmaterial für das vegetabilische Eiweifs in der jungen Pflanze; der Rest des Stickstoffs, der im Boden erst allmälig (rascher auf Zusatz von Kalk oder Asche) in Ammoniaksalze verwandelt wird, kommt der späteren Wachsthumsperiode zu gut. Die viel geringere Wirksamkeit des frischen Stalldüngers beruht daher auf dessen unerheblichem Gehalt an fertig gebildetem Ammoniak. — Auf 1 Th. Phosphorsäure enthält der Dünger I. 4,3 Th. und II. 5,5 Th. Stickstoff, eine gröfsere Menge demnach, als das durchschnittliche Verhältnifs dieser beiden Stoffe in den Kulturpflanzen (1 : 2,2 bis 1 : 4,3) erfordert. Schmidt zeigt dann an einem (Boussingault's *économie rurale* entlehnten) Beispiel, dafs die unorganischen Substanzen und der Stickstoff, welche eine 5jährige Fruchtfolge (Kartoffeln, Waizen, Klee, Hafer und Turnips) dem Boden entzieht, durch den Stalldünger bei genügender Anwendung am einfachsten und vollständigsten, wiewohl oft auf die kostspieligste Weise ersetzt werden. Er erörtert auf Grund der Analysen sämmtlicher Bodenarten eines Gutes bei Riga, dafs es auf umfangreichen Gütern von verschiedenartiger Bodenbeschaffenheit oft möglich ist, durch wechselseitige Bodenübertragung von einer Parcelle auf die andere denselben Zweck (für einige Zeit) in ausgedehnterer Weise und mit viel geringeren Kosten zu erreichen.

J. B. Lawes und J. H. Gilbert (1) fanden den Ueberschufs an Stickstoff, welcher dem Boden im Dünger zugeführt und in der Ernte nicht wiedergewonnen wird, bei der Untersuchung der Bodenschichten bis zu 27 Zoll Tiefe niemals vollständig wieder (vielleicht wegen des Eindringens in tiefere Schichten). Nur ein sehr kleiner Theil desselben war in der Form von Salpetersäure vorhanden. Im Ganzen war der Einflufs dieses Stickstoffs auf die Vegetation ein sehr geringer, verglichen mit dem einer gleichen Menge Stickstoff von frischer Zufuhr.

Lawes und Gilbert (2) haben ferner Ihre Erfahrungen bezüglich der Anwendung des mit vielem Wasser gemischten Kloakeninhalts *(town sewage)* als Dünger mitgetheilt.

C. Schmidt (3) fand I. peruvianischen Guano und II. norwegischen Fisch-Guano in 100 Th. bestehend aus:

	Wasser	Unorgan. Substanzen	Ammoniak und organische Substanzen	Stickstoff im Ammoniak	Stickstoff in den organ. Substanzen	Stickstoff im Ganzen
I.	18,90	37,18	43,92	8,76	4,20	12,96
II.	21,26	15,31	63,43	0,46	9,53	10,00.

Die unorganischen Substanzen ergaben:

	KCl	NaCl	KO	CaO	MgO	Fe_2O_3	PO_5	SO_3	SiO_2	Summe
I.	3,41	2,01	2,21	9,35	0,32	0,31	13,69	4,58	1,24	37,18
II.	3,78	2,46	0,63	3,80	0,05	0,05	4,11	0,87	0,04	15,31.

Novassa Guano, von der Insel Novassa im caraïbischen Meer, enthält nach Ulex (4):

CaO	Al_2O_3, FeO_3	CO_2	PO_5	Organ. Substanz	HO	Summe
34,5	19	3,3	31,2	10,4	1,6	100.

(1) Rep. 36 Br. Assoc., Notices and Abstracts 40; Chem. News XIV, 121. — (2) Chem. Soc. J. [2] IV, 80. — (3) In der S. 875 angeführten Abhandlung, 153. — (4) Dingl. pol. J. CLXXXI, 416.

Aufschließen der Knochen.

Ilienkoff (1) hat die Beobachtung gemacht, daß Knochen durch ätzende alkalische Laugen leicht angegriffen und schon nach einigen Tagen theilweise in eine käseähnliche weiße Masse (eine alkalische Osseïnlösung, in welcher feinzertheilter phosphors. Kalk suspendirt ist) verwandelt werden. Er empfiehlt deshalb die Aufschließung derselben durch eine mit Wasser zum dünnen Brei zerrührte Mischung von Aetzkalk und Holzasche als für die Landwirthschaft in den holzreichen Gegenden Rußlands besonders geeignet. A. Engelhard (2) hat zu diesem Zweck eine besondere Vorschrift gegeben.

Nahrungsmittel. Waizen.

Nach A. H. Church (3) unterscheiden sich die harten durchscheinenden hornartigen Körner, die sich in den meisten Waizensorten gemischt mit weicheren, mehligen und opaken finden, von diesen durch höheres specifisches Gewicht und größeren Stickstoffgehalt. Es enthielten bei zwei Waizensorten, I. Spalding red; II. Hallett's white:

	I.	II.
Die hornartigen Körner	1,792 pC.	2,088 pC. Stickstoff
Die mehligen	1,405	1,521

Auch keimen die hornartigen Körner leichter und liefern reichlichere Frucht.

H. Vohl (4) fand in dem übelriechenden, stark sauer reagirenden Weich- und Schlämmwasser der Waizenstärkefabriken: löslichen, durch die Fäulniß veränderten Kleber, Leucin, Aethylamin, Trimethylamin, Propylamin, die Glieder der Fettsäurereihe bis zur Capronsäure, ferner Benzoësäure.

---

(1) Ann. Ch. Pharm. CXXXVIII, 119; Zeitschr. Chem. 1866, 317; Chem. Centr. 1866, 331; Dingl. pol. J. CLXXX, 317; Bull. soc. chim. [2] VI, 510; J. pharm. [4] III, 475. — (2) In derselben Abhandlung. — (3) Pharm. J. Trans. [2] VII, 473. — (4) Dingl. pol. J. CLXXII, 325.

Oxalsäure, Bernsteinsäure, Milchsäure, Schwefelsäure, Phosphorsäure u. a. unorganische Substanzen, sowie Kohlensäure und Schwefelwasserstoff, welcher letztere in Verbindung mit den flüchtigen Säuren den Geruch veranlafst. Mit Kalkmilch bis zur alkalischen Reaction versetzt, verliert dieses Wasser allen Geruch, unter Abscheidung eines schlammigen und nicht weiter veränderlichen Niederschlages, der als Dünger verwendbar ist (Vohl fand in einem solchen [lufttrockenen] Niederschlag etwa 12 pC. Phosphorsäure und 0,46 pC. Stickstoff).

A. Vogel (1) hat den Phosphorsäuregehalt einiger Brodsorten bestimmt. Er fand in:

	Wasser	Asche	Phosphorsäure in 100 Th. der Asche	Phosphorsäure in 1 Pfunde des frischen Brodes
Commisbrod	26,2 pC.	1,80 pC.	30,1 Th.	2,92 Grm.
Hausbrod	35,1 „	2,16 „	31,5 „	2,52 „
Gemischt. Brod (Laibel)	26,3 „	3,71 „	26,5 „	3,87 „
Weifsbrod (Semmel)	23,9 „	2,02 „	32,53 „	2,66 „

Vogel (2) untersuchte ferner, in Gemeinschaft mit Rabe, den Aschengehalt einiger Theile der Kartoffeln. Sie fanden zwei verschiedene Sorten in 100 Th. bestehend aus:

	Wasser	Faserstoff	Stärkmehl	In Wasser lösliche Substanzen	Trockensubstanz im Ganzen
I.	77	6,8	12,1	3,8	23
II.	74	6,6	13,6	4,5	26

mit folgendem Aschengehalt der festen Bestandtheile:

| I. | — | 1,57 | 0,58 | 1,95 | 4,2 |
| II. | — | 1,31 | 0,45 | 2,02 | 3,9 |

Der Gehalt an Phosphorsäure betrug in der Asche der

---

(1) Aus N. Repert. Pharm. XV, 385 in Zeitschr. Chem. 1866, 640. — H. Vohl besprach (Dingl. pol. J. CLXXXII, 399) die Vergiftung von Brod und Backwerk in Folge der Anwendung von altem Bauholz mit Metallfarbenanstrich, Eisenbahnschwellen u. a. als Brennmaterial. — (2) Aus N. Repert. Pharm. XV, 1 in Chem. Centr. 1866, 881.

Trockensubstanz 14,7 pC. vom Gewichte derselben; in der des Faserstoffs 4,2 pC.; in der des Stärkmehls nur Spuren, der gröfste Theil der Phosphorsäure gehört demnach den in Wasser löslichen stickstoffhaltigen Bestandtheilen an.

Zucker.   C. Stammer machte Mittheilung über den Saftgehalt der Runkelrüben und die Berechnung desselben aus dem Gehalt an Trockensubstanz in den Rüben und demjenigen des Saftes (1); — über die Berechnung der Wirksamkeit der Rübenpressen aus dem Zuckergehalt der Prefslinge (2); — über die Verarbeitung des Scheideschlamms (3); — und über die Anwendung von kaltem oder heifsem Wasser zum Absüfsen der Zuckerfilter (4). R. de Massy (5) setzt zur Gewinnung des Saftes dem Rübenbrei 0,07 pC. Kalk zu, erwärmt auf 50 bis 60° und prefst mit einer hydraulischen Presse. Der Rückstand soll nur 11 pC. vom Gewicht der Rüben betragen.

Kefsler-Desvignes (6) wendet zur Scheidung des Rübensaftes kleine Mengen einer Säure an, die in der Kälte zugesetzt werden (Flufssäure, Kieselfluorwasserstoff, Phosphorsäure, saure phosphors. Salze der alkalischen Erden und Erden, sowie starke Säuren überhaupt, sind dazu geeignet), und sättigt den sauren Saft vor dem Erhitzen durch kohlens. Kalk. Zusatz eines in Wasser unlöslichen Körpers, der von der Säure gelöst und bei der Sättigung wieder gefällt wird (Fluorcalcium, -magnesium, -aluminium, kiesels.- oder Thonerdekalk; phosphors. Salze u. a.) soll der Läuterung günstig sein. Kefsler führt als Vorzüge dieses nach Ihm im praktischen Betrieb bereits erprobten Verfahrens an, dafs die genannten Säuren, in Mengen von einigen Tausendteln angewandt, den Zucker in der Kälte

---

(1) Dingl. pol. J. CLXXXI, 406. — (2) Ebendaselbst, CLXXXII, 241. — (3) Ebendaselbst, CLXXXII, 334. — (4) Ebendaselbst, CLXXXI, 147. — (5) Ebendaselbst, CLXXX, 396; Chem. Centr. 1866, 840. — (6) Compt. rend. LXIII, 808; Bull. soc. chim. [2] VII, 580; Zeitschr. Chem. 1866, 736; Dingl. pol. J. CLXXXIII, 303.

nicht invertiren, sondern die durch die freiwillige Veränderung des Saftes erfolgende Inversion, sowie die schleimige Gährung und die Entwickelung der Fermente hindern und überhaupt antiseptisch wirken, daſs die vollständige Scheidung und Läuterung ohne Anwendung eines Kalküberschusses erreicht wird, folglich auch das Saturiren mit Kohlensäure und das Filtriren durch Kohlenfilter wegfällt (wodurch aber die ganze Menge der Alkalisalze im Syrup concentrirt wird), und daſs die Bildung des Pfannensteins (Cal) vermieden werde. — Leplay (1) mischt den geschiedenen Rübensaft mit einer genügenden Menge von Chlorcalciumlösung, leitet Dampf ein und fällt durch Aetznatron die ganze Menge des Zuckers als Zuckerkalk, der durch Kohlensäure zersetzt wird.

Die fabrikmäſsige Gewinnung des Zuckers aus Melasse wird nach einer Mittheilung von L. Walkhoff (2) in folgender Weise ausgeführt. Man mischt 300 Pfd. Melasse mit 40 Pfd. Kalkhydrat und 300 Quart Weingeist von 82 bis 85 Vol.-pC. in einem verschlieſsbaren Gefäſs durch anhaltendes Rühren, bis der gebildete Zuckerkalk sich flockig ausscheidet, trennt denselben in Filterpressen von der Lösung (die keinen Zucker mehr enthält und der Destillation unterworfen wird), wascht mit Weingeist nach und zersetzt die ausgepreſste, mit Wasser angerührte Masse durch Kohlensäure. Die Mischung wird, um einen zurückgehaltenen Rest von Weingeist zu gewinnen, destillirt und das Filtrat in gewöhnlicher Weise behandelt. Nach einer Analyse von Weiler, welche Walkhoff mittheilt, enthält die so gewonnene Füllmasse I. und der zurückbleibende Syrup II.:

	Wasser	Zucker	Fremde organ. Substanzen	Kali- und Natronsalze	Kalksalze	Summe
I.	12,89	66,00	13,80	7,13	0,18	100
II.	19,89	51,80	17,77	10,54	—	100.

(1) Bull. soc. chim. [2] VI, 251. — (2) Dingl. pol. J. CLXXIX, 68; Chem. Centr. 1866, 156; Bull. soc. chim. [2] VI, 173.

In der festen Substanz dieser Füllmasse beträgt demnach der Zuckergehalt 76 pC., in der festen Substanz der Melasse dagegen nur 63 pC. Aus 100 Th. gewöhnlicher Melasse (mit etwa 80 Th. fester Substanz) könnten nach Walkhoff etwa 30 Th. reinen Zuckers gewonnen werden; über das anzuwendende Reinigungsverfahren ist aber Nichts angegeben.

E. Anders (1) besprach die technische Zuckerbestimmung mittelst des Polarisationsapparats. J. L. Kleinschmidt (2) untersuchte verschiedene Sorten von rohem Rohrzucker und von Zwischenproducten der Zuckerraffinerie.

Malz. J. Lermer (3) fand für Gerstenmalzkeime, a) von ungarischer, b) von deutscher Gerste herrührend, die folgende Zusammensetzung:

	Organische Substanzen *)			
	stickstoff-freie	stickstoff-haltige	Aschen-bestandtheile	Wasser
a)	49,97	32,40	6,91	10,72
b)	65,71	18,10	6,19	10,00

Die Asche enthielt in 100 Theilen:

	KO	NaO	CaO	MgO	Al_2O_3	Fe_2O_3	Cl	SO_3	PO_5	SiO_2	CO_2	Summa
a)	22,53	3,44	4,33	3,73	1,06	1,72	6,82	2,48	29,21	24,43	0,91	100,66
b)	35,02	1,86	2,75	3,14	0,45	2,25	8,00	3,33	30,64	12,30	—	99,74

*) Vgl. S. 704.

Bier. Lermer (4) machte ferner Mittheilung 1) über die Menge der unorganischen Substanzen, welche der Hopfen der Bierwürze zuführt. 100 Th. Hopfen gaben bei Seinen Versuchen 2,414 Th. Mineralsubstanzen an die Würze ab (2,5 pC. des Gesammtaschengehaltes des Bieres repräsentirend) und nahmen kleine Mengen von Kalk, Kupferoxyd und Eisenoxyd aus derselben auf; — 2) über die Menge von Würze, welche im Hopfen zurückbleibt; — 3) über die Zusammensetzung des in den Kühlschiffen und Würzeleitungsröhren sich abscheidenden s. g. Biersteins (kalkhaltiger

---

(1) Dingl. pol. J. CLXXXII, 331. — (2) Ebendaselbst, CLXXXI, 306. — (3) Ebendaselbst, CLXXIX, 71; Bull. soc. chim. [2] VI, 429. — (4) Dingl. pol. J. CLXXIX, 281, 317; CLXXXII, 166; Chem. Centr. 1866, 1086.

Niederschläge organischer Substanzen); — 4) über die Zusammensetzung der Asche des Kühlgelägers (13,72 pC. Fe_2O_3; 1,80 pC. CuO; 13 pC. PO_5; 20 pC. SiO_3 u. a. enthaltend); — 5) über die Zusammensetzung des durch vorsichtigen Zusatz von Eisenchlorid aus Bier gefällten Niederschlages. Lermer fand in dem bei 110° getrockneten, amorphen, glänzenden grauschwarzen Product:

Proteïn-substanzen	Stickstofffreie organ. Substanz	Fe_2O_3	PO_5	SiO_2	Summe
18,26	30,65	32,70	18,26	0,13	100,00.

6) über die Zusammensetzung einiger Münchener Biere (1). Untersucht wurden I. Hofbrauhaus Bockbier; II. Hofbrauhaus Sommerbier; III. Hofbrauhaus Weifsbier; IV. Hofbrauhaus weifses Bockbier; V. Spaten Bockbier; VI. Zacherl Salvatorbier; VII. Löwenbräu Winterbier, mit folgendem hauptsächlichem Resultat (die Kohlensäure wurde nicht bestimmt):

	Spec. Gew.	Alkohol	Extract, worin Eiweifsstoffe		Asche	Phosphorsäure in 100 Th. Asche
I.	1,02467	5,08 pC.	7,83 pC.	0,87 pC.	0,28 pC.	34,18
II.	1,0141	3,88	4,93	0,43	0,23	32,05
III.	1,01288	3,51	4,73	0,53	0,15	26,57
IV.	1,02000	4,41	4,55	0,39	0,18	29,85
V.	1,02678	5,23	8,50	*)	*)	*)
VI.	1,03327	4,49	9,68	0,67	*)	*)
VII.	1,0170	3,00	5,92	—	0,25	29,28

*) Nicht bestimmt.

Lermer besprach ferner (2) das Gefrieren des Biers. Lagerbier, welches etwa 6 Tage einer Temperatur von — 8° ausgesetzt geblieben war, hatte eine dicke, nach Aufsen farblose Eiskruste gebildet und einen Niederschlag von Proteïnsubstanzen abgesetzt; der nicht erstarrte Antheil war dickflüssig, dunkelbraun und bedeutend concentrirt. Es betrug:

---

(1) Dingl. pol. J. CLXXXI, 134; im Auszug Arch. Pharm. [2] CXXVIII, 223. — (2) Dingl. pol. J. CLXXXI, 471.

Bier

	Das spec. Gew.	Der Gehalt an Alkohol	Extract	Eiweifsstoffe
Vor dem Gefrieren	1,0248	8,5 pC.	5,68 pC.	—
Nach dem Gefrieren	1,0489	9,48 „	15,21 „	1,11 pC.

Solches „gefrorene" Bier ist in Folge des gröfseren Gehaltes an Alkohol und des verhältnifsmäfsig geringeren an Proteïnsubstanzen viel haltbarer als das gewöhnliche.

F. Kick (1) und V. Kletzinsky (2) beschrieben die Bereitung von Prefshefe.

A. Vogel (3) fand in frischem Münchener Bier das Verhältnifs der Milchsäure zur Essigsäure ziemlich constant = 32 : 1. Die rasche Säuerung des der Luft ausgesetzten Biers beruht nach Versuchen, welche Bayerl unter Vogel's Leitung ausgeführt hat, fast ausschliefslich auf der Bildung von Essigsäure und ändert jenes Verhältnifs schnell in das von 32 : 7 und nach längerer Zeit von 32 : 21. Vogel hält es daher für nothwendig, bei der Untersuchung eines Biers zuerst den Gesammtgehalt an Säure (nach der Abscheidung der Kohlensäure durch Erwärmen des Bieres auf 70° und Zusatz von Zuckerpulver) durch Titriren mit Kalkwasser zu bestimmen und hierauf, nachdem durch Verdampfen zur Syrupconsistenz die Essigsäure entfernt wurde, die Menge der Milchsäure in gleicher Weise zu ermitteln; aus der Differenz beider Bestimmungen ergiebt sich die Menge der Essigsäure. Gerbsäure fand Vogel (4) im Münchener Bier nur spurweise.

Wein.

H. Marès (5) hat für zuckerreiche liqueurartige Weine bestätigt, dafs dieselben durch Erhitzen auf 55 bis 60° geklärt und haltbarer werden (6). — A. Chevallier (7)

---

(1) Dingl. pol. J. CLXXIX, 470. — (2) Aus Dessen Mittheilungen aus dem Gebiete der reinen und angewandten Chemie, Wien 1865 in Dingl. pol. J. CLXXX, 71. — (3) Aus N. Repert. Pharm. XV, 81 in Chem. Centr. 1866, 400; J. pr. Chem. XCVIII, 382. — (4) Aus N. Repert. Pharm. XIV, 297 in Chem. Centr. 1866, 175. — (5) Compt. rend. LXII, 1168. — (6) Jahresber. f. 1865, 827. — (7) Aus J. chim. médicale 1865, 5 in Vierteljahrschr. pr. Pharm. XV, 287.

machte darauf aufmerksam, dafs dem Wein durch das im südlichen Frankreich übliche Gypsen (mit Gyps von Saint-Affrique, welcher Thonerdesalze enthält) erhebliche Mengen von Thonerde zugeführt werden.

A. Philipps (1) empfiehlt zur Prüfung der Rothweine, sie mit Eisenchlorid zu versetzen. Der natürliche Farbstoff der Weine geht dadurch in Rothbraun, der Farbstoff der Malvenblüthen, schwarzen Kirschen und Heidelbeeren in Violett über. Die von Böttger angegebene Prüfungsmethode (2) soll ebenfalls auf einem spurweisen Eisengehalte der bereits ausgewaschenen Schwämme beruhen.

C. Stammer (3) besprach die Verbesserungen, welche bei der Spiritusablieferung bezüglich der Bestimmung des Alkoholgehaltes und des Volums mit Rücksicht auf die Temperatur nothwendig erscheinen. Er empfiehlt, den Weingeist immer zu wägen und aus dem Gewicht das entsprechende Volum für die Normaltemperatur ($15^0\ 5/_9\ C^0$) zu berechnen.

Weingeist.

V. Kletzinsky (4) machte Mittheilung über die Zusammensetzung der gebräuchlichsten Fruchtessenzen; S. Piesse (5) beschrieb die Darstellung von Aepfelessenz (eine weingeistige Lösung von valerians. Amyläther).

Boussingault (6) hat die Zusammensetzung des Pulque, eines im tropischen Amerika gebräuchlichen geistigen Getränkes, welches durch Gährung aus dem Safte einer Varietät der Agave americana (*mell* oder *maguey* der Eingeborenen) erhalten wird, untersucht und zugleich über die Bereitung desselben und die Kultur der Pflanze einige

Pulque.

---

(1) Aus Gewerbeblatt für das Grofsherzogthum Hessen in Chem. Centr. 1866, 528. — (2) Jahresber. f. 1864, 566. — (3) Dingl. pol. J. CLXXX, 146. — (4) Aus Dessen S. 884 angeführter Schrift in Dingl. pol. J. CLXXX, 77; Bull. soc. chim. [2] VI, 427. — (5) Dingl. pol. J. CLXXX, 408; Chem. Centr. 1866, 944. — (6) Ann. ch. phys. [4] VII, 429; im Auszug Bull. soc. chim. [2] VI, 487; Chem. Centr. 1866, 1008.

Pulque. Mittheilungen gemacht. Die genannte Agave, ein fleischiges Gewächs aus der Familie der Bromeliaceen, gedeiht bis zu 2500 Fufs über der Meeresfläche. Sie kömmt nur einmal zum Blühen und zwar je nach der Lage im 6. bis 18. (in den Pampas im 25.) Jahre; nach der Entfaltung ihres mächtigen Blüthenstandes (der Blüthenstiel erreicht in etwa 2 Monaten bei 2 Decimeter Durchmesser an der Basis 5 bis 6 Meter Höhe und trägt 4000 bis 5000 Blüthen) stirbt sie ab. Indem man das Blühen durch Ausschneiden der centralen Blüthenknospe verhindert, erhält man die ganze Menge des Bildungsmaterials, welches die Pflanze für diesen letzten Akt ihrer Existenz angesammelt hatte, in der Form eines süfsen und eiweifsreichen Saftes (*aguamiel*). Die Ernte beginnt etwa 10 Monate nach der Exstirpation und liefert von jeder Pflanze, je nach ihrer Stärke und dem Standort, 3 bis 6 Monate lang täglich 1 bis 10 Liter Saft, der aus einer an der Stelle der Narbe gemachten Höhlung geschöpft wird; im Ganzen ein Quantum von 136 bis 960 Liter. Der frische Saft ist schwach opalisirend, etwas schleimig, geruchlos, von säuerlich-süfsem Geschmack; er enthält 7,6 pC. feste Substanz und gerinnt in der Siedehitze unter Ausscheidung von coagulirtem Eiweifs. Man bringt denselben in flache offene Beutel von Ochsenhaut, zieht ihn, wenn nach einigen Tagen die rasche Gährung beendigt ist, in andere Gefäfse ab, in welchen er sich unter Abscheidung von Eiweifsstoffen aufhellt und den süfsen Pulque (*Pulque dulce*) darstellt. Bei weiterer Aufbewahrung verliert dieser in Folge einer Nachgährung den Zuckergehalt vollständig und geht in starken Pulque (*Pulque fuerte*) über. Im Ganzen haben diese Getränke, namentlich wegen ihres reichlichen Eiweifsgehaltes, grofse Aehnlichkeit mit dem Kumifs der Kalmucken; sie sind trüb, vom Ansehen nicht geklärter Molken und haben einen höchst widrigen Geruch nach faulem Fleisch und Käse; der süfse, noch zuckerhaltige erinnert im Geschmack an jungen Aepfelwein; der starke, an Alkohol reichere, hat einen herben Geschmack. Boussingault fand für eine Probe von *Pulque fuerte* von Tlascala (Mexico) (I), und vergleichungsweise nach demselben analytischen Verfahren für Aepfelwein von 1863 (II) die folgende Zusammensetzung in 1000 CC.:

Pulque.

	I.		II.	
Spec. Gew. . .	0,976		1,002	
Absol. Alkohol .	58,76 Grm. =	74 CC.	56,61 =	71,8 CC.
Glucose . .	0,00		15,40	
Glycerin . .	2,10		} 2,56	
Bernsteinsäure .	1,40			
Kohlensäure . .	0,61	= 308 CC.	0,27 = 136	CC.
Aepfelsäure (?) .	5,50		7,74	
Buttersäure, Essigsäure . .	Spuren		0,00 *)	
Gummi . . .	0,50		1,40	
Ammoniak . .	0,05		0,00	
Kali . . .	0,85		1,55	
Kalk, Magnesia, Phosphorsäure .	2,50		0,20 **)	
Caseïn . .	1,90		0,12 ***)	
Wasser und nicht bestimmte Subst.	901,83		916,15	
	976,00		1002,00	

*) Spuren von Essigsäure. — **) Keine Magnesia, aber Schwefelsäure und Chlornatrium. — ***) Nicht näher bestimmte stickstoffhaltige Materie.

Die Production des Pulque beträgt auf 1 Hectare der Pflanzung (von welcher etwa $1/_{13}$ der Stämme jedes Jahr ausgebeutet wird) 348 bis 778 Hectoliter, mit einem Gehalt von 26 bis 56 Hectoliter an absolutem Alkohol. Das Maximum von Wein, welches in Frankreich auf 1 Hectare gewonnen wurde, betrug 300 Hectoliter mit 30 Hectolitern Alkohol. Die Agave liefert demnach auf gleicher Bodenfläche weit reichlichere Erträge.

Boussingault (1) erhielt bei umfassenden Beobachtungen über die Abhängigkeit der Milchproduction der Kühe von der Nahrung und anderen Bedingungen die folgenden Resultate:

Milch.

(1) Ann. ch. phys. [4] IX, 132.

Milch.

Tägliches Futter in Kilogrm.	Zeit seit der letzten Geburt	Menge der Milch in 24 Stunden	Zusammensetzung der Milch, in 100 Th.				
			Buter	Milch-zucker	Caseïn, Albumin	Unorgan. Sub-stanzen	Wasser

A. Weifse Kuh, von 565 Kilogrm. Gewicht.

		Tage	Kilogrm.					
I.	Heu 13,07	135	8,22	3,60	5,10	3,54	0,65	87,11
II.	Heu 13,37 Oelkuchen 1,6	142	9,35	3,34	4,92	3,51	0,62	87,61
III.	Heu 14,07 Bohnen 2,01	151	9,97	3,39	5,10	2,99	0,62	87,90
IV.	Heu 14,09	160	8,74	3,66	5,11	3,40	0,65	87,18
V.	Klee 46,00	170	8,98	—	—	—	—	—
VI.	Heu 15,00	180	7,63	3,72	5,12	3,26	0,65	87,25
VII.	Heu 12,46 Mehl 2,86	189	8,38	3,30	5,11	3,94	0,58	87,07
VIII.	Heu 13,42	195	7,73	3,96	5,46	3,13	0,60	86,85
IX.	Heu 11,00 Leinsamen 1,88	201	6,84	4,01	5,25	3,45	0,62	86,67
X.	Heu 12,50	206	6,26	3,80	4,74	3,89	0,65	86,92

B. Schwarze Kuh, von 538 Kilogrm. Gewicht.

XI.	Heu 15,00	43	14,12	3,42	4,85	3,02	0,69	88,02
XII.	Heu 14,25 Gerste 1,88	47	13,88	4,91	4,89	2,80	0,80	86,60
XIII.	Klee 53,67	55	13,83	5,06	5,22	2,71	0,70	86,31
XIV.	Heu 15,00	68	12,38	3,74	5,12	2,48	0,70	87,96
XV.	Heu 13,65 Melasse 2,13	72	11,67	2,55	5,08	3,01	0,63	88,73
XVI.	Heu 14,00	78	11,40	3,08	5,45	2,91	0,64	87,92
XVII.	Heu 11,48 Leinsamen 1,88	85	9,97	3,84	4,86	2,98	0,69	87,63
XVIII.	Heu 12,50	95	9,13	3,74	4,97	2,80	0,69	87,80

Nach diesen Zahlen übt die Natur des Futters keinen wesentlichen Einfluſs auf die Zusammensetzung der Milch aus (wiewohl Geschmack und Arom der Milch mit demselben variiren); der Buttergehalt ist bei fettarmem Futter (VIII. XII. XIII.) und ohne erkennbare Veranlassung zuweilen gröfser als bei der Fütterung mit ölreichen Substanzen (II. XVII.); der Milchzucker findet sich dagegen in einem auffallend constanten Verhältniſs. Die Menge der secernirten Milch ist bei ölreichem Futter ebenfalls nicht vermehrt (die Thiere verschmähen bei solcher Fütterung einen Theil des gleichzeitig gereichten Heu's), sie ist dagegen wesentlich von der seit der letzten Geburt des Thieres verstrichenen Zeit und von dem Stadium seiner Trächtigkeit abhängig, für welche im Allgemeinen bekannte Thatsache Boussingault eine Reihe von Belegen anführt. Es lieferte beispielsweise eine Kuh, die am 21. Febr. 1858 gerindert hatte und am 20. April 1859 wieder rinderte, bei täglicher Fütterung mit 15 Kilogrm. Heu in den ersten 10 Tagen jedes Monats die unter I. gegebenen Mengen Milch, woraus sich für 100 Kilogrm. Heu die unter II. beigesetzten Zahlen berechnen:

	1858 April	Mai	Juni	Juli	Aug.	Sept.	Oct.	Nov.	Dec.	1859 Jan.
I. Liter	12	10,40	9,50	8,05	8,50	7,45	5,90	4,51	8,40	0,50
II. Liter	80	69	63	54	57	50	39	30	28	3

Boussingault untersuchte ferner I. Milch, einige Tage vor dem Ende der Trächtigkeit der Kuh gemolken (1 Liter in 24 Stunden), II. Colostrum, 5 Stunden nach der Geburt gemolken (6 Liter); III. Milch derselben Kuh, 24 Stunden später gemolken (3 Liter); IV. Milch derselben Kuh, vom dritten Tag nach der Geburt (5,50 Liter):

	I.	II.	III.	IV.
Spec. Gew. bei 15°	1028,6	1051,8	1034,8	1033,9
Butter	6,20	2,78	3,60	3,38
Milchzucker	2,89	2,77	4,34	4,34
Caseïn, Albumin	5,31	14,35	5,49	5,06
Unorgan. Substanzen	1,00	0,85	0,80	0,77
Trockensubstanz	15,40	20,75	14,28	13,55
Wasser	84,60	79,25	85,77	86,45
	100,00	100,00	100,00	100,00.

In derselben Abhandlung beschreibt Boussingault (1) noch einige auf das Verhalten der Milch beim Buttern bezügliche Versuche. Er stellte fest, dafs bei dieser Operation niemals die ganze in der Milch oder dem Rahm enthaltene Menge von Butter abgeschieden wird und dafs

---

(1) Ann. ch. phys. [4] IX, 108.

Milch. das abgeschiedene Quantum ungefähr dasselbe bleibt, mag die Milch frisch, abgekocht oder nach längerem Stehen, im säuerlichen Zustand, mit Weinsäure angesäuert oder mit kohlens. Natron versetzt angewandt werden, und daſs auch die längere oder kürzere Dauer des Butterns, das Durchleiten von Luft, sowie die Form des Apparates ohne Einfluſs sind. Dagegen ist es wesentlich der Milch die Temperatur von etwa 18^0 und dem Rahm die von 15^0 zu geben, da bei höherer leicht Säuerung erfolgt und bei niederer die Abscheidung der Butter nicht oder nur mangelhaft gelingt (bei einem Versuch wurde bei 2 stündigem Buttern zwischen 8^0 und $13^0,5$ keine Spur von Butter erhalten). Die Unmöglichkeit, aus der entbutterten Milch durch mechanische Mittel eine weitere Ausscheidung von Fettkügelchen zu bewirken, beruht nach Boussingault auf ihrer Viscosität, da eine gleich verdünnte Mischung von Wasser und Milch noch Butter liefert. Im Mittel vieler Versuche ergaben:

1000 Th. Milch [worin 34,8 Th. Butter*)] 25,5 Th. Butter und 970 Th. entbutterte Milch mit 9,8 Th. Butter.

1000 Th. Rahm (worin 233,7 Th. Butter) 221,9 Th. Butter und 744,2 Th. Buttermilch mit 11,8 Th. Butter.

*) Die Zahlen beziehen sich auf wasserfreie Butter.

Ueber die Zweckmäſsigkeit und den Werth der Liebig'schen Suppe für Säuglinge (1), bezüglich deren Bereitung v. Liebig (2) einige Erläuterungen gegeben hat, wurden Erfahrungen mitgetheilt (3).

Fleisch. Letheby (4) beschrieb die unterscheidenden Merk-

(1) Jahresber. f. 1865, 834. — (2) Ann. Ch. Pharm. CXXXVIII, 97; Vierteljahrsschr. pr. Pharm. XV, 396; Compt. rend. LXIV, 997; Instit. 1866, 161. — (3) Ann. Ch. Pharm. CXXXVIII, 88, 95. Vgl. über denselben Gegenstand auch Mittheilungen und Discussionen in J. pharm. [4] VI, 112, 116, 119, 120, 125. — (4) Pharm. J. Trans. VII, 475; Chem. News XIII, 48; Dingl. pol. J. CLXXXI, 482. In Uruguay wird nach Vavasseur (Compt. rend. LXII, 884; Dingl. pol. J. CLXXXII, 408) gegenwärtig das gesalzene Ochsenfleisch zur Sendung nach Europa einem sehr starken Druck unterworfen. So comprimirtes Fleisch soll vollkommen haltbar sein.

male des Fleisches von gesundem und krankem Schlachtvieh.

C. Karmrodt (1) untersuchte Fleischextract von Uruguay. Deane und H. B. Brady (2) beschrieben das Resultat der mikroscopischen Untersuchung verschiedener Specimen von Fleischextract.

H. Fleck (3) hat Seine Ansichten über die Beziehungen zwischen der chemischen Zusammensetzung und den physikalischen Eigenschaften der fossilen Brennstoffe dargelegt und eine auf die Zusammensetzung gegründete Eintheilung der letzteren beschrieben. Wir müssen uns auf diesen Hinweis beschränken.

Brennstoffe.

J. Attfield (4) beschrieb die Prüfung der Steinkohlen und analoger Brennstoffe auf die Ausbeute an Destillationsproducten; G. Tissandier (5) die Destillations-

Leuchtstoffe. Kohlenwasserstoffe zur Beleuchtung.

(1) Arch. pharm. [2] CXXIX, 25. Vgl. über denselben Gegenstand auch Mittheilungen von v. Liebig (Ann. Ch. Pharm. CXL, 249; Chem. Centr. 1866, 1035; Arch. Pharm. [2] CXXIX, 25; N. Repert. Pharm. XVI, 1; Chem. News XIV, 289) und Tenner (Ann. Ch. Pharm. CXLI, 265; N. Repert. Pharm. XVI, 222; Chem. Centr. 1867, 73, 592). — (2) Pharm. J. Trans. [2] VIII, 196; Chem. News XIV, 122. — (3) Dingl. pol. J. CLXXX, 460; CLXXXI, 48, 267; Chem. Centr. 1866, 993. — H. Reinsch fand (N. Jahrb. Pharm. XXVI, 317) in Steinkohlen durch Verpuffen mit salpeters. Kali 1,16 pC. Phosphorsäure, und berechnet daraus, dafs jährlich etwa 26 Millionen Centner Phosphorsäure in die Luft geführt werden. Die Düngung mit Knochen oder phosphors. Kalk erscheint Ihm daher eben so unnöthig, wie sie „nach Seinen Versuchen" vergeblich ist. — (4) Chem. News XIV, 98; Dingl. pol. J. CLXXXIII, 244; Vierteljahrsschr. pr. Pharm. XVI, 386. — (5) Bull. soc. chim. [2] V, 349; Zeitschr. Chem. 1866, 476; Chem. Centr. 1866, 862; Dingl. pol. J. CLXXXII, 256.

Kohlenwasserstoffe zur Beleuchtung.

producte der Aepfeltrester (von der Bereitung des Ciders). G. Lunge (1) machte Mittheilung über die Darstellung des sogenannten Paraffinöls aus Boghead-Kohle in schottischen Fabriken. H. Vohl (2) hat in solchen Oelen einen erheblichen Gehalt an Schwefel (der bei der Destillation in Form von schwefliger Säure und von Schwefelwasserstoff auftritt) und von Fluor (das von der Behandlung der Oele mit Fluorwasserstoff stammen soll) nachgewiesen. St. Macadam (3) berichtete über die giftige Wirkung, welche das Rohparaffinöl und die bei der Fabrikation desselben sich ergebenden Abfälle auf Fische haben.

A. Vogel (4) hat einige Löslichkeitsbestimmungen des Paraffins (Schmelzpunkt 48^0, Erstarrungspunkt 45^0) mitgetheilt:

	1 Th. Benzol				1 Th. Chloroform		1 Th. Schwefelkohlenstoff
löst bei	40^0	43^0	39^0	23^0 20^0	28^0	20^0	23^0
Theile Paraffin	7,7	5	4	0,7 0,3	0,22	0,16	1.

1 Th. Benzol löst ferner bei 23^0 0,22 Th. Stearinsäure; 1 Th. Schwefelkohlenstoff 0,3 Th. Löst man eine geschmolzene Mischung von Stearinsäure und Paraffin in einer dieser Flüssigkeiten, so scheiden sich beide bei dem Erkalten einzeln ab.

Um das rohe Petroleum von den flüchtigen riechenden Bestandtheilen zu befreien, erwärmt J. Green (5) dasselbe auf 54^0 bis 60^0, agitirt einige Zeit im Vacuum und wäscht es zuletzt mit Wasser. — Hager (6) beschrieb eine Vor-

---

(1) Dingl. pol. J. CLXXXI, 456. — (2) Dingl. pol. J. CLXXXII, 396. — (3) Chem. News XIV, 110; Rep. 36 Br. Assoc., Notices and Abstracts 41; Dingl. pol. J. CLXXXII, 315. — (4) Bull. soc. chim. [2] VI, 465. — (5) Aus Scientific American XIII, 388 in Dingl. pol. J. CLXXX, 144; Bull. soc. chim. [2] VI, 350. Camus und Missilier geben (J. pharm. [4] IV, 366) an, dafs der üble Geruch des rohen Petroleums und destillirter Oele sich durch wiederholtes Schütteln mit Chlornatrium beseitigen lasse. Das niederfallende Salz soll die riechenden Substanzen mit niederreifsen. — (6) Aus Pharm. Centralhalle VII. Jahrgang, 233 in Zeitschr. anal. Chem. V, 245.

richtung (Destillirapparat) zur Prüfung des Petroleums. Von den aus Torf, Braunkohlen und anderen Substanzen erhaltenen Oelen unterscheidet sich nach Demselben das Petroleum dadurch, daſs es sich bei dem Vermischen mit einem gleichen Volum Schwefelsäurehydrat (gleiche Theile englischer und rauchender Schwefelsäure) nur etwa um 5^0 erwärmt, während bei jenen Oelen die Temperatur der Mischung um 20^0 bis 50^0 steigt. — J. Attfield (1) machte Mittheilung über die Bestimmung der Entzündlichkeit des Petroleums.

H. Vohl (2) empfiehlt zur Extraction des Oelgehaltes der Samen statt des Schwefelkohlenstoffs die leichtflüchtigen Kohlenwasserstoffe, welche im canadischen und pennsylvanischen Petroleum enthalten sind und deren Gemenge bei 12^0 das spec. Gew. 0,650 bis 0,700 hat und bei 60^0 siedet (Vohl bezeichnet dasselbe als *Canadol*). Als Mängel der Extraction durch Schwefelkohlenstoff hebt Er besonders hervor: die theilweise Zersetzung desselben während der Extraction und Destillation, wodurch die Oele schwefelhaltig werden, und seine Fähigkeit, einen harzähnlichen klebrigen Körper zu lösen, welcher an der Luft das Ranzigwerden der fetten Oele veranlasse. Das Canadol (mit welchem die zerquetschten Samen in der Siedehitze ausgezogen werden) löst harzige Substanzen und den verharzten Antheil des Oeles nicht auf. Vohl erhielt mittelst desselben aus den Samen von:

Fette Oele.

Sommerraps (*Brassica praecox*) 36 bis 40 pC.,
Winterrüben (*Brassica napus oleifera*) 39 bis 42 pC.,
Kohlraps (*Brassica campestris oleifera*) 45 bis 50 pC.,

goldgelbes, fast geruch- und geschmackloses Oel, welche Ausbeute die durch Pressung gewonnene um 6 bis 10 pC. übersteigt. Aus Oelsamenkuchen des Handels konnten noch 6 bis 7 pC. fetten Oeles ausgezogen werden (3).

(1) Chem. News XIV, 257; Pharm. J. Trans. [2] VIII, 318. —
(2) Dingl. pol. J. CLXXXII, 319. — (3) Dem rückständigen Samenmehl

Fette Oele.

Nach E. F. Richter (1) wird bei dem Raffiniren des Rüböls mit Schwefelsäure von dieser nebst dem Schleim auch ein schwefelhaltiges ätherisches Oel aufgenommen, zersetzt und in Form schwarzer Flocken abgeschieden. Mit Schwefelkohlenstoff extrahirtes Oel ist frei von Schleim, enthält aber jenes ätherische Oel ebenfalls und giebt daher mit Schwefelsäure zuerst eine grüne Färbung, die bei Luftzutritt unter Bildung eines schwarzen flockigen Niederschlages verschwindet. Wird dieser Niederschlag mit Wasser behandelt, so scheidet sich ein anderes ätherisches Oel von Krautgeruch ab, das sich dem Rüböl beimischt und die Dochte verkohlt. Die durch Schwefelsäure bewirkte Abscheidung beträgt für gepreſstes Oel 5 pC., für mit Schwefelkohlenstoff extrahirtes 0,2 pC. Durch eine Mischung von zweifach-chroms. Kali und Schwefelsäure oder Salzsäure wird das erwähnte ätherische Oel nicht abgeschieden, sondern in eine Substanz von Thrangeruch verwandelt.

Dullo (2) beschrieb die Bereitung von Leinölfirniſs mittelst Mangansuperoxyd und Salzsäure, ohne Anwendung von Wärme; auch Wiederhold (3) machte empirische Angaben über die Bereitung dieses Firnisses durch Kochen.

---

läſst sich durch siedenden Alkohol Wachs, Harz und Chlorophyll (bei Brassicaarten auch schwefelcyanwasserstoffs. Sinapin) entziehen. – E. F. Richter (Dingl. pol. J. CLXXXIII, 254) und C. Kurtz (Dingl. pol. J. CLXXXIV, 456) haben die Richtigkeit der Angaben Vohl's, so weit sich dieselben auf Schwefelkohlenstoff beziehen, bestritten. Kurtz insbesondere hält den Schwefelkohlenstoff für das zweckmäſsigere Lösungsmittel. Vohl hat (Dingl. pol. J. CLXXXV, 453, 456) den Kritiken erwiedert. — Mittheilungen über die fabrikmäſsige Extraction der Oele mittelst Schwefelkohlenstoff finden sich Dingl. pol. J. CLXXXI, 237. — (1) Aus Jacobsen's chem.-technischem Repertorium 1866, I. Halbjahr, 22 in Chem. Centr. 1867, 640. — (2) Aus Deutsche Gewerbezeitung 1866, Nr. 22 in Dingl. pol. J. CLXXXI, 151; Bull. soc. chim. [2] VI, 351. — (3) Aus Neue Gewerbeblätter für Kurhessen 1866, 76 in Dingl. pol. J. CLXXXI, 159.

L. Dankwerth (1) hat gefunden, dafs die Oelsäure in Destillirapparaten die Metalle (und zwar vorzugsweise diejenigen, welche das Wasser bei Gegenwart einer Säure zersetzen) leichter angreift, als diefs die festen Fettsäuren thun.

P. Bolley und Jokisch (2) schliefsen aus einigen Versuchen, dafs zwischen festen und flüssigen Fetten in Bezug auf die Leichtigkeit der Verseifung kein Unterschied besteht. Als eine ätherische Lösung von Talg auf Natronlauge gegossen wurde und in einer verschlossenen Flasche mit derselben längere Zeit in Berührung blieb, änderte sich der Schmelzpunkt des in der Lösung noch enthaltenen Talges nicht. Reine Natronölseife wurde in alkoholischer Lösung durch eine weingeistige Lösung von Stearinsäure nicht zersetzt; der Schmelzpunkt der freien Säure blieb derselbe.

Verseifung.

Zur Nachweisung von Baumwolle in Wollstoffen taucht C. Liebermann (3) dieselben in eine noch warme farblose Lösung von Rosanilin (erhalten durch Lösen einiger Grm. Fuchsin in einer Unze kochenden Wassers und tropfenweisen Zusatz von Natronlauge zur kochenden Flüssigkeit bis zur Entfärbung) und wascht mit Wasser aus; die Wolle

Anwendung der vegetabilischen und thierischen Faser. Unterscheidung der Pflanzenfaser von Wolle und Seide.

(1) Dingl. pol. J. CLXXIX, 313. — (2) J. pr. Chem. XCIX, 325; Chem. Centr. 1867, 688. — Flüssige s. g. Glycerinseife bereitet Heeren (aus Mittheil. des hannöverischen Gewerbevereins 1866, 73 in Dingl. pol. J. CLXXX, 481; Chem. Centr. 1867, 29) aus 100 Th. käuflicher Oelsäure, 814 Th. Glycerin von 1,12 spec. Gew. und 56 Th. Kalilauge von 1,34 spec. Gew. durch Erwärmen auf 50°. Der filtrirten Flüssigkeit werden 10 Grm. kohlens. Kali, in wenig Wasser gelöst, und beliebige Aromata zugesetzt. — (3) Dingl. pol. J. CLXXXI, 133; Zeitschr. anal. Chem. V, 463; Vierteljahrsschr. pr. Pharm. XVI, 446; Bull. soc. chim. [2] VI, 506.

färbt sich alsdann bei Luftzutritt roth, die **Baumwolle** bleibt ungefärbt. Seide verhält sich wie Wolle, Leinen- und andere vegetabilische Fasern wie Baumwolle. Bei dem Eintauchen solcher gemischten Stoffe in Fuchsinlösung nimmt auch die Baumwolle eine rothe Farbe an.

Papier. M. **Behrend** (1) empfiehlt zur Erkennung von Holzstoff in Papier statt des von **Schapringer** vorgeschlagenen schwefels. Anilins (2) gewöhnliche Salpetersäure (spec. Gew. 1,333), welche die Holzfaser, besonders beim Erwärmen, bräunt.

Conservirung des Holzes. E. H. v. **Baumhauer** (3) beschrieb Versuche über die Mittel, welche das Holz im Meerwasser gegen den Angriff des Bohrwurms *(teredo navalis)* schützen können. Imprägniren des Holzes mit Kreosot erwies sich am wirksamsten.

Bleichen. **Tessié du Mothay** und **Maréchal** (4) wenden zum Bleichen der vegetabilischen und thierischen Faser Uebermangansäure und schweflige Säure an. Garne oder Gewebe von Baumwolle, Hanf oder Flachs werden, nachdem sie mit Wasser gewaschen und mit einer alkalischen Lauge entfettet sind, zuerst in eine Lösung von Uebermangansäure oder von übermangans. Natron mit schwefels. Magnesia, und hierauf entweder in siedende alkalische Lauge oder in Bäder, welche schweflige Säure, Schwefelsäure mit salpetriger Säure, oder Wasserstoffsuperoxyd enthalten, getaucht, bis die auf die Faser gefällten Manganoxyde wieder gelöst sind. Die abwechselnde Behandlung mit beiden Bädern wird bis zur vollständigen Bleichung der Stoffe wiederholt. Für Wolle und Seide wird die

---

(1) Aus Centralblatt für Papierfabrikation durch Deutsche Industriezeitung 1866, 278 in Zeitschr. anal. Chem. V, 240. — (2) Jahresber. f. 1865, 852. — (3) In Seiner Schrift: Sur le taret et les moyens de préserver le bois de ses dégâts. Harlem 1866; ferner Archives néerlandaises I. — (4) Bull. soc. chim. [2] VI, 430, mit Bemerkungen der Redaction; aus les Mondes XIV, 95 in Dingl. pol. J. CLXXXIV, 534.

alkalische Lauge durch schwache Seifenlösung ersetzt und als saures Bad nur schweflige Säure angewendet.

Fr. Knapp (1) hat im Anschluſs an Seine Studien über den Gerbeprocefs im Allgemeinen (2) auch das Wesen der Weiſsgerberei der Glacéhandschuhleder und Kalbkid näher untersucht. Diese Art des Gerbens besteht darin, die in dem Kalkäscherich vorbereiteten Felle von Lämmern, jungen Ziegen und Kälbern mit der sogenannten Nahrung, einer Lösung von Alaun und Kochsalz, in welcher Eigelb und Mehl zerrührt sind, gaar zu machen. Knapp stellte bezüglich der Wirkungsweise der einzelnen Bestandtheile dieser Mischung fest, 1) daſs der Alaun als solcher von der Haut aufgenommen wird (Alaun und Chlornatrium setzen sich in wässeriger Lösung nicht um) und das Chlornatrium nur durch seine endosmotische Wirkung die Aufnahme desselben erleichtert; 2) daſs das Eigelb durch seinen Fettgehalt wirkt, für dessen Absorption der emulsirte Zustand wesentliche Bedingung ist; 3) daſs der Kleber des Mehls in Berührung mit der Alaunlösung amorphen Thonerdekleber bildet, der von der thierischen Faser gebunden wird. Das Eigelb läſst sich durch andere emulsirte Fette, selbst durch emulsirtes Paraffin, und die Mischung von Eigelb und Mehl durch Thonerde- oder Eisenoxydseife ersetzen. Wendet man diese amorphen Niederschläge an, so ist es nothwendig, eine Substanz (aufgeschlämmten Thon) zuzusetzen, welche das Zusammenbacken derselben verhindert; dieselbe Wirkung hat die Stärke des Mehls, die an und für sich von der Haut nicht aufgenommen wird. — Die zuweilen vorkommende Mürbe des weiſsgaaren Leders leitet Knapp von der Bildung krystallinischer Substanzen ab, welche die einzelnen Fasern umhüllen. Leder, die die Gaare nur durch Behandlung mit Alaunlösung erhalten haben, sind immer mürbe, weil

(1) Dingl. pol. J. CLXXXI, 311. — (2) Jahresber. f. 1858, 665.

898 Technische Chemie.

Gerberei. der in der Haut noch enthaltene Kalk durch den Alaun in Gyps verwandelt ist. Weicht man die kalkhaltige Blöfse vor dem Gaarmachen in einer Lösung von phosphors. Natron (oder phosphorsäurehaltiger Substanzen, wie Vögelkoth) oder Kalkseife, so. entsteht amorpher phosphors. Kalk oder Kalkseife, welche die Geschmeidigkeit der Faser nicht beeinträchtigen. Tränken eines mürben Leders mit überschüssigem Oel macht dasselbe wieder geschmeidig, indem es das Uebereinandergleiten der Fasern und der krystallinischen Substanzen erleichtert. Bei dem üblichen Verfahren scheinen die Proteïnsubstanzen und der Phosphorsäuregehalt des Mehls den schwefels. Kalk, wenn derselbe nur in mäfsiger Menge vorhanden ist, wieder in amorphe Verbindungen umzusetzen.

Leder. E. Marquis (1) hat einige Ledersorten bezüglich ihres Gehaltes an Gerbstoff, Fett, harzigen Substanzen und Kalk verglichen. Zur Unterscheidung von vollkommen und unvollkommen gegerbtem Leder giebt Derselbe die folgenden Charaktere als geeignet an. Vollkommen gegerbtes Leder ist fest und zeigt auf der Oberfläche und den Schnittflächen eine gleichförmige dunkle Farbe. In dünnen Schnitten mit Wasser gekocht schrumpft es zusammen, wird undurchsichtig und nimmt eine kaffeebraune Farbe und bröckliche Beschaffenheit an; die wässerige rothbraune Abkochung ist klar und wird nach dem Verdampfen zur Syrupsconsistenz bei dem Erkalten nicht gelertig. Unvollkommen gegerbtes Leder ist heller und auf den Schnittflächen nicht gleichförmig gefärbt, auch wird es leicht brüchig. Mit Wasser gekocht quillt es auf, wird undurchsichtig, weich und klebrig; die wässerige Abkochung ist trüb und hinterläfst nach dem Verdampfen zur Syrupconsistenz einen Rückstand, der bei dem Erkalten gelatinirt.

---

(1) Russ. Zeitschr. Pharm. IV, 889; Zeitschr. anal. Chem. V, 288.

Tabourin und Lemaire (1) finden es vortheilhaft, das kochende Seifenbad, womit die Seide sowohl nach dem Degummiren als bei dem Beizen für Schwarzfärben behandelt wird, durch ein Bad von zinns. Natron zu ersetzen.

Ch. Mène (2) fand eine beim Schwarzfärben der Seide in Frankreich gebräuchliche und als *Rouille* bekannte Eisenbeize im Wesentlichen aus einer Lösung des basischen Salzes $Fe_2O_3, 2SO_3$ bestehend. Er hat die Bereitung und Anwendung derselben beschrieben.

Charles (3) wendet statt des Kuhkothbades oder der üblichen Surrogate desselben (phosphors., kiesels. Natron) eine Lösung von 1 Th. Borax in 250 Th. Wasser an.

Die Bereitung des trockenen Blutalbumins zur Anwendung beim Kattundruck beschrieben Kunheim (4) und B. Richter (5).

Dangevillé und Gautin (6) benutzen bei dem Zeugdruck das übermangans. Kali, verdickt mit gallertiger Kieselsäure oder Kaolin, als Aetzbeize für Anilinfarben, die dadurch in farblose Oxydationsproducte verwandelt werden; das gefällte Mangansuperoxyd wird durch ein Bad von verdünnter schwefliger Säure gelöst.

Leuchs (7) setzt zur Herstellung der Indigküpe der auf 75° erwärmten alkalischen Lauge (45 bis 50 Kilogrm.) $1/2$ Kilogrm. gepulverten Indig und 8 bis 10 Kilogrm. frische, in Stückchen zerschnittene Rüben zu (diese werden in einem Drahtkörbchen in die Lauge gehängt) und erhitzt zum Sieden. Die Rüben sollen durch ihren Pectingehalt wirken.

(1) Bull. soc. chim. [2] VI, 429. — (2) Compt. rend. LXIII, 894; Dingl. pol. J. CLXXXII, 61. — (3) Bull. soc. chim. [2] V, 288. — (4) Aus Verhandlungen des Vereins zur Beförderung des Gewerbfleifses in Preufsen 1865, 89 in Dingl. pol. J. CLXXIX, 166. — (5) Aus Leipziger Blätter für Gewerbe, Technik und Industrie 1866, Nr. 13 in Dingl. pol. J. CLXXXI, 476; Bull. soc. chim. [2] VI, 508. — (6) Bull. soc. chim. [2] VI, 504. — (7) Aus polytechn. Notisblatt 1865, 277 in Bull. soc. chim. [2] V, 153; Chem. News XIII, 146.

Schwarzfärben. Ueber das Schwarzfärben der Wolle nach Th. Grison's Angaben (verschiedene Beizen und Blauholzabkochung) wurde Mittheilung gemacht (1).

Krapp. Dollfus-Mieg (2) entzieht dem käuflichen Garancin die anhaftende Schwefelsäure durch Behandlung mit Ammoniakgas unter Zuleiten von Wasserdampf. Das als „*Garancine modifiée*" bezeichnete Product soll hellere und haltbarere Farben liefern. Das Verfahren wurde für Frankreich patentirt. — Pimont, Müller und Benuet (3) beschrieben ein Verfahren zur Prüfung des Krapps auf Verfälschung mit Farbhölzern (4).

Jaune mandarine. Aus dem Aepfeltrestertheer (S. 892) wird nach G. Tissandier (5) durch gelindes Erwärmen mit Salpetersäure ein (noch nicht näher untersuchter) gelber neutraler sauerstofffreier Farbstoff erhalten, der in Alkohol und Ammoniak, theilweise auch in Wasser löslich ist und gegenwärtig als *Jaune mandarine* im Handel vorkommt.

Phenylbraun. Eine zum Färben der thierischen Faser geeignete Lösung von Phenylbraun wird nach V. Kletzinsky (6) erhalten, indem man Phenylalkohol in Natronlauge oder Ammoniak löst und die Flüssigkeit mit einer concentrirten Lösung von unterchlorigs. Natron oder Kalk gemischt stehen läfst, bis sie eine blaue Farbe angenommen hat. Durch schwaches Ansäuern mit Salzsäure geht diese in Braun über (7).

---

(1) Aus Grison's Schrift: le teinturier du 19ème siècle, Rouen 1860 in Dingl. pol. J. CLXXIX, 227; Chem. Centr. 1866, 716. — Ueber Schwarzfärben von Baumwollengarn vgl. auch Chem. Centr. 1866, 702. — (2) Aus Armengaud's Génie industriel, März 1866, 160 in Dingl. pol. J. CLXXX, 287; Bull. soc. chim. [2] VII, 95. — (3) Aus Deutsche Industriezeitung 1865, 311 in Zeitschr. anal. Chem. V, 241; Chem. Centr. 1866, 512. — (4) Vgl. Jahresber. f. 1858, 671. — (5) In der S. 891 angeführten Notiz. — (6) Aus Dessen S. 884 angeführter Schrift in Chem. Centr. 1866, 667. — (7) Vgl. Jahresber. f. 1864, 860.

P. und E. Depouilly (1) haben die Darstellung des toluidinhaltigen Anilins, wie es als Rohmaterial für die Gewinnung von Anilinfarben dient, beschrieben. Sie bezeichnen aber als anzustrebendes Ziel, Anilin und Toluidin einzeln in möglichst reinem Zustande darzustellen und im geeigneten Verhältnifs (1 Aeq. Anilin und 2 Aeq. Toluidin) zu mischen.

Farbstoffe aus Anilin und homologen Basen.

Nach Coupier (2) lassen sich aus Toluidin und Xylidin (durch Reduction von Nitrotoluol und Nitroxylol dargestellt) der allgemeinen Annahme entgegen ebenfalls rothe Farbstoffe erhalten, wenn man sie bei Gegenwart von Salzsäure der Behandlung mit Arsensäure unterwirft. Coupier giebt hierzu die folgenden Vorschriften. *Für Roth aus Toluidin :* Man erhitzt 100 Th. Toluidin (Siedep. 198 bis 202°) mit 160 Th. Arsensäure (75 pC. reiner Säure enthaltend) und 25 Th. käuflicher Salzsäure rasch auf 150 bis 160° und erhält diese Temperatur etwa 3 Stunden, bis sich die Mischung in eine harzige Masse verwandelt hat. Oder man behandelt 67 Th. Toluidin mit 95 Th. Nitrotoluol, 65 Th. Salzsäure und 7 Th. Eisenchlorür (oder der entsprechenden Menge Eisenchlorid) bei 190°. — *Für Roth aus Xylidin :* 100 Th. Xylidin, 140 Th. Arsensäure (mit 75 pC. reiner Säure) und 20 Th. Salzsäure werden 3 Stunden auf 130 bis 140°, oder 75 Th. Xylidin und 105 Th. Nitroxylol auf 200° erhitzt. Reines Anilin liefert bei gleicher Behandlung einen violetten oder blauen Farbstoff. Coupier schreibt hierzu vor, 10 Th. Anilin mit 3 Th.

Rothe Farbstoffe aus Toluidin und Xylidin.

---

(1) Aus Bull. de la société industr. de Mulhouse 1865, XXXV, 217 in Dingl. pol. J. CLXXIX, 213; Chem. Centr. 1866, 410; Chem. News XIV, 76, 89, 157. — (2) Bull. soc. chim. [2] VI, 500; aus Bull. de la société industr. de Mulhouse, Juni 1866, XXXVI, 259 in Dingl. pol. J. CLXXXI, 385. — Coupier trennt die in dem käuflichen Benzol enthaltenen Kohlenwasserstoffe durch Destillation und fractionirte Condensation (wie Warren, Jahresber. f. 1865, 84) und erhält sie in grofsem Mafsstabe fast chemisch rein. Aus diesen Kohlenwasserstoffen wurde Nitrotoluol und Nitroxylol und hieraus Toluidin und Xylidin dargestellt.

Rothe Farbstoffe aus Toluidin und Xylidin. Salpetersäure von 40° Baumé und 12 Th. Salzsäure, oder auch eine Mischung von salzs. Anilin und Nitrobenzol 4 bis 6 Stunden auf 180 bis 195° zu erhitzen (1). Der aus dem Toluidin erhaltene und als Toluolroth bezeichnete Farbstoff ist nach Coupier vom Fuchsin verschieden. Er beträgt 40 bis 50 pC. vom Gewicht des Toluidins und liefert beim Erhitzen mit Anilin ein schöneres Blau und in reichlicherer Menge als das Fuchsin. — Rosenstiehl(2), welcher über Coupier's Verfahren berichtet hat, fand das von Demselben dargestellte Toluidin z. Th. krystallisirbar, z. Th. flüssig bleibend; der rothe Farbstoff konnte nur aus dem flüssigen Antheil erhalten werden. Einige Versuche von Rosenstiehl sprechen nun zwar dafür, dafs dieses flüssige Toluidin kein Anilin enthält, geben aber über dessen Reinheit keinen weiteren Aufschlufs. Rosenstiehl stellte übrigens fest, dafs eine Mischung von reinem Anilin und krystallisirtem Toluidin bei keinem Verhältnifs durch Erhitzen mit Salzsäure und Arsensäure eine so reiche Ausbeute an rothem Farbstoff (Fuchsin) ergiebt, als das flüssige Toluidin. Das Maximum wurde bei Anwendung gleicher Theile der beiden Basen erhalten und betrug, da etwa $1/3$ des Anilins verdampfte, 22,4 pC.

Anilin-Roth. Um aus den bei der Fuchsinfabrikation sich ergebenden Laugen und Rückständen das Arsen wiederzugewinnen, findet R. Brimmeyr (3) es zweckmäfsig, die rohe Fuchsinschmelze in ihrem 4- bis 5fachen Gewicht Wasser zu lösen, unter allmäligem Zusatz von Kreide oder Marmorpulver ($1/3$ der angewandten Arsensäure), bis ein Tropfen der Mischung nach dem Erkalten fast farblos erscheint, die Flüssigkeit bis zum Austreiben der Kohlensäure zu kochen und zu filtriren. Die Mutterlauge wird nach einigen Tagen abgezogen, der Kalk durch die entsprechende Menge

---

(1) Vgl. Jahresber. f. 1865, 409. — (2) Dingl. pol. J. CLXXXI, 889. — (3) Dingl. pol. J. CLXXIX, 388; Chem. Centr. 1866, 657.

von Schwefelsäure abgeschieden und die von dem Gyps getrennte Flüssigkeit verdampft, wobei die arsenige Säure pulverförmig ausfällt und zuletzt eine concentrirte Lösung von (theilweise an Anilin, Ammoniak und Farbstoff gebundener) Arsensäure zurückbleibt. Tabourin und Lemaire (1) behandeln die arsenhaltige Fuchsinmutterlauge mit Kalkmilch, unter Zusatz von Manganchlorür (zur Reduction der Arsensäure), und glühen den getrockneten Niederschlag mit Kohle, um das Arsen in der Form von arseniger Säure zu sammeln. Die festen harzigen Rückstände werden als Brennmaterial benutzt. Randu (2) glüht diese Rückstände in einem Ofen mit Coakswänden, der mit Verdichtungskammern in Verbindung steht, in welchen sich die arsenige Säure sammelt.

Poirrier und Chappat (3) haben über die Erzeugung violetter Farbstoffe aus Methyl- (Aethyl-, Amyl-) Anilin berichtet. Zur Darstellung des Methylanilins (gemengt mit Dimethylanilin) geben Sie die folgenden Methoden an. 1) Man erhitzt 100 Th. salzs. Anilin mit 50 bis 60 Th. Methylalkohol in Autoclaven von Eisen oder emaillirtem Gufseisen 4 Stunden auf 250 bis 300°; das Product besteht hauptsächlich aus salzs. Methylanilin. 2) Eine Mischung von 100 Th. Anilin mit 100 Th. Chlorammonium und 50 bis 80 Th. Methylalkohol giebt bei mehrstündigem Erhitzen auf 300° die freien Basen. 3) Man läfst die Salpetersäureäther bei 100° oder die Chlorverbindungen der Alkoholradicale unter Druck auf Anilin einwirken. — Die violetten Farbstoffe werden erhalten, indem man 5 bis 6 Th. Zinnchlorid in kleinen Antheilen zu 1 Th. Methylanilin bringt, die Mischung auf 100° erhitzt, bis sie Teigconsistenz angenommen hat und der Masse den Zinngehalt durch ätzende Lauge entzieht; sie wird dann in be-

Anilin-Violett.

---

(1) Bull. soc. chim. [2] VI, 254. — (2) Ebendaselbst. — (3) Ebendaselbst, 502.

Anilin-Violett.

kannter Weise gereinigt. Andere geeignete (auf 100° zu erhitzende) Mischungen sind : 1) 100 Th. Methylanilin, 20 Th. Jod und 20 Th. chlors. Kali; 2) 1 Th. Methylanilin, 1,5 Th. Quecksilberchlorid, 1 Th. chlors. Kali; 3) 1 Th. Methylanilin, 3 Th. Quecksilberjodid, 1 Th. chlors. Kali. 4) Violetter Farbstoff entsteht ferner, wenn das Methylanilin mit dem 3- bis 4 fachen Gewicht Benzolhexachlorid ($C_6H_6Cl_6$) auf 150 bis 160° erhitzt wird. Alle diese violetten oder (wenn das Gemenge der Basen viel Dimethylanilin enthielt) violettblauen Farbstoffe sind in Wasser, Alkohol und Essigsäure löslich; durch Erhitzen mit Brom- oder Jodverbindungen der Alkoholradicale gehen sie in grüne oder blaue Farbstoffe über.

Wanklyn (1) erhält Violett durch mehrstündiges Erhitzen einer Mischung gleicher Theile Rosanilin (oder eines Rosanilinsalzes), Alkohol und Isopropyljodür; F. Wise (2) durch Erhitzen gleicher Theile Rosanilin und Valeriansäure bis zur Verdickung der Mischung; bei längerem Erhitzen wird das Product bläulich.

J. Holliday (3) wurden in Frankreich Verfahrungsweisen patentirt, um durch Erhitzen von Anilinsalzen mit Nitrobenzol oder dessen Homologen sowie mit Nitronaphtalin verschiedene rothe, blaue und violette Farbstoffe darzustellen (4). Genauere Angaben sind über dieselben nicht gemacht.

Anilin-Blau.

M. Vogel (5) machte Mittheilung über die Bildung des löslichen Anilinblau's (6). Er fand, dafs die Umwandlung des gewöhnlichen, in Wasser unlöslichen Blau's (blau

---

(1) Bull. soc. chim. [2] VI, 174. — (2) Bull. soc. chim. [2] VI, 431; Dingl. pol. J. CLXXXI, 805; Chem. Centr. 1867, 95. — (3) Aus Armengaud's Génie industriel, September 1866, 125 in Dingl. pol. J. CLXXXIII, 149. — (4) Vgl. Jahresber. f. 1865, 409. — (5) J. pr. Chem. XCVII, 87; Chem. Centr. 1866, 662; aus Deutsche Industriezeitung 1866, Nr. 6 in Dingl. pol. J. CLXXIX, 404 ; Bull. soc. chim. [2] VI, 252. — (6) Jahresber. f. 1863, 785.

de Lyon, salzs. Triphenylrosanilin) durch Schwefelsäure (von 66⁰ Baumé) bei 130⁰ beginnt und mit 8 Th. Schwefelsäure auf 1 Th. Blau bei dieser Temperatur am reichlichsten, wiewohl nicht vollständig stattfindet; längere (bis 11stündige) Dauer derselben erwies sich nicht nachtheilig. Rasches und kurzes Erhitzen auf 150⁰ zeigte sich gleich wirksam, bei längerer Einwirkung dieser Temperatur verringerte sich aber der in Wasser lösliche Antheil des Blau's wieder und zwar in Folge einer Zersetzung, sofern der in Wasser unlösliche Farbstoff sich auch in Alkohol nicht mehr völlig löste. Mit rauchender Schwefelsäure erfolgt die Umwandlung schon bei 130⁰ vollständig. Worauf dieselbe beruht, hat Vogel nicht untersucht; er giebt noch an, dafs die wässerige Lösung an Schönheit der Farbe der weingeistigen des ursprünglichen Farbstoffs nachsteht. — Nach Jacobsen (1) wird dieses lösliche Blau gegenwärtig allgemein durch etwa zweistündiges Erhitzen des unlöslichen mit 4 bis 6 Th. Nordhäuser Schwefelsäure auf 120 bis 130⁰ unter beständigem Agitiren, vorsichtiges Eingiefsen in vieles Wasser, Erhitzen der Mischung und genaues Neutralisiren der geklärten Flüssigkeit mit kohlens. Natron gewonnen. Der abgeschiedene, ausgeprefste und getrocknete Niederschlag beträgt, abgesehen von dem noch anhängenden schwefels. Natron, mehr als das angewandte Anilinblau; er ist, wie Jacobsen nach einer Mittheilung von A. W. Hofmann angiebt, anilinblauschwefels. Natron. — Um mit diesem löslichen Blau Wolle gleichförmig zu färben, mufs dasselbe nach Lachmann und Breuninger (2) in concentrirter neutraler Lösung angewendet werden. Die Wolle nimmt dadurch eine lichtgraue Farbe an, die durch Eintauchen in ein saures Bad in Dunkelblau übergeht. — G. Phillips (3) wurde die Darstellung von

---

(1) J. pr. Chem. XCVII, 191; Dingl. pol. J. CLXXX, 75; Chem. Centr. 1866, 607, 664. — (2) Dingl. pol. J. CLXXXII, 285. — (3) Chem. News XIV, 263.

Anilin-Braun.

Anilin-Grau.

Anwendung der Anilinfarbstoffe.

Anilinblau und -purpur durch Erhitzen von Rosanilinsalzen mit (essigs., benzoës. u. a.) Anilin- und Metallsalzen patentirt (1).

Zur Darstellung von Anilinbraun erhitzt F. Wise (2) eine Mischung von 1 Th. Rosanilin, 1 Th. Ameisensäure und 0,5 Th. essigs. Natron zuerst für sich, bis sie dunkelbraun geworden ist und sich in Alkohol mit Scharlachfarbe löst (diefs erfolgt bei 140°) und dann nach Zusatz von 3 Th. Anilin aufs Neue. Bei weiterem Erhitzen ohne diesen Zusatz geht die Mischung bei 248° in einen orangerothen, bei 265° in einen orangegelben Farbstoff über.

Ein grauer Farbstoff wird nach P. und E. Depouilly (3) durch Einwirkung von Aldehyd auf Anilinviolett erhalten. Man löst 10 Th. käufliches Violett in Teigform (mit chroms. Kali dargestellt (4)) in 11 Th. englischer Schwefelsäure und setzt der erkalteten Lösung 6 Th. käuflichen Aldehyd zu. Die Einwirkung ist nach einigen Stunden beendigt, worauf der Farbstoff aus der mit Wasser verdünnten Flüssigkeit durch Salzlösungen gefällt wird. Er stimmt in seinen Löslichkeitsverhältnissen mit den übrigen Anilinfarbstoffen überein, färbt aber sowohl thierische als vegetabilische Faser direct blaugrau.

Sopp (5) wurde die Darstellung verschiedener (nicht näher beschriebener) schwarzer, grüner und gelber Farbstoffe aus dem harzigen Rückstand von der Darstellung der Rosanilinsalze, durch Erhitzen mit Salzsäure und Salpetersäure, patentirt; Lightfoot (6) ein Verfahren zum Färben und Bedrucken wollener und gemischter Gewebe mit Anilinschwarz.

Nach Jacobsen (7) lassen sich die Anilinfarben für

---

(1) Vgl. Jahresber. f. 1863, 417. — (2) In der S. 904 angeführten Mittheilung. — (3) Bull. soc. chim. [2] VI, 174. — (4) Jahresber. f. 1863, 421. — (5) Bull. soc. chim. [2] VI, 258. — (6) Chem. News, XIV, 59; Dingl. pol. J. CLXXXII, 147; Bull. soc. chim. [2] VI, 595. — (7) Dingl. pol. J. CLXXX, 165; Bull. soc. chim. [2] VI, 432.

den Buch- und Steindruck nutzbar machen, indem man die durch Alkalien abgeschiedenen Basen der Farbstoffe in Oelsäure löst und die Lösung mit stark eingedicktem bleifreiem Steindruckfirnifs mischt. Durch die Gegenwart freier oder gebundener Oelsäure werden aber die ohnehin schon wenig beständigen Anilinfarbstoffe noch leichter veränderlich.

Eine Zusammenstellung der auf die Anilinfarbstoffe bezüglichen bekannten Thatsachen gab M. Reimann (1).

Nach H. Köchlin (2) entsteht aus der Chloroxynaphtalinsäure (3) bei der Behandlung mit Reductionsmitteln ein blauer Farbstoff. Man erhitzt zur Darstellung desselben eine alkalische Lösung von chloroxynaphtalins. Natron (oder auch die Lösung des Ammoniaksalzes oder der freien Säure) mit feinpulverigem Zink zum Sieden, giefst die nach 20 Minuten sich blafsgelb färbende Flüssigkeit ab und versetzt sie mit Ammoniak; sie nimmt alsdann in einigen Stunden eine grüne Farbe an und giebt durch Neutralisiren mit Säuren einen braunen flockigen Niederschlag, der bei dem Trocknen grün wird und metallischen Glanz annimmt. Die Verbindung ist in Wasser unlöslich, in Weingeist mit violetter Farbe löslich, welche auf Zusatz von Wasser in Blau und durch Säuren in Roth übergeht, durch Alkalien aber wieder in Blau (mit rothem Schimmer bei auffallendem Licht) verwandelt wird und sich demnach gegen Säuren und Alkalien wie Lackmus verhält. Von kochendem Anilin wird dieser Farbstoff mit rother, von concentrirter Schwefelsäure mit grüner Farbe gelöst und aus dieser schwefels. Lösung durch Wasser in violetten Flocken gefällt. Die verdünnte alkoholische Lösung färbt

Blauer Farbstoff aus Chloroxynaphtalinsäure.

---

(1) Im Auszug aus einer nicht genannten Quelle in Chem. Centr. 1866, 326. — (2) Aus Bulletin de la société industrielle de Mulhouse, November 1865, 488 in Bull. soc. chim. [2] V, 237; Dingl. pol. J. CLXXIX, 67; Zeitschr. Chem. 1866, 223; Chem. Centr. 1866, 512; Chem. News XIII, 163. — (3) Jahresber. f. 1865, 399.

Seide, Wolle und mit Eiweifs gebeizte Baumwolle blau, nach Zusatz von Säuren aber rosenroth.

Mineralfarben. Bleiweifs. J. Spence (1) schlägt zur Darstellung von Bleiweifs vor, bleihaltige Erze zu rösten, dem Röstproduct durch Kalilauge des Bleioxyd zu entziehen und die Lösung durch Kohlensäure zu fällen. Erze von nur 0,5 pC. Bleigehalt sollen (wenn sie durch Rösten Bleioxyd liefern) zu dieser Behandlungsweise noch geeignet und die Gegenwart fremder Metalle (auch des Zinks) ohne Einflufs sein. Eine Analyse des so erhaltenen Präparates ist aber nicht gegeben. — G. Lunge (2) beschrieb die Fabrikation von Bleiweifs nach der holländischen Methode (welche gegenwärtig in England ausschliefslich angewandt wird), im Bleiwerk zu Chester.

Casseler Grün. Eine grüne Farbe, welche mangans. Baryt als wesentlichen Bestandtheil enthält, bereitet Schad (3) durch Glühen von 14 Th. Mangansuperoxyd mit 80 Th. salpeters. und 6 Th. schwefels. Baryt, oder von 24 Th. salpeters. Manganoxydul, 46 Th. salpeters. und 30 Th. schwefels. Baryt. Die gefrittete grüne Masse wird unter Zusatz von Wasser zerrieben und im feuchten Zustand mit Gummi oder Dextrin gemischt, um der Farbe gröfsere Haltbarkeit zu geben. Schad nennt dieselbe Casseler Grün (4).

Zinnober. S. Miszke (5) beschrieb die Darstellung des Zinnobers zu Idria.

Schmelzfarben. Nach Calvet (6) werden die Kobaltfarben von besonderer Schönheit erhalten, wenn man statt der Oxyde die in hoher Temperatur zersetzbaren Salze derselben anwendet. Er empfiehlt für Kobaltblau 5 Th. Ammoniakalaun und 1 Th.

---

(1) Chem. News XIV, 148; aus Mechanic's Magazine, September 1866, 144 in Dingl. pol. J. CLXXXII, 225; Zeitschr. Chem. 1867, 26; Bull. soc. chim. [2] VI, 496. — (2) Dingl. pol. J. CLXXX, 46. — (3) Bull. soc. chim. [2] V, 477. — (4) Vgl. Jahresber. f. 1864, 822. — (5) Aus Oesterreich. Zeitschr. für Berg- und Hüttenwesen 1865, Nr. 42 in Dingl. pol. J. CLXXIX, 376. — (6) Bull. soc. chim. [2] VI, 172.

schwefels. Kobaltoxydul, für Grün eine Mischung von schwefels. Zink und schwefels. Kobaltoxydul, für Braun eine Mischung von schwefels. Ammoniak, schwefels. Kobaltoxydul und -Eisenoxydul zu glühen. Das Verfahren wurde in Frankreich patentirt. — Lacroix löst dagegen, nach einer Mittheilung von Salvétat (1), in welcher auch über das Technische der Schmelzfarbenbereitung berichtet ist, die Oxyde in einer Säure, fällt die Lösung durch kohlens. Natron und erhitzt den gemengten Niederschlag zum Rothglühen.

(1) Aus Bull. de la société d'encouragement, November 1865, 656 in Dingl. pol. J. CLXXIX, 451.

Mineralogie.

Allgemeines.
Verhalten der Mineralien in hoher Temperatur.

L. Elsner (1) hat eine Reihe von Versuchen über das Verhalten verschiedener Mineralien und Gebirgsarten in der hohen Temperatur eines Porcellangutofenfeuers angestellt. Er fand als allgemeines Resultat, daſs die Silicate durch einen Gehalt an Alkali, Eisenoxydul oder Eisenoxyd leichtflüssiger, durch Vorwalten von Thonerde dagegen (wie die Topase) oder durch Abwesenheit der Oxyde des Eisens (wie Tremolit, Wollastonit) strengflüssiger werden. — Die meisten Gesteine schmelzen zu einer dunkelgefärbten Masse, die namentlich beim Bimsstein obsidianähnlich und glasartig ist. Das spec. Gewicht ist nach dem Schmelzen etwas geringer, ähnlich wie auch das gut gebrannte Porcellan eine geringere Dichte hat, als das nur verglühte:

	Spec. Gew.	
Porcellan	verglüht	gut gebrannt
Von Sèvres	2,619	2,242
Von Berlin	2,613	2,452.

Natur der Silicate.

F. Mohr (2) hat Seine, auf die bereits vorliegenden

---

(1) J. pr. Chem. XCIX, 262. — (2) Jahrb. Min. 1866, 181; vgl. ebendas., S. 198 Bemerkungen von Fuchs, welche sich auf die Annahme beziehen, daſs die Aenderung des spec. Gewichtes von einer Veränderung des Zustandes der Kieselsäure abhänge.

und eigene Beobachtungen über die beim Schmelzen mancher Silicate erfolgende bleibende Verminderung des specifischen Gewichts gestützten, im vorjährigen Berichte S. 865 erwähnten Ansichten über die Bildungsweise der Silicate in folgenden Sätzen formulirt: „1) Alle natürlichen Silicate der sogenannten plutonischen Reihe sind auf nassem Wege entstanden und enthalten die Kieselerde in einem verdichteten Zustande, der durch Glühen und Schmelzen einen bedeutenden Verlust am spec. Gewicht zeigt. 2) Alle vulkanischen Producte, alle künstlich umgeschmolzenen natürlichen Silicate, alle Hochofenschlacken verlieren durch Glühen und Schmelzen nichts mehr vom spec. Gewicht. Hieraus folgt, dafs alle Silicate, welche durch Schmelzen einen Verlust am spec. Gewicht zeigen, niemals geschmolzen gewesen sind, diejenigen aber, welche durch Schmelzen keinen Verlust mehr am spec. Gewicht zeigen, geschmolzen gewesen sein müssen." Geschmolzene Silicate zeigen in Folge ihrer glasigen Structur keine Verwitterung, sie werden durch starke Säuren leicht unter Gallertbildung zersetzt. Nicht geschmolzene Silicate verwittern in Folge ihrer lamellaren Structur, die das Wasser in die Zwischenräume der Krystalllagen eindringen läfst; sie setzen dagegen der Einwirkung der Säuren gröfseren Widerstand entgegen. — Bezüglich der Folgerungen, die sich hieraus für die Gesteinsbildung ergeben, vgl. den geologischen Theil dieses Berichtes.

Der Pariser Academie der Wissenschaften wurde von dem Hrn. Halphen (1) ein etwa 4 Grm. schwerer Diamant vorgelegt, welcher im normalen Zustand weifs mit einem Anfluge ins Bräunliche ist, beim jedesmaligen Erhitzen aber eine deutlich rosenrothe Färbung annimmt, die 8 bis 10 Tage lang andauert und dann nach und nach wieder verschwindet, indem die ursprüngliche Farbe wieder

---

(1) Compt. rend. LXII, 1086; Pogg. Ann. CXXVIII, 176; J. pr. Chem. XCVIII, 236.

auftritt. Mit anderen Diamanten ließ sich diese Farbenänderung nicht hervorrufen, dagegen fand sich ein solcher, welcher durch Reibung, aber nur für einen Augenblick, rosenfarbig wurde. Während der normale 4 Grm. schwere Diamant einen Werth von 60000 Frcs. hat, würde derselbe — wenn die rosenrothe Färbung eine bleibende wäre — 150000 bis 200000 Frcs. werth sein.

Graphit. Schöffel (1) ermittelte den Aschengehalt des Graphits verschiedener Fundorte durch Verbrennung mit Sauerstoffgas und fand für 100 Th.:

Asche	Sibirien	Krumau*)	Mugrau*)	Schweina**)
	3,8-4,4	54,4-57,0	12,1	30,9-39,5
	Petrow	Krowi**)	Raabs†)	
	50,7-51,4	55,5	27,0	

*) In Böhmen. — **) Mähren. — †) Niederösterreich.

Metalle. Gold. W. P. Blake (2) giebt an, daß bei Georgetown, Eldorado Co. in Californien eine 201 Unzen schwere, meist aus unvollkommenen Krystallen bestehende Masse von Gold gefunden wurde.

Platin. In den Platinwäschen von Nischne-Tagilsk kommen, nach Koksch arow (3), zuweilen Klumpen von Platin vor, die einen so starken polaren Magnetismus besitzen, daß sie in dieser Hinsicht die stärksten natürlichen Magnete des Berges Blagodat weit übertreffen.

Blei. Nach L. J. Igelström (4) kommt Gediegen-Blei in den Eisen- und Manganerz-Lagerstätten von Pajsberg in Wermland (Schweden) vor. Das Blei erfüllt, aber nur innerhalb der Erzlager, als dünne Häutchen oder stanniolartige Bleche, Spalten und Risse der Manganerze (Hausmannit), der Eisenerze, der Gemenge von Schwerspath, Rhodonit, Granat und Serpentin.

(1) Jahrb. der geolog. Reichsanstalt XVI, 270. — (2) Sill. Am. J. [2] XLI, 120. — (3) Petersb. acad. Bull. XI, 79; Jahrb. Min. 1867, 194. — (4) Aus der Berg- und hüttenmännischen Zeitung (1866) XXV, 21 in Chem. Centr. 1866, 75; Jahrb. Min. 1866, 225.

E. J. Chapman (1) hat Mittheilungen gemacht über das Vorkommen von Gediegen-Blei und anderer Mineralien (Bleiglanz, Kammkies, Molybdänglanz, Schwerspath und Flufsspath) an der Küste des Lake superior.

D. Forbes (2) analysirte Domeykit (3) aus der Grube Buen Pastor bei Corocoro in Bolivien. Das Mineral findet sich neben Gediegen-Kupfer im rothen Sandstein in unregelmäfsigen Knollen, welche als innige Beimischung Quarzkörner enthalten. Das von dem Quarz befreite Metallpulver hat das spec. Gewicht 6,91 und die der Formel Cu_6As entsprechende Zusammensetzung:

As	Cu	Ag	Summe
28,41	71,13	0,46	100,00.

Krantz (4) fand das spec. Gewicht des neuerdings in Mexico in compacteren Massen aufgefundenen Domeykits = 7,716.

F. Wöhler (5) hat in dem von Böcking (6) analysirten Platinerz von Borneo ein neues, als Laurit bezeichnetes Mineral aufgefunden. Dasselbe ist in dem Platinerz in nicht unansehnlicher Menge enthalten und bildet sehr kleine Körner oder Kugeln von dunkel eisenschwarzer Farbe und grofsem Glanz. Viele der Körner haben ebene, stark glänzende Krystallflächen, welche nach den Messungen von Sartorius von Waltershausen dem regulären Octaëder angehören. Bei einzelnen Kryställchen

---

(1) Phil. Mag. [4] XXXI, 176; Sill. Am. J. [2] XLI, 254; Instit. 1866, 368; Jahrb. Min. 1866, 457, 724. — (2) Phil. Mag. [4] XXXII, 135. — (3) Vgl. Jahresber. f. 1862, 709. — (4) Aus den Verh. der Niederrhein. Ges. f. Natur- u. Heilkunde zu Bonn, Sitzung vom 4. Jan. 1866 in Jahrb. Min. 1866, 458. — (5) Aus den Nachr. der Ges. der Wissensch. zu Göttingen 1866, 156 in Ann. Ch. Pharm. CXXXIX, 116; Zeitschr. Chem. 1866, 312; J. pr. Chem. XCVIII, 226; Arch. Pharm. [2] CXXVII, 18; Chem. Centr. 1866, 620; Jahrb. Min. 1866, 829; Bull. soc. chim. [2] VI, 121; Instit. 1866, 295; N. Arch. ph. nat. XXVI, 146; Ann. chim. phys. [4] IX, 515; Sill. Am. J. [2] XLII, 422. — (6) Jahresber. f. 1855, 905.

Laurit. treten auch die Flächen des Würfels und von Tetrakishexaëdern und Ikositetraëdern auf; eins zeigte die Combination $O \,.\, \infty O \infty \,.\, 2\,O\,2$, ein anderes $O \,.\, \infty O \infty \,.\, \infty O\,2$. Das Mineral ist sehr hart und spröde; es zeigt eine sehr vollkommene, den Octaëderflächen parallele Spaltbarkeit; die Spaltungsflächen besitzen Stahlglanz, der Bruch ist flachmuschelig, die Härte höher als die des Quarzes, anscheinend geringer als die des Topases, das Pulver dunkelgrau, das spec. Gewicht etwas über 6 (nach Sartorius von Waltershausen = 6,99, mit einer sehr kleinen Menge bestimmt). Beim Erhitzen verknistert es so heftig wie Bleiglanz; es ist nicht schmelzbar vor dem Löthrohr, riecht aber dabei stark nach schwefliger Säure und nachher anhaltend nach Osmiumsäure. Selbst von Königswasser und glühend schmelzendem saurem schwefels. Kali wird es nicht angegriffen. Im Silbertiegel mit Kalihydrat und Salpeter geschmolzen löst es sich mit grünlicher Farbe auf; nach dem Erkalten ist die Masse braun und giebt dann mit Wasser eine orangegelbe, Osmium und Ruthenium enthaltende Lösung. Beim Glühen im Wasserstoffstrom entwickelt das Mineral anhaltend Schwefelwasserstoff, aber kein Wasser. Die Analyse, bei welcher das Osmium aus dem Verlust bestimmt wurde, ergab die nachstehende, der Formel $12\,(Ru_2S_3) + OsS_4$ entsprechende Zusammensetzung:

	Schwefel	Ruthenium	Osmium	Summe
Gefunden	31,79	65,18	3,03	100,00
Berechnet	32,12	62,88	5,00	100,00.

Nach der Entschwefelung des Minerals durch Glühen im Wasserstoffstrom lösen sich über 9 pC. des Rutheniums in Königswasser, sofern wahrscheinlich bei der Trennung des Schwefels von den beiden Metallen das Osmium mit einer gewissen Menge Ruthenium zu einer in Königswasser löslichen Verbindung (vielleicht Ru_4Os) zusammentritt.

Silberkies. Der auf den Erzgängen von Joachimsthal mit Proustit vorkommende Silberkies bildet nach Sartorius von

Waltershausen (1) sehr kleine monoklinometrische Krystalle mit hexagonalem Habitus. Sie sind hell bleigrau, mit einem Stich ins Gelbliche, spröde, von schwarzem Strich, unebenem Bruch, der Härte 3,5 und dem spec. Gewicht 6,47. Die mit nur wenig Mineral ausgeführte Analyse ergab die der Formel $AgS, 3 Fe_2S_3$ entsprechende Zusammensetzung:

Fe	Ag	S	Summe
39,3	26,5	34,2	100,0.

Nach G. Tschermak (2) ist jedoch der Silberkies (Argentopyrit) kein selbstständiges Mineral, sondern eine (aus Markasit, Pyrrhotin, Argentit und Pyrargit bestehende) Pseudomorphose und wahrscheinlich identisch mit Zippe's Pseudomorphose von Eisenkies nach Pyrargit und Stephanit.

Th. Petersen (3) fand in zwei Analysen des derben bleiischen Grauerzes des Binnenthals (dem früheren Binnit, in welchem nach v. Rath (4) drei verschiedene rhombische Sulfoarsenide vorkommen) die nachstehende, der Formel $2 PbS, AsS_3 + PbS, AsS_3$ sich nähernde Zusammensetzung:

	Pb	Ag	As	S	Summe
I.	50,74	0,21	25,83	23,22	100,00
II.	51,32	0,12	23,93	25,00	100,37
Ber.	51,37	—	24,81	23,82	100,00.

Ch. Mène (5) fand für ein in den Gruben von Monte-Leccia (Corsika) vorkommendes Buntkupfererz nachstehende, der Formel $FeS, 2 CuS$ oder FeS_2, Cu_2S entsprechende Zusammensetzung:

Cu	Fe	S	Gangart	Verlust	Summe
50,0	15,4	26,3	8,1	0,2	100,0.

A. Weisbach (6) beobachtete an gut ausgebildeten

---

(1) Aus den Nachr. der Ges. der Wissensch. zu Göttingen 1866, Nr. 2 in Jahrb. Min. 1866, 725; Instit. 1866, 406. — (2) Wien. acad. Anz. 1866, 165; Jahrb. Min. 1866, 726; 1867, 199. — (3) Siebenter Bericht des Offenbacher Vereins der Naturkunde (1866) 129; Jahrb. Min. 1867, 203. — (4) Jahresber. f. 1864, 827. — (5) Compt. rend. LXIII, 53; J. pr. Chem. XCIX, 127. — (6) Pogg. Ann. CXXVIII, 435. — Weisbach macht darauf aufmerksam, daſs der Kupferwismuth-

Kupferwismutherz. Krystallen von Kupferwismutherz (*Emplectit*) (1) die Combinationen $\infty P\infty . \bar{P}\infty . \frac{1}{3}\bar{P}\infty . \infty P . \infty \check{P}\frac{2}{3}. - \infty \bar{P}\infty . \infty \check{P}\frac{2}{3} . \infty \check{P}\infty . - \infty \bar{P}\infty . \infty P . \infty \check{P}2 . \infty \check{P}7 . - \infty \bar{P}\infty . \infty \check{P}\frac{2}{3}$, und hat einige mit denselben ausgeführte (wegen starker Streifung der Flächen nur annähernde) Messungen mitgetheilt. Die Krystalle besitzen vollkommene Spaltbarkeit nach $\infty \bar{P}\infty$, deutliche nach $0P$ und weniger deutliche nach $\infty \check{P}2$. Das spec. Gewicht wurde (bei 5^0) = 5,18 gefunden, das des Wismuthglanzes = 6,643.

R. Schneider (2) hat, veranlafst durch die Angaben Hilger's (3), das Kupferwismutherz (4) nochmals untersucht. Er weist nach, dafs das Kupferwismutherz von Kobaltgrube Neuglück zu Wittichen in der That metallisches, beim mäfsigen Erhitzen mittelst des Löthrohrs herausschmelzendes Wismuth mechanisch beigemengt enthält, dafs die Zusammensetzung des Erzes erheblich schwankt, der wesentliche Bestandtheil aber der Formel $3Cu_2S, BiS_3$ entspricht. Die wiederholte Analyse A des Erzes von der Grube Neuglück bei Wittichen, B von der Grube Daniel im Gallenbach bei Wittichen ergab:

	S	Bi	Cu	Fe	Co	Summe
A.	17,10	47,44	34,09	0,20	0,36	99,19
B.	18,69	51,40	28,82	0,94	—	99,82

Künstliches Kupferwismutherz bildet sich, nach Schneider, wenn man fein gepulvertes Wismuth bei Luftabschlufs (in einer Atmosphäre von Kohlensäure) mit einer Auflösung von Kupferoxyd in concentrirter Salzsäure kocht und dann in die gebildete Lösung von Wismuthchlorid und Kupferchlorür (nach Zusatz von Weinsäure und luftfreiem Wasser) Schwefelwasserstoff einleitet. Der dunkelbraune, leicht

---

glanz nur auf der Grube Tannenbaum-Stolle am Schwarzwasser bei Schwarzenberg vorkommt. — (1) Jahresber. f. 1853, 785; f. 1854, 812. — (2) Pogg. Ann. CXXVII, 302; im Auszug Zeitschr. Chem. 1866, 249; Chem. Centr. 1866, 521; Bull. soc. chim. [2] VI, 456. — (3) Jahresber. f. 1865, 870. — (4) Jahresber. f. 1854, 812.

auszuwaschende Niederschlag hat die Formel 3 CuS$_2$, BiS$_3$, und (nach dem Schmelzen) alle Eigenschaften des natürlichen Kupferwismutherzes von der Grube Neuglück.

Castellit. Rammelsberg (1) analysirte ein von Guanasevi in Mexico stammendes und von Ihm als Castellit bezeichnetes Mineral. Dasselbe ist derb, in der ganzen Masse bunt angelaufen, deutlich blätterig und von dem spec. Gewicht 5,186 bis 5,241. Die der Formel R$_2$S + 2 RS = (Cu, Ag)$_2$S + 2 [(Cu, Pb, Zn, Fe)S] entsprechende Analyse gab:

S	Cu	Ag	Pb	Zn	Fe	Summe
25,65	41,14	4,64	10,04	12,09	6,49	100,02.

Rahtit. S. W. Tyler und Ch. U. Shepard (2) bezeichnen ein in den Kupfergruben von Ducktown in Tennessee in Begleitung von Kupferkies und Kupferglanz vorkommendes, der Formel ($^2/_{10}$ Cu $^1/_{10}$ Fe $^7/_{10}$ Zn)S entsprechendes Schwefelmetall als Rahtit. Es ist metallglänzend, bleigrau bis eisenschwarz, derb, nach allen Richtungen von glänzenden prismatischen Hohlräumen durchzogen, von der Härte 3,5 und dem spec. Gewicht 4,128. Die Analyse ergab:

	S	Cu	Fe	Zn	Summe
Gefunden	33,36	14,00	6,18	47,86	101,40
Berechnet	33,36	13,22	5,84	47,58	100,00.

Marcylit. Das schon früher von Shepard (3) unter dem Namen Marcylit beschriebene, dem Schwarzkupfer ähnliche derbe Mineral vom Red River in der Nähe der Witchitaberge hat nach S. W. Tyler's (4) Untersuchung die Härte 3, das spec. Gewicht 4,3 und die der Formel CuS + CuO + HO entsprechende Zusammensetzung, wenn man den Gehalt an Schwefeleisen und schwefels. Kalk als unwesentlich betrachtet. Es wurde gefunden A. an einzelnen Bestandtheilen, B. an daraus berechneten Verbindungen:

---

(1) Aus der Zeitschr. der deutsch. geolog. Gesellsch. 1866, 28 in Jahrb. Min. 1866, 718. — (2) Sill. Am. J. [2] XLI, 209; Jahrb. Min. 1866, 453. — (3) Jahresber. f. 1855, 976. — (4) In der unter (2) angeführten Abhandlung.

	Cu	Fe	CaO	Na	S	Cl	O	HO	Summe
A.	63,47	1,82	0,88	Spur	17,22	Spur	8,00	9,00	100,39

	CuS	FeS	CuO	CaO, SO$_3$	HO	Summe
B.	47,70	2,86	39,70	2,13	9,00	101,39.

Sandbergerit. Breithaupt (1) bezeichnet ein neben Enargit im District Youli in Peru vorkommendes Mineral als Sandbergerit. Es ist metallglänzend, eisenschwarz, sehr spröde und von muscheligem Bruch. Die Krystalle sind hemiëdrische Formen des regulären Systems (Tetraëder, mit einem skalenischen Ikositetraëder u. a. combinirt); sie besitzen undeutliche hexaëdrische Spaltbarkeit. Härte 4,5 bis 4,75; spec. Gew. 4,369. Die von Merbach ausgeführte Analyse ergab:

Cu	Pb	Zn	Fe	Sb	As	S	Summe
41,08	2,77	7,19	2,88	7,19	14,75	25,12	100,48.

Alloklas. G. Tschermak (2) hat über den Arsenikkies von Orawicza (3) Mittheilungen gemacht. Er fand, dafs das von Breithaupt (4) als strahliger Kobaltglanz erhaltene und von Patera analysirte Mineral eine neue, als Alloklas bezeichnete Species ist; das begleitende zinnweifse dünnstängelige (früher für Glaukodot gehaltene) Mineral ist Arsenikkies. Der Alloklas bildet stahlgraue breitstängelige Aggregate; die nur selten darin vorhandenen freien Krystalle gehören dem rhombischen System an, mit der Combination $\infty P . \bar{P} \infty$ (es ist $\infty P : \infty P = 106^0$; $\bar{P} \infty : \bar{P} \infty = 58^0$). Sie besitzen vollkommen prismatische und basische Spaltbarkeit, wodurch sie sich von Arsenikkies, mit welchem sie in der Zone $\bar{P} \infty$, und von Markasit, mit dem sie in der Zone ∞P isomorph sind, unterscheiden (hierauf bezieht sich der Name). Härte über 4; spec. Gew. 6,6. Die von

---

(1) Aus der Berg- und hüttenmänn. Zeitung XXV, 187 in Jahrb. Min. 1866, 719. — (2) Aus Wien. Acad. Ber. LIII (1. Abth.), in Jahrb. Min. 1866, 594; vorläufige Anzeige Wien. acad. Anz. 1866, 31; J. pr. Chem. XCVII, 125; Instit. 1866, 281. — (3) Vgl. Jahresber. f. 1850, 700. — (4) Ebendaselbst.

Th. Hein ausgeführte Analyse ergab nachstehende Zusammensetzung:

S	As	Bi	Au	Fe	Zn	Co	Ni	Summe
16,22	32,69	30,15	0,68	5,58	2,41	10,17	1,55	99,45.

Tschermak berechnet hieraus, unter der Annahme, daſs $1/4$ des Arsens durch Wismuth ersetzt sei, die Formel $Co_6As_5S_8 = 3\,CoS + 3\,CoAs + 2\,AsS_3$.

Manganblende. H. J. Burkart (1) machte, nach Angaben A. del Castillo's, Mittheilungen über die Krystallformen der Manganblende mexicanischer Fundorte, insbesondere auch über die schon von Bergemann (2) analysirte Manganblende von der Grube Preciosa sangre de Cristo. — A. Schrauf (3) beschrieb einige, von den Grünsteinporphyrgängen zu Nagyag stammende Zwillingskrystalle von Manganblende.

Selenide und Telluride. Selenquecksilber. Für Selenquecksilber von der Grube Charlotte zu Clausthal fand Th. Petersen (4) das spec. Gew. 7,150 und (nach Abzug von etwas Eisenoxyd und Bergart) die Zusammensetzung:

Hg	Pb	Se	S	Summe
75,15	0,12	24,88	0,20	100,35.

Schwefelselenzinkquecksilber. Nach der von H. J. Burkart (5) mitgetheilten Angabe von del'Castillo findet sich auf den Quecksilbererze führenden Gängen von Guadalcazar in Mexico ein dunkelbleigraues, in Rhomboëdern krystallisirendes Erz, welches aus Schwefel, Selen, Zink und Quecksilber in noch nicht ermittelten Verhältnissen besteht. Eine derbe Probe des Minerals wurde von Rammelsberg für ein Gemenge erklärt.

Selensilber und Selenblei. Domeyko (6) untersuchte mehrere in den Gruben von Cacheuta, südwestlich von Mendoza, Südamerika, vor-

---

(1) Jahrb. Min. 1866, 409. — (2) Jahresber. f. 1857, 659. — (3) Pogg. Ann. CXXVII, 348. — (4) Denkschrift des Offenbacher Vereins für Naturkunde, zur Säcularfeier der Senckenbergischen Stiftung, 59. — (5) Jahrb. Min. 1866, 414. — (6) Compt. rend. LXIII, 1064; Bull. soc. chim. [2] VII, 408; J. pr. Chem. C, 506.

Selenslber und Selenblei. kommende Selenerze. Er unterscheidet dieselben nach ihrer Zusammensetzung als A. Polyselentlre von Silber, Kupfer, Blei, Eisen und Kobalt mit einem Gehalt von 20 bis 22 pC. Silber; sie sind wie die folgenden bläulichgrau, mehr oder weniger feinkörnig, von der Härte 2,5 und dem spec. Gew. 6,3 bis 6,8; B. Polyselentlre von ähnlicher Zusammensetzung, wie A., aber mit in dem Verhältnifs der Zunahme an Kupfer vermindertem Silbergehalt; C. Selenblei, PbSe, frei von Kupfer und Silber, von meist blätteriger Structur und dem spec. Gew. 7,1 bis 7,2. Die Analyse gab:

		Ag	Cu	Fe	Co	Pb	Se	PbO, CO_2	X*)	Summe
A.	1.	21,0	1,8	2,2	0,7	43,5	30,0	—	—	99,2
	2.	20,85	12,91	3,10	1,26	6,80	22,40	32,68		100,0
B.	3.	9,8	10,2	1,2	2,8	37,1	30,8	6,5		98,4
	4.	3,73	13,80	3,35	1,97	21,30	—	15,25	7,40	—
C.		—	—	0,80	—	59,80	23,60	10,90	3,50	98,6.

*) Thonige Gangart.

Tellurerz. Mathewson (1) berichtet über ein massenhaftes Vorkommen von Tellurerzen (Tellur-Gold und -Silber) in dem Calaverasgebirge, zwischen dem Stanislausflusse und dem Albanyberge in Californien.

Wasserfreie Oxyde. Zinnstein. Zinnstein von Zinnwald in Sachsen ergab bei der von Th. Petersen (2) durch Schmelzen mit etwa 8 Th. calcinirtem Borax und 4 Th. kohlens. Natron bewirkten Aufschliefsung im Mittel zweier Versuche:

SnO_2	Fe_2O_3	Mn_2O_3	CaO, CO_2	Summe
88,04	4,49	2,78	4,30	99,61.

Magneteisen. E. Söchting (3) fand für das Magneteisen aus dem Pfitschthale in Tyrol die der Formel FeO, Fe_2O_3 entsprechende Zusammensetzung.

---

(1) Aus der Berg- und hüttenmänn. Zeitung XXIV, 374 in Jahrb. Min. 1866, 93. — (2) Denkschrift des Offenbacher Vereins f. Naturk. zur Säcularfeier der Senckenbergischen Stiftung, 60. — (3) Pogg. Ann. CXXVII, 172; Chem. Centr. 1866, 240; Sitzungsbericht der Gesellsch. naturforsch. Freunde zu Berlin vom 20. Juni 1865.

J. L. Smith (1) untersuchte den schon von Jackson (2) analysirten Smirgel von Chester, Hampden County, Massachusetts, ebenfalls. Der Smirgel von Chester ist dem von Gumuchdagh bei Ephesus sehr ähnlich; er ist feinkörnig, von schwärzlichblauer Farbe und im Innern keine Glimmerschuppen enthaltend, wie sich diese im Smirgel von Naxos finden. Er ist wie alle Smirgel ein Gemenge von Korund mit Magneteisen, welche sich auch bei der mikroscopischen Untersuchung des Pulvers erkennen lassen. Die Analyse verschiedener Qualitäten : a) einer schlechteren; b) einer besseren; c) des zerriebenen, für den Verkauf bestimmten Minerals; d) der zerriebenen sog. Smirgelkrystalle ergab :

	a.	b.	c.	d.
Thonerde	44,01	50,02	51,92	74,22
Magneteisen	50,21	44,11	42,25	19,81
Kieselsäure	3,13	3,25	5,46	5,48

Die den Smirgel von Chester begleitenden Mineralien sind : Korund, Diaspor, Emerylith (Margarit), Chlorit (Corundophilit), Biotit, Ilmenit, Brookit (oder Rutil) und Magneteisen.

Ein in der Haute-Loire, Cantal und Puy-de Dome im Augitfels der Auvergne sich findender Spinell ist von F. Pisani (3) analysirt worden. Die gewöhnliche Form desselben ist das Octaëder, mit untergeordnetem Triakisoktaëder, seltener finden sich vollständige Triakisoctaëder mit abgerundeten Flächen. Die Krystalle sind schwarz, bisweilen braunroth, undurchsichtig, glasglänzend, härter als Quarz. Spec. Gew. 3,871 bis 3,868. Die Zusammensetzung entspricht der Formel $(MgFe)O + (AlFe)_2O_3$:

Al_2O_3	Fe_2O_3	FeO	MgO	Summe
59,06	10,72	13,60	17,20	100,58.

(1) Sill. Am. J. [2] XLII, 83; J. pr. Chem. CI, 485; Jahrb. Min. 1867, 102. — (2) Jahresber. f. 1865, 874. — (3) Compt. rend. LXIII, 49; Bull. soc. chim. [2] VI, 459; J. pr. Chem. XCIX, 128; Jahrb. Min. 1867, 99.

H. J. Burkart (1) theilt nach Angaben von del Castillo die Beschreibung eines als Einschluſs in den basaltischen Laven von Ramos in Mexico vorkommenden Minerals mit. Dasselbe ist glasglänzend, aufsen bräunlich-schwarz und röthlichbraun, innen rein schwarz; es krystallisirt in Octaëdern und Tetraëdern mit abgestumpften Kanten, hat die Härte 8,5 und das spec. Gew. 3,865. Die von Rammelsberg ermittelte, zu der Formel $3(MgO, Al_2O_3) + FeO, Al_2O_3$ führende Zusammensetzung stimmt ziemlich genau mit der des Ceylonits von Hermala in Finnland überein.

Al_2O_3	FeO	MgO	Summe
68,46	11,64	19,90	100,00.

Franklinit.

Fr. v. Kobell (2) kommt bei einer erneuten Analyse des zuletzt von Rammelsberg (3) untersuchten Franklinits zu dem Resultat, daſs dieses Mineral der Spinellformel RO, R_2O_3, oder speciell $(MnO, Mn_2O_3)_{4/6} (FeO, Fe_2O_3)_{1/6} (ZnO, Fe_2O_3)_{1/6}$ entspreche. Die Analyse, bei welcher der Gehalt an Eisenoxydul direct bestimmt wurde, ergab:

Fe_2O_3	Al_2O_3	Mn_2O_3	FeO	ZnO	X *)	Summe
54,40	0,80	11,36	10,62	21,00	0,79	99,24.

*) Eingemengtes Manganoxyd.

Wasserhaltige Oxyde. Brauneisenstein.

In einem bei Kilbride, Glenasplinkeen, Grafschaft Wicklow, mit Limonit und Philomelan vorkommenden Brauneisenstein fand S. Haughton (4) einen der Formel $Fe_2O_3 + 2\frac{1}{3}HO$ entsprechenden Wassergehalt. Die Analyse gab:

Fe_2O_3	HO	SiO_2	Al_2O_3	PO_5	Summe
77,15	20,48	0,80	Spur	1,60	99,48.

Manganit.

How (5) berichtet über das Vorkommen von Manganerzen (Manganit und Pyrolusit) in Neuschottland, insbe-

---

(1) Jahrb. Min. 1866, 416. — (2) J. pr. Chem. XCVIII, 19; Chem. Centr. 1867, 382; Bull. soc. chim. [2] VII, 244. — (3) Jahrber. f. 1859, 776. — (4) Phil. Mag. [4] XXXII, 220. — (5) Phil. Mag. [4] XXXI, 165; Jahrb. Min. 1866, 724.

sondere bei Cheverie, Teny Cape und Walton in der Grafschaft Hants. Näher untersucht wurde A. Manganit von Cheverie; B. Pyrolusit von Amherst, Cumberland County; C. ein psilomelanhaltiger Pyrolusit von Teny Cape:

	HO	Mn_2O_3	MnO_2	BaO	X*)	Y**)	Summe
A.	10,00	86,81	—	2,05	1,14	—	100,00
B.	0,61	—	97,04	—	2,35	—	100,00
		Fe_2O_3					
C.	3,63	0,60	84,62	0,72	1,75	1,66	92,96.

*) Gangart und Verlust. — **) Hygroscopisches Wasser.

Diaspor aus der Smirgelgrube von Chester (vgl. S. 921), in langen prismatischen Krystallen von der Härte 7, enthält nach C. T. Jackson (1):

Thonerde	Eisen- u. Titanoxyd	Wasser	Summe
83,0	3,0	14,8	100,8.

Fr. v. Hauer (2) machte Mittheilung über ein in Krain vorkommendes, dem sog. Bauxit verwandtes Mineral. Es findet sich an der Grenze zwischen Trias- und Juragesteinen am linken Ufer der Wocheiner Save zwischen Feistritz und dem Wocheiner See. Es ist mergelartig, grau und hat das spec. Gew. 2,55. Die durch M. v. Lill ausgeführte Analyse ergab:

SiO_2	Al_2O_3*)	CaO	MgO	Fe_2O_3	SO_3	PO_5	HO	Summe
6,29	64,24	0,85	0,38	2,40	0,20	0,46	25,74	100,56.

*) Mit Spuren von Titansäure.

Kenngott (3) hat, zur Erledigung der Frage, ob die als Houghit, Hydrotalkit und Völknerit bezeichneten Mineralien als selbständige Species zu betrachten seien, die Analysen des Hydrotalkits von Hochstetter und Rammelsberg, so wie die des Völknerits von Hermann einer vergleichenden Berechnung (auf den gleichen Thonerdegehalt) unterworfen und ist dabei zu der Ansicht gelangt, dafs der Hydrotalkit und Völknerit wechselnde Gemenge des

---

(1) Sill. Am. J. [2] XLII, 107; J. pr. Chem. CI, 443; Jahrb. Min. 1867, 105. — (2) Aus den Jahrb. der geolog. Reichsanstalt XVI, Heft 1 in Jahrb. Min. 1866, 457. — Vgl. auch Dingl. pol. J. CLXXX, 325. — (3) Jahrb. Min. 1866, 720.

Magnesiahydrats MgO, 2HO mit Hydrargillit Al_2O_3, 3HO sind. Das Magnesiahydrat sei dann als selbständige Species mit dem Namen Hydrotalkit zu bezeichnen. Der durch Zersetzung des Spinells entstandene Houghit ist ebenfalls nur ein Gemenge von Magnesia- und Thonerdehydrat.

Wasserfreie Silicate. Asbest. Dichter Asbest von Bolton, Massachusetts (spec. Gew. 3,007), enthält nach Th. Petersen (1):

SiO_3	Al_2O_3	FeO	CaO	MgO	HO	Summe
58,80	Spur	3,05	16,47	22,23	Spur	100,55.

Hessenbergit. Nach F. Hessenberg (2) ist die **Krystallform** des Hessenbergits (3) monoklinometrisch. Die Krystalle erscheinen als Zwillinge (mit $-P\infty$ als Zwillingsfläche) und zeigen die Combination $0P.\infty P.\infty P\infty.3P\infty.{}^5/_4 P\infty$ $.\infty P3$, von welchen Flächen des Orthopinakoïd meistens stark nach der Orthodiagonale verlängert ist; auch die Flächen $\infty P9$, $P\infty$, ${}^3/_5 P3$, $(\infty P\infty)$ wurden zuweilen beobachtet. Das Axenverhältnifs der Grundform ist a (Klinodiagonale) : b : c (Hauptaxe) = 1 : 0,570967 : 0,598427 = 1,75141 : 1 : 1,04809; der schiefe Axenwinkel = 89°53'; $\infty P : \infty P = 120°33'$.

Zirkon. R. Hermann (4) macht gelegentlich Seiner Untersuchung über die Existenz der Norerde (S. 190) darauf aufmerksam, dafs das specifische Gewicht der ächten Zirkone nach dem Glühen nur zwischen den engen Grenzen von 4,438 und 4,707 schwankt (5) und die Annahme einer eigenthümlichen specifisch leichten Erde als Bestandtheil derselben daher keinen Grund hat. Der angebliche Zirkon von Marinpol mit dem spec. Gewicht 4,06 bis 4,25 ist Auerbachit.

Gadolinit. A. König (6) hat unter Bunsen's Leitung den Gadolinit mit folgendem Resultat analysirt:

---

(1) In der S. 919 angeführten Schrift, 58. — (2) Aus Dessen mineralogischen Notizen Nr. 7, S. 4 in Jahrb. Min. 1866, 363. — (3) Jahresber. f. 1863, 802. — (4) J. pr. Chem. XCVII, 326. — (5) Vgl. Jahresber. f. 1864, 833. — (6) Ann. Ch. Pharm. CXXXVII, 27, und in der S. 179 angeführten Abhandlung.

SiO_2	Be_2O_3	Fe_2O_3	FeO	YO	ErO	CeO	DiO	LaO
22,61	6,96	4,73	9,76	34,64	2,93	2,86	8,88	3,21

MgO	CaO	NaO	HO	Summe
0,15	0,83	0,38	1,93	99,37.

Betrachtet man den Wassergehalt als unwesentlich, so entspricht diese Zusammensetzung der Formel $2(3YO, SiO_2) + Be_2O_3, SiO_2$.

Chiastolith. In grofsen, bis zolldicken länglichen Knollen mit ausgezeichneter Kreuztheilung im Innern bei Lancaster, Massachusetts, vorkommender Chiastolith hat nach Th. Petersen(1) das spec. Gew. 2,923 und die Zusammensetzung:

SiO_2	Al_2O_3	Fe_2O_3	CaO	Summe
41,95	48,60	9,30	0,41	100,26.

Beryll. Beryll von Royalston, Massachusetts, in schön grünen, zuweilen bräunlichen und undurchsichtigen hexagonalen Säulen, von dem spec. Gew. 2,650, enthielt nach Th. Petersen (2):

SiO_2	Al_2O_3	BeO	Fe_2O_3 + CaO	Summe
67,52	17,42	14,35	Spur	99,29.

Andalusit. Jeremejeff (3) analysirte verschiedene Andalusite russischer Fundorte; A. vom Dorfe Mankowa bei der Algatschinskischen Grube im Nertschinsker Bergrevier; rosenrothe prismatische Zwillingskrystalle von der Härte 7 und dem spec. Gew. 3,1; B. von Gurban Schinar, in der Nähe des Berges Tutchaltui, im Nertschinsker Revier; häufig von Aufsen nach Innen in Glimmer umgewandelt; C. von Schaitansk im Ural:

	SiO_2	Al_2O_3	CaO	KO	NaO	Fe_2O_3	HO	Summe
A.	35,33	62,2	0,5	1,5	0,1	0,8	0,25	100,18
B.	53,6	43,1	0,96	0,8	—	1,01	0,87	100,34
C.	36,78	61,7	0,9	0,3	—	0,2	0,56	100,89.

Augit. G. v. Rath (4) hat über ein Vorkommen des Augits als Fumarolenbildung berichtet. In der Fumarolenöffnung

---

(1) In der S. 919 angeführten Schrift, 59. — (2) Ebendaselbst. — (3) Aus den Verh. der Ges. f. Mineralogie zu St. Petersburg 1864, 135 in Jahrb. Min. 1866, 724. — (4) Pogg. Ann. CXXVIII, 420; im Auszug Berl. acad. Ber. 1866, 281; Chem. Centr. 1866, 985; Jahrb. Min. 1866, 824.

eines Schlackenhügels südlich von Andernach, zwischen den Dörfern Plaidt, Saffig und Achtendunk, finden sich, auf Eisenglanz sitzend und in denselben in der Art eingewachsen, dafs die gleichartige Entstehung ersichtlich ist, kleine gelbe Augitkrystalle. Diese Beobachtung bestätigt die Annahme von Scacchi (1), dafs Silicate als Fumarolenproducte durch Sublimation gebildet werden können.

Hornblende. Ein in den Pfahlbauten von Robenhausen in der Schweiz gefundenes Steinbeil aus Hornblende (Amphibolit) enthält nach der Analyse von Damour (2):

SiO_2	CaO	MgO	FeO	Fe_2O_3	Al_2O_3	NaO	KO	X*)	Summe
46,20	11,81	13,65	6,06	7,60	9,34	2,83	0,96	1,06	99,71.

*) Glühverlust.

Dunkelgrüne Hornblende von Birmingham, Delaware Co., Pennsylvanien, enthält nach der Analyse von S. B. Sparkler (3):

SiO_2	FeO	MnO	Al_2O_3	CaO	MgO	Summe
47,77	15,41	0,26	7,69	13,16	15,28	99,57.

Saussurit. Damour (4) analysirte ein aus Saussurit bestehendes, bei Saint-Aubin (Neuchatel) gefundenes Steinbeil mit nachstehendem Resultat:

SiO_2	Al_2O_3	Fe_2O_3	CaO	MgO	NaO	X*)	Summe
50,69	25,65	2,50	10,61	5,76	4,64	0,30	100,15.

*) Glühverlust.

Von dem orientalischen Jade (5), mit dem der Saussurit sonst verwechselt wurde, unterscheidet er sich durch das gröfsere spec. Gew. (3,20 bis 3,43) und durch den in dem Jade fast fehlenden Gehalt an Thonerde.

Staurolith. A. Kenngott (6) hat die Staurolithe der schweizerischen Fundorte beschrieben. Durchkreuzungszwillinge mit schiefwinkeligen Hauptaxen (Zusammensetzungsfläche $^3/_2 \breve{P} \, ^3/_2$) finden sich häufig am Monte Campione bei Faido im Kanton Tessin.

---

(1) Jahresber. f. 1850, 768; f. 1852, 906; f. 1853, 884. — (2) Compt. rend. LXIII, 1038; Instit. 1867, 21. — (3) Sill. Am. J. [2] XLII, 271. — (4) In der unter (2) angeführten Abhandlung. — (5) Jahresber. f. 1865, 880. — (6) Aus Dessen Schrift: Die Minerale der Schweiz, S. 134 in Jahrb. Min. 1866, 835.

Damour (1) erkannte ein auf Rhodus gefundenes, etwa 5 Grm. schweres Steinbeil als aus Staurotid bestehend. Das schwarz marmorirte, von grauen Adern (Disthen) durchzogene Mineral (spec. Gew. 3,723), aus welchem das Beil angefertigt war, stammt wahrscheinlich von dem Staurotidfels, der sich an der Syrischen Küste, nicht weit von der Bucht von Alexandrette findet.   *Staurolith (Staurotid).*

Kokscharow (2) hat eine kurze Beschreibung des schon im Jahresber. f. 1862, 726 erwähnten, von Hermann analysirten Kupfferits gegeben. Das Mineral findet sich, eingewachsen in grobkörnigem Kalkspath, in Transbaikalien, im Lande der uralischen Kosaken (in den Goldwäschen beim Flusse Sanorka) und in Granat eingewachsen im Ilmengebirge.   *Kupfferit.*

Derselbe (3) bezeichnet ein am Flusse Sljudjanka in Transbaikalien vorkommendes Mineral von der Krystallform des Pyroxens (Spaltbarkeit parallel den Flächen des rhombischen Prisma's von 87°7') als Lawrowit. Seine Farbe ist schön smaragdgrün, ins Grasgrüne übergehend, und es enthält, aufser Vanadin als färbendem Bestandtheil, Kieselsäure, Kalk, Magnesia, etwas Thonerde, Eisen und Spuren von Mangan.   *Lawrowit.*

Für weifsen Feldspath in grofsen Krystallen von Royalston, Massachusetts, fand Th. Petersen (4) das spec. Gew. 2,631 und die Zusammensetzung: *Feldspath.*

SiO_2	Al_2O_3	Fe_2O_3	CaO	MgO	KO	NaO	HO	Summe
65,79	17,46	Spur	0,59	Spur	14,26	2,51	0,37	100,98.

In tafelförmigen Massen krystallisirter grüner Orthoklas von Grönland ergab bei S. Haughton's (5) Analyse:

SiO_2	Al_2O_3	Fe_2O_3	CaO	MgO	NaO	KO	Summe
64,40	18,96	1,04	0,45	0,14	2,35	13,07	100,41.

---

(1) In der S. 926 unter (2) angef. Abhandl. — (2) Petersb. acad. Bull. XI, 75; Jahrb. Min. 1867, 191. — (3) Petersb. acad. Bull. XI, 78; Jahrb. Min. 1867, 193. — (4) In der S. 919 angeführten Schrift, 58. — (5) Phil. Mag. [4] XXXII, 221; J. pr. Chem. CI, 502; Jahrb. Min. 1867, 193.

Albit. G. Rose (1) hat im Verfolg Seiner Studien (2) über die Verwachsungen des Albits (Periklins) diejenigen Zwillingsbildungen untersucht, bei welchen die zusammensetzenden Individuen in einer Fläche parallel OP verwachsen sind.

Andesin. C. T. Jackson (3) erkannte das von Shepard als Indianit bezeichnete Gestein aus der Smirgelgrube von Chester (S. 921) als Andesin. Es bildet derbe Massen von feinkörniger Textur, muscheligem Bruch, grünlichweifser Farbe, dem spec. Gew. 2,586 und der Härte 7,5. Die Analyse gab:

SiO_2	Al_2O_3	CaO	MgO	NaO	HO	Summe
62,00	24,40	3,50	0,70	8,07	1,00	99,67

Hyalophan. Th. Petersen (4) analysirte Hyalophan (Barytfeldspath) aus dem Binnenthal mit nachstehendem Resultat, welches mit dem von Stockar-Escher (5) erhaltenen übereinstimmt:

SiO_2	Al_2O_3	BaO	CaO	MgO	KO+NaO *)	HO	Summe
51,84	22,08	14,82	0,65	0,10	10,03	0,48	100,00

*) Aus dem Verlust.

Skapolith. Th. Petersen (6) fand für röthlichen, theilweise grofs krystallisirten Skapolith von Bolton, Massachusetts, das spec. Gew. 2,719 und die Zusammensetzung:

SiO_2	Al_2O_3	CaO	HO	NaO *)	Summe
48,34	29,09	15,40	0,62	6,55	100,00

*) Und wenig Kali, aus dem Verlust.

Glimmer. Grofsblätteriger, auch in sechsseitigen Tafeln vorkommender Glimmer von Royalston, Massachusetts, ergab nach Th. Petersen (7) das spec. Gew. 2,947 und (neben Spuren von Fluor und Wasser) die Zusammensetzung:

SiO_2	Al_2O_3	Fe_2O_3	Mn_2O_3	CaO	MgO	KO	Summe
46,03	32,10	6,85	2,48	0,90	0,23	11,20	99,79

(1) Berl. acad. Ber. 1866, 53; Pogg. Ann. CXXIX, 1. — (2) Jahresber. 1865, 886. — (3) Sill. Am. J. [2] XLII, 107; J. pr. Chem. Cl, 443; Jahrb. Min. 1867, 104. — (4) Siebenter Bericht des Offenbacher Vereins für Naturkunde (1866) 128; Jahrb. Min. 1867, 102. — (5) Jahresber. f. 1858, 706. — (6) In der S. 919 angeführten Schrift, 58. — (7) Ebendaselbst, 59.

V. v. Zepharovich (1) erkannte ein glimmerähnliches Mineral aus dem Gneufsgebiete bei Unterdrauburg unfern Dobrowa in Kärnthen als Margarodit (2). In demselben finden sich, aufser feinen Krystallnadeln von Rutil, schöne Turmaline. Der in krystallographischer Beziehung mit dem Muscovit übereinstimmende Margarodit ist silberweifs, stark perlmutterglänzend und zeigt im Polarisationsapparat die Interferenzerscheinung optisch-zweiaxiger Körper. Spec. Gew. 2,850. Die von E. Boricky ermittelte Zusammensetzung gab : *Margarodit.*

SiO_3	Al_2O_3	MgO	CaO	KO	HO	Summe
48,74	37,96	2,41	2,63	3,07	5,45	100,26.

Biotit aus der Smirgelgrube von Chester (vgl. S. 921), in dunkelgrünen blätterigen Krystallen, enthält nach J. L. Smith (3), ähnlich wie der früher (4) analysirte von Monroe County, New-York : *Biotit.*

SiO_3	Al_2O_3	MgO	Fe_2O_3	MnO	KO	NaO	HO	Fl	Summe
39,08	15,38	23,58	7,12	0,31	7,50	2,63	2,24	0,76	98,60.

F. Pisani (5) untersuchte Granat aus dem zum Sägen des Marmors benutzten Küstensand von Pesaro und Urbino (A.), ferner dichten Thulit von Traversella in Piemont (B.) und Bustamit vom Monte Civillina im Vicentinischen (C.). Die aus dem auch Magneteisen führenden Sand abgeschiedenen Granatkörner sind durchsichtig, rosenroth, ohne Wirkung auf das polarisirte Licht und von dem spec. Gew. 4,087; der neben Talk und Amphibol in einem granitischen Gestein sich findende Thulit ist in dünnen Schichten durchscheinend, rosenroth, von der Härte 6,5 und am spec. Gew. 3,02; der Bustamit bildet Knollen von faserigblätte- *Granat, Thulit und Bustamit.*

---

(1) Aus den Wien. Acad. Ber. LIV (1. Abth.), 11 in Jahrb. Min. 1867, 199. — (2) Vgl. Jahresber. f. 1853, 825; f. 1855, 950; f. 1862, 747. — (3) In der S. 921 angeführten Abhandlung. — (4) Jahresber. f. 1853, 812; vgl. auch Jahresber. f. 1854, 838. — (5) Compt. rend. LXII, 100; Bull. soc. chim. [2] V, 489. Die Analyse des Bustamits auch Jahrb. Min. 1866, 865; die des Granats Jahrb. Min. 1866, 458; die des Thulits Jahrb. Min. 1866, 596.

riger Structur, grauröthlicher Farbe und dem spec. Gew. 3,161. Die Analyse stimmt mit der des Bustamits von Mexico nach Dumas und Ebelman überein:

	SiO_2	Al_2O_3	FeO	MnO	CaO	MgO	CaO,CO_2	HO	Summe
A.	36,19	22,66	33,67	1,62	3,76	3,32	—	—	101,22
B.	41,79	31,00	1,95	—	9,68	2,43	—	3,70	100,55
C.	46,19	—	1,05	28,70	13,23	2,17	6,95	3,86	101,35.

Axinit. G. vom Rath (1) hat eine Monographie der Krystallformen des Axinits gegeben und sehr zahlreiche eigene Winkelmessungen an Axinitkrystallen verschiedener Fundorte mitgetheilt.

Orthit. Fr. Sandberger (2) hat das Vorkommen von Orthit im Spessart beobachtet. Das Mineral findet sich in dem Feldspath (Anorthit), welcher bei Dürrmosbach, unweit Aschaffenburg, Ausscheidungen in Hornblendegesteinen bildet, als braunschwarze, längliche Körner und Krystallfragmente. Schon früher wurde Orthit durch Zschau im Plauenschen Grunde, durch Credner in Thüringen, durch Blum bei Auerbach, durch G. Leonhard bei Weinheim und durch Sandberger an mehreren Punkten des Schwarzwaldes aufgefunden.

Bol. Eine bei Sasbach am Kaiserstuhl nesterweise vorkommende, weifs bis lichtgelbe Bolversteinerung enthielt (nach Abzug von 18 pC. Wasser und 6 pC. organ. Substanz als Glühverlust) nach einer Analyse von C. W. Schmidt (3)

SiO_2	Fe_2O_3	Al_2O_3	MgO	CaO	KO	NaO	Summe
58,18	11,72	24,53	2,28	0,36	1,80	0,95	99,82.

Danalit. J. P. Cooke jr. (4) belegt ein in dem Granit von Rockport, Massachusetts, vorkommendes, dem Rhodonit ähnliches Mineral mit dem Namen Danalit. Dasselbe ist fleischroth bis grau, durchscheinend, spröde, von etwas muscheligem Bruch, der Härte 5,5 bis 6 und dem spec. Gew.

---

(1) Pogg. Ann. CXXVIII, 20, 227. — (2) Aus der Würzburger Zeitschr. VI in Jahrb. Min. 1866, 89. — (3) Verhandl. der naturf. Gesellsch. zu Freiburg i. Br. III, 228. — (4) Sill. Am. J. [2] XLII, 73; J. pr. Chem. XCIX, 368; Jahrb. Min. 1867, 194.

3,427. Aus der inneren krystallinischen Structur ergab sich, dafs der Danalit in den holoëdrischen Formen des regulären Systems krystallisirt. Die Analyse, aus welcher Cooke folgert, dafs das Mineral eine isomorphe Mischung eines regulären Silicats mit den Sulfureten des Eisens, Zinks und vielleicht des Mangans von der Formel $^1/_2$(3RO, Be_2O_3)SiO_3 + $^1/_2$RS sei, ergab im Mittel:

SiO_2	FeO	ZnO	MnO	Be_2O_3	S	Summe
31,73	27,40	17,51	6,28	13,88	5,48	102,23.

Dunkelgrüner edler Serpentin von Newburyport, Massachusetts, ergab nach Th. Petersen (1) das spec. Gew. 2,804 und die Zusammensetzung:

SiO_2	FeO	Al_2O_3	MgO	HO	Summe
41,76	4,06	Spur	41,40	13,40	100,62.

Edler Serpentin von East Goshen, Chester Co., Pennsylvanien, enthält nach S. B. Sparkler's (2) Analyse:

SiO_2	FeO	MgO	HO	Summe
43,89	1,38	40,48	13,45	99,20.

H. Höfer (3) analysirte mehrere Magnesiagesteine aus dem Gneufs bei Kraubath und bei Mautern in Obersteiermark. A. Serpentin, als Massengestein von verschieden grüner Färbung und wechselnder Textur auftretend; B. Bronzit, neben Chromeisenstein in dem Serpentin vorkommend; C. weifser Talk von Mautern (spec. Gew. 2,756):

	SiO_2	Al_2O_3	Fe_2O_3	FeO	MnO	CaO	MgO	Cr_2O_3	HO	Summe
A.	40,81	1,09	1,98	5,02	0,64	1,82	37,09	0,32	10,26	98,53
B.	57,27	0,23	0,34	7,42	1,21	—	30,08	—	3,03	99,58
C.	62,01	0,40	—	1,91	0,88	—	30,46	—	4,71	99,87.

Kenngott (4) kommt durch eine Umrechnung der Plattner'schen Analysen für den Metaxit zu der Formel 3(MgO, 2HO) + 4(MgO, SiO_3).

In dem körnigen Kalk von Kellberg bei Passau findet sich nach Haushofer (5) ein in den äufseren Eigen-

---

(1) In der S. 919 angeführten Schrift, 59. — (2) Sill. Am. J. [2] XLII, 272. — (3) Jahrb. der geolog. Reichsanstalt XVI, 443. — (4) Jahrb. Min. 1866, 721. — (5) J. pr. Chem. XCIX, 240; Chem. Centr. 1867, 784; Jahrb. Min. 1867, 609.

schaften mit den Gymniten von Tyrol und Nordamerika übereinstimmendes Mineral. Es ist amorph, honig- bis weingelb, von muscheligem Bruch, fettglänzend, durchscheinend und ausgezeichnet hydrophan. Spec. Gew. 2,107; Härte 2,5 bis 3. Die zu der Formel $7\,MgO, 4\,SiO_3 + 9\,HO$ führende Analyse ergab (nach Abzug von Kalkspath und Eisenoxyd):

SiO_3	MgO	HO	Summe
45,5	34,5	20,0	100,0.

Xonaltit. Ein in Mexico vorkommendes wasserhaltiges Kalksilicat wird von Rammelsberg (1) nach dem Fundort (Tetela de Xonotla) als Xonaltit bezeichnet. Es findet sich mit Apophyllit und Bustamit verwachsen und bildet theils weifse, theils blaugraue concentrische Lagen, ist feinsplitterig oder dicht, sehr hart und zähe, von dem spec. Gew. 2,710 bis 2,718. Die der Formel $4\,CaO, 4\,SiO_2 + HO$ entsprechende Analyse ergab A. für die weifse, B. für die graue Abänderung:

	SiO_3	CaO	MgO	MnO	FeO	HO	Summe
A.	49,58	43,56	—	1,79	1,31	3,70	99,94
B.	50,25	43,92	0,19	2,28		4,07	100,71.

Der begleitende Bustamit ist strahlig und graugrün gefärbt und enthält, entsprechend der Formel $(MnO\,^7/_9\,CaO\,^2/_9)SiO_2$ (vgl. S. 930):

SiO_3	MnO	CaO	HO	Summe
47,35	42,08	9,60	0,72	99,75.

Asperolith. R. Hermann (2) nennt ein aus Tagilsk stammendes Kupfersilicat wegen seiner Sprödigkeit Asperolith. Es bildet nierenförmige, amorphe, glasglänzende Massen von blaugrüner Farbe, flachmuscheligem Bruch, der Härte 2,5 und dem spec. Gew. 2,306. Durch Salzsäure wird es unter Abscheidung von pulveriger Kieselsäure leicht zersetzt. Die Analyse ergab, entsprechend der Formel $CuO, SiO_2 + 3\,HO$:

---

(1) Aus der Zeitschr. der deutsch. geolog. Gesellsch. 1866, 33 in Jahrb. Min. 1866, 718. — (2) J. pr. Chem. XCVII, 352; Zeitschr. Chem. 1866, 444; Chem. Centr. 1866, 574; Jahrb. Min. 1866, 834.

SiO$_2$	CuO	HO	Summe
31,94	40,81	27,25	100,00.

Man kennt demnach mit Hinzurechnung des von Nordenskiöld untersuchten, noch nicht benannten Kupfersilicats von Tagilsk, folgende Reihe:

Dioptas	Chrysokoll	Asperolith	4 fach gew. Kupfersilicat
CuO, SiO$_3$ + HO	CuO, SiO$_3$ + 2 HO	CuO, SiO$_3$ + 3 HO	CuO, SiO$_3$ + 4 HO.

Nach Breithaupt (1) findet sich auf der Grube Einigkeit zu Brand bei Freiberg auf Gängen und Klüften im Gneifs besonders schöner Nakrit in sechsseitig-tafelartigen Krystallen, welche theils fächerförmig, theils nierenförmig gruppirt sind. Rich. Müller fand diesen Nakrit reicher an Kieselsäure als die anderen Varietäten und berechnet aus den nachstehenden Analysen die Formel $3\,Al_2O_3, 4\,SiO_3 + 6\,HO$. *Nakrit.*

	Spec. Gew.	SiO$_2$	Al$_2$O$_3$	HO	Summe
I.	2,627	47,93	37,70	13,80	99,43
II.		46,74	39,48	14,06	100,26.

F. Hessenberg (2) hat an Krystallen von Klinochlor aus dem Zillerthal das neue Hemidoma $4/_3\,P\infty$ in der Combination $0P \cdot 4/_3 P\infty \cdot (\infty P 3) \cdot (\infty P\infty)$ beobachtet. *Klinochlor.*

V. Wartha (3) fand, dafs die Abweichungen in den Analysen des Pennins davon herrühren, dafs derselbe bisweilen Diopsid als zarte Nadeln mit rhombischem Querschnitt eingeschlossen enthält. Die von dem Pennin getrennten Diopsidkrystalle ergaben bei der Analyse (nach Abzug von 0,53 pC. Thonerde): *Pennin.*

SiO$_2$	FeO	MgO	CaO	Summe
54,30	2,63	17,04	26,03	100,00.

entsprechend der Formel $MgO, SiO_2 + CaO, SiO_2$ oder $\left.\begin{array}{c}Si\Theta\\Ca, Mg\end{array}\right\}\Theta_2$. — Der reine Pennin (vom Findelgletscher bei

---

(1) Aus der Berg- und hüttenmänn. Zeitung XXIV, 336 in Jahrb. Min. 1866, 91. — (2) Aus Dessen mineralogischen Notizen Nr. 7, S. 28 in Jahrb. Min. 1866, 365. — (3) J. pr. Chem. XCIX, 84; Jahrb. Min. 1867 362; Chem. Centr. 1867, 174; Bull. soc. chim. [2] VII, 246.

Zermatt) ergab im Mittel zweier Analysen die zu der Formel $2\left(\genfrac{}{}{0pt}{}{SiΘ}{Mg_2}\right\}Θ_2) + \genfrac{}{}{0pt}{}{Al}{Mg_3}\}Θ_3 + 6$ aq. führende Zusammensetzung:

SiO$_2$	Al$_2$O$_3$	FeO	MgO	HO	Summe
32,51	14,55	4,96	34,01	14,07	100,10.

Lievrit. G. Städeler (1) erhielt bei der Analyse des Lievrits von Elba als Mittel von vier gut übereinstimmenden Analysen die nachstehende, zu der Formel $4FeO, 2CaO, HO, Fe_2O_3, 4SiO_2 = \genfrac{}{}{0pt}{}{SiΘ}{Fe_4}\}Θ_3 + \genfrac{}{}{0pt}{}{SiΘ}{Ca_2(FeΘ)H}\}Θ_3$ führende Zusammensetzung:

SiO$_2$	Fe$_2$O$_3$	FeO	CaO	HO	Summe
29,20	20,74	35,15	12,90	2,36	100,35.

Das untersuchte Mineral bildete stängelige, krystallinische, nach der Entfernung einer Kruste von Eisenoxyd rein schwarze und glänzende Massen von dem spec. Gew. 4,023. — Städeler theilt in seiner Abhandlung in ähnlicher Weise, wie für den als Salz der Siliciumsäure $\genfrac{}{}{0pt}{}{SiΘ}{H_4}\}Θ_2$ betrachteten Lievrit, für eine gröfsere Zahl von Silicaten die von Ihm aufgestellten typischen Formeln mit.

Pektolith. (Osmelith.) Das von Breithaupt (2) mit dem Namen Osmelith bezeichnete, von Adam und Riegel (3) mit nicht übereinstimmenden Resultaten analysirte Mineral von Niederkirchen bei Wolfstein in der Rheinpfalz hat nach einer erneuten Untersuchung v. Kobell's (4) alle Eigenschaften und auch die Zusammensetzung des Pektoliths, $4(3CaO, 2SiO_3) + 4(NaO, SiO_3) + 3HO$, vom Monte Baldo. Die Analyse ergab:

SiO$_2$	CaO	NaO *)	MnO	FeO	HO	Summe
52,63	34,47	8,28	1,75	0,37	2,94	100,44.

*) Mit einer Spur von Kali.

(1) J. pr. Chem. XCIX, 70; Zeitschr. Chem. 1866, 755; Chem. Centr. 1867, 50; Jahrb. Min. 1867, 363; Bull. soc. chim. [2] VII, 405. — (2) Berzelius's Jahresber. VIII, 199. — (3) Jahrb. pr. Pharm. XIII, 8. — (4) J. pr. Chem. XCVII, 493; Chem. Centr. 1866, 1024; Jahrb. Min. 1866, 882; Bull. soc. chim. [2] VI, 456.

Der Pektolith von Niederkirchen ist mit einem in der Structur sehr ähnlichen braunen, leicht zerreiblichen Mineral verwachsen, welches der nachstehenden Analyse zufolge aus dem Pektolith durch den zersetzenden Einfluſs von Wasser und Kohlensäure entstanden ist. Es enthält :

SiO_3	Mn_2O_3	Fe_2O_3	CaO	HO	Summe
85,93	3,80	0,53	0,63	8,81	99,70.

Apophyllit von Bombay, in wasserhellen Krystallen auf blätterigem Stilbit sitzend, enthält nach S. Haughton (1) :   *Apophyllit.*

SiO_3	Al_2O_3	CaO	MgO	NaO	KO	HO	Fl	Summe
51,60	0,24	25,08	0,08	0,63	5,04	16,20	0,97	99,84.

K. Haushofer (2) untersuchte ein an der Altenburg bei Bamberg in dem Keuper vorkommendes feinkörniges Gestein, welches sich als ein Gemenge von 80,8 pC. Quarz und von 19,2 pC. eines durch Salzsäure zersetzbaren dunkellauchgrünen, chloritähnlichen Minerals erwies. Die Analyse des letzteren ergab nachstehende, annähernd der Formel $3\,FeO, SiO_3 + 2(R_2O_3, SiO_3) + 8\,HO$ entsprechende Zusammensetzung :   *Chloritähnliches Mineral.*

SiO_3	FeO	Fe_2O_3	Al_2O_3	CaO	HO	Summe
29,51	25,26	18,26	11,54	0,52	14,81	99,90.

Der den Smirgel von Chester (vgl. S. 921) begleitende Emerylith (Margarit) enthält nach J. L. Smith (3) :   *Emerylith. (Margarit.)*

SiO_3	Al_2O_3	CaO	Fe_2O_3*)	MnO	MgO	NaO**)	LiO	HO
32,21	48,87	10,02	2,50	0,20	0,32	1,91	0,32	4,61.

*) Nebst etwas Titansäure. — **) Kalihaltig.

J. C. Jackson (4) fand für dasselbe, von Ihm als Margarit bezeichnete Mineral das spec. Gew. 3,03, die Härte 3,5 bis 4 und die Zusammensetzung :

SiO_3	Al_2O_3	CaO	Fe_2O_3	NaO*)	HO	Summe
29,84	53,84	10,38	0,24	2,46	1,32	98,38.

*) Kalihaltig.

Das früher von J. G. Brush (5) beschriebene und für   *Jefferisit.*

---

(1) Phil. Mag. [4] XXXII, 228. — (2) J. pr. Chem. XCIX, 289; Chem. Centr. 1867, 656; Jahrb. Min. 1867, 609. — (3) In der S. 921 angeführten Abhandlung. — (4) Sill. Am. J. [2] XLII, 107; J. pr. Chem. CI, 443; Jahrb. Min. 1867, 105. — (5) In Dana's Mineralogie (9. Suppl.) und auch Sill. Am. J. [2] XXXI, 369.

Vermiculit gehaltene chloritähnliche Mineral aus dem Serpentin von Westchester, Pennsylvanien, wird jetzt von Demselben (1), da es optisch-zweiaxig ist, als selbstständige Species Jefferisit genannt. Ein ähnliches, ebenfalls blätterig verknisterndes Mineral ist neuerdings in Japan (auf der Hinsalbel Kadzusa, südlich von Yeddo) aufgefunden worden.

Corundophilit. (Chloritid.)
J. L. Smith (2) fand für den als einen Chlorit zu betrachtenden Corundophilit aus der Smirgelgrube von Chester (vgl. S. 921) eine ähnliche Zusammensetzung wie früher Pisani (3):

SiO_2	Al_2O_3	FeO	MgO	HO	Summe
25,06	30,70	16,50	16,41	10,62	99,29.

C. J. Jackson (4) analysirte dasselbe Mineral mit nachstehendem Resultat:

SiO_2	Al_2O_3	FeO	Fe_2O_3	MgO	HO	Summe
22,50	23,50	18,00	20,25	1,80	11,00	97,05.

Stilbit.
Stilbit von Bombay ergab bei Haughton's (5) Analyse dieselbe Zusammensetzung, wie der aus dem Nerbudda-Thal (6):

SiO_2	Al_2O_3	CaO	NaO	KO	HO	Summe
58,20	15,60	8,07	0,49	0,92	18,00	101,28.

Hypostilbit.
Derselbe untersuchte (7) auch Hypostilbit von Bombay, dessen Zusammensetzung wie die desselben Minerals von der Insel Skye (8) der Formel $RO, SiO_3 + Al_2O_3, 2 SiO_3 + 6HO$ entspricht. Die Analyse ergab:

SiO_3	Al_2O_3	CaO	MgO	NaO	KO	HO	Summe
52,80	17,12	7,89	Spur	2,85	0,07	18,52	98,75.

Harringtonit.
Harringtonit aus Bombay, in massiven Knollen im Trappgestein vorkommend, ergab bei Haughton's (9) Analyse:

SiO_3	Al_2O_3	CaO	MgO	NaO	KO	HO	Summe
45,60	27,30	12,12	Spur	2,76	0,68	12,99	101,40.

(1) Sill. Am. J. [2] XLI, 248; Jahrb. Min. 1866, 598. — (2) In der S. 921 angeführten Abhandlung. — (3) Jahresber. f. 1865, 893. — (4) Sill. Am. J. [2] XLII, 107; Jahrb. Min. 1867, 105. — (5) Phil. Mag. [4] XXXII, 224. — (6) Jahresber. f. 1857, 676. — (7) Phil. Mag. [4] XXXII, 224. — (8) Jahresber. f. 1857, 676. — (9) Phil. Mag. [4] XXXII, 225.

K. Haushofer (1) hat das unter dem Namen Glau- *Glaukonit.* konit als characteristische Einmengung gewisser sedimentärer Gesteine bekannte, schon mehrmals analysirte Mineral einer nochmaligen Untersuchung unterworfen. Glaukonitreiche Gesteine finden sich vorzugsweise in den Bildungen der älteren tertiären und der Kreidezeit; in untergeordneten Mengen sind sie fast in allen Formationen bis zur Grauwacke Rufslands nachgewiesen. In Bayern treten aufser den Glaukonit-Mergeln und Kalksteinen der Nummulitenformation am Nordrande der Alpen und den glaukonitischen Gesteinen der Kreideformation auch in jurassischen und in triassischen Schichten Glaukonit führende Ablagerungen auf. Die aus dem Gestein durch Behandeln mit verdünnter Säure und Schlämmen abgeschiedenen Glaukonitkörner haben eine seladon- bis schwärzlich-grüne Farbe, eine unregelmäfsig stumpfeckige oder kugelige Gestalt, den Körnern des Schiefspulvers ähnlich; sie sind durchscheinend bis undurchsichtig, von schwach fettartigem Glasglanz bis matt, an der Oberfläche gewöhnlich rauh, mit kleinen Poren und Falten versehen; Härte = 3 bis 4; spec. Gew. 2,77. Von concentrirter Salzsäure werden sie in der Wärme vollständig zersetzt. Untersucht wurden: I. Glaukonitmergel aus der Nummulitenformation des Kressenberges bei Traunstein, etwa 60 pC. Glaukonitkörner enthaltend; a. Analyse der reinen ausgesuchten, b. und c. der noch etwa 3 pC. Quarzsand und Thon enthaltenden Körner. II. Glaukonitmergel vom Kressenberg; die durch Schlämmen abgeschiedenen Glaukonitkörner enthielten (neben etwas Eisenoxydhydrat) 13,5 pC. Quarz. III. Glaukonitmergel aus der Kreide von Roding bei Cham in der Oberpfalz; a. reine Körner; b. und c. abgeschlämmter Rückstand. IV. Glaukonitsand aus den untersten Schichten der auf Granit lagernden Kreide von Roding, etwa 70 pC.

(1) J. pr. Chem. XCVII, 858; Chem. Centr. 1866, 543; Jahrb. Min. 1866, 600.

Glaukonit. loser Körner enthaltend, von der Zusammensetzung a. b. und c. nach Abzug der unzersetzbaren Beimengungen. V. Glankonitsandsteine von Benedictbeuern, wahrscheinlich aus der Kreide, mit 12 bis 14 pC. Glaukonitkörnern. Die Analyse giebt die Zusammensetzung der letzteren nach Abzug von etwa 85 pC. Quarz. VI. Glaukonitischer Kalkstein aus der Kreide von Ortenburg bei Passau. Hartes dichtes Gestein, 25 bis 30 pC. kohlens. Kalk, 40 bis 50 pC. Quarz und kleine Glaukonitkörner enthaltend. VII. Glaukonitischer Kalkstein aus dem Jura von Sorg bei Kronach in Oberfranken, 8 bis 10 pC. der Körner enthaltend. VIII. Glaukonitsand vom Bindlacher Berg bei Bayreuth; a. und b. Analysen der in Säure unlöslichen Körner, nach Abzug des unzersetzbaren Rückstandes:

		SiO_2	Fe_2O_3	FeO	Al_2O_3	CaO	MgO	KO	HO
I. Kressenberg	a.	49,5	22,2	6,8	3,2	—	—	8,0	9,5
	b.	50,4	22,3	6,5	2,6	—	—	7,5	9,6
	c.	49,6	21,8	6,9	3,4	—	0,3	7,8	9,6
II. Kressenberg		48,6	32,8	3,0	5,1	Spur	1,5	5,6	7,7
III. Roding	a.	50,2	28,1	4,2	1,5	—	—	5,9	8,6
	b.	49,8	29,6	4,4	1,4	—	—	5,9	8,9
	c.	49,9	28,8	4,6	1,4	—	—	6,8	8,8
IV. Roding	a.	48,7	20,8	4,1	7,0	—	—	5,7	12,7
	b.	50,6	19,8	3,5	6,9	—	—	5,8	12,8
	c.	49,0	20,1	3,9	7,8	—	—	5,8	12,8
V. Benedictbeuern		47,6	21,6	3,0	4,2	2,4	1,4	4,6	14,7
		48,9	25,8	4,8	6,4	0,7	Spur	5,1	8,9
VI. Ortenburg		50,8	21,8	3,1	6,7	Spur	4,2	3,1	9,8
VII. Sorg	a.	48,6	23,6	3,5	7,1	—	—	5,8	10,1
VIII. Bayreuth	b.	49,6	23,6	3,0	7,0	—	—	5,7	10,1

Haushofer berechnet aus diesen im Mittel 49,6 pC. Kieselsäure, im Kali-, Wasser- und Eisenoxydulgehalt jedoch Schwankungen ergebenden Analysen für einige Glaukonite (namentlich I vom Kressenberg) die Formel $R_2O_3, 2SiO_3 + RO, SiO_3 + 3HO$; anderen würde die Formel $2(R_2O_3, 2SiO_3) + RO, SiO_3 + 5HO$ besser entsprechen. Er hält es trotz der Schwankungen in dem Gehalte einzelner Bestandtheile für nothwendig, die Glaukonite aller Formationen unter einer Species zu begreifen. Hinsichtlich der Entstehung seien sie gegenüber den umschliefsenden Gesteinen als secundäre Bildung zu betrachten.

Haushofer (1) theilt ferner, im Anschlufs an die vorstehende Untersuchung, die Analyse eines glaukonitischen Kalksteins (Bairdienkalk) von Würzburg mit. Das bräunlich graue, feinkörnige bis dichte Gestein zeigt viele mit Eisenoxydhydrat gefüllte Poren und enthält im Ganzen:

CaO	MgO	FeO	PO$_5$	MnO	Fe$_2$O$_3$	Thon	Quarz	Glaukonit	SO$_3$	X*)	Summe
46,12	1,41	0,65	0,41	0,21	1,16	1,73	5,58	1,11	0,20	41,80	99,77

*) Glühverlust (Kohlensäure, Wasser und organische Substanz).

Pseudonephrit. A. Emmerling (2) untersuchte ein im Handel als Nephrit von Easton cursirendes derbes, lichtgrünes, durch Salzsäure nur theilweise zersetzbares Mineral, von der Härte 6 und dem spec. Gew. 2,6. Er fand A. für den löslichen Theil (52,5 pC.), B. für den unlöslichen Theil (47,7 pC.), C. für das ganze Gestein:

	HO	CO$_2$	SiO$_3$	Al$_2$O$_3$	Fe$_2$O$_3$	CaO	MgO	KO	NaO	Summe
A.	10,27	7,00	0,97	11,93	2,67	14,28	4,89	0,43	0,61	52,55
B.	—	—	33,60	1,73	0,22	—	11,84	—	0,38	47,77
C.	10,27	7,00	34,62	13,66	2,89	14,28	16,23	0,43	0,94	100,32

Mit Spuren von LiO.

Emmerling berechnet aus dieser Analyse die Formel $5(CaO, CO_2) + 7(RO, SiO_3) + 5(R_2O_3, SiO_3) + 3(3MgO, 2SiO_3) + 18HO$ und bezeichnet das Gestein bis auf Weiteres mit dem Namen Pseudonephrit.

Cookeït. G. J. Brush (3) bezeichnet ein von J. P. Cooke im Granitgebiet von Hebron und Paris, Maine, in Begleitung von rothem Turmalin und Lepidolith aufgefundenes glimmerähnliches Mineral als Cookeït. Es ist weifs, bisweilen gelblichgrün, perlglänzend, von der Härte 2,5 und dem spec. Gew. 2,70. Die von P. Collier ausgeführte Analyse ergab die dem Euphyllit und Margarit nahestehende Zusammensetzung:

---

(1) J. pr. Chem. XCIX, 237. — (2) Jahrb. Min. 1866, 558. — (3) Sill. Am. J. [2] XLI, 246; Jahrb. Min. 1866, 597; J. pr. Chem. XCIX, 383.

SiO$_2$	Al$_2$O$_3$*)	KO	LiO	SiFl$_3$	HO	X**)	Summe
34,93	44,91	2,57	2,82	0,47	13,41	0,38	99,49.

*) Mit etwas Eisenoxyd. — **) Hygroscopisches Wasser.

Moresnetit. H. Risse (1) beschreibt unter dem Namen Moresnetit ein neues Zinkoxyd-Thonerde-Silicat vom Altenberge bei Aachen. Es findet sich in Klüften und Höhlungen in dem den Galmei ausfüllenden Letten und ist meist dunkel- bis lauchgrün, undurchsichtig, zuweilen auch hellsmaragdgrün, durchscheinend. Härte 2,5; Bruch kleinmuschelig, Strich weifs. Die reinere hellgrüne Varietät A. und die dunkelgrüne B. gaben bei der zur Formel 3 (3 ZnO, SiO$_3$) + 2 (Al$_2$O$_3$, SiO$_3$) + 10 HO führenden Analyse:

	SiO$_2$	Al$_2$O$_3$	ZnO	FeO	NiO	CaO	MgO	HO	Summe
A.	30,31	13,68	43,41	0,27	1,14	Spur	Spur	11,37	100,18
B.	29,36	13,02	37,98	5,61	0,24	0,76	0,54	11,84	98,85.

Gieseckit. F. Pisani (2) beobachtete in manchen Stücken des braunen Elaeoliths von Brevig durch Veränderung entstandene, wasserhaltigere ziegelrothe Parthieen, welche bei der Behandlung mit kalter verdünnter Salpetersäure in einen löslichen Theil von der Zusammensetzung des Elaeoliths und in einen unlöslichen rothen Rückstand zerfielen, der die nachstehende, mit der des Gieseckits (3) übereinstimmende Zusammensetzung ergab:

SiO$_2$	Al$_2$O$_3$	Fe$_2$O$_3$	CaO	KO	NaO+LiO	MgO	HO	Summe
46,95	34,65	1,86	0,68	8,71	0,71	0,58	5,58	99,72.

Thomsonit. (Faröelith.) Fr. v. Kobell (4) untersuchte ein von Descloizeaux an den optischen Eigenschaften als Thomsonit (Faröelith) erkanntes Mineral von Island. Es bildet, krustenförmig auf Mandelstein vorkommend, schuppige und kleinstrahlige Massen, welche in Blättchen enden, an denen man bei starker Vergröfserung theils rhomboïdale, theils

---

(1) Aus den Verh. des naturhist. Vereins der Rheinlande und Westphalens XXII, 98 in Jahrb. Min. 1866, 596. — (2) Compt. rend. LXII, 1324; Bull. soc. chim. [2] VI, 458; Sill. Am. J. [2] XLII, 270. — (3) Vgl. Jahresber. f. 1852, 901; f. 1853, 857; f. 1854, 871. — (4) J. pr. Chem. XCVIII, 134; Jahrb. Min. 1867, 100; Bull. soc. chim. [2] VII, 244.

rectanguläre Form erkennt. Der Glanz der Blättchen ist perlmutterartig, die Farbe auf frischem Bruch schneeweifs, die Härte 4 oder nur wenig höher, das spec. Gew. = 2,17. Aus der nachstehenden, mit den Resultaten Heddle's (1) nahe übereinstimmenden Zusammensetzung berechnet v. Kobell die Formel $NaO, SiO_3 + 3 CaO, SiO_3 + 5 (Al_2O_3, SiO_3) + 10 HO$:

SiO_3	Al_2O_3	CaO	NaO	HO	Summe
41,00	31,66	10,73	4,50	12,11	100,00.

v. Kobell (2) bezeichnet ferner ein zu Herbornseelbach bei Dillenburg neben Eisenkiesel und Rotheisenstein vorkommendes Manganerz als Klipsteinit. Das Mineral ist dicht, mit flachmuscheligem Bruche wenig fettartig glänzend, dunkel leberbraun, ins Röthlichbraune und Graue übergehend, mit rothbraunem Strich. Härte zwischen Apatit und Orthoklas; spec. Gew. 3,5. Die Analyse ergab: *Klipsteinit.*

SiO_3	Mn_2O_3	Fe_2O_3	Al_2O_3	MnO	MgO	HO
25,00	32,17	4,00	1,70	25,00	2,00	9,00.

v. Kobell berechnet hieraus, unter der Annahme, dafs ein Theil des Manganoxyduls durch Magnesia und des Manganoxyds durch Thonerde und Eisenoxyd ersetzt sei, die Formel $3 MnO, SiO_3 + 2 Mn_2O_3, SiO_3 + 4 HO$. — A. Knop (3) hält dieses Mineral — sofern demselben durch verdünnte Salpetersäure unter Kohlensäureentwickelung Eisen, Mangan, Kalk und Magnesia entzogen werden, und da concentrirte Salzsäure unter Chlorentwickelung einen Rückstand von der Beschaffenheit des Halbopals läfst — für schwarzen Mangankiesel, d. h. für eine Durchdringung von Opal- oder Chalcedonsubstanz mit Manganoxyden und Manganspath.

C. W. Schmidt (4) analysirte ein der Umbra ähnliches Mineral aus dem körnigen Kalk von Schelingen am *Umbra.*

---

(1) Jahresber. f. 1857, 675. — (2) J. pr. Chem. XCVII, 180; Chem. Centr. 1866, 606; Jahrb. Min. 1866, 452. — (3) Jahrb. Min. 1866, 354. — (4) Verhandlungen der naturforsch. Gesellsch. zu Freiburg i. Br. II, 204. — Vgl. auch Jahrb. Min. 1865, 437.

Kaiserstuhl. Die Analyse ergab, neben unbestimmbaren Mengen von Kalk, Kali und Natron:

SiO_3	Fe_2O_3	MnO_2	Al_2O_3	MgO	HO	X*)	Summe
7,08	11,50	25,60	21,50	8,70	26,20	4,89	99,97.

*) 3,1 Sauerstoff aus Manganhyperoxyd und 1,9 organ. Substanz.

Silicate mit Fluoriden. Topas. Städeler (1) berechnet für den Topas — unter der Annahme, daſs der höchste bis jetzt gefundene Fluorgehalt [19,62 pC.; die von Rammelsberg (2) aufgestellte Formel $(Al_2Fl_3, SiFl_3) + 5(Al_2O_3, SiO_2)$ verlangt 17,5 pC.] der Wahrheit am nächsten komme, und auf Grund der Beobachtung, daſs Fluornatrium wie Fluorsilicium beim Schmelzen in einem offenen Tiegel bis 9 pC. am Gewicht verlieren — die mit den Analysen übereinstimmende Formel $Si_3Al_6Fl_3O_{12} = 2(Al_2O_3, SiO_2) + (Al_2O_2Fl, SiFl_5)$ oder (wenn $\Theta = 16$ und $Si = 28$) $= 2\begin{pmatrix} Si\Theta \\ (Al\Theta)_2 \end{pmatrix}\Theta_2 + \begin{matrix} SiFl_5 \\ (Al\Theta)_2 \end{matrix}$.

Der Topas wäre danach ein Doppelsalz von Fluorkieselaluminyl mit kiesels. Thonerde. Während Fluorsiliciumkalium und andere Fluorsiliciumverbindungen unter Rücklassung von Fluormetall den ganzen Gehalt an Fluorsilicium verlieren, giebt der Topas unter denselben Umständen auſser dem Fluorsilicium auch Fluorwasserstoff ab, sofern das Fluoraluminyl durch Wasserdampf in Fluorwasserstoff und Thonerde zersetzt wird. Nach der Gleichung:

$$2\begin{matrix} Si\Theta \\ (Al\Theta)_2 \end{matrix}\Theta_2 + \begin{matrix} SiFl_5 \\ (Al\Theta)_2 \end{matrix} + H_2\Theta = \begin{matrix} SiFl_5 \\ H_2 \end{matrix} + 2\begin{matrix} Si\Theta \\ (Al\Theta)_2 \end{matrix}\Theta_2 + \begin{matrix} Al\Theta \\ Al\Theta \end{matrix}\Theta$$

müſste der Glühverlust 22,9 pC. betragen, während 22,98 bis 23 pC. beobachtet wurden. Berechnet man aus diesem Glühverlust (von dem nicht 73,08, sondern 89,9 pC. auf Fluor kommen) den Fluorgehalt des Topases, so ergiebt sich derselbe nahe übereinstimmend mit obiger Formel zu 20,68 pC. — Städeler erwähnt noch, daſs hiernach die

---

(1) J. pr. Chem. XCIX, 65; Zeitschr. Chem. 1866, 754; Chem. Centr. 1867, 49; Bull. soc. chim. [2] VII, 245. — (2) Jahresber. f. 1865, 894.

von Schiff(1) für den Topas aufgestellte (nur 7,45 pC.
Fluor verlangende) Formel nicht richtig sein kann.

F. Hessenberg (2) beschrieb Topaskrystalle von
la Paz in der Provinz Guanaxuato in Mexico.

Bei Arica an der Westküste von Peru finden sich als
Beimischung des Sandes unregelmäfsige Körner von Titaneisen, von dem spec. Gew. 4,34 und der annähernd von
D. Forbes (3) ermittelten Zusammensetzung:

Titansäure	Eisenoxyd	Unlösl. Kiesels.	Summe
57,72	38,96	3,32	100,00.

Forbes glaubt, dafs dieses Mineral der Varietät des
Titaneisens von Gastein nahe stehe, welche v. Kobell
Kibdelophan genannt hat.

P. Groth (4) untersuchte den im Syenit des Plauenschen Grundes bei Dresden häufig vorkommenden dunkelbraunen eisenhaltigen Titanit (spec. Gew. 3,52 bis 3,60)
und fand dafür, im Mittel mehrerer Analysen, die Zusammensetzung:

SiO_2	TiO_2	Fe_2O_3	Al_2O_3*)	MnO	CaO	Summe
30,51	31,16	5,83	2,44	1,02	31,84	102,80.

Groth berechnet daraus die Formel $6(CaO, TiO_2)$
$+ 3(CaO, SiO_2) + R_2O_3, 2SiO_2$. An der Luft geht dieser
Titanit, ohne Aenderung der äufseren Form, in eine hellgelbe erdige Substanz über, welche im völlig getrockneten
Zustande enthält:

SiO_2	TiO_2	Fe_2O_3	Al_2O_3	MnO	CaO	Summe
26,01	34,85	13,39	9,34	1,64	16,21	101,44.

R. Hermann (5) fand bei einer nochmaligen Analyse
des von G. Rose (6) beschriebenen und von H. Rose (7)
untersuchten Tschewkinits vom Ilmengebirge bei Miask

---

(1) Jahresber. f. 1865, 195. — (2) Aus Dessen mineralogischen
Notizen Nr. 7, 8. 38 in Jahrb. Min. 1866, 364. — (3) Phil. Mag. [4]
XXXII, 136. — (4) Jahrb. Min. 1866, 44. — (5) J. pr. Chem. XCVII,
345; Zeitschr. Chem. 1866, 406; Jahrb. Min. 1866, 834; Bull. soc.
chim. [2] VI, 382. — (6) Berzelius' Jahresber. XX, 209. — (7) Ebendaselbst, XXV, 370.

Tschewkizit. auch einen beträchtlichen Gehalt an Thorerde. Das Mineral bildete eine amorphe, schwarze, stark glänzende, mit Granit verwachsene Masse von glattem und flachmuscheligem Bruch, dunkelbraunem Pulver, der Härte 5,5 und dem spec. Gew. 4,55. Die Analyse ergab:

SiO_2	TiO_2	ThO	CeO, LaO, DiO YO	FeO	MnO	UrO	CaO	X*)	Summe
20,68	16,07	20,91	22,80	3,45	9,17	0,75	2,50	3,25 0,42	100,00.

*) Glühverlust.

Von der Ansicht ausgehend, dafs die Titansäure in dem Tschewkinit die Rolle einer Base spiele und 2RO vertrete, berechnet Hermann für dieses Mineral die Titanitformel $(RO, TiO_2)_3, SiO_2$. Er hält es für wahrscheinlich, dafs der krystallisirte Tschewkinit die Form des Titanits und Yttrotitanits haben würde, und dann wären der Tschewkiuit als Thorotitanit, der Keilhauit als Yttrotitanit und die gewöhnlichen Titanite als Kalktitanite zu bezeichnen.

Columbit. Nach einer Angabe von C. U. Shepard (1) findet sich in Northfield, Massachusetts, schwarzer krystallinischer Columbit von dem spec. Gew. 6,5.

Blomstrand (2) hat aus der Gruppe der Ferrotantalate (3) die folgenden Mineralien untersucht I. Tantalit von Björkboda; II. Tantalit von Tamela; III. Columbit von Grönland, braunes Pulver vom spec. Gew. 5,395; IV. Columbit von Haddam, Pulver eines grofsen Krystallfragments, schwarz, vom spec. Gew. 6,151; V. Columbit von Bodenmais, a) undeutlich ausgebildete glänzende Tafeln vom spec. Gew. 5,75; b) unregelmäfsige matt grauschwarze Krystallbruchstücke vom spec. Gew. 6,26:

	Nb_2O_5	Ta_2O_5	WO_3	SnO_2	ZrO_2	FeO	MnO	MgO	CaO	PbO	HO	Summe
I.	81,46*)	—	0,27	1,99	0,26	13,08	2,29	0,19	0,35	—	—	99,85
II.	84,05*)	—	—	0,81	—	14,47	0,27	0,08	—	—	—	99,68
III.	77,97	—	0,13	0,73	0,13	17,33	3,28	0,23	Spur	0,12	—	99,92
IV.	51,53	28,55	0,76	0,34	0,34	13,54	4,55	0,42	—	—	0,16	100,19
V a.	56,43	22,79	1,07	0,58	0,28	15,82	2,39	0,40	—	—	0,35	100,11
V b.	48,87	30,58	0,91	—	—	15,70	2,95	0,14	—	—	0,40	99,55.

*) Nicht auf Niobsäure geprüft.

(1) Sill. Am. J. [2] XLII, 248; Jahrb. Min. 1867, 198. — (2) Aus Seiner Abhandlung: Om tantalmetallerna, Lund 1866, auszugsweise in J. pr. Chem. XCIX, 40; kurze Notiz in N. Arch. ph. nat. XXVI, 337. — (3) Jahresber. f. 1865, 895.

Titanate und Niobate.   945

Alle diese Analysen ergaben das Sauerstoffverhältniſs Columbit.
der Basen und Säuren = 1 : 5. Die Zusammensetzung
von III. entspricht der Formel FeO, Nb_2O_5; IV. der Formel $3(FeO, Nb_2O_5) + FeO, Ta_2O_5$; V. der Formel $4(FeO, Nb_2O_5) + FeO, Ta_2O_5$. Es läſst sich demnach, da voraussichtlich der Tantalsäuregehalt der Columbite noch gröſser sein kann, eine scharfe Grenzlinie zwischen diesen und den Tantaliten nicht ziehen. — In einem gelben Yttrotantalit fand Blomstrand etwa 16 pC. Niobsäure und im Fergusonit von Ytterby etwa 5 pC. Tantalsäure. Bezüglich der angewandten Trennungsmethoden müssen wir auf die Abhandlung verweisen.

R. Hermann (1) analysirte einen gut ausgebildeten Columbitkrystall (spec. Gew. 5,40) aus dem Kryolithlager von Grönland mit folgendem Resultat:

Nb_2O_5*)	IlO_3**)	FeO	MnO	MgO	Summe
52,76	25,64	16,41	4,50	0,60	99,91.

*) Hermann's niobige Säure. — **) Hermann's Ilmensäure. Diese beiden Säuren wurden nach dem im Jahresbericht für 1865, S. 209 ff. beschriebenen Verfahren geschieden.

Hermann leitet aus dieser Analyse die Formel $RO(Nb_2O_3, IlO_3)$ ab. Vgl. oben (2).

Bei einer fünften Analyse des Aeschynits erhielt R. Aeschynit.
Hermann (3) bei Anwendung der S. 797 angegebenen Trennungsmethoden die nachstehenden Zahlen, welche wie die letzte (vierte) Analyse (4) der Formel $3(2RO, TiO_2) + 2(RO, IlO_3)$ entsprechen:

IlO_3	Nb_2O_3	TiO_2	ThO	CeO, LaO, DiO	YO	FeO	CaO	X*)	Summe
30,16	3,43	16,12	22,57	14,35	4,30	5,58	2,16	1,50	100,18.

*) Glühverlust.

Nach einer weiteren Mittheilung desselben Chemikers (5) enthält aber der Aeschynit sowohl ilmenige Säure (Il_2O_3),

---

(1) J. pr. Chem. XCVII, 350. — (2) Derselbe Columbit war auch von Oesten analysirt worden (Jahresber. f. 1863, 828). Vgl. ferner Marignac's Angaben Jahresber. f. 1865, 896. — (3) In der S. 797 angeführten Abhandlung. — (4) Jahresber. f. 1865, 897, wo statt Il_2O_3 (ilmeniger Säure), IlO_3 (Ilmensäure) zu lesen ist. — (5) J. pr. Chem. XCIX, 288.

als Ilmensäure (IlO$_3$), und zwar statt der 29 pC. Ilmensäure (der vierten Analyse) 16,72 pC. ilmenige Säure und 12,28 pC. Ilmensäure. Hiernach erhält der Aeschynit die Formel $2(2RO, TiO_2) + RO, Il_2O_3 + RO, IlO_3$.

Euxenit. Nach einer Analyse von J. J. Chydenius (1) enthält der Euxenit von Arendal in Norwegen (spec. Gew. 4,96) neben Spuren von Ceroxyd, Eisen- und Uranoxydul:

Titan- u. Niobsäure	Gadoliniterden*)	Thorerde	X**)	Summe
54,28	34,58	6,28	2,60	97,74

*) Ytter-, Erbin- und Terbinerde. — **) Glühverlust.

Die Identität der Thorerde wurde durch das spec. Gew. (9,17 bis 9,22) und die Analyse des schwefels. Salzes nachgewiesen (2).

Wolframiate. Scheelbleierz. C. U. Shepard (3) beobachtete das Vorkommen von Scheeletin (wolframs. Blei) in der Southampton Bleigrube in Massachusetts.

Hübnerit. H. Credner (4) bezeichnet ein von E. Riotte aufgefundenes, aus wolframs. Manganoxydul bestehendes Mineral aus dem Mamoth-District in Nevada als Hübnerit. Die Krystallform ist rhombisch, der Bruch uneben, die Härte = 4,5, das spec. Gew. = 7,9, der Strich gelblichbraun, die Farbe braunroth bis braunschwarz. Die Analyse entspricht der Formel MnO, WoO$_3$:

	MnO	WoO$_3$	Summe
Gefund.	23,4	76,4	99,8

Phosphate und Arseniate. Apatit. R. de Luna (5) fand in dem Apatit von Jumilla (Spanien) 1,75 pC. Cer, Lanthan und Didym; er empfiehlt dieses Mineral zur Gewinnung dieser Metalle.

Sombrerit. S. Haughton (6) fand in dem Sombrerit:

SiO$_2$	3CaO,PO$_5$*)	CaO,CO$_2$	KCl	CaFl	HO	Summe
0,08	89,64	5,00	2,81	0,10	0,60	98,23

*) Und Thonerde.

(1) Bull. soc. chim. [2] VI, 433; Zeitschr. Chem. 1867, 94; Chem. Centr. 1867, 751. — (2) Vgl. Jahresber. f. 1863, 194. — (3) Sill. Am. J. [2] XLI, 215. — (4) Aus der Berg- und hüttenmänn. Zeitung XXIV, 370 in Chem. Centr. 1866, 272; Jahrb. Min. 1866, 87. — (5) Compt. rend. LXIII, 220; Bull. soc. chim. [2] VI, 459; J. pr. Chem. XCIX, 59. — (6) Phil. Mag. [4] XXXII, 220.

Stein (1) hat über das Vorkommen von phosphors. Kalk in der Lahn- und Dillgegend, namentlich bei Staffel, Amt Limburg, berichtet. In der Umgebung von Staffel findet sich eine mächtige Ablagerung von Phosphorit in nierenförmigen, traubenförmigen Concretionen oder stalactitischen Parthieen, als Ueberzug auf zersetztem Dolomit, oder als Bindemittel von Breccien, oder in feinen, bis zu einem Zoll mächtigen Lagen zwischen den Schichten des Dolomits. Die Farbe ist weifs, gelb, grau, braun, am häufigsten gelblichbraun. Die von Forster ausgeführte Analyse ergab A. für gelbbraunen Phosphorit von Staffel (spec. Gew. 2,99); B. a und b für ein Staffelit genanntes, den Phosphorit incrustirendes grünes Mineral (spec. Gew. 3,128):

	CaO	MgO	Fe_2O_3	Al_2O_3	KO	NaO	PO_5	CO_2	SiO_2	Fl	HO
A.	45,79	0,16	6,42	1,08	0,58	0,42	34,48	1,51	4,83	3,45	2,45
B. a.	54,6	—	0,037	0,025	—	—	89,05	8,19	—	8,05	1,40
	$3CaO, PO_5$		Fe_2O_3, PO_5	Al_2O_3, FO_5				CaO, CO_2		CaFl	HO
B. b.	85,10		0,07	0,06				7,25		6,26	1,40

Th. Petersen (2) untersuchte den zwischen Diez und Limburg vorkommenden Phosphorit ebenfalls. Die analysirte Probe bildete fast farblose, durchscheinende, traubige Aggregate von dem spec. Gew. 2,93. Die Analyse ergab A. an einzelnen Bestandtheilen, B. an daraus berechneten Verbindungen:

	CaO	MgO	Fe_2O_3 *)	KO	NaO	PO_5	Fl	Cl+J	CO_2	HO	X†)	Summe
A.	53,80	0,19	0,61	0,14	0,31	36,78	2,46	0,03	4,25	1,65	1,05	100,77.
	$3CaO, PO_5$	CaO, CO_2	MgO, CO_2	KCl	CaFl	KF	NaF	KJ	HO	Y††)		Summe
B.	80,15	9,18	0,40	6,84	0,17	0,40	0,05	1,65	1,66			100,00.

*) Mit etwas Thonerde. — †) In Säuren Unlösliches. — ††) Eisenoxyd, Thonerde, Kieselsäure u. s. w.

Bei Vernachlässigung des Gehalts an Eisenoxyd und

---

(1) Aus den Jahrb. des Vereins für Naturkunde im Herzogthum Nassau XIX und XX, 41 in Jahrb. Min. 1866, 716. — (2) Siebenter Bericht des Offenbacher Vereins für Naturkunde (1866), 123; Jahrb. Min. 1867, 101.

Phosphorit und Staffelit. Thonerde läfst sich aus dieser Analyse die Formel $3(3\,CaO, PO_5) + CaFl + CaO,CO_2 + HO$ berechnen.

W. Wicke (1) analysirte Phosphat-Knollen aus dem der oberen Kreide angehörenden Eisenerz von Grofs-Bülten und Adenstedt und fand :

PO_5	SO_3	CO_2	MgO	CaO	Al_2O_3	Fe_2O_3	$CaFl$	X*)	Y†)	Summe
33,33	0,52	2,45	0,22	42,06	3,56	6,98	2,50	3,34	5,01	99,97

*) Unlösl. Rückstand. †) Feuchtigkeit u. Glühverlust.

A. Völker (2) hat die Analyse verschiedener Kalkablagerungen aus Nord-Wales mitgetheilt. Dieselben enthalten 35 bis 52 und in gröfserer Tiefe selbst 64,5 pC. an phosphors. Kalk.

R. Bender (3) beobachtete in fossilen Elephantenzähnen krystallinische, wahrscheinlich durch Infiltration aus der Substanz der Zähne gebildete Excretionen. Dieselben enthielten kein Fluor, sondern phosphors. Kalk und Chlorcalcium, entsprechend der Formel $3(3\,CaO, PO_5) + CaCl$.

Richmondit. Kenngott (4) schlägt für das bis jetzt als Gibbsit bezeichnete Thonerdephosphat den Namen Richmondit vor, und zeigt durch Berechnung der Analysen von Hermann (5) auf den gleichen Phosphorsäuregehalt, dafs dasselbe wechselnde Mengen von Thonerdehydrat (Gibbsit) enthält.

Amphitalit. L. S. Igelström (6) bezeichnet ein dem Lazulith nahe stehendes, in Horrsjöberg in Wermland (Schweden) neben Damourit, Pyrophyllit, Svanbergit, Rutil und Lazulith vorkommendes Mineral als Amphitalit. Es ist dicht, milchweifs, von der Härte 6 und enthält :

PO_5	Al_2O_3	CaO	MgO	HO	Summe
30,06	48,50	5,76	1,55	12,47	98,34

(1) Aus den Nachr. der k. Ges. der Wissensch. zu Göttingen 1866, 211 in Jahrb. Min. 1867, 210. — (2) Report of the 35 meeting (1865) of the British association for the advancement of science 1866; Notices and abstracts 37; J. pr. Chem. CI, 503. — (3) Arch. Pharm. [2] CXXVI, 84. — (4) Aus der Züricher Vierteljahrsschrift XI, 225 in Jahrb. Min. 1866, 829. — (5) Vgl. Jahresber. f. $18^{47}/_{48}$, 1216; f. 1849, 775; f. 1851, 763; f. 1853, 791; f. 1860, 754. — (6) Aus der Berg- und hüttenmänn. Zeitung XXV, 807 in Jahrb. Min. 1867, 105.

V. Wartha (1) hat gefunden, dafs das von Kenngott (2) als Wiserin bezeichnete, an der Fibia so wie im Binnenthal sich findende Mineral ein mit dem Ytterspath (Xenotim) identisches Yttererdephosphat ist. Die Analyse ergab (nach Abzug von 6,59 pC. Eisenglanz, mit Spuren von Titansäure) die der Formel $3YO, PO_5$ entsprechende Zusammensetzung : *Ytterspath. (Wiserin.)*

	YO	PO_5	Summe
gefunden	62,49	37,51	100,00
berechnet	62,14	37,86	100,00.

Igelström (3) bezeichnet ein auf Pajsberg's Eisen- und Manganangrube in Wermland vorkommendes wasserhaltiges arsens. Manganoxydul von der Formel $2(5 MnO, AsO_5) + 5 HO$ als Kondroarsenit. Das Mineral sitzt in kleinen gelben oder rothgelben, durchscheinenden, zerreiblichen Körnern in einem Schwerspath, der den Hausmannit in Adern durchzieht. Die Analyse ergab : *Kondroarsenit.*

AsO_5	MnO	CaO	MgO	HO	CO_2	Summe
33,50	51,59	4,86	2,05	7,00	Spur	99,00.

Der Kalk- und Magnesiagehalt ist als Bitterspath ein auch von dem Kondroarsenit nicht leicht zu trennender Gemengtheil des Schwerspaths.

C. Friedel (4) bezeichnet ein von Ihm untersuchtes, neben Gediegen-Silber in einem dichten Kalkstein von Chanarcillo (Chili) vorkommendes, wasserhaltiges Zinkarseniat als Adamin. Das neue Mineral bildet honiggelbe, lebhaft glasglänzende Körner, oder auch sehr kleine violette Krystalle von der unten angegebenen Form. Sie ritzen Kalkspath, werden durch Flufsspath geritzt und *Adamin.*

---

(1) Ann. Ch. Pharm. CXXXIX, 287; Pogg. Ann. CXXVIII, 166; Zeitschr. Chem. 1866, 446; Chem. Centr. 1866, 590 und 1867, 174; J. pr. Chem. XCIX, 88; Jahrb. Min. 1866, 439; Bull. soc. chim. [2] VII, 244 (auch 404); N. Arch. phys. nat. XXVIII, 174; Chem. News XIV, 12. — (2) Jahresber. f. 1864, 830. — (3) Aus den Oefvers. af Akad. Förh. XXII (1865) 3 in J. pr. Chem. XCVII, 60; Jahrb. Min. 1866, 597. — (4) Bull. soc. chim. [2] V, 433; Compt. rend. LXII, 692; Instit. 1866, 106; J. pr. Chem. XCVIII, 508; Chem. Centr. 1866, 544; Jahrb. Min. 1867, 102.

Adamin. haben das spec. Gew. 4,338. Die Analyse ergab die nachstehende, der Formel 4 ZnO, AsO_5, HO oder $As\overset{..}{Zn}_2H\Theta_5$ entsprechende Zusammensetzung :

AsO_5	ZnO	FeO	MnO	HO	Summe
39,85	54,32	1,48	Spur	4,55	100,20.

Nach Descloizeaux's Bestimmung (1) gehören die Krystalle des Adamins dem rhombischen System an und sind mit Olivenit und Libethenit isomorph. Die sehr kleinen Individuen (deren Dimensionen 2 MM. nicht übersteigen) haben octaëdrischen Habitus und zeigen die Combination $\infty P . \infty \bar{P} 2 . \infty \breve{P} 2 . \infty \breve{P} \infty . \bar{P} \infty . P$, von welchen das Makrodoma vorwiegend auftritt, P aber nur an einzelnen Spaltungsstücken beobachtet wurde. Die meisten Flächen sind wellig gestreift; deutliche Spaltbarkeit ist nach $\bar{P} \infty$ vorhanden. Es ist $\infty P : \infty P = 91°52'$; $\infty \bar{P} 2 : \infty \bar{P} 2 = 128°6'$; $\bar{P} \infty : \bar{P} \infty$ an der Hauptaxe $= 107°20'$. Die Krystalle sind optisch positiv; die Ebene der optischen Axen ist $0P$ parallel, die Mittellinie senkrecht zu $\infty \breve{P} \infty$. Der scheinbare Axenwinkel, in Oel bestimmt, betrug bei 13° :

1) an einer senkrecht zur Mittellinie geschliffenen Platte der gelben Varietät 108°34' für rothes, 111°39' für blaues Licht;

2) an einer senkrecht zur Supplementarlinie geschliffenen Platte eines violetten Krystalls 115°50' für rothes, 118°52' für blaues Licht.

Chenevixit. F. Pisani (2) bezeichnet ein eisenoxydhaltiges Kupferarseniat von Cornwall als Chenevixit. Dasselbe findet sich im Quarzgestein als dunkelgrüne compacte Masse, von der Härte 4,5 und dem (annähernden) spec. Gew. 3,93. Es enthält, nach Abzug von 10,3 pC. Sand :

Nitrate und Sulfate.

AsO_5	PO_5	CuO	Fe_2O_3	CaO	HO	Summe
32,20	2,30	31,70	25,10	0,34	8,66	100,30.

Nitratin. D. Forbes (3) hat Mittheilung gemacht über das Vorkommen des natürlichen salpeters. Natrons (Nitratins) in

---

(1) Compt. rend. LXII, 695; Bull. soc. chim. [2] V, 438. — (2) Compt. rend. LXII, 690; Instit. 1866, 106; Bull. soc. chim. [2] VI, 80; J. pr. Chem. XCVIII, 256; Jarhb. Min. 1866, 726; Chem. Centr. 1866, 1024. — (3) Phil. Mag. [2] XXXII, 189.

Südamerika. Dasselbe findet sich nicht, wie gewöhnlich angenommen wird, in Chile, sondern nur in der Provinz Tarapaca, Dep. Moquegua, in Peru. Die Analyse A. von reineren, ausgesuchten Krystallen aus dem Lager von la Noria, etwa 30 Meilen östlich von Iquique und 3052 Fuſs über dem Meer; B. einer feinkörnigen Salzmasse von einem Hügel am Sal de Obispo, westlich vom Hafen von Pisagua, ergab :

	NaO, NO_5	NaCl	CaCl	KJ	NaO, SO_3	MgO, SO_3	$Al_2O_3, 3SO_3$	X*)	Summe
A.	76,69	21,63	0,45	—	0,92	—	—	0,31	100,00
B.	21,01	55,27	0,33	0,87	4,74	5,93	9,81	2,04	100,00

*) Unlösliches.

Epsomit. Forbes (1) analysirte ferner natürliches Bittersalz aus Peru, wo es angeblich in den Bergen bei Hilo, südlich von Ariquipa, in groſsen Massen vorkommen soll. Die Analyse ergab die Zusammensetzung des Bittersalzes :

HO	SO_3	MgO	NaO	SiO_3	Summe
50,79	32,86	15,87	0,33	0,34	100,19

Kainit. Der Kainit von Leopoldshall, dem anhaltinischen Theil des Staſsfurter Salzwerks, ist nach C. Rammelsberg (2) ein Doppelsalz von der Formel $KCl + 2(MgO, SO_3) + 6 HO$, in welchem ein kleiner Theil (etwa $1/9$) des Chlorkaliums durch Chlornatrium ersetzt ist. Es bildet eine feinkörnige Masse von gelblicher oder grauer Farbe, wird an trockener Luft nicht feucht, verwittert aber über Schwefelsäure. Die von Philipp ausgeführte Analyse der reineren gelben Abänderung A. und der grauen (etwa 10 pC. blätteriges Steinsalz enthaltenden) B. ergab bei der Analyse :

	Cl	K	Na	SO_3	MgO	HO	Summe
A.	14,52	13,54	1,80	32,98	16,49	21,00	99,83
B.	19,61	12,00	5,63	29,30	14,57	17,94	99,05

Aus der wässerigen Lösung des Kainits krystallisirt zuerst

---

(1) Phil. Mag. [4] XXXII, 137. — (2) Aus der Zeitschr. der deutsch. geol. Ges. 1865 in Arch. Pharm. [2] CXXVII, 58; J. pr. Chem. XCIX, 63; Bull. soc. chim. [2] VII, 247.

das bekannte Doppelsalz $KO, SO_3 + MgO, SO_3 + 6 HO$ (Sacchi's Pikromerit oder Reichardt's (1) Schönit); dann schiefst Bittersalz an, während Chlormagnesium und Chlorkalium in der Mutterlauge bleiben. Auch durch Alkohol wird das Kali-Magnesiasulfat aus der Lösung des Kainits gefällt.

Kieserit. Rammelsberg (2) hält es für wahrscheinlich, dafs der Kieserit ursprünglich kein Wasser enthält. Die von Ihm untersuchten Proben ergaben (mit 18,3 pC. Wasser) die Formel $2 (MgO, SO_3) + 3 HO$.

Raimondit. Ein in einer Zinngrube Boliviens vorkommendes wasserhaltiges Eisenoxydsulfat von der Formel $2 Fe_2 O_3, 3 SO_3 + 7 HO$ bezeichnet Breithaupt (3) als Raimondit. Das ocker- bis honiggelbe, perlmutterglänzende Mineral bildet schuppige, äufserst dünne tafelartige hexagonale Prismen von der Härte 4 und dem spec. Gew. 3,190 bis 3,222. Rube fand bei der Analyse:

Fe_2O_3	SO_3	HO	Summe
46,52	36,08	17,40	100,00.

Moronolit. C. U. Shepard (4) nennt ein dem Gelbeisenerz aus Böhmen oder Norwegen in der Zusammensetzung sehr nahe stehendes Eisenoxydsulfat von amerikanischem Fundort Moronolit. Die von Tyler ausgeführte Analyse entspricht der Formel $[KO(NaO), SO_3] + 4 (Fe_2 O_3, SO_3)$. Es wurde gefunden, im Mittel A. unmittelbar, B. nach Abzug des hygroscopischen Wassers und des Unlöslichen:

	SO_3	Fe_2O_3	Al_2O_3	CaO	NaO + KO	HO	X*)	Y†)	Summe
A.	29,19	40,05	0,71	0,94	3,26	11,26	1,53	11,17	98,11
B.	34,17	46,89	0,83	1,10	3,81	13,18	—	—	99,98

*) Hygroscopisches Wasser. †) Unlösliches.

(1) Jahresber. f. 1865, 900. — Auf eine ausführliche Untersuchung von E. Reichardt über die Vorkommnisse in dem Steinsalzbergwerk Stafsfurt (Jahrb. Min. 1866, 321; Arch. Pharm. [2] CXXVII, 22) müssen wir verweisen. — (2) In der S. 951 erwähnten Abhandlung. — (3) Aus der Berg- und hüttenmänn. Zeitung XXV, 149 in Jahrb. Min. 1866, 593. — (4) In der S. 917 angeführten Abhandlung.

A. H. Church (1) bezeichnet ein in Cornwall vor- Woodwardit. kommendes wasserhaltiges Kupferoxyd-Thonerde-Sulfat als Woodwardit. Es bildet Stalactite traubenförmiger Aggregate ohne alle krystallinische Structur. Der Glanz ist matt, wachsartig, die Farbe grünlich türkisblau, der Strich blafsblau, die Härte etwa 2, das spec. Gew. 2,38. Die Analyse ergab (neben Spuren von Phosphorsäure, Kalk und Magnesia) nach Abzug von 1 pC. Kieselerde die der Formel $2\,(CuO, SO_3) + 5\,(CuO, HO) + 2\,(Al_2O_3, 3\,HO) + 4\,HO$ oder $2\,(CuSO_4) + 5\,CuH_2O_2 + 4\,AlH_3O_3 + 4\,H_2O$ entsprechende Zusammensetzung:

	CuO	Al_2O_3	SO_3	HO	Summe
gefunden	46,87	17,66	12,50	22,86	99,89
berechnet	46,67	17,27	13,42	22,64	100,00.

Bei 100° verliert der Woodwardit 4 Mol. Wasser; obwohl äufserlich verschieden, steht er dem Lettsomit (Kupfersammterz) am nächsten.

G. Lunge (2) folgert aus einer Vergleichung der bis Borate. jetzt ausgeführten Analysen des Boronatrocalcits, dafs dieses Boronatrocalcit. Mineral trotz der Aehnlichkeit im Habitus und häufig sogar im Wassergehalt, keine constante Zusammensetzung habe, sondern als eine Verbindung von Borsäure mit Natron und Kalk in verschiedenen Verhältnissen zu betrachten sei, in welcher der Borsäuregehalt nie das Verhältnifs RO, $2\,BoO_3$ übersteige. Für den von der Rinde befreiten Kern eines Boronatrocalcits aus Chile fand Er eine der Formel $2\,(NaO, 2\,BoO_3) + 5\left(\begin{matrix}CaO\\MgO\end{matrix}\right., 2\,BoO_3) + 12\,HO$ entsprechende Zusammensetzung:

	NaO	CaO	MgO	BoO_3	HO	Summe
gefunden	5,58	12,69	0,50	44,38	36,85	100,00
berechnet	5,82	12,95		45,74	35,49	100,00.

---

(1) Vorläufige Anzeige: Chem. News XIII, 85; ausführlich Chem. Soc. J. [2] IV, 180; im Auszug J. pr. Chem. XCVIII, 251; Jahrb. Min. 1867, 100. — (2) Ann. Ch. Pharm. CXXXVIII, 51; Zeitschr. Chem. 1866, 257; Bull. soc. chim. [2] VI, 326; Chem. News XV, 86.

Kraut (1) hält dagegen, unter Nachweisung des von Lunge in der Berechnung der früheren Analysen begangenen Irrthums, die von Ihm früher (2) für den Boronatrocalcit aufgestellte Formel aufrecht. Er schliefst weiter sofern Er fand, dafs eine Probe von gleichem Ursprung wiedie von Lunge untersuchte, auf 6,7 pC. Kochsalz etwa 4,7 pC. schwefels. Natron enthielt, dafs im Boracit ursprünglich Glaubersalz vorkomme, welches sich mit dem bors. Kalk in Glauberit und Gyps umsetze. — Lunge (3) führt dagegen nochmals an, dafs die von Ihm untersuchten, aus dem Inneren grofser Stücke genommenen reinen Proben sich bei der Prüfung absolut chlor- und schwefelsäurefrei erwiesen, dafs das von Kraut analysirte Specimen nicht von derselben Reinheit war, und dafs Kraut's Analyse, nach Abrechnung der fremden Substanzen, mit der Seinigen übereinstimmt und daher ihre Richtigkeit beweist. Da Kraut nur den Chlorgehalt, nicht aber die Schwefelsäure bestimmte, so sind hierzu nicht alle Daten gegeben (4).

Carbonate. Gay-Lussit. J. M. Blake (5) beschreibt die Krystallform von Gay-Lussit, welcher von B. Silliman (6) an dem Salzsee bei Ragtown, Churchill Co., Nevada, aufgefunden wurde.

Kohlens. Kalk. Hellrother grobkrystallinischer kohlens. Kalk von Bol-

---

(1) Ann. Ch. Pharm.. CXXXIX, 252; Arch. Pharm. [2] CXXVIII, 215. — (2) Jahresber. f. 1862, 761. — (3) Ann. Ch. Pharm. CXLI, 379. (4) Aus dem Sättigungsvermögen berechnete Kraut 88,54 pC. Boronatrocalcit von Lunge's Formel. Die procentische Zusammensetzung wäre dann (unter der unwahrscheinlichen Annahme, dafs das schwefels. Natron als wasserfreies Salz zugegen war):

NaO   CaO, MgO   BoO$_3$ HO
5,82   12,92   40,65   40,61.

Betrachtet man das schwefels. Natron als Glaubersalz, so ergiebt sich für die procentische Zusammensetzung des Boronatrocalcits:

NaO   CaO, MgO   BoO$_3$ HO
6,24   13,87   43,60   36,29

— (5) Sill. Am. J. [2] XLII, 221. — (6) Ebendaselbst, 220; Jahrb. Min. 1867, 211.

ton, Massachusetts, ergab, nach Th. Petersen (1), das spec. Gew. 2,867 und die Zusammensetzung :

CaO, CO$_2$	MgO, CO$_2$	Summe
95,85	4,29	100,14.

V. von Zepharovich (2) beobachtete an Calcitkrystallen von der Alberti-Grube zu Pribram das noch nicht bekannte Scalenoëder $^{19}/_5 R\, ^{19}/_{10}$ (Neigung in den stumpferen Endkanten $= 154°14'34''$, in den schärferen $87°32'26''$) selbstständig oder in der Combination $OR. — ^1/_2 R . R . \infty R$, mit einem unbestimmbaren Scalenoëder und als polarer Zuspitzung $R\, ^{11}/_3$. Diese Krystalle hatten sich in Hohlräumen ausgebildet, welche durch Auflösung von Baryttafeln entstanden waren. — An isländischem Kalkspath fand F. Hessenberg (3) die zwei neuen Formen $9R$ und $-4R\, ^5/_3$ in der Combination $R.4R.9R.-4R\, ^5/_3 . R\, ^{13}/_3$, welche Flächen sämmtlich, mit Ausnahme von R und $R\, ^{13}/_3$ spiegelnd sind. Für das Rhomboëder $9R$ wurde beobachtet die Neigung zur Spaltungsfläche $R = 140°46'$; die Neigung zur Hauptaxe $= 6°25'18''$; die Neigung in den Endkanten $= 61°14'9''$; in den Seitenkanten $= 118°45,51''$. Für das Scalenoëder $-4R\, ^5/_3$ die Neigung in den schärferen Endkanten $83°33'20''$; in den stumpferen $158°30'37''$; in den Seitenkanten $137°33'3''$. Eine andere isländische Kalkspathstufe zeigte die Combination $R.-^1/_2 R.4R. 9R . R_5 . R_2$.

F. Sandberger (4) beschreibt einige Beobachtungen, welche darlegen, dafs sich in Drusen basaltischer Gesteine Kalkspath mit Erhaltung der Form von aufsen nach innen in ein Aggregat von Arragonit-Nadeln umwandeln kann.

---

(1) In der S. 919 angeführten Schrift, 58. — (2) Wien. Acad. Ber. LIV (1. Abth.), 1; Jahrb. Min. 1867, 98. — (3) Aus Dessen mineralogischen Notizen No. 7, S. 1 in Jahrb. Min. 1866, 452. — (4) Pogg. Ann. CXXIX, 472; Jahrb. Min. 1867, 359.

Dolomit.

Für den weifsen Dolomit des Binnenthals fand Th. Petersen (1) die nahezu der Formel $CaO, CO_2 + MgO, CO_2$ entsprechende Zusammensetzung:

CaO, CO_2	MgO, CO_2	FeO, CO_2	BaO, SO_3	Quarz	Summe
56,14	42,30	0,40	Spur	1,55	100,39.

Magnesit.

Magnesit aus dem Serpentin von Kraubath in Obersteiermark besteht nach H. Höfer (2) aus:

Kohlensäure	Magnesia	Unlösl.	Summe
50,87	48,41	0,21	99,69.

Messingblüthe.

H. Risse (3) bezeichnet ein in die Gruppe des Aurichalcits gehöriges Mineral von Santander in Spanien als Messingblüthe. Es findet sich als Ausfüllung von Hohlräumen in eisenhaltigem Galmei und bildet strahlige, himmelblaue, perlmutterglänzende Aggregate von geringer Härte. Die Analyse ergab die Zusammensetzung:

ZnO	CaO	CO_2	HO	Unlösl.	Summe
55,29	18,41	14,08	10,80	1,86	100,44

woraus sich die Formel $3 (CuO, CO_2) + ZnO, CO_2 + 8 (ZnO, HO)$, oder, bei isomorpher Vertretung des Zinkoxyds durch Kupferoxyd, $(CuO, ZnO)CO_2 + 2(ZnO, HO)$ ergiebt.

Chloride und Fluoride. Cotunnit.

Nach C. U. Shepard (4) findet sich Cotunnit (Chlorblei) in der Southampton Bleigrube (N. Amerika) auf Quarz in kleinen milchweifsen Prismen.

Chlorselenquecksilber.

A. del Castillo (5) giebt dem sog. Hornquecksilber von el Doctor bei Zimapan und dem Jodquecksilber von Casas viejas in Mexiko als einer neuen Mineralspecies den Namen Chlorselenquecksilber. Es findet sich in rothen, gelben oder pistaziengrünen, rhombischen spitzen Pyramiden und auch als amorphe undurchsichtige Masse. Die

---

(1) Siebenter Bericht des Offenbacher Vereins für Naturkunde (1866), 128; Jahrb. Min. 1867, 871. — (2) In der S. 931 angeführten Abhandlung. — (3) Aus den Verh. des naturhistor. Vereins der preufs. Rheinlande und Westphalens XXII, 95 in Jahrb. Min. 1866, 599. — (4) Sill. Am. J. [2] XLII, 247. — (5) Jahrb. Min. 1866, 411.

Eigenthümlichkeit als neue Mineralspecies bleibt indessen noch darzuthun.

G. Wyrouboff (1) kommt durch eine Reihe von Versuchen über die färbende Substanz der Flufsspathe zu dem Resultat, dafs dieses Mineral auf wässerigem Wege entstanden ist und dafs die färbende Substanz aus verschiedenen, wahrscheinlich aus bituminösem Kalk abstammenden Kohlenwasserstoffen besteht. Ebenso ist der Geruch des Flufsspaths von Wölsendorf von der Gegenwart eines in geringer Menge in den Ritzen abgelagerten, in Aether löslichen Kohlenwasserstoffs abhängig. Unterchlorige Säure oder Ozon ist darin nicht nachweisbar. Die Phosphorescenz ist nur Folge der Zersetzung der färbenden Materie und unabhängig von dem Fluorcalcium. — Wyrouboff (2) hat auch mikroscopische Beobachtungen über die färbenden Stoffe des Flufsspaths mitgetheilt.

Flufsspath.

G. Hagemann (3) hat krystallisirten Kryolith an der Oberfläche derber sehr unreiner Stücke dieses Minerals gefunden und glaubt, dafs die Krystallform desselben dem rhombischen System angehört. Die Krystalle waren mit einem rothen Ueberzug bekleidet oder von einer opalartigen Kruste bedeckt, aber klar und farblos; sie erschienen als rectanguläre, gestreifte und treppenförmig aneinander gereihte Prismen, entweder tafelförmig oder nadelförmig ausgebildet und in ihren Dimensionen einige Millimeter nicht überschreitend. An einzelnen derselben fanden sich Andeutungen von Domen und Pyramidenflächen.

Kryolith.

Bei der Untersuchung einiger gut ausgebildeter Chio-

Chiolith.

---

(1) Bull. soc. chim. [2] V, 334; Chem. Centr. 1866, 919; Zeitschr. Chem. 1866, 448; J. pr. Chem. C, 58; Vierteljahrsschr. pr. Pharm. XVI, 450; Jahrb. Min. 1867, 473; Phil. Mag. [4] XXXII, 385. — (2) Aus dem Bull. de la soc. imp. des naturalistes de Moscou XXXIX, Nr. 3 in Jahrb. Min. 1867, 474. — (3) Sill. Am. J. [2] XLII, 268.

lithkrystalle fand N. v. Kokscharow (1) die quadratische Krystallform dieses Minerals bestätigt (2). Die gewöhnlich zu Zwillingen verwachsenen Krystalle zeigen die Combination P (Endkantenwinkel = 108°23'; Seitenkantenwinkel = 111°40'10") mit einer stumpfen ditetragonalen Pyramide. Die Zwillinge haben die Normale einer Fläche von P zur Axe.

Hagemannit. Ch. U. Shepard (3) bezeichnet ein in Arksutfjord, Grönland, gemeinschaftlich mit Kryolith und Pachnolith vorkommendes Fluorid als Hagemannit. Dasselbe ist ocher- oder wachsgelb, undurchsichtig, von ebenem Bruch, der Härte 3 bis 3,5 und dem spec. Gew. 2,59 bis 2,60. Die von G. Hagemann ausgeführte Analyse ergab im Mittel die nachstehenden Zahlen:

Al	Fe	Ca	Mg	Na	Fl	Si	HO	X*)
12,06	5,96	11,18	2,80	8,45	40,30	7,79	10,44	1,08.

*) Unlösliches.

Pachnolith. Hagemann (4) analysirte auch den Pachnolith und erhielt:

Fl	Al	Na	Ca	HO	Summe
51,15	10,87	12,04	17,44	8,63	99,63.

Für einen röthlichweifsen, auf den glänzenden Krystallen mit einer weifsen erdigen Rinde überzogenen, quadratischen Pachnolith von dem spec. Gew. 2,74 bis 2,76 und der Härte des Kryoliths fand Derselbe (5) sehr nahe der Formel $Al_2Fl_6 + 2(^2/_3Ca + ^1/_3Na)Fl + 2HO$ entsprechend:

Fl	Al	Na	Ca	HO	SiO_2	Summe
50,08	14,27	7,15	14,51	9,70	2,00	97,71.

(1) Aus Mémoires de l'academie imp. des sciences de St. Petersbourg VIII, No. 3 im Jahrb. Min. 1866, 225. — (2) Jahresber. f. 1847-48, 1227; f. 1851, 820; f. 1854, 868. — (3) Sill. Am. J. [2] XLII, 246; Jahrb. Min. 1867, 193. — (4) Sill. Am. J. [2] XLI, 119. — (5) Sill. Am. J. [2] XLII, 93; J. pr. Chem. CI, 882; Jahrb. Min. 1866, 833.

Ein anderes, mit dem Kryolith in Grönland vorkommendes Fluorid bezeichnet Hagemann (1) als Arksutit. Es ist ein weifses, stark glänzendes, krystallinisch-körniges Mineral von dem spec. Gew. 3,029 bis 3,175 und der Härte des Kryoliths. Seine Zusammensetzung entspricht der Formel $Al_2Fl_8 + 2(Ca, Na)Fl$:

Fl	Al	Na	Ca	HO	Unlösl.	Summe
51,03	17,87	23,00	7,01	0,57	0,74	100,22.

Kaufmann (2) hat Mittheilungen gemacht über das Vorkommen von Dopplerit in einem Torfmoor bei Obbürgen im Canton Unterwalden. Die Eigenschaften und die Zusammensetzung dieser Humussubstanz stimmen im Wesentlichen mit denen des Dopplerits von Aussee (3) überein.

H. Wurtz (4) bezeichnet ein dem Albertit (5) ähnliches, in Ritchie Co., Virginia, vorkommendes pechschwarzes Mineral als Grahamit. Es ist unlöslich in Alkalien wie in Alkohol, theilweise löslich in Benzol oder Aether, fast vollständig in Chloroform und Schwefelkohlenstoff, erweicht etwa bei 200° und enthält :

C	H	O	Asche	Summe
76,45	7,82	13,46	2,26	100,00.

Tschermak (6) beschreibt einige Pseudomorphosen : 1) Bournonit nach Fahlerz; 2) Zinnober nach Fahlerz, vom Polster bei Eisenerz in Steyermark; 3) Lophoit nach Strahlstein, vom Greiner im Zillerthal; 4) Phästin (veränderten, aus Chlorit und Talk bestehenden Bronzit) vom Kupferberg; 5) Epidot nach Feldspath, aus dem Gabbro der Rothsohlalpe bei Mariazell in Steyermark; 6) Malachit und Chrysocoll nach Kalkspath.

---

(1) Jn der S. 958 unter (5) angef. Abhdlg. — (2) Aus Jahrb. d. geolog. Reichsanstalt XV, 83 in Jahrb. Min. 1866, 602. — (3) Jahresber. f. 1849, 781. — (4) Sill. Am. J. [2] XLII, 420. — (5) Jahresber. f. 1863, 845. — (6) Aus den Wien. Acad. Ber. LIII (1. Abth.) in Jahrb. Min. 1866, 827.

Pseudomorphosen.

K. v. Hauer (1) untersuchte Pseudomorphosen von Chlorit nach Granat aus dem Syenit von Taszopatak in Siebenbürgen. Die Analyse entspricht am nächsten der Zusammensetzung des Ripidoliths. Spec. Gew. 3,04.

SiO_2	Al_2O_3	FeO	MgO	HO	Summe
28,02	23,84	28,60	8,09	11,45	100,00.

(1) Jahrb. der geol. Reichsanstalt XVI, 137, 505; Jahrb. Min. 1866, 198

Chemische Geologie.

F. Mohr (1) hat im Anschluſs an die S. 911 gegebenen Sätze auch Seine Ansichten über die Bildungsweise der Gesteine dargelegt. Für die Entstehung eines Gesteins auf nassem Wege und die Unberührtheit desselben vom Feuer stellt Er die folgenden Kriterien als entscheidend auf: Verminderung des specifischen Gewichts durch Glühen und Schmelzen; Gegenwart von 1 bis 2 pC. Wasser in geschlossenen Räumen; Gehalt an kohlens. Salzen, Eisenoxyd (oder Magneteisen), freier Kieselsäure oder verschiedenartigen Silicaten; gröſsere Verwitterbarkeit als bei geschmolzenen Gesteinen (Laven) und geringere Angreifbarkeit durch Säuren; lamellare Structur; Vorkommen als Gangausfüllung. — Nicht immer finden sich bei Gesteinen, die auf nassem Wege gebildet worden sind, alle diese Charaktere vereinigt (nur der vom spec. Gew. abgeleitete ist constant); geschmolzen gewesene Gesteine besitzen dagegen keinen einzigen derselben (2). Die in Laven eingeschlossenen krystallisirten Mineralien sind nach Mohr's Annahme niemals aus diesen entstanden und abgeschieden, sondern nur eingehüllt und in Folge ungenügenden Erhitzens vor dem Schmelzen bewahrt. Mohr führt ferner einige Versuche

Gesteinsuntersuchungen. Bildung der Gesteine.

---

(1) In der S. 910 angeführten Abhandlung. — (2) Diese Annahme ist nicht vollständig berechtigt. Vgl. insbesondere S. 1002 Daubrée's Beobachtungen darüber, daſs aus einer und derselben geschmolzenen Silicatmasse bei dem Erkalten mehrere verschiedenartige Silicate krystallisiren können.

an, welche dafür sprechen, daſs die porösen Gesteine der plutonischen Reihe aus den dichten (insbesondere der Trachyt des Siebengebirges aus Melaphyr) durch die Einwirkung von Säuren hervorgegangen sind. Basalt, Dolerit, Melaphyr und Diorit geben selbst in derben Stücken ihren Gehalt an Magneteisen und kohlens. Salzen an sehr verdünnte Säuren vollständig ab und hinterlassen einen unangegriffenen porösen Rückstand, der äuſserlich vom Trachyt nicht zu unterscheiden ist. Schmilzt man diese Gesteine vorläufig, so werden sie durch Säuren nicht mehr ausgelaugt, sondern unter Abscheidung von gallertiger Kieselsäure als Ganzes angegriffen und gelöst.

Eruptivgesteine von Santorin.

K. v. Hauer (1) untersuchte Eruptivgesteine von Santorin von jüngerer wie von älterer Entstehung. I. *Gesteine der jüngsten Eruption*: A. von der Insel Aphroessa; poröse, schwammig aufgeblähte Lavaschlacke, arm an ausgeschiedenen Mineralien, selbst an Magneteisen. B. von Georg 1.; dicht, schwarz, von halbglasiger Grundmasse, unvollkommen muscheligem Bruch und mit wenigen Blasenräumen. C. von der Insel Reka; sehr spröde, pechschwarz und glänzend mit sparsamen kleinen Blasenräumen im Innern und zelligen, gröſseren Hohlräumen nach Auſsen; beim Liegen efflorescirte aus diesem Gestein eine weiſse Masse, die aus Chlornatrium und schwefels. Natron bestand. D. Auswürfling aus dem Eruptionsheerd von Georg I.; ist deutlich als ein in der Luft erstarrter, zugespitzter Lavatropfen (von $5^1/_2$ Zoll Länge) zu erkennen, mit einer dunkler gefärbten spröden Schale und einem lichtgrauen porösen Kern. — Diese im Wesentlichen wie die meisten Trachytlaven als Sanidin - Oligoklas - Gemenge zu betrachtenden Gesteine (in welchen die zahlreichen zelligen Hohlräume mit einem Aggregat von weiſsem, glasglänzendem Feldspath, lauchgrünem Olivin und glänzenden Krystallen von

---

(1) Jahrb. der geolog. Reichsanstalt XVI (Verhandlungen), 67, 78; Jahrb. Min. 1866, 459, 887.

Magneteisen erfüllt sind) schmelzen über dem Gebläse zu schwarzen obsidianartigen Massen und werden von Säuren nur wenig (unter Lösung des 2,1 bis 3,4 pC. betragenden Magneteisens) angegriffen. Die Analyse gab :

Spec. Gew.	SiO_2	Al_2O_3	Fe_2O_4	FeO	MnO	CaO	MgO	KO	NaO	X*)	Summe
A. 2,889	67,85	15,72	1,94	4,03	—	3,60	1,16	1,86	5,04	0,86	101,06
B. 2,524	67,24	13,72	2,75	4,19	—	3,46	1,22	2,57	4,90	0,54	100,59
C. 2,414	67,16	14,98	2,43	8,99	—	3,40	0,96	1,65	4,59	0,49	99,65
D. 2,167	66,62	14,79	2,70	4,28	0,16	3,99	1,03	8,04	8,79	0,88	100,78

*) Glühverlust.

II. *Gesteine von älteren Eruptionen* : A. vom alten Krater auf Nea-Kammeni; fein porös, grauschwarz mit überwiegend grauer Grundmasse, Magneteisen und einzelne Feldspathausscheidungen enthaltend. B. Vom Ufer des Süfswassersee's auf Nea-Kammeni; schwarz, pechartig, mit sparsam vertheiltem, glasig glänzendem Feldspath. C. Vom Abhang unter Thera auf Santorin, dicht am Meeresspiegel; schwarze zellige Obsidianschlacke, mit theils leeren, theils mit glasigem Feldspath erfüllten Zellräumen. D. Aelteres Gestein von Santorin; fest und hart, dunkelgrau bis schwarz, mit gleichmäfsig vertheilten Ausscheidungen von Olivin und Feldspath in der schwarzen, dichten Grundmasse. E. Weifser, äufserst leichter Bimsstein, aus der Nähe der Badehäuser auf Nea-Kammeni.

Spec. Gew.	SiO_2	Al_2O_3	FeO *)	CaO	MgO	KO	NaO	X**)	Summe
A. 2,566	67,05	15,49	5,77	8,41	0,77	2,84	4,65	0,47	99,94
B. 2,544	67,25	23,08		8,86	0,70	5,11 ***)		0,55	100,00
C. 2,507	68,12	14,52	5,73	8,68	0,64	2,23	4,96	0,48	100,31
D. 2,801	55,16	15,94	9,56	8,90	8,90	1,45	3,21	1,07	100,39
E. —	60,09	13,14	6,84	2,95	0,46	4,39	6,00	5,41	98,78

*) Theils als Oxydoxydul vorhanden. — **) Glühverlust. — ***) Aus dem Verlust berechnet.

Diese wie die vorigen, den Pyroxen-Andesiten anzureihenden Gesteine werden von Säuren ebenfalls nur wenig angegriffen und schmelzen leicht (auch der Bimsstein) zu schwarzen pechsteinartigen Massen.

A. Schrötter (1) theilt die von J. Habermann

---

(1) Wien. Acad. Ber. LIII (2. Abth.), 449.

Eruptivgesteine von Santorin. ausgeführten Analysen zweier Eruptivgesteine der neuen Erhebung auf der Insel Santorin (1) mit. Das eine Gestein A., die Hauptmasse der Erhebung bildend, ist schwarz, scharfkantig, spröde, giebt am Stahl Funken, besitzt Fettglanz, flachmuscheligen Bruch und die Härte = 6. Es enthält in der fast gleichförmigen Masse nur wenige Blasenräume und kleine gelblichweifse Krystalle. Das zweite Gestein B. ist ein Auswürfling aus dem neu entstandenen Krater vom 20. Febr. 1866; es ist ebenfalls schwarz, glanzlos, rauh anzufühlen, weniger scharfkantig im Bruch und enthält grofse, theilweise mit weifsen Krystallen besetzte Blasenräume; Härte an einigen Stellen = 4, an anderen = 6. Beide Mineralien sind, bis auf einen geringen Rückstand, durch concentrirte Salzsäure aufschliefsbar. Die Analyse gab:

	SiO_2	TiO_2	Al_2O_3	Fe_2O_3	FeO	MnO	MgO	CaO	NaO
A.	66,00	2,05	16,15	1,20	3,80	0,66	3,38	3,19	7,07
B.	67,7	0,95	17,88	1,30	8,50	1,40	0,83	3,17	6,46

Diese Analysen stimmen unter sich, wie auch mit den von Hauer ausgeführten überein, nur dafs die letzteren Kali, und keine Titansäure angeben. Christomanos fand dagegen (nach einer brieflichen Mittheilung an Schrötter) A. für die braunen, B. für die dichteren Gesteine der Erhebung, C. für die mehr bimssteinartigen Auswürflinge nachstehende Zusammensetzung:

	SiO_2	TiO_2	Al_2O_3	Fe_2O_3	FeO	MnO	MgO	CaO	NaO	KO
A.	65,3	1,75	17,52	1,5	3,1	1,05	0,65	2,92	5,66	0,58
B.	66,5	1,25	16,2	1,11	3,6	0,875	0,55	3,24	5,87	1,02
C.	68,0	—	18,2	0,96	2,8	Spur	Spur	3,45	6,5.	

A. Terreil (2) hat das braunschwarze, von zahlreichen weifsen Lamellen durchzogene Eruptivgestein ebenfalls analysirt und fand A. für das Gestein (spec. Gew. 2,295), B. für die weifse Substanz:

(1) v. Hahn (Wien. Acad. Ber. LIII. (2. Abth.), 411 und A. C. Christomanos (ebendaselbst 416) haben der Wiener Academie über die vulkanischen Erscheinungen berichtet. — (2) Compt. rend. LXII, 1399; Instit. 1866, 225; Chem. News XIV, 6; Chem. Centr. 1866, 608.

	SiO$_2$	Al$_2$O$_3$	Fe$_2$O$_3$	FeO	CaO	MgO	NaO	KO	LiO	X*)	Summe
A.	68,89	15,07	4,26	3,83	3,19	0,70	3,86	0,73	Spur	Spur	100,03
B.	68,42	17,89	Spur	—	4,73	Spur	8,96	—	—		100,00

*) Stickstoffhaltige organische Substanz.

Terreil betrachtet das Gestein als dem Feldspath, namentlich dem Albit nahestehend.

F. Zirkel (1) hat an durchsichtigen Dünnschliffen die mikroscopische Zusammensetzung und Structur der Laven von Nea-Kammeni bei Santorin untersucht und beschrieben.

Gesteine von den Maiinseln.

K. v. Hauer (2) erkannte ferner, dafs die Gesteine von den Maiinseln (zwei im Mai 1866 in der Bucht von Santorin durch Hebung entstandene Inseln) als feldspathartigen Bestandtheil Anorthit enthalten, und dafs demnach die Ausbrüche, welchen die Maiinseln ihre Entstehung verdanken, neben sauren (in der Zusammensetzung mit den obigen identischen) auch basische Laven (Eukritlaven) zu Tage förderten. Das untersuchte Anorthitgestein von der westlichen Maiinsel (spec. Gew. 2,840) ist hellgrau, porös und enthält viel ausgeschiedenen Anorthit, neben weingelbem Olivin und dunkelgrünem Augit. A. giebt die Zusammensetzung dieses Gesteins im Ganzen; B. die des in Salzsäure unlöslichen Theils; C. die des (hieraus berechneten, 58,83 pC. betragenden) löslichen Theils; D. die des Anorthits (spec. Gew. 2,740); E. des Augits; F. des Olivins:

	SiO$_2$	Al$_2$O$_3$	CaO	MgO	FeO	MnO	KO	NaO	Summe
A.	51,62	18,18	11,89	4,82	10,85*)	0,11	0,59	2,59	100,15
B.	59,80	11,82	9,32	5,91	7,99	—	5,16		100,00
C.	45,85	22,61	13,67	4,07	11,98	—		1,82	100,00
D.	44,81	36,02	18,01	0,59	Spur			0,49	99,92
E.	52,61	6,70	20,47	5,22	15,05	0,23	—		100,28
F.	38,15	—	—	39,05	22,42	—	—		99,62

*) Einschliefslich von etwas Eisenoxydoxydul.

Das saure Gestein von der westlichen und östlichen Maiinsel ist pechschwarz, wenig porös, enthält nur sparsame Ausscheidungen von Feldspath und stimmt in dem

(1) Jahrb. Min. 1866, 769. — (2) Jahrb. der geolog. Reichsanstalt XVI (Verhandlungen), 188; Jahrb. Min. 1867, 206.

Aeufsern vollkommen mit den sauren Laven überein, durch deren Ausbruch die Insel Reka entstand. Die Analyse ergab (spec. Gew. 2,544):

SiO_2	Al_2O_3	FeO	CaO	MgO	KO	NaO	Summa
66,15	15,15	6,81*	3,48	1,08	2,19	5,22	100,08

*) Einschliefslich von etwas Eisenoxydoxydul und einer Spur Mangan.

Laven des Vesuvs. C. W. C. Fuchs (1) theilt in einer Abhandlung über die vulkanischen Eruptionsproducte des Vesuvs in ihrer chronologischen Folge, vom 11. Jahrhundert an bis zur Gegenwart, die nachstehenden Analysen von Laven des Vesuvs mit. I. Lava vom Jahre 1036; von (durch zahlreiche Augitkrystalle hervorgerufener) porphyrartiger Structur und dunkelgrauer, höchst feinkörniger Grundmasse, in der sich mittelst der Lupe zahlreiche, weifse und durchsichtige, nicht näher bestimmbare krystallinische Mineralien erkennen lassen. II. Lava vom Jahre 1631; hellgrau und feinkörnig, mit porphyrartig eingesprengtem, dunkelgrünem Augit und Krystallen von Sodalith. Schon früher von Dufrénoy (2) und dann von Wedding (3) analysirt. III. Lava vom Jahre 1694; sehr feinkörnig, dunkelgrau, einer basaltischen Lava ähnlich, mit unter der Lupe erkennbaren Augitkörnern und einem weifsen Mineral. IV. Lava vom Jahre 1717; aus Sodalithlava bestehende, feinkörnige Grundmasse, deren porphyrartige Structur durch viele dunkelgrüne Augite bedingt ist, die aus einer glasartigen, öfters körnig abgesonderten Masse bestehen. V. Lava vom Jahre 1730; sehr porös, mit vielen sehr unregelmäfsig eckigen Hohlräumen; die Masse dunkelgrau, sehr feinkörnig, von dem Aussehen einer Leucitlava. VI. Lava vom Jahre 1731; dunkelgrau, sehr feinkörnig, wenig Augit aber sehr viele schnurförmig aneinandergereihte Leucitkörner sowie Magneteisen enthaltend.

(1) Jahrb. Min. 1866, 667. — (2) Ann. des mines VIII, 569. — (3) Jahresber. f. 1859, 858.

Laven des Vesuvs.

	I.	II.	III.	IV.	V.	VI.
Spec. Gew.	2,87	2,77	2,82	2,88	2,79	2,70
Kieselerde	48,17	46,41	47,78	46,41	47,81	48,02
Thonerde	16,82	19,67	16,58	16,57	17,52	22,95
Eisenoxyd	7,88	6,88	7,46	7,96	5,61	8,51
Eisenoxydul	8,94	4,17	4,41	4,85	4,03	4,36
Kalk	9,69	10,58	10,24	11,02	10,78	10,84
Magnesia	5,91	5,28	4,99	5,44	5,86	4,92
Kali	8,36	4,99	6,42	4,38	4,97	4,51
Natron	5,10	2,02	1,91	8,81	3,05	1,51
Chlor	0,31	0,41	Spur	0,30	0,05	—
Wasser	0,19	0,11	0,34	—	—	—
	100,82	100,42	100,13	100,69	99,69	100,12

Aus den Resultaten dieser Analysen (für die Lava VI. auch aus dem spec. Gew.) berechnet Fuchs — wie Er selbst erkennt nur ungefähr und unsicher — für die einzelnen Bestandtheile der Laven in 100 Th.:

	Augit	Leucit	Sodalith	Magneteisen
I. (Lava v. 1036)	38,1	55,6	2,8	3,5
II. („ v. 1631)	62,4	81,3	3,8	2,5
III. („ v. 1694)	56,0	40	—	4
VI. („ v. 1731)	5,0	90,0	—	5,0

Laven von Neuseeland.

S. Haughton (1) untersuchte zwei blasige augitische Laven von Neuseeland. Beide zerfallen durch Salzsäure in einen löslichen und in einen unlöslichen Theil. A. Lava vom Berg Eden, Auckland; aus 38,2 pC. Löslichem a. und 61,8 pC. Unlöslichem b. bestehend; B. Lava von Dunedin, aus 40,4 pC. Löslichem c. und 59,6 pC. Unlöslichem d. bestehend:

		SiO_2	TiO_2	Al_2O_3	Fe_2O_3	FeO	MnO	CaO	MgO	NaO	KO	Summe
A.	a)	13,50	0,31	2,90	0,60	5,70	0,10	2,52	8,55	2,23	0,28	36,64
	b)	33,20	1,10	8,80	2,14	2,70	0,16	5,40	2,76	8,74	0,54	60,54
B.	c)	9,24	0,30	4,44	4,07	4,43	0,10	2,13	6,09	0,83	0,21	31,84*)
	d)	33,00	0,80	9,00	2,09	1,15	0,16	8,08	3,04	1,76	0,88	59,96

*) Der die Zahl 40,4 ergänzende Theil (8,56) ist Kohlensäure, Wasser und Verlust.

Der lösliche Theil der Laven besteht aus kohlens. Salzen,

(1) Phil. Mag. [4] XXXII, 221; J. pr. Chem. CI, 501.

Magneteisen und einem nicht bekannten Thonerde-Natron-Silicat; der unlösliche Theil scheint Labradorit und Augit zu sein.

Vulkanische Gesteine von St. Paul. K. v. Hauer (1) analysirte die folgenden, durch F. v. Hochstetter gesammelten vulkanischen Gesteine von der Insel St. Paul. A. Marekanitartige Obsidianknollen aus Bimssteintuff; B. graues rhyolitisches Gestein, Grundgebirge der Insel; C. dichte, basaltische Lava; D. körniger Dolerit:

	SiO_2	Al_2O_3	CaO	MgO	KO	NaO	FeO	MnO	X†)	Summe
A.	72,30	11,58	1,96	—	2,49	5,63	6,02	—	0,34	100,32
B.	71,81	14,69	1,57	—	2,27	2,70	3,79	—	1,65	98,66
C.	51,69	16,26	7,76	4,37	1,90	2,00	15,26	0,06	0,23	99,53
D.	51,09	18,48	8,72	4,12	1,78	1,99	13,49	0,05	0,78	100,50

†) Glühverlust.

Vulkanische Asche von Arran. J. Wallace Young (2) analysirte an dem nördlichen Ufer der Insel Arran vorkommende vulkanische Asche A., so wie verschiedenes in dieser Asche sich findendes fossiles Holz B. und C.:

A.
	SiO_2	Al_2O_3	FeO	Mn_2O_3	CaO	MgO	CO_2	HO	Summe
a) *)	13,20	8,13	18,26	0,78	13,47	5,06	8,40	3,23	
	SiO_2	Al_2O_3	—	—	CaO	MgO	KO+NaO	FeS_2	99,97
b) †)	23,49	4,14	—	—	0,46	0,20	0,45	0,70	

*) Durch Salzsäure zersetzbar. — †) unzersetzbarer Theil.

	CaO, CO_2	MgO, CO_2	FeO, CO_2	MnO, CO_2	Fe_2O_3	Unlösl.	Kohle	Summe
B.	89,16	1,26	1,06	2,22	1,39	2,24	2,44	99,77

	SiO_2	$Al_2O_3+Fe_2O_3$	CaO	MgO	Glühverlust	Summe
C.	95,30	1,00	0,73	Spur	2,35	99,38

Trachyt, Basalt u. s. w. E. v. Sommaruga (3) hat chemische Studien über die Gesteine der ungarisch-siebenbürgischen Trachyt- und Basalt-Gebirge veröffentlicht. Er theilt die theils von Ihm selbst, theils von K. v. Hauer und von F. v. Andrian untersuchten Gesteine nach dem Gehalt an Kieselsäure ein in:

---

(1) Jahrbuch der geolog. Reichsanstalt XVI, 121; Jahrb. Min. 1866, 604. — (2) Chem. News XIII, 73. — (3) Jahrb. der geol. Reichsanst. XVI, 461; einige Analysen auch XVI, 269; die Schlussfolgerungen Jahrb. Min. 1867, 280.

Rhyolithe	mit	77	bis	70	pC. Kieselsäure	Trachyt, Basalt
Dacite	„	69	„	61	„ „	u. s. w.
Grünsteintrachyte u. Andesite	„	61	„	53	„ „	
Aechte Trachyte	„	59	„	57	„ „	
Dolerite, Basalte	„	60	„	53	„ „	

A. *Rhyolithe*: I. Rhyolith mit Lithophysen von Telki-Bánya, N. O. Göncz; röthlichgraue Grundmasse, in der sich Auftreibungen von ziemlich unregelmäfsiger Ausbildung finden; der Lithophyseninhalt besteht aus einer gelblichen Masse [v. H. (1)]. II. Rhyolith (Sphärulith) vom Gönczer Pafs; Muttergestein der Lithophysen mit grauen oder bräunlichen, scharf begrenzten Concretionen (v. H.). III. Rhyolith mit Lithophysen von Telki-Bánya, Ost-Ende; Grundmasse wie I., in der sehr zahlreiche Poren vorkommen (v. H.). IV. Rhyolith vom Cejkower Thale; dichte porcellanartige Masse mit muscheligem Bruche, von ausgeschiedenen Mineralien fast nur schwarze Glimmerblättchen sichtbar. V. Hornsteinartiger Rhyolith von Hlinik; dichte dunkelgraue Grundmasse mit einzelnen Sanidinkrystallen und Quarzkörnern. VI. Perlit von Hlinik; perlgrau, ohne Sphärulithe, mit porphyrartigen Sanidinkrystallen; enthält eine Spur Fluor. VII. Bimssteinrhyolith von Slaska; weifslichgraues kleinzelliges Gestein mit viel schwarzem Glimmer. VIII. Perlit von Pustiehrad; wie der Perlit VI., nur etwas dunkler gefärbt; Spur Fluor. IX. Rhyolith von Pustiehrad; rothe Grundmasse mit viel weifsem Feldspath und schwarzem Glimmer; Quarzkörner sind wenig sichtbar. X. Zersetzter Rhyolith von Schwabendorf; weifses dichtes Gestein, in dem sich theilweise verwitterte Feldspathkrystalle finden; etwas Schwefelsäure enthaltend.

---

(1) Die mit v. H. bezeichneten Analysen finden sich auch mit eingehender Beschreibung der geologischen Verhältnisse in einer Abhandlung von K. v. Hauer, Jahrb. der geol. Reichsanst. XVI, 98; im Auszug Jahrb. Min. 1866, 788.

	I.	II.	III.	IV.	V.	VI.	VII.	VIII.	IX.	X.
Spec. Gew.	—	2,410	2,403	2,303	2,428	2,394	2,042	2,397	2,416	2,588
SiO_2	76,80	77,03	76,34	75,22	74,17	72,52	70,87	71,91	70,00	70,00
Al_2O_3	12,18	12,77	13,22	13,22	13,24	13,72	13,86	13,32	14,17	16,61
FeO	1,56	1,92	1,93	2,46	3.24	2,08	2,42	3,04	3,25	0,85
CaO	1,07	1,45	1,85	0,75	1,46	1,15	1,30	1,35	1,63	0,43
MgO	0,20	0,31	0,21	0,34	0,32	0,45	0,40	0,50	0,50	0,06
KO	4,50	4,13	3,67	6,00	5,38	5,68	5,73	5,88	5.27	6,24
NaO	2,82	2,97	2,84	1,72	1,87	1,15	1,26	1,29	2,14	1,72
Glühverlust	0,89	0,74	0,61	3,27	1,05	3,50	3,82	2,80	1,30	2,21
Summe	100,02	101,32	100,67	102,98	100,73	100,25	99,66	100,97	98,26	98,12

Trachyt, Basalt u. s. w. Nach diesen Analysen stehen die Rhyolithe den Trachytporphyren (Lipariten) nahe. Sogenannter typischer Rhyolith von Kovászo Hegy bei Bereghszász, mit dichter weifser Grundmasse, in der gröfsere und kleinere Quarzkörner zu erkennen sind, ergab:

Spec. Gew.	SiO_2	Al_2O_3	FeO	CaO	MgO	HO	Summe
2,340	74,26	17,17	0,92	0,37	0,17	8,96	101,85.

B. *Dacite.* Die untersuchten Varietäten sind (1): I. Andesitischer Dacit vom Bogdan-Gebirge; braunes kleinkörniges Gestein mit reichlichen Quarzkörnern, viel dunkler Hornblende und wahrscheinlich zwei Feldspathen. II. Andesitischer Dacit von Meregyo; braungrün, mit röthlichem Feldspath und viel Quarz. III. Granitoporphyrischer Dacit von Sekelyo; die röthliche Grundmasse gegen die ausgeschiedenen Mineralien zurücktretend; mit vorherrschendem röthlichem Feldspath, zahlreichen Quarzkörnern, Hornblende und etwas Glimmer. IV. Granitoporphyrischer Dacit von Kis-Sebes; dem vorigen ähnlich, mit weifsem porphyrartig ausgebildetem Feldspath, nicht reichlichem Quarz, etwas Hornblende und einzelnen Glimmerblättchen. V. Granitoporphyrischer Dacit von Kis-Sebes; dunkles Gestein mit zwei Feldspathen, viel Quarz

---

(1) Die Analysen finden sich auch Jahrb. der geol. Reichsanst. XVI, 95; Jahrb. Min. 1866, 431.

und wenig Glimmer. VI. Granitoporphyrischer Dacit vom Illova-Thale; in der dichten Grundmasse liegen gröfsere Krystalle von weifsem Feldspath und dunkle Hornblende, etwas weniger Quarz. VII. Granitoporphyrischer Dacit von Kis-Bánya; dem vorigen ähnlich. VIII. und IX. Grünsteinartige Dacite von Csoramuluj bei Offenbánya:

Spec. Gew.		SiO_2	Al_2O_3	FeO	CaO	MgO	KO	NaO	X *)	Summe
I.	2,609	68,75	14,31	5,70	2,51	0,78	4,41	1,38	2,57	100,41
II.	2,632	67,19	13,58	6,51	2,97	1,18	5,52	0,17	1,80	99,92
III.	2,628	68,29	14,58	6,47	2,45	0,98	4,10	1,64	1,55	100,01
IV.	2,601	66,93	16,22	4,99	1,88	0,52	5,43	0,86	1,78	98,11
V.	2,655	66,06	15,17	6,64	3,55	1,75	5,91	0,75	1,25	101,08
VI.	2,631	66,21	17,84	5,56	4,64	0,47	3,84	0,74	1,26	100,56
VII.	2,647	64,69	16,94	6,06	3,95	0,71	3,68	1,85	1,17	99,05
VIII.	2,684	64,21	16,51	5,76	4,12	2,27	4,70	0,28	2,61	100,46
IX.	2,577	60,61	18,14	6,78	6,28	1,20	4,39	0,51	2,29	100,20.

*) Glühverlust.

C. *Andesite* (1). Die untersuchten Gesteine sind aus der Umgegend von Schemnitz. I. Grünsteintrachyt von Gelnerowsky Wrch; grünes Gestein mit deutlichen Krystallen von weifsem Feldspath und lichtgrauer Hornblende. II. Grauer Trachyt vom grofsen Reitberge; mittelkörniges Gestein mit porphyrartig ausgebildeten Krystallen von Feldspath, viel Hornblende und etwas Glimmer (v. A.). III. Grauer Trachyt von Kussahora bei Rybnik; schwarze dichte Grundmasse mit weifsem und gelblichgrünem Feldspath. IV. Grauer Trachyt vom Cejkower Thale; aus Lamellen von rothem und schwarzem Andesit bestehend. V. Grünsteintrachyt von Kohutowa Dolina, südlich von Hodritsch; in der Grundmasse fast nur Hornblende und Feldspath erkennbar. VI. Grauer Trachyt vom Steinbruchberge bei Königsberg; in der grauen Grundmasse viel weifser Feldspath, Hornblende und wenig schwarzer Glimmer (v. A.). VII. Grauer Trachyt vom Benedeker

(1) Diese Analysen finden sich auch Jahrb. der geol. Reichsanst. XVI, 124, 374; Jahrb. Min. 1866, 604; die von F. v. Andrian ausgeführten und mit (v. A.) bezeichneten auch in Dessen Abhandlung, Jahrb. der geol. Reichsanst. XVI, 128; Jahrb. Min. 1866, 735.

Trachyt, Basalt u. s. w.

Jägerhaus; dichtes schwarzes Gestein mit weißem Feldspath. VIII. Grauer Trachyt vom Hrobla Vrch; graues Gestein mit viel weißem Feldspath und Hornblende. IX. Grünsteintrachyt vom Dreifaltigkeitsberge bei Schemnitz (v. A.). X. Grauer Trachyt vom Cejkower Thale; graues fast schwarzes Gestein mit gleichmäßig vertheiltem gelblichem Feldspath. XI. Grauer Trachyt von Benedek; grofszelliges, graubraunes Gestein. XII. Grauer Trachyt von Illia; dicht, schwarz, mit wenig Feldspath. XIII. Grünsteintrachyt von Brezanka Dolina; dicht, etwas zersetzt (v. A.). XIV. Grauer Trachyt von Hornejsa; dicht, grau, mit wenig Feldspath (v. A.). XV. Grauer Trachyt von der Hluboka cesta; dem vorigen ähnlich, nur dunkler (v. A.):

	Spec. Gew.	SiO_3	Al_2O_3	FeO	CaO	MgO	KO	NaO	X *)	Summe
I.	2,61	60,26	18,25	6,83	3,08	0,77	5,35	0,26	3,40	98,20
II.	—	61,95	18,53	6,16	5,26	1,77	4,44	Spur	2,28	100,39
III.	2,641	61,62	20,66	6,64	4,27	1,35	4,55	Spur	2,40	101,49
IV.	2,632	60,71	18,85	8,25	6,24	0,51	3,64	1,43	0,92	100,55
V.	2,64	58,90	16,59	8,41	3,59	2,23	4,98	Spur	4,69	99,39
VI.	—	60,15	18,75	7,64	5,51	1,39	7,32	0,07	1,28	102,11
VII.	2,617	59,26	18,21	8,31	5,43	2,44	5,10	Spur	1,09	99,84
VIII.	2,720	58,92	20,73	8,86	4,03	1,22	3,97	Spur	1,80	99,53
IX.	—	56,60	17,23	8,59	4,40	3,45	7,56	—	3,62	101,45
X.	2,607	58,21	22,22	7,30	5,18	1,73	3,96	Spur	2,75	101,35
XI.	2,583	57,70	20,79	8,35	5,45	1,71	3,99	Spur	3,84	101,83
XII.	2,701	58,32	21,42	8,05	5,71	1,90	3,89	0,50	1,71	101,50
XIII.	—	53,28	22,18	8,02	5,38	1,27	7,01	Spur	3,69	100,83
XIV.	—	53,91	22,60	7,82	4,79	4,01	7,09	—	0,90	101,12
XV.	—	52,73	22,22	6,79	9,54	1,16	5,46	1,77	1,02	100,69

*) Glühverlust.

D. *Normaltrachyte* aus der Hargitta und der Umgebung von Waitzen: I. Rother Normaltrachyt von Vissehrad. II. Weißer Normaltrachyt vom Blaubründlthal bei Vissehrad. III. von Deva. IV. von Verespatak. V. von Deva; mit grofsen Sanidinkrystallen. VI. von Pilis-Maroth:

	Spec. Gew.	SiO₂	Al₂O₃	FeO	CaO	MgO	KO	NaO	X*)	Summa
I.	2,608	58,76	16,84	8,43	6,84	0,94	3,06	1,56	2,94	98,97
II.	2,578	57,85	16,68	9,87	5,71	1,50	3,63	1,81	2,95	100,00
III.	2,593	58,76	18,54	7,35	4,40	2,78	3,92	1,21	3,04	100,00
IV.	2,640	58,22	18,14	7,30	7,26	1,86	3,80	1,08	2,03	99,69
V.	2,619	57,64	16,10	10,52	6,49	3,24	3,86	1,19	1,30	100,34
VI.	2,569	57,41	19,57	9,15	6,51	0,56	2,53	2,20	2,53	100,46

*) Glühverlust.

E. *Dolerite* und *Anamesite* aus der Umgebung von Waitzen. I. Anamesit von Tepkei Hegy; mit weifsem Feldspath in der dichten schwarzen Grundmasse. II. Basalt vom Csörög Hegy; kugelige Massen, in deren dichter schwarzer Grundmasse einzelne Labradorkrystalle und Olivinkörner enthalten sind. III. Basalt vom Csörög Hegy; plattenförmig abgesondert, dem vorigen ganz gleich. IV. Dolerit vom Tepkei Hegy; graues feinkörniges Gestein. V. Dolerit von Nagy Berczel; dichte schwarze Grundmasse mit etwas Labrador, Olivin und Augit. VI. Dolerit von Szandavár; schwarze mikrokrystallinische Grundmasse mit gelblichgrünem Feldspath und einzelnen Olivinkörnern. VII. Dolerit von Berczel Hegy; graues Gestein mit einzelnen Labradorkrystallen und Olivinkörnern:

	Spec. Gew.	SiO₂	Al₂O₃	FeO	CaO	MgO	KO	NaO	X*)	Summe
I.	2,668	59,77	17,43	10,12	5,83	1,85	2,06	2,06	1,38	100,00
II.	2,726	56,62	14,20	13,05	4,97	1,85	3,16	3,15	3,00	100,00
III.	2,676	56,42	14,62	13,56	5,79	1,05	2,66	2,66	3,24	100,00
IV.	2,688	55,84	17,35	12,40	6,62	1,10	2,24	0,92	3,08	99,55
V.	2,742	55,07	17,38	11,12	7,72	1,83	1,92	2,00	2,46	99,52
VI.	2,745	56,03	20,85	9,86	8,36	0,56	2,37	2,06	0,85	100,94
VII.	2,768	53,75	19,02	10,79	8,73	2,22	2,21	1,57	2,01	100,30

*) Glühverlust.

F. *Granatführende Trachyte* aus der Umgebung von Gran und Waitzen: I. von Pilis Szt. Kereszt; weifses Gestein mit schwarzem Glimmer und einzelnen Granatkörnern in der rauhporösen Grundmasse. II. vom Sodjberg bei Bogdany (Glimmertrachyt). III. vom Csag Hegy

Trachyt, Basalt u. s. w. bei Szobb. IV. vom Somlyo Hegy bei Tolmács. V. vom Karajsoberg bei Nagy Oroszi :

	Spec. Gew.	SiO_2	Al_2O_3	FeO	CaO	MgO	KO	NaO	X*)	
I.	2,414	68,63	14,48	4,11	2,19	0,18	4,77	1,42	4,35	100,13
II.	2,543	65,36	15,62	5,78	3,94	0,46	6,07	1,42	1,19	99,84
III.	2,625	62,28	15,10	7,58	4,87	1,35	4,54	1,21	3,07	100,00
IV.	2,682	57,93	16,08	9,47	5,11	1,75	6,54	1,78	2,14	100,00
V.	—	56,65	15,51	11,28	4,63	3,22	5,81	1,11	2,42	100,15

*) Glühverlust.

Das Hauptresultat vorstehender Analysen ist nach Sommaruga : 1) Viele ungarische und siebenbürgische Gesteine zeigen bei mineralogischer Verschiedenheit oft gleiche Zusammensetzung mit Gesteinen von anderen Punkten der Erde; es wiederholen sich gewisse Typen der Gesteinsmischungen. 2) Alle ungarische und siebenbürgische Gesteine enthalten wahrscheinlich zwei Feldspathe, von denen der eine oft nur in der Grundmasse sich findet; sie zerfallen danach in : a. Sanidin-Albithaltige (Rhyolithe); b. Sanidin-Oligoklashaltige (Dacite, Andesite, Normaltrachyte); c. Sanidin-Labradorhaltige (Dolerite). 3) Aus sauren Mischungen entstehen auch bei schneller Erstarrung basische Mineralien; oft sind es die einzig sichtbaren Ausscheidungen. 4) Glimmer und Granat sind jedenfalls früher erstarrt, als die anderen Bestandtheile, besonders früher als der Feldspath. 5) Die Dichte der Gesteine wächst constant mit der Abnahme der Kieselsäure.

O. Prölss (1) untersuchte eine Anzahl trachytischer Gesteine, welche an verschiedenen Vulkanen Centralamerikas von M. Wagner gesammelt wurden, auf ihre Zusammensetzung. I. Von dem Vulkan Coseguina; dem eigentlichen Gerüste des Vulkans angehörendes Gestein von hellgefärbter Grundmasse, mit sehr zahlreichen kleinen Oligoklaskrystallen und schwarzgrünen Hornblende-Indivi-

(1) Jahrb. Min. 1866, 647.

duen. II. Gestein von dem noch thätigen Vulkan Rincon de la Vieja, von dem eben beschriebenen sich hauptsächlich dadurch unterscheidend, dafs die graulichweifse Grundmasse weniger, aber inniger mit ihr verschmolzene Feldspathkrystalle enthält. III. Gestein von dem Irazú oder Vulkan von Cartago, mit dichter, wenig glänzender schwarzer Grundmasse, in der nur Oligoklaskrystalle, aber keine Hornblende zu erkennen sind. IV. Gestein von dem Vulkan Chiriqui in Panama, mit röthlicher, etwas poröser Grundmasse, in der zahlreiche Oligoklas- und Hornblendekrystalle eingestreut sind :

	Spec. Gew.	SiO_2	Al_2O_3	FeO	MnO	CaO	MgO	KO	NaO	Summe
I.	—	62,46	18,48	5,52	0,05	6,19	2,30	1,26	4,81	101,07
II.	2,640	62,76	18,10	5,14	Spur	6,03	2,59	1,35	3,45	99,42
III.	2,658	61,50	16,56	6,03	0,03	6,09	3,70	1,73	5,59	101,23
IV.	2,594	60,41	16,88	6,07	Spur	5,93	2,82	1,02	6,72	99,85

Andere ähnliche Gesteine von den Orosivulkanen, von dem Fufse des Miravalles und vom Chiriqui ergaben ebenfalls einen Kieselsäuregehalt von 59,6; 62,4; 60,8 und 59,3 pC. Prölss folgert hieraus, dafs dieselben nicht blofs von gleichartiger, sondern auch von gleichzeitiger Entstehung sind, dafs mithin die Erhebung der ganzen Vulkanreihe vom Chiriqui an bis zum Coseguina das Resultat *eines* Actes eruptiver Thätigkeit war. Prölss definirt die Trachyte überhaupt „als jüngere Eruptivgesteine, welche bei meist porphyrartiger Structur vorherrschend aus Natronfeldspath bestehen" und versucht eine Cassification derselben in verschiedene Gruppen, nach dem Gehalt an Kieselsäure und der Natur der Einsprenglinge.

Basalt, mit sichtbaren Krystallen von Augit und Chrysolith, von Dunedin in Neuseeland, enthält nach S. Haughton [1], neben einer Spur von Titansäure :

SiO_2	Al_2O_3	Fe_2O_3	FeO	MnO	CaO	MgO	NaO	KO	Summe
46,60	16,80	7,28	5,76	0,72	9,65	6,89	6,78	2,08	102,56

---

[1] Phil. Mag. [4] XXXII, 221.

J. Szabó (1) theilt in einer Abhandlung über die Trachyte und Rhyolithe der Umgebung von Tokaj die Analysen mehrerer rhyolitischer Gesteine mit. A. Grundmasse des trachytischen Rhyoliths vom Tokajerberg; Gemenge von weifsen feldspathartigen und schwarzen Mineralien, nach Bernath; B. glasglänzender Feldspath aus dieser Grundmasse, nach H. Molnar; C. Obsidian; D. Perlit; E. Sphärulit aus dem lithoïdischen Rhyolith vom Tokajerberge; F. Sphärulit von Szánto, nach Bernath:

	Spec. Gew.	SiO$_2$	SO$_3$	Al$_2$O$_3$	Fe$_2$O$_3$	CaO	MgO	KO	NaO	HO	Summe
A.	—	60,74	1,37	14,81	7,40	4,88	2,87	2,15	1,87	1,35	99,44
B.	2,54	67,75	—	20,56	—	2,60	—	0,38	8,65	—	99,49
C.	2,41	73,33	Spur	9,63	4,44	2,07	0,74	2,28	2,53	1,54	99,56
D.	2,36	74,91	0,32	9,23	4,79	1,22	0,37	4,40	0,29	3,09	98,63
E.	2,37	75,78	0,34	10,31	3,14	1,25	0,94	5,18	0,76	0,68	98,38
F.	2,37	76,52	0,55	8,29	3,59	0,36	0,58	8,89	0,03	2,65	96,47

Pikrit und Teschenit.

G. Tschermak (2) untersuchte mehrere in der Umgebung von Teschen und Neutitschein im Gebiete der unteren Kreide und der Eocän-Formation vorkommende und früher als Diorite oder Diabase bezeichnete Gesteine. Er theilt dieselben in zwei Gruppen, von denen die eine, die Pikrite, die für Diabase oder Basalte gehaltenen, dunkelfarbigen und an Magnesia reichen Gesteine umfafst; zu der anderen, den Tescheniten, gehören die helleren, dem Diorit ähnlichen Felsarten. — Die Pikrite sind deutlich krystallinisch bis fein krystallinisch; bei starker Vergröfserung läfst sich ein heller gefärbter und ein grünlichschwarzer Gemengtheil unterscheiden, nebst Körnchen von Magneteisen und Krystallen von Olivin; letzterer, mit dem Gesteine fest verwachsen, macht fast die Hälfte desselben aus. Untersucht wurden: A. Pikrit von Söhle bei Neutitschein, spec. Gew. 2,961; in der Grundmasse aufser Olivin ein körniger Feldspath, Magneteisen, schwarzer Glimmer und Hornblende erkennbar. B. Pikrit von Frei-

---

(1) Jahrb. der geol. Reichsanst. XVI, 82. — (2) Aus Wien. Acad. Ber. LIII (1. Abth.), 26 in Jahrb. Min. 1866, 728.

berg und vom Gümbelberge, spec. Gew. 2,960; enthält außer den ebengenannten Mineralien auch schwärzlichgrüne Körner einer dem Diallagit ähnlichen Substanz. C. Pikrit von Schönau, spec. Gew. 3,029; enthält, neben Adern von Serpentin, mehr Glimmer, aber weniger Olivin, Feldspath, Magneteisen, Augit, Apatit und Kalkspath. D. Veränderter Pikrit von Söhle. E. Veränderter Pikrit von Bystryc, beide Olivinpseudomorphosen enthaltend:

	SiO_2	Al_2O_3	Fe_2O_3	FeO	CaO	MgO	KO	NaO	HO	CO_2	Summe
A.	38,9	10,3	4,9	7,0	6,0	23,6	0,8	1,3	4,5	1,8	99,1
B.	40,79	10,41	3,52	6,39	8,48	23,34	0,71	1,71	4,04	—	99,89
C.	38,72	10,19	6,30	6,14	10,37	18,59	1,57	1,50	3,96	2,93	100,27
D.	42,85	10,42	6,27	6,86	11,84	9,01	1,61	1,65	2,70	5,88	99,09
E.	33,01	15,83	2,75	7,62	13,61	7,28	1,81	0,59	4,23	11,97	98,70

Die Teschenite sind deutlich krystallinische, zuweilen grobkörnige, aber nie porphyrartige Gesteine; sie bestehen aus einem körnigen, grünlichweißen Feldspath (Mikrotin), aus langen schwarzen Hornblendesäulen, die oft durch Augitprismen ersetzt sind, aus weißem Analcim, Magneteisen, Biotit und Apatit. Untersucht wurden: A. Hornblendeführender Teschenit von Boguschowitz, spec. Gew. 2,801. B. Augitführender Teschenit von demselben Fundort. C. Veränderter Teschenit von Kotzobenz, spec. Gew. 2,725; etwa 20 pC. Kalkspath als Pseudomorphose des Analcims enthaltend. D. Derber Analcim aus dem Teschenit von Punzau:

	SiO_2	Al_2O_3	Fe_2O_3	FeO	CaO	MgO	KO	NaO	HO	PO_5	Fl	CO_2	Summe
A.	44,89	16,83	6,69	4,60	9,28	3,59	3,89	3,80	3,76	1,25	0,88	—	98,46
B.	48,18	11,80	9,79	5,90	7,50	6,05	1,57	3,46	3,20	0,49	—	0,71	98,65
C.	40,82	14,99	5,84	4,78	11,81	4,85	—	3,84	3,91	—	—	8,94	99,28
D.	54,8	23,1	—	—	0,2	—	0,8	13,0	8,3	—	—	—	100,2

Diabasgestein von Borek Dobrowka, bei Cerhovice in Böhmen, aus den Komoraner Schichten der Silurformation, enthielt nach der Analyse von A. Fellner (1) A. im Ganzen, B. in dem 29,44 pC. betragenden, in Essigsäure löslichen Antheil:

---

(1) Jahrb. der geolog. Reichsanst. XVI, 526.

	SiO_2	FeO*)	Al_2O_3	CaO	MgO	X**)	Summe
A.	20,07	14,37	1,87	54,86	2,80	26,85	100,32
	CaO, CO_2	MgO, CO_2	FeO, CO_2	Summe
B.	25,39	2,73	1,32	29,44

*) Mit wenig Eisenoxyd. — **) Glühverlust (Kohlensäure und wenig Wasser).

Diorit.

Damour (1) analysirte celtische Steinbeile A. aus schwarz und weiſs marmorirtem Diorit (spec. Gew. 3,043) bestehend, gefunden in der Umgegend von Saumur; B. aus aschgrauem erdigem Aphanit (Grünstein; spec. Gew. 3,025) von Vilaine (Morbihan):

	SiO_2	Al_2O_3	Cr_2O_3	CaO	MgO	FeO	MnO	NaO	KO	X*)	Summe
A.	49,92	15,36	—	11,12	6,12	11,78	0,56	1,88	0,66	1,64	99,04
B.	49,58	14,08	Spur	10,93	6,13	14,20	0,30	3,17	0,39	1,96	100,74

*) Glühverlust.

Labrador-Diorit.

K. A. Zittel (2) erkannte ein (früher als Gabbro bezeichnetes) bei Schriesheim an der Bergstraſse im Granit auftretendes grobkrystallinisches Gestein als einen Labrador-Diorit, mit schwarzer oder schwärzlichgrüner Hornblende und weiſsem oder grünlichweiſsem Labrador als wesentlichen Gemengtheilen. Swiontkowski fand für den Labrador dieses Diorits die Zusammensetzung:

SiO_2	Al_2O_3	CaO	MgO	KO	NaO	Summe
55,24	29,02	9,91	0,19	1,31	5,13	100,80

Melaphyr.

Melaphyr von Kokos in der Dobrudscha enthält nach Sommaruga (3), neben Spuren von Fluor und Manganoxydul):

SiO_2	PO_5	Cl	Al_2O_3	FeO	CaO	MgO	KO	NaO	HO	CO_2	Summe
48,31	0,43	0,04	16,76	10,86	9,86	4,68	1,86	1,06	3,07	2,61	99,36

Gneuss.

H. Fischer (4) machte Mittheilungen über angebliche Einschlüsse von Gneuss u. s. w. in Phonolith und anderen Felsarten.

Olivinfels.

F. Sandberger (5) gelangt in einer Abhandlung über „Olivinfels und die in demselben vorkommenden

---

(1) In der S. 926 unter (2) angeführten Abhandlung. — (2) Jahrb. Min. 1866, 641. — (3) Jahrb. der geol. Reichsanst. XVI, 418. — (4) Verh. der naturf. Ges. in Freiburg i. Br. III, 1, 165. — (5) Jahrb. Min. 1866, 385.

Mineralien" durch Vergleichung der Zusammensetzung der selbständig auftretenden Olivingesteine, der Zersetzungsproducte des Olivinfelses und der Bruchstücke von Olivinfels in alt- und neuvulkanischen Gesteinen, zu der (mit Gutberlet's (1) Beobachtungen in Einklang stehenden) Ansicht, dafs die in Basalten und Laven eingehüllten Bruchstücke von Olivinfels mit den bis jetzt bekannt gewordenen frischen Olivingesteinen mineralogisch völlig identisch seien. Im Basalte des Ostheimer Hügels bei Hofheim in Unterfranken finden sich Einschlüsse, welche fast ganz aus Enstatit bestehen, mit Körnern von Olivin und Picotit. Nach der Analyse von Hilger hat dieser Picotit (A) von Hofheim eine analoge, dem Spinell entsprechende Zusammensetzung, wie der von Damour (2) untersuchte Picotit von Lherz (B):

	MgO	FeO	Fe_2O_3	Al_2O_3	Cr_2O_3	SiO_2	Summe
A.	23,59	8,85	11,40	53,93	7,23	—	100,00
B.	10,18	24,60	—	55,34	7,90	1,98	100,00

Ch. Mène (3) analysirte die hauptsächlichsten Marmorarten des Jura mit nachstehendem Ergebnifs.

Marmor.

1. Marmor von Molinges, etwa 10 Kilometer südlich von Saint-Claude; a) hellviolett mit hellgelben Adern; b) gelb, mit weifslichen oder dunkelgelben Adern:

	Spec. Gew.	HO	Thon	CaO	CO_2	FeO	Verl.	Summe
a.	2,788	0,006	0,004	0,550	0,433	0,005	0,002	1,000
b.	2,753	0,004	0,005	0,551	0,437	0,002	0,001	1,000

2. Marmor von Molessard; gelbgrau, dem unteren Oolith angehörend, mit zahllosen, bei der Politur hervortretenden Resten von Encriniten, Echinodermen, Cidariten u. s. w.:

	Sp. Gew.	HO	Thon	Fe_2O_3	Org.S.	CaO	CO_2	Verl.	Summe
a.	2,724	0,002	0,020	0,007	0,006	0,536	0,427	0,002	1,000
b.	2,724	0,004	0,015	0,005	0,008	0,540	0,426	0,006	1,000

---

(1) Jahresber. f. 1852, 956. — (2) Jahresber. f. 1862, 714. — (3) Compt. rend. LXIII, 494; Bull. soc. chim. [2] VI, 330.

Marmor.

3. Marmor von Saint-Amour, etwa 30 Kilometer von Lons-le-Saunier, aus der oberen und unteren oolithischen Schichte des Jura; a) rosenroth; b) gelblich; c) violett; d) röthlich geädert:

	Sp. Gew.	HO	Fe_2O_3	CaO	CO_2	Thon	Verl.	Summe
a.	2,755	0,008	0,009	0,542	0,426	0,010	0,005	1,000
b.	2,739	0,006	0,009	0,540	0,430	0,012	0,003	1,000
c.	2,802	0,005	0,010	0,528	0,426	0,025	0,006	1,000
d.	2,748	0,004	0,005	0,535	0,430	0,021	0,005	1,000

4. Marmor von Crans, Arrond. von Poligny; gelblichbraun, mit braunen, den Fasern des Holzes ähnlichen Adern, a) dunkle, b) helle Varietät:

	Sp. Gew.	HO	CaO	CO_2	Fe_2O_3	Thon	Org. S.	Verl.	Summe
a.	3,005	0,008	0,510	0,405	0,022	0,050	0,003	0,002	1,000
b.	3,102	0,010	0,505	0,400	0,018	0,065	0,002	0,000	1,000

5. Marmor von Chassal, Arrond. Saint-Claude, bei Molinges; lebhaft gefärbt:

Sp. Gew.	HO	Thon	CaO	CO_2	Fe_2O_3	Org. S.	Verl.	Summe
2,785	0,005	0,010	0,547	0,430	0,005	0,001	0,002	1,000

6. Marmor von Saint-Ylie, etwa 4 Kilometer von Dôle, aus dem oberen Jura; a) graulich, b) und c) röthlich:

	Sp. Gew.	HO	CaO	CO_2	Fe_2O_3	Org. S.	Thon	Verl.	Summe
a.	3,000	0,005	0,540	0,421	0,010	0,002	0,015	0,007	1,000
b.	2,975	0,006	0,536	0,416	0,012	0,000	0,030	0,000	1,000
c.	2,765	0,010	0,520	0,410	0,017	0,005	0,033	0,005	1,000

7. Marmor von Cousance, im oberen Theil des Oolith; graulichblau mit schwärzlichen Linien oder gelblich mit braunen oder gelbbraunen Linien; a) bläulich; b) dunkelgelb; c) hellgelb:

	Sp. Gew.	HO	CaO	CO_2	Fe_2O_3	Org. S.	Thon	Verl.	Summe
a.	2,685	0,007	0,510	0,401	0,017	0,005	0,055	0,005	1,000
b.	2,595	0,009	0,518	0,400	0,010	0,002	0,058	0,003	1,000
c.	2,677	0,015	0,605	0,297	0,007	0,000	0,076	0,000	1,000

8. Marmor von Villete-lès-Cornod; a) weifslich, b) gelblich:

	Sp. Gew.	HO	CaO	CO_2	Thon	Fe_2O_3	Verl.	Summe
a.	2,805	0,002	0,545	0,430	0,017	Spur	0,006	1,000
b.	2,782	0,007	0,540	0,428	0,020	Spur	0,005	1,000

9. Marmor von Pratz, in der Kreideformation; ähnlich

dem von Molinges und Chassal, aber weniger lebhaft ge- *Marmor.*
färbt :

Spec. Gew.	HO	CaO	CO_2	Thon	Fe_2O_3	Verl.	Summe
2,910	0,010	0,532	0,425	0,025	0,005	0,003	1,000

10. Marmor von Damparis bei Dôle; ähnlich dem von Saint-Ylie; a) weifsröthlich; b) violett; c) gelblich :

	Sp. Gew.	HO	Thon	CaO, CO_2	Org. S.	FeO	Fe_2O_3	Verl.	Summe
a.	2,617	0,017	0,030	0,940	0,002	0,005	0,005	0,001	1,000
b.	2,700	0,015	0,032	0,933	0,002	0,003	0,010	0,005	1,000
c.	2,685	0,020	0,030	0,935	0,000	0,000	0,005	0,010	1,000

11. Marmor von Nantey, aus dem Oolith des unteren Jura; a) helle, b) dunkle Varietät :

	Spec. Gew.	HO	Fe_2O_3	CaO	CO_2	Thon	Verl.	Summe
a.	2,610	0,020	0,010	0,520	0,415	0,035	—	1,000
b.	2,683	0,018	0,020	0,525	0,402	0,030	0,005	1,000

12. Marmor von Rotalier, etwa 12 Kilometer von Lons-le-Saunier, aus dem oberen Oolith der Juraformation; a) chocaladebraune, b) graue, an der Luft veränderliche Varietät :

Spec. Gew.	HO	Fe_2O_3	Org. S.	Thon	CaO, CO_2	Verl.	Summe
3,080	0,005	0,020	—	0,020	0,950	0,005	1,000
2,680	0,015	0,017	0,008	0,150	0,807	0,003	1,000

Haughton (1) untersuchte weifsen körnigen Kalk von der zu den Hebriden gehörigen Insel Jona und fand A. für das ganze Mineral, B. für den dolomitischen Kalk, C. für das vielleicht dem Grammatit verwandte Silicat :

	Dolomit. Kalk	Silicat			Summe
A.	70,7	29,3			1,000
	CaO, CO_2	MgO, CO_2			Summe
B.	82,5	17,5			1,000
	SiO_2	Al_2O_3	CaO	MgO	Summe
C.	59,00	0,64	12,44	27,01	1,000

Th. Scheerer (2) hat Beiträge zur Erklärung der *Dolomit.*
Dolomitbildung mit besonderer Hinsicht auf die Dolomite Tyrols veröffentlicht. Von der Annahme ausgehend, dafs die ältesten Kalksteine sowohl, wie auch die dolomitischen

---

(1) Aus dem Dublin quarterly Journ. of science XVII, 93 in Jahrb. Min. 1866, 465. — (2) Jahrb. Min. 1866, 1.

Dolomit. Kalke und die Dolomite der ältesten geologischen Periode rein chemische Gebilde (Präcipitate, Sedimente) sind, denen sich erst später mehr und mehr die kalkigen Reste organischer Geschöpfe einmengten, und gestützt auf die Thatsache, dafs kohlens. Kalk in kohlensäurehaltigem Wasser erheblich löslicher ist als kohlens. Kalk-Magnesia, erklärt Scheerer, wie diefs übrigens schon mehrfach geschehen ist, die Dolomitbildung, unter Hinweis auf mehrere örtliche Verhältnisse, durch die chemische Einwirkung eines magnesiahaltigen Kohlensäuresäuerlings auf einen mehr oder weniger magnesiahaltigen Kalkstein. Anfangs nimmt eine solche Lösung aus dem Kalkstein nur kohlens. Kalk auf, um dann nach der Sättigung krystallinischen Dolomit abzusetzen. In dem Mafse, als diefs statt findet wird — da der Gehalt an lösender Kohlensäure unverändert bleibt — von Neuem kohlens. Kalk aufgenommen und als Dolomit abgeschieden, bis schliefslich eine gesättigte Lösung von zweifach-kohlens. Kalk bleibt, aus der sich dann unter geeigneten Verhältnissen nur noch kohlensaurer Kalk absetzen kann.

Thon. J. Höchst (1) machte Mittheilung über plastischen Thon, welcher in der Umgebung von Montabaur im Gebiete des Spiriferen-Sandsteins als Ausfüllung von Mulden 2 bis 4 Lachter mächtige Ablagerungen bildet. Die von Fresenius ausgeführte Analyse des Thons, A. von Hülscheid, B. von Ebernhahn ergab:

	Streusand	Staubsand	Thon	Wasser
A.	24,68	11,29	57,34	6,41
B.	6,66	9,66	74,82	8,86.

	SiO_2	Al_2O_3	Fe_2O_3	CaO	MgO	KO	HO	Summe
A.	77,03	14,06	1,85	0,85	0,47	1,26	5,17	99,69
B.	64,80	24,07	1,72	1,08	0,87	0,29	6,72	99,95.

(1) Aus Odernheimer, das Berg- und Hüttenwesen in Nassau, 464 in Jahrb. Min. 1866, 787.

K. v. Hauer (1) untersuchte die chemische Beschaffenheit der Lößablagerungen bei Wien. Der Löß — ein Product zerstörter, durch Auslaugung und Verwitterung metamorphosirter Gebirgsmassen — ist ein ziemlich homogenes Gemenge von Thon mit Fragmenten und Geschieben von krystallinischen und sedimentären Gebirgsarten, darunter kohlens. Kalk als feiner Sand oder als wurmförmige und knollige Concretionen, welcher nicht so gleichförmig in der Masse des Lößes vertheilt ist, wie die übrigen Gemengtheile. Beim Schlämmen bleibt ein 13,7 pC. betragender Rückstand, der aus Quarzsand, den Kalkconcretionen, Bruchstücken von Kalkstein, Mergel, Brauneisenstein, thonigem Eisenstein und aus Glimmerblättchen besteht. Die Untersuchung des ungeschlämmten Lößes vom Wienerberge A. ergab die nachstehenden Resultate a) im Ganzen, b) nach Abzug des Wassers und der kohlens. Erden. Zur Vergleichung sind noch andere (zum Theil aus Bischof's Lehrbuch entlehnte) Analysen anderer Löß ablagerungen beigefügt : B. Löß auf dem Wege von Oberdollendorf nach Heisterbach (Kjerulf); C. Löß welcher unter dem vorigen B. liegt (G. Bischof); D. Löß, auf der Straße von Bonn nach Ippendorf (A. Bischof); E. Löß von Pitten in Niederösterreich (R. v. Hauer); sämmtlich nach Abzug des Wassers und der kohlens. Erden :

		SiO_2	Al_2O_3	Fe_2O_3	CaO	MgO	SO_3	PO_5	KO	NaO	X*)	Summe
A.	a.	48,54	11,43	3,80	18,44	0,30	0,02	0,018	1,06	2,10	18,84	99,608
	b.	71,99	16,96	5,63	0,65	0,02	0,03	0,02	1,57	3,11	—	—
B. **)		79,53	13,45	4,81	0,02	0,06	—	—	1,50	1,14	—	—
C.		78,61	15,26		—	0,91	—	—	3,83		—	—
D. ***)		81,04	9,75	6,67	—	0,27	—	—	2,27		—	—
E. †)		51,78	21,88	8,19	4,48	3,60	2,01	Spur	6,13	2,01	—	—

*) Glühverlust (Wasser und Kohlensäure). − **) Enthielt 20,16 pC. kohlens. Kalk und 4,21 kohlens. Magnesia. − ***) Enthielt 17,6 pC. kohlens. Kalk und 3,02 kohlens. Magnesia. − †) Enthielt 31,6 pC. kohlens. Kalk und 3,03 kohlens. Magnesia.

(1) Wien. Acad. Ber. LIII (2. Abth.), 148.

Tegel.

Der Wiener Löfs schmilzt schon bei guter Rothgluth zu einer grünen, glasigen Schlacke und daraus verfertigte Ziegel vertragen nur einen mäfsigen Brand.

Der in der Umgebung Wiens verbreitete, ähnlich wie der Löfs entstandene, aber ältere Tegel ist, nach den Analysen von E. v. Sommaruga (1), chemisch nicht sehr verschieden. Es sind Gemenge von einem in Säuren unlöslichen Silicate, von Quarz, von Carbonaten des Kalks und Magnesia und von Gyps; die brackischen und der marine Tegel enthalten noch durch Säuren zersetzbares Kalk- und Eisenoxydulsilicat, der Süfswassertegel nur letzteres, neben Eisenoxydulcarbonat. Die Analyse ergab: A. für Süfswassertegel von Inzersdorf; blaugrau, sehr plastisch, mit Blättchen von Glimmer, Körnern von Quarz, Spuren von Kohle und Eisenkies. B. brackischer Tegel von Ottakring; blau, etwas weniger plastisch. C. brackischer Tegel von Nufsdorf; blau, sehr plastisch, viel Kohle. D. Mariner Tegel von Baden; grau, ins Braune.

	SiO_2	SO_3	CO_2	Cl	Al_2O_3	FeO	MgO	CaO	KO	NaO	Summe
A.	57,72	0,84	5,54	0,008	15,17	8,77	0,58	4,48	1,02	5,92	100,00
B.	61,57	0,84	3,95	0,008	11,88	8,01	0,24	7,79	1,37	4,33	100,00
C.	58,65	0,92	2,44	0,007	16,81	10,01	0,95	6,97	0,78	2,46	100,00
D.	6057	0,65	2,89	0,008	14,80	8,47	0,45	6,92	2,08	3,16	100,00

J. Lemberg (2) hat chemische Analysen der aus Sand, Thon und Mergel in unregelmäfsiger Folge bestehenden Schichten eines unterdevonischen Profils an der Bergstrafse in Dorpat ausgeführt, bezüglich deren Ergebnisse wir auf die Abhandlung verweisen.

---

(1) Jahrb. der geol. Reichsanstalt XVI, 68 in Jahrb. Min. 1866, 604. — (2) Arch. f. d. Naturkunde Liv-, Ehst- und Kurlands [1] II, 85.

Das Wasser der Ostsee enthält, nach A. F. Sass (1), bei dem spec. Gew. = 1,00474 in 1000 Th.:

Chlornatrium	. . . 5,1488	Koblens. Kalk	. .	0,0487
Bromnatrium	. . . Spur	„ Magnesia		0,0991
Chlorkalium	. . . 0,0736	„ Eisenoxydul	.	Spur
Chlormagnesium	. . 0,6504	Kieselsäure	. . .	0,0179
Schwefels. Magnesia	. 0,3496	Organ. Substanz	. .	Spur
„ Kalk	. . 0,2772	Summe	. . .	6,6653.

Nach einer Analyse von Robinet und J. Lefort (2) enthält 1 Liter Wasser des bei Suez geschöpften Wassers des rothen Meeres (spec. Gew. 1,0306) in Grm.:

NaCl KCl MgCl NaBr CaO,SO$_3$ MgO,SO$_3$ NaO,CO$_2$ NH$_4$Cl Summe
30,30 2,88 4,04 0,064 1,79 2,47 Spur Spur 41,81.

A. Terreil (3) hat das von L. Lartet (4) im Frühjahr 1864 an verschiedenen Stellen und Tiefen gesammelte Wasser des todten Meeres so wie einiger benachbarten Quellen und Flüsse untersucht. Das in Glasröhren eingeschlossene Wasser des todten Meeres (aber nicht das der benachbarten Quellen) entwickelte beim Oeffnen einen Geruch nach Bitumen und Schwefelwasserstoff und in jeder Röhre hatte sich ein geringer ocherartiger Absatz von Eisenoxyd, Thonerde, Kieselsäure und organischer Substanz gebildet. Nachstehende Tabelle giebt die Zusammensetzung für 1000 Th. Wasser, A. im Meer bei Ras Dale; B. Lagune nördlich von Sodom; C. Nördlich bei der Insel; D. 5 Meilen östlich von Wady Mrabba; E. bei Ras Mersed; F. 5 Meilen östlich von Ras Feschkah; G. ebendaher. H. 5 Meilen östlich von Wady Mrabba:

---

(1) J. pr. Chem. XCVIII, 251; Pogg. Ann. CXXIX, 412. — (2) Compt. rend. LXII, 436; J. pharm. [4] III, 241; Zeitschr. Chem. 1866, 191; Chem. Centr. 1866, 511. — (3) Compt. rend. LXII, 1329; Instit. 1866, 212; Zeitschr. Chem. 1866, 414. — (4) L. Lartet (Compt. rend. LXII, 1333; Instit. 1866, 212) hat Bemerkungen über die Schwankungen im Salzgehalt des todten Meeres an verschiedenen Punkten der Oberfläche und in verschiedener Tiefe, so wie über den wahrscheinlichen Ursprung des Salzgehaltes mitgetheilt.

	A.	B.	C.	D.	E.	F.	G.	H.
Tiefe in Metern	Oberfläche	Oberfläche	Oberfläche	20	42	120	200	300
Spec. Gew. bei 15°	1,0216	1,0375	1,1647	1,1877	1,2151	1,2225	1,2300	1,2563
Fixe Bestandtheile*)	27,078	47,683	205,789	204,311	260,994	262,648	271,606	278,135
Chlor	17,628	29,826	126,521	145,548	165,443	166,840	170,423	174,985
Brom	0,167	0,835	4,568	3,204	4,834	4,870	4,385	7.093
Schwefelsäure	0,202	0,676	0,494	0,362	0,447	0,451	0,459	0,523
Magnesium	4,197	3,470	25,529	29,881	41,004	41,306	42,006	41,428
Calcium	2,150	4,481	9,094	11,472	3,698	3,704	4,218	17,269
Natrium	0,885	7,845	22,400	13,113	24,786	25,071	25,107	14,500
Kalium	0,474	0,779	3,547	3,520	2,421	3,990	4,503	4,386
Wasser des todten Meeres.	25,709	47,912	192,153	207,095	242,628	245,732	251,101	259,984

*) Die nur spurweise vorhandenen Bestandtheile (Kohlensäure, Schwefelwasserstoff, Ammoniak, Thonerde, Kieselsäure und organische Materie) wurden nicht bestimmt.

I. Todtes Meer bei der Einmündung des Jordan; K. bei der Einmündung des Wady Majeb; L. Kanal zwischen Ras Sénin und der Halbinsel Lisan; M. bei Djebel Usdora N. 2 Meilen östlich von Ain Ghuwier; O. 5 Meilen östlich von Wady Mrabba; P. 2 Meilen östlich von Ain Ghuwier; Q. 5 Meilen östlich von Wady Mrabba:

	I.	K.	L.	M.	N.	O.	P.	Q.
Tiefe in Metern	Oberfläche	Oberfläche	5	Oberfläche	140	60	240	80
Spec. Gew. bei 15°	1,0185	1,1150	1,1700	1,1740	1,2280	1,2310	1,2320	1,2340
Fixe Bestandtheile	24,182	146,336	210,366	209,154	256,010	273,572	276,989	274,643
Brom	0,486	3,590	2,662	2,633	4,463	4,754	4,456	4,411
Kali	5,070	3,875	—	4,332		5,250	5,984	5,943

R. Wasser des Aïn Jidy; S. des Aïn Zara; T. des Jordan; 12 Kilometer nördlich von der Mündung; U. des Wady Zerka Maïn; V. des Aïn Sweimeh; W. des Aïn Turabeh:

	R.	S.	T.	U.	V.	W.
Spec. Gew. bei 15°	1,000032	1,00082	1,00100	1,00166	1,00230	1,00240
Fixe Bestandtheile	0,394	0,716	0,873	1,569	2,162	3,032

Die Zusammensetzung des Rückstandes des Jordanwassers ist für 0,873 Th.:

Cl	SO_3	NaO	CaO	MgO	KO	SiO_3*)	Org. Sub.	X†)	Summe
0,425	0,034	0,229	0,060	0,065	Spur	Spur	Spur	0,060	0,873

*) Mit Thonerde und Eisenoxyd. — †) Nicht bestimmte Substanzen.

Terreil folgert aus diesen Analysen; dafs das spec. Gew. des Wassers des todten Meeres mit der Tiefe zunimmt und ebenso ist die Zusammensetzung und Concentration an verschiedenen Stellen und Tiefen eine verschiedene. Das Lagunenwasser nördlich von Sodom enthält ausnahmsweise mehr Chlornatrium als Chlormagnesium, weshalb kleine Fische darin leben können. Das Verhältnifs der Bestandtheile bleibt überall dasselbe, nur das Brom scheint in den tieferen Schichten zuzunehmen. Jod, Lithium, Cäsium oder Rubidium sind in dem Wasser des todten Meeres nicht aufzufinden.

C. Merz (1) untersuchte das Wasser des Mains oberhalb und unterhalb der Stadt Offenbach und fand für 100000 Th. (neben Spuren von Chlorkalium, salpeters. und phosphors. Salzen):

	Oberhalb	Unterhalb
Spec. Gew. bei 14°	1,0002116	1,0002418
Organische Substanzen	0,800	1,200
Chlornatrium	0,692	2,004
Chlormagnesium	0,891	0,544
Schwefels. Kalk	8,296	9,153
Schwefels. Natron	0,887	Spur
Kieselsäure	0,440	0,550
Kohlens. Kalk	7,546	7,678
Kohlens. Magnesia	4,809	5,137
Kohlens. Eisenoxydul	0,079	0,075
Thonerde	0,042	0,057
Summe	23,983	26,396
Kohlensäure { halbgebunden	5,869	6,095
{ frei	0,157	0,125

L. Carius (2) untersuchte die Mineralquellen des Inselbades bei Paderborn mit nachstehendem Resultat:

---

(1) Siebenter Bericht des Offenbacher Vereins für Naturkunde (1866), 80. — (2) Ann. Ch. Pharm. CXXXVII, 106.

Inselbad bei Paderborn.

	Ottilienquelle	Badequelle	Marienquelle
Temperatur der Quelle	17°,85	?	12°,4
Spec. Gew. bei d. Temp. d. Quelle	1,0010	1,0010	1,0005
Liefert Wasser in 1 Minute	75,00 Ltr.	18,75 Ltr.	2,96 Ltr.
" " " 1 Stunde	4,5 C.-M.	1,13 C.-M.	—

Bestandtheile in 10000 Grm. Wasser:

	Ottilienquelle	Badequelle	Marienquelle
Zweifach-kohlens. Kalk	4,243	4,200	3,041
" Magnesia	0,521	0,516	0,216
" Eisenoxydul	0,043	0,041	0,449
" Manganoxydul	0,0072	Spur	0,058
Dreibasisch-phosphors. Kalk	0,0019	Spur	0,015
Schwefels. Kalk	0,801	0,777	0,378
Schwefels. Baryt	0,0005	Spur	Spur
Chlorcalcium	0,259	0,336	0,012
Chlornatrium	7,214	7,187	0,590
Chlorkalium	0,273	0,277	0,100
Chlorlithium	0,0008	Spur	Spur
Thonerde	0,009	0,009	0,004
Kieselsäure	0,161	0,164	0,133
Arsens. Salze	—	—	Spur
Rubidiumverbindung	Spur	—	—
Brom- und Jodmetalle	Spur	Spur	—
Humusartige Stoffe	Spur	Spur	Spur
Freie Kohlensäure	1,107	1,060	0,279
Freier Stickstoff	0,332	0,316	0,112
Freier Sauerstoff	0,061	0,056	0,022
Schwefelwasserstoff	—	—	Spur
Summe der Bestandtheile	15,269	14,939	5,409

Volum in CC. bei 0° und 0,76 M. Druck der gasförmigen Bestandtheile in 10000 Grm. Wasser:

	Ottilienquelle	Badequelle	Marienquelle
Freie Kohlensäure	562,84	539,14	141,8
Freier Stickstoff	264,37	251,40	81,1
Freier Sauerstoff	48,37	39,16	15,7
Schwefelwasserstoff	—	—	Spur
Gesammtvolum	875,58	829,71	246,6

100 Vol. frei aufsteigender Gase enthalten:

	Ottilienquelle	Badequelle	Marienquelle
Kohlensäure	2,82	2,95	—
Stickstoff	90,29	90,10	—
Sauerstoff	6,89	6,95	—

R. Fresenius (1) untersuchte die Trinkquelle von Driburg A. und die in der Nähe von Driburg liegende Herster Mineralquelle B. und fand an in wägbarer Menge vorhandenen Bestandtheilen für 1000 Th. Wasser:

	A. Driburg	B. Herst
Spec. Gew. bei 17°	1,00453	1,00464
Temperatur	19°	10°,4
Schwefels. Baryt	0,000149	0,000066
„ Strontian	0,004728	0,002698
„ Kalk	1,040118	1,037906
„ Kali	0,022222	0,021775
Salpeters. Natron	0,000452	0,000379
Chlorlithium	0,000352	0,001537
Chlorammonium	0,001987	0,001711
Chlornatrium	0,073634	0,150552
Schwefels. Natron	0,861754	0,120918
„ Magnesia	0,535124	0,815833
Phosphors. Thonerde	0,000254	0,000335
„ Kalk	0,000240	0,000375
Kohlens. Kalk	1,005961	0,015493
„ Magnesia	0,044573	0,075953
„ Eisenoxydul	0,053946	0,017068
„ Manganoxydul	0,003108	0,001860
Kieselsäure	0,029348	0,018484
Summe der fixen Bestandtheile	3,177950	3,282443
Kohlensäure { halbgebunden	0,487623	0,493788
{ frei	2,433835	2,056283

Die den Quellen entströmenden Gase enthalten in 1000 Vol. A. für die Trinkquelle in Driburg, B. für die Herster Quelle:

	CO_2	N	C_2H_4	O	Summe
A.	982,14	17,47	0,27	0,12	1000,00
B.	935,71	62,26	0,95	1,08	1000,00

Aufser Spuren von Jod, Brom und Schwefelwasserstoff enthalten beide Quellen die folgenden neben Fluor nur im Ocker nachweisbaren Metalloxyde. Die Analyse des ausgewaschenen Ockers, A. der Driburger, B. der Herster Quelle ergab für 100 Th.:

(1) J. pr. Chem. XCVIII, 321.

990

A.
	Fe_2O_3	Mn_3O_4	Al_2O_3	CuO	AsO_5	SbO_3	SnO_2	NiO	CoO	ZnO	CaO
	53,593	0,111	0,538	0,04	0,085	0,009	Spur	0,013	Spur	Spur	13,832
	SrO+BaO	MgO	SO_3	PO_5	Fl	TiO_2	CO_2	SiO_2	X*)	Y†)	Summe
	0,011	0,279	1,065	0,149	Spur	0,028	10,823	1,767	11,019	6,592	99,918

B.
	Fe_2O_3	Mn_3O_4	Al_2O_3	CuO	AsO_5	SbO_3	SnO_2	NiO	CoO	ZnO	CaO
	56,694	0,089	0,223	0,004	0,057	0,007	Spur	0,013	Spur	Spur	9,880
	SrO+BaO	MgO	SO_3	PO_5	Fl	TiO_2	CO_2	LiO_2	X*)	Y†)	Summe
	0,016	0,127	0,625	0,360	Spur	0,023	7,710	0,353	15,487	8,419	100,087

*) Wasser und organ. Subst. — †) Thon und Sand.

Driburg. Der in Driburg zu Schlammbädern benutzte Satzer Schwefelschlamm enthält, A. im nassen Zustande; B. bei 125° getrocknet:

	Wasser	Organ. Bestandth.	Nichtflücht. org. Best.	HS, CO_2, C_2H_4	Summe
A.	81,8	15,9	2,3	geringe Menge	100,0

B.
a) In Wasser löslich:		b) In Wasser unlöslich:	
KO, SO_3	0,50	SiO_2	18,81
NaO, SO_3	1,69	Al_2O_3	8,26
NaCl	0,10	Fe_2O_3	2,46
MgO, SO_3	1,95	Mn_3O_4	Spur
NH_4O, SO_3	0,28	FeS_2	4,91
$Al_2O_3, 3 SO_3$	0,18	Schwefel *)	0,27
FeO. SO_3	Spur	Schwefel **)	25,85
NaO, NO_5	Spur	3 CaO, PO_5	2,15
CaO (an Humussäure geb.)	0,44	CaO (an Humussäure geb.)	73,02
SiO_2	0,22	MgO (an Humussäure geb.)	4,17
Organische Materie	2,85	Fett u. wachsart. Substanz	3,71
CaO, SO_3	19,67	Harzartige Substanz	4,85
		Humussäure	344,46
		Humin u. s. w.	479,70
		Summen	1000,00

*) In Schwefelkohlenstoff löslich. — **) In Schwefelkohlenstoff unlöslich.

Ems. Fresenius (1) untersuchte ferner die 1865 gefasste Felsenquelle Nr. 2 in Bad Ems mit nachstehendem Resultat in 1000 Th.:

(1) J. pr. Chem. XCVII, 1; Chem. Centr. 1866, 835.

Spec. Gew. 1,00297 bei 21°. — Temperatur 39°2. Ems.

Kohlens. Natron . .	1,406418	Kohlens. Magnesia . 0,156149
„ Lithion . .	0,000388	„ Eisenoxydul 0,002025
„ Ammoniak	0,005108	„ Manganoxydul 0,000377
Schwefels. Natron .	0,005815	Phosphors. Thonerde 0,000102
Chlornatrium . . .	0,957649	Kieselsäure 0,047336
Bromnatrium . . .	0,000058	2,802596
Jodnatrium	0,000003	Kohlensäure, halbgeb. 0,737353
Phosphors. Natron .	0,000190	„ frei . . 1,022750
Schwefels. Kali . .	0,065396	Summe 4,562699.
Kohlens. Kalk . . .	0,154634	
„ Baryt . . .	0,000327	
„ Strontian .	0,000676	

In unwägbarer Menge sind vorhanden: Borsäure, Cäsiumoxyd, Rubidiumoxyd, Schwefelwasserstoff, Fluor und Stickgas.

V. Wartha (1) hat in dem Verdampfungsrückstand der neuen Quelle zu Ems Rubidium und Cäsium nachgewiesen. Aus 1 Liter der Lauge liefsen sich, durch Zersetzung der abgeschiedenen Platinsalze in einer Wasserstoffatmosphäre und Eintragen der Chlorüre in eine heifse Lösung von Ammoniakalaun, die Alaune des Rubidiums und Cäsiums rein darstellen. Thallium konnte nicht aufgefunden werden.

Reichenhaller Mutterlaugen-Extract, aus den Mutter- Reichenhall. laugen der oberbayerischen Salinen Berchtesgaden, Reichenhall, Traunstein und Rosenheim durch wiederholtes Verdampfen (von 100 Vol. auf 39 Vol.) erhalten, bis schliefslich schwefels. Magnesia-Kali auskrystallisirt, hat nach J. v. Liebig (2) das spec. Gew. 1,3133 und enthält in einem Pfunde (= 7680 Gran) in Granen:

KCl	NaCl	LiCl	MgCl	NaBr	NaJ	MgO,SO$_3$	Wasser *)
169,82	157,76	4,17	2045,04	54,55	0,05	170,83	4982,58

*) und organ. Substanz.

Nach R. Přibram (3) enthält das Wasser der Adel- Heilbrunn.

---

(1) J. pr. Chem. XCIX, 90; Zeitschr. Chem. 1866, 754; Bull. soc. chim. [2] VII, 248. — (2) Aus N. Repert. Pharm. XV, 77 in Chem. Centr. 1866, 415. — (3) Vierteljahrsschr. pr. Pharm. XV, 182.

heidsquelle zu Heilbrunn in Oberbayern 0,10012 pr. M. Borsäure (1).

Quellen Vorarlbergs. L. Kofler (2) untersuchte die folgenden Quellen Vorarlbergs und fand für ein Pfund in Granen : A. Rothenbrunnen im Walserthale (spec. Gew. 1,005); B. Eisenquelle von Uebersaxen; C. Eisenwasser des Bades Reuthe im hinteren Bregenzer Wald; D. Eisenwasser im Bad Andelsbuch; E. Schwefelwasser des Bades Hopfreben; F. Rofsbad bei Krummbach; G. Quelle zu Raggal im grofsen Walserthal :

	A.	B.	C.	D.	E.	F.	G.
NaCl	—	—	0,0111	—	—	0,0345	0,0238
MgCl	0,0061	0,024	0,0123	0,0360	0,0729	—	—
CaCl	—	—	—	0,0637	—	—	—
NaO, SO_3	0,1251	—	0,0117	—	—	0,0387	—
KO, SO_3	0,0199	—	—	—	—	—	0,0307
MgO, SO_3	1,7955	—	0,0092	—	—	—	0,0460
CaO, SO_3	8,2959	0,014	—	—	0,2764	Spur	—
KO, CO_2	—	—	—	0,0391	0,0576	0,0458	—
NaO, CO_2	—	—	—	0,0222	0,1674	0,0107	0,0814
CaO, CO_2	0,2772	2,136	2,1767	2,1504	1,1704	1,7283	1,1819
MgO, CO_2	0,6896	0,077	0,0817	0,4162	0,0322	0,2142	0.3886
FeO, CO_2	0,0099	0,212	0,2862	0,2181	0,0184	Spur	—
MnO, CO_2	—	—	Spur	Spur	Spur	—	—
Al_2O_3	0,0322	0,031	0,0081	0,0476	0,0514	—	0,0107
3 CaO, PO_5	—	—	0,0091	—	—	—	—
SiO_3	0,0199	0,050	0,0138	0,0176	0,0158	—	0,0061
NH_3	Spur	—	—	—	—	—	—
Organ. Materie	0,1021	0,020	0,0958	0,0614	0,5529	Spur	0,2611
Fixe Bestandth.	11,3784	2,528	2,6657	3,0713	2,4149	2,0782	2,0303
Kohlensäure	1,51 CZ.	2,150 CZ.	6,44 CZ.	14,08 CZ.	16,69 CZ.	16,45 CZ.	18,04 CZ.
Schwefelwasserstoff	Spur	—	—	Spur	0,0184 Gr.	—	—

Hall in Tyrol. L. Barth (3) analysirte die Salzsoole (A.) und die Mutterlauge (B.) der Saline zu Hall in Tyrol, und fand, neben Spuren von Lithium, Rubidium, Cäsium, Eisen,

---

(1) Vgl. Jahresber. f. 1851, 653; f. 1858, 796. — (2) Vierteljahrschrift pr. Pharm. XV, 161. — (3) Wien. Acad. Ber. LIII (2. Abth.), 69; Wien. acad. Anz. 1866, 10; J. pr. Chem. XCVII, 121; Instit. 1866, 215.

Mangan, Jod, Kieselsäure und organischer Substanz, in 100 Th.:

	A.	B.
Spec. Gew.	1,20551	1,21394
Chlornatrium	25,5200	20,7514
Chlorkalium	0,1411	1,5493
Chlorammonium	0,0129	0,0382
Chlormagnesium	0,2682	2,9209
Brommagnesium	0,0050	0,1725
Chlorcalcium	0,0708	0,9890
Schwefels. Kalk	0,4358	0,2676
Summe	26,4538	26,6789
Freie Kohlensäure	0,0120	—

Die Quelle des Johannisbades in Baden bei Wien enthält, nach der Analyse von C. Hidegh (1), in 10,000 Th.: *Baden bei Wien.*

Spec. Gew. = 1,0017. — Temp. 32°.

Schwefelnatrium	0,101	Eisenoxyd	0,013
Schwefels. Kali	0,414	Thonerde (und PO_5)	0,008
„ Natron	5,880	Kieselsäure	0,242
„ Lithion	0,022	Organische Substanz	0,864
„ Kalk	4,836	Kohlensäure {halbgeb.	0,979
Chlorcalcium	1,937	{frei	0,860 = 488 CC.
Chlormagnesium	2,560	Schwefelwasserstoff	0,095 = 69,8 CC.
Kohlens. Kalk	1,777	Fixe Bestandtheile	18,530.
„ Magnesia	0,376		

100 Vol. der im Wasser sich frei entwickelnden Gase enthalten:

Kohlensäure	Sauerstoff	Stickstoff
1,90	0,52	97,58.

und 10,000 CC. Wasser geben beim Auskochen in CC.:

Schwefelwasserstoff	Kohlensäure	Sauerstoff	Stickgas
3,60	101,95	2,99	9,71.

Das schon 1847 von Ragsky (2) untersuchte Wasser des artesischen Brunnens an dem Bahnhof der Wien-Raaber Eisenbahn enthält nach einer erneuten Analyse von Ph. Weselsky (3) in 10,000 Th.: *Artesischer Brunnen des Wien-Raaber Bahnhofs.*

---

(1) Wien. Acad. Ber. LIII (2. Abth.), 395. — (2) Jahresber. f. 1847/48, 994. — (3) Wien. Acad. Ber. LIV (2. Abth.), 29; Instit. 1866, 335.

Spec. Gew. = 1,00083. — Temp. 17°,5.

Chlorkalium . . . 0,0537	Eisenoxyd*) . . . 0,0091
Chlornatrium . . . 2,1396	Kieselsäure . . . 0,1056
Chlorammonium . . 0,0918	Organische Substanz . 0,6750
Schwefels. Kalk . . 0,0020	Kohlensäure, halbgebunden 2,635
Kohlens. Kalk . . 0,0796	Summe der fixen Best. 8,800
„ Magnesia . . 0,0556	*) Und phosphors. Thonerde.
„ Natron . . 6,1082	

J. Oser und Fr. Reim (1) fanden, dafs dem Wasser dieses artesischen Brunnens in der Minute 762 CC. Gas entströmt, welches in 100 Vol. enthält:

Sumpfgas	Wasserstoff	Stickstoff
63,2-64,0	1,9-1,5	34,9-34,4.

Das in dem Wasser absorbirte Gas (auf 100 Vol. 4 Vol. betragend) enthält (nach Abzug der halbgebundenen Kohlensäure) in 100 Vol. :

Sumpfgas	Wasserstoff	Stickstoff
74,1	1,3	24,0.

Ober-Salzbrunnen.

W. Valentiner (2) untersuchte die Mineralwasser Ober-Brunnen und Mühlbrunnen von Ober-Salzbrunn in Schlesien mit nachstehendem Resultat für 1000 Th. :

	Ober-Brunnen	Mühl-Brunnen
Temperatur . . .	7°,5	6 bis 7°
Spec. Gew. . . .	1,008645	1,002819
Schwefels. Kali . . .	0,0268	0,0081
„ Natron . . .	0,4773	0,3408
Chlornatrium	0,1719	0,0856
Zweifach-kohlens. Natron	2,4240	1,8033
„ Rubidium .	Spur	—
„ Ammoniak	Spur	Spur
„ Lithion .	0,0138	0,0077
„ Kalk . .	0,4781	0,5843
„ Strontian .	0,0047	0,0088
„ Baryt .	Spur	—
„ Magnesia .	0,5044	0,5823
„ Eisenoxydul	0,00034	0,0011
Thonerde und Phosphorsäure	0,0005	0,0003
Kieselsäure	0,0255	0,0323
Freie Kohlensäure . .	1,2430	1,2358
Summe . . .	5,37034	4,6904.

(1) In der S. 993 unter (3) angef. Abhandl. — (2) J. pr. Chem. XCIX, 91.

Der Ober-Brunnen enthält in 1 Vol. 0,732, der Mühl-Brunnen 0,628 Vol. freie Kohlensäure.

S. Streit und W. Holeček (1) fanden A. für die Mineralquelle Töplitz bei Weifsenkirchen in Mähren, B. für die Mineralquelle Someraubad bei Neutitschein in Mähren in 10,000 Th. des Wassers:

	A. Töplitz	B. Someraubad
Temperatur	22°	12°
Spec. Gew.	1,0025	1,00044
Schwefels. Kali	0,250	0,050
„ Natron	—	0,208
Phosphors. Natron	0,044	0,0088
Chlornatrium	0,730	0,092
Chlorlithium	—	0,0042
Chlormagnesium	—	0,063
Kohlens. Natron	1,298	—
„ Lithion	0,0054	—
„ Ammoniak	0,028	—
Schwefels. Kalk	—	0,563
Kohlens. Kalk	13,395	2,182
„ Magnesia	2,006	0,172
„ Eisenoxydul	0,064	0,056
„ Manganoxydul	0,0089	0,0104
„ Strontian	Spur	—
Phosphors. Thonerde	0,021	0,0067
Kieselsäure	0,388	0,100
Organische Substanz	0,439	0,253
Kohlensäure { halbgebunden	7,527	1,075
{ frei	16,224 = 8913 CC.	1,311 = 695 CC.
Schwefelwasserstoff	—	0,018 = 12,4 CC.
Summe der fixen Bestandth.	18,584	3,667.

Die den Quellen frei entströmenden Gase betragen in CC. bei der Quellentemperatur und 0,76 M. Druck auf 10,000 Th. Wasser:

	Kohlenstoff	Sauerstoff	Stickstoff	Schwefelwasserstoff
Quelle Töplitz	11046,8	84,7	106,3	—
„ Somerau	341,5	—	420,8	7,8.

(1) Wien. Acad. Ber. LIII (2. Abth.), 871.

Vöslau. H. Siegmund und P. Juhász (1) fanden in der Mineralquelle zu Vöslau, am östlichen Saume des Wienerwald-Gebirges, in 10,000 Th. :

Temp. 23°. — Spec. Gew. 1,00048.

Schwefels. Kali	0,089	Kohlens. Eisenoxydul		0,004
„ Natron	0,853	Phosphors. Thonerde		0,002
„ Kalk	0,695	Kieselsäure		0,112
„ Strontian	Spur	Organ. Subst.		0,359
„ Magnesia	1,030	Summe d. fixen Best.		5,288
Chlormagnesium	0,197	Kohlensäure	halbgeb.	1,115
Kohlens. Kalk	1,970		frei	0,349
„ Magnesia	0,478			

Die in der Quelle frei aufsteigenden Gase A. und die beim Kochen des Wassers sich entwickelnden B. enthalten in 100 Th. :

	Kohlensäure	Sauerstoff	Stickstoff
A.	1,79	3,38	94,83
B.	44,14	12,37	43,49.

Ungarische. Stuben. Die Therme von Stuben im Thuroczer Becken (Ungarn) enthält nach E. Lang (2) in 1000 Th. (Temperatur etwa 40°) :

Kieselsäure	0,005	Schwefels. Kali	0,149
Thonerde	0,004	Schwefels. Kalk	0,145
Kohlens. Kalk	0,270	Schwefels. Magnesia	0,126
Kohlens. Magnesia	0,135	Kohlensäure, frei	0,628 *)
Chlornatrium	0,006	*) 20,09 Cubikzoll.	

Vichnje. Die Quelle von Vichnje am linken Ufer des Eisenbacher Thals (im Schemnitz-Kremnitzer Trachytgebiet) enthält nach A. Felix und R. Mehes (3) in einem Pfund in Granen (Temperatur 38°) :

Kohlens. Kalk	3,512	Schwefels. Kalk	1,943
Kohlens. Magnesia	0,382	Schwefels. Magnesia	1,346
Kohlens. Eisenoxydul	0,383	Chlormagnesium	0,002
Schwefels. Natron	0,232	Kieselsäure	0,062.
	Kohlensäure 51,8 Vol.-pC.		

Skleno. Die in demselben Gebiet liegenden Quellen von Skleno enthalten nach Hauch (4) in einem Pfunde in Granen:

(1) Wien. Acad. Ber. LIV (2. Abth.), 216; Wien. acad. Anz. 1866, 162; Instit. 1866, 400. — (2) Jahrb. der geol. Reichsanst. XVI, 185. — (3) Ebendaselbst, 416. — (4) Ebendaselbst.

	Josephsquelle	Wilhelminen-quelle.
Temperatur	54°	42°,5
Spec. Gew.	1,022	—
Kohlens. Kalk	1,820	1,272
Kohlens. Magnesia	0,029	0,018
Kohlens. Eisenoxydul	Spur	Spur
Schwefels. Natron	1,521	1,004
Schwefels. Kalk	10,988	9,567
Schwefels. Magnesia	4,138	3,976
Chlormagnesium	0,044	0,018
Kieselsäure	0,322	1,098
Fixe Bestandtheile	19,176	17,324
Kohlensäure (Vol.-pC.)	12	8.

R. H. Davis (1) fand in den Quellen von Harrogate neben Spuren von Lithion auch kohlens. Baryt und -Strontian und zwar für eine Gallone in Granen :

	Kohlens. Baryt	Kohlens. Strontian	Schwefels. Kalk	Schwefels. Kalk (1854)*)
Old Sulphur Well	6,075	3,242	—	0,182
Montpellier strong Sulphur Well	7,135	2,499	—	0,594
Hospital strong Sulphur Spring	—	Spur	4,696	51,660
Hospital mild Sulphur or Magnesia Well	8,541	Spur	—	1,215
Storbeck Sulphur Spa	3,940	Spur	—	0,870
Montpellier Saline Chalybeate or Kissingen Spring	7,657	2,815	—	—

*) Der von A. W. Hofmann (Jahresber. f. 1854, 769) gefundene Gehalt an schwefels. Kalk, zum Beweis, dafs die Quellen damals keinen Baryt und Strontian enthielten.

E. Frankland (2) hat in dem von den verschiedenen Wassercompanien Londons gelieferten Trinkwasser den Härtegrad, den Gehalt an festem Rückstand, an organischer Materie und die zur Oxydation der letzteren erforderliche Sauerstoffmenge nach dem S. 761 angegebenen Verfahren für alle Monate des Jahres 1866 bestimmt und die Resultate in tabellarischer Uebersicht mitgetheilt. — Er deutet

(1) Chem. News XIII, 302. Vgl. auch Jahresber. f. 1865, 988.
— (2) In der S. 761 angef. Abhandl.; auch Chem. News XIII, 72.

ferner (1) an, dafs der (am 1. Juli 1866 für 100,000 Th. Wasser der East London Company 1,94 Th. betragende) Gehalt an organischer Materie in Beziehung zu stehen scheine mit dem Auftreten der Cholera in dem mit diesem Wasser versorgten Stadttheil. Zur Entfernung der organischen Materie empfiehlt Frankland die Filtration durch Thierkohle (Beinschwarz); Holzkohle ist für diesen Zweck völlig unwirksam.

Französische. Fumades.
Das Schwefelwasser (Theresen-Quelle) von **Fumades** im Arrondissement d'Alais enthält, nach A. Bechamp's (2) Analyse, auf 1000 CC. in Grm. :

Temperatur 14°. — Spec. Gew. 1,00245 bei 15°.

Schwefelwasserstoff	0,0415	Kalk	0,8944
Kohlensäure	0,8332	Magnesia	0,1552
Kieselsäure	0,0337	Eisenoxydul	0,0006
Schwefelsäure	0,3288	Manganoxydul	Spur
Unterschweflige Säure	0,0095	Thonerde	0,0052
Chlor	0,0045	Beryllerde	Spur
Kali	0,0010	Kupferoxyd	Spur
Natron	0,0156	Org. Substanz	unbest.
Ammoniak	Spur	Stickstoff	13 CC.

Vergèze.
Bechamp fand ferner bei der Analyse der Mineralquellen von Vergèze (zwischen Nîmes und Montpellier im Dép. du Gard) A. für die Quelle Dulimbert (3), B. für die Quelle des Bouillants und C. für die Quelle Granier (4) für 1 Liter in Grm. :

---

(1) Chem. News XIV, 71; Pharm. J. Trans. [2] VIII, 174. — (2) Compt. rend. LXII, 1088; J. pharm. [4] III, 448; J. pr. Chem. XCVIII, 189; Chem. Centr. 1866, 864. — (3) Compt. rend. LXII, 1034; Bull. soc. chim. [2] VI, 9; Instit. 1866, 173; J. pharm. [4] III, 444; J. pr. Chem. XCVIII, 190; Chem. Centr. 1866, 864. — (4) Compt. rend. LXIII, 559.

	A.	B.	C.	Vergäse.
Spec. Gew.	1,00189	1,0008	1,00189	
Temperatur	16-17°	—	15-17°	
Kohlensäure	2,29090	1,6480	1,4000	
Schwefelsäure	0,04371	0,0361	0,1239	
Kieselsäure	0,02233	0,0220	0,0220	
Buttersäure / Essigsäure	—	0,0022	0,0024	
Chlor	0,01761	0,0328	0,0396	
Kali	0,00178	0,0028	0,0027	
Ammoniak	—	0,0040	Spur	
Natron	0,01600	0,0303	0,0241	
Kalk	0,52216	0,2950	0,4490	
Magnesia	0,01477	0,0100	0,0140	
Manganoxyd	Spur	Spur	Spur	
Eisenoxyd	0,00292	0,0082	0,0059	
Thonerde	0,00106	0,0008	0,0011	
Kupferoxyd	0,00003	**)	*)	
Arsen	Spur*)			
Organische Materie	0,00363	0,1200	0,0800	
Stickstoff	3,7 CC.	5,5 CC.	—	
Sauerstoff	0,9 CC.	2,4 CC.	—	

*) In 25 Litern nachweisbar. — **) In 25 Litern nicht nachweisbar.

Die in der schon den Römern bekannten Quelle des Bouillants enthaltenen Gase bestehen in 100 Vol.: A. der in Kali nicht absorbirbare Antheil des beim Kochen entwickelten Gases; B. das in der Quelle aufsteigende Gas, je nachdem es Morgens a., oder Nachmittags in der Sonnenhitze, b., aufgefangen wurde:

	A.	B. a.	B. b.
Kohlensäure	—	98,27	97,74
Stickstoff	69,9	1,37	1,85
Sauerstoff	30,1	0,36	0,41

Das Wasser der Quelle Dulimbert bildet nur einen geringen Absatz und enthält weniger organische Materie, als die beiden anderen Quellen, welche in verschlossenen Gefäfsen sehr leicht schwefelwasserstoffhaltig werden. Die stets trübe Quelle Granier setzt auf 10 Liter etwa 4 Grm. einer grauen pulverigen Substanz ab, in welcher sich unter dem Mikroscop, ähnlich wie in der Kreide, viele bewegliche

Körperchen entdecken lassen. Dieser Absatz enthält in 100 Th. (neben Spuren von Schwefeleisen, Kupfer und Arsen):

CaO,CO_2	MgO,CO_2	FeO	Fe_2O_3	Al_2O_3	SiO_3	X *)	Y **)
15,9	0,2	0,4	1,2	1,0	0,1	80,5	0,7

*) Thon, Sand und unlösliche organische Materien. — **) Wasser und Verlust.

Etwa 4 Grm. des frischgesammelten feuchten Absatzes bewirken bei 24 bis 26° in kreosothaltigem Zuckerwasser die Entwickelung eines Gases, welches auf 21 Vol. Kohlensäure 79 Vol. Wasserstoff enthält, und in der Flüssigkeit findet man alsdann die Kalksalze flüchtiger Säuren und der Milchsäure. — Der Schlamm aus der Quelle des Bouillants enthält, aufser Microzyma-Arten, viele Navicularien, mikroscopische Algen und Diatomeen. Er ist schwarz, reicher an Schwefeleisen und entwickelt in dem Mineralwasser 2 Monate lang sich selbst überlassen, fortwährend Gasblasen, unter Bildung von flüchtigen organischen Säuren. Die Entstehung dieser letzteren aus der organischen Materie der Mineralwasser schreibt Bechamp den Microzyma-Arten zu.

Néris. Die in dem 52° warmen Wasser der Cäsar-Quelle von Néris aufsteigenden Gase enthalten, nach J. Lefort (1), im Mittel zahlreicher Analysen in 100 Vol.:

Stickstoff	Kohlensäure	Summe
87,74	12,26	100,00

Amerikanische. Barton. F. F. Thomas (2) fand in dem Mineralwasser von Barton, Tioga C., New-York, für eine Gallone in Granen:

Chlornatrium	. . .	2,045	Eisenoxyd *)	0,360
Chlorkalium	. . .	0,110	Kieselsäure	0,983
Koblens. Natron	. . .	11,119	Organische Materie	1,160
„ Ammoniak	. .	6,950 (?)	Schwefel (?)	1,524
„ Kalk	. . . .	8,650	Kohlensäure	2,626
„ Magnesia	. .	1,987	Summe	82,711
Schwefels. Kalk	. . .	0,197	*) Und Thonerde.	

Salzquellen von Onondaga. Ch. A. Gössmann (3) untersuchte die an den Ufern

---

(1) J. pharm. [4] III, 321. — (2) Sill. Am. J. [2] XLII, 196. — (3) Contributions to the chemistry of the mineral springs of Onondaga, New-York; Syracuse 1866; auch Sill. Am. J. [2] XLII, 211.

des Onondaga-Sees, westlich von der Stadt Syracuse ge- Salzquellen von Onondaga.
legenen Salzquellen und die daraus entstehende Soole.
Es enthalten danach 1000 Th. A. der Willowstreet Well;
B. der Prospect Hill Well; C. Quelle in der Nähe des
Syracuse Pump House; D. Wasser einer von C. etwa
25 Fuſs entfernten Quelle; E. Soole einer Salzquelle aus
der Nachbarschaft von C. und D.:

	A.	B.	C.	D.	E.
Calcium	0,2302	0,5284	0,3526	0,2815	2,2500
Magnesium . . .	0,0359	0,0395	0,0762	0,0770	0,3679
Natrium	0,0101	0,0082	4,5045	4,0137	61,0650
Kalium . . .	nicht best.	nicht best.	nicht best.	nicht best.	0,0572
Schwefelsäure . .	0,3442	1,0266	0,6437	0,4815	3,3955
Chlor	0,0156	0,0127	6,9526	6,3092	96,3635
Brom	nicht best.	nicht best.	nicht best.	0,0023 *)	0,0208
Kieselerde. . . .	0,0050	0,0045	0,0049	0,0177	nicht best.
Kohlensäure . .	nicht best.	nicht best.	nicht best.	0,1150	nicht best.

*) Mit etwas Jod.

Gössmann kommt durch Versuche über die Einwirkung von kohlens. Magnesia auf schwefels. Kalk bei Gegenwart von freier Kohlensäure und Chlornatrium zu dem Resultat, daſs sich hierbei (bedingt durch die Löslichkeit des schwefels. Kalks) Chlormagnesium, schwefels. Natron und kohlens. Kalk bilde und daſs bei einer gewissen höheren Temperatur das schwefels. Natron und das Chlormagnesium sich theilweise wieder in schwefels. Magnesia und Chlornatrium umsetzen. Kohlens. Kalk wird beim Kochen mit einer Lösung von Chlormagnesium nicht merklich zersetzt, während umgekehrt kohlens. Magnesia mit Chlorcalcium sich rasch und vollständig in Chlormagnesium und kohlens. Kalk umsetzt (vgl. auch S. 175).

J. D. Whitney (1) hat Mittheilungen gemacht über Boraxsee in Californien.
einen „Borax-See", welcher sich in einer vulkanischen Gegend Californiens (östlich vom Clear Lake und nordwestlich von Suisun Bay) befindet. Das Wasser dieses

---

(1) Aus Dessen „Geological survey of California I, 59 in Sill. Am. J. [2] XLI, 255; Vierteljahrsschr. pr. Pharm. XVI, 357.

See's enthält nach G. E. Moore's Bestimmung (bei verschiedener Concentration in verschiedenen Schichten) in der Gallone 2401 bis 3573 Gran fixe Bestandtheile, von welchen etwa $1/2$ aus Chlornatrium, $1/4$ aus kohlens. Natron und der Rest hauptsächlich aus bors. Natron besteht. Am Boden des See's ist im Schlamm eingebettet ein Lager von krystallisirtem Borax. Eine in der Nähe des See's entspringende heiße Quelle enthält nach Moore's Analyse, für eine Gallone in Granen (neben Spuren von Chlorkalium, Jod- und Brommagnesium und schwefels. Kalk):

NaCl	$NaO, 2CO_2$	$NH_4O, 2CO_2$	$NaO, 2BO_3$	Al_2O_3	CO_2	SiO_2	X*)	Summe
84,62	76,69	107,76	103,29	1,26	36,87	8,23	65,77	484,33

*) In der Glühhitze flüchtige Substanzen.

Meteorite. Allgemeines. Daubrée (1) hat eine Reihe synthetischer Versuche beschrieben, welche über die Beziehungen der Meteorite zu terrestrischen Gesteinen und über ihre wahrscheinliche Bildungsweise Licht verbreiten. Er fand zunächst, daß die gewöhnlichen Meteorite (Chondrite), wenn sie in einem Kohlentiegel einer der Platinschmelzhitze nahen Temperatur ausgesetzt werden, unter Abscheidung eines (z. Th. von dem vorhandenen Eisen, z. Th. von der Reduction des kiesels. Eisenoxyduls herrührenden) Eisenregulus einen Fluß liefern, der bei dem Erkalten zu einer krystallinischen Masse erstarrt, in welcher sich im Allgemeinen zwei verschiedene krystallisirte Substanzen in sehr wechselnden Mengenverhältnissen unterscheiden lassen. Die obere Schichte derselben besteht aus Olivin, der entweder in flachen rhombischen Octaëdern, oder in sechsseitigen Tafeln ($0P . \infty \breve{P} \infty . \infty P_2$), oder in Blättchen ($0P . \bar{P}\infty . nP\infty$) ausgebildet ist; die innere Masse

(1) Compt. rend. LXII, 200, 369, 666; Instit. 1866, 44, 57, 90, 100; im Auszug Jahrb. Min. 1866, 738.

dagegen aus Enstatit (1) in nicht genau bestimmbaren Prismen mit rectangulärer Basis und faserig-blätterigem Bruch; zuweilen ist der Enstatit mit dem Olivin verwachsen oder mit einer gewissen Regelmäfsigkeit um Kerne von Olivin gruppirt. Die Meteorite verschiedener Gruppen weichen in ihrem Schmelzproduct nur durch das vorwiegende Auftreten des einen dieser Silicate von einander ab; der Meteorit von Chassigny gab fast nur Olivin, der von Bishopville fast nur schneeweifsen Enstatit; die thonerdehaltigen von Jouvenas, Jonzac und Stannern dagegen krystallfreie (bei Jouvenas blasige) Gläser. Die beiden Silicate, welche in den Meteoriten auf's innigste gemengt sind, deren Existenz sich aber aus dem verschiedenen Verhalten zu Säuren ergiebt, krystallisiren demnach aus der geschmolzenen Mischung gesondert aus, und schliefsen die Thonerdesilicate, wenn diese nicht in beträchtlicher Menge vorhanden sind, in ihrer Masse mechanisch ein. — Ganz ähnliche Producte werden durch Schmelzen der terrestrischen Olivingesteine erhalten. Olivin schmilzt im Schlösing'schen Gasofen (2) vollständig und liefert eine grüne durchscheinende krystallinische Masse, die an der Oberfläche ausgebildete Krystalle zeigt. Lherzolit schmilzt noch leichter und zeigt nach dem Erstarren deutliche Nadeln von Enstatit, welche reichlicher auftreten, wenn bei dem Einschmelzen Kieselsäure zugesetzt wird. Serpentin giebt beim Schmelzen und Erstarren Olivin- und Enstatitkrystalle; unter Zusatz von Magnesia eingeschmolzen geht er der Hauptmasse nach in Olivin, durch Zusatz von Kieselsäure in Enstatit über (3). Geschieht das Einschmelzen dieser Gesteine im Kohlentiegel, so bleibt das Resultat im Wesentlichen dasselbe, der Eisengehalt des Silicates wird reducirt und in der Form mikro-

---

(1) Jahresber. f. 1855, 928; f. 1864, 212. — (2) Jahresber. f. 1865, 752. — (3) Daubrée giebt in der angeführten Abhandlung noch Betrachtungen über die Bildung der Serpentine, bezüglich deren wir auf das Original verweisen.

scopischer Körner abgeschieden. — Die bei dem Schmelzen der Meteorite erhaltenen regulinischen Eisenmassen (die aus der Beschickung wahrscheinlich Kohlenstoff und Silicium aufgenommen hatten) zeigten auf polirten Schliffflächen nach der Behandlung mit Säuren zwar zuweilen eine auf dem matten Grunde hervortretende, dendritisch verzweigte krystallinische Substanz, bei den Meteoriten von Montrejeau und Aumale auch deutliche Krystalle von Cyanstickstoff-Titan, aber nicht mehr die regelmäfsigen (Widmanstätten'schen) Figuren, welche dem unveränderten Meteoreisen eigenthümlich sind. Meteoreisen von Crille (Var) zeigte nach dem Umschmelzen (in Thonerde eingebettet) dieselbe Erscheinung, wiewohl es in seiner ganzen Masse krystallinisch geworden war. — Die synthetische Darstellung des Meteoreisens gelang Daubrée nicht ganz vollkommen (1). Weiches Eisen nimmt zwar durch Zusammenschmelzen mit Phosphor, sowie mit Nickel, Silicium und Schwefeleisen deutlich krystallinische Beschaffenheit und ausgezeichnet blätterigen Bruch an, ohne jedoch auf angeätzten Schliffflächen die Ausscheidungen und Linien des Meteoreisens zu zeigen. Ein dem Meteoreisen wenigstens ähnliches Product wurde durch Zusammenschmelzen von weichem (oder auch Roh-) Eisen mit 2 bis 10 pC. Phosphoreisen erhalten; dasselbe liefs auf den angeätzten Schliffen Phosphoreisen in glänzenden Linien (nur weniger regelmäfsig disponirt als im Meteoreisen) und eine schwarze amorphe Substanz erkennen, die ziemlich gleichförmig in der ganzen Masse ausgeschieden war und gleichfalls aus Phosphoreisen zu bestehen schien. Ein noch besseres Resultat ergab Zusammenschmelzen von 1800 Grm. weichem Eisen, 170 Grm. Nickel, 50 Grm. Phosphoreisen, 40 Grm. Einfach-Schwefeleisen und 20 Grm. siliciumreichem Roh-

---

(1) Darüber, dafs die Widmannstätten'schen Figuren an terrestrischem, längere Zeit erbitzt gewesenem Eisen vorkommen können, vgl. Jahresber. f. 1854, 910.

eisen. Solches in der Structur und der Zusammensetzung dem Meteoreisen ähnliche, Phosphoreisen und Nickel enthaltende Eisen schied sich auch beim Einschmelzen von Olivin, Lherzolit, Hypersthen, Basalt, Melaphyr und Serpentin im Kohlentiegel ab; ein etwaiger Chromgehalt dieser Gesteine ging ebenfalls in den Regulus über.

Daubrée bespricht dann die Analogieen, welche zwischen den Meteoriten und den Gesteinen von der Familie des Olivins bestehen, und welche sich auch in der Structur der geschmolzenen Gesteine aufs deutlichste aussprechen. Auch diese zeigen unter dem Mikroscop wie die Meteorite Andeutungen von Spaltungsrichtungen in der Form feiner, scharf gezogener gerader Linien zwischen unregelmäfsigen Zerklüftungen, sie lassen wie die Meteorite Nadeln von Enstatit erkennen, sind theilweise von der körnigen Beschaffenheit der Chondrite, und nehmen, wenn sie im Kohlentiegel geschmolzen waren, bei dem Reiben zweier Stücke denselben graphitischen Glanz an, den die Meteorite auf Reibungsflächen zeigen und der durch das abgeriebene Pulver des eingesprengten metallischen Eisens veranlafst wird. Der wesentliche Unterschied zwischen beiden besteht darin, dafs in den terrestrischen Gesteinen alle Bestandtheile mit Sauerstoff verbunden sind, in den Meteoriten dagegen ein Theil derselben im nicht oxydirten Zustand vorhanden ist. — Daubrée nimmt nach Allem Diesem an, dafs die Meteorite entweder durch theilweise Reduction eines Gesteins der Olivinfamilie, oder durch theilweise Oxydation der ursprünglich nicht mit Sauerstoff verbundenen metallischen und metalloïdischen Elemente derselben Gesteine den Zustand angenommen haben, in welchem sie auf der Erde ankommen. Er hat die Zulässigkeit beider Hypothesen, von welchen Er der zweiten den Vorzug zu geben scheint, durch weitere synthetische Versuche festgestellt. Erhitzt man Olivin, Lherzolit, Pyroxen im Wasserstoffstrom zum Rothglühen, so wird der Eisenoxydulgehalt derselben wie beim Glühen mit Kohle (s. o.)

reducirt; phosphors. Eisenoxyd geht in Phosphoreisen über. Da das Meteoreisen keinen Kohlenstoff enthält, so betrachtet Daubrée die Annahme, daſs eine etwaige Reduction durch Wasserstoff bewirkt worden ist, als die wahrscheinlichere; das gebildete Wasser könnte in Folge der Kleinheit der Stücke verflüchtigt sein. Zur Stütze der zweiten Hypothese führt Daubrée die folgenden Versuche an. Siliciumeisen, das in Magnesia eingebettet, in einem unvollständig verschlossenen Tiegel eine Viertelstunde dem heftigen Feuer eines Schlösing'schen Gasofens ausgesetzt wurde, gab Körner von weichem Eisen, nur noch Spuren von Silicium enthaltend, und ein geflossenes Magnesia-Eisenoxydulsilicat, in dessen Höhlungen octaëdrische Olivinkrystalle erkennbar waren. Eine Mischung von 10 Th. nickelhaltigem Eisen (mit 9 pC. Nickel), 1 Th. Phosphoreisen, 1 Th. Einfach-Schwefeleisen, 43 Th. Kieselsäure und 57 Th. Magnesia gab bei gleicher Behandlung eisenhaltigen, theilweise in Tafeln krystallisirten Olivin (frei von Nickel und Phosphorsäure) und einen Regulus, in welchem der Schwefel- und Phosphorgehalt der angewandten Mischung concentrirt war (der Phosphor als Phosphor-magnesium-nickel-eisen). Nach den beiden angeführten Hypothesen würde das ursprüngliche Bildungsmaterial der Erde und jener planetarischen Körper dasselbe gewesen sein, und die Olivingesteine, die sich von den übrigen durch ihre basische Beschaffenheit und ihr hohes specifisches Gewicht (bis 3,3) so auffallend unterscheiden und die nach Daubrée's Annahme in gewissen Tiefen den vorwiegenden Bestandtheil des Erdinnern bilden, als die allgemeine Schlacke des Planetensystems erscheinen. Bezüglich der weiteren Ausführung und Begründung dieser Betrachtungen müssen wir auf die Originalmittheilung verweisen. — Auf welchem Wege übrigens die Meteorite ihren gegenwärtigen Zustand erlangt haben mögen, so scheint ihre verworrene Krystallisation und die unregelmäſsige Form der Eisenkörner dafür zu sprechen, daſs die Temperatur bei diesem Vorgange Eisenschweifshitze nicht überstiegen haben kann. In einem Gemenge von Lherzolith und reducirtem Eisen, welches in hoher Temperatur zusammengeschmolzen wurde, fand Daubrée die einzelnen Eisenkörner vollkommen abgerundet.

W. v. Haidinger (1) hat Mittheilungen gemacht über einen Meteorsteinfall, welcher am 9. Juni 1866 bei Knyahinga nächst Nagy-Berezna im Ungher Comitate stattfand.

Daubrée (2) berichtet über einen Meteoritenfall, welcher am 25. Aug. 1865 in Algerien, im Stammgebiet der Sendhandja im Kreise Aumale stattfand. Der Meteorit gleicht vielen anderen, namentlich denen von Bachmut, Vouillé, Chateau-Renard, New-Concord und Tourinnes la Grosse und besteht zum gröfsten Theil aus einer aschgrauen, feinkörnigen, das Glas leicht ritzenden steinigen Substanz, in der zahlreiche, metallisch glänzende Körnchen von Nickeleisen, Schwefeleisen und Chromeisen zerstreut liegen. Spec. Gew. 3,65.

A. Safs (3) hat nach einem Bericht von Gerhard Rohlfs über einen Meteorit Mittheilung gemacht, der sich im Hofe der Kasbah zu Tamentit in Tuat (Afrika) befindet.

Ch. U. Shepard (4) hat über mehrere Fundorte von Meteorcisen (Savisavik in Nord-Grönland; Botetourt County in Virginia; Sierra Madre Range of the Rocky Mountains, Colorado und vermuthlich neuer Fundort in Tennessee) Mittheilungen gemacht. — Nach Demselben (5) finden sich ferner beträchtliche Meteoreisenmassen bei Bonanza in Cohahuila im nördlichen Mexico.

---

(1) Im Auszug Wien. Acad. Ber. LIV (2. Abth.), 200; Pogg. Ann. CXXIX, 658; Jahrb. Min. 1866, 826; 1867, 871; Instit. 1866, 400; 1867, 55; Sill. Am. J. [2] XLII, 432; ausführlich mit Abbildung des Steins Wien. Acad. Ber. LIV (2. Abth.), 475. — (2) Compt. rend. LXII, 72; Pogg. Ann. CXXVII, 349. — (3) Pogg. Ann. CXXIX, 176. — (4) Sill. Am. J. [2] XLII, 249. — (5) Ebendaselbst, 347; J. pr. Chem. CI, 501; Instit. 1867, 56.

Meteorite. H. J. Burkart (1) hat weitere Angaben (2) über neue Fundorte mexicanischer Meteoriten gemacht, unter Benutzung einer von L. Rio de la Loza und A. del Castillo verfaſsten (1865 in Mexico erschienenen) Beschreibung einer angeblich in der Misteca alta bei dem Dorfe Yanhuitlan gefallenen Meteoreisenmasse, welche vielleicht identisch mit der von Bergemann (3) untersuchten ist, obwohl die nachstehende, von Rio de la Loza ermittelte Zusammensetzung nicht mit Bergemann's Analyse übereinstimmt. Rio de la Loza fand (spec. Gew. 7,82441):

Fe	Ni	SiO_2	Kohle	CaO	Al_2O_3	X*)
96,581	1,832	0,0056	0,00018	0,608	0,610	0,362.

*) Flüchtige Substanzen.

E. Boricky (4) untersuchte den in dem böhmischen Museum zu Prag als „Meteoreisen von Karthago, Nordamerika" aufgestellten, 1,8 Kilogrm. schweren Eisenmeteoriten. Derselbe ist an der Aufsenfläche mit einer $1/2$ bis 1 Linie dicken, leicht zerreiblichen Rinde von Brauneisenstein bedeckt, zeigt auf der polirten Fläche die Widmanstätten'schen Figuren und ist im Inneren krystallinisch, sehr zähe und hämmerbar. Spec. Gew. 7,47 bis 7,5. Die Analyse ergab:

Fe	Ni	Co	P	S	Si	Cl	X*)	Summe
89,465	7,721	0,245	0,093	0,401	0,602	Spur	1,192	99,719.

*) In verd. Salpetersäure unlösliche metallglänzende Blättchen (Schreibersit) mit Graphit und Spuren von Kieselerde.

F. Pisani (5) analysirte einen bei Saint-Mesmin (Canton Méry-sur-Seine, Dép. de l'Aube) am 30. Mai 1866 gefallenen, grauen, Körner von Eisen und Schwefelkies enthaltenden Meteorstein. Spec. Gew. 3,426. Die Analyse ergab, neben Spuren von Manganoxydul, A. für die Ge-

---

(1) Jahrb. Min. 1866, 401. — (2) Jahresber. f. 1856, 915; f. 1857, 811. — (3) Jahresber. f. 1857, 833. — (4) Jahrb. Min. 1866, 808. — (5) Compt. rend. LXII, 1326; Instit. 1866, 212; Bull. soc. chim. [2] VI, 457; Chem. Centr. 1867, 286; Jahrb. Min. 1866, 831.

sammtzusammensetzung; B. für den durch Säuren zersetzbaren, 59,4 pC. betragenden Theil; C. für den nicht zersetzbaren, 40,6 pC. betragenden Theil:

	SiO_2	Al_2O_3	MgO	FeO	$KO + NaO$	CaO	Fe	Ni	Fe_7S_8	X*)	Summe
A.	38,10	3,00	25,64	17,21	3,13	1,09	4,94	0,72	2,99	2,18	99,00
B.	17,00	—	19,54	11,84	1,92 (NaO)	—	4,94	0,72	2,299	—	58,95
C.	21,10	3,00	6,10	5,37	1,21 ($KO+NaO$)	1,09	—	—	—	2,18	40,05

Daubrée (1) hat Näheres über den Fall dieses am meisten dem von Parnallee, Bremervörde, Aigle und Honolulu gleichenden Meteoriten mitgetheilt.

Der schon von Jackson (2) analysirte Meteorit von Dhurmsalla im Punjab ist auch von S. Haughton (3) untersucht worden. Der Stein ist grau, feinkörnig und von splitterigem Bruch; er ist mit einer schwarzen Rinde überzogen und läfst verhältnifsmäfsig wenig metallisches Eisen und Magnetkies erkennen. Spec. Gew. 3,399. Die Analyse ergab: A. für die mineralogische Zusammensetzung; B. für den in Salzsäure löslichen, aus Chrysolith (Peridot oder Olivin, 3 RO, SiO_3) bestehenden Theil; C. für den in Säure unlöslichen Theil:

	Nickeleisen*)	FeS	Chromeisen	Chrysolith	Unlösl.	Summe
A.	8,42	5,61	4,16	47,67	34,14	100,00.

	SiO_2	Al_2O_3	FeO	MnO	MgO	KO	NaO	Summe
B.	39,75	0,29	16,99	1,38	38,47	0,10	0,28	97,53
C.	63,56	1,34	9,37	1,75	24,19	0,47	0,52	101,20.

*) Aus 6,88 Eisen und 1,54 Nickel bestehend.

Derselbe (4) untersuchte einen am 12. Aug. 1865 bei Dundrum in der Grafschaft Tipperary gefallenen Meteorstein. Der Stein wiegt 4 Pfund 14½ Unzen und läfst in der grauen, etwas porösen Grundmasse Theilchen von

---

(1) Compt. rend. LXII, 1305; Institut. 1866, 211; Pogg. Ann. CXXIX, 174. — (2) Jahresber. f. 1861, 1125. — (3) Phil. Mag. [4] XXXII, 266; Lond. R. Soc. Proc. XV, 214; J. pr. Chem. CI, 498. — (4) Phil. Mag. [4] XXXII, 260; Lond. R. Soc. Proc. XV, 217; J. pr. Chem. CI, 498.

1010

Meteorite. metallischem Eisen und Magnetkies erkennen. Das spec. Gew. variirt an verschiedenen Stellen von 3,066 bis 3,57. Die Analyse ergab : A. für die Zusammensetzung im Ganzen; B. für den wahrscheinlich aus Chrysolith, 3 RO, SiO_3, bestehenden, in Säuren löslichen Theil; C. für das in Salzsäure unlösliche Mineral :

	Nickeleisen*)	FeS	Chromeisen	Chrysolith	Unlösl.	Summe
A.	20,60	4,05	1,50	33,08	40,77	100,00

	SiO_2	Al_2O_3	FeO	MnO	CaO	MgO	KO	NaO	Summe
B.	38,86	—	19,74	—	0,72	36,85	0,22	0,47	96,86
C.	61,33	1,72	6,06	0,78	3,99	22,02	0,83	1,38	98,11

*) Aus 19,57 Eisen und 1,08 Nickel bestehend.

J. L. Smith (1) untersuchte eine bei Russel Guloh, Gilpin Cty., Colorado, gefundene, 39 Pfund schwere Meteoreisenmasse. Dieselbe hat das spec. Gew. 7,72, zeigt mit Salpetersäure die Widmannstätten'schen Figuren und enthält in 100 Theilen :

Fe	Ni	Co	Cu	P	Summe
90,61	7,84	0,78	Spur	0,02	99,26.

Th. Hein (2) fand für den am 11. Aug. 1863 bei Dacca in Bengalen gefallenen Meteoriten (3) das spec. Gew. 3,55 und die Zusammensetzung : A. im Ganzen ; B. für den 10,75 pC. betragenden magnetischen Theil; C. für den 89,25 pC. ausmachenden und der Hauptmasse nach aus eisenreichem Olivin bestehenden, nicht magnetischen Theil (nach Abzug von 0,93 pC. Schwefeleisen und 1,50 Nickeleisen) :

	Fe	Ni	Cu	P	S	FeO	Al_2O_3	NiO	CaO	MgO	KO	NaO	SiO_2	Summe
A.	10,38	1,63	0,11	0,05	0,78	23,88	2,54	0,86	1,12	22,90	0,67	1,50	32,05	98,47

	Schwefeleisen (FeS)	Nickeleisen				Summe
		Fe	Ni*)	Cu	P	
B.	10,45	75,21	12,87	0,84	0,42	99,79.

	SiO_2	FeO	Al_2O_3	CaO	MgO	KO	NaO	Summe
C.	37,90	26,69	3,03	1,34	27,41	1,16	2,47	100,00.

*) Mit einer Spur von Kobalt.

(1) Sill. Am. J. [2] XLII, 218; J. pr. Chem. CI, 499; Jahrb. Min. 1867, 365. — (2) Wien. Acad. Ber. LIV (2. Abth.), 558; Chem. Centr. 1867, 851. — (3) Vgl. Jahresber. f. 1864, 896.

Litteratur-Nachträge.

Die Untersuchung von		findet sich auch
Elsner	S. 85	im Ausz. Zeitschr. anal. Chem. VI, 207.
Graham	„ 43	im Ausz. Bull. soc. chim. [2] VIII, 86.
Regnauld	„ 69	vollständig Bull. soc. chim. [2] VII, 388.
Müller	„ 100	im Ausz. Zeitschr. anal. Chem. VI, 205.
Merz	„ 111	im Ausz. Bull. soc. chim. [2] VII, 392.
Weber	„ 138	im Ausz. Bull. soc. chim. [2] VII, 487.
Weber	„ 140	vollständig Dingl. pol. J. CLXXXIV, 246.
Terreil	„ 142	vollständig J. pr. Chem. C, 476.
Kolb	„ 142	vollständig Vierteljahrsschr. pr. Pharm. XVI, 593.
Stahlschmidt	„ 153	im Ausz. Bull. soc. chim. [2] VII, 487.
Pelouze	„ 161	und 174 im Ausz. Zeitschr. anal. Chem. VI, 219.
Piccard	„ 168	im Ausz. Bull. soc. chim. [2] VII, 488.
Hunt	„ 175	im Ausz. J. pr. Chem. CI, 378; Zeitschr. anal. Chem. VI, 221.
Merz	„ 192	im Ausz. Bull. soc. chim. [2] VII, 392.
Merz	„ 196	im Ausz. Bull. soc. chim. [2] VII, 401.
Lüddecke	„ 217	im Ausz. Bull. soc. chim. [2] VII, 491.
von Hauer	„ 224	im Ausz. Bull. soc. chim. [2] VII, 489.
Löwe	„ 235	im Ausz. Bull. soc. chim. [2] VII, 490.
Roscoe	„ 238	im Ausz. Bull. soc. chim. [2] VII, 393.
von Sommaruga	„ 248	im Ausz. Zeitschr. anal. Chem. VI, 340.
Schneider	„ 260	im Ausz. Bull. soc. chim. [2] VII, 398.
Fischer	„ 265	im Ausz. Vierteljahrsschr. pr. Pharm. XVI, 555.
Schottländer	„ 268	im Ausz. Bull. soc. chim. [2] VII, 403.
Hadow	„ 272	im Ausz. Chem. Centr. 1867, 625.
Wöhler	„ 276	im Ausz. Bull. soc. chim. [2] VII, 396.
Roesler	„ 296	im Ausz. J. pr. Chem. CII, 316.
Brandes	„ 305	im Ausz. Bull. soc. chim. [2] VII, 501.

Die Untersuchung von		findet sich auch
Baeyer	S. 308	im Ausz. Bull. soc. chim. [2] VIII, 52.
Greiner	„ 320	im Ausz. Bull. soc. chim. [2] VII, 503.
Schröder	„ 323	im Ausz. Zeitschr. Chem. 1867, 501; Chem. Centr. 1867, 810.
Haussknecht	„ 338	im Ausz. Chem. Centr. 1867, 839.
Hübner, Ohly u. Philipp	S. 348	im Ausz. Chem. Centr. 1867, 887.
Hübner	S. 349	im Ausz. Bull. soc. chim. [2] VII, 507.
Glaser	„ 367	im Ausz. Chem. Centr. 1867, 872; Zeitschr. Chem. 1867, 65; Bull. soc. chim. [2] VIII, 112.
Barth	„ 393	im Ausz. Chem. Centr. 1867, 666; Bull. soc. chim. [2] VIII, 109.
Kämmerer	„ 402	im Ausz. Bull. soc. chim. [2] VIII, 102.
Malin	„ 409	im Ausz. Bull. soc. chim. [2] VIII, 116.
Wurtz	„ 425	im Ausz. Chem. Centr. 1867, 856.
Kekulé	„ 446	im Ausz. Bull. soc. chim. [2] VIII, 104.
Rubien	„ 533	im Ausz. J. pr. Chem. CII, 311.
Carius	„ 559	im Ausz. J. pr. Chem. CII, 242; Chem. Centr. 1867, 929.
Otto	„ 568	im Ausz. J. pr. Chem. CII, 250.
Caro	„ 585	im Ausz. J. pr. Chem. CI, 490.
Fittig	„ 607	im Ausz. J. pr. Chem. CII, 245.
Rochleder	„ 654	im Ausz. Bull. soc. chim. [2] VIII, 122.
Erdmann	„ 670	im Ausz. Bull. soc. chim. [2] VIII, 220.
Gräger	„ 761	im Ausz. Zeitschr. anal. Chem. VI, 209.
Finkener	„ 794	im Ausz. Zeitschr. anal. Chem. VI, 213.
Cooke	„ 804	im Ausz. Zeitschr. anal. Chem. VI, 226.
Stein	„ 811	im Ausz. Zeitschr. anal. Chem. VI, 240.
Rochleder	„ 812	im Ausz. Zeitschr. anal. Chem. VI, 238.
Kubly	„ 823	im Ausz. Vierteljahrsschr. pr. Pharm. XVI, 514; Zeitschr. anal. Chem. VI, 314.

Autorenregister.

Abel (F. A.), Verhalten des Schiefspulvers im leeren Raum 859; Zusammensetzung und Eigenschaften der Schiefsbaumwolle 860.
Akin (K.), über Calorescenz 79.
Aldendorf, Zus. von Zinkstaub 219.
Aldenkort, über fractionirte Destillation 85.
Anders (E.), optische Zuckerbestimmung 882.
Anderson (Th.), Vork. der Propionsäure und Buttersäure im Holztheer 310.
v. Andrian (F.), Analyse verschiedener Trachyte 971.
Angström (A. J.) über Entstehung der Fraunhofer'schen Linien 78.
Arnall (Th.) über die freiwillige Entzündung von Feuerwerkssätzen 860.
Aronstein und Sirks, Permeabilität des Caoutchouc's für Gase 52.
Attfield (J.), Prüfung der Steinkohlen u. s. w. auf die Ausbeute an Destillationsproducten 891; Entzündlichkeit des Petroleums 893.

Babcock (J. F.), Darstellung des Schwefelcyankaliums 293.
Babinet, Gasabsorption durch gerösteten Kaffee 55; über Wärmewirkungen bei chemischen Processen 58.
v. Babo (L.) und Claus (A.), Einflufs der Chromsäure auf Ozonbildung 93 f.
Bachet, Gewinnung von Zucker und Holzfaser (zu Papier) aus Holz 668.

Baeyer (A), Condensationsproducte des Acetons 308; Constitution der Mellithsäure 410; Constitution des Neurins 416; Darstellung des Propargyläthers aus Trichlorhydrin 526; Reduction von Phenol, Benzoësäure und Oxindol durch Zinkstaub 573.
Baeyer (A.) und Knop (C. A.), Reductionsproducte des Isatins (Dioxindol, Oxindol u. s. w.) 638.
Bagh (A.), Zusammensetzung des Rohstahleisens von Biber 836.
Bahr (J.) und Bunsen (R.), über Erbinerde und Yttererde 179 f.; Bestimmung des Didymoxyds 799, der Erbinerde und Yttererde 800.
Balard (A. J.), über Magnesiatiegel 839; Natrongehalt der Potasche aus Wollschweifs 847; Gewinnung der Salze aus der Mutterlauge des Meerwassers 847.
Barth (L.), Derivate der Paraoxybenzoësäure 393; Umwandlung der Anissäure in Paraoxybenzoësäure 395; Anal. der Soole und Mutterlauge von Hall in Tyrol 992; vgl. bei Hlasiwetz (H.).
Bartlett (N. Gray), automatischer Vacuumapparat 880.
de Bary (J.), optisches Verhalten der Leimstoffe 715; Verdauung des Eiweifs 728.
Basset (H.), Einwirkung von Cyankalium auf Chlorpikrin 495; Producte der Einwirkung von Queck-

Silber und Salzsäure auf Jodallyl 520.

Baubigny (H.), über Palladaminchlorür 276; Acetyl-, Aethyl-, Methyl- und Amylcampher 623.

Baudrimont (A.), Verh. des Baryum- und Manganhyperoxyds 160.

Bauer (A.), Einwirkung des Chlors auf Amylen 530; Benylen 535.

v. Baumhauer (E. H.), Verfahren der Elementaranalyse 812; Conservirung des Holzes im Meerwasser 896.

Baumstark (E.), Einw. des Schwefelsäureoxychlorürs auf organ. Verbindungen 283.

Baxendell (J.), vgl. bei Roscoe (H. E.).

Bechamp (A.), Rolle der Kreide bei der Milchsäuregährung 668; zur Erkennung des Schwefelwasserstoffs mit Nitroprussidnatrium 787; Analyse des Schwefelwassers von Fumades (Arr. d'Alais) 998, der Quellen von Vergèze (Dép. du Gard) 998.

Bechi (E.), vgl. bei Schiff (H.).

Becquerel (A. C. d. A.) über Nachbildung krystallisirter und amorpher unlöslicher Verbindungen 1.

Becquerel (E.), Phosphorescens des Schwefelzinks 81; thermoëlectrisches Verhalten des Schwefelkupfers und verschiedener Legirungen 92.

Bedford (P. W.), Gaslampen für pharmaceutische Zwecke 831.

Beetz (W.), Verhalten des Magnesiums als Electrode 172.

Behrend (M.), Erkennung von Holzstoff im Papier 896.

Beilstein (F.), vgl. bei Hirzel (G.).

Beilstein (F.) und Geitner (P.), über Azodracyl- und Amidodracylsäure 350; Einwirkung des Chlors auf Toluol unter verschiedenen Bedingungen 588.

Beilstein (F.) und Kreusler (U.), über Paranitrotoluylsäure, Paramidotoluylsäure, Parachlortoluylsäure und Paraoxytoluylsäure 357; Darstellung des Nitroxylols 606.

Belohoubek (A.), zur spectral-analytischen Nachweisung der Alkalien 793; volumetrische Bestimmung des Urans 809.

Bender (R.), Vorkommen der Harnsäure 721; phosphors. Kalk fossiler Elephantenzähne 948.

Benuet, vgl. bei Pimont.

van Berlekom (B.), Brucin und Strychnin im Lignum colubrinum 710.

Bernath, Analyse von Rhyolith und Sphärulit 976.

Berthelot (M.), Verhalten von Oxydulsalzen gegen verschiedene Gase 150; Versuche über Acetylenbildung 506; Unterscheidung eines Gemenges von Kohlenoxyd und Wasserstoff von anderen Gasen 507; Löslichkeit des Acetylens in verschiedenen Flüssigkeiten 508; Erkennung des Acetylens und Unterscheidung von Allylen 508; Verhalten des Acetylens gegen Brom und Chlor 509; Cuprosacetyl-, Argentacetyl-, Aurosacetylverbindungen 510 f.; Einwirkung der Alkalimetalle auf Acetylen 514; Einwirkung der Wärme auf Acetylen und verwandte Kohlenwasserstoffe 515; Analyse acetylen- und äthylenhaltiger Gasgemenge 519; Argentallylverbindungen 523; Synthese des Benzols aus Acetylen 538; Unterscheidung und Nachweisung des Benzols 539; Einwirkung hoher Temperaturen auf Benzol, Styrol u. a. aromat. Kohlenwasserstoffe 540 f.; über Acenaphten 545; Vorgänge bei Bildung und Zersetzung von Kohlenwasserstoffen durch Wärme 548; über mögliche Entstehung der natürlichen Kohlenwasserstoffe 549; Eigenschaften des Styrols 613 f.; Nachw. des Styrols im Steinkohlentheer 615; Verhalten des Naphtalins gegen Kalium 618.

Bessemer, zur Umwandlung von Roheisen in Gussstahl 838.

Bettendorff (A.), über Doppelzersetzungen, insbesondere von Eisenchlorid und essigs. Kali 10.

Bianchi (A.), Verhalten des Schiesspulvers im leeren Raum 859.

Björklund (G. A.), Bild. von butters. Aethyl aus Butyrin 312.

Birnbaum (C.), Thalliumtrioxyd 239; schweflig. Platinoxydul- und Platinoxyd-Doppelsalze 269; Trennung von Iridium und Platin 271.

Bizio (G.), Einfluss der Harnbestandtheile auf die Nachweisung von Brom oder Jod 750; Vork. des Glycogens in Mollusken 752.

Blake (J. M.), über Messung der Krystallwinkel 1; Krystallform des Gay-Lussits 954.
Blake (W. P.), californisches Gold 912.
Blanchard und Chateau, phosphors. Magnesia und -Eisenoxydul als Desinfectionsmittel 856.
Blomstrand (C. W.), Analyse verschiedener Columbite 944.
Blondlot (N.), Sublimirbarkeit des farblosen Phosphors 112; über die Reduction des Kupfers durch Phosphor 258.
Blumtritt (E.) und Reichardt (E.), über Absorption von Gasen durch feste Körper 53.
Boblique, Darstellung phosphors. Alkalien aus natürlichem phosphors. Kalk 854.
Böhm (J.), über Gasentwickelung aus abgestorbenen Pflanzentheilen 685.
Börsch, Spectralapparat 78.
Böttger (R.), Abscheidung des Indiums aus dem Ofenrauch der Zinkhütte von Goslar 222; Einw. des Wassers auf metallisches Blei 232; Erkennung freier Schwefelsäure im Essig 818; Metallüberzüge auf Zink 843; Aetzungen auf Zink 844; Verhalten von Thalliumtrioxyd gegen Schwefel 860; neues Reagenspapier 784.
Boillot (A.), Verbrennungserscheinungen des Sauerstoffs und Chlors 98.
Bolley (P.) und Borgmann, Verhalten der Oelsäure bei der Destillation 330.
Bolley (P.) und Crinsoz, Farbstoff aus dem Indig 637.
Bolley (P.) und Jokisch, über unterchlorigs. Magnesia 855; zur Verseifung von Fetten 895.
Bolley (P.) und Rosa, Farbstoffe des Krapps 643.
Bolton (Carrington), Untersuchung der Fluorverbindungen des Urans 209.
Bombicci (L.), Krystallform des Trichlorsantonins 681.
Borgmann, vgl. bei Bolley (P.).
Boricky (E.), Analyse des Margarodits 929, des Meteoreisens von Karthago (N.-Amerika) 1008.
Born (O.), vgl. bei Graebe (C.).

Bouilhet (H.), zur Galvanoplastik 841.
Bourgoin (A. E.), Zusammensetzung des Gehirns 747.
Boussingault, über den Gasumtausch der oberen und unteren Blattseite 682; Entwickelung und Cultur der Tabakspflanze 872; Zusammensetzung des Pulque 885; Untersuchung über die Abhängigkeit der Milchproduction der Kühe von der Nahrung u. s. w. 887; über das Verhalten der Milch beim Buttern 889.
Brady (H. B.), vgl. bei Deane (H.).
Brandes (R.), Bildung der Methyldiacetsäure aus essigs. Methyl 305.
Brassier, Bestimmung der Phosphorsäure 787.
Braun (C. D.), Verhalten des Wismuths gegen schmelzende Phosphorsäure 217; über schwefels. Kobaltpentaminoxyd 251; Zersetzbarkeit des wässerigen Kobaltidcyankaliums 290; volumetrische Bestimmung der Kobaltidcyanverbindungen 305.
Braun (F.), Darstellung des Schwefelcyanammoniums und anderer Schwefelcyanmetalle 293.
Brauns (W.), Apparat zur Darstellung der Benzoësäure 841.
Breithaupt (A.), Sandbergerit 918; Nakrit von Freiberg 933.
Brester (A.), electrolytische Zersetzung verschiedener Verbindungen 84.
Breuer, Zersetzung des Luteolins durch schmelzendes Kali 654.
Breuninger, vgl. bei Lachmann.
Brewster (D.), zur Geschichte der Spectralanalyse 78.
Brimmeyr (R.), Abscheidung des Arsens aus der Fuchsinschmelze 902.
Brio (A.), Krystallform des ameisens. Cadmiumoxyd-Baryts 299.
Brodie (B. C.), chemische Symbole 96.
Brown (J. T.), Berechnung der Dampfdichten 38.
Browning (J.), Silberspiegel für Telescope 866.
Brücke (E.), Farbenton des Tages- und Lampenlichts 75; Darstellung von löslichem Berlinerblau 288.
Brusewitz (E.) und Cathander (M.), Salze des Thialdins 422.

Brush (J. G.), Jefferisit von Westchester 936; Cookeït von Maine 939.
Bucholz (F. C.), schwefels. Zinkoxyd-Natron 222.
Buff (H.), electrolytische Zersetzung alkalischer Schwefelmetalle 83.
Buff (H. L.), Bestimmung des spec. Vol. einiger Kohle, Schwefel oder Phosphor enthaltender Verbindungen 17; über die spec. Wärme von Elementen mit verschiedener Quantivalenz 21; Bildung der Milchsäure aus Brompropionsäure 383; zur Darstellung von Bromamylen 530.
Buff (H. L.) und Kemper (H.), Bildung von Fleischmilchsäure aus Cyanessigsäure 383.
Buliginsky und Erlenmeyer (E.), Oxydationsproducte des Cuminols und Cymols 371.
Bulk (C.), Eigenschaften und Metamorphosen der Crotonsäure 315.
Bunge (N.), Bildung und Verhalten des Nitroprussidnatriums 288; Einwirkung von salpetriger Säure auf Amylalkohol 527.
Bunsen (R.), Absorptionsspectrum des Didyms 186; Flammenreactionen 766; vgl. bei Bahr (J.).
Burkart (H. J.), Manganblenden von Mexico 919; Schwefelselenzinkquecksilber 919; Ceylonit von Ramos in Mexico 922; Fundorte mexicanischer Meteorite 1008.
Busse (A.), Vorkommen des Dextrins in Kartoffeln und Waizen 664.

Cahours (A.), über abnorme Dampfdichten, namentlich des Fünffach-Chlorphosphors 41.
Cailletet (L.), Dissociation von Gasen bei metallurgischen Processen 56.
Calvert (Cr.) und Johnson (R.), Einwirkung der Schwefelsäure auf Zink 218, auf Zinn 225; Verhalten des Kupfers und der Kupferlegirungen gegen Säuren 254.
Calvet, kobalthaltige Schmelzfarben 908.
Camus und Missilier, Beseitigung des Geruchs des rohen Petroleums 892.
Cannissaro (S.), Methylanisetyläther und zweifach-oxymethylirtes Toluol 616 f.

Carius (L.), Bildung der Benzoesäure 840; Krystallform der Isomaltsäure 399; Darstellung von Triäthylphosphinoxyd 421; Producte der Einwirkung von chloriger Säure auf Benzol (Trichlorphenomalsäure u. s. w.) 559; Löslichkeit der Bernsteinsäure 564; Bestimmung der Kohlensäure in Mineralwassern 785; Analyse der Quellen des Inselbades bei Paderborn 987.
Caro (H.), über Bildung der Rosolsäure 585.
Caro (H.) und Wanklyn (J. A.), über die Bildung von Rosolsäure aus Rosanilin 584.
Caron (H.), Verhalten des schmelzenden Kupfers gegen Wasserstoff und Kohlenoxyd 252; Schmelztiegel aus Magnesia 832; über die Bildung von Blasen im Gußstahl 839; über Kalk- oder Magnesiatiegel 839.
del Castillo (A.), über Manganblende und Schwefelselenzinkquecksilber von Mexico 919; Ceylonit von Ramos 922; Chlorselenquecksilber 956; Meteoreisen von Yanhuitlan 1008.
Cathander (M.), vgl. bei Brusewitz (E.).
Cerny (C.), neues Sprengpulver (Haloxylin) 859.
Chancel (G.), Trennung der Magnesia von den Alkalien 796, der Thonerde von Chromoxyd 797; Trennung des Zinks vom Kupfer 803; Erkennung des Blei's neben Silber 803; Erkennung und Bestimmung des Kobalts und Nickels 805.
Chancourtois (E. B.), über Diamantbildung 111.
Chapman (E. J.), Vorkommen von Gediegen-Blei am Oberen See 913.
Chapman (E. T.), Verhalten des Naphtylamins gegen Schwefelsäure und salpetrige Säure 468; Einwirkung von Natriumamalgam auf Bromäthyl und Quecksilberäthyl 502; Verhalten des salpetrigs. Amyls gegen Chromsäure und Schwefelsäure 529, gegen Phosphorsäure 530; vgl. bei Wanklyn (J. A.).
Chapman (E. T.) und Thorp (W.), begrenzte Oxydation organischer Verbindungen 278, 282.
Chapoteaut (P.), vgl. bei de Laire (G.).

Chappat, vgl. bei Poirrier.
Charles, Anwendung von Borax in der Färberei 899.
Chateau, vgl. bei Blanchard.
Chatin (A.), Aschenbestandtheile der Kresse 703.
Chenot (E. C. A.), Gewinnung von Stahl oder Stabeisen im Hohofen 837.
Chevallier (A.), zum Gypsen des Weins 884.
Chevreul (E.), über einige Capillaritätserscheinungen 8; Säure im Wollschweifs 758.
Chevrier, Darstellung des Phosphorsulfochlorids 115; Einwirkung von Chlorschwefel auf Arsen 212.
Chiado (D.), Gewinnung von Gaarkupfer aus kiesigen Kupfererzen 835.
Chiżyński (A.), über chemische Massenwirkung 12.
Christomanos (A. C.), Analyse der Eruptivgesteine von Santorin 964.
Church (A. H.), Stickstoffgehalt des Waizens 878; Analyse des Woodwardits von Cornwall 953.
Chydenius (J. J.), Analyse des Euxenits von Arendal 946.
Clark (J.) und Fittig (R.), über Amidovaleriansäure und Oxyvaleriansäure 818.
Clarke (R. T.), freiwillige Entzündung von Feuerwerksätzen 860.
Classen (A.), Anwendung des Cadmiums zur Bestimmung des Silbers 811.
Claus (A.), Einwirkung von Natriumamalgam auf Bittermandelöl 353; vgl. bei v. Babo (L.).
Clemm (C.), vgl. bei Hoch (J.).
Cloëz, Wirkung des Schwefelkohlenstoffdampfs 120.
Clowes (Fr.), Temperaturerniedrigung beim Lösen von Schwefelcyanammonium 293.
Cobelli (R.), vgl. bei Vintschgau (M.).
Collas (Cl.), phosphors. Kalk als Begünstiger der Fäulnifs 670.
Collier (P.), Analyse des Cookeïts 939.
Commaille (A.), Verhalten des Magnesiums gegen Metallsalze 171; Verbindungen von Platinchlorür mit Chlorsilber und -Quecksilber 267; Untersuchung über verschiedene Eiweifskörper 710; Zusammensetzung der Katzenmilch 748, der Hühner- und Enteneier 748.

Cooke (J. P. d. j.), tellurische Linien des Sonnenspectrums 77; Trennung des Eisenoxyds von Thonerde 804; Analyse des Danalits von Rockport 930.
de Coppet (L. C.), Bildung von oxamins. Ammoniak 896.
Corenwinder (B.), über den Gasumtausch bei Pflanzen 684.
Cossa (A.), lösliche Stoffe der Ackererde 765.
Coupier, Darstellung rother Farbstoffe aus Toluidin und Xylidin 901.
Crafts (J. M.), vgl. bei Friedel (C.).
Credner (H.), Analyse des Hübnerits 946.
Crinsoz, Oxydation des Zinns in Legirungen 229; vgl. bei Bolley (P.).
Crookes (W.), Priorität der Anwendung von Natriumamalgam zur Extraction edler Metalle 833.

Damour (A.), Steinbeil aus Hornblende von Robenhausen 926, aus Saussurit von Saint-Aubin 926, aus Staurotid von Rhodus 927; Analyse celtischer Steinbeile aus Diorit 978.
Dangevillé und Gautin, Anwendung von übermangans. Kali beim Zeugdruck 899.
Dankwerth (L.), Wirkung von Oelsäure auf metallene Destillirapparate 895.
Dareste (C.), stärkmehlartige Substanz im Eidotter 749.
Daubrawa (F.), über natürliche und künstliche Cemente 864.
Daubrée (P.), synthetische Versuche mit Meteoriten und terrestrischen Gesteinen 1002; Meteoritenfall in Algerien 1007, bei Saint-Mesmin 1009.
Davaine (C.), Ursache der Fäulnifs der Früchte 670.
Davies (E.) Verhalten des Eisenoxydhydrats 240.
Davis (R. H.), Analyse der Quellen von Harrogate 997.
Deane (H.) und Brady (H. B.), mikroscopische Untersuchung von Fleischextract 891.
Debray (H.), Nachweisung von Kali, Cäsium-, Rubidium- und Thalliumoxyd mit Phosphormolybdänsäure 794.
Debus (H.), Constitution der Kohlenstoffverbindungen 278; Bildung von

Glyoxylsäure aus Bromglycolsäure 875.
Delafontaine (M.), über Erbinerde, Yttererde und Terbinerde 184; Nioboxydul und Nioboxyd 205.
Depouilly (P. und E.), Darstellung von toluidinhaltigem Anilin 901, von Anilingrau 906.
Desaga (O.), Erkennung von Kirschbranntwein 826.
Descloizeaux (A. L.), optisches Verhalten natürlicher und künstlicher Krystalle 7; Krystallform des Adamins 950.
Deumelandt (G.), Derivate des Xylols 606.
Deville (H. St. Cl.), Dissociation des Dampfs von Fünffach-Chlorphosphor und Quecksilberjodid 40; Dampfdichte des Jodquecksilber-Jodammoniums 48; Untersuchungen über Dissociation 57, über Magnesiatiegel 889.
Dexter (W. P.), Apparat zur Destillation der Flufssäure 139.
Diacon (M. E.), normale und gleichzeitige Löslichkeit von schwefels. Natron, -Magnesia und -Kupferoxyd 61; Fällung des Kupfers als Schwefelmetall 810.
Dietrich (E.), Bestandtheile der efsbaren Kastanie 706; gasvolumetrische Bestimmung des Stickstoffs 760; zur Bodenanalyse 764.
Ditscheiner (L.), zur Theorie des Spectralapparats 78.
Dollfus-Mieg, Reinigung von Garancin 900.
Domeyko (J.), Analyse südamerikanischer Selenerze 919.
Donné (Al.), spontane Zeugung in Eiern 672.
Dossios (L.), Umwandlung der Fleischmilchsäure in Malonsäure 884.
Dragendorff (G.), Verhalten des Antimon- und Arsenwasserstoffs gegen Kalihydrat 215; über Curarin 474; Erkennung organischer Basen mittelst Jodwismuth-Jodkalium 821; Verhalten des Morphins 824.
Dragendorff (G.) und Kubly (M.), Bestandtheile der Sennesblätter 705.
Dressler (W.), über Melanin 722.
Dubois (E.), Einwirkung des Sulfurylchlorids auf organische Verbindungen 283.

Dubrunfaut, Reclamation bezüglich des dialytischen Verfahrens 74.
Duchartre (P.), Beziehung der Spaltöffnungen zum Gasumtausch 682; Einfluſs von Tag und Nacht auf die Entwickelung des Stengels 688.
Dullo, Darstellung von Chloraluminium-Chlornatrium zur Aluminiumfabrikation 840; Bereitung von Leinölfirniſs 894.
Dupré (A.), vgl. bei Jones (H. B.).
Dupré (A. und P.), über Molecularkräfte und Moleculararbeit 9.
Dupré (V.), vgl. bei Faivre (E.).
Dybkowsky (W.), Ursache der giftigen Wirkung des Phosphors 735; Absorptionscoëfficient des Phosphorwasserstoffs 737; Menge des mit dem Hämoglobin verbundenen Sauerstoffs 742.

Eckhard (C.), über Hydrodiffusion durch thierische Membranen 73.
Ehrhardt, Bereitung von Schieſspulver 859.
Eisenstuck, Analyse von Ackererden 869.
Elsner (L.), über die Flüchtigkeit s. g. feuerbeständiger Körper 85; Verhalten von Mineralien in hoher Temperatur und spec. Gew. des Porcellans 910.
Emmerling (A.), Pseudonephrit von Easton 939.
Emsmann (H.), über Calorescens 79.
Endemann (H.), Versuche zur Darstellung der ätherschwefligen Säure 498.
Engelhard (A.), Aufschlieſsung von Knochen 878.
Erdmann (E. O.), über die rothen und blauen auf Speisen sich entwickelnden Bildungen 670.
Erdmann (J.), über die steinartigen Concretionen der Birnen 672.
Erdmann (O. L.), Darstellung von salpetrigs. Kali 154; Vorkommen von Kobalt und Nickel im Eisen 239; salpetrigs. Nickel- und Kobalt-Doppelsalze 245.
Erhard (A.), mikroscopische Erkennung der Pflanzenbasen 821.
Erlenmeyer (E.), über Homotoluylsäure und Derivate 865; Dibromhomotoluylsäure 868; Verhalten der Eugensäure gegen Jodwasserstoff und

Kalihydrat 873; Vorkommen der Glycolsäure 373; Einwirkung von Jodwasserstoff auf Glycerin 524; zur Constitution des Anethols 618; Verbrennungsofen und Apparat zum Erhitzen von Röhren 831; vgl. bei Buliginsky.

Esson (W.), vgl. bei Harcourt (A. V.).

Faivre (E.) und Dupré (V.), Gase des Maulbeerbaums und Weinstocks 686.

Falco (C.), Bestandtheile der Rinde von Petalostigma quadriloculare 709.

Famintzin (A.), Einfluſs des Lichts auf die Bewegung und das Ergrünen der Pflanzen 688.

Favre (P. A.), Wärmevorgänge bei Zersetzungen im Kreise der galvanischen Säule 88.

Felix (A.) und Mehes (R.), Analyse der Quelle von Vichnje 996.

v. Fellenberg (L. R.), zur Analyse von Silicaten 764.

Fellner (A.), Analyse eines Diabasgesteins aus Böhmen 977.

Fick (A.) und Wislicenus (J.), über den Ursprung der Muskelkraft 729.

Finger (H.), Krystallform von wasserhaltigem Einfach-Schwefelnatrium 155.

Finkener (R.), Trennung von Kali und Natron 794.

Fischer (H.), über Einschlüsse von Gneuss in Phonolith 978.

Fischer (J. C.), über den Cassius'schen Goldpurpur 265.

Fischer (J. H.), über phosphors. Bleioxyd 238.

Fischer (J. K.), Gehalt der China de Cuenca an Basen 471.

Fittig (R.), Identität der s. g. Oxytolsäure mit Toluylsäure 356; Darstellung von Aethyl- und Diäthylphenyl 550; über Ditolyl und Toluylen 586; Dibrom- und Hexabromdibenzyl 588; Derivate des Mesitylens 607 f.; vgl. bei Clark (J.).

Fitz (A.), vgl. bei Ladenburg (A.).

Fizeau, (H. L.), Ausdehnung fester Körper durch Erwärmung 25.

Fleck (H.), Nachweisung des Kobalts neben Nickel 804; Darstellung von neutraler schwefels. Thonerde 856; zur Darstellung des Quecksilberchlorids 858; über fossile Brennstoffe 891.

Fleischer (M.), Bildung einer mit Phenyltolylamin isomeren Base aus Chlortoluol und Anilin 483 f.; über Sulfobenzol 603.

Flückiger (F. A.), spec. Gew. des Stärkmehls und Gummis 664.

Forbes (D.), Analyse des Domeykits 913; Titaneisen (Kibdelophan?) von Arica (Peru) 943; Analyse von Nitratin (salpeters. Natron) von Tarapaca (Peru) 950, von natürlichem Bittersalz aus Peru 951.

Fordos (J.), Uroerythrin und Urocyanose 750.

Forster (A.), Spectralapparat 78; über Scheidung und Verhalten der Platinmetalle 266.

Forster (?), Analyse des Phosphorits und Staffelits 947.

Foucault (L.), Durchsichtigkeit des Silbers 75.

Fournet (J.), über die blaue Farbe der Schlacken 195.

Fraas (H.), Bestandtheile von Gastrolobium bilobum 710.

Francqui und van de Vyvere (F.), Erkennung des Zuckers im Harn 826.

Frank (A.), Absorption von Natron- und Kalisalzen durch Ackererde 871.

Frankland (E.), chemische Notation 94; zur Analyse von Trinkwasser 761; Verbrennungswärme der Muskeln und verschiedener Nahrungsmittel und Ursprung der Muskelkraft 762; über den Gehalt der Londoner Trinkwasser an organischen Substanzen 997.

Fremy (E.), über Krystallisation unlöslicher Verbindungen 1.

Fresenius (R.), vergleichende Prüfung der Absorptionsmittel für Kohlensäure 784; zur Bestimmung der Kohlensäure in Mineralwassern 786; Bestimmung des Jods in den Anilinlaugen 788; Bestimmung des Fluors 791; zur Trennung des Kobalts und Mangans von Nickel 807; Prüfung des essigs. Kalks 818; Analyse des plastischen Thons von Hülscheid und Ebernhahn 982; Analyse der Quellen von Driburg und Herst 989, der Felsenquelle von Ems 990.

de Freycinet (Ch.), über Vorkehrun-

gen zum Schutz der Gesundheit in technischen Gewerben 833.
Friedel (C.), Analyse des Adamins von Chanarcillo 949.
Friedel (C.) und Crafts (J. M.), Untersuchung über die Aether der Kieselsäure 488.
Friedel (C.) und Ladenburg (A.), Synthese des Kohlenwasserstoffs C_7H_{16} (Carbomethyldiäthyl) 493.
Friedländer, Verhalten des Rohrzuckers gegen Chlor 665.
Frisch (K.), über die Basicität der Weinsäure 401.
Fritzsche (J.), Kohlenwasserstoff aus Cumol 607; Chrysogen 621.
Fröhde (A.), Anwendung des unterschwefligs. Natrons 157; schwefels. Kobaltoxydul 244; Cyangehalt des Kohlendunstes 286; Anwendung des unterschwefligs. Natrons in der Analyse 765; Verhalten des Morphins 824.
Fröhde (A.) und Sorauer (P.), zur Kenntnifs der Mohrrübe 704.
Fuchs (C. W. C.), Analyse von Eruptionsproducten des Vesuvs 966.
Fuchs (E.), Gewinnung des Chlorkaliums aus Carnallit 847.
Fudakowski, Natur der Lactose 667.

Gal (H.), über Acetyl- und Butyrylglycolsäure und -butyllactinsäure 875.
Galy-Cazalat, Entkohlung des Roheisens 838.
Gastell (J.), Identität des Jamaicins mit Berberin 480.
Gaudin (A.), Gewinnung von stahlartigem Gufseisen 836.
Gaudin (M. A.), moleculare Structur des Ammoniakalauns und des Teträthylammoniumplatinchlorids 1; Theorie der Krystallogenie 1.
Gauhe (Fr.), über die Trennung des Kobalts von Nickel 807.
Gautier (A.), Darstellung des flüssigen und festen Chlorcyans 286; Verbindungen des Cyanäthyls mit Chlor-, Brom- und Jodwasserstoff, Chlorbor u. s. w. 500.
Gautin, vgl. bei Dangevillé.
Geitner (P.), vgl. bei Beilstein (F.).
Gerardin, hydroëlectrische Ketten 91.

Gerding (Th.), Darstellung von Phosphorcalcium 161.
Gerlach (G. Th.), Prüfung der Aräometerskalen 17; spec. Gew. der Lösungen schwefels. Salze 128.
Gernez (D.), Analogieen überschmolzener Substanzen mit übersättigten Salzlösungen 29; über die Gasentwickelung in übersättigten Lösungen von Gasen 55; Verhalten übersättigter Lösungen von links- und rechts weins. Salzen 400.
Geuther (A.), Verhalten des Triäthylamins gegen salpetrigs. Kali 415.
Geuther (A.) und Neuhof (E.), Önanthyls. Methyl 323.
Gilbert (J. H.), vgl. bei Lawes (J. B.).
Giles (R. W.), Macerationsapparat 830.
Gill (R.), Luftpumpe 830.
Gintl (W. F.), Quetschhahn 831.
Girard (Ch.), vgl. bei de Laire (G.).
Gladstone (J. H.), über Pyrophosphodiaminsäure und Pyrophosphotriaminsäure 145.
Glaser (C.), über Hydrozimmtsäure und Monobromzimmtsäure 367; Azobenzol und Azoxybenzol als Oxydationsproducte des Anilins 441.
Göfsmann (C. A.), Einwirkung der Magnesia auf Kalksalze 175; Analyse der Salzquellen von Onondaga 1000.
Gorup-Besanez (E.), Identität der Amidovaleriansäure und des Butalanins 319.
Goyot, über Hühner- und Enteneier 749.
Grabowski (A.), Verfahren zur Bestimmung der Dampfdichte 36; Einwirkung des Zinkäthyls auf Schwefelkohlenstoff 503; über künstliche Harzbildung 631; vgl. bei Hlasiwetz (H.).
Graebe (C.), Verhalten der Oxybenzoësäure, Paraoxybenzoësäure und Carbohydrochinonsäure gegen Säuren 385; über Methylsalicylsäure 386; Verhalten der Anissäure gegen Jodwasserstoff 388; Umwandlung der Anissäure in Paraoxybenzoësäure 388; Verhalten der Chinasäure gegen Fünffach-Chlorphosphor und schmel-

sendes Kalihydrat 407; Verhalten des Anisols gegen Jodwasserstoff 617.

Graebe (C.) und Born (O.), über phtals. Aethyl und Hydrophtalsäure 411.

Gräger (N.), Oxalsäure zur Feststellung von normalem übermangans. Kali 761; zur Bestimmung des Natrons in der Potasche 795.

Graham (Th.), Untersuchung über das Verhalten der Gase zu colloïdalen Scheidewänden 43, 74.

Green (J.), Beseitigung des üblen Geruchs des Petroleums 892.

Greiner (E.), Einwirkung von Natrium auf ameisens. Aethyl 300; Zersetzungsproducte des valerians. Aethyls durch Natrium 320.

Griefs (P.), neue Säure aus Cyanamidobenzoësäure 851; Bildung von Oxybenzaminsäuren und über die isomeren Säuren $C_7H_7NO_3$ 351; Untersuchung über Azoverbindungen 442 f.

Grimaux (E.), vgl. bei Lauth (C.).

Gripon (E.), Wärmeleitungsvermögen des Quecksilbers 260.

Gris (A.), über das Stärkmehl in den Geweben der Bäume 690.

Grison (Th.), Schwarzfärben der Wolle 900.

Grosschopff (C.), Darstellung des Caffeïns 470, des Santonins 680.

Groth (P.), Titanit aus dem Plauenschen Grund 943.

v. Gruber (O.), vgl. bei Otto (B.).

Le Guen (P.), Darstellung von wolframhaltigem Eisen 836.

Guldberg (C. M.) und Waage (P.), über Affinitätswirkungen 15.

Gwosdew (Iw.), Darstellung des Hämins und Nachweisung des Bluts 746.

Habermann (J.), Analyse der Eruptivgesteine von Santorin 963 f.

Hadow (E. A.), Darstellung und Unterscheidung der Salze einiger Platinbasen 272; Bildung und Darstellung des Nitroprussidnatriums 289.

Hagemann (G.), Krystallform des Kryoliths 957; Analyse des Hagemannits und Pachnoliths 958, des Arksutits 959.

Hager, Prüfung des Petroleums 892.

v. Hahn, Eruptivgesteine von Santorin 964.

v. Haidinger (W.), Meteorsteinfall bei Knyahinga 1007.

Hallier (E.), Entwickelungsformen des Penicillium crustaceum 668.

Hallwachs (W.), zur Bestimmung der Gerbsäure 821.

Halphen, in der Hitze rosenroth werdender Diamant 911.

Harcourt (A. V.) und Esson (W.), über die Umsetzung des Wasserstoffhyperoxyds mit Jodwasserstoff 10.

Hargreaves (J.), Behandlung der Sodalaugen 853.

Hartley (W. N.), Verhalten des Magnesiums zu Salzen 172.

Hauch, Analyse der Quellen von Skleno 996.

v. Hauer (Fr.), bauxitähnliches Mineral von Krain 923.

v. Hauer (K.), Löslichkeitsverhältnisse von Mischungen isomorpher Salze 58; selens. Cadmiumoxyd-Kali 224; Zusammensetzung des ameisens. Cadmiumoxyd-Baryts 299; Pseudomorphose von Chlorit nach Granat 960; Eruptivgesteine von Santorin 962; Analyse der Gesteine von den Mai-Inseln 965, von St. Paul 968; Analyse verschiedener Rhyolithe 969; über die Löfsablagerungen bei Wien 983.

v. Hauer (R.), Analyse des Löfs von Pittan 983.

Haughton (S.), Brauneisenstein von Kilbride 922; Analyse des Orthoklas von Grönland 927; des Apophyllits von Bombay 935, des Stilbits, Hypostilbits und Harringtonits von Bombay 936, des Sombrerits 946, augitischer Laven von Neuseeland 967, des Basalts von Neuseeland 975, des körnigen Kalks von der Insel Jona 981; des Meteorits von Dhurmsalla (Punjab) und von Dundrum (Tipperary) 1009.

Haushofer (K.), über den Asterismus und die Brewster'schen Lichtfiguren am Calcit 7; gefällte kiesels. Salze 195; Gymnit von Passau 931; chloritähnliches Mineral von Bamberg 935; Untersuchung des Glaukonits 987; eines glaukonitischen Kalksteins 989.

Haussknecht (O.), Derivate der Erucasäure 884 f.
Heeren (Fr.), Verhalten des Schiefspulvers u. s. w. im leeren Raum 859; Darstellung von Glycerinseife 895.
Heiden (E.), über die Absorptionsfähigkeit von Silicaten für Basen 870.
Hein (Th.), Analyse des Alloklas von Orawicza 919, des Meteorits von Dacca (Bengalen) 1010.
Heintz (W.), Producte der trockenen Destillation glycols. Salze 873; Bildung von Dioxymethylen 874; Nitrosodiglycolamidsäure 876; Bildung des Diäthylglycocolls 878; Verhalten des thiodiglycols. Aethyls 879; über triglycolamids. Aethyl und Triglycolamidsäuretriamid 879; Verhalten des Triäthylamins gegen salpetrigs. Kali 415; zur Bestimmung der org. und unorg. Substanzen im Wasser 763.
Heintzel (C.), über Malonsäure aus Barbitursäure 897; über Nitrosopikrammoniumchlorid 428.
Helm (O.), Vorrichtung zur Bestimmung der Gase des Wassers 763.
Henneberg (W.), Kühn (G.) und Schultze (H.), Versuche über Respiration 726.
Hermann (L.), Vorkommen des Protagons im Blut 743.
Hermann (R.), Darstellung der Zirkonerde 189; Nichtexistenz der Norerde 191; Constitution der Niobverbindungen 206; über Ilmensäure und Ilmenverbindungen 207; Trennung der Zirkonerde von der Titansäure u. s. w. 797; spec. Gew. der Zirkone 924; Asperolith von Tagilsk 932; Analyse des Tschewkinits von Miask 943, des Columbits von Grönland und des Aeschynits 945.
Hermes (O.), über Schwefelblausäure und Schwefelcyanmetalle 294.
Hérouard, ätherisches Oel von Crithmum maritimum 621.
Hesse (O.), Darstellung und Zusammensetzung des Rhoeadins und Rhoeagenins 477; Untersuchung der Orseilleflechtenstoffe 656; Carbonusninsäure 661.
Hessenberg (F.), Krystallform des Hessenbergits 924, des Klinochlors 933; Topaskrystalle von la Paz (Mexico) 943; Krystallform des Calcits von Pribram 955.
Hidegh (C.), Analyse der Quelle des Johannisbades bei Wien 993.
Hilger, Analyse des Picotits von Hofheim 979.
Hinrichs (G.), über die dunklen Spectrallinien der Elemente 78.
Hirsel (G.), Bildung von Toluylsäure aus Terpenen 356; Darstellung der Brenzschleimsäure 408.
Hirzel (G.) und Beilstein (F.), Bildung von Xylylsäure und Insolisäure aus Xylol 361.
Hlasiwetz (H.), Scoparin 649.
Hlasiwetz (H.) und Barth (L.), Zersetzungsproducte der Asa foetida durch schmelzendes Kali (Ferulasäure) 627; Gummigutt (Isuvitinsäure) 628; Aceroïdharz, Sagapen, Opopanax und Myrrhe 630; künstliche Harzbildung 631.
Hlasiwetz (H.) und Grabowski (A.), Bildung von Protocatechusäure aus Eugensäure 372; Untersuchung des Umbelliferons 635, der Carminsäure 646.
Hoch (J.) und Clemm (C.), über die volumetrische Bestimmung des Eisens mittelst Schwefelcyankalium und Kupferchlorür 808.
Höchst (J.), über den plastischen Thon von Montabaur 982.
Höfer (H.), Serpentin, Bronzit und Talk aus Obersteiermark 931; Analyse des Magnesits von Kraubath 956.
Hoffmann (H.), Verhalten der Hefe 668.
Hofmann (A. W.), Synthese des Guanidins 419; über Phenyl- und Toluylformamid und deren Umwandlung in Benzoë- und Toluylsäure 435; Darstellung des Chlorpikrins 494.
Hofmann (P. W.), Existenz des Calciumoxysulfurets 163; Zusammensetzung von Sodarückständen 848; Regenerirung von Mangansuperoxyd 857; Verhalten des Schwefelmangans an der Luft 857.
Holeček (W.), vgl. bei Streit (S.).
Holliday (J.), Herstellung von Farbstoffen aus Anilinsalzen mit Nitrobenzol 904.
Hoppe-Seyler (F.), Vorgang bei der

Flüssigkeitsdiffusion ohne Membranen 71; über Bildung des Anhydrits 164; Vorkommen von Indium und Zink im Wolfram 222; spec. Drehung des Traubenzuckers 665; Cholesterin und Protagon im Mais 698; über die Oxydation im lebenden Blut 738; Einwirkung des Schwefelwasserstoffs auf den Blutfarbstoff 741; Gehalt des Bluts an Protagon und Cholesterin 744.

Hosaeus (A.), Einfluſs der Nahrungsmittel auf den Ammoniak- und Salpetersäuregehalt von Zwiebeln und Erbsen 687.

Houzeau (A.), Ozongehalt der Luft 144; Bestimmung des Arsens in der Salzsäure 801.

How (A.), Analyse von Muschelschalen 758; Manganit und Pyrolusit von Neuschottland 922.

Hübner (H.), über Chlornitrobenzoë-, Chlornitrosalyl- und Chlornitrodracylsäure 849.

Hübner (H.) und Ohly (J.), über Bromnitrobenzoësäuren und Bromnitrodracylsäuren 348.

Hübschmann (F.), über Acolyctin und Lycoctonin 483.

Huggins (W.), Spectra des Cometen und planetarischer Nebel 78 f.

Huggins (W.) und Miller (W. A.), über die Spectra der Gestirne 78, 79.

Hunt (T. S.), Verhalten der Kalk- und Magnesiasalze (Dolomitbildung) 175 f.

Hunter (A. G.), Darstellung von ätzenden und kohlens. Alkalien 846.

Husemann (A.), Nichtidentität des Carotins und Cholesterins 705.

Husemann (Th.) und Marmé (W.), Wirkung des Phosphors auf den Organismus 735.

Igelström (L. J.), Gediegen-Blei von Wermland 912; Analyse des Amphitalits 948, des Kondroarsenits 949.

Ilienkoff, Aufschlieſsung von Knochen 678.

Ilisch (F.), Mineralsäuren als Desinfectionsmittel 856.

Jackson (C. T.), Diaspor von Chester 928; Andesin (Indianit) von Chester 928; Analyse des Emeryliths (Margarits) von Chester 935, des Corundophilits (Chloritids) von Chester 936.

Jacob (E.), Spritzflasche für riechende Flüssigeiten 830.

Jacobsen (E.), Erkennung freier Fettsäure in fetten Oelen 827; Darstellung von löslichem Anilinblau 905; Anwendung von Anilinfarben für den Buch- und Steindruck 906.

Jaffé (M.), über das Vorkommen des Glycogens bei Diabetes 753.

Janssen (J.), Absorptionsspectrum des Wasserdampfs 76.

Jeanjean (F.), Bildung und Verhalten des sulfocarbamins. Aethyls 501.

Jeannel, Reinigung von Salzen aus übersättigten Lösungen 69; Eigenschaften des essigs. Natrons 808.

Jeremejeff (P.), Analyse russischer Andalusite 925.

Johnson (R.), vgl. bei Calvert (Cr.).

Johnson (S. W.), über Assimilation stickstoffhaltiger Körper durch Pflanzen 688.

Jokisch, vgl. bei Bolley (P.).

Jones (H. B.) und Dupré (A.), fluorescirende Substanz (animalisches Chinoïdin) im Organismus 753.

Juhász (P.), vgl. bei Siegmund (H.).

Jungfleisch (E.), Eigenschaften der Chlorsubstitutionsproducte des Benzols 550.

Kämmerer (H.), über Isomalsäure 399; über Hydrocitronsäure 402.

Karmrodt (C.), Fleischextract von Uruguay 891.

Kaufmann, Vorkommen von Dopplerit in Unterwalden 959.

Kekulé (A.), Beziehung des Brechungsvermögens und der Verbrennungswärme der Gase 76; Synthese der Benzoësäure 340; Synthese der Toluylsäure aus Bromtoluol 355, der Xylylsäure aus Bromxylol 360; über Jod- und Bromanilin 430; Identität der Phenoldisulfosäure und Disulfophenylensäure 446; Constitution der Azo- und Diazoverbindungen 466; Umwandlung von Diazo- in Azoverbindungen (Amidoazobenzol) 467; über Reduction der Nitroverbindungen durch Zinn und Salzsäure 552; Jod- und Bromsubstitutionsproducte des Benzols 553.

Kemper (H.), vgl. bei **Buff** (H. L.).
Kenngott (A.), über Houghit, Hydrotalkit und Völknerit 923; Krystallform schweizerischer Staurolithe 926; Formel des Metaxits 931; Bezeichnung des Gibbsits als Richmondit 948.
Kent, Röstung von Gold und Silbererzen 833.
Kerpely (A. K.), Gewinnung von möglichst reinem Roheisen 836.
Kefsler-Desvignes, Behandlung des Rübensaftes 880.
Kick (F.), Bereitung von Prefshefe 884.
Kleinschmidt (J. L.), Untersuchung von Rohzucker 882.
Kletzinsky (V.), Darstellung von Chromoxyd 208; Darstellung des einfach-chroms. Kali und Verhalten des chroms. Chlorkaliums gegen Salzsäure 209; Kohlenfilter 831; Bereitung von Prefshefe 884; Zusammensetzung der Fruchtessenzen 885; Lösung von Phenylbraun zum Färben 900.
Knapp (Fr.), Wesen der Weifsgerberei 897.
Knop (A.), Krystallform der Crotonsäure 315; über den Klipsteinit 941.
Knop (C. A.), vgl. bei **Baeyer** (A.).
Knop (W.), vgl. bei **Wolf** (W.).
v. **Kobell** (F.), Analyse des Franklinits 922; Identität des Osmeliths und Pektoliths 934; Analyse des Thomsonits (Faröeliths) von Island 940; Klipsteinit 941.
Köchlin (H.), blauer Farbstoff aus Chloroxynaphtalinsäure 907.
König (A.), Analyse des Gadolinits 924.
Körner (W.), Verhalten der Crotonsäure 317; Bromsubstitutionsproducte des Phenols 573; Umwandlung des Parajodphenols in Resorcin 578.
Kofler (L.), Analyse mehrerer Quellen Vorarlbergs 992.
Koksoharow (N.), magnetisches Platin von Nischne-Tagilsk 912; Kupferit und Lawrowit 927; Krystallform des Chioliths 958.
Kolb (J.), spec. Gew. der wässerigen Salpetersäure 142; über den Sodabildungsprocefs 849; Löslichkeit des Schwefelcalciums 852.
Kolbe (H.), Prognose neuer Alkohole und Aldehyde 484.

Kolbe (H.) und **Wischin** (G.), Phtalsäurealdehyd 413.
van der **Kolk** (Schröder), über **Deville's** Dissociationstheorie 57.
Koller (Th.), Löslichkeit des Jods in Gerbsäure 137.
Kopp (E.), Darstellung des Nitroglycerins 861.
Kopp (H.), über die spec. Wärme des Graphits 23.
v. **Korff** (J.), über Hydromekonsäure und Hydrokomensäure 408.
Krantz (A.), spec. Gew. des Domeykits 918.
Kraut (K.), Verhalten des bernsteins. Aethyls gegen Chlorbenzoyl 398; über die Zusammensetzung des Boronatrocalcits 954.
Krenner (J. A.), Krystallform des selens. Cadmiumoxyd-Kalis 225.
Kreusler (U.), Anwendung des Barythydrats zur Absorption der Kohlensäure bei der Elementaranalyse 815; vgl. bei **Beilstein** (F.).
Kubel (W.), Untersuchung des Coniferins 674.
Kubly (M.), Bestandtheile der Rinde von Rhamnus frangula 707; Aschenbestandtheile der Canthariden 756; Nachweisung und Trennung organischer Basen 823; vgl. bei **Dragendorff** (G.).
Kühn (G.), vgl. bei **Henneberg** (W.).
Küpfer (J.), Bildung von Dioxysulfokohlens. Aethyl 375.
Kunheim (H.), Darstellung von Blutalbumin für Kattundruck 899.
Kurtz (C.), über die Anwendung von Schwefelkohlenstoff zur Extraction von Oelen 894.

Lachmann und **Breuninger**, Färben der Wolle mit löslichem Anilinblau 905.
Lacroix, Darstellung kobalthaltiger Schmelzfarben 909.
Ladenburg (A.), Umwandlung der Paraoxybenzoësäure in Anissäure und Aethylparaoxybenzoësäure 388; vgl. bei **Friedel** (C.).
Ladenburg (A.) und **Fitz** (A.), Derivate der Paraoxybenzoësäure 389 f.
Ladenburg (A.) und **Leverkus** (C.), Verhalten des Anethols gegen Jodwasserstoff 617.

Lahens (Magne), Verhalten der Jodstärke 664.
de Laire (G.), Girard (Ch.) und Chapoteaut (P.), über Diphenylamin, Ditolylamin und über Umwandlung von Monaminen in Triamine 431 f.
Lamy (A.), Darstellung von Thalliumglas 865.
Lang (E.), Analyse der Therme von Stuben (Ungarn) 996.
v. Lang (V.), Wärmeleitungsvermögen einaxiger Krystalle 5; Krystallform des Oxyfluoruran-Kaliums und -Natriums 210 f.
Langlois (Ch.), zur Bildung der Trithionsäure 125.
Laronde, zur Bestimmung des Jods 789.
Lartet (L.), über den Salzgehalt des todten Meeres 985.
Laspeyres (H.), Vorkommen des Rubidiums und Cäsiums 150.
Lauth (Ch.) und Grimaux (E.), Darstellung und Verhalten des Chlorbenzyls 595; Monobromtoluol 598; Brombenzyl 599.
Lawes (J. B.) und Gilbert (J. H.), zur Fettbildung 728; Einfluſs des Stickstoffs auf die Vegetation und über Kloakendünger 877.
Lea (C.), Verhalten des Jodsilbers im Licht 262; zur Nachweisung des Jods 788; Graduirung von Pipetten 831; umgekehrte Filtration 831; Versilberungsflüssigkeit für Glas 866.
Lecoq de Boisbaudran, Bildung übersättigter Lösungen 68; Löslichkeit des schwefels. Kalks 164.
Lefort (J.), Rhamnin und Rhamnegin 650; Vorkommen des Harnstoffs in der Milch 747; Gase der Caesarquelle von Néris 1000; vgl. bei Robinet.
Lehmann (J. C.), Eigenschaften des Essigsäure-Albuminats 714; phosphors. Harnstoff 722; fibrinbildende Substanz im Harn 749.
Leisler (L.), Gewinnung des Broms 846.
Lemaire, vgl. bei Tabourin.
Lemberg (J.), Schichten eines unterdevonischen Profils an der Bergstraſse in Dorpat 984.
Leplay (H.), Behandlung des Rübensafts 881.
Lermer (J. C.), Fortpflanzung der Hefezellen 668; Bestandtheile der Keime des Gerstenmalzes 704; Analyse von Gerstenmalzkeimen 882; unorganische Bestandtheile der Bierwürze 882; Zusammensetzung Münchener Biere und Gefrieren des Biers 882.
Leroux (F. P.), Porosität des Caoutchoncs 45.
Lesimple (C.), über Trichloranilin 429; über Trichlornitrobenzol 558; Bildung von Phenyläther aus phosphors. Phenyl 580; Mischung zur Füllung von Zündhütchen 860.
Letheby (H.), Wirkung des Chlors und Chlorkalks als Desinfectionsmittel 856; über gesundes und krankes Fleisch 890.
Leuchs (G.), Herstellung der Indigküpe 899.
Leverkus (C.), vgl. bei Ladenburg (A.).
Leverrier, Durchsichtigkeit des Silbers 75.
Lieben (A.), Synthese neuer Alkohole (Aethyloäthylalkohol) 485.
Liebermann (C.), Nachweisung von Baumwolle in Wollstoffen 895.
Liebig (J.), über Kynurensäure 751; zur Bereitung der Suppe für Säuglinge 890; über Fleischextract 891; Analyse des Reichenhaller Mutterlaugenextracts 991.
Liebner, Analyse von Harnröhrensteinen von Schafen 759.
Liès-Bodart, Bestimmung von Paraffin im Wachs 828.
Lightfoot, Färben mit Anilinschwarz 906.
v. Lill (M.), Analyse eines Bauxitähnlichen Minerals aus Krain 928.
Limpricht (H.), Producte der Einwirkung von Chlor auf Toluol 591.
Lindig (P.), Volumänderung beim Krystallisiren von Lösungen 71.
Linnemann (E.), Umwandlung des Propylenoxyds in Aceton 307, des Monobrompropylens in Monochloraceton 308; Darstellung des Diallyls 522; über Bildung von Trichlorhydrin 525.
Lionnet, über die Diamantbildung 111.
Lippmann (E.), Einwirkung von unterjodiger Säure auf Amylen 531; vgl. bei Bell (E.).

Lippmann (H.), vgl. bei Pfeil (F. S.).
List, Versuche über den Frischproceſs des Roheisens 837.
Löw (O.), Verbindungen des Kohlensesquisulfids 119.
Löwe (J.), über basisch-salpeters. und basisch-essigs. Bleioxyd 285; schwefels. Harnsäure 382; Abscheidung der organischen Substanz aus Brunnenwasser 761.
Lossen (W.), Spaltungsproducte des Atropins 475.
Louguinine (W.), vgl. bei Naquet (A.).
de la Loza (L. Rio), Analyse des Meteoreisens von Yanhuitlan (Mexico) 1008.
Ludwig (E.), Schwefelallyl 522.
Ludwig (H.), zur Darstellung des Hyoscyamins 477.
Lüddecke (W.), Untersuchung einiger Wismuthsalze 217; zur Bestimmung der Salpetersäure 218.
de Luna (R.), Cer-, Lanthan- und Didymgehalt des Apatits von Jumilla 946.
Lunge (G.), Bestimmung des Kalks u. s. w. in bors. Salzen 796; Darstellung von ätzendem, kohlens. und salpeters. Kali 847; fabrikmäſsige Gewinnung von Borax 855; Darstellung des Paraffinöls aus Boghead-Kohle 892; Fabrikation des Bleiweiſses zu Chester 908; Zusammensetzung des Boronatrocalcits 953, 954.
Lyte (F. M.), Darstellung von reinem salpeters. Natron 157.

Macadam (St.), giftige Wirkung des rohen Paraffinöls auf Fische 892.
Mac-Leod (H.), Apparat zur Darstellung des Acetylens 508.
Märker (C.), Verhalten des Benzylsulfhydrats und Benzylsulfürs gegen Brom 599; Bromtoluylen 600.
Magnus (G.), über das Wärmeausstrahlungsvermögen von Gasen und Dämpfen 20.
Maisch (J. M.), Bestandtheile von Rhus Toxicodendron 707.
Malaguti, natürliches Zinkoxyd-Ammoniak 221.
Malin (G.), Umwandlung der Ruſigallussäure in Oxychinon 409; Krystallform und Verbindungen des Resorcins 633.
Maly (R. L.), Einwirkung des Broms auf Thiosinnamin 423; wolframs. Aethyl 505; zur Bestimmung des Broms 789.
Marchand (E.), Aschenbestandtheile von cultivirten Pflanzen und Seegewächsen 698; Zusammensetzung der Kuhmilch 748.
Maréchal (C. R.) und Tessié du Mothay (C. M.), Darstellung von Sauerstoff im Groſsen 844; Mattätzen des Glases 866; Bleichen vegetabilischer und thierischer Faser mit Uebermangansäure und schwefliger Säure 896.
Marés (H.), Haltbarmachung von zuckerreichen Weinen 884.
Marignac (C.), Untersuchung über Tantalsäure und Tantalverbindungen 200.
Marmé (W.), vgl. bei Husemann (Th.).
Marquis (E.), Unterscheidung von vollkommen und unvollkommen gegerbtem Leder 898.
Martin (St.), Sarracenin 710.
Martius (C. A.), Doppelsalz von Ferrocyankalium mit salpeters. Kali und Natron 287; Darstellung von Diamidobenzol 464.
de Massy (R.), zur Gewinnung des Rübensafts 880.
Mathewson, Vorkommen von Tellurersen in Californien 920.
Matteucci (C.), Ursprung der Muskelkraft 755.
Matthiessen (A.), Ausdehnung von Metallen und Legirungen durch Erwärmung 23.
Maumené (E. J.), Affinitätstheorie 9; Theorie der Aetherbildung 488.
Mayer (A.), Bromsubstitutionsproducte des Benzols aus Phenol 556.
Mehes (R.), vgl. bei Felix (A.).
Mehu (C.), über Erythrocentaurin 677.
Meissner (G.) und Shepard (C. U.), Umwandlung von Benzoësäure in Bernsteinsäure im Organismus 397.
Melland (G. S.), Bereitung von Schieſspapier 859.
Melsens, Durchsichtigkeit des Silbers 75; Wirkung von joda. Kali auf den Organismus 737.

Memorsky, rother Farbenton des Lichts 75.
Mène (Ch.), Untersuchung von Hohofenschlacken 194; Zusammensetzung von Eisenbeize (Rouille) 899; Analyse des Buntkupfererzes von Monte Lecoia 915, verschiedener Marmorarten aus dem Jura 979.
Menschutkin (N.), Einwirkung von Dreifach-Chlorphosphor auf Alkohole 486.
Merbach, Analyse des Sandbergerits 918.
Merz (C.), Analyse des Mainwassers 987.
Merz (V.), Wassergehalt der Borsäure 111; schwefels. Borsäure 112; Hydrate der Kieselsäure 192; zur Kenntnifs des Titans und der Titansäure 195 f.
Meunier (St.), Cadmiumoxyd-Kali 224.
Meusel (E.), über die Stickstoffbestimmung nach Varrentrapp und Will 817.
Meyer (L.), Zersetzung des Chloräthyls durch Kalikalk in der Hitze 499.
Miller (W. A.), vgl. bei Huggins (W.).
Miller (W. H.), Krystallform des graphitischen Siliciums 191.
Mills (E. J.), über isomere Nitrobenzoësäuren 842.
Missilier, vgl. bei Camus.
Misske (S.), Darstellung von Zinnober zu Idria 908.
Mohr (Fr.), Verbesserung des Marshschen Apparats und Dialysator 880; über Bildung der Silicate 911; über Bildung der Gesteine 961.
Mohs (R.), Einwirkung von Natriumalkoholat auf Teträthylammoniumjodür 415; Bildung von Diäthylenalkohol aus Natriumglycolat und essigs. Glycol 505.
Moitessier (A.), Ausdehnung des geschmolzenen Schwefels 27; Dolomitbildung in einem Mineralwasser 178; Umwandlung der Nitrosalicylsäure in Amidosalicylsäure 885; Kohlenwasserstoff C_9H_{14} aus camphers. Kupferoxyd 410; Derivate des Salicins 676.
Molnar (J.), Analyse von Feldspath 976.

Monier (E.), Krystallisation von oxals. Kalk 896.
Monoyer (F.), über das Verhalten von Campher gegen Eiweifs 829.
Monthiers, hydroëlectrische Ketten 91.
Montigny (Ch.), Beziehung des Brechungsvermögens und der Verbrennungswärme der Gase 76.
Moore (G. E.), Analyse des Wassers eines Boraxsees in Californien 1002.
Morgans (Morgan), Verbesserungen im Puddelprocefs 888.
Moride (E.), Bestimmung des Jods 789; zur Gewinnung von Jod und Brom 845; Bestimmung des Jods im Tang 846.
Morin (P.), aluminiumhaltige Kupferlegirungen 842.
Morkownikoff (W.), Eigenschaften der Isobuttersäure 812; Derivate der Isobuttersäure 814; Darstellung und Verhalten der Isocapronsäure 822; Bildung des Pseudopropyläthyläthers 519.
du Mothay (Tessié, C. M.), vgl. bei Maréchal (C. E.).
Muck (E.), Oxydation des schwefels. Eisenoxyduls an der Luft 241.
Muck (F.), Bestimmung des Arsens in Kiesen 801.
Mühlhäuser (A.), über Naphtocyaminsäure 619.
Müller (Al.), Gebrauch des Complementärcolorimeters 75; Zusammensetzung des Zinkoxydammoniaks 221; Verhalten der Silicate gegen Phosphorsäurehydrat 764; zur Analyse von Ackererde 764; Gehalt von Ackererden an Wasser, Stickstoff und organischen Substanzen 869.
Müller (H.), über Hydrocyan-Rosanilin 438.
Müller (H.) und Stenhouse (J.), Darstellung des pikrins. Aethyls 580, der Chrysaminsäure 581.
Müller (Joh.), Absorptionsspectrum der Uebermangansäure 212.
Müller (M.), über amorphen Schwefel 118.
Müller (Rich.), Analyse des Nakrits von Freiberg 933.
Müller (W.), Verhalten des Wasserstoffs gegen Eisenhammerschlag 100; Einwirkung des Schwefelwasserstoffs und Schwefelkohlenstoffs auf Metall-

salze in der Hitze 120; krystallinisches Chromoxyd 208.
Müller (?), vgl. Pimont.
Münch (E.), Oelgehalt verschiedener Samen 698.
Mulder (G. J.), normale und gleichzeitige Löslichkeit verschiedener Salze 65; Bildung von neutraler kohlens. Magnesia 173.
Mushet (R.), Entfernung des Schwefels aus dem Roheisen 838.

Nadler (G.), Vorkommen des Jods 137.
Naquet (A.) und Louguinine (W.), Derivate der Formobenzoylsäure 852; über Bromcuminsäure 871.
Neubauer (C.), Kreatin-Chlorcadmium und -Chlorzink 380; Umwandlung des Kreatinins in Methylhydantoïn 381.
Neuhof (E.), über Dichlortoluol, Chlorbenzylchlorid und Chlorbenzol 597; vgl. bei Geuther (A.).
Neumayer, neues Schiefspulver 859.
Newlands (J. A. R.), über die Bivalens des Kohlenstoffs 15; Bestimmung des spec. Gew. flüssiger Substanzen 16.
Nicklès (J.), Einfluß von Flammen auf Farbenerscheinungen 76; über Bleiperchlorid 232; Verhalten des Thalliums gegen Quecksilber 238; Verhalten des Golds gegen Chloride, Bromide und Jodide 268; Verhalten von Aprikosenöl und Mandelöl gegen Kalkhydrat 827; zur Nachweisung von Fett mittelst Campher 827; Verhalten des Natriumamalgams gegen einige Metalle 834; Anwendung von Eisenchlorür bei der Gewinnung von Roheisen 836; über die gelbe Färbung des Glases 865.
Nöllner (C.), borsäurehaltiges Doppelsalz aus Salpetermutterlauge 151.
Nylander, Bildung und Eigenschaften der Untersalpetersäure 141.
Nyström, Analyse von Ackererden 869.

Oehren (Fr.), Vorkommen der Chinasäure in Galium Mollugo 407.
Ohly (J.), vgl. bei Hübner (H.).
Oppenheim (A.), Zersetzung des Allyläthyläthers durch Jodwasserstoff 520; Bildung und Darstellung des Chlorallyls 521.
Oppermann (E.), zur Tabakscultur im Elsaß 875.
Orlowski (A.), Darstellung des Aloïns 624.
Oser (J.) und Reim (Fr.), Gase des artesischen Brunnens am Wien-Raaber Bahnhof 994.
Ostrop (H.), vgl. bei Otto (R.).
Otto (R.), Darstellung von Chromoxyd 208; Darstellung des Sulfobenzolchlorürs 568; Veränderung des Alloxans in Alloxantin 721; zur Nachweisung des Phosphors 786.
Otto (R.) und v. Gruber (O.), über toluolschweflige Säure 600.
Otto (R.) und Ostrop (H.), über benzolschweflige Säure 570; Producte der Einwirkung von Chlor auf Sulfobenzid 571.
Oudemans (A. C.), spec. Gew. der Essigsäure und ihrer Gemische mit Wasser 300; Untersuchung ostindischer Pflanzenfette 696; Fett der Bocknüsse 697.
Overbeck (O.), Derivate der Oelsäure 830.

Parke (J.), Darstellung und Verhalten der Taurocholsäure 752.
Parrish (E.), Filtrirvorrichtung 831.
Parrot (E.), Nachweisung des Salicins im Chinin 823.
Pasteur, zu Donné's Versuchen über spontane Zeugung 672.
Patera, Trennung des Wismuths vom Blei 802; Bestimmung des Urans in seinen Erzen 809.
Payen, über Porosität des Caoutchoucs 45; über krystallisirtes Bleioxyd und basisch-essigs. Bleioxyd 234; über Stärkemehl, Dextrin und Holzfaser 662; über Dialose 674.
Peckolt (Th.), Bestandtheile der Früchte von Paullinia sorbilis (Guarana) 708, der Palicourea Marcgravii 709.
Pelikan (E.), wirksamer Bestandtheil von Nerium Oleander 709.
Pelouze (J.), Verhalten des Schwefelcalciums und -magnesiums gegen Wasser 161; Verhalten des Schwefelwasserstoffs gegen Magnesiahydrat und des Schwefelkaliums gegen Mag-

nesiasalze 174; über die Zusammensetzung der rohen Soda 848.
Perret, zur Darstellung der Citronsäure 402.
Perrot (A.), Apparat zur Erzeugung hoher Temperaturen 831.
Persoz (J.), über Entstehung organischer Säuren 299.
Petermann (A.), Morphingehalt verschiedener Opiumsorten 704.
Petersen (Th.), Zusammensetzung des Sodarückstandes 853; Analyse des Grauerzes des Binnenthals 915, des Selenquecksilbers von Clausthal 919, des Zinnsteins von Zinnwald 920, des Asbests von Bolton 924, des Chiastoliths von Lancaster 925, des Berylls von Royalston 925, des Feldspaths von Royalston 927, des Hyalophans aus dem Binnenthal 928, des Skapoliths von Bolton 928, des Glimmers von Royalston 928, des Serpentins von Newburyport 931, des Phosphorits von Staffel 947, des kohlens. Kalks von Bolton 955, des Dolomits aus dem Binnenthal 956.
v. Pettenkofer (Max), Eisenvitriol als Desinfectionsmittel 856.
Pettenkofer (M.) und Voit (K.), Respirationsversuche 723, an Diabetikern 728.
Pettenkofer (Mich.), Darstellung von Jodwasserstoff und Jodmetallen 138, von Jodkalium 153.
Pfaundler (L.), Wärmecapacität von Bodenarten 867.
Pfeil (F. S.) und Lippmann (H.), Ammoniumamalgame mit organischen Basen 144.
Philipp (O.), Krystallform der Bromnitrobenzoësäure und Verbindungen 344 ff.
Philipp (?), Analyse des Kainits von Leopoldshall 951.
Philipps (A.), Prüfund des Rothweins 885.
Phillips (G.), Darstellung von Anilinblau und -purpur 905.
Phipson (T. L.), Temperaturerniedrigung bei der Bildung von Blei-Wismuth-Zinn-Amalgam 260; Traubensäuregehalt eines Weinsteins von Bordeaux-Wein 402.
Piccard (J.), Verhalten des Chlorcalciums gegen Phosphorsäure 168.

Pierre (V.), über Fluorescenzerscheinungen 79.
Piesse (S.), Darstellung von Aepfelessenz 885.
Pimont, Müller und Benuet, Prüfung des Krapps 900.
Pisani (F.), Analyse von Spinell aus der Auvergne 921; Granat von Pesaro, Thulit von Traversella und Bustamit vom Monte Civillina 929; Giesseckit von Brevig 940; Analyse des Chenevixits von Cornwall 950, des Meteorsteins von Saint-Mesmin (Dép. de l'Aube) 1008.
Planté (G.), Ozonbildung bei der Electrolyse des Wassers mit Blei 98.
Plefs (F.), Vorgang und Bedingungen des Siedens 30; Apparat zur fractionirten Destillation unter verringertem Druck 32.
Poirel, über hydraulische Steine für Meeresbauten 864.
Poirrier und Chappat, violette Farbstoffe aus Methylanilin 903.
Pokrowsky (W.), Nichtvorhandensein des Ozons im Blut 743.
Pouchet (F. A.), Keimfähigkeit der Samen nach dem Kochen mit Wasser 686.
Preuss (G.), Untersuchung des Fumarins 482.
Preyer (W.), Bestimmung des Blutfarbstoffs im Blut 737; über die Kohlensäure und den Sauerstoff des Bluts 743.
Přibram (R.), Verhalten des Ammoniaks gegen Magnesiasalze 174; Löslichkeit der Kieselsäure in Ammoniak 193; über Melanin 728; Analyse des Darmsteins eines Lama 759; Bestimmung der Gerbsäure 821; Borsäuregehalt der Adelheidsquelle von Heilbrunn 991.
Prillieux (E.), rother Farbstoff der Trauben 656.
v. Prittwitz, Filtrir- und Auswaschvorrichtung 831.
Prölss (O.), Analyse trachytischer Gesteine Centralamerikas 974.
Pumpelly (R.), Zusammensetzung japanischer Legirungen 842.

Rabe, vgl. bei Vogel (A.).
Radziejewsky (K.), Vorkommen des Leucins im Organismus 721.

Rammelsberg (C.), über die Ursache der Isomorphie in den isomorphen Mischungen von überchlors. und übermangans. Kali 5; Constitution der phosphorigs. Salze 115; Krystallform des gewässerten Einfach-Schwefelnatriums 155; Untersuchung über Lithionsalze 157; über die krystallisirte Chromsäure 208; über Arsen-Antimon- und Antimonwismuth-Speisen 215; Krystallform der Methylsalicylsäure 386; Analyse des Castellits 917, von Ceylonit von Ramos 922, von Xonaltit und Bustamit von Mexico 932; Zusammensetzung des Kainits von Leopoldshall 951, des Kieserits 952.

Randu, Abscheidung des Arsens aus den Fuchsinrückständen 903.

v. Rath (G.), Krystallformen des Axinits 830; Vorkommen des Augits als Fumarolenbildung 925.

Rau (R.), Bestandtheile der Sennesblätter 706.

Regnauld (J.), Volumänderung von Lösungen bei der Bildung von Salzen 69.

Regnault (V.), spec. Wärme des Graphits 22; über Magnesiatiegel 839.

Reichardt (E.), zum Transport von Gasmefsröhren 760; Trennung des Mangans von alkalischen Erden 800, des Eisenoxyds von alkalischen Erden 804; Apparat zum Entwickeln von Gasen 830; Filtrir- und Auswaschvorrichtung 831; Zusammensetzung von Schafexcrementen 875; vgl. Blumtritt (E.).

Reim (Fr.), vgl. bei Oser (J.).

Reimann (M.), Darstellung des Jodäthyls 500; Zusammenstellung des Thatsächlichen über Anilinfarbstoffe 907.

Reinecke (A.), Bildung von Brombenzoësäure aus Benzamid 341; über Dichloranissäure, Dibromanissäure und Tribromanisol 387.

Reinsch (H.), Darstellung von Schwefelwasserstoff aus Schwefelcalcium 118; Erkennung der selenigen, schwefligen und arsenigen Säure mit Kupfer 130; Darstellung von Aepfelsäure aus Gerberusmach 398; Gerbstoff des Gerberusmachs 695; Carviolin 705; über den Phosphorsäuregehalt der Steinkohlen 891.

Rembold (O.), Einwirkung von Chlorsuccinyl auf Bittermandelöl 354; über Mono- und Diphenylphosphorsäure 579; Natur des Aloïsols 607.

Renault (B.), über Phosphorzink 220.

Reuling (W.), Magnesiagehalt der Barytsalze 855.

Reufs, Krystallform des Resorcins 633.

Riban (J.), Eigenschaften und Zusammensetzung des Coryamyrtins 678.

Richter (B.), Blutalbumin für den Kattundruck 899.

Richter (E. F.), über das Raffiniren des Rüböls und über die Extraction von Oelen mittelst Kohlenwasserstoffen 894.

Riotte (E.), Hübnerit 946.

Risse (H.), Moresnetit vom Altenberg 940; Analyse der Messingblüthe von Santander 956.

Ritthausen (H.), Proteïnstoffe des Roggens 716; Bezeichnung der Bestandtheile des Waizenklebers 719; Glutaminsäure 719.

de la Rive (A.), über Fortpflanzung der Electricität durch Gase 82.

Robinet und Lefort (J.), Analyse des Wassers des rothen Meeres 985.

Rochleder (Fr.), Vorkommen des Quercetins in Calluna vulgaris 654; Luteolin 654; Gerbstoff der Rofskastanie 691; Bestandtheile der Wurzelrinde des Apfelbaums 694; Bestandtheile der Blüthen von Juglans regia 707; Vorrichtung zum Trocknen organischer Substanzen 812.

Rochleder (Fr.) und Tonner, Gerbstoff der Epacrisblätter 694.

Roesler (J.), über Chromidschwefelcyanverbindungen 296.

Rössler (H.), Gewinnung des Palladiums aus Platinrückständen 275; Verhalten des Platinchlorürs gegen Cyanquecksilber 290; Palladiumcyanverbindungen 290.

Röttger (W.), sulfobenzidähnlicher Bestandtheil des Petroleumäthers 572.

Rosa, vgl. Bolley (P.).

Rosanoff (S.), physiologisches Verhalten des Farbstoffs der Florideen 690.

Roscoe (H. E.), überchlors. Thalliumoxydul, Krystallform 238.
Roscoe (H. E.) und Baxendell (J.), chemische Intensität des Sonnenlichts und Tageslichts 81.
Rose (G.), Zwillingsbildungen des Albits 928.
Rosenstiehl (A.), über Bildung von Fuchsin aus Toluidin 902.
Rossi (D.), über Diamantbildung 111.
v. Rossum (J.), über Zimmtsäureamid und -nitril 364.
Roussille (A.), Reactionen der Rosanilin- und Rosatoluidinsalze 437; Bestimmung des Morphins 824.
Roussin (Z.), Verhalten des Magnesiums und Natriumamalgams gegen Metallsalze 170; Anwendung des Magnesiums zur Abscheidung giftiger Metalle 801; Zinnbleilegirungen für Gefäfse 843; vgl. Leroux (F. P.).
Row (Fr.), zur Darstellung der Citronsäure 402.
Rube, Analyse des Richmondits 952.
Rubien (E.), Oenanthyliden und Capryliden 533.
Rüdorff (F.), Bildung des festen Phosphorwasserstoffs 114.

Saintpierre (C.), Bildung der Trithionsäure 124.
Salleron (J.) und Urbain (V.), Apparat zur Prüfung von Petroleum 830.
Salvétat, Platinspiegel nach Dodé's Verfahren 867; zur Darstellung von kobalthaltigen Schmelzfarben 909.
Sandberger (Fr.), Vorkommen des Orthits 880; Umwandlung des Kalkspaths in Arragonit in basaltischen Gesteinen 955; über den Olivinfels und darin vorkommende Gesteine 978.
Sartorius von Waltershausen, Krystallform und spec. Gew. des Laurits 913; Silberkies von Joachimsthal 914.
Sass (A. F.), Analyse des Wassers der Ostsee 985; Meteorit von Tamentit (Tuat) 1007.
Saytzeff (A.), über Schwefelamyl, -butyl und -amyläthyl 528.
Schad (L.), grüne Farbe (Casseler Grün) aus mangans. Baryt 908.
Scheerer (Th.), Beiträge zur Erklärung der Dolomitbildung 981.

Scheibler (C.), Asparaginsäure im Runkelrübensaft 399; organische Base aus der Runkelrübe 484; Klärung von Zuckerlösungen zur optischen Bestimmung 826.
de Scheper (H. Yssel), Darstellung der Toluylsäure aus Xylol 355.
Schiff (H.), über Volumänderung beim Krystallisiren von Lösungen 71; über verschiedene aus Aldehyden entstehende Diamine 439; Derivate des Isatins 637.
Schiff (H.) und Bechi (E.), über die Aether der Borsäure 492.
Schimkow (A.), über das electrische Glimmlicht 82.
Schinz (C.), über Schmelzung von Glassätzen und Glasschmelzöfen 865.
Schlösing (Th.), über die Anwendung hoher Temperaturen 881; Verhalten der Ackererde gegen Salzlösungen 869.
Schlumberger (E.), Verhalten des Curcumins gegen Borsäure 652.
Schmid (W.), über die Natur der Phosphornebel 113; Einwirkung des Lichts auf Jodblei 233.
Schmid (Werner), Bildung von Kupfersuperoxyd 259.
Schmidt (C.), Untersuchung von Stalldünger und Bodenarten aus Livland 875; Zusammensetzung von peruanischem und Fisch-Guano 877.
Schmidt (C. W.), Bol von Sasbach 830; der Umbra ähnliches Mineral vom Kaiserstuhl 941.
Schneider (R.), Bromverbindungen des Selens 180; Jodverbindungen des Selens 185; krystallisirtes Zinnsulfür 225; Selenverbindungen des Zinns 226; krystallisirtes Zinnjodid 229; über das Atomgewicht des Kobalts und Nickels 244; Schwefelquecksilber-Schwefelkalium 260; über Selencyan 299; Analyse des Kupferwismutherzes von Wittichen 916.
Schöffel, Aschengehalt des Graphits 912.
Schönaich-Karolath (Prinz zu), über Darstellung von Portland-Cement 863.
Schönbein (C. F.), über Polarisation des Sauerstoffs, Bildung von Ozon, Antozon und Wasserstoffhyperoxyd 101; katalytische Wirkung der Platinmetalle 104; Nachweisung des

Wasserstoffhyperoxyds und Verhalten desselben 105; Verhalten von defibrinirtem Blut gegen Wasserstoffhyperoxyd 743.

Schorlemmer (C.), Siedepunkt und spec. Gew. von Amylverbindungen 526; Aethylhexyläther 532; Kohlenwasserstoffe der Acetylenreihe aus Cannel- und Bogheadkohle 535.

Schottländer (P.), unterschwefligs. Platinoxydul-Natron 268; Darstellung von Ammonium-Platinchlorür 268.

Schrauf (A.), über die Brechungsexponenten von Mineralien verschiedener Fundorte und über die Analogieen des Refractionsäquivalents und des spec. Vol. bei Elementen und Verbindungen 7; Manganblende von Nagyag 919.

Schröder (H.), Derivate der Hypogäsäure 323; Darstellung der Galdinsäure 329.

Schröder und Violet, phosphors. Magnesia-Kali und -Magnesia-Natron 178.

Schrötter (A.), Eruptivgesteine von Santorin 963.

Schroff, Wirkung des Methylstrychnins auf Thiere 474.

Schuchardt (B.), physiologische Wirkung des Nitroglycerins 525.

Schulze (Fr.), Elementaranalyse nach gasvolumetrischen Principien 815; Bestimmung der Gerbsäure 820.

Schultze (H.), vgl. bei Henneberg (W.).

Schunck (E.), fette Säure und oxalurs. Ammoniak im Harn 749; Harnfarbstoffe 750.

Secchi, Reclamation über die tellurischen Linien des Sonnenspectrums 77; Spectra der Fixsterne 79.

v. Seebach, Krystallform des fleischmilchs. Zinks 383.

Seely, über Verhinderung der freiwilligen Zersetzung des Nitroglycerins 861.

Sell (E.) und Lippmann (E.), Einwirkung von Quecksilberäthyl auf monobromessigs. Aethyl 502.

Sestini (F.), Chlorderivate des Santonins 680.

Seward (H.), über fractionirte Destillation 85.

Shepard (C. U.), Vorkommen des Columbits 944; Vorkommen von Scheelbleiern in Massachusetts 946; Moronolit 952; Vorkommen des Cotunnits 956; Hagemannit 958; verschiedene Fundorte von Meteoreisen 1007; vgl. bei Meissner (G.) und Tyler (S. W.).

Sidot, Darstellung krystallisirter Schwefelmetalle 3.

Siegmund (H.) und Juhász (P.), Analyse der Quelle von Vöslau 996.

Siewert (M.), Verhalten des Kupferchlorürs gegen unterschwefligs. Natron 256.

Silliman (B.), Vorkommen des Gay-Lussits 954.

Silliman (E.), Anwendung des Natriumamalgams zur Extraction von Gold 834.

Sirks, vgl. Aronstein.

Skey (W.), Darstellung verschiedener Ammoniakdoppelsalze 144.

Smith (J. L.), Analyse des Smirgels von Chester 921, des Biotits von Chester 929, des Emeryliths (Margarits) von Chester 935, des Corundophilits (Chloritids) aus Chester 936, des Meteoreisens von Russel Gulch (Colorado) 1010.

Söchting (E.), Zusammensetzung des Magneteisens aus dem Pfitschthale 920.

Sokoloff (N.), über die verschiedenen Modificationen des Monochlorbenzols, Mononitrochlorbenzols und Monochloranilins 551.

v. Sommaruga (E.), Atomgewicht des Kobalts und Nickels 243; Studien über die Gesteine der ungarisch-siebenbürgischen Trachyt- und Basalt-Gebirge 968; Analyse des Wiener Tegels 984, von Melaphyr aus der Dobrudscha 978.

Sonstadt (E.), Reinigen der Platintiegel von Eisen 267.

Sopp, Darstellung von Farbstoffen aus Rosanilinrückständen 906.

Sorauer (P.), vgl. bei Fröhde (A.).

Sostmann (E.), über das Polarisationsvermögen der Verbindungen des Rohrzuckers mit Alkalien 666.

Sparkler (S. B.), Analyse der Hornblende von Birmingham (Pennsylvanien) 926, des Serpentins von East Goshen 931.

Spence (J.), Darstellung von Bleiweiß 908.

Spence (P.), Darstellung von Schwefelammonium im Grofsen 855.
Spiller (J.), Bestimmung des Phosphors im Eisen 786.
Spirgatis (H.), Bestandtheile des Turpethharzes 625.
Splitgerber (D. E.), über die gelbe Färbung des Glases 865.
Sprengel (H.), Apparat zur Ermittelung der Höhe der Säureschicht in Bleikammern 845.
Städeler (G.), Analyse des Lievrits von Elba und Silicatformeln 934; über die Zusammensetzung des Topas 942.
Stahlschmidt (C.), Darstellung von salpetrigs. Kali 153; Verhalten des Zinkstaubs 219; platinplattirte Kupferschalen 832.
Stalman, Einwirkung des Wassers auf metallisches Blei 229.
Stammer (C.), Polarisationsapparat zur Bestimmung kleiner Zuckermengen 880; Saftgehalt der Runkelrüben 880; zur Alkoholometrie 885.
Stein (C. A.), Vorkommen von phosphors. Kalk bei Staffel 947.
Stein (W.), über Morindin und Morindon 645; über Grönhartin 651; Erkennung freier Säure in der schwefels. Thonerde 788 ; Trocknen organischer Verbindungen zur Elementaranalyse 811; Erkennung von freiem Alkali in der Seife 828.
Stenhouse (J.), Darstellung der Styphninsäure und des styphnins. Aethyls 581, des chrysammins. Aethyls 584; vgl. bei Müller (H.).
Stewart (Balfour), spec. Gew. des Quecksilbers 259.
Sticht (J. C.), Darstellung von übermangans. Kali im Grofsen 858.
Stohmann (F.), Bestimmung des Kali's 795.
Stolba (F.), über Bestimmung des spec. Gew. fester Substanzen 16; Darstellung des Sauerstoffs 96, der schwefligen Säure 122; Anwendung des Paraffins zum Schutz des Glases gegen Fluorverbindungen 140; Gewinnung von Rubidiumverbindungen 151; über kohlens. Natron-Kali 156; spec. Gew. des Kieselfluorkaliums, -natriums und -baryums 195; zur Bestimmung der Kohlensäure 785; zur Fällung des Nickels mittelst Schwefelammonium 809; Vorrichtung zum Füllen von Flaschen mit Gasen 830; Kolbenputzer 831.
Streit (S.) und Holeček (W.), Analyse der Quellen von Töplitz und Somoraubad in Mähren 995.
Stromeyer (H.), zur Gewinnung des Chlorkaliums 847.
Struve (H.), Analyse antiker Bronze 841; Verhalten bei Feuervergoldung 842.
Sutherland (J.), Bestimmung von Harz in der Seife 829.
Swarts (Th.), Synthese der Zimmtsäure aus Bromstyrol 863; Additionsderivate der Itacon-, Citracon- und Mesaconsäure durch Chlor-, Brom- und Jodwasserstoff 404; Bromderivate des Camphers 622.
Swiontkowski (L.), Analyse von Labrador aus Schriesheim 978.
Szabo (S.), Analyse rhyolithischer Gesteine von Tokaj 976.

Tabourin und Lemaire, Beizen der Seide mit zinns. Natron 899; Abscheidung des Arsens aus den Fuchsinlaugen 903.
Tenner, über Fleischextract 891.
Terreil (A.), Verhalten der Oxyde des Stickstoffs gegen übermangans. Kali und Nachweisung der Salpetersäure 142; Eigenschaften der dimorphen Antimonoxyde 213; Trennung des Kobalts von Nickel und des Mangans von Nickel und Kobalt 806; Analyse des Eruptivgesteins von Santorin 964, des Wassers des todten Meeres 985.
Thenard (A.), thermoëlectrisches Verhalten von Robeisen und Schmiedeeisen 98.
Thiercelin (L.), Wirkung der Strychninsalze auf Wallfische 474.
Thomas (F. F.), Analyse des Wassers von Barton (Tioga C., New-York) 1000.
Thomas (?), Farbstoff der Sericographis Mohitli 655.
Thorp (W.), zur Bestimmung des Stickstoffs nach Dumas und Simpson 816; vgl. bei Chapman (E. Th.).
Tichborne (Ch. R. C.), chlors. Chinin 471.

Tilden (W. A.), Verbindungen organischer Basen mit Chlorjod 416; zur Darstellung des Hyoscyamins 477.
Tillmann (S. D.), chemische Nomenclatur 96.
Tissandier (G.), Destillationsproducte der Aepfeltrester 891; gelber Farbstoff aus Aepfeltrestertheer 900.
Tollens (B.), Bildung von Blausäure beim Verbrennen von Methylamin 414; Zersetzung des Chloräthylidens durch Natrium 499; vermuthete Bildung von ameisens. Allyl 522.
Tomlinson (Ch.), über die Wirkung des Lichts auf Honig 665.
Tonner, vgl. bei Rochleder (Fr.).
Tosh (E. G.), über das Silicium im Roheisen 239.
Toussaint (H.), Verhalten des Chlors und seiner Sauerstoffverbindungen gegen salpetrige Säure 187; Bestimmung der Chlorsäure und chlorigen Säure 789.
Truchot (P.), Oxydationsproducte des Aethylens, Propylens und Amylens 282; Diglycerinacetotrichlorhydrin und Triglycerinacetotetrachlorhydrin 525.
Tschermak (G.), über den Silberkies 915; über Alloklas von Orawicza 918; verschiedene Pseudomorphosen 959; Analyse von Pikriten und Tescheniten von Teschen und Neutitschein 976.
Tyler (S. W.), Analyse des Marcylits 917, des Moronolits 952.
Tyler (S. W.) und Shepard (Ch. U.), Analyse des Rahtits 917.
Tyndall (J.), über Calorescenz 79.

Ulex, Analyse von Novassa-Guano 877.
Urbain (V.), vgl. Salleron (J.).

Valentiner (M.), Analyse der Quellen von Ober-Salzbrunn in Schlesien 994.
Vavasseur, Haltbarmachung von gesalzenem Fleisch durch Druck 890.
Verstraet, Erzeugung von Schwefelsäure ohne Bleikammern 845.
Vintschgau (M.) und Cobelli (R.), Vorkommen über die Jodstärke entfärbenden Substanz im Harn 750.
Violet, vgl. bei Schröder.
Violette (H.), Löslichkeit von Copal-, Calcutta, und Karabéhars 626.

Virchow (R.), Vorkommen des Guanins 721.
Völcker (A.), Absorption von Kochsalz u. s. w. durch Ackererde 871; Analyse von Kalkphosphaten aus Nord-Wales 948.
Vogel (A.), Absorptionsvermögen der Torfkohle für Gase 55; zur Nachweisung der Salpetersäure in der Schwefelsäure 128; zur Bestimmung des Ammoniaks 793; Phosphorsäuregehalt des Brods 879; über den Säuregehalt des Münchener Biers 884; Löslichkeit des Paraffins in Benzol u. s. w. 892.
Vogel (A.) und Rabe, Aschengehalt der Kartoffeln 879.
Vogel (M.), Bildung von löslichem Anilinblau 904.
Vogl (A.), Vorkommen von Gerbstoffen 690; Zellinhalt der Seifenwurzeln 691.
Vohl (H.), über Trichlornitrobenzol und Trichloranilin 558; Verhalten des Phosphors gegen Membrane 735; Analyse roher toskanischer Borsäure 845; Verhalten einer Mischung von Phosphor und salpeters. Blei 860; Bestandtheile des Weichwassers der Waizenstärkefabriken 878; über Brodvergiftung 879; Schwefel- und Fluorgehalt des Paraffinöls 892; Extraction des Oelgehalts der Samen mittelst Kohlenwasserstoffen 893, 894.
Voit (K.), zur Fettbildung 727; vgl. bei Pettenkofer (M.).
Vollrath (A.), Derivate des Xylols 605.
de Vrij (J. E.), Vorkommen von amorphem Chinin in den Chinarinden 471; Reinigung des käuflichen Chinoïdins 472; Gehalt des Chinoïdins an Chinidin (Betachinin) 473.
van de Vyvere (F.), vgl. Francqui.

Waage (P.), vgl. Guldberg (C. M.).
Waeber (C.), Darstellung von basischsalpeters. Wismuthoxyd 218.
Wagner (R.), Bestimmung der Gerbsäure 819; Erkennung von Nitrobenzol (Mirbanöl) im Bittermandelöl 825, von Paraffin im Wachs und von Stearinsäure im Paraffin 828.
Walkhoff (L.), Gewinnung des Zuckers aus Melasse 881.

Autorenregister.

Wanklyn (J. A.), über Quantivalenz und Constitution des Kohlenoxyds 16; Einwirkung von Kohlenoxyd auf Natriumäthyl 311, von Quecksilber und anderen Metallen auf Natriumäthyl 508; violetter Farbstoff aus Rosanilin und Isopropyljodür 904; vgl. bei Caro (H.).

Wanklyn (J. A.) und Chapman (E. T.), Verhalten des Magnesiums gegen Chlor und Jod 169; zur Bestimmung des Wasserstoffs 170; Magnesiumamalgam 260; Darstellung von Aethylamin und Oxydationsproducte desselben 414.

Warlits, ätherschweflige. Kali 497.

Warington j. (R.), Löslichkeit des kohlens. Kalks in kohlensäurehaltigem Wasser 163; Bildung und Verhalten der Verbindungen der Phosphorsäure mit Kalk 165.

Warren, Bestimmung des Schwefels in organischen Verbindungen 817, des Chlors 818.

Wartha (V.), Analyse von Diopsid und Pennin 983; Identität des Wiserins mit Ytterspath (Xenotim) 949; Rubidium- und Cäsiumgehalt der neuen Quelle von Ems 991.

Weber (R.), Theorie des Schwefelsäurebildungsprocesses 725; Verbindung von Chlorjod mit Chlorschwefel 138; Bildung von Stickoxydul aus Salpetersäure und salpetriger Säure durch schweflige Säure 140; Verb. von salpetrigerSäuremitSchwefelsäure 141.

Weidner, Ausdehnung des Wassers unterhalb 4° 100.

Weiler, Analyse von Zuckerfüllmasse und Syrup 881.

Weisbach (A.), Krystallform des Kupferwismutherzes (Emplectits) 915.

Weiske (H.), Kobalt- und Nickelgehalt des Eisens 240.

Weifs (A.), Entwickelung von Farbstoffen in Pflanzenzellen 688.

Weldon (W.), Verfahren der Darstellung der Soda 854.

Weltzien (C.), über Ozon und Antozon 99; Verhalten des Wasserstoffhyperoxyds gegen oxydirbare Substanzen 106; Kupfersuperoxyd 258; Verhalten des Silbers gegen Wasserstoffsuperoxyd 261.

Werigo (A.), Brom- und Chlorverbindungen des Azotoluids 465.

Werther (G.), Krystallform der Glutaminsäure 720.

Weselsky (Ph.), Analyse des Wassers des artesischen Brunnens am Wien-Raaber Bahnhof 993.

Wetherill (C. M.), krystallinische Bildungen in geätztem Glas 866.

Wheeler (C. G.), Verhalten der Harnsäure gegen Mangansuperoxyd 882.

Whitney (J. D.), über einen Boraxsee in Californien 1001.

Wicke (H), Zusammensetzung und Eigenschaften des Corydalins 480.

Wicke (W.), Analyse der Phosphatknollen von Grofs-Bülten und Adenstedt 948.

Wiederhold, Bereitung von Leinölfirnifs 894.

Wild (H.), Absorption der strahlenden Wärme durch trockene und feuchte Luft 21.

de Wilde (P.), Bildung von Acetylen aus den Dämpfen organischer Substanzen durch den Inductionsfunken 506; Einwirkung von Platinschwarz auf ein Gemenge von Acetylen und Wasserstoff 508.

Williams (C. G.), Phenylhexyl aus dem flüchtigsten Theil des rohen Benzols 538.

Winkler (Cl.), Darstellung von Sauerstoff mittelst einer alkalischen Lösung von Kobaltoxyd und Chlor sowie aus Braunstein 97; Reinigung des Graphits 111; zur Gewinnung des Indiums 223; colorimetrische Bestimmung des Kobalts und Nickels 806.

Wischin (G.), über Äthylschweflige Säure 496; vgl. bei Kolbe (H.).

Wise (F.), violetter Farbstoff aus Rosanilin und Valeriansäure 904; Darstellung von Anilinbraun 906.

Wislicenus (J.), vgl. bei Fick (A.).

Wittstein (G. C.), Darstellung und Zusammensetzung des phosphors. Kalks (Brushits) 168; Löslichk. d. Kieselsäure in Ammoniak 193; Darstellung von arsens. Eisenoxyduloxyd 243; Goldoxydhydrat 264; Vorkommen von Osmium im verarbeiteten Platin 267; zur Bestimmung des Strychnins 474; Verhalten des Mannits gegen Kupferoxydkali 672.

Wöhler (Fr.), Vorlesungsversuch mit condensirter schwefliger Säure 123; Aluminiumcalcium und -magnesium 188; über Darstellung von Siliciummagnesium und Siliciumwasserstoff 191; krystallinisches Eisenchlorür 240; über die Oxyde des Osmiums 276; Trennung des Kupfers vom Paladium 810; über den Laurit 913.
Wolf (W.) und Knop (W.), über Aufnahme stickstoffhaltiger Körper durch die Pflanzen 686.
v. Wolfskron (M.), zur volumetrischen Bestimmung des Kupfers mittelst Cyankalium 810.
Wright (Ch. R.), über die Empfindlichkeit von photographischem Papier 81.
Wüllner (A.), Spannkraft der Dämpfe der Mischungen von Alkohol mit Wasser und von Aether mit Alkohol 32.
Wurtz (A.), Dampfdichte und Dissociation von chlor-, brom- und jodwasserstoffs. Amylen und jodwasserstoffs. Propylen 39; Bildung des Chlorthionyls 124; über Isoamylamin 425; Pseudoamylenharnstoff 427.
Wurtz (H.), über die Anwendung des Natriumamalgams zur Extraction edler Metalle 833; Grahamit von Virginien 959.
Wyrouboff (G.), über die färbende Substanz der Flufsspathe 957.

Wysocky (E.), Gewinnung von Urangelb 840.

Young (J. Wallace), Analyse vulkanischer Asche und fossilen Holzes von der Insel Arran 968.

Zalesky, Untersuchung des Hautdrüsensecrets des Landsalamanders 754; über die Zusammensetzung der Knochen 757; Bestimmung des Fluors 792.
Zaliwski-Mikorski, Ersatz des Amalgamirens der Zinkelemente 832.
Zech, physikalische Eigenschaften der Krystalle 8.
Zeidler, über das Erhärten und den Wassergehalt des Gypses 863.
Zepharovich (V.), Krystallform des kohlens. Kali-Natrons 155, des schwefelcyanwasserstoffs. Cinchonins 478, von Piperidin- und Piperidinharnstoff-Platinchlorid 479; Margarodit aus Kärnthen 929; Krystallform des Calcits von Pribram 955.
Zinin (N.), Einwirkung von alkoholischer Kalilösung auf Benzoïn 354.
Zirkel (F.), mikroscopische Structur der Laven von Nea-Kammeni bei Santorin 965.
Zittel (K. A.), Labrador-Diorit von Schriesheim 978.

Sachregister.

Anal.	bedeutet	Analyse.		Pseudom.	bedeutet	Pseudomorphose.
Anw.	"	Anwendung.		Schmelzp.	"	Schmelspunkt.
Atomw.	"	Atomwärme.		Siedep.	"	Siedepunkt.
Best.	"	Bestimmung.		Spannkr.	"	Spannkraft.
Bild.	"	Bildung.		sp. G.	"	specifisches Gewicht.
Const.	"	Constitution.		sp. W.	"	specifische Wärme.
Dampfd.	"	Dampfdichte.		Transps.	"	Transpirationszeit.
Darst.	"	Darstellung.		Umwandl.	"	Umwandlung.
Einw.	"	Einwirkung.		Untersch.	"	Unterscheidung.
Erk.	"	Erkennung.		Verb.	"	Verbindung.
Krystallf.	"	Krystalliform.		Verh.	"	Verhalten.
lat. Dampfw.	"	latente Dampfwärme.		Vork.	"	Vorkommen.
lat. Schmelzw.	"	latente Schmelzwärme.		Zers.	"	Zersetzung.
Lösl.	"	Löslichkeit.		Zus.	"	Zusammensetzung.

Die einzeln aufgezählten Salze und zusammengesetzten Aether stehen im Allgemeinen unter dem Namen der Säure oder des Salzbilders.

Acaroïdharz, Zers. durch schmelzendes Kali 630.
Acenaphten 545.
Acetoformobenzoyls. Aethyl 852.
Aceton, Bild. aus Propylenoxyd u. s. w. 807, 808; Condensationsproducte des Acetons 808.
Acetoxacets. (acetylglycols.) Aethyl, Bild. 875.
Acetylbutyllactins. Aethyl 876.
Acetylcampher 624.
Acetylen, Bild. durch den Inductionsfunken und durch unvollkommene Verbrennung 506; Apparat zur Darst. 508; Verh. gegen Platinschwarz bei Gegenwart von Wasserstoff 508; Löslichkeit in verschiedenen Flüssigkeiten 508; Erk. und Untersch. von Allylen 508; Verh. gegen Brom und Chlor 509 f.; Verb. mit Metallsalzen (Cuprosacetyl und Argentacetyl) 510 f.; Verh. gegen Natrium und Kalium 514; Verh. in hoher Temperatur 515; als Stammkörper der aromatischen Kohlenwasserstoffe 517; Verh. beim Erhitzen mit Wasserstoff 518, mit Aethylen 519; Best. 519; Bild. aus Styrol 544.
Acetylendihydrür vgl. Aethylwasserstoff.
Acetylglycols. Aethyl vgl. acetoxacets. Aethyl.
Acetylmonochlorsalicin 670.
Acetylresorcin 634.
Acolyctin 483.
Acrylharz, Zers. durch schmelzendes Kali 631.
Adamin, von Chanarcillo (Chili), Anal. 949; Krystallf. 950.
Aepfel, Verbrennungswärme 734.
Aepfelbaum, Bestandth. der Wurzelrinde 694.
Aepfelessens vgl. valerians. Amyl.

Aepfelsäure, Darst. aus Gerbersumach 398; Einw. von Natrium 403.
Aepfeltrester, Destillationsproducte 891.
Aepfelwein, Zus. 887.
Aeschynit, Anal. 945.
Aesculus hippocastanum (Rofskastanie), Unters. des Gerbstoffs 691.
Aether, Dampfspannung der Mischungen mit Alkohol 32 f.; Einw. von Schwefelsäureoxychlorür 284; zur Theorie der Aetherbildung 488.
Aetherschweflige Säure, $S(C_2H_5)HO_2$, Versuche zur Darst. 498.
Aethylacetylen 519.
Aethylamin, Verb. gegen Chromsäure 281; Darst. 414; Oxydationsproducte 414.
Aethylamylåthervaleral, Bild. 322.
Aethylamylamin, Verb. gegen Chromsäure 281.
Aethylatropiniumjodid 476.
Aethylatropin-Platinchlorid 477.
Aethylbenzol vgl. Aethylphenyl.
Aethylcampher 623.
Aethylcorydalinjodür 481.
Aethylcorydalin-Platinchlorid 482.
Aethyldiazobrombenzolimid 453.
Aethyldivaleriansäure, Bild. und Eigenschaften 322.
Aethylen, Verb. gegen Chromsäure 281, gegen übermangans. Kali 282; Verb. beim Erhitzen mit Wasserstoff 518, mit Acetylen 519; Bild. aus Styrol 544.
Aethylhexyläther, Bild. 532.
Aethylidendiäthyldiphenamin 489.
Aethylidendiäthyldiphenamin-Platinchlorid 489.
Aethylmethylcarbinol, vgl. Aethyläthylalkohol.
Aethyläthylalkohol (äthylirter Aethylalkohol, Aethylmethylcarbinol) 485.
Aethylochloräther 485.
Aethylojodäthyl (äthylirtes Jodäthyl) 485.
Aethylparaoxybenzoësäure, Bild. 389, 392.
Aethylparaoxybenzoës. Baryt 393.
Aethylparaoxybenzoës. Kalk 393.
Aethylparaoxybenzoës. Natron 392.
Aethylparaoxybenzoës. Silber 393.
Aethylphenyl (Aethylbenzol), zur Darst. 550.
Aethylphenylisatamid 637.
Aethylphosphorigsäurechlorür 487.

Aethylschwefelsäure, Verb. gegen Mangan- und Baryumhyperoxyd 161.
Aethylschweflige Säure, $S(C_2H_5)HO_2$, Bild. 496.
Aethylschwefligs. Baryt 497.
Aethylschwefligs. Kupfer 498.
Aethylschwefligs. Silber 498.
Aethylschwefligs. Zink 497.
Aethylwasserstoff, Bild. und Verh. in hoher Temperatur 518; Const. als Acetylendihydrür 589.
Affinität vgl. Verwandtschaft.
Albit (Periklin), Zwillingsbildungen 928.
Albumin, aus Eiern, Eigenschaften 711f.; aus Mandeln, Platinverbindungen 712; (des Mehls vgl. Sitosin); Eigenschaften des Essigsäure-Albuminats 714; Verdauung von nicht coagulirtem Eiweifs 728; Verbrennungswärme 733; Bereitung von trockenem Blutalbumin für Kattundruck 899; Verh. gegen Campher 829.
Aldehyde: Prognose neuer 484.
Aldehydharz, Zers. durch schmelzendes Kali 631.
Alizarin, Zus. und Bild. aus Purpurin 644.
Alkalien, zur spectralanalyt. Nachweisung 793; Erk. mittelst Phosphormolybdänsäure 794; Trennung mittelst Platinchlorid 794.
Alkohol (Aethylalkohol): Spannkr. der Dämpfe aus den Mischungen mit Wasser oder Aether 32 f.; Einw. gegen Chromsäure 280; Einw. von Schwefelsäureoxychlorür 284, von Dreifach-Chlorphosphor 486; Erk. von ächtem Kirschbranntwein 824.
Alkohole, Prognose neuer 484; Synthese mittelst gechlorter Aether 485.
Alkoholometrie: Verbesserungen 885.
Alloklas aus dem Arsenikkies von Orowicza, Krystf. und Zus. 918.
Alloxan, freiwillige Umwandl. in Alloxantin 721.
Alloxantin, Wassergehalt 721.
Allyläthyläther, Zers. durch Jodwasserstoff 520.
Allylen, Untersch. von Acetylen 509; Verh. gegen Metallsalze 523, gegen Natrium 524.
Aloin, Darst. 624.
Aloïsol, Bestandtheile 607.
Alphachlortoluylsäure, Bild. 598.

Alphachlortoluylsäureamid, Bild. aus Chlorbenzylchlorid 597.
Alphachlortoluylsäurenitril, Bild. 598.
Alphaxylylsäure 605.
Alphaxylyls. Kalk 605.
Aluminium, Darst. aus Chloraluminium-Chlornatrium mittelst Zink 841.
Aluminiumcalcium, Darst. 188.
Aluminiummagnesium, Darst. 188.
Amalgam: Temperaturerniedrigung bei der Bild. von Blei-Wismuth-Zinn-Amalgam 260.
Amandin, Platinverb. 712.
Ameisens. Aethyl, Zersetzungsproducte durch Natrium 800.
Ameisens. Allyl, vermuthete Bild. 522.
Ameisens. Cadmiumoxyd-Baryt, Zus. und Krystallf. 299.
Amidoazobenzol, Bild. aus Diazoamidobenzol 467; vgl. Amidodiphenylimid.
Amidodinaphtylimid vgl. Azodinaphtyldiamin.
Amidodiphenylimid (Azoamidobenzol), Bild. 431.
Amidodracyls. Baryt 350.
Amidooxindul 642.
Amidoparaoxybenzoësäure, Darst. 395.
Amidosalicylsäure, Bild. 385.
Amidovaleriansäure (Valeraminsäure), Darst. und Verh. 318; Identität mit Butalanin 819.
Amidovalerians. Kupfer 319.
Amidovalerians. Silber 319.
Ammoniak: zur Best. 793.
Ammoniaksalze: Darst. krystallisirter Ammoniakdoppelsalze 144.
Ammoniumamalgam: Vers. der Darst. mit organischen Basen 144.
Ammoniumkohlensesquisulfid 119.
Amphitalit von Horrsjöberg (Schweden), Anal. 948.
Amyläthylschwefeloxyd 529.
Amylalkohol: Verh. gegen Chromsäure 280, 281; aus Fuselöl und Petroleum, Siedep. und spec. Gew. 527; Zers. durch salpetrige Säure 527.
Amylamin: Verh. gegen Chromsäure 281.
Amylcampher 624.
Amylen, spec. Vol. 18; Verh. gegen Chromsäure 281; gegen übermangans. Kali 282; Verh. in hoher Temperatur 518, 519; Producte der Einw. von Chlor 530, von unterjodiger Säure 531.

Amylenharnstoff vgl. Pseudoamylenharnstoff.
Amylenjodhydrin 531.
Amylharnstoff, Eigenschaft. 427.
Amylisatimid 687.
Amylphosphorigsäurechlorür 487.
Amylwasserstoff, Siedep. und spec. Gew. 527.
Analcim, aus dem Teschenit von Punzau, Anal. 977.
Analyse, zur Geschichte der Spectralanalyse 78; zur Anal. acetylen- und äthylenhaltiger Gasgemenge 519; zur Anal. von Trinkwasser 761 f. Gasanalyse, Transport von Messröhren 760. Gasvolumetrische Anal.: Best. des Stickstoffs 760; volumetrische Analyse: Feststellung des Werths von übermangans. Kali 761; Aufschliefsung von Silicaten mit Chlorcalcium 764, mit Phosphorsäurehydrat 764; Anwendung des unterschwefligs. Natrons in der Analyse 765; Flammenreactionen 766; neues Reagenspapier 784; organische Anal.: Trocknen der organischen Verb. 811; Elementaranalyse nach Baumhauer 812; nach Fr. Schulze 815; Anw. von Barythydrat zur Absorption von Kohlensäure 815; zur Best. des Stickstoffs nach Dumas und Simpson 816; zur Best. des Stickstoffs 817; Best. des Schwefels 817, des Chlors 818.
Anamesite, Anal. verschiedener Anamesite von Waitzen 973.
Andalusit, von russischen Fundorten, Zus. 925.
Andesin, von Chester (Indianit), Zus. 928.
Andesit: Anal. verschiedener Andesite aus der Umgegend von Schemnitz 971.
Anethol, Verh. gegen Jodwasserstoff 617; Const. 618.
Angelicaöl, Verh. gegen Phosphorsäure 633.
Anhydrit, künstliche Bild. 164.
Anilin, Umwandl. in eine dem Phenyltoluylamin isomere Base mittelst Chlortoluol 484; Verh. gegen übermangans. Kali 441; Darst. von toluidinhaltigem für Anilinfarben 901.
Anilinblau, Bild. von löslichem Anilinblau (anilinblau- schwefels. Natron) 904 f.
Anilinbraun, Darst. 906.

Anilinfarbstoffe, Abscheidung des Arsens aus den Rückständen 902; Verfahren zur Darst. aus Anilinsalzen und Nitrobenzol 904, aus Rosanilinrückständen 906; Anw. zum Buch- und Steindruck 906 f.
Anilingrau, Darst. 906.
Anilinviolett, Darst. aus Methylanilin u. s. w. 903, aus Rosanilin und Isopropyljodür 904.
Anisalkohol, Const. als Oxymethylbenzylalkohol 616.
Anisol, Verh. gegen Jodwasserstoff 617.
Anissäure (Methylparaoxybenzoësäure), Zers. durch Salzsäure 388; Bild. aus Paraoxybenzoësäure 388; Darst. 390; Const. 391; Umwandl. in Paraoxybenzoësäure durch schmelzendes Kali 895 f.
Anisstearopten, Verh. gegen Jodsäure und Kali 633.
Anthracen, Bild. aus Toluol durch Hitze 542, 543, aus einem Gemenge von Aethylen und Benzol u. s. w. 545 f., aus Keten 547, aus Chlorbenzyl 592; Const. 547.
Antimon: Ausdehnung 24; thermoëlectrisches Verh. 93; Erk. durch Flammenreactionen 778, 788; Nachw. mittelst Magnesium 801.
Antimonoxyd, Eigenschaften der dimorphen Modificationen 213.
Antimonoxyd-Kali 214.
Antimonoxyd-Natron 214.
Antimons. Ammoniak, Verh. gegen Schwefelkohlenstoff in der Hitze 121.
Antimons. Kali, Verh. gegen Schwefelkohlenstoff in der Hitze 121.
Antimonspeisen, Zus. 216.
Antimonwasserstoff, Verh. gegen Kalihydrat 215.
Antimon-Wismuthspeisen, Zus. 216.
Apatit von Jumilla, Gehalt an Cer, Lanthan und Didym 946.
Aphanit vgl. Grünstein.
Apophyllit von Bombay, Zus. 985.
Apparate: Vergleichung der Aräometerscalen 17; App. von Plefs zur fractionirten Destillation 32; Diffusiometer von Graham 44; Spectroscope à vision directe 78; zur Theorie des Spectralapparats 78; zur Destillation im (durch Absorption von Kohlensäure erzeugten) leeren Raum 574; Schlämmapparat zur Bodenanalyse 765; Vorrichtung zum Transport von Gasmefsröhren 760; zum Trocknen org. Substanzen 811 f., 815; automatischer Vacuumapparat 830; Macerationsapparat 830; Luftpumpe 830; Dialysator 830; Gasentwickelungsapparat 830; Vorrichtung zum Füllen von Gasen 830; Spritzflasche für riechende Flüssigkeiten 830; Pipetten, Vorrichtung zum Graduiren 831; Quetschhahn 831; Kolbenputzer 831; Filtrirvorrichtungen 831; Kohlenfilter 831; Verbrennungsofen mit Gas 831; Apparat zum Erhitzen von Röhren 831; Gaslampen 831; platinplatirte Kupferschalen 832; Tiegel aus Magnesia 832, 839; Herstellung von Kohlentiegeln 189.
Aprikosenöl, Erk. im Mandelöl 827.
Arachinsäure, Vork. 696.
Aräometer vgl. Apparate.
Argentacetylchlorür 512.
Argentacetyloxyd 512.
Argentallylchlorür 523.
Argentallylen, Bild. und Verh. 523.
Argentallyloxyd 523.
Argentdiacetyloxyd 515.
Argentopyrit vgl. Silberkies.
Arksutit von Grönland, Anal. 959.
Arragonit: Bild. aus Kalkspath in basaltischen Gesteinen 955.
Arsen: Erk. durch Flammenreactionen 778; Best. in der käuflichen Salzsäure und in Kiesen 801; Anw. des Magnesiums zur Erk. des Arsens, Antimons und anderer giftigen Metalle 801; Abscheidung aus den Rückständen der Anilinfarbstoffe 902.
Arsenige Säure Ausd. 26; zur Erk. mit Kupfer 130.
Arsenikkies von Orowicza 918.
Arsens. Ammoniak, thermisches Verh. der Krystalle 6.
Arsens. Eisenoxyduloxyd, Darst. 243.
Arsens. Kali thermisches Verh. der Krystalle 6.
Arsens. Lithion 160.
Arsens. Manganoxydul vgl. Kondroarsenit.
Arsens. Zinkoxyd vgl. Adamin.
Arsenspeisen, Zus. 216.
Arsenwasserstoff, Verh. gegen Kalihydrat 215.
Asa foetida, Zers. durch schmelzendes Kali 627.
Asche, vulkanische, von der Insel Arran, Anal. 968.

Sachregister. 1041

Asparaginsäure, Darst. aus Runkelrübensaft und Melasse 399.
Asperolith von Tagilsk, Zus. 932.
Asteries vgl. Seesterne.
Athmen : Unters. über Sauerstoffaufnahme und Kohlensäureabgabe von Pettenkofer und Voit 723, 728, von Henneberg, Kühn und Schultse 726.
Atmosphäre, über den normalen Gehalt an Ozon 144.
Atropasäure 476.
Atropas. Kalk 476.
Atropin, Spaltungsproducte durch Säuren 475.
Augit, Vork. als Fumarolenbildung 925.
Auroacetyloxyd 513.
Ausdehnung durch die Wärme: von verschiedenen Metallen und Legirungen 23 f., von verschiedenen krystallisirten Substanzen 25 f.
Austern vgl. Ostrea edulis.
Avocado vgl. Persea gratissima.
Avornin 707.
Avorninsäure 707.
Axinit, Monographie der Krystf. 980.
Aselsäure, Bild. aus Stearolsäure 382.
Aselsäurealdehyd, Bild. aus Stearolsäure 382.
Azoamidobenzol vgl. Amidodiphenylimid.
Azobenzol, Bild. aus Anilin 441; Const. 466.
Azodinaphtyldiamin (Amidodinaphtylimid), Bild. 468 f.
Azodioxindol 640.
Azodioxindolsilber 640.
Azodracylsäure, Eigensch. 350.
Azorosanilin, Bild. 584.
Azotoluid, Verh. gegen Brom und Chlor 465.
Azoverbindungen, Allgemeines über Bild. 442; Const. 466.
Azoxindol 640.
Azoxindolbaryt 640.
Azoxybenzol, Bild. aus Anilin 441 f.; Const. 466.

Bablah, Gehalt an Gerbsäure 820.
Barytfeldspath vgl. Hyalophan.
Barytsalze: Magnesiagehalt 855.
Baryumhyperoxyd, Verh. gegen Wasserstoffhyperoxyd 109; Verh. gegen Aetherschwefelsäure und Chlor 161.
Baryumkohlensesquisulfid 119.

Basalt: von Csörög Hegy, Anal. 973, von Dunedin, Neuseeland 975.
Basen, organ.: Verb. mit Chlorjod 416; Erk. auf mikroscopischem Wege 821; Nachweisung mittelst Jodwismuth-Jodkalium 821; Löslichk. verschiedener in Amylalkohol und in Benzol 823.
Baumwolle: Nachweisung in Wollstoffen 895.
Baumwollenpflanze, Oelgehalt der Samen 698.
Bauxit, von Krain, Zus. 923.
Behenolsäure 334.
Behenolsäuredibromid 335.
Behenolsäuretetrabromid 335.
Behenols. Baryt 334.
Behenols. Magnesia 335.
Behenols. Silber 335.
Beisen, Zus. der Eisenbeize (Rouille) 899.
Benzylen, Darst. und Eigensch. 535.
Benzaldehyd vgl. Benzoylwasserstoff.
Benzamid, Umw. in Brombenzoësäure 341.
Benzensäure, Bild. 340.
Benzerythren 550.
Benzidin (Diamidobenzol), Zers. durch salpetrige Säure 460.
Benzilsäure, Bild. 354.
Benzoësäure, Synthese aus Monobrombenzol 340; Apparat zur Darst. der sublimirten 341; Umw. in Bernsteinsäure 397 f.; Reduction zu Bittermandelöl durch Zinkstaub 573; Bild. aus Benzyldisulfür 599.
Benzoës. Kali: Electrolyse 87.
Benzoësäuretrichlorid, Bild. aus Toluol und Verh. 594.
Benzoïn: Verh. gegen alkoholische Kalilösung 354.
Benzol: Dampfd. 88; Verh. gegen Chlorsulfuryl 288; Bild. aus Acetylen (Triacetylen) 516, aus salpeters. Diazobenzol 446, 448, aus Styrol 544, aus Chlorbenzol 593, aus Benzoësäuretrichlorid 594; Eigensch. des aus Acetylen dargestellten 538; Zusammenhang zwischen Acetylen und Benzol 539; zur Unterscheidung und Nachweisung 589; Verh. in hoher Temperatur 540; Bild. aus Toluol, Xylol und Cumol 542; Const. 547; Eigenschaften der Chlorsubstitutionsproducte 550 f.; Jod- und Bromsub-

stitutionsproducte 553 f.; Additionsproducte mit chloriger Säure 559.
Benzolameisensäure vgl. Formobenzoylsäure.
Benzolschwefelsäure vgl. Sulfophenylsäure.
Benzolschweflige Säure (benzylschweflige Säure, Sulfophenylhydrür), Bild. aus Sulfobenzolchlorür mit Natrium 568; Eigensch. 569.
Benzoylchrysamminsäure 583.
Benzoylresorcin 634.
Benzoylwasserstoff (Benzaldehyd): Dampfd. 88; Einwirk. von Natriumamalgam in ätherischer Lösung 353, von Chlorsuccinyl 354; Bild. aus Benzoësäure und Phtalsäure durch Zinkstaub 573, aus Chlorbenzoyl 595 f., aus Dioxindolsilber 639; Verharzung durch Phosphorsäure 682; Prüf. auf einen Gehalt an Nitrobenzol (Mirbanöl) 825.
Benzyl, Bild. aus Toluol durch Hitze 542; Bild. eines mit dem Dibenzyl verwandten Kohlenwasserstoffs aus Chlorbenzyl 592; vgl. Dibenzyl.
Benzyläther, Bild. aus Chlorbenzyl 592.
Benzylalchlorid vgl. Chlorbenzol.
Benzylalkohol, Bild. aus Chlorbenzyl 596.
Benzylschweflige Säure vgl. Benzolschweflige Säure.
Benzylsulfhydrat, Verh. gegen Brom und Natrium 599.
Benzylsulfhydrat-Quecksilber 600.
Benzylsulfür vgl. Schwefelbenzyl.
Berberin, Identität mit Jamaicin 480.
Berlinerblau: Darst. von löslichem 288.
Bernsteinsäure, Bild. aus Benzoësäure 397 f., aus Gummi oder Milchzucker 627, aus Trichlorphenomalsäure 564; Lösl. in Wasser 564; Einw. von Natrium 404.
Bernsteinsäureanhydrid, Bild. und Schmelzp. 398.
Bernsteins. Aethyl, Einw. auf Chlorbenzoyl 398.
Beryll, von Royalston, Zus. 925.
Bier: unorganische Bestandtheile des Biers aus dem Hopfen 882; Zus. Münchener Biere 883; über das Gefrieren des Biers 883; über den Säuregehalt des Münchener Biers 884.
Biotit, von Chester, Zus. 929.
Birnen: Unters. der steinartigen Concretionen 672.
Bittermandelöl vgl. Benzoylwasserstoff.

Bittermandelölchlorid vgl. Chlorobenzol.
Bittermandelölharz 632.
Bittersalz vgl. Epsomit.
Bitumen, aus Benzol 542.
Blei: Ausd. 24; Verh. in den Legirungen mit Zinn 229; Einw. des Wassers 230 f.; Erk. durch Flammenreactionen 779; Erk. und Trennung vom Silber 808; Gediegen-Blei von Pajsberg in Schweden 912, vom Oberen See 913.
Bleichen: mit Uebermangansäure und schwefliger Säure 896.
Bleiessig, Darst. 238.
Bleioxyd: Darst. von krystallisirtem 284.
Bleioxydhydrat, Darst. von krystallisirtem 284.
Bleiweiſs, Fabrikation aus gerösteten Bleierzen 908; Fabrikation in Chester 908.
Blut, Eiweiſskörper des Bluts 713; opt. Best. des Blutfarbstoffs 737; über die Oxydation im lebenden Blut 738; Verh. gegen Schwefelwasserstoff 741; das Blut enthält kein Ozon 743; Verh. des defibrinirten Bluts gegen Wasserstoffsuperoxyd 743; über die Kohlensäure des Bluts 743; Gehalt an Protagon und Cholesterin 743 f.; Nachw. 746.
Bocknüsse (Bokkenoten, graine roche), Unters. des Fetts 697.
Bodenkunde: zur Analyse von Ackererde 764; lösl. Bestandth. der Ackererde 765; Wärmecapacität von Bodenarten 867; über den Gehalt der Ackererde an Wasser, Stickstoff und org. Subst. 869; Verh. der Ackererde gegen Salzlösungen 869, 870, 871.
Bokkenoten vgl. Bocknüsse.
Bol, von Sasbach am Kaiserstuhl, Zus. 930.
Borax vgl. bors. Natron.
Borneol, Bild. aus Campher durch Natrium 624.
Boronatrocalcit, Zus. 953 f.
Borsäure, Existenz des Hydrats 3 BoO$_3$, HO 111 f.; Anal. der rohen toskanischen 845.
Bors. Cetyl 492.
Bors. Glycerin 492.
Bors. Natron: Gewinn. aus natürlicher Borsäure oder Boronatrocalcit 855.
Bors. Phenyl 492.
Bors. Tetraphenyl 493.

Brassica oleracea, eigenthümlicher Stoff (Carviolin) 705.
Brassidinsäure 339.
Brassidinsäurebromid 340.
Brassidins. Natron 339.
Brassylsäure 336.
Brassylsäurealdehyd 336.
Brassyls. Kalk 337.
Brassyls. Silber 337.
Brauneisenstein, von Kilbride, Wicklow, Zus. 922.
Braunschweiger Grün, Bild. 257.
Brennstoffe: über die Beziehungen zwischen Zusammensetzung und physikal. Eigensch. fossiler Brennstoffe 891; Prüf. auf die Ausbeute an Destillationsproducten 891.
Brenzschleimsäure vgl. Pyroschleimsäure.
Brod: Verbrennungswärme 734; Phosphorsäuregehalt einiger Brodsorten 879; über Vergiftung von Brod durch das Brennmaterial 879.
Brom, zur Gew. aus Seegewächsen 846, aus bromhaltigen Laugen 846; Best. mittelst Chlorsilber 789.
Bromäthyl, Verh. gegen Natriumamalgam und Zink 502.
Bromäthylbenzol vgl. Bromäthylphenyl.
Bromäthylphenyl (Bromäthylbenzol), Darst. 550.
Bromamidobenzoësäure 346, 347.
Bromamidobenzoës. Baryt 346, 347.
Bromamylen, zur Darst. 530.
Bromanil: Bild. 343, aus Tribromanisol 387.
Bromanilsäure 343.
Bromanils. Silber 343.
Bromazobenzoësäure, Bild. 346.
Brombenzoësäure, Bild. aus Benzamid 341.
Brombenzyl, Darst. 599.
Bromcaprylen (Caprylenbromür), Darst. 533.
Bromcapryliden 534.
Bromchlorbenzol 455.
Bromcuminsäure, Bild. 371.
Bromcyan, Darst. 286.
Bromdracylsäure 347.
Bromdracyls. Aethyl 347.
Bromdracyls. Baryt 347.
Bromdracyls. Silber 347.
Bromglycolsäure, Umw. in Glyoxylsäure 375.
Bromjodbenzol 456.
Bromisobuttersäure 314.

Bromkalium, Lösl. 59; Flüchtigkeit 772.
Bromnatrium, Lösl. 59; Flüchtigkeit 772.
Bromnitranisol 459.
Bromnitrobenzoësäure, Darst. 343; Krystf. 344; α-Bromnitrobenzoësäure 345.
Bromnitrobenzoës. Aethyl 345, 346.
Bromnitrobenzoës. Baryt 344, 345.
Bromnitrobenzoës. Kali 344.
Bromnitrobenzoës. Kalk 344.
Bromnitrobenzoës. Magnesia 344, 345.
Bromnitrobenzoës. Natron 344, 345.
Bromnitrodracylsäure 348.
Bromnitrodracyls. Aethyl 348.
Bromnitrodracyls. Baryt 348.
Bromnitrodracyls. Magnesia 348.
Bromnitrodracyls. Silber 348.
Bromnitrosodioxindol 640.
Bromnitrosooxindol 642.
Bromnitrotoluol, Umw. in Bromnitrodracylsäure 348.
Bromönanthyliden 533.
Bromoxindol 641.
Bromparaoxybenzoës. Aethyl 395; Zers. durch Kali 396.
Bromphenyl vgl. Monobrombenzol.
Bromquecksilberäthyl, Bild. 502.
Bromselen, SeBr, Bild. und Verh. 181.
Bromselen, SeBr$_4$, Bild. und Verh. 182.
Bromstyrol 615.
Bromthiosinnammoniumoxyd 424.
Bromtoluylen 600.
Bromtriamylen (Triamylenbromür), Umw. in Benylen 535.
Bromwasserstoffs. Amylen: Dissociation des Dampfs 40.
Bromwasserstoffs. Diasobrombenzol 452.
Bromwasserstoffs. Hydrazotoluid 465.
Bromwasserstoffs. Thialdin 423.
Bronze vgl. Legirungen.
Bronzit, aus Obersteiermark, Zus. 931.
Brucea sumatrana, Unters. des Fetts 697.
Brucin, Vork. im Lignum colubrinum 710.
Brunnenwasser vgl. Wasser, natürlich vorkommendes.
Buchenrinde vgl. Fagus sylvatica.
Buntkupfererz, von Monte-Leccia (Corsica), Zus. 915.
Bustamit, vom Monte Civillina, Zus. 929, aus Mexico 932.
Butalanin vgl. Amidovaleriansäure.
Butter, Verbrennungswärme 734.
Buttersäure, Einw. von Schwefelsäure-

oxychlorür 285; Vork. im Holztheer 811; Bild. aus Crotonsäure 816.
Butters. Aethyl, Bild. aus Butyrin 812.
Butylalkohol, Einw. von Dreifach-Chlorphosphor 487.
Butylphosphorigsäurechlorür 487.
Butyrylbutyllactins. Aethyl, Bild. 376.
Butyrylglycols. Aethyl, Bild. 376.

Cacaobohnen, Fettgehalt 698.
Cadmium : Ausd. 24; Erk. durch Flammenreactionen 779; Anw. zur Reduction und Best. des Silbers 811.
Cadmiumoxyd-Kali 224.
Cäsium, Vork. 150.
Cäsiumoxyd, Erk. mittelst Phosphormolybdänsäure 794.
Caffeïn, Verb. mit Chlorjod 416, Darst. 470.
Calcit vgl. Kalkspath.
Calciumoxysulfuret, über dessen Bild. und Vork. in den Sodarückständen 168.
Calluna vulgaris, Gehalt an Quercetin 654.
Calophyllum inophyllum, Unters. des Fetts 697.
Calorescenz 79.
Campher, Bromderivate 622; Verh. gegen Natrium und Aethylderivate 623; Verh. gegen Eiweifs 829.
Camphers. Kupferoxyd, Producte der trockenen Destillation 410.
Canadol 898.
Canarium commune, Unters. des Fetts 696.
Cantharidin, Aschenbestandtheile 756.
Caoutchouc : Porosität 45; Permeabilität für Gase 52.
Capillarität : capillare Wahlverwandtschaft 8.
Capryliden, Darst. und Eigensch. 584.
Capsulaescinsäure 693.
Carbodimethyldiäthyl, C_7H_{16}, synthet. Bild. 493.
Carbodiphenyltriamin vgl. Melanilin.
Carbohydrochinonsäure, Verh. gegen Säuren 385; Bild. aus Chinasäure 407.
Carbolsäure vgl. Phenol.
Carbomethyltriamin vgl. Methyluramin.
Carbonusninsäure 661.
Carbotriäthyltriamin (Triäthylguanidin), Const. 419.
Carbotriamin vgl. Guanidin.

Carbotriphenyltriamin (Triphenylguanidin), Const. 419.
Carduus marianus, Oelgehalt der Samen 698.
Carminroth 646 f.
Carminrothbaryt 647.
Carminrothkali 647.
Carminrothkalk 647.
Carminrothzink 647.
Carminsäure, Darst. und Zus. 646.
Carmins. Baryt 648.
Carmins. Kali 648.
Carotin, ob identisch mit Cholesterin 704 f.
Carviolin 705.
Caseïn des Klebers vgl. Sitesin.
Casseler Grün vgl. mangans. Baryt.
Cassiaöl, Verh. gegen Phosphorsäure 633.
Cassiterit, Ausd. 36.
Cassius' Goldpurpur vgl. Goldpurpur.
Castanea vesca (efsbare Kastanie), Bestandtheile 706.
Castellit, von Guanasevi in Mexico, Zus. 917.
Cathartinsäure 705.
Cathartogeninsäure 706.
Cathartomannit 706.
Cellulose, Darst. aus dem Mark verschiedener Pflanzen 663; Bild. aus Drupose 674.
Cement : zur Darst. von Portland-Cement 863; über natürliche und künstliche Cemente 864.
Cerbera Odollam, Unters. des Fetts 697.
Cerberin 697.
Cerebrin, Zus. 747.
Ceylonit, von Ramos, Mexico, Zus. 922.
Chenevixit, von Cornwall, Anal. 950.
Chiastolith, von Lancaster, Massachusetts, Zus. 925.
Chinarinden : Gehalt der China de Cuenca an Basen 471; über das Vork. einer amorphen Base in der Rinde 471.
Chinasäure, Vork. in Galium Mollugo 407; Zers. durch Fünffach-Chlorphosphor und schmelzendes Kali 407.
Chinidin (Betachinin), Vork. im Chinoïdin und Abscheidung 473.
Chinin, Prüf. auf Salicin 828.
Chinoïdin, Reinigen des käuflichen 472; Gehalt an Chinidin 473; animalisches 758.

Sachregister **1045**

Chinovas. Chinoïdin, Darst. und Anw. 472.
Chiolith, Krystf. 957.
Chlor : Verh. gegen salpetrige Säure in wässeriger Lösung 137; Best. in organ. Verb. 818.
Chloräthyl, Zers. durch erhitzten Kalikalk 498.
Chloräthyliden (einfach - gechlortes Chloräthyl), Zers. durch Natrium und andere Metalle 499.
Chlorallyl, Bild. und Darst. 520 ; Verschiedenheit vom Chlorpropylen 521.
Chloraluminium-Chlorkalium, Darst. im Grofsen 840.
Chlorammonium, Lösl. 66, 68.
Chloramyl, Siedep. und sp. G. 527.
Chloramylen (Amylenchlorür), 531.
Chlorarsen, Bild. 212.
Chlorbenzoësäuretrichlorid , Const., Siedep. und sp. G. 594.
Chlorbenzoyl, Einw. auf bernsteins. Aethyl 398.
Chlorbenzoylchlorid, Bild. aus Chinasäure 407.
Chlorbenzyl, Bild. 588; Untersch. vom Chlortoluol 590; Zers. durch Schwefelwasserstoff und weingeistiges Kali 591; Eigensch. 592 ; Zers. durch Wasser in der Hitze 592; Darst. und Verh. 595 f.
Chlorbenzyl, gechlortes, Bild. 591.
Chlorbenzylchlorid, Darst. und Verh. 597.
Chlorblei (Bleiperchlorid), $PbCl_2$, Bild. 232.
Chlorbor-Cyanäthyl 501.
Chlorbrombensol, Bild. aus Diazobrombenzol 454.
Chlorcadmium - Chlorammonium, thermisches Verh. der Krystalle 6.
Chlorcadmium-Chlorkalium, thermisches Verh. der Krystalle 6.
Chlorcalcium, Lösl. 66 ; Verh. gegen Phosphorsäure 168 ; Flüchtigkeit 772.
Chlorcyan, Darst. des flüssigen 286 , des festen 286.
Chlordracylsäure (Parachlorbenzoësäure), Bild. aus Paraoxybenzoësäure 393, aus Chlortoluol 589.
Chloreisen, FeCl, Darst. von krystallinischem 240.
Chloreisen, Fe_2Cl_3, Umsetzung mit essigs. Kali 11.
Chlorige Säure : Verh. gegen salpetrige Säure 137; Best. 789.

Chlorjod, JCl, Verb. mit organ. Basen 416.
Chlorjodbenzol 455.
Chlorjod - Chlorschwefel , JCl_2, $2SCl_2$, Bild. 188.
Chlorisobutyryl (Isobuttersäurechlorid), 314.
Chlorisofumaryl (Isofumarylchlorid), 400.
Chlorit : chloritähnliches Mineral von Bamberg 935.
Chloritid vgl. Corundophilit.
Chlorkalium, Lösl 59, 66 ; Flüchtigkeit 772; Gew. aus Carnallit 847.
Chlorkupfer, Cu_2Cl, Verh. gegen unterschweflige. Natron 256.
Chlorkupfer - Chlorammonium, thermisches Verh. der Krystalle 6.
Chlorlithium, Flüchtigkeit 772.
Chlormagnesia vgl. unterchlorigs. Magnesia.
Chlormagnesium-Chlorkalium, Gew. aus der Mutterlauge des Meerwassers 847 f.
Chlornatrium, Lösl. 59, 66; Flüchtigkeit 772.
Chlornitranisol 459.
Chlornitrobenzoësäure , verschiedene Modificationen 349.
Chlornitrobenzoës. Baryt 349.
Chlornitrobenzoës. Kalk 349.
Chlornitrodracylsäure 349.
Chlornitrodracyls. Aethyl 349.
Chlornitrodracyls. Baryt 349.
Chlornitrodracyls. Kalk 349.
Chlornitrodracyls. Magnesia 349.
Chlornitrodracyls. Silber 349.
Chlornitrosalylsäure 349.
Chlornitrosalyls. Aethyl 349.
Chlornitrosalyls. Baryt 349.
Chlornitrosalyls. Kalk 349.
Chlornitrosalyls. Magnesia 349.
Chlorobenzol (Benzylalchlorid, Bittermandelölchlorid), Const. 590 ; Bild. 354; Bild. aus Toluol und Verh. gegen Natrium und Wasser 593; Bild. aus Chlorbenzyl 597.
Chlorobenzol, gechlortes, vermuthete Bild. 594.
Chloroxynaphtalinsäure, Umw. in einen blauen Farbstoff 907.
Chlorpalladamin, Verh. 276.
Chlorpheryl 310.
Chlorphosphor, PCl_3, spec. Vol. 18.
Chlorphosphor, PCl_5, Dissociation des Dampfs 40.

Chlorpikrin, Umw. in Guanidin 419; Darst. 494; Einw. auf Cyankalium 495.
Chlorplatin, PtCl : Verb. mit Chlorsilber und Quecksilberchlorür 267 f.; Verh. gegen Cyanquecksilber 290.
Chlorplatin, PtCl$_2$, Verh. gegen salpeters. Silber und -Quecksilber 267.
Chlorplatin - Chlorammonium, 2 PtCl, 2 NH$_4$Cl, Darst. 268.
Chlorquecksilber, HgCl, Darst. des chlorürfreien 858.
Chlorrubidium, Flüchtigkeit 772.
Chlorsäure, Verb. gegen salpetrige Säure 187; Best. 789.
Chlors. Chinin, Darst. und Eigenschaften 471.
Chlorschwefel, SCl, Verh. gegen Arsen 212.
Chlorselenquecksilber vgl. Hornquecksilber.
Chlorstrontium, Lösl. 67.
Chlorsuccinyl, Einw. auf Bittermandelöl 354.
Chlorsulfuryl, SO$_2$Cl$_2$, Einw. auf Benzol und Phenol 283.
Chlortantal : Dampfd. 202.
Chlorteträthylammonium, Verb. mit Chlorjod 416.
Chlorthionyl, SOCl$_2$: Bild. 123.
Chlorwasserstoffs. Amidooxindol 643.
Chlorwasserstoffs. amidoparaoxybenzoës. Aethyl 594.
Chlorwasserstoffs. Amidovaleriansäure 319.
Chlorwasserstoffs. amidosimmts. Aethyl, Bild. 365.
Chlorwasserstoffs. Amylen, Dampfd. 39.
Chlorwasserstoffs. Caffeïn, Verb. mit Chlorjod 416.
Chlorwasserstoffs. Corydalin 462.
Chlorwasserstoffs. Cyanäthyl 500.
Chlorwasserstoffs. Dioxindol 639.
Chlorwasserstoffs. Isoamylamin 426.
Chlorwasserstoffs. Mesitylendiamin 609.
Chlorwasserstoffs. Neurin, Zus. 418.
Chlorwasserstoffs. Nitromesitylendiamin 610.
Chlorwasserstoffs. Nitrosopikramin, Bild. 428.
Chlorwasserstoffs. Oxindol 641.
Chlorwasserstoffs. Paraamidotoluylsäure 359.
Chlorwasserstoffs. Platosamin, Darst. 272.

Chlorwasserstoffs. Samandarin 756.
Chlorwasserstoffs. Triglycolamidsäuretriamid 380.
Chlorwasserstoffs. Xylidin 606.
Chlorxylyl 605.
Chlorzinn, SnCl, Verh. gegen Selen 226.
Cholesterin, Vork. im Mais 698; ob identisch mit Carotin 705; Vork. und Best. im Blut 744 f.
Chondrin, opt. Verh. 715.
Chondroglucose 715.
Chrom, Darst. mittelst Natriumamalgam 170; Erk. durch Flammenreactionen 782.
Chromidschwefelcyanammonium 297.
Chromidschwefelcyanbaryum 297.
Chromidschwefelcyanblei 298.
Chromidschwefelcyankalium, Darst. und Zus. 296.
Chromidschwefelcyannatrium 297.
Chromidschwefelcyansilber 298.
Chromidschwefelcyanwasserstoff 298.
Chromoacetyloxyd 513.
Chromoxyd, Flüchtigkeit im Porcellanofen 35; Darst. von krystallinischem 208.
Chromsäure, Zus. der krystallisirten 209.
Chroms. Chlorkalium, Verh. gegen Salzsäure 209.
Chroms. Kali, einfach-, Verh. gegen Schwefelwasserstoff und Schwefelkohlenstoff in der Hitze 120, 122; Darst. 209.
Chroms. Lithion, Krystallf. 159.
Chroms. Lithion-Ammoniak, Zus. 160.
Chrysamminsäure, Darst. 582; Eigenschaften 583.
Chrysammins. Aethyl 584.
Chrysammins. Kalk 583.
Chrysammins. Magnesia 583.
Chrysen, Bild. aus Benzol durch Hitze 541, 542, aus Diphenyl 544; Zers. mit Wasserstoff 546; Const. 547.
Chrysogen 620 f.
Chrysotoluidin, Bild. 432.
Cinnamid vgl. Zimmtsäureamid.
Citraconsäure, Additionsproducte mit Wasserstoffsäuren 405 f.
Citrajodbrensweinsäure, vermuthete Bild. 406.
Citramonochlorbrensweinsäure 405.
Citronsäure, zur Darst. 402; Einw. von Natrium 402.
Coccinin 648.

Cocaininammoniak 649.
Codeïn, Löslichk. in Amylalkohol und Benzol 823.
Collodion, Electrolyse 88.
Colorimeter, Anw. des Complementär-Colorimeters 75.
Columbit, Vork. und Zus. 944, von Grönland, Anal. 945.
Colza, Aschenbestandtheile 702.
Concretionen, Anal. des Darmsteines eines Lama 759.
Concretionen, steinartige der Birnen (Glycodrupose) 672.
Coniferin 674.
Cookeït, von Maine, Zus. 939.
Copal-Calcuttabars, Löslichk. 626.
Coriamyrtin, Eigensch. und Zus. 679.
Corund, Ausd. 26.
Corundophilit (Chloritid), von Chester, Zus. 936.
Corydalin, Darst. und Eigensch. 480.
Corydalin-Platinchlorid 482.
Cotunnit, Vork. 956.
Crithminsäure 622.
Crithmum maritimum, ätherisches Oel 621.
Croton, Oelgehalt der Samen 698.
Crotonsäure, Krystallf. und Eigensch. der aus Cyanallyl dargestellten 315; Umw. in Buttersäure 316; Verh. gegen Brom 317; Bild. aus Citramonochlorbrensweinsäure 406.
Crotons. Silber 316.
Cuminol, Einw. von Natriumamalgam 854; Oxydationsproducte durch Chromsäure und Salpetersäure 871.
Cuminsäure, Bild. 371.
Cumol, Umw. in Xylylsäure und Insolinsäure 368; Zers. durch Hitze 543; mit Pikrinsäure verbindbarer Kohlenwasserstoff daraus 607.
Cuprosacetylbromür 512.
Cuprosacetylchlorür 511.
Cuprosacetyl-Jodkalium 512.
Cuprosacetyloxychlorid 511.
Cuprosacetyloxycyanür 512.
Cuprosacetyloxyd 511.
Cuprosacetyloxyjodür 512.
Cuprosacetylsulfür 512.
Curarin, Verschiedenheit von Strychnin 474.
Curcumin, Verh. gegen Borsäure 652.
Cyan, vermuthetes Vorkommen im Kohlendunst 286.
Cyanäthyl, Verbindungen mit Chlor-, Brom-, Jod-, Schwefelwasserstoff und Chlorbor 500 f.
Cyanamidobenzoësäure, Umw. in eine neue Säure 351.
Cyankalium, Einw. auf Chlorpikrin 496.
Cyanpalladium, PdCy, Verh. 290.
Cyanpalladium-Ammoniak, Bild. 290.
Cyanpalladium - Cyanammonium, Verh. 291.
Cyanpalladium-Cyanbaryum, Darst. 291.
Cyanpalladium-Cyancalcium 292.
Cyanpalladium-Cyankalium, Bild., Eigensch. und Verh. 291, 292.
Cyanpalladium-Cyanmagnesium 292.
Cyanpalladium-Cyannatrium, Bild. und Eigensch. 291.
Cyanpalladium-Cyansilber, Verh. 291.
Cyanplatin, PtCy, Bild. und Verh. 290.
Cyanplatin-Cyanmagnesium, thermisches Verh. der Krystalle 6.
Cyanplatin-Cyanpalladium - Cyanmagnesium 292.
Cyans. Amylen, Umw. in Pseudoamylenharnstoff 427.
Cyanstickstoff-Titan, Bild. aus Meteoriten 1004.
Cyanwasserstoff, Bild. beim Verbrennen von Methylamin 414.
Cyanwasserstoffs. Thialdin 423.
Cylicodaphne sebifera, Unters. des Fetts (Tangkallakfett) 696.
Cymol, Oxydationsproducte durch Chromsäure und Salpetersäure 371.

Dacit, Anal. verschiedener Dacite der ungarisch-siebenbürgischen Trachyt- und Basalt-Gebirge 970.
Dämpfe : Wärmeausstrahlungsvermögen 20; Spannkr. aus Mischungen von Alkohol und Wasser oder Aether und Alkohol 32 f.; über abnorme Dampfdichten und Dissociation von Dämpfen 39 f.; Absorptionsspectrum des Wasserdampfs 76.
Danalit, von Rockport, Zus. 930.
Darmsteine, vgl. Concretionen.
Daucus Carota (Mohrrüben), Aschenbestandtheile verschiedener Arten von Caux 701; Gehalt an Stärkmehl und Natur des Carotins 704.
Dehydracetsäure, Bild. 807.
Desinfection, über Anw. und Wirkung verschiedener Desinfectionsmittel 856.
Destilliren, über Trennung analoger

Substanzen durch fractionirte Destillation 85.
Dextrin, Electrolyse 88; Vork. in Pflanzen 664.
Diabas, von Borek Dobrowka, Anal. 977.
Diabetes vgl. Harn.
Diacetylen, vermuthete Bild. 516.
Diäthyläther (Dietäthyläther) 486.
Diäthylbenzol, vgl. Diäthylphenyl.
Diäthylenalkohol, Bild. aus Natriumglycolat und essigs. Glycol 505.
Diäthylglycocoll, Bild. aus Diäthylamin und Monochloressigsäure 378.
Diäthylglycocollkupfer 378.
Diäthylglycocoll-Platinchlorid 378.
Diäthylidendiphenamin, Bild. 440.
Diäthylphenyl (Diäthylbenzol), Darst. und Eigensch. 550.
Diallyl, spec. Vol. 18; Darst. 522.
Dialose 674.
Dialysator vgl. Apparate.
Dialyse, Unters. von Graham über Dialyse der Gase 43.
Diamant, Ausd. 26; zur künstl. Bild. und Entstehung 111; weifser, in der Hitze rosenroth werdender Diamant 911.
Diamidobenzidol vgl. Benzidin.
Diamylschwefeloxyd 528.
Diaspor, von Chester, Zus. 923.
Diastase, Darst. und Einw. auf Stärkmehl 662.
Diazoamidobenzol vgl. Diazobenzolamidobenzol.
Diazoamidonitrobenzol, Zers. durch Brom 456.
Diazobenzol, Derivate 448 f.; Const. 467; Bild. aus Aethylanilin 451.
Diazobenzolamidobenzoësäure 445.
Diazobenzolamidobenzoësäure - Platinchlorid 445.
Diazobenzolamidobenzoës. Aethyl 445.
Diazobenzolamidobenzoës. Aethyl - Platinchlorid 445.
Diazobenzolamidobenzol (Diazoamidobenzol), Bild. 444, 448; Darst. 464; Const. und Metamorphose 467.
Diazobenzolamidobrombenzol 444; Bild. 453; Zers. durch Brom 452.
Diazobenzolamidobrombenzol - Platinchlorid 444.
Diazobenzolamidonaphtol 444.
Diazobenzolamidotoluol 444.
Diazobenzolquecksilberoxyd 443.
Diazobrombenzol 453.

Diazobrombenzol - Amidobenzoësäure 453.
Diazobrombenzol-Goldchlorid 453.
Diazobrombenzolimid 453.
Diazobrombenzol-Kali 452.
Diazobrombenzolperbromid 452.
Diazobrombenzol-Platinchlorid 452.
Diazobrombenzol-Silberoxyd 452.
Diazochlorbenzol 455.
Diazochlorbenzolimid 455.
Diazochlorbenzolperbromid 455.
Diazochlorbenzol-Platinchlorid 455.
Diazodibrombenzolimid 454.
Diazodibrombenzolperbromid 454.
Diazodibrombenzol-Platinchlorid 454.
Diazodichlorbenzolperbromid 455.
Diazodichlorbenzol-Platinchlorid 455.
Diazojodbenzol 456.
Diazojodbenzolimid 456.
Diazojodbenzolperbromid 456.
Diazojodbenzol-Platinchlorid 456.
Diazonaphtolimid 459.
Diazonaphtolperbromid 459.
Diazonaphtol-Platinchlorid 459.
Diazonitranisolimid 459.
Diazonitranisolperbromid 459.
Diazonitranisol-Platinchlorid 459.
Diazonitrobenzolimid 456.
Diazonitrobenzolperbromid, Bild. 456.
Diazonitrobenzol-Platinchlorid 456.
Diazotoluolamidobenzol 459.
Diazotoluolperbromid 459.
Diazotoluol-Platinchlorid 458.
Diazoverbindungen, Const. 466.
Dibenzyl (Benzyl), Bild. aus Chlorbenzyl 592; Const. 587; Einw. von Brom 588.
Dibenzylenharnstoff 439.
Dibromanisol vgl. dibromphenyls. Methyl.
Dibromanissäure, Bild. 387.
Dibrombenzol (Monobromphenolbromid), Darst. 557.
Dibromcampher 623.
Dibromcoryamyrtin 679.
Dibromcrotonsäure, vermuthete Bild. 317.
Dibromdibenzyl, Einw. von Brom 588.
Dibromdiphenyl, Eigensch. und Bild. 463.
Dibromhydrozimmtsäure (Dibromphenylpropionsäure), Bild. 370.
Dibromlecanorsäure 657.
Dibrommononitrobenzol 557.
Dibromnitrophenol 576.
Dibromnitrophenyls. Kali 576.

Dibromnitrophenyls. Methyl 576.
Dibromorsellinsäure 660.
Dibromorsellins. Amyl 661.
Dibromphenol (Dibromphenylsäure) 575.
Dibromphenolbromid vgl. Tribrombenzol.
Dibromphenylpropionsäure vgl. Dibromhydrozimmtsäure.
Dibromphenyls. Methyl, Identität mit Dibromanisol 575.
Dibutylschwefeloxyd 528.
Dichloräther (früher Monochloräther) 485.
Dichloramylenchlorür 531.
Dichloranissäure, Bild. 887.
Dichlorbenzol 455; spec. Gew., Siedp. und Schmelzp. 551.
Dichlorbenzylchlorid, vermuthete Bild. 594.
Dichlordiphenyl, Eigensch. 463.
Dichlordracylsäure, Bild. aus Dichlortoluol 591.
Dichlorsantonin 681.
Dichlortoluol, Const. 590; Bild. und Darst. 597; Umwandl. in Dioxymethyltoluol (Methylbenzoläther) 617.
Dicresol : Bild. 854.
Didymoxyd : Absorptionsspectrum 186; Best. mittelst des Spectrums 799.
Dietäthyläther vgl. Diäthyläther.
Diffusiometer vgl. Apparate.
Diffusion: von Flüssigkeiten ohne Membranen 71, durch thierische Membranen 73.
Diglycerinacetotrichlorhydrin 525.
Diglycolamidsäure, Verh. gegen salpetrige Säure 376.
Dijodbenzol, aus Jodanilin und Benzol, Identität 480; Darst. 555.
Dimethylphenylameisensäure, vgl. Xylylsäure.
Dinitroamidomesitylen vgl. Dinitromesitylamin.
Dinitrokresol 860.
Dinitromesitylamin (Dinitroamidomesitylen) 609.
Dinitromesitylen 608.
Dinitromonobrombenzol, Bild. 555.
Dinitronaphtalin, Umw. in Naphtocyaminsäure 619.
Dinitroparaoxybenzoësäure, Bild. 893.
Dinitrophenol, Bild. aus unreinem Cumol 861.
Dinitrotribrombenzol 558.
Diönanthylidendiphenamid 440.

Diopsid, aus Pennin, Zus. 935.
Diorit : Vork. von Labrador-Diorit bei Schriesheim 978; celtisches Steinbeil aus Diorit von Saumur 978.
Dioxindol (Hydrindinsäure), Bild. 688.
Dioxindolbaryt 639.
Dioxindolblei 689.
Dioxindolnatron 689.
Dioxindolsilber 689.
Dioxybehenolsäure 836.
Dioxybehenols. Silber 836.
Dioxybehensäure 838.
Dioxybehens. Baryt 839.
Dioxymethylen : Bild. aus glycols. und diglycols. Salzen 847.
Dioxymethyltoluol vgl. Methylbenzoläther.
Dioxypalmitinsäure 828.
Dioxypalmitins. Baryt 829.
Dioxysulfokohlens. Aethyl, Bild. 873.
Diphenyl, Bild. aus Diazobenzol 448, aus schwefels. Tetrazodiphenyl 462, aus Benzol durch Hitze 541, 542; Zers. durch Hitze 544 f.; Const. 547.
Diphenylalkohol, Bild. 461; vgl. Diphenylensäure.
Diphenylamin, Darst. 431.
Diphenylcarbamid, Bild. 436.
Diphenylguanidin vgl. Melanilin.
Diphenyloxamid, Bild. 435.
Diphenylphosphorsäure, Bild. 579.
Diphenylphosphors. Baryt 579.
Diphenylphosphors. Silber 579.
Diplatosamin, Darst. und Verh. der Salze 272.
Disiliciumhexäthyläther 489.
Dissociation : von Gasen bei metallurgischen Processen 56; Unters. von Deville über Dissociation 57.
Disulfobenzol 604.
Disulfometholsäure, Bild. 285.
Disulfomethols. Baryt 285.
Disulfophenylensäure (Phenoldisulfosäure), Bild. 446; Const. 447.
Disulfophenylens. Baryt 446.
Disulfophenylens. Blei 446.
Disulfopropiolsäure, Bild. 285.
Disulfopropiols. Blei 285.
Ditoluylamin, Darst. 432.
Ditolyl, Darst. 586; Eigensch. 587.
Divalerylendivaleriansäure, Bild. aus valerians. Aethyl und Eigensch. 821.
Divalerylendivalerians. Aethyl 822.
Dividivi, Gehalt an Gerbsäure 820.
Dolerit : Anal. verschiedener Dolerite

von Waitzen 978, von St. Paul, Anal. 968.
Dolomit : Verh. gegen Gyps 176; Versuche über Dolomitbildung 177; Bild. in einem Mineralwasser 178; {aus dem Binnenthal, Anal. 956; sur; Erklärung der Dolomitbildung 981.
Domeykit, Anal. und spec. Gew. 913.
Dopplerit, Vork. in Unterwalden 959.
Drupose 673.
Dünger : über Zus. und Wirkung von Stalldünger 876, 877; vgl. auch Guano und Knochen.

Eichenrinde, Gehalt an Gerbsäure 820.
Eier : vergleichender Werth von Hühner- und Enteneiern 748; stärkmehlartige Substanz des Eidotters 749.
Eisen : Absorptionsvermögen für Gase 51; Verh. gegen Wasserstoffhyperoxyd 107; Erk. durch Flammenreactionen 780; zur volumetrischen Bestimmung mittelst Schwefelcyankalium und Kupferchlorür 803.
Eisenbeize vgl. Beizen.
Eisenglanz, Ausd. 26.
Eisenoxyd, Flüchtigkeit im Porcellanofen 85; zur Reduction durch Wasserstoff 100; Trennung von den alkalischen Erden 804, von Thonerde 804.
Eisenoxydhydrat, Verh. beim Kochen mit Wasser 240.
Eisenoxydulsalze, Verh. gegen Wasserstoffhyperoxyd 107.
Eiweifs vgl. Albumin.
Eiweifskörper vgl. Proteïnverbindungen und die einzelnen.
Electricität : Fortpflanzung der Electricität durch verdünnte Gase 82; über das electrische Glimm- und Büschellicht 82 ; Wärmevorgänge bei Zers. im Kreise der galvanischen Säule 88; hydroelectrische Ketten 91.
Electrolyse : des Fünffach-Schwefelnatriums 88; verschiedener organischer und unorganischer Verbindungen 84.
Elinsäure 758.
Emerylith (Margarit), von Chester, Zus. 985.
Emplectit, vgl. Kupferwismuthers.
Enneacetylen vgl. Reten.
Enstatit, Bild. aus Lherzolit und Serpentin beim Schmelzen 1008.

Epacrisblätter, Bestandth. 694.
Epichlorhydrin, Verh. mit den Chloriden von Säureradicalen und Säureanhydriden 525.
Epsomit (Bittersalz), aus Peru, Anal. 951.
Erbium, Atomgew. 182.
Erbiumoxyd, Darst. aus Gadolinit 180, 184 f.; Eigensch. 181, 184; Absorptionsspectrum 182; Identität mit Mosander's Terbinerde 184; Best. 800.
Erbsen, Aschenbestandtheile 701.
Ernährung, zur Frage über die Abstammung des Fetts bei der Fettbildung 727 f.
Erucasäure : Bromderivate 833 f.
Erucasäurebromid 834.
Erythraea centaurium (Tausendguldenkraut), Bestandth. 677.
Erythrin, Darst., Zus. und Verh. 658.
Erythrinbleioxyd 658.
Erythrocentaurin 677.
Esparsette, Aschenbestandtheile 702.
Essig, Prüf. auf freie Schwefelsäure 818.
Essigsäure, Temperaturgrenzen der normalen Dampfdichte 42 ; Verh. gegen Chromsäure 279 ; Einw. von Schwefelsäureoxychlorür 284; spec. Gew. der Gemische mit Wasser 300 f.
Essigsäureanhydrid : Umwandl. in die Säure $C_4H_6SO_7$ durch Schwefelsäureoxychlorür 285.
Essigs. Aethyl, Verh. gegen Chromsäure 280.
Essigs. Aethyloäthyl (äthylirtes Aethylacetat) 485.
Essigs. Amyl, Verh. gegen Chromsäure 280; Siedep. und spec. Gew. 527.
Essigs. Bleioxyd, basisches : Bild. von krystallisirtem 234; Bild. verschiedener Salze 236; vgl. Bleiessig.
Essigs. Eisenoxyd, Absorptionsspectrum und Verh. zu Chlorkalium 11.
Essigs. Glycol, einfach-, Zers. durch Natriumglycolat 505.
Essigs. Kalk, Prüf. des rohen auf seinen Gehalt 818.
Essigs. Kupferoxyd-Kalk, thermisches Verh. der Krystalle 6.
Essigs. Methyl, Verh. gegen Chromsäure 280 ; Zersetzungsproducte durch Natrium 305.

Essigs. Natron, Verh. beim Krystallisiren und Schmelzen 808.
Essigs. Salicin 677.
Essigs. Xylyl 605.
Eugenharz 632.
Eugensäure vgl. Nelkensäure.
Euxenit von Arendal, Anal. 946.

Färberei : Ersatz des Kuhkothbads durch Borax 899, des Seifenbads durch sinns. Natron 899; Anw. von übermangans. Kali beim Zeugdruck 899; Verwendung von Rüben zur Indigküpe 899, Schwarzfärben der Wolle 900; Färben von Wolle mit lösl. Anilinblau 905.
Fäulnifs : Pilze als Ursache der Fäulnifs der Früchte 670 ; Begünstigung der Fäulnifs von thierischen Materien durch phosphors. Kalk 670.
Farbstoffe : rother Farbstoff der Trauben 656 ; über Entwickelung rother und blauer Farbstoffe auf Speisen 670.
Fagus sylcatica, Gehalt der Rinde an Gerbsäure 820.
Faröelith vgl. Thomsonit.
Feldspath, von Royalston, Zus. 927.
Ferment : Microzyma cretae als neues Ferment 669.
Ferrideyankalium, Verh. gegen Wasserstoffhyperoxyd 109, gegen Untersalpetersäure 288; gegen salpetrige Säure 289.
Ferridcyankalium - salpeters. Kali - Natron, thermisches Verh. der Krystalle 6.
Ferrocyankalium, Verh. gegen Wasserstoffhyperoxyd 109.
Ferrocyankalium-salpeters. Kali-Natron, Zus. und Krystallf. 287.
Ferulasäure 627 f.; Umw. in Protocatechusäure 872.
Ferulas. Ammoniak 628.
Ferulas. Kali 628.
Ferulas. Silber 628.
Fett : Unters. verschiedener ostindischer Pflanzenfette 696 f.; Verbrennungswärme von Ochsentalg 788, 784; zur Nachw. mit Campher 827; Erk. freier Fettsäure 827; gleichmäfsige Verseifbarkeit fester und flüssiger Fette 895.
Fibrin des Klebers vgl. Inosin.
Fichtenrinde vgl. Pinus sylvestris.
Filtrirvorrichtungen vgl. Apparate.

Firnifs vgl. Leinölfirnifs.
Flamme, Flammenreactionen 766 f.
Flechten, Unters. der Flechtenstoffe von Roccella fuciformis und -tinctoria 656.
Fleisch, Verbrennungswärme 734; Unterscheidung des Fleisches von gesundem und krankem Schlachtvieh 890; angeblich haltbares comprimirtes Fleisch 890; mikroscopische Untersuchung des Fleischextracts 891.
Fleischmilchsäure vgl. Sarkolactinsäure.
Fluor, Best. 791, 792.
Fluorescenz, Unters. über Fluorescenzerscheinungen 79.
Fluorsilicium-Fluorbaryum, spec. Gew. 195.
Fluorsilicium-Fluorkalium, spec. Gew. 195.
Fluorsilicium-Fluornatrium, spec. Gew. 195.
Fluorsilicium-Fluornickel, thermisches Verh. der Krystalle 6.
Fluortantal-Fluorammonium, Zus. und Krystallf. 204.
Fluortantal-Fluorkalium, Zus. und Krystallf. 203.
Fluortantal-Fluorkupfer, Zus. und Krystallf. 204.
Fluortantal-Fluornatrium, Zus. und Krystallf. 203.
Fluortantal-Fluorzink, Zus. 204.
Fluoruran, UFl$_2$ 209.
Fluoruran-Fluorkalium, Bild. 211; vgl. Oxyfluoruran-Verbindungen.
Fluorwasserstoffsäure, Apparat zur Destillation 139.
Flufsspath, Unters. über die färbende Substanz 957.
Formeln : Frankland's chemische Notation 94; Brodie's chemische Symbole 96.
Formobenzoylsäure (Mandelsäure, Bensolameisensäure), Darst. 352; Const. 891.
Formobenzoyls. Aethyl 352.
Formobenzoyls. Methyl 352.
Fractionator vgl. Apparate.
Franklinit, Zus. 922.
Fruchtessenzen, Zus. der gebräuchlichsten 885.
Fuchsin, Bild. aus Anilin und Toluidin 902.
Fucus digitatus, Aschenbestandtheile 703.

1052 Sachregister.

Fucus saccharatus, Aschenbestandtheile 703.
Fucus serratus, Aschenbestandtheile 703.
Fucus siliquosus, Aschenbestandtheile 703.
Fucus vesiculosus, Aschenbestandtheile 703.
Fumarin 482.

Gadolinit, Zus. 924 f.
Gadoliniterden, Darst. und Unters. 179.
Gährung, Rolle der Kreide bei der Milchsäuregährung 668.
Gahnit, Ausd. 26.
Gaïdinsäure, Darst. 829.
Gaïdins. Natron 829.
Galvanoplastik, Bericht über deren Fortschritte 841.
Garancin, Darst. des „Garancine modifiée" 900.
Gase: Wärmeausstrahlungsvermögen 20; Unters. von Graham über das Verhalten der Gase zu colloïdalen Scheidewänden 48; Diffusion durch Caoutchouc 52; Absorption durch verschiedene feste Körper 53 f.; Dissociation bei metallurgischen Processen 55; Beziehungen zwischen Brechungsvermögen und Verbrennungswärme 76; Absorption durch Oxydulsalze 150.
Gaslampen vgl. Apparate.
Gastrolobium bilobum, Bestandtheile 710.
Gay-Lussit, von Ragtown, Nevada, Krystallf. 954.
Gehirn, menschliches, Zus. 747.
Gerberei: Wesen der Weifsgerberei 897.
Gerbersumach vgl. Rhus coriaria.
Gerbsäure (Gerbstoff), Vork. in Pflanzen (Gerbmehl) 690; Unters. des Gerbstoffs der Rofskastanie 691, der Epacrisblätter 694, der Wurzelrinde des Apfelbaums 694, des Gerbersumachs 694; Bestimmung nach Wagner 819, nach Schulze 820; nach Pribram 821.
Gesteine: über die Bildungsweise der Gesteine auf nassem Wege 961; Anal. der Eruptivgesteine von Santorin 962 f., von den Mai-Inseln 965; Anal. vulkanischer Gesteine von St. Paul 968; Zus. der Gesteine der ungarisch-siebenbürgischen Trachyt- und Basaltgebirge 968; trachytische Gesteine der Vulkane Centralamerika's 974, der Umgebung von Tokaj 976; Diorit- und Diabas-Gesteine (Pikrite und Teschenite) von Teschen und Neutitschein 976 f.
Gewebe, thierische, Vork. einer fluorescirenden Substanz 753.
Gewicht, spec.: zur Best. bei festen und flüssigen Körpern 16; Grabowski's Verfahren zur Best. der Dampfdichte 36, zur Berechnung der Dampfdichten 88.
Gibbsit vgl. Richmondit.
Gieseckit, aus dem Elaeolith von Brevig, Zus. 940.
Giftsumach vgl. Rhus Toxicodendron.
Gin chi bu ichi (Viertel-Silber) vgl. Kupferlegirungen unter Legirungen.
Glas: Ausd. des Spiegelglases 26; über die für Schmelzung von Glassätzen erforderliche Wärme 865; über Thalliumglas und Thalliumbleiglas 865; über die Färbung des Glases durch alkalische Schwefelmetalle 865; Mattätzen des Glases 866; über krystallinische Bildungen in geätztem Glas 866; Versilberungsflüssigkeit für Glas 866.
Glaukonit, von bayerischen Fundorten, Zus. 987; glaukonitischer Kalkstein 938, 939.
Glimmer, von Royalston, Zus. 928.
Glutaminsäure, Darst. 719; Krystallf. 720.
Glutamins. Baryt 720.
Glutamins. Kupfer 720.
Glutamins. Silber 721.
Glutansäure 721.
Glutencaseïn, aus Roggen 716; (Paracaseïn) 719.
Glutenfibrin (Pflanzenfibrin) 719.
Glutin (aus Kleber), Eigensch. 711.
Glycerin, Verh. gegen Chromsäure 281; Einw. von Jodwasserstoff 524.
Glycerinseife vgl. Seife.
Glycodrupose 672.
Glycogen, Vork. in den Mollusken 752; über das Vorkommen bei Diabetes 753.
Glycolamidsäure, Verh. gegen salpetrige Säure 376.
Glycolsäure, Vork. im Pflanzenreich 373.
Glycols. Salze, Producte der trockenen Destillation 373.

Glycolschweflige Säure, Bild. 284.
Glycolschwefligs. Baryt 285.
Glyoxylsäure, Bild. aus Bromglycolsäure 875.
Gneuss, über angebliche Einschlüsse von Gneuss in Phonolith 978.
Gold : Ausd. 24; Flüchtigkeit im Porcellanofen 85; Absorptionsvermögen für Gase 50; Lösl. in Chloriden, Bromiden und Jodiden 263; Erk. durch Flammenreactionen 781; Röstung von Golderzen 833; Anw. von Natriumamalgam zur Extraction 834; Gediegen-Gold von Georgetown (Californien) 912.
Goldoxydhydrat, Zus. 264.
Goldpurpur (Cassius'scher), Bild. und Zus. 265.
Gossampinus albus, Unters. des Fetts 697.
Grahamit, aus Virginia, Zus. 959.
Graine roche vgl. Bocknüsse.
Granat, von Pesaro, Zus. 929.
Graphit, spec. W. 22; Flüchtigkeit im Porcellanofen 85; Reinigung 111; Aschengehalt des Graphits verschiedener Fundorte 912.
Grauerz, vom Binnenthal, Zus. 915.
Grönhartin 651.
Grünstein : Steinbeil aus Grünstein (Aphanit) von Vilaine 978.
Guajacol, Verh. gegen Phosphorsäure 633.
Guanidin (Carbotriamin), Synthese aus Chlorpikrin und orthokohlens. Aethyl 419.
Guanidin-Platinchlorid 420.
Guanin, Vork. 721.
Guano, Zus. von peruanischem Guano, norwegischem Fisch-Guano und Novassa-Guano 877.
Guarana (Uarana, Frucht von Paullinia sorbilis), Gehalt an Caffeïn und anderen Bestandtheilen 708.
Gummi, arabisches, Electrolyse 88; Zers. durch schmelzendes Kali 627; spec. Gew. 664.
Gummigutt, Zers. durch schmelzendes Kali 628.
Gufseisen : thermoëlectr. Verh. 93; über den Gehalt an Silicium 289; Anw. von Chlornatrium oder Chlorammonium zur Entfernung von Schwefel, Phosphor u. s. w. aus dem Roheisen 836; Anal. des Rohstahleisens von Biber 836; über die Entfernung von Silicium und Mangan aus dem Roheisen 837; Darst. von wolframhaltigem Eisen 836; Gewinn. von stahlartigem Gufseisen 836, von Halbgufseisen 837; Verbesserungen im Puddelprocefs 838; Umw. von Roheisen in Gufsstahl oder Stabeisen 888; Entschwefelung des Roheisens 888, auch bei einem Gehalt an Phosphor 889.
Gymnit, von Kellberg bei Passau, Zus. 931 f.
Gyps, über den Wassergehalt und das Erhärten des Gypses 868.

Hämin, Darst. 746.
Hämoglobin, spectralanalytische Best. im Blut 737; Function im Blut 738; Verh. gegen Schwefelwasserstoff 741; Gehalt an lose gebundenem Sauerstoff 742; ob ozonhaltig 743.
Hafer, Aschenbestandtheile verschiedener Arten von Caux 699.
Hagemannit, von Arksutfjord, Anal. 958.
Haloxylin vgl. Schiefspulver.
Hanf, Oelgehalt der Samen 698.
Harn : Beziehung des Diabetes mellitus zu den Blutkörperchen 728; Gehalt an fibrinbildender Substanz 749; Einflufs der Harnbestandtheile auf die Jodstärkereaction 750; fette Säure und oxalurs. Ammoniak im Harn 749; über die Harnfarbstoffe 750; Nachw. eines Zuckergehalts 826.
Harnsäure, Verh. gegen Manganhyperoxyd 382; Vork. 721; Verbrennungswärme 733.
Harnsteine : Harnröhrensteine eines Schafs 759.
Harnstoff, thermisches Verh. der Krystalle 6; Verbrennungswärme 733; Vork. in der Milch 747.
Harringtonit, von Bombay, Zus. 986.
Harze, Zersetzungsproducte durch schmelzendes Kali 626; künstliche Harzbildung 631; Erk. in der Seife 829.
Haselnüsse, Oelgehalt 698.
Hefe : Verh. in der Wärme und Entwickelung 668; Bereitung von Prefshefe 884.
Hessenbergit, Krystallf. 924.
Hexabromdibenzyl 588.
Hexylen, Verh. gegen Chromsäure 281.
Hippursäure, Verbrennungswärme 733.
Holz : Umw. in Zucker und Papier 668; Conservirung im Meerwasser 896;

fossiles von der Insel Arran, Anal. 968.
Homotoluylsäure, Darst. 365.
Homotoluyls. Aethyl 367.
Homotoluyls. Amyl 367.
Homotoluyls. Baryt 366.
Homotoluyls. Blei 366.
Homotoluyls. Kali 366.
Homotoluyls. Kalk 366.
Homotoluyls. Kupfer 366.
Homotoluyls. Methyl 366.
Homotoluyls. Silber 366.
Hopfen, Gehalt an Gerbsäure 820.
Hopfenklee (Minette), Aschenbestandtheile 702.
Hornblende (Amphibolit), als Steinbeil, von Robenhausen, Zus. 926, von Birmingham, Pennsylvanien, Zus. 926.
Houghit, Zus. 928.
Hornquecksilber, Bezeichnung als Chlorselenquecksilber 956.
Hübnerit, von Nevada, Anal. 946.
Hyalophan (Barytfeldspath), aus dem Binnenthal, Zus. 928.
Hydrazobenzol, Const. 466.
Hydrazotoluid 465.
Hydrindinsäure vgl. Dioxindol.
Hydrobenzoïn, Bild. 854.
Hydrochinon, Bild. aus Monojodphenol 578.
Hydrochrysamid 583.
Hydrocitronsäure, Bild., Zus. und Verb. 402.
Hydrocitrons. Baryt 403.
Hydrocitrons. Blei 403.
Hydrocitrons. Kalk 403.
Hydrocitrons. Natron 403.
Hydrocitrons. Silber 402.
Hydrocyan-Rosanilin 438.
Hydrodiffusion 71 f.
Hydrokomensäure, Bild. 409.
Hydromekonsäure, Bild. 408.
Hydromekons. Baryt 408.
Hydromekons. Blei 408.
Hydromekons. Silber 408.
Hydrophtalsäure, Bild. und Verb. 411 f.
Hydrophtals. Baryt 412.
Hydrophtals. Blei 412.
Hydrophtals. Kalk 411.
Hydrotalkit, Zus. 928.
Hydrozimmtsäure : Const. als Phenylpropionsäure 367; Umw. in Zimmtsäure 367; Verh. gegen Brom 368.
Hyoscyamin, zur Darst. 477.
Hypogäsäure, Darst. und Bromderivate 828 f.; Umw. in Gaïdinsäure 829.

Hypogäsäuredibromid 824.
Hypostilbit, von Bombay, Zus. 936.
Ilmensäure : Untersch. von Niobsäure 207; Vork. 208.
Indianit, von Chester, identisch mit Andesin 928.
Indig, gelber Farbstoff daraus 637.
Indium, Vork. im Wolfram und im Ofenrauch der Zinkröstöfen 222; zur Gewinn. 223; Erk. durch Flammenreactionen 780.
Indol : Bild. aus Oxindol mittelst Zinkstaub 573; Bezieh. zu Oxindol 638.
Inesin (Fibrin des Klebers) 710 f.
Insolinsäure, Darst. aus Xylylsäure 362; Const. 363.
Insolins. Kalk 363.
Iridium, Flüchtigkeit im Porcellanofen 86; Trennung vom Platin 271; Erk. durch Flammenreactionen 781.
Isatin, Verb. mit schwefligs. Alkalien 637; Reduction durch Natriumamalgam 638.
Isatinsäure vgl. Trioxindol.
Isatoschwefligs. Amylamin 637.
Isatoschwefligs. Anilin 637.
Isatropasäure 476.
Isoamylamin, Darst. und Eigensch. 425.
Isoamylamin-Goldchlorid 426.
Isoamylamin-Platinchlorid 426.
Isobuttersäure, Eigensch. 312.
Isobuttersäureanhydrid, Bild. 314.
Isobutters. Aethyl 314.
Isobutters. Baryt 313.
Isobutters. Bleioxyd 313.
Isobutters. Kali 312.
Isobutters. Kalk 312.
Isobutters. Kupferoxyd 313.
Isobutters. Magnesia 313.
Isobutters. Natron 312.
Isobutters. Quecksilber 313.
Isobutters. Silberoxyd 314.
Isocapronsäure, Darst. 322.
Isocaprons. Silber 823.
Isodioxystearinsäure 333.
Isodioxystearins. Baryt 333.
Isodioxystearins. Kalk 333.
Isodioxystearins. Silber 333.
Isofumarsäure (Isomaleïnsäure) 400.
Isomalsäure, Krystallf. 399; Verh. 400.
Isomaleïnsäure vgl. Isofumarsäure.
Isomorphismus : über die Isomorphie der Doppelsalze von überchlors. und übermangans. Kali 5.

Isooxybuttersäure 814.
Isopropylalkohol, Bild. aus Propylenoxyd 307.
Isuvitinsäure 629.
Isuvitins. Baryt 629.
Isuvitins. Cadmium 630.
Isuvitins. Kalk 629.
Isuvitins. Silber 630.
Itaconsäure, Additionsderivate mit Wasserstoffsäuren 404.
Itamalsäure, Bild. 404.
Itamonobrombrenzweinsäure 405.
Itamonochlorbrenzweinsäure 404.
Itamonochlorbrenzweins. Aethyl 405.
Itamonojodbrenzweinsäure 405.

Jamaicin, Identität mit Berberin 480.
Jaune mandarine 900.
Jefferisit, aus Chester 936.
Jod, Vork. 137; Lösl. in Gerbsäure 137; Verh. gegen Gold 264; zur Nachw. mittelst Stärkmehl 788; Best. in Anilinlaugen 788; zur Gewinnung aus Seepflanzen 845; Best. in Tangen 846.
Jodäthyl, Verh. gegen Chromsäure 280; Darst. 500; Verh. gegen Chlor- und Cyanquecksilber 521.
Jodallyl, Einw. von Quecksilber und Salzsäure 520; Bild. und Verh. gegen Jodwasserstoff 524.
Jodamyl, Verh. gegen Chromsäure 280.
Jodanilin, Const. 430.
Jodblei, Verh. am Licht 233.
Jodbrombenzol, Bild. aus Diazobenzol 452.
Jodchlorbenzol 455.
Jodisopropyl, Verh. gegen Chromsäure 280.
Jodkalium, Lösl. 59, 67; Verh. gegen Wasserstoffhyperoxyd 108; Darst. 152; Flüchtigkeit 772.
Jodmethyl, Bild. aus Nelkensäure und Anisöl 873, aus Anisol und Anethol 617.
Jodnatrium, Lösl. 59; Flüchtigkeit 772.
Jodparaoxybenzoësäure, Bild. 395.
Jodpropyl, sp. Vol. 18.
Jodquecksilber, HgJ, Dissociation des Dampfs 41, 42.
Jodquecksilber-Jodammonium, Dampfd. 43.
Jods. Kali, physiolog. Wirkung 737.
Jodselen, SeJ, Bild. und Verh. 135.
Jodselen, SeJ_4, Bild. und Verh. 136.

Jodsilber, Verh. im Licht 262.
Jodstyrol 614.
Jodteträthylammonium, Einw. von Natriumalkoholat 415.
Jodwasserstoff, Darst. 138.
Jodwasserstoffs. Amylen, Dampfd. 39.
Jodwasserstoffs. Propylen, Dampfd. 39; Bild. 520.
Jodwasserstoffs. Thialdin 428.
Jodwismuth-Jodkalium, Anw. als Reagens auf org. Basen 821 f.
Jodzinn, SnJ_2, Bild. 227; Darst. von krystallisirtem 229.
Juglans regia (Wallnufs), Bestandth. der Blüthen 707.

Käse, Verbrennungswärme 734.
Kaffee, Absorption von Gasen durch gerösteten 55.
Kainit, von Leopoldshall (Stafsfurt), Zus. 951.
Kali, Erk. mittelst Phosphormolybdänsäure 794; Trennung von Natron 794; Best. 795; Darst. von ätzendem und kohlens. Kali aus schwefels. Kali 846.
Kalihydrat, Electrolyse 86.
Kalium, Acetylengehalt 514.
Kaliumäthyl, zur Darst. 311.
Kaliumhyperoxyd, Verh. gegen Wasserstoffhyperoxyd 109.
Kalk, zur Best. in bors. Salzen 796.
Kalksalze, Verh. gegen Schwefelalkalimetalle 168.
Kalkspath (Calcit), von Bolton, Zus. 954 f.; Krystallf. des Calcits von Pribram und Island 955; Umw. in Arragonit in basaltischen Gesteinen 955; über den Asterismus und die Brewster'schen Lichtfiguren 7.
Karabéharz, Lösl. 626.
Karakane vgl. Kupferlegirungen unter Legirungen.
Kartoffeln, Aschenbestandtheile verschiedener Arten von Caux 700; Verbrennungswärme 734; Aschengehalt der Bestandtheile 879.
Kastanie, efsbare vgl. Castanea vesca.
Kibdelophan vgl. Titaneisen.
Kieselsäure: Unters. über die Hydrate der Kieselsäure 192; Lösl. in Ammoniak 193; Erk. durch Flammenreactionen 782.
Kieselsäure-Aethyldichlorhydrin 488.
Kieselsäure-Aethyltrichlorhydrin 489.
Kieselsäure-Methyldichlorhydrin 490.

Kieselsäure - Methylmonochlorhydrin 490.
Kieselsäure-Methyltrichlorhydrin 490.
Kiesels. Acetyltriäthyl (Silico - acétin éthylique) 491.
Kiesels. Aethyltriamyl 489.
Kiesels. Diäthyldiamyl 489.
Kiesels. Dimethyldiäthyl 491.
Kiesels. Dimethyldiamyl 491.
Kiesels. Methyltriäthyl 491.
Kiesels. Salze, Zus. gefällter kiesels. Metalloxyde 195.
Kiesels. Trimethyläthyl 491.
Kieserit, Zus. 952.
Kleber, Benennung der Bestandtheile 710, 719.
Klee, Aschenbestandtheile verschiedener Kleearten von Caux 702.
Klinochlor, aus dem Zillerthal, Krystallf. 933.
Klipsteinit, von Herbornseelbach, Zus. 941.
Knallquecksilber, Verb. unter vermindertem Druck 859.
Knallsilber, Verb. unter vermindertem Druck 859.
Knochen : über die Zus. der Knochen des Menschen und verschiedener Thiere 757; Aufschliefsung der Knochen für Düngerzwecke mittelst ätzender Alkalien 878.
Kobalt : Vork. im Stabeisen 239; Atomgew. 244; Erk. durch Flammenreactionen 780, der Kobaltsalze durch starke Salzsäure 805; Best. als phosphors. Ammoniak-Doppelsalz 806; zur colorimetr. Best. 806; Trennung von Nickel 806; Prüfung der Methoden zur Trennung des Kobalts von Nickel 807.
Kobaltfarben vgl. Porcellan.
Kobaltidcyankalium, Zersetzbarkeit der wässerigen Lösung 290, 805.
Kobaltidcyanverbindungen, volumetr. Best. 805.
Kobaltoxyd, Flüchtigkeit im Porcellanofen 85.
Kobaltoxydulsalze, Verh. gegen salpetrigs. Kali 247.
Kohle, Absorptionsvermögen für Gase 54 f.
Kohlenfilter vgl. Apparate.
Kohlenoxyd, Einw. auf Natriumäthyl 811; Unterscheidung des Gemenges mit Wasserstoff von anderen Gasen 507.

Kohlensäure, vergleichender Werth der Absorptionsmittel für Kohlensäure 784; Best. 785, in Mineralwassern 785 f.; Anw. von Barythydrat zur Absorption bei der org. Anal. 815.
Kohlens. Kali, Flüchtigkeit 772; Gew. aus schwefels. Kali 847.
Kohlens. Kali, zweifach-, Lösl. 67.
Kohlens. Kalk, Lösl. in kohlensäurehaltigem Wasser 163, in salzhaltigem Wasser 176.
Kohlens. Kalk-Magnesia, Bild. 177.
Kohlens. Lithion, Flüchtigkeit 772.
Kohlens. Magnesia, Bild. des neutralen Salzes 173; Verh. gegen Gyps und Kohlensäure 175; Lösl. in salzhaltigem Wasser 176.
Kohlens. Natron, Flüchtigkeit 772.
Kohlens. Natron, zweifach-, Lösl. 67.
Kohlens. Natron-Kali, Krystallf. 155; Salze mit verschiedenem Wassergehalt 156.
Kohlensesquisulfid, C_2S_3, Bild., Verh. und Verb. 119.
Kohlenstoff, über die Bivalens 15.
Kohlenwasserstoffe : der Acetylenreihe aus Cannelkohle und Bogheadkohle 585 f.; Einw. der Schwefelsäure auf die flüchtigeren Kohlenwasserstoffe des Steinkohlentheeröls 537, 538; Const. der aromatischen Kohlenwasserstoffe 547; Vorgänge bei der Bild. und Zers. durch Wärme 548; Ansicht über mögliche Bildung der natürlichen Kohlenwasserstoffe und Bitume 549.
Kolbenputzer vgl. Apparate.
Komens. Anilin, Bild. 409.
Kondroarsenit (arsens. Manganoxydul), von Wermland, Anal. 949.
Korksäure, Bild. aus Palmitolsäure und Schmelsp. 827.
Korksäurealdehyd, Bild. und Darst. 827 f.
Kreatin-Chlorcadmium, Zus. 880.
Kreatin-Chlorzink, Zus. 881.
Kreatinin, Umw. in Methylhydantoin 881.
Kreide, Rolle bei der Milchsäure- und Buttersäuregährung 668.
Kreittonit, Ausd. 26.
Kresol (Kresylalkohol), Bild. aus Diasotoluol 458.
Kresotinsäure, Const. 391.
Kresse, Aschenbestandtheile 703.
Kryolith, Krystallf. 957.

Krystallkunde: moleculare Structur der Krystalle des Ammoniakalauns und des Teträthylammoniumplatinchlorids 1; zur Theorie der Krystallogenie 1; über Messung der Krystallwinkel 1; über künstliche Erzeugung krystallisirter Mineralien und unlöslicher Substanzen 1 f.; Bild. krystallisirter Schwefelmetalle 3 f.; Wärmeleitungsvermögen künstlicher einaxiger Krystalle 5; optisches Verh. natürlicher und künstlicher Krystalle 6; über die Brechungsexponenten von Varietäten desselben Minerals 7; über den Asterismus und die Brewster'schen Lichtfiguren des Calcits 7; über physikalische Eigenschaften der Krystalle 8.

Kümmelöl, Verh. gegen Phosphorsäure 683.

Kupfer, Ausd. 24; Absorptionsvermögen für Wasserstoff 50; thermoelectr. Verh. 93; Verh. beim Schmelzen im Wasserstoff- und Kohlenoxydgas 252; Reduction durch Phosphor 253; Nachw. mittelst Phosphor 254; Verh. gegen Schwefelsäure 254; Erk. durch Flammenreactionen 781; zur Fällung als Schwefelmetall 810; zur volumetr. Best. mittelst Cyankalium 810; Trennung von Palladium 810; Gew. von Gaarkupfer aus kiesigen Kupfererzen 835.

Kupferlegirungen vgl. unter Legirungen.

Kupferoxyd, Flüchtigkeit im Porcellanofen 85.

Kupferoxydul, Ausd. 26.

Kupferoxyduloxydhydrat 257.

Kupfersuperoxyd, Bild. und Verh. 258 f.

Kupferwismutherz (Emplectit), Vork. u. Krystallf. 915 f.; von Wittichen, Zus. 916; künstl. Bild. 916.

Kupfferit, Vork. in Transbaikalien 927.

Kynurensäure, Verh. 751.

Labrador, Anal. von Labrador aus dem Diorit von Schriesheim 978.

Lactalbumin 713.

Lactoproteïn, Natur 713.

Lactose, spec. Drehung der zwei darin vorhandenen Zuckerarten 667.

Laurit, Krystallf. und Zus. 913.

Lava: Anal. von Laven des Vesuvs 966, von augitischen Laven Neuseelands 967, von St. Paul 968.

Lawrowit, aus Transbaikalien, Zus. 927.

Lecanorsäure, Darst. 656.

Leder, Untersch. von vollkommen und unvollkommen gegerbtem Leder 898.

Legirungen: Ausd. verschiedener Legirungen durch Erwärmung 23 f.; thermoelectr. Verh. verschiedener Legirungen 92; Verhalten von Messing und Bronze gegen Säuren 254; Anal. antiker Bronze aus Sibirien 841; über aluminiumhaltige Kupfer-Zink- und Kupfer-Zinnlegirungen 842; Zus. japanischer Kupferlegirungen (Shakdo, Gin shi bu ichi, Mokume, Sinchu und Karakane) 842 f.; Zinn-Bleilegirungen für Gefäfse 848.

Legumin, Platinverb. 713.

Leim, opt. Verh. 715.

Lein (Linum usitatissimum), Aschenbestandtheile 702; Oelgehalt der Samen 698.

Leinölfirnifs, Darst. 894.

Leptoena depressa, Zus. der Schale 758.

Leucin, Vork. im Organismus 721.

Leukanilin, Bild. 440.

Leukorosolsäure 585.

Lherzolit, Verh. beim Schmelzen 1003.

Licht: Ursache des rothen Farbentons des Lichts 75; Färbung des Sonnenlichts zu verschiedenen Tageszeiten 76; Einflufs verschiedener Flammen auf Farbenerscheinungen 76; Einw. des Sonnenlichts auf photographisches Papier 81; relative chemische Intensität des Sonnenlichts und Tageslichts 81; über das electrische Glimm- und Büschel-Licht 82.

Lievrit, von Elba, Zus. 934.

Lignum colubrinum, Gehalt an Brucin und Strychnin 710.

Linum usitatissimum vgl. Lein.

Lithionsalze, Krystallf. verschiedener 157.

Litorina edulis, Zus. der Schalen 758.

Löfs, aus der Umgebung von Wien, Anal. 983.

Lösungen: normale und gleichseitige Löslichkeit verschiedener isomorpher Salze 58 f., 65 f.; Darst. übersättigter Salzlösungen 68; Reinigen von Salzen aus übersättigten Lösungen 69; Volumänderung von Lösungen beim Sättigen von Basen durch Säuren

69, beim Krystallisiren von Salzen 61.
Lorbeeren, Oelgehalt 698.
Luft, atmosphärische : Absorption der strahlenden Wärme durch trockene und feuchte Luft 21.
Luftpumpe vgl. Apparate.
Luteolin, Zers. durch schmelzendes Kali 654.
Lycoctonin 483.

Macis, Oelgehalt 698.
Magnesia, Trennung von Alkalien 796.
Magnesiahydrat, Verh. gegen Schwefelwasserstoff 174.
Magnesiasalze, Verh. gegen Ammoniak und gegen Schwefelalkalimetalle 174.
Magnesit, Verh. gegen Gyps 176; von Kraubath in Obersteiermark, Anal. 956.
Magnesium, Verh. gegen Wasstoffhyperoxyd 107, gegen Chlor und Jod 169, gegen Metallsalze 170 f.; über Wasserstoffentwickelung an der positiven Electrode aus Magnesiumdraht 172; Anw. zur Erk. von Arsen, Antimon u. s. w. 801.
Magnesiumamalgam, Bild. 260.
Magneteisen, aus dem Pfitschthal, Zus. 920.
Mais, Gehalt an Cholesterin und Protagon 698.
Malonsäure, Bild. aus Fleischmilchsäure 384; Darst. aus Barbitursäure und Eigensch. 397.
Malz, Bestandtheile 704; Zus. der Gerstenmalzkeime 882.
Mandeln, Oelgehalt 698.
Mandelsäure vgl. Formobenzoylsäure.
Mangan, Darst. mittelst Natriumamalgam 170; Erk. durch Flammenreactionen 782; Trennung von alkalischen Erden 800; Trennung von Nickel und Kobalt 806.
Manganblende, aus Mexico und Nagyag 919.
Manganhyperoxyd, Verh. gegen Aetherschwefelsäure 161; Verfahren zur Regenerirung aus Chlormangan 857.
Manganit, von Neuschottland, Zus. 922 f.
Mangans. Baryt, grüne Farbe (Casseler Grün), wesentlich aus mangans. Baryt bestehend 908.
Mangans. Kali, Verh. gegen Schwefelkohlenstoff in der Hitze 121.

Mannit, Verh. gegen Chromsäure 281, gegen Kupferoxydkali 672.
Marcylit, vom Red River, Zus. 917.
Margarit vgl. Emerylith.
Margarodit, von Dobrowa, Zus. 929.
Marmor, Anal. verschiedener Marmorarten aus dem Jura 979 f., von der Insel Jona 981.
Meerwasser vgl. Wasser, natürl. vorkommendes.
Mehl, Verbrennungswärme 784.
Mekonsäure, Umw. in Hydromekonsäure 408.
Mekons. Anilin 408.
Melanilin (Carbodiphenyltriamin, Diphenylguanidin), Const. 419.
Melanin, Zus. und Verh. 722.
Melaphyr, Gehalt an Rubidium und Cäsium 150; aus der Dobrudscha, Anal. 978.
Mellithsäure, Const. 410.
Mercuracetyloxyd 513.
Mesaconsäure, Additionsproduct mit Chlorwasserstoff 406.
Mesamonochlorbrensweinsäure 406.
Mesitäther, Bild. 309.
Mesitalkohol 309.
Mesitylen, Const. 613.
Mesitylendiamin 608.
Mesitylensäure, Bild. und Eigensch. 610 f.
Mesitylens. Baryt 611.
Mesitylens. Kalk 611.
Mesitylens. Natron 611.
Mesitylens. Silber 611.
Mesitylenschwefelsäure, Bild. 610.
Mesitylenschwefels. Baryt 610.
Mesitylenschwefels. Kali 610.
Mesityloxyd, Darst. aus Aceton 308 f.; Derivate 309.
Messing vgl. Legirungen.
Messingblüthe, von Santander, Anal. 956.
Metabenzylsulfhydrat, Bild. aus toluolschwefliger Säure 603.
Metalle, Ausd. 23 f.; Absorptionsvermögen für Gase 49 f.; thermoelectr. Verh. 92 f.; Verh. gegen Cyankalium 293.
Metaphosphors. Natron, Verh. gegen Schwefelkohlenstoff in der Hitze 122.
Metaxit, Formel 931.
Meteorite : Synthetische Versuche über Bildung der Meteorite 1002; Nachrichten über Meteoritenfälle und Fund-

orte 1007; Meteoreisen von Yanhuitlan (Misteca alta), Anal. 1008, von Karthago (N. Amerika), Anal. 1008; Meteorit von Saint-Mesmin, Anal. 1008, von Dhurmsalla (Punjab) Anal. 1009, von Dundrum (Tipperary), Anal. 1009, von Russel Gulch (Colorado) 1010, von Dacca (Bengalen) 1010.
Methylamin, Bild. von Blausäure beim Verbrennen 414.
Methylanilin, Darst. und Umw. in Anilinviolett 903.
Methylanisetyläther, Darst. 616.
Methylbenzoläther (Dioxymethyltoluol), Darst. aus Dichlortoluol 617.
Methylcampher 624.
Methylchloracetol, Darst. und Einw. auf Zinkäthyl 493.
Methyldiacetamid 307.
Methyldiacetsäure, Bild. 305; Eigensch. 306.
Methyldiacets. Aethyl 306.
Methyldiacets. Kupfer 306.
Methyldiacets. Methyl 306.
Methyldiacets. Natron, Bild. und Verh. 305.
Methylglycolylharnstoff vgl. Methylhydantoïn.
Methylguanidin vgl. Methyluramin.
Methylhydantoïn (Methylglycolylharnstoff), Bild. und Verh. 381.
Methylhydantoïnsilber 381.
Methylparaoxyalphatoluylsäure, Const. 392.
Methylparaoxybenzoësäure vgl. Anissäure.
Methylparaoxybenzoës. Methyl vgl. paraoxybenzoës. Dimethyl.
Methylsalicylsäure, Darst., Krystall. und Verh. 886.
Methylsalicyls. Aethyl 387.
Methylsalicyls. Baryt 387.
Methylsalicyls. Blei 387.
Methylsalicyls. Kalk 387.
Methylsalicyls. Silber 387.
Methylstrychnin, Wirkung auf Thiere 474.
Methyluramin (Carbomethyltriamin, Methylguanidin), Const. 419.
Milch: Verbrennungswärme 784; Eiweifskörper der Milch 713; Gehalt an Harnstoff 747; Zus. von Kuhmilch 748, von Katzenmilch 748; Unters. über die Abhängigkeit der Milchproduction der Kühe von der Nahrung

u. s. w. 887; Verhalten der Milch beim Buttern 889.
Milchsäure, Bild. aus Brompropionsäure 383; Oxydationsproducte 384; vgl. Sarkolactinsäure.
Milchs. Kali, Electrolyse 87.
Milchzucker, durch Säuren daraus entstehende Zuckerarten 667.
Mineralien, Verh. in hoher Temperatur 910.
Mineralwasser vgl. Wasser, natürlich vorkommendes.
Minette vgl. Hopfenklee.
Mirbanöl vgl. Nitrobenzol.
Mohitleïn 655.
Mohitlin 655.
Mohitlinsäure 656.
Mohn, Oelgehalt der Samen 698.
Mohrrüben vgl. Daucus Carota.
Mokume vgl. Kupferlegirungen unter Legirungen.
Molecularkräfte: über Molecularkräfte und Moleculararbeit 9.
Mollusken, Gehalt an Glycogen 752.
Molybdän, Erk. durch Flammenreactionen 781.
Molybdäns. Lithion 160.
Monobenzylenharnstoff 439.
Monobromanilin, Bild. 430, aus Diazobrombenzolimid 453.
Monobrombehenolsäure 337.
Monobrombenzol (Bromphenyl) aus Phenol 556, aus dem Platinsalz des Diazobenzols 451.
Monobromcampher, Darst. und Verh. 622.
Monobromcaprylen $C_8H_{15}Br$ 534.
Monobromdinitrophenol (Monobromdinitrophenylsäure) 575.
Monobromdinitrophenyls. Kali 575.
Monobromerucasäure 337.
Monobromerucasäuredibromid 337.
Monobromhydrozimmtsäure (Monobromphenylpropionsäure), Bild. 370.
Monobromhydrozimmts. Baryt 370.
Monobromhydrozimmts. Silber 370.
Monobromhypogäsäure 325.
Monobromhypogäsäuredibromid 325.
Monobromnitrobenzol (α u. β) 457.
Monobromölsäure 330.
Monobromölsäuredibromid 332.
Monobrompalmitolsäure 326.
Monobromphenol (Monobromphenylsäure), Darst. aus Phenol 573; Verh. gegen Bromphosphor 573.

Monobromphenolbromid vgl. Dibrombenzol.
Monobromphenylpropionsäure vgl. Monobromhydrozimmtsäure.
Monobromphenyls. Methyl 574.
Monobrompropylen, Umw. in Monochloraceton 308.
Monobromtoluol, Eigensch. 598.
Monobromvaleriansäure, Eigensch. 818.
Monobromzimmtsäure, (Phenylmonobromacrylsäure), versch. Modificationen 368, 369.
Monobromzimmts. Ammoniak 369.
Monobromzimmts. Baryt 369.
Monobromzimmts. Kali 369.
Monobromzimmts. Silber 369, 370.
Monochloraceton, Bild. aus Monobrompropylen und Eigensch. 308.
Monochloramylen 531.
Monochloramylenchlorür 531.
Monochloranilin, verschiedene Modificationen 552.
Monochlorbenzol, sp. G., Siedep. und Schmelzp. 551; Bild. 288, aus Diazobenzol 450, aus Sulfobenzid 571; als Nebenproduct der Bild. der Trichlorphenomalsäure 563.
Monochloressigs. Aethyl, Einw. auf Quecksilberäthyl 502.
Monochlorphenol, als Nebenproducte der Bild. der Trichlorphenomalsäure 563.
Monochlorpropylen, Umwandl. in Aceton 308.
Monochlorsantonin 682.
Monochlorstyrol, vermuthete Bild. 364.
Monochlortoluol, Bild. aus Diazotoluol-Platinchlorid 459; Bild. verschiedener Modificationen 588; Darst. 589; Eigensch. 591.
Monochlorxylol 605.
Monojodanilin (α und β) 458.
Monojodbenzol, Bild. aus Diazobenzol 447; Darst. aus Benzol 554.
Monojodnitrobenzol (α und β) 457.
Monojodphenol (Monojodphenylsäure) 577.
Mononitrochlorbenzol, verschiedene Modificationen aus α und β Chlorbenzol 552.
Mononitrodibrombenzol, Bild. 555, 557.
Mononitromonobrombenzol, Bild. 555.
Mononitromonojodbenzol, Bild. 555.
Mononitroparaoxybenzoësäure 894.
Mononitroparaoxybenzoës. Aethyl 894.
Mononitrotetrabrombenzol 559.

Mononitrotribrombenzol 558.
Monophenylphosphorsäure, Bild. 579.
Monophenylphosphors. Baryt 579.
Monophenylphosphors. Kalk 579.
Monophenylphosphors. Kupfer 579.
Moresnetit, vom Altenberge bei Aachen, Zus. 940.
Morindin, Nichtidentität mit Ruberythrinsäure 645.
Morindon, Darst. und Untersch. vom Alizarin 645.
Moronolit, Anal. 952.
Morphin, Lösl. in Amylalkohol und Benzol 823; Verh. gegen Molybdänsäure 824; Best. im Opium 824.
Mucedin (Mucin), aus Roggen 717.
Mucin (aus Kleber), Eigensch. 711; vgl. Mucedin.
Musculin vgl. Syntonin.
Muschelschalen, Anal. 758.
Muskatnüsse, Oelgehalt 698.
Muskeln; über den Ursprung der Muskelkraft 729 f.; Verbrennungswärme der Muskeln 733.
Myoctoninsäure 709.
Myrrhe, Zers. durch schmelzendes Kali 630.
Mytilus edulis, Zus. der Schalen 758.

Nahrungsmittel: über Entwickelung von rothen und blauen Bildungen auf Speisen 670; Verbrennungswärme verschiedener Nahrungsmittel 734; über den Werth der Liebig'schen Suppe für Säuglinge 890.
Nakrit, von Freiberg, Zus. 933.
Naphtalin, Bild. aus Acetylen 516; aus Xylol und Cumol 543; aus Toluol durch Hitze 542, aus Xylol 543, aus einem Gemenge von Aethylen und Benzol oder Styrol 544, 545 f.; Zers. durch Hitze 544; Const. 547; Verh. gegen Kalium 618.
Naphtalinkalium 618 f.
Naphtocyaminsäure, Darst. 619.
Naphtocyamins. Baryt 620.
Naphtocyamins. Kali 619.
Naphtocyamins. Silber 620.
Naphtylalkohol, Bild. aus Diazonaphtol 459 f.
Naphtylamin, Umwandl. in die Säure $C_{11}H_8O_2$ 487; Verh. gegen Schwefelsäure und salpetrige Säure 468.
Narcotin, Lösl. in Amylalkohol und Benzol 823.
Natriumacetylür 514.

Natriumäthyl, Einw. von Quecksilber, Zink und anderen Metallen 503.
Natriumamalgam, Einw. auf salzs. Trimethylamin u. s. w. 144; über die Anw. zur Extraction edler Metalle 833.
Natriumcampher 623.
Natriumhyperoxyd, Verh. gegen Wasserstoffhyperoxyd 109.
Natriumkohlensesquisulfid 119.
Natrocaprylchlorür 619.
Natron, Best. in der Potasche 795; Darst. von ätzendem und kohlens. Natron aus schwefels. Natron mittelst Kalkmilch 846.
Natronhydrat, Electrolyse 86.
Natrophenyläthylchlorür 619.
Nelkensäure (Eugensäure), Umwandl. in Protocatechusäure durch schmelzendes Kalihydrat 872, 873; Verh. gegen Jodwasserstoff 378; Verharsung durch Phosphorsäure 632.
Nephelium lappaceum, Untersuchung des Fetts 690.
Nerium Oleander, wirksamer Bestandtheil 709.
Neurin, Zus. und Const. als Trimethyloxyäthylammoniumoxyd 416.
Neurin- Goldchlorid 418.
Neurin-Platinchlorid 417.
Nickel, Atomgew. 244; Vork. im Stabeisen 239; Erk. durch Flammenreactionen 780; Best. als pyrophosphors. Salz 806; zur colorimetrischen Best. 806; zur Fällung des Nickels als Schwefelmetall 809.
Nickeloxydul, Flüchtigkeit im Porcellanofen 85.
Nickelsalze, Verh. gegen salpetrigs. Kali 245.
Niob, Erk. durch Flammenreactionen 782.
Nioboxychlorid, Bild. 205.
Nioboxyd 206.
Nioboxydul (Niobyl), 205.
Niobverbindungen, Const. verschiedener 206 f.
Niobyl, vgl. Nioboxydul.
Nitranilin, Derivate des α und β Nitranilins 458.
Nitratin, vgl. salpeters. Natron.
Nitroanthracen 593.
Nitrobenzoësäure, verschiedene Modificationen 342.
Nitrobenzoës. Baryt 342.
Nitrobenzoës. Zinkoxyd 342.

Nitrobenzol, Allgemeines über die Reduction durch Zinn und Salzsäure 552; (Mirbanöl), Best. im Bittermandelöl 825.
Nitrobrombenzol, Schmelzp. 451.
Nitrochlorbenzol (α und β) 457.
Nitrochlorbenzyl 590.
Nitrodiamidomesitylen vgl. Nitromesitylendiamin.
Nitrodracylsäure, Darst. aus Nitrotoluol 589.
Nitroglycerin, Wirkung auf Thiere 525; Darst. und Verhinderung der freiwilligen Zersetzung 861.
Nitromesitylendiamin (Nitrodiamidomesitylen) 609.
Nitromesitylensäure 612.
Nitromesitylens. Baryt 612.
Nitromesitylens. Kalk 612.
Nitromesitylens. Silber 612.
Nitroprussidkalium, Bild. und Verh. gegen Natriumamalgam 288; Darst. 289; Zus. 289.
Nitroprussidnatrium, Verh. gegen Schwefelcalcium und Schwefelwasserstoff 787.
Nitrosalicylsäure, Umwandl. in Amidosalicylsäure 385.
Nitrosodiäthylin, Bild. aus Triäthylamin 415.
Nitrosodiglycolamidsäure, Bild. 376 f.
Nitrosodiglycolamids. Baryt 377.
Nitrosodiglycolamids. Kalk 377.
Nitrosodiglycolamids. Silber 377.
Nitrosodioxindol 639.
Nitrosodioxindolammoniak 639.
Nitrosodioxindolbaryt 640.
Nitrosodioxindolsilber 640.
Nitrosooxindol 642.
Nitrosooxindolsilber 642.
Nitrosopikrammoniumchlorid 428.
Nitrosopikrammoniumchlorid - Kupferchlorid 428.
Nitrosopikrammoniumchlorid - Platinchlorid 428.
Nitrosulfobenzolsäure, Bild. 570.
Nitrosulfobenzols. Baryt 570.
Nitrotoluylen 600.
Nitroverbindungen, über die Reduction durch Zinn und Salzsäure 552.
Nitroxylol, Darst. 606; Umwandl. in Xylidin 606.
Nomenclatur, Versuch von Tillmann 96.
Norerde: Identität mit Zirkonerde 191.
Notation vgl. Formeln.

Nüsse, Oelgehalt 698.

Obsidian, von Tokaj, Anal. 976.
Oefen zur Verbrennung mit Gas vgl. Apparate.
Oele, fette, Gehalt in verschiedenen Samen 698 ; Verh. gegen Kalkhydrat 827 ; Erk. freier Fettsäure 827 ; Extraction aus Samen mittelst der flüchtigeren Kohlenwasserstoffe des Petroleums 893.
Oelsäure, Verh. bei der Destillation 830, gegen metallene Destillirapparate 895.
Oelsäuredibromid 330.
Oenanthyliden, Darst. und Eigensch. 533.
Oenanthyls. Methyl, Eigensch. 823.
Olivin, Bild. aus Meteoriten 1002 ; Verh. beim Schmelzen 1008.
Olivinfels: über Olivinfels und darin vorkommende Mineralien 978 f.
Opium, Morphingehalt verschiedener Sorten 704.
Opopanax, Zers. durch schmelzendes Kali 630.
Oposin (Eiweifskörper des Muskelfleisches) 713.
Orsellinsäure, Darst. 660.
Orsellins. Aethyl, Bild. aus Lecanorsäure 657, aus Erythrin 659.
Orsellins. Amyl, Bild. aus Erythrin 659 ; Eigensch. 660.
Orthit, Vork. im Spessart u. s. w. 930.
Orthoklas von Grönland, Zus. 927.
Orthokoblens. Aethyl, Umwandl. in Guanidin 420.
Osmelith, von Niederkirchen, Identität mit Pektolith 934.
Osmium, beim Schmelzen mit Kalihydrat entstehendes schwarzes Oxyd 277 ; Erk. durch Flammenreactionen 781.
Ostrea edulis (Austern), Gehalt an Glycogen 753 ; Zus. der Schalen 758.
Oxalsäure, Verh. beim Erhitzen in Schwefelwasserstoff 122.
Oxals. Aethyl, Verh. gegen Ammoniak 396.
Oxals. Erbiumoxyd 182.
Oxals. Kali, Verh. gegen Schwefelwasserstoff in der Hitze 122.
Oxal. Kalk, Bild. von krystallisirtem 396.
Oxals. Mesitylendiamin 609.
Oxals. Yttererde 183.

Oxalurs. Ammoniak, Vork. im Harn 749.
Oxaminsäure, Bild. 396.
Oxamins. Ammoniak, Bild. aus oxals. Aethyl 396.
Oxanthracen, Bild. 593.
Oxindol, Bild. 638, 640 ; Reduction zu Indol durch Zinkstaub 573.
Oxindolsilber 641.
Oxybenzaminsäure, Bild. aus salpeters. Diazobenzamid 351.
Oxybenzoësäure : Verh. gegen Säuren 885.
Oxychinon, Bild. aus Rufigallussäure 409.
Oxychloruran-Chlorkalium, Verh. 212.
Oxydation : begrenste Oxydation org. Verb. 278 f.
Oxydracylaminsäure, Bild. 351.
Oxyerucasäure 838.
Oxyfluoruran-Fluorammonium 211.
Oxyfluoruran-Fluorbaryum 211.
Oxyfluoruran-Fluorkalium, Zus. und Krystallf. 210.
Oxyfluoruran-Fluornatrium, Zus. und Krystallf. 211.
Oxyhämaglobin, Function im Blut 738 f.
Oxyhypogäsäure 828.
Oxymethylbenzylalkohol vgl. Anisalkohol.
Oxytolsäure : Identität mit Toluylsäure 856.
Oxyvaleriansäure (Valerolactinsäure), Darst. und Eigensch. 819 f.
Oxyvalerians. Kalk 820.
Oxyvalerians. Kupfer 820.
Oxyvalerians. Natron 820.
Oxyvalerians. Silber 820.
Oxyvalerians. Zink 820.
Ozon und Antozon : zur Bild. durch Electrolyse 98 ; Einflufs der Chromsäure auf Ozonbildung 99 ; Natur des Antozons 99 ; zum Nachweis des Ozons 100 ; s. g. organische Antozonide 102 ; ob im Blut vorhanden 743.

Pachnolith, Anal. 958.
Palicourea Marcgravii (Rattenkraut), Bestandth. 709.
Palicoureasäure 709.
Palicourin 709.
Palladium, Ausdehnung 24 ; Absorptionsvermögen für Wasserstoff 49, für Wasser, Aether, Alkohol und Oel 50 ; Abscheidung aus Platinrückständen

und Reindarstellung 275 ; Verh. gegen Cyankalium 292; Erk. durch Flammenreactionen 780; Trennung von Kupfer 810.
Palmitolsäure : Bild. und Darst. 325.
Palmitolsäuredibromid 326.
Palmitolsäuretetrabromid 326.
Palmitols. Silber 320.
Palmitoxylsäure : Bild. und Eigensch. 327 f.
Palmitoxyls. Silber 328.
Papaver Rhoeas, Isolirung des Rhoeadins 477.
Papaverin, Lösl. in Amylalkohol und Benzol 823.
Papier : Erk. von Holzstoff im Papier 896.
Paraamidotoluylsäure 359.
Paraamidotoluylsäureamid 359.
Paraamidotoluyls. Baryt 359.
Parabansäure : Bild. 382.
Paracaseïn vgl. Glutencaseïn 719.
Parachlorbenzoësäure vgl. Chlordracylsäure.
Parachlortoluylsäure 359, 605.
Parachlortoluyls. Baryt 605.
Parachlortoluyls. Kalk 605.
Paraffin : Anw. zum Schutz von Glasgefäfsen 140 ; Erk. und Best. im Wachs 828; Lösl. in Benzol u. s. w. 892.
Paraffinöl : Darst. aus Bogheadkohle 892 ; Schwefel- und Fluorgehalt 892 ; giftige Wirkung des rohen Oels auf Fische 892.
Parajodphenol, Umw. in Resorcin 578.
Paranitrooxytoluylsäure 360.
Paranitrotoluylamid 358.
Paranitrotoluylsäure, Darst. 357.
Paranitrotoluylsäurenitril 358.
Paranitrotoluyls. Aethyl 358.
Paranitrotoluyls. Ammoniak 358.
Paranitrotoluyls. Baryt 357.
Paranitrotoluyls. Kalk 357.
Paranitrotoluyls. Magnesia 357.
Paraoxybenzoësäure, Verh. gegen Säuren 385; Bild. aus Anissäure 388 ; Umw. in Anissäure 388 ; Bild. aus Anissäure durch schmelzendes Kali 396, aus mehreren Harzen 631 ; Ausbeute aus Acaroïdharz 630.
Paraoxybenzoës. Aethyl, Darst. 388, 391; Bild. 394.
Paraoxybenzoës. Baryt 393.
Paraoxybenzoës. Diäthyl 389, 392.
Paraoxybenzoës. Dimethyl (methylparaoxybenzoës. Methyl) 391.
Paraoxybenzoës. Kali 389.
Paraoxybenzoës. Methyl 390 f.
Paraoxybenzoës. Natriumäthyl 388.
Paraoxytoluylsäure 359.
Paullinia sorbilis vgl. Guarana.
Pektolith, von Niederkirchen, Zus. 984; vgl. Osmelith.
Pennin, vom Findelgletscher, Zus. 933 f.
Pentabromanilin 550.
Pentabrombenzol 556.
Pentabromphenol (Pentabromphenylsäure) 576.
Pentacetylen, Bild. 516.
Pentachlorbenzol, Siedep. und Schmelzp. 551; Bild. aus Sulfobenzid 572.
Periklas, Ausd. 26.
Periklin vgl. Albit.
Perlit, von Hlinik und Pustiehrad, Anal. 969; von Tokaj 976.
Persea gratissima (Avocado), Unters. des Fetts 696.
Petalostigma quadriloculare, Bestandth. der Rinde 709.
Petroleum : Apparat zur Prüfung 830; Beseitigung des übeln Geruchs des rohen Petroleums 892; Apparat zur Prüfung und Untersch. von anderen Leuchtölen 893; Anw. der flüchtigeren Kohlenwasserstoffe zur Extraction von Oel 892.
Petroleumäther, Gehalt an einer dem Sulfobenzid ähnlichen Substanz 572.
Pexin (coagulirtes Albumin), Platinverb. 712.
Pflanzen : Function der beiden Blattseiten beim Gasumtausch 682 f. ; Gasentwickelung aus lebenden und abgestorbenen Pflanzentheilen 685 ; Gase des Maulbeerbaums und Weinstocks 686 ; Keimfähigkeit der Samen nach dem Kochen mit Wasser 686 ; Aufnahme stickstoffhaltiger Körper durch die Pflanzen 686, 688 ; Einfluss der Nahrungsmittel auf den Ammoniak und Salpetersäuregehalt von Zwiebeln und Erbsen 687 ; Entwickelung des Stengels bei Tag und Nacht 688 ; Wirkung des Lichts auf die Bewegung und das Ergrünen von Pflanzen 688 ; Entwickelung des Farbstoffs in Pflanzenzellen 688 ; physiolog. Verhalten des Farbstoffs der Florideen 690 ; über das Vork. von Gerbstoffen in Pflanzen 690 ; Unters. verschiede-

ner ostindischer Pflanzenfette 696, 697; Aschenbestandtheile verschiedener Culturpflanzen von Caux 698 f.
Pflanzenfibrin vgl. Glutenfibrin 719.
Phenakonsäure, Darst. 564.
Phenakons. Aethyl 567.
Phenakons. Baryt 567.
Phenakons. Blei 567.
Phenakons. Kali 566.
Phenakons. Kali-Ammoniak 566.
Phenakons. Kalk 566.
Phenakons. Kupfer 567.
Phenol, Dampfd. 88; Siedep. unter vermindertem Druck 574; Verh. gegen Chlorsulfuryl 288; Bild. aus schwefels. Diazobenzol 445, aus Anisol 617; Bromsubstitutionsproducte 573; Verh. gegen wasserfreie Phosphorsäure 579; Reduction zu Benzol durch Zinkstaub 573; Umw. in Rosolsäure 585; Anw. der Carbolsäure als Desinfectionsmittel 856.
Phenoldiazobenzol 449 f.
Phenoldidiazobenzol 449 f.
Phenoldisulfosäure vgl. Disulfophenylensäure 446.
Phenomalsäure 563.
Phenoxacetsäure, Const. 391.
Phenylacrylsäure vgl. Zimmtsäure 367.
Phenyläther, Bild. aus bors. Phenyl 493, aus phosphors. Phenyl 580.
Phenylbenzyläther (phenyls. Benzyl), Bild. 596.
Phenylbraun, Lösung zum Färben thierischer Faser 900.
Phenyldiazobrombenzolimid 453.
Phenylformamid, Bild. und Umw. in Benzonitril und Benzoësäure 485.
Phenylhexyl, aus käuflichem Benzol 538.
Phenylisatimid, Bild. 637.
Phenylmonobromacrylsäure vgl. Monobromzimmtsäure.
Phenylpropionsäure vgl. Hydrozimmtsäure.
Phenyls. Benzyl vgl. Phenylbenzyläther.
Phenyltoluylamin, Bild. 432; isomere Base aus Chlortoluol und Anilin 484.
Phloretin, Vork. in der Wurzelrinde des Aepfelbaums 695.
Phloroglucin: Bild. aus Gummigutt und Drachenblut 628, 681, aus Scoparin 649, aus Luteolin 655, aus dem Gerbstoff der Rofskastanie 693.

Phoron, Darst. und Eigensch. 310.
Phosphor, sp. Vol. 20; Verh. des überschmolzenen 29; Sublimation des farblosen 112; Natur der Phosphornebel 113; Wirkung als Gift 735; Erk. durch Flammenreactionen 783; durch Flammenfärbung 786; Best. im Eisen und Stahl 786.
Phosphorcalcium, Darst. 161.
Phosphorescenz, des Schwefelzinks 81.
Phosphorige Säure, Const. und Verh. der Salze 115.
Phosphorigs. Aethyl, Const. 117.
Phosphorigs. Baryt 115.
Phosphorigs. Cadmiumoxyd 116.
Phosphorigs. Eisenoxyd 116.
Phosphorigs. Kalk 116.
Phosphorigs. Kobaltoxydul 116.
Phosphorigs. Magnesia 116.
Phosphorigs. Magnesia-Ammoniak 117.
Phosphorigs. Manganoxydul 116.
Phosphorigs. Strontian 116.
Phosphorigs. Zinkoxyd 116.
Phosphorit, von Staffel, Anal. 947.
Phosphormolybdänsäure, Darst. und Anw. zum Nachw. von Kali, Cäsium-, Rubidium- und Thalliumoxyd 794.
Phosphoroxychlorbromür 487.
Phosphoroxychlorid, sp. Vol. 18.
Phosphorsäure, Darst. 189; Verh. gegen Chlorcalcium, schwefels. Kalk und schwefels. Natron 168 f.; Best. bei Gegenwart von Kalk, Thonerde u. s. w. 787.
Phosphors. Ammoniak, thermisches Verh. der Krystalle 6.
Phosphors. Bleioxyd, Zus. des gefällten 238.
Phosphors. Eisenoxydul, Anw. als Desinfectionsmittel 856.
Phosphors. Harnstoff, Krystallf. 722.
Phosphors. Kali, thermisches Verh. der Krystalle 6.
Phosphors. Kalk, Bild. und Zus. verschiedener Salze 164 f., 169; Lösl. in reinem, salmiak- und kohlensäurehaltigem Wasser 167; Darst. des als Arzneimittel verwendeten und Umw. in Brushit 168; natürlicher von Grofs-Bülten, Adenstedt und Nord-Wales 948, in fossilen Elephantenzähnen 948.
Phosphors. Magnesia, Anw. als Desinfectionsmittel 856.
Phosphors. Magnesia-Kali 178.
Phosphors. Magnesia-Natron 179.

Phosphors. Natron, Darst. aus natürlichem phosphors. Kalk 854.
Phosphors. Phenyl (Triphenylphosphorsäure), Bild. von Phenyläther bei der Destillation mit Kalk 580.
Phosphors. Thialdin 423.
Phosphors. Titansäure 199.
Phosphorsulfochlorid, Darst. 114.
Phosphorwasserstoff, fester, Bild. aus Zweifach-Jodphosphor 115; Lösl. in Wasser 737.
Phosphorzink, Darst. 220.
Photographie, über die Empfindlichkeit von photographischem Papier 81.
Phtalsäure : Umw. in Hydrophtalsäure 411; Reduction zu Bittermandelöl durch Zinkstaub 573.
Phtalsäurealdehyd, Bild. 418.
Phtalsäureanhydrid, Bild. aus Hydrophtalsäure 413.
Phtals. Aethyl 411.
Phyllaescitannin 694.
Picotit, von Hofheim, Anal. 979.
Pikramin, Umw. in Nitrosopikramin 428.
Pikrins. Aethyl, Darst. 580.
Pikrins. Anthracen 592.
Pikrins. Silber, Darst. 580.
Pikrins. Thalliumoxydul, Entzündlichkeit durch Schlag 860.
Pikrit, von Teschen und Neutitschein, Anal. 976 f.
Pikroerythrin, Bild. aus Erythrin 659.
Pinus sylvestris, Gehalt der Rinde an Gerbsäure 820.
Piperidinharnstoff-Platinchlorid, Krystallf. 479, 480.
Piperidin-Platinchlorid, Krystallf. 479.
Pipetten vgl. Apparate.
Platin : Ausd. 24; Flüchtigkeit im Porcellanofen 85; Absorptionsvermögen für Wasserstoff 49; Osmiumgehalt des verarbeiteten 267; Reinigung der Platintiegel von Eisen 267; Trennung vom Iridium 271; Erk. durch Flammenreactionen 781; magnetisches Platin von Nischne Tagilsk 912.
Platinbasen, Darst. und Untersch. 272.
Platinmetalle : über deren katalytische Wirksamkeit 104; Verh. und Scheidung 266.
Platosamin, Darst. und Verh. der Salze 272.
Pleonast, Ausd. 26; vgl. Spinell.
Porcellan, Darst. kobalthaltiger Schmelzfarben 908; sp. G. von verglühtem und gut gebranntem Porcellan 910.
Portland-Cement vgl. Cement.
Potasche : Natrongehalt der Potasche aus Wollschweifs 847.
Prefshefe vgl. Hefe.
Prodigium, des blutenden Brodes 670.
Propargyläther, Darst. aus Trichlorhydrin 526.
Propion, Bild. aus Natriumäthyl und Kohlenoxyd 311.
Propionsäure, Verh. gegen Chromsäure 279; Vork. im Holstheer 310.
Propylamin, Verh. gegen Chromsäure 281.
Propylen, Verh. gegen übermangans. Kali 282.
Propylenoxyd, Umw. in Aceton 307.
Protagon, Vork. im Mais 698, im Blut 743, 744.
Proteïnverbindungen : Platinverbindungen verschiedener Eiweifskörper nach Commaille 710; aus Roggen 716.
Protocatechusäure : Bild. aus Nelkensäure und Ferulasäure 372, 373, aus Asa foetida u. s. w. 627, 631, aus Scoparin 649, aus Luteolin 655, aus dem Gerbstoff der Rofskastanie 693.
Pseudoamylenharnstoff, Darst. 427; Umw. in Isoamylamin 425, 427.
Pseudocurcumin 652.
Pseudodiamylenharnstoff, Bild. 428.
Pseudomorphosen : von Bournonit und Zinnober nach Fahlerz, Lophoit nach Strahlstein, Phästin, Epidot nach Feldspath, Malachit und Chrysocoll nach Kalkspath 959; von Chlorit nach Granat 960.
Pseudonephrit, von Easton, Zus. 939.
Pseudopropyläthyläther, Bild. und Eigensch. 519.
Pseudopropyljodür, Bild. 524.
Pseudopurpurin (Trioxyalizarin), Zus. 643.
Pulque (gegohrener Saft von Agave americana), Zus. 885.
Purpurin, Zus. 643; Umw. in Alizarin 644.
Pyrocatechin, Bild. aus Monojodphenol 578.
Pyroisomalsäure 400.
Pyroisomals. Blei 400.
Pyrolusit, von Neuschottland, Zus. 922 f.
Pyrophosphodiaminsäure, Bild. 145.

Pyrophosphodiamins. Ammoniak 146.
Pyrophosphors. Natron, Verh. gegen Schwefelkohlenstoff in der Hitze 121.
Pyrophosphotriaminsäure, Darst. 147.
Pyrophosphotriamins. Ammoniak 148.
Pyrophosphotriamins. Baryt 148.
Pyrophosphotriamins. Blei 148.
Pyrophosphotriamins. Eisenoxydul 149.
Pyrophosphotriamins. Kali 148.
Pyrophosphotriamins. Kobalt 149.
Pyrophosphotriamins. Kupfer 149.
Pyrophosphotriamins. Platin 149.
Pyrophosphotriamins. Quecksilber 149.
Pyrophosphotriamins. Silber 148.
Pyroschleimsäure (Brenzschleimsäure), Darst. 408.
Pyroweinsäure, Bild. aus Gummigutt 630.
Pyroweins. Kalk 630.
Pyroweins. Natron 630.
Pyroweins. Silber 630.

Quantivalenz, Einfluſs auf die chemische Theorie 16.
Quarz, Ausd. 26.
Quecksilber, sp. G. 259; Wärmeleitungsvermögen 260; Erk. durch Flammenreactionen 779; Anw. von Schwefelbaryum zur Extraction und Prüfung schwefelhaltiger Quecksilbererze 834.
Quecksilberäthyl, Bild. und Verh. gegen Natrium und monochloressigs. Aethyl 502.
Quercetin, Vork. in Calluna vulgaris 654.
Quetschhahn vgl. Apparate.

Rahtit, von Ducktown in Tennessee, Zus. 917.
Raimondit, von Bolivien, Anal. 952.
Rapsöl (Rüböl): über das Raffiniren des Rüböls mit Schwefelsäure 894.
Rapssamen, Oelgehalt 698, 893.
Rattenkraut vgl. Palicourea Marcgravii.
Rautenöl, Verh. gegen Phosphorsäure 633.
Reagenspapier vgl. Analyse.
Resorcin, Bild. aus Parajodphenol 578, aus Asa foetida u. s. w. 627, 631; Krystallf. 633; Bild. aus Umbelliferon 635, 636.
Resorcinammoniak 634.
Respiration vgl. bei Athmen.
Reten (Enneacetylen), $C_{18}H_{18}$, Bild. aus Acetylen 516; Zers. mit Wasserstoff in der Hitze 547.
Rhamnegin 650.
Rhamneginblei 650.
Rhamneginkupfer 650.
Rhamnin 650.
Rhamnus frangula, Bestandtheile 707.
Rhodium, Erk. durch Flammenreactionen 781.
Rhoeadin, Darst. und Zus. 477 f.
Rhoeadin-Platinchlorid 478.
Rhoeagenin 479.
Rhoeagenin-Platinchlorid 479.
Rhus coriaria (Gerbersumach), Verh. des Gerbstoffs 695; Gehalt an Gerbsäure 820.
Rhus Toxicodendron (Giftsumach), Bestandtheile 707.
Rhyolith, Anal. rhyolitischer Gesteine der ungarisch-siebenbürgischen Trachyt- und Basaltgebirge 969; von Tokaj 976.
Richmondit, als Bezeichnung für Gibsit 948.
Roccella fuciformis, Flechtenstoffe daraus 656.
Roccella tinctoria, Flechtenstoffe daraus 656.
Roggen: Proteïnstoffe aus Roggen 716.
Roheisen vgl. Guſseisen.
Rohrzucker vgl. Zucker.
Rosanilin, Reactionen der Salze 437; Verh. gegen Cyankalium 438, gegen schweflige Säure 440; Umw. in Rosolsäure 584.
Rosatoluidin, Reactionen der Salze 437.
Rosocyanin 653.
Rosolsäure, Bild. aus Rosanilin 584, aus Phenol 585.
Roſskastanie vgl. Aesculus hippocastanum.
Rouille vgl. Beizen.
Rubidium, Vork. 150; Absch. aus Salpetermutterlauge 151.
Rubidiumoxyd, Erk. mittelst Phosphormolybdänsäure 794.
Rüben, schwedische, vgl. Rutabaga.
Rufigallussäure, Zus. und Umw. in Oxychinon 409.
Runkelrüben: organische Base aus Runkelrübensaft 484; Aschenbestandtheile verschiedener Arten von Caux 700.
Rutabaga, Aschenbestandtheile der Blätter und Wurzeln 701.
Rutil, Ausd. 26.

Säuren : theoret. Ansichten über Bild. org. Säuren 299.
Salamandra maculata, Unters. des Hautdrüsensecrets 754.
Salicin, Verh. gegen Chloracetyl u. s. w. 676; Nachw. im Chinin 828.
Saligenin, Umw. in Saliretin 677.
Saliretin, Const. 677.
Salpetersäure, electrolyt. Zers. 85; Erk. in der Schwefelsäure 128; Nachw. 142; sp. G. der wässerigen Säure 142 f.; Best. im salpeters. Wismuthoxyd 218.
Salpeters. Aethyl, Verh. gegen Chromsäure 280.
Salpeters. Amidovaleriansäure 319.
Salpeters. Anilin, Zers. durch salpetrige Säure 451.
Salpeters. Baryt, Lösl. 59.
Salpeters. Blei, Lösl. 59; basisches, Bild. verschiedener Salze 235.
Salpeters. Diazobenzol, explosive Eigensch. 443.
Salpeters. Diazobenzolamidonaphtol 444.
Salpeters. Diazobrombenzol 451.
Salpeters. Diazochlorbenzol 455.
Salpeters. Diazodibrombenzol 454.
Salpeters. Diazodichlorbenzol 455.
Salpeters. Diazojodbenzol 456.
Salpeters. Diazonaphtol 459.
Salpeters. Diazonitranisol 459.
Salpeters. Diazonitrobenzol 456.
Salpeters. Diazotoluol 458.
Salpeters. Erbiumoxyd 182.
Salpeters. Kali, Lösl. 59, 68; Gewinn. aus Chilisalpeter 847.
Salpeters. Methyl, Verh. gegen Chromsäure 280.
Salpeters. Natron, Lösl. 59; Darst. von reinem 157; natürliches (Nitratin), aus Peru, Anal. 950.
Salpeters. Paraamidotoluylsäure 359.
Salpeters. Silber, Verh. gegen Wasserstoffhyperoxyd 108.
Salpeters. Silberoxyd-Schwefelallyl, Zus. 522.
Salpeters. Strontian, Lösl. 59.
Salpeters. Tetrazodiphenyl 461.
Salpeters. Titansäure 199.
Salpeters. Wismuthoxyd, basisches, Darst. und Zus. 218.
Salpeters. Yttererde 183.
Salpetrige Säure, Verh. mit Schwefelsäure 141; Verh. gegen übermangans. Kali 142.
Salpetrigs. Amyl, Bild. 527; Verh. gegen Chromsäure 280, gegen Chromsäure, Schwefelsäure, Jodwasserstoff 529, gegen Phosphorsäure 530.
Salpetrigs. Bleioxyd, Darst. einer normalen Lösung 789.
Salpetrigs. Diamin-Kobaltoxyd-Ammoniumoxyd, Zus. und Krystallf. 250.
Salpetrigs. Diamin-Kobaltoxyd-Kali, Zus. und Krystallf. 249.
Salpetrigs. Diamin-Kobaltoxyd-Silberoxyd 250.
Salpetrigs. Diamin-Nickeloxydul 247.
Salpetrigs. Kali, Darst. 153 f.
Salpetrigs. Kobaltoxyd-Ammoniak 248.
Salpetrigs. Kobaltoxyd-Kali 248.
Salpetrigs. Kobaltoxydul, Doppelsalze mit Baryt, Strontian und Kalk 247.
Salpetrigs. Nickeloxydul-Kali 246.
Salpetrigs. Nickeloxydul-Kali-Baryt 246.
Salpetrigs. Nickeloxydul-Kali-Kalk 245.
Salpetrigs. Nickeloxydul-Kali-Strontian 246.
Salpetrigs. Triamin-Kobaltoxyd 250.
Salze : normale und gleichzeitige Lösl. verschiedener isomorpher Salze 58 f., 65 f.; Volumänderung von Lösungen bei der Bild. von Salzen 69 f., beim Krystallisiren von Salzen 71.
Samadera indica, Unters. des Fetts 697.
Samandarin 754; Zus. 756.
Sandbergerit, Krystallf. und Zus. 918.
Santonin, Darst. 680; Chlorderivate 681.
Sarkolactinsäure (Fleischmilchsäure), Bild. aus Cyanessigsäure 383; zur Darst. aus Schweinegalle und Fleisch 384; Umw. in Malonsäure 384.
Sarkolactins. Zink, Krystallf. 383.
Sarracenia purpurea, Bestandth. 710.
Sarracenin 709.
Sauerstoff : zur Darst. aus Chlorkalk 96, 97; Darst. aus Braunstein 97; Verbrennungserscheinung in brennbaren Gasen 98; Darst. im Grofsen 844.
Saussurit, Steinbeil von Saint-Aubin, Zus. 926.
Schalen, platinplattirte aus Kupfer, vgl. Apparate.
Scheelbleierz (Scheeletin), Vork. in Massachusetts 946.
Scheeletin vgl. Scheelbleierz.
Schiefsbaumwolle, Zus. und Verh. 866.
Schiefspapier, Darst. 859.
Schiefspulver, Verh. im leeren Raum 858; Vorschriften für verschiedene Arten 859; neues Sprengpulver (Haloxylin)

859; über freiwillige Entzündung von Feuerwerkssätzen 860.
Schlacken: über die Färbung der Hochofenschlacken 194; Anal. verschiedener Frischschlacken 838.
Schmelzen, Analogie des Verh. überschmolzener Substanzen mit übersättigten Lösungen 29.
Schmelzfarben vgl. Porcellan.
Schwefel, sp. Vol. 19; sp. W. in Verbindungen 21; Ausd. des geschmolzenen 27; Verh. des geschmolzenen 30; amorphe undurchsichtige Modification 118; Erk. durch Flammenreactionen 783; Best. in org. Verb. 817; zur Gewinn. aus Sodarückständen 857.
Schwefeläthyl, Bild. 157.
Schwefeläthylbenzyl (Aethylbenzylsulfür) 600.
Schwefelallyl, Bild. und Eigensch. 522.
Schwefelammonium, Darst. im Grofsen 855.
Schwefelamyl, Verh. gegen Salpetersäure 528.
Schwefelamyläthyl 529.
Schwefelbaryum, Anw. zur Extraction und Prüf. von Schwefelquecksilbererzen 834.
Schwefelbenzyl (Benzyldisulfür), Bild. aus Benzylsulfhydrat und Einw. von Brom 599.
Schwefelbenzyl (Benzylsulfür), Verh. gegen Brom 599.
Schwefelblei, künstl. krystallisirtes 4.
Schwefelbutyl, Darst., Eigensch. und Verh. gegen Salpetersäure 528.
Schwefelcadmium, künstl. krystallisirt. 4.
Schwefelcalcium, Verh. gegen Wasser 161, gegen Nitroprussidnatrium 788; Lösl. 852; vgl. Calciumoxysulfuret.
Schwefelchrom, Cr_2S_3, Bild. 120.
Schwefelcyan, SCy, Bild. 299.
Schwefelcyanäthyl, Verh. gegen Schwefelwasserstoff 501.
Schwefelcyanammonium, Darst. 293; Temperaturerniedrigung beim Lösen in Wasser 293.
Schwefelcyanberyllium 295.
Schwefelcyanchrom, Bild. 298.
Schwefelcyankalium, Darst. 293.
Schwefelcyanlithium, 295.
Schwefelcyanquecksilber, Verh. 295.
Schwefelcyanquecksilber-Schwefelcyanwasserstoff 295.

Schwefelcyanthallium 296.
Schwefelcyanwasserstoff, Darst. und Eigensch. 294.
Schwefelcyanwasserstoffs. Cinchonin, Krystallf. 473.
Schwefelkobalt, Verh. gegen Cyankalium 804.
Schwefelkohlenstoff, sp. Vol. 18; Zers. durch Zinn unter Abscheidung von krystallisirter Kohle 111; Wirk. des Dampfs auf Thiere 120; Einw. auf Metallsalze in der Hitze 120; Zers. durch Chlorjod 138; Einw. auf Zinkäthyl und Zinkmethyl 503.
Schwefelkupfer, thermoelectr. Verh. 92.
Schwefelmagnesium, Verh. gegen Wasser 161.
Schwefelmangan, Verh. an der Luft 857.
Schwefelnatrium, Einfach-, Krystallf. des wasserhaltigen 155.
Schwefelnatrium, Fünffach-, electrolytische Zers. 88.
Schwefelniobium, Zus. 206.
Schwefelquecksilber - Schwefelkalium 260.
Schwefelsäure, Theorie des Bildungsprocesses 125; Verb. mit salpetriger Säure 141; Erk. im Essig 818; Erzeugung ohne Bleikammern 845; Vorrichtung zur Ermittelung der Höhe der Säureschicht in den Bleikammern 845; Anw. als Desinfectionsmittel 856.
Schwefelsäure, wasserfreie, sp. Vol. 18.
Schwefelsäureoxychlorür, SHO_3Cl, Darst. und Einw. auf org. Verb. 283.
Schwefels. Aethyl, Bild. 284.
Schwefels. Amidobensoësäure, Bild. 347.
Schwefels. Amidodracylsäure 350.
Schwefels. Ammoniak, Lösl. 59, 67.
Schwefels. Argentacetyloxyd 512.
Schwefels. Argentallyen 523.
Schwefels. Borsäure 112.
Schwefels. Chinin-Resorcin 633.
Schwefels. Corydalin 482.
Schwefels. Diazobenzol, Umw. in Phenol 445.
Schwefels. Diazobrombenzol 452.
Schwefels. Diazojodbenzol 456.
Schwefels. Diazotoluol 458.
Schwefels. Didymoxyd, Krystallf. und Absorptionsspectrum 187.
Schwefels. Dioxindol 689.
Schwefels. Eisenoxydul, sp. G. der Lösung 129; Veränderung der Lö-

sung an der Luft 241; Anw. als Desinfectionsmittel 856.
Schwefels. Erbiumoxyd 182.
Schwefels. Harnsäure, Zus. und Verb. 382.
Schwefels. Kali, Lösl. 59, 67, Flüchtigkeit 772; Umw. in ätzendes Kali durch Kalkmilch unter Druck 846.
Schwefels. Kalk, Umw. in Anhydrid 164; Lösl. in Wasser 164.
Schwefels. Kobaltipentaminoxyd 251.
Schwefels. Kobaltoxydul, mit 4HO 244 f.
Schwefels. Kupferoxyd, Lösl. 62; spec. Gew. der Lösung 129.
Schwefels. Lithion, Krystallf. 157.
Schwefels. Lithion-Kali, Krystallf. 158.
Schwefels. Lithion-Natron, Krystallf. 158.
Schwefels. Magnesia, Lösl. 59, 62, 67; Gew. aus der Mutterlauge des Meerwassers 847.
Schwefels. Magnesia-Kali, Gew. aus der Mutterlauge des Meerwassers 848.
Schwefels. Manganoxydul, spec. Gew. der Lösung 129.
Schwefels. Mesitylendiamin 609.
Schwefels. Natron, Lösl. 62, 67; Electrolyse des geschmolzenen 86; Flüchtigkeit 772; Umwandl. in ätzendes Natron durch Kalkmilch unter Druck 846; Gew. aus der Mutterlauge des Meerwassers 847.
Schwefels. Nickeloxydul, thermisches Verh. der Krystalle 6; Lösl. 59.
Schwefels. Paraamidotoluylsäure 359.
Schwefels. Resorcin 634.
Schwefels. Salze, spec. Gew. der Lösungen 128.
Schwefels. Tetrazodiphenyl, Zers. durch Alkohol 462.
Schwefels. Thialdin 423.
Schwefels. Thonerde, Erk. eines Gehalts an freier Säure 788; Darst. 856; Prüf. 857.
Schwefels. Thonerdeammoniak (Ammoniakalaun), moleculare Structur der Krystalle 1.
Schwefels. Titansäure 198.
Schwefels. Wismuthoxyd 217.
Schwefels. Wismuthoxyd - Ammoniak 217.
Schwefels. Wismuthoxyd-Natron 217.
Schwefels. Yttererde 183.
Schwefels. Zinkoxyd, Lösl. 59; sp. G. der Lösung 129.

Schwefels. Zinkoxyd-Natron 222.
Schwefelselenzinkquecksilber aus Mexico 919.
Schwefeltantal, Zus. 202.
Schwefelwasserstoff, Darst. aus Schwefelcalcium 118; Einw. auf Metallsalze in der Hitze 120; Verh. gegen Cyan- und Schwefelcyanäthyl 501; Einw. auf Blut 741; zur Erk. in Mineralwassern 787.
Schwefelwasserstoff - Schwefelcalcium, Bild. 162.
Schwefelwasserstoff - Schwefelmagnesium, Bild. 174.
Schwefelxylyl (Xylylsulfür) 606.
Schwefelzink, Krystallf. des künstl. krystallisirten 4; Phosphorescenz des künstl. krystallisirten 81.
Schwefelzinn, 8n8, Bild. von krystallisirtem 225.
Schweflige Säure, Darst. 122; Vorlesungsversuch mit condensirter 123; zur Erk. mit Kupfer 130; Einw. auf salpetrige Säure und Salpetersäure 140; auf Untersalpetersäure 141; Verwerthung auf den Zinkwerken zu Stollberg beim Röstprocefs 844.
Schweflgs. Aethyl, Bild. 157.
Schweflgs. Anilin 440.
Schweflgs. Anilin-Aldehyd 440.
Schweflgs. Cuprosacetyloxyd 512.
Schweflgs. Platinoxyd-Kali 270.
Schweflgs. Platinoxyd-Natron 271.
Schweflgs. Platinoxydul - Ammoniumoxyd 270.
Schweflgs. Platinoxydul-Kali 269.
Schweflgs. Toluidin - Bittermandelöl 441.
Scoparin, Zers. durch schmelzendes Kali 649.
Seesterne (Asterien), Aschenbestandtheile 703.
Seewasser vgl. Wasser, natürlich vorkommendes.
Seife: Electrolyse geschmolzener Natronseifen 87; Erk. eines Gehalts an freiem Alkali 828; Prüf. auf Harz 829; Darst. von Glycerinseife 895.
Seifenwurzeln (Rad. Saponariae), Verb. des Zellinhalts 691.
Selen, Erk. durch Flammenreactionen 778.
Selenblei, aus Cacheuta, Südamerika, Zus. 919 f.
Selencyan, Bild. 299.
Selenige Säure, Erk. 130.

Selenquecksilber, von Clausthal, Zus. 919.
Selens. Cadmiumoxyd-Kali 224.
Selensilber, aus Cacheuta, Südamerika, Zus. 919 f.
Selenzinn, SnSe, Bild. und Verh. 226.
Selenzinn, $SnSe_2$, Bild. und Darst. 227 f.
Senarmontit, Ausd. 26.
Senfsamen, Oelgehalt 698.
Sennesblätter, Bestandth. 705.
Sennin 706.
Sericographis Mohitli, blauer Farbstoff 655.
Serosin (Serumalbumin), Verh. 713.
Serpentin, von Newburyport, East Goshen und Obersteiermark, Zus. 931; Verh. beim Schmelzen 1003.
Serumalbumin vgl. Serosin.
Shakdo vgl. Kupferlegirungen unter Legirungen.
Sieden: über den Vorgang und die Bedingungen des Siedens 30.
Silber: Ausd. 24; Flüchtigkeit im Porcellanofen 35; Absorptionsvermögen für Gase 51; Durchsichtigkeit dünner Silberspiegel 75; Verh. gegen Wasserstoffhyperoxyd 261; Erk. durch Flammenreactionen 781; Reduction und Best. mittelst Cadmium 811; Röstung von Silbererzen 833; Anw. von Natriumamalgam zur Extraction 834.
Silberkies (Argentopyrit), von Joachimsthal, Zus. 914; als Pseudomorphose zu betrachten 915.
Silberoxydulhydrat, Bild. und Verh. 261.
Silberphenoldiazobenzol 450.
Silberpropargyläther, Bild. 526.
Silicate: zur Aufschliefsung mittelst Chlorcalcium 764; Verh. gegen Phosphorsäurehydrat 764; Absorptionsfähigkeit von Silicaten für Basen 870; Verh. in hoher Temperatur 910; über Bildungsweise der Silicate 911; typische Formeln 934.
Silicium, Krystallf. des graphitartigen 191.
Siliciummagnesium, zur Darst. 191.
Siliciumwasserstoff, Darst. als Vorlesungsversuch 191.
Sinchu vgl. Kupferlegirungen unter Legirungen.
Sitesin (Caseïn des Klebers), Eigensch. 710 f.
Sitosin (Albumin des Mehls), Eigensch. 710.

Skapolith, von Bolton, Zus. 928.
Smaragd, Ausd. 26.
Smirgel, von Chester, Massachusetts, Zus. 921.
Soda: Zus. von Sodarückständen 848, 853; über den Gehalt der rohen Soda an Aetznatron und Calciumoxysulfuret 848; zur Theorie des Sodabildungsprocesses 849 f.; Gew. mittelst Kochsalz, schwefels. Magnesia und Flufssäure 854.
Sombrerit, Anal. 946.
Sonne, tellurische Linien des Sonnenspectrums 77.
Spartalit, Ausd. 26.
Spectralanalyse vgl. unter Analyse.
Spectroscop vgl. Apparate.
Spectrum: Absorptionsspectrum des Wasserdampfs 76; tellurische Linien des Sonnenspectrums 77; Spectra der Gestirne 78; Zusammenhang der Distanz der Spectrallinien mit den Dimensionen der Atome 78.
Speisen vgl. Arsen- und Antimonspeisen.
Sphärulit, von Tokaj und Szánto, Anal. 976.
Spinell, Ausd. 26; (Pleonast), aus der Auvergne, Zus. 921.
Sprengpulver vgl. Schiefspulver.
Spritzflasche vgl. Apparate.
Stabeisen, thermoelectr. Verh. 93; Gehalt an Kobalt und Nickel 289; Gew. aus den Erzen im Hohofen 837.
Stärkmehl, Electrolyse 88; Verh. gegen Diastase 662; spec. Gew. 664; Verh. der Jodstärke beim Erhitzen mit Wasser 664; Verbrennungswärme 734; stärkmehlartige Substanz im Eidotter 749.
Staffelit, Anal. 947.
Stahl: Gew. aus den Erzen im Hohofen 837; über die Bild. von Blasen im Gufsstahl 839; über Anw. von Kalk- oder Magnesiatiegeln beim Schmelzen des Stahls 839.
Staurolith (Staurotid), von schweizerischen Fundorten 926; Steinbeil von Rhodus, Zus. 927.
Stearinsäure, Nachw. im Paraffin 828; Lösl. in Benzol u. s. w. 892.
Stearolsäure 331.
Stearolsäuredibromid 331.
Stearolsäuretetrabromid 331.
Stearols. Baryt 331.
Stearols. Kalk 331.

Stearols. Silber 381.
Stearoxylsäure 382.
Stearoxyls. Baryt 382.
Stearoxyls. Silber 382.
Steinkohlen, Prüfung auf die Ausbeute an Destillationsproducten 891; über den Phosphorsäuregehalt 891.
Stickoxyd, Verh. gegen übermangans. Kali 142.
Stickoxydul, Bild. aus salpetriger Säure oder Salpetersäure durch schweflige Säure 140.
Stickstoff, sp. W. in Verbindungen 21; gasvolumetr. Best. 761; zur Best. in org. Verb. 816, 817.
Stilben vgl. Toluylen.
Stilbit, von Bombay, Zus. 936.
Strychnin, zur Darst. 474; Wirk. auf Wallfische 474; Vork. im Lignum colubrinum 710; Nachw. in thierischen Substanzen 824.
Styphninsäure, Darst. 581.
Styphnins. Aethyl 581.
Styrol (Tetracetylen), Bild. aus Acetylen 516, aus Xylol 543, aus einem Gemenge von Acetylen oder Aethylen mit Benzol 544; Const. 547; Eigensch. des aus Storax und durch trockene Destillation gewonnenen 614; Erk. im Steinkohlentheer 615; Verb. mit Jod 614, mit Brom 615; Zers. durch Hitze 544.
Sulfobenzid, Zers. durch Chlor 570 f.; verwandte Substanz aus Petroleumäther 573.
Sulfobenzol, Eigensch. 603; Umw. in eine mit der Thiobenzoësäure isomere Säure 604.
Sulfobenzolamid, Bild. 570.
Sulfobenzolbromür, Bild. 570.
Sulfobenzolchlorür, Darst. 568; Umw. in benzolschwefligs Säure 568; Bild. aus Sulfobenzid 571.
Sulfobenzolsäure vgl. Sulfophenylsäure.
Sulfocarbamins. Aethyl, Bild. und Verh. 501.
Sulfophenylhydrür vgl. benzolschweflige Säure.
Sulfophenylsäure (Benzolschwefelsäure, Sulfobenzolsäure), Bild. aus benzolschwefliger Säure 569.
Sulfotoluolamid 602.
Solfotoluolbromür, Bild. 602.
Sulfotoluolchlorür, Verh. gegen Natriumamalgam 600; Bild. 602.
Sulfotoluolsäure (Toluolschwefelsäure), Bild. aus toluolschwefliger Säure 601.
Sulfotoluols. Aethyl 602.
Sulfotoluols. Kali 602.
Sulfotoluols. Natron 601.
Sumpfgas, Bild. aus Chloräthyl durch erhitzten Kalikalk 498; Verh. in hoher Temperatur 518.
Syntonin (Musculin), Verh. und Platinverb. 713 f.

Tabak: Unters. über Entwickelung und Cultur der Tabakspflanze 872 f.
Talk, von Mautern, Zus. 981.
Tantal, Atomgew. 205; Erk. durch Flammenreactionen 782.
Tantalit, von Bjorkboda und Tamela, Zus. 944.
Tantaloxyd, braunes, Zus. 202.
Tantalsäure, sp. G. und verschiedene Modificationen 200.
Tantals. Kali, Zus. und Krystallf. 201.
Tantals. Natron, Zus. und Krystallf. 202.
Taurocholsäure, Darst. und Verh. 752.
Tausendguldenkraut vgl. Erythraea Centaurium.
Tegel, aus der Umgebung von Wien, Anal. 984.
Tellur: Flammenreactionen der Tellurverbindungen 777.
Tellurium, Vork. in Californien 920.
Terbiumoxyd, als Gemenge von Yttererde und Erbiumoxyd 184.
Terminalia Catappan, Unters. des Fetts 697.
Teschenit, von Teschen und Neutitschein, Anal. 976 f.
Tetrabrombenzol(Tribromphenolbromid) 556, 558.
Tetrabromecanorsäure 658.
Tetrabromphenol (Tetrabromphenylsäure) 576.
Tetracetylen vgl. Styrol.
Tetracetylsalicin 676.
Tetracetylsalicinchloracetyl 676.
Teträthylammoniumplatinchlorid, moleculare Structur der Krystalle 1.
Tetrachloräther 485.
Tetrachlorbenzol, sp. G., Siedep. und Schmelzp. 551; Bild. aus Sulfobenzid 572.
Tetrachlortoluol, Darst. und Verh. 595.
Tetrasulfodiphenylensäure, Bild. 462.
Tetrasulfodiphenylens. Baryt 462.
Tetrasulfodiphenylens. Blei 462.

Tetrasulfodiphenylens. Silber 462.
Thallium, Verh. gegen Wasserstoffhyperoxyd 107, gegen Quecksilber 238; Erk. durch Flammenreactionen 779.
Thalliumglas vgl. Glas.
Thalliumoxyd, Erk. mittelst Phosphormolybdänsäure 794.
Thalliumtrioxyd, Zus. des Hydrats 289; Verh. gegen Schwefel und Goldschwefel 860.
Thebaïn, Lösl. in Amylalkohol und Benzol 823.
Thermoelectricität, thermoelectr. Verh. des Schwefelkupfers und verschiedener Legirungen 92.
Thevetia nereifolia, Unters. des Fetts 697.
Thiacetsäure, Bild. 157.
Thialdin, Darst. 422.
Thialdinsalze 422.
Thiocinnamid 365.
Thiodiglycols. Aethyl, Verh. gegen Bleioxyd 379.
Thiodiglycols. Baryt, Zus. 879.
Thionessal, Bild. aus Sulfobenzol 604.
Thiosinnamin, Einw. von Brom 423.
Thiosinnaminbromochlorür 424.
Thiosinnaminbromochlorür - Goldchlorid 424.
Thiosinnaminbromochlorür - Platinchlorid 424.
Thiosinnamindibromür 424.
Thiosinnamindibromür - Platinchlorid 424.
Thomsonit (Faröelith), von Island, Zus. 940.
Thon : Anal. des plastischen Thons von Montabaur 982.
Thonerde, Trennung von Chromoxyd 797.
Thulit, von Traversella, Zus. 929.
Tiegel vgl. Apparate.
Tinkawang-Fett 696.
Titan, Darst. 195; Erk. durch Flammenreactionen 782.
Titaneisen, von Peru, vielleicht Kibdelophan 948.
Titanit, aus dem Plauen'schen Grund, Zus. 943.
Titanoxychlorid 199.
Titansäure, Darst. 196; Verb. mit Säuren 198.
Titansäurehydrat, Zus. verschiedener Hydrate 197.
Tolallylsulfür, Bild. aus Sulfobenzol 604.

Tolonitril, Bild. 436.
Toluidin, Verh. gegen schweflige Säure und Aldehyde 441.
Toluidinroth, Darst. 901.
Toluol, Zers. durch Hitze 542; Bild. aus Xylol und Cumol durch Hitze 543; Einw. von Chlor unter verschiedenen Umständen 588, 591.
Toluolschwefelsäure vgl. Sulfotoluolsäure.
Toluolschweflige Säure, Bild. aus Sulfotoluolchlorür 600; Eigensch. 601.
Toluolschweflgs. Aethyl 601.
Toluolschweflgs. Baryt 601.
Toluolschweflgs. Kalk 601.
Toluolschweflgs. Silber 601.
Toluylen (Stilben), Bild. aus Monobromtoluol 587, aus Chlorobenzol 593; Verh. gegen Brom 600; Bild. aus Sulfobenzol 604.
Toluylformamid, Bild. und Umw. in Tolonitril und Toluylsäure 436.
Toluylsäure, Synthese aus Bromtoluol 355; Darst. aus Xylol 355; Bild. aus Terpenen 356; Identität mit der sog. Oxytolsäure 356; Bild. aus Tolylformamid 437.
Toluyls. Kali 356.
Toluyls. Kalk 356.
Toluyls. Magnesia 356.
Topas : über den Fluorgehalt und Const. 942; Krystallf. des Topas von la Paz 943.
Toxicodendronsäure 708.
Trachyte : Analyse verschiedener Trachyte von Schemnitz 971, von Waitzen 972, 973; aus den Vulkanen Centralamerikas 974; von Tokaj 976.
Traubensäure, Vork. im Weinstein 402.
Traubens. Natron-Ammoniak, Verh. der übersättigten Lösung 400.
Traubenzucker vgl. Zucker.
Triacetylen vgl. Benzol.
Triäthylamin, Verh. gegen salpetrigs. Kali 415.
Triäthylguanidin vgl. Carbotriäthyltriamin.
Triäthylphosphinoxyd, Darst. 422.
Triäthylphosphinoxyd - Jodzink, Bild. 421.
Tribromanilin, Bild. aus Diazoamidobrombenzol 452.
Tribromanisol, Bild. 387.
Tribrombenzol (Dibromphenolbromid), Darst. 557 f.

Tribromchinon, Bild. 348.
Tribromerythrin 658.
Tribromnitroanilin. Bild. 456.
Tribromnitrosooxindol 642.
Tribromoxindol 642.
Tribromphenol (Tribromphenylsäure), 576.
Tribromphenolbromid vgl. Tetrabrombenzol.
Trichloranilin, Bild. und Verh. 429.
Trichlorbenzol, sp. G., Siedep. und Schmelzp. 551.
Trichlorhydrin, über Bild. und Verh. 525.
Trichlornitrobenzol, Darst. und Eigensch. 553.
Trichlorphenomalsäure, Darst. und Verh. 559 f.
Trichlorsantonin 681.
Trichlortoluol, Bild. 594.
Triglycerinacetotetrachlorhydrin 525.
Triglycolamidsäure, Verh. gegen salpetrige Säure 378.
Triglycolamids. Aethyl, Bild. 379.
Triglycolamidsäuretriamid (Trioxyäthylenammonium), Bild. 379.
Triglycolamidsäuretriamid - Goldchlorid 380.
Triglycolamidsäuretriamid-Platinchlorid 380.
Trijodbenzol, Darst. 555.
Trijodphenol (Trijodphenylsäure) 577.
Trimesinsäure, Bild. und Eigensch. 612 f.
Trimesins. Baryt 613.
Trimesins. Silber 613.
Trimethyljodoäthylammoniumjodür 418.
Trimethyloxyäthylacetylamin - Goldchlorid 419.
Trimethyloxyäthylammoniumoxyd vgl. Neurin.
Trimethylvinylamin-Goldchlorid 418.
Trimethylvinylammoniumoxyd 418.
Trinitrocellulose, als Hauptbestandtheil der Schiefsbaumwolle 861.
Trinitromesitylen 608.
Trioxindol (Isatinsäure), Const. 638.
Trioxyäthylammonium vgl. Triglycolamidsäuretriamid.
Trioxyalizarin vgl. Pseudopurpurin.
Triphenylguanidin vgl. Carbotriphenyltriamin.
Triphenylphosphorsäure vgl. phosphors. Phenyl.
Trisulfodiphenylensäure, Bild. 462.
Trisulfodiphenylens. Baryt 463.

Trisulfodiphenylens. Blei 463.
Trithionsäure, Bild. 124.
Tropasäure, Eigensch. 476.
Tropas. Kalk 476.
Tropas. Silber 476.
Tschewkinit, von Miask, Anal. 943.
Turpetholsäure, Darst. 625.
Turpetholsäure-Anhydrid 626.
Turpethols. Aethyl 626.
Turpethols. Blei 626.
Turpethols. Kupfer 625.
Turpethols. Silber 625.

Uarana vgl. Guarana.
Ueberchlors. Kali : über isomorphe Mischungen mit übermangans. Kali 5.
Ueberchlors. Thalliumoxydul, Krystallf. 238.
Uebermangansäure, Absorptionsspectrum 212.
Uebermangans. Kali : über isomorphe Mischungen mit überchlors. Kali 5; Verh. gegen Wasserstoffhyperoxyd 108; Darst. im Grofsen 858; Anw. beim Zeugdruck 899.
Ueberschwefelblausäure (Xanthanwasserstoff), Darst. 296.
Umbelliferon, Darst. und Verh. 635.
Umbellsäure 636.
Umbells. Baryt 636.
Umbells. Kalk 636.
Umbra, umbraähnliches Mineral vom Kaiserstuhl, Zus. 941 f.
Unterchlorige Säure, Verh. gegen salpetrige Säure 137.
Unterchlorigs. Magnesia (Chlormagnesia), bleichende Wirkung 855.
Untersalpetersäure, Bild. und Eigensch. 141; Verh. gegen übermangans. Kali 142.
Unterschwefels. Bleioxyd, thermisches Verh. der Krystalle 6.
Unterschwefels. Kalk, thermisches Verh. der Krystalle 6.
Unterschwefels. Lithion, Krystallf. 159.
Unterschwefligs. Kupferoxydul, Doppelsalze 256 f.
Unterschwefligs. Natron, Anw. 157; in der Analyse 765.
Unterschwefligs. Platinoxydul - Natron 268.
Uralbumin, (Eiweifs des Harns) 714.
Uran, Erk. durch Flammenreactionen 788; volumetr. Best. 809; Best. in den Erzen 809.

Urangelb, fabrikmäfsige Gew. 840.
Uranoxyd, Flüchtigkeit im Porcellanofen 35.
Uranoxyfluorür 209.
Urian 751.
Urianin 751.
Uroerythrin 750.
Urocyanose 750.
Urson, Vork. in den Epacrisblättern 694.
Usnea barbata, Gehalt an Carbonusninsäure 661.

Vacuumapparat vgl. Apparate.
Valeraminsäure vgl. Amidovaleriansäure.
Valeriansäure, Verh. gegen Chromsäure 279, 282.
Valerians. Aethyl, Zersetzungsproducte durch Natrium 820.
Valerians. Amyl, Verh. gegen Chromsäure 280; Darst. in weingeistiger Lösung (Aepfelessenz) 885.
Valerolactinsäure vgl. Oxyvaleriansäure.
Valerylen, spec. Vol. 18.
Valonia, Gehalt an Gerbsäure 820.
Vanadin, Erk. durch Flammenreactionen 782.
Verbindungen: begrenzte Oxydation organischer Verb. 278.
Verdauung, von Eiweifs 728.
Vergoldung, Zus. der Goldüberzüge von der Feuervergoldung 842.
Verplatinirung, Darst. von Platinspiegeln 867.
Verseifung vgl. bei Fett.
Versilberung, des Glases 866.
Verwandtschaft, zu Maumené's Affinitätstheorie 9; über Bedingungen und Maafs der Umsetzung von Wasserstoffhyperoxyd und Jodwasserstoff 10; über die Umsetzung von Eisenchlorid und essigs. Kali 11; zur Lehre von der chemischen Massenwirkung 12, 15.
Violanilin, Bild. 433.
Vitellin, Platinverb. 712.
Völknerit, Zus. 923.
Volum, spec. Best. bei einigen, Kohle, Schwefel oder Phosphor enthaltenden Verbindungen 17.

Wachs, Prüfung auf Paraffin 828.
Wärme: Wärmeausstrahlungsvermögen verschiedener Gase und Dämpfe 20; specifische bei Elementen mit verschiedener Quantivalenz 21; Wärmevorgänge bei electrolyt. Zers. 88; Theorie der Wärmewirkungen bei chemischen Processen 58.
Waizen, Aschenbestandtheile verschiedener Arten von Caux 699; Stickstoffgehalt hornartiger und mehliger Waizenkörner 878; Bestandtheile des Weichwassers der Waizenstärkefabriken 878.
Wallnufs vgl. Juglans regia und Nüsse.
Wasser, spec. Vol. 18; Absorptionsspectrum des Wasserdampfs 76; Ausd. unterhalb 4^0 100.
Wasser, natürlich vorkommendes: Abscheidung und Best. organ. und unorg. Substanzen des Trinkwassers 761 f.; Meer- und Seewasser: Gew. von Salzen aus der Mutterlauge des Meerwassers zu Camargue 847; Wasser der Ostsee 985; des rothen Meers bei Suez 985; des todten Meers 985; Flufswasser: Wasser des Mains 987; Mineralwasser, Deutsche: Inselbad bei Paderborn 987 f.; Quellen von Driburg und Herst 989; Felsenquelle von Ems 990; Reichenhaller Mutterlaugenextract 991; Adelheidsquelle von Heilbrunn 991; Quellen Vorarlbergs 992; Soole und Mutterlauge von Hall in Tyrol 992; Johannisbad in Baden bei Wien 993; artesischer Brunnen des Wien-Raaber-Bahnhofs 993; Obersalzbrunn in Schlesien 994; Töplitz und Sommeraubad in Mähren 995; Vöslau am Wiener Waldgebirge 996; Stuben in Ungarn 996; Vichnje im Eisenbacher Thal 996; Skleno 996; Englische: Harrogate 997; Londoner Trinkwasser 997; Französische: Fumades 998; Vergéze 998; Néris 1000; Amerikanische: Barton (New-York) 1000; Salzquellen von Onondago 1000; Boraxsee in Californien 1001.
Wasserstoff, Verh. gegen Eisenhammerschlag bei Gegenwart von Wasserdampf 100.
Wasserstoffhyperoxyd, Bild. bei der langsamen Oxydation organischer Substanzen 101; Beständigkeit in wässeriger Lösung 105; Erk. 105; Verh. gegen oxydirbare Substanzen 107.
Wasserstoffkohlensesquisulfid 119.
Wein: Haltbarmachung zuckerreicher

Weine 884; zum Gypsen des Weins 885; Prüfung des Rothweins 885.
Weinsäure, Unters. über die Basicität 401; Einw. von Natrium 404.
Weins. Bleioxyd, drei- und vierbasisches 401.
Weins. Natron-Ammoniak, Verh. der übersättigten Lösung des rechts- und linksweins. Salzes 400.
Weins. Uranoxyd-Kali 401.
Weins. Wismuthoxydkali, Zus. 401.
Weins. Zinkoxyd, vierbasisches 401.
Weintrauben, Gerbsäuregehalt der entölten Kerne 820.
Wicken, Aschenbestandtheile 701.
Wiserin vgl. Ytterspath.
Wismuth, Ausd. 24; thermoelectrisches Verh. 93; Verh. gegen schmelzende Phosphorsäure 217; Erk. durch Flammenreactionen 778; Trennung von Blei 802.
Wismuthglanz, spec. Gew. 916.
Wolfram, Gehalt an Indium und Zink 222; Erk. durch Flammenreactionen 782.
Wolframs. Aethyl, Darst. 505.
Wolframs. Manganoxydul vgl. Hübnerit.
Wollschweifs, neue Säure darin 758.
Woodwardit, aus Cornwall, Anal. 953.

Xanthogens. Kali, Umw. in dioxysulfokohlens. Aethyl 878.
Xanthanwasserstoff vgl. Ueberschwefelblausäure.
Xenotim vgl. Ytterspath.
Xonaltit, von Mexico, Zus. 982.
Xylidin, Darst. 606.
Xylidin-Chlorzinn 606.
Xylidinroth 901.
Xylidinschwefelsäure 607.
Xylidinschwefels. Baryt 607.
Xylol, Umw. in Toluylsäure 355, in Paranitrotoluylsäure 357; Bild. aus Cumol 543; Zers. durch Hitze 543.
Xylyl, Bild. 605.
Xylylalkohol, Dampfd. 38; Bild. 605; als Bestandtheil des Aloisols 607.
Xylylsäure, Synthese aus Bromxylol 360; Const. als Dimethylphenylameisensäure 360; Darst. aus Cumol 361; Umw. in Insolinsäure 362.
Xylyls. Aethyl 362.
Xylyls. Baryt 362.
Xylyls. Kalk 362.
Xylylsulfhydrat 606.
Xylylsulfür vgl. Schwefelxylyl 606.

Yttererde, Darst. 180; Eigensch. 183, 184; Best. 800.
Ytterspath (Xenotim), Identität mit Wiserin 949.
Yttrium, Atomgew. 183, 185.

Zeugung, spontane, angebliche im Eiweifs 672.
Zimmtsäure, Synthese aus Bromstyrol 363; Verh. gegen Chlor- und Bromwasserstoff 364; Einw. von Natriumamalgam 365; Const. als Phenylacrylsäure 367.
Zimmtsäureamid (Cinnamid), Darst. 364.
Zimmtsäureamid-Quecksilber 364.
Zimmtsäurenitril 364.
Zimmts. Natron, Electrolyse 87.
Zink, Ausd. 24; Verh. gegen Schwefelsäure von verschiedener Concentration 218; Zus. und Verh. des Zinkstaubs von der Rostberger Hütte 219; Erk. durch Flammenreactionen 779; Trennung von Kupfer 803; Herstellung irisirender Kupferüberzüge 843; Aetzungen auf Zink 844.
Zinkäthyl, Einw. auf Methylchloracetol 493; Bild. aus Natriummäthyl 503; Einw. auf Schwefelkohlenstoff 503.
Zinkmethyl, Verh. gegen Schwefelkohlenstoff 504.
Zinkoxyd-Ammoniak, natürliches 231.
Zinn, Ausd. 24; Verh. gegen Schwefelsäure 225; Oxydation in den Legirungen mit Blei 229; Erk. durch Flammenreactionen 781, 783.
Zinn-Bleilegirungen vgl. unter Legirungen.
Zinnober, Verh. gegen eine Lösung von Jod in Jodkalium 835; Fabrikation zu Idria 908.
Zinnstein, von Zinnwald, Zus. 920.
Zirkon, spec. Gew. 924.
Zirkonerde, Darst. 189; Identität mit Norerde 191; Trennung von Titansäure und anderen Oxyden 797.
Zucker, aus Carminsäure 647; Verbrennungswärme 784; Erk. im Harn 826; zur optischen Best. des Zuckers 826, 882; Milchzucker, Zers. durch schmelzendes Kali 627; Rohrzucker, Electrolyse 87; Einw. von Chlor 665; Polarisationsverminderung durch Alkalien 666; Traubenzucker (Harnzucker), zur Darst. aus Holz 668;

spec. Drehung 665 ; Verh. des Zuckers im Honig gegen das Licht 665.

Zuckerfabrikation : über Saftgehalt und Trockensubstanz der Runkelrüben 880; Berechnung der Wirksamkeit der Rübenpressen 880; Verarbeitung des Scheideschlamms 880; Abstüfsen der Zuckerfilter 880; zur Verarbeitung des Rübensaftes 880; Gewinnung des Zuckers aus Melasse 881.

Zündmasse, für Zündhütchen und als Sprengmaterial 860.

Berichtigungen.

S. 348 Zeile 17 von u. l. $C_7H_6BrNO_2$ statt $C_7H_4BrNO_2$.
„ 349 „ 4 „ o. l. $C_7H_4Cl(NO_2)O_2$ statt $C_7H_3Cl(NO_2)O_2$.
„ 384 „ 2 „ u. l. färbt sich „mit überschüssigem Kali".
„ 455 „ 14 „ o. l. $C_6H_3ClN_2, HN$ statt C_6H_3ClN, HN.
„ 499 „ 7 „ o. l. $C_3H_3KO_2$ statt C_3H_3KO.
„ 512 „ 22 „ o. l. $4(NH_4, NO_3)$ statt $4(NH_4, NO_2)$.
„ 580 „ 13 „ o. l. $C_6H_3(NO_2)_2(C_2H_5)O$ statt $C_3H_3(NO_2)(C_2H_5)O$.

Druck von Wilhelm Keller in Giefsen.

CPSIA information can be obtained
at www.ICGtesting.com
Printed in the USA
LVHW010743210622
721751LV00009B/517